SYNDROME MANTIS

DU MÊME AUTEUR

Albéric MONNIER

SYNDROME MANTIS

Syndrome de la Plume

www.syndromedelaplume.fr

Couverture : Albéric MONNIER

© Syndrome de la Plume, 2020
Tous droits réservés.

ISBN : 978-2-9567643-0-4

Dans une réalité guère éloignée de la nôtre...

Le jeu s'arrête là où commence la détresse.

Prologue

La jeune femme retint sa respiration. Les gémissements reprirent plus fort. Elle devait faire vite. Elle expira avec une retenue angoissée. Son cœur battait la chamade. Le temps lui était compté. On pouvait remarquer sa présence à tout moment. Elle traversa l'appartement plongé dans l'obscurité à petits pas rapides, jetant tout autour d'elle des regards inquiets sur les objets familiers qui l'entouraient, masques d'animaux effrayants et serpents empaillés. L'idée saugrenue qu'ils puissent se réveiller et pousser de terrifiants hurlements pour la trahir ne la rassura pas. Cette pensée faillit même la paralyser. Elle la repoussa du plus fort qu'elle put et concentra toute sa volonté sur son objectif. Elle se força à ignorer ces objets grimaçants qui la fixaient de leurs yeux vides. La jeune femme continua sa progression, mettant à profit la faible lumière de la lune que les nuages consentaient vaguement à laisser passer. Elle atteignit enfin Son bureau. Un dernier coup d'œil autour d'elle. Tout était pour ainsi dire calme, si l'on exceptait ce bruit qui revenait comme une litanie du plaisir. Elle actionna la poignée avec précaution et pénétra dans la pièce aussi sombre que le reste. Sur sa gauche, au bout du couloir, les gémissements avaient décru à mesure qu'elle s'était éloignée de la chambre. Une onde de dégoût la parcourut. Elle se ressaisit.

Craintivement, elle pénétra dans le grand bureau, marchant sans bruit sur d'épais tapis qui étouffaient ses pas. Les lieux lui étaient familiers. Elle avança aisément mais prudemment, évitant soigneusement les fauteuils, masses noires imposantes qu'elle savait encombrer son passage. Elle se dirigea sans hésitation derrière le secrétaire, sur lequel trônait un écran d'ordinateur et divers papiers entassés en attente d'être triés.

Elle s'accroupit, aux aguets, essuya ses mains moites sur son jean en partie caché par sa robe blanche d'infirmière et essaya d'avaler une salive pâteuse qu'elle aurait voulu déglutir pour soulager sa gorge desséchée. La fébrilité s'empara une nouvelle fois d'elle. Les gémissements avaient cessé. L'obscurité inondait la pièce, l'enveloppait comme un linceul trop étroit. La jeune femme luttait de toutes ses forces pour ne pas céder à l'affolement, s'obligeant à être attentive à tous les bruits qui l'entouraient, mais des vagues de panique de plus en plus fortes commençaient à l'inonder dans son dos, sous ses aisselles, à soulever son estomac en spasmes de plus en plus douloureux. L'air frais et climatisé du bureau la glaça. Un frisson incontrôlable la parcourut. Elle guettait le bruit qui annoncerait Sa venue. Sa perte, aussi.

La jeune infirmière serra les poings pour empêcher ses mains de trembler et tenta de planter dans son épiderme ce qu'il lui restait de ses ongles rongés. Sans succès. À peine une marque sur sa peau diaphane. Un timide rayon de lune se fraya un chemin à travers le volet entrouvert. Un maigre réconfort, mais cela eut au moins le mérite de raffermir sa résolution. Elle se calma, prit une grande inspiration et fit jouer le mécanisme caché sous le bureau. Derrière elle, le tableau représentant une horrible peinture contemporaine d'un noir goudron pivota dans un léger chuintement. Elle tendit une nouvelle fois l'oreille. Les gémissements amoureux avaient repris, langoureux. Un soulagement trop bref détendit ses muscles avant que la boule d'angoisse ne s'emparât de nouveau de son estomac et ne se rappelât cruellement à elle. Il se vantait de son endurance, elle en profiterait. L'infirmière se retourna vers le tableau et entreprit d'entrer la combinaison du coffre-fort : trente-six à droite, dix à gauche, cinquante-neuf à droite, quatre-vingt-dix-sept encore à droite. Elle tourna enfin la poignée et le battant du coffre s'ouvrit lentement…

*

Elle ouvrit la porte du garage à toute volée. Le battant métallique claqua contre le mur avec un son désincarné. La discrétion n'était plus de mise. Les caméras de la clinique devaient déjà enregistrer sa progression depuis plusieurs minutes maintenant. L'alerte serait bientôt donnée si ce n'était déjà fait. Elle en était consciente, mais elle ne pouvait plus reculer. Pas après tout ce qu'elle avait découvert.

Elle essaya de courir, tirant derrière elle un jeune homme aux cheveux étonnamment blancs pour son âge. Celui-ci réagissait à peine, plongé dans une sorte de léthargie pour le moins glaçante. Depuis combien de temps le droguait-on ? Comment faisait-il pour résister au nombre incalculable de psychotropes qu'on lui injectait, lui faisait manger ou boire ? À se demander comment il n'était pas encore mort d'une overdose… L'infirmière balaya ces pensées d'un brusque mouvement de tête. Ce n'était pas le moment de se creuser la tête sur ça.

La peur au ventre, elle resserra d'une main les pans de son manteau qui refusait de se fermer dans les courants d'air du garage, et serra un peu plus fort la main du jeune homme totalement apathique qu'elle entraînait sans ménagement à sa suite. Celui-ci ne réagissait qu'avec peine sous les stimuli pressants que lui envoyait la jeune femme. Il marchait mollement, trébuchait à chaque pas. Un miracle qu'il tint debout ! Depuis tout à l'heure, elle le traînait derrière elle comme un poids mort, incapable de se mouvoir tout seul. Elle avait beau savoir qu'il n'était pas dans son état normal, son inertie la rendait folle. L'infirmière ravala la bile acide qui menaçait de déborder ses lèvres. Elle parcourut encore quelques mètres. Ouf ! Sa voiture était toujours là où elle l'avait laissée, près de la porte, cachée derrière un pilier de béton.

La main qui tenait son manteau abandonna sa prise et plongea dans sa poche droite. Un courant d'air tiède s'engouffra dans l'espace libéré. La jeune femme prit conscience que tout son corps était trempé d'une sueur collante, sur laquelle sa blouse d'infirmière se figeait comme une peau trop grande, entravant ses mouvements. Ses doigts effleurèrent les clefs, provoquant un petit tintement métallique. Elle frissonna. Pour un peu, elle entendait le glas de sa propre mort. Sa main se referma convulsivement sur son trousseau pour l'empêcher de résonner. Encore un pas. Elle sursauta violemment. Et se morigéna aussitôt. Ce n'était que l'énorme ventilateur qui s'était mis en route pour renouveler l'air vicié du garage.

Elle sentit quelque chose couler le long de sa main. Du sang. Hébétée, elle regarda sa main de plus près. Elle s'était écorchée avec l'anneau de son porte-clefs. Elle n'avait rien senti. Elle vacilla. Elle avait trop chaud. Elle avait envie de vomir. Son estomac se soulevait violemment. Elle se rappela qu'elle n'avait rien ingurgité depuis presque deux jours. Nouvel effort de concentration. Son vertige se calma momentanément. Son estomac reprit la place qui lui était due. L'infirmière eut un bref coup d'œil en direction du jeune homme. Il l'observait de ses yeux vides. Aucune réaction. Elle pouvait tout aussi bien mourir sous ses yeux qu'il la regarderait pareillement, sans lever le petit doigt. Elle savait qu'il n'y était pour rien, mais ça la mettait en rage. Et l'envie de le faire avancer à grands coups de pied dans le fondement la démangeait à un point tel qu'elle en aurait presque pleuré d'impuissance.

Elle atteignit enfin sa voiture. Ouvrit le coffre, poussa son sac de sport bleu sur un côté et se tourna vers son compagnon d'infortune. Il n'avait pas bougé. La jeune femme eut brièvement pitié de lui. Elle n'avait pas le choix. C'était pour son bien. Sans autre forme de procès, elle le précipita dans le coffre.

*

Cela faisait maintenant près d'une heure qu'elle roulait à tombeau ouvert sur l'autoroute. À presque une heure du matin, l'autoroute A4 était déserte. Déjà au loin, elle apercevait l'immense couronne lumineuse que formait Paris. La jeune femme glissa un rapide regard sur son portable, ulcérée. La personne qu'elle avait tenté de joindre n'avait même pas eu le temps de décrocher : son téléphone s'était éteint avec une dernière sonnerie narquoise. La bordée de jurons qui s'en était ensuivie ne l'avait pas rallumé, ni ne l'avait soulagée. Au contraire. Elle essuya des larmes de colère et jeta par terre l'appareil inutilisable. Elle avait juste voulu se sentir rassurée, savoir que cette personne était bien là. Elle avait simplement ce besoin viscéral qu'on la rassure. Ou bien elle ne tiendrait pas.

Elle jeta un coup d'œil dans le rétroviseur. Depuis qu'elle était partie, il ne se passait pas quinze secondes sans qu'elle vérifiât la route derrière elle. Rien. Toujours rien. Pour le moment. Elle serrait tellement le volant qu'elle en avait mal aux doigts. Derrière, le cuir portait les marques anciennes et récentes de ses ongles écorchés. Elle tendit l'oreille. Rien non plus. Pas de bruit dans le coffre. Le pauvre. Finalement, le fait qu'il soit dans les vapes avait peut-être quelque chose de bon : il ne sentirait pas les brusques coups de volant qu'elle donnait pour doubler, ses virages pris serrés pour gagner du temps ou ses coups de frein brutaux pour éviter d'emboutir la voiture qui déboîtait sans regarder derrière elle. De toute façon, elle était bientôt arrivée.

De fait, quelques minutes plus tard, elle franchissait Champigny-sur-Marne. Puis Maisons-Alfort. Charenton-le-Pont. Sur la Seine, les lumières fantomatiques de rares taxis-bulle glissaient comme des feux follets, emportant leur cargaison humaine vers quelque soirée huppée. L'infirmière passa en trombe la Porte de Bercy et entra enfin dans Paris. Elle ralentit à peine, remonta le quai de Bercy, ignora les flashes des radars qui crépitaient à chaque limite de vitesse qu'elle dépassait allègrement et à chaque feu rouge qu'elle grillait. Aucune importance. Quel que soit le montant, ce ne serait pas cher payé. Nouveau coup d'œil dans le rétroviseur. Personne. Elle poursuivit son périple sur le Quai de la Rapée, laissant sur sa gauche l'Institut médico-légal, songea brièvement à l'ironie de la situation en voyant le bâtiment de briques rouges qu'elle rejoindrait sûrement si sa vitesse excessive lui causait un accident, faillit oublier de tourner sur le boulevard Bourdon et jura quand sa voiture percuta le trottoir. Elle enfonça la pédale. Le véhicule bondit en avant et repartit dans un rugissement de moteur. L'infirmière abandonna derrière elle la morgue et ses pensées tout aussi morbides.

Elle longea le Port de l'Arsenal et vit la Colonne de Juillet de laquelle s'élançait la statue dorée du Génie de la Liberté. Comme d'habitude, même à cette heure tardive, la place de la Bastille restait animée, en sus de l'Opéra qui vomissait ses spectateurs sous ses grandes fenêtres de verre, tandis que les badauds s'agglutinaient en grappes aux restaurants et boîtes de nuit qui animaient la place. La jeune femme s'imagina des mouches grouillant sur un cadavre, se ressaisit juste à temps pour éviter un vieux tacot et faire une embardée qui ne manqua pas de lui attirer de furieux mugissements de klaxons, lesquels redoublèrent quand elle coupa la route à deux autres voitures pour s'engouffrer sans ralentir sur le boulevard Beaumarchais. Elle jeta un coup d'œil dans le rétroviseur. Les voitures avaient pilé, sans casse. Ce n'était pas ce qui l'inquiétait. Elle cherchait autre chose mais ne vit rien. Sans s'attarder, elle slaloma entre les véhicules, rongea son frein pendant les quinze secondes qu'elle dût attendre à un feu rouge au milieu du boulevard pour laisser passer les voitures et redémarra en trombe, mettant à profit son accélération pour doubler le bus qui se traînait devant elle.

La jeune femme essuya son front d'un revers de manche. Elle haletait. Elle avait de plus en plus chaud. Un étau d'angoisse lui enserrait la poitrine. Elle était bientôt arrivée et la tension qu'elle ressentait augmentait d'autant. Nouveau regard dans le rétroviseur, frénétique. Rien. Elle ne savait pas si elle devait être rassurée ou non. Ses phares éclairèrent brièvement la pancarte bleue d'une rue. Boulevard du Temple. Elle se rapprochait de son but. Elle ralentit un peu. Boulevard des Filles du Calvaire. Elle ne devait pas rater la bifurcation. Rue Oberkampf. Ça y était. Elle tourna à droite, distingua à peine les colonnes grecques de style ionique et les statues des guerriers à cheval du Cirque d'Hiver et appuya sur l'accélérateur. Ses mains n'avaient pas desserré le volant. Elle avait même peur de l'arracher. Plus que quelques centaines de mètres. Son attention était rivée sur les rues alentour. Le danger pouvait surgir de n'importe où. Un scooter jaillit devant elle, arrivant en contresens. Elle freina et laissa de la gomme sur le bitume. Elle étouffa un cri. Une peur abjecte la saisit à la gorge. Son cœur cogna à lui faire mal dans la poitrine. Le scooter ne lui jeta même pas un regard, trop occupé à négocier son virage pour prendre une rue sur sa droite. Fausse alerte. La jeune femme se sentit sur le point de craquer. La fatigue menaçait de la briser littéralement.

Des larmes recommencèrent à couler. Pas maintenant ! Elle les essuya nerveusement et se ressaisit. Doucement, elle reprit la route, arriva enfin sur le boulevard Voltaire et tourna à gauche pour remonter la large rue bordée d'arbres vers la place de la République. République. Un drôle de nom qui lui faisait froid dans le dos. Elle déglutit. Plus tard. Pas le moment de penser à ça. Elle roula lentement. Elle avait du mal à reconnaître les lieux. Non pas qu'ils eussent changé, mais cela faisait longtemps qu'elle n'était pas venue dans le onzième arrondissement. Elle pria pour qu'il soit là. Elle avait besoin d'un refuge.

Les numéros défilaient à présent sous ses yeux, intangibles, mouvants dans la lumière de ses phares. Vingt-neuf. Vingt-et-un. Dix-sept. Onze. La jeune infirmière ralentit. Neuf. Sept. Elle y était presque. Cinq. Le chiffre blanc éclata dans sa rétine comme une délivrance. À côté du numéro, la devanture défraîchie d'une salle d'arcade, noire et blanche, s'anima d'ombres sinistres dans la lueur de ses feux. Elle regarda rapidement autour d'elle. Personne. Sur la place de la République, la statue de Marianne lui tournait le dos. Tant mieux. Elle n'aurait pas supporté ce regard vide, semblable à celui du jeune homme. Instinctivement, elle fixa la banquette derrière elle. Aucun bruit ne résonna. Pas même un gémissement. Pourvu qu'il n'ait pas trop souffert là-dedans. Elle était désolée pour lui, mais elle n'avait pas eu le choix. À la clinique, le vigile à l'entrée du garage ne l'aurait jamais laissée passer avec lui assis à son côté et dans l'état où il était. Le pire est qu'elle ne savait même pas comment elle s'en était débarrassée. Tout s'était déroulé comme dans un songe. Apparemment, le gardien n'avait pas encore été prévenu. Il l'avait regardée d'un œil égrillard, lorgnant sans vergogne sa blouse détrempée de sueur qui moulait sa poitrine.

« On a chaud, hein ?

– Ouvrez-moi, je suis pressée. »

Le ton cassant l'avait dissuadé de continuer son petit manège. L'homme s'était renfrogné et avait fait jouer le mécanisme du grand portail, à l'entrée, en bougonnant. À ce moment-là, son téléphone avait sonné. Il l'avait décroché, puis l'avait regardée en blêmissant. Sans attendre, elle avait démarré sur les chapeaux de roues. Il était sorti de sa cabine en beuglant, mais elle avait déjà franchi le mur d'enceinte une centaine de mètres plus loin. Voilà maintenant où elle en était. À Paris. En fugitive. Elle stoppa la voiture. Pas de place, comme d'habitude. Tant pis. En bonne Parisienne, elle resterait garée en double file. Elle coupa le moteur, fit jouer la portière et se précipita à l'arrière pour ouvrir le coffre.

Dans la faible lumière du plafonnier, le jeune homme aux cheveux blancs paraissait encore en bon état. Dire qu'il était sonné aurait été un doux euphémisme. Certes, elle n'avait pas été tendre dans sa conduite, mais les médicaments l'avaient complètement abruti avant elle. Elle était même persuadée qu'un rodéo sur les escaliers de Montmartre ne l'aurait pas aussi bien assommé.

Elle se pencha pour le saisir par le col et commença à le hisser hors du coffre. Il n'était pas bien gros, mais c'était un vrai poids mort. Elle bascula en arrière et chuta. Elle atterrit sur les fesses, sentit son coccyx protester en lui envoyant une vague de douleur qui lui fit tourner la tête, mais réussit à garder indemne la tête blanche de son compagnon d'infortune, qui se retrouva sur elle. En d'autres circonstances, elle aurait trouvé la situation amusante et aurait piqué un fou rire. Certainement pas ce soir. Vraiment pas. Le jeune homme bougea légèrement. Finalement, il avait peut-être quand même encore une once de très vague conscience. Elle se releva avec difficulté, le laissant d'abord en plan. Elle tenait à peine sur ses jambes. Elle ferma le coffre, prit le bras du jeune homme immobile par terre, banda ses muscles et tira. Elle n'était pas très grande et lui mesurait un bon mètre quatre-vingt. Autant dire que le relever n'était pas une partie de plaisir. Tout ça, bien sûr, en surveillant et en priant qu'*Ils* n'arrivent pas.

Suant et soufflant, elle le remit tant bien que mal sur pied. Dans un réflexe, le jeune homme assura de lui-même son équilibre, les pieds légèrement écartés. L'entraînant à sa suite, la jeune infirmière se précipita au numéro cinq du boulevard Voltaire, vers la grande porte à doubles battants, coincée entre la salle d'arcade encore faiblement illuminée et un magasin de jeux vidéo d'occasion. Son salut. Ses yeux cherchèrent l'interphone avec affolement. Pas d'interphone. Seulement un digicode. Intelligent. Et pas question de compter sur la concierge pour lui ouvrir, elle devait déjà sûrement être au lit. Quant à la réveiller, autant appeler tout de suite la police, elle perdrait moins de temps à leur donner l'alerte. Elle pensa à son téléphone et se rappela qu'il était hors d'usage. Elle s'adossa contre la porte. Ses nerfs lâchaient. Pour la troisième fois de la soirée, elle sentit les larmes lui monter aux yeux. Elle tressaillit.

Sans réfléchir, elle attira brutalement celui qu'elle traînait depuis le début de sa fuite dans le renfoncement de la porte et se blottit contre lui. Il ne bougea pas. Elle enfouit la tête dans son épaule, dissimulant sa terreur dans l'étreinte d'une amoureuse. Un relent de sueur la prit à la gorge, mais toute son attention était focalisée sur le ronronnement de deux moteurs qui arrivaient. Deux puissantes cylindrées noires. Des phares éteints, des vitres qu'elle savait sombres et des capots rutilants que la lumière jaunâtre des lampadaires avait révélés, effleurant leur carrosserie immaculée. Les véhicules glissèrent sur l'asphalte, semblant à peine se déplacer sur le sol, menaçants, sinueux.

La jeune femme retint sa respiration, tremblante. *Ils* l'avaient donc poursuivie ! Comment avaient-*Ils* fait pour la retrouver ? Les deux monstres passèrent, feulant doucement, bridés par leurs maîtres, et s'éloignèrent. L'infirmière attendit. Une minute. Deux minutes. Trois minutes. Rien ne se passa. Pas de portières qui claquent, pas de voix grondantes, ni le chuintement caractéristique indiquant le déploiement d'une matraque télescopique. Elle prit une légère bouffée d'air. Elle *devait* trouver un moyen de téléphoner. Une envie pressante d'uriner la saisit. Elle serra les dents pour reprendre le contrôle de ses sphincters et s'écarta du jeune homme. Il ne bougeait pas. Elle pourrait aussi bien le laisser ici et revenir demain, il serait exactement à la même place. Terrifiant.

Une porte s'ouvrit non loin d'elle et des voix retentirent, à peine audibles. Ou bien n'entendait-elle pas à cause de ses artères qui résonnaient à ses tempes et dans tout son crâne ? La jeune femme se raidit à nouveau et vit un homme d'âge moyen, les cheveux longs et blonds, sortir de la salle d'arcade, un trousseau de clefs à la main. Il était accompagné d'un autre homme, sensiblement du même âge, mais aux cheveux poivre et sel. Ils se serrèrent la main et s'apprêtèrent à partir chacun de leur côté, quand celui aux cheveux blonds se mit à grogner, irrité. Elle n'entendit pas ses paroles, mais son compagnon eut un grand éclat de rire. Qui s'arrêta subitement lorsqu'il vit son bus arriver. Une tape sur l'épaule de son ami et il se mit au pas de course, l'abandonnant avec un grand cri.

« À demain ! »

Le propriétaire de la salle lui répondit d'un geste de la main, tout en rouvrant la porte qu'il venait de fermer, et entra à nouveau dans la salle d'arcade. Il avait oublié quelque chose ! Le bus de nuit passa dans un grondement de bête asthmatique, s'arrêta quelques secondes, puis repartit, s'éloignant dans un vrombissement décroissant. Le propriétaire avait disparu à l'intérieur de la salle de jeux. Et il fallait qu'elle téléphone. C'était le moment ou jamais ! Elle se précipita sur la porte au moment où un rugissement de moteur déchirait l'air nocturne.

CHAPITRE I

Un écran noir était apparu, agité par moment de légers tremblements. Un écran noir, immense, sans autres mesures que celles qu'on voulait bien lui donner. Sur cet écran, une ligne blanche, ni trop courte ni trop longue, traversait l'espace de part en part. De chaque côté de cette ligne, dans la partie supérieure, apparurent deux grands rectangles, du même blanc, mais à l'intérieur noir. Deux rectangles semblables à deux grands yeux vides.

Une curieuse bille carrée, toujours blanche, surgit de nulle part. Elle parcourut l'espace, franchit la ligne blanche, poursuivit encore un peu sa course et rebondit contre une petite barre blanche. Un son unique, métallique et désincarné retentit. La bille n'en tint pas compte et repartit dans le sens opposé, légèrement vers le haut, défiant les lois de la gravité. Elle passa à côté d'un de ces rectangles vides, rebondit une nouvelle fois contre une paroi invisible, avec le même son métallique.

Une seconde barre blanche apparut soudainement et se précipita vers elle. Trop tard. La bille blanche était déjà passée derrière elle. Un instant plus tard, elle s'était perdue dans l'immensité noire qui les entourait. Aucune importance. Il y en aurait d'autres.

Le son désincarné retentit une nouvelle fois, un peu plus long que les précédents. Sur l'écran tremblotant, le rectangle de gauche avait disparu. À sa place subsistait un simple bâton, de la même hauteur et de la même couleur. Un à zéro. Une nouvelle bille apparut. Elle repartit.

Chapitre II

« Nous apprenons avec regret le décès de notre confrère mathématicien, le Professeur Mantis, lauréat de la médaille Fields et biochimiste éclairé. Le Professeur s'est pendu dans son bureau il y a deux jours, à l'âge de quarante-deux ans. Notre confrère a beaucoup œuvré pour les mathématiques et est à l'origine des "mathématiques philanthropiques", théorie qu'il a développée pour, disait-il, *"aider les hommes et rendre le monde meilleur"*. Si cette dernière lui a attiré nombre de moqueries de la part de ses semblables, il n'a cessé de travailler jusqu'à son dernier souffle à ce en quoi il croyait.

Le Professeur Mantis laisse derrière lui un fils de huit ans et une communauté scientifique désormais orpheline de l'un de ses plus brillants esprits. Toutefois, bon sang ne saurait mentir et la relève paraît déjà assurée : petit génie touche-à-tout, son jeune fils, Moebius Mantis, passe son baccalauréat à seulement huit ans et semble vouloir se destiner à de brillantes études de chimie. Nous lui adressons toutes nos condoléances et lui souhaitons le meilleur pour l'avenir. »

Article paru dans la revue *Sciences et mathématiques*, « La médaille Fields perd un de ses lauréats », le 29 novembre 1972.

Chapitre III

Mercredi 31 août, soir

« Les enfants, à table ! »

Aucune réponse.

« Les enfants, à table ! »

Elle avait haussé le ton.

« Youpiiiii ! »

Émilie Cerfbois, épouse Stobbart, soupira. Si seulement ce cri d'enthousiasme avait été celui de sa progéniture… Elle abandonna les poivrons multicolores qui mijotaient en compagnie d'une multitude de tomates et variétés de jambons crus, et se dirigea vers le salon. L'odeur sucrée de la tarte aux pommes qui finissait de cuire dans le four l'accompagna dans le couloir, se glissant avec délice jusqu'à ses narines : pourvu qu'elle ne la fasse pas brûler comme la dernière fois ! Si, bien sûr, ses chers bambins voulaient bien la rejoindre à table…

D'après le message qu'il lui avait envoyé, son mari n'allait pas tarder à rentrer. Une aubaine au vu du travail qu'il avait. Elle voulait ainsi profiter de cet instant pour se retrouver en famille et se détendre avec toute son indisciplinée petite tribu. Et cette dernière pensée était d'autant plus justifiée lorsqu'elle pénétra dans le salon. Elle soupira discrètement et maudit le parrain de sa fille, son propre frère.

Ses deux enfants n'avaient pas bougé d'un pouce. Assis devant l'écran plat de la télévision, sa fille aînée tenait une manette dont le cordon gris la reliait à la console de jeux comme un cordon ombilical. À la différence du cordon organique, celui-ci ne pouvait être coupé une seule fois : l'opération nécessitait d'être répétée plusieurs fois par semaine – toujours après les devoirs, condition *sine qua non* – et paraissait être par moment aussi douloureuse que la section du cordon originel. Quant à son fils cadet, il suivait allègrement les traces de sa grande sœur et mettait au moins autant d'enthousiasme qu'elle à marteler les boutons de la manette.

Les enfants virent à peine la silhouette de leur mère dans l'encadrement de la porte, trop concentrés sur un petit personnage en salopette bleue et casquette rouge qui virevoltait dans les airs, moustache au vent et poings gantés de blanc, récoltant dès qu'il le pouvait des pièces qu'il ramassait dans un petit tintement musical.

« J'ai dit : à table ! »

« *Here we go !* »

Cette réponse bien à propos eût été la bienvenue, si elle n'avait pas émané de celui-là même qui monopolisait l'attention de ses enfants en lieu et place de la sienne. Et si seulement ses garnements étaient aussi à l'aise en anglais qu'avec une manette ! Pour le moment, les premières notes ne les prédisposaient pas encore à une carrière internationale. Mais il était aussi vrai que leur professeur était particulièrement exigeant et que la rentrée venait à peine de se faire : les grandes vacances étaient passées par là et l'anglais n'avait constitué qu'une activité des plus secondaires. Son regard se posa sur la tête brune de son aînée.

À bientôt douze ans, sa fille affichait déjà un caractère bien trempé qui laissait présager une adolescence pour le moins remuante. Les cheveux bruns coupés court et les yeux noisette pétillants, elle n'avait même pas relevé la tête à l'appel de sa mère. Claire était tout aussi passionnée que son frère par ces jeux vidéo que ses parents avaient du mal à comprendre, et rivalisait autant à l'école à être tête de classe et parmi les meilleurs élèves de son établissement, que par sa pugnacité dans les jeux de combat dans lesquels son ardeur et sa vivacité lui attiraient le respect de bon nombre de ses adversaires masculins.

Pour l'heure, trop occupée à appuyer en cadence sur les boutons de sa manette grise, la jeune fille faisait maintenant virevolter l'animation de pixels dans les airs, sautant et courant sur une espèce de plateforme entourée de vide, tâchant d'échapper à un monstre jaune et vert, dont le dos était surmonté d'une grosse carapace à pointes. Émilie aurait même trouvé la situation cocasse si elle n'avait pas été aussi fatiguée de sa journée : sa fille se penchait vers l'écran quand son personnage était sur le point de se faire attraper ; serrait les dents quand elle lui faisait prendre un virage un peu serré près du monstre ; grimaçait lorsque son personnage se trouvait en mauvaise posture ou était prêt de se faire saisir ; ou bien tirait la langue lorsqu'elle paraissait exécuter une périlleuse manœuvre qui consistait simplement – en tout cas de son point de vue d'adulte – à attraper la queue de son adversaire pataud. Stratégie qui, semblait-il, devait la faire sortir vainqueur de ce duel.

Quant à son petit frère, Christophe, ou plus largement « Chris », les cheveux noirs aussi indisciplinés que l'éclat de ses yeux verts, il coula un regard inquiet vers sa mère. De trois ans le cadet, il avait perpétuellement les cheveux en bataille et donnait constamment l'impression qu'il sortait du lit, peu importe l'heure de la journée. D'un naturel énergique, il tenait rarement en place mais, paradoxalement, passait le plus clair de son temps à la bibliothèque de l'école où il écumait les livres en tout genre. Pour le reste, il s'ennuyait à l'école et préférait de loin les jeux vidéo à ses devoirs. Il n'en était pas pour autant mauvais élève, mais trouvait beaucoup plus divertissant de galoper dans les univers imaginaires que lui offraient les livres et se limitaient aux seules frontières de son imagination.

Quant aux univers virtuels, leur attrait était encore pour leur mère une énigme, qu'elle se promettait régulièrement de résoudre, mais qu'elle laissait aussi régulièrement de côté. Elle n'arrivait pas à concevoir un intérêt pour ces soi-disant jeux : à part l'ennui et les maux de tête, il lui était impossible de fixer son attention plus longtemps qu'un quart d'heure sur des personnages bondissants, à l'aide d'un objet aussi abscons qu'une manette. Pour l'heure, son irruption dans le salon sonna le glas de la partie et le désespoir de son second.

« Pour la troisième et dernière fois : à table ! Sinon pas de console ce week-end !

– Mais ça devait être à mon tour ! protesta faiblement Chris.

– Tu n'avais qu'à finir tes devoirs plus tôt au lieu de traîner dans ta chambre. Claire ! Tu éteins la console, maintenant !

– J'ai presque fini !

– Claire...

– Ça y est ! J'ai fini, j'ai fini ! »

La jeune fille sauvegarda précipitamment et avec un soulagement évident, puis se leva avec empressement. Le ton menaçant de sa mère n'était pas à prendre à la légère. La dernière fois qu'elle avait osé défier l'autorité maternelle, elle n'avait pas revu la console durant une bonne semaine, sans compter les moqueries de son frère qui s'était empressé de prendre possession de la manette. Aussi rangea-t-elle prestement l'objet de discorde dans le meuble de la télévision, éteignit cette dernière pour se diriger ensuite prestement vers la sortie du salon. Sans un mot, Émilie s'effaça et les enfants se dirigèrent vers la cuisine, non sans que le petit Chris eût jeté un dernier regard de regret vers le téléviseur maintenant noir et muet. À présent, celui-ci ne s'allumerait plus que le lendemain soir. Si sa sœur n'arrivait pas avant lui. Il se renfrogna. Il avait perdu du temps à lire une bande dessinée qui s'était révélée beaucoup plus passionnante et amusante que les exercices de mathématiques auxquels leur professeur les astreignait presque quotidiennement.

« Qu'est-ce qui ne va pas, Chris ? Ce n'est pas bon ? »

Le petit garçon releva la tête, surpris. Puis vit son assiette, pleine d'une pipe-rade fumante que sa mère excellait à faire. Il s'empara de sa fourchette sans plus tarder.

« Si, si ! Bien sûr, maman ! »

Émilie sourit tandis qu'elle regardait son fils attaquer son assiette avec voracité. Toujours dans la lune, celui-là ! Claire mangeait plus posément et regardait de temps en temps le couvert propre qui siégeait à la place vide qu'occupait habituellement leur père.

« Papa rentre quand ?

– Il ne devrait pas tarder. Il m'a envoyé un message pour me dire qu'il rentrerait plus tôt que d'habitude.

– C'est vrai ? s'exclama son garçon la bouche pleine.

– Bien sûr. Sinon, vous seriez déjà au lit depuis longtemps. Et on ne parle pas la bouche pleine.

– Chouette ! Et tu crois qu'il voudra bien nous raconter ses enquêtes ?

– Ça, il faudra le lui demander. Pour l'instant, fais attention à ce que tu fais, c'est encore tombé sur tes genoux… ! »

Claire soupira. Depuis que son petit frère s'était mis à lire les romans policiers d'un obscur auteur britannique, quelque chose comme Agatha Christie, il s'était pris d'une soudaine passion pour les enquêtes de son père et tâchait de les résoudre à la manière de son héros, un certain Hercule Poirot, en avançant des théories toutes plus farfelues les unes que les autres. Cela faisait rire ses parents et son père ne cessait de lui poser des énigmes que Chris se prenait à vouloir élucider. Avec plus ou moins de succès. Claire s'y était également essayée mais avait rapidement trouvé ça ennuyeux. Elle ne voyait pas les solutions et n'avait pas la patience d'attendre que son père se décidât à donner la réponse.

La petite tablée releva soudainement la tête. Tous avaient entendu les pas vifs d'un homme pressé de terminer sa journée chez lui et une clef glissée sans ambages dans la serrure de la porte d'entrée. George Stobbart rentrait.

« Papa !

– Bonsoir les enfants ! »

Avec un sourire ravi, Émilie vit ses enfants se précipiter dans les bras de leur père. Il n'avait pas encore enlevé son manteau, mais il les embrassait avec une affection toute paternelle, une rapide embrassade sur le front et une main qui ébouriffe les cheveux, épuisé mais heureux de retrouver sa petite famille. Quand il se releva, elle croisa ses yeux bleus et elle remarqua les cernes sombres qui les bordaient. Il avait beau être fatigué, il restait de bonne humeur, laissant ses soucis au bureau.

Quand son mari s'approcha pour l'étreindre avec tendresse, elle l'enveloppa d'un regard appréciateur qui ne voyait plus un homme, mais un mari attentionné, qui, au bout de presque seize ans de mariage n'avait guère changé : il restait son bel homme, de presque un mètre soixante-quinze, avec des cheveux noirs que le temps n'épargnait plus, découvrant le cuir chevelu bronzé au sommet de son crâne. Il n'avait pas beaucoup d'épaules et elle l'avait même trouvé maigrelet quand elle l'avait connu pour la première fois. Mais après quinze années d'efforts acharnés et avec l'âge – bientôt cinquante ans –, elle avait enfin réussi à le remplumer, au profit d'un embonpoint raisonnable qui lui allait comme un gant et tout à fait confortable au toucher. Son mari ne s'était pas laissé faire, continuant de s'entretenir dès qu'il le pouvait, en pratiquant un exercice physique : lorsque l'occasion se présentait, il allait courir environ deux heures le dimanche, évacuant le stress du travail et sa nervosité. Il en revenait apaisé, soulagé, et s'occupait de ses enfants de manière beaucoup plus détendue.

« Tu arrives pile à l'heure pour le dîner. J'espère que tu as faim. »

Il rit. Un rire clair, franc.

« Tu n'as pas perdu de temps, dis donc ! »

26

Elle lui sourit en retour.

« J'ai même eu le privilège de rentrer à dix-huit heures et de congédier la nounou ! répondit-elle en l'embrassant.

– J'espère que tu ne vas pas trop leur manquer ce soir », la taquina-t-il en l'embrassant à son tour.

Elle lui répondit par une grimace. Il faisait allusion à un de ses collègues qui l'avait appelée en catastrophe pour réaliser un entretien avec un des plus éminents professeurs de psychiatrie en addictologie en France et dans le monde : le Professeur Moebius Mantis. Une sommité dans le domaine de la médecine et de la psychologie, le nouveau Freud disait même certains. Émilie Stobbart était rédactrice en chef d'un magazine spécialisé, la *Revue des Sciences psychologiques*. Cette revue paraissait mensuellement et était subdivisée en une dizaine d'autres, chacune ayant trait à une spécialité de la psychologie : psychologie du travail, psychologie clinique, psychologie cognitive, etc. Très réputée dans le monde scientifique et dans les diverses branches auxquelles elle se consacrait, la revue s'employait à suivre les actualités, les progrès, les recherches ou débats qui émaillaient la communauté scientifique ou intéressait parfois le grand public.

Émilie avait, pour sa part, la charge de mener à bien la publication de la *Revue* dédiée à la psychiatrie. Et pas plus tard que la semaine dernière, vers seize heures, un de ses rédacteurs chargé des dernières vérifications avant l'envoi des maquettes à l'imprimeur s'était aperçu que plusieurs des pages dédiées à un spécialiste de la médecine n'avaient été remplies que partiellement : si la photographie et la présentation succincte du Professeur Mantis étaient bien en place, aucune trace de l'entretien n'avait été en revanche décelée. L'espace qui lui était consacré était tout simplement resté vide, alors que le numéro était prévu pour paraître le surlendemain, en tenant compte bien sûr des délais d'impression. Son collègue avait sonné le branle-bas de combat et, après une multitude de coups de téléphone pour comprendre ce qui s'était passé, Émilie s'était aperçue que le journaliste en charge de faire l'entretien était parti en vacances, oubliant purement et simplement le prestigieux collaborateur qu'il avait pourtant auparavant contacté.

La rédactrice avait dû jouer des pieds et des mains pour parvenir enfin à joindre le Professeur Mantis vers dix-sept heures trente, faire amende honorable devant la mauvaise humeur du praticien et mener à bien un entretien accordé le soir même pour vingt heures. Sitôt l'entrevue terminée vers vingt-et-une heures quinze, elle était rentrée chez elle, s'était enfermée dans le bureau et s'était attelée à retranscrire une partie des questions et réponses, l'autre partie étant envoyée à son collègue. Il était alors vingt-deux heures. Elle avait fini le travail à deux heures du matin, intégré les parties manquantes de l'entretien dans l'article et envoyé dans la foulée la maquette finale à l'imprimeur. Elle s'était couchée épuisée. Son mari n'avait pas protesté. Il connaissait les impératifs de son métier, elle connaissait les siens et ne comptait plus les soirs où lui-même était rentré des heures plus que tardives. Peut-être une des raisons pour lesquelles ils se comprenaient si bien.

« Si c'était le cas, je leur dirais de se débrouiller tout seul !

– J'aimerais voir ça, répondit George Stobbart avec un sourire moqueur, en déposant son manteau sur la patère.

– Dépêche-toi, nigaud ! »

Hilare, son mari s'exécuta et, dès qu'il se fut assis, attaqua le dîner avec entrain. Son déjeuner s'était résumé à un sandwich vite expédié au bureau, en même temps qu'il lisait les derniers témoignages d'un meurtre commis trois jours plus tôt. L'histoire sordide d'un racket qui avait mal tourné, laissant sur le carreau un grand-père revenant de ses courses et un meurtrier encore en liberté. Pour le moment. Stobbart espérait bien le coincer dans les jours qui viendraient, si les caméras disséminées dans la rue tenaient leurs promesses. Il croisa le regard de sa femme et chassa ces pensées. Il était maintenant chez lui. Il voulait savourer ces instants, profiter de sa famille.

Il se laissait porter par ces moments, écoutant tranquillement Claire et Chris se chamailler à propos de l'école, regardant avec adoration sa femme servir le dîner, puis envoyant les enfants se laver les dents pendant qu'il débarrassait les assiettes sales et nettoyait la table. Des gestes qui étaient quotidiens et fastidieux pour la plupart des gens, mais qui le reposaient, lui faisaient oublier son propre quotidien à la Crim'. Non pas que son métier était ennuyeux, mais il avait besoin de penser à autre chose le soir quand il rentrait chez lui. Laisser derrière lui les meurtres, les images de sang, les pleurs et les grincements de dents quand il apprenait le décès d'une victime aux proches. Laisser la colère aussi. Colère de se sentir impuissant, colère de se voir narguer par l'impunité des meurtriers, frustration de les savoir libres. Il rentrait alors chez lui pour retrouver la chaleur de sa famille, un monde sain, exempt de toute cette violence.

Il regarda sa femme. Elle marchait pareillement. Sa famille était son refuge contre le stress d'un travail qui bougeait sans cesse, la prenait tout entière. Peut-être était-ce pour cette raison qu'ils s'étaient rencontrés aussi tard, mariés aussi tard, avaient eu des enfants aussi tard. Mais tous deux ne regrettaient rien. Mieux valait prendre le train en retard que de le rater complètement.

Le fil de ses pensées fut interrompu par une nouvelle dispute qui éclata entre sa fille et son fils. Pour ce qu'il en entendait, il était question de savoir qui choisirait la brosse à dents rouge. Le policier sourit malgré lui : pas de doute, ça le changeait définitivement des criminels. Il posa la dernière assiette dans le lave-vaisselle et partit au secours de son épouse. Qui n'en avait nullement besoin. Émilie dirigeait d'une main de fer son petit clan, usant volontiers d'un gant de velours pour régler les fréquentes chamailleries de ses bambins, comme en ce moment.

Aussi Stobbart s'appuya-t-il sur le chambranle de la porte, se prenant à observer avec un sourire rêveur ses enfants chahuteurs et son épouse, qui vérifiait le brossage de dents avec autorité. Grande brune d'un mètre soixante-dix, elle possédait un caractère entier et volontaire, qui avait fait grincer des dents lorsqu'elle avait commencé sa carrière de rédactrice. Franche et directe, d'une autorité naturelle qui avait parfois heurté ses collègues masculins dans le milieu sexiste de l'édition, elle n'avait pas hésité à défendre ses points de vue bec et ongles pour mettre en œuvre des idées aux fins de réformer un périodique aux ventes moribondes. Si les débuts avaient été difficiles, elle avait apprécié le dynamisme du métier et l'incessante urgence que réclamaient des tâches toutes plus importantes les unes que les autres : choisir les sujets pertinents en lien avec l'actualité, gérer les équipes de journalistes et répartir le travail entre eux quitte à froisser les susceptibilités, et bien sûr réfléchir à la mise en page de la publication et à la hiérarchisation des informations.

Elle avait rapidement gravi les échelons pour parvenir au poste qu'elle occupait maintenant depuis un peu plus d'un an. Finalement, et avec un peu de recul, ce métier convenait parfaitement à son caractère dynamique. « Parfois trop », gloussa silencieusement George en pensant à ce tempérament bien trempé, à peine dissimulé derrière des yeux marron pétillants d'énergie, et des traits pas forcément jolis – des sourcils un peu épais, une bouche un rien trop fine – mais non dénués de ce charme que lui donnait ce fameux caractère.

« Tu peux m'aider au lieu de bayer aux corneilles ? »
Le léger ton de reproche tira le policier de sa rêverie. Sa femme était décidément adorable.

« Oui ma chérie », s'entendit-il répondre en reprenant lentement ses esprits. Un vrai môme !
George arriva en renfort de son épouse et partit coucher l'aînée, tandis qu'Émilie s'occupait du second. L'un et l'autre des enfants essayèrent sans grand espoir de négocier une demi-heure de console, les deux parents refusèrent fermement et seule la lecture d'un livre ou d'une bande dessinée fut autorisée pour le dernier quart d'heure avant vingt heures trente. Enfin, les enfants se couchèrent, et le policier s'écroula sur le canapé, aux côtés de sa femme qui se blottit contre lui. Il la prit dans ses bras, sans un mot, savourant l'instant présent. Un parfum de fleur, la légère fragrance de pin qui émanait de ses cheveux. Un mélange d'odeurs aussi familier que ressourçant. Il ferma les yeux, relâchant la tension qui s'était accumulée toute la journée dans ses muscles. Un papillon de fraîcheur se posa sur sa joue. George sourit. Cette douceur avait le don de l'apaiser. Les lèvres d'Émilie le quittèrent trop tôt. Elle partit pour se lever.

« Tu vas te coucher ? gémit faussement George.
– Oui. J'ai une journée chargée demain, avec une première réunion à huit heures.
– Petite nature ! Tu ne veux pas qu'on échange ? Je n'ai que deux réunions demain, la première à huit heures trente…
– Non, je ne veux pas devenir misanthrope. Par contre, si tu veux m'assister dans les miennes…

– Pas vraiment. J'ai eu mon quota pour la semaine. Avec en prime la visite de notre nouveau préfet, ton dieu vivant, soupira plaintivement le policier.

– Ah oui ? Tu as fait la connaissance du Professeur Mantis ? s'enthousiasma Émilie. C'est un homme très intelligent, tu verras !

– Oui, j'ai vu. Et il m'a fait froid dans le dos, grommela Stobbart.

– Je ne suis pas étonnée, sourit-elle. Pour tout te dire, à écouter, il est captivant, mais je n'aimerais pas l'avoir comme supérieur : il n'aime pas l'échec, et encore moins être contredit…

– Merci de me remonter le moral, grogna le policier.

– Tu adores quand je te remonte le moral, la taquina sa femme en l'embrassant.

– Insupportable épouse.

– Insupportable mari », riposta-t-elle en se levant.

Avec un soupçon de regret, Stobbart la vit disparaître dans le couloir. L'espace de ses bras dans lequel elle s'était blottie se refroidissait déjà. Deux minutes plus tard, il entendait la douche couler. « Sacrée bonne femme », songea-t-il non sans tendresse. Ses yeux tombèrent sur la télécommande de la télévision. Le policier décida de prendre quelques informations. Non que cela le passionnât vraiment – il trouvait les informations toujours biaisées, incomplètes ou inexactes et les politiciens exécrables –, mais cela lui ferait passer le temps en attendant de prendre possession de la salle de bains.

Il s'empara du boîtier qui traînait sur la table basse, alluma le téléviseur, sursauta quand le son lui explosa aux oreilles et s'empressa de baisser le volume. Il zappa jusqu'à trouver la chaîne voulue et commença à écouter le chapelet habituel de catastrophes : les inondations d'automne causées par des pluies torrentielles qui n'avaient de cesse depuis cet été ; un incendie dans un immeuble – probablement d'origine criminelle – ; sans oublier cette fameuse épidémie de grippe – devenue pandémie – qui s'abattait actuellement sur le pays avec une vitesse et une ampleur inégalées depuis plusieurs décennies, grâce à une nouvelle forme du virus, très résistante. Charmantes statistiques.

Stobbart entendit l'eau s'arrêter de couler. Il allait bientôt pouvoir prendre son tour. Il s'apprêtait à éteindre le poste quand la journaliste aseptisée annonça avec un ton aussi monocorde qu'ennuyé le décès d'une personne quelque part en France. Un décès, parmi tant d'autres. Pourtant, pour Stobbart, celui-ci était différent. La victime n'avait pas été assassinée, ni n'avait non plus à voir avec la grippe ou un accident.

Non, « *la victime est décédée des suites d'un arrêt cardiaque dans un cybercafé où, durant près de quarante-huit heures, elle n'a cessé de jouer à un de ces jeux en ligne massivement multijoueurs, rendus tristement célèbres par le nombre toujours croissant de morts qu'ils causent depuis maintenant plus de trente ans.* »

La journaliste continua d'une voix sans timbre. Stobbart serra les poings, elle l'énervait prodigieusement.

« *Nous sommes au mois de septembre, et c'est déjà la cent douzième victime depuis le début de l'année. Nous vous rappelons… »*

La voix s'éteignit. Le policier avait coupé la télévision. Il ne savait pas ce qui l'énervait le plus : entendre le ton faussement pathétique de la journaliste énoncer une nouvelle dont elle n'avait cure, et pour qui la victime resterait un anonyme de plus dans la litanie des décédés qu'elle annonçait quotidiennement à ses auditeurs ? Ou bien le profond désarroi qui le saisissait en entendant la nouvelle de cette mort, qui l'assommait toujours aussi sûrement qu'un coup de matraque sur l'occiput ?

Stobbart regarda le poste vidé de ses images, désœuvré. Pourquoi ça ? Il sentit son énervement s'amplifier. Pourquoi était-il agacé ? Il ne pouvait rien faire. Et c'était justement pour cette raison. Parce qu'il était impuissant. Et qu'il ressentait cette impuissance comme une cuisante défaite sur l'ordre qu'il voulait instaurer. Il était flic à la Crim', bon sang ! Il avait choisi ce métier pour mettre en taule les meurtriers de toutes sortes, de toutes espèces ! Il voulait que son action amène à plus d'équilibre, plus de tranquillité, tout ça en éliminant les nuisibles de la société. Mais là, il sentait son impuissance comme la lame glacée d'un couteau qu'aucune carapace ne pouvait arrêter. Et ça, ça le rongeait de l'intérieur. George s'astreignit au calme. Il était inutile de s'énerver. Cela s'était passé, c'était tout. Le propre du passé était qu'on ne pouvait pas revenir dessus.

George se dirigea vers son balcon, fit coulisser la baie vitrée et plongea dans l'air nocturne de Paris. Au loin, il vit la tour Montparnasse, translucide et coiffée de ses jardins verdoyants, faisant office de phare dans une mer noire d'habitations. Stobbart respira l'air pollué de la capitale, dans laquelle les odeurs de pots d'échappement se mêlaient aux parfums avariés des poubelles qui stagnaient sur le trottoir, attendant le passage tout aussi puant de la benne qui les emmènerait. À chacun son boulot d'assainissement. Au final, il y avait peu de différences entre eux.

Le policier se leva et alla sortir une petite boîte blanche de sa cachette, dans le double fond d'un tiroir qu'il avait trafiqué exprès. Il ouvrit le paquet et contempla l'intérieur d'un air pensif. À l'intérieur reposaient huit cigarettes blanches. Une était entamée sur la moitié et les sept autres étaient intactes. Théoriquement, il avait arrêté de fumer, mais Stobbart ne résistait pas au plaisir de sentir de temps à autre les arômes d'une cigarette. Et toujours avec le souvenir des premières qu'il avait fumées et qui restaient gravées dans sa mémoire tant pour le goût, que pour les bons moments passés avec les copains. Émilie avait tenté de le faire arrêter, mais George l'avait priée et suppliée de ne pas lui enlever ce plaisir. Il avait finalement obtenu un *statu quo* qui croulait sous de multiples conditions : pas dans l'appartement, pas en présence des enfants, pas quand elle était là, pas plus d'une par jour, pas plus de… bref. Pour ce soir, toutes les conditions étaient réunies, y compris un temps clément sur le balcon. George coinça le reste de sa cigarette entre ses lèvres après en avoir ôté le bout carbonisé. En fait, il remplissait les conditions de sa femme sans problèmes, puisqu'il ne fumait qu'en de rares occasions.

À vrai dire, en deux occasions seulement : la première, pour fêter l'arrestation d'un criminel. Et encore seulement trois ou quatre bouffées, juste pour sentir l'arôme. « Mais surtout pour ne pas se sentir l'air de fumer comme un pompier » se moquait Nicole, sa jeune collègue : il pouvait effectivement se targuer d'avoir de très bons résultats dans leur service. Mais fumer autant de clopes que d'arrestations, bonjour l'emphysème. La seconde occasion, c'était pour calmer l'énervement qui le gagnait dans des moments comme celui-ci.

Stobbart saisit le minuscule briquet logé dans l'espace vide de la boîte cartonnée, à côté des cigarettes. Il fit jouer le silex d'un geste fluide. Une minuscule flamme bleue en jaillit, éclairant à peine son visage fatigué. Il aspira doucement la fumée, savourant chaque bouffée qui se déposait légèrement sur sa langue et son palais. La braise de sa cigarette rougeoya brièvement, infime lumière perdue dans les néons blancs que crachaient les lampadaires de la capitale. « Et pourtant, songea le policier, la seule qui me permette de ne pas me perdre ». Un parfum de pinède l'envahit. « Non, pas la seule », rectifia-t-il. Le chuintement de la baie vitrée qui coulissait à nouveau glissa jusqu'à lui et s'éteignit aussitôt.

« Ça va, mon chéri ? »
Stobbart se retourna.
« Maintenant, oui », répondit-il en souriant.
Émilie se tenait avec précaution derrière le voilage de la fenêtre, afin de ne pas paraître comme elle était aux passants qui auraient eu l'idée de lever le nez vers leur fenêtre : dans un peignoir rose, les cheveux mouillés et une légère inquiétude peinte sur ses traits.

« Tu as regardé les informations. Que s'est-il passé ?
– Encore un, répondit sombrement George. Maintenant, le cent douzième depuis le début de l'année… »
Émilie ne souffla mot.
« Cent douze… Ces jeux vidéo sont vraiment une plaie…
– Tu y penses toujours, n'est-ce pas ?
– Sans cesse.
– Et tu veux connaître la dernière ?
– Quoi ?
– Claire et Chris veulent un jeu de zombies.
– Ben voyons… Cette console ne va pas tarder à disparaître, crois-moi… »
Émilie ne dit rien. Lui apprendre la nouvelle maintenant lui éviterait une mauvaise surprise plus tard. Au moins y serait-il préparé quand leurs deux affreux feront leur requête à son frère. Elle se promit de l'instruire sur le sujet.

George soupira. Même ses propres enfants. Et personne pour changer les choses… Personne, ou du moins si peu de monde. Une goutte d'espoir noyée dans un océan d'immondices. Stobbart souffla rapidement un dernier nuage de fumée bleutée. La cigarette touchait à sa fin. Comme la vie de ce môme à la télé : incomplète et vidée de sa substance.

« Tu es d'humeur bien sombre ce soir, lui fit remarquer sa femme.

– Désolé, ma chérie, fit le policier en se tournant vers elle, penaud.

– Ce n'est rien. Allez, viens… »

Émilie lui tendit une main, que George saisit doucement. Sans lâcher la main de sa femme, il écrasa le mégot encore fumant dans le cendrier sur pied, à côté de lui. Il regagna le salon et embrassa sa femme sur le front.

« Heureusement que tu es là… »

Elle lui sourit et le poussa gentiment vers la salle de bains.

« J'aurais aimé pouvoir t'en dire autant s'il n'y avait pas eu l'odeur sublime de la cigarette froide sur tes vêtements… Allez, ouste ! À la douche ! »

Quand l'eau chaude coula sur ses épaules, il sentit ses muscles se détendre un à un, libérant en même temps son esprit qui se mit à vagabonder vers des terrains qu'il aurait pourtant préféré éviter. De ses premières années d'enquêteur, il avait encore le souvenir de cadavres tellement mutilés qu'il avait eu la nausée à la vue de ces visages dévorés par les rats ou marqués par les instruments d'un sadique. Pourtant, il avait persisté et, à chaque fois, il avait continué et totalisait maintenant pas loin de trois dizaines d'années dans le service. Le doyen de la Crim'. La mort n'était pas devenue une amie, mais elle le suivait, l'accompagnait tout au long de ses enquêtes. Il l'imaginait qui le regardait en riant de son sourire édenté et se moquant : « Trouveras-tu les circonstances dans lesquelles j'ai frappé ? Trouveras-tu ? » Alors il cherchait, bougeait, remuait, s'acharnait sur tous les éléments qu'elle lui laissait. Et il trouvait. Elle ne le maudissait pas, ne le bénissait pas non plus. L'accompagnait juste. Et malgré le fait qu'il avait beau la côtoyer tous les jours, l'annonce de cette nouvelle mort, ce soir, l'avait laissé mal à l'aise. Comme à l'annonce de toutes les autres, d'ailleurs. En fait, rien ne le laissait plus mal que ces morts devant lesquelles il se sentait impuissant. Un criminel, il enquêtait, l'arrêtait, le coffrait. Une mort devant un écran, il ne pouvait que la constater.

Depuis l'avènement des cyberdépendances, depuis que les jeux vidéo étaient devenus la principale source des addictions sans drogue mais aux conséquences encore plus insidieuses, les frontières entre victimes et meurtriers étaient devenues des plus floues. L'écran avait pris le pas sur les esprits et régissait à présent toutes les vies. Depuis deux décennies, le nombre de morts avait augmenté de façon sidérante. Mais on n'arrêtait pas un écran avec des menottes. On essayait seulement de l'arrêter avec des lois qui tombaient en désuétude sitôt qu'elles étaient votées, vaincues par les monstres d'univers fantastiques qu'affectionnaient tant ses enfants.

Alors, pour lutter contre ces mondes cauchemardesques, on avait inventé les instituts, portés par des psychologues, des psychiatres ou tout autre médecin de l'esprit qui s'estimaient plus compétents que son confrère. Ils recueillaient ainsi ceux perçus comme dépendants, comme les centres de désintoxication recueillaient les drogués à la cocaïne. Longtemps, les médecins avaient lutté contre ce fléau qu'était le média vidéoludique sous toutes ses formes. Avant qu'un psychologue de génie ne soit apparu, n'ait compris ces joueurs, trouvé le mal qui les rongeait et découvert un remède. Pas un remède miracle, mais un remède quand même. Ce mal, il lui avait même donné son nom…

Soudain, Stobbart se sentit glacé. Il tendit le bras et tourna prestement le robinet. Il avait vidé le ballon d'eau chaude. Il se sécha en vitesse, soudainement pressé de se retrouver dans le cocon de son lit douillet, et gagna rapidement la chambre à pas de loup pour ne pas réveiller les enfants. Quand il se glissa entre les draps, Émilie vint se blottir contre lui sans un mot. Sa chaleur l'enveloppa et le policier sombra bientôt dans une agréable torpeur.

Quand le téléphone sonna au beau milieu de la nuit, George ouvrit les yeux d'un coup. La sonnerie avait fracturé son sommeil d'une franche coupure, tranchant sans coup férir dans la chair d'un rêve qu'il oublia aussitôt. Le téléphone sonna une seconde fois, brièvement, entêtant. À côté de lui, Émilie bougea légèrement. Le policier sentit que sa femme n'allait pas tarder à se réveiller. Sa grosse main s'abattit sur sa table de nuit et se referma sur son portable. Il le saisit et décrocha avant même que ne retentisse la troisième sonnerie.

« Stobbart à l'appareil, murmura-t-il d'une voix déjà claire.

– Je te réveille ? »

La voix claire et assurée du commissaire Blanc éclata dans l'écouteur. Le policier grimaça et éloigna de quelques centimètres le téléphone de son oreille.

« Jacques, il est presque trois heures du matin, bougonna son subordonné. Donc, oui, tu me réveilles… »

Sa femme remua de nouveau, un peu plus fort.

« Une minute. »

Le policier s'extirpa péniblement du lit, prenant soin à ne pas réveiller davantage son épouse, et sortit de la chambre. Il faisait nuit noire dans l'appartement et les lieux étaient tout ce qu'il y avait de plus silencieux. George se dirigea à tâtons et atteignit le salon sans encombre. Il trouva un fauteuil et s'assit sans prendre la peine d'allumer. Ses yeux s'habituaient déjà à la maigre clarté de la lune qui filtrait à travers les volets de la baie vitrée.

« Je t'écoute…

– Tu es assis ? demanda son supérieur.

– Oui.

– Alors tu peux te relever : un double homicide vient d'être signalé près de la place de la République, dans le onzième arrondissement. »

Stobbart jura.

« C'est bon, j'arrive. »

Les joies de l'astreinte.

Chapitre IV

Un écran aux épais traits blancs se dessina à nouveau dans l'espace. Il était plus blafard que celui de la dernière fois. La pièce s'assombrit, tentant de régler les contrastes en les ajustant de mieux qu'elle le pouvait. Elle n'y parvint pas. Tant pis.

L'écran était terminé à présent. Les deux barres étaient apparues, chacune d'un côté de l'écran. Tout était en place.

L'étrange bille carrée apparut. Un bruit métallique retentit presque tout de suite. Le premier échange avait été de courte durée. Un à zéro. La bille fut relancée. Une cascade de bruits métalliques indiqua une seconde fois la fin de l'échange. Un partout.

La partie ne faisait que recommencer.

Chapitre V

« Ainsi s'achève aujourd'hui la soixante-septième édition de ce Congrès national de "La Psychologie dans tous ses états". Cette année, le congrès avait pour thème « Psychologies et addictions » et rassemblait les experts les plus éminents venus pour l'occasion de toute la France, avec, en point d'orgue, l'intervention d'un chercheur en pharmaceutique reconnu à l'international, le docteur Morgan. Cette année encore, les débats ont été animés, et ont opposé les pourfendeurs du média vidéoludique à ses ardents défenseurs, régulièrement cibles d'attaques virulentes les accusant de protéger la dégénérescence des joueurs.

Si les débats n'ont que peu progressé, il est à remarquer un nouvel arrivant sur la scène scientifique : il s'agit de Monsieur Moebius Mantis – seize ans et fils du regretté mathématicien Professeur Mantis – qui a présenté pour l'occasion les résultats d'une thèse pleine de promesses. Sa jeunesse et la maturité de son propos ont surpris plus d'un de ses futurs confrères, enfonçant à plusieurs reprises les défenses des tenants d'une pensée providéoludique. Si ses travaux novateurs sur les médias vidéoludiques et leurs addictions ne seront terminés que d'ici à deux ans, il pourrait toutefois ouvrir une nouvelle voie dans la recherche et redonner espoir aux parents dont les enfants restent sous l'emprise de jeux vidéo toujours plus dangereux pour leur santé, devenus un véritable fléau social depuis maintenant presque deux décennies. Des recherches pleines de promesses que d'autres sommités ont saluées. […]

Article paru dans le numéro spécial de la *Revue des Sciences psychologiques,* « Jeux vidéo et addictions : quels maux, quels remèdes, quel avenir ? », le 22 mai 1980.

Page suivante : Entretien avec les Américains Inky Pinky et Clyde Blinky, chercheurs sur la théorie de la mémoire-labyrinthe. »

Chapitre VI

Paris. Onzième arrondissement. Cinq boulevard Voltaire. L'adresse résonna dans sa tête. L'exact opposé au quinzième arrondissement et à la rue Olivier de Serres, où Stobbart habitait. Le quartier était plutôt tranquille d'un point de vue de la sécurité, sauf si on exceptait les jours de manifestations. En tout cas, pas vraiment de quoi fouetter un chat. George grogna. Il avait juste eu le temps d'enfiler un pantalon et une chemise chiffonnée qu'il avait retrouvés en tire-bouchon dans la salle de bains. Autant dire que ses vêtements n'étaient pas de première fraîcheur. Et comme par hasard, ça devait arriver une semaine avant les vacances qu'il avait enfin réussies à poser. *Ses* vacances. Le policier se morigéna sur-le-champ. Ses vacances ne devaient pas passer avant les victimes. Il aurait dû en avoir honte, mais il devait avouer qu'il se sentait réellement fatigué. Cela faisait trop longtemps qu'il n'en avait pas pris. Mais les proches de la victime comprendraient-ils cela quand il devrait leur faire part du décès d'un membre de leur famille ? Pas vraiment. De toute façon, avec l'hémorragie de collègues grippés, elles tomberaient très certainement à l'eau.

Retour sur la route. Jacques lui avait parlé d'un double homicide. Il soupira. Deux familles à prévenir. Deux familles chez qui il verrait la surprise, puis l'incompréhension et, enfin, le désarroi mâtiné de colère. Avoir des flics devant sa porte n'était jamais un bon présage. Encore moins quand ils faisaient partie de la Crim'. Pas grand risque que sa fatigue s'estompe au cours de la semaine qui allait suivre.

Stobbart avait déjà remonté la rue Vaugirard, le boulevard Saint-Michel et traversé la Seine, louvoyant à présent sur le boulevard de Sébastopol. Il tourna à droite sur la rue Réaumur. Il n'était plus très loin à présent. Sa voiture fonçait dans les rues brumeuses et encore désertes de Paris, grillant allègrement les feux rouges intempestifs. À cette heure-là, les derniers fêtards rentraient chez eux, ou bien essayaient d'attraper un des rares bus de nuit que le policier croisait, disparaissant en un clin d'œil dans l'éclair bleuté de son gyrophare, seul compagnon d'infortune sur le trajet qui l'amenait sur son prochain lieu de travail.

Le commandant déboucha enfin sur la place de la République, aperçut le boulevard Voltaire au dernier moment, écrasa la pédale de frein et coupa les files dans un crissement de pneus. Une manœuvre qui lui aurait valu un vagissement de klaxons en pleine journée. Quand il entra sur ledit boulevard, George aperçut tout de suite, cinquante mètres devant lui, la ronde hypnotique des gyrophares qui balayaient la rue sous la pâle lueur des réverbères. Plusieurs voitures s'étaient arrêtées, garées en double file : deux véhicules de la police nationale, un qu'il supposa être de la Brigade anti-criminalité et le SAMU. Stobbart aperçut un peu plus loin, garée impeccablement dans son créneau, la voiture civile du lieutenant Collard. Sur sa gauche, il vit des bandes argentées s'agiter toutes seules dans la lueur de ses phares. En s'approchant, George entrevit les policiers qui marchaient sur le trottoir dans ce qu'il distingua bientôt être un petit attroupement, agglutiné autour d'un banc et encadré par deux représentants des forces de l'ordre. Un troisième policier également en uniforme filtrait les entrées de ce qui semblait être une boutique, à l'enseigne éteinte. Les couleurs rouge et blanche de la rubalise holographique scintillaient, définissant une large zone dans laquelle évoluait le ballet habituel des enquêteurs.

Stobbart se gara en double file et descendit de la voiture. L'air de la nuit l'enveloppa aussitôt de sa froidure matinale, lui faisant désagréablement prendre conscience de l'absence de manteau. Il replongea dans sa voiture, tâtonna et retrouva un vieux sweat noir à capuche, qu'il enfila prestement.

« Pas trop tôt ! »

Le commandant se retourna d'un bloc. Et fit face à un petit bout de femme qui le toisait d'un air faussement mécontent. De type asiatique, avec des yeux noirs comme le charbon et les cheveux coupés courts, Nicole Collard le fixait du haut de ses un mètre cinquante-cinq. Vêtue d'un jean noir, d'un col roulé bleu et d'une veste couleur daim, elle arborait des ballerines rouges et vernies du plus bel effet, contrastant nettement avec le style masculin. Les chaussures – seule pointe d'extravagance qu'elle s'autorisait coquettement – avaient toujours été son péché mignon, passion que George trouvait commune à beaucoup de femmes : il avait pu le voir avec la sienne et sa fille en prenait également le chemin.

« Le commissaire a dû attendre trois sonneries ? Vous êtes dur de la feuille, patron !

– Seulement deux, insolente, répliqua son commandant. Et réveillé parce que je suis toujours obligé de veiller sur les gamines qui ont besoin qu'on leur tienne la main…

– Et hargneux avec ça, riposta la jeune femme en lui tirant la langue. On y va ?

– Tu as donc vu notre taulier, je suppose ?

– Le commissaire est à l'intérieur.

– OK. Où sont les autres ?

– Le procédurier et l'adjoint sont grippés. (Stobbart leva les yeux au ciel, l'enquête était mal partie…) Le commissaire a eu Hal au téléphone : il est rentré dans un bus, le seul qu'il y avait à cette heure-là évidemment. Sinon, il va bien, mais il aura un peu de retard, fit Nicole avec une grimace.

– Ben voyons ! Je suppose que nous n'avons plus qu'à faire avec…, soupira George. Pour les constatations, ça va être coton. Je vais m'en occuper, mais il va falloir me donner un coup de main : on est en équipe réduite, alors il va falloir s'accrocher : ne lésine surtout pas sur les notes, je ferai pareil. Plus on aura de détails, meilleur rendu sur le PV on aura. C'est le point qu'on ne peut pas bâcler…

– Compris.

– Bien. Je te suis. »

Nicole Collard. Nico pour les proches. Un phénomène à elle toute seule. Proche de la trentaine, d'origine japonaise, elle était née, avait grandi et vivait à Paris. C'était un concentré d'énergie qui faisait voler en éclats le cliché de la femme faible, particulièrement dans le milieu masculin dans lequel elle évoluait professionnellement. Elle était entrée à la Crim' suite à la mutation d'un collègue dépressif, parti à l'office central de lutte contre le trafic de biens culturels. Un autre univers. Malgré le ton bourru qu'elle prenait de temps à autre et son caractère vif, elle était d'une remarquable sensibilité et décelait aisément les mensonges entremêlés à une étroite vérité, domaine dans lequel elle surprenait et surpassait ses collègues – féminins et masculins – qui voyaient plus en elle un garçon manqué eu égard à sa manière de parler et de s'habiller. Si on exceptait bien sûr les chaussures.

C'était Stobbart lui-même qui l'avait recrutée et prise sous son aile, sentant chez sa jeune recrue un esprit et une envie qui avaient fait défaut à ses concurrents. Enthousiaste et sur le pied de guerre dès les premiers jours, il avait tout de même dû réfréner la fougue de sa jeune collègue à traquer les criminels. Bridée, elle s'était renfermée et montrée méfiante à l'encontre de son supérieur, puis avait lentement commencé à l'apprécier quand elle avait vu sous la surface de ce tempérament calme et réfléchi une puissance sourde, qui éclatait comme un coup de tonnerre lorsqu'il s'agissait de passer à l'action. Ça l'avait surprise, mais peu à peu, elle s'était laissée apprivoiser et une affection réciproque était née. Leur différence d'âge les avait même rapprochés, jusqu'à se rendre compte que, finalement, ils s'entendaient comme larrons en foire. Les piques s'étaient mises à voler dans tous les sens et George ne se faisait pas prier pour y répondre avec un clin d'œil qui la faisait éclater de rire.

Mais ce matin, il y avait autre chose. Si d'habitude elle était professionnelle jusqu'au bout des ongles et ne faisait apparaître qu'un froid professionnalisme, son supérieur la sentit mal à l'aise, remuée. Il la rattrapa pour se mettre à sa hauteur.

« C'est si moche que ça ?

– Je ne sais pas, patron. Il y a quelque chose de… bizarre… »

Pas bon signe. Le commandant la connaissait à présent suffisamment bien pour savoir que son instinct la trompait rarement.

« Tu m'as parlé d'un double homicide, commença Stobbart.

« – Un homme et une femme. D'après ses papiers, l'homme serait Gabriel Chevalier et le propriétaire de la salle de jeux ; la femme, aucune idée. Pas de papiers, pas de témoins non plus.

– Le groupe de jeunes ? demanda George en les désignant d'un signe de tête.

– Ce sont eux qui ont découvert les corps, vers deux heures trente, à la sortie des bars. Plus ou moins en état de choc selon les doses d'alcool absorbées et le nombre de joints fumés. Vu l'odeur, ils pourraient ouvrir une herboristerie. Sinon, pour ce que les collègues de la BAC[1] m'ont rapporté, ils n'ont pas vu grand-chose.

– J'espère que les gamins n'ont touché à rien, murmura sombrement le commandant.

– Apparemment non. Une des filles a eu suffisamment de jugeote pour les sortir, nous appeler et faire vomir ses collègues dans le caniveau. À une exception près. Enfin, vous verrez… La patrouille est arrivée très vite et a tout de suite bloqué l'accès à la salle de jeux. Ils nous ont appelés dans la foulée. L'Identité judiciaire est déjà sur place. Ainsi que le procureur. Voilà, vous savez à peu près tout.

– Le procureur ? Un substitut, tu veux dire ?

– Non, le proc' en chair et en os. Oui, ça m'a surpris aussi. Mais apparemment, l'épidémie de grippe ne s'est pas occupée de nos seuls collègues… » George ne dit rien. Il assimilait chaque information, triant déjà mentalement les éléments à traiter en priorité et revoyant les procédures à mettre en place. Il jeta un coup d'œil vers l'enseigne encore allumée de la salle qui surplombait le seuil. *RetroGames*. Un nom d'un autre temps. Les deux policiers passèrent la rubalise, qui résonna au signal de leur brème[2] magnétique. Quiconque n'avait pas les autorisations nécessaires déclenchait une alarme stridente. Très efficace pour maintenir les curieux à distance.

Quand George et Nicole arrivèrent devant la boutique, le policier grimaça. D'immenses affiches couraient les baies vitrées. L'une d'elles représentait deux têtes face à face, sur un fond bleu nuit : un homme du genre pirate, moustache et couvre-chef noir, menaçait de la pointe du sabre une créature à la peau verte, bandana rouge et boucles en or à l'oreille et dans le nez. Son air menaçant était renforcé par ses yeux rouges et les larges canines inférieures qui remontaient presque jusqu'à hauteur de nez. Il n'en fallait pas plus à Stobbart pour lui donner la nausée.

« Tu m'étonnes que tu te sentes malade à rentrer là-dedans…, grogna-t-il.

– En d'autres circonstances, j'aurais presque eu de la nostalgie, répliqua légèrement sa collègue. Le commandant Stobbart… »

Le gardien de la paix qui surveillait l'entrée de la boutique salua le policier d'un léger signe de tête et s'écarta pour les laisser entrer. George prit le temps

---

[1] Brigade anti-criminalité.
[2] Carte professionnelle.

d'enfiler des surchaussures – aussitôt imité par Nico –, enjamba une marche, et fit un pas à l'intérieur pour pénétrer avec répugnance dans un univers vidéoludique, qui le laissa surtout surpris. Il s'était attendu à voir des murs blancs, des rangées d'ordinateurs impersonnels aux écrans menaçants, prêt à happer son utilisateur et à l'emporter dans les mondes improbables et haïs des jeux en réseau. Au lieu de tout cela, en face de lui, se tenaient des distributeurs de boissons, sandwiches et en-cas, puis tout de suite sur sa droite, des vitrines dans lesquelles reposaient d'antiques consoles accompagnées de leurs jeux et de quelques *goodies*. Le comptoir était au fond de la pièce, derrière une vitrine qu'il fallait dépasser pour l'atteindre. Pour le reste, l'endroit était désert, seulement sillonné par des techniciens.

« Où est le procureur ? s'enquit George.

– Ici même. »

Stobbart pivota sur sa droite. Sortant de la pièce par une porte cachée derrière les vitrines, un homme, petit, replet, se tenait devant lui, un grand thermos de café à la main. Sa silhouette s'empâtait et son embonpoint avait déjà pris quelques longueurs d'avance sur ses abdominaux. Le visage joufflu, presque poupin malgré ses presque soixante printemps, était surmonté d'une couronne de cheveux, blancs à son grand désespoir. Pour pallier ce fameux désagrément capillaire, il avait pris la mauvaise habitude de les laisser pousser en longues mèches, qu'il coiffait soigneusement pour recouvrir sa tête dégarnie. Si le résultat était tout à fait discutable d'un point de vue esthétique, il devenait risible lorsque le vent farceur faisait allègrement voler ses mèches en de multiples antennes virevoltantes. Toutefois, sa large carrure créait un contraste qui amoindrissait ses encombrantes rondeurs et lui donnait encore une allure quelque peu svelte. En tout cas, c'est ce que sa compagne actuelle n'arrêtait pas de lui répéter. Pour qui ne connaissait pas le procureur, il ne voyait alors qu'un homme simple, passe-partout, qui ne payait pas franchement de mine. Mais sous cet air que beaucoup croyaient éteint brillait un esprit vif, qui prenait un malin plaisir à jouer de son apparence peu flatteuse pour jouir d'informations qu'on lui donnait par condescendance. L'homme tendit une main charnue mais à la poigne ferme au policier.

« Procureur Godot.

– Commandant Stobbart. »

Un autre homme se tenait aux côtés du magistrat. Légèrement plus grand que Stobbart, mais bien plus trapu, des cheveux poivre et sel qui se raréfiaient sur les côtés et le haut de sa tête, le supérieur de George avait un visage acéré, dans lequel brillaient deux yeux ardents au-dessus d'un nez aquilin, dévisageant ses interlocuteurs à la manière d'un scanneur. La poigne prononcée de Jacques Blanc, commissaire principal à la Brigade criminelle, témoignait d'un caractère bien trempé sous son apparente bonhomie.

« Jacques.

– George.

– Double homicide alors ?

– Oui, confirma Godot. L'histoire n'est pas claire. Pas de témoins, pas de pistes, un ou plusieurs meurtriers. La saisine sera pour vous.

– Bien.

– Je sais que vous êtes en effectifs réduits, mais il va falloir faire avec. Je vous communiquerai dès que possible la date d'autopsie et le nom du légiste. Je laisse au commissaire Blanc les rênes de l'enquête. Tenez-moi au courant de vos avancées, ce sera parfait comme ça. Bonne journée, Messieurs. »

Les deux policiers saluèrent l'homme, qui s'en fut.

« Pressé, dis donc, observa George.

– Un procureur noyé sous le travail comme tous les autres. Je ne vais pas tarder à le suivre. Je m'occupe du rapport circonstancié et de trouver un juge d'instruction. Pour le reste, j'ai déjà donné des ordres à l'Identité judiciaire : vois quels éléments tu peux retirer avec eux. Dis au lieutenant Collard d'appeler les pompes funèbres et de commencer l'enquête de voisinage. Ton informaticien est coincé dans un bus, tu savais ?

– Oui, accident. On verra plus tard avec lui. Pour le reste, compte sur moi.

– Je sais. À plus tard, Stob'.

– À plus tard. »

Jacques Blanc déserta les lieux à son tour. George se retrouvait seul avec Nico, qui l'attendait patiemment en retrait.

« Je t'écoute.

– Par ici. »

Suivant sa jeune collègue, le policier se dirigea vers le comptoir, un peu plus loin sur sa gauche. Son attention fut immédiatement attirée par des gerbes de sang par terre et sur un des murs, devant et derrière le comptoir. À vrai dire, les gerbes n'étaient pas si visibles. Le sang avait été projeté sur une affiche, représentant cette fois-ci un homme en tenue de combat verte, manches courtes, faisant avantageusement ressortir sa musculature. Coiffé d'un casque bleu futuriste, il campait sur la crête d'un rocher, assailli de toutes parts par des hordes de démons rouges qu'il repoussait vaillamment à l'aide d'un pistolet mitrailleur. Ceux-ci s'avançaient pourtant sans crainte, la gueule garnie de crocs redoutables et les doigts griffus, crachant une boule de feu ou pointant sur lui un canon faisant office de main. « Le pire dans cette affiche, pensa Stobbart, c'est que le sang ne la dépareillerait pas ». Nico s'arrêta.

« Si ça ne vous dérange pas, je reste derrière : je n'ai rien contre les tripes et le sang ; par contre, les odeurs de vomi, j'ai du mal... »

À cet instant, George remarqua effectivement qu'une odeur acide de régurgitation fraîchement déversée flottait dans l'air. Juste à ses pieds, en fait. Il se couvrit le nez avec une des manches de son sweat et s'avança vers l'endroit annoncé. Non pas que les odeurs le dérangeassent beaucoup, mais ce n'était pas une odeur qu'il affectionnait particulièrement.

« Vous avez là la première victime, reprit la lieutenante. Comme je vous l'ai dit, ce serait le patron de l'établissement qu'un des jeunes a identifié comme tel. Par contre, la découverte du corps lui a purgé l'estomac... »

Sans rien dire, le policier dépassa la dernière vitrine devant le comptoir. Gisant sur le sol devant lui, le corps d'un homme d'environ quarante ans aux longs cheveux blonds, était étendu par terre, lui tournant le dos. Les collègues de la police scientifique et technique en combinaison blanche et masque sur le visage avaient déjà fixé la scène. Des cavaliers jaunes marqués d'un chiffre étaient placés de part et d'autre du corps, soulignant les éléments à mettre sous scellés lorsque les photographes auraient terminé de prendre tous leurs clichés.

Prenant autant garde à ne rien toucher qu'à éviter de se salir au contact des vomissures sur le sol, Stobbart s'arrêta à un petit mètre du cadavre et s'agenouilla pour observer. Essayant de reconstituer la scène, son regard balaya le sang noir sur le sol. Beaucoup de sang. Le carrelage en était littéralement inondé. Deux empreintes partielles de pas en pagaille se démarquaient nettement dans le liquide visqueux, côte à côte.

« Alors, qu'est-ce que vous en pensez ? demanda impatiemment sa collègue par-dessus le comptoir.

– MacDo, Vodka orange, bière brune, probablement Guiness…

– Pas la galette, grogna Nicole, mais le corps !

– J'avais compris, répliqua George taquin en reprenant l'examen de la scène. Encore deux minutes… »

Il se concentra sur la scène. Un détail attira son attention : non loin de la main gisait un combiné téléphonique. Peu à peu, certains éléments se mirent en place. Pas de mobile, il était trop tôt, mais déjà la manière d'opérer donnait quelques précieuses indications.

« Plusieurs choses : la victime a été égorgée. Ce qui expliquerait d'une, les projections de sang au mur, et de deux, la quantité de sang au sol…

– Carotides sectionnées. La victime se noie dans son sang. La mort est presque immédiate.

– Si on suit la courbe de sang, la victime a dû être attaquée de face, de gauche à droite. Ici, le sang projeté s'arrête nettement, là où il y a les traces de pas complètement figées. L'agresseur n'a pas bougé et a regardé la victime tomber devant lui. Avec l'élan porté par le coup, et si l'on suit la trajectoire du sang, celle-ci a effectué une rotation : les traces de sang arrivent jusque derrière le comptoir. La victime s'est écroulée sans avoir pu faire quoi que ce soit.

– L'agresseur n'a pas bougé, l'a regardé mourir, compléta la jeune femme. De sang-froid. Regarder jusqu'à la toute fin. Un sadique ?

– Peut-être. Ça collerait.

– Pour les empreintes de pas, il y aura la possibilité de faire une moulure. J'ai déjà demandé aux collègues.

– Bien. Tu as vu si elles menaient quelque part ?

– Oui. Juste deux pas vers l'arrière, vers la pièce où se situe le deuxième corps, puis plus rien.

– Génial. Il va falloir tout ratisser. Bon, que t'a dit le groupe de jeunes ?

– Pas grand-chose. L'un d'entre eux connaissait le coin et s'est étonné de voir la boutique ouverte. Ils sont entrés ; la suite, vous la connaissez.

– OK. Fais-les rentrer chez eux, on prendra leur déposition un peu plus tard. Je t'attends. »

Nico sortit et avisa le groupe d'étudiants en train de comater sur leur banc. Elle leur glissa à chacun une convocation pour neuf heures au Bastion. Cela leur laisserait le temps de cuver. Et pria pour que l'alcool n'ait pas effacé tous leurs souvenirs. Ils s'en allèrent en maugréant. Collard retrouva son supérieur une minute plus tard qui l'attendait, et pesta :

« La prochaine fois, on échange les rôles : non seulement, ils sont ivres et c'est de ma faute ; et en plus, ils seraient capables de se plaindre au commissaire parce que je les ai fait attendre…

– T'inquiète pas pour ça, ça leur aura permis de dessaouler un peu plus longtemps. Où est l'autre victime ?

– Par ici. »

D'un geste, Nicole l'invita à la suivre. Cette fois-ci, elle passa l'ouverture par laquelle le Procureur Godot était sorti et entra dans *la* salle. Sous les yeux de Stobbart s'étalaient, alignés contre les murs, de gigantesques boîtiers de toutes les couleurs, aussi grands que lui. En lieu et place d'un clavier et d'une souris, au-dessous d'un écran, se dressaient un ou deux joysticks, boule rouge sur tige de métal chromée. Six boutons – rouges, verts, bleus… – superposés en deux rangées l'accompagnaient. D'autres encore avaient pour unique commande de gros pistolets en plastique rouge ou bleu, reliés à la machine par un câble. Dans un autre coin, des simulateurs de course en motos cross côtoyaient ceux pour des courses en automobile dans un univers rallye, et même des simulateurs de sport, avec ski et snowboard. Une majeure partie des écrans étaient allumés et brillaient d'animations aussi variées qu'improbables, accompagnées de musiques aussi répétitives qu'agaçantes. Stobbart siffla d'étonnement.

« Qu'est-ce que c'est que ce bazar ?

– Des bornes Arcade ! » répondit impatiemment sa lieutenante.

Avant d'ajouter avec impertinence :

« Elles doivent être presque aussi anciennes que vous. Vous n'avez pas vu l'enseigne ? »

Le commandant fronça les sourcils.

« Merci gamine ! J'étais déjà là-dessus alors que tes parents ne parlaient même pas encore de toi. *RetroGames*… Ça empeste la nostalgie…

– Vous étiez adepte de jeux vidéo ? releva Nico en fronçant les sourcils. Je croyais que vous détestiez ça…

– Autres temps, autres mœurs. »

Stobbart ne mit pas longtemps à l'apercevoir. Elle était assise, adossée à une autre de ces machines infernales. Avec cette même appréhension qui le tenaillait avant chaque découverte d'un corps, le commandant s'approcha de la seconde victime.

La femme était légèrement penchée vers l'avant, retenue au cou par le même câble qui avait servi à l'assassiner. Ses cheveux courts et blonds tombaient devant elle, empêchant le policier de distinguer son visage. À cet instant, il ne sut ce qui le révulsa le plus : le mince serpent noir qui s'enroulait autour de son cou et reliait le bloc électronique à un gros revolver rouge ; ou bien justement cette borne de jeu intitulée « *The House of the Dead* », où vraisemblablement les zombies et autres créatures de l'horreur tenaient le premier rôle. Sur l'écran défilait l'arrivée de ce qui semblait être un policier dégommant à tout va des morts-vivants sur l'esplanade géante d'une propriété tout aussi immense. Les coups de feu résonnaient au milieu des hurlements des goules sur un fond de musique rock, improvisant un concert tout droit sorti de l'enfer. Un goût de bile emplit la bouche du policier : deux policiers avec chacun ses propres cadavres, à la différence que ce flic virtuel semait les corps au lieu de les ramasser. *Tu parles d'un réconfort…*

George n'avait pas envie de vomir à son tour, juste de cracher à la face de ces écrans qui brillaient et résonnaient insolemment – paradoxalement pleins de vie si tant est qu'une machine vivait – et de les briser, de réduire en miettes toute cette machinerie infernale. À deux pas de lui, une fenêtre ouverte et garnie de barreaux était ouverte. Il se rapprocha d'elle pour sentir le courant d'air frais qu'elle laissait entrer.

« Ça va, patron ? Vous êtes tout pâle… »

Stobbart se retourna vers sa collègue. Soudain, il prit conscience que ses muscles lui faisaient mal, qu'il était figé au fond de la pièce comme un bloc de granit. Nicole le regardait avec inquiétude. Le policier grimaça un sourire.

« Désolé, marmonna-t-il. Les jeux vidéo et moi, ça fait deux… »

Le policier fit un immense effort de concentration et s'arracha à la vision de ces humains défigurés qui agitaient vers lui leurs membres décomposés. La pièce se clarifia et son regard se posa sur la victime devant lui.

« On continue. Par contre, trouve un moyen de couper ces fichues bornes : on sera plus tranquille pour travailler.

– Bien sûr. Une minute. »

Sa lieutenante s'éclipsa et quelques instants plus tard, le brouhaha intempestif s'estompa dans un couac électronique. Le policier poussa un soupir de soulagement. Du calme, ô joie. Stobbart put enfin s'astreindre à l'étude du corps. La femme semblait jeune. Du sang maculait ses habits – une blouse d'infirmière sur un jean bleu, des mocassins beiges. Et tout dans son corps indiquait une violente tension. Les muscles encore crispés n'avaient cessé de se débattre qu'à la fin, lorsque le câble l'avait privée de tout oxygène. La strangulation elle-même avait été très violente, marquant les chairs fragiles du cou de grandes zébrures rouges. George resta de longues minutes à observer la scène. Nico se décida à rompre le silence :

« Vous en concluez quoi ?

– La victime s'est débattue, répondit son commandant en désignant les marques de talon sur le sol. L'aspect en lignes droites supposerait qu'elle luttait pour essayer de se relever et de s'échapper à son ou ses agresseurs. Et pas qu'un peu…

– Vous pensez qu'ils étaient plusieurs ?

– Possible. Par contre, il y a quelque chose qui me chagrine…

– Le couteau ?

– Exact. Pas de couteau. Ou du moins d'objet qui ait servi à occire notre homme à l'entrée. Étonnant.

– Pourquoi utiliser une arme sur l'un et pas sur l'autre ? comprit Nicole.

– Encore exact. Ce qui ne va pas nous aider. Qu'en penses-tu, toi ?

– Pour ma part, c'est plutôt la nature du meurtre qui m'a surprise… » George haussa un sourcil interrogateur.

« Tu peux être plus précise ?

– Selon des critères masculins, la victime était attractive, mais le bon état de ses vêtements écarte – pour l'instant, du moins – la piste du crime sexuel. Pourtant, ce ou ces types n'ont pas hésité à assassiner un premier homme avant de s'en prendre à elle.

– Qui te dit que l'homme a été tué en premier ?

– Il avait un téléphone à la main : il pourrait avoir été tué parce qu'il a essayé de s'en servir.

– Ce qui pourrait signifier que cette jeune femme était poursuivie et que la ou les personnes l'ont retrouvée *avant* qu'il n'essaie d'appeler. C'est une piste qui mérite attention. On va voir ce que va dire le légiste. Le voilà, justement, et… »

Un éternuement sonore explosa. Un large sourire illumina soudainement la figure joviale de Stobbart.

« Si je m'étais attendu à cette surprise… ! »

*

Daniel Fortesque éternua si fort que deux photographes de la police scientifique sursautèrent, attirant l'attention de tous les autres sur sa modeste personne. Il secoua énergiquement la main en l'air pour disperser toute l'attention dont il faisait l'objet, signe qui indiquait chez lui que tout allait bien. Il venait tout juste d'arriver et déjà il sentait le rhume s'insinuer vicieusement dans son nez, ses yeux et ses sinus. Voilà pourquoi il détestait être d'astreinte : non pas parce qu'il devait rester éveillé et bouger aussitôt qu'on l'appelait, mais bien parce qu'il était obligé de sortir quand les températures avoisinaient les onze ou douze degrés. Oui, il était frileux, et alors ? Il allait quand même sur ses cinquante ans !

« Je me disais bien que j'avais reconnu cet ouragan… »

Le bien nommé se retourna et un sourire se peignit sur ses lèvres.

« George Stobbart ! En voilà une surprise ! Comment vas-tu ? »

Le médecin légiste saisit cordialement la main qu'on lui tendait.

« Salut Daniel ! Bien, indépendamment des évènements qui nous réunissent ici même…

– Sûrement ! Double homicide, c'est moche ! Qu'est-ce que tu fais là d'ailleurs ?

– Astreinte, tout comme toi. Revenu de Lyon ?

– Comme tu vois ! Tu n'as pas perdu de temps pour me mettre au boulot, comme d'habitude ! Tiens ? Qui est cette beauté ? »

George se retourna, vit Nicole quelques pas en arrière qui l'attendait. Il lui fit signe d'approcher.

« Nicole, je te présente le docteur Daniel Fortesque, un ami d'enfance, fraîchement débarqué de Lyon. On a travaillé sur une dizaine d'affaires ensemble.

– Et le moins que l'on puisse dire, c'est qu'elles ont toutes été résolues par votre collègue avec l'art et la manière. Le problème est qu'il a une fâcheuse tendance à refiler du boulot aux autres, je sais de quoi je parle ! Ravi de vous rencontrer…

– Daniel, tu exagères toujours… »

La jeune femme serra la main tendue avec un sourire.

« Enchantée.

– Et Daniel, je te présente la lieutenante Nicole Collard, avec qui je travaille maintenant depuis deux ans.

– Je ne sais pas pour quelle raison je vous plains le plus : le caractère bougon de votre supérieur, ou bien sa propension à jouer les Sherlock Holmes…

– Sache, Nico, que tu n'es absolument pas obligée de répondre à la question », fit Stobbart d'un ton ennuyé.

La lieutenante étouffa un rire. Le légiste lui plut tout de suite : son côté pince-sans-rire allié à la profession qu'il exerçait octroyait à son humour un effet décapant. Elle jeta un rapide coup d'œil à George : il était sincèrement content de le voir, ce qui était plutôt bon signe : son commandant appréciait les collègues qu'il considérait comme compétents. Ce qui lui avait valu l'épithète peu flatteuse de "grincheux" de la part des moins bien intentionnés. Dans les faits, elle avait rapidement compris que rien ne hérissait plus Stobbart que l'inattention d'éléments que lui considérait pourtant comme capitaux : les crimes de sang ne pouvaient être traités à la légère.

Quand elle était entrée à la Brigade criminelle, jamais elle n'aurait pensé tomber sur un flic comme lui, tout droit issu des romans policiers qu'elle lisait étant gamine. À cela près qu'elle travaillait avec lui, que les méthodes avaient sensiblement évolué, mais qu'il avait – comme les héros qu'elle avait lus – le meilleur taux d'enquêtes résolues au sein de la Brigade. Travailler avec lui était la meilleure école qu'elle puisse avoir. Y compris sur cette enquête. Nico frissonna.

Elle avait à présent quelques affaires à son actif, elle s'était affirmée et avait, peu à peu, développé une intuition au fur et à mesure des investigations. Et celle-ci n'était pas de bon augure. Ils n'avaient pas encore assez d'éléments en leur possession et il était encore trop tôt pour penser à un mobile, pourtant, ce sentiment était là. Pour l'heure, elle attendait impatiemment que le légiste se mette au travail, enfilant à son tour une combinaison intégrale blanche pour ne pas contaminer la scène. Elle n'avait jamais entendu parler du toubib, mais elle connaissait à présent suffisamment Stobbart pour savoir qu'il choisissait ses amis avec soin. En attendant qu'ils terminent leurs retrouvailles, elle se prit à arpenter la salle, à circuler parmi toutes ces machines qui se reposaient, maintenues silencieuses pour l'occasion, accentuant un peu plus cette impression de deuil : elles ne s'allumeraient plus avant un bon moment. Les flashes crépitaient tandis que les hommes en combinaison blanche de la police scientifique continuaient d'exécuter leur ballet morbide entre les deux corps, circonscrivant les deux zones, établissant le plan de masse pour avoir un relevé précis de la scène, prélevant les empreintes lorsqu'il le fallait – c'est-à-dire partout sur les machines –, mesurant et récupérant tout ce qui pouvait être susceptible de fournir une piste, quelle qu'elle soit, afin de trouver les indices qui baliseraient leur enquête.

La jeune femme perçut un mouvement du coin de l'œil. Bloc-notes déjà griffonné, le médecin rebroussait chemin dans l'entrée aux côtés de Stobbart. Daniel Fortesque se rapprocha du premier cadavre – le propriétaire des lieux –, tandis que les combinaisons blanches s'éloignaient pour aller prêter main-forte à leurs collègues qui vérifiaient l'ensemble de la place. George la chercha du regard et elle leva la main pour attirer son attention. Nico put lire une question muette sur ses lèvres et acquiesça. Elle le rejoignit d'un pas rapide et mit aussitôt la main devant son nez. Son odorat délicat lui rappela chèrement que des émanations nauséabondes faisaient de cet espace une zone sinistrée. Elle grommela. Pas idée de boire jusqu'à s'en faire vomir. Et encore, elle était polie.

« Bon, attaqua Stobbart un masque de chirurgien sur le visage, tu as le topo. Qu'est-ce que tu peux nous dire sur ce pauvre homme ?

– Moi ? Rien ! Ce n'est pas moi qui parlerai, mais lui. Je ne serai que son modeste interprète… »

Masque et gants de rigueur, Daniel Fortesque enjamba l'obstacle prédigéré qui lui barrait la route et s'agenouilla avec précaution à côté du cadavre. Le comptoir tout proche limitait sa marge de manœuvre et forçait sa silhouette dégingandée à se plier de manière acrobatique.

« Vous avez retrouvé un instrument tranchant ou autre ?

– Non.

– Mmm. Attaque probablement portée de face, confirma à son tour le légiste. Vu l'entrée de la lame dans la gorge et les projections au mur, je peux d'emblée vous dire que son agresseur était droitier. (Fortesque frappa une victime imaginaire dans le vide.) La lame a été armée en bas, avec l'intention claire de poignarder. Notre victime n'a pas eu le temps de se défendre ; l'attaque a été soudaine, précipitée. Beaucoup de sang, les artères carotides paraissent avoir été sectionnées ; la mort a été rapide. Voyons la blessure. (Le médecin se pencha au-dessus du mort, lui saisit délicatement la tête pour découvrir la gorge) Elle n'est pas nette, les bords de la plaie sont déchiquetés, plutôt vers l'extérieur d'ailleurs… L'agresseur n'a planté l'arme qu'une fois, d'un coup, avant de la tirer vers l'avant, ce qui expliquerait l'emplacement de ces chairs ici, hors de la gorge. Son adversaire devait avoir une grande force physique si je me fie à la violence de l'acte : au premier abord, je dirais qu'il ne s'y est pris qu'une fois pour faire son travail…

– Profil militaire ?

– Pas nécessairement, mais quelqu'un de brutal en tout cas. Pour ce qui est de l'arme, il a utilisé une lame émoussée ou de type couteau à dents, comme celui qu'on prend pour couper le pain par exemple.

– Comment voyez-vous ça ? demanda Nicole, intriguée.

– Ici, Mademoiselle. À l'entrée de la plaie, la peau est déchirée, non coupée. Les organes que l'on aperçoit ici également. Ça n'est pas franchement ce que l'on pourrait appeler une entaille franche, comme celle qui pourrait être faite par un cutter.

– Je comprends.

– Ça paraît amateur, commenta George.

– Amateur et non prémédité, je dirais : pas d'arme idéale et une très grande brutalité dans l'acte. La gorge est pourtant un endroit sensible… Je vous confirmerai ça dès qu'on aura mis la main sur le surin. »

Le légiste se releva.

« Je ne pense pas que la victime connaissait son agresseur, observa Stobbart, mais que celui-ci l'a attaquée par surprise pour l'empêcher de téléphoner : le téléphone de ce monsieur est tout près de sa main.

– Mais c'est que tu as l'œil, dis donc ! se moqua discrètement Daniel. Tu t'es mis aux verres progressifs ?

– C'est l'hôpital qui se fout de la charité !

– Ouais, mais au moins, j'y vois clair ! riposta le légiste avec grand sourire. Je porte une prothèse à l'œil gauche, expliqua le médecin à l'attention de Nico. J'ai perdu mon plus bel œil dans un stupide accident…

– Ah ?

– Le terme n'est pas trop faible, effectivement, s'amusa George. Dans sa prime jeunesse, Daniel s'est tiré une flèche dans l'œil. C'est à ce moment qu'il a compris que pratiquer l'archerie n'était pas donné à tout le monde…

– Stob', vipère ! De quoi je vais avoir l'air devant Mademoiselle ?

– Tu tiens vraiment à ce que je réponde ? »

Les deux hommes gloussèrent. Derrière eux, la lieutenante était soufflée. Son chef qu'elle connaissait d'habitude si réservé riait dans son masque comme un gosse, à l'endroit même d'une scène de crime. Pourtant, elle devait avouer que l'anecdote, bien que douloureuse, était cocasse. Enfin, les deux amis reprirent leur sérieux.

« Blague à part, c'est tout ce que je peux te dire pour le moment. Je t'en dirais plus à l'autopsie.

– C'est déjà un bon début. Pour l'heure de la mort, tu as une fourchette ?

– Je te dis ça dans un instant. »

De sa mallette, le légiste sortit un thermomètre électronique, dont l'extrémité se terminait par un fil relié à une sonde rigide d'une vingtaine de centimètres.

« Juste le temps qu'il s'allume… Ça y est… À ma montre, il est quatre heures dix du matin et la température de l'air ambiant est de 22.7° Celsius. Bien. George, un coup de main s'il te plaît ?

– Bien sûr.

– Attrape ! »

Le médecin borgne lui lança une paire de gants en latex que le policier rattrapa habilement.

Stobbart l'enfila rapidement et se mit à genoux en même temps que Daniel. Aidé du commandant, le médecin dénuda feu le propriétaire de *RetroGames*, lui faisant glisser le pantalon sur les cuisses. Il introduisit la sonde de son thermomètre dans le rectum de la victime et attendit une dizaine de secondes. L'instrument émit un bip platonique.

« Il est maintenant quatre heures seize du matin et la température de notre malheureux ami est de 36.5 °C. Voyons… Notre homme doit peser un peu plus de soixante-dix kilos, légèrement habillé… (Daniel s'interrompit un instant, calculant.) La mort remonterait entre minuit et deux heures, avec une marge d'erreur tout à fait acceptable. Je pourrais peut-être te réduire l'écart à l'autopsie.

– Vous calculez avec le nomogramme de Henssge, *de tête* ? s'exclama Nico.

– Bien sûr, sourit Fortesque amusé. On gagne du temps. Et malheureusement, avec la force de l'habitude, on le connaît… »

Le nomogramme de Henssge avait été mis au point au XXe siècle par le docteur allemand Claus Henssge, un professeur de médecine légale à Essen. En cherchant à modéliser la décroissance de la température d'un cadavre, il avait créé un système permettant d'évaluer l'intervalle post-mortem, en fonction de la température du corps, de la température ambiante et de la masse de l'individu. Cela avait donné naissance à un abaque, un entrelacs de courbes et de chiffres qui facilitait la datation des corps par les légistes, en lieu et place de denses calculs à la machine. Mais de là à calculer cette datation en prenant en plus en compte les facteurs modificateurs sous la forme d'un coefficient multiplicateur plus ou moins élevé si la victime était habillée, nue, dans un environnement donné (chaud, froid, humide, sec…), ça relevait de la prouesse. Ce que confirma son commandant :

« Daniel a toujours été très fort en calcul mental.

– Merci George. Ça doit t'ennuyer de reconnaître toutes mes qualités, je parie !

– C'est bien une des seules », rétorqua Stobbart.

Le légiste fit mine de ne pas avoir entendu et l'ignora superbement. Il se retourna vers Nicole, en pointant son chef du pouce.

« Il est toujours comme ça avec vous aussi, Mademoiselle ? s'enquit le médecin.

– Non, je suis pire, avança Stobbart avant que Nico n'ait eu le temps d'ouvrir la bouche.

– Oh ma pauvre !

– Autre question (George regarda sa lieutenante, interrogateur) : cette salle de jeux ferme à quelle heure ?

– Minuit, répondit Nicole.

– On peut en conclure qu'il a été tué à la fermeture ou qu'il est resté faire des heures sup'. Ça colle avec ta fourchette, Daniel.

– Évidemment.

– À charge pour nous de retrouver les témoins potentiels. Des caméras ?

– Non, j'ai vérifié, confirma Collard.

– Tu as de quoi t'occuper maintenant », gloussa le légiste.

George ne releva pas : son ami était toujours aussi insupportable. Le docteur Fortesque rhabilla succinctement la victime et désinfecta la sonde. Puis, le trio retraversa la salle d'arcade, les deux policiers écoutant le babillage constant du légiste. Nico ne savait que penser : elle avait toujours considéré les scènes de crime avec gravité. Parler à voix haute, raconter des gaudrioles, plaisanter était quelque chose qu'elle avait du mal à appréhender. Les équipes n'étaient pas silencieuses, non, mais gardaient tout de même un respect pour les personnes tuées que le docteur Fortesque semblait bien en peine d'observer. Étonnant. Et un peu dérangeant, il lui fallait l'admettre. Stobbart surprit son regard et lui fit un clin d'œil : Daniel *était* un personnage singulier, et ce qu'on pouvait prendre pour du cynisme tenait davantage d'une affection particulière pour les morts, le médecin se trouvant finalement plus à son aise avec eux que parmi les vivants.

« Nous y voilà ! »

Daniel s'agenouilla devant la seconde victime.

« Une jeunesse à peine épanouie. Les sagouins. Les collègues ont fini de prendre les photos ? »

Hochement de tête du photographe en face de lui.

« Voyons ce que vous avez à nous dire, Mademoiselle… »

Avec une douceur insoupçonnée, le légiste releva doucement le cou de la morte. Ses cheveux glissèrent et firent apparaître son visage déformé par une grimace de terreur. Des yeux rouges injectés de sang fixaient le vide, tandis que sa langue béait à l'extérieur, sur une lèvre tuméfiée. Nico avait beau s'y attendre, elle détourna les yeux. Cela faisait toujours un choc de voir cette image révoltante de la mort. Elle se reprit tant bien que mal et se força à noter les détails qui devraient apparaître dans son rapport. Prendre du recul. Elle devait prendre du recul. Cet objectif en tête, elle observa la jeune femme. Elle avait environ vingt-cinq ans, blonde, une peau claire, un petit nez retroussé au-dessus d'une bouche finement dessinée. Bien qu'assise, elle devait être d'une taille plus grande que la moyenne, fine et musclée, mettant en valeur un exercice physique régulier, de type course ou natation. Le docteur Fortesque continuait son examen externe, désignant tour à tour les parties lésées :

« Hyperhémie avec hémorragies sous conjonctives, ecchymoses probablement dues à ses efforts de lutte, spume abondant autour des lèvres, congestion de la langue, sillon de strangulation horizontal et circulaire. Il semblerait que la mort ait bien été donnée par strangulation, nous en avons toutes les caractéristiques. Je vous confirmerai ça à l'autopsie. »

Fortesque désigna à Stobbart le serpent noir autour du cou de la jeune femme, reliant la machine au pistolet rouge :

« Détache le câble de son cou, s'il te plaît. »

George s'empressa d'obéir. Quand ce fut fait, le médecin dut retenir le corps qui s'affaissait et l'accompagna au sol avec délicatesse, comme il l'aurait fait avec une amoureuse endormie. Un léger tintement retentit dans la poche de la jeune femme.

« Qu'avons-nous là… Tiens donc… Sachet s'il vous plaît. »

Daniel déposa dans le sachet tendu un petit trousseau de clefs avant de poursuivre son auscultation mortuaire.

George examina rapidement la nouvelle pièce : des clefs de voiture qui avaient bien vécu si l'on en jugeait par l'état du plastique noir fatigué. Il tendit le sachet à un policier scientifique qui passait et reprit son observation avec le légiste. À vrai dire, il avait du mal à supporter ce qu'il voyait comme une terrible ironie du sort : la jeune femme avait été tuée par un objet représentant un engin de mort, cet engin de mort étant lui-même relié à un jeu de zombies. La mort avait semblé inéluctable. Le câble fut sectionné et placé dans un sachet étiqueté à destination du laboratoire d'analyses. George croisa les doigts pour avoir une piste, aussi minime soit-elle.

Au bout d'un moment, Daniel releva la tête et Nico fut tout aussi surprise que Stobbart d'entendre parler le légiste avec une voix pleine d'amertume :

« Je peux maintenant vous affirmer que ce meurtre a été particulièrement brutal…

– Explique-toi », l'incita Stobbart.

Le médecin montra le cou de la jeune femme, marqué par le large sillon violacé, et lui palpa la nuque.

« Le meurtrier s'est servi du câble pour l'étrangler. Mais il l'a fait de manière si violente qu'il lui a enfoncé la trachée. Je ne serais pas étonné de retrouver l'os hyoïde en morceaux. D'un côté, je vous dirais bien tant mieux parce que cela a abrégé ses souffrances… La température pour terminer. George, coup de main ? »

Daniel ressortit la sonde et répéta les mêmes gestes que précédemment. Nico observa son chef. Stobbart ne disait rien, suivant scrupuleusement les instructions de son ami. Aucune expression sur le visage. Le boulot d'abord, pas de place pour l'émotion, ce serait pour plus tard. L'heure du décès tomba, sans surprise dans une fourchette identique à celle du premier corps.

« J'espère que vous allez bien rapidement coincer le saligaud qui a fait ça…, grogna Daniel en rangeant ses instruments.

– Compte sur nous.

– Je sais. Pour ma part, j'en ai terminé ici.

– Tu pourras faire les autopsies ?

– J'en touche un mot au procureur et à Jacques. Je suis sûr qu'il sera content de me revoir. Sur ce, étant donné qu'il est bientôt six heures du matin et que mon astreinte est loin d'être terminée, ne m'en veuillez pas de prendre congé si tôt, mais je souhaiterais faire une petite sieste avant de me mettre au travail pour les prochaines vingt-quatre heures !

– Va dormir, marmotte ! sourit Stobbart. Et merci !

– Pas de quoi ! Au plus tard possible avec toi ! Mademoiselle, passez tout de même une bonne journée ! »

Les deux policiers le regardèrent s'éloigner, George avec un sourire éteint, Nico avec une moue déconcertée.

« Vous en connaissez des drôles d'oiseaux, dites donc !

– Il a son caractère, mais il n'a pas son pareil pour faire parler les corps.

– Et vous vous êtes connu où ?

– Vous êtes bien indiscrète, jeune fille ! »

Nico sourit.

« Bientôt deux ans que je travaille avec vous et vous me cachez encore des choses comme ça ?

– Je ne savais pas que je devais aller à confesse, riposta son supérieur. Allez, trêve de plaisanteries ! Tu sais ce qu'il nous reste à faire ?

– Faire le point avec la technique, fermer les lieux, poser les scellés, prendre les dépositions des jeunes, faire l'enquête de voisinage, appeler les pompes funèbres, je continue ?

– Tu me donnes le cafard, mais tu as bien résumé. Vois déjà pour commencer à interroger le voisinage, on ne sait jamais. Je rapporte les scellés au labo. Dès que c'est fait, je te file un coup de main pour le reste. Dès qu'Hal arrive, je le colle sur l'identité de notre victime : pas de papiers, pas de sac à main. Il y a un arrêt de bus à proximité : il faudra voir avec la RATP s'il n'y a pas des caméras dans le secteur, y compris dans les bus de nuit ; voir si elle est arrivée jusqu'ici en transport en commun. On a trouvé des clefs de voiture, mais on ne sait jamais…

– OK. J'ai déjà relevé une bonne partie de la topographie pour le PV de constatations : stations de bus, environnement, emplacement de la salle, etc. Ça ira ? lui demanda-t-elle en lui montrant les pages noircies de son carnet.

– Très bien. On recoupera les données avec les photos des collègues de l'IJ[3]. Tu me donneras ça au Bastion. N'hésite pas à mettre à jour tes notes si tu vois autre chose.

– D'ac. On fait un point en fin de matinée ?

– Quelque chose comme ça. »

Nico prit congé de son supérieur et s'en alla frapper aux portes. Les six heures

---

[3] Identité judiciaire.

du matin avaient beau être passées, pas sûr que les administrés apprécient la visite matinale.

*

Stobbart se retrouva bientôt seul dans la salle de jeux. La police scientifique avait terminé son travail, les pompes funèbres étaient arrivées peu après et avaient procédé à la levée des corps pour les emmener à l'Institut médico-légal, où ils seraient autopsiés. Tout était en ordre, les lieux étaient sur le point d'être condamnés et les sceaux posés. Mais malgré cela, Stobbart n'était pas tranquille. Collard avait raison, ces meurtres avaient quelque chose d'inhabituel, et encore, George ne prenait pas en compte le fait que tout s'était déroulé dans une salle de jeux vidéo. Ce dernier élément ne faisait qu'ajouter à sa nausée.

Le calme était revenu et ne partirait pas d'ici avant un bon moment. Le policier s'apprêtait à sortir quand il se rappela la fenêtre ouverte au fond de la salle. Avec un soupir, il dut se faire violence pour retraverser cet endroit où les dizaines d'écrans muets ressemblaient à s'y méprendre à des stèles funéraires. Il ne manquait plus que l'inscription « YOU'RE DEAD ». Le policier ferma l'ouverture dans un bruit sourd. Le brouhaha incessant des matins parisiens qui lui parvenait encore comme un murmure s'éteignit. Un silence de mort. L'expression n'était que trop bien choisie.

Stobbart fit deux pas vers la sortie quand il s'arrêta brusquement. George tendit l'oreille et étouffa un juron bien senti. Son ouïe ne l'avait pas trompé : une musique électronique, presque indistincte, lui parvint depuis… une affiche. Une affiche de plain-pied. Stobbart s'en approcha et écarta le poster. Une porte de sécurité métallique apparut. Nouveau juron. George chercha des yeux une poignée, mais seule une serrure le fixait, ironique. Impossible d'ouvrir le battant. Ribambelle de jurons. Le commandant se précipita dehors, ouvrit la porte à toute volée et héla deux policiers scientifiques qui, leur matériel rangé, s'apprêtaient à partir. Le brouillard matinal se dissipait et le soleil pointait ses premiers rayons.

« Attendez ! »

Les deux hommes se retournèrent.

« Qu'est-ce qu'il y a ?

– Qu'y avait-il derrière la porte dans la grande pièce ?

– Quelle porte ? »

Eux non plus n'avaient rien vu, évidemment.

« Laissez tomber. Avez-vous trouvé des clefs sur le premier corps ? Au niveau du comptoir ?

– Oui, répondit l'un d'eux hésitant. Plusieurs trousseaux. Que…

– Elles sont dans le sac que vous m'avez mis de côté ?

– Euh oui… Mais elles sont sous scellés…

– Eh bien, donnez-moi des gants », s'impatienta Stobbart.

Après un bref moment d'hésitation et sous le regard peu amène du commandant, le technicien s'exécuta. Il rouvrit le sac et en extirpa trois sachets en plastique parmi ses boîtes soigneusement étiquetées. Les clefs tintèrent avec un bruit étouffé. George s'en saisit prudemment.

« Merci. L'un de vous reste ici et rappelle le lieutenant Collard. L'autre vient avec moi.

– Mais qu'est-ce qui se passe ? demanda l'un des policiers irrité.

– Il y a une porte au fond de la boutique, je ne peux pas l'ouvrir, et il y a peut-être du monde derrière… »

Sitôt de retour devant l'effrontée, George poussa à nouveau l'affiche et se mit à essayer impatiemment une clef après l'autre.

*

6 h 45

Quand George poussa la porte du sous-sol, une décharge d'adrénaline inonda subitement ses veines en même temps qu'une musique électronique rythmée l'accueillait en sourdine. Le policier scientifique qui l'accompagnait se tenait prudemment derrière lui. Stobbart se retourna pour lui parler à voix basse :

« Vous, vous restez ici et vous foncez prévenir les collègues. Compris ?

– Mais vous n'allez pas entrer tout seul là-dedans, quand même ?

– Si tout se passe bien, je suis de retour dans moins de cinq minutes. Allez ! »

Le scientifique hocha vigoureusement la tête et s'éclipsa. Stobbart dégaina son arme de service, prit une profonde inspiration et commença à descendre les degrés. La porte se referma derrière lui comme une pierre tombale.

L'escalier était plongé dans un noir presque complet. Seule la lumière diffuse de la sortie de secours derrière lui apportait quelque clarté sur les premières marches. Une main sur la rampe, l'officier descendit avec précaution, négociant le virage à droite qui l'emmenait droit dans les profondeurs de l'immeuble.

La musique se faisait plus forte, plus sourde, tandis que la lumière diminuait. Une ritournelle incessante qui revenait de manière entraînante, obsédante. Des cris énergiques retentissaient, poussés par des personnages que Stobbart savait tout ce qu'il y avait de plus virtuels. Les coups surpuissants et les chocs mats résonnaient comme des prémices à un combat d'une autre envergure, réel celui-là. George se cramponnait à la rampe, assurant du mieux qu'il pouvait une prise moite sur son arme, s'employant à repousser avec véhémence cette nausée qui lui tenaillait l'estomac et les souvenirs que cet environnement éveillait en lui. Et dire que sa journée débutait…

Le commandant arriva enfin au bas des marches. Ses yeux s'étaient à présent habitués à la pénombre. Il avait le choix entre deux portes, une à sa gauche, une à sa droite. George opta pour cette dernière, la musique provenant de celle-ci. Il avança à tâtons et tomba sur du métal froid. Il actionna la poignée et la poussa sans difficulté, sans un bruit. Le policier la dépassa et retint juste à temps le battant avant qu'il ne claque sur le chambranle. Des lumières inondaient la cave, offrant à Stobbart un aperçu rutilant des lieux. La pièce qui s'étalait devant lui était presque aussi grande que la salle de jeux à l'étage. Le long des murs et des piliers de béton gris s'alignaient des bornes Arcade de tous genres et de tout âge. De grands néons blancs flamboyaient, faisant ressortir les couleurs criardes qui agressaient la rétine, rouge, bleue, dorée, des éclairs, des voitures et des motos, des femmes et des hommes le plus souvent armés, des monstres de tous les mythes et de toutes les dimensions. Cet ensemble le fit frémir de dégoût.

« *Hadoken !* »

La brusque exclamation le ramena dans la cave. George s'avança, le revolver braqué devant lui. Il y avait un élément qui clochait. Dans la place où il était, la salle lui paraissait vide. Mais ça n'était pas ça qui le taraudait. C'était une autre sensation d'incohérence.

« *Hadoken !* »

Stobbart comprit brusquement : excepté celle qu'il entendait, toutes les machines étaient éteintes. Ce silence mesuré le perturbait, contradiction étrange avec les salles bruyantes et animées que lui-même avait connues autrefois, et entendues seulement quelques heures auparavant. Il contourna lentement un pilier. Soudain, il l'aperçut, un peu plus loin sur sa droite. Le flic brandit son arme.

« Police ! Les mains sur la tête ! »

La voix puissante du policier couvrit la musique l'espace d'un instant et résonna dans toute la cave. Rien. Celui qui, de dos et habillé d'un survêtement, semblait être un homme âgé en raison de ses cheveux blancs et sales n'eut aucune réaction. Surdité ?

« Police ! Les mains sur la tête ! » beugla une nouvelle fois Stobbart.

L'officier s'était arrêté cinq pas derrière lui. Il avait prévu un sursaut, une réaction de surprise, il en fut pour ses frais : le suspect ne bougea pas d'un pouce. George sentit la tension monter d'un cran. Il trouvait la situation irréelle. Lentement, il se mit à contourner la personne âgée pour se placer sur le côté, voir ce qui clochait. Tout en marchant, il gardait un œil sur son environnement, surveillant chaque recoin de la salle, s'attendant à voir surgir un complice caché derrière une de ces boîtes de métal ou bien, à défaut, un zombie ou un dragon. Ses yeux balayaient rapidement les alentours, à l'affût du moindre mouvement suspect. Rien. Désespérément rien. Lorsque George se figea, estomaqué.

Les traits juvéniles étaient en total désaccord avec sa chevelure blanche. Le profil que le jeune homme lui présentait n'avait pas plus de vingt-cinq ans. Une barbe grise de quelques jours lui mangeait un peu les joues et les contours de la bouche. Et son accoutrement… Ce qu'il avait pris pour un habit de sport ressemblait davantage à un pyjama d'hôpital, chemise et pantalon vert clair. Un pyjama maculé de sang. Tout comme ses chaussures, recouvertes d'une épaisse croûte noire.

« Nom de D… »

Stobbart ne put retenir un chapelet de jurons. Un malade ! Voilà sur quoi il était tombé ! Son malaise s'accentua. Un double homicide dans une salle d'arcade et un échappé de l'hôpital psychiatrique pour principal suspect, il pouvait dire qu'il avait gagné le gros lot cette nuit ! Il allait falloir y aller doucement pour ne pas l'effrayer. Il porta la main à sa ceinture pour prendre ses menottes. Et ne rencontra que le vide. Parti dans la précipitation, il les avait oubliées… Cette nuit tenait décidément toutes ses promesses.

Un bruit de pas retentit dans l'escalier. Stobbart s'empressa de reculer en faisant le moins de bruit possible et regagna l'entrée de la cave. Nicole Collard débula au pas de charge au même moment, revêche :

« Première porte, première engueulade. Une matinée comme je les aime…

– Baisse d'un ton, s'il te plaît…

– Si vous voulez, pesta Nico en obéissant, mais la prochaine fois, je prends la matraque pour l'enquête de voisinage !

– Laisse le temps aux gens de se réveiller doucement. Si je t'ai appelé, c'est que j'ai une bonne raison. Tu as tes menottes sur toi ?

– Euh… oui, pourquoi ?

– On a un suspect à appréhender. »

Nico écarquilla les yeux sous la surprise.

« Vous plaisantez ?

– Pas le moins du monde.

– Mais comment… ? »

Un regard éloquent de Stobbart l'interrompit.

« J'ai compris, j'observe… »

Un instant plus tard, le suspect était maîtrisé. À la surprise de Stobbart, celui-ci n'avait opposé aucune résistance. Ils avaient calmement signalé leur présence, et comme ils n'avaient eu aucune réaction, ils lui avaient tranquillement pris les mains après lui avoir laissé le temps – sur la suggestion de Nico – de finir sa partie. Quand les menottes se refermèrent sur les poignets du jeune homme, Stobbart éprouva un soulagement certain : l'opération s'était bien passée. Juste avant de partir, Nico aperçut quelque chose traîner par terre.

« Patron, je crois qu'on a retrouvé ce qu'on cherchait…

– Tu peux être plus précise ?

– Le couteau, patron. »

Stobbart regarda par terre et vit un manche noir au sol, derrière la porte qu'il avait poussée pour entrer. Un couteau à steak, comme celui qu'on vous donnait au restaurant pour votre entrecôte. Daniel avait mis dans le mille.

« On ne touche pas, on demandera à un technicien de s'en occuper. »

Collard approuva sans un mot. Quand ils furent tous trois remontés à la surface, les policiers retrouvèrent le collègue de la police scientifique qui était allé quérir Nicole.

« Vous voilà de retour en bonne compagnie !

– Aucune idée, répondit Stobbart. Par contre, je voudrais que vous fassiez des prélèvements sur notre ami : les traces de sang sur ses vêtements et sur ses mains, sous ses ongles, empreintes…

– La routine, quoi…

– C'est ça. Où est votre collègue ?

– Dehors. Vous pensez que c'est lui le meurtrier ?

– Aucune idée. C'est pour ça que je vous demande de faire des prélèvements. Vous pouvez l'appeler ?

– Je m'en occupe tout de suite.

– Merci. Nico, je te laisse : je vais faire un dernier tour dans la cave.

– OK. Appelez si vous avez besoin. »

Stobbart disparut une nouvelle fois dans le sous-sol avec le second technicien de l'Identité judiciaire. Il en revint à peine dix minutes plus tard, bredouille. L'examen de la cave n'avait rien donné de plus. Des machines, encore des machines et seulement des machines. Rien d'autre à signaler. Tant mieux. Le policier rapporta le couteau sous scellés, laissant le soin au technicien de photographier et de faire des relevés sur tout ce que le suspect avait touché de près ou de loin. Le jeune homme et Nico n'avaient pas bougé, pendant que le premier scientifique achevait son travail sur les mains du garçon.

« Terminé.

– Super. Donnez-moi tout ça : je les emmène au Bastion, vous les retrouverez dans la matinée.

– Entendu. Mon collègue est en bas ?

– Oui, il fait les derniers relevés.

– Je vais lui filer un coup de main.

– OK. Appelez-moi si vous trouvez autre chose et je vous enverrai quelqu'un pour récupérer les scellés.

– Entendu. Bonne journée, commandant. Lieutenant. »

Le scientifique les salua et partit à son tour dans les profondeurs de l'immeuble. Stobbart sortit son téléphone et composa un numéro. Ce faisant, il fit un signe à Nico de patienter deux minutes. La jeune femme resserra sa prise sur le suspect.

« Commissaire Blanc à l'appareil, j'écoute.

– Jacques, c'est Stob'.

– Je te manque déjà ?

– Absolument pas. On vient de serrer un gars dans le sous-sol. Du sang sur lui et un couteau à côté. On peut supposer qu'il est lié de près aux évènements de cette nuit.

– T'as fait vite dis donc ! Tu en as tiré quelque chose ?

– C'est là que le bât blesse. Il ne semble pas franchement dans son état normal, au point que ça me paraît même difficile de conclure à une responsabilité pénale.

– Ben voyons ! OK, tu files à l'Hôtel-Dieu et tu vois ce qui va se passer là-bas. S'il y a besoin, on lance la suite de la procédure. Tu me rappelles pour me tenir au courant.

– Ça marche ! À plus tard ! »

George raccrocha et désigna sa voiture à Nicole :

« On file à l'Hôtel-Dieu ! Tu conduis ! »

La jeune femme s'exécuta sans mot dire : elle récupérerait son véhicule plus tard. Elle prit place au volant et eut tôt fait de lancer la voiture dans le trafic matinal. Sept heures quinze, la circulation parisienne commençait déjà à battre son plein et les nerfs des deux policiers. N'y tenant plus, Nico activa le gyrophare et la sirène : un chemin s'ouvrit comme par miracle. Ou presque.

Chapitre VII

Le vaisseau explosa et ses débris disparurent instantanément dans l'espace. Le bruit métallique qui retentit s'éteignit aussitôt. Le vaisseau terrien qui défendait chèrement son territoire regarda vers le ciel. Il en restait tellement. Des nuées de vaisseaux aliens descendaient vers lui de plus en plus vite. D'un blanc immaculé, ils agitaient des bras articulés qui leur donnaient l'aspect de pieuvres menaçantes.

Leurs rangs s'étaient clairsemés, mais la rangée des quatre blocs verts qui le protégeaient s'affaiblissait au fur et à mesure que les aliens laissaient tomber leurs projectiles. Leur descente s'accéléra. Les salves aussi.

Le vaisseau esquiva les tirs, riposta, en détruisit un autre, puis encore un autre. Plus que trente. Plus que douze. Plus que sept. Les ennemis allaient maintenant tellement vite qu'il avait du mal à les suivre. Les rangées d'aliens s'étaient à présent tant dispersées qu'il devait anticiper leur mouvement pour pouvoir espérer les détruire avec ses propres projectiles. La musique aussi s'était accélérée : trois notes decrescendo qui tournoyaient de plus en plus vite. Ses protections étaient sur le point de disparaître. Il devait tenir coûte que coûte. Il était le dernier vaisseau. La dernière chance. Plus que deux. Il tira. Deux notes métalliques de destruction. Plus qu'un.

Ils étaient maintenant seuls dans l'espace, dans un dernier face-à-face. Le dernier adversaire ressemblait à une méduse, un corps conique et des bras qui s'étiraient vers lui. Ses protections étaient réduites à néant. L'alien allait à présent si vite que les tirs de son propre vaisseau se perdaient dans l'espace. L'ennemi descendit encore, et encore. Il se rapprochait. Ses tirs étaient si longs à se recharger ! Il fit feu une dernière fois, rata. Une seconde plus tard, l'ennemi tirait à son tour. Il ne put l'éviter et sentit le projectile sur sa tête. Son vaisseau se désintégra dans un brouillard phonique.

Chapitre VIII

« Depuis sa prise de fonction il y a un peu plus d'un an, notre nouveau Président de la République s'est engagé à mettre en œuvre davantage de moyens dans la lutte contre les fléaux vidéoludiques qui empoisonnent la vie de milliers de familles à travers le monde. Son combat sera d'autant plus ferme et sans concession que son propre fils, quinze ans, vient de reconnaître (encore), publiquement, son état de dépendance aux médias vidéoludiques. Faisant suite à cette nouvelle, il a une nouvelle fois été interné dans un établissement psychiatrique.

Ces prises en charge à répétition sont le symptôme d'un malaise plus profond de notre société rendue malade par l'ingestion pathologique de programmes vidéoludiques toujours plus addictifs et aucunement soucieux de nos proches : ceux-ci subissent de plein fouet les affres toujours plus violentes de joueurs qu'ils côtoient au sein de leur propre famille.

À ces maux, peut-être un jeune psychiatre surdoué, Moebius Mantis, qui a médicalement caractérisé ce mal et y a déjà remédié avec succès par le passé. Sera-t-il capable de faire revenir le propre fils du Président à la raison ? Rien n'est moins sûr, mais le désespoir peut amener à chercher d'autres solutions… […]

Article paru dans *Vivre notre France,* « Un président face au mal irréfutable ou l'ironie du sort », 16 août 1992.

Pages suivantes :
- Nos méthodes traditionnelles pour guérir les joueurs compulsifs. Et les parents aussi.
- Le Dauphin, son sonar fait écho : un nouveau modèle de communication novateur pour mieux nous comprendre. […] »

Chapitre IX

Jeudi, 7 h 25

Sitôt passés l'Hôtel de Ville et la place du Châtelet, Nico s'engagea sur le Pont Notre-Dame, avant de s'arrêter dans un crissement de pneus quelques dizaines de mètres plus loin, devant l'entrée des urgences du 7 rue de la Cité. Plus ancien hôpital de Paris, l'Hôtel-Dieu surplombait le parvis Notre-Dame, non loin de la vieille Dame, dans laquelle officia l'archidiacre d'Hugo et se réfugia son bossu. À quelques centaines de mètres de là, sur la même Île de la Cité, George devina la tour pointue du mythique 36 quai des Orfèvres, où les plus grands policiers avaient séjourné et enquêté durant le XXᵉ siècle, jusqu'à leur déménagement dans le Bastion au siècle suivant. Toute une histoire. Mais à présent, c'étaient eux qui l'écrivaient.

Stobbart et Collard s'engouffrèrent dans l'hôpital, encadrant et soutenant le jeune homme aux cheveux blancs. Sans hésiter, le commandant passa l'accueil en brandissant son badge. On les laissa passer sans difficulté. La lieutenante suivait sans poser de question : c'était la première fois qu'elle venait ici. George poursuivit son chemin sans ralentir le pas, Nico sur ses talons : de ce que la lieutenante comprit de ce dédale de couloirs, les policiers ne dépassaient pas le rez-de-chaussée et se mouvaient dans l'aile A1, vers l'UMJ, l'unité médico-judiciaire.

Généralement situées dans les hôpitaux comme dans le cas présent, les UMJ n'étaient pourtant pas un service de police, mais étaient constituées de médecins, infirmiers ou encore psychiatres, qui collaboraient et réalisaient à la demande de l'autorité judiciaire les constatations et les prélèvements médico-légaux nécessaires à la préservation des preuves pour l'enquête. C'était un service d'urgences, avec les inconvénients inhérents à tout service d'urgence : pas de rendez-vous, il fallait attendre son tour. Quand ils arrivèrent enfin à bon port, un médecin de passage hélé par Stobbart leur dit de patienter, que sa collègue allait les recevoir incessamment sous peu. Comprendre : il n'avait aucune idée de combien de temps cela allait prendre et il leur faudrait attendre comme tout le monde. Avec un soupir, George fit signe à Nicole de s'asseoir avec leur suspect sur la rangée de sièges disposés dans le couloir et de prendre son mal en patience.

*

Stobbart regarda tour à tour le jeune homme et la goutte d'eau récemment apparue dans le plafond. Il vit la goutte se détacher du plafond et s'écraser sur sa tête blanche pour la troisième fois. Curieusement, le jeune homme ne tressaillit qu'à cette fois-là. Ses traits s'altérèrent subtilement l'espace d'une demi-seconde et regagnèrent leur impassibilité sitôt après. Ce fut si fugitif, que le policier crut même avoir rêvé. Durant sa carrière, Stobbart s'était retrouvé confronté à un certain nombre d'hommes et de femmes écorchés par la vie, pour qui le meurtre avait été une funeste échappatoire à leurs tourments ou à leur colère, et qui s'en étaient repentis. D'autres morts étaient le fruit de déséquilibrés, pour qui la vie et la mort avaient, soit un tel prix qu'elle leur donnait une illusion de pouvoir sur ses semblables ; soit absolument aucune valeur et accomplissait l'acte de tuer sans émotion, tout comme ils allaient faire leurs emplettes.

Pour le commandant, le jeune homme entrait dans cette dernière catégorie. Depuis qu'il l'avait arrêté dans le sous-sol de cette salle de jeux, il n'avait pas bronché. Stobbart se rappelait avec une précision glaçante les détails de son arrestation. Rien à voir avec celles qu'il avait déjà pu effectuer au cours de sa carrière. Celles-ci s'étaient plus souvent déroulées de manière trépidante, se soldant parfois même par une course-poursuite à laquelle il mettait fin à la première occasion qui se présentait.

À présent, George était assis en face du suspect, dans ce couloir de l'Hôtel-Dieu. Le mutisme du jeune homme l'inquiétait. Pas un mot, pas une expression qui puisse prouver qu'il était conscient. Une nouvelle goutte d'eau se détacha du plafond et s'écrasa à nouveau sur sa tête blanche. Toujours pas de réaction. Une immobilité quasi parfaite.

Et pendant une demi-heure, George n'avait cessé d'observer son suspect, guettant une réaction qui aurait pu lui donner une quelconque information. Mais rien. Rien n'avait transpiré sur ses traits juvéniles, y compris quand le policier l'avait changé de place pour lui garder la tête au sec. Les questions s'étaient succédé les unes aux autres dans l'esprit du policier. La première étant de pure curiosité : d'où lui venaient ses cheveux blancs ? Le jeune homme n'avait aucunement l'air d'un albinos, ni ses cheveux d'avoir fait l'objet d'une teinture. Puis venaient les questions pratiques : qui était-il ? Pourquoi ces meurtres ? Pourquoi s'être enfermé dans le sous-sol, sans possibilité de revenir à l'extérieur ? D'où venait-il ?

En l'absence de réponses, Stobbart s'était astreint à un exercice minutieux de l'individu, notant un physique bien fait, fin mais musclé, quoiqu'un peu maigre si l'on se fiait aux articulations saillantes de ses mains. Il était ou avait été probablement un sportif avec une alimentation saine et équilibrée : les ongles montraient une kératine saine, les cheveux brillants étaient entretenus, et la peau dénudée de ses mains ne paraissaient présenter aucun symptôme dermatologique particulier, à peine quelques grains de beauté.

Enfin, la porte s'ouvrit.

« Entrez ! »

L'invitation lancée d'un ton fatigué résonna dans le couloir vide. Les policiers ne se le firent pas dire deux fois. Ils se retrouvèrent dans une salle de soins, devant une femme d'une quarantaine d'années, rousse, le visage marqué par les cernes d'une nuit trop courte, la mine revêche.

« Bonjour, monsieur, mademoiselle. Vous êtes bien matinaux…

– Tout comme vous, dirait-on.

– À la différence que je ne fais que terminer ma soirée. Police ?

– Brigade criminelle.

– Et vous venez pour ce jeune homme ?

– On ne peut rien vous cacher.

– Ça fait partie de mon travail. Le sang ? (Elle désigna les traces sombres qui maculaient les vêtements et les mains du suspect.)

– Le sang de la victime, précisa Stobbart. Notre homme est suspecté d'un double homicide.

– Et vous voulez que je conclue à l'irresponsabilité pénale ?

– Je voudrais que vous concluiez par rapport à ce que vous voyez, pas par rapport à ce que je demande.

– Évidemment, ronchonna le médecin. Décrivez-moi les circonstances, s'il vous plaît. Rapidement. »

George obtempéra, patiemment. La femme était désagréable, alors autant ne pas prolonger inutilement la conversation. Quand il eut fini, la praticienne s'approcha du jeune homme menotté.

« Vous vous appelez comment ? »

Silence. Elle saisit une petite lampe et entreprit d'examiner ses pupilles. Son regard plongé dans le vague ne cacha en rien les pupilles dilatées de ses yeux bruns, lorsque le docteur les balaya avec le faisceau lumineux.

« Mydriase. Aucune réaction pupillaire. Voyons le reste… Pouls normal, quoiqu'un peu lent… Tension normale… Température normale… Pour l'instant, rien de notable d'un point de vue physique…

– Comment expliquez-vous son absence de réaction ? s'enquit Nicole.

– Ça peut être maladif, ou bien le fait de drogues. Vu l'état de ses poignets, je pencherais plutôt pour la seconde hypothèse. Ici, et ici, des traces de piqûres récentes. »

Les deux policiers se penchèrent et aperçurent les points rouges, caractéristiques de la marque laissée par l'aiguille, surprenant même quelques pâles hématomes de ses maigres avant-bras.

« Et étant donné l'accoutrement – comme vous avez sans doute dû le re-marquer (George ne réagit pas à la pique envoyée d'une voix pincée) – et sa probable appartenance au milieu hospitalier, on peut aussi supposer l'admi-nistration de calmants. Sinon, je n'en sais rien, je ne connais pas son dossier. Peut-être pour un comportement agressif récurrent, peut-être pour un délire schizophrène, peut-être pour avoir la paix, encore que je ne croie pas que cette dernière raison soit médicalement valable, mais toujours possible. »

La praticienne haussa les épaules, s'empressant de finir son examen sans se donner la peine de relever la chemise du jeune homme. George hocha la tête. La maigreur apparente du garçon pouvait tout à fait trahir l'effet coupe-faim de ces calmants ou des autres narcotiques qu'on avait pu lui administrer. Peu importe le nom que l'on employait, le résultat était similaire. Mais si le suspect avait été sous calmants, comment ces meurtres avaient-ils alors pu se produire ? Encore une question sans réponse. Au fur et à mesure de l'examen que lui avait prodigué le médecin, Stobbart avait espéré que cette dernière lui apportât un semblant d'explication ou que cet inconnu décrochât un mot. Il n'en fut rien.

Quand elle eût terminé, la praticienne retourna à son bureau sans plus de cérémonie. Elle remplit prestement le certificat médial, qu'elle tamponna, signa et donna à George.

« Voilà pour vous. En vous souhaitant une bonne journée.

– Dès que vous m'aurez précisé l'objet du certificat médical.

– Vous savez lire, non ?

– J'ai oublié mes lunettes. »

Nicole sourit intérieurement. Stobbart n'avait que très rarement besoin de ses lunettes. Le toubib pointa les cases cochées et les quelques lignes griffonnées à la hâte sur la fiche d'examen de comportement :

« "Patient présentant de probables troubles mentaux avec danger imminent pour la sûreté des personnes et/ou lui-même". Vous irez à l'IPPP, non ?

– Étant donné vos conclusions, cela ne fait plus aucun doute…

– Dans ce cas, donnez-leur juste le certificat, les collègues s'occuperont du reste.

– C'est beaucoup plus clair. Merci de votre accueil. »

La femme ne répondit pas, se contentant d'ouvrir la porte. Les deux policiers et le jeune homme aux cheveux blancs quittèrent les lieux sans plus tarder.

Dès qu'ils eurent rejoint l'extérieur, les policiers se dirigèrent au pas de charge vers la voiture de George. Sur le chemin, Nico se tourna vers son supérieur :

« Au fait, c'est quoi l'IPP… P ?

– L'I3P, c'est ça. Infirmerie Psychiatrique de la Préfecture de Police, à côté de l'Hôpital Sainte-Anne. On dépose le colis et on évite l'attente aux urgences psychiatriques. Mais ça ne m'enchante pas beaucoup de le voir emmené là-bas. Le problème, c'est que l'on ne va pas avoir le choix.

– Pourquoi ?

– C'est la suite de la procédure. Le commissaire Blanc ne sera pas plus emballé que moi, mais dans le contexte actuel, les cellules sont pleines, et un meurtrier présumé non conscient de ses actes n'encourage pas à ce qu'on le laisse seul.

– Et l'I3P est le plus compétent pour ce genre de choses ?

– Si ça ne tenait qu'à moi, l'I3P serait fermée depuis longtemps, grogna Stobbart. En termes de transparence, c'est une catastrophe : des gens sont internés là-dedans sans même savoir pour quelle raison, simplement sur le soupçon d'un comportement dangereux. Là-bas, l'avantage de la présomption, c'est qu'elle fait office de preuve. La gestion est assurée par des psychiatres qui n'ont de médecin que le titre. Le tout dépend du préfet de police : c'est lui qui signe les arrêtés pour l'hospitalisation d'office – que l'on appelle joliment "soins psychiatriques à la demande du représentant de l'État".

– Il n'y a pas de contrôle ?

– Malheureusement. Juge par toi-même : il existe une commission départementale des soins psychiatriques censée contrôler ces arrêtés d'hospitalisation d'office. Et les membres sont nommés par qui, à ton avis ?

– Aucune idée.

– Le préfet de police de Paris, figure-toi. Actuellement, Moebius Mantis, et, ironiquement, psychiatre de formation. Tu irais contrôler celui qui t'offre à manger ?

– Vu comme ça… Vous avez l'air drôlement remonté contre le système, dites donc…

– Le système, pas forcément. Plutôt remonté contre ceux qui aiment te croire malade parce qu'ils savent mieux que toi ce que tu as… »

George se tut. Nicole ne pipa plus mot. C'était la première fois qu'elle voyait son chef aussi énervé contre quelqu'un ou quelque chose. Stobbart s'en aperçut.

« Désolé, Nico. Ce n'est absolument pas contre toi. Ça t'ennuie de reprendre le volant ?

– Du tout.

– Merci. Il faut que je rappelle notre taulier et je voudrais aussi en profiter pour appeler Hal, voir où il en est avec son bus…

– Pas de problème. »

Le commandant installa leur suspect toujours menotté à l'arrière et prit place à côté de lui. Tandis que la voiture démarrait, il relança le numéro du commissaire principal.

« Jacques, c'est Stob'.

– Je t'écoute.

– On a le certificat médical de notre client, on rentre au Bastion. Tu te charges de l'IPPP ?

– Entendu. Préviens-moi dès que vous êtes arrivé. »

Quand Stobbart eut raccroché, Nicole regarda brièvement son chef dans le rétroviseur et se contenta de lui demander :

« Pourquoi le commissaire à l'IPPP ? C'est la procédure ?

– Exact. C'est lui qui a le privilège de prendre des mesures de soins psychiatriques sans consentement provisoires. Même en cas de rupture de personnel… »

George composa un second numéro. À côté de lui, le garçon se tenait coi.

« Allô, Hal ? Oui, Stobbart. Tu en es où ? Ah, tu es rentré ? Parfait ! J'ai du boulot pour toi : prends contact avec tous les instituts psychiatriques de la région parisienne et demande-leur si l'un d'entre eux n'aurait pas perdu un fou. Non, ce n'est pas une blague. Je t'envoie une photo. Commence aussi les recherches concernant la femme qui a été tuée : photos, empreintes, n'importe quoi qui nous permettrait de l'identifier. On arrive d'ici pas longtemps. À tout à l'heure. »

À la fin de l'appel et sitôt la photo envoyée à son subordonné, George se renversa dans son fauteuil.

« Nico ?

– Oui ?

– Café en arrivant ? C'est ma tournée.

– Volontiers. Je crois qu'on en aura besoin…

– À qui le dis-tu… »

*

8 h 30

Les Batignolles. 36 rue du Bastion. Numéro hommage au 36 Quai des Orfèvres et nouveau fief de la Crim' dans le dix-septième arrondissement de Paris depuis les premières décennies du second millénaire. Les pierres du XIXe avaient cédé la place au verre blindé du XXIe. Stobbart n'avait passé qu'une petite année à l'ancien 36, à son arrivée à Paris, avant de déménager dans ce qui était à l'époque les nouveaux locaux.

Haut de six étages, le Bastion s'érigeait sur une ancienne emprise ferroviaire, contre le parc Martin Luther-King, entre le boulevard périphérique et le boulevard Berthier. Mitoyen au palais de Justice de Paris, il abritait dans ses locaux près de deux mille hommes, partagés entre les différentes brigades que comptait l'appareil judiciaire – la Crim', les Stups, l'Antigang, le grand banditisme pour les plus célèbres. Les policiers étaient épaulés dans leurs missions par l'Identité judiciaire, expatriée du quai de l'Horloge, pour venir prêter main-forte à leurs collègues du Bastion dans la quête d'indices et récolter les scellés, ceux-là mêmes que George trimballait encore dans le coffre et qui seraient entreposés avec le plus grand soin dans un des deux sous-sols sous l'imposant édifice. Ce même sous-sol que Nico ignora pour aller se garer directement au niveau encore inférieur, où patientaient sagement les véhicules sérigraphiés et banalisés des services de police.

En quelques minutes, le garçon aux cheveux blancs fut transféré dans un véhicule de sûreté, accompagné de deux policiers et du commissaire Jacques Blanc. Le taulier les gratifia d'un bref salut :

« Bon boulot les gars. George, je veux te voir dans mon bureau à mon retour de l'IPPP.

– Entendu. »

Jacques sauta dans la voiture qui démarra en trombe et disparut aussitôt. Sans perdre de temps, Stobbart saisit le sac de scellés dans le coffre et prit la direction du premier sous-sol, Nico à ses côtés. Il laissa sa subordonnée poursuivre

72

vers les étages, tandis que lui se dirigeait vers l'espace dédié au stockage des pièces récoltées sur toutes les scènes de crime. Sur son chemin, les rares collègues qui n'avaient pas encore attrapé la grippe le saluaient. George répondait aimablement, mais continuait sa route. Il n'avait pas le temps de discuter pour le moment. Il enchaîna les couloirs qui s'entrecroisaient, sans prêter attention aux affichettes qui annonçaient la salle de sport, le stand de tir ou encore l'armurerie, gérée par une bonne connaissance à lui. Le bougre avait eu son content de cadavres durant sa carrière et avait voulu se reconvertir dans l'expertise des armes à feu, domaine qu'il maîtrisait fort bien, mais qu'il n'aurait pas l'occasion d'expliquer cette fois à Stobbart. Enfin il toucha au but, déposa ses sachets au policier chargé de les réceptionner, signa le formulaire et repartit d'un bon pas vers les ascenseurs, au centre de la structure.

Au dernier moment, il opta pour les escaliers, vaine tentative pour essayer de faire quelque peu fondre cet embonpoint que sa femme chérissait tant. Il arriva au rez-de-chaussée, lieu d'accueil et de confrontation par excellence – réception des plaignants et des témoins, audition parfois tumultueuse des suspects –, avant de grimper en un temps record les premier et deuxième étages, où sévissaient la brigade des affaires économiques et financières et celle des stupéfiants. George s'arrêta finalement sur le palier du troisième étage, le souffle court. Il fallait vraiment qu'il reprenne le sport… Quelqu'un s'arrêta devant lui. Un homme, à peine la trentaine, lunettes grises sur le nez, qui lui tendit la main avec un grand sourire.

« Salut Commissaire ! Alors quoi de neuf sur le terrain ?

– Quoi de neuf ? Harald, ça fait plus d'un an que t'es dans la boîte, et ça fait plus d'un an que je te dis que je ne suis pas commissaire, soupira le commandant. Sinon, content de voir que tout va bien…

– Et vous, vous savez très bien que je n'aime pas ce prénom ! grogna Harald. À part ça, tout le plaisir est pour moi ! »

George serra la main tendue. Harald "Hal" Emmerich était lieutenant et spécialiste de la traque digitale. Sa connaissance des réseaux informatiques en faisait un précieux allié. Rien ne lui plaisait plus que de rester des heures durant devant un ordinateur à traquer les indices numériques que les suspects ne manquaient pas de laisser derrière eux. Grand, svelte, il portait une veste blanche sur un T-shirt gris et, par une élégance sobre et nonchalante, battait en brèche l'archétype de l'informaticien, petit et obèse, vivant en totale autarcie avec l'ordinateur pour seul compagnon. Mais là où il se distinguait de son prédécesseur enfin parti, c'était qu'il obtenait des résultats et ne rechignait pas à se bouger pour filer un coup de main aux collègues. Comme en ce moment même.

« Alors, ce bus ? »

Hal haussa les épaules.

« Le bus n'a rien, lui. À peine quelques égratignures. Ma bagnole, par contre… Je vais pouvoir en faire cadeau à la casse…

– Ce n'est que du matériel. Tu as commencé à bosser sur ce que je t'ai demandé ?

– Ouep. Rien pour le moment. Aucun institut psychiatrique, clinique ou hôpital n'a eu de patient qui s'est fait la belle. J'en ai appelé un bon tiers, chou blanc.

– Continue sur le reste. Quand tu auras fini sur Paris, vois sur la petite Couronne, et s'il n'y a absolument rien, penche-toi sur la grande Couronne.

– La grande Couronne ? Ça commence à faire loin, quand même…

– Je sais, mais il a pu prendre le train, un taxi ! Ce type doit bien venir de quelque part !

– OK, patron. Je m'y replonge tout de suite.

– Parfait. Café ? J'en ai promis un à Nico.

– Le commandant qui offre ? Mazette ! Ça ne se refuse pas ! »

Quand Stobbart regagna son bureau, la pendule marquait déjà neuf heures et un quart. La nuit avait été courte, il avait les yeux qui piquaient et il devait à présent s'atteler à la rédaction capitale du procès-verbal des constatations, une tâche normalement dévolue à son procédurier, malade. Le commissaire Blanc n'aimait pas attendre et il voulait au moins avoir jeté les grandes lignes sur le papier avant que son ami ne l'appelle, ne serait-ce que pour pouvoir lui présenter les choses plus clairement. Il regarda sa montre : Nico avait déjà dû commencer à recevoir les témoins de ce matin. George s'installa à son bureau et alluma l'ordinateur. Il n'eut même pas le temps d'arriver sur l'écran d'accueil que son téléphone sonna. Le flic soupira. Et décrocha.

« Stobbart à l'appareil, j'écoute.

– Toujours aimable comme d'habitude…

– Jacques… Déjà revenu ?

– Avec les sirènes, ça va vite. À présent, l'oiseau est dans son nid. Tu sais pourquoi je t'appelle ?

– Pour prendre de mes nouvelles ?

– Si seulement ! Je t'attends dans mon bureau. »

Le commissaire Blanc raccrocha. Stobbart soupira. Le PV serait pour plus tard. Le commandant se leva et repartit, non sans emporter avec lui son mug de café et une note de service qui avait atterri sur son bureau et qu'il n'avait pas encore eu le temps de lire.

Le bureau du commissaire principal se situait au quatrième étage, à côté du bureau du commissaire divisionnaire, grippé comme la majorité des Français. Depuis que la Crim' s'était délocalisée hors des murs du 36, Stobbart avait la sensation de passer son temps à courir. Courir était la norme. Mais dans les anciens locaux de ses débuts, l'exiguïté des lieux lui permettait de gagner un temps précieux et d'économiser les kilomètres, malgré ses cent quarante-huit marches. Surtout quand c'était pour aller voir son supérieur. À présent, tout était plus grand, plus sécurisé, plus lumineux, plus confortable aussi. Tout n'était pas noir, il fallait le reconnaître : il avait même de la place pour ranger sa cafetière personnelle ! Non, ce qui l'agaçait vraiment, c'était le fait que les chefs aient été exilés dans les étages et qu'il fallait systématiquement leur courir après. Quant au téléphone, il avait l'impression qu'on l'avait greffé à l'oreille de Jacques. Toujours occupé, souvent impossible à joindre.

Quand le commandant arriva devant la porte tant désirée, il avait bu un tiers de son café brûlant et terminé de lire la note qui portait sur les heures supplémentaires. Il avait bien rigolé. L'officier frappa et entra sans attendre la réponse.

« Commissaire…

– C'est toujours trop te demander d'attendre une réponse ?

– Bien sûr que oui, sinon tu te demanderais encore si je vais bien... » Jacques sourit.

« Insolent, va. Prends un siège. Ça va ?

– J'ai une sale tête ?

– Ça fait un bail que tu n'as pas pris de vacances, non ?

– Je ne désespère pas de les prendre la semaine prochaine. Ou la suivante. Au fait, c'est qui l'andouille qui a pondu cette note ? demanda Stobbart en brandissant le document. "Réduire les heures supplémentaires doit permettre une réduction importante des coûts."

– Le ministre de l'Intérieur.

– Qu'il dise d'abord aux juges et aux avocats d'arrêter de relâcher tous ceux qu'on s'échine à coffrer. On fera alors peut-être moins d'heures sup'… » Le commissaire gloussa.

« Ne va pas non plus nous mettre au chômage !

– Non, seulement en vacances », grimaça George.
Les épaules de Jacques tressautèrent de plus belle.

Jacques Blanc était le supérieur de Stobbart depuis une dizaine d'années maintenant. Se connaissant pourtant depuis l'enfance et formés à la même école, les deux hommes étaient sensiblement différents et, en cela, se complétaient parfaitement. Stobbart était méticuleux et s'efforçait de lire chaque détail d'une scène, qui le menait bien souvent au succès d'une arrestation. "Bien souvent" et non "systématiquement", car malgré tous les efforts du policier et de son groupe, certaines enquêtes sur lesquelles il travaillait depuis des années restaient encore insolubles, justement par manque de détails. Ce côté pointilleux presque maniaque avait toujours amusé Jacques. Certes, la science du détail était incontournable, mais il ne fallait pas exagérer. Pourtant, devant les résultats de son coéquipier, il avait développé un nouveau respect pour son ami.

Le futur commissaire, lui, avait décidé de travailler sur un domaine dont Stobbart lui fut reconnaissant de s'occuper : le contact. Non pas que George abhorrait cette partie du métier, mais c'était un domaine qu'il trouvait délicat et dont il n'arrivait pas forcément à saisir toutes les subtilités. Comprendre les mimiques comportementales et cerner les grandes caractéristiques de la psychè humaine, ça oui. Amener la psychè en question à coopérer dans le but de faire avancer l'enquête, ça lui était beaucoup moins évident. Jacques s'en tirait à merveille, alternant avec maestria l'amitié, la menace, la douceur ou la brutalité ; exploitant les vices et les faiblesses, flattant les ego, soudoyant les cupides ou intimidant les esprits faibles. Ses paroles incisives faisaient toujours mouche. D'un tacite accord, ils s'étaient partagé les tâches, chacun partageant ce qu'avait à offrir l'autre. À la sortie de l'école, Jacques avait bifurqué, avant de retrouver George au Bastion avec joie et plaisir une décennie auparavant, travaillant de concert avec lui sur toutes les grandes affaires de la capitale.

Puis, quand le commissaire principal en poste avait pris sa retraite peu de temps après, les deux candidats principaux qui se présentèrent naturellement furent les deux compères. Leurs supérieurs hiérarchiques qui s'attendaient à une lutte fratricide pour la place fraîchement libérée furent surpris : Stobbart s'effaça, préférant laisser la place à un homme bien plus porté que lui sur les relations humaines : « Il faut un gestionnaire, pas un flic », avait répondu George quand on lui demanda les raisons de son désistement. Jacques avait ainsi accepté le poste et s'était par conséquent retrouvé chef de son ancien coéquipier et ami. Malgré le changement hiérarchique, leur amitié n'en avait pas pâti. Peut-être seulement Stobbart avait-il trouvé que le côté incisif de Jacques était devenu carrément coupant. Mais c'était apparemment un mal nécessaire qui avait permis à Blanc de prendre ses marques et de perdurer, tant vis-à-vis des conflits à gérer en interne, que vis-à-vis de certains politiques qui débarquaient dans son bureau en terrain conquis et que Jacques prenait un malin plaisir – voire un bonheur immense – à débouter poliment, en leur expliquant avec un aplomb qui les estomaquait que ce n'était pas son problème et qu'il ne rentrait nullement dans ses attributions de faires sauter les PV de ces messieurs. Du fait de son nouveau poste, Stobbart et Blanc se voyaient moins, mais avaient tout de même gardé un excellent contact, qui se ravivait à chaque entrevue professionnelle, comme aujourd'hui. Et comme à son habitude, le commissaire Blanc ne perdit pas de temps :

« Alors, ces homicides dans la salle d'arcade ? »

Stobbart lui résuma l'affaire en quelques mots et conclut :

« Je n'en sais pas plus. Je dois attendre les résultats d'analyse et d'autopsie, ainsi que les dépositions des témoins.

– C'est qui le légiste ? Je n'ai pas encore eu le procureur au téléphone. Pas l'autre tache de la dernière fois, j'espère…

– Devine, fit George avec un sourire malicieux.

– Non ? Il est revenu dans les parages ?

– Oui ! Daniel est de retour, et toujours aussi en forme !

– Bonne nouvelle ! Il faudra qu'on se retrouve autour d'un verre un de ces quatre ! Du coup, si c'est lui qui est en charge de l'autopsie, je me ferai moins de cheveux blancs, au moins pour ceux qui me restent. Sinon, le suspect ? Tu en penses quoi ?

– Tu veux vraiment mon avis ?

– Comme si tu avais l'habitude de le garder pour toi ! »

Stobbart sourit devant la boutade.

« Suspect à première vue. Pas de réaction. Tout l'accable. Tu as dû voir quand tu l'as emmené à l'I3P…

– En effet, ça fait peur. On aura le rapport psychiatrique d'ici quarante-huit heures au plus tard.

– Et on doit encore attendre les résultats des prélèvements. Mais pour le moment, il apparaît le mieux placé sur la liste. Hal ratisse les instituts psychiatriques et recherche une identité concernant la jeune femme. Nico est en train de prendre les dépositions des gamins. Dès que c'est fini, on attaque l'enquête de voisinage. Inutile de te demander quelques bras en plus ?

– Exact, tout le bâtiment est en sous-effectif. Fais ce que tu peux.

– Bien, Monsieur le commissaire. Au fait, notre suspect avait du sang sur les mains et sur les vêtements – vraisemblablement celui du gérant de la salle –, mais on l'a retrouvé enfermé dans la cave sans possibilité de sortir et, chose curieuse, la porte était *verrouillée*, à double tour.

– Tu veux dire qu'il a été enfermé dans le sous-sol ?

– Ou qu'il s'est enfermé dans le sous-sol *après*. C'est toujours possible, mais je n'ai pas retrouvé de clefs dans la salle où il était. J'ai pu l'ouvrir seulement parce que les collègues avaient trouvé un trousseau de doubles. Mais ils ratissaient encore les lieux quand je suis parti.

– Et pour les scellés ?

– Ils doivent m'appeler.

– Bien. Autre chose ?

– La jeune femme ne portait pas de traces de sang sur elle ni sur le câble qui a servi à l'étrangler, ce qui impliquerait qu'elle aurait été chronologiquement tuée la première, si le suspect a effectivement procédé ainsi. Ce qui pose la question de la mort du gérant : il n'y a pas de traces de lutte. Pourtant, il semble avoir été tué en profitant de l'élément de surprise. Contrairement à la femme qui s'est débattue. Et une strangulation, ça prend un peu de temps.

– Deux tueurs ?

– Possible. Mais avec un abandon du complice dans la cave ? Étonnant.

– Mouais. Mais on ne peut pas dire que son accoutrement plaide en sa faveur. Certes, il y a toujours les éléments que tu viens d'énoncer, mais un flic un peu tordu pourrait te trouver une explication en moins de deux : braquage, trahison et règlement de compte. Tu peux déjà faire un joli scénario avec ça. »

Stobbart fit la moue.

« "Joli" n'est pas forcément le terme que j'emploierais. C'est surtout difficilement crédible. Avant d'en arriver là, on va d'abord examiner les casiers de chacun. Tu as déjà oublié l'importance des détails ? ajouta-t-il avec un clin d'œil.

– Grands dieux, non ! s'exclama Jacques avec un grand rire. Vu le nombre d'enquêtes que tu as résolues, tu…

– Que *nous* avons résolu, corrigea George. Et maintenant, avec la lieutenante Collard et le reste de l'équipe.

– Parce que c'est toi qui les a formés ! riposta le commissaire. Ce qui m'amène à la véritable raison de cet entretien : au vu de tous tes états de service, le commissaire principal – avant de partir en maladie – veut te recommander pour la Légion d'honneur ! »

Stobbart faillit s'étouffer dans son café et une quinte de toux effroyable lui déchira les poumons.

« Tu aurais pu me prévenir, protesta le flic la voix cassée et la respiration sifflante.

– Le rouge brique te va admirablement au teint.

– Et en quel honneur ? grimaça l'officier.

– Je viens de te le dire : états de service, résultats exceptionnels, etc., etc. Alors, qu'en dis-tu ?

– Laisse-moi le temps d'y réfléchir, s'il te plaît. Si je te donne ma réponse la semaine prochaine, ça te va ?

– La semaine prochaine ? Tu es vraiment unique, George ! Si j'avais annoncé ça à n'importe quel collègue de l'étage, il m'aurait dit oui sur-le-champ !

– Tu sais ce que j'en pense.

– Comme tu voudras. J'espère que Madame saura se montrer plus convaincante que moi…

– Tu veux que je refuse tout de suite ?

– C'est bon, c'est bon, j'arrête là ! Tiens-moi au courant pour l'enquête !

– À vos ordres, commissaire !

– Arrête la flatterie idiot, et fiche le camp !

– À plus ! »

Stobbart se retrouva dans le couloir encore un peu plus déboussolé et énervé qu'au début de l'entretien. La Légion d'honneur, et puis quoi encore ? Il avait franchement autre chose à faire que de courir les rubans ! Enfin bon, c'était l'intention qui comptait. Il ne lui restait plus qu'à trouver une bonne excuse pour refuser le "cadeau". Résigné, Stobbart se dirigea vers l'ascenseur et son bureau : une investigation était en cours et elle ne se poursuivrait pas toute seule…

Deux bonnes heures plus tard, les notes de Nico aidant, Stobbart avait bien avancé le PV des constatations. Ne lui manquaient que les photos de la scène de crime, les plans des lieux, les résultats d'analyse des scellés déposés. Il n'était pas aussi agréable à lire que ceux de son procédurier, mais les grandes lignes y étaient. Il allait lancer une première impression quand on frappa à sa porte.

« Entrez ! »

La porte s'ouvrit timidement et Nicole apparut sur le seuil. Elle le regarda d'un air inquiet.

« Vous allez bien ?

– Pourquoi cette question, Collard ? s'enquit le flic, étonné.

– Vous ne vous êtes pas entendu. J'ai eu l'impression d'arriver comme un chien dans un jeu de quilles…

– Désolé Nico, s'excusa le policier avec un air sombre. Ce n'était pas mon intention. Ça a donné quoi les convocations ?

– Rien de plus que ce que nous savions déjà. Des nouvelles de notre fou ?… »

Le téléphone sonna, les interrompant.

« Excuse-moi. Stobbart à l'appareil. »

Nicole regarda son chef répondre impassiblement au téléphone. Depuis qu'elle travaillait avec lui, elle avait toujours admiré son sang-froid et son détachement lorsqu'il examinait une scène de crime. Un cadavre n'était jamais chose plaisante à voir. La première fois qu'elle avait vu un corps, celui-ci était démembré dans la baignoire, la scie et le hachoir gisant par terre. Il y avait du sang partout, jusqu'au plafond. Incapable de se retenir, elle avait couru vomir dans les toilettes juste à côté. Stobbart était venu la retrouver, l'aider. Elle avait eu honte de sa faiblesse et s'était sérieusement remise en question. Elle avait beau être sortie major de promotion de sa licence de droit, puis major de promotion de l'École Supérieure de la Police à Cannes-Écluse, est-ce que cela justifiait qu'elle aurait dû rester sans réaction ? Tout ce sang… Elle avait replongé dans la cuvette. Quand elle avait relevé la tête. Stobbart se tenait à côté d'elle, lui tendant le rouleau de papier toilette. Elle avait croisé son regard et, à sa grande surprise, n'y avait lu nulle moquerie, juste quelque chose comme de la tristesse.

« Ça va aller ? »

Sans un mot, elle avait hoché la tête, tremblant de la tête aux pieds. Elle se savait pâle comme un linge, l'haleine fétide, et sentait son corps recouvert d'une sueur visqueuse à laquelle se collaient ses vêtements.

« Je... je suis désolée... » articula-t-elle avec peine.

Stobbart secoua la tête.

« Surtout pas. Je me serais plutôt inquiété si cela avait été le contraire. »

Le policier montra quelque chose derrière lui.

« Est-ce que tu te sens d'y retourner ? »

Nico l'avait regardé avec désarroi. Des larmes avaient commencé à lui mouiller les yeux. Si son commandant s'en était aperçu, il n'en avait rien montré.

« Ce n'est pas une obligation, je comprendrais. Il ne faut pas avoir honte de ça. C'est une réaction tout ce qu'il y a de plus normal. Sache que les gars qui sont là n'en mènent pas large non plus. Ils ont malheureusement suffisamment d'expérience et d'homicides derrière eux pour se blinder. Encore qu'une scène comme celle-ci les remue toujours un peu, crois-moi.

– Et vous, comment faites-vous ? »

À cette question, Stobbart n'avait pas répondu tout de suite. Il la regarda un long moment avant de se remettre à parler lentement :

« Ne crois pas que ce soit facile pour moi. J'ai juste appris à me détacher, à ne pas considérer une victime, mais un corps ; à ne pas considérer tout le sang et ces "outils", mais seulement une scène de crime. Ne t'attends pas à un remède miracle, il n'y en a pas. C'est ma méthode, c'est tout. »

La nouvelle recrue qu'elle était l'avait écouté et s'était raccrochée à ses paroles comme à une bouée de sauvetage. À présent, elle se souvenait à peine du déroulement de cette première journée. Elle avait rejoint la scène et ses collègues : pas de quolibets, juste quelques regards d'encouragement. Elle avait fait son travail du mieux qu'elle avait pu et était restée jusqu'au bout. Le soir, elle s'était écroulée sur son lit et avait fondu en larmes. Le lendemain, elle était retournée au boulot en se demandant si elle y arriverait. Et elle avait continué, gardant toujours en tête les conseils de Stobbart, jamais très loin pour la soutenir et l'épauler. Seule l'image de sa première scène de crime continuait de la hanter de temps à autre, avec pour seul remède les paroles de Stobbart qu'elle s'était efforcée d'appliquer avec plus ou moins de succès.

Aujourd'hui, c'était pourtant la première fois qu'elle avait vu son supérieur aussi peu à l'aise sur une scène de crime. Il n'avait pas semblé pouvoir faire preuve de ce détachement dont il avait l'habitude... Pourquoi ? Elle en ignorait la raison. Quand George raccrocha, elle le regarda tranquillement. Le policier planta ses yeux dans les siens.

« Des nouvelles des instituts psychiatriques ?

– Non. Hal continue à les bombarder au téléphone depuis ce matin. Il en est à une bonne moitié maintenant, sur Paris et la petite Couronne. Toujours chou blanc pour l'instant.

– D'accord. Qu'il continue comme ça jusqu'à ce qu'il nous ramène si possible quelque chose. De ton côté, tu retournes à la salle d'arcade, voir si tu peux glaner des infos dans le voisinage.

– Entendu.

– Le coup de fil, c'était le commissaire pour me prévenir que l'autopsie avec le docteur Fortesque débute dans quarante-cinq minutes. Comme notre procédurier est cloué au fond de son lit, je m'y colle. On se tient au courant de nos avancées mutuelles. »

Nicole acquiesça. Les deux flics se volatilisèrent vers leurs missions respectives.

Chapitre X

Prenant place sur les bords de Seine, 2 voie Mazas dans le douzième arrondissement, l'Institut médico-légal de Paris était situé le long du quai de la Rapée. L'IML accueillait depuis 1913 les défunts de la route, ceux dont les corps n'avaient pu être identifiés, et ceux dont la mort était criminelle ou suspectée comme telle. Un lieu paisible, quand il n'était pas perturbé par le métro de la ligne numéro cinq : les voies ceinturaient les lieux, élevant à intervalles réguliers une barrière sonore grinçante quand les rames automatiques en provenance de la gare d'Austerlitz négociaient le virage et arrachaient un long gémissement au métal.

Stobbart gara sa voiture et entra dans le bâtiment côté est, progressant sous la voûte qui donnait sur une première cour intérieure. Il s'arrêta un peu avant et se présenta à l'accueil, un simple bureau, sombre, derrière lequel officiait un jeune homme d'apparence efféminée. Rien à voir avec l'entrée des familles, une grande place lumineuse, sobre, gardée par les bustes en marbre des légistes qui avaient forgé la discipline.

La majorité des employés désertaient les lieux pour aller déjeuner. Une photographe que le commandant supposait de l'Identité judiciaire attendait nerveusement dans un fauteuil de l'entrée, sacoche sur les genoux et appareil photo prêt à entrer en action. George la salua, elle répondit du bout des lèvres. Visiblement, la fatigue avait marqué tout le monde de son empreinte.

Le préposé à l'accueil pianotait devant un écran d'ordinateur. Il fallut que George se racle bruyamment la gorge pour qu'il daigne lever la tête. Le sourire niais sur les lèvres et le court laps de temps qu'il mit pour s'arracher à son écran, le policier en conclut que sa seconde occupation était le travail quand les réseaux sociaux étaient sa première. Il le salua néanmoins poliment.

« Bonjour. Pouvez-vous m'annoncer au docteur Fortesque s'il vous plaît ?

– Non, je regrette, il est parti déjeuner.

– Dites-lui que le commandant Stobbart veut lui parler.

– Je l'appelle tout de suite ! »

Un détail que peu de gens connaissaient à propos de son ami : Daniel ne déjeunait que rarement. Il préférait passer son temps à étudier plutôt qu'à se sustenter. Le déjeuner était l'excuse pour être tranquille. Un trait de son caractère qui n'avait pas changé…

« Le docteur Fortesque va vous recevoir. Votre nom et une pièce d'identité, s'il vous plaît… Merci. Voici votre badge. »

Le policier saisit la carte magnétique qu'on lui tendait et passa le cordon au tour du cou.

« Merci. »

L'agent ne lui répondit même pas, déjà replongé dans l'activité bourdonnante des réseaux sociaux. Trois minutes plus tard, le légiste arrivait dans le hall d'accueil, vêtu d'une blouse blanche immaculée, un badge flottant sur sa poitrine. Un bruit de clef tintait à chacun de ses pas et l'accompagnait comme le carillonnement funèbre de clochettes mortuaires.

« Tu es arrivé le premier, George…, grogna le médecin en guise de préambule.

– Deuxième, je pense, corrigea le policier en montrant la photographe de l'IJ.

– Ah oui. Madame… (Daniel la salua brièvement avant de se retourner vers Stobbart, ronchon) Il est temps que tu arrives : j'ai encore deux macchabées qui viennent de me tomber dessus.

– Content de te voir moi aussi, sourit Stobbart devant la mauvaise humeur affichée de son ami.

– Tant mieux, parce que si ça continue, je ne vais pas rester. Si tu croises les collègues de la circulation, pense à leur dire de garder les prochains clients au frais : ch' uis pas une machine, moi… »

Du coin de l'œil, George vit la photographe esquisser une grimace de muette désapprobation, estomaquée. Stobbart n'était guère étonné. Au premier contact, Daniel paraissait rarement sympathique. Au deuxième, on pouvait le trouver tout simplement odieux, ou cynique si l'on versait un peu dans l'humour noir. À lui-même, on lui avait toujours appris le respect aux vivants comme aux morts : un être humain restait un être humain. Pour la nouvelle venue, le docteur Fortesque ne semblait avoir jamais entendu parler de ce concept : à ses yeux, un concitoyen mort ne paraissait pas avoir plus d'importance qu'un concitoyen vivant.

« Par ici, s'il vous plaît... »

Stobbart emboîta le pas à un Fortesque toujours bougonnant, suivi de la collègue qui s'était levée d'un air guindé et dont l'expression marquait clairement son désaveu quant aux propos que tenait encore le légiste :

« Depuis ce matin, je n'ai pas arrêté de trimer comme un damné… Et tout ce que ma femme me trouve à faire pour le déjeuner, c'est de la viande froide ! Comme si je ne mangeais pas assez de bidoche dans la journée !

– Au moins, tu es au calme, et tes patients ne te dérangent pas.

– Ça dépend lesquels. Les deux que tu m'as amenés ce matin, ça se tenait. Tu n'as pas vu ceux que m'a amenés la brigade routière : même une broyeuse n'aurait pas aussi bien travaillé…

– Ne sois pas désagréable avec tes collègues et tes... patients : si ni l'un ni l'autre n'était là, tu te serais retrouvé véto.

– C'est pas faux... »

Le légiste se retourna brusquement vers la femme de l'Identité judiciaire, qui sursauta une nouvelle fois sous la surprise.

« Excusez un vieux con, Madame, que la vieillesse n'épargne guère. J'espère ne pas vous avoir choqué par mes propos outranciers et mon sale caractère.

– Je... euh..., bégaya-t-elle prise au dépourvu.

– Je m'emporte assez facilement, je dois dire...

– Doux euphémisme...

– Stob', épargne-moi tes commentaires !

– C'est toi le patron ! » gloussa le policier en faisant un clin d'œil à la photographe. Cette dernière pinça les lèvres. Visiblement, elle ne partageait pas leurs joyeuses retrouvailles.

Le légiste continua de grommeler, occupé à appeler l'ascenseur et à pester contre l'insolente machine dont la lenteur était certainement voulue et honnie. Quand l'appareil arriva enfin, Fortesque les emmena directement au deuxième étage. Preuve que le légiste exagérait encore, George ne connaissait pas d'ascenseur plus rapide, excepté peut-être aux Batignolles.

Les portes se rouvrirent et le trio accéda à un long couloir éclairé par le soleil de midi. Trois portes se découpaient, donnant chacune accès à une salle d'autopsie. L'endroit était calme, à peine troublé par le pas discret du garçon de morgue, l'assistant du légiste. Fortesque emmena ses invités dans la première salle et tous pénétrèrent dans une pièce aux murs beiges et au sol recouvert d'un linoléum marron d'un autre temps.

L'ameublement était sommaire, entièrement en inox : une table roulante sur laquelle étaient rangés les outils de travail – entre autres scalpels, scies, pinces, costotome (Stobbart se rappela presque malgré lui le nom de ces ciseaux crochus servant à découper les côtes, proches du sécateur), tous d'une propreté irréprochable – ; et sur une autre, des récipients de diverses tailles déjà étiquetés, destinés à accueillir tous les prélèvements nécessaires durant l'autopsie. Dans un autre coin patientait le socle recevant le matériel des dentistes, permettant au légiste de prendre les empreintes dentaires. Une balance suspendue attendait qu'on lui donne à peser tout ce qu'on voudrait bien lui apporter, organes ou autres humeurs. À ses côtés, de puissantes lampes étaient braquées sur la table métallique trônant au beau milieu de la place et sur laquelle Fortesque recevait ses infortunés patients. La forme incurvée du meuble permettait de drainer les liquides qui s'échappaient du corps dans un réservoir situé au-dessous. À sa tête, un évier complétait l'ensemble.

Un homme d'une quarantaine d'années, en tenue intégrale – tunique verte, blouse blanche, surchaussures, gants, masque et charlotte –, s'affairait autour d'un corps nu, celui de la jeune femme anonyme retrouvée dans la salle d'arcade, seulement identifiée par une étiquette au poignet. Le contraste de sa peau blanche était saisissant quand les mains d'ébène de l'adjoint de Fortesque finissaient de découvrir respectueusement la patiente pour la présenter au légiste. De cette femme étendue émanait une triste beauté, pas encore fanée. Le masque de terreur qu'elle arborait sur la scène de crime avait disparu, et les paupières à présent fermées laissaient transparaître une apparente sérénité.

Stobbart ne put retenir un frisson, non pas à la vue du corps, mais à cause de la température : il faisait toujours frais ici, autour de 16 °C, quand dehors l'air avoisinait déjà les 25 °C. La photographe de l'IJ fronça le nez. George prit conscience de l'odeur caractéristique qui régnait dans la pièce, odeur qu'il oubliait de plus en plus au fil de ses visites successives dans ces lieux de science : l'atmosphère froide ne pouvait effacer les notes tenaces de l'eau de Javel pour la désinfection, la fragrance âcre du formol pour la conservation des tissus, le tout mêlé à l'odeur des chairs en décomposition, plus ou moins prononcée suivant le niveau de putréfaction du corps.

À chaque autopsie qu'il voyait, George éprouvait chaque fois un curieux malaise, l'appréhension toujours renouvelée de découvrir un corps nu portant bien souvent les séquelles de sa mort, avec le sentiment dérangeant de s'attendre à le voir se relever et lui révéler à l'oreille les causes de sa mort tourmentée. Il secoua la tête pour chasser cette idée absurde.

Une fois revêtu de la tenue idoine, identique à celle de son assistant mortuaire, mais en bleu, Daniel s'attela aussitôt à sa tâche, secondé par son adjoint, efficace et silencieux, révélant la pratique d'une longue habitude. Et ce rituel immuable débutait toujours par l'inspection minutieuse et externe du corps, Fortesque relevant et mesurant systématiquement toute marque sur la dépouille de sa patiente, dans le dos puis devant, calant la nuque sur un socle, puis pointant les colorations du visage, la langue, la lèvre abîmée, s'attardant sur les yeux :

« Aspect congestif, diamètre inégal des pupilles, écoulements sanguins au niveau de la bouche et des narines. Photos s'il vous plaît. »

La photographe de l'Identité judiciaire s'approcha, le teint olivâtre. Visiblement, les autopsies n'étaient pas la partie préférée de son métier. Et ce n'était que le début… Le flash crépita, tandis que Daniel poursuivait :

« La peau sur la gorge est lésée, un sillon profond, circulaire, au niveau de la trachée, légèrement vers le haut, certainement dû à sa position assise avec son agresseur debout derrière elle. Pas de marque dans la nuque… Traces légères de griffures au niveau de ce sillon… Nous avons toutes les caractéristiques d'une mort par strangulation, violente de surcroît. Photo s'il vous plaît. Notre amie semble avoir été prise par surprise : pas de trace de prise par un assaillant pour l'instant. Elle n'a pas non plus eu le temps d'interposer une main entre le fil et son cou, par contre les légères traces de griffures – peu marquées en l'absence d'ongles (le légiste pointa les extrémités bleutées de la jeune femme) – montrent qu'elle a lutté pour essayer d'arracher le lien qui l'étouffait. Traces de cyanose aux doigts et aux ongles. Photo. »

En même temps qu'il parlait, Fortesque palpait, mesurait et dictait ses observations à son assistant, qui remplissait efficacement le formulaire électronique.

Il passa rapidement les descriptions du tronc et du bassin qui ne comportait rien de notable : pas de cicatrices, pas de tatouages, pas de piercings ou d'autres éléments remarquables. Daniel s'arrêta un instant sur les jambes et la plante des pieds :

« Pas de lésions sur la face interne des cuisses, il n'y a pas eu viol. La victime était globalement en bonne santé, quoique devait être de caractère anxieux : elle devait régulièrement faire du sport, type course à pied si j'en juge par l'état des articulations de ses genoux, et le développement des muscles quadriceps, ischio-jambiers et triceps sural, les cals plantaires. Mais courir ne devait pas lui être suffisant vu l'état de ses mains aux extrémités rongées, avec présence de cicatrices. »

Puis le légiste s'empara d'un scalpel et entreprit d'inciser profondément les bras, cherchant chaque fois dans l'entaille ces « zones de prise », des ecchymoses sous-cutanées qu'il aurait pu manquer lors de l'examen externe :

« Pas de résultat pour les crevées. La victime ne semble pas avoir été saisie avant la strangulation, ce qui conforterait l'hypothèse de la surprise. »

Sans perdre de temps, Daniel incisa ensuite délicatement la jeune femme au niveau du menton, puis descendit jusqu'au pubis avec une dextérité que George lui avait oublié. Il s'employa à détacher la couche de graisse jaune des muscles roses pour découvrir les côtes bombées qu'il inspecta.

« Costotome. »

Son assistant lui présenta l'outil et Fortesque se mit à découper les côtes pour ôter le plastron costal qui lui permettrait d'accéder aux organes. La photographe de l'IJ regardait derrière elle, tentant d'ignorer les bruits de craquement dans un effort qui lui coûtait visiblement. Stobbart s'approcha d'elle :

« Ça va aller ?

– À votre avis ?

– Ce n'est pourtant pas la première autopsie que vous voyez, non ?

– La deuxième. Habituellement, je m'arrange avec les collègues pour m'éviter ce genre de… choses.

– "Habituellement" ?

– Oui. Sauf qu'aujourd'hui, je suis une des seules rescapées de la grippe. »

Et à sa tête, ça n'était pas une victoire : à ce rythme-là, les bien-portants partiraient aussi en maladie, mais pas pour les mêmes raisons… Le commandant se retourna quand un bruit de succion retentit : Daniel venait d'enlever le plastron pour faire apparaître des organes luisants. Une odeur de viande avariée s'échappa. Stobbart retroussa le nez, tandis que la photographe plongea le sien dans son châle parfumé. Le légiste n'y prit pas garde et poursuivit son travail, prélevant les organes du thorax – cœur et poumons –, puis de l'abdomen – estomac, foie, reins, rate, vessie, organes génitaux… Chaque fois, il analysait l'organe avant de l'enlever, le pesait, puis le disséquait sur la paillasse à son côté, prélevant des échantillons qui seraient envoyés en laboratoire pour des analyses histologiques, afin d'étudier la structure des tissus organiques en quête d'éventuelles pathologies. Le bac plastique qui accueillait les organes s'emplit rapidement, tandis que les flacons étiquetés de chaque échantillon s'alignaient sur une autre table, garnis.

« Rien à signaler à première vue sur les organes. Pas de maladie, pas de lésions internes, pas d'activité sexuelle récente. Le cou, c'est autre chose. Photos s'il vous plaît. »

La mort dans l'âme, la photographe s'approcha, essayant d'ignorer les odeurs de sang et la vision béante de ce corps évidé. Flash. Elle recula.

« Restez, je vous prie : c'est la partie importante. »

Fortesque entreprit d'ôter avec beaucoup de précautions langue, larynx et trachée par le cou, « par voie sous-mandibulaire » se souvint George, et les déposa sur la paillasse, chaque fois dégagée et lavée par son assistant.

« Les premières constatations faisaient état d'une strangulation par lien. Si nous examinons le bloc laryngé, nous pouvons constater au premier plan des infiltrations hémorragiques notamment au niveau de la thyroïde et des glandes salivaires, lésion des carotides… Ensuite… Le larynx… Très abîmé, présente des fractures… De même que l'os hyoïde, fracturé lui aussi… Son agresseur n'y est pas allé de main morte, sans mauvais jeu de mots… »

Daniel égrena une à une les lésions ; le garçon de morgue notait avec acharnement tout ce que Fortesque constatait ; et la photographe – pâle comme un linge – ponctuait chaque « Photo » du légiste par un flash, emmagasinant de nouvelles données qui compléteraient le rapport de l'autopsie.

Quand il eût terminé, le médecin se saisit d'un casque, abaissant la large visière devant son visage. Armé de son scalpel, il s'attaqua au cuir chevelu de sa patiente, incisant derrière une oreille avant de passer complètement au-dessus du chef jusqu'à parvenir symétriquement à l'autre oreille, et rabattit le scalp sur le visage de sa patiente, démasquant littéralement la jeune femme. La photographe retint un hoquet horrifié. Fortesque l'ignora.

« Scie. »

Stobbart crut que sa collègue de l'IJ allait tourner de l'œil lorsque Daniel activa son instrument et s'employa à découper la boîte crânienne. George se rapprocha de la photographe, prêt à la rattraper si elle tombait dans les pommes. Elle secoua mollement la tête, serrant convulsivement son appareil contre elle.

La voûte du crâne se détacha avec un bruit creux, découvrant au grand jour le cerveau grisâtre. Sans perdre de temps, Fortesque ôta l'encéphale, le système nerveux central comprenant le cerveau, le cervelet et le tronc cérébral, responsables du contrôle de l'ensemble de l'organisme. Il fut à son tour pesé, disséqué et découpé en fines tranches pour prélèvements. Daniel inspecta la base du crâne et ne décela aucun traumatisme. Le légiste se redressa.

« Terminé, annonça-t-il. Mort par strangulation.

– OK, merci. »

Stobbart regarda sa montre. Il était bientôt treize heures trente. Une heure trente dans cette salle puant la mort. Et encore, George savait que Daniel travaillait vite. Mais ce n'était pas fini…

« Et concernant la deuxième victime ?

– Le gérant ? J'y arrive, mon bon, j'y arrive ! »

Faussement outré, le légiste se lava les mains, changea de gants et de tablier, et se prépara à sortir pour passer dans la salle d'autopsie mitoyenne. Juste avant de partir, il se tourna vers son aide :

« Vous pouvez nous amener l'autre patient de la chambre froide, s'il vous plaît ? Compartiment numéro huit.

– Pas de problème.

– Bien. Quand vous avez fini, vous pourrez commencer à… ?

– Bien sûr.

– Merci. Je vous aiderai pour le deuxième patient. »

Son aide acquiesça. Les deux amis quittèrent les lieux, accompagnés par une photographe de l'IJ apathique, peinant à croire qu'elle se dirigeait vers une seconde autopsie. Le corps arriva quelques minutes plus tard. L'assistant mortuaire le remit au légiste, tandis que lui s'éclipsait pour reprendre son travail : la restauration du corps. Replacer les organes prélevés dans le corps, suturer, nettoyer et maquiller la dépouille prenaient du temps, mais était indispensable pour la présentation à la famille. Effacer les traces du traumatisme et rendre beau, voilà ce qui lui importait.

« Voyons notre ami… »

Le légiste découvrit entièrement l'homme. Le corps du propriétaire de la salle d'arcade était encore plus blême que celui de la jeune femme. Ses longs cheveux blonds et ternes encadraient sa tête, reposant tristement sur la table. Les regards des deux visiteurs tombèrent aussitôt sur sa gorge. La plaie avait été nettoyée, laissant apparaître le fossé noir par lequel la lame s'était échappée. La blessure n'était pas belle : une gorge déchiquetée et, même si le médecin avait replacé les lambeaux de chair déchirée, cela ne cachait en rien la brutalité de l'attaque et le sourire béant du cou.

Une bonne heure et un quart plus tard, la deuxième autopsie était terminée. Plus longue que ce qu'elle aurait dû durer, mais sans assistant, c'était assuré. La photographe de l'Identité judiciaire au bord de la syncope les abandonna en balbutiant des excuses pour retrouver l'air de l'extérieur, tandis que le légiste livrait ses conclusions au policier.

« Peu de choses à ajouter aux observations préliminaires que je t'ai faites sur place. Je te confirme juste l'hypothèse d'une attaque-surprise. Comme je l'ai dit, pas de marques de défense sur les avant-bras ou ailleurs. En fait, je dirais même plutôt qu'une seule attaque a été portée avec une très grande violence. L'agresseur a frappé tellement fort qu'il a imprimé la marque de la virole dans les chairs. Et au lieu de retirer la lame, il a préféré "trancher" larynx, trachée et carotides, en poussant la lame vers l'extérieur. On peut en supposer deux choses : ou le type qui l'a planté est un sadique, ou bien c'est un amateur. Si tu n'as pas de chance, possible même que ce soit les deux…

– Merci de ton soutien moral… »

« – Tu peux compter sur moi.

– Blague à part, tu as déjà évoqué une "grande violence" dans le cas de la strangulation de la jeune femme. Tu penses qu'il s'agit d'une seule personne ?

– Tout à fait possible.

– Vous avez retrouvé l'arme ?

– Oui.

– Quand est-ce que tu pourrais me la faire parvenir ?

– Je passe un coup de fil dès que je sors.

– Parfait. Je voudrais vérifier qu'elle correspond bien à la blessure. Satisfait maintenant ?

– Comme toujours avec toi. Ça a été très instructif. Mais j'ai une dernière faveur à te demander… »

Le légiste souleva un sourcil méfiant.

« Depuis le temps que je te connais, c'est rarement bon signe…

– Pourrais-tu… »

La sonnerie rythmée d'un téléphone lui coupa la parole.

« On capte ici ? s'étonna Stobbart.

– M'en parle pas, grommela Fortesque. Pas moyen d'être tranquille. J'envisage sérieusement de déjeuner dans la chambre froide pour avoir la paix. Ma femme me rend fou…

– Tu l'adores ! Stobbart à l'appareil. »

Tandis que le policier écoutait silencieusement les renseignements que son interlocuteur lui donnait, le légiste remit le plastron costal, puis recouvrit sans un mot le défunt. Il procéderait un peu plus tard à la restauration du corps – sutures et toilettes du moins –, dans cinq minutes, le temps de prendre une pause. Après, ce serait la rédaction des rapports.

« Au moins une bonne nouvelle… »

Le médecin se retourna vers son ami. Le policier avait rangé son téléphone et refermait déjà son manteau.

« On a un nom. »

Chapitre XI

Jeudi, 15 h 15

Stobbart fonçait dans les rues de Paris. Nico s'accrochait à son siège, évitant de penser à ce qu'il resterait d'elle s'ils rentraient dans un autobus. Le seul fait d'imaginer de se retrouver sur la table du docteur Fortesque ne l'enchantait guère, surtout après ce que lui avait confié son commandant quant aux observations du légiste sur les accidentés de la route. Dès que son chef l'avait appelée, elle avait récupéré sa voiture séance tenante et fait le trajet en un temps record, mais toujours prudemment. Arrivée à l'IML, elle s'était garée et avait aussitôt bondi dans le véhicule de son supérieur. Tout juste s'il n'avait pas laissé de la gomme sur le bitume au démarrage. Elle retrouverait sa voiture plus tard. De toute façon, elle n'habitait pas loin. Pour l'heure, elle est trop occupée à s'accrocher désespérément à la poignée de sécurité qui avait encore la bonté de se trouver là.

Mais son supérieur se faufilait entre les voitures, les évitant parfois de justesse, empruntant sans scrupules les voies réservées à ces mêmes bus qui mugissaient devant l'impudence du conducteur. Heureusement pour eux – pour elle, corrigea-t-elle – le trafic de ce milieu d'après-midi était fluide et ils avaient déjà parcouru la moitié du chemin en direction de l'IPPP : le boulevard de l'Hôpital touchait à sa fin et devant les policiers se profilait l'espace dégagé de la place d'Italie, empli par la verdure du jardin Françoise-Giroud, vers lequel convergeait une classe d'enfants. George fit quand même l'effort de lever un peu le pied. Et dire que cela ne faisait que quatre minutes qu'ils avaient quitté l'IML… Collard essaya de fixer son attention sur la conversation qu'elle tentait vainement d'engager avec son supérieur…

Toujours beaucoup de choses à faire et si peu de temps pour les réaliser ! George soupira. Cette visite à l'Institut médico-légal était néanmoins nécessaire pour avoir les premiers éléments d'enquête. Dans les deux homicides, il avait fallu faire preuve d'une grande force. L'image du jeune homme aux cheveux blancs se dessina dans son esprit. Il était sec et musclé. Un coup de sang aurait-il pu le pousser à l'acte avec autant de brutalité ? Possible, encore une fois. Finalement, tout était possible et rien n'était certain.

Stobbart avait juste eu le temps d'appeler Jacques pour demander une faveur – il avait grogné, mais l'avait assuré de son soutien en lui recommandant la plus grande prudence – et lui donner des nouvelles de l'enquête. Il réfléchit. Le coup de fil d'Emmerich marquerait peut-être une avancée. Juste avant de repartir, il avait rappelé l'informaticien en lui demandant d'apporter le couteau et de les retrouver à l'I3P. Le commandant entendit un bruit. George prit soudainement conscience que Nicole lui parlait.

« Pardon ?

– Je disais : vous m'aviez parlé d'un coup de fil de Hal…

– Oui ! Je lui avais demandé de faire des recherches d'identité sur nos victimes et notre suspect. Il y a une bonne et une mauvaise nouvelle.

– Ah ?

– La mauvaise nouvelle d'abord : c'est que nous ne savons toujours pas qui est notre suspect principal. La bonne : nous avons l'identité de la jeune femme… »

Stobbart s'interrompit brusquement. Il écrasa la pédale de frein et le klaxon, gardant le flegme inébranlable du Parisien quand sa voiture était sur le point de se faire emboutir par un camion. Il repartit de plus belle, ignorant superbement le conducteur qui l'abreuvait d'injures derrière son pare-brise. La lieutenante jeta un rapide coup d'œil au-dehors : effectivement, son chef était en tort. Il venait de griller un "Stop" de manière remarquable. Nico avala sa salive avec difficulté et inspira un grand coup : ce n'était pas pour rien qu'on appelait son siège la place du mort.

« Et donc ? relança-t-elle d'une voix légèrement chevrotante.

– Désolé. Hal a reçu l'appel peu après que l'on soit parti…

– Pourquoi a-t-il attendu avant de nous en parler ? coupa Nicole en écrasant à son tour la pédale de frein. Son pied ne rencontra que le vide. Stobbart fit mine de n'avoir rien remarqué.

– J'y arrive. Apparemment, c'est une amie de la jeune femme que je viens de quitter. C'est elle qui nous a donné son nom. Elles devaient se retrouver toutes les deux pour faire les magasins ce matin. Ne la voyant pas, elle s'est inquiétée et a prévenu la police vers midi quand elle a vu qu'elle n'arrivait pas à…

– Je vous écoute, grogna Collard en serrant imperceptiblement les fesses (un pick-up les frôla si près qu'elle vit son propre reflet sur la peinture métallisée.)

– …l'avoir au téléphone. Elle s'appelle Ariel Braska, lâcha Stobbart.

– Pas courant comme nom…

– Elle le tient de son père, ancien prêtre décédé quand elle avait sept ans. La mère est également décédée quand elle était gamine. Hal a déjà convoqué cette amie et il a appris quelques infos intéressantes », expliqua George.

Le flic s'engagea sur la place d'Italie, dépassa la classe et traversa la place comme une flèche en slalomant entre les voitures. Il attendit d'entrer sur le boulevard Auguste Blanqui pour reprendre son discours. Sa passagère transpirait par tous les pores de sa peau.

« Première info après son nom : elle est infirmière de métier…

– Tiens donc ! Et notre suspect était en pyjama d'hôpital…

– Tout juste ! Hal a même pu obtenir son lieu de travail. Et devine où elle bosse !

– Dans un institut psychiatrique ?

– Exactement ! Et même plus précisément, à l'institut Mantis, à Essises.

– Connais pas. C'est où, ça ?

– Dans l'Aisne, à une heure trente de Paris, vers l'est.

– Minute, vous venez bien de dire l'institut Mantis ?

– C'est bien, tu m'écoutes. Et oui, ce n'est rien d'autre que l'institut fondé par notre nouveau préfet il y a de cela environ vingt-cinq ans… »

Nicole poussa un sifflement d'étonnement. Ça, c'était une surprise ! Le nom de Mantis était sur toutes les lèvres aux Batignolles. Un meurtre sur le personnel de son propre institut, mêlant…

« Notre fou viendrait donc de là-bas ?

– C'est ça le pire : même pas. Hal a tout de suite vérifié : notre gars, on ne sait pas d'où il vient… », conclut le policier d'un air sombre.

*

Stobbart ralentit. La rue Cabanis dans le quatorzième arrondissement était étroite, à sens unique. George se gara sans hésiter sur le parking réservé aux ambulances, le macaron de la police bien en évidence sous le pare-brise. Nico regarda vers le numéro trois, quelque peu caché par un grand feuillu. La bretelle d'accès qu'ils empruntèrent à pied était assez large pour le passage d'une voiture et amener directement les futurs internés devant les portes. Pas de perte de temps pour la prise en charge du patient. L'entrée en elle-même était sobre : des murs de couleur crème, un drapeau français au-dessus de la porte, des lettres dorées annonçant simplement « Préfecture de police, service médical du personnel ». Rien de bien effrayant.

« C'est *ça* ?

– Oui. Mais ne t'y fie pas. Ah, voilà Hal… »

Quand ils entrèrent dans le hall de l'Institut Psychiatrique de la Préfecture de Police – le fameux IPPP de Stobbart –, la jeune femme fut surprise de voir un espace restreint, défraîchi, seulement agrémenté de quelques chaises pour patienter. Pour tout dire, l'accueil n'était guère accueillant. Hal les attendait. Après avoir satisfait les habituels contrôles de sécurité et s'être annoncés, les nouveaux venus rejoignirent leur collègue. L'informaticien se tourna vers la lieutenante, interrogateur :

« Ça va, Nico ? Tu es toute pâle…

– La conduite de notre supérieur dans Paris est, disons… sportive…

– Tu es en train de dire que je conduis…

– Commissaire Stobbart ? »

Nico et Hal pouffèrent. George n'eut pas le temps de répliquer. Il se tourna vers l'homme qui l'interpellait.

« "Commandant" suffira, je vous remercie. Vous êtes ?

– Docteur Robert Ghordone. Je suis en charge du patient que vous nous avez amené…

– Bien. Nous gagnerons du temps à vous chercher.

– Le commissaire principal Blanc a laissé un message comme quoi vous passeriez », répondit le médecin sans sourciller.

Celui-ci était un homme jeune. Blouse passée par-dessus son costume de bonne coupe, il tenait à la main une liasse de papiers et regardait les policiers avec suffisance : lui seul détenait le vrai savoir, mais dans son immense mansuétude, il consentirait à éclairer quelques pauvres agents perdus dans les méandres de l'esprit humain.

« J'ai fait un bilan psychiatrique de ce pauvre hère que vous nous avez amené en fin de matinée, annonça-t-il d'une voix pompeuse, un brin fatigué par l'ignorance de ses semblables. Et les résultats ne sont pas brillants : pas de réponses aux questions posées, pas de réactions aux stimuli quels qu'ils soient. Par contre, j'ai relevé un certain nombre de traces de piqûres sur ses poignets : je n'ai pas eu besoin de relever ses manches pour voir que c'était un habitué des aiguilles, et je ne pense pas qu'elles soient seulement médicales…

– Nous avons pu nous en apercevoir, répliqua Stobbart que le verbiage du médecin agaçait. Conclusions ?

– Mes conclusions sont les suivantes, poursuivit le psychiatre en ignorant le ton acerbe du policier. Le suspect est sujet aux drogues, lesquelles, cela reste à définir. Nous ferons des examens médicaux plus poussés demain. Pour l'heure, il restera en observation pour les prochaines quarante-huit heures. Pour les faits qui lui sont reprochés, le patient est très nettement porté sur la violence et n'a pas hésité à tuer pour asseoir une pulsion de pouvoir et de domination certainement instaurée et entretenue par l'usage des drogues : l'attaque par-devant l'illustre parfaitement. Pour autant, je ne pense pas qu'il en ait eu conscience au moment du passage à l'acte.

– Vous condamnez sans preuve ?

– Le couteau porte ses empreintes, non ?

– Le couteau est entre les mains du service de la dactyloscopie et attend d'être confronté par le médecin légiste. Et que faites-vous de la présomption d'innocence ?

– Elle est toute relative quand il s'agit d'un suspect aux tendances schizophréniques : le malade est dangereux aussi bien pour les autres que pour lui-même.

– Vous êtes en train de me dire qu'il n'est pas pénalement responsable de ses actes ?

– Ça m'en a tout l'air, effectivement.

– A-t-il dit quelque chose au moins ? intervint Nico.

– Je viens de vous dire que non, répliqua sèchement le médecin. Mais…

– La question était pertinente, dit Stobbart en haussant la voix. Comment pouvez-vous tirer des conclusions en ne connaissant que la moitié des éléments ? C'est ça qu'on vous apprend en psychiatrie ? Moi aussi, je peux vous dire que notre suspect était fou : être en pyjama d'hôpital, maculé de sang et à côté de deux cadavres, pas besoin d'être psy pour comprendre qu'il y a un problème !

– Je vous prierai de me parler sur un autre ton, grimaça son interlocuteur. La folie est une chose tout à fait subjective ! Si cela ne vous convient pas…

– Dites cela aux deux personnes à la morgue, je suis sûr qu'ils comprendront votre point de vue », ironisa George.

Les joues du praticien s'empourprèrent et ses yeux lancèrent des éclairs. Il s'apprêtait à lancer une réplique quand il se ravisa. Ses lèvres esquissèrent un mince sourire.

« Je me suis peut-être avancé. Je rédigerai le certificat médical à l'issue de l'observation et en transmettrai un exemplaire au préfet pour une hospitalisation sans consentement à l'établissement Henri Ey, dans le 13e arrondissement. Son transfert aura lieu à la fin des quarante-huit heures d'observation…

– Une minute, s'il vous plaît. »

Stobbart leva une main pour arrêter le discours du psychiatre. Il plongea son regard dans celui du médecin.

« L'hôpital Ey est sûrement un très bon établissement, mais je préférerais l'Institut Mantis, à Essises.

– Je sais où est l'Institut Mantis, commissaire. Le Professeur Édison a été…

– Parfait, alors.

– …mon professeur. Peu importe, je…

– J'y tiens.

– Bien, commissaire ! explosa subitement le médecin. Mais vous oubliez deux choses : la première, je ne suis pas à vos ordres ! La seconde, vous ne suivez pas la procédure ! Donc, vous ne…

– Écoute-moi bien, bonhomme… »

La voix sourde de Stobbart gronda comme le tonnerre, menaçante, résonnant dans le petit hall de l'institut. En cet instant, Nico eut presque pitié du médecin.

« Toi, tu oublies la donnée la plus élémentaire : tu bosses avec les flics, tu es médecin avec les flics ! Demande au commissaire principal Blanc de ce qu'il en pense, qu'il en touche un mot au préfet de police ! En clair, soit tu exécutes les ordres de mon taulier, soit je m'arrange pour que tu continues ta carrière dans la Creuse. Est-ce que j'ai été assez clair ? »

Le visage du psychiatre avait perdu toute couleur sous la colère. Il tenta de protester faiblement.

« Vous… vous n'avez pas le droit ! Vous…

– J'en ai parfaitement le droit et l'occasion. Alors ? »

Le psychiatre avala péniblement sa salive et marmonna un vague assentiment.

« Bien. Le certificat médical pour l'Institut Mantis et le patient. Maintenant. »

Le médecin effectua un demi-tour énergique qui fit voler les pans de sa blouse blanche et se dirigea vers son secrétariat d'un pas raide. Nico se pencha vers son supérieur, sceptique.

« Vous vous laissez appeler "commissaire" maintenant ? »
Stobbart sourit.

« Dans ces moments-là, tu ne peux savoir comment c'est gratifiant !

– Juste une question, patron…

– Oui, Hal ?

– Vous ne m'avez toujours pas dit pourquoi je devais vous rejoindre ici…

– Comme tu as bien travaillé, j'ai une mission pour toi. Tu as ce que je t'ai demandé ?

– J'ai tout ici, indiqua Emmerich en tapotant son sac à dos.

– Parfait. Le couteau, tu l'emmènes à l'IML et tu le donnes au docteur Fortesque, il est au courant. Les clefs ?

– Ici. »

Le lieutenant plongea la main dans son sac et en retira un sachet plastique transparent, dans lequel un cliquètement étouffé retentit.

« OK. Prière de ne pas me les perdre : c'est une pièce à conviction, donc tu voudras bien en prendre en soin.

– Certainement. Je suppose qu'elles viennent d'une de nos victimes ?

– Tu supposes bien…

– J'ai beau passer mes journées et une bonne partie de mes nuits sur mes écrans, je ne suis pas non plus totalement déconnecté, riposta l'informaticien. Ni bigleux. Et après ?

– Ce sont les clefs de cette infirmière sur qui tu as fait des recherches, Ariel Braska, précisa George. Elle les avait sur elle au moment de sa mort. Par contre, comme tu le sais déjà probablement, on n'a rien trouvé d'autre sur elle, y compris de sac à main.

– Oui, j'ai vu ça sur votre PV.

– À partir de ce point-là, il va falloir creuser, poursuivit le commandant. On peut supposer que l'infirmière s'est réfugiée dans cette salle d'arcade pour une raison qu'on ignore encore, qu'elle cherchait probablement à se cacher. Nous avons un seul suspect pour les meurtres, mais il est en pyjama d'hôpital et on ne sait pas d'où il sort. Ce que je veux savoir : comment ces deux-là sont arrivés jusqu'au boulevard Voltaire ?

– L'infirmière est arrivée en voiture : j'ai eu l'info en appelant l'Institut Mantis tout à l'heure, juste avant de venir vous rejoindre. Elle habitait sur Paris. Apparemment, elle a quitté son service très tard hier soir, et le gardien l'a vue sortir du parking, seule.

– Bon boulot, Hal. Restent deux problèmes majeurs : d'où sort notre olibrius et où est la voiture de Mademoiselle Braska, ce que c'est et…

– C'est une vieille Fiat, une Punto qui doit approcher les vingt ans d'existence, fit tranquillement l'informaticien. Son amie qui a signalé sa disparition s'en souvenait très bien.

– Mais tu n'as pas d'adresse ?

– Non. Elle venait de quitter son logement il y a à peine un mois, et son amie n'y avait encore jamais été.

– Comme par hasard, grommela Stobbart.

– Je peux émettre une suggestion ?

– Vas-y, Nicole.

– À mon avis, cherche plutôt une Renault, Hal. »

L'informaticien la regarda avec des yeux ronds.

« Pourquoi une Renault et pas une Fiat ?

– Regarde le trousseau. À ma connaissance, le losange reste la marque de Renault, sourit la jeune femme en pointant une clef avec une grosse tête noire.

– Je n'avais même pas remarqué, fit Stobbart, surpris.

– Vous étiez trop occupé à évoquer le bon vieux temps avec le docteur Fortesque. »

Hal Emmerich se retourna vers son supérieur, hilare.

« Ah oui ? Vous avez été jeune ? s'enquit Emmerich faussement intéressé.

– Effronté. À part ça, Nico, tu te souviens d'avoir vu un véhicule de ce genre quand tu es arrivée sur les lieux ? Si elle était pressée, elle n'a pas dû chercher à se garer bien loin…

– Non, absolument rien. J'ai pas franchement eu le temps de faire un tour avant que vous arriviez, et je n'ai pas vu de Renault. Il faudrait vérifier auprès de la fourrière, ils tournent pas mal dans le coin : le secteur de la République est une mine d'or pour eux…

– Je vais me renseigner. Elle doit être aux Halles, c'est la plus proche.

– Parfait, tu sais ce qu'il te reste à faire. Ah ! Notre ami est de retour… Je reviens. À plus tard, Hal, et tiens-moi au courant ! »

Stobbart s'éloigna à la rencontre du psychiatre.

« Oui, le commandant fut jeune et cache drôlement bien son jeu ! » murmura malicieusement la jeune femme.

Emmerich sortit en éclatant de rire.

« À plus tard au bureau ! »

L'informaticien disparut.

« Ça y est, on est parti ! »

Nico releva la tête. George débaula auprès d'elle en agitant un papier sous le nez de sa collègue.

« L'ambulance est prête à partir et notre client avec. Nous n'avons plus qu'à les suivre jusqu'à Essises. Hal est parti à la fourrière ?

– Oui.

– Dans ce cas, nous n'avons plus qu'à y aller. Ah ! Voilà l'ambulance. On se retrouve à la voiture. Et prends le volant ! »

Du gabarit d'un fourgon, l'ambulance blanche flanquée de la croix bleue s'engagea dans la rue Cabanis. Le commandant lui fit de grands signes pour qu'elle s'arrête, tandis que Nico se dirigeait vers la voiture de Stobbart et démarrait le moteur. Elle vit le policier faire signe au conducteur de baisser sa vitre, lui glisser quelques mots et revenir vers elle en courant. George se glissa sur le siège à côté d'elle. Nicole déboîta et se cala sur l'ambulance.

« Ils n'avaient pas encore plus gros ?

– C'était tout ce que l'Institut avait de disponible. Je lui ai demandé de rouler doucement. D'après le chauffeur, on en aurait pour un peu plus d'une heure trente.

– Si tout va bien.

– Si tout va bien. On est en milieu d'après-midi, le trafic devrait être à peu près fluide. Au fait…

– Oui ?

– Tu n'aimes pas ma conduite ?

– On ne peut rien vous cacher… ! »

*

16 h 45

Cela faisait maintenant presque une heure qu'ils roulaient. Comme l'avait prédit Stobbart, le trafic était peu encombré. Nicole avait une conduite douce qui, il est vrai, changeait sensiblement de la sienne. L'ambulance devant eux respectait les limites de vitesse à la lettre et conduisait prudemment. Rassuré, George se replongea dans la douce torpeur qui l'avait envahi à la sortie de Paris. Il sentit ses muscles se détendre peu à peu et ses pensées s'envolèrent vers son épouse. Émilie.

Il l'imaginait en train de secouer ciel et terre pour résoudre les problèmes qui se posaient systématiquement à elle : les articles seraient-ils prêts à temps ? L'imprimeur leur ferait-il faux bond comme la dernière fois ? Depuis qu'il l'avait connue sur une scène de crime – il en riait encore malgré l'évènement dramatique –, Stobbart avait compris qu'il avait enfin trouvé son équilibre. Il ne savait pas s'il lui avait vraiment dit au moins une fois, mais elle était la bouffée d'oxygène de son quotidien peuplé de corps déjà froids, encore chauds, ou sur le point de devenir des cadavres. Elle le rassurait et connaissait les mots qui le soulageaient un peu de son fardeau et purifiaient de cette souillure son âme baignée de mort.

« Patron ! Patron ! »

Elle l'appelait. Bizarrement, mais elle l'appelait. Il sourit.

« Patron ! »

Elle le secoua.

Stobbart se réveilla en sursaut. Un peu perdu, il se redressa sur son siège avec un grognement. Devant lui, un paysage d'autoroute défilait. La réalité lui revint brutalement.

« Quoi ? Qu'est-ce qu'il y a ? Il y a un problème ?

– Non, mais votre téléphone sonne ! Et c'est déjà la quatrième fois ! »

Le commandant ronchonna.

« Quatre fois ? Appareil du diable ! On n'est jamais tranquille ! »

Stobbart saisit son téléphone dans son manteau, nonchalamment posé sur la banquette arrière avec ses papiers personnels.

« Ah oui, effectivement. Cinq appels. J'ai dormi longtemps ?

– Une demi-heure, répondit Nico après un coup d'œil à l'horloge.

– Pourquoi tu ne m'as pas réveillé plus tôt ? Si c'est ma femme, elle va me sonner les cloches !

– Pas faute d'avoir essayé. Vous avez un sommeil de plomb, répliqua sa jeune collègue.

– Oh, merde !

– Quoi donc ?

– Vu le numéro, dix contre un qu'il s'agit du procureur… Une minute, s'il te plaît…

– Pas de problème. »

Guère enthousiaste, Stobbart enclencha la touche de rappel.

« …Et en général, ce n'est pas bon signe… »

Le policier n'eut même pas à attendre la fin de la seconde sonnerie. Une voix rugit dans le combiné et Stobbart dut écarter le téléphone de son oreille de quelques centimètres. Il bougonna : ses pauvres tympans…

« Stobbart à l'appareil…

– Je sais qui vous êtes, le coupa son interlocuteur agacé. Votre nom s'affiche ! Qu'est-ce qui vous a retenu ?

– Vous appelez pour ? éluda le commandant, laconique.

– J'y arrive. Je sais qu'en ce moment précis, vous enquêtez sur…

– Pardon de vous interrompre, mais je n'ai pas saisi votre nom...

– Je vous demande pardon ?

– Contrairement à vous, votre nom ne s'affiche pas sur mon téléphone. Et aux dernières nouvelles, je ne suis pas devin. Deux bonnes raisons de vous présenter… »

Au bout du fil régna un silence de mort. Collard ne savait plus trop qui plaindre. Le ton froid et cassant de son supérieur était une vraie lame de rasoir. Elle l'avait expérimenté à ses dépens, et avait déjà pu l'observer en garde à vue : le commandant avait le don de glacer une atmosphère comme personne, peu importe qui il y avait en face.

L'échange ne dura pas.

« Au revoir, Monsieur Godot. Bonne journée à vous aussi… »

Nico eut un sourire nerveux. Le formalisme de son supérieur avait porté ses fruits. Mais peu sûr que le Procureur ait apprécié pour autant. Stobbart raccrocha, la mine sombre. La jeune femme comprit rapidement pourquoi.

« Je t'annonce que nous avons été officiellement dessaisis de l'enquête. Du moins, "temporairement"…

– Vous plaisantez, là ?

– Pas le moins du monde, malheureusement. En ce moment même, nous devrions faire demi-tour et tout abandonner. »

Nico sentit la fatigue s'abattre d'un coup sur ses épaules.

« On sait au moins pour quelle raison ? »

Stobbart secoua la tête.

« Pas vraiment, même si j'ai ma petite idée : résoudre deux meurtres dont une des victimes travaillait dans un certain institut…

– L'Institut Mantis ?

– …pour ne pas le citer, c'est politiquement incorrect. Je suppose que certaines personnes doivent avoir des intérêts dans cette histoire… On ne doit plus qu'enquêter sur la mort du patron de la salle d'arcade. Ce sera rapide : on nous donnera gentiment les conclusions de l'enquête en nous priant de nous taire sur le reste. Fin de l'histoire, affaire classée, tout le monde est content et on a les félicitations des grands patrons pour le travail accompli.

– Et si on refuse ?

– La maison nous remerciera au propre comme au figuré sous un prétexte quelconque : tu regagneras la circulation quelque part en campagne profonde, et moi je serais certainement mis à la retraite anticipée aux archives eu égard à mes états de service. »

Nicole resta silencieuse. Vues sous cet angle, les perspectives n'étaient guère réjouissantes. Elle se voyait mise à l'épreuve d'un point de vue moral, une chose qu'elle n'avait guère envisagée jusqu'à présent : obéir aux politiques et continuer sa carrière sous les meilleurs augures ? Ou bien s'accrocher à ses convictions et son supérieur au risque d'en sortir brisée ? Un vrai dilemme. Et sur ça, l'école de police ne lui avait rien appris.

« On ne va quand même pas s'arrêter là après tout le chemin qu'on a fait, non ? » s'enquit-elle timidement.

Stobbart se renfonça dans son siège de manière confortable.

« Je ne veux pas mettre ta carrière en pièces, Nico. Je sais que c'est important pour toi… »

Le policier la regarda et lui fit un clin d'œil.

« Mais si tu insistes, il est vrai que nous avons déjà fait une heure de route et que cette ambulance est sous notre responsabilité. Personnellement, je n'ai moi aussi pas envie d'avoir fait tout ce trajet pour rien. Et comme tu es ma subalterne, je te serais reconnaissant de suivre mes ordres… »

Nicole sourit sous la boutade.

« Si vous insistez… »

Ils roulèrent encore quelques minutes en silence.

« Et pour Hal ? demanda soudainement Nico. Il est déjà au courant ?

– Non, c'est moi qui suis censé l'appeler. Je lui dirai ce soir ou demain, quand il aura fini de trouver ce qu'on cherche… Tiens, j'ai message de lui, d'ailleurs. « Pièce livrée à l'IML ». Et une chose de faite.

– Une dernière question ?

– Je t'en prie. »

Nicole garda les yeux fixés sur la route. Quand elle posa sa question, sa voix avait perdu de son assurance.

« En général, comment se finit… »

Elle chercha ses mots, agita une main qui se voulait explicite.

« …ce genre d'histoires, politiques ? »

Les yeux de Stobbart prirent une teinte mélancolique sur laquelle se posa un voile de tristesse. Le policier soupira.

« Rarement bien. Mais ne t'inquiète pas : je devrais sûrement faire un rapport au commissaire Blanc. S'il y a un problème, je m'arrangerais pour qu'on te laisse tranquille… »

Devant eux, l'ambulance dérapa brutalement.

Chapitre XII

Le chat noir avait disparu. La jeune fille se sentit partir, décoller. Qu'importe, elle maîtrisait la gravité. Pourtant, tout tanguait dans cet univers. Son écharpe noire indiquait des directions contradictoires, changeant sans cesse de sens. Elle devait alors rectifier sa trajectoire et éviter les débris qui lévitaient vers elle et autour d'elle.

Elle rebondit une fois, deux fois. Ses jambes touchaient à peine ce sol, qui était devenu fou. Sans vergogne, elle se mit à user de ce pouvoir qu'elle avait reçu, elle ne savait plus où, ni quand.

Son écharpe se braqua brusquement vers le haut et la jeune fille dut rectifier une nouvelle fois sa chute. L'instant d'après, le vêtement montrait la direction radicalement opposée. Elle adapta encore sa trajectoire pour ne pas se casser une jambe, rebondit de nouveau sur une paroi quelconque.

Alors même qu'elle pensait que tout allait s'arrêter, elle ressentit une douleur dans le dos. Un des débris, qu'elle avait réussi à éviter jusque-là, l'avait traîtreusement frappée par-derrière. Sa vie diminua. Elle aurait dû faire attention, ne pas se relâcher.

Les extrémités de son écharpe noire brillaient d'une lueur pourpre. Les pointes changèrent une dernière fois de direction et la jeune fille retomba sur ses pieds. L'écharpe retomba calmement sur ses épaules. Gardant les jambes fléchies, la demoiselle s'attendit à repartir à tout moment vers le ciel ou dans une tout autre direction. Mais l'univers s'était apaisé.

Le chat noir qui s'était éclipsé durant la tourmente réapparut comme par enchantement et se frotta contre ses jambes en ronronnant. La jeune fille lui jeta un regard distrait, puis s'immobilisa. Dans un miroir, ses yeux s'étaient arrêtés sur le reflet d'un visage cerné, fatigué. Elle mit un temps à comprendre que c'était le sien. Oui, elle était épuisée. Elle avait envie de se reposer.

Elle se blottit dans un coin de son univers et s'endormit.

Chapitre XIII

Jeudi, 16 h 55

« Nom de D… ! »

Le juron de Stobbart éclata dans les tympans de Nico. Tous deux s'étaient figés sur leur siège. Devant eux, l'ambulance avait déboîté sans crier gare. Le conducteur tenta de ramener le fourgon sur sa trajectoire, mais le brusque coup de volant le porta contre la glissière de sécurité. Emporté par la vitesse, il ne put rattraper la bretelle de sortie qui se profilait devant eux et percuta à nouveau de plein fouet la glissière qui bordait la route. La grille cette fois céda et les deux policiers virent l'ambulance s'envoler, flotter dans les airs un bref instant et retomber violemment sur la pente herbeuse de l'autre côté de la barrière. Entraîné par son propre élan, le fourgon continua sur sa lancée en amorçant une série brutale de tonneaux dans un fracas de tôle froissée.

Nicole se déporta aussitôt sur la bande d'arrêt d'urgence et écrasa la pédale de frein. La voiture s'arrêta dans un crissement de pneus, laissant de larges marques noires sur l'asphalte. Stobbart jaillit comme un diable en dehors de sa boîte et se précipita vers l'accident. Collard prit d'abord le temps d'allumer les feux de détresse et le gyrophare avant de suivre son commandant. Si au moins, ils pouvaient éviter le carambolage, ça serait toujours ça de gagné…

En contrebas, le moteur poussait des rugissements d'agonie qui s'étouffaient progressivement. La jeune femme sauta par-dessus la glissière de sécurité, faillit rater son atterrissage, se rattrapa de justesse et reprit sa course avec davantage de prudence. Collard eut l'impression que le véhicule était passé dans un gigantesque broyeur : aucun des morceaux de tôle qui la composait ne semblait avoir été épargné. Des débris de plastique, de verre et de métal jalonnaient le chemin de l'accident ; l'herbe verte avait été fauchée par endroit et de profondes ornières apparaissaient là où l'ambulance avait rebondi.

Une soixantaine de mètres plus bas, elle vit George qui s'acharnait à ouvrir les portes arrière du véhicule et tirer de toutes ses forces sur ce qui autrefois avait eu la forme d'un battant. La jeune femme entendit des jurons se succéder les uns aux autres. Elle s'empressa de venir en renfort et de joindre ses forces à celles de Stobbart, se mettant à tirer avec lui. Elle s'aperçut soudainement qu'elle pleurait : une épaisse fumée noire se dégageait du moteur et lui piquait les yeux tandis que des flammes s'échappaient du capot.

Enfin, l'amas de tôles céda dans une plainte déchirante et s'ouvrit sur un intérieur chaotique. Les placards aménagés avaient déversé leur contenu : compresses, seringues, pansements étaient dispersés dans tout l'habitacle ; les flacons de produits divers et variés avaient pour la plupart éclaté, recouvrant les parois de la cabine de liquides colorés, tandis qu'une tenace odeur d'éther saisit les policiers à la gorge. Le défibrillateur gisait, démembré, sa voix électronique continuant de répéter sa rengaine fort à propos : « Ne paniquez pas ! Ne paniquez pas ! »

« Je suis trop gros pour rentrer ! Occupe-toi du garçon ! Sors-le de là ! Je m'occupe des deux autres ! »

Nicole s'exécuta. Elle pénétra prestement à l'intérieur du fourgon et vit aussitôt le jeune homme dans la pénombre. Elle l'approcha rapidement. L'odeur de fumée se faisait de plus en plus forte. Il n'y avait pas de temps à perdre. Le garçon était prostré par terre, son vêtement d'hôpital taché de larges auréoles qui puaient le désinfectant. Avant qu'un fort relent de sueur rance ne la prenne à la gorge. Il empestait, c'en était suffocant. Collard aspira une petite bouffée : elle avait l'odorat sensible. Peut-être avait-il retrouvé une certaine conscience… En tout cas, suffisamment pour réaliser ce qui s'était passé autour de lui et sécréter un peu d'adrénaline pour le faire réagir. Sans ménagement, elle passa un des bras du suspect autour de son cou et poussa sur ses jambes. Son mètre cinquante-cinq ne l'aidait pas dans sa tâche, mais ses entraînements sportifs hebdomadaires compensèrent partiellement cette lacune.

Il fallait faire vite. La fumée qu'elle apercevait encore dehors un instant auparavant envahissait à présent l'habitacle. Sa gorge la brûlait. Puis, les larmes qu'elle pleurait ne suffirent plus à soulager le picotement trop irritant de ses yeux. Au travers de sa vue brouillée, elle distingua le carré de jour à deux pas. S'accrochant au poids mort qui menaçait de la faire tomber à tout instant, elle fit un pas. Soudain, sa jambe tremblante se déroba sous elle. Déséquilibrée, elle se sentit chuter en avant. Elle tenta vainement de se rattraper, mais, gênée par le poids qu'elle portait, tomba. Elle avança une jambe pour amortir la chute, s'attendant à sentir la morsure du métal sous ses genoux et eut la surprise de s'effondrer dans la terre meuble du champ.

« On s'éloigne ! Allez, on s'éloigne ! »

Mue par la voix, Nico avança – ou plutôt rampa – soudainement libérée de son fardeau. Brusquement, elle sentit une terrifiante vague de chaleur l'envelopper. Elle risqua un regard derrière elle et eut le souffle coupé : en lieu et place de l'ambulance se tenait un brasier rougeoyant. Des flammes orangées se dressaient vers le ciel, dégageant une fumée d'un noir opaque et nauséabond. Cette vue lui coupa définitivement les jambes et elle retomba dans l'herbe sèche, hypnotisée par le feu. Deux détonations retentirent, puis plus rien.

Elle se sentit soulevée sous les bras et reculée de l'incendie. Une voix apaisante se fit entendre derrière elle.

« Ça va, Nico ? »

La jeune femme rassembla ses esprits, assimilant avec peine tout ce qui venait de se passer. Elle regarda ses mains : elles tremblaient, incontrôlables. La voix apaisante revint.

« C'est le choc, ne t'inquiète pas. Ça va passer… »

Stobbart entra dans son champ de vision, une expression mêlant inquiétude et soulagement sur le visage. Il était épuisé, lui aussi. Il se laissa tomber sur le sol, à côté d'elle et du jeune homme allongé par terre. Il les avait tirés sans ménagement sur quelques mètres, pour les mettre hors de portée du fourgon fumant. La jeune femme le montra d'un doigt tremblant :

« Il est… ?

– …en vie et hors de danger. Grâce à toi. »

George poussa un soupir.

« C'était très courageux, Nico…

– J'ai pas réfléchi. »

Le commandant eut un sourire fatigué.

« Peut-être, mais tu réagis bien.

– Qu'est-ce qui s'est passé exactement ?

– Je ne sais pas. Et les ambulanciers ne pourront plus nous le dire… »

Nico garda le silence un instant. Deux morts de plus. Elle jeta un coup d'œil au garçon inconscient. Décidément, le côtoyer s'avérait dangereux… Stobbart sortit son portable et composa un numéro. Cinq minutes après, il raccrochait.

« Les pompiers sont en route, et la gendarmerie ne va pas tarder non plus…

– La journée aura été rude…

– Tu peux le dire. Et le moindre qu'on puisse dire, c'est que je n'ai pas l'impression qu'elle va se terminer tout de suite…

– C'est bien parti, en effet. »

Nicole regarda pensivement la voiture, avant de réaliser une chose.

« La voiture n'a pas explosé ?

– Les voitures n'explosent pas. Elles brûlent, et vite. Tu remarqueras que les journaux parlent de voitures incendiées, et non d'explosions.

– J'ai pourtant cru avoir entendu deux détonations…

– Les pneus qui éclataient. »

Tout simplement. La jeune femme se sentit idiote et se tut. Stobbart dut le sentir, car il ajouta en gloussant :

« Ne t'en fais pas, j'ai déjà fait la même remarque que toi… »

La lieutenante sourit tristement. Elle regarda à nouveau le feu. Sa violence avait nettement diminué : les flammes manquaient de combustible. Elle pensa aux corps avec écœurement.

« Un vrai miracle qu'il s'en soit sorti, lui… Menotté, mais seulement quelques bosses et des coupures… Y'a vraiment un dieu pour les cas désespérés… Vous le croyez coupable ?

– Aucune idée, présomption d'innocence oblige. Tout ce que je voudrais savoir, c'est comment ils en sont arrivés là… »

Stobbart désigna la carcasse de l'ambulance.

« La "boîte noire" pourra peut-être nous aider, avança Nico.

– Ah oui, c'est vrai… Il y a des caméras dans les ambulances maintenant…

– Si c'est notre gars qui a fait ça… »

Nico ne termina pas sa phrase. Son commandant s'en chargea avec une pointe d'amertume dans la voix :

« Cela ne changerait pas grand-chose pour lui s'il n'est pas reconnu pénalement responsable de ses actes… »

Un concert de klaxons l'interrompit. Les deux policiers se retournèrent : sur l'autoroute, une file de voitures s'étirait déjà sur plusieurs dizaines de mètres.

« En tout cas, finit Stobbart en se levant, nous n'avons plus le choix, nous devons maintenant forcément nous rendre à l'Institut Mantis pour raccompagner notre homme.

– Et l'enquête ?

– Le Procureur ne pourra me reprocher de le ramener à l'Institut, ne serait-ce que pour une question de sécurité publique. Et il y a un autre élément qu'il n'a pas précisé : nous ne devions pas poursuivre l'enquête à propos de l'infirmière, mais le patron de la salle d'arcade a aussi été assassiné (Stobbart désigna le jeune homme d'un mouvement de tête) et son profil psychiatrique reste encore à être démontré…

– Le raisonnement est quand même un peu tordu, observa la policière.

– À l'image de nos politiciens. »

Le patient aux cheveux blancs commença à remuer. Nicole se leva à son tour, prudemment. Ses jambes ne tremblaient plus. Elle s'approcha du miraculé et observa le suspect. Il avait doucement repris connaissance et absolument rien sur son visage ne montrait qu'il avait subi une quelconque tension. Il paraissait aussi détaché que cette nuit, lorsque Stobbart l'avait retrouvé couvert de sang. Nico sentit un frisson lui parcourir l'échine : pas de doute, il pouvait incarner le meurtrier parfait.

Elle le saisit par un bras, George par l'autre. Le garçon ne protesta même pas lorsque les policiers le remirent sur pied sans ménagement. Puis tous trois s'apprêtèrent à remonter la pente. Collard s'arrêta net et prit soudainement conscience qu'ils étaient devenus le centre de toutes les attentions. La file de voitures s'était encore allongée, emplie de cette curiosité macabre que Nico abhorrait. Certains étaient même sortis de leur véhicule pour regarder l'ambulance qui brûlait au loin ou prenaient des photos ; deux ou trois personnes avaient enjambé la barrière de sécurité pour leur proposer de l'aide. Un homme de forte corpulence, le visage rougeaud, vint à leur rencontre à petits pas, s'assurant de ne pas glisser dans l'herbe humide.

« J'ai appelé les pompiers ! Vous avez besoin d'aide ?

– Je vous remercie, Monsieur, répondit poliment Stobbart. Malheureusement, nous ne pouvons plus rien faire pour le conducteur. Par contre, éventuellement, je veux bien que vous empêchiez les gens d'approcher, s'il vous plaît. Le temps que nous mettions cette personne dans notre voiture… »

À ce moment, l'homme au teint pourpre s'aperçut que celui qu'il prenait pour un patient d'hôpital était menotté. Il eut un mouvement de recul. Nicole saisit son regard effrayé.

« Il est en de bonnes mains, le rassura-t-elle.

– Vous êtes de la police ?

– Brigade criminelle, Paris. Je vais avoir besoin de vos coordonnées en tant que témoin de ce qui s'est passé…

– Bien sûr, Madame. »

À peine rassuré, il fit demi-tour non sans jeter sur le suspect une série de regards méfiants. Quand ils rejoignirent l'autoroute, la file de voitures s'étendait maintenant à perte de vue. Au loin, la sirène des pompiers retentit enfin, s'approchant aussi vite qu'ils le pouvaient sur la bande d'arrêt d'urgence. George se pencha vers Nico.

« On met le suspect dans ma voiture. Sitôt les pompiers arrivés, je file à l'Institut Mantis : je ne peux pas garder un présumé meurtrier enfermé dans une voiture, pour notre sécurité et la sienne…

– Compris, je reste ici avec les pompiers. Vous avez votre bloc ?

– Mon bloc ? (Stobbart haussa les sourcils.)

– Votre bloc-notes, que je puisse prendre les coordonnées des témoins de l'accident. On va en avoir besoin pour notre rapport.

– Tiens, mais la gendarmerie s'en chargera, on est dans leur secteur. Attends… »

Stobbart fit entrer le jeune homme menotté dans leur voiture, prenant à garde à ce qu'il ne se cogne pas la tête contre le toit. Il ne manquerait plus qu'on l'accuse de brutalités policières. Une fois assis, il accrocha les menottes à la poignée au-dessus de la fenêtre, puis lui sangla sa ceinture de sécurité. La sécurité était morale, et le rassurait surtout, lui.

Durant tout le temps que dura cette courte opération, le garçon n'eut pas une once de réaction. Pas un muscle sur son visage n'avait tressailli, pas la moindre émotion n'avait ne serait-ce effleuré ses yeux vides.

George ne se sentait pas tranquille. Comment cet homme d'apparence aussi amorphe avait-il pu perpétrer un crime aussi violent et survivre à un accident qui avait tué les deux ambulanciers ? Derrière ce regard vide, qu'y avait-il vraiment ? Pour l'heure, ça n'était pas ce légume qui allait lui répondre… Le policier se releva sans le quitter des yeux et s'éloigna de la voiture, veillant à garder le suspect dans sa ligne de mire.

Les pompiers étaient arrivés, accueillis par Nicole qui les renseignait rapidement et avec précision. Tandis que les soldats du feu déroulaient leurs rouleaux pour éteindre les dernières flammes qui crépitaient encore dans l'ambulance, Collard recueillait les noms et adresses des automobilistes, avant que ceux-ci ne s'en aillent, pressés de partir maintenant que le spectacle était terminé. La jeune femme n'eut même pas le temps de les aviser que ces informations seraient transmises à la gendarmerie dès son arrivée.

Stobbart vit le lieutenant de brigade des pompiers s'avancer vers lui.

« Commandant Stobbart ?

– Moi-même.

– Major… (Un klaxon couvrit la voix du militaire), sapeurs-pompiers de Paris. Votre collègue m'a dit que vous aviez assisté à l'accident.

– Oui, nous étions juste derrière l'ambulance. »

Le policier lui rapporta dans les grandes lignes le déroulement des évènements. Le major hocha la tête.

« Le conducteur a dû rater la sortie et, au lieu d'attendre la prochaine, a quand même voulu la rattraper. Ce n'est pas la première fois... »

Stobbart approuva pour la forme. L'explication était simpliste, mais suffirait pour le moment. De son côté, il n'écartait pas l'hypothèse de l'accident provoqué. Nicole avait raison sur un point : autant attendre de visionner la vidéo de l'ambulance. Ce qui lui fit penser…

« Qui est l'homme que vous avez mis dans la voiture ?

– Le passager de l'ambulance, répondit le policier en sortant son téléphone. Il devait être transféré dans un institut psychiatrique, dans une unité pour patients dangereux. Mais vu ce qui vient de se passer, je vais m'en charger.

– Bien sûr. (Le pompier glissa un regard méfiant vers la voiture.) Mais je vais quand même avoir besoin d'une déposition pour mon rapport…

– Très certainement, mais pas maintenant. À cause de… »

Stobbart désigna son véhicule. Le suspect n'avait pas bougé. Le pompier fit la moue.

« Je comprends, mais…

– Prenez ma carte. Vous avez ma ligne directe. Pour le reste, voyez avec ma collègue, là-bas. C'est la lieutenante Nicole Collard. Nous étions tous les deux dans la voiture, elle vous renseignera aussi bien que moi.

– Comme vous voudrez… »

Le pompier haussa les épaules. Il tourna les talons sans ajouter un mot et s'en fut retrouver ses hommes qui avaient déjà fini d'éteindre le feu et établissait de manière visible un périmètre de sécurité autour de la carcasse calcinée. Le policier fit un signe de la main à Nico pour lui indiquer qu'il partait. Elle hocha la tête sans interrompre sa prise de notes.

Quand il regagna sa voiture, le jeune homme aux cheveux blancs n'avait pas bougé de place, ses yeux continuant d'évoluer dans le vide de son esprit. George reprit la place du conducteur, s'installa confortablement et appela Hal Emmerich. L'informaticien décrocha à la quatrième sonnerie.

« Emmerich à l'appareil.

– Stobbart. Tu t'en sors ?

– Non. Une demi-heure que je ratisse les bagnoles de la fourrière, et toujours rien.

– Tu cherches avec la fermeture centralisée ?

– Oui, pourquoi ?

– La clef n'avait pas l'air de première jeunesse. Ça se trouve, la pile est morte…

– Vous voulez dire qu'il faut que j'essaie toutes les serrures ? s'exclama Hal, horrifié.

– De la marque Renault, oui ! Mais avant, je veux que tu passes un coup de fil à l'IPPP : dégote-moi l'entreprise d'ambulances qui leur a fourni le véhicule de transport et demande-leur à ce qu'ils t'envoient la vidéo de surveillance de celui qui a transporté notre suspect.

– Qu'est-ce qui s'est passé ? Rien de grave, j'espère !

– Plutôt ! L'ambulance a eu un accident, je te passe les détails. Préviens-moi quand tu auras ça !

– OK.

– Ah ! Et, Hal ?

– Oui ?

– Dès que tu as fini, tu te remets aux voitures ! »

Stobbart raccrocha, l'oreille encore bourdonnante du cri de dépit de son subalterne. Lui prit une profonde inspiration. Les évènements s'enchaînaient depuis cette nuit et il sentait poindre sous ses sinus les prémices d'un mal de crâne. Et au train où allaient les choses, il n'était pas rentré chez lui. Le policier entendit le cliquetis des menottes. Il jeta aussitôt un coup d'œil dans le rétroviseur. Rien. Le jeune homme n'avait pas bougé : les menottes avaient simplement glissé sur la poignée, provoquant ce léger bruit. George soupira. Il était nerveux. Il se redressa et ajusta le rétroviseur intérieur.

D'un coup, il eut face à lui cet étrange regard brun qui, il le savait, voyait au-delà de lui. Pourtant, il avait cette désagréable sensation que quelque chose pouvait se passer à tout moment. Allons, bon ! Il ne restait qu'une vingtaine de minutes jusqu'à Essises ! Ce n'était pas le bout du monde ! Le policier redémarra, roulant sur la bande d'arrêt d'urgence pour gagner la bretelle de sortie qu'ils auraient dû prendre quelque temps plus tôt, laissant derrière lui l'agitation des klaxons et des gyrophares.

Quand il atteignit le rond-point qui devait lui permettre d'arriver à destination, son regard avait à peine décroché du rétroviseur. La présence du suspect derrière lui l'agitait. Il ne cessait de repenser à l'ambulance. Des images dansèrent devant ses yeux : le crâne déformé du conducteur, enfoncé dans un carcan de métal de ce qui avait été autrefois le toit ; son passager, la tête penchant étrangement de côté sur l'airbag crevé, résultat de ses cervicales brisées. Le policier avait essayé d'actionner la porte sans grand espoir. Elle n'était plus qu'un amas de métal froissé imbriqué dans le reste de la carcasse : impossible d'ouvrir.

Il avait vu les premières flammèches sortir du moteur et s'était hâté vers l'arrière du véhicule, juste à temps pour voir Nico sortir avec le suspect inconscient. Stobbart le réalisait maintenant : deux morts supplémentaires, et ce type qu'il ramenait dans un établissement psychiatrique n'avait que quelques hématomes, à peine quelques éraflures. Son regard glissa de nouveau vers son rétroviseur. La tête blanche n'avait pas bougé et dodelinait au gré des cahots. Aucun signe apparent d'activité…

Mais qui était vraiment ce type ? Stobbart s'interrogeait, cherchait une réponse. Pas d'origine, seulement surgi de nulle part. Hal avait téléphoné à tous les instituts psychiatriques de la région parisienne, y compris le célèbre institut Mantis, dès qu'il avait appris que cette infirmière – c'était quoi son nom déjà ? Ah oui, Ariel Braska – était employée là-bas. Mais rien. Aucune fuite à déplorer. Aucun patient ne manquait à l'appel. Alors, d'où venait-il bon sang ?

Le policier avait l'impression qu'à force d'y penser il finirait à sa place. En pyjama et dans une cellule. Il se sentait fatigué. Un coup d'œil sur l'horloge de la voiture. Déjà dix-sept heures trente. Il n'avait pas vu l'heure passer. Son ventre gargouilla, lui rappelant qu'il avait bien malgré lui sauté le déjeuner. Un panneau annonça bientôt la petite ville d'Essises, ses presque six cents habitants, ses lavoirs et son église Saint-André du XIIᵉ siècle. Peu de choses en fait. Stobbart traversa le bourg en moins de cinq minutes.

Un cliquetis métallique derrière lui. Nouveau coup d'œil au rétro. Toujours rien. Le jeune homme ne bougeait pas. Stobbart remarqua des marques rouges sur ses poignets. Il grogna. Son passager n'avait même pas le réflexe de s'accrocher à la poignée et il avait instinctivement tiré sur les bracelets de métal pour garder son équilibre. Sa peau était à présent marquée de sillons qu'on aurait pu croire dus à des menottes trop serrées. On avait collé des procès aux flics pour moins que ça.

Une sobre pancarte indiqua : « Institut Mantis, Établissement d'accueil spécialisé », et la direction à suivre, à environ un kilomètre de là. Stobbart poursuivit sa route, plongé dans ses pensées.

L'Institut Mantis. Une légende à lui seul. Le pionnier dans le traitement de l'addiction vidéoludique, ce grand mal contemporain. Un mal qui minait les citoyens de ce pays depuis tant d'années déjà, et dans tant d'autres. L'homme qui avait fondé cet institut était l'Homme de la Providence. En tout cas, beaucoup le voyaient ainsi, Stobbart compris. Le Professeur Mantis, des traitements célébrés dans le monde entier et des résultats au-delà de toutes les espérances. Ses affaires avaient prospéré tant et si bien, que le Professeur s'était tourné vers la politique, avec l'ambition de guérir ce mal, non plus par la base, mais par le sommet, s'attirant dans le même temps les foudres des politiciens bien pensants, ne voyant en cet homme qu'un opportuniste.

« Un opportuniste, certes, mais un opportuniste adroit », songea Stobbart. Avec une remarquable adresse, il avait évité les pièges et mesquineries de ce milieu et avait opté pour une politique de terrain, allant à la rencontre des citoyens, partageant leurs problèmes, leurs visions, leurs espoirs. Bien que Stobbart s'abstînt de formuler un quelconque avis à son encontre, il devait lui reconnaître un charisme littéralement magnétique. Cet engouement avait atteint son paroxysme, quand, une vingtaine d'années auparavant, le Président de la République lui-même lui avait confié son fils, un adolescent qui avait perdu pied dans un jeu vidéo persistant[4]. Il était ressorti de l'Institut rayonnant, portant sur ses jeunes épaules le succès d'un médecin d'à peine trente ans.

Cette gageure accomplie, Mantis avait continué sa carrière atypique de praticien, intervenant de temps à autre, puis de plus en plus souvent dans les cercles politiques, y compris sous les présidences suivantes. Au grand étonnement de beaucoup, il avait été récemment nommé préfet de police, poste ordinairement réservé à d'anciens flics ou d'anciens préfets de régions. Un évènement qui n'avait guère enthousiasmé Stobbart et ses collègues, au point que certains l'avaient même taxé d'arriviste, utilisant cette fonction uniquement à des fins politiques. À la surprise de tous, il s'était avéré être un forcené de travail et s'en était remarquablement bien tiré, maîtrisant rapidement les subtilités de la fonction.

Mais avec cette affaire à la salle d'arcade, le policier craignait les problèmes d'ingérence que cela occasionnerait certainement. Et cela avait déjà commencé avec l'appel du Procureur de la République. Nul doute que l'on chercherait à étouffer l'affaire, mener une enquête discrète et, surtout, trouver un coupable idéal. Comme son passager par exemple : il réunissait toutes les conditions accablantes de la culpabilité. Coup d'œil dans le miroir. Le suspect en question n'avait pas bougé.

« Qui es-tu vraiment ? demanda Stobbart à voix haute.

– Cloud. »

Le flic écrasa la pédale de frein. Les pneus laissèrent une trace noire sur le bitume impeccable et la voiture faillit partir dans le fossé. Le commandant se retourna vers le jeune homme. Il était toujours immobile, tranquillement assis, malgré leur brusque halte. Ses yeux restaient toujours à scruter le vide devant lui. Stobbart n'avait pas rêvé, il l'avait entendu répondre à sa question. Le policier sentit sa tension monter d'un cran. Sa main droite vint lentement se poser sur son arme. La crosse froide agit comme un tranquillisant. Quand il parla, sa voix était calme et détachée, mais suffisamment claire et empreinte de douceur pour ne pas éveiller des soupçons chez le suspect.

« Comment t'appelles-tu ? »

Stobbart chercha à accrocher le regard dénué d'expression de son interlocuteur. Sans succès. Une minute, puis deux minutes passèrent. Toujours rien. L'inspecteur reposa sa question, encore plus doucement que la première fois. Son corps tout entier était tendu vers l'espoir d'une réponse. Il observait sans relâche une trace de conscience dans les yeux de son passager, guettant le moindre signe qui le ramènerait à la réalité. Tout à coup, une étincelle brilla dans les yeux bruns.

« Cloud. »

L'étincelle disparut aussitôt et le jeune homme retomba dans son mutisme.

---

[4] Un jeu vidéo au monde persistant est un jeu virtuel qui ne cesse pas d'exister et continue d'évoluer, indépendamment du joueur. Si le joueur se déconnecte, le monde continue de changer, y compris pendant son absence, grâce aux autres joueurs connectés.

Stobbart en aurait hurlé de déception. Il avait tenté de l'attraper et de l'accrocher à son propre regard. Peine perdue. Le regard avait replongé dans les méandres de son propre esprit. Stobbart pria pour qu'il retrouve son chemin. La pensée n'était pas altruiste : cela lui permettrait surtout d'expliquer un double meurtre qu'il avait encore du mal à appréhender, et lui éviterait les tracasseries médiatiques et procédurières qui ne manqueraient pas de compliquer l'affaire si celle-ci n'était pas conclue au plus vite.

Stobbart resta dix bonnes minutes arrêté sur le bas-côté pour guetter une nouvelle réaction de ce… Cloud. Il essaya la persuasion, la menace, la gentillesse, la supplique, il ne put rien en tirer de plus. Ce mot – un nom ? – qu'il avait entendu ne lui évoquait absolument rien. Au bout de ce laps de temps, le policier dut se résigner : son passager ne parlerait plus. Plus maintenant en tout cas. Il redémarra lentement et, à peine deux minutes plus tard, arrivait à l'Institut Mantis.

À la manière d'un guichet d'autoroute, Stobbart s'arrêta devant une barrière métallique qui barrait l'entrée devant un grand portail blanc. De part et d'autre de celui-ci, s'étirait un mur d'enceinte, fait de larges pierres calcaires brunes, qui disparaissait à l'angle d'un arbre.

Stobbart abaissa sa fenêtre. Couplé à un interphone rouge, l'œil d'une caméra haute définition le fixait, le dévisageant certainement avant même qu'il ait appelé. Le policier enfonça le bouton d'appel. Pendant qu'une sonnerie résonnait et lui enjoignait d'attendre, il jeta un énième coup d'œil derrière lui. Le jeune homme aux cheveux blancs n'avait pas bougé d'un poil.

« Bonjour Monsieur. Que puis-je pour vous ? »
Une voix d'homme jaillit de l'interphone, ramenant Stobbart devant la caméra.

« Bonjour, commandant Stobbart de la Brigade criminelle de Paris. Je vous amène un patient, et…

– Montrez-moi votre insigne, s'il vous plaît. »
La voix posait les questions sans rudesse, mais d'un ton ennuyé, à peine poli. Sans un mot, Stobbart saisit son portefeuille et présenta sa carte. Au silence qui suivit, le policier se douta qu'il devait la vérifier sous toutes ses coutures.

« Qui est la personne derrière vous ?

– Un patient. L'ambulance qui devait vous le ramener a eu un accident.

– Vous avez ses papiers ?

– Non, le véhicule a brûlé et les papiers avec. Vos collègues sont au courant qu'ils doivent l'accueillir.

– Je ne peux pas vous laisser entrer comme ça. J'ai besoin…

– Bon, ça suffit maintenant, coupa Stobbart à bout de patience. Faites-moi entrer, ou bien j'en réfère directement au Professeur Mantis !

– Le Professeur Mantis n'est plus directeur de l'établissement, c'est le Professeur Édison, donc je ne vois pas…

– Et le Professeur Mantis est aussi préfet de police, soit mon supérieur direct… »

Silence. Le policier laissa planer la menace. Il avait bien trois ou quatre supérieurs hiérarchiques avant d'arriver au préfet de police, mais Stobbart n'avait ni le temps, ni l'envie de finasser : le nom de Mantis devait surtout lui servir à ouvrir toutes les portes, à commencer par celles de son propre Institut. La barrière s'ouvrit.

« Allez-y. Suivez le chemin jusqu'au manoir. Quand vous serez arrivé, serrez sur votre droite, présentez-vous au parking souterrain.

– Merci. »

On raccrocha pour toute réponse. Stobbart n'en demandait pas tant. Il embraya et passa le portail de fer forgé pour pénétrer dans la propriété arborée. Il suivit un chemin de graviers, bordé de bouleaux qui plongeaient la route dans une pénombre que la lumière avait du mal à pénétrer. La route était entretenue, le gazon soigneusement tondu sous les grands feuillus, tout respirait l'ordre et une sensation que Stobbart avait du mal à définir, quelque chose comme de la sérénité. Une sérénité surveillée.

L'œil exercé de Stobbart repéra une caméra. Puis une deuxième. Il connaissait les systèmes de sécurité, avait l'habitude de les exploiter ou d'en détecter les faiblesses. Sans être un expert, il pouvait en reconnaître un bon quand il en voyait un. Et là, il lui paraissait sacrément bon : aucun angle mort ne semblait avoir été négligé et les branches des arbres avaient même été taillées de manière à laisser un large champ de vision aux caméras. Le Professeur Mantis – Édison, corrigea-t-il – était un homme prudent. Sans doute avait-il également occupé le terrain avec des capteurs de mouvement et des caméras thermiques pour ses pensionnaires qui avait des velléités de faire une balade au clair de lune. À cette idée, Stobbart sentit poindre un malaise qu'il étouffa aussitôt. Il était là pour le travail. La voiture émergea des bois et le manoir apparut au grand jour.

Le policier avait beau s'y attendre pour en avoir entendu parler par Émilie, la vue du bâtiment le laissa admiratif. D'inspiration néo-classique et construit sur deux étages, le manoir avait été bâti à la fin des années soixante par un original américain expatrié et faisait figure de monument inhabituel dans le paysage. Ainsi, le visiteur qui se présentait devant l'entrée, faisait face à des portes à doubles battants, encadrées par un portique à deux colonnes d'inspiration corinthienne, qui soutenaient un fronton triangulaire sculpté d'ornements végétaux. Un petit temple grec n'aurait pas rêvé plus beau propylée.

Au-dessus de ce qui devait être le hall, à l'étage, la façade arborait trois grandes ouvertures romanes, qui paraissaient vouloir recueillir la lumière pour éclairer l'intérieur de l'édifice. Au sommet de la plus grande des fenêtres, un buste de femme semblait veiller sur la demeure.

Puis, juste avant de passer à l'arrière du bâtiment, George put apprécier la taille imposante de l'édifice, admirant encore une fois les colonnades qui partaient de part et d'autre du hall, offrant aux pas des promeneurs, sous les balcons, une galerie où déambuler à l'ombre d'un été trop chaud ou à l'abri d'une pluie glaçante. Au fond, les publicités qui passaient à la télévision n'étaient qu'une bien pâle esquisse de ce bijou d'architecture. Stobbart ralentit.

Devant les deux ou trois degrés de la grande porte, un petit animal gambadait. Trop loin pour le distinguer clairement si ce n'était les reflets noirs et blancs de sa fourrure, l'animal avait la taille d'un chien moyen. Quand il entendit le véhicule, il s'enfuit sans demander son reste.

Le policier poursuivit sa route et, obéissant aux instructions qu'on lui avait données, serra à droite pour s'engager sur un nouveau petit chemin. Presque immédiatement, une pente s'amorça et Stobbart plongea dans le parking souterrain. Il s'arrêta devant une nouvelle et unique barrière. Derrière sa vitre, un garde revêche surveillait des écrans vidéo.

« Bonjour, commandant Stobbart. Je viens pour…

– Je sais pourquoi vous venez. Allez tout droit, et suivez le panneau "Accueil des patients". On vous attend là-bas.

– Merci. Une question ?

– J'ai le choix ?

– Pas cette fois. Il y avait un animal gris devant le perron…

– Ce damné raton-laveur…

– Un raton laveur ici ?

– Ouais. Toujours à déféquer n'importe où et toujours à moi de nettoyer… Sale bête. Les Amerloques auraient mieux fait de les garder chez eux. Comme s'ils nous cassaient déjà pas assez les noix comme ça ! »

George ne prolongea pas la conversation avec l'aimable personnage. De grands néons blancs s'allumaient au fur et à mesure qu'il avançait dans ce spacieux garage, conçu pour accueillir plusieurs dizaines de véhicules. Stobbart estima les places à une cinquantaine. La majorité d'entre elles étaient vides. Une vingtaine de voitures occupaient les emplacements réservés.

Le commandant repéra la pancarte évoquée par le gardien et s'enfonça davantage dans les entrailles du manoir. Un peu plus loin, le policier crut un instant s'être perdu, quand l'éclat de ses phares accrocha les bandes fluo d'un gilet de sécurité. Deux hommes approchaient. L'un deux fit signe à Stobbart et le dirigea vers un emplacement réservé, matérialisé par une peinture jaune. Le commandant s'y stationna et coupa le moteur. Il s'extirpa de son siège, trop content d'étirer les muscles endoloris de son dos, raidis par la tension du voyage et la fatigue d'une journée difficile.

« Messieurs, salua Stobbart. Je vous amène un patient… »

Les deux hommes répondirent poliment. L'un était grand, fait d'un seul bloc ; l'autre, plus petit, plus malingre, portait une barbe courte. Sous leur gilet de sécurité, ils étaient tous deux vêtus d'une blouse blanche.

« Nous sommes au courant, énonça le plus grand. Quelqu'un a appelé pour prévenir. Vous avez eu un accident, paraît-il ?

– Malheureusement. Et je vous ramène le seul rescapé. Les deux ambulanciers qui devaient s'en charger sont décédés dans l'accident.

– Ah oui, quand même...

– Je ne vous le fais pas dire…

– Mais vous-même ? demanda le petit barbu.

– J'étais dans la voiture derrière.

– Vous avez quand même les papiers du patient ?

– Non, ils ont également brûlé … »

Stobbart tapota le toit de sa voiture, pressé. Il avait encore de la route à faire et des coups de fil à passer.

« Si cela ne vous dérange pas… »

Le barbu s'avança.

« Oui, bien sûr. On va s'occuper de lui.

– Mais les papiers ? objecta son collègue. On va en avoir besoin pour ouvrir son dossier d'entrée…

– On va s'arranger. Est-il possible de nous envoyer les documents par courriel ? Il nous faudrait au moins son nom…

– Navré, mais si je peux bien avoir des papiers, je n'ai pas de nom à vous donner. »

Les infirmiers regardèrent le policier avec étonnement.

« Cette personne est soumise à une hospitalisation d'office, expliqua Stobbart. Nous l'avons trouvé dans des circonstances tout à fait obscures, et il ne portait pas de papier sur lui. »

George ouvrit la porte arrière de sa voiture.

« Faites attention : l'homme est dangereux. Voulez-vous que je lui laisse les menottes pour le moment ?

– Un instant, s'il vous plaît. »

L'infirmier de petite taille sortit une torche miniature.

« Si vous permettez…

– Allez-y. »

Stobbart fit un pas de côté pour lui laisser la place libre. Avec assurance, sans geste brusque, l'infirmier s'approcha du jeune homme, lui parlant lentement à voix basse, laissant couler des paroles apaisantes. Le patient ne bougea pas. Avec douceur, il souleva la paupière gauche et braqua la lumière sur la pupille dilatée. Il recommença l'opération sur son œil droit. Quand il eut terminé, il se releva et rangea la torche dans une de ses poches.

« Pleins phares. La pupille ne réagit absolument pas. Il semblerait avoir été drogué…

– Aucune idée, avoua Stobbart. On attend encore les résultats toxicologiques.

– Vous savez peu de choses, on dirait…

– On ne peut pas dire qu'il nous aide beaucoup non plus, grommela le policier. Clef ?

– Volontiers. »

Le flic décrocha rapidement les menottes. Les mains du suspect retombèrent et ne bougèrent plus. Les deux infirmiers le sortirent doucement de la voiture. Leur nouveau patient ne broncha pas et se laissa faire avec une facilité déconcertante.

Stobbart les observait, se tenant sur ses gardes, le revolver à portée de main. Un suspect dans les vapes restait un suspect quand même, peu importe l'état de ses yeux : les faits étaient là. Le jeune homme émergea sans encombre de la voiture et fut lentement dirigé vers l'ascenseur tout proche. George les suivit lentement, quelque pas en arrière. Juste au cas où.

Le plus grand des accompagnateurs appuya sur le bouton d'appel. La porte de l'ascenseur s'ouvrit dans un chuintement. Les trois hommes entrèrent tranquillement, marchant doucement pour ne pas heurter leur nouveau pensionnaire, continuant de marmonner des mots apaisants, évoquant une balade dans un jardin et le chant d'oiseaux multicolores. Au moment où les portes allaient se refermer, Stobbart réalisa qu'il avait totalement oublié quelque chose :

« Attendez ! »

Le colosse pressa immédiatement le bouton qui maintenait l'ouverture des portes.

« Oui ?

– Deux questions : où est-ce que je peux trouver le bureau d'accueil ?

– Vous prenez l'ascenseur, derrière la loge du gardien, c'est toujours tout droit. Ensuite "Rez-de-chaussée". Pour le reste, l'accueil sera indiqué, vous ne pouvez pas le manquer. Puisque vous allez là-bas, on vous transmet les papiers de décharge à signer.

– Bien. Dernière question : est-ce que le mot *"Cloud"* a une signification pour vous ? »

Les deux se regardèrent et secouèrent la tête.

« Non, désolé. Ça ne m'évoque absolument rien.

– Pareil. Pourquoi ?

– C'est le mot qu'il a prononcé, en tout cas, à ma connaissance. C'était dans la voiture, tout à l'heure, il y a à peine une demi-heure.

– *Cloud*… Eh bien, je crois que nous lui avons trouvé un petit nom, gloussa le barbu. Du moins, en attendant qu'il retrouve la parole ! »

Stobbart sourit. Davantage pour la forme : plaisanter sur les meurtriers n'était pas sa tasse de thé. Les portes se refermèrent sur le trio. George soupira. Ses muscles se relâchèrent et il sentit un poids immense se retirer de ses épaules. Il attendait ce moment de répit depuis un moment déjà, et la journée en avait plutôt été avare aujourd'hui. Le commandant regarda sa montre. Il n'était pas loin de dix-huit heures.

Stobbart traversa le garage pour se diriger vers cet autre ascenseur qu'on lui avait désigné. À chaque pas, la tension qui le raidissait diminuait. Quand il toucha au but, il se sentait mieux. Il appuya sur la commande d'appel. Dernière ligne droite.

Deux minutes plus tard, le policier débouchait dans un petit couloir aux murs lambrissés. Une pancarte lui indiqua l'accueil à gauche, tandis qu'à sa droite un panneau sur la porte annonçait un espace réservé au personnel. Tout ici respirait l'ancien : des hauts plafonds sillonnés de poutres et agrémentés d'armoiries aux solives, aux tapisseries et boiseries qui décoraient les murs, d'une couleur foncée que seul le temps réussissait à patiner d'une belle teinte sombre et uniforme.

Quand George déboucha dans le hall, il fut frappé par la magnificence des lieux. Le marbre au sol, blanc, avait remplacé le parquet et les tapis ; un escalier central imposant – du même marbre que le sol et recouvert d'un épais tapis rouge – menait à l'étage et offrait au visiteur une magnifique vue d'ensemble sur le hall.

Le mobilier quant à lui restait contemporain et offrait un contraste saisissant, tant sur l'anachronisme de ces chaises et tables colorées aux courbes aériennes, qu'à leur apparente fragilité, écrasées par l'immensité de l'espace. Seul le bureau d'accueil en verre, aux larges proportions, semblait vouloir résister un peu à l'aspiration du vide. Derrière lui s'affairait une jeune femme, qui, manifestement, préparait son départ avec impatience. Stobbart s'approcha.

L'hôtesse le vit arriver d'un mauvais œil. Apparemment, le policier arrivait à un moment inopportun, ce dont il eut surtout conscience quand elle l'accueillit fraîchement.

« Bonsoir Monsieur. Désolé, mais nous sommes fermés au public.

– Ce serait pour un simple renseignement, s'il vous plaît.

– Je regrette, mais ce ne sera pas possible. Revenez demain.

– J'insiste. »

Le macaron tricolore s'afficha devant les yeux de la jeune femme.

« Commandant Stobbart, Brigade criminelle… »

Elle rougit, confuse. Stobbart la regarda tranquillement

« Toutes mes excuses… Je… je ne savais pas… Comment puis-je vous aider ?

– Il n'y a pas de mal. Un simple renseignement, donc. »

L'agente d'accueil se montra finalement des plus coopératives, Stobbart la remercia poliment et se mit en quête des vestiaires, qu'elle avait eu l'obligeance de lui indiquer. Sur ses indications, il prit la direction opposée à celle de son arrivée et s'engagea dans un autre couloir aux mêmes boiseries sombres, éclairé par des luminaires de style Renaissance, qui apportaient une lumière tamisée dans le jour déclinant. Il trouva rapidement la porte monumentale agrémentée d'un panneau en acajou « Réservé au personnel » et poussa le lourd battant sculpté.

Le policier entra dans ce qui s'apparentait à une salle de pause. En fait, une pièce immense dans laquelle avaient été dressées des cloisons pour faire des séparations entre les vestiaires à droite et la salle de pause à proprement parler : baby-foot, tables rondes et chaises accueillaient ici les employés pour boire des jus de fruits bio distribués par des machines rangées au garde-à-vous le long du mur.

Un peu plus loin sur sa gauche, un espace découpé dans le mur figu-rait une autre porte, dont les battants avaient été ouverts. Les odeurs qui en émanaient encore indiquèrent à Stobbart que le coin-cuisine se trouvait juste ici. Cafetières, théières, micro-ondes côtoyaient les indispensables condiments rangés sur une longue table.

Tout était désert. Excepté quelques voix qui résonnèrent doucement dans un vestiaire. Celui réservé aux femmes. George était arrivé à temps.

« Excusez-moi ? »

La voix forte du policier avait résonné dans l'immensité de la salle. Les chu-chotements s'interrompirent. Stobbart déclina rapidement son identité. Un éclat de rire lui répondit.

« Perdu ! On sait que c'est toi, mon grand !

– Si cela avait été le cas, je ne me serais pas aventuré à demander mon che-min à l'accueil. »

Les rires se turent d'un coup. Les murmures reprirent brusquement, un brin affolés, en même temps qu'un bruit de vêtements froissés résonnait, glissant sur les peaux. Une voix claire et ferme retentit.

« Une minute, s'il vous plaît !

– Je vous en prie. »

Stobbart se retint de sourire. Si sa femme apprenait qu'il avait fini sa journée à attendre des femmes à la sortie de leur vestiaire, nul doute qu'Émilie le cru-cifierait sur place sans même attendre une once d'explication. La porte s'ouvrit enfin, et trois femmes sortirent. Elles avaient entre vingt-cinq et trente-cinq ans et le regardaient avec surprise. Stobbart ressortit son insigne.

« Je m'excuse pour le dérangement, mais on m'a dit que je pourrais parler ici à l'infirmière du nom de Joëlle. Est-ce l'une d'entre vous ? »

La femme la plus âgée fit un pas en avant. Des cheveux noirs tirés et rassem-blés en une queue de cheval, un nez aquilin sur lequel reposaient des lunettes noires à monture épaisse, des lèvres minces, tout comme sa silhouette qui s'avérait même osseuse. Une femme que les canons de beauté actuels ne qua-lifieraient pas de joli, mais ses yeux bleus et sa personne dégageaient un calme et une autorité tranquilles qui en imposaient. Stobbart sut qu'il avait en face de lui la responsable des infirmières.

« Que puis-je pour vous, commandant ? »

La voix claire de tout à l'heure. Stobbart désigna les chaises derrière lui.

« Asseyons-nous, s'il vous plaît. Vous aussi, Mesdames… »

Allez hop ! Thérapie de groupe. La surprise des trois femmes allait croissante. Une fois assises, George prit une grande inspiration et se lança :

« Connaissez-vous Ariel Braska ?

– Bien sûr, c'est une collègue. Elle travaille avec nous. Pourquoi ?

– Et c'est une bonne amie », renchérit la plus jeune.

Stobbart jura intérieurement. Il arrivait à un des aspects les plus détestables de son métier. Il annonça tout de go :

« Ariel Braska a été tuée cette nuit par un déséquilibré. »

La nouvelle fit l'effet d'une bombe. Ses trois interlocutrices fixèrent le policier avec horreur. La plus jeune fondit en larmes et tomba dans les bras de sa collègue, qui, les yeux rouges, tentait de la calmer. La responsable tâcha de rester stoïque, mais Stobbart n'eut aucun mal à se rendre compte du tremblement de ses mains et du léger pincement de ses lèvres. Elle prenait remarquablement sur elle.

« J'ai besoin de certaines informations pour l'enquête, reprit doucement George. Comment était-elle ces derniers jours ? Lui connaissiez-vous un petit ami ? Des ennemis ?

– Professionnellement, c'était un bon élément. »

Des larmes coulaient à présent sur les joues de l'infirmière Joëlle, mais sa voix restait ferme. Elle les essuya d'un geste rageur.

« Excusez-moi…

– Prenez votre temps.

– C'était une fille qui avait son caractère, mais qui avait aussi la main sur le cœur…

– C'est-à-dire ?

– Elle n'hésitait pas à envoyer balader les médecins, intervint la plus jeune. Une fois, elle en a même tancé un, ajouta-t-elle avec un sourire triste.

– Mais toujours avec raison, précisa sa collègue. Elle pensait d'abord au bien des patients. Vous savez qui a… ?

– Des suppositions seulement. Que pouvez-vous me dire sur ses relations personnelles ? Sa santé ? Son entourage ? »

L'infirmière d'âge moyen pressa doucement le bras de la benjamine.

« Tu la connaissais mieux que nous… »

Nouvelle crise de sanglots. Stobbart ne la brusqua pas. Le choc émotionnel rendait toujours le questionnement difficile, mais avait aussi pour avantage de ne laisser aucun répit aux interrogés, ne leur laissant aucunement le temps de réfléchir et d'élaborer une défense. Du moins dans certains cas. La jeune femme se ressaisit un peu.

« Elle m'a dit qu'elle avait une sœur. À l'étranger, je crois. Mais elles sont brouillées…

– Un nom peut-être », demanda doucement Stobbart en sortant son calepin.

Elle secoua la tête.

« Non, elle n'aimait pas en parler.

– Une adresse peut-être ? Celle d'Ariel ?

– Je l'ignore. Elle venait juste de déménager. Je crois qu'elle est dans le vingtième à Paris. Enfin, était, rectifia-t-elle dans un hoquet.

– Elle vous l'avait communiquée pour le travail, à vous ou aux ressources humaines ? demanda le policier en se tournant vers la supérieure hiérarchique.

– Pas à ma connaissance. C'est très récent...

– Donnez-moi déjà son ancienne adresse, je verrais bien. »

Stobbart nota les indications qu'on lui donnait et rangea son calepin. Il jouait décidément de malchance. Peut-être avait-elle laissé une adresse à son ancien domicile, il lui faudrait voir avec le suivi du courrier au bureau de poste du coin... George se leva. Il allait leur donner sa carte et les prévenir d'une prochaine convocation aux Batignolles, quand il se rappela qu'il avait été dessaisi de l'enquête. Inutile d'insister. La responsable s'étonnerait à juste titre d'être interrogée une seconde fois et pourrait légitimement faire part de son étonnement à la personne qui l'interrogerait, éveillant chez elle des doutes quant aux motivations de Stobbart. Le commandant sortit son téléphone et afficha une photo du suspect qu'il avait prise un peu plus tôt dans la journée. Personne ne le reconnut. George rengaina son appareil avec dépit.

« Je vous remercie de m'avoir accordé de votre temps. J'aurais néanmoins une dernière chose à vous demander, Mademoiselle : est-ce qu'Ariel Braska disposait d'un casier, d'affaires personnelles ou autres ?

– Oui, bien sûr. Par ici... »

D'un signe de tête, la responsable salua ses deux collègues, qui quittèrent la pièce, leurs épaules secouées par des sanglots étouffés. Encore sonnée par la nouvelle, l'infirmière-cadre se dirigea vers le vestiaire des femmes qu'elle venait de quitter quelques minutes auparavant. Stobbart la suivit et entra dans un large espace agrémenté de bancs et de casiers. Une petite table était installée au fond, sur laquelle étaient négligemment posés un soutien-gorge vert, une bouteille d'eau et deux verres. L'endroit pouvait aisément accueillir une dizaine de personnes.

Dans l'air flottait encore une vague odeur de déodorant aux fruits. L'infirmière désigna un casier au fond de la pièce, dans le coin, et fermé par un cadenas à clef.

« C'est celui-ci. »

Stobbart grogna. Tant pis pour la procédure !

« Vous n'auriez pas une paire de cisailles par hasard ?

– Pas la peine. »

La responsable plongea la main dans sa blouse, choisit une petite clef sur un trousseau et fit jouer la serrure. Elle ne put retenir une larme.

« Elle avait son caractère, mais c'était devenu une amie. Elle était désordonnée et perdait souvent sa clef : c'est pour ça qu'elle m'en avait confié un double...

– Merci.

– Je ne l'ai pas dit devant les autres, mais je crois bien qu'Ariel voulait quitter l'Institut...

– Ah ?

– Trop de route, trop de fatigue. Elle aimait son travail, mais si vous voulez mon avis, c'était quelqu'un de très – trop – sensible. Elle avait une capacité d'empathie qui la faisait énormément souffrir.

– Comment ça ?

– Les gens que nous soignons sont là pour lutter contre leur dépendance aux médias vidéoludiques. Ce sont pour beaucoup des personnes en grande situation de détresse. Ariel arrivait à les comprendre comme personne. De ce fait, les patients déchargeaient sur elle leurs angoisses. Le problème, c'est qu'il n'y avait pas vraiment quelqu'un pour soigner ses propres angoisses, à elle.

– Mais vous-même ?

– Je vous l'ai dit, elle était douée d'empathie. Ce qui signifie aussi qu'elle comprenait qu'en déchargeant sa souffrance sur moi, elle me ferait à son tour souffrir. Et cela, elle le refusait.

– Elle gardait tout pour elle ?

– La majeure partie du moins. Je l'obligeais souvent à partager avec moi, ou avec quelqu'un d'autre si elle le pouvait. Une des raisons pour lesquelles nous sommes devenues proches.

– Je comprends. Nous ferons tout pour tirer cette affaire au clair, comme il se doit. »

L'infirmière se tut. Le policier enfila une paire de gants en latex et, avec délicatesse, commença à fouiller le casier. Principalement des vêtements civils de rechange – elle avait été retrouvée portant sa blouse –, du maquillage, rien de très intéressant, excepté une confirmation : l'infirmière était vraiment désordonnée.

« Auriez-vous un carton ? s'enquit Stobbart.

– J'ai cru en voir un dans la cuisine. Je reviens…

– Merci. »

Lentement, méthodiquement, le policier vida le casier dans son nouveau contenant. En théorie, Stobbart aurait dû laisser les choses telles quelles et attendre que les nouveaux officiers diligentés s'en occupent. L'inconvénient, c'est qu'un certain laps de temps pouvait s'écouler avant qu'ils n'arrivent et laisser le temps à d'autres personnes de vider le casier, intentionnellement ou non.

L'infirmière fixa le casier et pâlit légèrement. Il était vide. Avec Stobbart s'effaçait ici le souvenir d'Ariel. Toutes les affaires étaient maintenant sur la table : un jean, un débardeur, un sweat à capuche, deux paires de chaussures et même un petit sac de sport aux relents de transpiration. Trois enveloppes froissées complétaient l'ensemble. Et avec elles, une adresse.

« Ce sont ses derniers bulletins de salaire, intervint la responsable. Avec son ancienne adresse.

– Effectivement. Il nous faut juste espérer qu'elle l'ait communiquée à son ancien bailleur.

– Je l'espère aussi. Quand aura lieu l'enterrement ?

– Je l'ignore. Il faudra attendre le permis d'inhumer qui sera délivré par le Procureur de la République. Et ça dépendra aussi des avancées de l'enquête. »

Le policier acheva de remplir le carton.

« À qui dois-je m'adresser pour avoir accès aux caméras du site ?

– À André, le chef de la sécurité.

– André ?

– Pardon, André Léonard. Mais je ne crois pas que vous puissiez faire grand-chose de ce côté-là : nous avons eu une panne de courant du circuit de vidéosurveillance pendant presque deux jours. »

George accusa le coup. Cette enquête, c'était tuile sur tuile.

« Ce qui veut dire…

– …qu'il n'y a aucune image d'enregistrement pour ces dernières quarante-huit heures.

– Charmant, grommela le commandant. Ça ne va pas nous faciliter la tâche. Pas de circuit de secours ?

– Aucune idée, mais je ne crois pas. Auquel cas, André n'aurait pas été d'une humeur aussi massacrante…

– La barbe…

– Navrée.

– Tant pis, on fera sans. Tenez… »

Le policier tendit une de ses cartes à l'infirmière. Au diable la hiérarchie.

« Si vous vous souvenez de quoi que ce soit, appelez-moi. Dernière question et je vous laisse tranquille après ça : est-ce que Mademoiselle Braska fréquentait les salles de jeux vidéo ?

– Pas à ma connaissance, fit l'infirmière surprise.

– En ce cas, je vais prendre congé. Merci de votre accueil. »

La femme ne répondit pas. Elle saisit la carte sans un mot. Le policier comprit. Il s'éclipsa discrètement, le carton sous le bras, ferma la porte du vestiaire, laissant là l'infirmière assise devant le casier vide de son amie. Il y avait des moments où il détestait vraiment son métier.

Quand George revint dans le hall, il vit la réceptionniste en grande discussion avec une femme et un homme. Sur une indication de la première, les deux nouveaux venus se retournèrent d'un bloc vers lui. Stobbart s'avança vers eux. L'hôtesse d'accueil fit rapidement les présentations, un infirmier et une psychologue. Le policier nota les noms pour la forme. Vu leur expression de curiosité avide, le commandant comprit que les nouvelles avaient déjà fait le tour de l'établissement.

Côté exclusivités, ils en furent pour leurs frais. Secret d'enquête oblige, George garda le silence. Par contre, le policier ne se fit pas prier pour demander des informations sur l'Institut et son directeur, le Professeur Édison, un point qu'il méconnaissait encore beaucoup si Stobbart exceptait les détails officiels.

Visiblement, les trois personnes étaient amies – en tout cas, se connaissaient bien – et parlèrent de leur lieu de travail avec enthousiasme, le seul bémol à leur avis étant l'absence de loisirs à Essises. Au bout de quelques minutes, le policier était presque convaincu qu'il ne saurait rien de plus : ils étaient ici depuis trop peu de temps.

« En fait, on est presque arrivé ensemble, l'informa la psy, qui paraissait la plus réservée des trois.

– Et depuis, on ne se quitte plus ! pouffa l'hôtesse.

– C'est une très bonne chose. L'essentiel est de se trouver bien, approuva Stobbart, avant de relancer mi-figue mi-raisin : le grand chef n'est pas trop tyrannique ?

– Oh pour ce qu'on le voit, dit l'infirmier en haussant les épaules.

– En fait, il s'occupe surtout des personnes les plus en difficultés, dans la construction derrière le manoir, précisa l'hôtesse volubile. Les cas les plus légers sont traités dans les deux ailes, et la partie centrale est réservée à l'administration.

– J'ai cru comprendre que le Professeur avait ses appartements ici, c'est vrai ?

– C'est vrai, confirma encore sa précieuse interlocutrice. Comme le Professeur Mantis, même si lui vit surtout à Paris, maintenant.

– Ah d'accord. Et où sont ses appartements ?

– Au dernier étage du bâtiment, intervint la psychologue, au-dessus de la partie administrative. On y accède par l'ascenseur ou l'escalier.

– Vous êtes bien renseignée », taquina Stobbart.

L'infirmier et l'hôtesse éclatèrent de rire. Un rire fort, un peu gêné. La femme rougit et détourna le regard, cherchant un secours du côté de ses amis. George haussa intérieurement un sourcil : manifestement, il y avait des choses à cacher. Peut-être que, par hasard…

« Savez-vous si Mademoiselle Braska avait ou avait eu une liaison avec le Professeur Édison ? »

Silence de mort. Dans le mille. La panique commença à se lire dans leurs yeux.

« Je ne suis pas là pour juger et critiquer, pressa doucement le policier. Mais voyez-vous, il y a eu meurtre, celui de votre collègue. Et je dois connaître toutes les informations, quelles qu'elles soient, pour retrouver celles ou ceux qui ont fait ça. Vous ne voudriez pas laisser le meurtre d'Ariel impuni, n'est-ce pas ? »

Les trois collègues secouèrent la tête avec plus ou moins de conviction, marmonnant leur réprobation.

« Qu'auriez-vous alors à m'apprendre, qui m'aiderait dans cette enquête et, surtout, qui aiderait Ariel ? »

Les trois s'entreregardèrent. Un assentiment muet les lia entre eux. D'un accord tacite, ce fut l'infirmier qui parla. Après un rapide regard aux alentours, il baissa d'instinct la voix et les mots s'enchaînèrent, rapides :

« Oui, Ariel a eu une aventure avec le Professeur Édison, il y a une petite dizaine de mois de ça, peu de temps après son arrivée. Je pense qu'elle était réellement amoureuse, mais il faut savoir que le directeur est un coureur de jupons et, d'un point de vue professionnel, je soupçonnerais même une addiction au sexe. Quoi qu'il en soit, le Professeur Édison a mis un terme à leur relation il y a… (L'homme calcula rapidement) plus de huit mois. C'est cela, ça a duré environ deux mois.

– Oui, confirma l'hôtesse. La pauvre était dans un état…

– Elle avait tous les symptômes d'une dépression, continua la psychologue. Perte d'appétit, perte de poids, manque de sommeil, baisse de tension, irritabilité, plusieurs petits malaises… Elle a toujours refusé de s'arrêter et préférait se noyer dans son travail. Entre-temps, quelque chose s'est passé, il y a environ un mois et demi, je dirais. En moins de deux semaines, son état s'est dégradé de façon alarmante. Elle ne dormait plus, ne souriait plus… On aurait dit qu'elle avait peur…

– Peur ? Comment ça ?

– Elle a pris ses distances avec tout le monde, même avec Joëlle. Elle semblait toujours effrayée. Elle surveillait les caméras et leur tournait systématiquement le dos ; ou bien elle cherchait les angles morts pour s'y blottir ; elle sursautait au moindre bruit ; elle parlait à voix basse de peur d'être épiée… Elle faisait attention à tout, même à sa nourriture : un beau jour, on l'a vue arriver avec sa gamelle. Quand on lui a demandé pourquoi, elle nous a répondu qu'elle était au régime. Mais tout le monde s'est douté que ça n'était pas la vraie raison… À croire qu'elle pensait qu'on voulait l'empoisonner…

– Elle se sentait menacée ? »

Ses trois interlocuteurs hochèrent la tête, sans un mot. Peu à peu, Stobbart voyait le profil d'Ariel Braska s'éclairer sous un nouveau jour. Quelque chose de grave s'était passé. Quelque chose de suffisamment effrayant pour qu'elle sombre dans la paranoïa. La déception amoureuse n'était – ne pouvait être – la seule explication. Alors quoi ? Toutes les pistes étaient ouvertes.

« Pourquoi l'infirmière Joëlle ne m'a-t-elle rien dit ?

– Solidarité féminine, avança l'infirmier sûr de lui. Elles étaient très liées toutes les deux. »

George enregistra l'information. Il n'avait plus le temps ni les autorisations. L'interrogatoire plus poussé serait pour ceux qui prendraient la relève de l'enquête. Il remercia le petit groupe et prit congé.

Son carton sous le bras, Stobbart retraversa le hall à présent vide de visiteurs, regagna le garage sans encombre, retrouva sa voiture et s'y installa confortablement. Il posa le carton sur le siège passager et resta là un instant, sans bouger. Sa montre indiquait presque dix-huit heures quarante-cinq. Il regarda son téléphone. Celui-ci affichait un message. Il aurait dû rappeler Collard, mais il n'en avait pas le courage. Il espérait simplement qu'elle soit bien rentrée. La journée avait été particulièrement longue et éprouvante. Il ne souhaitait qu'une chose : retrouver sa femme et ses enfants, puis se coucher. George afficha le message. Daniel. Un texte laconique, en deux mots : « Bon couteau ». L'étau se resserrait de plus en plus autour de son jeune suspect.

Il jeta un regard désœuvré aux affaires de feue Ariel Braska qui s'empilaient négligemment à côté de lui. Les enveloppes le narguaient, coincées dans les vêtements. Dépité, le policier les prit et les garda quelques secondes dans ses mains toujours gantées de latex. Une question lui trottait dans la tête. Il n'avait pas vraiment eu le temps d'y réfléchir jusqu'à présent. Cette enquête s'annonçait difficile. Les éléments ne s'imbriquaient guère de manière logique et chaque fois qu'il en découvrait de nouveaux, ils étaient en parfaite contradiction avec les premiers. Et pour couronner le tout, on lui avait enlevé l'enquête. La question était : pourquoi ?

L'ordre direct émanait du Procureur de la République. Pourtant, quand il l'avait vu cette nuit sur la scène du crime, rien n'indiquait que l'enquête lui serait enlevée, et encore moins de façon aussi cavalière. Non, l'ordre venait d'ailleurs. Le Préfet de police ? Possible. Mantis n'apprécierait guère que l'on fouille ses plates-bandes. Pourtant celui-ci n'avait pas la réputation d'un fauteur de troubles, au contraire. Le Ministre de l'Intérieur ? Possible aussi. Il était partisan des déclarations à l'emporte-pièce et il tenait davantage sa position grâce à son réseau qu'à son talent. Dans tous les cas, Stobbart ne voyait pas la raison profonde de ce revirement.

Le policier tritura les enveloppes. Il avait beau être hors-jeu, il n'était pas encore rentré au bureau. Avec un brin de provocation, il vida les enveloppes. Des bulletins de salaire, comme prévu. Rien d'autre. Il avait été prévenu. Il regarda l'adresse. Elle avait beau être ancienne, il lui fallait espérer qu'elle le mènerait quelque part. George remit les bulletins dans les enveloppes quand un petit papier s'échappa et tomba par terre, côté passager.

Intrigué, Stobbart le ramassa. Ariel Braska avait dû ranger le papier sans vraiment se soucier de l'endroit où elle le mettait. Le policier écarquilla les yeux. Un reçu postal pour le suivi du courrier ! George n'en croyait pas sa chance ! Quand cette infirmière Joëlle lui avait dit qu'Ariel Braska était désordonnée, elle n'avait pas idée à quel point ! Stobbart lut le bon avec attention. Il indiquait une adresse dans le dix-huitième arrondissement :

« 2 rue Poulbot, au cinquième ! », s'écria le policier avec enthousiasme. Sa voix résonna étrangement dans l'habitacle. Le commandant dégaina une nouvelle fois son téléphone. Surprise, il avait même du réseau jusque sous terre ! On décrocha dès la première sonnerie.

« Collard, j'écoute.

– Nico, c'est George ! Tu en es rendue où ?

– Ah enfin ! Je me demandais quand vous alliez appeler. Ici, ça se termine. Le SAMU emporte les corps, la gendarmerie règle le trafic, et les pompiers sont sur le point de repartir. Vous avez terminé de votre côté ?

– Oui, le gars est entre de bonnes mains. Et cerise sur le gâteau, j'ai même récupéré une adresse !

– On n'était pas dessaisi de l'enquête ?

– Si, bougonna son supérieur. Mais j'ai quand même envie de faire un petit saut là-bas. Officieusement…

– Vous me surprenez, patron. »

La voix de Nico était partagée entre amusement et inquiétude.

« C'est la première fois que vous passez outre une décision du procureur. Vous allez bien ?

– Oui, ne t'inquiète pas. Je passe te chercher d'ici une vingtaine de minutes.

– Pas la peine : les pompiers ont proposé de me ramener. Ils partent dans trois minutes.

– Ça marche.

– Je retourne aux Batignolles pour faire le point avec Emmerich et poser les bases du rapport.

– Nico ?

– Quoi ?

– Traîne pas trop : tu as déjà suffisamment bossé pour aujourd'hui.

– Vous pouvez parler… !

– Peut-être, mais je suis ton supérieur et toute tentative d'insubordination sera sévèrement punie, jeune demoiselle. Je veux que tu sois partie à vingt heures pétantes.

– Mais le temps de rentrer au Bastion, il sera huit heures passées !

– Alors tu sais ce qu'il te reste à faire : profite de ta soirée ! À demain ! » Stobbart raccrocha avant même que la jeune femme ait eu le temps de protester. Nico se retourna vers un pompier qui regardait la route d'un air morose.

« Il m'a raccroché au nez ! fulmina-t-elle.

– Pourquoi ?

– Il a refusé que je retourne au boulot !

– Alors c'est un bon chef », conclut le soldat du feu en se replongeant dans la contemplation du bitume.

La jeune femme soupira. On ne lui donnait plus vraiment le choix…

Stobbart ne rangea pas tout de suite son téléphone. Il chercha un nouveau numéro et valida l'appel. Il n'eut pas longtemps à attendre.

« Bureau de Madame Stobbart, en quoi puis-je vous renseigner ?

– Bonjour Madame, Monsieur Stobbart à l'appareil.

– Un instant s'il vous plaît. »

Moins de cinq secondes plus tard…

« Allô, George, ça va ?

– Oui, oui, ne t'inquiète pas. Je voulais juste te prévenir que je rentrerai un peu tard ce soir… Toi, ça va ?

– Je pars dans dix minutes, donc oui ! Ta nouvelle enquête ?

– Tu ne crois pas si bien dire…, soupira le flic. Bon, je ne te dérange pas plus longtemps, j'ai de la route qui m'attend…

– Sois prudent.

– Promis, ma chérie. Je t'aime.

– Je t'aime. À plus tard ! »

La communication coupa. Émilie garda un instant son téléphone en main, secoua la tête et reposa le combiné. Elle avait de la chance d'avoir un mari comme lui.

Stobbart contempla un instant son téléphone. Il avait de la chance d'avoir une épouse comme elle. Il enleva ses gants de chirurgien qui lui tenaient trop chaud et démarra la voiture. Au moment où il repassait devant la loge du gardien, il s'aperçut que l'homme revêche qu'il avait initialement croisé avait cédé la place à son remplaçant, guère plus amène. Stobbart le salua d'un signe de tête. L'homme répondit poliment. George s'arrêta à la barrière, alors qu'elle s'était levée pour lui céder le passage, et baissa la fenêtre côté passager.

« Bonsoir Monsieur. Une question s'il vous plaît…

– Faites vite, y a du monde derrière…

– C'était vous ici la nuit dernière ? »

Le gardien le regarda, méfiant.

« Ça dépend, c'est pourquoi ?

– Connaissez-vous une infirmière qui travaille ici, du nom d'Ariel Braska ?

– Pourquoi ? Vous lui voulez quoi ?

– Moi, rien. Mais vous m'obligeriez en répondant… »

L'homme regarda en blêmissant l'insigne de police qui s'afficha devant ses yeux.

« Oui, je la connais. Enfin, vaguement…

– À quelle heure a-t-elle quitté l'Institut hier soir ?

– Sais pas…

– Vous préférez faire votre déclaration au commissariat ?

– Attendez, ça me revient… Aux environs de minuit-une heure. Oui, cela doit être ça : je revenais juste de mon tour de nuit…

– Était-elle seule ?

– Oui.

– Comment était-elle ?

– Comment ça ?

– Vous paraissait-elle anxieuse, énervée, détendue… ? énonça calmement Stobbart.

– Je dirais comme après une journée de boulot : fatiguée, quoi ! Pressée de rentrer, quoi ! Normal, quoi !

– Une journée qui finit à minuit ?

– Les infirmières bossent en décalé ici. Son service a dû se finir aux alentours de onze heures-minuit, le temps de traîner un peu avec les copines, on arrive aux heures dont je vous parle… »

Stobbart hocha la tête.

« Ça ira comme ça, merci. Bonne soirée. »

Le gardien ne lui répondit même pas, se contentant de lui faire un petit geste de la tête, trop heureux de voir le flic mettre les voiles. Stobbart mit le cap sur Paris, pied au plancher. Il avait encore de la route et une adresse à visiter.

CHAPITRE XIV

« Ce jour et cette date resteront gravés dans les annales de la psychiatrie. Qualifié "de cas irréconciliable" par de nombreux médecins, Jean-François Moreau, le fils du Président de la République, est sorti de l'Institut Mantis après deux années entières de thérapie. Deux mois d'examens complémentaires par des experts de tous bords ont conduit ceux-ci à se rendre à l'évidence : le garçon se porte comme un charme.

Une silhouette amincie (nous nous souvenons tous du jeune homme en situation d'obésité avancée) et la mine détendue, celui-ci a bien voulu nous dire quelques mots de son nouvel état, nous avouant sans ambages une forme comme il n'en avait pas connu depuis très longtemps. Quand on lui demande la nature de sa guérison, il nous oppose un silence poli, préférant nous renvoyer vers le Professeur Mantis. Lequel nous déclare : « J'ai écouté. Et j'ai compris. » Déjà pressenti comme le nouveau Freud, le très jeune Professeur éprouve une fois de plus sa théorie, mettant à mal les courants de pensée contemporains qui qualifiaient sa méthode de "débâcle intellectuelle".

Ce premier véritable succès populaire et critique l'encouragera certainement à poursuivre dans cette voie, « pour guérir et non subir » ceux que les médias vidéoludiques s'échinent à vider de toute substance. Nul doute que nous continuerons d'entendre parler de ce médecin très prometteur pour l'avenir de nos enfants… »

Article paru dans *Vivre notre France*, « L'espoir d'un remède au mal vidéoludique », E. Gesthal, 02 avril 1994.

Chapitre XV

« 47 ! »

La voix appela de nouveau, pressante.

« 47 ! »

L'homme cligna des yeux, hébété.

« *Réveillez-vous, 47 !* » *ordonna la voix.*

Lentement, après un long moment passé dans les limbes, l'homme reprit conscience. Il recouvra doucement ses esprits, s'imprégnant de l'environnement étrange qui l'entourait.

« *47 ! Réveillez-vous, bon sang !* »

La voix, féminine, s'était faite impérieuse et bourdonnait à ses oreilles douloureuses. Il aurait voulu qu'elle cesse de l'importuner : il n'était pas sourd ! L'homme fit un nouvel effort. Peu à peu, les choses s'éclaircissaient. Ses yeux bleus perçurent les parois grises d'une cage d'ascenseur, ainsi que le panneau lumineux des étages, des boutons noirs cerclés de lumière rouge, autant d'yeux qui l'observaient, le scrutaient. Le dénommé 47 ne bougea pas. Pas un muscle de son corps ne tressaillit. Le code-barres noir tatoué sur son occiput se détachait nettement sur la peau blanche et lisse de son crâne. Aucune trace de sueur. Le calme absolu.

« *47, vous êtes toujours là ?*

– Diane. »

Sa voix était grave, posée. Imperceptible. Diane respira.

« *Vous en avez mis du temps, 47.* » *lui reprocha-t-elle dans l'oreillette.*

Il ne répondit rien. Elle s'était inquiétée, c'était tout. Ce n'était pas un fait à prendre en compte : cela lui était inutile pour sa mission.

« *Écoutez-moi, 47 !* reprit Diane. *Vous avez peu de temps. Vous devez vous enfuir d'ici maintenant. Évitez les caméras et rendez-vous au garage souterrain : une voiture vous y attend. Pas d'armes et de la discrétion.*

– Bien.

– Une dernière chose, 47.

– Oui ?

– L'échec n'est pas toléré. »

Naturellement. La communication fut coupée. Il était désormais seul. Rapidement, et sans bouger d'un pouce, 47 examina sa situation. La cage d'ascenseur était grande et pouvait bien accueillir sans souci une dizaine de personnes. Les portes métalliques venaient de se refermer dans un chuintement et le reflet poli de l'acier renvoyait l'image de trois hommes, dont l'un assis dans un fauteuil roulant. 47 faillit ne pas se reconnaître. En pyjama vert d'hôpital, il se trouva extrêmement amaigri. Un nouveau paramètre à prendre en compte. Possibilité de faiblesse. Rez-de-chaussée. L'ascenseur continua son ascension.

47 contracta un à un les muscles de son corps avant de les relâcher. Tous répondaient à l'appel, sans grincer. Premier étage. Aucun ralentissement. Tout était en ordre. Son ennemi, à présent. L'homme étudia attentivement le reflet devant lui. Deux hommes. Plutôt corpulents. Une blouse blanche. Pas des médecins. Ils se tenaient de part et d'autre du fauteuil et discutaient. L'attention était relâchée. L'ascenseur ralentit. Ils étaient presque arrivés. 47 respira doucement. Son cœur battait lentement. La position de chacun était gravée dans sa mémoire. Les portes s'ouvrirent. Le reflet s'effaça. Personne au-dehors. Parfait.

Les deux hommes n'eurent même pas le temps d'esquisser un pas. Les mains tendues de 47 frappèrent chacune un infirmier à la gorge, sous la pomme d'Adam. Ses victimes se mirent aussitôt à suffoquer, en proie à une violente douleur. D'un mouvement fluide, 47 déverrouilla les freins du fauteuil et poussa sur ses jambes contre les battants de l'ascenseur. Il se propulsa en arrière, passant dans le dos de ses surveillants. Il déplia ses jambes et frappa les deux hommes par-derrière, dans le creux de la jambe. Ils tombèrent sur les genoux d'un mouvement synchrone, avec une belle symétrie. 47 joua des cymbales avec leur crâne et ils s'effondrèrent sur le sol, sans un mot. Aucun son, aucun bruit. Un artisan du silence. La scène avait duré trois secondes.

Les portes de l'ascenseur se refermèrent avec un bruit feutré.

*

Premier sous-sol. Une voix crépita dans son oreille.
« 47, vous allez bien ?
– Oui.
– Débarrassez-vous des corps et fichez le camp ! La mission est terminée.
– Bien compris, Diane. Terminé. »
Avec le sang-froid et la maîtrise qui le caractérisaient, les deux infirmiers furent ligotés et bâillonnés en un tour de main. Dans un recoin du sous-sol, 47 aperçut une masse sombre. Des conteneurs. Sans hésiter, il traîna un des hommes et le bascula sans ménagement dans l'énorme poubelle malodorante. Le second suivit le même chemin. Un dernier regard derrière lui. Aucune trace n'était visible. Les caméras n'avaient rien décelé. Les yeux bleus scintillèrent. Le tueur s'estima satisfait.

Quelques secondes plus tard, l'homme s'était évaporé dans l'obscurité du garage. Mission accomplie.

Chapitre XVI

Jeudi, 20 h 15

Les pensées de Stobbart défilaient en même temps que les kilomètres sur son compteur. Depuis qu'il avait commencé cette enquête, un sentiment lui tenaillait l'estomac. Il avait du mal à lui mettre un nom dessus. De l'appréhension ? De l'angoisse ? À moins que ce ne soit une inquiétude simplement fondée sur le fait qu'il ne puisse résoudre ces meurtres. Non pas parce qu'il avait été dessaisi de l'enquête, mais parce que tout lui paraissait trop facile, trop obscur aussi. Une infirmière, un fou, un institut psychiatrique. On pouvait aisément conclure à un crime de folie. Donc à l'irresponsabilité pénale du meurtrier. Et ainsi à la conclusion de l'investigation. Et le patron de la salle d'arcade ? Un dommage collatéral.

Mais il y avait un problème. Quelque chose qui ne collait pas, dérangeait le policier. Que le suspect soit enfermé dans la cave, *verrouillée de l'extérieur*. Un détail qui pouvait changer beaucoup de choses dans la manière de voir un meurtre. Un complice ? Possible. Et même de plus en plus probable au fur et à mesure qu'il repassait les différents éléments dans son esprit. Pire, son instinct lui soufflait qu'il avait mis le doigt sur quelque chose de plus complexe. Était-ce pour cette raison qu'on lui avait ôté l'enquête ? Cela lui paraissait étonnant. À moins que ce ne fût parce qu'Ariel Braska avait été infirmière dans l'Institut de son propre supérieur, le préfet de police. Un besoin impérieux de discrétion. Il avait beau se répéter que ce n'était pas grave, qu'il avait assez de travail comme ça, la sensation de malaise persistait.

Et ce malaise ne faisait que croître quand George réfléchissait au deuxième aspect de l'enquête, ou plutôt à une coïncidence qui le révulsait : tous les éléments de l'investigation le mettaient en lien avec l'univers vidéoludique. Finalement, le problème de fond était peut-être bien là. Cela lui semblait incongru, mais en y réfléchissant, au moins deux éléments se dégageaient de ce canevas inextricable : le lieu du crime – une salle d'arcade – et ce fameux institut qu'il venait de quitter, spécialisé dans le traitement des troubles psychologiques et physiques liés à ces médias vidéoludiques. Stobbart repoussa cette idée. Elle ne lui plaisait pas du tout et ravivait en lui des souvenirs qu'il aurait largement préféré garder enfouis.

George reprit son téléphone et le brancha sur l'ordinateur de la voiture. Il sélectionna un numéro grâce à la commande vocale et attendit. Les sonneries résonnèrent dans l'habitacle, monotones.

« Allô ?

– Jacques, c'est Stob' à l'appareil !

– Salut Georgie ! Tu t'es décidé pour la Légion d'honneur ?

– Pas maintenant, je t'avais dit la semaine prochaine. Non, je t'appelle pour autre chose…

– Rabat-joie.

– Peux-tu m'expliquer pourquoi le proc', Monsieur Godot, m'a retiré l'enquête ?

– De quelle enquête tu parles ?

– Jacques… »

Un vent puissant balaya les enceintes audio. À l'autre bout du fil, le commissaire Blanc soupirait.

« Crois-moi, je n'y suis pour rien, fit-il sombrement. Je l'ai appris en début d'après-midi, avec pour ordre de ne pas t'en parler. Godot voulait lui-même te mettre au parfum.

– Et depuis quand je l'intéresse ? grogna son ami. C'est à peine s'il dit bonjour quand je le croise…

– Aucune idée, vieux. Et franchement, ça ne m'enchante pas plus que toi. Il n'a fait aucune déclaration de presse pour le moment, et je suis presque certain qu'il n'en fera rien.

– Il veut étouffer l'affaire ?

– Possible. Ce n'est pas les quatre jeunes qui vont ébruiter l'affaire : j'ai dû les rappeler pour vérifier tout ce qu'ils savaient et leur faire jurer le silence sous peine de les faire inculper pour obstruction à l'enquête et trafic de cannabis.

– Ben voyons !

– Et au cas où ça ne suffirait pas, un démenti a déjà été rédigé. Avec ton dingue en première ligne, bien sûr. D'ailleurs, il est rendu où celui-là ? » Irresponsabilité pénale, on ferme l'enquête ! Bingo ! « J'suis trop bon ! » s'autocongratula Stobbart avec une pointe de cynisme.

« Tu rigoles, j'espère ! grinça George en éludant la question.

– Pas le moins du monde. En fait, je ne crois pas que ce soit le tueur qui intéresse Godot, mais une des victimes, Ariel Braska.

– Parce qu'elle était infirmière à l'Institut Mantis, c'est ça ?

– Exact. Tu sais évidemment que notre Préfet de police est le bien nommé Mantis, n'est-ce pas ?

– C'est une question oratoire ?

– Laisse tomber l'ironie, Stob'. Je ne crois simplement pas qu'il tienne à avoir mauvaise presse pour son bébé… »

Stobbart eut un rire amer.

« Et c'est moi qui fais de l'ironie ? Autrement dit, je me fais retirer l'enquête pour une histoire de politique. Ça change…

– Je le crains. »

La voix du commissaire Blanc sonnait tout aussi désabusée dans l'habitacle.

« Dur d'être chef, pas vrai ? fit Stobbart après une courte pause.

– M'en parle pas… Quelquefois, j'en viens à regretter le temps où on faisait équipe…

– Sûr…

– Mais je t'avouerais aussi que c'est franchement jouissif de te donner des ordres ! »

Le ton jovial parvint à dérider George un instant.

« Ravi que ça te plaise !

– Bon. Blague à part, qu'est-ce qu'il en est de ton dingue ? Tu n'as toujours pas répondu à ma question…

– À l'Institut Mantis. Et j'en ai profité pour récupérer les effets personnels de feue notre infirmière. Tant que j'y suis, j'ai aussi récupéré une nouvelle adresse… »

Jacques poussa un long sifflement.

« Eh bien ! Tu n'as pas traîné mon sagouin ! Et dire que tu refuses la Légion d'honneur… Tu es presque parfait !

– Oh ça va ! Ce n'est qu'une médaille ! Pour info, je suis presque arrivé à Paris. Je file directement chez elle.

– Doucement ! Tu veux faire quoi là-bas ?

– Jeter un œil, c'est tout.

– Je te rappelle que…

– Prends ça comme une faveur, coupa le commandant. Cendrillon, la permission de minuit, tout ça… En souvenir de notre équipe… »

Nouveau soupir au bout du fil.

« Je hais quand tu me prends par les sentiments, George, gronda le commissaire. Ça va, t'as gagné. Mais juste un petit tour, hein ?

– Promis : je regarde sa boîte aux lettres et je salue la concierge…

– Embrasse-la pour moi tant que tu y es ! Par contre, demain je veux que tu sois à neuf heures précises au Bastion et ton rapport à dix heures sur mon bureau.

– Dix heures trente ?

– T'es dur en affaires et je suis trop sensible. Va pour dix heures trente. Avec la promesse que tu ne reviendras pas sur cette enquête ou je te suspends pour de bon !

– Promis.

– Va au diable ! bougonna Jacques. Passe une bonne soirée quand même !

– Toi aussi ! »

La tonalité résonnait. Pas sûr que son supérieur l'ait entendu. Stobbart était conscient de mettre Jacques dans une situation qui pouvait s'avérer délicate vis-à-vis de ses supérieurs. Il en était désolé pour lui, mais plus il attendrait, plus la piste se refroidirait jusqu'à ne laisser qu'un sillon à peine perceptible par les enquêteurs.

Et puis il y avait aussi cette sensation du travail inachevé que George abhorrait : abandonner quelque chose alors qu'il se savait dans une dynamique qui le poussait à continuer à examiner chaque élément qui lui permettrait de démêler les fils de cet écheveau. Un de ces fils était une question sans réponse : il avait la sensation d'une deuxième personne dans les meurtres. Et le commandant se flattait de rarement se tromper quand il soulevait *le* détail invisible. Une des raisons pour lesquelles il avait été un bon procédurier. Le problème du détail invisible, c'est qu'il avait beau le sentir, il ne le voyait pas clairement. Frustrant.

George composa un nouveau numéro. Cette fois, il tomba sur un répondeur. Le policier attendit quelques minutes et recommença. On décrocha précipitamment à la dernière sonnerie.

« Désolé, patron, je n'ai pas entendu le téléphone, répondit une voix essoufflée.

– Tranquille, Hal. Tu as du neuf ?

– Ouep ! Dans l'ensemble, des bonnes nouvelles : j'ai retrouvé la voiture, une vieille Twingo qui doit bien taper dans les vingt ans d'âge…

– Tu vois, ce n'était pas si difficile…

– J'ai quand même dû ratisser les trois quarts de la fourrière. À se demander comment Renault peut être en crise avec le nombre de bagnoles qu'ils…

– Emmerich.

– Oui, oui ! Donc, j'ai retrouvé la voiture, la fermeture centralisée était bien HS. Pas grand-chose dedans, mais un sac à main, et sous le siège passager – surprise ! – un téléphone portable !

– Tu as pu en tirer quelque chose ?

– Non, la batterie était à plat. Je m'en occuperai demain au labo.

– Quoi d'autre ?

– Pas grand-chose : livret d'entretien de la voiture, PV pour mauvais stationnement…

– Le coffre ?

– Rien non plus, vide. J'ai appelé les collègues de la scientifique pour l'examiner.

– Super, vois avec eux pour qu'ils l'emmènent. Tu leur donneras tous les détails nécessaires, et préviens le commissaire Blanc pour qu'elle soit placée sous scellés.

– Ça marche.

– Bon, pour ma part, j'ai une mauvaise nouvelle : on nous a retiré l'enquête. »

Il y eut un blanc au bout du fil.

« Vous rigolez ?

– J'aurais bien aimé. Le Procureur m'a appelé en personne cet après-midi en ce sens.

– Il a dit pourquoi ? »

Stobbart le mit au courant en quelques mots. Hal resta silencieux un instant. C'était la première fois dans sa jeune carrière qu'il avait à prendre en compte des considérations politiques de telle sorte. Il s'arrangeait habituellement pour rester en dehors de ces considérations et laisser faire ses supérieurs. Un paradoxe quand on lui faisait remarquer qu'il travaillait pour l'État et qu'il était pareillement soumis ainsi que ses collègues à l'appareil politique. Un argument qu'il balayait du revers de la main. Lui faisait son boulot, point.

« On fait quoi, alors ?

– On a la permission de minuit, lâcha Stobbart. Le commissaire Blanc nous donne la soirée. Tu es prêt à faire quelques heures sup' ?

– C'est pas un synonyme de "flic", ça ?

– Non, c'est une métaphore pour te dire que tu fais un boulot fantastique. Il te faut combien de temps pour extraire les données du portable ?

– Vu le téléphone, pas plus de dix minutes.

– C'est tout ? s'étonna Stobbart.

– Oui, pourquoi ?

– Oublie la question. Dans ce cas, la routine : vérification des messages, historique des appels émis et reçus, courriels, géolocalisation, etc. Dès que tu as quelque chose, tu me l'envoies sur ma messagerie.

– Comme d'hab' !

– Et dernière chose : je reviens de l'Institut Mantis. Apparemment, la victime a quitté tardivement les lieux et plutôt précipitamment. Maintenant que tu as l'immatriculation, vois si elle a fait flasher quelques radars en revenant à Paris et vérifie les caméras de circulation. »

L'informaticien émit un léger sifflement.

« Vous voulez que je dorme au poste ?

– J'ai peur que tu t'ennuies. Commence par le téléphone et essaie au moins de voir pour les radars. Le reste, ce sera pour demain si tu ne sais pas quoi faire…

– Je croyais que…

– Je sais », grogna son commandant.

Il soupira. Il ne pouvait obliger Hal à bosser sur une affaire qui leur avait été reprise.

« Bref, fais ce que tu peux.

– OK, si vous ramenez les croissants demain matin !

– Ne joue pas à mes enfants, s'il te plaît. Va pour les croissants…

– Chouette ! Au beurre, craquants mais moelleux, et avec une pointe de confiture d'orange.

– Tu ne veux pas que je te les tartine, non plus ? Bonne soirée !

– Bonne soirée, patron ! »

George respira. Hal était un hurluberlu dans son genre, mais un hurluberlu doué. Il pouvait être certain d'être de corvée de croissants pour tout le reste de la semaine s'ils reprenaient l'enquête par le plus grand des hasards. Il essaya de se détendre. Les paysages de verdure, forêts et champs avaient cédé la place aux immeubles gris et tristes. Le crépuscule étendait lentement son voile noir et tous ces grands ensembles se fondaient dans une même masse de verre et de béton. Tout était progressivement rénové, réaménagé, pourtant rien de tout ça, rien de tous ces efforts ne semblaient pouvoir égayer la tristesse des bâtiments.

Stobbart était aux portes de Paris. La circulation s'était intensifiée. Ses yeux croisèrent un radar. George espérait bien pouvoir en tirer quelques infos. À première vue, Ariel avait dû faire d'une traite le voyage de l'Institut jusqu'à son dernier lieu. Le policier avait rapidement écarté l'hypothèse du crime crapuleux : la caisse du gérant de la salle d'arcade était restée intacte, y compris son téléphone dernière génération, laissé à la vue de tous à côté de l'ordinateur. Bien que le mobile soit encore flou, Stobbart misait davantage sur la thèse de poursuivants : "son dingue", comme disait Jacques, venait bien de quelque part.

S'il y avait bien poursuite, il faudrait en déduire que la salle d'arcade n'était qu'un lieu de circonstance. Et que le patron n'aurait été qu'au mauvais endroit au mauvais moment. La supposition se tenait, mais restait maigre en termes d'indices. Pour la conforter – ou malheureusement l'infirmer –, il allait lui falloir davantage que de simples déductions. Un klaxon rugit.

Coup d'œil dans le rétroviseur. Le commandant s'aperçut qu'il avait coupé la route à un camion. Il vit le chauffeur l'insulter copieusement dans sa cabine et leva la main pour s'excuser mollement. Il se concentra sur la route. La conduite parisienne était revenue de rigueur. Il remit les deux mains sur le volant et accéléra. L'aiguille de son compteur fut prise de vertiges. À ce train-là, il serait vite arrivé. Boulevard périphérique jusqu'à la porte de Clignancourt, entrer dans Paris, descendre le boulevard Ornano, passer les dernières petites rues, et sa destination se matérialisa devant lui. Rue Poulbot.

Il retint un grognement irrité. La rue pavée était étroite et à sens unique. Le numéro 2 était coincé à côté d'un bar, qui se présentait comme un bar à absinthe faisant la promotion de sa liqueur : le « *Leaking Brain* ». Le cerveau qui fuit. Ça donnait envie. Le reste de la rue s'ouvrait sur une patte d'oie, menant à droite dans une impasse et à un autre bar, tandis qu'à gauche, la rue disparaissait dans un angle. Le tout, arboré, la végétation des jardins privés débordant sur la rue. Et bien évidemment, pas de place où se garer.

Stobbart avisa les entrées de garage. Tant pis pour les scrupules, il ne resterait pas longtemps. Stobbart se gara rapidement derrière un SUV noir négligemment laissé par son propriétaire et sortit de sa voiture en grimaçant. Tous les muscles de son dos s'étaient raidis par son inactivité prolongée. Il commençait vraiment à se faire vieux.

« Vous n'avez pas honte ? »

George leva la tête vers le cri de protestation, au premier étage. Une tête blanche. Manquait plus que ça. La vieille dame agitait sa canne vers Stobbart, telle une épée prête à le pourfendre. L'irritation du policier monta d'un cran. Il n'était pas franchement d'humeur à discuter.

« Brigade criminelle de Paris », prévint-il en sortant son insigne.

La retraitée plissa des yeux soupçonneux.

« Quoi ? Quelqu'un est mort ? demanda-t-elle d'un ton rude.

– Pas encore. »

La réponse dénuée d'amabilité arracha à la vieille dame une grimace d'indignation et un hoquet de surprise quand elle comprit l'allusion. Le policier s'était déjà détourné d'elle, ignorant le regard assassin très certainement destiné à lui arracher les yeux. Il arriva devant la porte d'entrée, grande ouverte, bloquée par un taquet en bois. Le sol carrelé de tomettes, encore humide, augurait d'un nettoyage tout récent. Il entra.

George se retrouva dans un couloir sombre, que le mur aux couleurs crème parvenait à peine à éclaircir. Sur sa gauche, les boîtes aux lettres étaient sagement alignées, une quinzaine au total. Il chercha rapidement le nom de l'infirmière, mais ne trouva rien. Un peu plus loin sur sa droite, une porte vitrée et entrebâillée laissait passer un rai de lumière et des éclats de voix. La loge du gardien de l'immeuble. Décidément, la chance était avec lui ce soir. Il appuya sur le bouton de la sonnette. Une sonnerie stridente retentit. Stobbart attendit quelques secondes. Au moment où il allait de nouveau appuyer, la porte s'ouvrit en grand sur une femme, la quarantaine, les cheveux noirs. La gardienne, finalement. Elle regarda le policier avec la typique méfiance parisienne qui surgissait lors d'une rencontre étrangère.

« Bonjour. Vous désirez ? »

Le ton était courtois, mais distant, l'accent chantant trahissant des origines latines. Stobbart se présenta pour la énième fois de la journée, insigne au garde-à-vous.

« La police ? » fit-elle surprise, en se rapprochant de sa porte.

Une manière de se protéger ou de se rassurer.

« Oui, la police, confirma le commandant. J'aurais quelques questions à vous poser… »

Un éclair de doute traversa les yeux noirs.

« Connaissez-vous une jeune femme qui s'appelle Ariel Braska ? »

Éclair de soulagement. Un petit quelque chose à se reprocher ? Il n'était pas là pour ça.

« Oui, répondit la gardienne avec assurance. C'est la nouvelle locataire du cinquième, vous savez. Qu'y a-t-il ?

– Elle est décédée. »

La femme ouvrit de grands yeux stupéfaits.

« Qu'est-ce qu'il s'est passé ?

– C'est précisément ce que j'essaie de savoir. Que pouvez-vous me dire sur elle ?

– Une personne très gentille, répondit-elle aussitôt. Mais vous savez, je ne l'ai vu que deux fois seulement : elle n'a emménagé qu'au début de la semaine. Je crois juste qu'elle est infirmière, vous savez. Et vous savez, je sais très vite à quel genre de personne j'ai affaire. Je peux…

– Je vous remercie, fit poliment Stobbart en interrompant le flot de paroles qui menaçait de s'étendre. A-t-elle reçu du courrier ?

– Je ne sais pas. Attendez, je vais chercher les doubles ! »

La gardienne se précipita dans l'appartement. Stobbart put y voir un aménagement coloré, confortable, tandis que le parfum d'une cuisine épicée flotta jusqu'à lui et lui rappela que l'heure du dîner était bien maintenant. Moins de vingt secondes plus tard, elle revenait, un petit trousseau de clefs à la main.

« Suivez-moi ! »

George ne se fit pas prier. L'examen ne dura guère plus de dix secondes. Quelques publicités et une enveloppe faisant mention d'une assurance. Elle arrivait un peu tard. Stobbart se tourna vers la gardienne qui l'observait avec avidité. La curiosité morbide. George avait toujours trouvé ce mécanisme écœurant : la Mort était une charogne, sur laquelle toutes les mouches se précipitaient, impatientes de se régaler de ce festin nauséabond. Il écarta cette pensée un peu glauque et remit le courrier à son emplacement.

« Vous avez les clefs de la boîte aux lettres, je suppose que vous devez aussi avoir les clefs de son appartement ?

– Bien sûr ! »

La gardienne les exhiba fièrement.

« Vous voulez que je vous ouvre ? demanda-t-elle à brûle-pourpoint, tout excitée à la pensée d'entrer chez une victime fraîchement partie.

– À vrai dire, je préférerais m'en charger seul. Je ne sais pas ce que je vais trouver là-haut.

– Ah ? »

L'air passablement déçu, elle se ravisa soudain, l'air suspicieux.

« Je ne sais pas si je peux…

– Tenez. »

George lui fourra d'autorité une de ces cartes de visite dans les mains.

« Ce sont mes coordonnées. Si vous vous rappelez quelque chose, contactez-moi sans délai et demander le commandant George Stobbart, c'est moi. Pour les clefs, je vous les ramène dès que j'ai terminé. »

Stobbart tendit une main qu'il venait de ganter de latex. Avec une dernière hésitation, la gardienne les lui déposa dans la paume. Le policier referma prudemment la main dessus, avant qu'elle ne change une nouvelle fois d'avis. Il la remercia poliment et se dirigea vers la cour intérieure de l'immeuble. Il s'arrêta avec un doute.

« C'est par où s'il vous plaît ?

– L'escalier sur votre gauche, cinquième étage, l'appartement en face. Vous ne pouvez pas rater, mon balai est à côté.

– Merci. »

La gardienne était déjà rentrée chez elle pour rapporter la nouvelle à son mari.

George trouva sans difficulté le chemin indiqué. Le policier flirtait avec la limite de la légalité. En théorie, il aurait dû être accompagné par un de ses adjoints. Tant pis. Si besoin était, il réquisitionnerait deux témoins pour l'ouverture "officielle" de l'appartement. Pour l'heure, il était crevé et n'avait absolument pas envie d'avoir la concierge dans les pattes. Et puis, après son enquête non autorisée à l'Institut et son stationnement interdit, il n'était plus à ça près. Il faisait passer l'enquête avant une décision politique – à son avis – injustifiée. Et il voulait savoir.

Le policier gravit les escaliers, lentement. Tout était calme. Ça lui faisait du bien. Il en avait besoin, loin de toute cette agitation extérieure, du tourbillon urbain que la ville lui imposait chaque jour. Il arriva sur le palier du second étage, le souffle court. La gardienne avait dit le cinquième. Stobbart reprit son ascension tranquillement. Malgré cela, ses jambes et son embonpoint se faisaient plus lourds à porter.

La fatigue accumulée durant sa longue journée choisit l'escalier menant au quatrième étage pour s'abattre sur ses épaules qui se voûtaient peu à peu. Il s'arrêta et regarda par la fenêtre en face de lui. Au loin, il apercevait un fragment du Sacré-Cœur, campanile de pierres blanches qui grimpait vers le ciel. À un autre moment, il aurait apprécié la vue paisible, mais son rythme cardiaque et les marches de plus en plus hautes accaparaient toute son attention. Quatrième étage atteint ! Plus qu'un !

À cette pensée, George sentit son courage revenir et le second souffle arriver. Il le monta plus gaillardement. Et s'arrêta brusquement, à cinq marches du dernier palier. Comme lui avait indiqué la gardienne, son balai et deux portes se présentaient à lui : sur sa droite et en face de lui. Et celle qui lui faisait face était entrebâillée. Stobbart eut un mauvais pressentiment. L'appartement d'Ariel Braska n'était pas aussi vide qu'il aurait dû l'être.

George sortit son téléphone, chercha fébrilement un numéro pendant qu'il surveillait la porte du coin de l'œil. De temps à autre lui parvenaient des bruits indistincts, étouffés. Un objet mou chuta, on déplaça autre chose. Mais pas de voix. Pas de chuchotements. Le silence était presque absolu. On fouillait, méthodiquement. Là, ça se corsait.

Le policier redescendit quelques marches.

« Tu vas répondre, oui ?! »

L'ordre avait la résonnance d'une supplique. Répondeur. Stobbart jura. Il se força à attendre une longue minute, guettant chaque bruit venant de l'appartement. Rappela. À la dernière sonnerie, il décida d'appeler directement un autre numéro. Il s'apprêtait à raccrocher quand la voix de Collard résonna à son oreille.

« Patron ?

– Nico ! Bon sang, tu en as mis du temps !

– Je vous rappelle que vous m'aviez donné ma soirée, riposta sa jeune collègue. Qu'est-ce qu'il y a ?

– Désolé. Envoie tout de suite une patrouille au 2 rue Poulbot, Paris 18e.

– Connais pas… Ce ne serait pas l'adresse de l'infirmière par hasard ?

– Dans le mille. Et il est déjà en train de se faire visiter.

– Compris, je m'en occupe ! J'arrive tout de suite ! Ne tentez rien d'inconsidéré !

– Tu me connais.

– Justement ! »

La communication coupa. Stobbart regarda vers la porte. Plus rien ne venait perturber le silence dans le logement de l'infirmière. Qu'est-ce qu'il allait faire à présent ? Stobbart ignorait combien d'individus il y avait à l'intérieur, s'ils étaient armés ou non, et leurs intentions. Certainement guère amicales. Et puis surtout, il était tout seul. Quelle action pouvait-il envisager sans mettre en danger sa propre intégrité et sans les laisser partir non plus ? À peu près aucune, si ce n'était d'attendre les renforts. Il n'en eut pas le temps. Deux hommes sortirent de l'appartement. George remonta quelques marches et les fixa courtoisement.

« Bonsoir Messieurs. »

Chapitre XVII

« Le média vidéoludique – l'objet de l'activité consistant à jouer par l'intermédiaire d'un écran, plus couramment appelé le "jeu vidéo" – est dans notre beau pays la cause de nombreux maux, une maladie malheureusement soutenue dans son processus épidémique par les éditeurs et les joueurs eux-mêmes. Mais à toute épidémie et maladie existe un remède. Ce remède, je vais vous l'exposer dans ce cours, dans sa partie théorique. À ceux qui auront la chance de poursuivre leurs études sous ma direction, à ceux-là seulement, je leur enseignerai la guérison. Commençons.

Le média vidéoludique est à l'origine d'un certain nombre de pathologies physiques – syndrome du canal carpien, migraines, troubles musculo-squelettiques, obésité, épilepsie, troubles du sommeil, etc. – et de troubles psychiques. Parmi eux, la dépression, l'hyperactivité et les troubles de la concentration, l'instabilité émotionnelle, le renfermement sur soi, la mythomanie et, bien sûr, l'addiction. C'est sur ce dernier point que j'ai axé mes travaux et que j'œuvre actuellement à guérir mes patients à l'Institut Mantis.

Bien qu'il existât déjà des niveaux pour définir la consommation des joueurs – consommation occasionnelle, régulière, abusive, dépendante –, je n'étais pas satisfait de ces définitions, puisque celles-ci s'appuyaient seulement sur le "fait de jouer et à quelle fréquence" et abordaient partiellement la dimension de "l'envie". Pourtant, les deux sont intrinsèquement liés et ne peuvent être dissociés. C'est ce que j'ai pu mettre en évidence en examinant les patients qui se présentaient devant moi, et en démontrant qu'au-delà de la consommation dépendante, il existe ce que j'ai appelé le *Syndrome Mantis*.

Je n'ai pu arriver à la définition du Syndrome qu'en redéfinissant précisément selon les critères cités ses quatre premières phases, remplaçant de fait ce qui était communément admis comme "niveaux de consommation". Ainsi, nous avons :
- la phase "un", correspondant à *l'envie continue* de jouer durant les heures de loisir, l'"envie" n'est pas toujours réalisable ;
- la phase "deux", équivalant à *l'envie continue* de jouer au mépris des règles sociales établies, au travail ou à l'école par exemple : ici encore, l'"envie" n'est pas toujours réalisable mais gagne en ampleur, nous glissons vers l'obsession ;
- la phase "trois" est le *fait de jouer* au mépris des règles sociales établies : l'"envie" est réalisée, mais le patient est encore ancré dans la

réalité pour traiter ses besoins élémentaires de manger et dormir, sub-
venir à ses besoins ;

-   la phase "quatre" s'appuie sur *le fait de jouer sans discontinuer*, avec
    renfermement du joueur et rejet du monde extérieur : le patient sub-
    vient à ses besoins, mais plus aucune interaction avec lui ne devient
    possible en dehors du jeu ; [...] »

Extrait d'un cours du Professeur Mantis à l'université de la Sorbonne, *Syndrome Mantis : Définition
et éléments déclencheurs*, Paris, 11 mars 1995.

Chapitre XVIII

L'alarme avait duré des heures. Elle s'éteignit brusquement. L'homme respira. La douleur de son crâne s'apaisa. Il ouvrit un œil. Il était dans le noir complet. Il sentit une chose sur son visage. Il porta la main à son front et un morceau de tissu se froissa sous ses doigts. Des bandages. Il promena les mains sur sa tête. Tout son crâne était recouvert de ces bandages qui lui faisaient comme une seconde peau. Il essaya de se souvenir. Rien. Il était trop fatigué. Il se pelotonna sur lui-même et s'assoupit.

*

Il tira sur ses bandages. Ils tenaient bon. Il tira plus fort. Rien n'y fit. Ils étaient fixés à sa peau. Il frémit. Le froid commençait à le pénétrer. Il voulut se lever, partir. Il ne fit que se cogner sur un plafond métallique. La température baissa encore. Il leva les mains pour toucher ce plafond et sentit sous son doigt le métal parcouru d'entailles irrégulières, curieusement familières. Des traces d'ongles. Son cœur se glaça. Il n'était pas le premier à avoir été enterré ici. L'air s'épaissit. Le froid l'envahit un peu plus. Il devait sortir d'ici.

Fébrilement, il toucha ce qui l'entourait autour de lui. Du métal, partout du métal. Il remua plus fort, paniquant, et sentit la planche bouger au-dessus de lui. Une étincelle d'espoir. Il poussa de toutes ses forces sur ce mur au-dessus de sa tête. La planche bougea de quelques millimètres. Il recommença haletant. Une brèche se fit. Un rayon de lumière pénétra dans l'ouverture...

Chapitre XIX

Cloud émergea de sa torpeur, hébété. Il voulut bouger, mais se cogna à des parois toutes proches. La panique l'envahit. Cette gangue d'obscurité l'oppressait. Soudain, il sentit les griffes de la Brume s'agripper à lui et le tirer à nouveau vers les profondeurs de l'inconscience. Il la repoussa violemment. Surprise, elle recula. Le jeune homme se redressa, cherchant à fuir cette nuit hostile. Sa tête heurta le plafond. Un plafond très bas, mais pas très solide : il bougeait. La Brume revint à la charge. L'obscurité était son alliée, elle en profitait. Cloud se débattit contre elle, fuyant toujours davantage, essayant de gagner la surface lointaine de son esprit.

Un rai de lumière effleura sa prunelle. Il se colla à l'interstice et cligna des yeux. Le jour. Un espoir. Derrière lui, la Brume redoubla ses assauts. Cloud suffoquait, donnait des coups sur ce plafond qui tressautait chaque fois qu'il frappait. Il se soulevait, mais refusait de céder. Les sanglots lui brouillèrent la vue : la Brume le terrifiait, il ne voulait pas retomber dans ses griffes. La peur le submergeait et il eut toutes les peines du monde à garder la tête hors de l'eau.

La claustrophobie refermait implacablement son étau sur lui, subtilement et adroitement maniée par la Brume. Des flashes assaillirent Cloud. Il connaissait déjà tout ça. Une chambre noire. Sa nudité. La douleur. Ses tympans qui sifflaient sans interruption. Il s'aperçut que c'était son propre cri qui l'assourdissait. Le présent résonnait de la même note de terreur que dans son passé. La Brume l'attira un peu plus vers elle. Cloud se débattit avec la rage du désespoir. Il banda ses muscles et poussa de toutes ses forces contre le plafond de sa prison.

La plage arrière se brisa dans un craquement de plastique torturé, éclatant en gros morceaux qui retombèrent sur son dos. Le jeune homme ne ressentit aucune douleur. Il recueillait la lumière du jour. La Brume poussa un feulement de rage et se replia, ulcérée. Cloud ne s'en souciait déjà plus. Il laissait caresser la chaleur du soleil sur sa nuque, ses bras, savourant cet effet salvateur qu'une longue privation avait affamé au-delà de toute raison.

La vague d'adrénaline reflua. Cloud regarda ses mains sans comprendre. Elles bougeaient toutes seules. Bizarre. Puis le tremblement se propagea à tout son corps. À genoux dans le coffre, il ne tomba pas, s'effondrant juste mollement sur la banquette arrière de la voiture. Le temps passa, indistinctement. La Brume le guettait, il le savait, mais il tiendrait. Juste pour garder sur sa peau la lumière du jour.

Les tremblements cessèrent. Il resta là, épuisé. Il avait froid maintenant, malgré la chaleur ambiante. Le garçon regarda autour de lui. Dans une étincelle de conscience, il comprit qu'il se trouvait dans une autre prison, simplement plus grande que la première. Une prison sur roues. Il avait déjà connu ça, autrefois. Il devait bouger. Sortir.

Cloud bascula sur les sièges arrière de la voiture et se précipita sur les loquets de la portière droite. Malhabilement, il fit jouer la commande d'ouverture. La porte s'ouvrit et le jeune homme se précipita dehors. Il s'arrêta net, figé par un vertige : l'immensité des immeubles à côté de lui, l'immensité du ciel au-dessus de lui, l'aspirèrent. Cloud se sentit happé dans ce vertige tourbillonnant et, contre toute attente, se laissa emporter volontiers. Il avait tant besoin de cet espace…

Il regarda en bas. Son pied pendait au-dessus du précipice de la folie. Tout au fond, la Brume le guettait. L'espace était son seul moyen de s'évader vers le haut, de résister à l'attraction d'une force plus terrifiante que la gravité. Il respira doucement, éprouvant cet air citadin souillé par les gaz d'échappement traverser ses bronches et remplir ses poumons. Peu importaient les vapeurs nauséabondes de cette bouche d'égout, le bruit assourdissant d'une pétrolette qui passait ou l'aboiement sonore d'un chien. Son esprit s'éleva.

Soudain, la Brume lança un de ses tentacules. Il s'enroula autour de sa jambe, l'agrippant, le tirant vers le bas. Cloud lutta pour ne pas perdre pied, se battit contre le nouvel afflux d'adrénaline qui cherchait à l'envahir, à le mettre à la merci de la Brume pour faire de lui sa marionnette. Il la repoussa. Son esprit s'éleva encore, se détacha de l'obscurité.

Il se voyait maintenant de l'extérieur. Un jeune homme aux cheveux tout blancs, dans un vêtement en tissu léger, adossé à une voiture qu'il ne connaissait pas, mais qui lui rappelait vaguement quelque chose. Il fronça les sourcils. Il ne se rappelait pas d'avoir eu les cheveux blancs. Il délaissa rapidement ce détail et se concentra sur ce qui l'entourait. Des personnes le regardaient d'un air bizarre. Cette vieille dame qui passait, à l'air soupçonneux, s'éloigna même de lui à petits pas précipités. Cloud voulut s'envoler davantage, au-delà des hauts immeubles, pour aller chercher ce ciel d'un bleu si intense, quand il s'arrêta. Il se souvint de quelque chose.

Un son étouffé qu'il avait perçu lorsqu'il était encore dans l'espace restreint du coffre. *Cinq.* Le chiffre résonna dans sa tête. Cloud força son esprit engourdi. La Brume remua. Ce qu'il faisait ne lui plaisait pas. Malgré sa peur, il continua. Il sentit sa mémoire répondre faiblement, emprisonnée par la Brume goguenarde. Brusquement, la pointe dorée d'un souvenir émergea de son carcan et se glissa vers lui. Deux autres fragments suivirent. La Brume feula de colère et lança de nouveau ses tentacules vers lui, pour les ramener à elle. Mais ils étaient déjà trop hauts. Impuissante, elle regarda les petites choses morcelées se diriger vers Cloud, rapidement. Les éclats épars n'avaient aucune signification pour lui. Puis il eut l'idée de les assembler. Il les força à se recomposer. Ceux-ci résistèrent à sa tentative. La Brume se moqua de lui et cracha pour les rappeler dans ses limbes.

Le garçon se força au calme, malgré la fébrilité qui menaçait de s'emparer de lui. Alors, docilement, sous les yeux furibonds de son ennemie, ils commencèrent à s'assembler en une masse informe. De celle-ci naquit une forme humaine, puis des cheveux blonds. Les traits se précisèrent. Une femme ! Il l'avait déjà vue. Il se souvenait de son sourire triste, de ses quelques mots prononcés avec douceur.

« Ariel. »

Le nom lui revint, flouté. Il n'était pas sûr de lui, mais cela y ressemblait bien. Son image s'effaça et le fameux chiffre cinq brilla à nouveau, fugitivement. Pourquoi tenait-il tant à ce chiffre ? Aucune idée. Il n'avait même pas souvenir que celui-ci eût dû signifier quelque chose pour lui.

Un courant d'air froid l'attira vers la terre. Pour la première fois, un éclair de lucidité le saisit comme une lumière trop éblouissante. Il distingua clairement son environnement, les immeubles, la voiture, cette vieille femme qui repassait, revenant de la boulangerie avec son pain et le regardant toujours de son air réprobateur. Mais que faisait-il là ? La panique l'envahit et une nouvelle vague, brutale, d'adrénaline le submergea, emmenée par cette insupportable Brume. Il serra les dents et la repoussa de toutes ses forces. Cloud vacilla.

La vielle femme crut que le jeune homme allait tomber, mais ne leva pas le petit doigt pour l'aider. Il était trop bizarre. Sûrement un drogué. Et puis cet accoutrement… Elle soupira. La mode avait ses raisons que la vieillesse ignore. Elle haussa les épaules et s'en alla en claudiquant.

Cloud tint bon. Il avait résisté à l'assaut, mais pour combien de temps ? Il fit un pas. Pour aller où ? Il n'avait aucune idée où fuir : la Brume le poursuivrait où qu'il se cache, il le savait. La morsure fraîche de la brise du soir le fit tressaillir. Le vent souffla plus fort, arrachant en même temps quelques-uns de ces liens qui bridaient sa conscience. Le monde autour de lui s'éclaira un peu plus. Il trébucha. Il se sentit tellement faible qu'il crut un moment s'écrouler. Des vertiges le saisirent une nouvelle fois. Il tomba en arrière et buta sur la voiture. Il ne bougea plus et attendit.

Sa vue s'éclaircit progressivement. Son esprit qu'il sentait encore flotter quelques instants auparavant réintégra son enveloppe de chair. Le garçon eut la sensation que son corps se réveillait et protestait violemment contre la douleur qui l'inondait dans ses muscles. Ni une, ni deux, la Brume lança un nouvel assaut, plus violent encore que le précédent. Il résista du mieux qu'il put.

Il s'apprêtait à lâcher prise, épuisé, quand, à nouveau, le chiffre cinq résonna dans son crâne, porté par la voix grave et vibrante d'un homme. Elle l'ébranla. *Cinq…* Il était la seule chose à laquelle il pouvait se raccrocher pour ne pas sombrer, peu importe sa signification. Il fit un pas en avant, se forçant à ignorer la Brume qui l'assaillait. Puis un autre. Ses muscles hurlèrent contre cette marche forcée. Le brouillard s'épaissit. La voix grave répétait. *Cinq...* *ième...* Il comprit. *Le cinquième.* La voix avait rempli sa mission. Elle s'éteignit.

Aller au cinquième. Cinquième quoi ? Il n'eut pas le temps d'y réfléchir. Une nouvelle vague de tension le submergea, suivie de près par la Brume. Au lieu de la repousser, Cloud changea de tactique et la laissa docilement s'emparer de lui. En tout cas, juste assez pour lui donner l'énergie nécessaire qui lui manquait. La Brume se précipita sur lui pour le noyer dans son obscurité. Au même moment, Cloud profitait de son élan pour s'élever au-dessus de la Brume. La vague d'adrénaline l'emporta sur sa crête. Son esprit se détacha de la douleur et Cloud poussa sur ses jambes.

Le jeune homme se retrouva dans un couloir sombre, un peu étroit. Il ne ressentait plus ce sentiment de claustrophobie qui l'avait assailli dans le coffre. L'état de semi-conscience dans lequel il se trouvait inhibait son malaise et calmait vaguement son appréhension des ombres de la Brume qui le guettaient. La vague d'adrénaline continuait de le soutenir. L'impression de légèreté et de puissance qu'elle lui conférait était enivrante.

Pour l'heure, il la maîtrisait, s'enveloppant en elle comme dans un cocon, mais en prenant garde à ne pas s'y noyer. Elle menaçait à tout instant de l'emporter et il devait résister à cette étreinte trop tentante. Il avança avec une sensation de flottement. Il ne savait plus très bien pourquoi il était là. Un visage se fraya un chemin dans sa mémoire. Ariel. Non. Pas cette fois. C'était un homme. Un homme âgé. Péniblement, Cloud remonta le souvenir inconstant. Le conducteur de la voiture. Sa voix résonna, étouffée et lointaine : « *Cinquième* ». Ce mot unique lui restait comme une litanie entêtante que le jeune homme ne pouvait s'empêcher de répéter. Il sortit du couloir.

Une ombre bougea devant lui. Cloud s'écarta brusquement. Il ne savait pas qui c'était. Simplement une ombre. Mais l'ombre avait toujours été mauvaise avec lui. Il devait se dissimuler, et vite ! Il vit une ouverture sur sa gauche. Elle le mettrait hors de vue. Il s'y précipita. La tension qu'il éprouvait toujours le maintenait dans un état second. Le guidant dans son rêve éveillé, elle le prit par la main et le poussa doucement en avant, le menant vers ces marches.

L'ombre ne l'avait pas suivi. Le jeune homme posa calmement un pied sur le premier degré. Il commença une ascension lente, mesurée, assurant chacun de ses pas. Non pas par peur de tomber, mais simplement pour ressentir dans ses jambes la sensation des escaliers. Quand il arriva à un palier, une paire de minutes s'était écoulée. Il se sentait mieux. Ses yeux tombèrent sur le chiffre blanc qui ornait l'étage : Un. *Le deuxième ! Le deuxième !* Sans qu'il comprenne d'où venait cette injonction, il obéit. Il monta un peu plus vite.

Cloud sentit que son rythme cardiaque avait accéléré. Le léger flottement qu'il ressentait s'accentua. La pression de l'adrénaline se fit plus forte sur son esprit fragile, plus perfide aussi. Quand il comprit que la caresse se refermait en étau, Cloud s'efforça de résister, s'arc-boutant sur ses faibles défenses psychiques. La Brume n'était pas encore réapparue, mais le jeune homme sentait son influence croître inexorablement. Il atteignit le deuxième palier. L'injonction tomba à nouveau comme un couperet : *Le troisième ! Le troisième !*

Le voile de sa conscience se faisait de plus en plus opaque. La panique l'envahissait implacablement. Ses mains s'agitèrent. D'abord lentement, puis de plus en plus vite, incontrôlables. La fébrilité et l'angoisse le gagnaient. Le troisième palier était déjà atteint. Le contrôle qu'il gardait sur son esprit s'amenuisait, se réduisait comme peau de chagrin. Ses jambes qui le portaient encore à peine tout à l'heure, irradiaient d'énergie. *Le quatrième ! Niveau suivant.*

La tension arriva à son point de rupture. Il perdait prise, tenta une nouvelle fois de s'accrocher à son esprit délité. Celui-ci s'effilocha et disparut. L'adrénaline le noya juste avant qu'il n'atteigne le dernier niveau. Un cri de douleur résonna à ses oreilles. La Brume surgit. Cloud perdit connaissance.

Chapitre XX

Jeudi, 20 h 40

Stobbart s'écroula par terre, la tête douloureuse. Le carrelage l'accueillit dans son étreinte glaciale. Il resta là, sonné, le froid sur sa joue lui engourdissant rapidement la mâchoire. Durant quelques secondes, il vogua sur une mer de coton. Il revint peu à peu à lui et voulut tourner la tête pour comprendre où il était. Un éclair de douleur lui vrilla le crâne. Le policier s'immobilisa. Mais qu'est-ce qui s'était passé ? Stobbart se força à faire marcher sa mémoire, remonta les dernières minutes qui avaient précédé le choc. Il se souvint. L'escalier. Le quatrième étage.

*

« Bonsoir Messieurs. »
Les deux hommes qui avaient quitté l'appartement se figèrent. Stobbart les examina. Entre vingt et quarante ans, grands, athlétiques et soignés. Pantalons, baskets et col roulé noirs pour l'habillement. Ces deux-là ressemblaient davantage à des cascadeurs sortis tout droit d'un mauvais film d'action qu'à des monte-en-l'air.
D'emblée, le flic les trouva… étranges. Presque inhumains. Ils n'avaient pas manifesté la moindre surprise. Leurs yeux froids l'observèrent sans animosité, mais avec une indifférence telle que Stobbart ne put empêcher un frisson lui parcourir l'échine.
« Puis-je savoir ce que vous faisiez dans cet appartement ? s'enquit innocemment le commandant.
– Nous étions chez une amie, répondit le plus jeune d'une voix traînante.
– La nouvelle locataire ? Celle qui est arrivée la semaine dernière ? »
L'homme mit un instant à répondre. Son expression était le reflet même d'une profonde réflexion.
« Oui. C'est ça, finit par répondre son interlocuteur.
– Police. »
Stobbart exhiba tranquillement sa plaque. Les deux hommes restèrent immobiles. Aucune réaction, pas un tressaillement. Le policier sentit une tension monter en lui. D'habitude, il faisait face à la nervosité, à des sursauts d'angoisse, un regard fuyant ou affolé qui signalait un malaise. Mais là, rien. Une parfaite indifférence. Sa plaque d'officier avait à peine induit une *hésitation*. Il

ne cherchait pas à être craint, mais cette indifférence ne lui augurait rien de bon. Stobbart se ressaisit.

« Vous n'êtes que tous les deux ? »

Question de pure formalité. Nouveau hochement de tête affirmatif.

« Je vais vous demander de rentrer dans l'appartement, doucement, en gardant vos mains bien en évidence. »

Docilement, sans un mot, les deux hommes s'exécutèrent. Dans une ville où le commandant était plus habitué aux insultes et aux provocations, l'obéissance était devenue une denrée rare. Restant trois bons pas en arrière, il grimpa lentement les dernières marches, la main sur la crosse de son arme. Il s'engouffra dans le logement à la suite des deux individus. Il progressait doucement, guettant les réactions devant lui. Ils étaient calmes. Pour l'instant.

« Tournez à droite dans la pièce principale. »

Stobbart entra derrière eux. L'appartement se composait d'une petite cuisine, puis d'une grande pièce, une mince cloison faisant office de séparation pour la chambre. Le tout semblait en bon état, mais ce qui frappa d'abord le policier, c'était le capharnaüm indescriptible qui y régnait. Tout avait été renversé, déversé sur le sol. Ce dernier était jonché de papiers, livres, vêtements, DVD ; la grande armoire avait été vidée de son contenu et même le matelas gisait sur un côté, éventré par un couteau de cuisine qui traînait encore par terre.

Puis la matraque.

*

La sensation qu'on lui avait broyé le crâne demeurait. George résista à l'envie de bouger et de frotter sa tête douloureuse. Il respira doucement. La douleur était lancinante et le lançait par vagues successives. Entre deux éclairs de douleurs, il perçut de vagues bruits autour de lui. Avec difficulté, le policier tâcha de les identifier, essayant de faire le point sur une situation qui s'annonçait pour le moins des plus défavorables. Des pas feutrés, qui auraient pu être silencieux s'ils n'avaient pas crissé sur une feuille de papier, des murmures indistincts échangés entre ses agresseurs. Son esprit s'arrêta sur ce dernier point : ses agresseurs…

Stobbart tenta de reconstituer les derniers évènements. Deux hommes devant lui. Il était entré sans rien remarquer d'anormal, les avait suivis. Le coup à la tête. Derrière la tête. Un troisième homme. Où ? La porte était déjà grande ouverte quand il était entré et il n'avait vu personne à l'intérieur. Derrière la porte, évidemment. Il s'était fait avoir comme un bleu. Il avait même été imprudent. Les questions s'enchaînèrent. Que faisaient-ils encore là ? Combien de temps était-il resté inconscient ? Nico était-elle arrivée ?

Stobbart entendit un craquement, une porte qui s'ouvre. Et des pas précipités. Nico ! Vite, mettre en garde sa jeune collègue :

« Nico ! »

Un coassement étouffé sortit de sa gorge.

« *Doushite Anatawa kienaino !* »

Stobbart ne put s'empêcher d'ouvrir de grands yeux et resta bouche bée.

Chapitre XXI

Elle s'arrêta devant la porte. Le cri qui avait retenti derrière le battant lui avait glacé les sangs. Que se passait-il de l'autre côté ? Quels démons abritait-il ? Elle se ressaisit : son devoir était de les annihiler, un point c'est tout. Mais elle n'était pas armée. La jeune femme regarda autour d'elle. Il devait y avoir une arme. Il y avait toujours des armes ! Là ! Juste devant elle, elle la vit, sagement posée contre le mur.

En deux pas, elle fut auprès d'elle et s'en saisit. La jeune femme poussa un grognement de dépit : trop grande. Pas du tout son style. Et son environnement était trop exigu. Elle avait besoin d'une arme plus petite, plus maniable. Menu. Inventaire. Modifier. La transformation s'opéra avec un bruit sec. C'était mieux. Beaucoup mieux. Elle était prête à présent. De retour à la porte, elle actionna la poignée. Le battant s'ouvrit lentement, au ralenti. Elle pénétra dans la pièce. Dépassa la première entrée. Vit un homme au sol. Et trois démons.

*

« Doushite Anatawa kienaino ! »

La jeune femme gardait une main sur chacun de ses kodachis. Ses deux plus fidèles compagnons. Le bas masqué de son visage faisait ressortir ses deux grands yeux noirs, dans lesquels luisait la volonté de terrasser ses trois adversaires qui se précipitaient vers elle.

Elle les toisa froidement l'espace d'un instant, exécuta soudainement une roulade qui la fit passer dans le dos de son premier adversaire. Ses lames volèrent et s'abattirent avec une vitesse prodigieuse sur les bras et le torse du démon. Une myriade de coups s'enchaîna mais elle dut rompre l'échange pour faire face au deuxième adversaire qui s'avançait vers elle.

*

Les trois hommes ne comprenaient plus rien. Leur adversaire n'était semblable à nul autre pareil. Voir ce flic débarquer à l'appartement avait été une surprise. Ça, en revanche, c'était totalement inconcevable. Quand ils avaient approché pour le saisir et l'emmener, ils durent faire face à un cauchemar. Un cauchemar si remuant et si déroutant qu'ils sentirent les prémices d'une peur irraisonnée s'insinuer en eux.

*

La jeune femme tournait autour d'eux et enchaînait les coups à une vitesse stupéfiante. Ses adversaires patauds frappaient systématiquement le vide, là où, pourtant, elle se tenait un instant plus tôt. Mais elle disparaissait comme une ombre dès lors qu'ils manifestaient la volonté de la frapper. Leurs mouvements se faisaient de plus en plus désordonnés, tandis qu'elle attaquait de plus en plus vite. Les kodachis surgissaient ensemble ou à tour de rôle et s'abattaient sur les membres dans des déferlantes d'énergie.

Les yeux de la femme masquée anticipaient tous leurs gestes, jaugeaient parfaitement quand et où il fallait contrer et frapper. Les démons faiblissaient. Le moment de clôturer le combat approchait. Un de ses ennemis tituba. Maintenant ! Elle esquiva d'une pirouette les attaques maladroites, et feinta pour se retrouver sur le côté gauche de son adversaire chancelant. Celui-ci frappa vainement.

La jeune femme bloqua de son bras gauche en même temps que son poing droit percutait la tempe du démon. Dans un mouvement fluide, sans lâcher le bras de la bête immonde, sa main droite saisit sa lame dans son dos et le frappa à la mâchoire. Elle pivota sur elle-même sans ralentir, fléchissant légèrement les genoux pour parer la faible riposte au visage. Puis son kodachi remonta sans crier gare en un uppercut foudroyant qui cueillit le démon sous le menton. La jeune femme tournoya une nouvelle fois et lui porta l'estocade d'un dernier revers à la mâchoire. Le démon s'écroula, vaincu. La combattante termina d'exécuter une pirouette en arrière, rengainant son épée courte.

Au même moment, un deuxième démon s'approchait pour tenter de prendre un avantage. La jeune femme roula sur le côté pour l'esquiver et se retrouva sur le flanc droit du troisième démon. Elle se redressa aussitôt et lui porta un coup de poing au sternum qui lui coupa le souffle. Sans avertissement, elle posa son pied droit sur la cuisse de la bête ; sa jambe gauche passa devant le visage déformé du démon, avant de décrire un arc de cercle et passer dans le dos de son adversaire. Dans un réflexe, celui-ci verrouilla ses jambes pour ne pas perdre l'équilibre. Profitant de cette coopération involontaire, la jeune femme se jucha avec agilité sur les épaules de son ennemi et se reposa un instant sur lui, assise, regardant dans la direction opposée. Puis, elle dégaina rapidement le kodachi reposant sur son épaule et le glissa sous la gorge du démon. Ce dernier se raidit quand il sentit l'acier froid sur la peau fine de son cou. La combattante n'attendit pas plus longtemps : renversant tout son poids en arrière, elle se laissa glisser à terre entraînant la bête à sa suite : la tête de son ennemi heurta le sol de plein fouet. La jeune femme continua de rouler sur le dos, ses jambes agrippant toujours fermement son adversaire. Elle se dégagea au dernier moment, tandis que son opposant, entraîné par l'élan de sa rivale achevait malgré lui sa chute en avant. Quand la guerrière se redressa, le démon ne bougeait plus.

Le dernier adversaire – le plus robuste – se précipita sur elle avec un grognement hargneux. La jeune femme esquiva une nouvelle fois, feinta et contre-attaqua avec fureur.

Chapitre XXII

Stobbart avait roulé sur le côté. Sa tête lui faisait affreusement mal. La brute qui l'avait frappé n'y était pas allée de main morte. Quand il leva des yeux vitreux pour identifier les bruits qui lui ravageaient le crâne, il découvrit une scène surprenante. Les deux hommes qu'il avait surpris sur le palier de l'appartement gisaient à terre, inconscients à leur tour. Il redressa la tête un peu plus haut et surprit une scène surréaliste.

Le jeune homme aux cheveux blancs, amorphe, accusé d'un double homicide, qu'il prenait encore pour un dingue ce matin, et qu'il avait déposé à l'Institut Mantis seulement quelques heures auparavant, était armé d'un manche à balai cassé en deux et venait de feinter son adversaire avec une vitesse stupéfiante. Le pied de son agresseur ne trouva que le vide. Au cours des huit secondes qui suivirent, George eut fermement l'impression que sa vision lui jouait des tours : coup de pied sauté à la tête, roulade, coup de manche à balai au visage, nouveau coup de pied à la tête, deux nouveaux coups de balai alternés droite et gauche furent assenés avec une vélocité accrue, achevant de réduire en miettes la mâchoire de son adversaire. Un troisième porté de haut en bas lui brisa le nez. Aveuglé par le sang et la douleur, il tenta de reculer en poussant un cri de bête blessé, mais fut rattrapé par une nouvelle frappe au ventre de cette arme improvisée mais redoutable. Il recula encore pour tenter de reprendre vainement son souffle. Son mouvement fut aussitôt suivi par le jeune homme méconnaissable de froideur : le garçon sauta, effectuant un saut périlleux avant. Son talon percuta le crâne de son adversaire, immédiatement suivi par une puissante frappe d'estoc au front. Le dernier agresseur de George s'écroula sans un bruit, les os brisés, magistralement vaincu. Le jeune homme resta seul, debout au centre de la pièce. Juste avant de s'évanouir pour la seconde fois, le policier le vit brandir son arme surprenante, la faisant tournoyer devant lui avant de faire mine de la rengainer dans son dos :

« *Akumano Haiboku !* »

Épuisé par ce dernier effort, Stobbart sombra dans l'inconscience.

Lorsque le policier se réveilla pour la seconde fois, son mal de tête n'avait pas diminué. Durant une courte seconde, il se demanda où il était. Puis, tout lui revint d'un coup. Il s'étonna d'être encore en vie après le combat qui s'était déroulé devant ses yeux. Lorsqu'il se figea. Parmi les corps vêtus de noir, son regard tomba sur un étui de cuir qui gisait par terre. Son porte-feuille, tombé de sa poche. Ses yeux remontèrent encore et accrochèrent le pyjama vert de Cloud. Assis, adossé au mur, sa tête blanche reposait sur sa poitrine. George ne comprenait plus très bien.

Avec précaution, il commença à se redresser. D'une main tremblante, il palpa doucement son occiput. Il crut défaillir à nouveau sous la vague de feu qui le dévora. Il retira sa main et constata qu'elle était ensanglantée. Il grommela. Sa femme allait le tuer : sa chemise était neuve… À son tour, Stobbart finit de s'adosser au mur. Ce simple geste lui déclencha des vertiges. Il s'immobilisa, attendit un instant et tenta de faire le point.

Tout d'abord et encore une fois, combien de temps était-il resté évanoui ? Il regarda sa montre – un cadeau d'Émilie – et poussa un juron. Cassée. Décidément, il avait gagné sa journée. Il se força à réfléchir. Ses collègues n'étaient pas encore arrivés. Son dernier appel remontait à… Stobbart sortit son téléphone non sans grimacer sous les ondes implacables qui lui vrillaient la tête. Au moins, son portable était intact. Mais celui-ci refusa de s'allumer. Plus de batterie. Résigné, le flic sentit une grande fatigue s'abattre sur ses épaules. Tant pis, il n'avait plus qu'à attendre dans l'incertitude. De toute façon, son évanouissement n'avait pas dû durer plus de deux ou trois minutes. La police ne devrait pas mettre plus de quinze minutes à intervenir, vingt tout au plus.

George reprit son point pour patienter. Il y avait quatre types dans la pièce, trois au sol, et un – le fou – avec des aptitudes hors du commun pour la bagarre. Cela donnait une perspective inédite à l'enquête, éclairait la scène de crime et l'accident de l'ambulance sous un nouvel angle. Ce – Stobbart se remémora son sobriquet – Cloud avait tout à fait les capacités d'avoir provoqué les évènements. Cela ne faisait que confirmer certaines choses, mais ne prouvait rien. Quant aux trois malabars inconscients, quels rapports pouvaient-ils avoir avec l'infirmière Ariel Braska ? Pouvaient-ils être impliqués dans son meurtre ? Que faisaient-ils chez elle ? Que cherchaient-ils ? Stobbart soupira. Depuis ce matin, c'était toujours la même rengaine : un amoncellement de questions et toujours pas de réponses…

Ses jambes s'engourdissant, le policier tenta de trouver une position plus confortable. Il suspendit tout de suite son geste, freiné par la douleur crânienne qui lui envoya une véritable onde de choc. Stobbart grimaça. Il fallait espérer que Nico arrive vite. Et avant que les autres ne se réveillent. Le garçon avait vraisemblablement frappé fort. Mais il ne tenait pas franchement non plus à ce que les trois gorilles reprennent leurs esprits. Même s'il pouvait les tenir en respect avec son arme de service, il ne pourrait certainement pas le faire plus de trente secondes : il se sentait à présent nauséeux. Vraiment nauséeux. Stobbart se força à respirer doucement, à se détendre. Et sentit tout son corps se contracter d'un bloc. Le garçon venait de bouger.

*

Lentement, très lentement, le flot d'adrénaline reflua, se fit moins fort. La Brume aussi, mais malgré elle. Cloud sentait ses griffes s'agripper à lui et tenter de garder le contrôle sur lui. Il redoubla d'efforts. Il l'attaqua sans relâche, d'abord timidement, puis en s'enhardissant. Il refusait de lui céder. Sous les assauts répétés de son esprit, le voile épais de son ennemie qui recouvrait ses pensées s'étiola. Il finit même par se déchirer. La Brume, furieuse, se replia. Elle ne pouvait plus rien faire. Une pensée perça le voile déchiré comme un rayon à travers les nuages : « Où suis-je ? »

La question eût été banale s'il ne s'était pas senti totalement perdu. La Brume s'était retirée, mais n'avait guère traîné à lui laisser une profonde migraine. Elle lui martelait les tempes sur un rythme puissant. Un tintement lumineux attira son attention, éloignant pour un instant la sensation oppressante de cet étau sur son crâne. L'escalier. Il était dans l'escalier. Cloud s'employa à rassembler ses pensées, repoussant les dernières influences de la Brume du mieux qu'il pouvait. Le voile se déchira encore un peu plus. Pourquoi était-il maintenant dans cette pièce ? Que s'était-il passé ? Il vit les corps qui gisaient sur le sol. Trois personnes. Cloud sentit un souffle glacé le couvrir. Il se souvenait vaguement d'une perte de contrôle au cinquième niveau. Puis plus rien. Il avait beau chercher dans sa mémoire, elle se refusait obstinément à lui. Le spectre de la Brume flottait sur elle et l'enveloppait dans un manteau protecteur que rien ne paraissait pouvoir briser. Cloud se jeta contre ce mur et rebondit. La douleur le lança dans son crâne. Inutile, il était trop faible, trop épuisé.

Dans cet appartement en désordre, il regarda ses mains. Elles tremblaient. Il serra fort les poings. Puisqu'il ignorait ce qu'il s'était passé, il devait partir, fuir. D'autres de ces hommes en noir pouvaient arriver, parce qu'ils viendraient pour lui. C'était ce que n'avait cessé de lui dire cette femme… Ariel. « Tu dois fuir », lui répétait-elle. Alors que faisait-il là ? S'il avait dû fuir, pourquoi était-il monté à la rencontre de ces hommes ? Encore maintenant, aucune réponse ne lui vint.

Il devait s'enfuir. La voix lointaine d'Ariel le tançait. « Pars ! Pars ! Pars ! » Partir avant qu'il ne soit trop tard. Déjà, une nouvelle vague de peur s'apprêtait à déferler sur lui. Il ne devait pas perdre le contrôle ou il était perdu. Il avait trop peur de ce qui pourrait se passer. La Brume n'attendait que cette occasion pour reprendre le contrôle. Il devait se calmer. Il devait se calmer. Il devait… se… calmer.

Cloud respira profondément. Le tremblement de ses mains s'atténua un peu. Il releva la tête. Et aperçut Stobbart qui le regardait fixement. Dans sa main, la gueule du revolver lui souriait d'un air glauque.

George voyait Cloud dodeliner de la tête, en proie à une lutte intérieure. Doucement, il s'était saisi de son arme, sans geste brusque pour ne pas attirer son attention. Sa tête le lançait, rendant sa tâche difficile, chaque mouvement le faisant souffrir. Il ne le quittait pas des yeux. Il suivait presque sans inconvénient les pensées erratiques du garçon : ses yeux roulaient sous ses paupières fermées ; son visage était quelques fois déformé par de violents tics, tandis que son corps était agité de tremblements incontrôlés. Il semblait lutter contre quelque chose à l'intérieur de lui.

Stobbart sentait sa propre tension monter. Voir ce garçon à demi-conscient serrer les dents, serrer les poings, se contracter, puis se détendre, le mettait sacrément mal à l'aise. Quels démons l'habitaient ? Qu'allait-il ressortir de lui ? La démonstration qu'il lui avait offerte n'avait rien fait pour le rassurer. Le policier posa son arme à terre. Elle pesait lourdement à son bras. L'incertitude le rendait nerveux. Mais que faisait Nico ? Elle aurait dû arriver depuis le temps ! *Elle devait arriver !*

Le jeune homme aux cheveux blancs avait cessé de remuer et respirait à présent plus lentement. Stobbart sentit son estomac se serrer et braqua son arme devant lui : Cloud avait ouvert les yeux et le regardait d'un air étonné.

Le sang battait à ses tempes et ne soulageait en rien la douleur qui lui martelait l'arrière du crâne. Le policier affermit sa prise. Il ne pouvait pas le prendre par surprise, au moins avait-il l'avantage de la distance, si tant est que cela lui fut un avantage devant les sauts de cabri qu'avait pu accomplir l'autre dingue.

« C'est une vraie ? »

La voix était douce et grave, un peu pâteuse. Naïve aussi. George n'était pas sûr d'avoir bien compris la question.

« Pardon ?

– Votre arme, insista Cloud, c'est une vraie ?

– Oui, répondit le policier hésitant.

– Je peux la toucher ?

– Non.

– Pourquoi ?

– Je n'ai pas droit de la prêter. »

Le garçon eut l'air un peu déçu, mais se tut. Stobbart allait de surprise en surprise. Comment ce type, capable d'assommer trois bonshommes en combat singulier, pouvait-il poser une question que son fils de dix ans lui avait posée pas plus tard que la semaine dernière ? George l'observa attentivement. Les traits de ce Cloud étaient graves et ses yeux marron le dévisageaient, lui. Son visage, quoique pâle, arborait une expression sérieuse, franche, mais aussi torturée dans le fond. N'eussent été son pyjama vert d'hôpital et sa chevelure blanche, Stobbart aurait juré voir une personne tout à fait saine d'esprit en face de lui. En fait, il avait l'impression de voir un jeune homme encore différent depuis le voyage à… Stobbart eut l'impression de manquer une marche : il venait de réaliser seulement maintenant que Cloud parlait ! Il retrouva aussitôt son sang-froid. Il devait garder la tête froide pour pousser son avantage.

« Comment t'appelles-tu ?

– Cloud. »

La réponse avait fusé, étrange mais claire.

« Et toi ?

– George. Tu connaissais ces hommes ?

– Je connais ta voix…

– Ah oui ?

– Oui. (Cloud marqua une pause.) Ici. Le cinquième niveau. Tu m'as amené ici, au cinquième niveau… »

Stobbart se sentait un perdu. La conversation était pour le moins décousue.

« Nous étions ensemble dans la voiture, tenta à nouveau le policier. Tu te rappelles ? »

Cloud marqua une pause. Il parut réfléchir à la question.

« Peut-être.

– Tu connaissais ces hommes ? » questionna George avec douceur.

Cloud secoua vigoureusement la tête.

« Non. »

Quelque chose avait changé dans sa voix. Stobbart en était sûr. Mentait-il ? Il n'en était pas certain. Il paraissait plutôt avoir peur. Le policier décida de ne pas y prêter attention. Pour le moment.

Cloud n'arrivait pas à ordonner clairement ses idées. Non contente de bloquer sa mémoire, la Brume lui infligeait une souffrance latente qui l'empêchait de penser, retenant ses pensées dans les mailles trop serrées de ses filets pour qu'elles ne s'échappent vers lui. Il les sentait vaguement flotter au-dessus de lui, incapable de se les approprier, comme un enfant essayant d'attraper une récompense tenue hors de sa portée par une main cruelle.

Pourtant, le visage de l'homme assis en face de lui ne lui était pas inconnu. Il avait reconnu cette voix quand elle avait parlé, alors qu'il était encore dans son espèce de prison. Mais il l'avait déjà vu. Il ne savait plus bien où. Lui avait dit la voiture. Quelle voiture ? Il ne se souvenait pas. Tout était encore si flou.

Il s'entendit poser des questions. Sa voix résonnait étrangement à ses oreilles. Les réponses de l'homme lui parvenaient tout aussi étrangement. Depuis combien de temps n'avait-il pas *parlé* au lieu de *hurler* ? Senti sa langue articuler des mots dans sa bouche ? Trop longtemps.

Il reporta son attention sur son interlocuteur. Il disait s'appeler George. Ce dernier mentionna les hommes en noir. Cloud sentit l'adrénaline monter à son cerveau. La peur. Pourquoi lui demandait-il ça ? Ne savait-il donc pas ? Et qui était-il réellement d'abord ?

« Pourquoi es-tu venu ici ? »

Cloud le regarda sans rien dire. Un écho résonna dans sa tête.

« Le cinquième niveau », répéta le jeune homme avec obstination.

Le dénommé George ne parut pas comprendre. La méfiance de Cloud s'accentua. C'était pourtant lui qui lui avait dit dans la voiture : « *Au cinquième.* » Pourquoi faisait-il mine de ne pas se souvenir ? Mentait-il ?

Imperceptiblement, le corps de Cloud se tendit.

Le garçon semblait déconnecté, présent dans une autre réalité et, malgré cela, étrangement lucide. Quand Stobbart avait posé la question de sa présence dans l'appartement d'Ariel Braska, il n'avait rien compris de la réponse. George laissa passer un bref instant pour que Cloud ne se sentît pas assailli par ses questions. Les deux hommes s'observèrent en chiens de faïence. Et toujours pas de sirène de police. Stobbart grogna intérieurement : à se demander si les collègues ne l'avaient pas oublié !

Le jeune homme se taisait à présent. George décida de tenter sa chance. Il devait profiter de cet état de grâce pour en avoir le cœur net :

« As-tu tué Ariel Braska ? »

Cloud ne répondit rien. Stobbart insista :

« Tu sais, la salle d'arcade… L'infirmière… »

Silence radio. Pourtant, le regard du garçon avait changé, avait plongé dans un abîme de réflexion. Le cœur battant, le policier attendit.

L'infirmière. Ariel. Les mots flottèrent dans son esprit, allumèrent quelque part dans sa mémoire la lumière d'un souvenir enfoui mais pas inconnu. La Brume se précipita dessus pour l'éteindre. Cloud se jeta dessus pour l'attraper avant qu'il ne s'échappe ou que son ennemie ne s'en empare. Il rata le premier et se sauva de la deuxième, lui glissant comme de l'eau entre les doigts. Le souvenir s'enfuit dans le néant. Luttant pour le suivre, Cloud s'enfonça dans les noirs recoins de son esprit. Tout autour de lui, la Brume rassemblait précipitamment ses forces pour l'anéantir et reprendre un contrôle qu'elle n'aurait jamais dû perdre.

Puis, il le vit, non loin de lui. Il s'en saisit prestement, au moment même où la Brume frappait. Il l'esquiva et remonta du plus vite qu'il put à la surface. Enfin à l'abri, il resta un instant tremblant, tenant dans le creux de sa main le souvenir doré, mais flou d'un visage de femme. Ariel. Oui, il s'en souvenait plus nettement à présent. Des mains douces. Ses mains douces qui le soulageaient quand il avait mal, sa voix douce qui soulageait ses tourments pendant de courtes, trop courtes secondes. Durant ses rares moments de conscience, il se souvenait de ses lèvres qui bougeaient, articulaient un son inaudible. Le souvenir s'évanouit. Il avait livré sa maigre substance et s'était dissipé.

« Quand l'as-tu vue pour la dernière fois ? »

La voix de George résonna à la lisière de sa conscience. Une nouvelle question. Et à sa grande surprise, un nouveau souvenir. Cloud n'eut pas besoin de l'attraper, il se présenta tout seul devant lui. La Brume fulmina. Elle n'avait rien pu faire : trop récent, il était resté à la surface de la mémoire et s'était extirpé sans difficulté de son emprise quand il avait été évoqué. Les prochains ne lui échapperaient pas aussi facilement.

Le nouveau souvenir, bien que plus récent, était à peine plus tangible que le premier, mais plus net. De quand datait-il ? Aucune idée. Le visage d'Ariel était… différent. Ses lèvres avaient une nouvelle fois bougé. Un bruit résonna dans son crâne. Le son arrivait à lui. Il ne comprenait pas. Le souvenir était fluctuant, Cloud n'arrivait pas à le fixer correctement. Pourquoi bougeait-elle sans cesse ? Il ne savait pas. Le son tourna encore autour de lui. Le visage allait disparaître de cet encadrement, seule fenêtre qui lui restait sur l'extérieur. Quelque chose se rabattit brusquement devant lui, le visage disparut. Cloud frémit. Il avait peur.

Quelque chose avait changé dans l'attitude du garçon. Plus exactement dans ses yeux. Tout à l'heure, George avait perçu dans son regard une flamme fragile qui menaçait de s'éteindre à tout moment. Puis, Stobbart l'avait vue diminuer, au point de croire qu'elle avait disparu, entraînant le jeune homme à sa suite. Pendant de longues secondes, il scruta le visage de Cloud, tentant de retrouver la conscience vacillante pour l'attirer à lui. Son mal de tête le lançait sans répit et ne le confortait guère dans cet exercice périlleux. Le policier le vit frémir. George eut un mauvais pressentiment.

La peur. Cloud la sentit s'engouffrer en lui. Quelque chose allait arriver. Quelque chose de mauvais. Le voile sur sa conscience s'épaissit. Cloud recommença une lutte épuisante contre celle qui était à présent sa meilleure ennemie. Peine perdue. Il ne put contenir le raz-de-marée d'adrénaline qui déferla sur lui. Il perdit pied. La Brume se redressa, triomphante.

Chapitre **XXIII**

Les yeux bleus de l'homme brillèrent, tous ses sens en alerte. Un mince rayon de soleil fit ressortir la peau blanche de son occiput et davantage encore le code-barres noir qui s'y étalait. Son ouïe fine avait perçu le bruit léger d'un pas discret. Il regarda autour de lui, froidement. Les trois hommes blessés qu'il avait terrassés étaient toujours inconscients et le resteraient encore un bon moment. Le quatrième personnage, adossé contre ce mur là-bas, était conscient mais lui importait peu : il serait de toute façon éliminé par ceux qui arriveraient.

47 se leva et, sans prêter attention au blessé qui l'interpellait, se dirigea vers le fonds de l'appartement et trouva ce qu'il cherchait : l'armoire. Les portes béaient, vomissant un contenu de vêtements, chaussures et sacs à main. L'homme chauve vérifia les gonds. Les bruits de pas se rapprochaient, gravissant rapidement les derniers degrés en bois. Les charnières étaient en bon état. L'homme qu'il avait laissé derrière lui s'était tu.

Avec souplesse, 47 se coula dans l'armoire. Il laissa une des portes entrouvertes et se blottit derrière la porte fermée, ramenant devant lui une longue robe de soie noire, la dernière encore sur un cintre. Il n'escomptait pas se cacher derrière elle, mais comptait sur l'effet d'optique qu'elle procurerait. L'obscurité de la nuit naissante dehors assombrissait rapidement l'appartement, plongeant le fond de la pièce dans une pénombre bienvenue : ceux qui étaient presque arrivés au cinquième étage ne venaient pas là pour une fouille réglementaire de l'appartement.

47 s'accroupit dans l'obscurité de sa cachette, ferma les yeux et ne bougea plus.

Chapitre XXIV

Stobbart serra les dents. Chaque pulsation résonnait dans sa tête comme un marteau sur une enclume. La tension qu'il ressentait en ce moment même n'y était pas étrangère. Les secondes silencieuses qui s'écoulaient lentement paraissaient vouloir durer des heures. Sans crier gare, Cloud s'était brusquement levé. Le policier avait tenté de l'appeler doucement, sans succès. Le visage du jeune homme s'était transformé en un masque froid qui fit frissonner Stobbart. C'était un visage de tueur. La main de George se crispa sur son arme, mais Cloud l'ignora et se dirigea vers le fond de la pièce.

Troublé par ce changement subit, Stobbart tendit l'oreille avec inquiétude. Une marche grinça. Puis il perçut le claquement léger de semelles dans les escaliers. Le policier réfléchit à toute vitesse. Un détail ne collait pas. Pourquoi n'avait-il pas entendu les sirènes ? À la suite de son appel, Nico serait venue toutes sirènes hurlantes. Connaissant sa jeune collègue, elle aurait monté les marches quatre à quatre, en faisant le bruit d'un régiment de cavalerie lancé au pas de charge. Là, c'était un pas rapide et discret. Un pas de Faucheuse. Son regard tomba sur les trois hommes inanimés. Une hypothèse des plus désagréables lui apparut tout à coup. *Les renforts*. Bien sûr ! Le SUV noir derrière lequel il s'était garé ! Il n'y avait pas pris attention sur le coup, mais ces hommes n'avaient pas dû venir à pied ! Quel idiot… George sentit un frisson glacé lui courir le long de la colonne vertébrale.

Le policier rangea prestement son arme. Il tenta fébrilement de se lever. Son crâne le fit atrocement souffrir. George serra les dents et s'appuya contre le mur, assurant ses jambes, et poussa vers le haut. Il fut aussitôt saisi de vertiges et de nausées. Il lutta contre l'envie de s'allonger sur le sol et tint bon. À travers le brouillard rouge qui lui voilait la vue, il chercha un endroit pour se cacher. Sa douleur prit une nouvelle dimension, brutale. Stobbart grimaça. Il sentit un liquide chaud suinter dans son cou. La fine croûte de sang coagulé venait de se rouvrir. La chemise était définitivement foutue.

Le commandant balaya l'espace de l'unique pièce. Tout était sens dessus dessous. L'exiguïté de l'appartement ôtait toute possibilité de se cacher. Il exclut d'emblée la cuisine et la salle de bain. Rien, à moins d'être une souris. Non, il devait trouver une cachette dans le fatras qui jonchait le sol devant lui. Le cœur au bord des lèvres, il s'avança à son tour vers le fond de l'appartement, dépassa la cloison qui séparait le séjour de la chambre. Cloud était invisible. Il avait beau le savoir présent, c'en restait surprenant.

Les semelles claquèrent à mi-chemin du cinquième étage. Pas le temps de tergiverser, mais Stobbart commençait sérieusement à désespérer. Et sa tête n'arrangeait rien. La moiteur de sa transpiration collait sa chemise à sa peau ; le sel de sa sueur piquait sa blessure de pointes douloureuses qui l'éperonnaient cruellement. Il eut l'idée éculée et désespérée de se cacher sous le lit, jusqu'à ce qu'il remarque qu'il ne restait plus que les lattes de bois. Stobbart tendit l'oreille. Les pas avaient atteint le palier. *Ils* étaient là.

*

Le policier respirait avec difficulté. Des voiles blancs passaient devant ses yeux. Il avait chaud et sa tête le faisait maintenant souffrir à la limite du supportable. Pour ne rien arranger, la poussière du matelas réveillait de vieilles allergies qui lui brouillaient la vue et emprisonnaient sa respiration. Il avait tout juste eu le temps de se précipiter sur la literie éventrée et de s'affaler contre le mur, jambes repliées, tenant le matelas posé devant lui comme un bouclier. De l'extérieur, il espérait donner l'impression que le matelas avait été négligemment entreposé dans un coin lors de la fouille.

Un léger bruit résonna sur le carrelage de la cuisine. Stobbart s'immobilisa, aux aguets, et dégaina prudemment son arme. Tout d'abord, il n'entendit rien. Seulement des pulsations qui battaient sourdement à ses tempes. George se força à respirer doucement pour calmer les battements affolés de son cœur. Il avait connu des situations plus confortables. Vraiment.

Le bruit feutré des pas se rapprocha. Au bout de quelques secondes, George put affirmer sans hésitation la présence d'au moins un homme. Celui-ci semblait s'être précipité vers ses compagnons, mais sans bruit, sur ses gardes. Était-il au courant de sa présence ? Stobbart espérait bien que non.

Quelques mots indistincts furent échangés rapidement à voix basse. Rectification : ils étaient au moins deux. Puis le silence. Pendant deux longues minutes, Stobbart n'entendit rien, juste le frottement de vêtements qui bougeaient. Puis plus rien.

La tension du commandant monta encore d'un cran. Son cœur s'emballa et sa respiration se fit plus saccadée. Chaque bouffée d'air était plus difficile que la précédente, la poussière l'asphyxiait. Le policier serra les poings, agrippant la crosse moite de son arme pour contenir le tremblement de ses mains. Mais qu'est-ce que faisait Nicole, bon sang ?! Qu'est-ce qu'il lui avait fait pour qu'elle préfère le retrouver à l'état de cadavre ? Terré comme un rat pris au piège dans son propre trou. Stobbart se rendit compte qu'il était sur le point de céder à la terreur. Sa blessure au crâne le rendait fou. Où étaient-ils maintenant ? Il ne les entendait plus ! Il ne supportait plus cette attente ! Il allait sortir ! En finir une bonne fois pour toutes !

Des gouttes de sueur lui piquèrent les yeux. Une douleur pointue le piqua au bout du doigt. Il appuya machinalement dessus. La douleur revint, à peine perceptible, noyée dans celle qui baignait son crâne. Pourquoi avait-il mal là ? Il appuya encore. La douleur revint, le ramenant doucement à la raison. Il caressa l'endroit sensible et sentit son ongle se retourner. George étouffa un juron de justesse. En serrant trop fort la crosse de son arme, l'ongle s'était brisé. Il venait d'achever le travail. À sa décharge, cela avait eu le mérite de lui ramener quelque raison.

Hébété, Stobbart reprit lentement ses esprits. Il souffla doucement et s'astreignit à une totale immobilité. Sa souffrance se calma. Sa gorge le piquait encore, mais il n'avait plus cette sensation d'étouffer. À présent, il n'entendait plus rien dans l'appartement. Pas de bruit, pas de papier froissé par une chaussure. Un silence absolu. Étaient-ils toujours là ? Stobbart n'osait s'en assurer. Il était pour ainsi dire seul, et le seul qui aurait pu l'aider était un dément qui agissait comme un électron libre. Au loin, un insecte vrombit.

George tendit l'oreille. L'insecte se rapprochait. Quand il reconnut le bruit, il en aurait pleuré de joie. Le gros insecte s'était transformé en sirène de police. Nico arrivait comme les carabiniers, mais elle arrivait.

À bout de forces, le policier resta coi dans sa cachette, même quand il entendit la sirène sous la fenêtre. Un rapide coup d'œil hors de son abri l'avait toutefois rassuré : il était seul. Et certainement depuis un bon moment déjà. Il tenta de s'extirper hors de son matelas et retomba sur son séant. Il se sentait faible. Tout son corps se mit à trembler. Toutes les tensions accumulées se relâchaient dans un tremblement irrépressible. Stobbart entendit des pas précipités dans les escaliers. Un mouvement sur sa droite.

George tourna la tête, son arme toujours à la main, pendant au bout de son bras fatigué. Dans un interstice de sa cachette improvisée, il vit Cloud pousser légèrement une porte de son armoire. Tout à son soulagement, le policier l'avait presque oublié. Leurs yeux se croisèrent. Le regard glacé qu'avait tout à l'heure arboré le garçon avait disparu et avait fait place à une volonté de fer.

« Sois tranquille… »

Le commandant avait employé son ton le plus apaisant. Il devait le retenir encore une toute petite minute. Lui était incapable de faire le moindre geste. De toute façon, il n'était pas de taille. Le jeune homme aux cheveux blancs était sur ses gardes. Il n'était pas sourd, et il paraissait savoir ce que signifiaient les sirènes.

« Calme-toi… Nous ne te voulons aucun mal… »

Cloud ne bougeait pas. Il était calme. Trop calme.

« Je suis là pour t'aider… »

Nico entra dans la pièce comme un ouragan.

*

La lieutenante lâcha une bordée de jurons à faire rougir le plus endurci des marins. Elle appuya frénétiquement sur son klaxon, ajoutant un peu plus à la cacophonie ambiante. Son gyrophare bleu avait beau briller de mille feux et sa sirène hurler à en déchirer les tympans d'un sourd, c'était peine perdue. Le carrefour était totalement encombré. Pourquoi avait-il fallu que son chef l'appelle alors qu'elle était bloquée dans un accident de circulation ? La grippe avait beau avoir réduit de moitié la circulation parisienne, la moitié qui restait ne savait pas conduire.

Depuis l'accident sur l'autoroute et cet appel urgent de son commandant, Nico avait l'impression que sa journée ne finirait jamais. Les pompiers l'avaient gentiment ramenée jusqu'à Alfortville et étaient aussitôt repartis sur une autre intervention. D'Alfortville, elle avait repris la ligne D du RER, direction Paris pour descendre gare de Lyon, et rejoindre à pied l'Institut médico-légal. Après cette journée, le petit quart d'heure de marche l'avait quelque peu détendue. Ne lui restait plus qu'à récupérer sa voiture et rentrer chez elle, rue Jarry, une petite rue dans le dixième arrondissement. Elle venait à peine de sauter dans son véhicule quand son téléphone personnel avait sonné. Aucune envie de décrocher, le répondeur s'en chargerait. Le téléphone s'était tu. Puis avait recommencé.

Comme la sonnerie persistait, elle avait quand même jeté un coup d'œil excédé sur le numéro affiché. George. D'emblée, elle avait su que sa soirée était fichue. L'échange dura à peine une minute. Dès qu'elle eût raccroché, Nico avait sorti son gyrophare et violemment enfoncé la pédale d'accélérateur. La voiture avait bondi en avant.

Trente secondes plus tard, la jeune femme crut qu'elle allait piquer une crise de nerfs. Cinq cents mètres plus loin, elle s'était retrouvée dans un bouchon, causé par un accident un peu plus loin. Le couloir de bus dans lequel elle s'était engagée était lui aussi bloqué. Elle martelait nerveusement son volant, écrasait son klaxon, jurait, mais sa progression était des plus lentes, l'heure de pointe n'arrangeant absolument rien. Elle avait beau forcer le passage, son statut de flic était impuissant face à ce genre de problème.

Elle en profita néanmoins pour appeler le commissaire Blanc et le mit rapidement au courant de la situation. Celui-ci lui intima de se rendre sur place sans tarder, tandis que lui-même s'employait à contacter le commissariat du dix-huitième arrondissement. Collard pria pour que ce dernier prenne rapidement les choses en main : cette affaire sentait le roussi et son chef allait sacrément s'y brûler. Le bus devant elle lui céda finalement la place. Elle s'y faufila en vitesse, dépassa le point de blocage seulement au bout de dix minutes à grand renfort d'alarme stridente et grâce aux collègues de la circulation, pour enfin se précipiter dans une rue adjacente. Bloquée également. Elle dut encore patienter que les automobilistes veuillent bien se pousser avec une lenteur désespérante avant de pouvoir foncer.

Les minutes s'égrenaient sans faiblir. Toute sirène hurlante, elle se précipita vers la Bastille pour ensuite s'engouffrer sur le boulevard Beaumarchais, s'appliquant à remonter du plus vite qu'elle pouvait vers le nord de

Paris. Devant elle défila une galerie de monuments parisiens : la statue de la place de la République (encore elle !), la porte Saint-Denis, le cinéma le Grand Rex ; puis plus haut encore le Moulin Rouge, toujours embouteillé. Elle faillit renverser un piéton guère pressé de traverser, tourna rue Lepic et atteignit enfin la rue Poulbot, numéro deux. Juste devant elle, deux voitures de police la précédaient de peu. Ils n'avaient pas été mieux lotis qu'elle.

Elle pila sur les pavés, laissant une jolie trace de gomme sur la pierre, manquant d'emboutir la propre voiture de son chef. La jeune femme sortit en trombe de son véhicule et se précipita dans l'immeuble, imitée par les policiers. Elle eut juste le temps de brandir son insigne dans leur direction :

« Vite, il y a un officier en danger !

– On vous suit ! »

Nico prit la tête du petit groupe et fonça sur la petite porte marron donnant sur la rue. Ils furent accueillis par une gardienne d'immeuble affolée, aussitôt renvoyée dans sa loge après avoir donné les informations strictement nécessaires. Nicole avait déjà sorti son arme, une balle engagée dans la chambre, la sécurité enlevée. Le pistolet pesait lourd dans sa main. Le contact froid du métal était rassurant. Glaçant aussi.

Ses trois nouveaux coéquipiers l'avaient rejointe. Ils la suivirent sans un mot, décidés. S'attaquer à un des leurs était la meilleure des motivations. Le groupe monta rapidement les marches, sans traîner.

Nico essuya sa main gauche sur son pantalon : la sueur coulait, l'empêchant d'assurer sa prise. Déjà le quatrième étage. La jeune femme se sentait étrangement calme, assurée. Elle progressait rapidement, mais prudemment. Normalement, elle aurait dû ressentir une certaine excitation, de la peur. Mais rien de tout ça. Juste une froide détermination. Ils atteignirent le dernier palier. La porte était ouverte.

Sans une once d'hésitation, Nicole s'engouffra dans l'appartement, balayant de son arme tout l'espace devant elle. Les policiers la suivirent comme un seul homme. La cuisine. Néant. Elle progressa à petits rapides, arriva à la pièce principale. Et se retint de pousser un cri.

Dans la grande pièce commune, trois cadavres désarticulés encombraient le sol. L'odeur âcre du sang la prit à la gorge. Son assurance commença à s'effilocher, tandis que tous les pores de sa peau relâchèrent une sueur froide qui la glaça jusqu'aux os. L'arme dans sa main trembla. Nico dut faire un effort pour contenir son désarroi. Derrière elle, les pas avaient ralenti : les collègues découvraient à leur tour le spectacle.

La lieutenante s'aperçut avec soulagement que son commandant ne figurait pas parmi les victimes. Mais le reste de la pièce était vide. *Mais où donc était passé George ?* Elle remarqua l'armoire. Quelque chose clochait. Tout son contenu était par terre. Or, une porte était fermée. Elle fit un signe impérieux aux deux policiers, désignant la garde-robe. Ils la mirent en joue.

« George ? »

Sa voix résonna étrangement dans l'appartement vide.

« Pas trop tôt ! »

La voix résonna, bougonne et reconnaissable entre mille. Nico crut qu'elle allait se mettre à pleurer. L'étau autour de sa poitrine se desserra. Le matelas bougea. Elle rangea son arme dans son étui et se précipita vers la literie, secondée des trois hommes. Elle vit le haut d'un crâne émerger.

« Nico… Attention…

– Le matelas, vite ! »

Ce dernier fut rapidement dégagé et les policiers découvrirent un Stobbart prostré, au teint cireux. Il respirait avec difficulté. Nico s'agenouilla à côté de lui et vit sa chemise ensanglantée.

« Patron, que vous… ! »

Stobbart la coupa net, presque véhément si son état l'avait permis :

« Derrière… Dans l'armoire… »

Une quinte de toux l'interrompit. Nico se tourna vers le meuble et eut un hoquet de surprise, les policiers un mouvement de recul : le jeune homme aux cheveux blancs se tenait derrière eux et les regardait fixement, le regard vide.

*

« Aigle, souviens-toi de notre credo…
Garde ta lame de l'innocent.
Vois sans être vu.
Et protège notre ordre sacré de tous dangers.
Va. Accomplis ta mission. Et fuis. »
L'Aigle s'élança.

*

Nico fut prise de court. Le jeune homme aux cheveux blancs avait bondi sans crier gare. Il évita adroitement les trois autres policiers qui lui barraient la route avec une cabriole sur le mur qui les laissa pantois et désorientés, avant de se précipiter vers la fenêtre entrouverte de l'appartement. Au loin, les clochetons, dôme et campanile du Sacré-Cœur semblaient vouloir l'accueillir à bras ouverts. Collard hurla :

« NON ! »

Elle se redressa pour se lancer à sa poursuite, mais se sentit soudainement accrochée par son manteau. Elle tira dessus pour se dégager. La poigne ne céda pas. Elle baissa les yeux et se rendit compte que c'était son propre chef qui la retenait. Quand elle releva la tête, Cloud avait disparu par la fenêtre béante.

« Laisse-le, articula-t-il péniblement. Tu ne pourrais rien contre lui…

– Patron…

– J'en prends la responsabilité. Je t'expliquerai… Plus tard… »

Nicole s'arrêta.

« Mais on est au cinquième ! Il va se tuer !

– Étonnement, je ne m'en fais pas trop pour lui.

– Mais… Mais…

– Fais-moi confiance.

– Pas trop le choix, on dirait, se résigna la jeune femme. Par contre, pas question de vous laisser dans cet état. S'il vous plaît ? »

Un des policiers se rapprocha, encore éberlué par la sortie virevoltante de Cloud.

« Dites donc, c'était qui votre gus ? Jamais vu ça…

– Jamais vu non plus quelqu'un sauter du cinquième et disparaître, renchérit le deuxième à la fenêtre. Il s'est littéralement volatilisé !

– On verra plus tard pour lui. Appelez une ambulance, filtrez les accès à l'immeuble et prévenez la concierge qu'il risque d'y avoir du remue-ménage. Je m'occupe du reste.

– OK. Par contre (le policier se tourna vers Stobbart.) C'est votre véhicule en bas, devant le garage ? »

Pendant que George donnait ses clefs pour déplacer sa voiture, Nico rangea son arme et vérifia rapidement le pouls des trois autres hommes. Morts. Elle dégaina son téléphone.

« Commissaire Blanc ? Collard à l'appareil. Je vous appelle pour vous signaler un triple homicide 2 rue Poulbot, Paris 18. Le commandant Stobbart est salement amoché… Une blessure à la tête, mais il est conscient… Dernière chose : le suspect de ce matin, sur l'affaire Braska à la salle d'arcade, il s'est échappé… Oui, je sais qu'il aurait dû être à l'Institut Mantis, mais j'ignore comment il a pu se retrouver là… D'accord. À tout à l'heure, commissaire. »

L'échange avait été succinct. Un moment, Nico crut que le commissaire s'était étranglé, puis évanoui quand elle lui avait égrené les nouvelles une à une. De toute manière, il était déjà en route. Dans les prochaines heures, procureur, légiste, scientifiques, pompes funèbres, le cirque malheureusement habituel allait donner une nouvelle représentation.

Collard regarda son chef. Stobbart respirait doucement, encore choqué par tout ce qui venait de se passer. Déformation professionnelle oblige, la jeune femme ne put s'empêcher de remarquer qu'ils auraient au moins un témoin de premier choix. Examinant le fatras qui l'entourait, la lieutenante aperçut une couverture qui traînait par terre. Elle alla la chercher et la posa délicatement sur son supérieur. Stobbart bougea à peine.

« Merci.

– Reposez-vous un peu… »

Leurs regards se croisèrent. Nicole vit un homme fatigué et abattu. Son teint pâle faisait ressortir les grands cernes noirs sous ses yeux creusés. Ceux-ci brillaient d'une fièvre causée par une journée interminable, le temps trop long passé en voiture, le stress permanent de ces dernières heures, sans compter ce coup à la tête. Le policier faisait preuve d'une résistance admirable, mais il arrivait au bout du rouleau.

Nico se décida de passer un coup de fil. Dix secondes plus tard, elle raccrochait, soulagée. Elle se tourna vers le commandant avec un sourire un peu triste.

« Le docteur Fortesque arrive », le prévint-elle.

Stobbart grimaça.

« On n'a pas fini de l'entendre râler…

– Vous ronchonnez ! Ça va déjà mieux alors !

– Effrontée. Traiter son commandant de la sorte…

– Je prends soin de mon commandant, nuance. Je vous laisse à peine quatre heures tout seul et je vous retrouve en charpie avec trois cadavres sur les bras ! Qu'est-ce qui s'est passé ? Pourquoi le suspect était-il là ? Je croyais que vous l'aviez ramené à Essises !

– Je croyais aussi, soupira George. Très franchement, je n'ai pas tout compris, loin de là… Cette affaire sent de plus en plus mauvais. Tout ce que je peux te dire, c'est que nous ne sommes pas les seuls sur le coup. La théorie du meurtre crapuleux est définitivement caduque…

– Je veux bien croire. Vu le bazar qu'ils ont mis, je suppose qu'ils cherchaient quelque chose. Quelque chose qu'on leur aurait volé ? L'infirmière ? Et ce serait la raison pour laquelle elle a été tuée ? Les types qui ont fait ça vont plutôt vite en besogne…

– Si seulement ce sont les mêmes.

– Certes. En tout cas, ceux-là, qui les a tués ? Le dingue ?

– Non. Enfin, je ne pense pas.

– Comment ça ? »

Nico l'observait avec des yeux ronds.

« Cloud. »

George avait murmuré. Collard n'était pas sûre d'avoir bien entendu.

« Cloud ? C'est quoi ?

– C'est qui. Notre dingue comme tu dis. Le type que je t'ai demandé de laisser filer. Il m'a parlé un peu. En fait, c'est lui qui a étalé les trois types et qui m'a sauvé la mise par la même occasion. Mais je ne crois pas qu'il les ait tués.

– Pourquoi ? »

Stobbart lui dépeignit brièvement la situation jusqu'au triple homicide et lui rapporta les quelques paroles de Cloud. Et de conclure :

« Comme toi, je pense que notre suspect numéro un n'était pas dans son état normal et que les trois autres étaient à la recherche de quelque chose. De quoi ? Ça aussi, je l'ignore.

– Question.

– Oui ?

– Que faisait le suspect ici, alors ?

– Aucune idée. Et je crois que lui-même ne le savait pas. Ce que je me demande surtout, c'est comment est-ce qu'il a fait pour atterrir ici.

– Je crois que j'ai ma petite idée. En venant ici, j'ai vu votre voiture avec une portière ouverte…

– Avec une… ? (Stobbart la regarda d'un air incrédule.)

– Oui. Et la plage arrière de votre voiture était en morceaux sur le trottoir.

– Nom de D… ! Il a fait le voyage dans le coffre ! »

L'information l'assomma aussi sûrement qu'un second coup de matraque. Apprendre qu'il avait roulé plus d'une heure trente avec un meurtrier dans le coffre lui coupa la chique. Il respira à fond, digérant la nouvelle. Le tremblement de ses mains qui s'était calmé faillit reprendre. À l'arrière de sa tête, sa blessure pulsait sourdement.

Les trois policiers avaient gardé le silence, chacun assimilant les informations du commandant. Un détail turlupinait Nico.

« Notre doux dingue, vous m'avez dit qu'il vous avait sauvé la vie. Qu'est-ce que vous entendez précisément par là ? À l'Hôtel-Dieu, c'était tout juste s'il arrivait à marcher…

– Les gars par terre ont été les premiers surpris, tu peux me croire… »

Stobbart resta songeur, puis réalisa :

« Au fait, tu parles bien japonais, non ?

– Oui, tout à fait. Vous savez bien que ma mère est japonaise. Pourquoi ?

– C'est vrai. Alors, as-tu une idée de ce que signifie… (Stobbart fouilla dans sa mémoire avant de prononcer laborieusement) *doushéanatawouakinano*. En admettant que ce soit du japonais, bien sûr.

– On dirait surtout de la soupe. *Doushite Anatawa kienaino* ?

– C'est ça !

– On pourrait traduire ça par : « Pourquoi est-ce que tu ne disparais pas ? »

– Ah, OK. Et *Akumano Haiboku* ?

– L'accent est déjà meilleur, sourit la jeune femme. Ça veut dire : « Démon vaincu ». Il a dit ça pendant les combats ?

– Pas tout à fait. Avant et après pour être précis. »

George était pensif. Durant la garde à vue, le jeune homme avait été incapable de prononcer un mot. Son "nom" était la seule exception. Et voilà qu'une des seules fois où il ouvrait la bouche, il se mettait à parler japonais !

Nicole s'approcha des corps encore tièdes. Et dire que quelques minutes auparavant, ceux-ci respiraient le même air qu'elle… C'était presque plus effrayant que de voir un cadavre en décomposition. Elle repoussa cette pensée angoissante et s'attacha à examiner les victimes.

Les trois hommes avaient été dans la force de l'âge, *a priori* en bonne santé. Leur musculature bien dessinée laissait entrevoir une bonne forme physique, régulièrement entretenue. Ils devaient avoir pas loin de la trentaine, en moyenne. Mais ce qui frappa surtout Collard, c'était leur état. Elle aurait juré qu'un ouragan était passé parmi eux, les réduisant en capilotade : les faces étaient tuméfiées ; l'un avait une pommette éclatée, l'autre la mâchoire cassée ; les lèvres étaient fendues ; et sur les bras, les T-shirts manches longues étaient déchirés, révélant entailles et hématomes, larges et allongés. Certains de leurs membres présentaient un angle bizarre par rapport au reste du corps, accentuant encore cette image de pantin désarticulé et grimaçant qu'on voyait dans ces films d'horreur qu'Hal adorait tant.

Détail intéressant, les blessures – sinon handicapantes – ne paraissaient pas mortelles. Mais cela, le légiste le dirait plus sûrement qu'elle. Ils avaient surtout subi une grêle de coups d'une rare violence. Nicole s'accroupit. Les yeux sans vie la fixaient, indifférents. Elle n'en revenait toujours pas.

« Et il les a battus tout seul… »

Pour un peu, elle aurait sifflé d'admiration.

« Pourquoi ? »

La question lui trottait dans la tête.

« Pour les empêcher de parler. »

Elle se tourna vers son supérieur et s'aperçut qu'elle avait parlé à voix haute. Son commandant n'avait pas bougé d'un pouce, dodelinant de la tête. George sombrait lentement dans une torpeur qui l'emmenait progressivement vers une douce tranquillité. Mais la voix de Nicole avait vogué jusqu'à lui, à peine perceptible. Il s'était efforcé de revenir à la surface. Sa vue s'éclaircit et il put même distinguer la silhouette floue de la jeune femme. Sa voix gronda, amplifiée par sa cage thoracique qui faisait caisse de résonance, et fit aussi vibrer sa blessure, lui arrachant une grimace :

« Enfin, je suppose…

– Doucement, doucement, s'inquiéta Nico. Vous êtes blessé. Vous croyiez qu'ils en avaient après ce… Cloud ?

– Possible : il s'est caché dans l'armoire. Il devait les fuir… »

Nico dressa l'oreille. On montait dans les escaliers. Enfin !

« Les collègues arrivent. »

Elle ne s'était pas trompée.

« Georgie ! »

Le bien nommé fit un effort pour accommoder sa vue. Il n'y avait qu'une personne au monde après sa mère et Jacques pour l'appeler comme ça. Le docteur Fortesque fit son apparition sur le seuil de la cuisine. Il avait sa mallette à la main et regardait la pièce principale d'un air ennuyé.

« Eh bien ! Tu as peur que je me retrouve au chômage ? »

Contournant les corps, le légiste s'avança vers son ami. Son œil acéré avait déjà repéré les traces de sang sur le col.

« Dans quel pétrin t'es-tu encore fourré ? grogna Daniel. Allez, fais-moi voir ça ! Pardon, jeune demoiselle… »

Nicole s'écarta pour céder la place au médecin, qui s'empara de l'espace avec autorité. Sans un mot, George se laissa docilement faire. Nico eut un sourire en coin. Voir son supérieur traité comme un enfant était un spectacle rarissime. Elle nota qu'il n'avait même pas essayé de protester. Le docteur Fortesque s'avérait vraiment redoutable. Avec fermeté mais douceur, celui-ci se prépara à panser la plaie de son ami, sortant de sa mallette un pulvérisateur empli de désinfectant. Le légiste émit un long sifflement.

« Bigre ! Celui qui t'a fait ça ne t'a pas raté ! Une belle entaille et, vu ton teint pâlot, je dirais aussi une légère commotion.

– Je suis ravi de l'apprendre, figure-toi. Aïe ! C'est pas le boulot de l'ambulancier, ça ? gémit faussement le commandant.

– Ils ne sont pas encore arrivés. Pourquoi ? Tu n'as pas confiance ?

– Je dois vraiment répondre ? »

Fortesque l'ignora superbement, cherchant une aiguille neuve dans son attaché-case.

« Bon, il faut que je suture. On va dire huit points, c'est ton jour de chance.

– Je ne t'en demandais pas tant, maugréa George. Occupe-toi plutôt de ceux qui m'ont fait ça.

– Les morts peuvent attendre deux minutes. Et c'est bien là la différence avec les vivants : plus rien ne les presse ! Pas vrai, jeune demoiselle ?

– Nico, si tu réponds, je te mets aux archives. »

Collard se mordit les lèvres pour ne pas rire. Et s'abstint de répondre. Le spectacle valait son pesant d'or.

« Aïe !

– Douillet, va ! Raconte-moi ce qu'il s'est passé au lieu de te plaindre. Ils sont morts il y a moins d'une heure, je me trompe ?

– Non. »

En quelques mots, George relata les derniers évènements, non sans grimacer sous les piqûres d'aiguille. Fortesque ne l'interrompit pas une fois, pendant que Nico admirait sa dextérité à l'œuvre. Les deux hommes achevèrent leurs tâches respectives en même temps.

« Tu garderas les sutures dix jours, et tu iras voir ton généraliste pour les enlever. Évite de les craquer, tu sais combien je suis susceptible…

– Tu veux dire hargneux, le taquina Stobbart.

– C'est la poêle qui se moque du chaudron, répliqua Fortesque avec un clin d'œil. Bon, voyons nos clients, maintenant…

– Vous ne mettez pas le patron au repos ? » s'inquiéta Nicole.

Le légiste eut un rire joyeux.

« Personnellement, jeune demoiselle, je n'y vois aucun inconvénient. Mais si, moi, je suis susceptible, votre chef, c'est une vraie bourrique !

– Effectivement, concéda la jeune femme.

– Nicole ! la réprimanda Stobbart en essayant de se lever. Pas besoin de tes commentaires ! »

L'interpellée l'ignora totalement. Le policier parvint à se relever, vacilla et s'appuya contre le mur. Finalement, Collard se précipita vers lui pour l'aider. George secoua la tête. Fortesque vit la scène du coin de l'œil.

« J'avais oublié de préciser : et terriblement fier ! lança-t-il amusé.

– Tu ne devais pas venir pour du boulot par hasard ?

– M'en parle pas : aujourd'hui, tu as été mon meilleur fournisseur… »

Le médecin enfila toute sa tenue, des gants en latex, et se couvrit la tête d'une charlotte, puis entreprit d'examiner les corps sans les toucher. Il ne devait pas contaminer la scène avant l'arrivée des photographes de l'Identité judiciaire, qui seraient d'ailleurs là d'une minute à l'autre. Pour l'instant, l'observation externe des cadavres était tout à fait suffisante.

« Ces traces sur les avant-bras... Ton ange gardien s'est défendu avec ça ? »
Il désigna les morceaux brisés de feu le balai de la gardienne, à côté des corps.

« Oui. Il en avait un dans chaque main.

– Si à trois contre un, il a réussi à leur faire autant de marques, ça devait
être une vraie tornade. »
Daniel se redressa.

« Pas grand-chose à dire pour le moment, tu as déjà vu toute la bagarre. À
l'examen externe, des dégâts mais pas de blessure semblant avoir provoqué
la mort. Les radios ne seront pas du luxe. Après, il faudra attendre les examens
internes et complémentaires pour avoir plus de détails.

– Pourquoi cette réserve ? releva Nico confortée dans ses premières observations.

– En considérant le travail accompli par votre fugitif – le docteur Fortesque
désigna les diverses lésions sur les corps –, je veux juste m'assurer du premier
outil utilisé par notre dame la Parque. Dans le cas contraire, on devra se re-
trousser les manches pour comprendre les causes réelles. »
Nicole ne pipa mot. Le médecin avait le verbe haut, mais elle dut reconnaître
la justesse du raisonnement.

« Et si j'en juge par les ahans dans l'escalier, les collègues de l'IJ vont arriver
d'une seconde à l'autre. »
Fortesque se trompait. Les ambulanciers arrivèrent en premier et eurent l'interdiction d'entrer : l'appartement, placé sous scellés, était devenu zone de
non-droit pour les membres étrangers à la police. Stobbart se déplaça bon an
mal an, prenant le temps de ramasser son portefeuille toujours à la vue de
tous, et refusa l'aide offerte des secouristes pour descendre les escaliers.
Comme Daniel l'avait souligné, il avait sa fierté.

Lorsque le commandant eût été évacué, les hommes en combinaison
blanche de l'Identité judiciaire investirent les lieux à leur tour. Le teint un peu
rouge, les bras chargés de leur matériel, ils saluèrent les deux policiers qui
sortaient, puis Fortesque resté sur place. Ils s'étonnèrent de sa présence aussi
tôt sur les lieux, mais ne firent aucune remarque. Apparemment, le légiste
s'était déjà taillé en quelques semaines une solide réputation, tant de caustique
que de professionnel.

La police technique commença son lent ballet, travaillant à circons-
crire les lieux, mesurer, photographier, relever les empreintes, puis répertorier
tous les indices et éléments de la pièce. L'ordinateur et les clefs USB trouvés
furent placés sous scellés pour être analysés en laboratoire. Les photos terminées, le légiste put examiner les corps et conclure à ses premières observations
in situ. Il n'apprit rien de plus et déserta les lieux après avoir fait son rapport
au commissaire Blanc.

Jacques, quant à lui, était arrivé une demi-heure plus tôt. En grande
discussion avec la gardienne effrayée, il n'aperçut pas tout de suite Stobbart
et Collard arriver au rez-de-chaussée. À côté de lui, le procédurier d'un autre

groupe – un des rares vaillants qui n'avait pas succombé à la maladie – prenait fébrilement des notes tout en observant les moindres recoins alentour. Dès que le commissaire principal vit ses subordonnés, il eut du mal à cacher sa stupéfaction en voyant l'état de son ami. Il donna une tape sur l'épaule du procédurier et lui fit signe de continuer seul.

D'un geste, il invita les deux flics à l'extérieur, devant l'immeuble où patientait l'ambulance. La rue était à présent encombrée de véhicules et les badauds s'attroupaient pour tenter de comprendre la raison de toute cette agitation.

Ce fut avec soulagement que Nico retrouva la turbulence de la rue. Le silence oppressant des cadavres avait certes l'avantage de la tranquillité, mais le klaxon des voitures et le brouhaha des voix apportaient un témoignage de vie qu'elle trouvait – en ces circonstances – presque rafraîchissant. Son supérieur direct grogna. Le bourdonnement de la ville restait pour George une cacophonie qui ne faisait qu'empirer son mal de tête.

Blanc s'en rendit compte et, soutenant son ami, se dirigea droit vers le véhicule sanitaire, fermant gentiment, mais fermement la porte arrière de l'ambulance au nez des ambulanciers : « Cinq minutes et je vous le rends ! » Stobbart fut étendu d'autorité sur le brancard et n'essaya même pas de protester en voyant l'air harassé et contrarié de Jacques.

« Bon, George, attaqua d'emblée le commissaire, je ne sais pas s'il faut que je te félicite ou que je t'engueule. Laisse-moi d'abord t'engueuler : cinq cadavres de plus depuis ce matin, bordel ! Cinq ! On dirait que t'as peur que le fossoyeur de Paris se retrouve au Pôle Emploi ! Et je ne te parle pas des disparitions inexpliquées !

– Quelles disparitions ? releva le commandant, en essayant d'ignorer le tocsin qui sonnait à toute volée dans son crâne.

– Deux agents hospitaliers ont disparu après ton départ, et rien de moins qu'à l'Institut Mantis ! Le Procureur est foutrement en rogne et je me suis tellement fait remonter les bretelles que j'en ai encore mal au fondement !

– Pour les deux disparitions, je l'ignorais. Par contre, j'ai quelques hypothèses…

– Au diable tes hypothèses ! La prochaine fois, assure-toi au moins de faire ça n'importe où ailleurs que dans cette foutue maison de santé ! Sinon…

– Sinon quoi ? grogna George, la tête laminée par la migraine.

– Sinon, bon boulot. C'est pas de gaieté de cœur que je me voie vous retirer l'affaire, soupira Jacques, avant de poursuivre en baissant d'un ton. Je vais essayer de faire traîner les choses : Nicole, vous continuerez demain avec l'informaticien, Hal Emmerich, pendant que les pistes sont encore fraîches ; je ne veux pas gâcher tout le travail que vous avez fait. George, tu prends la semaine et tu discutes pas.

– Mais…

– Vu ton état, on dirait que tu sors des tranchées, donc repos. »
Stobbart avait trop mal pour discuter.

« Et maintenant ? On peut y aller ?

– Tu fais un saut à l'Hôtel-Dieu pour te faire examiner…

– Daniel m'a déjà regardé et recousu.

– Tu auras gagné du temps. Le toubib te fera un bilan complet et tu rentreras.

– OK, chef. Et pour le suspect ?

– Un des collègues qui accompagnait Nicole m'en a touché un mot. Il était encore sous le choc. J'ai alerté la Salle d'information et de commandement pour les caméras : un jeune homme aux cheveux blancs et en pyjama vert, il ne doit pas y en avoir des mille et des cents à courir dans Paris, quand même… »

Jacques rouvrit la porte de l'ambulance. Dehors, l'agitation était toujours la même. La nuit était assaillie de toutes parts par des phares blancs, des gyrophares bleus et des lampadaires orangés, qui la repousseraient encore pour deux ou trois heures.

« Fichez le camp maintenant, vous en avez fait assez pour aujourd'hui. »

Il se tourna vers les secouristes.

« C'est bon, j'en ai fini. Prenez-en soin, j'en ai encore besoin ! »

Le commissaire Blanc disparut dans la cohue. Un des ambulanciers s'avança pour refermer la porte.

« Attendez, fit Stobbart. Vous savez faire un bandage ? »

Dix minutes plus tard, George repartait dans la voiture de Nico. Le commandant n'avait nullement l'intention d'aller voir le médecin, juste une profonde envie de se coucher.

« Merci Nico, je te revaudrais ça.

– Pas de quoi, sourit la jeune femme d'un ton fatigué. On est tous dans la même galère… »

Ça, c'était bien vrai. Le suspect courrait toujours, mais eux au moins, ils rentraient enfin prendre un peu de repos chez eux.

Chapitre XXV

Esquivant avec une facilité déconcertante ceux qui étaient destinés à le retenir, l'Aigle évita la main qui voulait l'attraper et plongea. L'oiseau qui volait devant la fenêtre eut un hoquet de surprise et s'enfuit sans demander son reste : un diable blanc venait subitement de surgir devant lui. L'Aigle exécuta une rotation sur lui-même, trouva la prise qu'il cherchait et, utilisant la force d'inertie, imprima une torsion à son corps. D'un mouvement fluide et parfaitement maîtrisé, il se coula par la fenêtre du niveau inférieur. L'action se déroula sans un bruit, dura un battement de cœur. L'Aigle atterrit en silence, amortissant sa chute d'une roulade. Il se retrouva instantanément sur ses jambes et quitta les lieux.

Le jeune garçon qui se trouvait dans la chambre tourna la tête. Et fronça les sourcils. Curieux : il aurait juré sentir un courant d'air. Il se leva, ferma la fenêtre donnant sur le balcon, et se remit devant l'ordinateur : il ne lui restait plus qu'une vie et il devait encore battre ce personnage d'obscurité, drapé dans sa cape bleu nuit et dont le large chapeau bordé de grelots lui couvrait le visage. La partie s'annonçait difficile et son héros sans bras ni jambes aussi tremblait de peur : il n'avait que ses poings extensibles pour le protéger…

Toujours courant, l'Aigle traversa la maison en faisant à peine plus de bruit qu'un léger souffle. Il n'avait pas peur. Tout était clair devant lui. Juste une course. Un but. S'échapper. Il atteignit l'entrée.

Le pas léger d'une femme résonna dans la cuisine, accompagné d'une musique aux notes électroniques.

L'Aigle se faufila dans la porte d'entrée et se volatilisa.

La porte claqua.

« Bonsoir chéri ! »

Un simple courant d'air lui répondit.

*

L'Aigle jaillit dehors. Dans la nuit tombante, la lumière du soir jetait une triste clarté sur les murs sombres. Il vit un garde s'agiter en le voyant. La fuite. Il se précipita vers une artère un peu plus fréquentée. Son pas touchait à peine le sol. L'adrénaline lui fouettait les sens, mais l'Aigle gardait la tête froide, analysant, triant calmement les informations que son regard captait. Derrière lui, les pas haletants de son poursuivant résonnaient sur le sol. C'était peine perdue. Il le sèmerait, le perdrait. Parce qu'il avait atteint ce qu'il cherchait : la grand'rue. Et la foule. Cette foule qu'il dompterait pour la faire sienne, qu'il revêtirait à la manière d'un confortable manteau.

L'Aigle courut encore une dizaine de mètres et se mêla à la foule compacte, ralentissant le pas pour se fondre dans la masse vivante. Il éprouva ses formes, s'en enveloppa et se mit à onduler en elle comme un courant marin au milieu des rochers, insaisissable. Il se mouvait avec la grâce d'une danseuse, évitant les écueils qui fleurissaient devant lui, autour de lui. Un passage souterrain se profila devant lui. Les cris de son poursuivant s'affaiblissaient au fur et à mesure qu'il progressait. L'Aigle s'engouffra dans le souterrain. La foule était toujours là, mouvante. Les cris se turent. L'Aigle s'envola pour de bon.

Chapitre XXVI

« "Succès fulgurant". "Clinicien hors pair". Les qualificatifs ne manquent pas pour désigner le triomphe et le nouvel espoir contre le grand mal vidéo-ludique. Entretiens, colloques, plateaux TV, journaux, animation de séminaires dans le monde entier, publication de nombreux ouvrages sur le sujet, depuis la guérison de Jean-François Moreau, fils du Président de la République, que certains n'hésitent plus à qualifier de miracle, le Professeur Mantis est passé, à l'âge de trente-deux ans, du statut de référence française à celui de sommité internationale.

Celui-ci s'avère être en outre un redoutable homme d'affaires et aux nombreux engagements philanthropiques, mettant à profit sa nouvelle notoriété pour lancer de grandes campagnes de dons, négociant de mirobolants contrats avec les entreprises vidéoludiques, avec, en ligne de mire, la prévention et la sensibilisation des publics face à l'addiction vidéoludique. Si certains lui reprochent de se marier avec le diable, le Professeur Mantis se contente de poursuivre la ligne qu'il s'est fixée avec un succès qui ne s'arrêtera pas là. En effet, le clinicien a décidé de se lancer dans une carrière politique […]. »

Article paru dans *Vivre notre France,* « Le jeu vidéo : une capitale de l'Enfer sur le point de tomber ? », 31 octobre 1996.

Chapitre XXVII

Jeudi, 23 h 10

Monsieur Godot passa nerveusement la main dans ses longues mèches blanches déjà parfaitement arrangées. Il arpentait son grand bureau du palais de Justice depuis vingt bonnes minutes, jetant de temps à autre des regards nerveux à son reflet dans l'immense fenêtre, qui donnait sur les terrasses arborées du bâtiment inférieur et, plus loin, du parc Martin Luther King. Sa pâle représentation lui renvoyait l'image d'un homme inquiet. La lumière brilla intensément sur son front. Le Procureur esquissa une grimace, sortit un mouchoir en tissu de sa poche et fit la moue. Il était déjà diablement humide. Tant pis, il n'avait plus temps de le faire sécher sur le radiateur. Pourquoi était-il donc si nerveux ? Il ne recevait qu'un préfet. Il avait déjà côtoyé un ministre de l'Économie, qu'il s'était même permis d'envoyer sur les roses. Cela avait failli lui coûter son poste, mais même pour ça, cet imbécile s'était montré incompétent. Alors un préfet ? Peut-être était-ce parce qu'il avait pour nom Mantis.

Godot voulut se rassurer : il se reversa une tasse de café. Vingt-trois heures passées et encore au café. Aujourd'hui, il avait largement dépassé sa dose quotidienne. Il était vraiment nerveux. Mantis. Le Procureur eut un frisson. Oui, ça devait être pour ça. Un homme hors du commun. Et pourtant, il n'était pas homme à se laisser impressionner. Ce serait la cinquième ou sixième fois qu'ils se rencontreraient, bien que les premières fois il s'était plus souvent agi de réunions. Là, le face-à-face risquerait d'être bouillant. En l'attendant, il ne put s'empêcher de sourire au souvenir de leur première rencontre, il y avait une quinzaine d'années de cela.

Cette rencontre s'était déroulée lors d'une réception donnée pour des œuvres de charité. Outre des artistes en tout genre, plusieurs personnalités politiques avaient fait le déplacement, non pas par altruisme et bonté d'âme, mais pour passer des accords en dessous de table entre partis qui n'avaient que le nom de "politiques", et des chefs d'entreprises ou autres groupes de pression qui défendaient les intérêts de tous, mais surtout les leurs. L'unique point de mire de ce beau monde étant bien évidemment les élections présidentielles à la fin du mois.

Monsieur Godot avait été invité par son chef de l'époque, un procureur dont il avait oublié le nom et qui était peu regardant sur la qualité du monde pourvu qu'il mangeât bien. Son décès provoqué par une occlusion intestinale était survenu deux jours plus tard. Godot était alors avocat à la Cour, une étoile montante du barreau parisien.

C'était au détour d'une conversation ennuyeuse et irréaliste avec un nanti de l'ENA – le futur ministre de l'Économie en fait – qu'il avait entendu parler de Mantis. À la différence de beaucoup de ses collègues, l'avocat Godot était peu friand de ce genre de mondanités et Mantis n'était alors pour lui qu'un nom vague, une référence en psychologie s'il se rappelait bien. Pendant que l'imbécile – ivre, bien sûr – l'abreuvait de théories fumeuses et sigles aux significations obscures, il entendit à quelques pas de lui une voix chaude, vibrante, portée par des sonorités graves qui imprégnaient littéralement l'atmosphère. D'un coup, le futur procureur avait arrêté d'écouter son interlocuteur soporifique. Encore aujourd'hui, Monsieur Godot n'avait plus souvenir du sujet abordé par celui qui était encore à ce moment-là le Professeur Mantis.

Sa voix, chaleureuse, vous arrachait un morceau d'âme. Son rire, profond, résonnait en vous comme un tocsin et vous faisait vibrer de l'intérieur. Godot était littéralement tombé sous le charme. Au bout d'un petit instant qui lui parut un long moment passé sous hypnose, il s'ébroua, s'arrachant à sa contemplation. Il regarda en direction de cette voix, mais ne vit rien d'autre qu'un attroupement de convives qui se pressait autour d'elle. Seul l'autre idiot ne l'avait pas entendu, trop obnubilé à écouter ses propres discours vides de sens. Quelqu'un lui tapota l'épaule.

L'avocat Godot se retourna pour se retrouver nez à nez avec un ami, avocat lui aussi, déjà passablement éméché et avec à son bras une beauté, sûrement un mannequin quelconque croisé au détour du buffet. Une fleur qui serait fanée dans dix ans, et si ce n'était pas par l'âge, par la coke ou la dépression.

« Hé Godot ! Viens par ici, je voudrais te présenter quelqu'un ! »
L'interpellé leva les yeux au ciel. Dans son état, cet ami connaissait absolument tout le monde. Le contraire était rarement vrai. Sans attendre sa réponse, il saisit Godot par le bras pour l'emmener vers Mantis sans se soucier de ce qu'il pouvait penser. Ce que Godot accepta cette fois, partagé entre appréhension pour la nouvelle rencontre et soulagement de quitter la première. Ce que ne manqua pas de remarquer l'énarque, outré de perdre son auditoire :

« Dites tout de zuite que ce que ze vous raconte ne vous intéresse pâââs !

– Exactement. Vous êtes aussi ennuyeux que la pluie. Bonne soirée.

– Monsieur, z' êtes un monstre d'ignorance ! Sachez que l'économie…

– …n'est pas le problème, coupa promptement Godot excédé, mais les prétendus politiciens qui la pratiquent. Si vous voulez vraiment être intéressant et combler le déficit français, faites un métier utile comme comptable. Tout le monde s'en porterait mieux, croyez-moi. Bonsoir. »
Et l'avocat lui tourna le dos. Son ami hilare l'entraîna plus loin, laissant sur place l'importun.

« Sais-tu que tu viens d'envoyer bouler celui qui sera probablement notre futur ministre de l'Économie ?

– Ministre ou prolo, un imbécile est un imbécile, grogna Godot. Ils sont complètement déconnectés de la réalité...

– Et le virtuel est un monde de tous les dangers... »

La voix chaude qu'il avait entendue tout à l'heure plana jusqu'à lui. Son ami parut enchanté. À son bras, la mannequin minauda bêtement.

« Ah, Godot ! Laisse-moi te présenter le Professeur Mantis ! »

À cet instant, le futur procureur prit conscience que son échange houleux n'était pas passé inaperçu. Le cercle autour de Mantis se défit et apparut un homme.

Encore aujourd'hui, quand il se remémorait ce moment, le Procureur Godot restait frappé par cette impression de sérénité et l'aura d'assurance qui émanait du Professeur. Avec lui, une sensation de sécurité naissait dans l'âme, s'épanouissait et vous enveloppait tout entier. Avec lui, on se sentait prêt à affronter le monde entier. Dissimulant son trouble avec peine, Godot avait serré la main que lui tendait le Professeur.

« Godot, avocat à la Cour

– Enchanté. Professeur Mantis. Vous êtes un homme prudent, Monsieur Godot.

– Prudence est mère de sûreté.

– Et philosophe. Vous avez les pieds sur terre. Vous irez loin. »

Le Professeur Mantis sourit.

« Ravi d'avoir fait votre connaissance.

– Moi de même, Professeur. »

Mantis l'avait salué d'un hochement de tête. Puis s'était éloigné, appelé par leur hôte et aussitôt suivi par ses courtisans.

L'entretien n'avait pas duré plus d'un battement de cœur. Et pourtant, en y repensant à présent, celui qui était devenu Procureur de la République avait l'impression d'avoir été marqué au fer rouge pour le restant de ses jours. Le souvenir était mince, les détails nets. Mais curieusement, Godot avait oublié son visage. Le son sans l'image.

Une voix électronique grésilla dans le haut-parleur du vidéophone, le tirant de sa rêverie.

« Monsieur le Procureur ? Monsieur le Préfet de police Mantis. »

Sa tension augmenta sensiblement. Godot s'efforça au calme. Il appuya sur un bouton.

« Faites entrer, je vous prie. Vous pouvez disposer. »

Il marcha jusqu'à la porte de son bureau et ouvrit celle-ci quand les portes de l'ascenseur s'écartaient déjà dans un chuintement. Et IL apparut, un dossier sous le bras.

Le Professeur Mantis était plus grand que dans son souvenir – il est vrai que lui-même atteignait péniblement le mètre soixante-dix. Son allure sportive – épaules carrées, silhouette bien dessinée sous son costume – et sa démarche puissante lui conféraient une présence physique et une prestance presque royale tant se dégageait de lui cette aura rayonnante de tranquille assurance que le Procureur aurait reconnue entre mille. Ses cheveux noirs, grisonnant aux tempes, encadraient des yeux verts qui brillaient comme deux béryls translucides, luisants d'une énergie douce.

La poignée de main échangée, ferme et cordiale, transmettait une chaleur qui mettait en confiance.

« Monsieur le Préfet.

– Monsieur le Procureur. »

La voix de Mantis agit sur l'ancien avocat comme un électrochoc. La voix n'avait pas changé. Profonde, chargée d'une énergie vibrante. Hypnotique.

« Prenez un siège, je vous prie.

– Merci. »

Godot se maudit. Il se sentait gauche, maladroit. Il ne trouvait rien à dire qui soit d'un quelconque intérêt, sinon d'une banalité affligeante. Lui, que sa réputation d'homme de poigne précédait, au franc-parler qui faisait la joie de ses collègues et la peur de ses détracteurs, se voyait déstabilisé par un simple échange de politesses.

« Souhaitez-vous boire quelque chose ? »

Bel effort d'imagination. Le Préfet déclina. Au diable la diplomatie, tourner autour du pot n'était vraiment pas son fort. Godot entra dans le vif du sujet.

« J'ai des nouvelles au sujet de l'enquête concernant le meurtre de cette infirmière. J'ai veillé à ce que la presse reste à l'écart pour le moment : je voulais avoir les mains libres sans être poursuivie par une horde de journalistes. Et surtout avoir votre sentiment sur le sujet…

– C'est très aimable de votre part.

– Non, c'est normal. Mais malheureusement, la situation a évolué depuis hier, trois autres hommes ont été retrouvés morts dans l'appartement de la victime… »

Le Procureur marqua une pause. Le Préfet n'avait pas réagi. Il écoutait attentivement. Godot ne put s'empêcher de remarquer que, même dans ses silences, le Professeur était fascinant. Il restait assis, sans un mot et jambes croisées, rompant par moment le contact visuel pour réfléchir et surtout éviter que son interlocuteur ne se sente observé, mal à l'aise. En outre, Mantis avait pris soin de ne pas s'asseoir face à lui, frontalement, mais présentait au Procureur son profil, l'invitant à discuter, non à entrer en conflit.

L'ancien avocat reprit son récit. Pas une fois le Préfet de police ne l'interrompit, autrement que pour lui demander une ou deux précisions qu'il avait effectivement omis de lui dire. Quand il eut fini, le silence s'installa. Non pas un silence gêné, mais un silence soulagé, consenti. Le Procureur partageait désormais le poids de ses responsabilités et le Préfet l'acceptait. Quand il répondit, la voix chaude de Mantis l'enveloppa de nouveau.

« Je vous remercie de m'avoir personnellement informé de cette enquête. Croyez-moi, je regrette autant que vous ces meurtres, qu'ils aient un lien avec l'Institut ou non. Soyez sûr de mon soutien : que cette pauvre femme travaillât là-bas ne doit pas vous empêcher de faire votre travail. Une seule chose importe : arrêter le meurtrier par tous les moyens avant qu'il ne fasse d'autres victimes. Si vous estimez devoir rendre l'affaire publique, faites-le. Je m'assurerai auprès du Professeur Édison de sa coopération et la mise en œuvre de tous les moyens dont il dispose pour vous aider.

– L'affaire est délicate, mais vous m'ôtez une belle épine du pied.

– Non, c'est juste mon devoir, répondit Mantis l'air grave. Nous devons assurer la sécurité de nos concitoyens.

– Absolument ! approuva vigoureusement Godot. Je vais relancer l'enquête en ce sens. Je vais demander au commissaire Blanc d'affecter une nouvelle équipe à l'enquête et de prendre toutes les dispositions nécessaires pour tirer rapidement cette affaire au clair.

– Une nouvelle équipe ? releva le préfet.

– Oui. Le chef du groupe en charge de l'enquête, George Stobbart, a été blessé. Légère commotion cérébrale et quelques sutures. Il a continué à enquêter malgré le fait que je lui aie notifié la suspension des investigations en attendant de vous voir. Le commissaire principal Blanc m'a dit qu'il avait agi sur son ordre. J'ai du mal à le croire : George Stobbart fait partie des meilleurs éléments de la police, mais sa réputation du Limier le précède.

– "Limier" ?

– Quand il a une piste, il ne la lâche plus. Ce qui m'étonne, c'est qu'il a aussi la réputation de quelqu'un d'intègre, tout à fait scrupuleux des règles. Qu'il ait outrepassé les ordres – *mes* ordres directs, qui plus est –, c'est bien la première fois que j'ai connaissance d'un tel fait venant de sa part.

– Le Limier a senti que la piste était encore chaude : son odorat ne l'a pas trompé…

– À ses dépens aussi malheureusement. Même si le commissaire Blanc m'a avoué ce soir que le commandant avait continué l'enquête sur son ordre. Il faudra que je rediscute de ce point avec lui…

– Ne soyez pas trop dur : ces hommes n'ont fait que leur devoir.

– J'en tiendrai alors compte. Pour ce qui est de la santé du commandant Stobbart, le médecin – enfin, le légiste, le docteur Fortesque – lui a imposé une semaine d'arrêt.

– Bien. Qu'il se repose, nous aurons besoin d'hommes comme lui. Je suppose néanmoins que son équipe avait déjà commencé à investiguer sur les homicides ?

– En effet. Une équipe restreinte, mais efficace je dois dire…

– Laissez-les en place, alors. Je crois savoir que les effectifs sont déjà pour le moins réduits à cause de la grippe. Si vous dites qu'ils sont efficients, autant leur laisser toute latitude sur une investigation dont ils connaissent déjà les grandes ramifications. Et dès qu'il y aura du personnel supplémentaire, celui-ci sera affecté en priorité sur cette affaire.

– Entendu. Je crois sincèrement que vous ne serez pas déçu.

– Je vous remercie avant tout de m'avoir averti. Et ne vous inquiétez pas outre mesure : mon nom sera évoqué tôt ou tard. Il vaut mieux que notre collaboration commence le plus tôt possible pour éviter les médisances et désamorcer les conflits que certains ne manqueront pas d'allumer.

– Certainement. Je vous tiendrai naturellement au courant des évènements.

– Parfait. »

Mantis se leva. L'entrevue était terminée.

« Navré de partir aussi vite, mais j'ai un rendez-vous tardif place Beauvau, s'excusa Mantis.

– Je vous en prie, Monsieur le…

– Laissez tomber le « Monsieur », le coupa le Professeur avec un sourire amusé. Moebius suffira.

– Je vous en prie, Moebius, corrigea aussitôt Godot. Tout le plaisir était pour moi. »

Le Professeur Mantis inclina poliment la tête.

Quelques minutes plus tard, la porte se refermait derrière le Préfet de police. Le Procureur retourna à son bureau et se laissa tomber sur sa chaise. L'entretien lui avait littéralement coupé les jambes. L'émotion sans doute. Il ne pensait pas être un privilégié et Mantis connaissait un grand nombre de personnes, mais Godot sentait quand même pointer un sentiment de fierté dû, non pas au fait d'avoir côtoyé un personnage notable, mais à la reconnaissance que celui-ci lui avait témoignée.

Moebius Mantis était un homme exceptionnel et d'une intelligence rare, il le savait. Ses silences en disaient autant que ses mots, pesés, précis. En lui apportant son soutien, le Préfet approuvait l'enquête, n'ignorant pas que celle-ci conduirait l'équipe de policiers à poser des questions au sein de l'Institut qu'il avait fondé, si ce n'était pas déjà fait. Godot savait que cela avait été une décision difficile à prendre. Pourtant il croyait aussi savoir que Mantis l'avait prise sans hésiter. Les enjeux de sécurité publique étaient trop élevés. Un policier blessé et sept morts dans la même journée, impliquant de près ou de loin un même jeune homme aux cheveux blancs.

Le Procureur devait remonter loin dans ses souvenirs pour retrouver pareille hécatombe. Il soupira. Si le fugitif s'était réellement échappé de l'Institut Mantis, il lui fallait légitimement craindre d'autres morts : les drogués des jeux vidéo finissaient bien souvent en machine à tuer ou en crêpe au pied d'un immeuble quand ils croyaient s'échapper de la réalité… virtuelle. Il en savait quelque chose, il avait suffisamment d'affaires du même acabit sur les bras et étalées sur son bureau.

Godot s'étira. Il était presque minuit. Il était vraiment temps de partir. Il remit un semblant d'ordre dans ses papiers, rassembla ses effets et sortit. La porte claqua derrière lui et la lumière s'éteignit. Un morne silence tomba sur les dossiers en souffrance qui emplissaient la pièce. Un cauchemar perpétuel…

Chapitre XXVIII

Vendredi 2 septembre, 6 h 30

Le réveil sonna. À la sixième sonnerie, une main surgit de l'amoncellement de draps et s'abattit sans douceur sur l'appareil digital. Un grondement étouffé s'échappa du lit, mais la sonnerie s'était arrêtée. Nicole ramena bien vite sa main endolorie sous la couette et soupira. Son premier réveil était à six heures trente. Le second à six heures quarante-cinq. Il lui restait un petit quart d'heure pour remonter le fil de ses souvenirs. Hier soir, elle avait raccompagné Stobbart chez lui et, pour la première fois, fait connaissance de son épouse, Émilie.

*

Quand Madame Stobbart avait vu son mari en si piteux état, Nico avait subitement eu un sérieux doute sur la conduite à tenir en cet instant précis : s'enfuir très vite en courant ou disparaître dans un trou de souris.

Lorsqu'Émilie ouvrit la porte pour accueillir son époux vers vingt-deux heures quinze, rien ne l'avait préparé au choc qui suivit. Voir George sur le pas de la porte en train de tituber comme un ivrogne dans les bras d'une jeune femme l'avait foudroyée. Quand ses yeux se posèrent sur le pansement de sa tête, elle se liquéfia. Nico vit son visage devenir subitement pâle et la policière crut un moment que l'épouse du policier allait défaillir.

Le pansement blanc peinait à trancher sur le teint blafard de George. Les jambes flageolantes, il s'appuyait sans vergogne sur l'épaule de Nico, menaçant à tout moment de chavirer. Collard résistait tant bien que mal et ce fut avec soulagement qu'elle accueillit l'aide d'Émilie. Pour cette dernière, c'était bien la première fois qu'elle voyait son mari rentrer mal en point.

« Vers la chambre, vite ! »

La lieutenante obéit sans protester. Les deux femmes emmenèrent doucement Stobbart dans la chambre à coucher, au bout d'un long, trop long couloir. Elles l'installèrent sur le lit et Émilie ramena une couverture sur lui. La douche serait pour plus tard. Elles eurent à peine le temps de fermer la porte que le commandant plongeait dans un sommeil souverain, exténué par son éprouvante journée.

« C'est qui, maman ? »

Collard se retourna pour apercevoir un jeune garçon d'une dizaine d'années, les yeux ensommeillés.

« C'est une amie de papa. Retourne te coucher, Chris !

– Mais je n'ai pas dit bonne nuit à papa, protesta l'enfant.

– Il dort. Et demain, il y a école. Au lit ! »

Voyant que sa mère ne plaisantait pas, le petit garçon s'enfuit sans demander son reste. Émilie dirigea Nico vers le séjour.

« Venez dans le salon et asseyez-vous. Je reviens tout de suite. »

La policière accepta poliment, même si elle aurait préféré rentrer tout de suite chez elle et se réfugier sous sa couette : elle était épuisée. La jeune femme se laissa tomber sur une chaise plutôt qu'elle ne s'assit. Elle sentait ses yeux la piquer, un engourdissement l'envahir peu à peu, facilité par la douce chaleur qui régnait dans l'appartement. Elle sombrait dans une agréable torpeur quand l'épouse de Stobbart revint. L'inquiétude le disputait à la contrariété. Nico connaissait cette expression : la femme de George voulait des explications. Elle n'était pas prête de dormir…

Émilie avait observé l'intruse d'un œil critique. Menue, jolie, de type asiatique, elle était revêtue d'habits masculins, mais qui n'effaçait nullement sa féminité. Au contraire. Émilie sentit poindre l'aiguille de la jalousie. Elle se composa un visage inquiet – guère difficile au vu des circonstances – et entra dans le salon. Elle vit la jeune femme sursauter, ses yeux hagards chercher un point de repère puis s'éclairer. Émilie se trouva injuste et éprouva un rapide remords : elle faisait confiance à son George, pourquoi se mettre martel en tête et accabler sa jeune coéquipière ?

« Venez dans la cuisine, vous aurez plus chaud. »

Nico s'arracha à contrecœur du fauteuil et suivit docilement l'épouse de son patron. Il aurait été impoli de refuser. Deux minutes plus tard, elle se retrouvait devant une assiette garnie de poulet et légumes fumants. Elle hésita.

« Je ne suis pas venue pour…, commença-t-elle gênée.

– Allez-y, fit Émilie gentiment. Il est tard et je ne pense pas que vous ayez eu le temps de dîner. Mais j'ai manqué à la politesse la plus élémentaire : je m'appelle Émilie.

– Nicole. Ou Nico. Merci pour…

– Non. Merci à vous de me l'avoir ramené. Il est dur au mal, mais il reste un homme… »

Nico sourit. L'atmosphère se détendit. À un moment, elle avait presque cru que la femme de George la prenait pour une rivale. Son ventre bondit, se rappelant douloureusement à elle. Nicole attaqua voracement son repas, qui s'avéra succulent. À la deuxième bouchée, Émilie n'y tint plus. Elle avait trop attendu, s'était inquiétée, avait appelé et laissé des messages sur le téléphone de George, tenté de joindre les rares collègues de son mari qu'elle connaissait un peu et qui ne savaient jamais rien, rassuré les enfants pour qu'eux aussi ne s'inquiètent pas, avait guetté jusqu'à cette heure indue pour le voir revenir blessé et sans crier gare. Demain, il y en avait un qui aurait droit à son sermon, peu importe son état… Pour l'heure, elle était suspendue aux lèvres de son invitée-surprise :

« Qu'est-ce qui s'est passé ? »

L'heure des explications était arrivée. Collard le vit avant même qu'Émilie ouvre la bouche. Elle avait déjà anticipé l'évènement et trié les informations qu'elle pouvait donner sans compromettre l'enquête. Elle resta volontairement vague, résumant la longue journée entre deux bouchées et en quelques mots. Elle dut s'attarder un peu plus sur l'agression de Stobbart, passa sous silence les meurtres et le jeune homme aux cheveux blancs. Apparemment, Madame Stobbart ne lui tint pas rigueur d'être aussi évasive, plus inquiète pour son mari que pour l'enquête : son visage oscillait entre angoisse et colère, et Nico n'aurait pas aimé être à la place de l'agresseur si celui-ci s'était retrouvé entre les mains furieuses de l'épouse.

Au fur et à mesure que son discours avançait, elle picorait dans son assiette, sentant petit à petit ses forces revenir. Et le sommeil aussi. Elle acheva son récit et regarda son interlocutrice. L'inquiétude avait fait place à un maigre soulagement.

« Merci, murmura Émilie. Vous ne savez pas combien c'est important pour moi…

– Je ne peux que l'imaginer…

– Je m'excuse d'avoir été aussi abrupte tout à l'heure, j'étais vraiment inquiète. George dit que je suis trop mère poule, même avec lui…

– C'est ce qu'il dit… Mais je suis sûre qu'il l'est tout autant », s'amusa Nicole.

Émilie sourit.

« À sa manière, oui. (Elle se tut un instant, avant de reprendre.) Comment est-il au travail ? Nous sommes mariés depuis longtemps, mais il ne m'en parle pas beaucoup…

– C'est quelqu'un de formidable, répondit lentement la jeune femme. Je suis toute jeune dans le métier, le milieu est très masculin, c'est dur, épuisant, mais travailler avec lui est… motivant, intéressant. Il est calme, s'énerve rarement, sait ce qu'il fait… »

Nico s'étonna de sa franchise. Pourquoi disait-elle tout ça ? La fatigue ? Un besoin irrépressible de se confier ? Il était temps de partir. Elle se leva.

« Je parle trop. Je vais y aller. Il est tard et la journée a été longue.

– Je comprends.

– Et merci pour le dîner, Madame, c'était excellent ! »

Émilie accueillit le compliment avec un sourire. Il lui sembla qu'un sourire gêné éclaira fugitivement les yeux en amande, mais n'en fut pas certaine. Quelques instants plus tard, la porte se refermait sur Nico et Émilie partit à son tour se coucher. Finalement, la jeune femme lui était sympathique.

Quant à Nico, de retour chez elle, elle s'écroula dans son lit sans prendre la peine de se déshabiller. Pour elle aussi, la douche serait pour demain.

Le réveil sonna une nouvelle fois. La jeune policière l'éteignit machinalement, mais ne se leva pas pour autant. La conversation d'hier soir avec la femme de Stobbart l'étonnait encore, mais la mettait mal à l'aise aussi. Il n'était pas dans ses habitudes de se livrer. La fatigue lui avait fait baisser sa garde. Nico soupira. Elle se sentait seule. Raison de plus pour aller au boulot.

Elle repoussa mollement sa couette et se prépara son premier café de la journée. Pendant qu'il coulait, une douche bienvenue et revigorante lui rendit une certaine fraîcheur. Elle consulta son téléphone tout en mordant dans une brioche au beurre, une de ses faiblesses. Déjà deux messages. Elle brancha le haut-parleur et entreprit de se sécher vigoureusement les cheveux. Le premier émanait de Hal Emmerich, peu avant minuit.

« Salut Nico ! J'arrive pas à joindre le chef ! Donc, si tu le vois avant moi, dis-lui que j'ai des résultats avec le téléphone d'Ariel Braska. À demain ! » Finalement, même après s'être fait retirer l'enquête, Stobbart avait quand même réussi à fédérer son équipe et flirter avec eux sur la ligne jaune de l'obéissance.

Nicole était songeuse. Comme elle l'avait dit à la femme de son commandant, elle était jeune dans le métier. Cela faisait juste un peu plus de deux ans qu'elle travaillait avec Stobbart et elle le connaissait maintenant suffisamment pour savoir qu'il était sourcilleux des règles. Et pensait ne pas exagérer en disant qu'il avait la hantise du vice de procédure. « Pourquoi s'enquiquiner à les coffrer si c'est pour les relâcher à la fin de la journée ? » lui répétait souvent George à propos des suspects qu'ils arrêtaient.

En fait, c'était sa volonté de poursuivre absolument l'enquête qui l'étonnait. Qu'il rechignât à la laisser tomber, elle comprenait. Rien n'était plus frustrant que de commencer un boulot et de l'abandonner en plein milieu. Mais que Stobbart outrepasse radicalement les ordres du Procureur de la République, voilà qui démontrait un singulier changement d'attitude.

Le répondeur embraya sur le second message et la lieutenante dut remettre sa réflexion à plus tard. Tiens, le commissaire principal Blanc, vers six heures. Il n'avait pas dû beaucoup dormir lui non plus.

« Bonjour Nicole. Comme vous le savez déjà, le commandant Stobbart a été mis en arrêt hier jusqu'à la semaine prochaine incluse. Le Procureur m'a laissé un message à son attention – j'ai déjà eu Hal Emmerich au téléphone tout à l'heure – : il a eu un entretien avec le Préfet de police Mantis. Ils se sont accordés pour continuer l'enquête sous mes ordres en attendant que Stobbart revienne. N'ayant pas d'autre agent disponible pour reprendre l'affaire à cause de cette satanée grippe, vous reprenez l'enquête avec Hal. Les premières constatations sont sur votre bureau. Je n'ai pas la plume de notre procédurier, mais ça devrait faire l'affaire en attendant. Je vous fais confiance pour les compléter et pour poursuivre les investigations. À tout à l'heure. »

Nico s'assit. Ça, c'était une nouvelle ! On lui demandait de reprendre une affaire dans laquelle cinq personnes avaient trouvé la mort – sans compter les ambulanciers – et de retrouver un homme pourchassé par toute la police de Paris. Ou plutôt de ce qu'il en restait. Elle fit un rapide calcul : une section d'enquête – le groupe – comptait généralement cinq personnes. Stobbart, en l'occurrence, était chef de groupe et dirigeait l'enquête, donnant les directives et assignant les tâches à chacun. Blessé. En deuxième venait le procédurier, chargé de rédiger et de gérer les constatations, à l'instar de la description d'une scène de crime par exemple. Malade. Lui succédait l'adjoint, secondant le chef de groupe dans ses missions et faisant le lien avec le reste de l'équipe quant aux instructions données. Malade. Les quatrième et cinquième de groupe – elle-même et Hal – étaient les moins expérimentés de l'équipe et ceux qui se chargeaient des tâches fastidieuses mais autant incontournables que nécessaires de l'investigation : enquête de voisinage et sur les points de vidéosurveillance ; décortiquer les réseaux professionnels et privés des victimes pour mieux cerner leur mode de vie, leurs habitudes ; bref, collecter toutes les données disponibles susceptibles d'aider à la progression de l'enquête. Un travail de longue haleine mais un passage obligé pour tous ceux qui intégraient la Brigade criminelle, leur forgeant une solide expérience d'enquêteur et leur apprenant à ne négliger aucun élément d'investigation et de procédure. Et en ce moment même, c'était bien le cœur du problème : les apprentis étaient bombardés maîtres, mais sans l'expérience de leurs aînés.

Brusquement, Nico sentit lourdement choir sur ses épaules le poids de ses nouvelles responsabilités. À peine trente ans et déjà à la tête d'une enquête. Bizarrement, elle ne savait plus trop si elle devait se réjouir ou non. Elle termina de se préparer mécaniquement, attrapa son téléphone, ses clefs et sortit. La journée qui s'annonçait n'allait pas être de tout repos.

*

Quand elle arriva au Bastion peu avant huit heures, elle eut l'impression que tous ses collègues – enfin, les rescapés de la grippe – la regardaient. Elle rejoignit ses quartiers d'un pas nerveux. Entre-temps, elle avait appelé le commissaire Blanc pour le remercier de sa confiance. Une façon de dire aussi qu'elle n'était pas encore malade pour l'instant. La sonnerie avait indiqué une ligne déjà occupée. Elle avait laissé un message et attendu un appel. Rien. Au moment où elle quittait son bureau pour aller chercher son deuxième café de la journée, le téléphone retentit.

« Lieutenante Collard, bonjour.

– Salut Nico, c'est George. Tu vas bien ?

– Salut patron ! s'exclama la jeune femme, surprise. Comment va la tête ?

– Une migraine de lendemain de cuite, mais ça reste supportable. »

La voix était faible, mais ferme.

« Je voulais te remercier pour hier soir, reprit Stobbart (qui ajouta avec une pointe d'hésitation), ça a été avec Émilie ?

– Oui, le rassura-t-elle. Vous avez une femme adorable.

– Je sais, répondit le commandant, un brin soulagé. As-tu eu un coup de fil de Jacques ?

– Le commissaire Blanc ? Oui, ce matin même ! Du moins, j'ai eu son message, et je continue si c'était la question.

– Effectivement, c'était ma question, même si je n'en doutais pas beaucoup ! Plus sérieusement, vas-y très doucement. Je ne sais pas du tout dans quoi on s'engage, mais ce… Cloud… il y a quelque chose d'anormal…

– Oui, j'ai vu ça. Se jeter du cinquième étage sans se casser une jambe…

– Et encore tu n'as pas vu la manière dont il s'est défait des trois gorilles : je n'ai jamais rien vu de tel… Sois très prudente, Nico…

– Vous pouvez compter sur moi !

– Je sais. Pour l'instant, je suis cloué au lit, mais je vais voir ce que je peux faire d'ici : j'ai un ordinateur et une connexion Internet, ça devrait déjà me faciliter la tâche pour bosser à distance…

– Vous n'étiez pas arrêté toute la semaine ? »

Quand Stobbart raccrocha, Collard secoua la tête, résignée. Son chef avait beau avoir reçu un coup sur la cafetière, il l'avait toujours sacrément dure : le repos restait encore pour lui un concept étranger… Retour au bureau et premier impératif de la journée : aller chercher son deuxième café… À peine revenue, Hal ouvrait la porte.

« Salut Nico ! Je te ne dérange pas ? J'ai entendu le téléphone…

– Salut ! Non, entre ! »

Hal ne se fit pas prier et pénétra dans le bureau qu'il partageait avec la jeune femme, une liasse de papiers et un stylo à la main. En dépit de l'heure matinale, il était arrivé avant elle malgré l'heure tardive de son dernier message hier soir. Déjà à pied d'œuvre, il attaqua aussitôt, un peu inquiet. Nico prit au moins la peine d'allumer son ordinateur.

« J'ai eu un coup de fil du chef tout à l'heure : il m'a dit qu'il ne serait pas là et que tu m'expliquerais…

– Assieds-toi, je te fais un résumé. »

À la fin du récit, l'informaticien resta silencieux, prenant le temps d'assimiler ce condensé d'informations. La situation lui paraissait énorme et les implications que cela représentait en masse de travail l'assommaient littéralement.

Nico profita de ce moment de répit pour consulter ses mails. Leur commandant travaillait déjà d'arrache-pied et lui avait transféré le rapport d'autopsie du docteur Fortesque concernant Ariel Braska et Gabriel Chevalier, le gérant de la salle d'arcade. Elle l'ouvrit et commença à le lire.

« Cette histoire est vraiment bizarre, finit par commenter l'informaticien. Je me demande bien ce qu'ils pouvaient chercher chez la victime…

– Et vu comment ils ont ratissé son appartement, ça devait vraiment leur être précieux. Le légiste ne mentionne absolument rien dans les effets personnels de la victime, constata la jeune femme en parcourant le document. Mais d'après le commandant, l'hypothèse du vol crapuleux est à écarter.

– Qu'est-ce qui lui fait dire ça ?

– Pour retourner un appartement à trois, il faut vraiment vouloir trouver quelque chose qui te tienne à cœur. Surtout étant donné la taille de la pièce, environ vingt mètres carrés. Un cambrioleur lambda cherche plutôt les objets de valeur et ne reste pas plus de cinq minutes au même endroit. Là, ils ont pris leur temps…

– Tu crois qu'ils savaient qui ils cambriolaient ?

– Possible. Si tu sais que le locataire est mort, tu prends davantage de temps pour fouiller les lieux…

– Tu les penses donc impliqués dans les meurtres de la salle d'arcade ?

– Le lien est tentant, mais rien ne nous le prouve pour le moment. Disons que c'est une solide supposition…

– Alors, on va creuser davantage pour l'étayer. Ou pas. Sinon, tu dis que ce type, ce Cloud, a laissé trois types sur le carreau…

– Il les a même proprement démolis, m'a dit le patron. D'autres seraient venus après, mais il ignore pourquoi. En tout cas, ils ne se sont pas foulés pour les récupérer.

– Tu parles d'un travail d'équipe ! siffla Hal. Ils sont à l'autopsie ?

– Oui. C'est le docteur Fortesque qui est à l'œuvre. Il a eu le feu vert du Procureur hier soir.

– Dis donc, les procédures se font en accéléré, en ce moment !

– Et sans nous, une première ! Mais s'il y a vraiment un lien avec l'Institut Mantis et que le Préfet veut absolument le laver de tout soupçon, c'est dans son intérêt. J'espère qu'ils se sont assurés contre le vice de procédure…

– Tu m'étonnes. Tu as pu voir les corps ?

– Oui encore. Pas de vêtements de marque, bon marché, des tenues des plus neutres. Exactement ce qu'il faut pour être passe-partout. Ils n'avaient pas non plus l'air d'être dans le besoin : ils étaient propres, rasés et en bonne condition physique. Sportifs aussi, devant certainement pratiquer un sport de combat m'a dit le patron.

– Bien noté : ne pas s'approcher trop près d'eux. Par contre, j'ai du mal à comprendre pourquoi ils ont été… abandonnés. On peut presque voir ça comme ça…

– Sais pas. Possible que leurs copains aient été pressés par le temps. Porter trois types sans éveiller les soupçons, ça devait faire beaucoup. Ce qui nous amènerait à penser qu'ils opèrent en équipe, une équipe organisée et sans scrupules. Et qui dit organisation, doit certainement signifier moyen de transport… Il faudra vérifier les caméras aux alentours de la rue Poulbot – bus, métros, etc. –, voir ce qu'on peut…

– Ils roulaient en voiture, coupa Hal. Le patron me l'a confirmé ce matin. Un modèle type SUV, noir. Il l'a juste entraperçu et n'a pas relevé la plaque.

– C'est toujours ça de pris. Et du coup, il va falloir qu'on trouve un moment pour prendre la déposition du commandant. Et toi, de ton côté ?

– Ariel Braska venait de changer de logement. Le patron m'avait appelé juste avant de quitter l'Institut Mantis hier en fin d'après-midi.

– Et ?

– Des petites choses tout à fait intéressantes… »

Hal mit de côté sa feuille noircie des notes qu'il venait de prendre et exhiba la liasse qui lui servait de support.

« Première chose : sa voiture ! J'ai ratissé toute la fourrière mais je l'ai retrouvée ! Une antiquité, une Twingo première génération, qui n'était pas la sienne – en révision au garage –, mais celle d'une amie : celle qui en fait l'attendait pour faire les magasins !

– Et ?

– Et Stobbart m'a dit que l'infirmière avait quitté son boulot le mercredi soir vers minuit. À tout hasard, j'ai demandé à un pote informaticien qui travaille au CNT[5] à Rennes s'il avait retrouvé le passage de la voiture grâce à l'immatriculation. Il m'a rappelé au moment où tu arrivais. Et le moins que l'on puisse dire, c'est que l'infirmière a fait carton plein ! Elle s'est fait flasher sur tous les radars de l'A4 en direction de Paris, avec des pointes à cent cinquante kilomètres/heure.

– Ça va aussi vite une Twingo ?

– On dirait ! J'ai été surpris aussi… Pareil à Paris, elle a grillé presque tous les feux rouges du trajet. J'ai ici les endroits et les heures auxquels elle est passée… »

Emmerich pointa un doigt sur la carte fraîchement imprimée. Dessus, une ligne jaune fluo agrémentée de croix rouges s'étalait en zigzaguant sous les yeux de Nicole. Le trajet de l'infirmière et l'emplacement des radars franchis. Un détail lui sauta aux yeux.

« Elle roulait à vive allure, elle se savait poursuivie, murmura-t-elle. Pourtant, aucune hésitation. Toujours en ligne droite en remontant vers le nord-est. Ensuite, elle a beau avoir brûlé les feux, elle n'a pourtant pris aucun sens interdit. Elle ne paniquait pas, ou du moins elle a gardé son sang-froid. Elle savait où elle allait. Alors pourquoi s'est-elle arrêtée ici, à la salle d'arcade ?

– C'est ce qui m'amène à la deuxième chose, enchaîna l'informaticien. Son téléphone retrouvé avec le sac à main dans la fameuse Twingo ! Je l'ai rallumé et après un petit tour de passe-passe, j'ai eu son journal d'appel ! Et après…

– Quoi après ? Termine !

– En fait, j'attendais le chef pour la suite des opérations…, avoua Hal.

– Vu l'état de George, on va devoir faire sans lui aujourd'hui… Tu as un numéro au moins ?

– Bien sûr ! Le problème, c'est que notre infirmière devait être méfiante : c'est un téléphone à carte, je n'ai pas eu de nom du côté des opérateurs. Et…

– Et ? »

Hal lui fit un grand sourire.

« Tu es en train de me dire que tu veux que j'appelle ce numéro…, grogna

---

[5] Centre National de Traitement des infractions routières.

Nico.

– Exactement ! répondit l'informaticien, hilare. Les voix féminines passent tellement mieux au téléphone ! Plus sérieusement, je pourrais lancer une triangulation si on n'arrive pas à avoir l'identité de notre ami.

– T'as gagné, soupira la jeune femme. C'est quoi le numéro ?

– Je te le donne. »

Moins de deux minutes plus tard, Nico tapait sur son téléphone de bureau le numéro que lui avait donné Hal, tandis que celui-ci ajustait ses derniers réglages.

« Au fait, pourquoi ce numéro plutôt qu'un autre ?

– C'est le dernier, et le seul numéro appelé douze fois, entre onze heures cinquante-quatre et minuit trente-deux. Prête ? »

Nico hocha la tête et effleura le bouton d'appel. Il allait falloir la jouer fine. Elle en fut pour ses frais : le répondeur s'enclencha dès la première sonnerie et la voix robotisée énonça platement le numéro composé. Pas de message personnalisé, pas moyen de savoir s'ils auraient affaire à un homme ou à une femme. Tant pis.

Pendant le reste de l'annonce, elle se répéta mentalement le petit discours qu'elle allait servir à la machine. À ses côtés, Hal attendait en l'observant. Elle lui tourna le dos pour être plus à son aise. Le bip sonore lui indiqua la fin du message et le moment de déposer le sien :

« Bonjour, Mademoiselle Collard à l'appareil. Je viens de retrouver ce téléphone et j'appelais pour le rendre à son propriétaire. Vous pouvez me joindre sur ce même numéro… Au revoir. »

Elle raccrocha et rendit le téléphone à l'informaticien qui faisait la moue devant son ordinateur :

« R.A.S. C'est la boîte vocale : la batterie de cette personne doit être complètement raide. Je n'ai rien pu faire…

– On patientera alors. Il y avait autre chose ?

– J'admire ton sens de l'improvisation… Pour le reste (Hal réfléchit un instant), je crois que c'est tout. Je vais m'occuper de tout ce qui est vidéo, voir ce qu'on a pu récupérer…

– OK. »

Le téléphone de l'informaticien sonna. Emmerich y jeta un coup d'œil et se tourna vers Nicole avec une grimace.

« Huit heures trente, il faut que je me sauve à l'IML : l'amie de notre infirmière doit identifier la victime…

– Entendu. Je m'occupe des constatations. Le commissaire Blanc m'a envoyé les grandes lignes du PV ce matin sur ce qui s'est passé rue Poulbot. Possible que je sois partie compléter les informations quand tu rentreras.

– Eh ! Tu as pris des galons, on dirait !

– Super ! lança Nico mi-figue, mi-raisin. Je voulais une promotion, mais pas aussi vite…

– Tu as déjà demandé des renforts au taulier ?

– Il m'a explicitement dit qu'on n'aurait personne : trop de malades, le reste est débordé…

– Une équipe de deux ! Mais jusqu'où iront les réductions budgétaires ?!

– Très drôle.

– Pardon.

– C'est pas le boulot qui va manquer…, soupira Nico.

– À qui le dis-tu ! Dès que j'ai terminé l'identification du corps, je file boulevard Voltaire et j'attaque l'enquête de voisinage.

– Entendu ! On fait le point en fin de matinée !

– À tout' ! »

Nico replongea dans ses courriels. Un, du commissaire Blanc, lui sauta aux yeux. Laconique, tenant en deux mots : « Message reçu. » Une pression supplémentaire.

La lieutenante passa la fin de sa matinée à trier et corriger les procès-verbaux des coéquipiers ainsi que les pièces qu'on lui avait envoyées pour les besoins de l'enquête ; répondre aux courriels et au téléphone qui sonnait trop souvent ; relancer les personnes et les services susceptibles de pouvoir lui apporter des informations. Entre deux tâches, elle s'attela à la rédaction du PV des constatations que lui avait demandé de finir le commissaire Blanc. L'exercice, laborieux, exigeait une intense concentration : structurer son propos, intégrer les photos, noter en marge ses commentaires pour revenir les compléter lorsqu'il lui manquait des détails, tout devait être méticuleusement reporté pour identifier chaque élément de la zone où s'étaient déroulés les homicides. Elle avait déjà eu l'occasion d'assister son capitaine, le procédurier du groupe, mais le faire relevait de la gageure. Vers midi trente, George l'appela.

« Tu as du neuf ?

– Pas grand-chose… »

Elle relata brièvement son entretien avec Hal et les maigres résultats obtenus avec le téléphone.

« On a juste à être patient. Tu as lu les rapports de Fortesque ?

– Pas eu le temps de le finir : j'étais dans les PV. Je comptais les lire pendant le déjeuner.

– Épargne-toi cette peine pour le moment, Daniel a juste confirmé ce qu'il nous avait déjà dit. Pour les analyses toxicologiques, il faudra attendre un peu. Rien de neuf pour le reste. Ça va avec Hal ?

– Je pense, je ne l'ai pas vu de la matinée… Ah tiens, je n'avais pas vu son message… « IML fini, pars faire enquête voisinage boulevard Voltaire ».

– Bien. Vous faites du bon travail tous les deux ! On fait un nouveau point cet après-midi. Je t'envoie ma déposition, on l'officialisera plus tard. Et prends le temps de déjeuner.

– Vous n'étiez pas censé vous reposer ?

– J'ai dormi jusqu'à huit heures et je compte faire une sieste cet après-midi. Arrête de jouer à ma femme ! »

Nicole raccrocha en riant. Elle regarda sa montre. Déjà presque treize heures. Elle n'avait pas vu le temps passer. Par contre, son estomac n'avait pas oublié : il se tordit en émettant un grondement d'outre-tombe. Elle se précipita à la cafeteria, opta pour le traditionnel jambon-beurre et – luxe absolu – cornichons craquants dont elle raffolait. Une banane et une bouteille d'eau minérale complétèrent le tout. Elle avait un régime alimentaire que sa mère réprouvait à grands cris, alors pas question de laisser la place aux sodas. Seul le café de treize heures quinze – le quatrième depuis ce matin – lui permettrait de tenir le reste de la journée. Enfin, jusqu'à quinze heures.

En sortant de l'ascenseur pour regagner son bureau, elle tomba sur Hal, de retour et kebab à la main qui, visiblement, la cherchait depuis un moment déjà.

« Ah ! Te voilà ! L'enquête de voisinage boulevard Voltaire n'a rien donné : le proprio ne faisait aucune histoire. Je suis toujours en attente des vidéosurveillances pour la salle d'arcade, mais on vient de m'envoyer la vidéo de la caméra dans l'ambulance ! C'est juste pas croyable ! »

Si Hal connaissait parfois des pics d'enthousiasme, il y avait cette fois autre chose. D'habitude, quand il était excité, il sautait aussi bien qu'un Jack Russell sous amphétamines. Cette fois-ci, Nico avait l'impression qu'il s'était trompé dans le chichon : l'informaticien avait les yeux grands ouverts et marchait d'un pas anormalement calme. Refusant de lui expliquer les raisons de son excitation, il précéda sa collègue dans un bureau mitoyen et l'installa devant un moniteur.

« Tu comprendras mieux en regardant. »

Emmerich pianota sur son clavier.

« On a de la chance : l'image est bonne et on l'a même en couleurs. Apparemment, ils venaient juste de les installer… »

Collard ne répondit rien. Le blabla technique l'intéressait peu. Mais elle était curieuse de voir ce qui allait se passer. En attendant que Hal lance sa vidéo, elle mordit avec entrain dans son sandwich.

« Voilà ! »

Emmerich appuya sur une dernière touche. La vidéo, nette, s'afficha à l'écran.

La caméra était placée au-dessus des portes arrière de l'ambulance et proposait une vue plongeante de l'habitacle et de la cabine conducteur. Le suspect, celui qui se dénommait lui-même Cloud, était sagement assis, attaché et menotté. L'ambulancier, reconnaissable à son uniforme blanc, se tenait en face de lui. De temps à autre, il tournait la tête vers le conducteur.

« Ils discutent, expliqua Hal. Visiblement, ils se connaissaient. »

Nicole ne dit rien, continuant d'observer en mâchonnant lentement son pain. L'image tremblait à peine. Le suspect était tel qu'elle l'avait entraperçu dans l'appartement de l'infirmière. Jeune, pas laid, ses cheveux blancs lui donnaient cette curieuse impression de maturité sur ce visage pourtant encore juvénile. Un mélange qu'elle ne désapprouvait pas.

L'ambulancier bougea. Délaissant un Cloud atone, immobile, il s'invita proprement sur le siège passager, à droite du chauffeur. Le conducteur le laissa faire, l'encourageant même d'un geste. Emmerich arrêta la vidéo. À ce moment précis, l'horloge digitale marquait seize heures trente-neuf. L'informaticien fit défiler l'image en accéléré. Durant ce laps de temps, Cloud ne bougea pas une seule fois. Le policier continuait de parler au conducteur, qui riait par moment. Soudain, les deux hommes se figèrent brièvement, puis une violente altercation éclata silencieusement à l'écran.

Sous les yeux surpris de la lieutenante, l'ambulancier se mit à invectiver le chauffeur qui lui répondit sur le même ton. La jeune femme regarda Cloud. Il n'avait pas bougé et paraissait parfaitement indifférent à la dispute qui se déroulait tout près de lui. L'horloge marquait à présent seize heures cinquante-quatre. C'était à peu près à cette heure que l'ambulance… Le chauffeur se tourna vers son ami pour répliquer avec morgue. Sous l'effet de l'énervement, Nicole vit distinctement ses mains tirer le volant sur sa droite. Le véhicule dévia immanquablement. Le policier s'en aperçut et cria. Du moins, c'est ce que crut entendre Nico, les yeux rivés sur l'écran. Tout bascula.

Le policier poussa le volant dans l'autre sens pour rattraper l'écart. Nico se rappela la scène à ce moment précis : la voiture avait chassé brusquement à gauche, puis à droite, et s'était envolée. À l'intérieur du véhicule, tout se déroula à une vitesse stupéfiante et s'acheva tout aussi brutalement. La jeune femme resta incrédule. Ce qu'elle venait de voir défiait l'entendement. Elle regarda Hal.

« C'est possible, ça ? demanda-t-elle d'une voix blanche.

– Aucune idée, mais on dirait bien que oui, répondit l'informaticien presque amusé de sa surprise.

– Remets-la au ralenti, s'il te plaît.

– Bien sûr. »

Hal joignit le geste à la parole et relança la vidéo à l'endroit voulu. Les trois hommes réapparurent à leur emplacement initial : l'ambulancier toujours en compagnie du chauffeur, Cloud à l'arrière. Deux secondes après, l'accident recommençait. Le manteau posé à côté du jeune homme glissa, tomba à terre. Une fraction de seconde plus tard, Cloud avait détaché sa ceinture de sécurité sans crier gare. Nico fut saisie par la rapidité et la précision du geste. Il n'avait pas tâtonné, mais s'était exécuté d'un geste fluide, habile. Puis, il débuta sa danse fantastique.

Sans difficulté, Nico revit ce moment précis où l'ambulance heurtait la glissière de sécurité et s'élançait dans les airs. Dans l'habitacle, le manteau s'éleva légèrement, s'arrachant anormalement à la gravité. Cloud ne chercha pas à se retenir et se laissa glisser, atterrissant légèrement sur les portes arrière du véhicule. Son visage se retrouva brusquement devant la caméra de sécurité. Nico frissonna. Les yeux étaient vides de toute expression. Ils ne s'accrochaient à rien, ne reflétaient rien. Pas de peur, pas de tension. Il était enfermé dans un monde que lui seul connaissait.

La voiture commença à plonger. Le jeune homme s'envola. Il atterrit un peu plus loin sur une fenêtre latérale. Puis, tout s'emballa. Nico se rappela le fourgon qui retombait et heurtait le sol pour la première fois. Dans le ventre de l'ambulance, Cloud semblait en apesanteur, rebondissant avec légèreté sur les parois du véhicule avec une aisance surnaturelle. Grâce au ralenti de la vidéo, Nico s'aperçut qu'en fait il ne se détendait jamais complètement et restait ramassé sur lui-même : l'espace étroit de la voiture l'empêchait de se déplier de toute sa taille, mais confortait aussi la jeune femme sur le fait que, bien qu'il soit dans un état de conscience altérée, il avait paradoxalement parfaitement conscience de son environnement.

Plus la vidéo progressait, plus la jeune femme se remémorait la violence des chocs successifs. À l'image, cela se traduisait par une scène de chaos : les placards s'ouvraient et se refermaient, vomissant leur matériel médical, qui s'envolait ensuite au rythme des spasmes qui secouaient tout l'attirail curatif ; les fenêtres éclataient en même temps que rebondissait la voiture sur le sol compact du champ. À la surprise de Nicole, le toit s'enfonça à peine, résistant vaillamment au supplice des tonneaux. Au milieu de cette tempête, le jeune homme virevoltait, prenant par moment appui sur ses mains avec légèreté pour ne pas s'écraser contre les parois. Mais ce que Nico trouvait de plus troublant, c'était qu'il suivait la cadence effrénée des rotations, trouvant d'instinct leur direction et l'instant précis des chocs répétés quand la voiture percutait le sol.

Tout autour de Cloud, les objets tournèrent encore plus vite, s'affaissant et se soulevant, mus par le rythme saccadé de l'ambulance. Les deux policiers aperçurent avec effroi la bouteille d'oxygène solidement ancré dans son compartiment. C'était un miracle qu'elle ait résisté aux chocs : endommagée, elle aurait pu s'enflammer à tout moment et ravager le véhicule en quelques secondes.

La vitesse de rotation des ciseaux, compresses, pansements, seringues, flacons encore intacts et morceaux de verre ralentit peu à peu. Cloud aussi, se contentant mollement de suivre les derniers tonneaux, glissant sur les parois, avant de se pelotonner dans un coin de la voiture redevenue immobile, à l'endroit même où Nico l'avait retrouvé.

Bien que la scène se fut déroulée dans un silence absolu devant l'ordinateur, Nico était assourdie par les chocs et les frottements du métal, le bruit aigrelet du verre qui rebondissait et résonnait contre les parois de l'ambulance, les cris perçants et brusquement tus des deux hommes à l'avant. Elle recula sa chaise, contemplant la dernière image de désolation sur le moniteur.

À ses côtés, Hal ne disait rien, lui laissant le temps de reprendre ses esprits. Lui-même avait été sidéré la première fois qu'il avait vu la scène. Contrairement à sa collègue, il ressentait un mélange de curiosité et d'excitation, qui lui laissait un frisson qui lui paraissait presque agréable. Même les meilleurs cascadeurs de films ne pourraient réussir ce tour de force…

Les pensées de Nicole, elles aussi tournées vers le jeune homme aux cheveux blancs, étaient tout autres. Tous les éléments en sa possession s'accordaient à faire de lui un meurtrier : des capacités physiques hors du commun, un esprit égaré, des preuves sur le lieu du crime… Malgré tout cela, un détail ne cadrait pas… Si cet homme avait su faire preuve d'une extrême brutalité dans la salle d'arcade, pourquoi n'avait-il pas tué les agresseurs de Stobbart dans l'appartement, alors qu'ils étaient à sa merci ? Nico secoua la tête. Subitement, toute la perspective de l'enquête basculait. Ce qu'elle pensait acquis redevenait flou, intangible. Ses premières hypothèses se fissuraient. Et les secondes n'étaient pas plus stables. Pourtant, toutes aboutissaient systématiquement au visage inexpressif de Cloud. L'élément central. Duquel elle ne pouvait rien tirer. Elle avait connu des enquêtes mieux engagées. La sonnerie de son téléphone de bureau l'arracha à ses pensées tourmentées. Elle grogna. Pas moyen de réfléchir tranquillement.

Elle retourna prestement à son bureau et s'empara de l'appareil en regardant l'écran digital. Numéro inconnu. Encore un.

« Allô ! s'enquit-elle d'un ton rogue.

– Bonjour… »

La voix était masculine, hésitante.

« C'est bien vous qui m'avez laissé un message ? »

Nico mit un instant à comprendre. Puis un éclair la traversa.

Chapitre XXIX

Vendredi, 13 h 30

La lieutenante Collard fit volte-face et tomba nez à nez avec Hal, qui venait d'entrer.

« Il s'appelle Zacharie Juste !

– Je te demande pardon ?

– Le type à qui j'ai laissé un message ! Il s'appelle Zacharie Juste ! Et devine où il habite ? »

Nico était surexcitée.

« Vu ton état d'excitation, pas loin de la scène de crime, je suppose…

– Dans le mille ! Plus précisément, dans l'immeuble à côté de la salle d'arcade, au même numéro !

– Tu ne l'avais pas déjà fait ? s'enquit Hal. Je me suis occupé des autres mais pas de celui-là…

– Je devais m'en charger, mais le patron m'a rappelé au bout de dix minutes parce qu'il avait trouvé notre cascadeur. Après, manque de temps : tu connais la suite. Ce Zacharie m'a donné rendez-vous à quatorze heures trente. Au besoin, on complétera là-bas. On a encore une bonne demi-heure devant nous. Tu peux vérifier son casier ?

– Je te fais ça tout de suite. Tu l'écris comment son prénom ? »

Une demi-heure plus tard, Nico achevait de rédiger – du moins, dans les grandes lignes – le PV des constatations concernant les évènements de la veille au soir, quand Hal se tourna vers elle. Il tenait une feuille à la main et la brandissait comme un trophée.

« J'ai ton Zack ! Attends-toi à quelques surprises !

– Accouche !

– Trafic de stupéfiants, et il a fait six ans pour coups et blessures volontaires… Que du beau linge ! Elle avait de drôles de fréquentations, notre infirmière !

– Ils se sont rencontrés en désintox ?

– Comment t'as deviné ? Je viens juste de recevoir le dossier ! protesta Hal.

– La victime était infirmière, c'était une possibilité.

– Bien vu. En fait, c'était juste avant qu'elle soit embauchée à l'Institut Mantis.

– Et maintenant ?

– Et maintenant, plus rien. Il se tient à carreau, on dirait. Il a purgé une peine de prison, des travaux d'intérêt général, n'a raté aucun rendez-vous pour ses suivis médicaux et judiciaires... Aux dernières nouvelles, il était informaticien dans une petite société depuis deux ans, puis plus rien. Ah si, une amende pour stationnement en double file et réglée dans les délais... »

Nico réfléchit. Un ancien drogué, une infirmière. Les hypothèses d'une amitié ou d'une liaison amoureuse étaient tout à fait envisageables. Vers qui se tournait-on quand on avait un problème ?

« Elle devait chercher de l'aide auprès de lui quand elle s'est faite tuer, murmura Collard.

– Oui, et le gérant de la salle d'arcade devait simplement être au mauvais endroit, au mauvais moment.

– Ça se confirme, on dirait. Rien de neuf de ce côté-là ?

– Absolument rien : il s'appelle toujours Gabriel Chevalier, pas de casier. Pour le reste, j'ai pas eu le temps de reconstituer sa soirée...

– On verra la vidéosurveillance. Tu es prêt à partir ?

– Dans deux minutes ! »

Emmerich s'empressa de se diriger vers les toilettes. Nico se laissa aller contre le dossier de sa chaise. Pour l'instant, l'enquête progressait, c'était l'essentiel. Mais elle ne pouvait s'empêcher d'éprouver de la fatigue. Digestion et manque de sommeil n'étaient pas le meilleur cocktail pour entamer une après-midi. Et l'absence de Stobbart n'arrangeait pas les choses. Elle se donna mentalement un coup de fouet et se leva : Hal revenait.

Nicole marqua le départ. Emmerich lui fit un clin d'œil qu'elle ignora. La jeune femme rangea ses affaires et suivit le cinquième de groupe dans le dédale de couloirs, écoutant d'une oreille distraite le babillage de son collègue. Elle repensa à George. Son patron lui avait confié que l'informaticien lui courait après. Elle avait ri. Drôle d'idée ! Pour dire vrai, elle ne s'était jamais vraiment occupée de sa situation personnelle. Enfin, pas depuis un bon moment. Trop de boulot. Peut-être son commandant avait-il raison. Pourquoi y pensait-elle maintenant d'ailleurs ? Y avait-il un lien avec l'agression de son supérieur, les cadavres encore tièdes et le meurtrier présumé aux yeux de mort ? Probablement. Quand elle y songeait, un frisson désagréable lui parcourait l'échine. La vue d'un cadavre ne lui faisait ni chaud ni froid, plus maintenant. Mais celui de son amant ou de son compagnon resté sur le carreau ? Que se passerait-il ? Comment réagirait-elle ? Elle préférait ne pas y penser.

À présent, passés les premiers haut-le-cœur de ses débuts, elle ne voyait plus de corps, mais un meurtre que son œil de policière devait élucider. Les conseils de George avaient porté ses fruits. Seules les odeurs la dérangeaient encore pour le moment. Mais ce qui s'était passé dans cet appartement, hier, c'était... différent. Elle connaissait les poussées d'adrénaline liées à l'arrestation d'un ou plusieurs individus, le pas de course, le bois d'une porte qui éclate sous les coups de bélier, les cris apeurés ou de colère des suspects pris sur le fait. Mais ces derniers meurtres, ce sang-froid glaçant… Tous semblaient avoir été éliminés – sacrifiés – comme autant de pions. Il y avait quelque chose – quelqu'un – derrière tout ça. Mais quoi ? Qui ? Quelle raison ? Nico soupira. C'était bien là tout le cœur du problème.

Elle sentit un courant d'air froid. Collard leva les yeux et se rendit compte qu'elle était dans le garage souterrain, déjà.

« Qu'en penses-tu ?

– Désolé, marmonna la jeune femme. Une absence… Tu disais ?

– Je te demandais si tu étais d'accord pour aller boire un verre après le boulot ?

– Pas ce soir, je regrette. Pas vraiment la tête à ça… Trop crevée…

– C'est à cause de l'agression de George ? demanda Hal déçu.

– En partie, oui. Et tout le reste… »

L'informaticien ne répondit rien. L'enquête ne lui facilitait pas la tâche…

Boulevard Voltaire. Retour sur le théâtre des évènements. Nico regardait d'un œil morne la devanture de la salle d'arcade. L'accès restait condamné par la rubalise rouge et blanche scintillante de la police et le resterait jusqu'à nouvel ordre. Un groupe d'adolescents passa à côté d'elle. Des jurons fusèrent lorsque les premiers virent les portes closes. Elle surprit vaguement quelques mots au vol, entre surprise et pessimisme.

« C'est quoi cette connerie, encore ?

– Attendez, c'est pas ici que le patron s'est fait descendre ?

– Ah oui, c'est vrai ! On sait qui a fait le coup ?

– Non, les flics sont sur les dents. M'étonnerait pas que ce soit un déséquilibré…

– Ouais. Mais à cause de lui, mes parents ne veulent plus que j'approche d'une console ! Tu verras : bientôt, on ne pourra bientôt plus jouer du tout… »

Nico perdit le fil. Le petit groupe s'éloigna, entre exclamations outrées et grognements dépités. Au fond d'elle, la jeune femme ne pouvait s'empêcher d'être d'accord avec eux, au moins sur la dernière remarque. Depuis que Mantis avait défini ce qu'était le « Syndrome Mantis » et mis en garde le monde entier sur les méfaits du média vidéoludique, il avait provoqué un raz-de-marée de protestations de la part des communautés de joueurs. Face à cette levée de boucliers, le Professeur Mantis ne s'était pas désarmé et avait ouvert les portes de son institut.

Des images-chocs de joueurs hagards, le teint cadavérique, pour certains les mains déformées par les manettes, les yeux striés de rouge, des esprits gavés de pixels aux corps rachitiques par manque de temps pour manger, ou, au contraire, rendus obèses par la malbouffe, avaient défilé à l'écran du téléviseur familial. Joueuse assidue, le reportage avait été pour Nico, jeune fille d'alors treize ans, un véritable électrochoc. Elle en avait fait des cauchemars pendant plusieurs semaines. Pour exorciser ce mal, elle avait jeté consoles et jeux qui encombraient sa chambre. Jetés, même pas revendus. Les images morbides de ces joueurs aux esprits trépassés n'avaient cessé de la hanter.

Déjà bonne élève, elle s'était remise à étudier d'arrache-pied. Elle était devenue excellente. Avec le recul, c'était finalement un peu grâce à Mantis qu'elle était arrivée là où elle en était actuellement. Ironie du sort, elle travaillait à présent indirectement pour lui. Nico secoua la tête pour chasser ces réflexions peu réjouissantes. Elle avait plus concret à penser. La lieutenante chercha Hal du regard et le vit en train d'examiner le digicode. Elle s'approcha.

« Tu ne trouves pas le code ?

– Très drôle. Tu as pensé à le demander à notre oiseau au moins ?

– Oui. Mais il m'a surtout demandé de le rappeler une fois devant la porte. »

La jeune femme joignit le geste à la parole et, après un rapide échange, composait avec assurance quatre chiffres et une lettre sur le pavé alphanumérique. La sonnerie grinçante résonna, annonçant que la porte était déverrouillée.

« C'est ouvert. Au fond de la cour, la porte en face des escaliers, cinquième étage. »

Hal ne répondit rien et poussa le lourd battant en bois. Ils pénétrèrent dans l'immeuble et traversèrent un hall étroit, au sol recouvert de carreaux bleus et blancs, tachés par le passage d'innombrables chaussures, et dont les murs étaient tapissés d'un papier floral défraîchi. L'odeur d'un plat épicé flottait encore dans l'air, rappelant à Nico l'amertume d'un sandwich fade trop vite avalé.

Les policiers passèrent une nouvelle porte pour déboucher dans la cour pavée de l'immeuble. Unique tache de couleur vive parmi les murs gris qui surplombaient les nouveaux venus du haut de leurs six étages, une plante verte trônait dans un large pot au milieu de la cour. Si on exceptait les poubelles jaunes, vertes et violettes, rangées contre le mur, le couvercle ouvert. Un échafaudage métallique, dressé contre la façade du fond en cours de ravalement, terminait de meubler ce grand espace vide. Ils dépassèrent la cour et allèrent droit à l'ascenseur, s'entassant dans la ridicule cabine. Ils avaient à peine la place de bouger. Et dire qu'une jolie pancarte affichait trois personnes possibles. La montée se fit en silence, à peine dérangée par le chuintement des câbles qui les hissaient vers leur destination.

Lorsqu'ils arrivèrent sur le palier, devant la porte de leur contact, Hal montra la sonnette à Nico. Un simple « Zack » était inscrit sur l'étiquette. Visiblement, Zacharie Juste prenait trop de place à écrire, à moins qu'il ne privilégiât la tranquillité. L'informaticien fit retentir une sonnerie aigrelette, brève. Ils n'eurent pas longtemps à attendre. Un bruit de pas étouffé, une clef qui joue dans la serrure et la porte s'entrebâilla. La première chose que vit Nico fut un œil noir.

« Vous êtes flics ? »

Une voix grave, ni sympathique, ni antipathique. Seulement ennuyée. Et pour la discrétion, c'était raté. Autant jouer franc-jeu :

« Oui. On peut discuter ?

– Je peux voir vos cartes ? »

Méfiant le garçon. Et perspicace. Les deux policiers s'exécutèrent sans commentaire. Le jeune homme examina les documents d'un œil visiblement connaisseur, puis, satisfait, ouvrit plus largement sa porte d'entrée.

« Je vous en prie. Première à droite. »

Hal et Nico entrèrent dans un couloir sombre dans lequel traînaient des chaussures et, suivant les indications de leur hôte, pénétrèrent dans une pièce unique faisant office de chambre et de salon. Un canapé-lit occupait déjà un tiers des lieux, le reste étant meublé par une table basse et une gigantesque télévision. La lumière tamisée laissait à peine entrevoir les piles de DVD et les livres rangés en tas dans un autre coin. Nicole vit sur sa droite deux bibliothèques bon marché de taille moyenne, saturées de bouquins. Elle huma discrètement l'odeur de la pièce. Elle s'était attendue à un lourd mélange de renfermé, sueur, tabac, voire de cannabis. Rien de tout ça. L'air était propre. Il y flottait une légère odeur de détergent… et de chien. Elle le réalisa au moment même où elle sentit quelque chose lui sauter sur les jambes. Elle sursauta et dut faire un violent effort pour réprimer le réflexe qui lui démangeait la jambe. Deux yeux noirs la regardaient et une langue rose lui léchait affectueusement les genoux. Elle recula instinctivement.

« Hyrule ! Panier ! »

Le chien à la fourrure fauve et mitée s'écarta à regret, croisement entre deux races que Nico fut incapable de distinguer. Son maître lui désignait sa couche dans un coin de la pièce et la chienne s'y précipita en gambadant joyeusement. Elle s'assit sur son coussin, ne cessant de remuer la queue avec entrain. De son côté, Hal restait en retrait, silencieux, mais observant chaque détail qui composait cette caverne.

« Prenez un siège. »

Leur hôte installa deux chaises pliantes à l'attention des policiers. Il ouvrit négligemment le rideau de son unique fenêtre et s'adossa devant, bras croisés sur la poitrine.

« Qu'est-ce qui vous amène exactement ? »

Nico sentit Hal se tendre. Ils n'avaient pas prévu que les rôles s'inverseraient. La jeune femme ne répondit pas tout de suite et prit un instant pour étudier son interlocuteur. À contre-jour, elle avait du mal à le distinguer, mais la lumière encadrait un visage jeune, d'environ trente ans, des cheveux longs et noirs retombant sur les épaules. Une barbe de quelques jours lui mangeait les joues, en même temps que des cernes au-dessous de ses yeux injectés de sang trahissaient un état de fatigue avancé. S'il était nerveux, il le cachait bien : il ne montrait aucun signe d'impatience quant à la lenteur volontaire de la policière.

« Ariel Braska a été assassinée la nuit précédente dans la salle d'arcade en bas de chez vous. Pour quelle raison, nous ne savons pas encore. Nous avons appréhendé un suspect qui ne s'est guère montré loquace, et un des seuls indices dont nous disposons était votre numéro de téléphone sur le portable de la victime. Ma question est la suivante : quel était votre lien avec Mademoiselle Braska ? »

Nico avait sciemment passé sous silence l'évasion de leur suspect. Pas la peine de se ridiculiser.

« Votre suspect, c'est celui qui s'est fait la malle hier ? »

Raté. Crispation côté policier.

« Les nouvelles vont vite. Comment savez-vous… ? grogna Hal.

– Je suis allé à l'appartement d'Ariel hier soir, avant d'aller au boulot. La police scientifique venait de partir. J'ai entendu la concierge raconter toute l'histoire à un voisin.

– Vous saviez donc pour la mort d'Ariel ? releva Nico, surprise.

– Depuis hier soir, oui, acquiesça le jeune homme d'un ton las.

– Depuis quand les suspects sont-ils presque mieux au courant que nous ? grommela l'informaticien.

– Quand je vous ai laissé un message, vous saviez donc que j'étais flic ?

– Bien sûr. Du moins, il y avait de très fortes probabilités. Ariel avait beau être désordonnée, son portable était la seule chose qu'elle retrouvait systématiquement. Alors, le perdre… Pas crédible. Vous me considérez donc comme suspect ? »

La question avait été posée négligemment. Nico se retint pour ne pas fusiller son collègue du regard.

« Nous vous considérons comme une personne ayant un lien avec la victime de notre enquête, et que celle-ci a essayé de vous appeler avant de mourir », répliqua Collard sur un ton un peu plus sec.

Zack ignora la pointe d'énervement. Il n'en avait cure.

« Effectivement. Elle m'a appelé plusieurs fois aux alentours de minuit-une heure.

– Vous n'avez pas répondu ?

– Je fais de la maintenance informatique et il m'arrive d'avoir des permanences de nuit, comme toute cette semaine : j'ai rarement mon portable sur moi. Qui est le préfet de police de la ville de Paris ? demanda leur hôte tout à trac.

– Moebius Mantis, l'informa Nico. Pourquoi ? »

Leur interlocuteur ne répondit pas. Il se contentait de les regarder l'un après l'autre. La jeune femme avait vraiment l'impression d'être passée au scanner. Le jeune homme parlait toujours d'une voix très calme, presque sans émotion. Les traits de son visage restaient de marbre dans le contre-jour.

« Ariel travaillait à l'Institut Mantis, à Essises, reprit doucement Zacharie. Elle avait commencé à m'appeler environ deux semaines avant. Elle était sous tension, paraissait inquiète. Elle ne m'a pas dit pourquoi. D'après ce que j'ai pu comprendre, elle avait découvert des *choses* là-bas, mais je ne sais pas quoi. »

Le jeune homme fit un vague geste de la main.

« Je ne sais pas quoi », répéta-t-il lentement, se perdant dans ses pensées. Il se tut pour de bon. Hyrule frotta sa tête contre la jambe de Nico. La bestiole avait silencieusement quitté son panier. La jeune femme se pencha mécaniquement pour caresser le chien. Un silence s'installa. Elle aperçut sur le mur opposé une affiche qu'elle avait d'abord prise pour… pas grand-chose en fait. Maintenant que ses yeux s'étaient accoutumés à la luminosité qu'atténuait le passage en grâce d'un nuage, elle discernait une espèce de lutin sur la défensive, oreilles pointues, air belliqueux, armé d'une épée et d'un bouclier. Le poster annonçait une édition de collection regroupant apparemment plusieurs titres de la même série. Elle n'eut pas le temps de lire le titre rouge : la jeune femme fut tirée de son examen par la voix rogue d'Emmerich, irrité de se voir tenir tête par le suspect :

« Il y a une chose que j'aimerais savoir : comment avez-vous connu la victime ? Puisqu'au vu de votre casier judiciaire, il reste étonnant qu'un délinquant comme vous...

– Faites très attention à ce que vous allez dire, murmura Zack glacial. Vous êtes ici parce qu'Ariel était une amie...

– Vous préférez poursuivre la conversation au poste ?

– Hal ! intervint Nico.

– Vous n'en apprendriez pas plus au 36. Néanmoins, poursuivit leur interlocuteur sur un ton calme, je répondrai à votre question parce que j'ai une dette envers Ariel. Après quoi, vous partirez. »

Le jeune homme fit une pause. Les flics étaient prévenus.

« Nous nous sommes effectivement connus dans un centre de désintoxication, où elle était infirmière et moi un paumé (Nouvelle pause). Ce sera tout pour aujourd'hui. Pour le reste, j'attendrai votre convocation au commissariat. »

La chute fut brutale. Le nuage au-dehors avait déserté et la lumière du soleil était redevenue aveuglante. Hal s'était tu, embarrassé par le regard noir que lui jeta Nico. Ils ne pouvaient rien faire contre lui et Zack le savait : il connaissait Ariel, mais n'était pas non plus un témoin ; et il ne faisait pas non plus obstruction à l'enquête, le cas aurait été différent s'il n'avait pas répondu à la convocation. Légalement, ils ne pouvaient rien faire. Il faisait payer à Hal sa provocation, pas sûr que l'informaticien puisse lui faire payer la sienne demain...

Nico ne dit mot et remplit rapidement le formulaire faisant état d'une convocation au Bastion pour lundi matin à la première heure, comme lui demanda froidement leur hôte : « à cause d'impératifs médicaux », numéro du médecin à l'appui. Hal ne perdait rien pour attendre… Quand elle eut terminé, Collard se leva et tendit le papier à Zack. Celui-ci l'ignora.

« Posez-le sur le canapé derrière vous. »

Nico obtempéra, fulminante. Elle arrivait à peine à distinguer son visage dans le contre-jour de la fenêtre.

« Vous connaissez la sortie. »

Le ton froid était coupant. La lieutenante tourna les talons, rouge comme une tomate, faillit buter sur le chien qui passait en travers de son chemin et marcha jusqu'à la porte d'entrée comme un automate. L'informaticien l'avait précédée sans demander son reste, tandis que derrière eux résonnait la voix de Zacharie, tremblante de colère.

« Hyrule ! Viens ici ! »

Nicole retrouva la lumière du jour avec soulagement. Ce qui aurait dû être une avancée dans leur enquête s'était soldé par un lamentable échec. Du moins, jusqu'à lundi. Elle emboîta le pas à son collègue qui avait ignoré l'ascenseur et déjà commencé à descendre les escaliers. Sa démarche sautillante, ses doigts qui couraient en tapotant sur la rampe trahissaient son énervement.

« Hal ! éclata la fliquette. Mais qu'est-ce qui t'a pris, bon sang ?! »

Collard dévala les quelques marches qui les séparaient.

« Désolé Nico, j'ai merdé..., marmonna Hal.

– J'ai bien vu que t'avais merdé ! Mais je te rappelle que t'es flic et tu devrais savoir mieux que moi qu'on ne gagne rien à balancer son casier à la figure de celui que tu interroges ! C'est pas un ordinateur !

– Je t'ai dit que j'étais désolé, répliqua sèchement le policier. Tu veux me faire la morale ?

– Ça ne fait pas partie de mon boulot. Mais la prochaine fois, évite-nous ce genre de comportement, c'est pas une garde à vue, y a pas de bon et de mauvais flic ! On cherche à recueillir des indices, pas des aveux ! Si cela avait été le cas, on n'aurait pas eu besoin...

– ...de frapper à sa porte, on serait allé le chercher, termina sombrement Hal. J'ai déjà entendu Stobbart te faire la leçon.

– Alors, retiens-la ! »

Impitoyable, Collard avait achevé de porter le dernier coup. L'informatique était une chose, la psychologie en était une autre. Elle était en colère et l'air abattu d'Emmerich ne l'encourageait pas à se montrer tendre, au contraire. Elle avait envie de passer ses nerfs sur lui, d'en faire de la bouillie d'informaticien, même si le procédé n'arrangerait sûrement pas leurs relations.

Elle s'efforça de rassembler des lambeaux de calme pour réfléchir. Ce fut vite fait. En substance, leur interlocuteur n'avait fait que confirmer ce qu'ils avaient supposé : la victime et lui s'étaient effectivement connus dans une clinique. Et à partir de là, elle ne pouvait qu'extrapoler : ils avaient dû se lier d'amitié, peut-être plus ; tout s'était terminé d'une manière ou d'une autre, mais ils avaient quand même gardé contact. Enfin, plus ou moins, si on considérait comme contact la dernière volonté de l'infirmière de le voir avant de mourir, alors même qu'elle craignait déjà peut-être pour sa vie. Supposition sur supposition, voilà où elle en était rendue.

Le dénommé Zack avait, à demi-mot, accepté de collaborer. Lui aussi voulait coincer le meurtrier. À sa façon. Nico l'avait observé du mieux qu'elle avait pu durant leur trop bref entretien. Ce type était intelligent. Même très intelligent, indéniablement. Sa position dos à la fenêtre, sa manière de poser les questions. Il avait conduit cet entretien comme un interrogatoire. Sa voix posée, ses gestes réfléchis et, hormis les inflexions de sa voix, il n'avait montré aucun signe d'énervement tangible à l'égard des provocations de Hal. Garde à vue ou non, ce type ne parlerait pas s'il l'avait décidé. Sa colère remonta d'un cran à l'égard de son collègue. Elle pouvait dire qu'il lui avait bien miné le terrain. Elle trébucha.

Plongée dans ses pensées, elle avait mécaniquement descendu une nouvelle marche et son pied avait heurté le sol de manière tout à fait inattendue. Collard se rattrapa de justesse et gagna enfin la sortie. Le soleil de cette fin d'après-midi continuait de briller. Les rares nuages dans le ciel semblaient encore s'écarter au passage de l'astre souverain. Elle s'arrêta au milieu de la cour, juste un instant pour sentir les rayons de chaleur sur sa peau. Une sensation très agréable qu'elle n'avait plus vécue depuis le début de la pandémie de grippe : le boulot l'avait submergé et les seules fois où il avait été question de sortir avaient été encore pour le travail. Pas moyen de profiter du soleil, encore moins le dimanche, passant la journée à dormir pour se reposer de ses semaines épuisantes ou à travailler un peu plus calmement aux Batignolles.

Nicole entendit le pas d'Emmerich se rapprocher. Hal marchait sur la pointe des pieds. Il faisait profil bas. La remontrance avait porté. Elle s'éloigna à contrecœur d'un moment qu'elle aurait bien aimé prolonger, balayant le sol du regard pour voir jusqu'à quel moment elle profiterait de cette chaude lumière. Plus qu'un pas. Elle remonta les épaules, anticipant l'onde de fraîcheur qui allait de nouveau l'envahir. Elle s'arrêta net. Hal faillit buter contre elle.

Du coin de l'œil, un scintillement avait attiré son attention. La jeune femme fit deux pas sur sa droite et regarda par terre. Un petit trousseau de deux clefs. Elle haussa les épaules. Fausse alerte, rien d'intéressant. Elle se baissa tout de même pour la ramasser.

« Tu as trouvé quelque chose ? »

La voix de Hal retentit, faussement joviale, tâchant de masquer son humeur encore sombre.

« Juste des clefs. »

Elle haussa de nouveau les épaules.

« Quelqu'un a dû égarer son trousseau. »

Elle avisa un pot de fleurs retourné près de la porte et posa les sésames dessus : le propriétaire ne manquerait de les retrouver ici, sur son passage.

Chapitre XXX

Nuit de vendredi à samedi

Il avait mal partout. Il s'était réveillé, endormi, réveillé, endormi de nouveau. Quoiqu'il ait du mal à faire la différence entre ces deux états. Il ne savait plus trop dans lequel il était. Une sensation flotta doucement jusqu'à son cerveau. Arrivée à lui, elle lui envoya une petite décharge électrique. Il ne broncha même pas. Ce n'était pas la première et ce ne serait pas la dernière. Un concept étrange que celui de la douleur. Cela avait beau être quelque chose que tout le monde connaissait, on ne s'y habituait jamais vraiment. Et pourtant, elle vibrait un peu partout sur son corps, comme une compagne un peu trop envahissante. Mais il la sentait à peine, trop occupé à prendre conscience de son nouvel environnement. Trop occupé à se réveiller pour de bon. Et à souffrir.

Cloud serra les poings du plus fort qu'il put. Peine perdue. Il sentit le tremblement perdurer, agiter tout son corps. Il prit une inspiration, emplissant ses poumons de l'air froid qui l'entourait. Il retint son souffle, puis expira lentement, essayant de relâcher tous ses muscles. Il répéta l'opération plusieurs fois. Le tremblement s'atténua, mais sans disparaître. Le jeune homme se redressa. Le froid le saisit aussitôt. Il sentit le mur en béton sous son fin vêtement. La paroi rêche accrochait le textile et sa peau. Cloud se blottit tout contre elle, ramena ses genoux contre sa poitrine. Il laissa le froid le gagner pour tenter d'apaiser ce corps capricieux. Le tremblement reprit de plus belle, mais il l'ignora. Quelque chose se passait en lui.

La Brume recouvrant son esprit se déchirait par moment, fugitivement. Des fragments d'une réalité lui apparaissaient succinctement, avant de disparaître, jalousement cachés par cet inquiétant brouillard. Il tenta quelques vaines tentatives pour le dépasser, mais ses coups étaient absorbés par ce manteau intangible. Il se sentait faible. Le temps s'écoulait, imperturbable.

Le froid ne cessait de l'assiéger de ses griffes. Son estomac se tordait, réclamant sa récompense la plus élémentaire. Les tremblements de son corps ne s'étaient toujours pas arrêtés, au contraire. Par moment, ils étaient même devenus incontrôlables. Deux crises étaient déjà passées, aussi violentes l'une que l'autre. Et il sentait la troisième approcher… Il avait mal partout. Ses muscles étaient tendus à se rompre, une sueur moite le recouvrait, collante, puante. Les extrémités de ses doigts étaient douloureuses, écorchées à force de vouloir s'agripper au béton du sol. Ce même béton qui l'empêchait de dormir, toujours froid comme la glace, et pourtant le seul grabat qui l'avait accueilli lorsque ces crises l'avaient foudroyé sur le sol. À chaque fois, il s'était redressé. À chaque fois, il était resté à attendre il ne savait quoi, perdu.

Une douleur brûlante se déversa brutalement en lui. Cloud ne put retenir un gémissement et s'écroula par terre une nouvelle fois. Sa tête heurta le sol, mais il sentit à peine le choc. Tous ses muscles s'étaient verrouillés, tendus au point qu'il crut qu'ils allaient se déchirer. Il eut tout à coup extrêmement chaud. Tous les pores de sa peau lâchèrent des gouttes de sueur qui se transformèrent en torrents glacés sur lui. Il toussa, chercha sa respiration. Il suffoqua. Des étoiles dansèrent devant ses yeux. Incongrûment, il trouva cela beau. L'étincelle de conscience se demanda : était-ce la fin de cette souffrance ? Il l'espérait de toutes ses misérables forces qui lui restaient.

Tous les muscles de son corps se tordirent une nouvelle fois à se rompre. Cloud étouffa un gémissement de douleur et se mordit la langue par inadvertance. Un goût ferreux inonda sa bouche. Puis tout s'arrêta, aussi brusquement que cela avait commencé.

Durant un long moment, Cloud resta là, gisant sur le sol. Sa respiration haletante se calma peu à peu. Les tremblements s'étaient grandement atténués, sans disparaître pour autant, le laissant épuisé. Paradoxalement, il ne s'était pas senti aussi éveillé depuis longtemps. Comme s'il se réveillait d'un long sommeil. Les crises l'avaient purifié de son mal. Allongé sur le sol glacé, il sentait encore cette moiteur dans son dos, sur son front et le long de ses tempes. Ses cheveux blancs, collés à sa peau en plaques épaisses, le démangeaient. Un nouveau besoin naissait en lui. Finir de laver ce mal… De l'eau. Voilà ce qu'il lui fallait. De l'eau.

Le jeune homme regarda autour de lui. Il était plongé dans la pénombre. La faible lueur que dispensait une unique lampe lui permit juste de distinguer des meubles rangés le long des murs. Où était-il ? Il se tint immobile. Fouillant faiblement dans sa mémoire, il se heurta à la Brume, cette forteresse qui occupait une partie de lui. *Contre lui.* Cet amas de brouillard qui lui faisait comme un carcan sur l'esprit se tenait non loin de lui. Elle le laissait tranquille, trop faible pour reprendre le contrôle, mais trop forte pour que Cloud puisse la vaincre. Il la voyait à peine, mais il la sentait quand il cherchait à se souvenir, présence inconfortable qu'il ne pouvait fuir de sa propre tête.

Pour l'heure, il se sentait plus calme, plus lucide aussi. Tout n'était pas net, loin de là, mais au moins avait-il conscience de son environnement. Il ne savait plus comment il était arrivé là, mais ce qu'il voyait ne lui plaisait pas : trop de ténèbres, et ce froid qui continuait de l'engourdir… Il se leva sur un bras et faillit s'écrouler. Il était donc si faible… Il recommença l'opération avec précaution. Il se détendit peu à peu, sentant chaque muscle protester contre les étirements qu'il leur imposait. Lentement, il s'assit. Cette seule opération nécessita de longues minutes. Ses bras et ses jambes tremblaient sans discontinuer et, quoiqu'à présent cela fût presque imperceptible, il était obligé de s'assurer longuement qu'un de ses membres ne le lâcherait pas pour le faire aussitôt chuter.

Un long moment s'écoula encore, quand il réussit enfin à se mettre debout, s'aidant du mur comme précieux soutien. Une nouvelle couche de sueur s'était ajoutée à la précédente. Cloud se sentit encore plus poisseux, mais s'attarda sur un autre détail : il était réchauffé. Les courants glacés qui traversaient son corps quelques heures auparavant étaient tombés, alors même qu'il sentait son corps brûler. La fièvre s'était dissipée.

Pour tout dire, il se sentait maintenant… étrange. Comme du coton. Il se sentait… partagé. Il appréhendait de nouveau la réalité, mais… il lui semblait qu'il lui manquait quelque chose. Une partie de lui n'était pas revenue. Cette Brume peut-être ? Il laissa rapidement le problème de côté pour se consacrer à un autre, plus immédiat : il devait se concentrer sur ses jambes, qui menaçaient à tout instant de se dérober sous lui. Il fit un premier pas chancelant.

Cloud se tenait toujours au mur, appuyant ses doigts égratignés sur le béton. La douleur diffuse de ses extrémités l'aidait à s'ancrer dans ce monde. Il appuya plus fort. Sa perception s'éclairait, avant de s'éteindre une nouvelle fois. Un autre pas. Ses jambes tremblaient moins. Ses muscles s'affermissaient peu à peu. Lentement, le garçon se mit à marcher, abandonnant progressivement le mur. Le tremblement de ses mains, par contre, refusait de disparaître. Il les serra contre lui et avança à petits pas vers un rectangle gris dans le mur, guidé par une pâle lumière au-dessus de lui. Il atteignit la porte sans tomber. Un exploit en soi, au vu de son état de faiblesse et de son équilibre précaire.

Quand il posa la main sur la poignée froide, il eut la sensation d'être brûlé par un fer chauffé à blanc. Le jeune homme retira vivement sa main. Était-ce la sensation du métal ? Les tremblements reprirent de plus belle et il dut encore attendre un long moment adossé au mur, avant que ceux-ci ne se dissipent.

Il regarda fixement l'objet de sa terreur. La sensation avait été d'une telle violence ! Mais il devait pourtant sortir. Il scruta le bec-de-cane. Ça n'était qu'une bête poignée pour ouvrir une porte ! Il rassembla tout son courage et appuya du bout des doigts sur l'extrémité de la poignée. Elle ne lui posa aucune résistance. Cloud poussa la porte. Sans résultat. Il poussa plus fort. Elle ne bougea pas. Cloud sentit la panique l'envahir. La brûlure du métal froid recommençait à se propager, diffusant à son contact des décharges d'images qu'il ne parvenait pas à identifier. La seule chose qu'il retint de tout ce vrac, c'était la peur.

L'affolement gagna en intensité. Il poussa, poussa, tira… et tomba à la renverse. Sans crier gare, la porte s'était ouverte et Cloud avait chuté lourdement sur le béton froid. Il étouffa un cri de douleur. Sa langue malmenée s'ouvrit et, de nouveau, le sang se répandit dans sa bouche. Le garçon cracha une salive que l'obscurité ambiante teinta en noir.

Lorsqu'il réussit vaillamment à se relever, il claquait des dents. Il rouvrit la porte en prenant garde à toucher le moins possible la poignée et se précipita dans l'ouverture. Le battant se referma avec un claquement sec. Cloud se retrouva dans une obscurité complète.

Étonnamment, cela ne l'effrayait pas. D'autres images arrivèrent en cascade, échappant au contrôle de la Brume qui tentait vainement de les rattraper en lançant ses filets de brouillard épais. Les souvenirs qui s'étaient échappés explosèrent dans la rétine de Cloud. Toujours des lieux sombres, mais où régnait une certaine sérénité. Mais des lieux dont il ne se rappelait rien. Par contre, il comprit qu'il devait simplement avancer, les mains tendues. Il n'avait pas quitté le béton, il le sentait sous ses pieds nus. Il était juste devenu plus lisse au toucher.

Le jeune homme avait à peine fait quelques petits pas qu'il sentit une paroi sous ses doigts. Pas de la pierre. Une nouvelle porte. Cloud descendit ses mains, redoutant *son* contact. La poignée l'électrisa. Son corps refusait le métal, ça lui était intolérable. Maladroitement, Cloud saisit la manche de son vêtement et fit jouer la poignée. Le tissu n'offrait qu'une faible séparation entre sa peau et le métal : le froid ne lui était pas épargné, mais au moins évitait-il de le toucher directement. Il tira sur le battant, mais dut finalement le pousser. Décidément…

Il pénétra dans cette nouvelle pièce, lentement, toujours à tâtons. Sous ses pieds, le béton céda la place au carrelage froid. Une légère odeur de détergent flottait dans l'air, le raccrochant constamment à une réalité qu'une partie de lui tentait de fuir, pour le ramener tout entier vers un entre-deux mondes qui lui ferait oublier toute la douleur de son corps, et où ce tremblement insupportable prendrait fin. Cloud lutta, fit un effort pour se raccrocher à cette réalité. Cela lui était plus facile maintenant. Mais la douleur se faisait aussi plus intense, ses muscles protestaient davantage à chaque pas. Il s'arrêta un moment. La douleur s'apaisa. Quand il repartit, la douleur reprit, mais moindre.

Le garçon prenait peu à peu conscience du nouvel environnement qui l'entourait. Levant des mains hésitantes dans l'obscurité, Cloud trouva un mur à sa gauche, carrelé lui aussi. Ce contact le fit sursauter. Cette sensation était tellement proche de celle du métal… Pendant quelques secondes, il chercha il ne sut quoi, quelque chose, jusqu'à ce que ses doigts malhabiles rencontrassent un boîtier plastique surmonté d'un bouton poussoir. Il le pressa doucement.

La lumière crue jaillit instantanément, lui brûlant les yeux. Quand il les rouvrit, il dut prendre du temps pour s'habituer à cette clarté aveuglante que projetait un vieux néon, et comprendre où il se trouvait. La lumière le perturbait dans ses repères et il le désorientait complètement. Encore une fois, il dut batailler contre cette sensation de vertige qui l'aspirait vers le haut. La pièce se mit à tourbillonner. Cloud bascula en arrière. Le mur le cueillit et il glissa lentement contre lui, jusqu'à terre. Le vertige relâcha son étreinte et sa vue se stabilisa. Il releva la tête doucement, sentit la sueur lui piquer les yeux et le froid le gagner. Mais pour la première fois, il eut une pensée heureuse qui dissipa ses peurs. La pièce qu'il venait de découvrir était des sanitaires. Surtout, son regard s'était posé sur l'espace qui abritait une douche. La perspective de pouvoir se laver lui redonna des forces. Il se releva en chancelant.

Une demi-heure plus tard, Cloud sortait de la douche, en grande partie revigoré. Les tremblements avaient presque cessé et l'eau chaude lui avait procuré un agréable sentiment de purification. Ses idées s'étaient éclaircies en même temps que sa crasse s'en était allée. Excepté ces marques sur tout le corps. Il avait essayé de les nettoyer, mais elles étaient restées, indélébiles. Il avait haussé les épaules. Il s'était frotté vigoureusement, réactivant la circulation sanguine dans ses membres engourdis. Il avait aussi ressenti quelques picotements. Des coupures, des éraflures, dans son dos, dans le creux de ses bras, autour de ses poignets. Curieux. Il n'avait aucune idée de la manière dont il s'était fait ça. Ses cheveux d'une couleur jaune pisseux avaient retrouvé une couleur claire après deux lavages, avec un reste de shampoing qui traînait dans la douche. Il s'était senti mieux.

Encore trempé, il se dirigea vers le lavabo et fixa le miroir. Un jeune homme le regardait avec un mélange d'incrédulité et de frayeur. Ces cheveux blancs… À son âge ? Il n'avait pourtant que… Cloud fronça les sourcils. Quel âge avait-il déjà ? Il força sa mémoire à lui donner une réponse. Et se heurta à la Brume. Celle-ci se mouvait, tantôt inconstante, tantôt dure comme un roc, repoussant l'esprit de Cloud avec une force insoupçonnée, ou bien se dérobait, plus vive que lui, sous son assaut inhabile.

Soudain, il prit peur. *Pourquoi est-ce que son visage ne lui signifiait rien ?* Un frisson lui parcourut l'échine. Il vacilla et dut s'agripper fermement au lavabo pour ne pas tomber. Il examina plus intensément ses traits. Des yeux marron, des lèvres pleines, un nez droit. Mais des traits émaciés, fatigués, creusés par des cernes noirs et des pommettes saillantes. Pas de signes distinctifs : pas de boucle d'oreille, pas de tatouage. *Qui était-il ?* Il eut beau chercher une réponse dans ce reflet, il ne trouva rien. Ou plutôt, il ne trouva que cette Brume moqueuse et fuyante. Il avait l'intime conviction qu'Elle détenait la réponse. Alors pourquoi se dérobait-elle ainsi ?

Vaincu, sonné, à bout de forces et nu comme un ver, Cloud se laissa tomber par terre. Rapidement, il se mit à trembler. Il avait froid. L'effet de la douche s'était tari. Toute son énergie était repartie dans le siphon. À croire qu'elle avait aussi emmené sa saleté en même temps que ses souvenirs. Il eut un sourire amer. Et maintenant, qu'allait-il faire ? Il passa la main dans ses cheveux mouillés. Peut-être se sécher dans un premier temps, et s'habiller…

Le garçon balaya la petite pièce du regard. À gauche de la douche, il avait vu des toilettes et, juste à côté, dans l'angle, trois vestiaires. En métal. Reprenant courage, Cloud se releva en faisant une grimace. Mais plus facilement : la chaleur des ablutions avait quand même réussi à dénouer ses muscles crispés. Il marcha prudemment, ramassant au passage une partie de son… pyjama ? Il regarda avec effarement le morceau de tissu léger qu'il tenait à la main. Outre la couleur verdâtre d'origine qui transparaissait encore légèrement sous les salissures multiples et les odeurs corporelles qui s'en dégageaient, l'habit ressemblait vaguement à un vêtement… *d'hôpital*.

Cloud lâcha l'habit et se prit la tête entre les mains. Mais qu'est-ce qui s'était passé ? Qu'est-ce qui lui était arrivé ? De désespoir, il lança une attaque aussi vive qu'inattendue contre cette Brume qui le hantait. Surprise, elle laissa échapper des images chaotiques avant de se refermer sur elle-même avec colère. Cloud s'empara de ce maigre butin et le laissa aussitôt s'en aller, désemparé : de l'obscurité, de la douleur, un accident… Rien de réellement probant sans date ni contexte. Juste des flashes sans queue ni tête. Et pour couronner le tout, une migraine commençait à poindre et il sentait que les tremblements n'attendaient que cette occasion pour se remontrer. Sans compter son estomac qui se mettait à faire des bonds tout bonnement insoutenables. Il s'efforça au calme. À une respiration profonde, régulière. Les battements de son cœur s'apaisèrent. À présent, il avait juste faim.

Le jeune homme reprit sa quête de vêtements. Il ramassa l'ancienne chemise qu'il avait portée et ouvrit chaque vestiaire. Aucun n'était verrouillé. Un était vide. Un servait de placard à balais et de rangement pour les produits d'entretien. Le dernier servait de… vestiaire. Cloud y dénicha une serviette et – ô coup de chance ! – une tenue de rechange complète. À quelques détails près : le pantalon était trop court et il en allait de même pour le T-shirt noir et le pull de laine bleu marine. Ah ! et sans compter l'absence de sous-vêtement. Les anciens n'étaient vraiment plus en état. Pas le choix, il fallait faire avec, ainsi qu'avec le remugle que les habits dégageaient, une odeur de renfermé, voire de moisie pour le T-shirt. Il compléta sa tenue avec une paire de baskets antédiluviennes de deux pointures trop grandes, qu'il dénicha dans un vieux sac plastique.

Cloud n'était pas spécialement à l'aise dans ses nouveaux vêtements, mais au moins pouvait-il sortir sans trop attirer l'attention. Il se regarda une dernière fois dans le miroir. Comment espérait-il sincèrement ne pas attirer l'attention avec des cheveux blancs comme les siens ? Et ce visage… Pourquoi lui était-il inconnu ? Pourquoi n'arrivait-il pas à se souvenir ? Il chassa ces pensées bon an mal an, pour essayer de se concentrer sur les choses qu'il savait. Il se sentit plus fort. Et malgré sa mémoire, cette Brume, il avait retrouvé une certaine clarté d'esprit.

Cloud regarda ses mains. Un très léger tremblement persistait. Bien peu de choses comparées aux crises précédentes. Il jeta un dernier coup d'œil autour de lui. Il n'avait plus rien à faire ici. Il était temps pour lui de partir. Il fit un premier pas hésitant. Ses jambes n'étaient pas tout à fait sûres, encore faibles et tremblantes. Il marcha à petits pas pour rejoindre la porte et sortit sans jeter un regard derrière lui. Il laissa juste la lumière.

Marchant toujours lentement, il commença à gravir les marches que la lumière des sanitaires esquissait. Il s'agrippait à la rampe en plastique, sans penser à rien d'autre que son ascension. Une marche après l'autre, avec une halte à la moitié des degrés. Il se rapprochait d'un grand rectangle gris foncé, sur lequel était projetée une faible lumière. La porte. Sa destination.

Le garçon recommençait à avoir chaud, à transpirer légèrement, mais d'une sudation saine. Ses forces étaient revenues et il voyait ce dernier obstacle à sa remontée des ténèbres. Sa respiration s'accéléra. Il monta les trois dernières marches sans s'arrêter. Il s'apprêtait à franchir ce dernier mur quand il s'arrêta.

Le froid l'envahit d'un coup. Avec un cri étouffé, il retira sa main de la poignée comme s'il avait reçu une décharge électrique. La terreur l'envahit une nouvelle fois. Des images, non, des sensations de froid sur tout son corps lui donnèrent la nausée. Pourquoi ? Pourquoi réagissait-il comme ça ? Il toucha ses mains. Rien. Pas de brûlures. Alors pourquoi ces… douleurs ? Il porta son attention sur la poignée. Rien ne la différenciait des précédentes. Simplement ce rejet. Cloud tira sur la manche de son pull jusqu'à ce que celle-ci lui recouvre la main. Puis, il la posa avec un soupçon d'angoisse sur le manche en fer. Rien. Rapidement, il actionna le mécanisme. Le battant s'ouvrit sans encombre et Cloud se faufila dans l'ouverture.

La nouvelle pièce dans laquelle il se trouvait était plongée dans la pénombre. Les mêmes meubles qu'il avait vus au sous-sol étaient également ici, sagement rangés contre les murs. Le jeune homme se dirigea vers la sortie. Et trouva porte close, se heurtant au volet métallique qui lui barrait son échappatoire. Quelque chose clochait. Tout était fermé. *Comment était-il entré ?*

Il fouilla dans ses souvenirs récents, qui lui paraissaient pourtant étrangement lointains. Il n'avait pas de clef, ni n'en avait vu à côté de lui en se réveillant ou n'en avait même possédé. Il se concentra davantage. Peu à peu, des images émergèrent, pas très nettes. Il vit la Brume dans un coin le regarder d'un œil mauvais. Mais ces souvenirs étaient trop récents pour qu'elle puisse avoir la mainmise dessus. Là, cette image… Enfin, une sensation : un choc. Une chute. Il se retourna. Derrière lui, tout au fond de la salle, les fenêtres le toisaient, les barreaux le narguaient, à peine visibles dans l'obscurité qui régnait à l'extérieur. Non, il venait d'ailleurs. Cloud revint sur ses pas. Et cet ailleurs ne pouvaient provenir que de… Son regard tomba sur la porte par laquelle il était arrivé, cachée par cette immense affiche.

Quelques minutes plus tard, toujours prudemment, il se dirigeait vers les fenêtres du sous-sol. En fait de fenêtres, il s'agissait de soupiraux donnant sur l'extérieur, au ras du trottoir. Le craquement du verre brisé crissa sous sa chaussure. La sortie, aussi peu académique soit-elle, se trouvait ici. L'ouverture était réduite et un barreau, rouillé, manquait à l'appel. Un espace juste suffisant pour lui, en attestait le morceau de tissu vert encore accroché à un bout de verre.

Un nouveau voyage lui fut nécessaire pour ramener une chaise qu'il avait remarquée à l'étage, derrière le comptoir. Il faillit tomber à deux reprises. L'endroit le mettait mal à l'aise et il pressait involontairement ses mouvements. Il ne reconnaissait pas les lieux, mais paradoxalement ils ne lui étaient pas inconnus.

Cloud plaça son échelle improvisée contre le mur et s'avança sous l'ouverture. Le garçon sentit ses mains recommencer à danser. Le tremblement était encore faible, mais cela ne durerait pas. Tout comme les nuages qui s'amoncelaient de nouveau dans sa tête, menaçant un peu plus de prendre le pas sur la réalité. Il devait se dépêcher.

Sa respiration s'accéléra et le sang se mit à battre un peu plus fort à ses tempes. L'angoisse guettait le moindre de ses faux pas. Il tendit la main, ouvrit la fenêtre – la poignée était en plastique – pour éviter de se blesser avec les éclats de verre restés coincés dans le cadre. Il fut accueilli par un courant d'air frais chargé d'odeurs de poubelles. Pour sortir, il devait se mettre sur la pointe des pieds et, malgré sa faiblesse, tirer sur les bras pour s'extirper de la cave. Bandant ses muscles pour son seul et unique essai, il se hissa et réussit à attraper la bordure en pierre à l'extérieur, juste au-dessous de la fenêtre. Ses pieds quittèrent la chaise, s'appuyant une ultime fois sur le dossier qui se déroba presque aussitôt sous sa semelle. La chaise chut avec bruit, mais Cloud posait déjà un genou sur le rebord, avec un équilibre précaire. Il regarda devant lui. Un obstacle lui barrait la route. Ce qu'il avait pris pour la nuit était en fait une énorme masse noire qui lui obstruait le passage. La peur de retomber et de rester bloqué dans cet endroit inquiétant au-dessous de lui déferla en lui, en même temps que la Brume. Il tira de toutes ses forces sur ses bras. Et bascula en avant, se râpant le ventre et la poitrine sur la pierre.

Complètement ramassé sur lui-même, il ne put éviter de se cogner contre un corps dur. Il reconnut du plastique et le repoussa du plus fort qu'il put. Un bruit claqua juste au-dessus de sa tête, le faisant sursauter. La gravité se rappela à lui, aspirant ses jambes pour l'engloutir dans la cave. Il se tortilla comme une anguille, coincé entre la fenêtre et cette tiède paroi en plastique. La douleur lui mordait le ventre et la poitrine, mais il s'affaira à l'ignorer tant que durerait son acrobatie. Il termina enfin de s'extraire de la cave et roula sur le dos dans le maigre espace qui lui restait. Allongé sur le sol dans un espace guère plus large que lui, il ne bougea plus. La tête lui tournait.

Cloud ferma les yeux, se mordit les lèvres, luttant encore contre les ténèbres de la Brume qui tentaient de se refermer sur lui. Elle lançait ses escadrons de la folie contre lui, harcelant sans relâche les barrières qu'il érigeait péniblement pour se protéger d'Elle. La Brume voulait s'emparer de lui, le reprendre sous son influence. Il s'y refusait, il luttait. Doucement, il réussit à reprendre le dessus. Les tremblements qui avaient recommencé à le ronger se calmèrent progressivement. La Brume reflua en désordre, crachant son mécontentement. Puis disparut. Pour l'instant.

Le jeune homme resta encore un long moment prostré dans cette position pourtant inconfortable, guettant chaque bruit qui l'entourait, refusant d'ouvrir les yeux par crainte de se trouver devant un autre cauchemar. Il dut pourtant finir par s'y résoudre lorsqu'une lumière inhabituelle se profila au-dessus de ses paupières. Alors lentement, il s'employa à apprivoiser cette lueur faible et persistante. Quand il les ouvrit, il vit que le vent avait chassé ce nuage noir qui avait fait barrage à la clarté lunaire. Qu'il se trouvait coincé entre un mur et une poubelle. Il leva la tête. Le claquement qu'il avait provoqué était la fermeture brutale du couvercle, et le bruit avait résonné parce qu'il se trouvait dans une cour d'immeuble. Cour dans laquelle un homme l'observait.

Chapitre XXXI

Stobbart se renfonça doucement dans son fauteuil. Le dossier s'inclina légèrement, lui procurant une agréable sensation de détente. Sa tête le lançait toujours, mais la douleur lancinante qui l'habitait encore hier avait grandement diminué, en partie grâce aux analgésiques du docteur Fortesque et des pains de glace que son congélateur lui fournissait en abondance. Autre signe qui prouvait que cela allait mieux, les démangeaisons sur sa bosse, à l'endroit des sutures, et qui lui mettaient les nerfs à fleur de peau. C'était pour une de ces raisons que George s'asseyait à son bureau, relisait les rapports que lui avait transmis Collard, prenait des notes, tout pour l'empêcher de s'attarder sur l'état de sa tête. Par contre, le faire comprendre à Émilie était plus complexe, sa femme voulant absolument qu'il se repose et pense enfin à des vacances méritées qu'on lui promettait depuis trop longtemps.

Mais comment lui faire admettre que ce n'était pas possible ? Du moins, en ce moment même. Pas avec cette affaire. Il y avait quelque chose qui le touchait de trop près. Les morts dans le milieu du jeu vidéo n'étaient pas rares, malheureusement. Mais les meurtres… D'habitude, les joueurs retrouvés décédés l'étaient à cause d'un état de fatigue extrême, d'une faiblesse cardiaque, un suicide, voire plus rarement encore des rixes entre bandes rivales qui débordaient du virtuel au réel. Depuis quelques décennies maintenant, c'étaient les instituts psychiatriques consacrés à ce nouveau mal qui avaient fleuri. D'abord timidement, avant de connaître une expansion sans précédent lorsque le Professeur Mantis avait théorisé ce mal et apporté les outils pour lutter contre lui. Ce même Professeur qui était maintenant préfet de police de Paris et son propre chef, à lui, Stobbart. Depuis cette nouvelle ère, les suicides avaient décru, les autres morts aussi. Restaient les traumatismes et les nouveaux médecins de l'esprit. Était-ce un bien ? Stobbart n'en était pas si sûr. Fallait-il vivre une guérison traumatisante pour le restant de ses jours ou vivre le traumatisme jusqu'au bout pour atteindre l'ultime délivrance ? George hésitait encore entre les deux réponses. La douleur fusa sous son crâne.

Machinalement, il s'était laissé aller contre l'appui-tête et sa blessure s'était violemment rappelée à lui. Il l'accueillit avec soulagement cette fois : elle lui avait évité de glisser vers des souvenirs trop sombres. Il se redressa sur sa chaise. Son regard tomba une nouvelle fois sur les papiers étalés devant lui. Le meurtre sauvage de cette infirmière lié au média vidéoludique était vraiment exceptionnel.

Le policier regarda sa montre. Bientôt seize heures. Claire et Chris n'allaient pas tarder à rentrer du sport, raccompagnés par la nounou. Finalement, cette journée de repos lui avait été bénéfique. Mais laisser Nicole toute seule au bureau l'avait un peu inquiété. La jeune femme avait les épaules solides, mais le stress était un facteur qu'elle avait encore du mal à gérer. Tout comme lui à ses débuts. Quoi qu'il en soit, juste avant de partir le jeudi soir, il avait grandement insisté auprès de sa jeune collègue pour l'appeler à n'importe quelle heure si elle avait besoin d'aide. Elle avait souri en le remerciant. Il l'avait prévenue, mais il était persuadé que, quelle que soit l'urgence, elle se tiendrait coite de toute manière. Et encore eût-il fallu qu'il puisse répondre au téléphone : il avait dormi une majeure partie de l'après-midi ce vendredi – d'un sommeil de plomb – et s'en était presque voulu avant de s'apercevoir avec soulagement que son téléphone était resté muet. En fait, il trouvait même qu'il récupérait bien. Un bruit de clefs dans la serrure, des voix d'enfants. Ça y était : sa progéniture était rentrée.

Il se leva avec précaution. Pas de vertiges, mais sa tête le lançait toujours un peu quand il repassait en position verticale malgré les antidouleurs. La douleur s'atténua rapidement. Lorsqu'il sortit dans le couloir, George aperçut ses enfants en train de défaire avec empressement la fermeture éclair qui retenait leur manteau. Les cartables gisaient en vrac à leurs pieds, en attendant d'être ouverts le plus tard possible pour les devoirs. Stobbart s'arrêta. Il avait rarement eu l'occasion de cette manifestation d'activités après l'école. Il regarda sans un mot Claire et Chris donner leur manteau à une jeune étudiante blonde dont il ne connaissait même pas le nom. Il se rappela effectivement que la jeune fille précédente était partie parce qu'elle avait justement terminé ses études.

Ce fut Christophe qui le remarqua en premier. Il tourna sa petite tête noire avec la ferme intention de se rendre à la cuisine pour prendre un solide goûter quand ses yeux se posèrent sur son père. George les vit s'agrandir comme des soucoupes sous l'effet de la surprise.

« Papa ! »

Son cri éclata dans le couloir et Stobbart attrapa son fils au vol quand il se jeta dans ses bras. Un second choc le fit tituber et il sentit deux bras lui enserrer les jambes. Soutenant d'une main son second et ébouriffant de l'autre les cheveux de son aînée, Stobbart s'attarda un instant sur la chaleur de ces deux petits corps. Il se surprit à penser avec regret que cet instant se répétait trop rarement. Une douleur lui brûla soudainement le crâne. Son garçon lui avait par mégarde appuyé à l'endroit exact qu'il aurait fallu éviter.

« Attention Chris : Papa a mal à la tête ! »

Il déposa doucement son garçon à terre et se força à respirer calmement. La douleur s'estompa progressivement. Stobbart s'empressa ensuite de rassurer ses chers bambins quand il vit l'inquiétude se peindre sur leur visage.

« Qu'est-ce qui t'est arrivé ? Pourquoi tu as un pansement ?

– Papa a été maladroit et s'est cogné la tête. Allez prendre le goûter. J'arrive tout de suite ! »

Les enfants s'enfuirent vers la cuisine. Stobbart reporta son attention sur la baby-sitter, qui s'était tenue à respectueuse distance, passablement intimidée.

« Bonjour Mademoiselle, salua George. Je crois que c'est la première fois que nous nous rencontrons…

– En effet, acquiesça-t-elle timidement. Je ne savais pas que vous étiez là.

– Cela n'était pas prévu. Jusqu'à quelle heure restez-vous habituellement ?

– Dès que votre épouse arrive, généralement vers vingt heures.

– Bien. Si ça ne vous ennuie pas, un coup de main ne serait pas de refus, s'il vous plaît. Ça n'est pas la grande forme aujourd'hui… »

Effectivement, l'agitation ambiante du goûter obligea Stobbart à prendre un nouvel antalgique au bout d'un quart d'heure. L'heure des devoirs fut beaucoup moins turbulente et le policier en profita pour s'impliquer au maximum dans l'explication laborieuse de la géométrie quant aux exercices de son fils. Ses souvenirs furent mis à rude épreuve et, au final, il s'en tira sans trop de dommages. La nounou, dont il avait déjà oublié le prénom, lui fut d'une grande aide, surtout lorsqu'il apprit qu'elle était en fac de math.

Quant à Claire, bonne élève, son père se contenta de relire ses exercices de français, matière dans laquelle lui-même se montrait beaucoup plus à l'aise. Et se montra même inflexible lorsqu'il lui ordonna de recopier les phrases dans lesquelles subsistaient encore des erreurs.

À dix-huit heures trente, Stobbart congédia l'étudiante et expédia la douche des enfants, avant d'aller dans la cuisine pour préparer le dîner. Émilie rentrait toujours plus tôt le vendredi et serait contente de voir le dîner prêt, ou du moins en préparation.

Alors qu'il était absorbé dans l'étude approfondie de ce que contenait son réfrigérateur, ses enfants déboulèrent dans la cuisine à grand renfort de cris. La voix aiguë de son second avait peine à couvrir les décibels de sa sœur, et Claire profitait de sa plus grande force que lui octroyait sa taille pour ramener son frère en arrière et se placer sous le nez de son père. George leva les mains pour signaler un cessez-le-feu et attendit que le silence se fasse. Ils voulaient lui demander quelque chose, pourquoi se fatiguer à crier ?

« Oui, les enfants ? »

Nouveau concert de cris.

« Un à la fois. Un peu de discipline. Claire ?

– Est-ce que je peux allumer la console, s'il te plaît Papa ? demanda avidement sa fille.

– Non, pas ce soir. Aidez-moi à préparer le dîner…

– Mais avec Maman, on peut y jouer…, hasarda Chris.

– J'ai dit *non*, coupa Stobbart. Maintenant, aidez-moi à mettre le couvert.

– Mais…

– Dernière fois ou bien je la supprime définitivement… »

Un silence de mort plana un bref instant. Une déception mortifiée se peignit sur leurs frimousses, avant de céder à une résignation docile. La table fut rapidement dressée et, tandis que leur père s'activait derrière les fourneaux, George fut surpris par un silence soudain. Il se retourna et vit ses deux enfants qui se tenaient immobiles derrière lui, au milieu de la cuisine.

« Oui ?

– Et maintenant, on peut ? » se risqua son aînée.

« Ils ne perdaient pas le nord », constata George en soupirant intérieurement. Quoi faire ? Refuser et s'attirer une nouvelle fois leur courroux ? Ou céder pour avoir un moment de tranquillité ? Il opta finalement pour… la première option.

« Non. On verra ce week-end. Votre mère ne va pas tarder à rentrer. Pourquoi ne faites-vous pas plutôt un jeu de cartes pour changer ? » leur suggéra-t-il.

Chris fronça les sourcils.

« C'est quoi les cartes ?

– Mais c'est nul, grogna Claire. Il n'y a même pas d'écran tactile dessus !

– As-tu déjà essayé ?

– Non, reconnut-elle de mauvaise grâce.

– Alors, ne critique pas sans savoir. Allez dans le salon, j'arrive tout de suite… »

Tout en surveillant d'un œil inquiet sa cuisine – galettes de pommes de terre et côtes de porc mises à cuir tout doucement – qui lui semblait sur le point de brûler à tout instant, Stobbart entreprit d'initier ses enfants aux joies – et drames – de la bataille corse.

Finalement, leur mère et épouse arriva vers dix-neuf heures trente. Quand Émilie les retrouva dans le salon, elle s'aperçut qu'ils l'avaient à peine entendue, mobilisés, et sous la tension de voir apparaître une redoutable paire de deux. Elle regarda son mari qui il lui fit un clin d'œil complice. Elle s'approcha discrètement pour l'embrasser et regarda son jeu. George ne disposait plus que de quelques cartes, tandis que le paquet de Christophe atteignait des proportions respectables. Avec un sourire, Émilie posa ses affaires sans bruit et les rejoignit en tant que spectatrice.

Les cartes défilaient et s'accumulaient. Aucun des joueurs ne pouvait encore prendre la main. Émilie se mordit les joues pour ne pas rire. Les mines concentrées de ses enfants avaient de quoi l'amuser. Chris fronçait les sourcils comme son père et posait rapidement ses cartes, paré à toute éventualité. Claire se mordait les lèvres et tirait la langue. Son mari souriait, heureux. Elle en fut tout attendrie. George posait machinalement ses cartes, comme si de rien n'était et, de temps à autre, riait silencieusement en regardant son épouse. À chacune des cartes qu'il posait, les enfants retenaient leur souffle. À cet instant, une mouche aurait fait autant de bruit qu'un marteau-piqueur dans le salon.

Soudain, Claire sortit un as. À ce moment précis, le joueur suivant devait poser quatre cartes consécutives, jusqu'à ce que sorte un personnage – une tête. Auquel cas, c'était au joueur suivant de poser sa carte selon la règle suivante : quatre cartes devaient être posées face à un as, trois face à un roi, deux face à la reine et une face au valet. Si aucune des cartes suivantes posées n'était un as ou une tête, le joueur qui avait posé la première tête ou l'as remportait le paquet. Or le joueur suivant n'était autre que Stobbart, pour lequel il ne restait que six ou sept cartes, dont aucun personnage. Pourtant, Émilie sentit la tension monter d'un cran.

Les yeux des enfants étaient rivés sur les mains de leur père, qui retournèrent lentement une première carte. George la posa, imperturbable. Ses gestes mesurés ne faisaient qu'augmenter la nervosité des enfants, qui surveillaient la moindre de ses actions. Et brusquement, sans crier gare, le policier retourna rapidement deux cartes. Deux de cœur, deux de trèfle. Dans le même temps, George abattit sa grosse main sur l'imposant tas de cartes avant même que ses enfants n'aient eu le temps de réagir. Quand ils s'aperçurent que leur père les avait plus que devancés, un concert de protestations s'éleva, tandis que George ramassait les cartes en riant :

« Alors, à qui les cartes ?

– C'est pas juste ! protesta sa fille. Tu retiens les cartes !

– À toi de faire de même, rétorqua gentiment son père, n'en retiens qu'une, tu verras, c'est plus facile ! Bonsoir ma chérie… »

George se leva pour embrasser sa femme, qui se blottit derrière lui.

« Tu as encore triché ? demanda-t-elle avec un faux ton reproche.

– Jamais ! s'exclama son mari faussement offusqué.

– Si ! intervint Chris en grognant. Papa retient toutes les cartes : il sait très bien qu'il a deux deux à suivre dans son jeu.

– Et ?

– Et quand il y a deux cartes pareilles, on doit taper sur le tas pour le remporter…

– Pourquoi tu ne le fais pas, chéri ? taquina son père.

– Mais j'ai trop de cartes ! »

Stobbart prit son fils dans ses bras en riant.

« Soyez tranquilles, vous vous êtes très bien débrouillés !

– Qu'est-ce qui sent le brûlé ? » s'inquiéta tout à coup Émilie.

Stobbart se figea.

« Le dîner ! »

Il reposa rapidement Chris et partit vers la cuisine en courant.

Quand elle se coucha enfin aux alentours de vingt-deux heures trente, Émilie était épuisée. Les réunions s'étaient enchaînées tout au long de la journée, ce qui avait eu pour conséquence de repousser le travail qu'elle aurait dû accomplir aujourd'hui, jusqu'à ce soir, raison pour laquelle elle était rentrée aussi tard. Et même si le dîner avait été un peu trop cuit – complètement même – elle avait apprécié la soirée. Son mari s'était occupé des enfants et tout était prêt lorsqu'elle était entrée. C'était agréable de pouvoir s'installer à table sans se demander quoi préparer. Mais à la fin du dîner, en le voyant reprendre un troisième analgésique, elle avait envoyé son époux se reposer. S'empiffrer d'antidouleurs n'était pas non plus la meilleure solution, à moins de vouloir un ulcère à tout prix.

À présent, Émilie était étendue à côté de son mari et elle le regardait dormir. Ses yeux glissèrent sur le pansement qui entachait sa tête. L'inquiétude la saisit une nouvelle fois. C'était la première fois qu'elle le voyait rentrer blessé du travail. Et ce n'était pas fait pour la rassurer. Stobbart lui avait vaguement expliqué la situation, mais n'était pas rentré dans les détails : d'une part, parce qu'il était soumis au secret professionnel ; d'autre part, parce qu'il ne voulait pas l'inquiéter davantage. Peine perdue.

George gémit à côté d'elle. Émilie se pencha vers lui et vit son visage crispé, en sueur. Un cauchemar. Il n'en faisait pourtant plus depuis des années. Elle le secoua doucement par l'épaule. Il se réveilla instantanément, haletant. Il la regarda d'un air perdu, la reconnut et se détendit. Il se rendormit presque aussitôt, l'air un peu plus apaisé. Émilie soupira. Difficile de rester sereine dans ces conditions-là. Elle repensa à la partie de cartes de ce soir. George avait eu une bonne idée et, même si elle ne se rappelait que brièvement les principes du jeu, elle avait apprécié le spectacle de ses enfants suspendus aux mains de leur père. Ça les changeait de leurs jeux vidéo ! Peut-être qu'elle se remettrait aux cartes… Cela serait toujours plus intensif qu'une manette difforme et moins fatigant pour la tête. Émilie s'endormit sur cette dernière pensée, un sourire au coin des lèvres.

*

Samedi 3 septembre

Le lendemain, George se réveilla avec un mal de tête lancinant, mais supportable. Les démangeaisons sur sa blessure étaient continues, ce qui constituait un signe encourageant. Machinalement, il chercha sa femme à côté de lui. Sa place dans le lit était vide, encore tiède. Il tendit l'oreille. Quelques bruits à peine distincts dans la cuisine, une odeur de pain grillé. Et le réveil qui indiquait huit heures trente. George reposa la tête sur l'oreiller. Cela faisait bien longtemps qu'il n'avait pas eu le droit à une nuit complète suivie d'une presque grasse matinée. Il resta là, allongé, profitant du silence encore matinal.

Lentement, ses pensées s'éclaircissaient, vagabondant dans le chaos de son esprit à peine réveillé. Mais au fur et à mesure qu'elles s'organisaient, elles le ramenèrent une nouvelle fois vers les meurtres de la salle d'arcade. Toujours les mêmes questions, et toujours pas de réponses. Il chassa tout cela de sa tête et essaya de se concentrer sur autre chose… Tiens, quel pourrait bien être le programme de la journée ? Une image jaillit de sa mémoire : sa voiture ! Elle était toujours rue Poulbot. Et voilà, il y revenait. Et avant même qu'il ait eu le temps de repousser cette pensée, son cerveau en exhuma une autre : qu'est-ce que ses agresseurs à lui, Stobbart, pouvaient bien chercher là-bas ? Pendant un quart d'heure, son cerveau travailla à plein régime. Puis, sentant un nouveau mal de tête poindre sans les réponses, il abandonna et se leva en douceur pour aller rejoindre son épouse et le petit-déjeuner familial.

À la fin de la matinée, George se décida à aller chercher sa voiture. Il chercha son portefeuille, avant de se rappeler qu'il l'avait laissé dans son pantalon maculé de sang, à son retour de la rue Poulbot. Il le retrouva dans le lave-linge et le sauva juste avant que la machine ne se mette en route. Il s'assura ensuite qu'Émilie n'avait pas besoin de lui et partit. Ils habitaient dans un immeuble du quinzième arrondissement, rue Olivier de Serres. Il devait simplement traverser la capitale de bas en haut. Ça serait sa balade avant le déjeuner.

Métro ligne douze Convention, direction Front Populaire, arrêt à Abbesses – nom hérité de l'abbaye royale des Dames de Montmartre – ; sortie du métro, prendre ensuite le Montmartrobus jusqu'à l'arrêt Place du Tertre-Norvins. Puis conclure par trois minutes de marche pour rejoindre la rue Poulbot et sa voiture. Durant ces quarante-cinq minutes de voyage, Stobbart observa ses concitoyens, s'amusant à déduire les situations de chacun : métier, situation maritale, problèmes… C'était un excellent exercice pour garder son agilité mentale. Surtout quand son crâne avait arrêté de le lancer. S'il avait voulu pousser le vice plus loin, il serait même allé vérifier ses déductions auprès desdits concitoyens. Mais pour l'heure, le calme lui convenait.

Quand il arriva devant sa voiture, le policier ne put retenir un grognement en la voyant : deux PV ornaient son pare-brise. Il les ôta, un brin énervé. Si c'était comme ça qu'on le remerciait de faire son boulot… Il ouvrit la portière du conducteur et enfonça vigoureusement les indélicats papiers dans le vide-poche. Il verrait avec son commissaire pour arranger ça. George regarda en direction de l'immeuble où logeait feue Ariel Braska. Tout était calme. À croire qu'il ne s'était jamais rien passé. S'il ne regardait pas sa plage arrière, en morceaux. Coup d'œil à la ronde. Nulle trace de Cloud. Il haussa les épaules. Pourquoi s'était-il attendu à le voir ? Peut-être parce que son coffre en gardait un cuisant souvenir…

Il démarra. Au même instant, son téléphone sonna. Il regarda le numéro. Inconnu. Il décrocha avec un soupir.

« Stobbart à l'appareil.

– Bonjour commandant. Préfet de police Mantis… »

George se raidit. Qu'est-ce que cela signifiait ? Le Préfet prenait d'habitude contact avec le commissaire Blanc, le taulier ou le procureur.

« Monsieur le Préfet, salua prudemment le policier.

– Commandant, j'irai droit au but. Il me semble que l'enquête touchant la dénommée Ariel Braska vous avait été enlevée jeudi en attendant d'être confiée à une autre équipe, et ce, à des fins pratiques. Mais au vu des avancées spectaculaires que vous et votre équipe avez faites, nous avons décidé avec le Procureur Monsieur Godot de vous la laisser poursuivre… »

Le Préfet Mantis marqua une pause.

« Je vous remercie très chaleureusement, Monsieur le Préfet, s'entendit répondre le policier qui priait pour que cette chaleur transparaisse réellement dans sa voix. Le commissaire Blanc m'avait effectivement prévenu de cette nouvelle hier matin.

– Tout le plaisir est pour moi, lui assura son interlocuteur. Et d'autant plus que le commissaire m'a demandé de vous remettre la Légion d'honneur, ce que j'ai accepté avec grand plaisir…

– Et vous m'en voyez ravi… (Jacques, tu me le paieras !) »

Mais où est-ce qu'il veut en venir ?

« En revanche, pour les besoins de l'enquête, je veux que tous vos résultats et rapports me parviennent en priorité. Je me chargerai de les transmettre au procureur et au commissaire Blanc.

– Sauf votre respect, Monsieur le Préfet, on risque d'y voir un conflit d'intérêts, contra Stobbart.

– Vous avez raison, s'amusa Mantis. Mais pour qu'il y ait conflit d'intérêts, il me faudrait avoir une implication, directe ou indirecte, de ma part. Or, je ne veux que m'assurer de l'avancement de l'enquête, ce que je suis tout à fait en droit d'exiger en tant que supérieur hiérarchique.

– Désolé, marmonna George, furieux de se voir réprimander comme un petit garçon. Je ne tenais pas à être désagréable…

– Il n'en ait rien, rassurez-vous, se radoucit Mantis.

– Je tiens néanmoins à ce que vous en informiez mon supérieur direct. Je ne tiens pas à être mis en porte à faux vis-à-vis du commissaire Blanc.

– Ce sera fait, bien entendu. Mis à part ça, avez-vous encore quelques minutes supplémentaires à me consacrer ? »

Stobbart regarda sa montre. Il était bientôt midi. Il avait dit à Émilie qu'il rentrerait au plus tard à midi trente.

« Je vous écoute.

– Je voudrais revenir sur votre agression de jeudi soir…

– Oui, bien sûr, fit Stobbart en levant les yeux au ciel. *Comme s'il avait besoin de ça en ce moment !*

– Dans les rapports préliminaires qui m'ont été transmis – et en attendant le vôtre, souligna innocemment Mantis –, il est fait mention de cinq hommes, dont trois morts…

– Exact. Ils ont été battus par le fugitif que nous recherchons toujours actuellement…

– Ce fugitif, vous avez un nom ?

– Il s'est lui-même dénommé Cloud.

– Cloud ?

– Oui, "nuage" en anglais. Cloud, aussi imprécis que puisse être ce nom.

– Et il les a battus à cinq contre un ?

– Trois contre un. Les deux autres sont venus après. J'ai vu Cloud se battre, et c'était tout bonnement impressionnant… Ils n'ont rien pu faire…

– Est-ce lui l'auteur de ces homicides ?

– Pas d'après moi. Je pense qu'ils ont été tués après, par les deux autres hommes. Mais je n'ai rien vu à proprement parler. Si cela avait été le cas, je n'aurais pas été là pour vous raconter tout ça…

– Entendu. (Le Préfet marqua une pause.) Par contre, comment pouvez-vous être sûr que ce n'est pas le fugitif qui a fait ça ? »

Stobbart avait la désagréable impression d'avoir pris la place d'un suspect. Il s'astreignit à répondre correctement. Après tout, il ne faisait qu'exécuter ce que Mantis lui avait demandé de faire quelques minutes auparavant. Mais quand même…

« Non, il s'était caché à ce moment-là… Et je l'ai imité…

– Pouvez-vous m'assurer que ces hommes respiraient encore, avaient un pouls ?

– Non. »

Son interlocuteur se tut. Stobbart sentait le sang lui battre les temps et son crâne redevenir douloureux. Que voulait réellement le Préfet ? Il n'eut pas le temps de trouver une réponse, la voix de Mantis retentit de nouveau, changeant de sujet.

« À votre avis, que faisait le fugitif chez la victime ? N'était-il pas censé être hospitalisé ?

– Je n'en ai aucune idée et oui, lui avoua le policier en toute franchise. Tout ce que je sais, c'est qu'il m'a sauvé la mise. Par contre, les trois autres cherchaient quelque chose, sans aucun doute. Quand je suis arrivé dans l'appartement, tout était sens dessus dessous. Ils cherchaient quoi ? Je l'ignore. Et je doute même qu'ils aient trouvé ce qu'ils cherchaient. Cependant, je pense que c'est une piste qu'on va suivre, en attendant de retrouver notre suspect numéro un.

– Très bien. Mais si vous le pouvez, consacrez vos recherches en priorité sur le suspect afin d'éviter une nouvelle effusion de sang. D'après les premiers éléments de l'enquête, c'est un élément très instable et qui ne reculera devant aucun moyen pour satisfaire ses pulsions criminelles. Très sérieusement, commandant, si vous l'avez en face de vous, n'essayez pas de le raisonner : mettez-le tout de suite hors d'état de nuire.

– Bien sûr, Monsieur le Préfet.

– De mon côté, je vais voir avec le Procureur Godot et le commissaire Blanc pour tenir une conférence de presse et alerter tous les services disponibles avec avis de recherche.

– Il ne s'agirait pas non plus de créer la panique…

– Bien évidemment. Ce sera fait sous la forme d'un appel à témoins : un fugitif de vingt ans avec des cheveux blancs, ça ne doit pas courir les rues…

– Effectivement.

– Bien. Je compte sur vous pour l'enquête dès que vous serez rétabli. Il ne me reste plus qu'à vous souhaiter un bon dimanche…

– Merci, Monsieur le Préfet. À vous de même. »

La tonalité résonna à l'oreille de Stobbart. George se laissa aller doucement contre le siège, étira ses mains au-dessus du volant pour chasser l'engourdissement de ses bras. S'il s'était attendu à ça… Il ne savait pas encore si cet appel était une bonne ou une mauvaise nouvelle. Se revoir confier l'enquête en était assurément une bonne. Du moins, aussi bonne que pouvait l'être une enquête pour meurtres, et pour laquelle il avait donné de sa personne. Et ce, même s'il était encore officiellement en convalescence pour toute la semaine. Ce qui lui plaisait nettement moins – et même absolument pas – c'était la mainmise du Préfet sur cette investigation. Un préfet de police avait d'autres affaires nettement plus importantes à gérer que cette enquête : organiser la défense civile, prévoir les moyens nécessaires à la prochaine grande crue de la Seine, préparer le budget pour tous les services de police d'Ile-de-France, faire le bilan des dernières interventions de la brigade des sapeurs-pompiers de Paris… Il n'avait que l'embarras du choix parmi la pléthore de missions dont il avait la charge. Se voir imposer un filtre par Mantis, Stobbart n'appréciait pas du tout. Le Préfet avait beau dire, il flirtait avec le conflit d'intérêts. Sans compter cette histoire de Légion d'honneur…

D'autre part, le Préfet, malgré ses dires, tenait à suivre cette affaire parce que la réputation de son institut était en jeu. C'était indéniable. Ce faisant, il lui mettait la pression pour retrouver ce Cloud.

Cloud. Tout tournait autour de lui. Un drogué, un aliéné, un meurtrier présumé, un fugitif déjà échappé deux fois non sans lui avoir sauvé la vie, ça faisait beaucoup de casquettes pour un seul homme. Et pourtant, chaque fois, il était là. Si l'infirmière avait été encore là, quelles réponses lui aurait-elle données à propos de lui ? Quel avait été son rôle ? Que ou qui fuyait-elle ? Pour quelles raisons ? Toujours les mêmes réponses, toujours les mêmes absences de réponses…

Stobbart regarda nonchalamment sa montre. Et sursauta. Déjà midi quinze ! Il était grand temps de rentrer ! Par contre, être à l'heure serait une autre paire de manches… Stobbart démarra en trombe, sortit de la rue Poulbot dans une furieuse marche arrière, réenclencha la première et appuya sans vergogne sur l'accélérateur. La voiture bondit en avant… et grilla un feu rouge. Un flash crépita. Stobbart jura entre ses dents. Jamais deux sans trois amendes. Il les envoya au diable et poursuivit sa route à la même allure. Il lui restait encore tout l'après-midi et dimanche pour profiter du week-end et de sa famille…

Chapitre XXXII

Nuit de vendredi à samedi

La détonation l'avait réveillé en sursaut. Zack regarda son réveil. Quatre heures dix-sept du matin. Génial. Pour une fois qu'il n'était pas d'astreinte et qu'il réussissait à s'endormir sans somnifère… Il se leva avec un grognement agacé et gagna la fenêtre. Il avait beau être une heure indue pour la plupart des Parisiens (travaillant de jour), lui était matinal. Très matinal. En fait, il peinait à retrouver une vie diurne alors qu'il avait toujours été un oiseau de nuit. Sûrement une des raisons pour lesquelles il avait du mal à trouver le sommeil…

Ce fut donc parfaitement réveillé qu'il ouvrit son rideau et sa fenêtre, avant de se pencher pour scruter l'obscurité de la cour. Il avait son téléphone à la main, sur lequel ses doigts pianotaient nerveusement. D'où venait le bruit ? Une porte qui claque ? Peut-être bien. Auquel cas, la gardienne ne manquerait pas de leur signaler aigrement que les résidents devaient respecter la quiétude des lieux. Règlement qui, bien sûr, ne s'appliquait pas à elle lorsque ses affreux gamins faisaient la java dans la cour ou s'amusaient à sonner aux portes.

Zack ne vit rien. L'aube ne pointerait pas le bout de son nez avant une bonne heure et les couleurs sombres des murs noyaient littéralement la cour dans l'obscurité. Zack resta immobile, se mit à bâiller et s'apprêta à regagner son lit quand son œil détecta un mouvement. Là, en contrebas, près du local à poubelles. Il fronça les sourcils. Pourquoi n'étaient-elles pas rangées d'ailleurs ? On était samedi matin, les éboueurs étaient passés la veille et la gardienne était plutôt maniaque quant à l'ordre et la propreté. Deux bons points pour elle, soit dit en passant.

Le jeune homme fixa le contrebas sombre avec attention. Deux longues minutes s'écoulèrent. Au bout du compte, il en eut la certitude : il y avait quelqu'un en bas qui ne tenait pas à être vu. Zack plissa les yeux. Une tâche un peu plus claire se distinguait dans la pénombre. Elle bougeait par intermittence, presque imperceptiblement vu de là où il était. Un clochard en train de cuver son gros rouge ? Possible, mais étonnant : la porte de l'immeuble était fermée électroniquement. À moins d'un instant d'inattention de la part d'un résident tardif, il se serait faufilé derrière lui et en aurait profité pour fouiller les poubelles…

La rue… Un pan de sa vie avait ressurgi à l'arrivée des policiers. Des souvenirs qu'il aurait préféré ne pas exhumer. Parce qu'il n'était plus le Zack de la rue. Parce qu'il avait changé. Mais contrairement à sa collègue, le flic ne s'en était pas aperçu. Cette agressivité… C'était la même… Il la ressentait encore dans sa chair. Les coups résonnaient à nouveau sur ses os, éclataient sa peau. La douleur fusait, sourde. Cela faisait déjà presque huit ans, mais ces souvenirs restaient toujours aussi vivaces. Il s'en était sorti grâce à une seule personne. Ariel. Et maintenant, elle était morte. Dans un éclair fugace, il revit son visage rieur, ses colères qui éclataient comme la tempête et se calmaient tout aussi rapidement. Et maintenant, elle était morte. Il aurait dû pleurer, crier. Mais ses yeux restaient impitoyablement secs. Pourquoi faire ? Une vie avait un début et une fin. C'était la fin. Il eut un rire triste. Si Ariel l'avait entendu… Elle l'aurait sûrement sermonné sur le côté magnifique qu'avait une vie. Elle qui côtoyait quotidiennement la misère humaine, un comble… Décidément, il n'aurait jamais l'âme romantique…

Il regarda par la fenêtre. À l'est, les premières lueurs de l'aube perçaient timidement la voûte sombre du ciel. Dans la cour, la silhouette n'avait pas bougé. Zack soupira. Il s'écarta de l'ouverture, enfila un pantalon et sortit.

Pendant qu'il descendait les escaliers, les questions virevoltaient dans sa tête. Quelle raison le poussait à accomplir une action – qu'il était le premier à trouver stupide – alors qu'il ne s'en serait jamais soucié auparavant ? Quel intérêt à faire tout ça ? Quelle récompense en retirait-il ? La réponse était *rien*. Rien de tout ça. *Alors, pourquoi faisait-il ça ?* L'explication s'imposa d'elle-même. Ariel. Ariel encore. Il la revit plonger ses yeux noirs dans les siens : « Sinon, qui le ferait ? » Une réponse désarmante de franchise. Il n'avait pas su quoi répliquer. Elle avait souri et, tandis qu'elle s'éloignait, Zacharie s'était pris à contempler le plafond de sa chambre d'hôpital pour comprendre. Encore à ce jour, cette phrase venait le hanter, muette, mais toujours présente. Peut-être était-ce là la raison qui le poussait à descendre les escaliers à plus de quatre heures du matin, parce que sinon… qui le ferait ? Ariel n'était plus.

Zack déboucha à l'air libre, la cour à peine éclairée par la pleine lune, et se dirigea lentement vers les bennes à ordures, en les contournant pour voir ce qu'elles cachaient derrière elles. La silhouette qu'il avait vue depuis le sixième étage prenait discrètement forme au fur et à mesure qu'il avançait, en même temps que son étonnement grandissait. Il s'était attendu à voir une personne d'une bonne cinquantaine d'années à cause de ses cheveux blancs, mais au lieu de cela, il vit un homme pris de tremblements incontrôlés, plus jeune que lui, et attifé de vêtements trop petits. Zacharie s'arrêta à quelques pas de lui et s'accroupit pour l'observer. Être prudent, il ne savait pas quelle serait sa première réaction. Un détail attira son attention. Ses cheveux étaient curieusement humides, pas uniquement sur les tempes – marque d'une transpiration abondante –, non, on aurait dit qu'il venait de prendre une douche. Puis les tremblements qui agitaient l'inconnu se calmèrent, avant de cesser complètement. Le jeune homme releva la tête et se figea aussitôt quand son regard tomba sur Zack.

« Salut. »

Zacharie avait parlé doucement. Sa voix grave, paisible, avait résonné avec assurance. Toutefois, son nouvel interlocuteur avait tressailli. Une extrême tension se lisait sur ses traits.

« Je m'appelle Zack... Je suis là pour t'aider... »

Le garçon aux cheveux blancs paraissait apeuré, perdu. Ses yeux ne le quittaient pas, le surveillaient. Étrangement, Zacharie ressentit de l'empathie pour lui. Mais plus encore, il se revit à sa place. Il connaissait ce visage. De la peur, la sensation de plus savoir où se trouver, de ne reconnaître personne, le froid qui vous saisit, des tremblements interminables qui vous assaillent et qui vident votre corps de toute votre énergie, sans compter cette fièvre brûlante qui allait et venait au gré de ses envies... Et surtout, la sensation terrible de ce manque. Un drogué, voilà ce que voyait Zack. Des symptômes qu'il connaissait bien pour les avoir éprouvés trop longtemps. « Et bien, on a au moins un point commun », songea-t-il.

« Comment t'appelles-tu ? »

Le jeune homme le regarda bizarrement et ne bougea pas. Il était toujours méfiant, tendu. Il n'avait pas détaché son regard une seule fois de lui : c'était un animal sauvage, traqué et repoussé dans ses derniers retranchements. Et un animal épuisé, à bout physiquement et mentalement.

« Cloud. »

La réponse survint, ténue mais distincte. Si elle surprit Zack, il n'en montra rien. Il se releva doucement.

« Viens avec moi, Cloud. J'habite tout près d'ici. Tu pourras te réchauffer, manger... »

Une lueur s'alluma dans ses yeux. Cependant, Cloud ne bougea pas. *Affamé, mais pas assez.* Il ne devait pas être en cavale depuis très longtemps. Il était maigre, mais pas squelettique non plus, et avait l'air encore en relative bonne santé, si on exceptait ses traits fatigués. Zack se redressa sans geste brusque et recula d'un pas. Il attendit.

Cloud n'avait pas bronché, ne cessait pas non plus de le regarder. Zacharie patienta. Puis, lentement, avec des gestes méfiants, calculés, le pauvre hère se leva. Sans prononcer un mot, Zack s'était détourné, l'invitant à le suivre. L'étrange jeune homme fit un pas hésitant dans sa direction. Zacharie n'attendit pas et tourna les talons pour rentrer chez lui. Il entendit derrière lui le pas feutré de son invité.

Depuis quand s'était-il mis à jouer les bons samaritains ? Zack secoua la tête. Pourquoi faisait-il ça déjà ? Le visage d'Ariel s'imposa à lui. *Qui le ferait, sinon ?*

Cloud se laissa envahir par une douce torpeur. L'appartement diffusait en lui une agréable chaleur qui lui engourdissait les membres et l'esprit. Il se mit à somnoler, tandis que résonnaient non loin de lui des bruits de vaisselle. Il ne comprenait pas pourquoi ce… Zack… l'avait accueilli. Celui qui n'était encore qu'un inconnu aux cheveux noirs quelques instants auparavant n'avait manifesté aucune animosité à son encontre. Il l'avait même aidé à s'installer dans le canapé noir un peu défoncé.

Cloud n'avait dit mot. Il était totalement épuisé. Il était revenu à un état de conscience proche de la lucidité, mais la fatigue et les tensions des derniers évènements avaient brisé ses dernières défenses. Malgré sa défiance, il avait décidé d'accorder sa confiance au nouveau venu. Dans un premier temps.

Quand Zack revint avec un plat de pâtes fumantes, assaisonnées de lardons et de parmesan, ce fut pour constater que son hôte dormait profondément. Somme toute, il allait peut-être faire pareil. Il ne comptait plus les nuits où il dormait mal, et demain était samedi – aujourd'hui – était samedi. Autant en profiter, ou du moins essayer.

*

Samedi

La matinée était bien avancée quand Zacharie se réveilla, proche de midi. Malgré l'interruption de sa nuit, le sommeil avait été réparateur. Il jeta un coup d'œil à son nouveau compagnon : il dormait encore. Le rai de lumière qui filtrait à travers son rideau tombait juste à côté de son visage, l'auréolant d'une étrange aura. Ses traits, qu'il avait eu du mal à distinguer cette nuit, prenaient une autre dimension. Sa peau était très pâle ; ses cheveux blancs ne le vieillissaient pas, mais lui prodiguaient une jeunesse intemporelle, que venaient pourtant amoindrir les souffrances et la tristesse d'une existence visiblement agitée.

Zack soupira. Il avait l'impression de contempler un reflet de lui-même quelques années auparavant. Il se frotta les yeux pour chasser cette triste comparaison et se leva, repoussant couette et chauffeuse. Sans un bruit, il se dirigea vers la cuisine. Le carrelage froid sous ses pieds nus acheva de le réveiller tout comme la langue rêche de Hyrule sur ses orteils.

L'homme caressa affectueusement l'animal, qui le regardait de ses yeux noirs, léchant tous les doigts qui passaient à portée de langue. Hyrule n'était pas ce qu'on pouvait appeler un beau chien, mais son affection valait tous les pedigrees. Elle tenait du basset fauve de Bretagne, toutefois sa petite taille la rapprochait davantage du yorkshire. À la sortie de sa dernière cure de désintox, Zack l'avait vu traîner dans la rue, misérable et efflanquée, grelottant de froid sous une pluie battante qui se terminait. Il l'avait observée un instant, immobile, tandis que l'eau frappait sa capuche de manière assourdissante. Sur le coup, il n'avait rien éprouvé. Pas de pitié. Pas de tristesse non plus. Tout comme lui, elle survivait dans ce monde qui les rejetait. Et alors qu'elle avait trouvé une cochonnerie à manger dans une poubelle renversée, un gros chat domestique, gris et blanc, embusqué sous un porche, s'était approché d'elle avec la discrétion du prédateur. Le matou n'avait rien du chat de gouttière décharné qui hantait les décharges, lui aussi à la recherche d'une maigre pitance. Non, celui-ci était grassement nourri et la lumière du jour tombait sur un poil brillant qui trahissait une fourrure lustrée avec soin. Zacharie n'avait pas bougé. Il avait vu le chat s'aplatir au sol, commencer une progression lente et mesurée, regardant fixement sa future victime. La chienne n'avait rien remarqué, trop occupée à terminer d'éventrer un sac plastique pour essayer d'en tirer un résultat famélique, à peine comestible. Sans prévenir, le chat avait bondi sur le dos de sa proie et avait entrepris de lui lacérer méthodiquement le dos et les flancs. La chienne s'était mise à pousser des hurlements de douleur qui lui déchirèrent les tympans. La colère l'avait submergé.

Il ne se souvenait que vaguement de ce qui s'était passé par la suite. Il s'était mis à courir. À son approche, le chat avait relevé la tête, visiblement contrarié par l'arrivée de cet intrus. Mais quand il avait vu l'homme arriver sur lui, il avait senti le danger et pris la poutre d'escampette, abandonnant derrière lui sa petite victime sanguinolente. Pas assez vite cependant. Zack avait retrouvé ses anciens réflexes de buteur. Animé d'une colère sans borne, il avait frappé de toutes ses forces dans ce ballon de fourrure. Le chat était allé s'écraser avec un bruit mat sur le mur. Il avait atterri sur le sol avec la grâce d'un sac de pommes de terre. Il n'avait plus bougé.

Trois ans après, il sentait encore sous sa chaussure les côtes se briser, les organes éclater tandis que son pied s'enfonçait plus loin dans les chairs. Et trois ans après, sa colère n'avait en rien diminué. Un gémissement inquiet le tira de ses pensées : Hyrule le regardait d'un air anxieux. Elle sentait sa rage. Il la prit dans ses bras et entreprit de la câliner avec une bonne humeur retrouvée. Elle se nicha dans le creux dans ses bras, sa queue battant l'air avec un enthousiasme débordant. Zack l'avait recueillie et l'avait ramenée chez lui. Durant tout le trajet, elle s'était blottie de la même façon qu'elle le faisait maintenant, noircissant de crasse sa vieille parka et son T-shirt en dessous. Un petit bout de langue rose lui avait mouillé les doigts et, à partir de ce moment-là, il sut qu'il la garderait. La chienne sentait affreusement mauvais et la première chose qu'il fit fut de lui donner un bain. Il avait lui-même nettoyé et recousu ses plaies, puis avait déniché la bassine à linge qu'il avait agrémentée d'une vieille couverture propre. Longtemps après, il se demandait encore pourquoi il avait ainsi réagi. Sentiment d'injustice ? Peut-être. Dépression ? Probablement. Manque d'amour ? Sûrement.

Dans la cuisine, Zack s'affaira aux casseroles pour préparer petit-déjeuner et déjeuner dans le même service. Heureuse de voir son maître, Hyrule s'en donnait à cœur joie : trois minutes plus tard, il n'avait plus un centimètre de peau au sec. Il caressa les poils épars de l'animal, qui recouvraient la peau striée de cicatrices. Au final, Hyrule était comme lui. La comparaison pouvait prêter à rire, mais elle n'était que trop vraie : comme lui, elle venait de la rue ; comme lui, elle portait sur elle et en elle les cicatrices de la rue – elle se blottissait contre lui dès qu'elle voyait un chat – ; et ensemble, ils s'étaient soignés. Cette curieuse amitié n'avait cessé de croître au fil des ans, et Zack en était arrivé à la considérer comme sa seule compagne qui n'avait pas son pareil pour juger les gens. Elle ne s'était pas trompée sur le flic d'ailleurs, refusant de l'approcher. *A contrario*, elle avait accueilli le nouveau venu avec curiosité, le reniflant, puis lui faisant carrément des frais. Ce comportement avait incité son maître à considérer Cloud comme un invité, plutôt qu'un intrus. Pas de doute, Hyrule d'abord et la mort d'Ariel ensuite avaient bouleversé sa misanthropie. À y réfléchir, cela n'était peut-être pas forcément un mal…

Zacharie finit de préparer le déjeuner en un tour de main : œufs, jambon, pain grillé et confitures. Les pâtes de la veille seraient le dîner de ce soir. Bientôt flotta dans l'air et se répandit dans l'appartement l'arôme envoûtant du café. Hyrule, quant à elle, avait déjà commencé son repas en attaquant avec entrain le contenu de sa gamelle, agrémenté d'une fine tranche de jambon.

« Doucement, miss… Ne t'étouffe pas comme la dernière fois… », la réprimanda gentiment Zack en la caressant.

Elle releva la tête vers lui : ses babines s'étaient étirées comme un sourire et ses grands yeux noirs semblaient rire.

« Et en plus, tu te moques de moi ! » sourit-il en la grattant derrière les oreilles.

La matinée s'annonçait bien. Il en avait presque oublié son invité.

« Bonjour… »

La voix faible, mais nette, avait retenti dans son dos. Sous ses doigts, Hyrule avait tressailli en même temps que lui et jappa brièvement : Cloud n'avait pas fait un seul bruit. Pourtant Zack pouvait se vanter d'avoir l'ouïe fine. Un silence embarrassé s'installa. Jusqu'à ce qu'une odeur de brûlé les tire de leur malaise.

« Les œufs ! »

Zack bondit vers la cuisinière et saisit la poêle dans laquelle les œufs brouillés laissaient échapper de petites fumerolles. Il éteignit le rond électrique et la reposa sur une plaque froide. Il se retourna vers Cloud avec un clin d'œil :

« Ne te fie pas l'odeur, l'aspect reste encore tout à fait engageant ! »

Cloud sourit.

L'invité de Zack et Hyrule se leva péniblement sur un coude et accepta avec gratitude le verre d'eau que lui présentait son hôte. Le soir approchait déjà et Cloud était épuisé. De nouvelles crises l'avaient frappé par quatre fois aujourd'hui. Dans de brefs accès de lucidité, il avait balbutié quelques mots d'excuse à Zack, à peine intelligibles. Puis il replongeait très vite dans un état de somnolence alterné de plages de sommeil. Les crises étaient tout aussi violentes que celles du jour précédent, mais étaient plus espacées. Et malgré cela, il sentait qu'il reprenait de la vigueur. Pour le plus grand malheur de la Brume.

Chaque offensive était menée par cette entité de malheur. Cette force opaque plongeait sur lui, sans crier gare, enserrant sa conscience dans son étreinte étouffante pour l'emmener en elle, pour qu'il se fonde en elle et devienne sien. Chaque fois, Cloud la repoussait avec l'énergie de la peur et du désespoir. Il refusait de sombrer. Son instinct lui disait de fuir, de lutter. Il obéissait sans réfléchir, tentant toujours de s'extirper de ces griffes pour gagner la lumière. La lumière de sa conscience, la lumière de cet appartement où il comprenait à peine comment il était arrivé là. Puis il sombrait à nouveau, et la Brume déchaînait à nouveau ses assauts toujours plus violents contre lui. D'où venait-elle ? Que lui voulait-elle ? Pourquoi cette guérilla incessante ? Des questions, des questions, jamais de réponses. Triste constat. Pourtant, il recouvrait peu à peu ses forces. Grâce à cette aide inespérée, même impensable quelques heures plus tôt.

Zack nourrissait et faisait boire son invité – davantage son patient – avec un dévouement qu'il ne se connaissait pas. La question revenait sans cesse : pourquoi faisait-il ça ? Le visage d'Ariel et la réponse revenaient sans cesse : *qui le ferait, sinon ?* Zack reposa le verre d'eau. Dehors, la nuit tombait déjà. Il s'assit. Aussitôt, une boule de poils bondit sur ses genoux. Lui aussi était épuisé par ses nouvelles tâches d'infirmier. La fourrure un peu rêche de Hyrule glissa sous ses doigts, tandis qu'une langue humide lui léchait vigoureusement le visage. Elle avait été patiente. Elle n'était pas sortie de la journée et avait sagement fait ses besoins dans sa litière. À sa façon, elle avait réconforté Zack : toujours présente et toujours bienveillante. Même avec Cloud. Pour un peu, il se serait montré jaloux : à présent, elle avait sauté de ses genoux pour aller sur les siens, et s'était mise à lui nettoyer les joues.

« Ça va mieux ? »

Zack suivait le manège de Hyrule avec un sourire amusé. Cloud hocha la tête.

« Oui. Faible, mais mieux…

– Sage, Hyrule. Doucement avec notre invité…

– Elle ne m'embête pas, le rassura son hôte. Au contraire… »

Il flatta le cou du chien qui se mit à grogner de contentement.

« Au contraire… répéta-t-il, lointain.

– Qu'est-ce qui t'a amené ici ? » s'enquit doucement Zacharie en rapprochant sa chauffeuse du canapé.

Cloud ne répondit pas tout de suite. Il se sentait toujours vidé après toutes ces crises. Mais les quelques mots de Zack avaient réveillé en lui un kaléidoscope d'images récentes qui se déversaient dans sa mémoire en un flux sauvage. Il aurait aimé crier, juguler cette hémorragie de flashes et de sons pour les comprendre un par un…

« Respire à fond… »

La voix de Zack arriva en flottant jusqu'à lui.

« Je connais cette sensation. Ne cherche pas à les retenir. Laisse-les couler :

ils reviendront, ne t'en fais pas... »

La voix chaude l'apaisa. Cloud soupira profondément. Le flux ralentit à peine. Recommença.

Zack regarda sa montre. Une demi-heure s'était écoulée. La fièvre de Cloud était presque tombée. Il respirait plus calmement maintenant. Quand la première crise était arrivée, il avait eu peur. Quoi faire ? Il avait fait de son mieux pour le couvrir, essayer de lui donner à boire, mais tout avait terminé par terre. Quand la crise avait fini par cesser d'elle-même, il en avait été soulagé. Durant ces moments-là, l'absence d'Ariel lui manquait cruellement. Elle aurait su quoi faire, comment réagir, qui appeler…

Lui-même ne se rappelait pas avoir vécu des crises aussi violentes. Comment Ariel avait-elle pu supporter tout ça ? L'image de l'infirmière s'imposa une nouvelle fois à lui. Comment avait-elle pu supporter de le voir replonger ? D'avoir la force de le tirer de cet enfer dans lequel il s'était complu ? Endurer ses accès de colère, ses plaintes, ses gémissements ? Les regrets qu'il éprouvait déjà à l'annonce de sa mort s'étoffèrent : il ne l'avait jamais remerciée comme il aurait dû le faire. Zack l'asocial ! Zack l'ermite ! Autant de sobriquets qui lui allaient comme un gant, mais qui pesaient maintenant sur ses épaules. N'était-il pas devenu réellement seul depuis la perte de son amie ?

Une langue humide mouilla ses mains. Il baissa les yeux. Hyrule s'était blottie contre lui. Elle avait senti la tristesse de son maître et s'efforçait de le réconforter du mieux qu'elle pouvait. Il sourit tristement. Au moins, il pouvait toujours compter sur cette adorable petite peluche…

« Je suis… désolé… »

Zack se tourna vers Cloud. Il regarda le garçon à l'étrange chevelure blanche, sorti de nulle part. Dans ses yeux bruns ne brillait plus la fièvre, simplement de la gêne.

« Ne le sois pas. Tu vas mieux ? »

Cloud hocha la tête. Zacharie se leva et revint un instant plus tard avec une assiette de pâtes réchauffées et fumantes.

« Mange, tu dois reprendre des forces. »

Son invité le remercia timidement. Il n'avait pas faim, mais il lui était difficile de refuser. Peut-être que manger l'aiderait à retrouver la mémoire, à comprendre les dernières heures passées : il gardait peu de souvenirs, excepté ces terribles crises et la douleur qu'elles avaient engendrées dans tout son corps. Quelques images lui revinrent : un sous-sol froid, puis la nuit, un homme, le même qui le regardait manger. Pas de visions cohérentes, seulement des fragments de pensées. Il regarda Zack, hésitant. Ce dernier dut s'en apercevoir, puisqu'il se mit à lui parler :

« Tu as du mal à te rappeler comment tu es arrivé ici, pas vrai ? »

Nouveau hochement de tête timide. Zacharie ne s'en offusqua pas. Finalement, il préférait la compagnie d'un silencieux. En quelques phrases, il lui résuma son arrivée chez lui, puis se tut. Cloud écouta silencieusement. Il ne fit aucun commentaire, mais ce discours le troubla.

« D'où viens-tu ? » questionna son hôte à voix basse.

Cloud garda le silence un moment. Il lutta un instant, puis rendit les armes, vaincu.

« Je ne sais pas », avoua-t-il.

À son tour, Zack resta un instant silencieux, réfléchissant aux données qu'il possédait déjà.

« Commençons par le début. Je t'ai trouvé la nuit dernière dans la cour de l'immeuble. Vu ton état, je dirais que, soit tu viens de sortir d'un centre de désintox, soit tu essaies de te sevrer par tes propres moyens et c'est pas franchement une réussite. Quoi ? »

Zack réalisa que Cloud le regardait sans comprendre.

« C'est quoi "sevrer" ? »

Zacharie accusa le choc. Il se pencha vers son étrange interlocuteur, mais ne vit aucune trace de moquerie. Il siffla sous la surprise.

« Tu es complètement camé, vieux. Et vu ton stade de dépendance, ça fait déjà un moment. Les convulsions, la fièvre, le délire, ce sont les symptômes du manque et ils n'apparaissent pas à la première prise, crois-moi…

– Pourquoi dis-tu que je viens de sortir d'un… centre ? C'est pour les drogués, non ? Et je ne suis pas drogué… »

Zack regarda Cloud avec attention. Pour un peu, il aurait cru que le jeune homme se moquait de lui, l'ancien drogué, et lui remettait dans la figure tout ce qu'il avait été de plus exécrable. Un miroir de sa véritable image. Mais non, aucune trace d'ironie ou de sarcasme. Et il n'était pas non plus dans le déni : pas d'agressivité, pas de culpabilité… juste une innocence, une naïveté désarmantes.

« Admettons que tu étais drogué, juste pour le raisonnement, se hâta-t-il d'ajouter en voyant Cloud froncer les sourcils. Pour moi, tu sortais de désintox, parce que tes habits sont propres, tu es propre, tu viens donc d'un endroit où tu pouvais te laver. Bien que tu sois maigre, je dirais que tu as toujours mangé à ta faim : on ne te voit pas le squelette, tu devais manger relativement sainement et équilibré. Pourtant tu as les symptômes du manque, on ne peut pas le nier, et tu parais dans l'ensemble dans une bonne santé relative. Une vie dans la rue ne t'aurait pas épargné : la crasse bien sûr, les privations, les traces de coups, la malnutrition… »

Zack se tut.

« Tu as connu tout ça, n'est-ce pas ? » fit lentement Cloud.

Zacharie flottait dans ses souvenirs, ou plutôt luttait pour ne pas se laisser envahir par eux. Pourquoi avait-il dit tout ça ? Se confier n'était pas dans sa nature. Il scruta son invité, essayant de détecter ce qu'il abhorrait voir chez les autres : de la pitié. Peu lui importait le dégoût, mais la pitié… Il avait fait les choix qu'il avait faits. Il en avait bavé, mais il s'en était sorti, mais ça n'était certainement pas grâce à la pitié. Mais dans les yeux de Cloud, rien. Pas de jugement, pas de voyeurisme malsain, pas de pitié. Rien. De l'écoute. Comme

Ariel.

« Oui, j'ai connu tout ça.

– Je n'ai plus de nom, ni de passé. Raconte-moi le tien. S'il te plaît. »

Zack le regarda. Presque malgré lui, Zacharie Juste se mit à décrire ce qui avait été sa vie d'autrefois.

*

Une vie qui n'avait été qu'une suite de déceptions, de malchance aussi. Sa mère était morte en couches, à sa naissance. Son père ne s'en était jamais tout à fait remis. Il n'avait jamais fait porter le chapeau à son fils, mais ne lui avait jamais vraiment pardonné non plus. Sa sœur aînée, trois ans de plus, mit à profit cette aigreur, faisant peser sur Zacharie le résultat de ses propres frasques en tous genres et les trempes que lui mettait son géniteur pour le punir de ces bêtises dont il n'était pas (toujours) l'auteur. Avec le recul, ce fut une enfance dure, pendant laquelle Zack se forgea un solide caractère, et durant laquelle il comprit vite qu'il ne fallait faire confiance à personne pour son propre bien. Et surtout pas à sa famille. Vers ses onze ans, pendant que sa sœur faisait défiler les garçons dans son lit, leur père leur trouva une belle-mère presque toute neuve d'une quarantaine d'années, que Zack détesta aussitôt, encore plus vicieuse que sa sœur – le privilège de l'âge.

Déjà à cette époque, leur père gagnait bien sa vie en tant qu'informaticien. Zacharie, lui, s'était désintéressé de sa vie de famille depuis un bon moment et s'était créé sa bulle, dans laquelle le jeu vidéo tenait une place prépondérante. Dès son plus jeune âge, il s'intéressait à ce loisir qui lui permettait de vivre de nombreuses aventures dans des univers qui ne se ressemblaient jamais. Il aimait se laisser porter par les histoires que les jeux lui contaient, au même titre qu'un film ou un roman, et sentir ce souffle par moment épique, frissonnant ou haletant emporter son imagination. C'était aussi cette passion qui lui permettait de faire passer agréablement le temps, entre les cours du collège où, bon élève, il suivait sa scolarité de manière solitaire et ennuyée, et chez lui, où il s'était mis à vivre de manière autonome, entre devoirs vite expédiés et explorations d'univers imaginaires. Les relations avec son père, inexistantes – sinon conflictuelles –, étaient réduites à leur plus simple expression : ils n'habitaient pas ensemble, ils cohabitaient. Et ça lui convenait. En fait, ça leur convenait à tous les deux.

« On se foutait mutuellement la paix. Il vivait de son côté, je vivais du mien. Ma sœur était là pour me remplacer, jouer le rôle de la fille éplorée si elle avait besoin d'argent, ou de la famille unie pour ne pas qu'on l'oublie à l'héritage… »

Son père suivait les résultats de son fils de manière purement informelle, regardant d'un œil désintéressé les bulletins scolaires qui arrivaient. Il le nourrissait et l'habillait comme devait le faire un père dans le cadre de ses obligations légales, et ça s'arrêtait là. Depuis la mort de sa femme, il ne cessait de voir en son fils une victime et un responsable. Mais plus Zacharie grandissait, plus il voyait dans son enfant le portrait de son épouse décédée. Pour se tenir à distance de son chagrin, il s'était éloigné de ce fils qui portait sur ses traits tout ce qu'il avait aimé, en même temps qu'il reportait toute son affection à sa fille qui le lui rendait bien, du moins le croyait-il. Les liens entre père et fils s'étaient détendus, puis peu à peu dissous. Davantage encore quand il trouva cette nouvelle femme, plus par compagnie que par amour. Finalement, ça lui avait convenu : cela avait été le meilleur moyen pour lui de tenir à distance sa tristesse. Un fragile équilibre qui lui convenait. Qui les satisfaisait. Mais c'était sans compter la nouvelle épousée. Leur équilibre avait basculé.

« C'était une femme vénale, uniquement intéressée par le blé de mon père. Au début, elle a essayé de m'acheter, me mettre dans sa poche pour mieux justifier son rôle de belle-mère et cacher toutes les saloperies qu'elle faisait dans son dos… »

À cause de son travail, la figure paternelle était souvent absente. Il ne fallut pas longtemps à la belle-mère pour ramener dans le lit conjugal de quoi le remplacer. Zack s'en fichait éperdument. Il ne souhaitait que sa bulle, rester dans un monde virtuel avec des amis bien plus réels que cette soi-disant famille.

Mais un soir, sa belle-mère était entrée dans sa chambre, sans crier gare. À cet instant, Zacharie – seize ans déjà – préparait son baccalauréat de français d'arrache-pied, pour terminer au plus vite l'étude de textes indigestes et inintéressants, afin de se consacrer à la guilde de son jeu : une organisation complexe dans lequel ses talents de modérateur étaient tout autant reconnus que ceux d'analyste et de stratège. Autant de qualités qu'il avait développées grâce au jeu et lui permettaient en ce moment même de se débarrasser de ses encombrants devoirs dans le but de se former à son futur métier : journaliste. Dans le jeu vidéo ou les nouvelles technologies, cela n'était pas encore bien défini. Des qualités inutiles quand il devait envoyer paître son inopportune belle-mère.

Éméchée, énervée de n'avoir pas pu trouver galant homme qui répondrait à ses besoins charnels – le dernier s'étant effondré ivre mort dans la cour, inutilisable – elle eut la lumineuse idée de le remplacer par un ersatz d'homme, disponible et normalement en pleines possessions de ses moyens. Son beau-fils. Et puis il y avait un côté excitant à s'envoyer un petit jeune à pas loin de cinquante ans.

Ce qu'elle sous-estima – ni même seulement l'envisagea – ce fut le dégoût et le mépris qu'elle réveillait chez Zack : une beauté flétrie, ridée, quoiqu'encore avenante, mais d'une vulgarité sans nom, au maquillage outrageux et dont les vêtements ne dépareillaient pas sur une gamine de quatorze ans ou sur une Vénus de carrefour. Elle se déshabilla, dévoilant des seins droitement tenus par la chirurgie esthétique, lançant à Zacharie des œillades égrillardes et tortillant des fesses dans ce qu'elle croyait être une danse aguichante pendant qu'elle fredonnait le dernier tube de l'été. Le sang de Zack ne fit qu'un tour. Il se leva et marcha dans sa direction. Ravie de ce succès auquel elle s'attendait, la marâtre s'avança à son tour. Alors qu'elle se penchait pour lui montrer son savoir-faire lingual, Zack fit un léger pas de côté et l'empoigna à la gorge sans trembler. Sans ralentir, il continua son chemin, entraînant avec lui cette femme qui avait impunément fait irruption chez lui. Il dépassa l'embrasure de sa porte, sans lâcher le cou de sa belle-mère suffocante et trébuchante, et la projeta violemment en arrière, dans le couloir. Elle heurta le mur et s'effondra par terre, la respiration sifflante.

« Ne refais jamais ça, traînée, cracha Zack. Jamais. »
Et il claqua la porte au nez de la rombière hoquetant, trop surprise et apeurée par la brutalité de son beau-fils pour rétorquer une réponse intelligible.

Quand son père revint, Zack ne s'inquiéta même pas. Pour lui, l'incident était clos. Malheureusement, sa belle-mère ne l'entendait pas de cette oreille. Il l'avait brutalisée, il paierait. Jamais un avorton ne l'avait traitée comme ça ! Quand son mari rentra, elle se plaignit aussitôt à lui, accusant le jeune homme d'avoir voulu abuser d'elle et qu'elle n'avait dû son salut qu'à une riposte fort appropriée de sa part sur les parties sensibles de Zacharie. Elle lui montra soigneusement les ecchymoses sur son cou, pleura beaucoup et s'apitoya profusément sur sa place difficile de belle-mère détestée, alors qu'elle faisait tout pour amener de l'harmonie dans la famille, finissant par convaincre son mari de le punir. Décidé à lui couper les vivres et à l'envoyer en pension pour lui donner une leçon de vie, son père changea d'avis quand sa femme lui fit remarquer, après réflexion, que ce n'était aucunement de la faute de Zacharie, que ce garçon si gentil n'avait pu devenir comme ça seulement à cause de ces jeux vidéo auxquels il jouait constamment avec des inconnus, pendant des heures, au détriment de toute vie sociale et familiale réelle.

Après avoir mûrement pesé le pour et le contre, le père donna raison à son épouse et entreprit des recherches sur ce mal dont souffrait sa descendance. Il tomba rapidement sur un article qui disait le plus grand bien de l'Institut Mantis, justement spécialisé dans la thérapie de ces mêmes troubles. L'ancien Président de la République en avait ainsi fait les éloges à propos de son propre fils, ramené de lointaines contrées imaginaires dans lesquelles son esprit et son âme s'étaient perdus. Le géniteur étudia la possibilité de l'envoyer là-bas, mais ne put obtenir de places compte tenu du très grand succès que remportait le fameux Professeur. Il choisit tout de même un centre de rééducation agréé par le grand homme pour y envoyer son fils…

« C'est à cet instant que j'ai vraiment perdu le contrôle de ma vie, de ce que je voulais faire… Ça me rendait fou furieux. Je n'étais déjà pas heureux, mais voilà qu'on m'enlevait ce qui me restait comme réconfort… J'ai juré à mon père que j'allais faire la peau à la bourgeoise putride qui lui servait de régulière. Qu'est-ce que je n'avais pas dit… C'est l'argument qui acheva de convaincre mon père que sa rombière avait raison et que le traitement psychiatrique était la meilleure solution… »

La marâtre prit un malin plaisir à prendre part à tous les entretiens d'évaluation auxquels ils furent soumis, séparément et ensemble, se plaignant que son fils adoptif refusât de manger avec eux, et qu'il se détachait d'eux comme s'ils n'avaient jamais existé : le jeu vidéo lui avait pris son enfant et grillé le cerveau. Quand la parodie de médecin s'inquiéta sur le fait qu'ils étaient une famille recomposée et que le garçon avait simplement mal supporté le changement, elle fondit en larmes, montrant son cou et jura ses grands dieux qu'elle avait tout fait pour l'intégrer dans cette nouvelle famille. Ce larmoiement mensonger mettait Zack hors de lui. Durant ces entretiens communs, le jeune homme ne desserrait pas les dents, trop occupé à retenir sa fureur contre son père et l'autre. C'était l'institut psychiatrique ou la taule.

Quant aux entretiens personnels avec le psychologue, il s'enferma dans un profond mutisme, qui ne fit que conforter le praticien dans son diagnostic du syndrome Mantis (son premier !) et qui ne fit que conforter Zack que ceux qui exerçaient ce métier étaient des incapables. Une semaine plus tard, il était interné. Il s'y était attendu, mais s'était fait prendre de court, juste avant sa fugue. Il n'avait jamais su comment son projet avait été éventé. Il soupçonnait une surveillance sans relâche de la part de la marâtre et de sa sœur. Et là, l'enfer avait commencé…

« Loin des caméras, ces *instituts* – la version polie pour "asile d'aliénés" – ne sont pas différents de ce qu'on pouvait trouver au début du XXe siècle. Diagnostiqué "addict", j'ai eu droit au traitement de faveur : séances d'électrochocs, promenade de deux heures qu'il fasse trente degrés ou moins quinze, isolement, douches froides, et bien sûr psychotropes… Bienvenue dans notre monde si merveilleusement avancé… Durant deux ans, ils ont tout fait pour me briser. Ils ont réussi. »

Sur la demande de son père, Zack ressortit de l'institut à sa majorité après un ultime entretien d'évaluation dans lequel il exprima toute sa gratitude pour les soins prodigués. Sauf que les toubibs lui avaient caché un léger détail : à force de le gaver de médicaments qui le transformaient en légume, il était devenu accroc. Et ce ne fut pas la désintoxication rapide dont il fit l'objet pour effacer les plus gros effets des drogues qui le purgea de ces deux années de traitements chimiques. Zacharie goûta l'amertume profonde de l'ironie : on l'avait fait entrer pour le désintoxiquer du virtuel, il en était ressorti toxicomane dans le réel.

Après un retour en bus – son père travaillait – il ne resta pas longtemps chez lui. À peine dix minutes, juste le temps de constater que sa chambre avait été vidée et qu'elle avait été transformée par sa belle-mère et sa sœur. Toutes ses affaires avaient fini à la cave, vêtements moisis et ordinateurs rouillés. Il en avait éprouvé une rage brûlante et il avait été à deux doigts de les passer à tabac, s'il n'avait pas été arrêté par une crise de convulsions. Il fut aussitôt admis à l'hôpital, où on le sermonna sur l'usage des drogues et de leurs dangers. Deux ans à se faire traiter d'incapable et de bon à rien, et voilà que ça continuait… Pourquoi fallait-il toujours que les autres croient savoir mieux que toi ce qu'il te fallait ou non, et décident pour toi de ce que tu devais faire ? Zacharie arracha la perfusion qu'on lui avait mise d'office dans le bras, escamota le traitement de substitution à la méthadone qu'on devait lui administrer, et envoya au tapis le médecin moralisateur qui avait voulu le retenir. Le seul moment presque agréable de la journée.

Il passa les trois années suivantes à vivre de petits boulots – dépannage électronique et informatique, dépannage en chichon – et joua beaucoup pour oublier, tenter de retrouver un semblant de chemin vers la rédemption de son corps et de son esprit. Grâce au jeu, il recouvrait peu à peu ses facultés d'analyse, retrouvait les réflexes familiers qui consistaient à anticiper les tactiques de ses adversaires. Mieux, il lui offrait ce dérivatif qui lui faisait oublier que son corps réclamait son fix. Malheureusement, des épisodes violents de crise l'obligeaient à avaler ces pilules auxquelles on l'avait accoutumé malgré lui. Ils le forçaient à ingurgiter ces couleurs séduisantes, plus chamarrées qu'un rayon d'arc-en-ciel. Alors, il sombrait de nouveau. Et quand il émergeait de cet état léthargique, il se faisait violence pour retrouver la surface de sa conscience et recommencer à revivre un semblant de vie. Durant cette longue période chaotique, il alterna squats, gardes à vue et cures de désintox, refusant de revoir sa famille dès qu'on le lui suggérait.

« Pourquoi me demandait-on ? Pourquoi choisir la rue ? Je leur répondais : si vous aviez le choix entre le purgatoire et l'enfer, vous choisiriez quoi ? Oui, la rue est violente, mais au moins, j'en connais les dangers. Ce qu'il me reste de famille… Autant boire cul sec un bol de cyanure… »

Il s'en sortirait, mais seul. Du moins, sans les médecins et sans sa famille. Sauf que ce qu'il n'avait pas prévu, c'était que la famille en question vienne un jour se fournir en dope chez lui. Il s'en souviendrait toujours. Il les vit arriver de loin, la marâtre et sa sœur, bras dessus bras dessous, toutes guillerettes, avec deux autres camés, deux hommes qu'il ne connaissait pas. Dissimulé sous sa capuche, Zack serra les poings si fort dans son sweat, qu'il sentit ses articulations méchamment craquer. Il baissa la tête, ignorant les deux femmes qui arrivaient. Quand le petit groupe s'arrêta devant lui pour lui demander sa marchandise, il n'eut d'autre choix que de les regarder. Elles le dévisagèrent un instant avec surprise, puis éclatèrent de rire : le petit frère était dealer ! Si papa savait ça ! Il était vraiment le déchet de la famille !

Le regard brûlant de haine, Zack édicta ses prix d'une voix hachée, refusant de se laisser emporter par sa colère. Pour ne rien cacher, l'exercice était périlleux… Au moment de payer, ses clients s'aperçurent qu'il leur manquait des fonds. Sa sœur suggéra de leur faire un crédit, ils étaient de la famille tout de même !

« J'avais presque envie de rire. De la famille ! Mais j'étais orphelin depuis bien longtemps ! Le prix était le prix. Je n'étais pas dealer par choix, je voulais m'en sortir. Est-ce qu'ils pouvaient comprendre ça ? Les deux bulots qui se disaient de ma famille ne savaient même pas compter pour se payer un spliff… »

Sa sœur entra dans une rage folle, l'insultant copieusement, aussitôt imité par sa belle-mère qui minaudait devant lui, sa façade plus ravalée qu'un immeuble haussmannien. À vomir. Un coup de poing sorti de nulle part lui coupa la respiration. Les deux autres camés s'y étaient mis aussi. Les quatre raclures le passèrent à tabac. Zack se roula en boule et se protégea du mieux qu'il put. Des coups de poing et des coups de pied pleuvaient. Il sentit des mains se glisser dans ses poches et chaparder leur contenu : quelques sachets d'herbe et le produit de ses deux dernières ventes. Mais c'était un homme prudent : le gros de ses revenus était planqué ailleurs, dans une cache sûre. Pareille pour la dope. Ce qu'il avait surtout perdu, c'était sa patience et un peu de sang. Il avait mal partout, de multiples coupures et contusions sur tout le corps, mais rien de cassé. Par contre, sa rage était intacte.

Il se souvenait vaguement d'être retourné à l'appartement de son père, dans un état second. Quand il y arriva, rien n'avait changé. Ni la couleur de la porte, ni le code pour entrer. Ni même la serrure. Quitter sa maison ne signifiait pas forcément quitter ses clefs. Bienvenue chez soi… L'appartement n'était en rien différent depuis sa dernière venue. Toujours aussi… repoussant. Sans compter les grognements d'animaux on ne peut plus explicites qui provenaient de la chambre paternelle. Excepté que le manteau de son père sur la patère était absent. Le ressac d'une rage froide se fit plus fort, gronda, monta pour commencer à former une vague dévastatrice.

Il entra lentement dans la pièce. Sans surprise, il découvrit sa sœur et sa belle-mère en plein atelier de fornication, avec les deux hommes qui l'avaient battu comme du plâtre quelques heures plus tôt. La chambre était un vrai capharnaüm, garrots et seringues traînaient par terre, à côté des bouteilles d'alcool fort et de pizzas à moitié dévorées. Des vêtements étaient éparpillés un peu partout, les leurs, mais aussi ceux de son père, jetés hors des tiroirs. Pas difficile de comprendre que leurs camarades de jeux s'étaient servis. La vague de sa rage continuait d'enfler, de moins en moins contrôlable.

Soudain, sa sœur le vit et cria. *Coïtus interruptus*, littéralement. En le voyant, sa belle-mère se mit à rire. Quand ils eurent reconnu le frère et le dealer qu'ils s'étaient fait un plaisir de tabasser, un gringalet maigre et dégingandé, les trois autres se joignirent à elle. Les yeux de Zack s'arrêtèrent sur une tache sombre sur le mur : un des types avait carrément uriné dans la chambre. Ils n'étaient que des animaux. La vague de rage était presque arrivée à son paroxysme.

Quand la rombière lui suggéra de les rejoindre en prenant une position lascive qui lui donna la nausée, sa sœur renchérit en invitant un des junkies à s'occuper d'elle dans une démonstration de stupre obscène. Avec un clin d'œil, elle leur fit comprendre que son petit frère n'avait encore jamais connu les joies du sexe. Les deux hommes eurent des rires méprisants, et reprirent leurs coups de reins pour une démonstration de force mâle. La vague de sa rage s'abattit avec une force destructrice.

Zacharie se rua sur le lit et frappa l'homme le plus proche de toutes ses forces, avant de le rouer de coups. Les deux femmes et l'autre camé sursautèrent, mais eurent tôt fait de reprendre leurs esprits pour venir en aide à celui qui ne ressemblait plus qu'à une large tuméfaction sanguinolente. Avec de grands cris, ils se précipitèrent sur Zack, qui se dégagea aussitôt. Il saisit une lampe de chevet à la volée et se mit à frapper aveuglément de toute sa fureur. L'ampoule éclata sur la joue de celle qu'il avait arrêté d'appeler "sœur" depuis longtemps déjà. Puis, son bras s'abattit sur tout ce qui se présenta devant lui.

« J'ai cogné, cogné, cogné encore et encore… Bras, jambes, torses, crânes, dos, mâchoires, tout… J'ai tellement cogné que j'en ai cassé la lampe sur un os. Alors, j'ai continué avec les poings… J'avais mal aux bras, mal aux mains, mal à la tête, mais j'ai continué, encore… J'ai déversé toute cette colère que je gardais depuis mon départ pour l'asile. Je l'ai nourrie de tout ce qu'on m'avait pris et redonné brisé, de toutes ces douleurs et ces humiliations, du froid et de la faim que j'avais endurés dans la rue, de ces drogues qu'on m'avait données pour avoir osé m'amuser, de ce droit qu'ils s'étaient arrogé pour me voler des années de ma vie… De toute cette colère, je leur en ai montré les fruits… »

Ses poings lui firent mal, des craquements, la douleur qui s'installe. Il s'était brisé les phalanges, mais il continua. Jusqu'à ce qu'une poigne puissante le saisisse par les épaules et le rejette en arrière. Il essaya de se débattre pour retourner au pugilat, mais sa tête cogna le mur, un goût de sang se répandit dans sa bouche, tandis qu'une gifle cinglante lui brûlait la joue. Le choc lui ramena un peu d'esprit. Suffisamment pour voir devant lui le visage de son père…

Quand il repensait à la suite des évènements, elle restait toujours confuse. Il se souvenait des flics qui l'emmenaient ; un lieutenant de police qui l'interrogeait sans ménagement ; un avocat inutile ; un juge tout sauf conciliant, sur le visage duquel se lisait la lassitude ; un procureur en verve qui adorait son verbiage ; et son père. Pour le coup, jamais il n'oublierait le visage de son père à son procès quand leurs regards s'étaient croisés l'espace d'un éclair, avant que son géniteur ne se détourne de lui : un profond dégoût.

À ce moment-là, Zack sut que tous les liens du sang s'étaient définitivement rompus et que la solitude serait sa seule compagne.

La sentence tomba. Zacharie l'encaissa sans broncher, ne cilla même pas : huit ans pour coups et blessures volontaires. Sa sauvagerie n'avait rien arrangé : les deux camés étaient à l'hôpital avec d'importants hématomes, de multiples contusions, côtes cassées, nez et mâchoires fracturées, et traumatisme crânien pour l'amant de sa belle-mère. Les deux femmes s'en étaient encore moins bien tirées : sa sœur et la femme de son père avaient perdu un nombre conséquent de dents, présentaient elles aussi des côtes en morceaux, ainsi que des fractures sur les avant-bras qu'elles avaient récoltées en essayant de se protéger tant bien que mal. Et leur visage… Encore aujourd'hui, des images passaient devant les yeux de Zack, sanglantes, et encore aujourd'hui, il n'éprouvait que soulagement et tranquillité, sans une once de remords. Il avait détruit ces masques aux attraits angéliques pour révéler leurs véritables visages, ceux de vipères injectant leur venin qui parcourait insidieusement les veines et détruisait l'entité d'un individu sans la moindre compassion ; des vampires au nez écrasé, aux pommettes éclatées, sans oublier les éclats de verre qui avaient déchiré le front et les joues de sa sœur, et presque énucléé un œil de la rombière.

Elles avaient payé le prix de sa rancœur accumulée depuis tant d'années. Mais ça, au procès, personne ne l'avait compris. Il n'était pas la victime. *Elles* étaient les victimes. Il suffisait de regarder ces visages défigurés. *Il* était le monstre. Elles n'avaient pas voulu assister au procès, pour ne pas avoir à exhiber des traits qui n'étaient plus les leurs. Non, elles continuèrent d'instiller leur poison depuis leur chambre d'hôpital : il était le frère et le fils dealer, il volait son père, il n'était qu'un bon à rien, un parasite vivant aux crochets de la société, etc.

Zack était resté muet durant toute la durée du procès, lui-même bouclé en une petite semaine. Juste après le verdict et avant de partir pour le centre de détention de Réau, il avait croisé son père qui l'attendait. Ça l'avait surpris : jusque-là, il avait obstinément refusé ne serait-ce que de le regarder. Zacharie comprit qu'il s'assurait qu'il partait bien, pour ne pas revenir. Le jeune homme regarda cet homme devenu vieux et y vit un regret. Le regret d'avoir laissé sa femme mourir pour mettre au monde un monstre.

« Mais qui a fait le monstre ? Celui qui s'est fait tout seul pour survivre dans une famille qui le rejetait ? Ou celui qui n'a même pas essayé d'aimer et d'élever un fils qui n'a fait que prendre le don de la Vie qu'on lui avait donné ? En y réfléchissant bien, je n'étais peut-être que le produit des deux… »

Quand il sortit de prison six ans plus tard – merci les remises de peine –, ce fut pour constater qu'il était le dernier survivant de sa famille. Un de ses anciens clients qu'il avait rencontré par hasard aux puces de Saint-Ouen lui apprit que sa sœur s'était suicidée : elle n'avait pas supporté d'être sans cesse repoussée par les hommes à cause du dégoût qu'engendrait son visage atrocement défiguré. Même la chirurgie esthétique n'avait pas pu faire grand-chose. Zacharie lui avait brisé son arme de séduction, et par là même son pouvoir de nuisance. Elle s'était plongée dans les paradis artificiels et avait finalement préféré exorciser sa folie en se défenestrant du onzième étage d'un immeuble. Glacial, Zack en avait éprouvé une profonde indifférence. Sa marâtre l'éborgnée, elle, avait disparu de la circulation, avant d'être retrouvée dans un sordide bordel de banlieue, noyée dans sa propre vomissure que son overdose avait déclenchée. Elle ne nuirait plus à personne.

Son père, quant à lui, avait demandé le divorce dès la fin du procès de son fils et était décédé quelques mois plus tard d'une crise cardiaque, endetté jusqu'au cou par son ex-femme et alité sur un lit d'hôpital à cause d'une pneumonie. Le jeune homme haussa les épaules : les vies passent et trépassent.

« Mais je ne me sentais pas serein pour autant. Je me sentais seulement soulagé d'un problème. L'autre ne me quittait toujours pas. Depuis ce séjour en asile psychiatrique, les psychotropes qu'on m'avait donnés continuaient de me hanter. Ces soi-disant remèdes qu'on présentait aux patients pour soigner un mal imaginaire n'étaient qu'une absurde farce pour nous tenir sous contrôle. La seule chose qu'on omettait de dire à tout le monde – patients comme entourage – était qu'une fois qu'on en prenait, on ne pouvait plus s'en passer. *Ad vitam aeternam*. En prison, ils n'ont pas oublié de me faire avaler leurs cachets pour avoir la paix… La "pilule miracle", ils appelaient ça… »

Le problème n'était que repoussé encore et encore. Zacharie avait la volonté de s'en sortir, mais les psychotropes gagnaient toujours, même en prison. Pour le soigner, on lui donnait d'autres pilules. Des pilules contre des pilules. Le serpent qui se mord la queue. Les boulots qu'il trouvait pour s'en sortir s'évanouissaient les uns après les autres, crise après crise. Sa volonté aussi s'étiolait. Mais l'orgueil le tirait vers le haut, l'empêchant de sombrer jusqu'au point de non-retour.

En faisant un point sur la dernière décennie, il s'aperçut qu'il n'avait pas été heureux. Que tous les efforts qu'il avait produits avaient été anéantis par ses semblables, famille ou psys. Finalement et malgré les bonbons-miracle, seule la prison lui avait permis de se retrouver, de passer son bac, puis un diplôme d'informatique. Pourtant, il ne souhaitait cette expérience à personne : vivre la peur au ventre, en attendant le coup de surin ou pire encore, n'était pas et ne pouvait être une expérience heureuse. Un an plus tard, après avoir perdu son dernier job parce qu'une crise l'avait terrassé à cause de ces médicaments qu'il refusait de prendre, il se retrouva seul dans sa chambre, épuisé physiquement, moralement, nerveusement. Il s'était regardé dans la glace. Son reflet lui était apparu, glaçant : un visage émacié, des cernes noirs, des yeux injectés de sang, des cheveux blancs sporadiques à même pas trente ans dans sa chevelure autrefois couleur jais.

Son reflet apparut en étoile, sa main se stria de rouge. Il ressortit de la salle de bain de son appartement minable. Il devait se changer les idées pour ne pas craquer et faire des bêtises. Son regard tomba sur son ordinateur. Le souvenir d'un vieux collègue ayant la fibre vidéoludique nostalgique lui revint en mémoire. Pas plus tard que la semaine dernière, il avait écouté l'ancien se remémorer un jeu de son époque, et cela avait piqué sa curiosité. Le jeu n'existait plus sur le marché, mais Zacharie trouva rapidement le moyen de télécharger une machine virtuelle, simulant le fonctionnement d'une console des années quatre-vingt.

Si l'histoire se résumait plus ou moins à sauver le monde et une princesse, Zack découvrit un univers fantastique où cohabitaient monstres et magie, aventures et dangers, et qui le replongea rapidement dans le plaisir oublié de jouer et de s'évader de ce monde où il peinait à trouver sa place. Les énigmes proposées pouvaient être si ardues qu'elles mirent les capacités logiques du jeune homme à rude épreuve. Arpenter les couloirs, ouvrir les coffres, collectionner les gemmes, actionner les leviers, trouver les objets indispensables à la poursuite de la quête : les heures avaient défilé, puis les jours. La notion de temps se disloqua pour se fonder en une masse temporelle informe, régulée par les seuls besoins biologiques et vitaux que lui imposait sa nature d'homme : manger et dormir.

« Me remettre à jouer a presque été mon salut. C'était le plus beau pied de nez que je pouvais faire aux charlatans de l'institut psychiatrique et de leur Syndrome Mantis. En allant plus loin, je dirais que ça a été une purgation, au moins de l'esprit. Oublier un temps ce qui m'entourait, mettre entre parenthèses des efforts infructueux qui me vidaient de mon énergie, se laver de toute cette noirceur dans laquelle on s'efforçait de me maintenir… Je ne dis pas que c'était le meilleur remède, loin de là. Mais c'était mon remède. Au lieu de tous ces psychotropes qu'on m'avait fait avaler comme des bonbons… Pourtant, même avec le jeu, ce fut dur. Très dur… »

Un soir, une nuit, vers midi – il ne se souvenait plus – il fut pris d'un violent malaise. Il se leva pour aller aux toilettes mais, tout à coup, il se sentit faible tandis que son appartement se mettait à tournoyer. Il se sentit secoué par un choc, puis plus rien. Quand il se réveilla, ce fut pour découvrir l'espace aseptisé d'une chambre d'hôpital. Son premier réflexe fut de sortir du lit pour reprendre sa partie en cours. Au même moment, un médecin se précipita vers lui pour le ramener dans son lit. Le toubib s'en tira avec une lèvre éclatée ; et, à partir de ce moment-là, lui-même avait signé pour un nouveau séjour en établissement psychiatrique pour une énième désintoxication. Forcément, retrouvé inconscient devant son ordinateur allumé sur un jeu vidéo et avec le dossier qu'on lui avait constitué depuis son premier séjour en asile, autant dire qu'il avait le pedigree "Syndrome Mantis". Le diagnostic tomba, il n'y avait plus qu'à emballer la marchandise et lui redonner les bonbons-miracle.

« Pourtant, malgré ma faiblesse, je ne m'étais jamais senti aussi bien. Mais ça, pas un seul toubib ne l'avait compris, ni même imaginé. Depuis que je jouais, je me sentais beaucoup plus libre. Sans m'en rendre, en jouant, j'avais pratiquement purgé tout mon corps des produits chimiques qu'on m'avait fait ingurgiter. Je pense que c'est vraiment là que j'ai craqué, quand l'infirmier, blasé, est venu me voir pour me faire avaler ses foutus médocs. Ils voulaient un malade mental, ils allaient l'avoir… »

Un pied de chaise et son dossier devinrent l'Épée de Maître et le Bouclier Hylien. La chambre, la salle hostile du dernier donjon ; et le médecin aux cheveux et favoris roux, son ultime adversaire, ce chevalier au nez pointu proéminent, habillé d'un pourpoint de cuir marron, qui le regardait d'un air maléfique. La porte déversa des hordes d'ennemis, zombies, momies et guerriers squelettiques. Il se défendit vaillamment, succomba sous leurs coups, mais toujours se releva. La partie était difficile, mais Zack souriait. Il maîtrisait la situation, abattant chaque nouvel arrivant avec un entrain renouvelé.

Soudain, son ventre gargouilla. Il était resté trop longtemps sans se restaurer. Il décida de tenter une ultime sortie et lança une violente offensive. Zacharie prit ses adversaires par surprise, mais un nouveau bataillon arriva. La musique finale retentit (en fait la sonnerie d'un téléphone, comprit-il avec le recul) : il se sentit déconcerté, il n'avait pourtant rien cédé ! Peine perdue, un ennemi le ceintura par-derrière, en traître. Un coup de poing frappa ses chairs, lui coupant la respiration. À l'instant où il s'effondrait au sol, il *la* vit accourir vers lui. *La Princesse*. Le comble… : c'était elle qui venait le sauver. Et elle n'avait pas l'air contente…

« J'avais beau être faible, je ne suis tombé dans les vapes qu'un peu après. J'étais trop fébrile… Je l'ai vue pousser un coup de gueule, à un tel point, que médecin et aides-soignants ont décampé vite fait bien fait… C'est bien après que j'ai compris que celle qui était intervenue m'avait tiré d'un mauvais pas certain. Plus tard, j'ai appris qu'elle avait été un bon moment infirmière dans un centre de désintoxication. La raison pour laquelle elle avait rapidement compris que mon état relevait davantage d'une détresse psychologique que d'une dépendance physique… C'est vraiment elle qui m'a permis de reprendre pied dans ma vie… Sans médocs. »

Zacharie s'arrêta, tandis qu'un profond abattement s'emparait de lui. « Elle s'appelait Ariel », termina Zack tout doucement.

*

Ariel. Ce nom ne lui était pas inconnu et lui revenait fréquemment. Les images évasives d'une femme affolée éclataient devant lui par moment comme des bulles de savon. Était-ce elle ? Aucune idée. Ses pensées revinrent à Zack. Il paraissait très triste. Cloud posa sa tasse dans l'évier, maladroitement.

Il ne connaissait pas le jeune homme depuis très longtemps, mais pour une raison qu'il ne s'expliquait pas, il se sentait proche de lui. Peut-être à cause de ce qu'il avait évoqué… Sa douleur… Ses pensées encore confuses l'empêchaient de comprendre très bien toute l'histoire de son hôte.

Le garçon tourna le robinet. L'eau froide jaillit sur ses mains. La sensation de fraîcheur lui fit du bien. Il se sentait mieux depuis les dernières crises. Encore un peu faible physiquement, mais mieux. Il avait toujours cette impression d'avoir la tête en coton, mais ses pensées s'éclaircissaient petit à petit. Il ne voyait plus son environnement à travers le voile opaque qui l'oppressait encore ces derniers jours. Il frotta doucement ses doigts, l'un après l'autre, et ses articulations meurtries pour des raisons dont il ne se souvenait pas. Ces gestes simples l'apaisaient et apaisaient son esprit. Néanmoins, une partie de lui restait encore inaccessible. Les évènements de ces trois derniers jours lui apparaissaient chaotiques et parcellaires. Il éprouvait des difficultés à les classer comme des évènements réels ou simplement comme des rêves. Quant à tout ce qui s'était passé encore avant… pourquoi se trouvait-il maintenant là ? Ce nom, était-ce vraiment le sien ? Quelle était l'origine de ses crises, de ses cheveux blancs ? Mais rien. Il n'y avait toujours que cette Brume impénétrable.

La sensation de ses doigts gourds le ramena à la cuisine. L'eau déjà froide était devenue glacée. Il coupa l'eau et s'essuya avec un torchon rouge. Rouge. Du sang sur ses mains. Épouvanté, il lâcha le morceau de tissu qui tomba par terre avec un bruit mat. Zack entra dans la cuisine à ce moment-là. Cloud tituba. Profitant d'un nouveau moment de faiblesse, la Brume l'attaqua brutalement. Zacharie se précipita vers lui pour le rattraper, mais le jeune homme le repoussa avec une rudesse insoupçonnée. Son hôte resta en arrière et, calmement, entreprit de le questionner d'une voix douce :

« Qu'y a-t-il ? Qu'est-ce que tu vois ? »
Le murmure arriva à peine aux oreilles de Cloud. Ce dernier se débattait pour ne pas céder à la terreur et tentait de repousser les images qui menaçaient de l'assommer par leur sauvagerie. Une fois encore, il y parvenait et mettait la Brume en difficulté, mais l'offensive était si forte, qu'il était sur le point de succomber. Il devait rester debout à tout prix, éviter que la Brume ne profite de sa faiblesse pour l'envahir et le perdre…

Mais ces images…
« Du sang… Du sang partout…
– Où ?
– Sur mes mains… Mes habits… Non ! »
Cloud se recroquevilla d'un coup sur le sol et se mit à sangloter, déversant un flot de paroles incohérentes :
« Je ne voulais pas ! Mais ils m'ont forcé ! Du sang ! Je voulais partir ! Mais,

elle n'a pas voulu… »

Le jeune homme trembla de tout son corps sous le coup d'une violente émotion.

« Je ne voulais pas… Je ne voulais pas…

– Tu ne voulais pas quoi ?

– Je ne voulais pas être là… Alors je suis parti… Au chaud… Pour ne plus voir tout ce sang… »

Cloud repoussa le torchon du pied, dégoûté, perdu.

« Et où es-tu parti ? »

La respiration de Cloud se ralentit, se calma. Les tremblements s'estompèrent. Quand il posa à nouveau les yeux sur Zack, son esprit semblait flotter vers des eaux plus calmes, moins tumultueuses. Pâle comme un linge, son regard restait quelque peu égaré, mais calme. Il le regarda tristement.

« Dans ma tête. »

Il se redressa maladroitement pour s'adosser au mur. Il reposa doucement sa tête contre la pierre froide. Zacharie l'observa un instant. Ses cheveux blancs lui donnaient un air difficilement descriptible de jeunesse… Mais la tristesse, la douleur le vieillissaient prématurément.

« Je ne voulais plus revenir… Alors je suis parti. Pourtant… Des flashes…

– Continue.

– Une femme. Je ne me sentais pas bien, mais elle m'a emmené quand même…

– Qui était-ce ?

– Un endroit noir… J'étais à l'étroit… »

Cloud était plongé dans une sorte de transe. Des images affluaient en désordre, rapidement. Il n'arrivait pas à les saisir : elles glissaient sur sa mémoire comme un torrent furieux. Au loin, il voyait la Brume le contempler, méprisante, fermement campée sur ses positions, inexpugnable. Soudain, il comprit : la Brume était son passé, inatteignable et interdit. Ce torrent était sa mémoire récente, incohérente et fragmentaire. Il plongea les mains dans le flux rapide pour attraper une image. Souple comme une anguille, elle lui échappa. Il recommença sans succès. Sous ses gros doigts malhabiles, les images fuyaient, papillonnaient, fragments de chronologie et de contexte farouches, insaisissables. Il se retourna. L'image du sang, elle, était bien présente, solide derrière lui, à côté de Zack. Une sensation de froid le saisit. Cloud trembla.

« J'ai peur… »

Zack se tendit. Il avait un mauvais pressentiment. Cloud était perdu et, pour une raison ou une autre, fuyait quelque chose. Son état de dépendance facilitait le détachement de l'esprit et sa fuite. Il lui fallait progresser en douceur et la tension que Cloud éprouvait ne facilitait pas sa tâche. Il décida d'aborder le garçon sous un autre angle :

« Où habites-tu ? Pourquoi te cachais-tu derrière les poubelles, hier matin ? »

Cloud regarda son interlocuteur, un peu perdu. La frayeur reflua et, peu à peu, une lumière se ralluma dans ses yeux. Il eut un sourire triste.

« Je suis désolé, marmonna-t-il. Je ne sais pas ce qui m'a pris…

– Ne t'inquiète pas. J'imagine que les derniers jours ont dû être difficiles… »

Cloud triturait ses mains à présent sèches. Il jetait des regards furtifs vers le torchon rouge, par terre. « Serait-ce le sang ? » songea Zack.

« Qui était Ariel ? » demanda abruptement le jeune homme aux cheveux blancs.

Zacharie garda le silence un instant. Il ne voulait pas en parler et la nouvelle récente de sa mort n'avait pas arrangé les choses.

« C'était une amie. Elle est morte récemment…

– Comment était-elle ?

– Elle était infirmière. Douce. Gentille. Attentionnée. À vrai dire, je ne l'avais pas revu depuis presque deux ans.

– Quand est-elle morte ?

– Il y a deux jours… On l'a assassinée.

– Pourquoi ?

– Je l'ignore. J'aurais dû être là…, ajouta Zack dans un murmure.

– Où ça ?

– Dans la salle d'arcade, de l'autre côté de la cour. Elle m'avait appelé le jour de sa mort…

– Blonde ?

– Oui. »

Zack écarquilla les yeux.

« Comment… ? »

Il regarda fixement Cloud. Celui-ci avait pâli. Dans sa tête tourbillonnaient des fragments d'images qui s'assemblaient lentement. Les mots de Zacharie agissaient comme une colle entre eux pour former de solides blocs : le regard affolé d'une jeune femme blonde aux yeux noirs, des hommes en vêtements sombres, des cris, une sensation tiède et visqueuse sur les mains… Encore des cris, un endroit noir… Puis le silence.

« Qui l'a tuée ? demanda-t-il d'une voix tremblante.

– Je ne sais pas. Les flics sont venus m'interroger hier après-midi. Aux dernières nouvelles, le meurtrier est toujours en cavale. »

Le meurtrier. Zack fixait maintenant son invité d'un regard brûlant.

Cloud força sa mémoire, mais les blocs s'étaient figés. Le couperet tomba. Horrifié, il les contempla.

« J'étais là… »

Zack accusa le choc. Il comprit à cet instant que la tension qui le tenaillait depuis le début était l'angoisse. Angoisse de la perte. Angoisse de la mort. Angoisse de se retrouver face au meurtrier. Ou le présumé meurtrier, s'il se référait aux flics et à la loi française : il en savait quelque chose.

La question, maintenant, était de savoir : qu'allait-il faire de lui ? L'image d'Ariel s'imposa à lui : « Si tu résous la cause, tu résoudras les symptômes. Pas l'inverse. » Le bon sens, comme d'habitude, seulement plus simple sur le papier. Merci Ariel. Tenir bon, ne pas exploser. Après un instant de réflexion, il se pencha vers Cloud et planta son regard dans le sien, tâchant de faire en sorte que sa colère ne prenne pas le dessus.

« As-tu tué Ariel ? »

Cloud resta un long moment silencieux, désespéré.

« Je ne sais pas… Je ne sais pas…

– Prends ton temps… »

Cloud plongea dans sa mémoire et se heurta aussitôt à la Brume. Son ombre mouvante, menaçante le tenait à distance. Toujours cette Brume… Pourquoi le chassait-elle constamment ? Pour toute réponse, elle lui lança une pique de brouillard. Cloud l'évita de justesse. Elle l'attaqua à nouveau, sans coup de semonce. Dans un réflexe, il saisit l'extrémité de l'ombre et tira dessus. La Brume l'envoya rouler au loin, sans pitié.

Cloud se redressa, un peu groggy. Il abandonna le champ de bataille sans tarder, serrant dans sa main l'image qu'il venait d'arracher à son ennemie. La Brume s'en rendit compte et se tordit de fureur, impuissante, crachant sa rage vers Cloud à présent hors de portée.

Le jeune homme regarda sa main. Une image figée le contemplait : une jeune femme blonde lui tendait la main. De grosses machines se dressaient derrière elle. La salle d'arcade. Une note métallique.

« Elle était là… pour m'aider…

– Pourquoi faisait-elle ça ?

– Je l'ignore, avoua-t-il. Je n'arrive pas à…

– Tu as dit que tu avais du sang sur les mains, coupa impatiemment Zack. Pourtant, les flics m'ont dit qu'elle avait été étranglée…

– Je… Je ne sais plus… Je me souviens de cet endroit noir aussi… D'un bruit métallique…

– Une cave ?

– Je pense… Il faisait froid, mais pas humide… Pas comme… »

Zacharie regardait attentivement Cloud. Il ne mentait pas. Ariel voulait l'aider, avait-il dit. Ça, il le croyait. Elle avait toujours voulu aider les autres, tout comme elle l'avait aidé, lui. Autre question, autre méthode :

« Réponds sans réfléchir maintenant. Comment es-tu arrivé dans cette cour ? Le portail est fermé et la concierge n'est pas commode.

– Par la… (Cloud regarda Zack, les yeux écarquillés sous le coup d'une révélation) …cave…

– Tu veux dire la même cave que le jour où Ariel est morte ?

– Oui ! »

Cloud s'anima soudainement. Le fragment d'image qu'il tenait à la main s'était animé, lentement : le mécanisme rouillé de sa mémoire s'était remis en marche.

« C'était la même cave… Et le bruit métallique, c'était… »

Cloud stoppa brusquement, épouvanté. Zacharie leva un sourcil.

« C'était… ?

– Un couteau, termina le jeune homme d'une voix blanche. Le couteau qui a servi à tuer… »

Cloud se retint. Il se pencha à nouveau sur son fragment d'image, se concentrant sur chaque détail qu'elle voulait bien lui livrer.

« Un homme…

– Blond, les cheveux longs ?

– Quelque chose comme ça… C'est flou… »

Zack resta silencieux. Il s'agissait de la deuxième victime, le propriétaire de la salle d'arcade, Gabriel Chevalier. Aucun doute. Une connaissance, pour l'avoir régulièrement croisé dans la cour, discuter un peu et disputer quelques parties. Ça s'arrêtait là. Cependant, il se sentait secoué. L'imaginer égorgé, baignant dans son sang… Il en eut froid dans le dos. Zack secoua la tête. Toute cette conversation lui avait donné mal au crâne. Il se trouvait en face d'un présumé meurtrier, pourtant il s'en foutait. Non. Il se revoyait quelques années auparavant, à tenter de survivre, avant qu'Ariel… Il avait des difficultés à l'admettre, mais la mort de l'infirmière le secouait bien plus qu'il ne voulait le dire. Il avait besoin de se changer les idées. Son hôte aussi.

Une chose le rassurait un peu : il ne paraissait pas héberger le meurtrier de l'infirmière. Mais cela tenait plus de l'intuition que de la certitude. Pour une fois, il choisit de faire confiance. Ariel, toujours l'image d'Ariel. Les symptômes de manque chez Cloud avaient disparu pour l'instant, mais ils reviendraient. Zack en savait quelque chose. Il se leva. Peut-être qu'une balade ne leur ferait pas de mal… Un vertige le saisit tout à coup. Il s'était levé trop vite. Petite chute de tension après toutes ces émotions. Il se tourna vers les cheveux blancs :

« Un petit remontant ? »

Chapitre XXXIII

Samedi 3 septembre, 18 h 30

D'un revers de couteau, Stobbart débarrassa la planche des oignons finement découpés dans la poêle. Ils se mirent aussitôt à grésiller dans l'huile bouillante. George posa ses ustensiles et tâta prudemment l'arrière de sa tête. Il avait enlevé les pansements, mais il pouvait maintenant sentir les fils des sutures sur sa peau. Quand Émilie avait examiné sa plaie, elle avait grimacé :

« C'est pas beau à voir, mais ça cicatrise bien ! »

C'était tout ce qu'il souhaitait entendre. Même si la douleur était toujours là, elle était devenue supportable. Non, l'ennui, c'était le soir. La première nuit, il s'était retourné un peu trop brusquement, et la peau fraîchement cicatrisée s'était fendue, tachant son oreiller de sang. Il en fut quitte pour un changement de taie et une nouvelle plaie à vif. À présent, celle-ci recommençait à sécher. C'était bon signe.

Stobbart attrapa deux poivrons – un rouge, un vert – et entreprit de les couper méthodiquement en lamelles. Une fois émincés, le tas coloré rejoignit les oignons dans la poêle. George y ajouta de l'eau bouillante et recouvrit le tout. Une odeur parfumée se répandit dans la cuisine : il y avait bien longtemps qu'il n'avait pas pris place derrière les fourneaux. Un vrai plaisir… sauf… – Stobbart termina de fouiller méthodiquement les placards – sauf quand sa chère épouse ne pouvait s'empêcher de changer de place tous les éléments de la cuisine sans l'en aviser. Il était détective, soit, mais partir à la recherche d'une passoire tenait plus de la perte de temps que de l'enquête. Autant de se servir de son indic :

« Chérie ? »

Pas de réponse. Le policier appela plus fort. Silence. Sa chère et tendre devait regarder la TV. Il remit un peu d'eau dans le récipient où mijotait sa préparation et baissa de moitié le thermostat. Et maintenant, la passoire. George sortit de la cuisine et se dirigea vers le salon. Des bruits de voix lui parvenaient. Quand il entra dans la pièce, Émilie était assise sur le canapé et prenait assidûment des notes devant le grand écran qui diffusait une émission de cuisine. Deux chefs – toque blanche sur le crâne et tablier sur la bedaine – s'activaient devant leurs propres fourneaux.

« Tu regardes quoi ?

– *Master Chief.*

« – *Master Chief* ?

– Une émission de cuisine. D'habitude, je ne regarde jamais, mais là ils sont en train de donner une recette à laquelle je n'avais pas pensé. Ce sera peut-être une idée pour demain…

– Si tu veux.

– Au fait, tu n'as pas oublié que j'ai posé ma journée de lundi : je dois emmener les enfants chez le dentiste pour dix heures quinze…

– Non, absolument pas.

– Menteur.

– Bon, d'accord.

– Du coup, après ça, que dirais-tu d'une petite sortie en famille ? Ça te ferait du bien de changer d'air…

– Avec plaisir !

– Parfait ! Je réfléchis où et je te tiens au courant…

– Bien chef ! Sinon, je voulais savoir : où as-tu rangé la passoire ?

– À sa place, derrière les casseroles. »

George grogna. Le seul endroit où il n'avait pas tout chamboulé. Il retourna à la cuisine et acheva de préparer le dîner après avoir enfin retrouvé l'ustensile requis. À sept heures, tout était terminé et il appelait sa tribu. À huit heures moins cinq, la table était débarrassée et Stobbart était assis dans le canapé, aux côtés de sa femme et de ses enfants. Émilie ne voulait pas rater les informations pour une fois qu'elle avait l'occasion de les prendre.

George s'y conforma, davantage pour passer un moment en famille que pour écouter des nouvelles de moins en moins enthousiasmantes chaque semaine. Il aurait préféré appeler sa lieutenante pour faire un point sur l'enquête, mais comme c'était le week-end, il ne voulait pas la déranger : son repos était bien mérité. Et non que cela lui plaise de travailler durant sa convalescence, mais il trouvait moins difficile de se tenir au courant un peu tous les jours des affaires en cours que d'avoir à absorber une quantité phénoménale d'informations à cause d'une coupure complète : la remise dans le bain était plus facile. Le journal télévisé débuta.

La digestion faisant son effet, et la voix monocorde et compassée du journaliste aidant, Stobbart glissa dans une douce torpeur. Claire et Chris sourirent en voyant leur père dodeliner de la tête : quand il était là le soir, il n'était pas rare de le voir s'endormir avant la fin même du journal. Et tandis qu'eux se couchaient, ils voyaient leur père arriver en titubant de sommeil pour leur souhaiter bonne nuit et se coucher en même temps qu'eux.

Devant les yeux ensommeillés de leur géniteur, les nouvelles défilaient, tout aussi pessimistes et sinistres les unes que les autres : un enfant était mort, abandonné par des parents perdus dans une réalité virtuelle ; un groupe d'adolescents d'une quinzaine d'années avait organisé – sans autorisation – une partie d'airsoft pour simuler une guérilla urbaine grandeur nature, avait fait huit blessés dont trois grièvement et l'un d'entre eux avait eu un œil crevé ; un nouvel institut pour la prévention de la cyberdépendance avait ouvert ses portes et avait déjà accueilli quelque cent cinquante personnes, à peine un dixième de ses capacités, mais le nouveau directeur n'excluait pas de le remplir en totalité avant la fin de l'année, c'est-à-dire dans trois mois. Curieux de voir comment le gouvernement français s'inquiétait de ses citoyens dès lors qu'un régiment de têtes blanches dans un hémicycle brandissait le spectre de la folie collective qui ne manquerait pas de déclencher une cyberdépendance autodestructrice. La peur. L'ignorance. Toujours jouer sur ces deux tableaux. À travers ses paupières à demi-fermées, Stobbart décryptait sans peine ce que le journaliste ne manquait pas de passer sous silence. Un condensé d'informations sans substance et des images troublées suffisaient à nourrir les esprits. En parlant de tête blanche, une nouvelle venait de s'afficher sur l'écran. Le policier n'était pas familier des politiques, pourtant celui-ci lui rappelait vaguement quelque chose. George se redressa si brusquement qu'il fit sursauter toute sa petite famille. Bien sûr qu'il avait déjà vu ce visage ! C'était ce… Quel nom s'était-il donné déjà ? Cloud !

« Émilie ! La télécommande, s'il te plaît ! Vite ! »
Sans un mot, Émilie obtempéra, surprise. Voir son mari agité était chose suffisamment rare pour comprendre l'urgence de la situation. Stobbart augmenta dramatiquement le volume, tandis que la voix du journaleux finissait de présenter ce qu'il qualifiait d'un sordide fait divers et que l'image de Cloud cédait la place à celle du Procureur de la République, Monsieur Godot en personne. La photo du jeune homme diminua pour s'intégrer dans le coin supérieur droit de l'écran. La voix de Godot résonna profondément dans les enceintes :

« Ce jeune homme n'a pas d'identité connue et est également inconnu de nos services de police. Il est suspecté d'avoir assassiné deux personnes, le gérant d'une salle d'arcade parisienne, ainsi qu'une infirmière qui se trouvait sur les lieux et travaillait dans un institut psychiatrique contre la cyberdépendance. Il est également soupçonné d'avoir joué un rôle dans la mort de trois autres personnes dans un appartement du dix-septième arrondissement de Paris. L'individu est sujet à de sérieux troubles mentaux, en particulier des troubles de perception de la réalité. »

Le Procureur marqua une pause, pendant qu'à l'écran s'affichaient des photos environnantes du boulevard Voltaire. Stobbart ne pipait mot. L'Institut Mantis n'avait pas été mis en cause et la photo d'Ariel Braska non diffusée. Il était aisé de deviner que le Préfet Mantis avait pris soin de verrouiller toutes les informations qui auraient permis de remonter jusqu'à son propre établissement. Intérêts personnels et enjeux politiques faisaient rarement bon ménage et ne manqueraient pas de susciter des interrogations de la part de détracteurs à l'encontre de celui que des partisans décrivaient déjà comme un futur présidentiable. La voix de Monsieur Godot reprit :

« Afin d'appréhender le suspect dans les plus brefs délais, nous lançons un grand appel à témoins. Ce jeune homme est âgé d'environ vingt-cinq ans et, signe particulier pour son âge, a des cheveux blancs. Le dernier signalement que nous possédons quant à son habillement fait état de vêtements d'hôpital. Cet homme est instable et doit être considéré comme dangereux. N'essayez pas de l'arrêter et prévenez aussitôt la police. Je vous remercie par avance de votre coopération. »

S'ensuivit un bref résumé des faits que Stobbart n'écouta pas. Ainsi, l'enquête s'avérait bien plus complexe que prévu. Il songea à Collard et Emmerich. Ce dernier vendredi n'avait pas dû être facile. La jeune femme était débrouillarde, mais sa propre absence n'avait pas dû arranger les choses : Hal était un génie dans tout ce qui touchait à l'informatique, mais les relations humaines étaient un domaine dans lequel il avait encore des progrès à faire.

Mais il y avait plus inquiétant : pourquoi avoir fait endosser à Cloud le meurtre de ses trois agresseurs ? George soupçonnait fortement Jacques Blanc de ce raccourci pour expliquer – et surtout annoncer – trois meurtres supplémentaires. Créer un climat de suspicion pourrait aider les langues à se délier dans le but d'appréhender le jeune homme et, par ce biais, remonter la piste de ses propres agresseurs que Fortesque avait mis en avant dans l'autopsie. En tablant sur le fait, bien sûr, que Cloud sache quelque chose : la dernière fois qu'il l'avait vu, le garçon n'avait pas paru très frais à Stobbart.

Le hic dans l'appel à témoins provenait de son usage à double tranchant : la diffusion de masse toucherait certes un grand nombre de personnes, mais dont seulement un nombre infinitésimal aurait l'information nécessaire à faire progresser l'enquête. La majorité des autres "témoins" ne seraient que des petits rigolos qui s'amuseraient à induire la police en erreur ou profiteraient du numéro vert pour s'adonner à toutes sortes de plaisanteries douteuses. Et dans ces cas-là, George trouvait que la grippe qui tourmentait le pays frappait rarement ceux qu'il fallait, puisque la police devait vérifier chaque appel, chaque information, ce qui demandait énormément de temps et d'efforts, et pouvait bien souvent se traduire par un gaspillage de ces deux précieuses ressources.

Le policier dans l'âme sortit de sa réflexion, au moment où le journal se terminait. Émilie et George couchèrent les enfants et s'installèrent enfin dans leur lit. Stobbart se glissa entre les draps, et posa sa tête avec précaution sur son oreiller. Émilie se blottit contre lui et il sentit leur chaleur se mélanger peu à peu.

« Ils parlaient de ton enquête, ce soir ? demanda-t-elle doucement.

– Malheureusement oui… »

Sa femme n'insista pas. George s'était montré soucieux ces derniers temps. Il avait beau essayer de cacher ses ennuis, il y avait belle lurette que son épouse voyait clair dans son jeu. Même si elle avait apprécié de le voir à la maison s'occuper des enfants pendant ces derniers jours de congé forcé.

« C'est ce garçon qui m'a sauvé, Émilie.

– Comment ça ? s'enquit-elle, intriguée.

– Les trois meurtres à l'appartement dont ils parlaient… C'est lui qui m'a sauvé de mon… passage à tabac… »

Stobbart s'interrompit et se mordit les lèvres. Qu'il n'aille surtout pas dire à sa femme qu'il avait failli être tué ! Ou bien il ne repartirait jamais à son boulot… Il attira Émilie dans ses bras et lui embrassa le front. Elle ne s'en laissa pas compter.

« Tu ne m'avais pas dit ça, lui reprocha-t-elle contrariée.

– Je ne veux pas non plus que tu t'inquiètes, ma chérie. Tu as déjà assez à penser de ton côté…

– Ne dis pas ça : tu sais très bien que ce que tu fais m'intéresse ! »

Stobbart rit de bon cœur. C'était ce qu'il aimait chez elle : sa franchise et son caractère. Il l'embrassa à nouveau sans ajouter un mot et lui caressa le dos. Émilie se retint pour ne pas invectiver son mari, même si ce n'était pas l'envie qui lui manquait : elle trouvait déjà suffisamment dur de le voir avec un pansement sur la tête, lui rappelant le travers qu'il venait de subir. Un travers qui, d'après le portrait du fugitif dépeint par le journal télévisé, aurait pu beaucoup plus mal se terminer. Elle n'insista pas : George paraissait se détendre, et c'était bien ce qui lui importait pour le moment. Elle aussi avait besoin de se détendre et de se sentir rassurée. Elle se blottit un peu plus contre son mari et s'endormit à son tour.

*

Dimanche 4 septembre, 8 h 10

Nico s'étira doucement, à la manière des chats. Pas de doute, elle savourait ce dimanche matin : pas de réveil, pas d'enquête, pas d'informaticien, et un soleil radieux en ce début d'automne. Un bref regard à la pendule, un peu plus de huit heures. Elle s'était réveillée tôt, mais pas de précipitation : elle avait bien mérité sa grasse matinée après cette fin de semaine infernale.

Dès le vendredi, elle avait ressenti l'absence de Stobbart comme un grand vide. Cette blessure à la tête lui avait semblé tellement affreuse… C'était la première fois qu'elle voyait quelqu'un de son entourage professionnel proche se faire blesser. Elle n'en avait pas parlé, de peur de se faire moquer par ses collègues masculins, mais le soir même, elle était allée courir à la salle de gym. La douleur dans ses jambes et les basses percutantes de sa musique dans les tympans l'avaient aidée à exorciser cette angoisse. Quand elle était redescendue du tapis roulant, elle avait dû s'asseoir un instant et attendre que ses jambes cessassent de trembler. Une douche brûlante avait terminé de la rasséréner. Épuisée, elle s'était couchée en pensant au bien que lui ferait une bonne nuit réparatrice. Peine perdue. Des images de sang et de crânes défoncés vinrent la hanter, la réveillant en sursaut. Au petit matin, elle s'était rendormie avec les rayons du soleil en couverture rassurante.

Elle mit à profit ce qui lui restait de son samedi matin pour aller au Bastion rattraper son retard et mettre de l'ordre dans ses papiers : elle tria et classa les rapidement les derniers éléments qu'elle avait reçus pour l'enquête, mettant en exergue les points importants de l'investigation ; pendant que Hal exploitait téléphone et ordinateur d'Ariel pour espérer en retirer une information quelconque. À son soupir désappointé, Nicole devina que c'était peine perdue. À treize heures, sandwich en main, elle avisa un flic stagiaire désœuvré encore à peu près valide et sauta sur l'occasion en l'embauchant comme coéquipier pour l'après-midi. Nico l'emmena avec elle rue Poulbot, au domicile de l'infirmière, faire la tournée du voisinage. Sur la route, elle lui toucha quelques mots de l'affaire, juste assez pour le mettre au courant dans les grandes lignes et savoir quoi poser comme questions. Le bleu ne dit rien. Pâle comme un linge, Nicole ne sut si c'était à cause de la grippe naissante ou des mauvais réflexes de conduite qu'elle prenait de Stobbart. À seize heures, ils étaient de retour. Chou blanc sur toute la ligne. Les habitants voisins de feue Mademoiselle Braska étaient soit malades, soit absents. Personne n'avait rien vu. Excepté la gardienne, qui débarqua à seize heures trente pour sa déposition et repartit au bout d'une demi-heure, déçue de ne pas avoir pu donner d'information décisive malgré ses certitudes. Nicole rentra presque tôt du bureau, dîna tôt et décida de se coucher tôt, avec l'angoisse de répéter le même schéma cauchemardesque de la nuit précédente. Elle dormit comme un loir.

Et en ce dimanche, bien que fraîche et dispose, elle en était à se demander si elle avait vraiment envie de sortir un pied en dehors de sa couette. Elle n'avait pas chômé la journée d'hier et une vraie coupure était plus que bienvenue. Rêve aussitôt brisé quand une sonnerie stridente la fit sursauter. Collard fit la grimace : était-ce trop demander à son portable professionnel de rester muet plus de deux jours consécutifs ? La réponse était clairement affirmative. Au bout de la troisième sonnerie, elle se décida à étendre le bras pour se saisir de l'indésirable. Le numéro qui s'affichait sur l'écran lui était inconnu. Elle décrocha en bougonnant.

« Allô ?

– Lieutenante Collard ? s'enquit une voix d'homme.

– Elle-même, répondit Nicole, à peine aimable.

– Monsieur Godot, Procureur de la République. »

Nicole se redressa sur son lit, raide comme un piquet. Si elle s'était attendue à ça !

« Monsieur le Procureur, bafouilla-t-elle en rougissant.

– Je suis conscient que vous n'êtes pas heureuse de m'avoir au téléphone un dimanche matin, fit la voix ironique, mais malheureusement, le commissaire Blanc étant déjà occupé ailleurs, je n'ai que vous sous la main pour une affaire vous concernant…

– Je… Euh… Oui ! Comment ça ?

– Le commandant Stobbart est en convalescence et au vu de nos effectifs très réduits en ce moment pour les raisons que vous connaissez, je dois porter à votre connaissance de mauvaises nouvelles au saut du lit… (Le Procureur fit une pause.) Vous avez bien auditionné un témoin du nom de Zacharie Juste dans l'affaire Braska ?

— Pas exactement. Il devait se présenter aux Batignolles lundi à la première heure... »

Nico eut soudain un mauvais pressentiment.

« Qu'est-ce qui s'est passé ? demanda-t-elle, tendue.

— Votre témoin a été retrouvé mort chez lui, il y a une heure. Vous connaissez déjà l'adresse... »

Chapitre XXXIV

La Messagère courait sans se retourner. Le sang battait à ses tempes et résonnait dans ses tympans. Sa respiration s'accéléra. Elle parcourut encore trois mètres et sauta. Le vent s'engouffra dans ses cheveux noirs et, l'espace d'un instant, elle flotta dans les airs. Le sol se rapprocha à grande vitesse. Elle sentit ses pieds toucher le sol, bascula en avant et roula sur l'épaule avant de reprendre sa course.

Ses baskets rouges martelaient silencieusement le béton blanc. Derrière elle, des cris résonnaient, à sa poursuite. Le danger était là. Elle fuyait, pour échapper à ceux qui voulaient la faire prisonnière. Une porte claqua. Juste devant elle surgit un homme dans un costume noir, bloquant le passage qu'elle devait emprunter pour rejoindre la terre ferme. Elle s'élança sans perdre une seconde.

Le temps se ralentit brusquement. Un oiseau effrayé par leur soudaine apparition s'envola rapidement, avant de voir sa course aussitôt retenue par la force contraire du sablier. Les mouvements de l'homme aussi se firent plus lents. Il devait bien faire une tête de plus qu'elle. Sa tunique sombre, impeccable, dénotait de manière flagrante dans cet univers immaculé. À part peut-être la lame de son couteau. La Messagère continua sa course.

Son adversaire leva le bras, le fil brilla. Qu'importe, elle passerait. L'homme frappa. Elle bondit en avant et bloqua le bras armé. Il était si lent ! Sa main gauche agrippa le bras droit de son ennemi – celui qui tenait le couteau – tandis que son poing droit percutait en même temps le torse de l'homme. Celui-ci bascula en arrière et recula d'un pas pour conserver son équilibre. L'ouverture attendue se découvrit et, sans lâcher le bras armé, la jambe droite de la Messagère décrivit un arc de cercle et frappa l'homme à la mâchoire. Gardant son équilibre, sa jambe poursuivit un bref instant sa trajectoire avant de repartir s'enrouler autour du col de son adversaire. Elle lui imprima une torsion : l'homme bascula sur le côté. Le cou emprisonné par la jambe fine mais musclée lui ôta toute possibilité de s'échapper, de retrouver un équilibre. Sa tête percuta violemment le sol et l'homme s'évanouit.

La Messagère se dégagea et se releva dans un geste fluide. Cela avait été un jeu d'enfant. Des bruits sourds résonnèrent, espacés. Puis, tout à coup, le temps s'accéléra brutalement. Les bruits se rapprochèrent et se firent plus saccadés, plus rapides. Des pas. Des pas qui arrivaient par les escaliers d'où était sorti le premier homme. La Messagère recommença à courir. Quand les poursuivants déboulèrent derrière elle, elle avait disparu.

Chapitre XXXV

La cour de l'immeuble était encombrée de policiers. D'ordinaire calme, elle était animée par les incessantes allées et venues de la police scientifique et technique qui apportait les valises de matériel nécessaire au prélèvement des preuves et à la prise de mesures sur la scène de crime. Parmi les costumes et uniformes sombres, les policiers de l'Identité judiciaire circulaient, revêtus de combinaisons blanches qui leur donnaient l'air d'astronautes égarés sur la mauvaise planète. Quelques résidents traversaient timidement l'espace après que leur identité ait été vérifiée une bonne demi-douzaine de fois. Un brouhaha continu restait suspendu dans l'air, prisonnier de l'enceinte de l'immeuble, et duquel surgissaient des têtes étonnées ou méfiantes quant à toute cette agitation qui régnait en bas. Nicole embrassa ce tableau devenu familier d'un simple coup d'œil.

Sac à dos sur le dos, une grande tasse de café à la main achetée à la volée juste avant d'arriver sur les lieux en quatrième vitesse, la lieutenante entreprit de se diriger vers le fond de la cour. Rien qu'à voir le nombre de fenêtres qui les surplombaient – sans compter celles que lui cachait l'échafaudage –, Nicole avait déjà le tournis en imaginant la pile de dépositions à dépouiller. Avoir omis de faire la première enquête de voisinage dans cet immeuble par manque de temps et de moyens lui avait été épargné malgré elle. Cette fois-ci, elle ne pourrait pas y couper, avec ou sans moyens.

Avant de raccrocher ce matin, le Procureur l'avait prévenue qu'il était déjà sur place pour lancer les premières procédures mais qu'il ne pourrait pas rester, et qu'elle devrait prendre le relais. Cette promotion forcée prenait des allures de châtiment divin.

Progressant lentement, Nico saluait d'un signe de tête, d'un mot, ses collègues scientifiques, se dirigeant vers Hal déjà là. Celui-ci avait sans tarder commencé à recueillir les premiers éléments d'enquête. Elle but une gorgée de café brûlant pour se donner du courage et faillit s'étouffer.

« Ça va ? »

Nico se tourna vers Hal, en essuyant les larmes qui lui montaient aux yeux, gorge et langue brûlées.

« Plus chaud que prévu. Ça fait longtemps que tu es arrivé ?

– Non, cinq minutes. J'habite à côté. Ça m'a fait drôle d'avoir le Proc' au téléphone…

– Tu m'en diras tant… Sinon, qu'est-ce que tu as de beau à m'apprendre ?

– Pas grand-chose. Le corps de la victime a été découvert par la gardienne ce matin, un peu avant sept heures. D'après ce qu'un des gars de la scientifique m'a dit, il avait tout le matériel nécessaire pour s'envoyer un dernier voyage dans les veines… »

Collard fit la moue.

« Une overdose ? Surprenant pour quelqu'un qui disait avoir raccroché…

– Suis d'accord, mais ça reste plausible : la mort d'Ariel Braska semblait l'avoir déjà pas mal affecté. Un moment de dépression aurait très bien pu l'amener à commettre l'irréparable. Pour le reste, on verra avec le légiste : il est déjà sur place.

– Monsieur Godot a été efficace, on dirait… Parfait, on gagnera du temps », soupira la lieutenante.

Elle avala une autre gorgée de café, avec davantage de précautions cette fois. Peine perdue, sa langue, restée sensible, protesta. Il allait lui falloir attendre. Boire un café froid, quelle horreur…

Sur l'invitation d'Emmerich et voyant l'ascenseur occupé, ils prirent la direction des escaliers. Désert la première fois qu'ils l'avaient descendu, celui-ci était à présent plus animé que n'importe quel autre jour de la semaine à l'heure de pointe. Ils grimpèrent rapidement les cinq étages qui les séparaient de leur but et arrivèrent sur un palier encombré de valises en aluminium, que Nico devina contenir les divers récipients pour les futurs échantillons à prélever sur la scène du crime. Non, de décès, rectifia mentalement Nico. Le meurtre n'était pas encore prouvé. Devant la porte de l'appartement grande ouverte, un planton se tenait adossé au chambranle. L'ennui se lisait sur son visage mais, dès qu'il vit la lieutenante arriver, il se redressa aussitôt, droit comme un "I". Les deux policiers montrèrent leur brême et entrèrent.

Dans l'appartement flottait le même parfum de propreté dont Collard avait gardé le souvenir. Ils passèrent la cuisine dans laquelle subsistait une odeur de sauce tomate, reliefs d'un repas récent, et pénétrèrent dans la pièce principale. Trois scientifiques déambulaient : les flashes du photographe crépitaient et fixaient la scène ; le dessinateur s'appliquait à relever l'organisation des lieux, tandis qu'un dernier technicien relevait les empreintes, recouvrant de diverses poudres les endroits les plus propices à trouver des échantillons palmaires. Parfois, quelques mots étaient échangés à voix basse. Une quatrième silhouette se retourna. Un sourire éclaira le visage de Nico et un ton jovial résonna dans le petit espace :

« Bonjour jeune mademoiselle !

– Docteur Fortesque ! Si je m'étais attendue… !

– Et moi donc ! Comment allez-vous par ce magnifique dimanche matin ?

– Comme un dimanche matin le dernier jour d'astreinte, sourit-elle. Voici mon collègue, Hal Emmerich.

– Enchanté, jeune homme ! (Fortesque serra vigoureusement la main de l'informaticien, puis se tourna vers Nico.) J'en déduis que vous remplacez le commandant Stobbart ! Comment va George au fait ? Sa cafetière va mieux ?

– Le commissaire Blanc l'a forcé à prendre quelques jours de repos, ce qui apparemment n'est pas votre cas…

– Vous êtes très observatrice, jeune demoiselle ! Je prendrai du repos quand je casserai ma pipe à côté de mes patients ! Blague à part, comment se fait-il que je vous retrouve sur une troisième saisine consécutive ? Vous avez pris un abonnement ? »

Hal se tourna vers Nico, interrogateur, une question muette sur les lèvres : « Bizarre le légiste, non ? » Approbation muette de l'intéressée et réponse au médecin :

« Pour être franche, je m'en serais bien passée…

– Votre sens du devoir vous honore, jeune demoiselle !

– Merci. Et *a priori*, cette affaire nous concerne au tout premier plan...

– Ah ? Serait-il téméraire de ma part de vous en demander la raison ?

– Du tout. La victime que vous voyez est identifiée comme étant Zacharie Juste. Et il connaissait Ariel Braska, la jeune femme qui a été tuée à la salle d'arcade, juste à côté. »

Le légiste émit un long sifflement de surprise

« C'est l'hécatombe, dites donc ! À ce rythme-là, on va tous mourir d'épuisement et se retrouver sur ma table ! Bon, mettons-nous vite au travail, alors… Par ici, Mademoiselle, Monsieur ! »

Le docteur Fortesque écarta gentiment, mais fermement ses collègues qui vaquaient à leurs missions et, en deux pas, se trouva près du lit. Collard et Emmerich s'approchèrent à leur tour.

Zacharie Juste reposait sur le dos, sur le drap-housse de son canapé déplié. Il était habillé d'un jean et d'un T-shirt noir qui se confondaient presque avec le bleu marine de la couette. Seul le teint blanc de sa peau tranchait nettement sur les couleurs foncées. Son bras droit pendait au sol, rigide. Son bras gauche était étendu à l'équerre, dirigé vers le mur. Un garrot desserré flottait encore dessus.

Collard chercha un indice sur le visage du défunt pour comprendre ce qui s'était passé, mais ne vit rien d'autre qu'une attitude paisible. Ses paupières fermées lui donnaient un air endormi et ses sourcils qu'elle avait vus constamment froncés s'étaient redressés. Elle s'arracha à sa contemplation et examina l'environnement immédiat de la victime. Peu de choses, en fait. Sur la table de nuit, elle aperçut la seringue qui avait servi à la dernière injection. À côté d'elle, tout l'attirail sans fausse note : coton en guise de filtre, acide ascorbique pour diluer la drogue et cuillère qui avait servi de récipient pour le mélange. Hal désigna la seringue.

« Selon vous, de quelle drogue s'agit-il ?

– À quatre-vingt-dix-neuf pour cent, je dirais de l'héroïne (Fortesque désigna le petit sachet). La couleur brune du stupéfiant et le matériel utilisé. Remarquez aussi la légère odeur de vinaigre. Le corps enfin. Les pupilles sont en myosis : leur diamètre est extrêmement réduit alors que la pièce était plongée dans l'obscurité. Notre homme est détendu, apaisé. Or, au début du XXᵉ siècle, l'héroïne était utilisée comme analgésique et antidépresseur. Quelques raisons qui me font pencher pour cette drogue plutôt qu'une autre. Et sans connaître son dossier médical, je dirais que ce monsieur était un ancien drogué… »

Hal haussa un sourcil.

« Qu'est-ce qui vous fait dire ça ? »

Le docteur Fortesque désigna le bras gauche du défunt.

« La piqûre, droit dans la veine. Pas d'hésitation, pas de tâtonnement. La drogue utilisée et la préparation aussi. Ça n'est pas un vulgaire joint. Pour ce qui est de l'heure de la mort, je vous dis ça dans un instant… »

Le légiste entreprit de préparer le thermomètre que la lieutenante avait vu dans la salle d'arcade, puis de déshabiller la victime.

« Vous concluriez donc au suicide ? hasarda Nico surprise. Ça n'a pas de sens.

– Remarque intéressante, jeune demoiselle, fit Fortesque avec un rire. Je serais curieux de connaître votre point de vue…

– Pas de lettre d'adieu… Et puis… non, c'est idiot…

– Oui ?

– Il adorait sa chienne, c'était elle son antidépresseur. Je sais, c'est bizarre comme explication, mais quand je l'ai vu avec elle…

– Du tout, du tout ! s'exclama Daniel. Ne sous-estimez pas le pouvoir des animaux sur les hommes. Pour ma part, vos observations sont justes, mais le juge pourrait les trouver légères. Je vais voir ce que je peux vous apporter…

– D'ailleurs, où est la chienne ? s'enquit brusquement Emmerich. Je n'ai pas vu cette petite horreur…

– Un type de la fourrière est passé peu avant que j'arrive, réfléchit le légiste en achevant sa besogne. Il est reparti pas longtemps après. Il faut dire que bosser avec un chien qui hurle à la mort et qui vous empêche d'approcher du patient, il y a plus facile… Pour en revenir à notre affaire, j'ai juste remarqué qu'il y avait deux couverts dans l'évier… Peut-être une piste à creuser…

– Possible, objecta l'informaticien, mais la vaisselle n'était peut-être pas son fort… acheva-t-il visiblement familier de la chose.

– J'ai remarqué aussi. Mais le dîner est récent, objecta Nicole. Peut-être un invité…

– J'ai compris, je m'en occupe. »

Hal s'éclipsa prestement et de mauvaise grâce dans la cuisine, entraînant à sa suite un des policiers scientifiques qui était resté un peu à l'écart. L'informaticien lui désigna les deux verres et les fourchettes dans l'évier. Ils échangèrent quelques mots, Emmerich le remercia, puis revint vers Nicole et Daniel.

« C'est bon, il s'en occupe. Détail intéressant : à défaut de pouvoir faire tout de suite des comparaisons d'ADN, le collègue a relevé plusieurs jeux d'empreintes, un de la victime et un autre, inconnu. Pour le moment.

– Au moins quelque chose à chercher ! s'exclama le légiste.

– C'est toujours ça, effectivement, acquiesça Nico. Si on arrive bien sûr à déterminer le propriétaire de ces empreintes.

– Je demanderai à ce qu'on les recoupe avec celles retrouvées dans la salle d'arcade.

– George a eu le nez fin de vous recruter, tous les deux !

– C'est notre travail, docteur…

– Daniel, voyons !

– Daniel. Mais pour le moment, d'après vos observations préliminaires, le suicide reste une piste tout à fait envisageable, non une certitude.

– Eh oui ! Nous naviguons avec les vents de l'incertitude !

– Très jolie métaphore, docteur, apprécia Hal en souriant.

– Merci jeune homme ! À notre ami de parler si vous voulez bien... Il fait 19 °C dans son appartement, sa température corporelle est de 35,6 °C, et, mon cher, je dirais que vous pesez bien dans les soixante-dix kilos. Ce qui ferait d'après mes petits calculs, un décès vers quatre heures du matin. Disons, pour une fourchette raisonnable, entre trois heures et demie, et quatre heures et demie maximum.

– Cela reste une fourchette tout à fait raisonnable, fit Hal avec un sifflement d'admiration.

– Je vous remercie. Par contre, dès que les camarades auront fini ici, pouvez-vous faire procéder rapidement à la levée du corps ? Je voudrais me mettre rapidement au travail ! J'ai le feu vert du Procureur et, comme ça, George ne pourra pas dire que je l'ai fait attendre. Quoique le coquin en serait capable ! Au fait, des nouvelles de votre doux dingue ? »

Collard haussa les sourcils sans comprendre.

« Notre doux dingue ?

– Votre fugitif qui s'amusait avec George…

– Ah oui… (Collard s'assombrit.) Pas vraiment. Tous les flics de la capitale – enfin, ce qu'il en reste – lui courent après, mais toujours rien.

– Si vous pouviez l'arrêter rapidement… J'aimerais faire une nuit complète cette semaine…

– Et moi donc, sourit la jeune femme. Merci pour votre aide…

– Tout le plaisir est pour moi, jeune demoiselle ! Saluez George de ma part dès que vous le verrez !

– Je n'y manquerai pas.

– Salut, jeune homme ! »

Hal répondit poliment et le docteur Fortesque s'en fut. Tandis que le bruit de pas déclinait dans l'escalier, la jeune femme se tourna vers son collègue.

« Tu penses à quoi ? »

Emmerich se gratta la tête, perplexe.

« Comme l'a dit le toubib, à peu près tout indique le suicide. Notre homme a peut-être reçu de la visite juste avant sa mort, mais j'ai quand même du mal à croire qu'on lui ait demandé de se suicider sans qu'il proteste. Pourtant, je n'arrive pas à voir une scène de meurtre : pas de traces de bagarre, l'appartement est exactement dans le même état qu'à notre première visite. Hormis la trace de piqûre, la victime ne porte pas de traces de coups…

– Mais tu parles de "victime"… releva sa collègue.

– À vrai dire, ce qui m'étonne, c'est justement ce… suicide. Là où je suis d'accord avec toi, c'est que notre "ami" ne montrait aucun signe de dépression quand on l'a vu. Il était calme. Triste, mais calme.

– Depuis quand la dépression est-elle un de tes sujets d'étude ?

– Depuis tout le temps : ma mère était une dépressive chronique.

– Désolée.

– T'inquiète, question d'habitude. Mais pour en revenir à ce qui nous intéresse, je trouve ce "suicide" étrange… »

Nico hocha la tête. Le raisonnement d'Emmerich se tenait. De la tristesse, oui, mais aussi de la colère. Elle revit les yeux noirs de Zack. Et dut admettre que son collègue avait raison. L'envie de se battre avait toujours été là. L'envie de mourir, jamais. Il ne restait plus qu'à le prouver. Et c'est bien là que ça se corsait : une impression ne résolvait pas une enquête.

Les deux policiers entreprirent de passer l'appartement au peigne fin, mais ne découvrirent rien de nouveau : la police scientifique avait déjà identifié toutes les pièces susceptibles de délivrer des informations. Quand celles-ci seraient prélevées, l'appartement ne ressemblerait plus qu'à une coquille vide. Ils redescendirent les escaliers en silence. Quand ils atteignirent la cour, l'agitation qui y régnait tout à l'heure s'était déjà en grande partie calmée. Hal étouffa un bâillement avec un geste d'excuse.

« Fatigué ?

– Un peu. Manque de sommeil, comme tout le monde, je suppose… Surtout depuis que le patron est en repos forcé. Je l'envierais presque…

– Avec ce qu'il avait au crâne, j'en doute. Tu te sens prêt à interroger la gardienne ?

– On y va. Elle doit être chez elle : je lui ai dit qu'on l'interrogerait dans la matinée. C'est par ici… »

Hal retraversa la cour en sens inverse et le couloir d'entrée, Nico sur les talons. Il s'arrêta à une porte sur sa gauche, sur laquelle étaient affichés les horaires d'ouverture de la loge : fermée le dimanche. La porte était néanmoins grande ouverte. L'informaticien frappa au carreau.

« Par ici ! Par ici ! Entrez ! » répondit aussitôt une voix aiguë.

Emmerich et Collard pénétrèrent dans un appartement aux couleurs chaudes, meublé avec goût. Assise à une table qui trônait au milieu de la pièce faisant cuisine et salle à manger, une femme de petite taille, replète, une tasse de thé fumante dans les mains, tentait de calmer leurs tremblements sporadiques. Le liquide de la tasse menaçait à tout moment de s'échapper du récipient et d'inonder la nappe bariolée de fleurs. Quand elle les vit entrer chez elle, la concierge voulut se lever pour les accueillir.

« Ne bougez pas, fit Nico d'une voix douce. Vous êtes encore en état de choc… »

La gardienne se rassit avec soulagement. Son visage était pâle et l'angoisse brillait dans ses yeux : la découverte d'un cadavre était toujours perturbante. La lieutenante montra la chaise en face de la femme.

« Je peux ?

– Bien sûr, je vous en prie ! »

Le débit rapide et les intonations perçantes en fin de phrase trahissaient l'anxiété. La jeune femme s'empressa de la rassurer.

« Prenez votre temps pour répondre. Rassemblez vos souvenirs et parlez quand vous êtes prête… »

La gardienne hocha vigoureusement la tête et prit plusieurs profondes inspirations. Elle se détendit un peu, calmée par la présence apaisante de la policière. Nicole attaqua doucement :

« Dans quelles circonstances avez-vous découvert le corps de Zacharie Juste ?

– Des voisins de Monsieur Juste sont descendus chez moi un peu avant sept heures. Je me lève toujours très tôt, vous savez, même quand les enfants ne sont pas là. C'étaient Monsieur DeWitt du sixième étage et Madame Elizabeth du cinquième étage, en face de Monsieur Juste. Vous savez, ils viennent de Columbia, aux États-Unis, et…

– Dites-nous simplement ce qu'il s'est passé, interrompit patiemment la lieutenante.

– Oui, bien sûr ! Ils étaient très mécontents : la chienne de Monsieur Zacharie n'arrêtait pas de hurler depuis près de… (La gardienne s'interrompit pour vérifier l'heure sur sa pendule murale) cinq heures et demie du matin ! En tout cas, c'est ce que m'ont dit les locataires. Du coup, ils étaient très énervés et ils sont descendus pour me demander de faire quelque chose à sept heures ce matin ! Vous en rendez-vous vous compte ? Sept heures ! Mais il faut aussi préciser que je suis la représentante du syndic, vous comprenez… »

Tout en parlant, la témoin faisait de grands gestes pour mieux appuyer ses propos : outre sa mission de gardiennage et d'entretien des parties communes, la gardienne faisait le lien avec le syndicat de copropriétaires en cas de problèmes dans la copropriété et était l'interlocutrice privilégiée des habitants de l'immeuble pour tout ce qui concernait les plaintes de voisinage. Et restait de fait la personne la mieux informée de tout ce qui se passait dans son secteur. Nicole acquiesça.

« Continuez, je vous prie…

– Alors, je suis allée avec eux, et je n'étais pas rendu au deuxième étage que j'entendais déjà sa teigneuse aboyer jusqu'à la mort ! Quand je suis arrivée au cinquième étage, c'était horrible ! Sa sale chienne faisait un raffut de tous les diables ! Pas étonnant que les voisins soient excédés ! Et dire que le syndic ne…

– Décrivez-nous plutôt ce qui s'est passé après, coupa Hal.

– Bien sûr, bien sûr ! Après, j'ai tambouriné à sa porte, j'ai sonné, mais rien n'y a fait… La chienne a juste hurlé plus fort ! Du coup, j'ai ouvert la porte…

– Vous aviez les clefs ? questionna Nico.

– Non… »

La gardienne prit un air embarrassé et se tortilla sur sa chaise. Dans ses mains, la tasse tout aussi malmenée déborda et un peu de thé se répandit sur la nappe.

« Zut ! Euh… à vrai dire, j'ai juste tourné la poignée de la porte. Par réflexe. Mais c'était déjà ouvert ! Je sais que je n'aurais pas dû…

– Vous avez bien fait, intervint Hal. Prévenir le syndic et faire ouvrir la porte par un serrurier auraient pris beaucoup plus de temps.

– Merci Monsieur… Je…

– Et ensuite ? s'enquit doucement mais fermement Nico.

– Oui oui… (La gardienne se ressaisit.) J'ai ouvert la porte et ce qui m'a surpris, c'est que la chienne a continué à hurler à la mort. D'habitude, la teigneuse est prête à vous chiquer les mollets si vous pointez le bout de votre nez ! Mais là, rien ! On est entré pour…

– Qui ça, "on" ? demanda Emmerich.

– Oui ! Moi et les deux résidents, Monsieur DeWitt et Madame Elizabeth ! Et là, on a tout de suite senti qu'il y avait quelque chose d'anormal… »

La concierge marqua une pause pour ménager ses effets. Les policiers ne dirent rien et attendirent patiemment. Voyant que la réaction escomptée n'arrivait pas, la gardienne reprit son récit avec un air bougon :

« La chienne n'a absolument pas bougé d'un pouce… Et pourtant, tout semblait normal ! Par contre, quand on est arrivé à la chambre de Monsieur Juste, c'est là qu'on l'a vu, sur le lit… »

Leur interlocutrice frissonna et resserra le pull qu'elle portait sur ses épaules.

« Il était tout blanc… Son bras tombait par terre et sa chienne… sa teigneuse était blottie contre sa main et continuait de hurler… »

La gardienne baissa d'un ton. Nico avait beau la trouver antipathique, elle comprenait aisément le choc qu'on pouvait ressentir à la vue d'un cadavre.

« Quand on a voulu s'approcher pour voir ce qu'il en retournait, j'ai cru que la teigneuse allait nous bouffer tout cru ! Elle s'est mise à aboyer comme une folle ! Une hystérique ! Elle nous a tout bonnement empêchés d'approcher Monsieur Juste. Monsieur DeWitt a bien essayé, mais il y a laissé un bout de pantalon ! C'est à ce moment-là qu'on vous a appelés… »

La femme se tut. À l'évocation du corps, elle avait pâli. Elle but une gorgée de thé. La chaleur du breuvage lui redonna des couleurs.

« Avez-vous touché à quelque chose ? » s'assura tout de même Hal.

La gardienne secoua la tête en signe de dénégation.

« Comment aurait-on pu ? Avec la teigneuse qui essayait de nous retailler les chevilles, on n'a pas demandé notre reste et on est reparti aussitôt ! »

Nico hocha la tête et but avec une grimace une gorgée de son café froid. Compréhensible que les collègues aient fait appel à la fourrière pour emmener l'animal.

« Quel genre de résident était Monsieur Juste ? »

La concierge se gratta la tête.

« Du genre calme, qui ne sort jamais de chez lui. Je le voyais rarement, quelquefois quand il sortait sa teigneuse. En tout cas, je n'ai jamais entendu dire qu'il posait des problèmes. Le genre vraiment discret…

– Quelles étaient vos relations et celles des autres résidents avec lui ? interrogea Hal.

– Je viens de vous le dire, il était…

– Non, l'interrompit calmement le policier. Vous avez parlé de son comportement. Mais vous, en tant que gardienne d'immeuble, quels rapports entreteniez-vous avec lui ? Vous ne semblez pas beaucoup l'aimer…

– Moi ? Non… je…

– Quand vous parlez de lui, c'est toujours avec dédain, vous appelez toujours sa chienne "la teigneuse"… »

La gardienne se trémoussa à nouveau sur sa chaise, gênée.

« Vous savez, c'était un drogué…, se défendit-elle vigoureusement.

– Et après ? Qui vous dit que cette personne n'essayait pas de s'en sortir ? Monsieur Juste avait un emploi et n'avait aucune affaire avec la police. Vous pensez-vous avoir le droit moral d'être juge et partie vis-à-vis de quelqu'un qui a payé sa dette envers la société ?

– Euh, non… Je…

– S'il vous plaît.

– D'accord, je ne l'aimais pas beaucoup » finit-elle par avouer.

Nico tombait des nues. Si ce n'était pas l'hôpital qui se moquait de la charité… Il y avait encore deux jours, Hal avait eu la même réaction que la gardienne et elle lui avait fait exactement le même reproche ! Ou la leçon avait porté ses fruits, ou il ne manquait pas de culot…

« Il n'était pas très aimable, disait à peine bonjour et refusait systématiquement les invitations du voisinage ! »

Collard leva un sourcil.

« Vous pouvez être plus claire ?

– C'est un système que j'ai lancé il y a quelques années, expliqua-t-elle fièrement. On invite les voisins, on prend l'apéritif, on fait un pique-nique, le tout dans une atmosphère conviviale…

– Et en quoi le refus de Monsieur Juste était-il gênant ?

– Mais vous ne vous rendez pas compte ! Il est extrêmement important de garder le lien social intact, et connaître tous ses voisins est le minimum que l'on puisse faire ! Rester seul n'a aucun sens et la collectivité devrait avoir l'obligation de se réunir… ! »

Nicole cessa d'écouter. Elle imaginait sans effort ces fameuses fêtes de voisinage, présidée par une gardienne toute puissante, à l'affût des ragots qui lui procureraient pouvoir et persuasion. Finalement, elle comprenait sans peine le choix de la solitude. Elle fit un signe discret à Hal : il était temps de partir.

« Une dernière question : saviez-vous si Monsieur Juste fréquentait une infirmière du nom d'Ariel Braska ? »

Photo à l'appui, la gardienne secoua la tête. Ils lui remirent sa convocation au Bastion pour demain après-midi, la remercièrent poliment et brièvement, puis ressortirent de sa loge, avant de se diriger une nouvelle fois dans la cour. Ils restèrent silencieux un instant, profitant de l'air presque pur à côté des arbres. Hal brisa le silence.

« Qu'en penses-tu ?

– Ce Zacharie donnait l'impression d'être un solitaire quand on l'a rencontré. Maintenant, c'est une certitude.

– Oui. Je le plaindrais presque de l'avoir eue pour… (Hal désigna d'un mouvement tête la loge de la gardienne.) Ça n'a pas dû être facile tous les jours…

– Peut-être une des raisons pour laquelle il travaillait de nuit. Autre chose ?

– Pas pour l'instant. On en saura peut-être plus avec le voisinage. »

Rien n'était moins sûr avec un type qui vivait comme un reclus. Elle se remémora son entretien avec le jeune homme, mais ne put s'empêcher de penser qu'ils n'apprendraient rien de neuf. Toutefois, Nico préféra garder cette réflexion pour elle.

« Tu peux t'occuper de l'enquête de voisinage, s'il te plaît ?

– Pas de problème. Tu t'occupes des constatations ?

– Pas le choix. Vivement que notre procédurier revienne… J'appelle le commissaire Blanc pour le mettre au parfum et voir de quoi il a besoin comme informations pour son rapport circonstancié. Ah ! Et j'oubliais : fais aussi prendre les empreintes de la gardienne et des deux qui l'ont accompagné dans l'appartement. On n'a pas besoin d'une scène contaminée…

– OK ! Bon courage !

– Toi aussi. »

Bientôt midi. Presque quatre heures s'étaient écoulées depuis leur arrivée chez Zacharie Juste. Emmerich et Collard firent le point sur l'enquête de voisinage. Ce fut vite fait : oui, presque tout le monde avait entendu la chienne de monsieur Juste, mais non, presque personne ne le connaissait, ni ne s'était aperçu de quoi que ce soit tôt ce matin. On est dimanche, vous comprenez ? Conclusion : néant.

La cour de l'immeuble était maintenant presque déserte. La police scientifique terminait de plier bagage, le devoir accompli, emportant vers les voitures tout le matériel et les échantillons prélevés dans l'appartement de feu Monsieur Juste. Bilan de la matinée : nouvelle mort et aucune certitude d'un suicide ou d'un meurtre. Ne restait plus qu'à attendre les résultats de l'autopsie et du labo pour espérer en savoir un peu plus. Le Procureur allait être content. Si seulement Hyrule avait pu parler…

Nicole porta machinalement son gobelet à ses lèvres, avant de se rendre compte qu'il était déjà vide depuis longtemps. À force de le triturer dans tous les sens, la forme autrefois cylindrique s'apparentait à présent à un tube de papier mâché. Avec une moue déçue, elle chercha du regard une poubelle qu'elle était sûre d'avoir aperçue ce matin, non loin du hall d'entrée. L'espace qui lui était destiné était vide. Un propriétaire avait même profité de l'absence des conteneurs pour aérer son sous-sol. Elle se résigna à le garder à la main pour quelques minutes supplémentaires et sursauta. Nico se précipita vers le coin poubelle, plantant là Hal qui lui faisait justement remarquer qu'ils en avaient fini ici. Finalement, pas tout à fait…

Le coin investi par la jeune femme était marqué par les fragrances malodorantes qu'avaient immanquablement entraînées les poubelles. Elle fronça le nez et s'approcha de la fenêtre ouverte. *Cassée*, en fait, et un barreau manquait. Le verre avait été proprement brisé, mais le cadre était toujours fermé.

« Hal ! Tu peux venir un instant ? »

L'informaticien accourut.

« Quoi ? Qu'est-ce qu'il y a ?

– Tu sais où donne cette fenêtre ? »

Hal réfléchit un instant.

« Vu la configuration de l'immeuble, ça devrait donner derrière la salle d'arcade… (L'informaticien parut soudainement réaliser quelque chose) Ne me dis pas que…

– Possible. On va vérifier ça ! S'il vous plaît ! »

Juste à temps. Le policier s'occupant de relever les empreintes digitales s'apprêtait à déserter les lieux. Il se retourna vers Nicole, surpris.

« Oui ? Je peux vous aider ?

– Avez-vous encore de quoi relever les empreintes ? demanda Collard en désignant la valise que l'homme portait.

– Bien sûr. Il y a un endroit que nous avons oublié ?

– Absolument pas. Ce serait juste pour un complément, ce ne sera pas long…

– OK. Dites-moi.

– Cette fenêtre. Il nous faudrait les relevés d'empreintes intérieurs et extérieurs de la fenêtre, la poignée et le cadre. »

Le scientifique hocha la tête. Il ouvrit sa valise et en retira une paire de gants en latex qu'il enfila avec adresse, puis un récipient en verre contenant une fine poudre blanche à base d'aluminium, spécialement utilisée pour les surfaces lisses. Il trempa dedans un large pinceau et entreprit d'étaler méthodiquement la poudre sur les endroits requis sous l'œil attentif d'Emmerich.

« On ne peut pas dire qu'on aura chômé aujourd'hui !

– Ça, c'est sûr, soupira Nico.

– Pourquoi la fenêtre, au fait ? Ce n'était pas suffisant là-haut ?

– C'était bien assez ! Juste une intuition. Vous étiez là pour les relevés du double homicide avant-hier, juste à côté ?

– La salle d'arcade ? Oui. Et dire que j'y ai emmené mon môme la semaine dernière… C'était pas beau à voir…

– Je ne vous le fais pas dire. En fait, cette fenêtre est une de celle qui donne sur la salle en question.

– Exact. (Le scientifique se remémorait les détails avec attention, puis hocha la tête.) J'ai procédé aux relevés des empreintes sur cette fenêtre, qui était intacte d'ailleurs. Ça n'avait rien donné.

– Vous devez toujours avoir les résultats, alors ?

– Tout à fait.

– Bien. J'ai de bonnes raisons de croire que quelqu'un s'est introduit dans les lieux *après* les faits.

– On verra ça au labo, alors.

– Avec les nouvelles empreintes, on dirait. »

Emmerich désigna les amas de poudre un peu plus foncée qui se détachaient à l'œil nu.

« En effet, vous avez l'œil ! J'ai presque fini… »

Le technicien termina d'appliquer un film plastique souple sur les empreintes, avant de la glisser dans un sachet qu'il scella.

« Voilà, terminé. »

Le policier apposa des scellés sur la fenêtre et remballa rapidement son matériel.

« Je vous transmets les résultats dès que je les ai !

– Ce sera parfait. Bon dimanche !

– On va essayer », répondit le scientifique avec une grimace.

Quand il fut parti, Hal se retourna vers Nico.

« Tu crois que notre suspect serait revenu ici ?

– Je ne crois rien. Je me dis juste que c'est bizarre de retrouver cette fenêtre cassée et que notre homme court toujours dans la nature… Revenir à l'endroit où on te chercherait le moins : ce truc est vieux comme le monde !

– Et si tu as raison, ça prouvera que ce tour continue de marcher et qu'on s'est fait avoir.

– C'est ce qui me met en boule… !

– Calme-toi, Nicole. Qui aurait pu le prévoir ? Ce type est dingue et…

– Pas si dingue que ça, apparemment… Bon, les clefs sont au Bastion. Il faut qu'on vérifie ça cet après-midi.

– Je mange d'abord un bout. Tu m'accompagnes ?

– Je suppose que oui, maugréa Nicole. J'ai faim et les PV ne vont pas se rédiger tout seuls… »

Hal eut un petit rire.

« Au moins, on ne sera pas obligé de faire la queue au grec !

– Ce sera bien la première fois », gloussa la jeune femme.

Un bref instant, le soleil réussit à percer le manteau de nuages. Hal cligna des yeux.

« Qu'est-ce qu'il y a ? s'inquiéta Nico.

– Lumière dans l'œil. Les clefs que tu as mises sur le pot de fleurs, hier… »

Nico s'immobilisa. Une scène se rejoua devant ses yeux.

« Quoi ?

– Mais oui, bien sûr !

– Ah bon ? J'arrive plus à suivre, j'ai trop faim… »

Elle se précipita sur les clefs qu'elle avait elle-même déposées sur le pot de fleurs retourné et qui attendaient patiemment le retour de leur propriétaire et, de sa main nouvellement gantée, les brandit triomphalement vers l'informaticien.

« Je te donne dans le mille de savoir ce qu'ouvre cette clef ! Quelle idiote !

– Je ne te suis pas…

– Lorsque les corps de Gabriel Chevalier et d'Ariel Braska ont été découverts dans la salle d'arcade jeudi dernier, une fenêtre était ouverte au rez-de-chaussée : je me souviens que le commandant l'a fermée juste avant de partir… On s'est peut-être trompé… Il… Il faut que je vérifie le PV des constatations ! »

Chapitre XXXVI

Ses pieds nus, malmenés, écorchés, claquaient faiblement sur le sol, laissant derrière eux des marques brunes. Il avait perdu ses bottes depuis longtemps à présent. Ses armes, aussi. Il se sentait nu, mais il avait dû fuir. Encore. Il rabattit sur sa tête le capuchon d'une tunique autrefois blanche. Il continuerait de fuir. Encore. Pas d'autre choix : si ses ennemis le trouvaient, ils le tueraient. Il les savait toujours sur ses traces. Il ne pouvait compter que sur sa dernière arme : la foule. Quelques minutes plus tôt, il avait surpris un de ses poursuivants qui le cherchait. Il s'était fondu dans cette masse de corps.

L'Aigle jeta un coup d'œil autour de lui. Dans cette ville ancienne, les rues étaient larges et les gens se pressaient tous vers une destination qui lui était inconnue. Et ils étaient nombreux. Il doutait avoir semé ses poursuivants. Il décida que non. Il accéléra le pas.

*

Le passant tourna la tête. Il n'était pas sûr. Il avait cru sentir sur son épaule la sensation d'une main qui l'avait subrepticement dirigé, suggéré une direction, plus légère que le battement d'aile d'un papillon. Il avait regardé autour de lui, juste à temps pour voir disparaître un éclair grisâtre. Il crut un instant avoir rêvé. Il haussa les épaules, maussade, et reprit son chemin d'un pas pressé : sa route n'était pas finie.

*

L'Aigle progressait comme un fantôme, se fondant dans la foule avec une aisance remarquable ; glissant et disparaissant en un battement de cils entre deux badauds qui se retournaient, surpris par un courant d'air qui les faisait frissonner malgré la chaleur ambiante de ce début de matinée. Puis, brusquement, il disparut pour de bon. Nul ne s'en était aperçu.

*

Cloud était épuisé. Cette course inconsciente l'avait vidé de ses dernières forces. Sous son sweat, le T-shirt que lui avait prêté Zacharie était trempé d'une sueur collante. Le jeune homme ramena ses jambes à lui. Ses pieds n'étaient pas beaux à voir. Du sang coulait de ses ampoules crevées. Après un petit moment, le flot noirâtre se tarit, formant un aggloméré immonde de sang, de lymphe et de crasse. Le résultat d'une course trop longue dont il n'avait même pas le souvenir d'avoir commencé. Durant cet instant indéterminé, la Brume s'était emparée de lui, profitant de sa faiblesse, et avait repris le contrôle sur lui avec une joie sauvage. Pris au dépourvu, Cloud s'était évanoui. Quand il avait rouvert les yeux, il n'avait vu qu'un amas noir devant lui. Puis, regardant vers le ciel, il avait aperçu la lumière à la surface. Il avait sauté pour la rejoindre, voyant avec effroi les émanations de Brume lancées à sa poursuite. Il avait percé la surface de sa conscience et s'était échappé, repoussant derrière lui les tentacules de sa peur.

Le jeune homme avait rouvert les yeux sur un environnement urbain qu'il ne reconnaissait pas : sous un porche qui puait l'urine, quelque part le long d'une voie déserte. Reprenant peu à peu conscience, il avait découvert un décor qui tranchait nettement avec ce qu'il avait connu quelques heures plus tôt chez Zacharie. Sous son dos et ses fesses, il sentit la pierre froide et rugueuse. Il écouta. Un bruit de moteurs lui parvint distinctement, provenant de rues plus lointaines. Les effluves de déjections humaines et animales le prirent à la gorge. Il porta instinctivement une main à son nez. Il la vit couverte de poussière blanche, tout aussi crasseuse que ses pieds. Il ne se souvenait de rien, juste de… De quoi justement ? À ce moment précis, il prit conscience du mal de tête lancinant qui lui rongeait le crâne. Plus il fuyait et sentait la Brume relâcher malgré elle son étreinte, plus son mal augmentait.

Cloud mit la tête dans les genoux et ferma les yeux. Le cercle vicieux recommençait. Parce que le mal appelait le mal, il sentit ses membres s'agiter. Il s'effondra, tremblant violemment. Le sang résonnait à ses tempes et battait une mesure effrénée de grosse caisse. La Brume qu'il avait réussi tout à l'heure à distancer reprit du terrain et Cloud dut faire appel à ses dernières réserves d'énergie pour la repousser. Encore. Et encore.

Lorsque la crise se termina, les murs tournoyaient. Cloud ferma les yeux pour faire cesser le vertige. Il s'atténua, un peu. Il existait un remède pour que cela s'arrête complètement. Dormir. Il bascula sur le côté et se pelotonna. Il inspira à fond, puis expira. Recommença. Chaque fois qu'il expirait, il se forçait à détendre un peu plus ses muscles douloureux. La tension diminua légèrement, mais lui suffit. Terrassé par la fatigue, le jeune homme s'endormit.

Il s'éveilla en sursaut quelques heures plus tard, faible, le cœur battant. La nuit tombait. Au loin, le son de la sirène disparaissait, étouffé dans le bruit ambiant de ce début de soirée. Cloud s'assit. Son crâne était encore douloureux, mais les élancements s'étaient atténués. Où était-il ? Dans la rue. Pourquoi y était-il ? La fuite. Les questions et les réponses fusaient, à peine conscientes. Étonnamment, il ressentait une sorte de soulagement qu'il n'avait pas connu depuis très longtemps. Pourquoi ? Il n'en savait rien. Il le ressentait simplement. Malgré les dangers de la rue, les bagarres, la faim, la police… Cette dernière pensée le ramena à la sirène. Lui aussi, il la fuyait. Alors que faire ? Aucune idée. Il réfléchit.

La Brume avait reculé loin, maintenant. Elle se tenait sur ses gardes, à présent. Elle ne l'attaquait plus frontalement. Il fit un pas vers Elle. Elle ne bougea pas, sombre et menaçante. Cloud n'osa s'avancer plus. Il se sentait trop faible pour se mesurer à Elle. Des images fugitives brillèrent en Elle. La Brume sentit son regard et se drapa davantage dans son obscurité. Les images s'effacèrent. De toute façon, il était trop loin pour vraiment les voir et les comprendre.

Son estomac gargouilla. Depuis combien de temps n'avait-il pas mangé ? Sa dernière collation devait remonter à quelque chose comme hier soir, s'il n'avait pas bien sûr perdu toute notion du temps. Il regarda ses mains. Elles tremblaient. Il les enfouit entre ses jambes et serra les poings. Il ne devait pas y penser, seulement se concentrer pour se lever et partir de cet endroit puant. La crise le frappa de plein fouet. De violents tremblements parcoururent son corps et Cloud s'écroula par terre une nouvelle fois. Sa tête heurta le macadam, des étoiles dansèrent une ronde endiablée devant ses yeux. La Brume elle-même sembla sonner par le choc et essaya à peine de s'en prendre à lui.

La crise passa comme elle était arrivée : brutalement. Le jeune homme était déjà épuisé avant elle. À présent, il se sentait liquéfié. Parcouru de légers tremblements – de froid cette fois –, il se rassit péniblement et repoussa ses cheveux trempés de sueur qui tombaient sur son front. Cloud laissa passer un long moment. Il mit à profit cet intermède pour rassembler ses idées, ou du moins, essayer.

Après un moment, il dut se rendre à l'évidence : toutes ses pensées fuyaient, à l'exception d'une sensation sur laquelle il ne cessait de se focaliser, malgré lui. La sirène. Chaque fois qu'il tentait de s'agripper à un lieu, une image, celui-ci s'évaporait. Sauf elle. Pourquoi ? Il chercha vainement. Comme pour le narguer, elle choisit ce moment pour emplir l'air et s'éloigner à nouveau, insaisissable.

La sirène… Elle appartenait à la… police. La… police. Un visage s'esquissa peu à peu. Un homme. Pas un homme méchant. Un homme blessé. Dans un appartement. Ils avaient parlé ensemble. Comment avait-il dit qu'il s'appelait déjà ? Geo… George… C'était ça ! George ! Enhardi par ce succès, Cloud se concentra plus intensément. Il pouvait accéder à sa mémoire récente, il n'allait pas s'en priver.

Un appartement… Des corps… Lentement, le souvenir tourbillonnant se figea. Il se souvint. Ce George était par terre. Il ne bougeait pas. *Un carré, un peu épais, marron, traînait au sol. Il vit sa main se tendre et s'en emparer. Ça pouvait lui être utile…*

Le caveau du cimetière Saint-Louis avait disparu. L'homme aussi. Mais son petit portefeuille était toujours là. Avec hésitation, l'écrivain le sélectionna dans son inventaire. L'escarcelle s'ouvrit devant lui, comme un livre. À l'intérieur, à gauche, s'alignaient des cartes de toutes sortes, rangées les unes au-dessus des autres. À droite, des reçus et d'autres cartes encore. Rien qui ne l'intéressait de part et d'autre. Maladroit, l'objet lui échappa des mains. Et devant ses yeux crédules, ne chuta point.

Le portefeuille flotta devant lui, suspendu dans les airs. Puis, il se mit à tournoyer lentement sur lui-même, dévoilant un rabat que l'écrivain n'avait pas vu. D'une main craintive, il l'ouvrit. Cela eut pour effet de découvrir un compartiment plastifié. Son regard se fixa aussitôt sur l'image colorée qu'elle recelait. Une photo. Une plage avec, à l'arrière-plan, une eau turquoise. Au centre, un homme, une femme, deux jeunes enfants – une fille et un garçon. L'image se brouilla. Il voulut vite la retirer avant qu'elle ne disparaisse, mais trop tard. À la place apparut une carte d'identité. La photo d'un homme plus tout jeune – enfin, plus âgé que lui – dont l'absence de sourire lui donnait un air patibulaire. À côté, une suite de chiffres sans intérêt. Puis une étrange lueur attira son attention. Une simple ligne de lumière pâle qui faisait ressortir les caractères noirs d'une adresse.

Lentement, l'écrivain s'appliqua à déchiffrer les petits caractères. Il relut plusieurs fois les quelques mots et, une fois qu'il fut certain de les avoir retenus et d'en saisir tout le sens, rangea l'étrange portefeuille. Sa nouvelle destination venait d'apparaître sur sa carte.

Cloud se réveilla en sursaut, retrouvant le porche infect qui l'abritait. La douleur de ses pieds recommença à sourdre en une lente pulsation. Il se releva prudemment, mais l'esprit fébrile. S'appuyant au mur pour ne pas tomber, il ramena lentement à lui ses pieds douloureux. Il esquissa un premier pas. La douleur était supportable. Lancinante, mais supportable. Le deuxième pas fut chancelant et Cloud raffermit son équilibre. Il se stabilisa enfin et partit en claudiquant. Il rabattit la capuche de son sweat sur sa tête et disparut au coin de la rue vers ce qu'il venait de trouver : un but.

Chapitre XXXVII

Dimanche, 19 h 35

Moebius Mantis mit fin à la communication d'une simple pression sur son oreillette, puis l'enleva. Il posa les coudes sur le bureau, appuya le menton sur ses mains jointes et fixa le mur devant lui. C'était le jour dominical et les nouvelles que venait de lui donner le commissaire Blanc n'étaient pas bonnes. Le suspect après qui tout le monde courait avait laissé un mort de plus derrière lui. Et juste avant ça, le Professeur Édison, directeur de l'Institut Mantis, lui avait confirmé que l'individu – instable psychologiquement, ça ne faisait plus aucun doute – s'était échappé de son centre : les témoignages des deux infirmiers retrouvés dans des conteneurs l'identifiaient formellement. Sur ordre de Mantis, le directeur avait transmis les vidéos concernées à l'équipe de Stobbart, malgré sa réticence : en matière d'image et de sécurité, il y avait meilleure publicité. Des sujets sur lequel Édison ne manquerait pas d'accroître sa vigilance, surtout pour la conférence de presse que Mantis prévoyait de tenir lundi ou mardi.

Cette affaire était pour le moins embarrassante. Mais le défi à relever était intéressant. Presque autant que celui de devenir préfet de police, un poste où personne ne l'avait attendu avant sa nomination effective. Mantis eut un sourire satisfait à la pensée de ce souvenir. À peine investi de ses nouvelles fonctions, l'ancien clinicien avait lu tous les dossiers des commissaires et agents qui travailleraient directement avec lui. Pour les autres, il s'était contenté de retenir le nom et la photographie. Cela lui avait pris une demi-journée et une partie de la nuit. Il était allé à l'essentiel – états de service, résultats, évaluations psychiatrique et professionnelle –, avait dormi quatre heures (cinq heures étaient une grasse matinée, concept qu'il abhorrait) et le lendemain appelait tous ses nouveaux collègues par leur nom, sans difficulté. Sur beaucoup de visages, il avait lu la surprise, à laquelle avaient succédé la méfiance et l'appréhension. Le mépris affiché des autres à l'égard de « ce nouveau col blanc arrivé par népotisme politique » s'était mué en colère résignée. Lequel d'entre eux aurait pu retenir les noms et faces d'une centaine de collaborateurs en si peu de temps ? Bien peu de monde, mis à part lui et Édison.

En l'espace de quelques semaines, il s'était taillé la réputation d'un homme intransigeant, mais juste, prêt à écouter les propositions des autres. Une continuité de son précédent métier, en somme. Il félicitait les femmes et hommes à l'origine d'une affaire résolue ou d'une mission accomplie avec succès, mais savait aussi mettre à pied ceux qui commettaient des manquements à la loi, peu importe l'âge et le grade. Cela lui avait valu des remontrances de la part des politiciens, mécontents de voir que l'on maltraitait certains de leurs poulains. Mais Mantis passait outre : il ne pouvait se permettre de ménager toutes les susceptibilités de chacun, sans quoi son devoir s'apparenterait davantage à de l'immobilisme et ses fonctions n'auraient pas davantage de sens qu'un psychiatre sans patient.

Tout au long de sa carrière de clinicien, Mantis avait eu affaire à des hommes, des femmes, des enfants, dont le point commun avait été d'avoir une multitude de problèmes psychologiques. Lui s'était spécialisé dans les troubles addictifs aux nouvelles technologies, et plus particulièrement aux addictions vidéoludiques. Il s'était trouvé fasciné par la facilité avec laquelle l'esprit d'une personne pouvait s'altérer au contact d'une dimension virtuelle. Durant de longues années, il avait pu observer des esprits tourmentés, mélangeant allègrement virtuel et réalité. Certains avaient présenté une forme d'autisme qui n'avait connu qu'une faible évolution, une légère amélioration suivie de rechutes : ce furent les cas les plus extrêmes qu'il recensa lorsqu'il arriva dans une des premières sections spécialisées du genre au sein d'un hôpital précurseur. Quant aux cas d'anorexie, boulimie, troubles musculo-squelettiques, ils étaient légions et courants.

Très vite, il s'était distingué en travaillant d'arrache-pied sur un sujet que ses pairs délaissaient volontiers, persuadés que rien ne pouvait aider ces pauvres hères qui s'étaient eux-mêmes condamnés à jouer. Mantis leur avait prouvé le contraire en théorisant cette pathologie – de ce que ses collègues s'amusèrent d'abord à appeler le Syndrome Mantis pour se moquer de lui – puis en posant les premières bases de la thérapie. Les patients, du moins l'entourage des patients, commencèrent à se bousculer devant lui en voyant ses résultats, et sa renommée finit par atteindre des sommets lorsque se présenta à lui un des hommes les plus influents du pays et le futur président de la France. Celui qui allait devenir un des piliers de la reconnaissance de Mantis auprès du grand public lui amena son fils, un garçon de quinze ans dont l'addiction au loisir vidéoludique était considérée comme étant une des plus sévères.

Sa carrière politique avait naturellement débuté peu après la sortie de ce patient hors de son Institut, mais de manière moins conventionnelle qu'une adhésion dans un parti politique. À la suite à sa récente popularité, Mantis fut amené à côtoyer la sphère politique lors d'assemblées générales et conférences de grandes entreprises qui souhaitaient que Mantis apportât son expertise lors du lancement de tel antidépresseur, ou d'un jeu vidéo soi-disant éducatif quand un éditeur voulait avoir une caution pour vendre un peu plus de drogue virtuelle. Le clinicien ne donnait jamais suite à ces propositions dans un souci de crédibilité d'une part, et de droiture d'autre part. Cette prudence le mit à l'abri des pièges tendus par l'argent et de certaines convoitises auxquelles un esprit plus malléable aurait succombé. Sa perception de la psychè humaine lui permettait de déceler rapidement les fausses bonnes intentions, les sourires ambigus, les déclarations ampoulées et les tergiversations maniérées dans des discussions sans fin qui n'aboutissaient à aucune décision, si ce n'était un accord pour satisfaire la minorité. Sa ligne de conduite irréprochable ne fit qu'accroître l'admiration que beaucoup avaient déjà pour lui. Et la haine des autres.

Peu de choses, finalement, séparaient le monde politique et le monde universitaire dont il était issu. La concurrence était tout aussi féroce et les coups bas tout aussi déloyaux, quel que soit le domaine.

Mantis se souvenait précisément de chacune de ses rencontres politiques. Et, à chaque fois, le même manège : les femmes et les hommes le jaugeaient plus ou moins ouvertement, minaudaient, ou, au contraire, affichaient à son encontre un mépris absolu. Les premiers cherchaient à s'en faire un ami, les seconds un trophée. Les premiers tentaient à travers lui de se rapprocher de l'homme d'influence qu'il devenait et du Président dont il avait soigné le fils ; les seconds mettaient un point d'honneur à l'ignorer avec superbe, ou bien à le repousser dans ses retranchements lors de vives passes d'armes. Le Professeur se sortait toujours de ces duels d'orateurs avec brio, ridiculisant systématiquement ses adversaires, en les plaçant à terme devant leurs contradictions dans lesquelles ils s'embourbaient, avant de sombrer sous le regard tranquille du clinicien. Son aura n'en était que davantage rehaussée auprès du public.

Gérer les personnes ne lui avait jamais vraiment posé de problèmes, excepté une lointaine fois. Mais depuis, sa compréhension de l'humain s'était affinée, jusqu'à devenir un outil de travail d'une grande précision, déchiffrant les expressions corporelles, les tics auxquels les gens étaient sujets sans s'en rendre compte. Cette connaissance donnait un avantage certain à Mantis, qui, au détour d'une conversation, d'un mot, d'un regard ou d'une image, voyait une émotion envahir soudainement l'œil, le visage, parfois le corps tout entier, durer une fraction de seconde, puis disparaître. Peu de monde remarquait ce changement subtil. Pour Mantis, il était visible comme la proéminence nasale au milieu de la physionomie. En comprenant mieux que personne les troubles de tout un chacun, il en était venu à même de saisir l'essence des personnes qu'il rencontrait, et toutes étaient liées à des émotions, sinon brutales, très intenses : peur, mépris, orgueil, dégoût, lubricité, haine… Toujours très peu d'émotions que certains de ses confrères qualifiaient de "positives" : joie, bonheur… qui, toutes, n'étaient finalement que des façades qui se fissuraient au moindre choc. Ces façades, Mantis ne les voyait plus, lisant directement les personnes comme dans un livre ouvert, comme des nourrissons dont les besoins se manifestaient le plus simplement par des cris. À leur manière, les gens criaient.

Son charisme en fit un sérieux concurrent pour les personnes qui briguaient les places les plus notables du monde politique. Toutefois, Mantis refusait toujours d'adhérer à tel ou tel parti, s'affranchissant d'une pensée unique qui lui aurait été imposée. Son image d'électron libre fit grincer des dents à de nombreuses reprises, mais la finesse de ses analyses lui attira le respect d'un grand nombre d'autres. Ses appuis qu'il cultiva durant toutes ces années firent de lui un homme sollicité de toutes parts. Pourtant, cette médiatisation à présent risquait de se retourner contre lui. Et par ricochet, sur la clinique que dirigeait maintenant Frédéric Édison.

Le meurtre de l'infirmière Ariel Braska et la fuite de ce patient aux cheveux blancs risquaient d'écorner l'image de l'Institut. Autant la presse pouvait s'en prendre à lui, autant il refusait catégoriquement que l'Institut soit impliqué. C'était d'ailleurs une des raisons pour laquelle il avait cédé sa place de directeur à Édison. Il ne voulait pas que l'image de sa clinique soit assimilée à l'homme politique qu'il n'avait pas manqué de devenir.

Sous ses airs de bellâtre désintéressé, Édison dissimulait un esprit très vif qui en surprenait toujours plus d'un. Mantis l'avait lui-même recruté et formé. Il lui avait donné satisfaction en tous points, excepté son goût immodéré pour les jolies femmes. Le Professeur éprouva une légère pointe de contrariété : chaque homme avait ses défauts, mais par moment, ça en devenait presque pathologique. Le Préfet repoussa cette pensée : elle n'avait pas lieu d'être et n'était en rien constructive. Tout ce qui comptait en ce moment était de rattraper ce dangereux fugitif pour éviter de créer la panique à Paris. Il y avait déjà assez de cette pandémie de grippe…

Mantis tendit la main vers son oreillette et la replaça à son oreille. Il composa un numéro sur son portable sécurisé et attendit. Il raccrocha à la cinquième sonnerie. Tant pis, il rappellerait plus tard. De toute façon, il n'était pas pressé. Un coup d'œil à sa montre lui apprit qu'il était vingt heures. Parfait. Il lui restait trois bonnes heures avant de quitter le bureau. Il avait tout le temps.

Chapitre XXXVIII

Lundi 5 septembre, 8 h 20

George porta la main à l'arrière de sa tête, enleva le pansement et palpa doucement la plaie. Sous les cheveux qui lui restaient encore à cet endroit-là, il sentit les croûtes dures formées sur sa lésion et les fils qui en dépassaient. Sa blessure était saine. Un soulagement. Ses maux de tête s'étaient également estompés durant cette fin de semaine et plus particulièrement hier dimanche, au cours d'une journée en famille des plus relaxantes. Émilie y avait particulièrement veillé.

Il sourit. Quelle femme ! Gérer un métier, des enfants, un époux presque moribond était un tour de force dont il ne se serait jamais senti capable. Bien qu'il l'aidât du mieux qu'il put, ce n'était pas toujours facile. Il se regarda d'un œil critique dans la glace. Avec l'âge, il s'était empâté : il avait maintenant un cou plus large et des joues rebondies. Et une jolie brioche. Par contre, ses traits souvent fatigués s'étaient apaisés. Les cernes foncés sous ses yeux faisaient à présent place à une peau plus claire. Même ses rides, il avait l'impression qu'elles avaient diminué ! Satisfait, George laissa sa blessure découverte et entreprit de se raser.

Il en était arrivé au moment périlleux du menton quand la sonnette à la porte d'entrée retentit. Il retint juste à temps sa main avant qu'elle ne dérape et marque son visage d'une entaille. Le policier pesta. Qui donc à huit heures trente, un lundi matin, pouvait se présenter chez lui ? Le facteur ne passait que sur les coups de dix heures ! Comme il ne se pressait pas suffisamment, la sonnette retentit une seconde fois. Voilà maintenant qu'il ou elle allait réveiller les enfants ! Voire pire, sa femme ! Il se hâta d'essuyer la mousse à raser qui restait sur sa joue gauche, enfila rapidement le peignoir jaune canari d'Émilie qui traînait sur la chaise et se précipita vers la porte d'entrée. Déverrouillant les serrures, il pria intérieurement que son épouse ne se soit pas réveillée, sans quoi elle serait d'une humeur de chien une bonne partie de la matinée. Il prit un air rogue et actionna la poignée. La porte s'ouvrit sur son visiteur matinal et Stobbart se figea sur place, bouche bée.

George n'avait pas pour habitude de regarder par l'œilleton de la porte. Pourquoi l'aurait-il fait cette fois-là ? Quand il ouvrit le battant et se retrouva nez à nez avec Cloud, le monde entier disparut autour de lui. Son corps se figea en un seul bloc et la seule pensée qui le traversa à cet instant, ce fut pour constater l'absence de son revolver.

Cloud se tenait là, devant lui, placidement. Les vêtements qu'il portait étaient crasseux, tout comme son visage, ses mains et surtout ses pieds nus. Quant à l'odeur qui émanait de lui, c'était un mélange repoussant de sueur rance et de saletés sur lesquelles le policier n'osa même pas mettre un nom. Son attitude n'était pas menaçante. Il aurait même plutôt fait penser à un grand enfant perdu.

George sentit une peur irrationnelle grandir en lui. L'envie de se jeter sur Cloud et le battre comme un sac de plâtre le démangea tout entier : ses poings s'ouvrirent et se refermèrent convulsivement, tandis qu'un flot de sueur glacé se referma sur lui comme un carcan. Stobbart lutta pour ne pas perdre pied, en même temps que se bousculaient les questions dans son esprit : comment était-il arrivé là ? Pourquoi était-il là ? Que voulait-il ? Pourquoi venir chez lui et pas aux Batignolles ? Où était son arme ? Où étaient ses enfants ? Les questions fusèrent et Stobbart réalisa à quel point il se sentait vulnérable et démuni pour protéger sa famille. Il n'était pas homme à s'avouer vaincu, mais, au final, que pourrait-il réellement faire contre cet adversaire qu'il avait vu combattre d'une manière si fantastique ? Si redoutable… Il avait beau être policier, être un flic de la Crim', cette carapace qu'il revêtait pour aller au boulot et enquêter sur des personnes décédées *mais étrangères* s'était totalement désagrégée devant l'incongruité de sa situation : il serait lui-même cet étranger quand un autre viendrait enquêter sur son corps et ceux de sa famille… Toutes ces pensées s'abattirent sur lui en un battement de cœur, qui lui sembla durer une éternité. Un moment pendant lequel il se vit mourir, foudroyé au cou, et tomber asphyxié, tandis que le jeune homme, impassible, enjambait son cadavre avachi par terre et pénétrait sa maison… La sensation de ralentissement s'estompa et Stobbart s'aperçut qu'il tenait toujours debout. Encore vivant ! L'adrénaline le submergea instantanément en même temps que son cœur bondit dans sa poitrine. Il leva le poing pour frapper.

« George ? »

La voix résonna étrangement à ses oreilles. Surpris, son poing s'immobilisa en l'air. Le policier s'extirpa péniblement de ce qui ressemblait à un cauchemar éveillé. Il cligna des yeux. Cloud n'avait pas bougé d'un pouce et le regardait toujours aussi calmement. Entendre son prénom dans la bouche d'un déséquilibré qu'il n'avait pourtant vu qu'une poignée de fois avait de quoi faire tomber n'importe qui à la renverse. Il se força à réfléchir à toute vitesse sur une situation qui lui échappait totalement.

« George…, répéta doucement le garçon.

– Oui, c'est moi, répondit bêtement le policier, avant de se ressaisir. Cloud… Comment es-tu arrivé jusqu'ici ? »

Il essaya de parler doucement pour ne pas effrayer le jeune homme, maîtrisant du mieux qu'il pouvait le tremblement de sa voix. Celle-ci résonnait froidement à ses oreilles, mais visiblement, le jeune homme ne remarquait absolument rien de la tension qui le rongeait. Pas de réponse. George tenta autre chose :

« Qu'y a-t-il ?

– Fatigué… »

La réponse désarçonna Stobbart. Il essaya de ne rien en montrer. Quoiqu'il eût peu de chance que cela changeât grand-chose au vu du déficit d'attention de son interlocuteur.

« Comment es-tu arrivé jusqu'ici ?

– Fatigué…, répéta Cloud après un long silence. Fatigué… »

George prit une profonde inspiration. Du calme. Il sentit un mouvement à côté de sa jambe. Il baissa les yeux et aperçut son fils qui regardait Cloud avec curiosité. George crut qu'il allait avoir une deuxième attaque. Fasciné, Christophe observait la scène. Il avait reconnu le garçon de la télé ! Il ne manquait plus que ça ! Son père le chassa aussitôt :

« Va faire un tour dans ta chambre ! Et pas de bruit, maman et ta sœur dorment encore ! »

Le petit garçon quitta le couloir à contrecœur et Stobbart se retrouva de nouveau seul avec le jeune homme. Cloud continuait de le fixer sans rien dire.

« D'où viens-tu ? »

Aucune réponse. En fait, George n'avait pas vraiment attendu un retour de sa part. C'était davantage un prétexte pour faire traîner ce que Stobbart avait du mal à appeler une conversation. Car, pour l'instant, il avait le cerveau en ébullition. Qu'allait-il faire de lui ? Son téléphone était resté dans sa chambre avec Émilie qui dormait et il était hors de question de le laisser seul, ne serait-ce qu'une minute. Qui sait ce qui pouvait lui passer par la tête… Mais en même temps, il lui était impossible de laisser sur le palier un homme recherché par toute la police de Paris, au risque de le perdre une troisième fois. Il en était toujours à peser le pour et le contre, quand une petite voix ensommeillée retentit derrière lui.

« Papa… Qui a sonné… ? »

George se retourna d'un bloc pour se retrouver cette fois nez à nez avec sa fille en chemise de nuit, en train de se frotter les yeux. Au même instant, il se rappela à qui il avait affaire dans son dos. Le policier recula d'un pas en attirant sa fille contre lui et pivota de manière à garder un œil sur Cloud. Celui-ci n'avait pas bougé d'un pouce. Inévitablement, Claire leva les yeux vers cet étranger. Et au moment où elle ouvrit la bouche, Stobbart sut qu'il devrait le laisser entrer. Il connaissait suffisamment sa fille pour savoir qu'elle n'avait pas la langue dans sa poche : elle parlerait à tout le monde et, à un moment ou à un autre, tout le monde saurait qu'il hébergeait un jeune homme aux cheveux blancs, suspecté d'avoir tué cinq personnes.

« Qui es-tu, toi ? »

La voix affirmée de sa fille ramena Stobbart dans l'appartement. À contrecœur, il prit une décision qu'il pria pour être la moins mauvaise. Il se força à sourire. Il en eut mal aux lèvres.

« Quand on ne connaît pas quelqu'un, on dit "vous", Claire, la réprimanda-t-il doucement.

– Qui êtes-vous ? répéta sa fille avec obstination.

– Je m'appelle… Cloud…

– Pourquoi tes cheveux sont blancs ?

– "Vos" cheveux, corrigea patiemment George, surpris de voir sa fille avoir plus de succès que lui pour décrocher un mot à leur invité. Et ne sois pas indiscrète. Maintenant, viens prendre ton petit-déjeuner et plus un mot ! »

Voilà, la conversation était coupée : le policier n'avait aucune idée des réactions que Cloud pouvait avoir et il entendait bien les éviter au maximum. Il attrapa doucement, mais fermement le jeune homme par le bras avant de le tirer sans trop d'effort à l'intérieur de l'appartement.

« Le monsieur reste avec nous ?

– Claire !

– Je me tais, je me tais ! »

Stobbart chassa gentiment sa fille, toute guillerette d'avoir vu une nouvelle tête toute bizarre. Quand elle raconterait ça aux copines à l'école…

George entraîna silencieusement Cloud vers le salon. Il lui fallait mettre des règles dès maintenant. Il se tourna froidement vers lui.

« Autant te prévenir tout de suite, mon gars, attaqua-t-il à voix basse mais d'un ton sec. Tu touches à un cheveu de ma femme ou de mes enfants, ou tu as seulement un geste, un mot de déplacé, je te colle une balle entre les deux yeux. Même chose si tu ne m'obéis pas au doigt et à l'œil. Compris ? »

Cloud le regarda. Ses yeux fixaient le policier, tentant de comprendre ce flot rapide de paroles.

« Besoin… d'aide… »

Stobbart crut que les bras allaient lui tomber. Il s'était attendu à tout, sauf à ça. Ça faisait beaucoup de chocs pour un lundi où, comme par hasard, personne n'allait à l'école ou travailler… Il réfléchit intensément : le jeune homme n'était peut-être pas si déséquilibré que ça, finalement… En gardant Cloud près de lui, il pourrait en apprendre davantage qu'en le gardant à vue. Le bémol, c'est que ça allait à l'encontre de toute procédure policière. Pour l'instant, avait-il le choix ? Oui. Il pouvait appeler ses collègues pour appréhender le jeune homme en face de lui. Pourtant, son intuition lui soufflait de faire le contraire… Et qu'en penserait Émilie ? Il esquiva lâchement la réponse.

Un bruit de casseroles provenant de la cuisine coupa court à sa réflexion. Claire ! Stobbart recula d'un pas.

« Assieds-toi », ordonna-t-il en lui désignant le canapé. Tant pis pour la housse, mais au moins le garçon restait-il dans sa ligne de mire.

Cloud obéit docilement. George resta à l'entrée du salon, autant pour réfréner les haut-le-cœur que les fragrances pestilentielles émanant de son hôte indésirable ne manquaient pas de provoquer, que pour glisser un regard en direction de la cuisine. Sa fille posait avec précaution sur la table la pile de bols qu'elle venait d'ériger en une petite tour fragile. Le bruit qu'avait entendu le policier était simplement la casserole que Claire avait amenée avec un peu trop d'enthousiasme sur la plaque à induction. Celle-ci était déjà allumée pour réchauffer le lait. Jetant un coup d'œil à Cloud, il se décida à l'abandonner un bref instant. Sa fille d'abord.

« Doucement, Claire. C'est parfait. Allume doucement et fais attention à ce que le lait ne déborde pas, d'accord ?

– Oui, papa.

– Et encore une chose… »

George s'accroupit pour se mettre à la hauteur de sa fille.

« Le monsieur avec les cheveux blancs est dans le salon. Il est fatigué et il se repose. S'il bouge ou s'il se lève, viens tout de suite me voir. Compris ?

– Ça va, papa ? »

Surpris par la question de sa fille, Stobbart s'aperçut qu'il transpirait abondamment et que ses mains tremblaient légèrement. Pas étonnant avec des rencontres comme ça dès le matin… En plus, il n'avait même pas bu son café… George constata que Claire le regardait avec un drôle d'air.

« Qu'est-ce qu'il y a, mon cœur ?

– Pourquoi tu ne t'es rasé que d'un côté ? »

Voilà un point de détail qui lui était totalement sorti de l'esprit. Stobbart sourit malgré lui.

« Tu n'aimes pas ? »

Claire fit la moue.

« Pas trop. Ça fait bizarre », précisa-t-elle en faisant une grimace réprobatrice.

Son père lui fit un clin d'œil.

« Alors, je vais arranger ça. Je veux que tu puisses me faire un bisou après !

– Oui !

– Alors n'oublie pas ce que je t'ai dit. Et fais attention au lait ! »

George quitta la cuisine à peine rassuré, s'assura une dernière fois que son hôte inattendu ne bougerait pas du canapé (un ronflement étouffé lui parvint) avant de se précipiter vers la chambre conjugale. Émilie dormait encore paisiblement, sur la place de son mari. Stobbart se faufila à pas de loup jusqu'à son armoire, écarta les vêtements de la penderie pour découvrir un petit coffre-fort. Il composa rapidement le code, puis appuya son pouce à l'endroit dédié. La porte s'ouvrit avec un léger déclic. Stobbart s'empara du revolver, chargea l'arme et vérifia soigneusement la sécurité. Il prit une pile de vêtements et y dissimula son artillerie. Enfin, il ressortit de la chambre sur la pointe des pieds. Il aurait dû éprouver un soulagement, mais au lieu de ça, il sentit le nœud qu'il avait dans le ventre se resserrer un peu plus. George se dirigea vers la salle de bains avec la sensation désagréable d'être l'agneau piégé dans la tanière du loup. Surtout quand le loup lui demandait de l'aide…

*

À présent, attablé dans la cuisine pour prendre le petit-déjeuner en famille, George mangeait ses céréales d'un air absent. Il avalait machinalement, le goût avait disparu. Autour de son bol, une auréole de lait s'était lentement dessinée, à la grande joie de ses enfants qui riaient sous cape, en jetant des regards furtifs à leur nouvel invité, à l'autre bout de la table. Tranquillement, Cloud remerciait avec gentillesse le verre de jus d'orange qu'Émilie venait de lui verser. Le policier posa son regard sur le jeune homme aux cheveux blancs. Il ne parvenait toujours pas à croire qu'il venait de l'accueillir, *lui,* sous son propre toit…

Stobbart sentit qu'on le tirait par la manche tandis que quelqu'un l'appelait d'une petite voix aiguë. Il baissa les yeux pour s'apercevoir que Chris – toujours en pyjama, les cheveux toujours en bataille – essayait d'attirer son attention depuis plusieurs secondes déjà. La voix flûtée résonnait dans la cuisine, ce qui eut pour effet d'attirer sur George un regard glacial de la part de sa femme, déjà passablement énervée d'avoir un invité impromptu – et quel invité ! – ce lundi qui aurait dû être un jour de famille.

« Chris ! Je t'ai déjà dit de ne pas crier. Que veux-tu ?

– Est-ce que Monsieur Cloud peut venir jouer avec nous à la bataille corse ?

– Je ne sais pas, mon cœur. Pourquoi tu ne lui demandes pas ? »

Disant cela, Stobbart fit un effort monumental pour paraître naturel : d'une part, parce qu'il avait l'impression que les mots qu'il prononçait pour son enfant protégeaient un dangereux suspect et lui écorchaient la bouche à vif ; et d'autre part, parce qu'il voyait le visage d'Émilie s'allonger au fur et à mesure qu'il parlait. En même temps, vu la description de Cloud qui en avait été faite aux informations, il ne pouvait que la comprendre. À la décharge de son épouse, on ne pouvait pas dire qu'il l'avait non plus épargnée depuis son réveil.

Quand elle s'était levée ce matin et qu'elle avait aperçu un inconnu dormant dans le salon, elle n'avait pas trouvé la surprise très réjouissante. Quand elle avait vu les cheveux blancs et l'âge de l'homme, elle avait aussitôt fait le rapprochement avec le portrait diffusé au journal télévisé. Sa robe de chambre volant autour d'elle, elle avait coincé son mari dans la salle de bains, où il finissait de s'habiller prestement.

« George Stobbart ! Qu'est-ce que c'est que ça ?!

– Quoi ? demanda-t-il sottement.

– Ne fais pas l'idiot ! Tu sais très bien de quoi je parle !

– Il a sonné à la porte ce matin, avoua son mari penaud.

– Explique-moi alors pourquoi tu l'as laissé entrer !

– Très franchement, je ne sais pas exactement…

– Tu te fiches de moi ?! C'est un meurtrier !

– Moins fort, Émilie, s'il te plaît… Je sais, mais il y a quelque chose qui cloche dans cette affaire depuis le début… Et oui, il est suspect, mais non, il n'est pas coupable…

– Oh ! Arrête de jouer sur les mots, on dirait un avocat ! Comment a-t-il eu notre adresse ?

– Aucune idée…

– Tu te fiches de moi ?

– J'aurais très franchement préféré. Écoute, ma chérie : je sais, c'est fou, je ne voulais pas, mais je n'oublie pas non plus qu'il m'a sauvé la peau ! (Stobbart désigna son crâne.) Et que j'aurais pu m'en tirer pour beaucoup plus mal que ça !

– C'est pour cette raison que tu portes ton étui sous ta veste ? assena-t-elle sarcastique.

– Émilie… »

Stobbart soupira.

« Non, il n'y a pas d'Émilie ! Si tu choisis d'héberger un meurtrier plutôt que ta famille…

– Un suspect...

– Si tu veux ! Mais si tu fais ça, je pars avec les enfants après le petit-déjeuner !

– Émilie, je te demande juste un peu de patience ! Ce gosse a des problèmes…

– Tu prends sa défense maintenant ?

– Je te répète qu'il m'a sauvé la vie ! Et surtout, il m'a demandé de l'aide, ajouta Stobbart malgré lui.

– Pardon ?! »

Émilie resta estomaquée. Le policier profita de l'aubaine.

« Je lui dois au moins ça… Et malgré moi, j'en ai besoin aussi… », murmura George.

Son épouse se tint un instant silencieuse. Les joues rouges, elle observait son mari avec l'acuité d'un scanneur dernière génération. Sa colère baissa toutefois d'un cran.

« Par rapport à… ?

– Oui. »

Nouveau silence.

« D'accord, concéda-t-elle de très mauvaise grâce, il reste. À trois conditions. Un, il dormira dans la chambre de Chris, à double tour, avec une alarme sur la poignée…

– Une alarme ?

– La cloche à vache qu'on a ramenée de Savoie fera très bien l'affaire. Deux, tu me remets ce revolver là où tu l'as pris…

– Mais…

– Pas de "mais" : je ne veux pas non plus lui offrir l'occasion de s'amuser avec, ni toi de créer un accident avec les enfants. Je te connais, George Stobbart. »

Le commandant capitula. Sa femme avait raison : si Cloud décidait de se battre, lui-même serait bien en peine de lui résister.

« D'accord. Et trois ?

– Trois, tu me refais un sale coup comme celui-là, tu te retrouves une femme et un appart'. »

George sentit sa gorge s'assécher d'un seul coup. Cette fois, il n'avait plus le droit au moindre faux pas…

« Et puisque maintenant c'est ton protégé, apprends-lui à utiliser une douche. »

Ils en étaient restés là.

Alors quand Stobbart autorisa Chris à jouer avec Cloud, la réaction d'Émilie n'était somme toute pas étonnante. Il évita soigneusement de croiser son regard tandis qu'il se tournait vers le jeune homme aux cheveux blancs, assis à côté de lui, pour l'encourager à répondre à son fils.

« Cloud ? »

Ce dernier répondit lentement, comme à son habitude, donnant l'impression de chercher ses mots, ou tout simplement de rentrer pour la première fois en contact avec le monde qui l'entourait.

« Je veux bien… Mais… je ne connais pas…

– Je serais là pour expliquer », se hâta d'ajouter George.

Les réponses ravirent son fils qui se leva de table incontinent pour amener son nouvel ami vers le tas de cartes au milieu du salon. Il fut stoppé net par sa mère :

« Chris ! Rassieds-toi immédiatement et finis d'abord de déjeuner ! Et tu joueras seulement quand… Cloud… aura aussi terminé.

– Moi aussi, je veux jouer ! plaida bruyamment Claire. J'ai déjà fini !

– Pas notre invité, contra sa mère. Si tu as fini, débarrasse tes affaires et va te laver les dents ! »

Sa fille s'exécuta aussitôt, tandis que son frère enfournait des cuillerées doubles de céréales pour rattraper sa sœur.

George observait Cloud à la dérobée. L'enthousiasme des enfants paraissait le surprendre et le dépasser. Il contemplait cette agitation sans un mot, avec une expression plus ou moins ébahie de l'engouement étonnant qui se créait autour de sa personne. Avait-il déjà connu semblable chose ? Peu certain. Finalement, c'était peut-être une bonne idée qu'Émilie emmène les enfants en promenade dès ce matin après le dentiste.

Le jeune homme mangeait avec quelque appétit. Il paraissait aller mieux. Bien. Il aurait besoin de tous ses esprits pour leur prochain face-à-face…

Chapitre XXXIX

Son esprit flottait. La Brume pesait toujours sur son esprit, poids invisible qui ne cessait de vouloir l'attirer vers Elle. Ses ténèbres se dissipaient par moment, dispersées par quelque éclat de lumière qui surgissait de temps à autre. Mais il restait toujours un voile épais au travers duquel il pouvait pourtant voir et ressentir, lui procurant cette sensation dérangeante d'être étranger à son propre corps, de n'être qu'un spectateur de sa propre enveloppe charnelle. Cette sensation se faisait de plus en plus forte par moment : c'est à peine s'il gardait un souvenir du trajet qui l'avait amené jusqu'à la maison de ce policier. Juste d'une arrivée et de la chaleur d'une habitation. Dormir lui fit du bien.

Quand il se réveilla une première fois, dans cet appartement maintenant silencieux, le voile de la Brume lui avait fait un peu de place, suffisamment pour qu'il *ressente* par lui-même. Ressentir d'abord la douleur. Son corps, fatigué par ses propres faiblesses et la longue marche, s'était en partie revigoré, mais tous les muscles de ses jambes protestaient : il ne pouvait bouger sans déclencher une salve de souffrance. Ses pieds le brûlaient à chaque mouvement qu'il tentait de faire. Cloud préféra retrouver le sommeil salvateur qui lui faisait oublier la morsure de ses plaies.

À son second réveil, il se sentait apaisé. La Brume avait presque disparu. Quand il ouvrit les yeux, il eut l'impression que le monde qui l'entourait s'était habillé de nouvelles couleurs pour l'accueillir. Cloud se sentit écrasé, étranger à cet univers. Jusqu'à présent, les couleurs avaient toujours été recouvertes du même voile qui recouvrait ses pensées, lui apparaissant indistinctes, obscures. Les sons aussi. L'eau qui coulait quelque part dans l'appartement avait un son cristallin. Le toucher. La couverture un peu rugueuse lui paraissait aussi douce et simple que de la soie.

Puis le policier, qu'il connaissait vaguement sous le nom de George, et un petit garçon étaient arrivés. Ensuite, une petite fille, puis une femme. Cette dernière le mit mal à l'aise. George la présenta comme son épouse. Il sourit pour être gentil. Elle eut un mouvement de recul. Elle avait peur de lui. Pourquoi ? Il n'avait rien fait pourtant… Cloud en était désolé. Le malaise de la dame le poussa à s'enfermer dans cette carapace qu'il s'était forgée, incroyablement solide. La Brume revint. Il se tint sur la défensive. Mais, contre toute attente, elle se déploya *pour le protéger*. Il le sentit avec surprise. Son voile s'installa et il s'y blottit comme dans une couverture moelleuse.

Ensuite, toute son attention se tourna vers chacun des mouvements qu'il exécutait, par peur de commettre une maladresse dans un univers qu'il ne maîtrisait plus, mais aussi à cause de l'afflux déstabilisant de sensations qu'il avait cru oubliées : ce canapé dans lequel il s'était allongé, l'eau chaude qui avait coulé sur sa peau – il en éprouvait encore des frissons –, l'odeur du savon qui avait moussé entre ses mains, la douce chaleur d'une tartine grillée et l'arôme sucré d'une confiture d'oranges… Il avait vécu toutes ces sensations comme s'il les ressentait pour la première fois… Même la douche dans la cave et les repas pris chez Zack n'avaient pas eu autant d'impact…

Enfin, dans sa torpeur, il se vit avec le petit garçon de George, avec de curieux morceaux de papier qu'il n'avait jamais vus, à poser selon des règles qu'il ne comprenait pas vraiment. Et tout cessa brusquement. Le petit garçon ainsi que la petite fille partirent avec la femme qui lui faisait peur et qu'il comprenait comme étant leur mère. Effrayé, il entendit tout à coup des cris. Il se recroquevilla. Mais un détail qu'il jugea curieux le tira de sa méfiance : les cris n'étaient pas de douleur. *Les enfants protestaient.* Cette femme ne les battait pas. En plus de la surprise, Cloud éprouva un intense sentiment d'incompréhension, qui fit place à une profonde réflexion. Ici, tout était si nouveau pour lui… Il eut un sourire timide quand les deux enfants agitèrent la main vers lui. (Était-ce vraiment à son attention ?)

Quand Émilie referma précipitamment la porte derrière eux, le jeune homme se retrouva seul dans le salon. Il éprouva un malaise. La porte qui claque… Le bruit se répercuta dans son esprit. Une porte claqua. Puis une autre. Une infinité de portes claquèrent, se fermèrent. Son malaise s'accrut. Il eut froid. Il ne voulait pas que ça recommence. Il voulait fuir, n'importe où pourvu qu'il parte. Un nouveau bruit résonna. Une voix. Mais une voix inhabituelle. Cloud s'aperçut alors que la Brume était redevenue menaçante, dense et gluante. Il la repoussa de toutes ses forces. Résistant d'abord, elle céda rapidement du terrain sous la volonté pressante du jeune homme qui concentrait tous ses efforts sur la voix qui l'appelait.

Cloud émergea au grand jour. Il se tint immobile dans cette clarté. Cette sensation aussi nette était nouvelle pour lui, pourtant il était calme. Même quand il s'aperçut que George le policier l'observait, lui faisait face, une expression déterminée sur le visage.

Chapitre XL

Lundi, 11 h

Émilie était contrariée. Non, énervée. Ulcérée. Et le temps nuageux n'arrangeait pas son humeur. Elle marchait d'un pas rapide sur la rue des Morillons, qui menait au parc George-Brassens. Ce qui aurait dû s'annoncer comme un lundi paisiblement passé en famille virait à la dispute conjugale. Elle en voulait à son mari. Pourquoi avait-il fallu qu'il fasse rentrer cet individu dans leur maison ? *Pourquoi ?!* Elle avait vu les informations et le portrait qu'avaient brossé les journalistes de ce… déséquilibré. Ce n'était en rien rassurant. Avait-il seulement pensé aux enfants ?

« Maman ? »

Toute à ses pensées, Émilie ne s'était même pas rendu compte que Chris et Claire, chacun accroché à une main de leur mère, trottinaient derrière elle avec difficulté.

« Oh ! Pardon, les enfants », s'excusa-t-elle, navrée.

Elle se réaligna aussitôt sur leur pas. Les enfants ralentirent, soulagés de pouvoir reprendre leur souffle. Il ne lui fallut pourtant que quelques mètres pour replonger dans ses réflexions. George et elle avaient des boulots exigeants, contraignants. Ils en étaient conscients. Ils avaient eu les enfants tardivement et, tous les jours, ils mesuraient leur chance d'en avoir seulement eu. Alors qu'arriverait-il si l'un d'eux venait à se faire emporter par le travail ? Émilie se savait par moment sur la corde raide. George aussi. Mais là, l'intrusion de Cloud n'était pas loin de faire voler en éclats ce fragile équilibre qu'ils essayaient tant bien que mal de préserver. Elle n'avait rien contre le fait d'inviter un collègue. Mais un suspect accusé de meurtres ! Comment gérer cette situation en présence des enfants ? Les risques que George avait pris pour l'héberger chez eux… Cela ne lui ressemblait pas. Était-il menacé ? Ou pire, *étaient-ils menacés ?* Les pensées virevoltaient dans sa tête, s'arrêtant sur des scénarii de plus en plus noirs, terrifiants, et de son propre aveu, de plus en plus tordus.

Son mari ne racontait jamais son travail. Il estimait que cela devait rester à la porte de leur maison. Malgré cela, à quelques occasions, elle avait pu le voir se réveiller en sursaut d'un cauchemar, en pleine nuit, en sueur et le cœur battant à tout rompre. Il se levait sans bruit – enfin, croyait-il – et sortait sur le balcon du salon fumer une cigarette, les seules qu'il s'autorisait depuis qu'il avait théoriquement arrêté de fumer, et seulement dans ces moments-là. Et quand elle insistait pour qu'il lui en parle, pour partager son fardeau, il lui souriait gentiment, un peu tristement aussi : « Ce que je vois est trop laid. Ces mauvais rêves suffisent à une seule personne et je préfère que ce soit moi. » Puis, il la prenait dans ses bras. Il ne le disait pas, mais c'était sa façon de la remercier.

Émilie soupira. Ce jeune homme aux cheveux blancs… Ce Cloud… Outre l'étrangeté de son prénom, la personne elle-même était insolite. Il semblait complètement déconnecté de la réalité, du moins pas complètement en phase avec elle. Elle l'avait observé tout à loisir durant le petit-déjeuner. Ou plutôt l'avait surveillé, prête à sortir les griffes s'il n'avait eu ne serait-ce que la pensée d'avoir un geste de travers vis-à-vis des enfants… Selon ses critères féminins, il était beau garçon. La barbe qu'il arborait était si pâle qu'elle en était presque invisible et accentuait son air juvénile. Quant à ses cheveux blancs, ils lui accordaient une beauté, un magnétisme qu'elle aurait presque qualifié d'angélique, si elle n'avait pas vu ce regard tourné vers d'autres mondes et ses yeux effrayés quand ils croisaient les siens. Il avait ressenti l'hostilité qu'elle avait éprouvée à son égard, elle en était certaine. Peut-être qu'elle s'était un peu trop laissée influencer par les informations que les journaux télévisés recrachaient depuis deux jours. Sûrement même. Et son sentiment de peur s'était exacerbé quand son mari avait accepté que Claire et Chris jouent avec lui. Même encore maintenant, elle avait du mal à digérer cet épisode.

Elle regarda ses enfants se précipiter sur le terrain de jeu du parc en poussant des cris de joie. Longtemps, les pensées d'Émilie tournèrent autour de cet épineux problème. Tout en surveillant son fils et sa fille qui s'amusaient avec leur ballon sans se douter des tourments de leur mère, elle passa en revue toutes les solutions et non-solutions sans rien trouver de satisfaisant. La brève sonnerie de son téléphone retentit. Machinalement, elle déverrouilla l'écran pour afficher le message que son mari venait de lui envoyer. Après l'avoir lu, elle appela les enfants et ils prirent le chemin du retour. Il était bientôt midi.

Chapitre XLI

Lundi, 10 h 20

George se mouilla abondamment le visage et laissa l'eau froide lui piquer la peau. Émilie et les enfants partis, il était à présent seul avec Cloud. La bonne nouvelle, c'est que le garçon n'avait plus l'air aussi atone qu'à leur première rencontre. La seconde bonne nouvelle était que Stobbart pouvait par conséquent envisager de le faire parler et d'éclaircir un certain nombre de points. La mauvaise nouvelle était qu'il était justement tout seul avec un désaxé.

Le policier se sécha vigoureusement en se frictionnant les joues. Il était pourtant déjà bien réveillé. Juste une façon de se tranquilliser avant une audition des plus particulières. Il raccrocha la serviette et son regard tomba sur celle, jaune, de sa femme. Malgré lui, il était content qu'elle soit partie. Même si ce soir ou dans les prochains jours, l'ambiance tournerait à l'orage – il pouvait en être certain – cela le rassurait : il préférait qu'elle reste aussi loin que possible de tout ce fatras. Stobbart posa la main sur la poignée de la porte de la salle de bains et prit une profonde inspiration. Le moment était venu. Il sortit.

Cloud était assis dans le canapé, les yeux fermés. Il paraissait dormir. Le commandant attendit patiemment. Au bout d'une minute, le jeune homme ouvrit les yeux et croisa le regard du policier. George essaya de se détendre. S'il se passait quelque chose, pas de témoins. Stobbart évita de s'attarder sur les images de cadavres qui lui venaient immanquablement à l'esprit quand il posait les yeux sur lui.

Stobbart s'assit confortablement dans un fauteuil, juste en face du garçon. Il voulait des éclaircissements, des réponses. La confrontation serait directe. Le flic l'observa encore un moment, sans mot dire. Cloud semblait tranquille, détendu, mais ses yeux empreints d'une gravité nouvelle le vieillissaient un peu plus. Il soutint silencieusement le regard perçant du policier. Il n'avait pas les yeux fuyants, ni la nervosité qui trahissait le malaise du suspect mis sur le gril.

« Avez-vous peur de moi ? »

La question prit George de court. Il n'était pas prévu que les rôles s'inversassent. Le commandant ne répondit pas, autant pour se donner une constance, que pour éviter de révéler son anxiété par une réponse trop rapide qui le mettrait tout de suite sur la défensive. Si Cloud se montrait pugnace, il lui serait plus difficile d'inverser la tendance. Mais Stobbart ne remarqua aucune animosité. Juste une curiosité hésitante. George ne pouvait pas prendre le risque de le heurter, auquel cas le suspect se refermerait comme une huître. Mais l'avoir à l'usure pour l'amener à parler pourrait prendre du temps, et c'était précisément une donnée qu'il lui manquait : dès demain, il reprendrait le boulot quoiqu'en dise le commissaire Blanc, et il lui était éthiquement impensable d'abriter un suspect chez lui. Il ne lui restait plus qu'à jouer la carte de la franchise, instaurer un climat de confiance au risque de se mettre à découvert et de dévoiler ses faiblesses. Dans un tel cas, le rapport de forces s'inverserait en sa défaveur et le policier pourrait se retrouver dans une situation délicate si le suspect l'exploitait. Son choix fut vite fait.

« Oui. »

Il avait murmuré, comme un aveu.

« Oui, tu me fais peur. Voir un homme en terrasser trois autres dans cet appartement avec ses mains et un manche à balai cassé en deux pour seules armes… C'était plutôt effrayant… »

Cloud hésita.

« À vrai dire, je ne sais plus très bien… Je ne m'en souviens pas… »

Le jeune homme se tut. Stobbart cacha à peine sa surprise. C'était la première fois qu'il l'entendait faire une phrase aussi longue et d'une seule traite.

« Ta diction… Elle a changé. »

Cloud hocha la tête, gêné.

« Je me sens mieux…, plus à l'aise pour parler… »

George l'observa attentivement. Quelque chose clochait. Où était donc passé le jeune homme complètement apathique de la première fois ? Où était passée la machine de guerre qui avait mis hors d'état de nuire ces hommes chez Ariel Braska ? Mais surtout, où était le supposé meurtrier de l'infirmière et du gérant ? Les questions se bousculaient dans la tête du policier. Tellement de facettes pour un seul homme ! Est-ce qu'il se faisait mener en bateau ? Aussi étonnant que cela puisse paraître, Stobbart n'en avait pas l'impression. Quand il regardait les yeux de Cloud, il y voyait un mélange de peur et d'anxiété, mais plus particulièrement la pointe d'un espoir ardent qu'aiguillonnait l'attente de… De quoi ? George eut soudain un flash :

« Ce matin, tu m'as demandé de t'aider, pourquoi ?

– Je ne sais plus trop, hésita Cloud. Tout se mélange dans ma tête. J'ai encore du mal à tout comprendre, à discerner tous les évènements…

– D'accord. Alors commençons par le début si tu veux bien. Quel est ton vrai nom ?

– Je ne sais pas. Je n'ai pas souvenir d'avoir un autre nom que celui-là…

– Comment as-tu eu mon adresse ? Je ne suis pas dans l'annuaire et je ne me souviens pas de te l'avoir donnée… »

Cloud secoua la tête, embarrassé.

« Dans votre portefeuille… Vous avez une image…

« – Dans mon… Mais je n'ai pas… Et comment… ? »

Le jeune homme hochait la tête avec insistance. Le policier se résolut à aller chercher l'objet de discorde. Il revint quelques secondes plus tard, fouillant son portefeuille à la recherche de l'indice qui l'avait trahi (un comble pour un flic !) et, ne trouvant rien, se tourna vers Cloud en lui tendant l'étui de cuir.

« Montre-moi où tu l'as trouvée. »

Comme le garçon hésitait à s'en saisir, Stobbart lui fourra d'autorité l'objet dans les mains. Alors, sans hésitation, Cloud l'ouvrit, découvrit le rabat intérieur et en ressortit aussitôt la carte d'identité plastifiée du policier. Stobbart poussa un long sifflement. Sans un mot, il récupéra son bien et entreprit de ranger l'indélicate. Pour un désaxé, il avait l'esprit vif.

« Comment savais-tu qu'elle était là ?

– Je ne savais pas… »

Il eut un geste vague.

« Je l'ai trouvée comme ça… l'autre fois…

– L'autre fois ?

– Dans ma tête. C'est difficile à expliquer…

– Mmm… Tu te souviens de l'avoir ramassée dans ta tête… Ou ailleurs…, réfléchit George. Et le seul endroit où nous étions ensemble… C'était chez l'infirmière. Où je m'en suis sorti grâce à toi, d'ailleurs…

– Je ne sais pas. Ces moments-là sont encore confus…

– Je ne vois que ce moment : j'étais dans les vapes et tu as très bien pu le fouiller à cet instant…

– Je ne sais pas. Je l'ai ouvert dans ma mémoire seulement avant d'arriver ici. »

Stobbart se tut un instant. Vraiment bizarre le garçon : il semblait confondre rêve et réalité… Son téléphone sonna. Allons bon ! Le pro, en plus !

« Excuse-moi un instant… »

George sortit pour décrocher.

Quand il revint un bon moment plus tard, Cloud trouva le policier étrangement calme. Mais d'un calme avant la tempête :

« As-tu tué Zacharie Juste ? »

Stobbart débordait d'une colère froide. Nicole venait de l'avertir en quelques mots que son corps avait été retrouvé sans vie et qu'on avait relevé des empreintes de Cloud chez lui et dans le sous-sol de la salle d'arcade. *Et le garçon avait le culot de venir sonner chez lui !* Il avait posé la question, brutalement. S'il avait pensé déstabiliser le jeune homme, il en fut pour ses frais. Celui-ci ne sursauta même pas et le regarda d'un air étonné :

« Non, pourquoi ? »

George scruta intensément son interlocuteur. Il ne montrait aucun signe de nervosité : ses mains reposaient sagement à côté de lui, aucune sueur ne brillait sur son front, aucune rougeur ne montait sur ses joues et son regard brun attendait patiemment que Stobbart poursuive son interrogatoire. Et le policier ne s'en priva pas.

« Tu ne l'as pas tué, pourtant tu étais bien sur place : mes collègues ont retrouvé tes empreintes chez lui…

– Il m'a accueilli, c'est vrai…

– Alors si ce n'est pas toi, qui ?

– Je ne sais pas.

– Soit. »

Stobbart se rassit en face de Cloud, d'un calme olympien. Le bon flic était
(presque) de retour.

« Écoute, Cloud. Tu es ici, chez moi. Tu es venu chercher mon aide. En
temps normal, je t'aurais arrêté et tu serais en cet instant même en garde à vue
pour meurtres. Si tu es innocent, autant te dire tout de suite que les apparences sont contre toi. Alors si tu veux que je t'aide, il va falloir faire des efforts.
Vu ? »

Cloud hocha la tête, gravement et en silence. Oui, il était conscient des enjeux.
Le policier reprit :

« Admettons que tu n'aies pas tué Zacharie Juste. J'ai bien compris que tu
avais des problèmes de mémoire, mais malheureusement ça n'excuse pas tout.
Tâche de faire un effort : ferme les yeux et concentre-toi. Chaque détail peut
m'aider, *nous* aider, à comprendre ce qu'il s'est passé. Je recommence : qu'as-
tu fait depuis notre dernière rencontre jusqu'à ce matin ? »

Le jeune homme obéit et garda le silence un moment.

« J'ai dormi dans un endroit sombre…

– Cet endroit sombre, c'était où ?

– Je ne sais pas… Il y avait plein de gros cubes noirs… Partout. En haut,
en bas…

– Continue… »

Le garçon évoquait sans doute possible la salle d'arcade. Les détails que Cloud
lui donnait corroboraient avec ce que venait de lui dire Nico au téléphone : sa
lieutenante avait retrouvé un pyjama d'hôpital au sous-sol et ses empreintes
un peu partout dans les sanitaires. Le jeune homme poursuivait, péniblement :

« …Puis il m'a vu et m'a accueilli chez lui… Ensuite… J'ai mangé, j'ai
dormi… Zack était gentil avec moi…

– C'est bien, tu es sur la bonne voie, continue…

– J'ai encore dormi… Dans un vrai lit… »

Le garçon se tut. George le regarda sans rien dire. Le jeune homme souffrait
visiblement et produisait de laborieux efforts pour retrouver une bribe de souvenir, au point que son front se couvrit d'un léger filet de sueur.

« Une sonnette…

– Une sonnette ?

– Oui. Elle a sonné… Elle m'a réveillé…

– Quand ?

– Je ne sais plus…

– Allons, Cloud, tu étais bien parti… Il faisait jour à la fenêtre ?

– Non. C'était après le soleil…

– Nuit, alors ?

– Oui. Nuit. Zack est parti ouvrir, avec Hyrule…

– Hyrule ?

– Oui, il lui disait de ne pas aboyer pour ne pas me réveiller… J'ai attendu un peu… »

La respiration de Cloud s'accéléra. Stobbart vit les muscles de son visage se tordre, son corps tout entier se tendre, ses mains se crisper sur ses genoux.

« Comme il ne revenait pas tout de suite, ça m'a réveillé… Puis j'ai vu un… un… non, deux… deux hommes… Ils ont… Ils ont couru… vers moi… »

Cloud acheva la phrase dans un souffle et Stobbart dut se pencher pour la saisir. Il demanda doucement :

« Et après ? »

Le jeune homme le regarda, complètement angoissé, comme un enfant qui attendait la réprimande.

« Je ne sais plus…

– Tu te souviens de deux hommes dans l'appartement, et après… plus rien ?

– Oui, confirma Cloud tremblant.

– Peux-tu me dire quelque chose sur leurs habits ? Portaient-ils un masque ? As-tu remarqué quelque chose de particulier, une boucle d'oreille, un tatouage… ?

– N… Non… Désolé… J'avais trop peur… Je suis parti…

– Parti ? Tu as réussi à leur échapper ? Comment ?

– Je ne sais plus ! Je ne sais plus !

– Calme-toi, mon garçon. Laisse-toi un peu de temps… On y reviendra plus tard, d'accord ? »

Cloud hocha vigoureusement la tête et prit de longues inspirations pour calmer cette angoisse qui menaçait d'éclater. Quant à George, il avait du mal à cacher sa frustration. S'il ne s'était pas réjoui de la venue du garçon, il avait au moins espéré quelques réponses. En outre, plus la discussion avançait, plus il trouvait le jeune homme énigmatique. Il semblait la proie d'une réelle angoisse : son regard perdu et ses mains qui se serraient convulsivement en étaient des preuves. Ou bien, il était rudement bon comédien. Mais là encore, Stobbart en doutait. Il avait mené suffisamment d'interrogatoires dans sa carrière pour développer une fine connaissance des rouages de la psychologie humaine. Évidemment, cette amnésie de Cloud ne lui facilitait pas la tâche et semblait prendre un malin plaisir à s'emparer de sa mémoire sur les moments cruciaux.

De plus, sa fuite de l'appartement de Zacharie posait problème : comment s'était-il échappé ? Nico lui avait dit qu'aucune trace de lutte n'avait été relevée sur les lieux. La fenêtre ? Stobbart laissa aussitôt l'option de côté : sauter du sixième étage n'aurait pas permis à Cloud de galoper jusque chez lui… Et ces types qui surgissaient de nulle part ? Qui étaient-ils, d'où venaient-ils, pour qui travaillaient-ils ? Les questions ne cessaient de s'enchaîner comme des perles sur un collier. Mais il aurait le temps d'y revenir plus tard : le garçon s'était quelque peu calmé.

« Remontons encore un peu en arrière, si tu veux bien. Pourquoi étais-tu à l'appartement d'Ariel Braska ? »

Cloud chercha un long moment, mais la réponse que redoutait Stobbart tomba, encore une fois.

« Je ne sais pas.

– Comment y es-tu arrivé, alors ?

– Je crois que je vous ai suivi… Votre voix, vous parliez… du "cinquième niveau"… (Cloud hésita, avant d'ajouter). C'est assez flou… »

Malgré son hésitation, la question avait paru le rasséréner et lui procurer un certain soulagement. *Il est content d'avoir répondu à ma question,* comprit George. *Il est temps de le tester.*

« Tu dis que tu m'as suivi. Mais comment m'as-tu suivi ? »

Cloud secoua la tête en signe d'ignorance. Éphémère, le soulagement avait déjà disparu.

« Je l'ignore… Je me souviens vaguement d'un endroit noir… J'étais allongé et il y avait un peu de bruit…

– Tu peux être un peu plus précis ?

– C'était un endroit petit… Je me suis endormi… Mais je sentais que ça bougeait… Quelquefois brusque, quelquefois non… Ça me donnait un peu la nausée… »

Le policier n'insista pas. Tout ce que lui décrivait le garçon renvoyait à sa conduite et à son coffre de voiture. Le vide de sa plage arrière témoignait encore de la présence de son passager clandestin. Bonne nouvelle, le jeune homme ne cherchait vraisemblablement pas à le duper.

De son côté, Cloud regardait George sans très bien comprendre le sens de ses questions. Il faisait tout son possible pour aider le policier, mais chacun de ses efforts, en plus de l'épuiser physiquement et moralement, le sapait un peu plus mentalement. Il était conscient de posséder les clefs qui auraient pu l'aider, mais les souvenirs restaient cadenassés, affluant faiblement à sa mémoire avant d'être brutalement rappelés dans le maelström indomptable de la Brume. Il tentait vainement de se rapprocher d'elle pour lui picorer des images, mais Elle le repoussait d'une chiquenaude cruelle et amusée.

« Quel lien avais-tu avec Ariel Braska ? »

L'interrogatoire se poursuivait. Le jeune homme rassembla ses esprits du mieux qu'il put et chercha. Encore. Stobbart répéta doucement la question.

« Connaissais-tu cette infirmière, Ariel Braska ?

– Oui… (Cloud ferma les yeux.) Enfin, j'ai quelques flashes… »

George ne souffla mot.

« Elle était blonde… Portait une blouse blanche… blanche… Elle avait une pancarte accrochée là (Cloud montra son sein gauche). Avec son prénom…

– Un insigne, tu veux dire ? »

– C'est ça, un insigne... Elle était gentille avec moi... »

Stobbart était suspendu à ses lèvres.

« C'est bien, continue... Que faisait-elle ?

– Je ne sais plus trop... C'était avant mon dernier trou noir... Ses mains sur mon front... Elle me parlait, mais je ne comprenais pas... Je ne me sentais pas bien... Je... (Le jeune homme marqua une pause, puis se rembrunit.) C'est tout... Plus rien...

– Tu m'aides déjà beaucoup. Est-ce que le nom d'"Institut Mantis" te dit quelque chose ?

– Non.

– Rien du tout ? insista Stobbart.

– Non, je ne connais pas. Qu'est-ce que c'est ?

– C'est l'institut psychiatrique dans lequel elle travaillait. Et – soit dit en passant – celui duquel tu t'es enfui quand je t'ai involontairement ramené à Paris.

– Ah ?

– Tu ne te souviens vraiment pas ?

– Non... »

Cloud secoua la tête, désolé.

« J'aimerais vraiment faire plus, mais... ma mémoire...

– Chaque chose en son temps. Cela te reviendra doucement... »

Il aurait aimé en être aussi sûr. Stobbart se renversa sur le dossier de sa chaise, songeur. Ariel Braska avait travaillé à peine une année à l'Institut Mantis. Si Cloud avait réellement été soigné par l'infirmière, il y avait alors une petite chance qu'il se soit lui aussi trouvé à l'Institut Mantis. Qu'il n'en déplaise au Préfet de police, cette hypothèse méritait d'être travaillée à partir du moment où le garçon avait des troubles de la mémoire. Mais dans ce cas, pourquoi avait-elle soustrait le jeune homme à son établissement pour venir se faire tuer dans une salle de jeux ? Et pourquoi le directeur aurait-il nié avoir accueilli Cloud dans son institut ? George regarda Cloud, mains jointes sur son ventre et œil attentif, et retourna à la charge.

« Concernant la mort d'Ariel, entre autres, tu as été retrouvé avec un couteau et plein de sang sur tes habits. Tu ne te souviens toujours pas d'avoir tué quelqu'un ? »

Cloud fixa le policier, nerveusement. Il était venu voir George, un flic. Il était venu pour trouver de l'aide et essayer de comprendre. Envisager d'avoir commis un meurtre faisait partie des possibilités.

« Non.

– En ce cas, comment expliques-tu ce qui est passé ?

– Je ne l'explique pas, répondit lentement Cloud en secouant la tête. Vous me parlez de quelque chose qui m'est totalement étranger... Mes premiers souvenirs – pour ce qu'ils valent – remontent à... Ariel encore vivante qui me parle... puis dans votre... coffre.

– Ça fait un sacré blanc, maugréa Stobbart. Je vais quand même t'annoncer une bonne nouvelle : je ne pense pas que tu l'aies tuée.

– C'est vrai ? s'exclama le garçon surpris.

– Attention ! J'ai dit : "Je ne pense pas". Je ne t'ai aucunement disculpé… »
Stobbart marqua une pause, pour bien peser ses mots. Cloud se tenait coi.

« Le téléphone tout à l'heure, c'était ma quatrième de groupe, Nicole. Et le moins que l'on puisse dire, c'est qu'elle m'a fait part d'un léger détail qui change complètement la donne. Je ne devrais pas t'en parler, mais au point où j'en suis… Nico a trouvé dans la cour de l'immeuble une clef. Après vérifications, cette clef ouvre la porte menant au sous-sol de la salle d'arcade, là où je t'ai retrouvé cloîtré. On aurait pu la penser égarée, si celle-ci n'avait pas porté les empreintes de l'infirmière. Tu vois où je veux en venir ? »
Cloud secoua la tête, un peu perdu.

« Nicole a vérifié sur les constatations : la fenêtre du rez-de-chaussée était ouverte et je me souviens parfaitement de l'avoir refermée en partant. Ce qui poserait l'idée suivante : Ariel Braska t'aurait enfermé dans la cave, avant de jeter la clef à l'extérieur.

– Ça n'a pas de sens : pourquoi aurait-elle fait ça ?

– C'est une des questions que je me pose… Pourquoi faire ça, *sinon pour te protéger* ?

– Vous croyez vraiment que… ?

– Doucement : c'est une supposition. Ça ne te blanchit pas pour le meurtre du gérant. »
Le rayon d'espoir qui avait brièvement illuminé le regard de Cloud s'éteignit. Les deux hommes se turent. George souffla profondément. Il voyait le garçon forcer sa mémoire, sans répit. Sans effet.

Pourtant, l'hypothèse pouvait tenir : Ariel n'aurait jamais eu la force de l'enfermer contre son gré, surtout s'il avait déjà fait une démonstration de force contre le gérant. Stobbart se rappela Daniel lors de l'autopsie de l'infirmière : « Mort par strangulation, pas de blessures dues à une lame quelconque ». L'état complètement amorphe de Cloud quand il l'avait trouvé dans la cave plaidait, pour une fois, presque en sa faveur.

« Je n'y arrive pas… »
Cloud se prit la tête entre les mains, découragé. Le policier n'avait plus guère de doute quant à l'amnésie complète du jeune homme. Mais l'entendre dire ne lui facilitait pas la tâche, ni ne lui remontait le moral quand il voyait l'ampleur des dégâts que le garçon avait déjà causés.

« On n'est pas dans de beaux draps, tiens… », soupira le flic.

Cloud était abattu. Cet intense exercice de concentration que lui avait imposé le policier l'avait épuisé. Il s'en voulait de pouvoir à peine lui donner quelques bribes d'informations tout juste utiles à l'enquête. Il avait demandé de l'aide à Stobbart, pour quel résultat au final ? Si peu de chose, pour ne pas dire rien : il avait été présent sur tous les lieux des meurtres, mais il n'avait pas une seule preuve pour se disculper. Maintenant, il était fatigué de réfléchir. Il voulait dormir.

La Brume s'approcha. Cloud aurait voulu la chasser pour de bon. Après tout, c'était à cause d'elle que ses souvenirs avaient disparu, c'était elle qui les gardait jalousement enfermés quelque part en lui-même. Un comble !

Il sentit sa tête dodeliner. La Brume s'approcha un peu plus. Il l'observa un bref instant. Elle avait perdu des forces quand lui avait regagné en vigueur. Auparavant, elle était si compacte qu'il lui avait été impossible de lui résister. Sans qu'il en comprît réellement la raison, la Brume s'était affaiblie au fil du temps et l'avait peu à peu libéré de son étreinte. Mais dans un moment de sa propre faiblesse, la voilà qui ressurgissait plus vigoureuse et vindicative que jamais.

Cloud ferma les yeux. Elle était plus forte, mais il restait sur ses gardes. Le jeune homme aux cheveux blancs s'endormit.

Stobbart se laissa aller dans son fauteuil. Sa migraine s'était réveillée. La tension qu'il éprouvait à interroger un suspect chez lui n'y était pas étrangère. Il palpa l'arrière de son crâne. La blessure était toujours douloureuse, mais supportable. Il regarda le garçon qui s'était assoupi en face de lui. Il devait bien avouer que le jeune homme était la cause de tous ses maux : des meurtres à répétition, une commotion cérébrale, sans oublier une dispute avec sa femme. Eut-il été superstitieux qu'il aurait été persuadé que le sort ne faisait que s'acharner sur lui…

Ses pensées revinrent à vagabonder autour de Cloud. Étonnant comment le garçon avait évolué en si peu de temps. D'un légume, à peine capable de bouger tout seul, il était passé à un être réfléchi, bien qu'ayant encore quelques difficultés à s'exprimer. Néanmoins, les progrès étaient foudroyants. Cela le mettait mal à l'aise. Et au bout d'un moment, George s'aperçut qu'il retombait toujours sur les mêmes interrogations : qui était-il ? D'où venait-il ? Quel était son rôle ?

Irrité, George consulta sa montre. Onze heures et demie. Il regarda Cloud et hésita. Avait-il le temps de prendre une collation avant son réveil ? Pas sûr, mais l'agacement qu'il éprouvait impactait directement son appétit. Manger lui procurerait un soulagement éphémère, mais qu'il apprécierait de toute façon. Prenant appui sur ses avant-bras, il se leva lentement pour ne pas réveiller Cloud. Il fit deux pas et s'arrêta. Ses yeux s'étaient subitement fixés sur les lèvres du jeune homme.

« Dossier… »

Le son était si faible que, l'espace d'un instant, Stobbart crut avoir rêvé. Il s'approcha doucement de Cloud et se pencha lentement vers lui, se forçant à ignorer la douleur qui lui labourait maintenant la tête.

« Qu'as-tu dit ? »

George avait murmuré si bas, qu'il n'était pas sûr lui-même d'avoir réellement parlé. La réponse surgit dans un flottement.

« Mon… dossier… »

Stobbart sentit tous ses muscles se crisper sous la tension.

« Où ? » continua-t-il sur le même ton.

Cloud resta silencieux. Le policier scruta intensément ses lèvres. Et sursauta violemment. Le jeune homme le regardait dans les yeux, fixement. Et la lumière qui y dansait était carrément inquiétante…

Chapitre XLII

Dans la voiture, Cloud essayait de se faire tout petit. Son vœu le plus cher aurait été de disparaître totalement. Peine perdue : sa chevelure blanche sur son jeune visage lui donnait la même discrétion qu'un phare en pleine nuit noire. Il glissa un regard en coin vers Stobbart. Depuis qu'ils étaient montés dans son véhicule, le policier n'avait plus décoché un mot. Cloud avait du mal à en comprendre la raison. Il se souvenait de s'être endormi. Puis, durant son sommeil, d'avoir lutté contre la Brume.

Elle avait tenté une nouvelle fois de s'emparer de lui, mais elle s'était considérablement affaiblie. Il s'était débattu, avait frappé avec son esprit, n'avait rencontré que du vide. Il avait alors concentré toutes ses pensées contre elle. Heurtée de plein fouet, elle avait reculé et, l'espace d'une seconde, avait dévoilé une image. Surpris, Cloud avait suspendu son attaque et la Brume, furieuse, avait battu en retraite. Sans un bruit, elle avait disparu, le laissant seul avec lui-même. Quand il avait rouvert les yeux, le jeune homme avait violemment sursauté : se retrouver nez à nez sans crier gare avec le policier avait largement de quoi surprendre. George, lui, avait bondi en arrière, manquant de tomber à la renverse.

« Mais qu'est-ce qui te prend, bon sang ?! avait hurlé le policier.
– Mais… je… je…
– Tu m'as fait une de ces peurs ! Ne t'avise plus *jamais* de recommencer !
– Difficile de se réveiller avec votre tête sous le nez !
– Tu m'as fait une de ces peurs… »
Stobbart s'était laissé tomber dans son fauteuil, le cœur battant à tout rompre. Il avait véritablement frôlé l'arrêt cardiaque… Pendant quelques minutes, il était resté silencieux, prenant le temps de se calmer.

« Mais qu'est-ce qui t'a pris ? » avait-il répété en grommelant.
Cloud avait hésité.

« J'ai fait un mauvais rêve…
– Je m'en serais douté, figure-toi… »
George marqua une pause.

« Par contre, j'aurais besoin d'éclaircissements sur un détail… »

Le policier conduisait prudemment. Pour cette fois, il n'avait pas envie de jouer les cascadeurs. Au contraire, il avait besoin de se détendre. Il rajusta le rétroviseur et revit l'ouverture béante du coffre. Sans compter le cuir des sièges tailladé par endroits. Il inspira profondément. Malgré l'enfilade de mauvaises nouvelles ces derniers jours, il ne s'était pas mis en colère. Il avait seulement ressenti une profonde lassitude. Si son lundi familial était réduit à néant, autant qu'il le soit jusqu'au bout. George s'était consolé comme il l'avait pu en pensant que les dires de Cloud concernant son voyage dans le coffre s'étaient avérés exacts. Peut-être un indice de confiance, après tout...

Le commandant s'arrêta à un feu rouge. Le garçon à côté de lui restait silencieux. Plus Stobbart pensait à l'enquête, plus il la trouvait surréaliste. Un double homicide dans une salle d'arcade avec pour seuls témoins des personnages aux sourires pixellisés, un suspect échappé d'un institut psychiatrique mais qui n'avait été interné nulle part, sans compter les quelques morts en pagaille qui parsemaient son chemin partout où il passait... Et pour couronner le tout, il hébergeait ledit suspect et courrait le risque de voir sa femme quitter la maison avec les enfants. George avait quand même pris le temps d'envoyer un message à Émilie pour leur annoncer leur départ : elle et leur petite tribu pourraient tranquillement déjeuner à la maison. Sans lui. Il avait connu des moments plus faciles, vraiment... George espérait franchement que la vision de Cloud n'était pas une nouvelle illusion. Ou une nouvelle désillusion.

Nouveau coup d'œil sur celui qui devenait son compagnon d'infortune. Le jeune homme était tendu et regardait nerveusement par la fenêtre. Stobbart brisa enfin le silence.

« Ça ne va pas ?

– Vous avez de drôles de questions...

– Au moins, j'arrive à avoir une conversation plus variée que la dernière fois, gloussa George malgré lui.

– Vous avez aussi un drôle de sens de l'humour.

– Ça s'appelle "composer avec un lundi tombé à l'eau". Plus sérieusement... *"Mon dossier"*... Tu n'as vraiment aucune idée de ce que cela peut être ?

– Je vous l'ai dit, je ne me rappelle de rien. Et même à peine de vous l'avoir dit... C'est tellement chaotique...

– Tu m'as parlé d'une image...

– Oui, mais c'était trop fugace. Ariel qui me parle. C'est tout. Mais je n'entends rien ! Absolument rien. J'ai juste une sensation étrange... Une chose me dit juste que j'ai raté une autre chose... Et à part la salle de jeux, je ne sais pas où aller pour trouver ce fameux dossier. En admettant qu'il existe...

– Ça fait beaucoup de "choses"... Et mes collègues scientifiques ne m'ont rien rapporté de tel lorsqu'ils ont fouillé la voiture de ton infirmière...

– Je comprends bien. Malheureusement, je n'ai que ça... », soupira Cloud découragé.

Le feu repassa au vert et Stobbart avança. En son for intérieur, il comprenait le jeune homme. L'affaire avait salement démarré et il ne serait pas étonné qu'elle finisse salement. Il reporta son attention sur la route. Celle-ci, il commençait à la connaître… Quand il y pensait, la salle d'arcade cristallisait tout ce qu'il s'évertuait à repousser : les jeux vidéo, la brutalité, le mystère, les souvenirs. À y réfléchir, cette enquête se révélait être un supplice. George mit un frein à ses pensées : s'il continuait, il faisait demi-tour et larguait tout.

Ils arrivèrent. Pas de place, évidemment. Va pour le parking universel : la double file. Stobbart coupa le contact et se tourna vers Cloud :

« Bon, que les choses soient claires : en te gardant avec moi, en ne te remettant pas à la police, je risque ma place. Aussi, pour tout le temps où on sera dans la rue… »

George exhiba une paire de menottes flambant neuve.

« …Je t'arrête. Et rabats aussi ta capuche. Des objections ? »

Cloud regarda les bracelets en acier qui brillaient devant lui. Le métal ne lui plaisait absolument pas. Il rabattit sa capuche sur sa tête, mais hésita à tendre son poignet vers le policier.

« Si vous croyez que…

– J'y crois bien. »

Le jeune homme marqua un nouveau temps d'arrêt. Stobbart insista, faisant balancer le cercle de métal au bout de sa chaîne. Vaincu, Cloud obéit. L'anneau arriva au bout de son mouvement de balancier. À l'instant précis où le métal toucha son poignet, Cloud retira sa main avec un cri étranglé. Il saisit de son autre main son poignet lésé en tremblant comme une feuille.

Le contact avait provoqué en lui l'apparition brutale d'images à la violence inouïe. Il entendit des cris aigus, qui perçaient les tympans, tandis que des anneaux de métal s'enfonçaient dans sa chair, l'immobilisant totalement. L'acier lui mordait la peau et il sentait le sang s'écouler de ses bras. Aussi brusquement qu'elles étaient apparues, les images cessèrent. Cloud se blottit sur son fauteuil, livide. À ses côtés, George était figé comme une statue.

La violente frayeur du garçon l'avait saisi. Jamais il ne s'était imaginé qu'une telle terreur pouvait être ressentie au simple contact de ses menottes. Il vit Cloud se contracter d'un bloc et ses yeux se révulser. Sa bouche s'ouvrit sur un cri pathétique, tandis que sa main emprisonnée devenait toute blanche, toute circulation sanguine coupée par l'étau de sa propre poigne. Tout cessa aussi subitement. La respiration haletante, Cloud s'effondra sur son siège comme une poupée de chiffons.

Ne sachant trop comment réagir face à cette violente crise d'angoisse, Stobbart lui laissa le temps de reprendre ses esprits, avant de parler d'une voix douce :

« Qu'est-ce qui s'est passé ? »

Cloud ne répondit pas tout de suite. Il sentait à présent sa chemise coller à sa peau et des rigoles de sueur se former sur ses tempes, agglomérant ses cheveux en longues mèches blanches.

« Des images… »

Le jeune homme avait parlé si bas que Stobbart dut tendre l'oreille pour saisir tous les mots.

« L'impression de les avoir vécues… Les menottes… »

Il frissonna. Les images lui avaient paru tellement réelles ! Un courant électrique parcourait encore ses veines. La peur vibrait sourdement. La Brume aussi, à l'affût de sa faiblesse, menaçant de le déborder.

« Désolé… Je ne peux pas… »

Cloud se tut et se replia sur lui-même, demeurant prostré. George resta silencieux. Cet accès de terreur, aussi bref qu'intense, le laissait songeur. Durant ces dernières heures où il avait côtoyé le garçon, il en venait à éprouver un doute inexplicable. Des doutes ténus, mais des doutes tout de même. Pendant ces presque trois décennies de métier, il avait appris à se fier à ses intuitions et à chasser les détails qui viendraient corroborer ou contrarier l'hypothèse la plus probante. Il avait connu des prédateurs – tueurs, violeurs, assassins… – gueules d'ange et mains de sang, que les psys avaient affublés de troubles aux explications pompeuses et superfétatoires. Le pire était que certains avaient été disculpés, soit par manque de preuve (Stobbart s'étranglait toujours en entendant ça : des preuves, en vois-tu en voilà, mais non, il manquait toujours quelque chose !) ; soit parce qu'un meurtrier ne pouvait être meurtrier parce que ça ne correspondait pas à son profil psychologique. George savait qu'il exagérait par moment, mais des victimes supplémentaires avaient trouvé la mort à cause de cette incompétence. Paradoxalement, et ironie féroce du sort, ces dernières victimes étaient la dernière preuve dont Stobbart avait besoin pour condamner définitivement ces prédateurs. Finalement, une variante sanglante du dicton « on ne fait pas d'omelette sans casser les œufs ».

Alors, pour limiter la casse, Stobbart s'était efforcé et s'efforçait encore d'affiner ses observations, de détecter les failles de chaque suspect, usant du temps et de la fatigue mentale qu'apportait la garde à vue : les défenses s'affaissaient peu à peu, les incohérences se révélaient. Là où ses collègues faisaient parfois appel à un profileur criminel, un psychologue "expert", George leur opposait sa propre méthode, avec tout autant de succès, sinon plus. Ce faisant, il s'était attiré l'ire de cette catégorie de professionnels et traîna rapidement une réputation de pitbull obtus et buté. Le policier s'en moquait éperdument et avait continué son bonhomme de chemin avec les mêmes méthodes. Ce que comprenaient peu ses collègues ni ses supérieurs, c'est qu'il en avait assez de l'ingérence et de la fatuité de ceux qui se gargarisaient d'être les détenteurs des secrets de la psychè humaine. Jacques Blanc l'avait très bien compris : Stobbart ne rejetait pas la psychologie, mais ceux qui la pratiquaient. George n'avait pas besoin de comprendre les mécanismes de pensées *d'un ensemble* d'individus rattachés à une pathologie, mais seulement les faits et les processus psychologiques qui avaient amené *un* individu à tuer. Et c'était précisément sur ce point que Stobbart avait des doutes à propos de ce jeune homme à la tignasse blanche.

Si tous les faits s'accordaient à accuser Cloud, cette brusque terreur incontrôlée qui l'avait momentanément saisi contrastait avec le sang-froid des meurtres. Qu'est-ce qui motivait cette peur ? Les menottes ? Ou le métal ? Pourquoi ? Pouvait-il y voir des épisodes de maltraitance durant ses séjours en établissement psychiatrique ? Ou Cloud souffrait-il réellement d'une instabilité émotionnelle cyclothymique ? Tous les éléments se bousculaient dans la tête de George. Chaque fois qu'il pensait trouver une réponse, une base solide sur laquelle s'appuyer, elle était aussitôt contredite par un fait et son socle se fissurait avant de s'écrouler comme un château de cartes. Stobbart inspira profondément. Il devait se calmer, attendre de nouveaux éléments qui lui permettraient peut-être de bâtir un nouvel édifice, plus solide cette fois.

« On abandonne les menottes, décida le policier en les remettant ostensiblement dans son étui. Par contre, toi, pas un geste de travers… »
Cloud ne dit rien, n'opina même pas du chef. Sa respiration s'était calmée, mais George pouvait encore voir ses mains crispées sur ses genoux. Ça promettait pour la suite… Mais le moment de vérité était arrivé. Du moins l'espérait-il. Juste à cet instant, une voiture sortit de la place qu'elle occupait devant la salle de jeux. Sa journée n'était finalement pas tout à fait perdue. Il remit le contact et se gara rapidement.

« Reste là un instant », ordonna Stobbart.
Un vague mouvement de la tête lui apprit que le jeune homme se reconnectait à la réalité. Ô joie ! George lui jeta un rapide regard pour s'apercevoir que Cloud avait les yeux grands ouverts, fixant un point imaginaire droit devant lui. Le policier s'en satisfit et sortit de la voiture. À défaut de menottes, il le garderait bien en vue. Progressant vers le côté passager, Stobbart ne put s'empêcher d'avoir une pensée pour Jacques. Si le commissaire principal venait à apprendre le nombre de procédures qu'il avait enfreintes depuis le début de la matinée, pas sûr qu'il veuille toujours le présenter à la Légion d'honneur.

Petit regard aux alentours. Tout était calme. Les scellés holographiques, scintillants sur la porte de la salle d'arcade, dissuadaient toujours les gens d'approcher. George ouvrit la portière de Cloud. Ce dernier descendit lentement et marqua un temps d'arrêt quand ses yeux se posèrent sur la rubalise virtuelle rouge et blanche qui barrait l'entrée des lieux.

Cloud avait retrouvé son calme et, à présent, appréhendait. Non pas à cause de la possibilité d'être coupable, mais de la probabilité à retrouver la mémoire, sur des lieux, qui, décidément, ne cessaient de le rappeler à eux. Il songea avec amertume que, pour la première fois, il rentrerait consciemment dans cette salle. Et par la porte d'entrée. De cet endroit, il ne se rappelait finalement qu'une fenêtre au sous-sol, donnant sur une cour d'immeubles. Stobbart l'avait amené ici, sur sa demande, pour chercher *son dossier*.

"Son dossier". Il se répéta encore les mots à lui-même. Il trouvait l'expression ironique, entre espoir moqueur et mauvaise blague. Il ne connaissait pas son nom et son passé se résumait aux dernières quatre-vingt-seize heures. Si on comptait les moments d'absence et ceux dont il n'avait aucun souvenir.

Tant d'espoir se résumant à ces deux seuls mots : "son dossier". Deux mots qui pouvaient aussi se résumer à un mauvais tour joué par son propre esprit : une image intangible, seule et incertaine, entre souvenir inventé et imagination vécue. Dans l'un et l'autre de ces cas, il se retrouverait dans l'impasse s'il ne trouvait pas LE dossier. Ce fut avec cette incertitude ancrée dans le ventre que Cloud se dirigea vers la salle de jeux.

Stobbart observait le garçon avec inquiétude. Le doute et l'hésitation transpiraient sur son visage. La peur aussi. Le policier lui-même doutait de ce qui allait se passer à l'intérieur. Il sortit son badge magnétique et le passa devant le scanneur optique du scellé apposé sur la porte. Ces scanneurs avaient avantageusement remplacé les rubans physiques quelques années auparavant : seules les personnes accréditées pouvaient accéder aux zones scellées, mais en outre, une alarme se déclenchait si on tentait de les forcer. De plus, grâce au badge, sa position était retransmise aux Batignolles. On saurait le retrouver s'il devait rester sur le carreau. Maigre réconfort… George poussa rapidement la porte et Cloud à l'intérieur de la salle, puis referma aussitôt le battant. Le silence se fit instantanément. Ils étaient maintenant réellement seuls.

La salle d'arcade était plongée dans la pénombre. Les bornes de jeux étaient silencieusement alignées contre le mur, masses noires muettes que Stobbart s'attendait presque à voir se réveiller et vomir sur eux une insoutenable musique électronique. En trois jours, les lieux n'avaient pas changé. Désertée depuis le passage des policiers, la salle était restée figée, presque en dehors du temps. Elle ressemblait à ces anciennes salles de jeux qui pullulaient autrefois dans la Ville-Lumière, à la différence que celle-ci était elle-même la scène d'un jeu beaucoup plus dangereux. George se dirigea sans hésitation vers le compteur électrique, derrière le comptoir : les quelques heures passées à décortiquer les lieux l'avaient parfaitement familiarisé avec la configuration de l'endroit. Il esquissa même un pas de côté pour éviter les vomissures avant de se rappeler qu'elles avaient été nettoyées. Aidé par la lumière ambiante dispensée par les veilleuses au-dessus des sorties de secours, il pressa un bouton. La lumière jaillit, blanche. Le policier remarqua aussitôt le soulagement apparent de Cloud.

Depuis qu'ils étaient entrés, le jeune homme sentait une indicible tension prendre peu à peu mais indiscutablement possession de lui. Étaient-ce les lieux ? La pénombre ? La peur de plonger une nouvelle fois dans l'obscurité ? L'appréhension qu'il avait connue dans la voiture s'était transformée en un bloc de pierre dans son estomac. Il était resté immobile sur le pas de la porte, attendant il ne savait quoi. Peut-être cette lumière… Quand elle inonda la pièce, il sentit la tension reculer, un peu. Maintenant, les masses noires étaient redevenues de grandes boîtes colorées, aux couleurs criardes. Les yeux de Cloud se portèrent immédiatement sur les contours blancs du sol, devant lui. Il identifia sans être certain les traces noires à côté comme un reliquat de sang séché. Une odeur de renfermé flotta jusqu'à ses narines. Rien d'autre : pas de chair décomposée ou de fluides corporels pestilentiels.

« Je suis déjà venu là… », murmura le garçon.

Stobbart se rapprocha de lui, lentement, pour ne pas brusquer son fragile interlocuteur.

« Te souviens-tu de ce qu'il s'est passé ? demanda-t-il avec espoir.

– Non. Je suis venu là après… Et avant Zack…

– C'est bien ! l'encouragea George en cachant sa déception. À présent, prends ton temps… Nous avons déjà fouillé toute la pièce pour l'enquête, mais nous n'avons rien trouvé qui ressemble à un dossier. De quoi te souviens-tu exactement ? »

Le silence plana un bref instant.

« Rien. »

Cloud regarda ses mains.

« De tout ce que j'ai pu faire à ce moment, je ne me souviens de rien. Ce dossier… Ce n'est rien d'autre qu'une image dans ma tête… Je l'entends… Ariel, elle me le répète, sans cesse… « Ton dossier ! Ton dossier ! »… Mais je ne me souviens de rien…

– À quoi ressemble-t-il par exemple ? C'est un dossier papier ? Un CD-Rom ? Qu'y a-t-il d'écrit dessus ?

– Je n'ai aucune idée de tout ça, lâcha Cloud désabusé : je ne l'ai jamais vu… »

Le jeune homme se tut, avant d'ajouter, désemparé :

« À vrai dire, j'ignorais surtout que j'en avais un… »

Stobbart ne dit rien. Ce n'était pas la peine d'insister. Lui-même commençait à douter, à se demander si cela avait été une bonne idée de l'avoir amené ici. Après tout, ils étaient partis sur une simple présomption – une image ! – de Cloud. Autrement dit, bien peu. George se rabroua. Il avait pris le risque d'amener le jeune homme ici, ce n'était pas le moment de tout laisser tomber !

« Bon, écoute-moi : on va tout reprendre à zéro, depuis le moment où vous êtes tous les deux entrés dans cette salle. Depuis cette position. »

Stobbart gagna la porte et fit signe à Cloud de venir le rejoindre.

« Maintenant, regarde : au fond, en face, il y a le comptoir. Monsieur Chevalier, le gérant, a été retrouvé mort, ici. (George s'avança de quelques pas, jusqu'à se retrouver entre la vitrine et le comptoir, à l'endroit où étaient dessinés les contours d'un corps.) On peut supposer qu'en tant que gérant, il devait être prêt à fermer boutique quand vous êtes entrés, Ariel et toi. Si elle se savait poursuivie, elle a dû entrer vite, avec ce dossier à la main. Je te rappelle que nous n'avons rien trouvé dans sa voiture… »

Tout à sa reconstitution, Stobbart déroulait les évènements un par un, dans l'ordre qui lui paraissait le plus vraisemblable, le plus logique.

Il se figurait Ariel Braska, affolée, débouler dans cette salle d'arcade qu'elle ne connaissait peut-être même pas. Le gérant, certainement sur le point de fermer, l'apostrophe, lui ordonne de quitter les lieux. Il s'avance vers elle pour la mettre à la porte. L'infirmière a peur, recule. Cloud... Est-il entré avant ? Après ? Le policier imagina le jeune homme se précipiter sur l'infirmière avec brutalité. Non, elle n'aurait pas eu le temps de cacher son dossier, surtout avec le gérant sur le dos. Elle avait dû le cacher *après*. Si Cloud avait été autant dans le cirage qu'il le prétendait, cela s'était passé après que le jeune homme soit rentré, sinon comment expliquer sa présence sur les lieux et ses habits pleins de sang ? Les meurtriers avaient dû détourner l'attention du gérant, quand eux-mêmes étaient entrés dans la salle. Elle n'aurait alors eu qu'une ou deux petites minutes pour le dissimuler. Grand maximum. Le dossier devait donc absolument se trouver dans la pièce. L'hypothèse était plausible si, et seulement si, Cloud n'était pas meurtrier, évidemment.

À ses côtés, le jeune homme se tenait coi, essayant tant bien que mal de maîtriser cette sensation d'oppression que la salle faisait peser sur lui. Il s'était passé des choses ici. Il avait eu un rôle. Lequel ? Avait-il tué Ariel Braska ? L'absence de réponses probantes ne faisait que rendre cette ignorance et cette...culpabilité...plus insupportables.

Stobbart continuait son raisonnement, marmonnant dans sa barbe. L'infirmière se fait rattraper par le gérant, refuse de sortir. Elle a peur. Elle recule encore un peu plus. La peur de la menace venant du dehors est plus grande que celle que lui inspire le gérant. Seulement une ou deux minutes pour agir. Ariel a été retrouvée sans vie au fond de la salle... Se pourrait-il qu'elle ait caché le dossier quelque part là-bas ? George se déplaça près de la place où l'infirmière avait été retrouvée. Les bornes d'arcades l'observaient faire, fixant sur lui leur écran vide d'expression. Combien de fois dans ces moments pareils le policier aurait donné n'importe quoi pour que les objets fussent dotés de parole, ne serait-ce que dix secondes ! Mais rien. Juste le silence d'une salle vide dans laquelle résonnaient leurs pas hésitants.

George posa son regard sur les marques blanches figurant le corps d'Ariel. Il revit sans peine le corps sans vie de la jeune femme. Les morts-vivants ornant la borne d'arcade devant laquelle Ariel avait été tuée lui jetaient des regards fous, poussant après lui leurs cris muets de rage. Stobbart les ignora. Ce n'était pas eux qui allaient l'aider. Néanmoins, pris d'inspiration, il se pencha pour observer sous la machine. Rien. Ou plutôt le noir complet. L'espace qui restait entre le sol et l'appareil n'était pas suffisamment large pour laisser passer la lumière. Sans grand espoir, il se mit à quatre pattes et glissa les doigts dans l'interstice. Ô surprise, il ne trouva toujours rien, hormis une poussière noire et collante. Et bien sûr, il n'avait pas de mouchoirs pour s'essuyer les mains. Tant pis, ça attendrait plus tard. Il se releva et recula de quatre ou cinq pas. Changement de tactique. Debout, il se mit à inspecter minutieusement les environs, balayant l'espace du regard en cercles concentriques à partir du corps. De temps à autre, il s'arrêtait, s'approchait pour vérifier un détail, puis, sans résultat, reprenait son manège.

Un peu retrait, Cloud regardait le policier se débattre dans un demi-brouillard. Le sentiment d'oppression ne s'était toujours pas dissipé, au contraire. Le jeune homme tentait de le garder à distance, et avec lui, la Brume. Mais la peur de lui céder l'agitait, rendait la tâche de plus en plus délicate. Les digues qu'il avait érigées dans son esprit contre Sa menace se fissuraient, menaçant de succomber d'un instant à l'autre. Il fit un effort désespéré pour s'arracher à Son aspiration. Il revint dans la pièce impersonnelle où avait commencé son histoire. Ou du moins, là où on lui avait dit qu'elle avait débuté. Il remontait à la surface. Juste avant de l'atteindre, le visage d'une femme surgit, puis disparut aussitôt. Était-ce l'infirmière ? Peut-être. Il n'était sûr de rien. Pourtant, il aurait juré qu'elle lui souriait. À sa place se tenait maintenant Stobbart. Il lui parlait. Cloud fit un effort pour saisir le sens de ses paroles.

« …vraiment rien. Tu penses être capable de m'accompagner au sous-sol ? »

Il ne répondit rien. Il hocha la tête, hagard.

« Tu vas bien ? »

Le ton était inquiet. Cloud réussit à articuler un « Oui » étouffé. Le son de sa voix résonna bizarrement à ses oreilles. Sa vue s'éclaircit. Il répéta un peu plus fort :

« Oui… Bien sûr ! »

Le brouillard déserta sa vision : il ne resta plus qu'un mince voile imperceptible sur les côtés. Cloud sentit sa prise sur la réalité s'affermir et s'y cramponna. Il regarda franchement le policier :

« On y va ?

– Je te suis. »

Le jeune homme s'avança gaillardement jusqu'à la porte qui donnait sur le sous-sol, prenant bien soin de ne pas s'attarder sur la marque au sol, écarta l'affiche géante qui dissimulait le battant et poussa la barre, la main cachée sous la manche de son sweat. Cloud chercha l'interrupteur à tâtons, lentement, puis fébrilement. La gueule noire qui s'ouvrait devant lui menaçait de l'engloutir. Le voile devant ses yeux s'épaissit. La Brume n'était pas loin. Il sentit son cœur s'emballer, tandis qu'une fine pellicule de sueur recouvrait son corps. La lumière jaillit soudainement. Cloud en éprouva un mince soulagement. La Brume feula et recula. Son heure viendrait…

Stobbart était inquiet, véritablement. Depuis qu'il était entré dans la salle de jeux, il voyait son jeune compagnon lutter pour ne pas perdre le contrôle. Il le voyait tendu, ses yeux se perdaient par moments dans le vague avant de revenir progressivement vers la réalité. Mais chaque fois qu'ils revenaient, c'était un peu plus long. Et chaque fois qu'ils repartaient, c'était un peu plus loin que précédemment. Il avait même cru le perdre quand il était resté immobile, droit comme un "i", près de l'endroit où Ariel Braska avait été retrouvée morte. Combien de temps tiendrait-il ? George espérait simplement le plus longtemps possible. Que se passerait-il quand il le perdrait définitivement ? Ses réactions ? Il ne voulait pas savoir, même s'il ne pouvait empêcher la question de le tarauder… Il n'avait assurément pas joué son meilleur coup en l'amenant ici…

Les deux hommes descendirent les escaliers. En bas, Stobbart revit les deux portes l'une en face de l'autre. Après une brève hésitation, il se dirigea vers celle de droite. Sans explication, Cloud prit celle de gauche. George fut surpris : il y avait peu de choses à voir dans les sanitaires, encore moins depuis que l'intuition de Nico s'était vérifiée et que le pyjama d'hôpital avait été retrouvé ici même : l'endroit avait dû être fouillé de fond en comble par la Police scientifique. Il rejoignit rapidement le garçon dans les sanitaires-vestiaires. Sauf que Cloud avait disparu dans l'obscurité. Le policier alluma précipitamment la lumière avant de pousser un soupir de soulagement : le jeune homme se trouvait au milieu de la pièce, faisant face aux lavabos et au miroir.

Mais pourquoi donc s'était-il embarqué dans cette galère ? se morigéna encore Stobbart. Il n'osait pas se l'avouer, mais son malaise grandissait. À vrai dire, il luttait de plus en plus contre ce dégoût irrationnel qui le submergeait. Il repoussait avec désespoir les souvenirs refoulés qui tentaient de briser les portes verrouillées de sa propre mémoire. Les machines vivement colorées du rez-de-chaussée lui agressaient encore la rétine et George dut faire un violent effort pour ne pas céder à la panique. Il regarda Cloud : celui-ci n'avait pas bougé d'un pouce, comme hypnotisé par le miroir. Un rire amer secoua le policier. Quelle équipe faisaient-ils là ! Un fou et un presque fou. George s'ébroua pour chasser les tensions qui se nouaient dans tout son corps. Ils devaient en finir au plus vite.

« Quelque chose te revient ? »

Le flic avait parlé d'un ton sec, cassant. Cloud réagit à peine. Il secoua mollement la tête, mais ne dit mot : son regard restait fixé droit devant lui. Stobbart suivit la direction : il ne vit que le reflet du garçon. George en eut soudainement assez : de cet énergumène, de cet endroit, de cette lumière artificielle, de tout. Plus vite il partirait, mieux cela vaudrait. Mais avec ce qu'ils étaient venus chercher. Alors autant prendre le taureau par les cornes, quitte à user de la force.

« Aide-moi à chercher ! »

Il agrippa Cloud par le bras et tenta de l'arracher à sa rêverie. À sa grande surprise, Cloud opposa une résistance. Pas bon…

« Pas… ici…

— Où alors ? Où, nom d'un chien ! Réveille-toi sacré bon sang !

— Pas… ici… »

Stobbart jura. L'étincelle de conscience qui brillait déjà si peu dans la prunelle de Cloud s'estompait encore davantage. Il allait le perdre, c'était certain. Mais que pouvait-il bien se passer dans ce crâne ? Pourquoi cet esprit s'enfuyait-il ? George sentit la panique l'envahir. Il respirait avec difficulté, son cœur s'emballait, des gouttes de sueur coulaient le long de ses joues. Lui aussi, il devait sortir d'ici, la claustrophobie le guettait. Il agrippa le jeune homme et voulut l'entraîner vers la sortie. Cloud ne bougea pas d'un pouce.

Tout s'était obscurci. La Brume tourbillonnait tout autour de lui, cherchait à le faire chuter pour s'emparer aisément de lui. Il avait cru pouvoir résister au sous-sol, il avait cru pouvoir se l'approprier et le dompter. Mais la Brume s'était abattue d'un coup sur lui, profitant de son angoisse pour surgir, renforcée par ses propres peurs. Cloud se mit à suffoquer tandis que la Brume resserrait son étreinte sur lui, victorieuse. Il tomba.

Le miroir de plain-pied lui faisait face. Le reflet qu'il lui renvoyait n'était pas net, altéré par la saleté de ces lieux abandonnés : l'ancienne réserve de l'hôpital n'était plus qu'une pièce insalubre dans laquelle se mourrait une petite baignoire rouillée. La jeune fille s'approcha du miroir. Et recula aussitôt de quelques pas, horrifiée. De l'autre côté du miroir, des filaments de sang se mouvaient dans toute la petite pièce. Sol, murs, plafond, aucune surface n'était épargnée. Les filaments convergèrent vers la petite baignoire, s'engouffrant dans le siphon d'évacuation. Pour s'apercevoir que le sang ressortait dans sa réalité ! Avec d'affreux bruits de succion, les serpents de sang envahirent la pièce et vinrent s'agripper à elle, l'enserrant dans une immonde étreinte. Elle leur résista, frotta ses vêtements, sa peau, mais les marques pourpres refusèrent de lui céder le moindre pouce. Les serpents continuèrent leur progression vers son torse, son cou, sa bouche, s'engouffrant dans sa gorge pour la noyer, brûlant sa peau pour faire sien ce corps fragile. Malgré la souffrance, la jeune fille refusa de céder.

À présent, le sang bouillonnait au sol, diffusant ses vapeurs acides, étouffantes. Elle rebroussa chemin, vers la porte. Elle tenta de l'ouvrir, mais le battant refusa de se déverrouiller. Elle revint au miroir, paniquée, suffoquant. Que faire ? Dans la glace, le métal luisit fugitivement entre ses mains. Le miroir lui avait donné malgré lui la solution. La jeune fille appuya sur la détente et sa mitraillette lâcha une rafale de balles. Des impacts criblèrent la surface réfléchissante qui se lézarda. Une nouvelle rafale fit voler le miroir en éclats.

La Brume poussa un hurlement sauvage et se dispersa brutalement, balayée par le souffle de sa puissance. Cloud n'en revint pas. Il avait réussi à la repousser ! Même s'il dut avouer qu'il s'en était fallu de peu qu'il se fasse dépasser. Une masse informe bougea devant lui, gisant sur le sol. Le garçon baissa les yeux : un fragment de Brume autrefois opaque brillait délicatement. Il ramassa l'image, juste avant de remonter doucement vers la surface de sa conscience. Cloud retrouva la réalité et la pâle lumière des néons.

George sursauta violemment. Le hurlement du jeune homme lui avait déchiré les tympans et déclenché une tachycardie à laquelle il ne pensa pas survivre. La tension accumulée depuis leur entrée dans la salle d'arcade explosa : le policier gifla Cloud à toute volée. La tête dévissa et vint frapper brutalement le mur. Stobbart resta un instant haletant, pendant que le garçon, sonné, se redressait en reprenant appui sur le mur pour ne pas s'écrouler par terre. George n'en revenait pas de la violence de son geste, mais éprouvait un soulagement des plus intenses, avec l'impression qu'un poids immense venait de lui être ôté des épaules. Prudemment, il s'avança vers Cloud : il l'avait déjà vu à l'œuvre et était encore surpris d'avoir seulement pu lui porter une gifle.

Celui-ci, les yeux fermés, se remettait péniblement sur ses jambes. Sa tête dodelinait contre sa poitrine. Peu à peu, la douleur dans son crâne se calma. Il sentait sa joue le brûler ardemment, mais n'y accorda guère d'importance. Les étincelles qui avaient éclaté devant sa rétine se tarirent et il put ouvrir les yeux sans risquer de tomber. L'image n'était pas très nette, mais se stabilisa rapidement sur un homme qui s'approchait lentement de lui. Il reconnut l'embonpoint de Stobbart et esquissa un faible sourire.

« Vous avez la main leste, dites donc…

– Navré, grommela Stobbart, mais tu m'as filé une de ces frousses… !

– Désolé… Ça va mieux maintenant…

– Qu'est-ce qui s'est passé ? Qu'est-ce qui t'a pris de hurler comme ça ?

– Je ne sais pas exactement, murmura Cloud. Je vois des images, je sens des choses… J'essaie de lutter mais ces choses sont plus fortes que moi. Sauf aujourd'hui… Je ne sais pas pourquoi, j'ai réussi à La repousser…

– Qui ça, elle ?

– La Brume.

– J'avoue que j'ai du mal à te suivre…

– C'est difficile à expliquer. Moi-même je ne suis pas sûr de savoir ce que c'est…

– Ma gifle t'a remis les idées en place au moins ?

– À peine. Elle est arrivée une fraction de seconde après.

– Mille excuses. "Tu n'es pas sûr de savoir ce que c'est…" Tu peux être plus explicite ?

– Pas vraiment. C'est très confus… Ce sont des univers que je connais, mais je ne me rappelle plus d'où…

– Des endroits que tu connais ? Des rêves ?

– Non, autre chose… Je ne sais plus quoi. C'est confus, je vous l'ai dit. Par contre… »

Cloud hésita.

« Oui ?

– Le dossier... Je crois savoir où il est… »

Chapitre XLIII

Lundi, 9 h 30

Nico s'étira paresseusement. Depuis combien de temps n'avait-elle pas fait la grasse matinée ? Surtout un lundi matin avant le boulot ? La douceur de la couette l'avait dissuadée de sortir trop vite de son nid douillet. Après l'enquête chez Zacharie Juste, elle était rentrée hier chez elle, épuisée. Le commissaire Blanc lui avait expressément donné sa matinée : personne pour la remplacer ou prendre la relève. Saleté de grippe. Elle se demanda comment son taulier faisait pour tenir, mais sa voix fatiguée n'augurait rien de bon. Pourvu qu'il ne les lâche pas, lui aussi !

Retardant encore de quelques agréables minutes le moment où il lui faudrait s'extirper de son cocon afin d'aller se préparer à manger et faire un brin de ménage, son esprit quitta rapidement ce monde bassement matériel. Nicole se prit égoïstement à faire le point sur elle-même. Une fois de plus, pendant ses périodes de repos. Mais qu'y pouvait-elle ? Ces remises en question lui arrivaient fréquemment. Elle avait vingt-neuf ans, était une des plus jeunes recrues de la Brigade criminelle, exerçait un métier passionnant qu'elle affectionnait particulièrement et dans lequel elle réussissait. D'où venait le problème alors ? La jeune femme en connaissait pourtant l'origine ou, du moins, s'en doutait fortement. Durant la semaine, ses journées étaient trépidantes, le rythme ne baissait que rarement et ses rares moments de détente étaient occupés à la pratique de l'aïkido, autant pour la détente du corps que de l'esprit. Puis, elle rentrait chez elle, éreintée, dînait rapidement, se couchait pour se lever le lendemain matin – quand ce n'était pas au beau milieu de la nuit lorsque l'équipe était d'astreinte – et recommençait. Et ainsi de suite. À y réfléchir, elle aimait vraiment ce qu'elle faisait. Non, le problème n'était pas là…

Elle n'eut pas besoin de pousser plus loin sa réflexion. Elle étendit la main à côté d'elle. La place était froide. Vide. Curieux comme la semaine était chargée en contacts humains – jusqu'à saturation par moment – et qu'elle ressentait pourtant un vide qu'elle n'arrivait pas à combler lorsqu'elle était chez elle, seule. Cette solitude n'était pas pesante. Elle était usante. Elle avait des amis. Elle les voyait somme toute régulièrement, quand son travail à la Crim' ne l'accaparait pas la majeure partie du temps. Mais les rapports évoluaient. Ses ami(e)s s'étaient mariés, certain(e)s avaient eu des enfants et, au fur et à mesure des années et des soirées, Nico avait eu le sentiment de s'en éloigner toujours un peu plus. Elle aussi mourait pourtant d'envie de leur présenter quelqu'un, de plaisanter sur leurs relations amoureuses respectives, bref, de se sentir intégrée. Quand elle essayait d'en parler, ses amies hochaient la tête, mines compréhensives mais regards navrés, pensées attendries tournées vers le nourrisson qu'elles tenaient contre elles. Finalement, la jeune femme s'était résolue à garder ça pour elle, pour vivre au mieux avec cette image du flic solitaire, qui lui collait à la peau bien malgré elle.

Durant ses plus ou moins brèves histoires – jamais concluantes –, elle avait compris que les hommes étaient des lâches. Un sentiment qui s'était renforcé au fil de ses enquêtes. Des lâches qui refusaient de s'avouer lâches devant des femmes, des enfants qu'ils battaient, mais qui s'effondraient, faibles devant l'alcool, l'argent, la drogue, le sexe, l'argent, le pouvoir, l'argent, puis sanglotaient pour quémander la clémence du juge en jurant leurs grands dieux que c'était la dernière fois. Jusqu'à la prochaine. L'homme était une bête avilissante, à laquelle Nicole refusait de céder. C'était ainsi qu'elle avait découvert que sa force de caractère leur faisait peur. Certains de ses collègues s'étaient essayés à la mettre dans leur lit, hommes mariés ou célibataires fanfaronnant. Elle ne les avait pas épargnés. Malgré son désir.

Elle aurait par moment voulu sentir sur elle les caresses d'un homme, s'abandonner à un instinct purement sexuel, juste pour un instant, juste pour se sentir aimée. Mais cette force de caractère l'empêchait de s'écrouler pour faire face à ses propres faiblesses. Elle reprenait rapidement le dessus et ses yeux virevoltaient à la recherche des détails qui finissaient toujours par trahir le comportement uniquement scabreux de ceux qui se complaisaient à se nommer le sexe fort : la marque d'une alliance discrètement ôtée de l'annulaire ; le coup d'œil égrillard – que le mâle pensait forcément furtif – sur sa menue poitrine, puis le clin d'œil qui suivait au collègue ou à l'ami ; le geste de toucher son bras, son épaule, sa hanche avec la ferme intention de sentir sa peau tiède ou de provoquer délibérément le contact avec un sourire de satisfaction. À tout ceci, elle opposait un froid sourire menaçant, se dérobait au geste de balourdise avec la grâce d'une ballerine, ou bien assenait le regard glacé et le mot cassant qui s'appliquaient à réduire les velléités des hommes à l'état de poussière.

Peu à peu, cette carapace se fit plus visible, et les attentions prétendument erronées cessèrent de la part des hommes qu'elle côtoyait, ou bien, intimidait et dissuadait ceux qu'elle rencontrait ponctuellement. Elle s'en sentait soulagée, tout en en étant paradoxalement affectée. Ses amies, qui avaient bien essayé de lui arranger des plans souvent douteux, lui avaient fait comprendre qu'elle s'était rendue inatteignable. Nico n'avait même pas cherché à discuter : comment pouvait-elle leur faire admettre son point de vue et montrer avec certitude que cette amie avait un mari volage qui la trompait régulièrement avec une autre de leurs propres amies ? Être inatteignable ou être le dindon de la farce ? Le choix – si choix il y avait – n'était pas celui qu'elle voulait faire. Nico n'était pas une rêveuse : elle ne courait plus après le prince charmant comme le lui avait laissé entendre cette amie. Non, elle cherchait la franchise. L'image de Stobbart s'imposa à elle. Nicole sourit fugitivement sous sa couette.

George lui apparaissait davantage comme une figure paternelle. Son attitude sérieuse et, malgré un côté pessimiste, sa bonhomie lui avaient tout de suite plu. Le premier jour, à son arrivée aux Batignolles, deux collègues masculins plus âgés, Guillaume et Jean, lui avaient fermement fait comprendre qu'elle avait pris la place de quelqu'un d'autre – d'un homme – et, pour cela, avait utilisé des moyens déloyaux que seule une femme pouvait fournir à *un* recruteur. Tout de suite, Stobbart l'avait mise en garde contre eux, les définissant comme : « un croisement entre une parodie de mauvais film noir américain de la Cité des Anges et le comportement hâbleur du flic médiocre ». Nico avait mieux compris en les voyant : un ego perché et un machisme assumé à en causer de l'urticaire à la féministe la plus endurcie. Elle-même était restée de marbre : la jalousie était un défaut tout aussi répandu que l'idiotie. Elle s'était naturellement mise à travailler d'arrache-pied. Encore aujourd'hui, elle se demandait pourquoi Stobbart l'avait choisie, elle, plutôt qu'un autre. Son dossier était bon, certes, mais pas excellent. Une fois, elle s'en était ouverte à lui ; il avait simplement souri et répondu, énigmatique : « Le flair ». Mais la pression du collègue le plus désobligeant, Guillaume, s'était accentuée.

Un souvenir se déclencha, malgré elle. Avec le recul, il lui semblait presque être devenu irréel. Une matinée banale, aussi agitée que les autres. Nico était en train de se servir une tasse de café quand ce Guillaume était à son tour entré dans la cuisine avec l'autre larron, Jean. La jeune lieutenante les voyait régulièrement ensemble, à tel point qu'elle avait cru avoir affaire à une même équipe. Elle comprit au détour d'une conversation qu'il n'en était rien quand ils évoquèrent leur enquête respective et leur projet commun de week-end. Le regard du premier s'était étréci quand il avait aperçu Nicole, mais il avait continué à discuter comme si de rien n'était. La jeune femme ne s'en était pas préoccupée, absorbée par la lecture d'un rapport sur une affaire en cours. Avec un clin d'œil appuyé à son ami hilare, Guillaume s'était avancé vers la cafetière en soupirant bruyamment :

« Non mais dis-moi, quel avenir a la police ? Tu l'as bien vu : aujourd'hui, le recrutement se fait sur le canapé : on a plus de budget pour la literie que pour les imprimantes… Et les bleus de maintenant sont tout bonnement incompétents ! Les seuls rapports qu'ils sont capables de rédiger sont ceux qui se font au lit. Pour te dire !

– D'où l'expression "coucher un rapport", je suppose », avait renchéri son compère en ricanant.

Nico n'avait pipé mot, estomaquée par tant de culot. Les deux hommes avaient éclaté d'un rire gras. Dire qu'elle s'était sentie outrée était un euphémisme. Elle était restée tétanisée au milieu de la cuisine, durant un instant qui avait paru lui durer une éternité. Elle s'était apprêtée à sortir, le rouge aux joues, les yeux rivés sur son rap… – sa feuille – pour ne pas montrer les larmes qui menaçaient de déborder, quand les rires s'étaient brusquement interrompus. Une voix calme et posée avait retenti, glacée.

« Bien, messieurs : je vois que votre sens de l'humour est aussi plat que vos résultats. »

La jeune femme avait relevé la tête. Stobbart se tenait dans l'encadrement de la porte et contemplait froidement les deux flics.

« Salut Stob', commentô vas…, avait maladroitement tenté Jean.

– Tu te tais, Jean, je ne veux pas t'entendre. Ça fait un moment que je vous observe tous les deux, et votre attitude est plus qu'inacceptable. Vous allez tout de suite voir le commissaire Blanc et lui expliquer pourquoi je vous envoie.

– T'es pas notre chef de groupe, Stob' ! avait argué Guillaume, l'air mauvais. Tu n'as rien à nous…

– Tu préfères être convoqué ? En ce moment, tu ferais mieux de la mettre en veilleuse : ton dernier blâme ne date que d'un mois. Et pendant que tu y es, demande-lui également de se justifier sur le recrutement de Mademoiselle Collard, je suis sûr qu'il appréciera ! Maintenant, foutez-moi le camp ! »

Les deux policiers avaient disparu sans demander leur reste, la queue entre les jambes, à peine avaient-ils essayé de protester une nouvelle fois qu'ils avaient aussitôt capitulé sous le regard noir de Stobbart. Encore maintenant, Nico était soufflée de l'autorité qu'avait dégagée George à ce moment précis. Disparu le petit homme replet au regard bienveillant, au sourire avenant. Celui-ci s'était transformé en un bloc de granit, froid et dur, aux aspérités coupantes. Il s'était ensuite retourné vers elle, l'avait fixée avec sévérité.

« Ne vous laissez pas faire, lieutenant. Les hommes ont toujours l'orgueil mal placé de se sentir plus méritants que les dames. Si j'ai participé à votre recrutement, ce sont pour vos qualités, non pour votre sexe. Ne l'oubliez pas. »

Et il l'avait plantée là, son rapport et sa tasse de café dans la main. Sur le coup, elle avait trouvé cette sévérité à son égard injuste. Et il s'en était fallu de peu qu'elle plaque tout. Elle s'était reprise dans un sursaut d'orgueil et s'était remise à travailler avec opiniâtreté. Quelque temps plus tard, elle avait appris que Jacques Blanc, son taulier, n'avait pas été tendre et que les deux flics s'en étaient tirés avec une sévère remontée de bretelles. Ils s'étaient tenus à carreau quelques jours, puis Guillaume avait recommencé. Cela s'était passé dans le garage souterrain du Bastion. Nicole sourit avec gêne à ce souvenir. La pointe de la peur lui piquait encore les côtes.

En train d'écrire un message urgent à côté de sa voiture, une main s'était abattue sans crier gare sur son épaule. Son sang n'avait fait qu'un tour. Conditionnée par ses longues années d'apprentissage, elle avait lâché son téléphone et s'était aussitôt saisie de la main, son pouce s'enfonçant profondément dans le point de compression sur le dos de la dextre, tandis qu'elle effectuait une torsion sur le poignet de son agresseur, se retournait pour saisir le coude et appuyer sur l'articulation de l'épaule, se servant du bras comme d'un levier. Un cri de douleur s'était étranglé dans la gorge de son assaillant, à peine audible.

« Arrête ! C'est moi ! »

Le temps que Nico réalise la soumission de son agresseur, elle avait déjà senti sous ses doigts l'épaule céder et l'os sortir de son logement. Un cri aigu vrilla l'air tandis qu'une autre voix affolée se faisait indistinctement entendre derrière elle. Une main la tira en arrière, par son poignet droit. Avec la même vivacité, Nicole pivota aussitôt sur elle-même, vers l'extérieur, utilisant le réflexe d'emprise de la main gauche qui l'agrippait pour qu'elle suive son poignet. L'individu se retrouva entraîné malgré lui à exécuter une rotation sur place, tandis que Nico mettait à profit l'élan de rotation pour avancer d'un pas derrière l'homme et rabattre sans doucceur son bras gauche sur le cou de son adversaire, le prenant dans le creux de son coude. Usant de sa petite taille, Nico fléchit un peu les jambes, accentuant la torsion de son tronc. Complètement déstabilisé et fauché par le haut, son assaillant s'envola brièvement et retomba lourdement avec un cri étouffé, sur son compagnon.

« Arrête Nicole ! C'est Guillaume ! »

La voix lui parvint, entre deux respirations hachées. Nico explosa :

« Mais qu'est-ce que vous foutez tous les deux ?

– C'est à toi de me le dire, salope ! Tu m'as démis l'épaule !

– Parce que ça vous amuse de me flanquer la trouille dans un endroit pareil ?! »

Les noms d'oiseau avaient fusé et il s'en était fallu d'un cheveu que Nico finisse le travail et démette l'autre épaule du flic pour soulager sa peur et sa colère. La sécurité était rapidement intervenue et tous les trois avaient été convoqués sans délai chez le commissaire principal Blanc, à tour de rôle ; Guillaume, le bras reposant dans une simple écharpe ; Jean, se tenant la tête, encore sonné par sa belle chute. L'un après l'autre, les deux hommes entrèrent, puis sortirent, les flics blessés geignant doucement. La jeune femme les avait soupçonnés d'en rajouter un peu plus, pour se faire plaindre. Et lui faire porter le chapeau de l'embuscade. Puis, à son tour, elle avait pénétré dans le bureau du commissaire. Les coudes posés sur son bureau, il l'avait invitée à s'asseoir et l'avait fixée pendant une longue minute. Sous ce regard inquisiteur, Nico s'était sentie fondre. À peine trois mois de carrière et déjà dans de beaux draps… Le taulier avait poussé un long soupir.

« Eh bien, on peut dire que vous n'y êtes pas allée de main morte… »

Ne sachant trop quoi répondre, Nico garda le silence.

« Bon, si ça ne vous ennuie pas, Nicole, j'aimerais expédier cette histoire au plus vite, et correctement, bien évidemment. À l'avenir, évitez de réagir avec autant d'enthousiasme : on est déjà en sous-effectif et je n'ai pas vraiment envie que le problème s'accentue, ni d'avoir un scandale interne avec les bœufs-carottes[6] sur le dos. On a du boulot et de la paperasse à ne plus savoir

---

[6] Sobriquet de l'Inspection Générale de la Police Nationale (IGPN), chargée du contrôle des polices.

qu'en faire. Toutefois, je ne peux que vous apporter mon soutien dans l'épreuve que vous traversez. Pour terminer – et j'en ai parlé avec votre supérieur, le commandant Stobbart –, nous sommes très contents de votre travail. Des questions ? »

Nico resta bouche bée. Le commissaire Blanc leva un sourcil.

« Oui ?

– Euh… Pour… ?

– Nos deux lascars ? Jean s'en tirera avec un abaissement d'échelon, une diminution de salaire et une mise à pied de quinze jours pour complicité. Quant à l'autre andouille, je ferai en sorte qu'il n'évite pas l'exclusion temporaire – une année au vert ne lui fera pas de mal – et une mutation quelque part en province, rétrogradation en prime. Je ne sais pas encore où, peut-être la Creuse si cela vous convient, je ne me gênerai pas pour appuyer votre demande…

– Euh…

– …Mais ne vous figurez pas que ma décision de vous repêcher était acquise. Vous n'étiez malheureusement pas la seule à vous être plainte de lui et de son comportement : ça lui pendait au nez. Par contre, vous êtes la seule à l'avoir envoyé au tapis. Et vu le nounours, ce n'était pas un mince exploit ! Sur ce, je ne vais pas vous retenir plus longtemps, vous avez déjà suffisamment d'heures sup' au compteur comme ça, et je ne vous cache pas qu'à vingt-et-une heures, j'ai l'estomac dans les talons. Bonne soirée à vous, Nicole.

– Merci commissaire, bonne soirée à vous aussi… »

Après une brève mais énergique poignée de main, la jeune femme s'était retrouvée à la porte du bureau, un peu dépassée par la vitesse à laquelle s'était déroulé l'entretien.

Dans son lit, Nico se souvenait de ce sentiment qui avait suivi. Curieux comme aujourd'hui encore elle avait conscience de cette sensation éthérée, l'impression de marcher sur des nuages, ses pieds s'enfonçant dans le coton blanc, lui donnant une démarche mal assurée. La suite de son souvenir était tout aussi précise. La nuit était tombée et, par les fenêtres de la Cité judiciaire, quelques étoiles brillaient timidement, résistant encore à la pollution lumineuse de Paris.

Regagnant le couloir, son pas résonna dans les locaux presque déserts de l'administration. Plongée dans ses pensées, elle ne remarqua la silhouette familière que deux mètres avant de la rencontrer. George Stobbart. Sans y croire, elle avait quand même espéré le voir, malgré l'heure tardive.

« Ça va aller ? »

Nico y discerna une note d'inquiétude. Elle hocha la tête. Juste parce qu'il avait posé la question, elle se sentit soulagée et sourit, faiblement.

« Je ne m'étais pas vraiment attendue à ce genre d'affaires en rejoignant la Crim'…

– Personne n'est à l'abri d'une surprise, bonne ou mauvaise, la rassura George. Navré que tu aies d'abord connu la seconde.

– En fait, j'ai déjà connu la première en travaillant avec vous…

– C'est très aimable de ta part, merci, gloussa son supérieur. Plus sérieuse-ment, veux-tu porter plainte ? »

Nicole secoua la tête.

« Non. Je crois qu'une épaule démise lui suffira. Et par une femme, en plus. J'ai assez de papiers à remplir dans la journée pour m'en dispenser le reste du temps.

– Tu as d'autres talents cachés que le karaté ?

– Aïkido. Peut-être la cuisine. Par contre, oubliez les makis…

– T'inquiète pas, l'équipe préfère le tiramisù, pouffa George. Viens, je te raccompagne.

– Merci, mais j'ai toujours ma voiture au sous-sol. Par contre…

– Oui ?

– Juste une question : comment le commissaire Blanc a-t-il pu régler cette affaire aussi vite ? Et je n'ai même pas fait de déposition…

– Pour la déposition, Jacques attendait ta version des faits. C'était une mau-vaise blague qui a tourné à l'agression, et il voulait tous vous voir avant, pour en comprendre tous les tenants et les aboutissants. Pour la sanction, il te l'a dit : Guillaume était déjà dans le collimateur et faisait l'objet d'une enquête interne suite à plusieurs plaintes de collègues féminines pour harcèlement. Avec toi, la procédure sera accélérée.

– Comme ça, sans preuve ? insista Nico.

– Tu es flic, Collard. Agression au sous-sol, qui plus est, d'un bâtiment de police. N'y a-t-il pas un détail qui t'amènerait à penser que le commissaire Blanc avait déjà la preuve sur son bureau avant même que l'un de vous trois soit entré dans son bureau ? »

Stobbart avait posé la question sur un ton gentiment moqueur. Nico mesura toute l'étendue de sa naïveté.

« Les caméras, bien sûr…

– Effectivement. Les caméras – des nouvelles – ont filmé toute la scène. Vous êtes tous les trois parfaitement identifiables, et la gestuelle de l'autre abruti était parfaitement explicite. Comme quoi, la HD a parfois du bon… ! »

Un rire complice. Le souvenir s'éteignit. Nico resta un moment rêveuse. Ce rire résonnait encore à ses oreilles. Cet évènement les avait rapprochés. Cela faisait plus de deux ans qu'elle connaissait Stobbart et il n'avait pas changé d'un iota. Et, suite à ce souvenir, elle se posait régulièrement la question : était-elle amoureuse de lui ? Et invariablement, la réponse jaillissait de son esprit, franche : non. Se mentait-elle à elle-même ? Non plus. La réponse était trop tranchée pour qu'elle puisse en douter. Alors pourquoi se posait-elle seu-lement la question ?

En déroulant le fil de ses pensées et après une mûre réflexion, elle s'était aperçue et avait compris que la place vide dans son lit prenait trop de place, que la froideur de la solitude prenait trop le pas sur la chaleur de son appartement. Et que, finalement, inconsciemment, elle recherchait tout cela auprès de Stobbart, seul homme qu'elle avait rencontré et qu'elle croyait fort. Et sur ce dernier point, elle en était même certaine.

Avec un soupir, Nico repoussa sa couette. Vu le cheminement de ses pensées, elle devait absolument sortir de son lit pour ne pas sombrer dans un état d'apitoiement. Elle regarda l'heure : bientôt dix heures. Son ventre gronda, la rappelant à ses obligations. Trop tôt pour un déjeuner, trop tard pour un petit-déjeuner. Va pour l'entre-deux. En un tour de main, café, œufs brouillés, pancakes, bacon, beurre et confiture de mirabelles furent sur la table, fumant, et répandant dans son petit appartement un agréable parfum qui lui mit l'eau à la bouche. Elle mangea dans un silence presque religieux, savourant chaque bouchée : le craquant du bacon, la douceur de la prune et le fondant du beurre. La solitude avait parfois ce bon côté : pas de nouvelles, pas d'informations, pas de téléphone. C'était le calme salutaire avant de se replonger dans la tempête du boulot.

Après lessive et douche expédiées dès que possible, Nico s'installa confortablement pour une heure et entreprit de débuter la lecture d'un livre que lui avait conseillé une amie. Le titre curieux *La crise du Cœur* lui inspirait l'aventure, tout comme la couverture : un paysage aux délicates nuances de bleus dans lequel volaient des plumes blanches au-dessus d'un rivage. Une histoire qui éclipserait peut-être celle qu'elle ne vivait pas, qui sait ?

Elle n'avait pas dépassé la troisième page de l'introduction que le téléphone sonna. Avec un soupir, elle se résigna à poser l'ouvrage et attrapa l'indésirable. Elle regarda le nom de l'appelant qui s'affichait. George ! Elle décrocha avec une pointe d'inquiétude.

Chapitre XLIV

Lundi, 13 h 40

Stobbart faisait les cent pas. Un pas rapide qui traduisait un état de nervosité à fleur de peau. Allongé sur le lit, pâle et en proie à une nouvelle migraine, Cloud fixait le plafond d'un regard lointain. George ne pouvait s'empêcher de repasser dans sa tête la dernière heure écoulée. Il ne savait comment, le jeune homme avait retrouvé le fameux dossier dans la salle de jeux, caché sous une borne portant le nom de *Warriors of Fate,* proche de celle où avait été découverte Ariel Braska. *Warriors of Fate.* Le policier grimaça. Son anglais était plutôt rouillé, mais encore assez vif pour comprendre la signification et l'humour sardonique que pouvait revêtir le hasard. *Les guerriers du destin* : un sobriquet idéal pour des policiers et leur seyant comme un gant. Hormis pour le katana du personnage principal.

Quand le jeune homme avait exhibé le dossier, Stobbart s'était plutôt attendu à un dossier en papier, plus ou moins volumineux. Il n'en avait rien été. La clef USB était à peine plus grande que la première phalange de son pouce. Il lui jeta un nouveau coup d'œil, là sur la table de nuit. Elle y trônait, depuis que George, dépité, n'avait pu accéder aux données présentes dessus. Pour l'heure, les deux hommes rongeaient leur frein, dans la chambre de Chris.

Ce dernier s'était empressé d'accepter la proposition de son père de jouer à la console en attendant d'aller au parc, à condition qu'il partageât la manette avec sa sœur. Bien qu'il douta sur le fait que son fils respectât ce dernier point, l'essentiel était qu'il ne restât pas dans leurs jambes. Quand la sonnette retentit, Stobbart se précipita vers la porte d'entrée. Au passage, il avisa Émilie. Son cœur se serra. À peine rentré, il avait compris au regard de sa femme qu'il ne perdait rien pour attendre. Elle avait patienté le temps que Cloud disparaisse dans la chambre de leur fils avant de laisser éclater silencieusement sa – mais ô combien plus inquiétante – colère :

« George Stobbart ! Qu'est-ce qui t'a pris de le ramener ici ?! Je croyais que cette affaire était réglée ! Tu penses aux enfants ? C'est un déséquilibré ! Il a déjà tué cinq personnes, tu veux qu'il en ait quatre de plus à son palmarès ?

– Ma chérie, tu oublies qu'il est seulement accusé…

– Toi et ta foutue présomption d'innocence !

– Oui, je sais. Mais il y a quelque chose qui cloche là-dedans, je le sens : je ne sais pas ce que c'est, mais je te demande juste d'être un peu patiente…

– Je suis patiente ! Mais jusqu'à demain soir seulement : si je rentre du boulot et si tu n'as pas retrouvé LA preuve de son innocence, tu vas dormir à l'hôtel avec lui ! Compris ?

– Compris... Merci ma chérie… »

Émilie ne lui avait même pas répondu et lui avait tourné le dos pour allez rejoindre les enfants dans le salon. George n'avait pas insisté. Il ne pouvait que la comprendre : elle protégeait les enfants de celui qu'elle considérait – jusqu'à la preuve du contraire – comme un danger pour eux. Son indifférence était la meilleure chose qu'il puisse obtenir d'elle. La sonnerie retentit une seconde fois.

Le policier reprit ses esprits et se précipita pour ouvrir. Hal se tenait sur le palier, les traits tirés. Stobbart ne manqua pas de remarquer les cernes noirs sous ses yeux. Oui, tout le monde était éreinté. La poignée de main fut brève, mais énergique.

« Entre, Hal ! Et merci d'être venu aussi vite.

– Pas de problème, patron ! C'était ça ou le Bastion…

– T'as l'air un peu crevé… »

Emmerich haussa les épaules.

« Soirée retrogaming hier soir. On a fini un peu tard…

– Soirée quoi ?

– Retrogaming. Jeux vidéo anciens sur les premières générations de consoles. Ça remonte à si loin pour vous ?

– Traite-moi de dinosaure ! Et fais attention, tu vas finir chez Mantis !

– Déjà été. Incompréhension parentale. Depuis ce temps-là, je ne supporte plus les psys. Sinon, qu'est-ce que je peux faire ? J'ai apporté tout le matos que vous m'aviez demandé… »

L'informaticien tapota les deux imposantes sacoches d'ordinateurs qu'il tenait en bandoulière. Stobbart referma la porte derrière lui.

« Super. On attend Nico et…

– Nico vient aussi ? » coupa Hal.

Une flamme d'intérêt s'était allumée dans ses yeux.

« Oui, mais pour le boulot. Elle ne devrait pas tarder. D'ailleurs, je l'entends arriver… »

Le policier rouvrit la porte. Nicole se tenait sur le seuil, le doigt sur la sonnette.

« Bonjour, patron. Hal aussi, remarqua-t-elle surprise. Je ne m'attendais pas à cet accueil. Vous allez mieux ? demanda-t-elle en se tournant vers George.

– Ça va, merci. Entre. »

Stobbart referma la porte pour la deuxième fois et prit une grande inspiration.

« Bon ! Encore une fois, merci d'être venu sur votre temps de repos et aussi rapidement. (George baissa la voix.) Autant vous avertir tout de suite, l'ambiance n'est pas à la fête avec ma femme, vous allez vite comprendre pourquoi... Et sur ce dernier point, je veux vous avertir que vous avez encore le choix de partir : si vous décidez de rester, je vous préviens que nous serons dans l'illégalité la plus totale dès que vous aurez franchi la prochaine porte de cet appartement. Alors ? »

Ses deux coéquipiers restèrent silencieux. La profonde gravité et le soupçon de menace qui avaient marqué ces paroles dissuadèrent même Hal le fanfaron de plaisanter. Les policiers acquiescèrent simplement.

« Merci les gars, murmura le policier. J'espère que vous ne le regretterez pas. Suivez-moi... »

Le petit groupe traversa la maison, croisa Émilie sur son passage. Les nouveaux venus la saluèrent, gênés de s'immiscer dans les tensions conjugales et de pénétrer dans l'intimité de leur chef. L'épouse de Stobbart les toisa froidement et ne les quitta pas du regard jusqu'à ce qu'ils furent passés. Nico n'était pas sûre, mais, durant une fraction de seconde, elle aurait juré voir un éclair de soulagement devant ce renfort qu'elle n'attendait visiblement pas. L'affaire devait être considérablement préoccupante pour que George aille jusqu'à se disputer avec sa femme adorée. Stobbart s'arrêta devant la chambre de son fils et posa la main sur la poignée. Il les regarda gravement. La tension était palpable dans chacun de ses gestes.

« Toujours sûrs ? Si vous passez cette porte, vous serez de l'autre côté de la loi... »

Devant leur muette approbation, il hocha la tête. Il croisa mentalement les doigts et pria pour que tout se passât bien. Le petit groupe entra. Le choc cloua sur place les deux nouveaux arrivants. Nico se raidit et retint une exclamation ; Hal se pinça les lèvres pour contenir un sifflement de surprise et parut presque amusé.

« Ça, c'est la meilleure », commenta-t-il entre ses dents.

La tête blanche de Cloud était reconnaissable entre mille. Stobbart referma prestement la porte derrière eux. Au petit claquement, Cloud se releva, tendu comme un arc. George s'avança les mains levées devant lui en signe d'apaisement.

« Ce sont des amis. Ils sont là pour nous aider... »

Le jeune homme se détendit un peu, finissant même par articuler un timide « Bonjour ». Le chef de groupe fit les présentations :

« Tu as déjà eu l'occasion de rencontrer ma collègue, Nicole. Et voici l'informaticien de l'équipe, Hal. »

Chaque fois, Cloud inclinait la tête pour les saluer. Il s'était assis sur le lit. Il avait un peu dormi, épuisé par cette demi-crise à la salle d'arcade et cette migraine qui lui martelait doucement les tempes. Tous ces efforts pour garder le contrôle sur lui-même l'avaient exténué. Il examina les nouveaux venus. Ceux-ci ressentaient de la méfiance à son égard, il le sentait. L'informaticien le regardait avec un sourire planté sur les lèvres, ne sachant quelle attitude adopter. Il était là parce qu'il faisait confiance à Stobbart. La jeune femme à côté de lui – Nicole, avait dit George – était crispée, ses mains serrant nerveusement la bretelle de son sac à dos. Son hôte avait précisé qu'ils s'étaient déjà rencontrés. Où ? Il chercha dans sa mémoire. Aucune idée. Il posa la question, d'un ton hésitant.

« La rencontre… Quand… était-ce ? Je ne me souviens pas…

– À l'appartement d'Ariel Braska, il y a quatre jours », répondit la lieutenante, sur ses gardes.

Cloud la scruta un bref instant avant de secouer la tête.

« Non, je ne vois pas…

– Tu n'étais pas tout à fait dans ton état normal, précisa Stobbart.

– Je ne sais plus quel est mon état normal, marmonna sombrement le jeune homme.

– Quoi qu'il en soit, reprit George en se tournant vers ses collègues, je vous ai fait venir parce que nous avons de nouveaux éléments d'enquête concernant le meurtre d'Ariel Braska. Et si Cloud est ici, c'est qu'il m'a demandé mon aide d'une manière que je n'ai pas pu refuser. Inutile de vous dire que je compte sur votre discrétion : nous sommes maintenant tous les quatre dans le même bateau. Nico, as-tu amené ce qu'il fallait ?

– J'ai tout ici. »

Collard tapota son sac à dos.

« Bien. »

Stobbart se tourna vers Cloud.

« Cloud, nous fais-tu confiance ? »

Le jeune homme les observa d'un air éteint. Curieuse question. À vrai dire…

« …je n'en sais rien. Je ne sais pas à qui faire confiance… Les seuls à qui je fais confiance… meurent.

– "Les seuls" ? releva Stobbart.

– L'infirmière et Zack.

– Tu admets donc bien avoir été à l'appartement de Zacharie Juste, le jour où il est mort ? intervint Nico.

– Oui, bien sûr, confirma candidement le garçon. *Ils* l'ont tué, lui aussi. Je me suis enfui juste à temps… »

Collard et Emmerich se regardèrent. Les dires du jeune homme confirmaient bien les empreintes retrouvées sur place. Si cette partie de l'enquête n'avait pas été officieuse, ils n'auraient même pas eu besoin des analyses ADN pour corroborer leur hypothèse : le suspect l'avait de lui-même avoué. C'en était presque vexant. Toutefois, d'autres questions restaient encore en suspens…

« Qui ça *Ils* ? s'enquit Nicole. Qu'est-ce qui s'est passé ?

– Je ne sais pas qui *Ils* sont. *Ils* sont, c'est tout. (Cloud maîtrisait à peine sa nervosité à leur évocation, jetant des regards furtifs vers la porte.)

– À quoi ressemblaient-ils ?

– Je ne sais pas. Je ne les ai pas vus. Mais ce sont les mêmes qu'à l'appartement. Les mêmes.

– Tu ne les as pas vus, alors comment peux-tu être sûr que ce sont les mêmes ? questionna Stobbart.

– Je ne sais pas, je le sais, c'est tout.

– Question idiote, proposa à son tour Hal. Si je me souviens bien de l'appartement, il n'y avait qu'une seule porte. Si tu n'as pas vu les agresseurs, comment es-tu sorti de là ?

– Par la fenêtre, je suppose.

– Tu supposes ? Du cinquième étage ?

– Je vous l'ai dit, je n'ai pas de souvenirs, marmotta Cloud gêné.

– On éclaircira ce point plus tard, s'interposa Stobbart pour reprendre les choses en main. Bon, tu te souviens de la clef USB que tu as trouvée à la salle d'arcade ? »

Cloud hocha la tête. Nico et Hal regardèrent leur supérieur avec étonnement.

« Une clef USB ? demanda l'informaticien, soudainement intéressé.

– Oh oui, pardon ! Avec tout ça, je n'ai pas eu le temps de vous mettre au courant… »

En quelques mots, Stobbart leur rapporta toute l'histoire, depuis l'arrivée de Cloud à son appartement, à la trouvaille qui les avait réunis ici.

« Le problème, c'est qu'en voulant la lire sur l'ordinateur, je me suis aperçu que les données étaient cryptées…

– Et c'est là que j'entre en jeu ! lança gaiement Emmerich.

– Exactement. Sauf que nous n'avons aucune idée des fichiers que nous trouverons dessus, et c'est pour cette raison que nous ne bougerons pas d'ici : je ne veux pas que ma femme ou mes enfants tombent sur des dossiers sensibles de quelque nature que ce soit.

– Pas de problème, patron.

– Parfait. Au boulot, maintenant ! »

Et pendant qu'Emmerich déballait tout son matériel et allumait les deux ordinateurs qu'il avait apportés, Stobbart se rapprocha de son invité malgré lui.

« Cloud ? »

L'interpellé le regarda d'un air absent. Il était épuisé et luttait pour garder des yeux ouverts brillants de fatigue.

« Cloud ! Tu m'entends ? »

Cloud hocha la tête, lentement. Stobbart s'agenouilla pour se mettre à sa hauteur.

« Nous voudrions te faire une prise de sang. Est-ce que tu nous le permets ?

– Une prise de sang ? »

Nicole sortit de son sac un petit flacon de verre et une seringue jetable encore emballée pour lui montrer. À la vue de l'instrument, Cloud blêmit et serra les poings. Sa respiration s'accéléra au point de devenir un halètement. En toute hâte, George fit signe à sa lieutenante de faire disparaître le matériel médical, qui repartit illico dans le sac. Le policier entreprit d'apaiser délicatement le jeune homme.

« Ça ne fait rien, ça ne fait rien ! Rassure-toi, nous ne voulons que ton bien.

Tu es fatigué ? »

Nouvelle approbation méfiante d'un petit hochement de la tête. Il parut se calmer très légèrement, mais continuait de fixer le sac de Nico.

« Allonge-toi et repose-toi alors. Tu en as besoin… Repose-toi bien et, surtout, essaie de dormir : tu te sentiras bien mieux après… »

Lentement, sans le toucher, George l'invita d'un geste apaisé à s'étendre sur le lit. Cloud hésita. Il fixait toujours le sac de Collard. À son tour, tout aussi lentement, la jeune femme prit son sac et le déplaça à l'autre bout de la chambre, derrière Hal et ses ordinateurs. S'il en fut plus rassuré, Cloud n'en montra rien, mais s'allongea sans un mot. Moins d'une minute plus tard, il dormait à poings fermés. Stobbart et Nico reculèrent et rejoignirent l'informaticien qui pianotait sur ses ordinateurs. Il leva la tête, quand il les entendit s'approcher.

« Ça y est, il dort ? » demanda-t-il à voix basse.

Nicole lui répondit par l'affirmative, sur le même ton.

« Il me fait flipper votre gars, grommela Hal à l'attention de son supérieur.

– Moi aussi. Mais je pense qu'il a des circonstances atténuantes… Nico, as-tu vu sa réaction quand tu as sorti la seringue ?

– Difficile de la rater : il était terrorisé.

– Une réaction enfantine, peut-être ? avança Emmerich.

– Non, contredit Nicole. C'était plus que ça. Un enfant aurait cherché un soutien, hurlé, pleuré… Mais là, il était totalement figé : on aurait une statue. Il suintait littéralement la peur, l'angoisse…

– Je crois qu'on va pouvoir faire une croix sur la prise de sang, grogna Stobbart. Je ne tiens pas à le voir entrer en rébellion contre nous, j'ai vu de quoi il était capable… Hal, tu en étais rendu où ?

– Je n'attendais plus que vous, commissaire !

– Et arrête de m'appeler commissaire. Tiens, voilà la clef. »

Quand il la vit, Hal poussa un sifflement d'admiration.

« Une clef de deux téraoctets ! Mazette, notre homme a les moyens !

– Ah oui ?

– Au bas mot, pas loin d'un mois de salaire pour cette gamme…

– Ce sera toujours une indication du niveau de vie de son possesseur.

– Exact. Donc, vous avez essayé de lire les fichiers sur votre ordinateur ?

– Évidemment, sinon je t'aurais laissé tranquille aujourd'hui…

– Évidemment. »

Emmerich brancha l'appareil sur le port dédié et attendit. Rapidement, un dossier s'afficha. L'informaticien l'ouvrit et se trouva en présence de centaines de fichiers aux noms indéchiffrables. Il les regarda d'un air songeur, puis, soudain, ses mains se mirent à voler sur le clavier.

« Pour la mauvaise nouvelle, le cryptage des dossiers est complexe, déclara Hal peu après. Autant vous dire que celui qui a codé ces fichiers dispose de moyens financiers conséquents : ce cryptage n'est pas à la portée de toutes les bourses, ce qui confirme que le possesseur de la clef dispose de gros moyens. Mais bon, avec ce que j'ai ici, je devrais quand même pouvoir casser le code d'ici quelques heures dans le meilleur des cas.

– Et dans le pire des cas ? s'enquit Stobbart.

– Je ne pourrai pas le casser du tout si je n'ai pas non plus le mot de passe.

– Comment ça ?

– Certains cryptages utilisent aussi un mot de passe comme précaution supplémentaire.

– Fais ce que tu peux », conclut George avec un soupir.

Pour tout dire, il ne s'était pas attendu à avoir autant de difficultés. En guise de réponse, Hal lui fit un clin d'œil et replongea dans ses écrans.

Quatre heures s'écoulèrent. Rien ne se passa. Hal demeurait absorbé dans la lecture d'un langage incompréhensible pour le commun des mortels, pianotant de temps à autre à un rythme frénétique ou murmurant parfois quantité de propos inintelligibles pour le profane. Par moment, il se levait, faisait quelques pas en maugréant, puis se rasseyait sans plus de cérémonie. Nicole appela la gardienne de l'immeuble où avait résidé Zack et repoussa la convocation à demain mardi. Elle profita également d'une permission de son commandant sur son ordinateur personnel pour relever ses mails et apprendre : un, que les caméras du boulevard Voltaire n'avaient rien donné : le modèle identifié de voiture était courant et les plaques étaient fausses. Les tueurs n'avaient rien laissé au hasard. Deux, que les analyses toxicologiques d'Ariel Braska et Gabriel Chevalier demandées par le médecin légiste n'avaient rien donné non plus. Déprimant.

Stobbart, lui, s'était employé à faire couler du café pour tout le monde. Et ne pouvant se résoudre à laisser sa famille de côté dans son propre appartement – et surtout poussé par Nico – avait préparé le goûter pour ses enfants qui revenaient du parc avec leur mère, signé et donné à Nicole la déposition qu'il avait faite pour son agression rue Poulbot, puis s'était occupé de ses enfants et de leurs devoirs, avant de se lancer dans la préparation du dîner.

Claire et Chris, excités par la présence de "vrais" policiers avaient assailli Nicole de questions sur tout un tas de sujets touchant de près ou de loin à la criminalistique. La jeune femme avait répondu de bon cœur, puis s'était consacrée à donner un coup de main en cuisine à son supérieur, pendant qu'Émilie baignait les enfants. Petit à petit, l'atmosphère s'était détendue.

Il aurait fallu être aveugle pour ne pas voir la tension qui régnait encore entre Stobbart et son épouse. Aussi Nico s'était-elle employée à contribuer au bon déroulement de la soirée. Outre l'aide apportée à son commandant, elle avait échangé quelques mots avec Émilie, la remerciant et s'excusant pour le désagrément. Malgré son air revêche, Nico eut l'impression qu'elle avait apprécié cette attention. Elle en eut la confirmation au détour de la conversation. Surveillant ses enfants d'un œil, elle lui avait brièvement souri.

« Je vous remercie de votre sollicitude, Nicole. Je sais que je n'ai pas été très agréable, mais c'est la première fois que George ramène une enquête à la maison. Quelque chose qu'il s'était pourtant juré de ne pas faire… Je lui en veux pour ça, et je n'ai rien contre vous, même si mon air mal aimable laisse à penser le contraire…

– Ça n'est pas de gaieté de cœur qu'il l'a fait. Je l'ai rarement vu aussi troublé sur une enquête.

– Vous trouvez ? »

Émilie fit la moue avant de reprendre :

« Mais il est aussi vrai que je ne le connais pour ainsi dire pas d'un point de vue professionnel. Il doit être patient, détaché aussi.

– Vous le connaissez parfaitement, s'amusa Nico. Il est exactement comme ça. Vous pouvez même rajouter "têtu".

– Ça, ça ne me surprend pas, sourit Émilie. Par contre, ce que je ne m'explique pas, c'est cet entêtement à vouloir accueillir ce fugitif chez nous…

– D'après lui, Cloud lui a sauvé la vie.

– Vous le croyez vous aussi ? Pourtant, il est suspecté de cinq meurtres en deux jours…

– Pour répondre à votre première question, j'en suis presque sûr. Je n'ai pas vu la bagarre, mais j'ai vu que tous les agresseurs de votre mari étaient à terre, hors d'état de nuire. Sur le second point, effectivement, c'est notre seul suspect, mais il y a trop d'éléments qui restent inexpliqués, notamment une question simple : s'il était réellement un meurtrier psychotique ou psychopathique, pourquoi aurait-il laissé votre mari en vie, flic et un témoin qui plus est ? Le meurtrier a été capable de tuer une jeune femme et un homme désarmés, sans défense. Donc, pourquoi pas un policier qui était constamment à ses trousses ? J'ai vu Cloud et je ne vous cache pas que je le trouve étrange. Pour être franche, s'il est aussi instable qu'il en a l'air, nous sommes tous des morts en sursis. Sauf que le commandant a un flair hors du commun et que s'il a décidé de lui faire confiance, c'est qu'il ne se trompe pas.

– Votre franchise est terrifiante. Et vous avez une foi inébranlable en mon mari…

– C'est un chef formidable. Il m'a fait confiance dès le début en me prenant dans son équipe, et ce n'était pas gagné, sourit Nicole. Et depuis, il a toujours été un soutien pour n'importe lequel d'entre nous. Hal, notre informaticien, vous tiendra le même discours. Alors, la moindre des choses, c'est de lui faire confiance et de le soutenir.

– Quinze ans de mariage, et vous me faites découvrir George sous un nouveau jour, rit doucement Émilie. Il faudra que j'y réfléchisse davantage. Je vous en remercie…

– Nico. Appelez-moi Nico.

– Nico, soit. Étonnant diminutif, s'amusa l'épouse de Stobbart.

– À vrai dire, je n'aime pas spécialement mon prénom, mais c'est la seule alternative que j'ai trouvée pour ne pas vexer mes parents ! »

Les deux femmes furent interrompues par Claire et Chris qui se chamaillaient une nouvelle fois. Avec un sourire d'excuse, Émilie se leva pour aller les séparer. Nico en profita pour s'éclipser et rejoindre Hal dans la chambre. L'informaticien n'avait pas bougé et continuait de surveiller ses écrans, pianotant parfois vivement sur ses claviers, au point que le crépitement des touches enfoncées à vive allure paraissait donner vie à une petite mitraillette. Sur le lit, la tête blanche de Cloud était immobile. Le bruit d'une respiration profonde et régulière lui parvint, marque d'un sommeil de plomb.

« Ça avance ? s'enquit Nico à voix basse.

– Pas aussi vite que je le voudrais, grogna Hal sur le même ton.

– Et lui ?

– Pas bougé d'un poil. Au moins un qui n'est pas stressé par le boulot…

– Je pense qu'il a plutôt d'autres ennuis que le boulot…

– Tu crois ?

– Tu as remarqué ses cheveux blancs ?

– Dur de passer à côté.

– Non, je veux dire : sa couleur de cheveux, ce n'est pas une teinture… Même les racines sont blanches !

– Tu es en train de me dire que c'est vraiment leur couleur naturelle ?

– Difficile à dire, je n'ai jamais vu de personne aussi jeune avec une chevelure totalement blanche.

– À part un albinos, moi non plus. Tu m'excuses un instant ? Je dois aller aux toilettes…

– Vas-y. »

Hal disparut. La jeune femme fit quelques pas pour mieux scruter Cloud. Elle fut frappée par l'expression de fermeté qui s'était figée sur son visage. Il n'y avait aucune douceur, aucune gaieté, juste un masque de pierre contre lequel venaient se heurter les émotions avant de s'évanouir sans laisser de trace. Le souffle était profond, le sommeil était réparateur. Les marques de fatigue s'étaient atténuées, mais ne s'étaient pas encore totalement estompées. Nico était vraiment surprise du contraste qu'il offrait : d'un côté, il y avait ce visage de statue, froid et rigide ; et d'un autre côté, elle se souvenait de la peur infantile dont il avait fait preuve quand elle avait sorti la seringue. Schizophrénie ? Le doute était légitime. Stobbart lui-même devait s'en douter. Cloud lui avait sauvé la vie, mais était-ce la raison profonde qui le poussait à continuer cette enquête de manière tout à fait clandestine ? Elle referma la porte sur ses interrogations lorsque Hal reparut. Mais la réflexion n'était pas close…

Émilie, d'abord singulièrement en colère contre son mari, s'était peu à peu déridée. Elle lui en voulait d'avoir emporté son travail chez eux, de piétiner leur vie privée, réduisant en à peine une journée leur adage « Pas de travail à la maison » à une simple expression. Et ce… Cloud. Elle ne savait pas trop quoi en penser. D'un côté, il y avait ce qu'annonçaient les informations et elle trouvait cela effrayant, d'autant plus que le protagoniste était dans la chambre de son fils. Mais elle connaissait la propension des médias à envenimer les choses, à grossir les détails les plus glauques pour répondre à l'audimat, afin de nourrir cette bête toujours plus affamée.

Progressivement, malgré elle, sa rancune à l'égard de son mari s'apaisait. Elle voyait ses efforts et ceux de Nicole pour détendre la situation et elle y était sensible. En discutant avec la jeune collègue de George – agréable, quoique timide –, elle avait vite compris que la jeune femme était gênée de s'imposer, au détriment de leur vie de famille. Quant à l'informaticien, Émilie ne l'avait pas vu quitter la chambre, sauf pour aller aux toilettes. Lui aussi s'était montré aimable et poli. Il s'était même excusé pour le dérangement !

Quand vint le dîner, vers vingt heures, tout avait été préparé sans qu'elle n'eût rien à faire de plus que d'habitude. Et même moins. Tout s'était déroulé dans une ambiance bon enfant. Jusqu'à l'arrivée de Cloud.

Ce fut Claire qui l'aperçut la première. La maigre silhouette du garçon s'était encadrée dans la porte, sa tignasse claire en bataille, les yeux encore rougis par le sommeil. La petite fille poussa un grand cri de joie et agita très haut sa fourchette pour l'inviter à entrer dans la cuisine.

« Cloud ! Cloud ! Viens ! »

Le silence tomba et tous les regards se braquèrent sur lui. Conscient d'être le centre de l'attention, Cloud crut devoir se justifier d'une voix timide :

« Je ne voulais pas déranger : j'ai entendu du bruit…

– Mais entre donc ! s'exclama bruyamment Stobbart en se levant de sa chaise. Mets-toi donc entre Nico et moi ! Les enfants, moins de bruit, s'il vous plaît ! »

Émilie ne dit mot, mais fit un effort visible pour sourire. Cloud s'en aperçut et détourna les yeux, marmonnant une excuse gênée. Le dîner reprit, plus terne, et le jeune homme dut faire face à une cataracte de questions qui se succédèrent sans temps mort, si bien qu'il ne parla que peu, souriant aux enfants surexcités par une soirée qui sortait de l'ordinaire.

Le reste du dîner se déroula sans encombre. Cloud mangea du bout des dents, du moins ce fut l'impression qu'en eut Nico. Lorsque Stobbart passa près d'elle pour desservir les assiettes et apporter le fromage, leurs regards se croisèrent : lui aussi surveillait ses faits et gestes. Émilie les surprit et Nico sentit un regain de tension. Le suspect avait beau être avec eux, leur attention ne se relâcherait pas. Cloud ignorait tout de ces conciliabules, trop préoccupé à essayer de manger discrètement, scrutant nerveusement chaque mouvement d'Émilie quand elle prenait couteau et fourchette, s'emparait de son verre ou s'essuyait les lèvres avec sa serviette. Quand Stobbart lui proposa du vin avec un fromage crémeux et parfumé à souhait, Cloud se montra très surpris :

« Je… J'ai le droit ? »

Nico cacha son étonnement, tandis que Stobbart faisait un clin d'œil au jeune homme.

« Bien sûr, si tu n'en abuses pas… »

Au moment de porter timidement le verre à ses lèvres, une exclamation retentit. Stobbart n'eut même pas le temps de se lever que Hal entrait en trombe dans la cuisine.

« Patron ! Venez vite ! »

Chapitre XLV

Mardi 6 septembre

Deux heures du matin. George se tournait et se retournait dans son lit. Il n'arrêtait pas d'y penser et en était saisi d'horreur. À côté de lui, Émilie dormait. Elle aussi avait le sommeil quelque peu agité. Il l'avait vaguement réveillée quand il s'était couché vers minuit et demi, avant de se rendormir rapidement. Stobbart préférait autant. Totalement réveillée, elle aurait pu voir et sentir son malaise. Et qu'aurait-il pu lui dire ? Ce qu'il avait vu était tellement, tellement indescriptible... Malgré lui, il repassa une nouvelle fois les évènements dans sa tête en frissonnant.

*

Quand Hal déboula dans la cuisine, Stobbart se détendit comme un ressort avant d'avaler dès qu'il put sa bouchée de fromage. Nico eut un instant d'hésitation. George s'en aperçut et son regard tomba sur sa femme.

« Émilie..., commença-t-il embarrassé.

– Vas-y, soupira l'interpellée. Depuis quand tu me demandes ma permission ? Vous aussi, ajouta-t-elle en surprenant la demande muette de Cloud.

– Et moi, et moi ? cria Chris.

– Toi, tu restes à table et tu finis ton pain. »

La cuisine, animée quelques secondes plutôt, était à présent bien calme. Émilie entreprit de ranger les couverts et les assiettes sales. Demain, elle reprenait déjà le travail. Elle fit mentalement le bilan de son week-end. Un mari blessé supposé garder le lit, le suspect d'une affaire de meurtres qui débarque chez elle pour demander de l'aide, une longue après-midi au parc à se tourner les pouces et à s'ennuyer ferme et, pour clôturer tout ça, une soirée « Enquête spéciale » vécue en direct avec toute l'équipe de son mari. Enfin, presque toute, si on exceptait les deux autres collègues absents, malades ou blessés. La soirée aurait pu être pire...

Dans la chambre, loin des récriminations muettes – mais ô combien justifiées – de sa femme, Stobbart focalisait toute son attention sur l'écran d'Emmerich. Nicole et Cloud, tendus, regardaient par-dessus les épaules. Sur le moniteur s'affichaient plusieurs centaines dossiers, sans ordre apparent.

« Attendez, je vais vous arranger tout ça... »

Une rapide manipulation et tous les documents s'alignèrent en une liste impeccable, rangée par date. Hal ouvrit un dossier au hasard. Il n'y avait que des vidéos. Il se pencha sur son ordinateur.

« Mais qu'est-ce que c'est ça ? »

Il cliqua sur le premier film. L'image bondit dans une nouvelle fenêtre et s'afficha en écrans partagés. D'un côté, une caméra pointait en plan rapproché sur le torse glabre d'un homme, dont on ne distinguait pas les traits. De l'autre côté, en gros plan, les mains d'un chirurgien tenant un scalpel s'approchèrent du coin de peau laissé dénudé par le drap chirurgical. Le petit groupe se figea. Une voix glacée, désincarnée et quelque peu étouffée, retentit dans les haut-parleurs :

« Sujet 47. Opération 256. Écartement des côtes. »

Quand le métal toucha le derme, le torse tressaillit.

« Ce type… Il n'est pas anesthésié », fit remarquer Nico d'une voix blanche. Sans hésitation, la lame pénétra la peau fine, traçant un sillon rouge sur son passage. Les enceintes crachèrent le hurlement inhumain d'une bête à l'agonie.

Hal coupa instantanément la vidéo. Un silence de mort régna dans la pièce. La porte de la chambre s'ouvrit doucement et le visage inquiet d'Émilie apparut.

« Qu'est-ce qui s'est passé ici ? J'ai entendu un bruit horrible…

– Ça va, ça va, répondit George d'un air absent, avant de plonger le regard dans celui de sa femme. S'il te plaît, ma chérie, je ne veux pas que tu restes… »

Sans mot dire, son épouse referma la porte. Ce qu'elle avait discerné dans les yeux de son mari lui avait fait peur, très peur. Sous une gravité inhabituelle, elle avait vu briller la terreur.

Dans la chambre, personne ne pipait mot. Hal avait fermé la vidéo et ne subsistait plus à l'écran qu'une liste continue de dossiers chiffrés. Ils avaient vu une seule vidéo. Non, un fragment de vidéo. Que contenaient toutes les autres ?

« Hal, ordonna calmement George, baisse le son au minimum et mets une autre vidéo. »

L'informaticien obéit sans broncher. La deuxième vidéo montra un thorax ouvert et un morceau d'intestin grêle sorti à l'air libre.

« Sujet 47. Suite de l'opération 328. Section et ablation de l'intestin grêle, cinq millimètres. »

Une troisième vidéo, piochée beaucoup plus loin dans la liste :

« Sujet 47. Opération 476. Section et ablation superficielle de l'épine iliaque supérieure postérieure sur deux millimètres. »

Toujours la même voix implacable, dénuée d'émotions. Toujours des hurlements déchirants qui brisaient le cerveau et retournaient les entrailles. Le son avait beau être au minimum, la douleur de cet inconnu résonnait à leurs tympans et les secouait jusqu'au plus profond d'eux-mêmes.

« C'est bon, Hal. Arrête. »

L'informaticien se plia à l'ordre avec un soulagement évident. Puis, il attendit là, hébété. D'habitude plein d'entrain, il était immobile, les yeux fixés sur l'écran, le regard dans le vide. Nico aussi fixait encore le moniteur, mal à l'aise, saisie d'une curiosité morbide qu'elle peinait à réprimer. Quant à Stobbart, il resta silencieux. Les images, le son étaient insoutenables. Il avait beau être cuirassé par tout ce qu'il avait vu durant sa carrière, il y avait des choses contre lesquelles on ne pouvait pas être préparé. La seule solution pour ne pas sombrer était de comprendre, d'occuper son esprit, et le maintenir fermement sur terre. La raison pour laquelle il se retourna vers Cloud. Mécaniquement, les autres l'imitèrent.

Le jeune homme était blanc comme un linge. Si pâle que ses cheveux blancs se confondaient presque avec sa peau devenue diaphane.

« Cloud, prononça doucement le policier, tu sais de quoi il s'agit, n'est-ce pas ? »

Le garçon ne répondit pas. Les images avaient cassé quelque chose en lui. La paroi de la Brume qui gardait ses souvenirs inatteignables s'était fissurée. Des images filtrèrent. La Brume tenta de les rattraper, en vain. Des cris, des espaces clos, des muscles noués par l'effort, mais surtout de la douleur, beaucoup de douleur. Une douleur vibrante, vivante qui s'épandait dans tout son corps. Tout était si confus. Les images tourbillonnaient. Son esprit n'avait même pas le temps d'en analyser une, qu'une autre l'avait déjà remplacée, tout aussi fugitive. Le flux se tarit brutalement.

À force d'efforts, la Brume avait refermé la brèche contre ses souvenirs. Elle feula dans sa direction : il n'avait aucun droit, tout lui appartenait, à Elle. Malgré cette volonté, Cloud voyait lesdits souvenirs heurter sauvagement cette paroi qui s'obscurcissait, gardant par-devers la Brume les souvenirs qui tentaient de le rejoindre. Des souvenirs à Elle ? Il ne le croyait pas. Et ironiquement, il ne voulait pas d'eux. Que la Brume les garde. Malheureusement, il avait le sentiment que, tôt ou tard, quelque chose se passerait. Et il était terrifié à l'idée de voir ce moment arriver. « Cloud ! » On l'appelait.

Il refit surface et sentit son cœur battre à tout rompre. Ses mains lui faisaient mal. Il baissa les yeux et vit ses poings serrés. Les jointures de ses phalanges étaient blanches et ses muscles douloureux. Il desserra péniblement les doigts, puis porta la main à son front pour en essuyer la sueur qui coulait. En fait, c'était tout son corps qui transpirait. Soudain, il s'aperçut que les trois policiers le dévisageaient et que lui-même les fixait depuis un moment déjà, sans les voir. Cloud sentit ses jambes flageoler.

« Je dois m'asseoir », marmonna-t-il.

Il se laissa tomber sur le lit. À ce moment précis, un détail lui revint en mémoire. Le jeune homme se tourna vers Stobbart.

« Vous m'aviez parlé ?

– Oui. »

George désigna l'ordinateur derrière lui et répéta :

« Tu sais de quoi il s'agit, n'est-ce pas ?

– En partie seulement… Ça m'a rappelé des choses… Des mauvaises choses…

– Ce Sujet 47, qui est-ce ? »

La réponse tomba, lapidaire.

« C'est moi. »

*

Dans son lit, Stobbart se retourna trois ou quatre fois d'affilée. Tant et si bien qu'il jugea plus prudent de sortir du lit conjugal pour prendre la direction du canapé, dans le salon. Émilie n'avait pas eu un lundi facile et devait se lever ce matin aux aurores pour aller travailler. Il lui devait au moins ça. Une fois installé à peu près confortablement dans le divan, il reprit le cours de ses pensées. Le Sujet 47…

*

Pendant quelques secondes, un silence de mort plana dans la petite chambre. George ne sut comment il réussit à articuler.

« Peux-tu le prouver ? »

Cloud hocha la tête. Nicole fut frappée par ce visage grave. Sa timidité avait disparu. Elle croisa son regard et ne vit qu'une tristesse insondable. Il semblait que rien ne pourrait égayer cette âme de douleur, déchirée, mise en lambeaux par le scalpel de son tortionnaire. Pourtant, la jeune femme ne parvint pas à réfréner sa curiosité quand Cloud déboutonna maladroitement la chemise que lui avait prêtée Stobbart.

Quand il défit le dernier bouton, Cloud regarda ce petit public qui se tenait devant lui. Il se sentait mal à l'aise. Cette gêne, il en prit toute la mesure à ce moment précis : il devait se déshabiller devant des inconnus. Ce n'était pas leur regard curieux qu'il redoutait, mais leur réaction face à son corps. Il se revit fugitivement sous la douche et comprit d'où venaient les marques. Quel spectacle offrirait-il ? D'une main tremblante, il fit tomber le vêtement, dévoilant un torse maigre, mais musclé.

Les trois policiers écarquillèrent les yeux. George retint un juron, Hal pâlit et Nico étouffa un cri dans sa main. Le corps de Cloud était strié de cicatrices blanches. Le cou et ses mains en étaient exempts, mais son buste, ses bras… Le spectacle était aussi horrible que fascinant. Les marques n'étaient pas aléatoires, mais suivaient une régularité tellement… chirurgicale, que Stobbart en eut froid dans le dos. Toutes les cicatrices étaient propres et nettes, et longeaient les grandes lignes du corps. Sur les bras, elles suivaient et contournaient les muscles du biceps et du triceps, chevauchant l'ulna, et longeant le radius, avant de s'arrêter aux poignets. Tantôt courtes, tantôt longues, elles poursuivaient sans hésitation un chemin défini entre les muscles avec une précision démoniaque. Le torse n'était pas en reste.

D'autres cicatrices soulignaient les pectoraux, les abdominaux, longeaient les deux clavicules, les côtes et dessinaient sur sa cage thoracique une nouvelle cage thoracique. À certains endroits, elles étaient un peu plus épaisses, là où la peau semblait s'affaisser, en particulier au niveau des clavicules et des côtes flottantes. Stobbart ne put s'empêcher de remarquer d'autres marques blanches au-dessus de la ceinture, au niveau du bassin, qui disparaissaient dans le pantalon. Le policier était pétri d'horreur. Quel bourreau sur terre pouvait infliger pareils tourments à un gosse ?

« Tourne-toi, s'il te plaît », demanda-t-il à voix basse.

Lentement, Cloud obéit. Son dos présentait un spectacle similaire. De part et d'autre de la colonne vertébrale s'étiraient les longs fils blancs de cette toile de douleurs. Cette dernière était particulièrement visible sur les omoplates, formant à eux seuls deux autres petites toiles, aux contours soulignés et aux centres bien ordonnés. Cloud frissonna. Ce simple mouvement fit comprendre au policier qu'aucun muscle n'avait été touché, mais que tous avaient été soigneusement évités. La colonne vertébrale elle-même était soulignée dans toute sa longueur, vraisemblablement du coccyx jusqu'à la base de la nuque : aucun scalpel ne s'était aventuré sur elle à proprement parler.

« Excusez-moi, il faut que j'aille prendre un peu l'air… »

Le visage pâle d'Emmerich avait viré au vert. Les images qu'il venait de voir, associées aux cicatrices de Cloud, avaient poussé l'informaticien dans ses derniers retranchements. Quand il regardait les marques sillonnant, ce n'était plus des cicatrices, mais un scalpel qui tranchait dans le vif, tandis que les hurlements du cobaye impuissant – quel autre nom lui donner ? – l'assourdissaient. D'un pas chancelant, il gagna la porte. Compréhensif, Stobbart lui fit signe d'aller à droite.

« La salle de bain est au fond du couloir. Prends ton temps… »

Hal baragouina un « merci » sans forme et s'éclipsa. George se retourna vers Nico et Cloud. Le jeune homme remettait sa chemise, nerveusement, gêné d'avoir autant attiré l'attention sur lui. L'horreur qui s'était peinte sur les visages était plus glaçante qu'un miroir. On lui avait renvoyé l'image de ce qu'il était : un monstre. Nicole fit un pas vers lui, hésitante.

« Tes cicatrices… Cela fait des années que cela dure, non ? »

Cloud hocha la tête sans répondre, puis garda les yeux baissés. Ses doigts couraient sur les boutons de sa chemise.

« Mais d'autres t'ont été faites récemment, n'est-ce pas ? poursuivit Nico. Celle sur ton côté (la jeune femme désigna les côtes) est différente, un peu rose… »

Les doigts de Cloud s'arrêtèrent. Stobbart ne pipa mot : le contact que sa jeune collègue essayait d'établir était trop fragile pour qu'il intervienne. Doucement, le jeune homme acquiesça, les yeux obstinément fixés sur le sol.

« Oui.

– Te souvenais-tu de ces… vidéos ?

– Non.

– Es-tu certain que c'est toi dessus ?

– Oui.

– Comment peux-tu en être sûr ?

– C'était ma voix.

– Mais tu ne parlais pas…

– Non… Je ne parlais pas… »

Cloud se tut. Nico laissa passer un temps de silence.

« Je hurlai… Je hurlai à m'en casser la voix… »

Nouvelle pause.

« La douleur… Insoutenable… J'ai senti… mes côtes… mal à respirer… »

Le garçon frissonna. Porta la main à son côté droit.

« Cette chose les écartait… J'ai hurlé, encore et encore… J'ai supplié pour qu'Ils arrêtent…

– Qui ça, "ils" ?

– Cette fois, je pouvais m'évanouir… Plusieurs fois. Ils attendaient que je me réveille… Puis ils recommençaient…

– Y en a-t-il d'autres comme toi, qui ont été aussi… malmenés ?

– J'ai tellement mal… Tellement mal… »

Quelque chose tomba sur le parquet de la chambre. Cloud pleurait.

*

Sur le canapé, Stobbart avait les mains tremblantes. Depuis combien de temps ce gamin n'avait-il pas pleuré sa souffrance autrement que sous un scalpel ? Quel genre de type pouvait faire ça ? Dans quel but ? Finalement, ce présumé meurtrier n'était-il pas d'abord victime ? George avait compté sur le dossier pour avoir des réponses, mais n'avait obtenu que de nouvelles questions…

*

Nico était bouleversée. Aurait-elle pu imaginer une douleur aussi profonde derrière ces yeux tristes ? Aussi profondément enracinée depuis Dieux sait combien d'années ? Elle se sentait désemparée, inutile. Quel réconfort apporter ? Quelle parole dire ? Elle n'était pas préparée à ça. Une larme sur sa propre joue coula. Stobbart lui toucha légèrement le bras. Elle lui laissa la place, honteuse. Elle avait flanché. Le policier s'approcha doucement de Cloud et le prit gentiment par les épaules.

« Allez, mon garçon, assieds-toi. »

Docilement, Cloud se rassit sur le lit. George prit place à côté de lui. Ce qu'il venait de faire était dangereux : il avait pris le risque de subir une violente réaction du jeune homme si celui-ci n'avait pas supporté son contact. Mais ses défenses étaient baissées, il devait poursuivre le travail entamé par Nicole.

« Cloud, tu as parlé de gens. Qui sont-ils ? C'est important pour nous, si tu veux qu'on les arrête…

– Je ne sais pas, répondit-il après un long moment. Je ne me rappelle plus. Juste… une salle blanche. Ces hommes qui m'amenaient étaient habillés en blanc eux aussi. Avec des masques…

– C'est bien, continue…
– La table froide… Le métal… »
Cloud frissonna. Se recroquevilla.
« C'est flou… La Brume m'empêche de me souvenir… Juste des flashes…
– Prends ton temps, rien ne presse…
– J'étais attaché. Les poignets. Les jambes, aux pieds et aux genoux. Les bras aussi. La ceinture autour de la taille… Serrée trop fort… Le front…
– Tu ne te débattais pas ?
– Non. Trop fatigué… À chaque fois… »
Stobbart hocha la tête : trop terrifié, Cloud se rendait à peine compte qu'il devait sûrement être drogué. Il n'avait même pas l'air de connaître ce procédé, ni de le comprendre. Se pourrait-il… ?
« Depuis combien étais-tu retenu là-bas ? »
La réponse suivit, invariable.
« Je ne sais pas…
– Quel âge as-tu alors ?
– Je ne sais plus… J'ai perdu le compte il y a longtemps… Désolé, je ne me rappelle rien… Je…
– Calme-toi, mon garçon. Reste tranquille… Continue de te souvenir lentement. Les détails te reviendront d'eux-mêmes. »
Le policier marqua une pause, puis reprit :
« Ces cicatrices… Elles t'ont été faites au même endroit ? Je veux dire, sur le même lieu ?
– Je crois… Oui…
– Par la même personne ?
– Oui.
– Tu parais sûr.
– Je suis sûr. (Cloud serra les poings.) Sa voix… Je ne peux pas oublier sa voix… Toujours la même. Toujours à dire la même chose : « Sujet 47 ». Cette manière d'appeler était si…
– Glaçante ?
– On peut dire ça. (Le jeune homme s'animait, à chaque instant, sa voix était plus nette…) J'avais froid aussi. Au début… je demandais une couverture. Au lieu de ça, il m'apportait la douleur… Toujours la douleur. À des endroits différents à chaque fois… Je voulais mourir… Mais je n'y arrivais pas… Je n'ai jamais réussi… »
Stobbart éprouvait une rage froide. Il visualisait sans peine le processus. On administrait d'abord à Cloud des calmants. Avant que l'effet ne se dissipe, on l'attachait sur la table. Quand il était réveillé, on "s'occupait" de lui. Pourtant, plusieurs points restaient obscurs.
« À quelle fréquence revenait la douleur ? »
Le jeune homme tremblant réfléchit longuement, classant le peu de souvenirs que la Brume avait laissé s'échapper malgré elle. Il tordait ses mains, au point que de temps à autre, le craquement d'une jointure retentissait, sinistre.

« Je l'ignore… Le reste du temps, j'étais… j'étais… dans ma chambre.

– Ta chambre, bien. Grande comment ?

– Comme… (Cloud chercha laborieusement un exemple et pointa une pièce derrière Nicole.) Comme le salon… »

George hocha la tête : une grande "chambre" mais surtout une cellule. Un lit, des toilettes, un peu d'espace pour bouger. Rien d'extraordinaire, hormis que c'était une prison.

« J'étais souvent là. Quelques fois sans douleur pendant longtemps, quelques fois avec la douleur, souvent… »

George en avait entendu assez, du moins, de ce qu'il pouvait en supporter. Il voyait Nico, les yeux rouges, pâlir à vue d'œil. Et Hal qui ne revenait pas. Lui-même avait beau être chevronné, il s'en fallait de peu que le contenu de son estomac aille se retrouver dans la cuvette des toilettes. Parce qu'au fur et à mesure que Cloud parlait, le policier voyait se dessiner une affaire de plus en plus glauque. Le jeune homme ignorait en partie ce qui lui était arrivé. Ou plutôt avait oublié. Une certitude se faisait de plus en plus sûre : il avait été séquestré et torturé. Mais depuis quand ? Par qui ? Pourquoi ? Toujours des questions qui n'auraient pas de réponse tant que la mémoire de Cloud resterait entravée par l'amnésie.

Une seule chose était susceptible d'être expliquée : le vol du dossier et la mort d'Ariel Braska. Une hypothèse émergeait dans tout ce fatras. Stobbart écartait d'emblée le vol crapuleux. L'intention de faire du chantage et de vendre ces données ne collait pas avec la description faite de l'infirmière. Et surtout de la présence de Cloud. Un faire-valoir, une preuve de ce qu'elle avançait ? Possible. Problème, quand il revoyait la découverte du jeune homme couvert de sang et la façon de se battre, il avait du mal à l'imaginer rester passivement sur le côté, tandis que l'infirmière était tuée. Sauf drogué. Ariel était encore la clef. En admettant qu'elle ait volé le dossier dans le but de convaincre la police, Stobbart devait à présent retrouver les types qui l'avaient constitué. Et là, les choses se corsaient…

George résuma mentalement : pertes de mémoire incluant l'oubli de son nom si on exceptait son sobriquet, pas de souvenirs des meurtres, et quelques parcelles de son passé, des vidéos dans lesquelles il apparaissait bien malmené… Il sentit la lassitude peser sur ses épaules comme une chape de plomb.

« Bon, je pense que tout le monde a eu son content pour aujourd'hui, conclut Stobbart d'une voix fatiguée. Cloud, je vais te demander une dernière faveur, celle que tu m'as refusée tout à l'heure : accepterais-tu de te laisser faire une prise de sang ? »

Un regain de tension, de peur apparut dans les yeux du jeune homme. Le policier s'empressa d'expliquer avec douceur :

« D'après ce que tu nous as dit, il semblerait que tu aies été drogué. Le sang peut garder des traces de ce qu'on a pu t'administrer, et l'analyser nous aiderait grandement : par exemple, cela nous permettrait de connaître les produits utilisés, puis, par élimination, de trouver les personnes qui peuvent l'utiliser. Tu comprends ?

– Oui… Est-ce nécessaire ?

– Ça nous serait d'une grande aide. Cela peut nous donner des indices sur ceux qui t'ont fait ça, à toi et à Ariel…

– Ariel… »

À l'évocation du prénom, l'image de la jeune femme souriante brilla fugitivement devant ses yeux. Il la reconnut à peine. Puis une sensation. Une main sur son épaule. Ses lèvres articulant silencieusement un mot. *Courage.* L'image s'évanouit dans le brouillard de sa mémoire, arrachée par la Brume fulminante et imprévisible. La sensation resta. Elle avait été gentille avec lui, la seule. Il lui devait ça : retrouver ses meurtriers. Cloud approuva lentement :

« D'accord.

– Merci, mon garçon. Allonge-toi… »

Tandis que le garçon s'exécutait, George fit signe à Nicole. La jeune femme s'avança. Tout au long de l'entretien, elle était restée en retrait. Elle avait lutté pour ne pas céder au désarroi. Tout comme Cloud, elle s'était raccrochée à la voix grave de son supérieur, profonde et rassurante. La souffrance vivante du jeune homme l'avait secouée. Les interrogations se succédaient dans sa tête. Était-elle réellement faite pour cette noirceur ? Comment ne pouvait-on pas se sentir sali ? Comment y survivre ? Combien de temps *pouvait-on* y survivre ? Elle regarda George. Son commandant semblait si calme… Elle décida de s'en inspirer.

Nico prit son nécessaire – seringue et flacons – et s'approcha du lit. Théoriquement, seuls les infirmiers et médecins étaient autorisés à faire les prises de sang. En pratique, George trouvait ça très utile de lui demander ce petit service : d'une part, parce que cela lui évitait de courir et d'attendre un médecin à vingt-et-une heures passées ; d'autre part, même si elle avait abandonné son école d'infirmière au bout de seulement six mois, elle avait eu le temps d'apprendre quelques techniques qui, au final, lui étaient bien utiles dans la police.

Nicole s'assit au bord du lit. Cloud fixait le plafond, crispé. Manche remontée, son bras étendu le long du corps était blanc, peau et cicatrices. Excepté deux points rouges sur le poignet. Les précédentes piqûres laissaient encore leur marque. La lieutenante opta pour le creux du coude, entre deux cicatrices, et fixa le garrot avec douceur.

Les yeux de Cloud se portèrent sur la seringue que saisit Nico. Immédiatement, sa respiration s'accéléra. La jeune femme posa une main rassurante sur son bras.

« Attends, je vais t'expliquer, commença doucement la jeune femme. Regarde : cette partie-là s'appelle le piston. Quand il est enfoncé comme ça, ça veut dire que le tube – ici – est vide. Je ne t'injecte rien, c'est moi qui prends, pour remplir ces petits tubes. Tu comprends ? »

Hochement de tête réservé.

« Détends-toi. Et regarde les étoiles, là-bas… »

Ce faisant, Nico enfonça l'aiguille d'un geste souple. Et poussa intérieurement un soupir de soulagement : elle avait trouvé la veine du premier coup. L'angoisse qu'elle ressentait depuis tout à l'heure à l'idée de la manquer se désagrégea mollement. S'il avait senti une quelconque douleur, Cloud n'avait pas bougé. Hal entra dans la chambre au même moment. Son regard tomba sur le flacon qui se remplissait de pourpre. Son teint déjà pâle devint cadavérique et referma aussitôt la porte. Un second bruit de porte – celle des toilettes – puis le silence retomba. « Pauvre Hal, ce n'est décidément pas sa soirée », songea Stobbart.

Nico emplit les cinq flacons de couleur nécessaires aux analyses, retira l'aiguille et pansa la minuscule goutte de sang qui perlait à l'aide d'une compresse. Cloud lui prit doucement la main, épuisé.

« Pas de douleur… Merci… »

Il ferma les yeux et s'endormit. La fliquette se leva et trébucha. Ses jambes en coton refusèrent de bouger et Stobbart la retint avant qu'elle ne tombe. Il la dirigea vers une chaise.

« Tu as fait du bon boulot, Nico. J'ai appelé un taxi : rentre chez toi et repose-toi. »

Nicole acquiesça en silence. Elle aussi était épuisée. Stobbart prit les flacons de sang et mit le tout au frigo. Il raccompagna la jeune femme et un Hal encore vert à peine remis de ses émotions. L'informaticien, navré, n'avait pas protesté quand George lui avait promis de rapporter son matériel demain.

Collard s'était douchée, couchée comme une automate. Deux minutes plus tard, elle pleurait, brisée par les tensions.

Le commandant non plus ne tenait plus debout. Tout était calme dans la maison. Il éteignit les ordinateurs, les rangea pour les mettre dans l'entrée, jeta un dernier coup d'œil à la forme allongée dans le lit. Quels autres mystères se cachaient derrière cette souffrance ? Stobbart resta longuement assis dans le fauteuil de son bureau à réfléchir, penser, peser ses hypothèses. Quand sa petite pendule indiqua minuit trente, il se décida à rejoindre sa chambre. Toutes les questions qu'il laissait en suspens auraient peut-être une réponse demain. Peut-être.

*

Sur le canapé, George sombra enfin dans un sommeil sans rêves.

Chapitre XLVI

Le couloir s'étirait inlassablement. Il courait, il courait, du plus vite qu'il pouvait, mais le temps était au ralenti. Chaque enjambée lui prenait de longues secondes, là où il ne lui aurait fallu qu'un dixième dans un temps normal. Une lumière diffuse le suivait, alors que nulle part il n'avait vu de lampes. Quand il avait essayé d'appeler à l'aide, sa voix s'était noyée dans le silence. Seuls ses pas retentissaient dans le vide de ce couloir interminable. Et il continuait de courir. Les battements de son cœur résonnaient à ses tempes et, bientôt, la migraine le tenailla, resserrant lentement sa prise comme un étau.

Soudain, il vit la fin du couloir. La fin ! Fou d'espoir, le flic se précipita vers la bouche noire devant lui. Il lui sembla accélérer, mais la prise du temps le retenait avec la même force, la même obstination. Ce même temps lui sauva la vie : la route prit fin en même temps que le couloir. Il déboucha sur le vide et faillit chuter. Il se reprit in extremis et, horrifié, contempla le néant qui s'étendait à ses pieds et devant lui. Avant qu'il ne s'aperçoive que la route continuait pourtant effectivement, mais réduite à… un chemin de sang. Le flic voulut reculer et se cogna contre un mur. Le couloir derrière lui avait disparu, remplacé par cette paroi infranchissable. Il n'avait plus que le choix d'avancer.

Il fit un pas. Sa chaussure s'enfonça dans l'espace étroit de cette tourbe gluante. Il leva le pied pour faire un autre pas et l'arracha au sol avec un bruit de succion écœurant. Le flic se pencha et toucha le liquide rougeâtre, presque noir par endroit, du bout des doigts. Il les porta à ses narines et eut un violent haut-le-cœur, en même temps qu'il prenait conscience d'une palpitation. Le flic ne put empêcher le goût acide de la bile envahir sa bouche : ce chemin n'était autre qu'une artère qui battait au rythme de son propre cœur. Il cracha. Surmontant sa répulsion, il se remit en marche, essayant de ne pas penser à la succion qui le suivait à chacune de ses foulées. Il n'avait pas fait cinq pas malhabiles, qu'il sentit une goutte de pluie sur sa tête. Machinalement, il se frotta le crâne pour disperser la sensation de tiède humidité et essuya ses doigts contre son pantalon. Il s'immobilisa brusquement. Une seconde goutte chut sur son bras gauche. Lentement, il le leva pour vérifier. Ses pires craintes se confirmèrent. Une troisième goutte tomba sur sa joue. Il la frotta énergiquement, avec désespoir. Mais la pluie de sang continua de tomber, indifférente à sa détresse. Il respira à fond. L'odeur poisseuse du sang lui emplit le nez. Il retint un hoquet quand son estomac protesta, puis serra les dents. Il devait avancer. Il n'avait d'autre choix que d'avancer.

Il marcha d'abord dans cette obscurité, sur ce chemin fétide qu'il ne voyait guère sur plus de cinq mètres. Puis, il se mit à courir. Le temps n'en finissait pas de le retenir, de le ralentir. Sans compter ce grincement désagréable dont il prit conscience et qui ne fit qu'accroître la pression de l'étau sur ses tempes. Il courait, courait, jusqu'à perdre haleine, s'il était seulement possible d'en avoir une à courir au ralenti. Le sang inondait à présent ses vêtements, les transformant en chape pesante, tiède et étouffante. Il luttait pour ne pas perdre pied. Le grincement se déforma. Le sang du flic se glaça. Le grincement s'était transformé en pleurs. En pleurs de nourrisson terrifié.

Le flic perdit l'équilibre. Il se rattrapa juste à temps à l'artère qu'il longeait. Ses doigts s'enfoncèrent et s'accrochèrent au chemin visqueux. Il sentit la palpitation sous ses doigts et faillit lâcher prise. Sa terreur devenait de plus en plus difficilement contrôlable. Pourtant un réflexe de survie le força à s'agripper. Il regarda en bas. Il n'y avait rien. Le vide. Il raffermit sa prise et tenta de se hisser comme il put, plantant ses ongles dans les chairs du chemin. Tout était poisseux. Le flic sentit sa main glisser. Du sang gouttait dans sa bouche, sur son nez. Il éprouvait des difficultés à respirer. Son bras droit lâcha. Tous les muscles de son bras gauche protestèrent. Paniqué, il chercha désespérément une issue, mais ne vit que noirceur. Les braillements du nourrisson résonnèrent plus fort, emplissant ses oreilles. Il n'arrivait plus à réfléchir.

Une lueur fugace agrippa son regard en contrebas. Le même chemin qu'il suivait depuis tout à l'heure continuait plus bas, un peu plus loin. Au moment où il lâcha, épuisé, le flic donna un coup de reins qui le propulsa au ralenti vers son unique chance de survie. Il tomba lentement, pendant ce qu'il crut des heures, tendant toutes ses pensées vers cette petite plateforme sanguinolente. Il atterrit sans mal, projetant autour de lui de petites éclaboussures vermeilles. Les jambes tremblantes, il resta un instant debout, immobile, pour calmer les battements de son cœur.

L'opacité de cet univers ne cessait de réveiller en lui des cauchemars dont il ne se rappelait plus ; le sang continuait de tomber, lent et paresseux ; les pleurs du nouveau-né se… étaient devenus plus forts ! Pourquoi ? La question fusa. Aucune idée. Il fit une dizaine de pas sur le deuxième tronçon d'artère, en tout point identique au précédent, répercutant pareillement les pulsations de sa poitrine sous ses pieds.

Simple impression ou "réalité" ? Les pleurs résonnaient plus fort que tout à l'heure. Le flic se mit à courir, encore. Longtemps cette fois. Il changea de plateformes ensanglantées plusieurs fois, dut même rebrousser chemin à certains moments, focalisant toujours son attention sur ce bourdonnement incessant. L'intensité des pleurs croissait ou diminuait selon les directions qu'il prenait. En même temps, les questions se bousculaient dans sa tête : pourquoi ces pleurs ? de qui ? où allait-il ? que trouverait-il ? Enfin, il arriva au terme de son parcours.

Là, dans un cercle de bougies au milieu de nulle part, un gigantesque berceau trônait. Les pleurs continuaient, dérangeants, sans fin, crachés par une bouche oppressante. Le berceau était haut, très haut. Le flic regarda autour de lui. Que pouvait-il faire ? Le chemin de sang brillait encore faiblement dans l'obscurité, seule alternative de retour à ce couffin géant. Les pas glissants, les chutes, le sang partout l'en dissuadèrent sans mal. Même s'il avait arrêté de "pleuvoir". Chose curieuse, ce sang omniprésent sur sa peau et ses habits avait disparu.

Il touchait au but. Inconsciemment, il le savait. Mais une terreur sans nom lui nouait les tripes. Le cœur serré, tremblant, il entreprit l'escalade vers sa seule porte de sortie. L'ascension fut facile : les prises étaient multiples, fermes sous ses doigts et, en ce qui lui sembla un temps record, il arriva en haut. Le choc fut terrible.

Il vit un nourrisson géant, coiffé de cheveux bruns. Étendu, nu, sanglant : ses bras, ses jambes, son ventre, sa poitrine, ses épaules étaient perfusés. Des tuyaux sortaient de tout son corps comme autant de serpents ; de multiples blessures ouvertes vidaient un sang noir et épais, tandis que d'autres, suturées, ligotaient sa chair à vif en de solides entraves. Le flic cria. Le nourrisson l'entendit et tourna sa grosse tête vers lui. Son visage avait l'apparence potelée d'un bébé, mais sans crier gare, il se transforma lentement. Les pleurs cessèrent, le visage d'un jeune homme aux cheveux blancs se dessina, torturé par la souffrance. Ses yeux marron se posèrent sur le flic. Une voix rauque franchit ses lèvres, coassa, en même temps qu'il tendait un bras vers cet humain ridicule : « Sauve-moi… » Le flic hurla. Le visage qu'il voyait, c'était LE SIEN !

Il voulut lâcher le berceau pour s'enfuir, mais une main bouffie le saisit. Le flic ferma les yeux, criant sans discontinuer. Il chuta. Il chutait encore quand il rouvrit les yeux. Sa gorge était brûlante, ne laissant s'échapper qu'un faible cri enroué. Le berceau avait disparu. À présent, il chutait dans le noir complet. Encore et encore. Il se remit à crier. Un choc brutal lui coupa le souffle.

Sa chute s'était achevée. Dans un caveau funéraire, glacial. Devant lui, au-dessus de lui, une épitaphe se dressait, menaçante. Des lettres noires, suintantes, se dessinèrent, mouvantes : « Jamais-né. Erreur de programme ». Elles ondoyaient devant ses yeux, hypnotiques. La conscience déjà vacillante, le flic encaissa le dernier choc. Il s'effondra, inanimé.

*

Stobbart n'en pouvait plus. Sur le canapé depuis plus d'une heure, après s'être réveillé à nouveau et depuis incapable de retrouver le sommeil, il avait rallumé un micro de Hal, décidé à trouver des indices dans les fichiers décryptés par son subordonné. Non seulement il en avait été pour ses frais, mais il était en plus à bout de nerfs. Les vidéos s'étaient succédé les unes après les autres, plus sordides les unes que les autres. Dans sa tête résonnaient les cris et les pleurs d'une souffrance et d'une douleur indicibles. Mais rien. La voix métallique martelait froidement « Sujet 47 » et annonçait l'opération d'un air détaché, robotique. Ensuite, les images défilaient en gros plans sur la plaie avec une première caméra. Une seconde caméra montrait tout ce corps qui se tordait et se convulsait sous l'action des outils qui exécutaient leur tâche macabre. Les images étaient insoutenables et les hurlements déchirants qui retentissaient dans les écouteurs fissuraient la solide carapace que s'était forgée le policier durant toutes ses années de métier. Chaque fois qu'il pensait voir le paroxysme de l'horreur, la vidéo suivante montrait pire, escaladant indéfiniment l'échelle sans fin du morbide. Jusqu'à ce qu'il y arrive vraiment.

Une vidéo vraisemblablement plus ancienne, un montage avec trois caméras… George n'en pouvait plus. Il arracha le casque audio et le jeta sur la table basse, attrapa l'ordinateur portable et le ferma. Il resta là, assis, vidé de toute énergie. Combien de temps ? Il l'ignorait. Il avait seulement besoin de temps pour évacuer toute cette saloperie. Besoin de temps… George sentit ses yeux se fermer. Il était crevé. Un hurlement résonna. Ne pouvait-il donc pas être tranquille, même dans le sommeil, sans cauchemars ?

Le hurlement recommença, effroyable, et s'étouffa dans un sanglot. Une lumière s'alluma devant lui. Stobbart reprit brusquement conscience. Le cauchemar était réel ! Il se releva maladroitement, ankylosé, avant de mettre cap sur les chambres. L'ampoule brillait dans le couloir. George se dirigea vers la chambre où dormaient Claire et Chris, mais s'aperçut qu'elle était fermée. Et comprit que le cri venait de la pièce où dormait Cloud. Craignant le pire, il se précipita à l'intérieur et stoppa net.

Assise par terre, Émilie tenait Cloud dans ses bras. Quoique, après un instant, George comprit que c'était surtout le jeune homme qui se cramponnait à elle, le corps secoué de soubresauts. Stobbart s'approcha doucement.

« Émilie ! Ça va ? Qu'est-ce qui s'est passé ? »
Son épouse se retourna. L'inquiétude se peignait sur ses traits. La peur aussi.

« Tu étais où ? Je l'ai entendu crier, je suis venu voir et je l'ai vu en train de se débattre et de s'étouffer dans ses draps.

– Il a dû faire des cauchemars, ce qui dans un sens ne me surprend pas… Comment va-t-il ?

– Il pleure comme un enfant… Quand j'ai voulu l'aider à se relever, il m'a agrippé et il s'est mis à pleurer. Le temps que tu arrives, il commençait déjà à se calmer…

– Désolé de t'imposer cela, ma chérie. Mais crois-moi, ce garçon a beaucoup souffert…

– Je sais.

– Comment ça ?

– George, soupira Émilie, l'as-tu seulement entendu crier ? C'était un cri de terreur à te glacer les sangs. Encore heureux qu'il n'ait pas réveillé les enfants ! Quand je suis entré, il se débattait comme un beau diable ! J'ai même failli prendre un coup ! Il était vraiment terrifié… Le pire, c'est qu'il parlait en dormant…

– Que disait-il ?

– Il n'arrêtait pas de répéter quelque chose comme : « Jamais-né, jamais-né ! Erreur de programme, jamais-né… ! » Je te le répète, c'était vraiment terrifiant…

– Il a dit autre chose ?

– Non. Ou bien oui. Quand j'ai commencé à lui parler pour le calmer, il m'a appelé "Maman" et il s'est mis à pleurer. Donc, non, je ne suis pas "étonnée", quand tu me dis qu'il a souffert… »
Stobbart s'agenouilla auprès de Cloud.

« …et tu ne peux pas imaginer à quel point », murmura son époux pour lui-même.

Avant de reprendre :

« Je vais t'aider à le recoucher. »

George secoua doucement le jeune homme à l'épaule.

« Réveille-toi, bonhomme… Tu es par terre… »

Cloud ouvrit un œil vitreux, se remit dans le lit sans un mot et se rendormit aussitôt. George fit signe à Émilie et tous deux sortirent de la pièce. Pour voir leurs deux enfants sur le pas de la chambre.

« Les enfants ! Que faites-vous debout ? Retournez vous coucher !

– Papa, on a entendu des bruits, gémit son fils.

– Cloud a fait un cauchemar. Maintenant, au lit : demain, il y a école ! »

Les deux enfants partirent se recoucher en bougonnant, tandis que les deux époux faisaient de même.

« Pour nous aussi, il y a école demain, fit sombrement remarquer sa femme. Et même, dans une heure…

– Ça laisse encore le temps de faire une sieste, lança Stobbart jovial malgré lui.

– Idiot.

– Oh oui ! Émilie ?

– Oui ?

– Merci pour… cette nuit…

– Pas de quoi. Bonne sieste…

– À toi aussi, ma chérie. »

Posant la tête sur l'oreiller, Stobbart eut une dernière pensée : l'affaire concernant leur hôte inattendu était devenue trop grave pour qu'il la garde pour lui. Demain, il appellerait Jacques. Le commissaire devait être mis au courant. Demain… Ou plutôt tout à l'heure… George s'endormit pour la troisième fois.

Chapitre XLVII

Mardi, 8 h 25

La voiture ignora l'entrée qui menait au garage souterrain et poursuivit son chemin sur l'allée de graviers blancs. Elle s'arrêta une cinquantaine de mètres plus loin, sur l'esplanade de l'imposante bâtisse. Par la fenêtre, Mantis considéra cet ancien manoir qu'il avait transformé jadis pour en faire un lieu de science. Si beaucoup jugeaient l'éloignement géographique de son institut comme un inconvénient, lui l'avait toujours estimé comme un avantage. Il était au calme, sans gêneurs pour venir l'importuner. C'était en outre un excellent indicateur de réputation : la distance n'avait nullement dérangé les patients à venir consulter chez lui. Bien sûr, il avait ouvert un cabinet sur Paris quand il en avait eu l'opportunité, mais avant que Jean-François Moreau, le fils de l'ancien Président des Français, n'entre à Essises, Mantis avait bâti son établissement sur les seules bases de son travail. La notoriété auprès du grand public était venue après, et sa propre influence avait crû de manière exponentielle. À présent, l'Institut en était au point qu'il devait refuser des patients par manque de place, privilégiant une qualité de traitement au rendement, et ne prenait en charge que les pathologies les plus importantes.

Le manoir avait déjà connu une extension, qui faisait suite à un premier aménagement pour transformer ce lieu de vie vétuste en un lieu d'accueil pour ses patients. Les nouveaux bâtiments avaient été construits derrière la grande demeure. Mantis ne pouvait les apercevoir de la voiture mais les devinait, cachés derrière les chênes centenaires : les patients jouissaient d'un gymnase, d'un réfectoire, de chambres et de salles de classe. Tout avait été réuni pour leur bien-être. C'était et ce serait les derniers travaux. Le Préfet de police n'avait pas voulu agrandir le manoir davantage et avait préféré garder le contrôle d'une petite structure. Depuis son entrée en politique quelques années auparavant, il ne consacrait quasiment plus de temps à l'Institut, mais veillait sur sa création autant qu'il le pouvait. Pour pallier à cela et le remplacer durant ses absences toujours plus nombreuses, il avait fait appel à Frédéric "Fred" Édison. Celui-là même qui l'attendait au pied du perron.

Ancien étudiant de Mantis, un peu plus jeune que son mentor – il avait cinq ans de moins –, le directeur de l'Institut était de stature athlétique, blond comme les blés. Il avait l'aspect et l'assurance des hommes pour lesquels rien n'était impossible, ni ne pouvait leur être refusé. Habillé d'un costume gris clair et d'une chemise blanche mettant avantageusement sa musculature en valeur, il portait par-dessus sa veste l'incontournable blouse blanche des praticiens. Son sourire enjôleur animait volontiers un visage séduisant, qu'un sculpteur grec n'aurait pas dédaigné prendre pour modèle.

Cependant, ce sourire cachait un ennui. Le Professeur Mantis était accompagné du Procureur de la République et ne l'avait prévenu de sa visite que la veille. Si le Professeur Édison avait l'habitude des visites impromptues de la part du fondateur de l'Institut, il était plus rare que celui-ci lui amène un visiteur de la Justice. Depuis un peu moins d'une semaine, l'affaire du fou meurtrier lui prenait tout son temps. Son évasion n'était pas passée inaperçue, et parce qu'Ariel Braska – il se souvenait avec délice de ses courbes galbées – avait été infirmière à l'Institut, les journalistes n'hésitaient plus à faire une heure trente de route pour venir assiéger l'accueil des lieux en quête d'informations. Certains avaient même poussé le vice jusqu'à se faire passer pour des patients pour s'approcher au plus près de lui ou de son personnel. Ces paparazzi avaient toutefois oublié que, dans un institut psychiatrique, il y avait toutes sortes de thérapeutes connaissant les méandres de l'esprit, y compris celui de la bêtise. Les indélicats avaient rapidement été percés à jour et expulsés manu militari avec la menace d'une plainte à la clef. Édison eut un petit sourire d'autosatisfaction : il avait été facile de les piéger au vu du nombre de caméras qui surveillaient aussi le manoir et ses alentours.

Mais voilà qu'arrivait la voiture de Mantis et de ce procureur, Monsieur Godot. C'était le Préfet de police qui avait insisté pour que celui-ci l'accompagne. D'une part, parce que Mantis était fondateur et ancien directeur de l'Institut et qu'il en connaissait tous les rouages ; d'autre part, parce que c'était aussi une façon de s'assurer de l'entière coopération de son établissement. Édison était pratiquement certain que le Procureur n'était pas tout à fait dupe, mais c'était aussi aux risques et périls de Mantis de se faire accuser dans une affaire de conflit d'intérêts…

Dans la voiture, le Procureur Godot ne disait mot. Sous son habituel regard éteint et contrairement à ses longues mèches sagement coiffées, son esprit tourbillonnait, se demandant en ce moment même quel rôle avait exactement joué l'infirmière dans son propre meurtre. Pourquoi avait-elle été tuée ? Devait-on voir un lien direct avec les trois hommes morts à son appartement ? Si oui, lequel ? Godot avait lu les derniers rapports concernant ce triple homicide, mais rien n'en était ressorti. Les trois hommes étaient inconnus, ne figuraient pas dans les fichiers de la police. Pas d'identité et donc aucune possibilité de les relier à qui ou à quoi que ce soit. Excepté le dernier mort – pouvait-on parler de "tué" ? –, ce Zacharie Juste.

Là où un meurtre aurait permis de créer des liens un peu plus solides entre chaque cas, il y avait un suicide. Le seul point commun était la présence de cet inconnu décrit avec des cheveux blancs. Sur chaque lieu, son ADN, ses empreintes avaient été retrouvées, confirmant une présence et des soupçons. Malgré cela et en l'absence de preuves formelles, la présomption d'innocence tenait bon. L'enquête se compliquait en dépit des efforts ininterrompus de ses deux, non, trois officiers de police. Leurs noms lui échappaient… Ah oui, Stobbart, Collard et Emmerich. Malgré les blessures, les pénuries de moyens et de personnel, ils faisaient un travail remarquable. Mais pourraient-ils mettre un frein à l'hécatombe ? Godot l'espérait. Sans doute était-ce pour cette raison que Mantis avait insisté pour que tous deux se déplaçassent sur le lieu de travail de la toute première victime : une façon de montrer aussi le dynamisme qu'ils mettaient tous à vouloir résoudre l'enquête.

Même s'il n'en semblait guère affecté, le Préfet Mantis risquait gros dans cette affaire. Un échec le fragiliserait tout autant politiquement que professionnellement : d'un point de vue plus pragmatique, cela signifierait une baisse de fréquentation à son Institut, impliquant pertes financières et perte de crédibilité auprès du grand public. Tout en jouant son avenir politique : ses détracteurs ne manqueraient pas de soulever l'implication du Préfet de police dans une affaire qui le touchait personnellement. Les mauvaises langues n'hésiteraient pas à persifler sur la possible dissimulation de preuves. Si le Procureur voyait ce second point comme une lointaine probabilité, au motif qu'il n'était pas un politicien pure souche, mais avant tout un travailleur acharné, il pouvait se rendre compte que le Professeur pouvait surtout tout perdre. *A contrario*, s'il réussissait à régler cette affaire à son avantage, nul doute qu'il s'en servirait pour asseoir son avenir politique. Et monter.

En attendant, le Procureur ne pouvait qu'admirer la finesse de Mantis pour l'organisation de cette conférence de presse : en invitant les journalistes à l'Institut psychiatrique, ses rivaux politiques avaient pointé du doigt un déballage médiatique et publicitaire de mauvais goût. Mais Godot n'était pas d'accord : au contraire, il s'exposait et démontrait qu'il n'avait rien à cacher. La transparence dans son plus simple appareil était toujours appréciée. En outre, Mantis resterait en retrait, laissant au Professeur Édison et à lui-même le soin de conduire les questions. Il n'interviendrait qu'à la fin de la conférence et apporterait ses conclusions sur l'enquête en cours. Il était convenu que toutes les questions en rapport avec son ancienne profession seraient éludées au profit d'Édison, seul directeur en poste de l'Institut Mantis. Sur ce point, Godot ne savait pas trop quoi penser. Il ne connaissait que de réputation le Professeur Édison, c'est-à-dire à peu près autant que le grand public : un homme brillant, charismatique, maire de la petite ville d'Essises à côté de l'Institut, et qui ne laissait pas indifférente la gent féminine. Et cette dernière ne le laissait pas non plus de marbre. Pour le reste, il en saurait davantage dans les prochaines minutes : la voiture s'était arrêtée devant le manoir. L'homme blond qui se trouvait le perron descendit les quelques marches pour les accueillir, un sourire sur les lèvres.

« Bonjour, Moebius. Comment vas-tu ?

– Frédéric… »

Les deux hommes se serrèrent brièvement, mais chaleureusement la main. Puis Mantis se retourna vers Godot qui le suivait de près.

« Je te présente Monsieur Godot, Procureur de la République. Et le Professeur Édison, directeur de l'institut. »

Nouvelle poignée de main, tout aussi brève, moins chaleureuse. Le directeur regarda sa montre :

« Presque tous les journalistes sont arrivés mais, officiellement, la conférence ne commencera que dans une bonne demi-heure. Vous intéresserait-il de visiter notre établissement, Monsieur le Procureur ?

– Malgré les circonstances, volontiers. (Godot se tourna vers Mantis.) Votre institut a atteint une telle renommée que je serais très curieux d'en faire la connaissance…

– Et ce sera avec plaisir. Je laisse le Professeur Édison vous guider : je ne suis plus ici que par intermittence. Je resterai à vos côtés en simple visiteur.

– Qu'il en soit ainsi. Je vous suis, Professeur… »

Les trois hommes montèrent les marches et disparurent à l'intérieur du manoir.

*

Comme Mantis s'y était attendu, Monsieur Godot avait demandé à consulter le registre informatique des patients. Édison avait accédé de bonne grâce à sa requête et lui avait montré un important fichier sur lequel une mosaïque de visages – hommes et femmes, adultes et adolescents – les avait fixés de leur regard terne. Godot les avait trouvés terrifiants : à croire que leur esprit avait déserté leur enveloppe charnelle. Puis, le Procureur passa les vingt-cinq minutes restantes à visiter les méandres de l'Institut, se faisant expliquer les diagnostics, les traitements proposés aux patients et l'accompagnement des familles.

Il apprit ainsi que les thérapies duraient entre huit et douze semaines en moyenne, et alternaient avec des retours du patient dans la société civile pour de courtes périodes d'abord, puis de plus en plus longues, afin de favoriser leur réinsertion dans la réalité de l'univers qui les entourait. Les diagnostics étaient posés avec le patient, dans le but d'établir un bilan psychosocial et d'amener le patient à réfléchir sur son addiction pour mieux lui donner les moyens de s'en sortir. Dans ce but, des entretiens individuels et collectifs étaient menés par un médecin, et le patient pouvait en outre bénéficier de l'accompagnement d'un tuteur volontaire peu après son arrivée à l'Institut. Souvent un patient plus ancien et servant de référent au nouvel arrivant, le tuteur avait pour rôle de guider son pupille vers la guérison, en l'intégrant notamment dans des activités manuelles, théâtrales, intellectuelles qui devaient briser le cercle vicieux et instaurer un climat de confiance en soi, clef de la guérison. Un programme qui conquit Godot. Il se promit d'en reparler à Mantis : peut-être était-ce là une voie à explorer pour traiter des problèmes sociétaux plus larges…

La conférence débuta sans retard dans une grande pièce aménagée pour l'occasion, devant un parterre d'une vingtaine de journalistes très attentifs. Godot trouva en Édison un excellent orateur. Celui-ci exposait de façon précise et concise le fonctionnement de l'Institut, ses règles de sécurité, et répondait aux questions posées sans hésitation :

« Et qu'en est-il du suspect toujours en cavale ? A-t-il déjà été accueilli dans votre établissement ? provoqua rapidement un journaliste.

– Oui », répondit Édison avec aplomb.

Un brouhaha éclata dans l'assistance de journalistes, tandis que celui qui avait posé la question ouvrait des yeux ronds, décontenancé.

« Mais je croyais que… »

Le directeur leva les mains pour demander le silence. Le bruit s'apaisa aussitôt.

« Contrairement à ce qui a déjà été dit ou insinué auparavant, notre Institut a déjà accueilli ce suspect une fois, lors de sa première interpellation, tout de suite après l'homicide sur la personne d'Ariel Braska…

– L'infirmière qui travaillait chez vous ?

– C'est cela même. Nous ignorons encore dans quelles circonstances Mademoiselle Braska et son meurtrier se sont rencontrés, mais cela s'est passé en dehors de nos murs et en dehors de ses heures de travail.

– Pour l'instant, intervint Godot, il est plus sage de parler d'une rencontre fortuite en attendant que des éléments viennent prouver le contraire. Aucun lien n'a été mis en démontré entre le meurtrier et l'Institut Mantis. Nous nous intéressons à ce dernier seulement parce que la victime y travaillait et qu'il nous était nécessaire de reconstituer son emploi du temps. Et pour l'heure, nous ignorons encore qui est le meurtrier, du point de vue de son identité, de ses origines et de ses motivations.

– Mais quand comptez-vous l'arrêter ? Le bruit court que quatre autres meurtres non élucidés et survenus ces derniers jours seraient l'œuvre de ce psychopathe…

– Ce ne sont que des suppositions : aucune preuve sérieuse n'a été trouvée et qui impliquerait directement cet homme.

– Les Parisiens doivent-ils s'inquiéter qu'un tueur en série circule librement dans la capitale ?

– Non, en aucun cas. »

Les journalistes se tournèrent vers le Professeur Édison.

« Je me permets d'intervenir, non pas en tant que psychologue criminel, mais en tant que médecin. Je tiens à souligner que le fugitif n'est pas un tueur en série pour plusieurs raisons. Un tueur en série est empiriquement défini par la perpétration d'au moins trois meurtres sur des victimes n'ayant théoriquement aucun lien entre lui et elles, et peut respecter un *modus operandi* – choix des victimes, mise en scène, mise à mort – qui lui est propre. Excepté le nombre d'homicides, le suspect ne semble pas posséder de *modus operandi* bien défini. S'il s'agit effectivement d'un déséquilibré, son comportement est erratique et se rapprocherait davantage de la bête blessée. Je m'explique : cet homme est sous pression et ne réagit qu'à des pulsions primales, inhérentes à tout animal se sentant en danger : la peur et l'instinct de conservation. C'est la peur qui régit son comportement. Il tue, non pour satisfaire une pulsion de désir ou de pouvoir, mais parce qu'il se considère en danger. C'est l'instinct de survie qui le guide. Là où vous ne verrez qu'un meurtre sauvage sur une femme sans défense, lui voit un moyen de se défendre contre quelqu'un qu'il croit lui être hostile. C'est ce décalage qu'il nous importe de comprendre si l'on veut le comprendre, lui.

– Vous parlez d'un déséquilibré guidé par la peur. Pourtant les faits sont en contradiction avec ce que vous avancez, objecta une journaliste qui brandissait son dictaphone comme une baguette menaçante. J'ai eu accès au rapport du médecin légiste et l'état des corps ne présage pas d'un déséquilibré mais bien d'un meurtrier de sang-froid. Même si la victime infirmière portait des traces de coups, elle ne portait pas trace d'un acharnement physique. Pourquoi est-ce qu'un déséquilibré terrifié se serait donné la peine de l'étrangler avec un câble de… revolver vidéo… alors que dans sa folie, il aurait pu – pardonnez-moi l'expression – se servir d'elle comme d'un sac de sable, ou bien l'étrangler de ses propres mains. Autrement dit, pourquoi se servir d'un instrument quand on peut arriver au même résultat par des moyens moins… élaborés ?

– Pour répondre à votre question…

– Encore un instant, s'il vous plaît. Cette observation est aussi valable pour le meurtre du gérant : un seul coup de couteau porté à la gorge n'est pas la marque d'un homme affolé, mais bien d'un tueur, là où au contraire un déséquilibré – sous pression comme vous dites – aurait plutôt porté de multiples coups… Pour quelqu'un qui n'a soi-disant pas toute sa raison, je trouve personnellement que ses actes sont plus proches de ceux d'un tueur en série…

– Remarques très pertinentes, Madame. Si vous cherchez du travail, n'hésitez pas à venir chez nous, je vous garde un poste… ! »
Quelques gloussements parcoururent la salle. La journaliste esquissa une grimace qui devait s'apparenter à un sourire.

« …Mais sur ce dernier point, je laisserai intervenir Monsieur le Préfet de police…

– Merci, Professeur, enchaîna aussitôt Mantis, mais avant de poursuivre, je voudrais apporter deux précisions. Si j'interviens ici devant vous, c'est en tant que préfet de police de la ville de Paris. J'ai eu écho de certains articles mettant en doute ma probité dans cette affaire, et vous êtes tout autant au courant que moi que je ne suis plus lié à l'Institut dans lequel nous sommes en ce moment même, si ce n'est pour l'affaire qui nous intéresse… »
Mantis parcourut la petite assemblée d'un regard tranquille. Des yeux se baissèrent, des rougeurs envahir quelques visages. Mantis s'était imposé et contrôlait la foule. Il reprit lentement, pesant sur ses mots :
« Si nous avons choisi l'Institut comme lieu de conférence, ce n'est pas un

hasard. Comme vous n'avez pas manqué de le souligner ces derniers jours, l'évasion de ce déséquilibré a suscité beaucoup d'émoi. Dans ce cadre, j'aimerais porter à votre connaissance de nouveaux éléments concernant l'enquête et qui, j'espère, vous permettront d'apprécier nos raisons et la qualification de "déséquilibré". »

La journaliste qui avait interpellé Édison ne réagit pas. Toute l'assemblée était suspendue aux lèvres de Mantis.

« Outre les premières victimes, le suspect est actuellement soupçonné d'être à l'origine d'un triple homicide, ainsi que de l'hospitalisation d'un officier de police blessé durant son service... »

Les micros se tendirent un peu plus en avant pour ne pas en perdre une miette.

« Malgré ses blessures, cet officier de police a pu nous confirmer la présence du suspect sur les lieux. Les descriptions fournies font état d'un homme jeune, de type caucasien, entre vingt-cinq et trente ans, avec pour signe particulier des cheveux blancs. C'est la photo qui a été communiquée à vos services respectifs. Au moment de l'agression, le suspect portait une tunique d'hôpital. Sur ce dernier point, deux observations : le suspect n'est pas – comme nous avons pu l'entendre et le lire – originaire de l'Institut dans lequel vous vous trouvez actuellement. D'après les observations de l'officier, il a été constaté que la tenue portée au moment des faits diffère drastiquement de celles utilisées ici même, comme vous avez pu le constater sur nos patients lors de votre arrivée. Second point et principale raison pour laquelle j'ai sollicité Monsieur Godot, Procureur de la République, à tenir une conférence de presse aux côtés du Professeur Édison : le suspect semblerait atteint du syndrome auquel j'ai eu l'honneur d'associer mon nom, le Syndrome Mantis. Pour plus de précision, je laisse la parole au Professeur Édison. Professeur... »

Le Préfet de police Mantis avait capté l'attention de son auditoire de façon admirable. Cette réflexion s'était imposée comme une évidence aux yeux de Godot. Nul n'ignorait que Mantis était tout autant fondateur de l'Institut que théoricien de ce fameux syndrome. Pourtant, l'homme s'était attaché à laisser la parole à Frédéric Édison, l'autre éminent spécialiste et successeur du bien nommé. Ainsi, il dissociait ostensiblement son premier domaine d'expertise qui appartenait à présent à la sphère personnelle depuis qu'il était devenu préfet de police. En respectant scrupuleusement cette règle tacite qu'il s'était fixée, il montrait à son auditoire les limites de sa fonction, de manière à ne pratiquer aucune ingérence, marque d'un esprit pouvant être vu comme trop orgueilleux, trop ambitieux.

Un éclat de voix dans le micro un peu plus fort que les autres tira le Procureur de ses pensées. Édison analysait à présent le rapport dont Mantis et lui-même avaient pris connaissance durant l'enquête. Les observations étaient édifiantes et faisaient prendre conscience à Monsieur Godot que le danger vidéoludique était bien réel :

« Le Syndrome Mantis se caractérise par une perte des notions de temps, d'espace et une altération partielle voire complète de la réalité. Il en résulte des comportements instables, voire très instables, accompagnés ou non de violences, sur autrui ou sur le patient lui-même. Nous pouvons rapprocher le Syndrome Mantis d'une certaine façon aux troubles du spectre de l'autisme dans sa forme – isolement, troubles de la communication –, à ceci près qu'il n'est pas acquis, mais s'acquiert, tout en étant volontaire et conscient de son état. Tous les individus ne sont pas égaux et certains y sont plus réceptifs que d'autres pour diverses raisons : fragilité psychologique, contexte social difficile, ou encore facteurs génétiques. Dans le cas présent, je suis intervenu en tant que spécialiste auprès de Monsieur Godot et, à la lumière des pièces qui m'ont été transmises par la Brigade criminelle de Paris, plusieurs éléments laissent à penser que l'individu suspecté et que nous avons évoqué souffrirait d'une forme sévère du Syndrome Mantis. »

Le Professeur marqua une courte pause. On n'entendait pas une mouche voler.

« Nous avons tout d'abord mentionné les meurtres de Mademoiselle Braska et de Monsieur Chevalier, gérant de la salle d'arcade. Le lieu, qui peut ici apparaître comme fortuit est intéressant à plus d'un titre, mais nous y reviendrons un peu plus tard. Puis nous avons ce triple homicide. Vous avez certainement remarqué la facilité à passer à l'acte du suspect malgré son jeune âge. Si effectivement ceci est un premier indice pouvant être interprété comme l'œuvre d'un tueur chevronné, un second indice nous permet d'écarter cette hypothèse. Le rapport de l'officier de police qui a été agressé mentionne le fait que le suspect a parlé en japonais. Oui, en japonais, aussi surprenant que cela puisse paraître. Le caractère guerrier fait incontestablement référence à une série de jeux de combat des années 1990-2000. Et dont le titre original m'échappe encore… »

Sourires dans l'assemblée.

« L'emploi de cette langue n'est pas aussi étonnant si on la place sous un éclairage vidéoludique : quelques-uns des plus gros éditeurs et pourvoyeurs de jeux ne sont-ils pas japonais ? De Sony, Sega, Nintendo, Square-Enix ou Capcom ? Or, d'après plusieurs études approfondies qui ont permis de mieux comprendre le Syndrome, il s'est avéré que plus de la moitié des joueurs interrogés avaient des notions de japonais uniquement dues à l'apprentissage issu du média vidéoludique. Le chiffre pourrait être encourageant pour notre jeunesse à l'ouverture culturelle, si celui-ci n'était pas le reflet précurseur de ce Syndrome, puisque sur ce chiffre, près de soixante-dix-huit pour cent des symptômes sont traités dans un établissement psychiatrique. Le cas de la personne qui nous intéresse est loin d'être isolé, excepté bien sûr par la violence qu'il revêt… »

Le directeur marqua un arrêt et regarda son auditoire, suspendu à ses lèvres. Les regards oscillaient entre curiosité et malaise. La conférence de presse prenait des allures d'une conférence pure et simple. Édison reprit :

« Cet élément de violence prend tout son sens sur le lieu même des premiers crimes. Où a été assassinée mon employée ? Sur une borne d'arcade où le seul but est de tuer encore et encore tout ce qui se présente devant le joueur : monstres, animaux… et hommes! L'impact de l'image est très fort et les prédispositions que nous évoquions précédemment ne peuvent que conduire à l'éclatement de cette violence. Nous avons pu alors constater chez ces patients un glissement plus ou moins profond du réel au virtuel, avec une altération totale ou partielle des points de repère qui nous ancrent dans ce que, nous, nous appelons habituellement la réalité.

Ce décrochage, j'ai pu le constater une nouvelle fois dans la seconde série d'homicides. En m'appuyant toujours sur les rapports de police, le suspect a évoqué devant l'officier qu'il venait de sauver à son arrivée un "Cinquième niveau". Encore ici, deux éléments à souligner. Nous avons, dans un premier temps, une personne à sauver, gardée par ses agresseurs, schéma classique d'un jeu vidéo, « Le prince doit sauver la princesse ». Les agresseurs étaient habillés en noir, couleur traditionnellement assimilée dans l'imaginaire populaire à la mort, mais aussi au Mal. Le suspect a associé cette couleur négative à ce groupe d'hommes, et leur a inconsciemment attribué le rôle de l'ennemi…

– Mais dans ce que vous dites, rien n'indique le glissement réel/virtuel…, fit observer un journaliste.

– J'y arrive et c'est mon second point : c'est cette référence au "Cinquième niveau". Ce point fait explicitement référence au découpage d'un jeu vidéo en plusieurs sections jouables, mais surtout – et vous trouverez la coïncidence troublante – au cinquième étage dans lequel a eu lieu ce triple homicide. D'un point de vue psychiatrique, le suspect semble présenter le plus haut degré du Syndrome Mantis, à savoir la phase "cinq" sur les cinq phases définies, et caractérisant : « le fait de jouer sans discontinuer, avec altération des perceptions de la réalité et du virtuel au point d'en mélanger les deux ». Mais tout me porte à croire que nous pouvons caractériser ici une *sixième phase*. »

Des murmures d'étonnement s'élevèrent dans la salle. L'affaire était-elle donc encore plus sérieuse que ce qu'ils avaient imaginé ? Les différentes pièces s'assemblaient dans un puzzle macabre où aucun raisonnement rationnel ne pouvait ramener à la raison un esprit qui évoluait dans une autre dimension. Godot se retourna vers Édison, surpris. Seul Mantis resta de marbre, aucunement étonné des conclusions du directeur. Une voix se fit entendre, un peu plus forte que les autres :

« Et comment définissez-vous cette sixième phase ? »
Édison leva les mains pour ramener le calme.

« On ne peut plus simplement : « *le patient ne s'abstrait plus du virtuel* ». Voici la sixième phase telle qu'elle est et telle que la victime la ressent.

– Mais comment lutter contre ce Syndrome ?

– Par une prise en charge des plus poussées, au même titre qu'une pathologie mentale lourde. Avec un espoir de guérison, qui, malheureusement, reste à prouver. »

Quelques irréductibles stylos s'arrêtèrent d'écrire, surpris, avant de reprendre leur course effrénée sur le papier. Édison termina :

« En conclusion, je vous signale à tous que le suspect auquel la police consacre en ce moment même tous ses efforts semble souffrir d'une forme très aiguë du Syndrome Mantis. Je ne peux que promettre à Monsieur Godot d'investir tous les moyens en ma possession pour mettre le suspect en sécurité, aussi bien pour la sienne que pour celle de nos concitoyens. On ne peut tenter de raisonner avec lui et toutes les précautions doivent être prises pour l'arrêter dans sa folie et l'amener dès que possible en ces lieux, aux fins de pouvoir lui prodiguer tous les soins nécessaires et surtout le protéger de lui-même. Je vous remercie de votre attention. »

Après un rapide salut, le Professeur Édison se retira sous des applaudissements appréciateurs. Monsieur Godot s'avança. La note un peu pessimiste sur laquelle le directeur avait conclu devait être quelque peu rectifiée, sinon, ce serait la panique dans Paris, du moins dans ce qui restait de ses habitants non grippés. Et le Procureur n'avait nullement envie de trier les appels des petits rigolos qui s'amuseraient à mettre de l'huile sur le feu.

« Merci au Professeur Édison de nous avoir davantage éclairé sur un sujet aussi complexe que pointu, et Monsieur le Préfet de police de Paris, Monsieur Mantis, qui a pu trouver un instant dans son emploi du temps déjà bien rempli pour répondre à vos questions. Toutefois, je vous demanderai de ne pas céder à la psychose. Tous les moyens sont déjà mis en œuvre pour procéder à la bonne résolution de cette affaire. Un numéro vert a d'ores et déjà été mis en place auprès du public… »

S'ensuivirent les règles habituelles de prudence : ne pas s'approcher du suspect, ne pas lui parler, téléphoner tout de suite à la police. Les journalistes se donnèrent tout juste la peine de les noter : eux aussi les connaissaient tout aussi bien que le Procureur.

« Enfin, pour terminer, nous comptons sur votre aide pour le bon déroulement de cette enquête et vous pouvez compter sur nous pour la résoudre au plus vite. Merci de votre attention à tous. »

Des applaudissements moins nourris que précédemment retentirent, vite noyés par le bruit des chaises déplacées. Les journalistes quittèrent la salle dans un bourdonnement confus pour regagner l'extérieur de l'Institut. Mantis se tourna vers le Procureur.

« Tout est sous contrôle, me semble-t-il… »

Godot hocha la tête.

« De ce côté-là, en effet. J'aimerais en être aussi sûr vis-à-vis de notre homme en cavale…

– Je suis bien d'accord, approuva Mantis. D'ici là, il faudra se concentrer sur ce que nous avons. La semaine s'annonce chargée…

– Je suis sûr que l'Institut finira par te manquer, taquina Édison.

– N'en sois pas si sûr. La politique constitue un champ d'étude comportementale très large… »

Un téléphone sonna. Fébrilement, Godot chercha l'indélicat, le trouva et prit connaissance du numéro. Le répondeur.

« Je vous prie de m'excuser : on a tenté de me joindre plusieurs fois…

– Mais faites, le pria Mantis. Nous comprenons tout à fait. »

Trente secondes plus tard, Godot raccrochait et entraînait Mantis à l'écart, adressant à Édison un sourire d'excuse.

« Désolé de vous interrompre, Moebius, mais il y a du nouveau… »

Tendu comme un arc, Godot le mit au courant de la situation en quelques mots. Deux minutes plus tard, ils prenaient congé du Professeur Édison et filaient à toute allure sur Paris.

Chapitre XLVIII

Mardi, 7 h 30

Jacques Blanc soupira. Il était encore tôt mais, il ne savait pas pourquoi, il sentait que la journée serait rude. Une journée comme elles se ressemblaient toutes ces derniers jours, en somme. Le commissaire se renversa dans son fauteuil. Déjà en bras de chemise malgré l'heure matinale, sa veste négligemment posée sur son dossier, il profitait d'un de ces rares moments de solitude tranquille pour faire un point sur tout et sur rien, avant d'entrer de nouveau dans le tourbillon de sa journée.

Son téléphone sonna. Ça commençait déjà. Jacques décrocha à la troisième sonnerie. Stobbart.

« Salut George !

– Salut Jacques. Déjà au bureau, j'imagine ?

– Effectivement. Ça va mieux la tête ?

– Les sutures tiennent le coup et la migraine aussi. Tu es tout seul là ?

– À cette heure, oui. Dis donc, c'est quoi cette voix d'outre-tombe ? Tu fais la fête pendant tes arrêts-maladie ou quoi ?

– Si c'était le cas, je m'abstiendrais de t'appeler à sept heures du mat', soupira Stobbart.

– Je te taquinais, vieille branche. Je sais que ce n'est pas dans ton genre, mais je sais aussi que ça doit être sacrément grave pour t'avoir au téléphone à un moment pareil… Je t'écoute.

– C'est rapport au meurtre de l'infirmière… »

Le commissaire principal raccrocha et se rassit lourdement à son bureau. L'affaire prenait une tournure qui ne lui plaisait absolument pas. Durant un long moment, il resta silencieux, assimilant, triant, classant les nombreuses informations qui lui avaient été délivrées. Vingt minutes plus tard, il décrochait à nouveau son téléphone sans cesser de réfléchir et de mesurer tous les risques. George revenait aujourd'hui, contre la volonté de son ami et supérieur, mais Blanc n'avait pas le choix. Il lui avait donné rendez-vous à onze heures pour qu'il puisse récupérer un peu de sa nuit. Têtu comme il était, il serait là vers neuf heures trente. En l'attendant et en attendant le reste de l'équipe, le commissaire Blanc n'avait plus qu'une chose à faire : appeler le commissaire divisionnaire, son propre chef. Qui était absent pour cause de grippe, forcément. Ne restait plus qu'à avertir le Procureur de la République Godot lui-même de la direction que prenait l'enquête. Et son dernier grand patron avant le Ministre de l'Intérieur, le Préfet de police Mantis. Et là, le moins qu'il puisse dire, c'est que les deux ensemble ne lui laisseraient pas le temps de se reposer…

*

Le Préfet Mantis arriva aux Batignolles sur les chapeaux de roues peu après onze heures, arrivé en droite ligne de la conférence de presse donnée à son propre Institut. Il ne comptait plus le nombre de messages que le commissaire Blanc leur avait laissés, à Godot et lui-même. Mais c'était sans compter les caprices de la technologie. Une chance que le Procureur ait eu l'ouïe fine !

Leur voiture se précipita dans le souterrain du Bastion. Tout juste laissa-t-il le temps à la barrière de se lever pour faire entrer sa voiture dans le garage. Moins de trois minutes plus tard – un record –, Mantis arrivait à grands pas au bureau du commissaire Blanc, suivi du Procureur Godot trottinant. S'y trouvaient déjà les officiers de police Stobbart, Emmerich et Collard. Tous trois avaient les traits tirés, marques survivantes de la nuit agitée qu'ils avaient dû passer.

« Mademoiselle, Messieurs, bonjour. »

Le salut, lancé à la cantonade, était franc et direct. L'affaire était urgente et il n'y avait pas de temps à perdre à saluer chacun individuellement. Tous le comprenaient. Mantis attaqua d'entrée de jeu :

« Je dois vous remercier pour le travail effectué, Monsieur Godot m'a rapidement mis au courant de la situation. Et je serais aussi curieux de connaître les circonstances qui vous ont amené à cette découverte. Commandant, voulez-vous m'expliquer ?

– Bien sûr, répondit l'interpellé d'un ton las. Pour résumer et au vu des éléments matériels que nous avons trouvés – le téléphone de Mademoiselle Braska, notamment – il me semble tout d'abord important de confirmer que le meurtre du gérant soit davantage dû à un concours de circonstances : aucun lien, familial ou amical, n'a été retrouvé avec l'infirmière. Le problème central reste bien évidemment notre fugitif avec, à la clef, deux hypothèses. Un, il n'a de lien avec personne, s'est échappé d'un établissement psychiatrique et a frappé au hasard. Ses vêtements, son comportement illustreraient bien cette possibilité, mais avec un bémol : aucun établissement ou institut avec une section psychiatrique ne semble l'avoir hébergé pour le moment…

– Et deux ?

– Hypothèse deux, le fugitif avait un lien avec l'une des deux personnes. Là encore, j'écarte le gérant pour n'envisager qu'Ariel Braska, à cause de son statut d'infirmière. Mais là encore, nous en sommes réduits aux hypothèses. D'une part, parce que nous ignorons toujours l'origine du fugitif, avec la possibilité que ce soit un ancien patient, une connaissance antérieure de l'infirmière – nous creusons cette possibilité – ; d'autre part, parce que nous ignorons aussi la nature de ce lien. Doit-on y voir une simple relation soignant-patient, une relation amicale, amoureuse ou une dispute qui aurait mal tourné pour une raison que nous ignorons encore ? Ici aussi, nous en sommes réduits aux conjectures…

– Où voulez-vous en venir ? demanda patiemment Mantis.

– À une troisième hypothèse. De plus en plus d'éléments tendent à montrer que les meurtres auraient été commis par une tierce personne, voire même plusieurs autres. Même si je la trouve moi-même difficile à admettre, la question se pose légitimement quand on se rappelle les hommes qui m'ont envoyé au tapis à l'appartement de la victime. Avec les questions subsidiaires auxquelles nous n'avons toujours pas de réponses : qui étaient-ils ? D'où venaient-ils ? Et pourquoi étaient-ils là ? À cette dernière question, j'aurais dû pouvoir y répondre plus vite si le coup sur la tête ne m'avait pas mis hors circuit. Et c'est en y repensant hier que j'ai compris que quelque chose clochait, un détail auquel je n'avais pas prêté assez d'attention : l'appartement était sens dessus dessous…

– Le cambriolage, devina Godot.

– Exact ! Le cambriolage. Pour lequel on a développé beaucoup d'efforts, en tout cas, pour ce que je m'en souviens : matelas crevé, armoires vidées et j'en passe. Ces hommes cherchaient quelque chose de précis.

– Des hommes pour lesquels nous n'avons encore aucun élément d'identification pour le moment, précisa Godot à l'attention du Préfet de police. D'ailleurs, où en est le docteur Fortesque ? Si mes souvenirs sont bons, c'est à lui que j'avais confié les autopsies…

– Le docteur Fortesque est débordé, intervint Jacques. Plusieurs de ses collègues sont tombés malades. Les autopsies ont été réalisées, seulement le docteur Fortesque n'a pas encore eu le temps de rédiger les rapports. En substance, cela donnait : nombreuses blessures, causes probables de la mort, aucune certitude.

– Mmm. Ennuyeux. Qu'il fasse de son mieux pour les rapports.

– Pour en revenir au cambriolage, poursuivit George, malheureusement pour eux, je suis arrivé trop tôt sur les lieux pour qu'ils aient eu le temps de mettre la main sur ce qu'ils cherchaient. Durant ma convalescence, j'avais demandé aux lieutenants Emmerich et Collard de me transmettre tous les procès-verbaux qu'ils auraient à rédiger pour l'enquête. Ce qu'ils ont fait avec une efficacité et un professionnalisme remarquables, je dois le souligner. Or, dans ces rapports et dans l'inventaire sommaire qui a été fait sur place, force a été de constater que seuls son ordinateur portable et un disque dur externe neuf – le ticket de caisse a été retrouvé – avaient disparu…

– Comment peux-tu en être certain ? demanda Jacques avec une pointe d'amusement. (Il voyait du grand Stobbart !)

– As-tu déjà vu des cambrioleurs prendre le temps de retourner l'appartement et ne pas barboter la télé ?

– Effectivement, sourit son ami.

– En suivant cette hypothèse, on ne peut que se douter que l'objet recherché avait une réelle importance et serait un mobile suffisant pour pousser au meurtre. Alors, si Ariel Braska ne l'avait pas caché chez elle, qu'on ne l'ait pas non plus retrouvé sur elle, l'un des derniers lieux possibles restait la salle d'arcade, là où elle a été tuée.

– Quand vous dites "l'un des derniers lieux", intervint le Procureur, à quel autre lieu pensiez-vous ?

– Son lieu de travail, mais je n'ai rien retrouvé là-bas, du moins dans son casier. En me mettant à sa place – elle est paniquée, cherche de l'aide qu'elle ne trouve pas auprès de Monsieur Juste, part dans la précipitation –, la salle de jeux était le dernier lieu qui s'imposait. La suite de l'histoire, vous la connaissez : j'ai appelé mon équipe ici présente pour cette dernière vérification. J'ai passé l'âge de bouger tout seul des bornes Arcade. Nous avons trouvé la clef USB à côté de celle où l'infirmière a été tuée, et le lieutenant Emmerich s'est chargé de la décrypter…

– Fort bien, approuva Mantis. J'en conclus que vous avez déjà pu prendre connaissance de son contenu ?

– Malheureusement oui, soupira le commandant. Et ce n'était pas beau à voir : des scènes de tortures filmées et des photographies du même acabit en très grand nombre, et sur une seule personne de surcroît…

– Vous pouvez être plus précis ? s'impatienta Monsieur Godot.

– Notre fugitif, lâcha George, le jeune homme aux cheveux blancs.

– Et vu ce qu'on lui a fait subir, m'étonnerait qu'on le revoit de sitôt… », grommela Hal.

Mantis leva un sourcil.

« À ce point-là ?

– Les images sont insoutenables, Monsieur le Préfet. Je n'en ai pas fermé l'œil de la nuit…

– Montrez-moi, s'il vous plaît. »

Emmerich obéit et leur indiqua, sur une table, un des ordinateurs que Stobbart avait ramené le matin même. Mantis et Godot prirent place, tandis que Jacques, George et Nicole restaient en retrait, tendus. Hal lança la vidéo à contrecœur et s'éloigna nerveusement du PC. La voix métallique, désormais familière, s'éleva dans les enceintes, toujours aussi désincarnée :

« Sujet 47. Opération 398. Décollement du tibial antérieur droit. »

En dépit d'un volume réduit au minimum, les deux nouveaux spectateurs sursautèrent quand s'éleva un cri inhumain. George, Nicole et Hal avaient eu beau avoir déjà entendu cette souffrance, elle les poignarda à nouveau en plein cœur. L'informaticien se boucha les oreilles ; Nico détourna les yeux, l'estomac soudain pris de violents soubresauts ; Stobbart serra les dents et les poings, le cerveau vrillé par la rage ; tandis que Jacques tordait la bouche en une grimace de dégoût et de colère. Puis le cri se coupa net. Devenu tout pâle, Godot avait mis fin à sa propre agonie.

« J'en ai assez vu et entendu. On va faire arrêter ce fils de p… et lui arracher les parties de la même manière qu'il torture ce pauvre gars. »

Un bref silence suivit. Jamais Mantis n'avait entendu le Procureur s'exprimer de pareille manière. D'habitude policé, celui-ci avait cédé à une si profonde indignation, qu'elle avait remué en lui et fait remonter des souvenirs personnels longtemps enfouis. Le Préfet n'ignorait pas que Godot avait subi des brutalités dans son enfance et en avait gardé une sensibilité presque épidermique vis-à-vis de toute forme de maltraitance physique. Une des raisons pour lesquelles il était d'ailleurs devenu Procureur de la République.

« Si vous me permettez, s'avança doucement Mantis, et afin de nous éviter un nouveau et pénible visionnage, je peux vous apporter certaines observations préliminaires en tant qu'ancien praticien, même si mon domaine de prédilection relève davantage de la psychiatrie.

– Nous vous en prions, Monsieur le Préfet, abonda le commissaire.

– Merci. L'équipement est professionnel : la lampe, la table, les… instruments utilisés ; la manière d'ouvrir la plaie également : le geste est franc, net, sans hésitation. Autre chose, l'environnement – le carrelage au sol, les gants, les sangles qui retiennent visiblement la victime –, tout est immaculé. Tout nous suggère une personne méticuleuse, qui a du temps, et qui le prend pour pratiquer ce genre de… choses. Voilà ce que je peux en dire. Une fois analysées, peut-être que les vidéos nous en apprendront davantage…

– C'est déjà un bon début, Monsieur le Préfet, apprécia Blanc. Nous vous en remercions : nous pourrons peut-être éliminer quelques pistes et en privilégier d'autres.

– Effectivement, approuva Godot à son tour. Cela nous permettra de nous concentrer sur un profil de type chirurgien et d'abandonner les recherches à l'Institut Mantis sitôt terminées les ultimes vérifications. »

Le commissaire principal haussa un sourcil interrogateur.

« Ah oui ?

– Tout à fait, reprit le Procureur. Pas plus tard que ce matin, juste avant la conférence de presse, le Professeur Édison m'a fait visiter les locaux de l'établissement, et nulle part je n'ai vu d'équipements semblables à ceux visionnés : pas de bloc opératoire ou quelque installation qui fasse penser à ce genre de chose.

– À vrai dire, la raison est simple, expliqua Mantis. L'Institut n'a pas vocation à accueillir des opérations chirurgicales. Si hospitalisation il devait y avoir, elle se ferait uniquement dans les établissements agréés : Essises n'a pas les infrastructures nécessaires pour des opérations aussi délicates.

– Et dans le cas d'urgences, comment faisiez-vous ? objecta Stobbart.

– Il y a un héliport derrière le manoir, répondit Godot. Et l'Institut est en contact direct avec le centre hospitalier de Château-Thierry, à environ vingt minutes de là.

– Je vois que le Professeur Édison vous a bien informé, observa Mantis.

– Certes, certes. La visite a été fort instructive. J'ignorais que le Syndrome

Mantis était aussi répandu…

– Malheureusement. Les améliorations technologiques ont leur pendant et les constructeurs autant que les éditeurs cherchent sans cesse à augmenter l'immersion des joueurs avec ce qu'ils appellent la réalité augmentée et la réalité virtuelle. Jusqu'à ce que les joueurs perdent paradoxalement la notion de réalité.

– Excusez-moi, mais quelle est la différence entre réalité augmentée et réalité virtuelle ? s'enquit Nicole intriguée.

– Aucun souci, Mademoiselle. La réalité virtuelle plonge le joueur dans un univers souvent imaginaire et créé de toutes pièces, dans lequel il est possible de se mouvoir et d'interagir. La réalité augmentée est une technologie qui superpose des éléments virtuels dans un environnement réel : à la différence de la réalité virtuelle, le monde réel est le support de la réalité augmentée. Et dans ces cas d'addiction, l'Institut a pour rôle de faire en sorte que les joueurs réapprennent à vivre dans le monde réel, tangible, dénué de toutes informations digitales. Mais je ne veux pas vous ennuyer à vous parler d'un sujet sur lequel je pourrais parler des heures. Nous avons des affaires plus urgentes à traiter…

– Mais c'est très intéressant, Monsieur le Préfet, objecta Stobbart. Peut-être devrions-nous prendre en compte ce paramètre, non pas seulement au vu du lieu où le fugitif a été trouvé, mais de la situation dans laquelle il était *au moment* où nous l'avons trouvé, c'est-à-dire en train de jouer à un jeu de combat.

– Votre point de vue se défend tout à fait, admit sombrement Mantis. Si tel est le cas, je n'ai jamais vu, croisé ou même envisagé pathologie aussi extrême, comme l'a souligné ce matin le Professeur Édison. Nous devrons redoubler d'attention : pour l'expérience que j'en ai, mes patients étaient par moment tout à fait imprévisibles. Ce qui ne ferait que rajouter à la dangerosité de notre individu. Quoi qu'il en soit, je dois vous adresser toutes mes félicitations à vous et votre fine équipe, commandant Stobbart. Vous avez tous fait un travail remarquable.

– Merci, Monsieur le Préfet. Mais l'enquête n'est pas terminée…

– À l'avenir, je voudrais être averti de tous les changements et nouveaux éléments qui seront apportés à vos investigations. Ne voyez pas cet intérêt au prix d'un éventuel conflit d'intérêts, mais d'un homme qui veut absolument faire toute la lumière sur cette sinistre affaire. Mademoiselle, Messieurs… Je compte sur vous. »

Mantis toisa le petit groupe. Il irradiait d'autorité tranquille. Chacun donna son assentiment d'un mot ou d'un signe de tête. Le Préfet de police les recueillit avec gravité, et chaque membre du groupe put mesurer la volonté de fer derrière ce regard d'acier.

« Merci à vous et bonne journée, conclut le Préfet. Sur ce, je vous laisse aux bons soins de Monsieur Godot. »

L'homme s'éclipsa, laissant derrière lui le petit groupe de policiers qui se rassemblait déjà pour discuter de la direction qu'allait prendre l'enquête grâce aux nouveaux éléments apportés.

*

Après avoir expédié la nouvelle réunion qui suivit sur la tenue prochaine d'une manifestation quelconque dans la capitale, Mantis sortit rapidement du Bastion, saluant poliment les collègues croisés sur son chemin. Il dédaigna sa voiture et monta dans le véhicule avec chauffeur qui patientait quelques mètres plus loin.

« 57 rue de Varenne, dans le septième, s'il vous plaît. »

Le Préfet se renfonça dans la banquette et fit mentalement, calmement, le point sur l'enquête qui occupait actuellement la plupart de son temps. Retrouver celui qui leur donnait autant de fil à retordre depuis presque une semaine ne serait bientôt plus – objectivement – qu'une question d'heures. Le suspect n'avait pas de ressources et son état mental instable le mettrait bientôt à portée de la police.

Dans le même temps, Mantis était fasciné par cet individu. Il avait beau avoir raccroché sa blouse de praticien, il ne pouvait la quitter aussi facilement lorsque sa curiosité était ainsi attisée. Il avait visionné le film de l'accident dans lequel les deux ambulanciers avaient trouvé la mort, puis lu attentivement les dépositions des infirmiers lorsque le jeune homme aux cheveux blancs les avait mis hors d'état de nuire à l'Institut. Malgré tout son sang-froid, il ne pouvait nier une petite pointe d'excitation scientifique en tant que psychiatre, et de se retrouver ainsi devant un cas clinique aussi exacerbé de ce syndrome qu'il avait théorisé. Car même s'il n'en avait pas la preuve formelle, l'expérience lui soufflait qu'il y avait quelque chose. Avant de pouvoir l'affirmer, il devait comparer les données qu'il avait patiemment glanées durant des années pour construire sa théorie et enfin confronter cette dernière avec l'individu. Si cette perspective de recherche et d'exploration de la psychè humaine s'avérait palpitante, celle-ci devrait pourtant attendre ce soir, chez lui, sur ses rares heures de détente, s'il n'était pas pris par une autre tâche d'ici là.

« Arrêtez-vous ici, s'il vous plaît. »

Mantis descendit et se dirigea vers un imposant bâtiment, un joyau du XVIIIe siècle édifié par l'architecte Jean Courtonne. Il passa les contrôles sans encombre, effectués avec efficacité, et pénétra dans l'hôtel de Matignon.

« Alors, comme ça, Monsieur Mantis, votre propre institut se retrouve mêlé à cette sordide histoire de meurtres qui secoue Paris en ce moment même ? Vous devez vivre une situation délicate… »

Le petit homme replet, presque chauve, secoua la tête d'un air condescendant, faussement attristé. Selon son opinion que tous estimaient respectable, ce Mantis n'aurait jamais dû occuper le poste de préfet de police. Il n'avait ni le diplôme, ni les compétences pour remplir de telles fonctions. De son point de vue – et il parlait en connaissance de cause, lui, Ministre des Affaires étrangères qui avait fait l'ENA et Sciences politiques –, cette nomination mal tombée était purement – ironiquement – politique. Son seul mérite – toujours d'après son humble avis – était de connaître les bonnes personnes et d'utiliser quelques tours de passe-passe pour sortir un fils de président de sa crise d'adolescent boutonneux.

À côté de l'inestimable personnage, une dame tirée à quatre épingles – la Ministre de la Santé et du Bien-être, femme sévère, coupe au carré, yeux bruns dans lesquels se lisait la suffisance du politicien et de son diplôme – profita pour renchérir :

« ...car il s'agit bien d'un de vos employés qui a été tué dans cette salle de jeux, n'est-ce pas ? Et ce déséquilibré, ne sortait-il pas de chez vous ?

– Malheureusement, ajouta le Ministre de l'Éducation, même si votre Institut jouit d'une bonne réputation, ses efforts demeurent vains : combien de jeunes passent entre vos mains et rechutent dans les semaines, les mois qui suivent ?

– Exactement cinq virgule quatre pour cent, répondit tranquillement Mantis. Et ce chiffre est en constante baisse. Peut-on en dire autant du taux d'échec scolaire ? Non, si l'on en juge les dernières statistiques qui présentent une augmentation des plus consternantes, particulièrement depuis les réformes de l'apprentissage de la réflexion et de la lecture intuitive initiées par votre parti. Élèves qui, par voie de conséquence, décrochent et finissent bien malheureusement à l'Institut du Professeur Édison, où là-bas ils sont heureusement et correctement pris en charge...

– Comment pouvez-vous dire ça ?! Vous ignorez...

– Je le peux et je n'ignore pas, coupa froidement Mantis. J'ai mené une étude sur l'apprentissage que vous qualifiez de "traditionnel" et le lien de causalité vis-à-vis de l'échec scolaire. Un rapport de quatre cents pages, qui arrivait à la conclusion que l'apprentissage actuel – celui que vous avez fait voter – n'est pas adapté aux élèves en difficulté et était une des principales causes d'abandon à long terme. Certains jeunes et adultes accueillis à l'Institut en sont malencontreusement les principales victimes, expliquant en partie le repli sur soi et la naissance de leur Syndrome.

– Si un tel rapport avait existé, j'en aurais eu connaissance ! siffla le Ministre.

– Oh, vous en avez eu connaissance : c'est vous-même qui l'avez demandé. Il vous a été remis il y a exactement deux mois avant mon arrivée à la préfecture de police et vous l'avez proprement enterré sans même en avoir seulement lu les conclusions – vous êtes un homme de relations, pas d'actions. Mais pour répondre à votre question, Madame (Mantis se tourna vers la Ministre de la Santé), non, ce n'est pas une de mes employées, mais une employée de l'Institut Mantis. Établissement sur lequel je n'ai plus aucun pouvoir de recrutement ou de direction, excepté peut-être un droit de visite si je prends la précaution de prévenir quelques jours avant. Par conséquent, j'ignore tout à fait si ce "déséquilibré" comme vous dites s'est échappé de l'Institut. L'enquête est en cours et je ne saurai tirer des conclusions hâtives.

– Malencontreusement, repartit le Ministre des Affaires étrangères d'un ton mielleux, l'implication de l'Institut que vous avez créé et cette absence de résultats vous mettent en porte à faux vis-à-vis de l'enquête, d'une part pour conflit d'intérêts ; d'autre part, par la non-résolution de l'enquête. Le média vidéoludique – ou le jeu vidéo, appelez-le comme vous voulez – est un objet virtuel qui ne saurait être admis dans les problématiques liées à notre réalité et à l'éducation. *A contrario*, le meurtre fait partie de cette réalité : ceux que vous essayez soi-disant de guérir de leurs pulsions meurtrières ne comprennent pas que leurs actes sont soumis au tangible et, *de facto*, à nous, non à leur monde virtuel. Il ne semble pas que la déconnexion leur soit possible. Si l'internement est une solution, leur libération, à mon sens, n'en fait pas partie.

– Pensez-vous seulement que les joueurs soient aussi déconnectés de la réalité que vous le dites, ou bien n'avez-vous pas déjà pensé que ce qui les amène à se connecter soit justement les actes de la réalité que vous tous ici présents contribuez à construire ?

– Êtes-vous en train d'insinuer…

– …que le plus déconnecté des réalités n'est pas forcément celui qu'on croit. Oui. »

Silence outré. Sans s'en préoccuper, Mantis porta nonchalamment un petit four à sa bouche. Il le savoura lentement avant de l'avaler. En vérité, il était las. Toujours les mêmes arguments, les mêmes bassesses. D'un jour, d'un mois, d'une année à l'autre, toujours la même rengaine. Le schéma se répétait en boucle, les problèmes posés étaient redondants et lorsqu'une difficulté un peu plus coriace que les autres se présentait aléatoirement, elle succombait dès que Mantis appliquait son propre schéma. Les ministres qu'il avait en face de lui, qui croyaient en leur intelligence et leurs propres capacités qu'ils pensaient au-dessus du commun (la preuve, ils étaient ministres !) ne comprenaient pas ça. Sous les belles phrases, les arguments étaient identiques, les leviers de pression étaient identiques. Et la démonstration de leur erreur était identique. Il appuyait toujours sur le même bouton…

« Pour en revenir à votre remarque sur l'internement, ça n'est malheureusement pas une solution à long terme et elle pose un certain nombre de questions. Quel pouvoir ai-je – avez-vous – pour décider si telle ou telle personne doit être internée dans un établissement psychiatrique ou toute autre structure apte à prendre en charge une telle pathologie ? Aucun. En tant que professionnel, je n'ai toujours fait que donner un avis, la décision étant prise par le préfet de région et la famille. Le Syndrome que j'ai méticuleusement décrit est avant tout un ensemble de facteurs influant avec plus ou moins de force sur un individu plus ou moins sensible à ces facteurs. Techniquement, je décris ce Syndrome en cinq phases, la première étant de risque léger à la cinquième, de risque grave. Je ne m'avancerai pas beaucoup en disant que les deux tiers, voire les quatre cinquièmes de la population française ont développé entre une et trois phases de ce Syndrome, les quatrième et cinquième phases restant heureusement relativement rares. Vous-mêmes, Madame et Messieurs (Mantis désigna les téléphones que chacun gardait à portée de main) êtes dans la phase une, voire dans la phase deux. Tout à l'heure, vous avez attiré mon attention en parlant de score, et j'ai pu apercevoir peu après sur vos écrans de téléphone la version modernisée d'un vieux jeu vidéo sorti en 1984, *Tétris*[7]. Un jeu très intéressant par bien des aspects : l'organisation du jeu, la musique, le score et la compétition sont autant d'éléments poussant au dépassement de soi, introduisant la phase une du Syndrome consistant à l'envie continue de jouer durant vos heures de loisir.

– Et la phase deux ? ne put s'empêcher de demander la Ministre de la Santé.

– C'est l'envie continue de jouer au mépris des règles sociales établies. Au travail ou à l'école par exemple. Un peu ce qui vous arrive en ce moment si j'en juge par votre niveau et le nombre de parties que vous avez jouées aujourd'hui sur ce petit jeu…, conclut le Préfet un brin narquois.

– Vos accusations sont intolérables ! gronda son interlocutrice d'un ton pincé.

– Les preuves sont le ciment de tout raisonnement… »
Mantis montra son propre téléphone à ses interlocuteurs. Bien malgré eux, ils regardèrent l'écran et s'aperçurent que le Préfet de police avait déjà téléchargé et démarré ledit jeu. Sans attendre, celui-ci avait localisé les adversaires les plus proches et proposait toutes leurs statistiques dans l'éventualité de débuter une partie. Madame la Ministre y figurait en bonne place, suivie de près par de nombreux invités dans le salon, y compris de ses présents collègues.

« Être en politique ne signifie pas abandonner la science, Madame. »
Le Ministre des Affaires étrangères laissa échapper un rire grinçant.

« Charmant exposé, mais ne croyez-vous pas vous avancer un peu trop ? Vous parlez de preuves, mais vos théories ne reposent que sur quelques vagues postulats, dont l'absence de ces mêmes preuves est aussi criante que certaine : les sciences de l'esprit sont tout aussi immatérielles qu'un souffle d'air. Vous êtes un homme intelligent, Monsieur Mantis, et vous ne manquez pas de relations. Mais en politique, ces deux qualités ne suffisent pas. Il vous manque la compréhension de notre société. Or, vous ne voyez notre société que par le prisme de ce que vous appelez le média vidéoludique. Mais notre société n'est pas un jeu vidéo. Elle est le produit complexe de la somme des interactions humaines, qu'elles soient sociales, culturelles, économiques, politiques ou religieuses. Elle ne peut être calculée sur la base d'algorithmes informatiques, aussi élaborés soient-ils. Vous ne pouvez décrypter les signes qui vous entourent et qui traduisent les multiples maux de chaque individu, formant par là même les tendances générales de notre société. La politique

---

[7] *Tétris* est un jeu vidéo qui consiste à former des lignes à l'aide de formes géométriques diverses. Les lignes formées disparaissent au fur et à mesure qu'elles sont complétées, accroissant ainsi le score du joueur. La vitesse d'exécution augmente en fonction du score obtenu et, par conséquent, sa difficulté.

est un hôpital, Monsieur Mantis. Un hôpital dont les politiciens sont les médecins, et les parvenus comme vous, la gangrène qui pourrit notre patient ; cette société à laquelle vous attachez tellement d'importance, mais qui, finalement, restera toujours pour vous un produit virtuel, sans consistance. À la différence qu'on ne soigne pas par le virtuel, Monsieur Mantis. On l'efface, on le formate, on le modèle à notre forme, c'est tout. Si vous voulez devenir médecin de la société, vous devez d'abord la comprendre et comprendre son mal avant d'appliquer le remède… »

Le Ministre crachait son mépris et son hostilité. Durant tout son discours, Mantis n'avait dit mot, se contentant d'écouter et de regarder tranquillement son interlocuteur. Un petit groupe se forma autour d'eux, attiré par le ton montant de la conversation transformée en joute verbale. Mantis laissa passer quelques secondes. Tout le monde retenait son souffle. Puis, il se mit à parler, doucement.

« Comme vous l'avez parfaitement souligné, la société n'est pas un jeu vidéo, mais je ne me rappelle pas non plus avoir tenu pour propos plus douteuse affirmation. Ce que j'affirme, au contraire, c'est que notre société est construite sur le virtuel, que ce soit par le média vidéoludique, mais aussi la réalité augmentée ou la guerre cybernétique. Mes théories ne s'appuient pas sur des postulats, mais bien sur des études très précises et menées par le gouvernement, dirigé par celui-là même qui a lancé votre carrière. Si les méthodes d'échantillonnage peuvent parfois être contestées, j'en conviens, le nombre de patients qui m'ont consulté en cabinet en constitue un autre d'une très grande valeur, reposant tant sur le nombre d'individus reçus – toutes catégories socio-professionnelles confondues –, que sur leur suivi psychologique dans le temps. J'ai ainsi pu observer, et ce, malgré votre discours véhément, que la société est bien devenue virtuelle d'une certaine manière. J'en veux pour preuve supplémentaire ce petit jeu sur votre téléphone. Mais le problème qui subsiste en arrière-plan est – pour reprendre votre métaphore – non pas celui du patient, mais du médecin. Car oui, malgré les tares, les carences de notre société, rares sont les personnes qui se posent la question : « Est-ce que nous avons le bon médecin ? ». Oui, vous m'avez compris. En d'autres termes : menons-nous la bonne politique ? Votre politique ? En quoi la législation sur les médias vidéoludiques est-elle un meilleur remède, un meilleur instrument de mesure que les études et les consultations quotidiennes que j'ai menées pendant plus de vingt ans ? Car si ma mémoire est bonne, vous-même Monsieur le Ministre des Affaires étrangères et vous Madame la Ministre avez été également Secrétaires d'État aux Affaires numériques sous le précédent mandat, pour une durée d'environ quatre ans. Quatre ans ! Une durée plus que nécessaire pour impulser une politique inspirée pour la bonne santé mentale de notre société. Mais non, vous avez préféré favoriser l'expansion des entreprises numériques, distribuer des aides aux créateurs d'objets connectés et récolter les impôts en vous félicitant du travail accompli pour réduire le déficit de la France. Certes, l'intention est économiquement louable, mais vous était-il venu à l'idée de mener des études – parallèlement à celles que vous me reprochez d'avoir faites – pour comprendre que votre politique était vecteur de maladie, un nouveau cancer que vous avez propagé sans vouloir en supporter les responsabilités ? Vous conspuez le média vidéoludique, que ce soit par l'addiction que celui-ci peut développer, le renfermement sur soi, l'individualisation, l'ostracisme du joueur au sein de sa propre famille, sans compter les autres problèmes subsidiaires liés à la malnutrition ou à la dépression. Mais dans le même temps, vous avez favorisé l'essor de la collecte des données personnelles fournies par des monceaux d'objets connectés – chaise, montre, lunettes, télévision, balance, chaussures, brosse à dents et j'en passe – en croyant naïvement pouvoir tout contrôler. Oui, Madame, votre naïveté à tous est confondante. Vos données personnelles ont déjà été revendues à une bonne douzaine de sociétés pour mieux contrôler vos désirs et vos souhaits, limitant allègrement ce libre arbitre que vous croyez paradoxalement exercer sans contrainte. Renseignez-vous seulement auprès des entreprises, exercez votre droit de regard sur les données que vous avez fournies, lisez les conditions générales d'utilisation et voyez quels grands thérapeutes vous êtes ! Voyez de quels maux vous êtes les instigateurs et les victimes, et non les médecins ! Le jeu vidéo est un mal, certes, mais un mal visible, contrôlable. Ceux que vous créez sont les plus pernicieux, invisibles et tentaculaires. Alors, pour répondre à la question : vous, ministres, dans ce domaine de la politique, non, vous n'êtes pas de bons médecins, et oui, je me crois tout à fait compétent et plus apte que vous à soigner notre société. »

Devant la tirade, les spectateurs médusés crurent que le Ministre des Affaires étrangères en allait avaler sa cravate. Rouge comme une écrevisse, il articula d'une voix étranglée :

« Vous êtes d'une suffisance et d'une outrecuidance rares, Monsieur Mantis. Remettre en cause le travail de tant d'années… J'en perds mes mots…

– Remettre en cause, tout, et systématiquement, fait partie de mon métier, à la différence de la politique où l'ego prime plus souvent que l'efficacité.

– Il suffit, maintenant, j'en ai assez entendu ! croassa le Ministre. Rappelez-vous à qui vous avez affaire ! Et vous pouvez être certain que je toucherai un mot de votre attitude à votre Ministre de tutelle et au Président !

– Je ne pouvais espérer plus parfaite représentation de mon propos, répliqua Mantis en esquissant un sourire glacé. La politique est une source intarissable de satisfaction pour l'ego. En médecine, c'est tôt ou tard l'assurance de la perte, si vous échouez ne serait-ce qu'une fois. Vous êtes vous-même dans le second cas et je conçois que le choc est d'autant moins supportable. La médecine, quelle qu'elle soit, n'est pas faite pour tout le monde…

– Et c'est justement là que le bât blesse, vitupéra son interlocuteur. Vous êtes médecin et vous ne connaissez que bien peu de choses à un domaine aussi complexe que la politique. Vous ne pouvez vous improviser homme du peuple ! Il y a beaucoup de notions qui ne s'acquièrent pas par la médecine !

– Si vous parlez du carnet d'adresses et de la rhétorique, ce sont deux choses que j'ai maintenant acquises. Quant à me dire que je ne suis pas homme du peuple, vous ne connaissez pas le rôle du médecin, un rôle au cœur même du peuple que vous négligez tant, puisqu'il en soigne les fièvres. Non, Monsieur le Ministre, la politique est un domaine intéressant à plus d'un titre. Admettez simplement que votre ego ne supporterait pas de me voir tôt ou tard à votre place, traduisant votre incompétence à ce poste de la pire des manières : l'échec ! »

Un silence de mort plana. Le politicien vibrait de fureur à peine contenue, traduite par la vive couleur rouge brique sur son visage. Ses deux compagnons ne pipaient mot, la main crispée sur leur verre de cocktail. Autour d'eux, les conversations s'étaient tues, à peine un brouhaha au fond de la pièce.

« Allez au diable ! fulmina le Ministre des Affaires étrangères.

– Mais je suis déjà dans sa tanière », riposta doucement Mantis.

Poings serrés, le Ministre tourna les talons comme un boxeur humilié sur le ring. Les serveurs l'évitèrent avec souplesse quand il fonça droit sur eux, aveuglé par la rage. Une cloche sonna. Ils passaient enfin à table ! Mantis sentit la lassitude l'envahir.

Si le défi avait semblé bien âpre pour les témoins, lui n'y avait vu qu'une énième variante et répétition des principaux reproches que lui adressaient ses détracteurs. Il avait gagné la partie et ce coup d'éclat n'était pas passé inaperçu : des regards se tournaient furtivement vers lui et certaines conversations plus animées auparavant s'étaient faites plus discrètes. L'espace d'un instant, il devenait le centre de toutes les discussions, et ça, les compagnons du ministre l'avaient bien compris. Des tons doucereux et des paroles mielleuses s'enquéraient déjà des remèdes à employer contre les maux de la société.

Mantis réprima un mouvement d'humeur : il devait jouer à leurs jeux avant d'imposer le sien, retourner les pions de ses adversaires vaincus contre ses nouveaux adversaires. Un autre jeu virtuel à l'équilibre des plus fragiles. La stratégie politique, en somme.

Chapitre XLIX

Mardi, 9 h 00

Comme s'en était douté Jacques, George arriva tôt. Et même plus tôt : dès huit heures quarante-cinq, son ami était déjà à pied d'œuvre, rejoint peu après par ses deux coéquipiers rescapés de la grippe. Quand le commissaire le vit entrer, il fut consterné par la mauvaise mine que présentait son ami. Les yeux cernés, pâle, George paraissait avoir passé une nuit exécrable. Pas étonnant après ce qu'il lui avait confié au téléphone.

Collard et Emmerich n'étaient guère mieux. La jeune femme avait les yeux rougis et le visage fermé. Les cris résonnaient encore dans sa tête, lui déchirant les tympans, tandis qu'elle s'imaginait à la place de Cloud, lentement découpée par un maniaque du scalpel. Hal avait perdu sa verve, tentant de garder vainement un sourire de façade qui ne trompait personne. Ils se mirent au travail sans attendre pour noyer ces images de violence brute qui revenaient sans cesse devant leurs yeux.

Dès son arrivée au Bastion, Nicole s'attela à auditionner la gardienne de l'immeuble où avait habité Zacharie Juste. Mais celle-ci ne lui apprit rien de plus. Sitôt l'entrevue expédiée, la jeune femme s'acharna à reconstituer les emplois du temps d'Ariel et de Zacharie, traquant les moindres indices de leur activité téléphonique ou bancaire, cherchant en vain à trouver cette sœur qu'une collègue de la victime avait évoquée à son commandant. Peine perdue. Toutes les pistes qu'elle explorait, retraçait, s'achevaient soit dans un cul-de-sac, soit sur le répondeur des personnes qu'elle essayait de joindre pour qu'elles puissent répondre à ses questions. Frustrant et fatigant. Mais elle tenait bon. Pour le moment.

Hal, lui, entama un long travail d'identification des vidéos trouvées par leur chef, pour comprendre comment et où elles avaient pu être faites, les moyens techniques employés et, dans la mesure du possible, n'importe quel indice susceptible de les aider à identifier le ou les auteurs. Il fit tout son possible pour travailler sur les métadonnées que ses programmes récupéraient. Malgré lui, il reculait l'heure d'ouvrir les fichiers vidéo, redoutant de se retrouver une nouvelle fois seul, face à la souffrance et à cette voix métallique, robotique.

Le trio ne s'interrompit qu'un bref instant, lorsque le commissaire les prévint de l'arrivée de Mantis et de Godot. Sitôt les huiles mises au courant et parties, les policiers revinrent à leurs tâches respectives. Un des seuls moments notables de cette journée épuisante fut la venue d'un homme qui se présenta comme l'ami de Gabriel Chevalier, le patron de la salle d'arcade. Lui aussi avait mauvaise mine. Il confirma à George ce que le commandant savait déjà, une soirée passée à jouer, mais qui eut au moins le mérite de corroborer la fourchette horaire qu'avait donnée Fortesque pour l'heure de la mort. Rien de nouveau pour le reste. Stobbart abandonna ses coéquipiers durant deux heures, emmenant l'ami du gérant à l'Institut médico-légal pour identifier le corps de feu Monsieur Chevalier.

Stobbart pensait y croiser Fortesque, mais ne vit qu'un de ses assistants : le légiste était en consultation à l'extérieur. Il en profita néanmoins pour laisser à son attention la petite glacière qu'il promenait depuis ce matin et contenait les échantillons de sang de Cloud. Daniel le rappela en fin d'après-midi pour lui confirmer la bonne réception des échantillons de sang et lui transmettre ses conclusions concernant les trois cambrioleurs à l'appartement de l'infirmière. Là encore, une déception : autopsie blanche. Aucun élément ne permettait de conclure aux causes réelles de la mort. Daniel ne pouvait que proposer des arrêts cardiaques, sans certitude. Malgré la myriade de coups qu'ils avaient subis de la part de Cloud, aucun n'aurait pu entraîner la mort immédiate. Le légiste lui confirma seulement que chaque coup infligé avait été diablement précis et n'avait été porté que pour mettre hors de combat : seulement des os brisés et des muscles endommagés, aucun point vital n'avait été lésé. Après l'avoir rapidement mis au courant pour les vidéos, George raccrocha plus partagé encore : aucune piste des quatrième et cinquième hommes, ceux arrivés après la tempête. Volatilisés. Lui-même avait vérifié les caméras de secteur, sans trouver trace de la voiture qu'ils avaient utilisée. Malgré la grippe, les véhicules n'étaient pas ce qu'il manquait à Paris.

Le commandant quitta le Bastion peu après pour aller chercher les enfants à la garderie. Si la nounou trouvait Cloud chez eux, il n'osait pas imaginer la catastrophe que ce serait pour eux tous. Malgré tout, et bien que terrassé par la migraine, c'était une autre inquiétude qui le tenaillait : Émilie n'avait donné aucune nouvelle. L'ultimatum qu'elle lui avait posé touchait ce soir à sa fin et George n'était pas très confiant dans la suite des évènements. Sa femme n'hésiterait aucunement à mettre sa menace à exécution. Toutefois, sa réaction l'avait surpris quand il l'avait retrouvée à consoler Cloud. Se pourrait-il qu'elle change d'avis ? Il avait du mal à le croire. Que devait-il faire ? Il ne voulait pas la perdre ni les enfants. Mais en même temps, laisser partir Cloud signifiait perdre sa seule chance de résoudre l'enquête. Émilie lui avait suggéré – ordonné – l'hôtel. Il y avait pire alternative. De toute manière, il serait vite fixé…

Hal et Nicole quittèrent le bureau en début de soirée. Ils avaient tous deux l'impression que leurs investigations n'avançaient pas d'un iota. C'était rageant. Le commissaire Blanc les encouragea de mieux qu'il put, lui aussi pris par ses propres obligations, gérant ses équipes malades et les enquêtes en cours des autres groupes. Une nouvelle journée s'acheva, mais toutes les interrogations qu'ils avaient restèrent vierges de réponses. Lorsque leurs obligations journalières se terminèrent, tous se posèrent chez eux cette même question : si l'enquête devait aboutir, dans quel état termineraient-ils ?

*

Mardi soir

Pour Mantis, la soirée était son moment favori, plus particulièrement à partir de vingt-et-une heures. La journée était dédiée à ses tâches administratives et aux diverses réunions que lui imposait sa fonction ; tandis que le soir, il prenait quelques heures pour finaliser les dossiers qui seraient vus le lendemain, avant de s'attaquer à ses propres recherches dans son domaine de prédilection, la psychologie, histoire de se changer les idées et de se tenir au courant de l'actualité. Ça le détendait. Car même s'il avait abandonné la direction et les consultations de l'Institut au Professeur Édison, il avait conservé le champ de la recherche comme marotte personnelle. Rester travailler tous les soirs, jusqu'à des heures avancées était pour lui doué d'un avantage particulier : le calme. Mis à part la sécurité, Mantis ne rencontrait que très peu de monde dans les locaux de la préfecture ; son téléphone restait muet et son courrier électronique n'était pas en perpétuelle inflation. Il prenait ainsi le temps d'étudier les dossiers qui lui étaient soumis, mais rédigeaient toujours les réponses dans un style télégraphique, réservant les belles phrases aux courriers officiels.

Mais ce mardi soir était un peu particulier, puisqu'il travaillait sur l'Institut qu'il avait créé en tant que Professeur. Et plus précisément sur le meurtre de l'infirmière Ariel Braska et son assassin présumé. La trouvaille du commandant Stobbart à la salle d'arcade était une chose dont il se serait bien passé. En dépit de ce nouvel indice, il restait toujours la question principale : où était le fugitif dénommé Cloud ? Mantis – par l'intermédiaire du commissaire Blanc – avait fait mobiliser un grand nombre d'agents, distribuer son portrait-robot à quantité de services de la ville, ordonner le visionnage de nombreuses caméras privées, mais, pour l'heure, pas une réponse exploitable ne lui était parvenue. Si on exceptait bien sûr les deux ou trois incontournables fausses alertes.

Mantis ne soupira pas. Là où un autre se serait énervé, aurait frappé du poing sur la table ou bien aurait soupiré de frustration, d'accablement ou d'impuissance, Mantis restait calme. Toutes ces émotions parasites ne lui étaient d'aucune utilité. À toutes les énigmes se trouvait forcément une solution qui, tôt ou tard, tomberait devant sa ténacité. Il se leva. Il avait assez réfléchi. Sa montre marquait un peu plus de vingt-trois heures, mais Mantis n'en avait cure. Un peu d'exercice lui ferait le plus grand bien. Il prit son manteau et quitta son bureau. La porte se refermait quand il entendit la sonnerie de son téléphone. Le Préfet eut un temps d'arrêt. Très peu de personnes savaient qu'il était ici, du moins aussi tardivement. L'appel à son bureau n'était par conséquent ni anodin, ni le fruit du hasard. Mantis rouvrit sa porte et se dirigea sans se presser vers l'appareil. Un coup d'œil sur le cadran digital. Godot. Étonnant. Mantis décrocha.

« Allô ?

– Godot à l'appareil. Je ne vous importune pas ?

– Vous m'appelez à mon bureau et il est vingt-trois heures passées. Je ne suis pas loin d'être le seul dans tout le bâtiment. Pourquoi voudriez-vous m'importuner ?

– C'était…euh…à tout hasard… (Godot se reprit.) En fait, je vous appelais pour vous parler du dossier concernant cette sordide histoire… »

L'agitation de la place de l'Odéon ne faisait qu'ajouter à la nervosité du Procureur. Il était tard – près de minuit – et le théâtre éponyme vomissait quelques spectateurs ravis de la représentation. Des tables installées non loin des marches permettaient de prolonger la soirée sous le ciel clément de cette fin d'été. Des projecteurs pointaient une lumière orangée sur la place, l'inondant d'un halo déjà automnal. Les cris et les rires résonnaient dans une atmosphère bon enfant, puis s'effaçaient peu à peu, en même temps que la clientèle huppée de la rive gauche s'égayait vers les autres mondanités qu'offraient soirées privées et cocktails particuliers.

Dans la joyeuse cohue, Godot essayait vainement de chercher le Préfet des yeux. Il y renonça au bout de quelques minutes. L'exercice était aussi difficile qu'inutile. Les visages se mélangeaient, se confondaient et ne lui offraient finalement qu'une face informe, dénuée de toute personnalité et de tout attrait. Le visage de la foule. Ronger son frein était tout ce qui lui restait. Ses pensées revinrent à cette histoire. Ces meurtres abjects et leur auteur insaisissable ne cessaient d'occuper son esprit. Cette affaire était pourtant loin d'être la seule qu'il avait à sa charge, mais celle-ci le révulsait davantage que toutes les autres. Quand il était seul, aspirant au calme et au silence, les vidéos tournaient en boucle devant ses yeux ; il entendait les cris résonner à ses oreilles et lui glacer les sangs ; quand il pensait à la douleur qu'avait dû endurer la victime, les poils se hérissaient sur ses bras et des frissons désagréables couraient le long de sa moelle épinière : il sentait presque une lame froide s'immiscer entre deux vertèbres, et rien que cette idée lui donnait la nausée.

En repensant aux raisons qui l'avaient poussé à devenir Procureur de la République, il eut un sourire sans joie. Durant toute sa jeunesse, il s'était battu contre l'injustice, d'abord à son encontre contre trois frères plus âgés que lui et tyranniques, puis envers ses amis. Il avait développé des talents de médiateur qui l'avaient naturellement poussé à poursuivre des études de droit jusqu'à passer le barreau de Paris, puis le concours du ministère de la Justice validant son entrée à l'École nationale de la magistrature. Sa soif de justice, ses capacités d'analyse et ses connaissances de la psychologie humaine qui ne cessaient de s'affirmer au contact des dossiers de prévenus lui avaient permis de gravir rapidement les échelons pour arriver à ce poste qu'il occupait à présent. Mais aujourd'hui, il était épuisé. Épuisé par la bêtise humaine, épuisé par les efforts infinis qu'il déployait. Il se faisait l'image d'une molécule d'eau parfumée dans un océan de puanteur.

À cinquante ans, il lui semblait déjà avoir vécu plusieurs vies de tourments et de médiocrité devant l'énormité d'une tâche qui ne cessait d'augmenter, sans jamais donner l'apparence d'une baisse. Les vieux, les jeunes, les sains, les camés, les presque honnêtes, les vrais escrocs, les meurtriers, les violeurs, à chaque fois toujours le même scénario à la barre, sur différentes variantes : des pleurnicheries, de la colère, de l'agressivité, de la condescendance, du sarcasme, de la tristesse, du mépris, avec pour un seul et même but, attendrir, intimider, menacer, émouvoir le juge, les jurés et lui-même. Et toujours la même chose : aucun de ceux qui passaient devant lui n'assumait ses responsabilités, préférant la lâcheté, l'orgueil ou l'indifférence. C'était toujours la faute de l'autre – « il m'a obligé », « je n'ai rien fait » – jamais eux, malgré les preuves accablantes que fournissait la police. Et les avocats n'arrangeaient rien, mentant comme des arracheurs de dents, tenus d'extorquer la vérité quelle qu'elle soit, monnayée ou fabriquée, vendue ou achetée, pourvu qu'ils parviennent à leurs fins : le fric et la renommée. Combien de fois avait-il fallu jeter l'éponge, abandonner ? Faire lui aussi preuve de lâcheté lui avait traversé l'esprit. Fini ces journées de dix-huit heures à trimer comme un damné. Fini cette épouse qui lui pourrissait la vie depuis leur divorce. Fini ces amis parasites qui lui drainaient des faveurs illégales comme des faveurs dues. Finir et fuir. La fierté et l'orgueil l'en avaient empêché. Le devoir aussi. Surtout le devoir. Mais à quel prix ?

Puis Mantis était arrivé, avait été nommé – parachuté, pistonné disaient les autres – au poste de préfet de police. Quand il avait appris la nouvelle, Godot avait éprouvé un profond soulagement. Depuis sa rencontre avec lui alors qu'il n'était encore qu'avocat, Moebius Mantis l'avait durablement marqué par sa personnalité magnétique. Godot sut alors qu'il avait trouvé une épaule, non pas pour se plaindre, mais pour être supporté, encouragé, reconnu dans son travail face aux nombreuses difficultés qu'il rencontrait.

Lors de leur première rencontre durant ce gala de charité, il avait tout de suite vu en Mantis une intelligence supérieure, ce quelque chose en plus qui l'élevait au-dessus des autres hommes. Et si le Procureur se savait avoir une grosse capacité de travail, quand Mantis se mit lui-même à œuvrer, il eut l'impression d'avoir passé son temps à se tourner les pouces. Ses capacités d'analyse avaient surpris tout le monde : il se souvenait de chaque dossier, de chaque nom, extrayait sans effort la substance des informations noyée dans des masses de documents. Cela avait galvanisé Godot. Il avait redoublé ses propres efforts, ses résultats s'étaient améliorés et lui-même s'était senti vivre mieux. Grâce à Mantis, il avait repris pied, les choses étaient devenues plus faciles.

Là, tandis qu'il attendait le Préfet dans la fraîcheur nocturne, Godot ne put s'empêcher de se comparer à un petit enfant perdu dans la foule, attendant que son père vienne le retrouver. Dans ses souvenirs, il n'avait pourtant pas toujours eu l'impression d'être cet enfant. Il se souvenait de quelqu'un de volontaire, acharné, au caractère forgé à coups de ceinturon, parfois cassant avec les autres quand il trouvait que ceux-ci n'allaient pas suffisamment vite. Et tout à coup, il prit conscience de se retrouver à la place de celui qui n'avançait justement pas assez vite, l'enfant pris au dépourvu par les discussions d'adulte. Non pas qu'il se soit senti infantilisé par Mantis, mais l'homme dégageait ce charisme auquel il lui était difficile de résister. En fait, il était surtout agréable de se laisser happer et porter.

Une main se posa légèrement sur son épaule. Godot sursauta violemment. Il se retourna et vit Mantis avec un sourire amusé sur les lèvres. Le Procureur se sentit idiot. Plongé dans ses pensées, il n'avait ni vu, ni entendu arriver le Préfet.

« Navré de vous avoir fait peur, s'excusa aussitôt Mantis. Ça n'était pas mon intention…

– Ce… ce n'est rien, Monsieur le Préfet, bafouilla Godot en essayant de calmer les battements affolés de son cœur. Je… j'étais en train de penser à vous… »

Mantis leva un sourcil surpris.

« À moi ?

– Euh oui… oui… »

Soudain, Godot réalisa que les explications qu'il tentait de donner ne faisaient que l'embrouiller davantage et que leur interprétation pouvait tout à fait porter à confusion. Avant de se plonger un peu plus dans l'embarras, le Procureur préféra couper court et réussit à relancer la conversation sans ânonner :

« À vrai dire, comme je vous l'ai précisé au téléphone, je voulais m'entretenir avec vous concernant les meurtres à la salle d'arcade…

– Certainement. Mais que diriez-vous d'un lieu plus approprié, en tout cas moins bruyant, sans risquer d'être aphone demain ? »

Godot accueillit l'offre avec soulagement : la migraine le guettait et un peu de calme serait le bienvenu.

Moins de dix minutes plus tard, les deux hommes prenaient place dans un café d'une rue attenante au théâtre. Pendant que Godot s'absentait aux toilettes, Mantis s'occupa des commandes : Black Russian pour son collègue et jus de tomates pour lui-même. Comme il fallait s'y attendre d'un soir en début de semaine, le lieu était presque désert. Les gens reprenaient le travail le lendemain et n'avaient guère traîné pour profiter d'une soirée tranquille chez eux. « Une chose que lui-même n'avait pas connue depuis des lustres », songeait tristement Godot en revenant. Et qui ne le serait sûrement pas avant un bon moment, surtout au vu du sujet qu'il voulait aborder avec le Préfet. Le Procureur s'assit lourdement et, lorsqu'il vit les consommations arriver, il regarda Mantis avec des yeux ronds :

« Qu'est-ce donc ?

– Black Russian : vodka et liqueur de café. Je me suis laissé dire que le café était un de vos péchés mignons…

– Ce cocktail, cela fait bien longtemps…

– Alors, installez-vous. Je vous écoute. »

Une expression aimable sur le visage démentait la formule lapidaire de Mantis. Godot sirota son verre. L'alcool lui mordit agréablement la langue. D'un coup, le Procureur décida d'en finir au plus vite :

« Je vais être franc : je veux ordonner la perquisition à votre Institut.

– Continuez, je vous prie.

– Je parlais ce matin "d'ultimes vérifications", mais malheureusement des zones d'ombre plus conséquentes que ce que je pensais subsistent dans cette affaire, poursuivit Godot. Et en écoutant les rapports de l'équipe du commandant Stobbart, nous nous sommes aperçus qu'il y avait des incohérences dans les différents témoignages. Avant d'être assassinée, la victime – Ariel Braska – a été flashée à plusieurs reprises sur l'autoroute de l'Est. J'avais demandé au lieutenant Emmerich quelques informations supplémentaires et il m'a confirmé que c'était la première fois que cette personne recevait une amende – en fait, huit dans la même soirée – depuis qu'elle conduisait. Toutes étaient pour excès de vitesse et non-respect de feux tricolores. Ensuite, quand on a appris qu'elle travaillait à l'Institut que vous aviez créé, les témoignages de son entourage parlent d'une femme consciencieuse, professionnelle, toujours prête à rendre service. Le jour, et même la nuit où elle a été tuée, plusieurs de ces dernières personnes qui l'avaient vue ont évoqué un état de fébrilité et de nervosité que peu lui connaissaient. Le témoignage le plus déconcertant est celui du gardien à l'entrée du parking : elle a presque forcé le passage au moment où une alerte était déclenchée sur son lieu de travail… !

– Je me rappelle effectivement l'avoir lu, commenta Mantis flegmatique. En connaît-on les raisons ?

– C'est justement là que le bât blesse : les rapports font état d'une femme dans une voiture quittant précipitamment les lieux ; les caméras n'ont rien détecté pour cause de panne, et l'alerte qui a suivi s'est révélée être une fausse alerte due à un dysfonctionnement des circuits. Pour ma part, cela fait beaucoup de problèmes d'un coup. Soit ! En fait, le dernier élément qui justifie ma demande est ce fameux fugitif, ce… Cloud. »

Le Procureur se tortillait sur sa chaise, mal à l'aise. Et vida son verre d'un trait. Il fit un signe au serveur et recommanda la même chose. Il n'y avait que le café pour l'apaiser.

« Son apparition reste un mystère, reprit-il d'une petite voix. Sa première manifestation n'est relevée qu'à la salle d'arcade. Alors d'où vient-il ? Aucun établissement psychiatrique de la région et des alentours n'a fait mention d'une évasion. Deuxième chose : quand le commandant Stobbart l'a ramené à l'Institut Mantis, personne n'avait l'air de le connaître. Mais un détail m'a gêné. J'ai vu que votre ancien établissement était équipé de caméras, de systèmes de détection…

– Effectivement, opina Mantis. Du très bon matériel.

– Voilà le détail gênant, s'anima soudain Godot. Lors de son évasion, ce Cloud a mis hors d'état de nuire deux infirmiers juste avant la sortie de l'ascenseur, dans l'angle mort de la caméra du couloir. Et la vidéosurveillance venait d'être rétablie ! Le lieutenant Emmerich a pu visionner les films de ces caméras de l'Institut, films que le Professeur Édison avait remis aux enquêteurs à votre demande. Il a fallu que le lieutenant fasse un important agrandissement pour ne voir qu'à peine une main dépasser du cadre. Quelques minutes plus tard, cet homme, qui n'a pas pu être identifié, a repris l'ascenseur jusqu'au sous-sol. Puis, plus rien, excepté les deux infirmiers qui ont été retrouvés sonnés dans des poubelles. Par qui ? Mystère. Après ça, notre homme ne réapparaît qu'à l'appartement de l'infirmière décédée, juste à temps pour sauver la vie d'un de nos officiers. Que s'est-il passé durant ce laps de temps ? Aucune idée ! Or, durant la visite de l'Institut avec le Professeur Édison, celui-ci nous a montré le centre de sécurité. J'ai observé les caméras du sous-sol : je me suis aperçu que certaines étaient fixes et d'autres mobiles, aux fins de balayer un maximum d'espace. Et le lieutenant Emmerich n'a rien vu d'anormal sur les caméras du sous-sol non plus…

– Où voulez-vous en venir ?

– Dans le cas du fugitif, les caméras n'ont rien vu. Or, les caméras étaient à nouveau en service. Je pourrais alors en conclure que *le fugitif connaissait leur emplacement. Et, par conséquent, les lieux.* »
Le Préfet de police eut une légère moue.

« Votre raisonnement se tient, mais j'aurais toutefois deux objections. J'ai également lu les rapports, ainsi que les listes des patients admis dans l'établissement. Aucun dossier concernant cette personne n'a été retrouvé, et quant à le faire disparaître, cela me paraît difficile : cela implique d'effacer les dossiers numérique et papier, tous deux en accès restreint au personnel, et dont la destruction réclame l'approbation du directeur. En outre, une liste des dossiers détruits est établie pour dissiper tous les doutes et compléter la traçabilité de ces documents à tous les stades de sa conservation. Ensuite, l'Institut Mantis possède un très bon système de sécurité, régulièrement vérifié et amélioré malgré quelques rares pannes, et qui ont impliqué certaines modifications de l'emplacement des circuits vidéo. Le Professeur Édison a supervisé ces travaux en personne, mais je doute qu'il connaisse l'emplacement exact de toutes les caméras – il a pourtant une excellente mémoire. Alors l'idée d'un homme drogué passant au travers des mailles du filet, je la trouve, pour ma part, plutôt saugrenue…

– Un homme drogué n'aurait pas pu mettre KO ces deux infirmiers dans l'ascenseur, contra timidement Godot.

– Je m'incline sur ce point, admit Mantis, ce qui nous fait un élément supplémentaire à éclaircir. Quant à la disparition de notre homme sur les caméras, nous pouvons toujours en attribuer une part à la chance, bien que je

répugne grandement à l'accepter : cela signifierait que le réseau de vidéosurveillance de l'Institut est lacunaire. En attendant, je vous accorde que je n'ai pas d'explication satisfaisante et que vous avez raison de mettre le doigt sur ce point. Pour en revenir à cette question de perquisition... »
Le Préfet marqua une pause.

« Vous me mettez dans une situation délicate, reprit-il lentement. Vous avancez des raisons tout à fait valables, et je n'ai pas d'arguments solides à vous opposer, à moins de tomber dans le dénigrement et le conflit d'intérêts. Vous comprendrez bien que soumettre l'institut que j'ai moi-même créé *ex nihilo* à une perquisition ne m'enchante guère, non pas parce que j'ai quelque chose à cacher, mais davantage parce que la sensation d'être fouillé sans ménagement dans les moindres recoins m'apparaît comme extrêmement désagréable. D'un autre côté, ma fonction actuelle m'interdit légalement et politiquement de prendre parti pour ne me cantonner qu'aux faits. Le conflit d'intérêts étant puni par la loi, je ne devrais *a priori* pas superviser cette enquête, ce que mes adversaires politiques et autres ne se privent pas de me faire remarquer. En substance, je dirais que je suis un équilibriste sans filet à la merci de tous les vents contraires. Et avec ce que vous venez de m'annoncer, vous venez juste de savonner ce fil... »
Godot ne put s'empêcher de sourire, mi-amusé mi-inquiet. Le tableau que venait de lui brosser Mantis n'était guère encourageant. Il savait sa requête délicate, mais l'entendre énoncer point par point sur le ton du scientifique ne rendait la chose que plus compliquée encore.

« Néanmoins, je vous remercie de votre délicatesse à mon égard, poursuivit le Préfet, ainsi que de m'avoir fait part de votre projet de perquisition. Eu égard aux arguments que vous venez de me présenter et surtout aux zones d'ombre que vous avez soulignées, je crois que rien ne s'oppose à ce que vous ordonniez une perquisition à l'Institut. Avec mon soutien, naturellement... »
Godot éprouva un soulagement palpable. Il sentit sa poitrine se relâcher d'un seul coup et le poids sur ses épaules s'évanouir. Son respect et son admiration envers Mantis crurent encore. Cela faisait tellement d'années qu'il rêvait d'un vrai policier, obéissant avant tout aux exigences de sa charge dans l'intérêt du groupe plutôt que de se servir celle-ci dans son intérêt personnel...

« Je suis comme vous, Monsieur le Procureur : l'intérêt commun prime sur l'intérêt personnel. Sinon, je ne serais pas à ma place dans le cas présent. »
Le Procureur eut le souffle coupé. Presque mot pour mot, le Préfet de police avait exprimé tout haut son intime conviction, à lui, Godot.

« Je tiens tout comme vous à ce que cette affaire se résolve au mieux et au plus vite : il y a déjà eu trop de morts.

– Comptez sur moi, Monsieur le Préfet, je ferai de mon mieux !

– Je le sais déjà pertinemment, et c'est une des raisons pour lesquelles je suis tout à fait content de vous dire que travailler avec vous est un plaisir. Buvons à notre collaboration et à, j'espère, la future résolution de cette enquête. »
Mantis leva son verre pour saluer le Procureur et but. Godot fit de même. Le

goût amer du café et l'empreinte de la vodka sur son palais valaient tous les Champagne pour sceller cette entente qu'il n'avait pas crue possible. Dès demain, il allait signer et lancer la perquisition de l'Institut Mantis. Un remords vint toutefois l'assombrir. Que se passerait-il si la perquisition donnait effectivement des résultats ? L'affaire salirait définitivement Mantis, qui se verrait certainement contraint de démissionner. Et ça, Godot ne le souhaitait pas. Il avait retrouvé cette envie de travailler qui le faisait avancer et se lever tous les matins. Il écarta rapidement le dilemme : il ferait son devoir, un point c'est tout. Le Préfet de police l'avait assuré de son soutien, amoindrissant de fait le risque de démission. Si cela devait se passer, Mantis attendrait le résultat de l'enquête pour sortir la tête haute. Cette perquisition était pour le Préfet un quitte ou double.

Leur verre terminé, Godot se leva d'un pas légèrement chancelant, dissimulant sa crispation derrière un sourire reconnaissant, mais sincère :

« Merci de votre confiance, Monsieur le Préfet.

– Je vous en prie. Mais je me rappelle qu'en un autre temps et un autre lieu, je vous avais demandé de m'appeler Moebius...

– Tout à fait, rougit Godot.

– Alors, ne vous faites pas prier, j'en serais ravi... Ah, voici mon taxi !

– D'accord ! Eh bien, merci Moebius. Il ne me reste plus qu'à vous souhaiter une bonne soirée ! »

Le Procureur regarda sa montre et fit un bond. Déjà presque une heure !

« Il y a un souci ? »

Godot releva la tête pour voir Mantis qui montait dans le taxi.

« Non, ça va aller... Je...

– Vous n'avez pas de moyen de locomotion ?

– Maintenant, mes jambes, et...

– ...et le dernier métro est parti : j'ai connu ça. Montez donc ! J'habite non loin de la gare d'Austerlitz, et si j'ai bon souvenir, vous habitez près des Arts et Métiers. Vous poursuivrez le chemin... »

Godot hésita.

« Mais...

– J'y tiens. En outre, ce n'est pas à cette heure que vous trouverez un taxi de sitôt ! »

Ce dernier argument fit mouche. Le taxi se dirigea vers le 34 Quai d'Austerlitz pour y déposer sa première âme.

Chapitre L

« Cloud ! Cloud ! »
Ça recommençait ! Encore… La voix de cette femme éplorée continuait de retentir à
ses oreilles. Sa course sur l'artère rouge palpitante se poursuivait, harassante. Il vou-
lait ralentir, s'arrêter, s'étendre sur le sol pour s'endormir, mais la seule fois où il avait
essayé, il s'était enfoncé dans le sol, happé par sa matière visqueuse. Il avait dû se re-
mettre à courir encore, et encore. La voix ne cessait de persister, lui brûlant les oreilles,
posant un fer chauffé à blanc sur son âme. Elle le connaissait. *Mais d'où ? La voix*
se fit plus proche, plus nette. Dans la noirceur de ce cauchemar, il distingua un pâle
halo de lumière. Dans ce halo, pas de berceau géant cette fois, mais une femme. Der-
rière elle, un décor. Elle tendit des mains blanches vers lui. Elle était affreusement
maigre, mais malgré cela, belle. Il s'approcha et vit un visage encore jeune, encadré
de cheveux auburn lui tombant sur les épaules. La femme pleurait en le regardant.
Sans comprendre, Cloud éprouva un intense soulagement. Sans réellement se l'expli-
quer comment, il sut que son calvaire touchait à sa fin.

Il ralentit, les jambes lourdes. Et dérapa. Un cri d'horreur coincé dans la
gorge, il bascula. Ses mains battirent l'air poisseux pour tenter de se raccrocher à
quelque chose et glissèrent sur l'artère de sang visqueux. Il chuta. La voix métallique
résonna comme le tonnerre avec un rire grinçant, victorieuse, couvrant les pleurs de
la femme :

« Jamais-né ! »
Juste avant de disparaître, Cloud vit la jeune femme tomber à genoux et le suivre du
regard, la main toujours tendue vers lui. Un dernier cri s'échappa de ce beau visage :
« Cloud ! »
Juste avant de sombrer, une dernière pensée lui parvint : comment le connaissait-
elle ?

Cloud heurta le sol de tout son poids. Dans un réflexe, il releva la tête
juste à temps pour s'éviter un nouveau choc. Un cri assourdissant lui écorchait
les oreilles. Sa gorge était en feu. Il réalisa que ce cri était son cri. Et se tut.
Dans une semi-conscience, il entendit une cavalcade dans le couloir, la grosse
cloche savoyarde sur la poignée de la porte de sa chambre, puis celle-ci qui
s'ouvrait aussitôt à toute volée. Moins d'une seconde plus tard, la figure de
George se penchait au-dessus de lui avec une inquiétude toute paternelle :
« Calme-toi gamin, calme-toi. C'est fini…
– Je vais bien », murmura Cloud atone.

D'une poigne ferme, le policier remit le jeune homme d'aplomb sur le lit. Stobbart était fatigué. Les cauchemars récurrents du jeune homme l'épuisaient, épuisaient sa femme et terrifiaient ses enfants, l'épuisant lui encore davantage. Les hurlements déchirants que poussait leur hôte faisaient véritablement froid dans le dos, un mélange de terreur pure et de souffrance indicible. Et chaque fois, la même chose : il se levait le plus rapidement qu'il pouvait et courait réveiller Cloud avant le remettre dans son lit. Duquel il semblait tomber systématiquement. Comme s'il s'efforçait de fuir quelque chose.

À seulement vingt-trois heures, c'était déjà la troisième fois. Et comme à chaque fois, Stobbart se demandait : « Mais qu'a donc pu vivre ce gosse pour hurler de la sorte ? » Et chaque fois, Stobbart se rappelait les vidéos. Lui-même se sentait gagner par cette psychose, imaginant les lames pénétrer sa chair.

« George... George ! »

La faible voix de Cloud interrompit le cours de ses pensées monstrueuses.

« Vous m'entendez ?

– Oui, je t'entends. Qu'y a-t-il ?

– Vous paraissiez ailleurs, ça va ?

– Et c'est toi qui me demandes ça ? Ça va autant qu'on peut l'être alors que je venais de m'endormir, tenta de sourire le policier.

– Désolé... Mais... »

Malgré sa faiblesse, Cloud paraissait danser sur des charbons ardents. Ses yeux brillaient d'une fièvre que Stobbart ne lui connaissait pas.

« J'ai des souvenirs, George ! Des souvenirs !

– Calme-toi, tempéra le policier. Commence par t'asseoir et moi... »

Stobbart s'empara d'une feuille de papier et d'un crayon-feutre qui traînait sur le bureau de son fils.

« ...Je t'écoute. Ce sont des souvenirs du meurtre d'Ariel Braska ?

– Non. (Cloud secoua la tête avec véhémence). De ma mère. »

George écarquilla les yeux.

« Tu es sûr ?

– Je n'en suis pas certain... Mais il y avait quelque chose...

– Attends, attends. Ce sont des souvenirs ou des rêves ? »

Cloud eut un geste d'hésitation, embarrassé :

« Pour être franc, les deux se mélangent. Il y a beaucoup de sang dans mes cauchemars. Mais derrière elle... une fenêtre. Avec un symbole. C'est étrange...

– Quoi donc ?

– Je l'ai déjà vu... et il n'y a pas si longtemps...

– Quand ça ?

– Chez Zack.

– Zack ? L'ami d'Ariel ?

– Oui.

– Peux-tu me décrire ce symbole ?

– Bien sûr. »

Stobbart tendit au jeune homme une feuille vierge et son feutre. Cloud se mit à dessiner d'une main mal assurée :

« Un triangle noir renversé au centre… et trois triangles jaunes à l'endroit, sur chaque côté du premier. Voilà. C'est ça, ça fait un grand triangle ! »
Cloud reposa le feutre. George regarda les traits malhabiles. Ça ne lui évoquait rien du tout.

« Et tu voyais… cette chose, à la fenêtre ? s'assura-t-il, dubitatif.
– Oui, tout en verre. »
Stobbart réfléchit.

« En verre… d'un immeuble… Ça me ferait penser à un toit, une fenêtre ou quelque chose comme ça… Te souviens-tu d'une ville ?
– Non.
– Hum, ça va pas faciliter les recherches… Bon, on verra après. Revenons à cette femme, "ta mère" : a-t-elle un nom, un signe particulier ?… »

Cloud replongea dans le sang. Il nagea, nagea vers le fond et tomba brusquement sur le sol. La Brume autour de lui le surveillait. Cela faisait longtemps qu'il n'avait pas eu affaire à elle. À présent, il était dans sa tanière. De son plein gré. Le changement était de taille. Il la regarda, apeuré, mais avec un air de défi. Depuis quelque temps, elle se tenait à l'écart. Même dans ses cauchemars, il ne la distinguait qu'à peine. Pourtant, sa vindicte ne faiblissait pas. Depuis ses derniers revers, elle restait tapie dans l'ombre, mais sa vigilance ne fléchissait pas un instant. Il était à Elle, mais le moment n'était pas encore venu pour la Brume de reprendre possession de son bien. Elle se replia dans l'obscurité et Cloud ne la vit bientôt plus.

Le dernier tableau de son cauchemar lui apparut : le couloir de ténèbres et de sang avait cédé la place à un petit appartement un peu vieillot, mais propre, bien entretenu. Un réveil numérique indiquait une date quelconque en grands chiffres rouges. Puis, Cloud aperçut un petit garçon, les cheveux châtain foncé, jouant sur un vieil ordinateur gris. Sur l'écran de télévision et sous les yeux émerveillés du garçonnet, un dragon noir venu de l'espace ouvrait ses six ailes et canalisait une boule d'énergie, qu'il cracha dans un rayon bleu flamboyant en direction de sa proie. Une jeune femme fit son apparition. À sa grande surprise, elle était plus jeune que celle apparue dans son rêve la dernière fois, toujours belle, mais déjà amaigrie. Sa silhouette était frêle et sous sa peau fine saillaient les os. Elle s'arrêta pour réprimander gentiment le garçon.

« Cloud, je t'ai déjà dit de ne pas jouer aussi près de l'écran : tu vas t'abîmer les yeux.
– Mais maman…
– Il n'y a pas de "mais" qui tienne. Recule. »
Le petit garçon recula de mauvaise grâce, tandis qu'à l'écran, le dragon noir avait laissé le champ libre à douze chevaliers d'apocalypse, qui se succédèrent à l'écran, jaillissant de toutes parts avec leurs armes tournoyantes pour infliger

à leur adversaire des déluges de feu, de glace et d'éclairs. Le grand Cloud sentit une larme couler le long de sa joue. Ces souvenirs arrachés malgré lui à la Brume, dans son sommeil… Comment avait-il pu ne pas s'en souvenir avant ? Et pourquoi avait-il les cheveux bruns ? Il n'eut pas le temps de réfléchir à la question. Sa mère revint, portant dans une petite assiette un éclair au chocolat surmonté d'une unique bougie à la flamme capricieuse. Elle remit la pâtisserie à son fils, effleurant d'un baiser le front de son garçon. Dans la peau de ce fils qu'il avait été, Cloud sentit sur sa peau la légèreté de ces lèvres sur son front.

« Joyeux anniversaire, mon chéri. »

Le petit Cloud lui fit un grand sourire, pourtant il ne put s'empêcher de remarquer la lueur de tristesse dans les yeux de sa mère.

« Pourquoi pleures-tu, maman ?

– Mais non, je ne pleure pas… Allez, viens me faire un câlin, mon grand gaillard… ! »

Mais quand Cloud referma ses bras sur sa mère en même temps que son souvenir plus jeune, il ne rencontra que le vide. Il releva la tête, perdu : il était revenu dans la chambre de Chris, le fils de Stobbart. Ses bras retombèrent. À ses côtés, George le pressait doucement.

« Et ensuite ?

– Ensuite, rien, conclut le jeune homme d'un ton morne. Plus rien.

– Comment ça ?

– Plus rien, gronda Cloud en essuyant rageusement la larme qui avait coulé. Le souvenir s'est envolé ! Tout simplement !

– Te revient-il d'autres souvenirs ?

– Puisque je vous dis que non !

– Reste tranquille, s'il te plaît, lui intima calmement George. On va reprendre tranquillement depuis le début. Ferme les yeux et focalise-toi sur ce souvenir. Quand ta maman a fêté ton anniversaire avec un éclair au chocolat, quel goût avait-il ? »

Cloud resta silencieux. Ses muscles crispés se détendirent peu à peu. Lentement, guidé par la voix paisible du policier, il se laissa pénétrer par le souvenir, plutôt que de le chercher. Une longue minute s'écoula. Il retrouva tristement la place de l'appartement douillet, sa mère. Il croqua une nouvelle fois dans l'éclair. La crème chocolatée envahit aussitôt sa bouche.

« C'est fondant, très bon. Le chocolat est fantastique…

– Bien, très bien… Tu m'as dit qu'il y avait une télé. Regardais-tu une émission, un film, jouais-tu… ?

– Non, je jouais. Mon jeu préféré… C'était… »

Cloud se tut, contrarié. Il connaissait le jeu, mais le nom lui échappait. Stobbart n'insista pas. Les éléments que lui donnait le jeune homme étaient précis et suffisamment encourageants pour accréditer ce souvenir. Il restait pourtant un détail qu'il espérait confirmer…

« Ce souvenir, reprit George, c'est un souvenir d'anniversaire. Ce qui m'amène à te poser la question suivante : quel jour es-tu né ? »

Le jeune homme le regarda avec attention, frappé par l'évidence qu'avait soulevée le policier. C'était vrai ! Son anniversaire… Il repassa rapidement tous les détails qui s'estompaient déjà trop vite : dans la scène figée, les murs s'effacèrent. Cloud explora la petite pièce, cherchant des yeux cet indice temporel qui le ferait avancer un peu plus en avant sur le chemin de la mémoire retrouvée. Sa date d'anniversaire, sa date de naissance, quelle information plus capitale que celle-ci, non seulement pour l'enquête, mais pour lui ? Il s'ancrerait davantage dans ce monde qui lui était pour l'heure étranger. Son regard tomba sur le réveil. Il était seize heures passées. Et juste au-dessous…

« Sept septembre ! »

Stobbart en aurait sauté de joie. Il se hâta de noter la date sur sa feuille.

« C'est très bien, approuva-t-il plus modérément. Maintenant, quel âge fêtes-tu ? As-tu une idée de l'année ?

– Non… Je ne sais pas… Il n'y a que la date sur le réveil.

– C'est déjà très bien. Ce sera notre prochain point de départ. Nous avons trouvé un fil et nous n'aurons plus qu'à tirer dessus délicatement pour en démêler les nœuds et la pelote.

– Espérons que le fil ne se casse pas, maugréa Cloud.

– Nous ferons en sorte d'être prudents, ne t'inquiète pas. J'ai deux autres questions…

– Oui ?

– Te souviens-tu de ta ville de naissance ? »

Cloud fronça les sourcils. Un nouveau mal de tête émergeait. La question de Stobbart était difficile au vu du peu de souvenirs qu'il avait.

« Non, finit-il par dire à contrecœur. Je ne me souviens de rien pour le moment, excepté ce que je viens de vous dire.

– Passons, alors. Deuxième question : quand as-tu vu ta mère pour la dernière fois ? »

La réponse fusa, nette :

« Aucune idée.

– Ton père ?

– Aucun souvenir. Pas même un visage. Désolé…

– Pas grave, on essaiera la patience… »

George jeta un coup d'œil à sa montre.

« On a bien travaillé, mais il est bientôt minuit, et demain il y a boulot. Essaie de dormir encore un peu. Je te laisse des feuilles et des crayons sur la table de nuit au cas où quelque chose te reviendrait. Note tout, même les détails qui te paraissent les plus infimes. On ne sait jamais. Et si tu as besoin, tu sais où me trouver, d'accord ?

– D'accord… »

Stobbart se remit debout, ankylosé, les membres grinçants. Le pas traînant, il regagna la porte, sentant sur son corps tout entier les heures de fatigue qui s'accumulaient comme des pains chez le boulanger. Il s'apprêtait à refermer le battant quand il entendit une dernière fois la voix du jeune homme :

« George ?

– Oui, mon garçon ?

– Merci.

– Laisse tomber… »

Stobbart lui fit un clin d'œil fatigué.

« …j'ai juste une enquête à résoudre. »

George se glissa entre les draps, le plus silencieusement possible. Peine perdue : Émilie était réveillée. Sa voix lui parvint, claire malgré la fatigue. Irritée, aussi.

« Demain, je mets les enfants chez mes parents. Christophe commence à faire des cauchemars lui aussi… »

Stobbart ne put qu'acquiescer avec un léger soupir.

« Désolé de vous imposer ça… Toi, ça va ?

– Non. Les cris de notre invité me glacent les sangs…

– Moi aussi. Écoute : demain, je vais voir pour le mettre sous surveillance policière. Je n'aurais même pas dû vous l'imposer à la maison…

– Même si je ne suis pas d'accord sur le principe, tu as fait ce que tu pensais faire le mieux, contra doucement sa femme.

– Tu n'es plus en colère contre moi ?

– Un peu. Je suis surtout fatiguée à cause de toute cette histoire. Mais ne crois pas que j'ai oublié mon ultimatum : je suis juste rentrée tard ce soir. Même si tout s'est bien passé, je ne suis pas tranquille… »

Émilie se tut. George ne dit rien, la laissant poursuivre.

« Bon, d'accord, j'aurais dû faire confiance à ton intuition sur Cloud, reprit-elle de mauvaise grâce. Une fois de plus. (Son épouse sourit.) Mais je tiens à te dire que tu ne me facilites vraiment pas la tâche… »

Stobbart étouffa un petit rire.

« Merci, ma chérie… Je peux savoir ce qui t'a fait changer d'avis ?

– Cloud, en fait. Quand je l'ai vu pleuré l'autre soir. Et non, ce n'est pas l'instinct maternel, prévint Émilie avant que Stobbart eut le temps d'ouvrir la bouche. C'est encore un petit garçon. Un petit garçon dans une détresse absolue. Je pense qu'il a perdu sa mère assez jeune…

– C'est finalement la psychologue qui parle…

– Idiot, le gourmanda gentiment sa femme. Il avait surtout une façon de s'agripper, d'appeler sa maman que j'ai trouvé très troublante. Comme je te le disais, je dirais qu'il souffre d'un manque affectif, dû à la perte de sa mère alors qu'il était encore jeune, qu'elle soit partie ou décédée. Il s'est construit tout seul, mais en vivant ce manque affectif et la perte de sa mère comme un traumatisme.

– Ça collerait, effectivement. Il m'a parlé d'un souvenir tout à l'heure, un souvenir d'anniversaire avec sa mère en l'occurrence. Par contre, il ne se souvient pas de son père.

– Ce qui pourrait corroborer ma première idée. Mais il y a un autre point qui me laisse perplexe tout de même…

– Dis-moi.

– As-tu vu sa surprise lorsque tu lui as proposé du vin l'autre soir ? Il a tout à coup eu un comportement très enfantin, une attitude qui tranchait singulièrement avec celle qu'il avait l'instant d'avant.

– Oui, opina Stobbart. Nico a eu la même réaction que toi.

– À cet instant précis, il était un petit garçon, George. Pourquoi cette soudaine infantilisation ? C'est ce que j'ai aussi ressenti cette nuit où il pleurait. Ce gamin a vécu des choses, George. Et c'est aussi ce qui me fait peur : quelle sera sa réaction quand il se sentira en danger ? Est-ce qu'il réagira comme un enfant capricieux avec les moyens d'un adulte ou comme adulte réfléchi ? Et le jour où tu devras le remettre à la police ? Quand…

– Je ne sais pas, Émilie, coupa doucement Stobbart, je n'en sais vraiment rien. Je te l'ai dit, je n'ai eu qu'une intuition. C'est très peu, j'en conviens, mais pour l'instant je n'ai à peu près que ça. Ça et deux autres choses : le fait qu'il m'ait sauvé la vie et la certitude qu'il a vécu un certain nombre de choses très difficiles…

– Dans le premier cas, tu m'as dit qu'il n'était pas dans un état normal…

– C'est vrai, mais je peux au moins lui laisser le bénéfice du doute.

– Et ton doute va durer combien de temps ? s'enflamma son épouse. Combien de temps va-t-il rester à la maison ? Je te préviens, George Stobbart, il est hors de question…

– …que les enfants restent sous le même toit que lui, oui ma chérie, j'avais bien compris… Mettre les enfants chez tes parents est une bonne idée, et…

– Oui, et moi dans tout ça ?

– Tu t'occupes de rentrer et de te mettre les pieds sous la table !

– C'est pas cher payé…

– Mais c'est un service de qualité ! »

George n'obtint qu'un bougonnement mécontent pour toute réponse, mais devina une grimace amusée sur le visage de sa femme. Il sut que c'était gagné, mais de justesse. Il attira Émilie contre lui et, tandis qu'elle se pelotonnait dans ses bras, il ne put empêcher une pensée désagréable effleurer son esprit : et si Émilie avait raison ? Et si Cloud était un déséquilibré, paranoïaque et schizophrène, et que lui-même n'était qu'un jouet entre ses mains ? La perspective n'avait rien de réjouissante… Juste avant de changer d'état, deux mots résonnèrent encore brièvement à lui : « Jamais-né… » Deux mots qu'il avait à son tour entendus ce soir, juste avant d'entrer dans la chambre de Cloud. Il lui faudrait demander ce qu'il entendait par là… Stobbart s'endormit d'un sommeil de plomb.

Chapitre LI

Jamais-né. Les deux mots résonnaient comme une litanie hypnotique. *Jamais-né…* Cloud s'éveilla en sursaut une fois de plus, haletant. Toujours le même rêve. Les mots glaçants lui brûlaient la tête. Il n'avait aucune idée de leur signification, mais ce qu'ils impliquaient le terrifiait. Il réussit à se calmer au prix d'un immense effort. Cloud tendit l'oreille. La maison était silencieuse. Il regarda le réveil enfantin. Minuit avait bien entamé sa première demi-heure. Cette nuit n'en finissait pas. Il attendit une minute. Personne ne vint. Il n'avait pas dû crier cette fois-ci. Cela le rassurait-il de n'avoir dérangé personne ? Dans un certain sens, oui. Il avait toujours peur de réagir violemment dans son sommeil, de frapper quelqu'un sans le vouloir. Mais maintenant, il était seul. Seul. La chambre avait changé, mais il était toujours seul. Seul.

Cloud se redressa sur son lit, brutalement. Il sentit les draps trempés de sueur glisser sur lui avec difficulté. Il n'en avait cure : une étreinte glacée l'avait saisi tout entier. À cet instant, il prit conscience de la douleur qui le tenaillait dans ses entrailles. Une douleur sourde, lancinante, diffuse. L'avait-il déjà ressentie auparavant ? La réponse n'eut tout à coup aucune importance. La lame ardente d'un poignard le transperça de part en part. Cloud se plia en deux et retomba sur le lit, prostré. La douleur s'atténua, un peu. Mécaniquement, le jeune homme se releva et sortit du lit, puis de la chambre. La cloche tinta doucement. Cloud eut juste la présence d'esprit d'en étouffer la résonnance pour ne pas réveiller la maison. Ses pieds nus ne faisaient aucun bruit sur le parquet. Comme un robot, il se dirigea vers la salle de bains. Il n'alluma même pas la lumière. La douleur allait et venait au rythme de sa respiration, se propageant dans tout son ventre. Pourtant, calmement, Cloud refusa de céder à la panique. Il s'assit à côté de la baignoire et attendit. Il sentait que ça allait venir. La douleur enfla. Gagna encore en intensité. Son estomac se contracta violemment. Il vomit. Il lui sembla que ce moment durât des heures. La douleur le déchirait de l'intérieur, ses intestins n'étaient plus qu'un fouillis compact de terminaisons nerveuses torturées. Il hoqueta et recula. C'était enfin fini.

La souffrance reflua à un niveau acceptable et sommeilla presque tranquillement. Trop faible pour bouger, le garçon put enfin se détendre un peu. La sueur qui l'enveloppait comme une seconde peau le rafraîchissait agréablement. Il repensa au souvenir qu'il avait dévoilé à Stobbart. Aucun autre ne s'était révélé à lui. La Brume restait toujours aussi solidement ancrée sur sa mémoire, malgré ce dernier souvenir qu'elle n'avait eu d'autre choix que de lui laisser. Pourquoi précisément celui-ci d'ailleurs ? Il le retournait dans sa tête pour comprendre, mais ne trouvait rien. Bien que le jeune homme se sentît relativement mieux par rapport à ses débuts, il ne s'estimait toujours pas de taille à affronter la Brume. Il devrait faire avec ce qu'il avait.

Cloud se remit à ausculter minutieusement ce qu'il lui restait de la scène qu'il avait partagée avec Stobbart. Son regard s'arrêta une nouvelle fois sur la télévision, où une image s'était figée à l'écran. Le personnage blond, les cheveux en bataille, une immense épée dans le dos, le regardait de ses yeux bleus brillants. Il lui fit un clin d'œil et l'écran s'éteignit. Le nom du jeu jaillit dans sa tête comme une comète : *Final Fantasy*, septième du nom !

Le jeune homme se sentit vaciller. Pourquoi faisait-il autant une fixation sur ce jeu ? Il aurait nettement préféré se rappeler qui il était. À peine venait-il de s'en faire la remarque que l'ironie le frappa de plein fouet : *le héros n'était-il pas amnésique ?* Cloud fut pris de tremblements : un rire nerveux le secoua et n'eussent été son état de faiblesse et la douleur, il s'en serait tenu les côtes. Il tira la chasse et sortit de la salle de bains pour regagner sa chambre, un triste sourire sur les lèvres. Il avait maintenant froid, mais la douleur s'était nettement atténuée. Ce faisant, il passa devant la petite pièce qui servait de bureau à George et jouxtait la chambre du policier. Un écran d'ordinateur trônait sur un bureau rangé. Le faible éclat lumineux lui apprit que celui-ci était allumé. Cloud changea de direction et s'installa devant le moniteur. Machinalement, son regard se porta vers le recoin en bas à droite de l'écran. Minuit quarante. Le temps filait et raccourcissait ses nuits à vue d'œil.

Ses yeux s'écarquillèrent sous l'effet de la surprise : la date venait de lui sauter aux yeux ! Sept septembre !

« C'est pas vrai… »

Il eut un sourire grimaçant. À croire que son souvenir ne s'était pas révélé de façon aussi anodine que cela… Il revint à l'écran de son ordinateur ; ouvrit la page d'accueil d'un moteur de recherche. Il tapa lentement sur le clavier, cherchant ses lettres : F…I…N…A…L… F…A… La recherche automatique afficha différents résultats, dont la sortie du tout nouveau *Final Fantasy XXVII*. Il l'ignora et sélectionna le jeu qui l'intéressait un peu plus bas : *Final Fantasy VII*. Cloud tomba sur des sites spécialisés présentant ce jeu créé par un studio appelé Square-Enix, parcourut des articles, vidéos et autres images en tout genre sur lesquels apparaissait incontestablement le même personnage blond qu'il avait croisé dans son souvenir. Un détail le fit sursauter : le jeu était sorti le sept septembre 1997 ! Décidément, cette date le poursuivait… Il trouva rapidement un synopsis détaillé et tomba aussitôt sur un panneau clignotant le mettant en garde contre les dangers d'une lecture empressée et d'une surprise dévoilée s'il franchissait cette limite. Cloud passa outre et s'engagea résolument dans la lecture du long texte.

Au bout d'un moment, Cloud interrompit sa lecture et se reposa un instant sur le dossier de son fauteuil, la tête prise dans un tournis. Cette histoire... Autant dans le réel que dans le virtuel, la mémoire était un élément fragile, qui se mouvait, inconstant, au gré des influences qui pesaient sur elle. Cloud termina rapidement sa lecture.

Quand il eut terminé, une bonne demi-heure s'était écoulée. Cloud se renversa dans le fauteuil. Ses yeux le piquaient à cause de la luminosité de l'écran et du manque de sommeil, mais son cerveau fonctionnait à plein régime. Les questions l'assaillaient comme une nuée de guêpes dont les piqûres s'avéraient douloureuses sur sa mémoire inerte. Il avait beau s'acharner sur la Brume de ses souvenirs, celle-ci le narguait, le repoussait, s'évaporait, refusait de s'étioler et de le laisser passer pour puiser dans son passé.

Ses yeux se posèrent sur la représentation du personnage. Jusqu'à quel point lui ressemblait-il ? Non, rectifia-t-il, jusqu'à quel point s'identifiait-il à lui, si on enlevait cette coiffure aérienne et cette immense épée ? Déjà, ce nom, Cloud... Pourquoi sa mère l'avait-elle affublé d'un nom pareil ? Dans sa mémoire défaillante, Cloud était incapable de répondre à la question. Il n'arrivait même tout simplement pas à s'imaginer porter un autre nom que celui-ci.

Puis cette amnésie qui les consumait... L'amnésie de Cloud – le personnage virtuel – était due à un violent choc émotionnel et chimique qui l'avait presque tué. Il s'en était sorti grâce à un personnage secondaire du jeu, mort peu après, et avait retrouvé la mémoire grâce à une amie d'enfance et une série d'épreuves fantastiques.

Mais lui, le Cloud amnésique de la réalité ? Le monde qui l'entourait n'était pas peuplé de créatures chimériques et les seules personnes qu'il connaissait en savaient autant sur lui que lui-même. Devait-il pousser l'identification à ce personnage virtuel et attribuer les troubles de sa mémoire à un choc émotionnel, avec pour souvenirs ceux d'un autre ? Croire être quelqu'un et en être un autre... Penser à cette éventualité lui fit froid dans le dos. Le doute lui fit tourner la tête, se transforma en vertige lorsqu'il vit qu'il avait encore peine à se souvenir des derniers jours passés : des flashes de moments imprécis et de quelques sensations, entrecoupés de blancs, beaucoup de blancs. Il se rappelait simplement s'être trouvé en différents lieux de la ville, sans réussir à faire la jonction entre les évènements distincts qui s'y étaient déroulés. Ses souvenirs n'étaient qu'un kaléidoscope d'images et de sons inégaux, bien loin du film au déroulement logique et clair qu'il aurait souhaité avoir.

Le jeune homme éteignit l'ordinateur. Il se sentait fatigué et énervé à la fois. Ses douleurs à l'abdomen s'étaient calmées, les seules choses que, ironiquement, il aurait préféré oublier. Coup d'œil au réveil : une heure dix. Il n'arriverait pas à se rendormir maintenant, il était trop excité. Peut-être que sortir dans la fraîcheur de la nuit lui permettrait de se détendre. Faire un petit tour et revenir... Bonne idée. Cloud retourna dans sa chambre, et s'habilla rapidement. Au moment de fermer la porte, la cloche tinta brièvement, résonnant clairement dans le silence nocturne. Le garçon s'immobilisa. Dans la chambre, George ouvrit un œil, guetta un instant et se rendormit sans attendre. Cloud sortit. L'appartement de la famille Stobbart replongea dans le silence.

*

À son retour, une nouvelle journée était sur le point de commencer. Cloud avait la sensation de vivre une journée en continu. Les heures défilaient sans fin, les unes après les autres, comme ses pas sur le bitume. Une nouvelle journée était sur le point de commencer et il avait l'impression de ne pas avoir terminé la précédente. Il tomba sur son lit, épuisé. Sa tête toucha l'oreiller et il s'endormit lourdement, et, pour la première fois, sans cauchemar. Et pour la première fois, il rêva. Sa mère l'appelait.

Chapitre LII

Mercredi, 6 h 30

« George ?

– Mmm… Quoi ?

– Je crois que je me rappelle… »

Stobbart se réveilla en sursaut. Penché au-dessus de lui, Cloud le regardait avec anxiété. À côté de lui, Émilie continuait de dormir. Il jeta un coup d'œil à son réveil, abruti : six heures et demie.

« Sors tout de suite de la chambre, j'arrive. »

Cloud obéit et se retira comme un fantôme. George jura entre ses dents tout en cherchant à tâtons sa robe de chambre : un peu plus et le môme lui flanquait une crise cardiaque. Il allait lui falloir fixer quelques petits détails. À pas de loup, le flic quitta la chambre, ferma doucement la porte et se dirigea en ronchonnant vers le salon, la seule pièce d'où émanait de la lumière. Il trouva Cloud assis dans un fauteuil, les mains coincées entre ses genoux, et immobile. À son arrivée, le jeune homme releva la tête. Stobbart lui trouva un air un peu plus apaisé, bien que ses traits fussent encore marqués par de sombres cernes et un visage diaphane. « Pas étonnant avec tout ce qu'il a subi », songea le policier en s'asseyant en face de lui.

« George… commença Cloud.

– Un instant, l'interrompit aussitôt l'intéressé en levant la main. Avant cela, j'aimerais mettre quelques petites choses au point : un, interdiction de venir dans notre chambre en pleine nuit, surtout avec mon épouse qui dort à côté ; deux, si tu dois vraiment entrer, frappe avant et attends une réponse ; trois, si tu refais ce que tu as fait ce soir, je te descends sur-le-champ avant que ce soit ma femme qui me descende. Compris ? »

Cloud blêmit.

« C'est une façon de parler, le rassura Stobbart bougon. Si tu as compris les deux premiers points, c'est l'essentiel…

– Compris.

– Bien. Pour le reste, je sais que je reprends officiellement le boulot aujourd'hui, mais tu aurais au moins pu attendre le réveil : j'étais supposé être en arrêt-maladie et on ne peut pas dire que les derniers jours ont été de tout repos...

– Désolé, murmura le garçon penaud. Je… J'avais peur d'oublier...

– Je te donnerai un bloc-notes à mettre sur la table de nuit. Tu sais écrire ? Super, comme ça, tu écriras tout ce dont tu te souviens et, de cette manière, je profiterais davantage de mes nuits. Maintenant, je t'écoute…

– Je m'appelle Maxime… Maxime Belmont. Cloud était mon surnom.

– Nom d'un chien ! jura Stobbart, mais pourquoi ne me l'as-tu pas dit plus tôt ?! »

*

Stobbart arriva au Bastion vers huit heures. Après sa conversation avec Cloud, il avait quand même pris le soin de se raser et de coiffer ses rares cheveux pour dissimuler sa plaie. Une croûte dure s'était formée et George avait hésité à y accoler un pansement pour la protéger. La perspective de s'arracher les cheveux au moment de l'ôter l'en avait rapidement dissuadé. Ce faisant, il avait mis à profit ces quelques instants de relative tranquillité pour réfléchir.

Cloud lui avait donné un nom et un prénom. Les recherches s'en trouveraient davantage facilitées de ce côté-là. Mais quand George l'avait sondé pour aller un peu plus loin dans les révélations, rien d'autre n'était sorti. Maxime l'avait fixé d'un air désolé et George avait dû déployer des trésors de diplomatie pour que le garçon garde le moral et voit d'abord ce souvenir comme une vraie victoire. De son côté, le policier trouvait exaspérant que les informations lui arrivassent au compte-gouttes, distillées par une mémoire pour le moins capricieuse. Et c'était sur ce point qu'il s'attardait en ce moment même en pénétrant dans le hall du Bastion.

Il n'était pas une référence en psychologie comme Mantis, mais savait que l'amnésie, la syncope, pouvaient servir de soupape de sécurité pour protéger la personne : les cas où certaines victimes s'évanouissaient quand la tension était trop forte, oubliaient le traumatisme qu'elles avaient vécu – témoin de crime, agression sexuelle, accident de la route… – n'étaient pas rares. L'instinct de conservation était réellement une puissance sur laquelle il fallait compter. Mais dans cette affaire, point de choc post-traumatique, de boomerang psychologique qui revenait en pleine face. Juste des détails qui surgissaient épisodiquement, s'échappant lentement du carcan qui emprisonnait la mémoire de son hôte. George s'en était ouvert à sa femme au moment du petit-déjeuner – lui apprenant au passage le nouveau prénom de leur invité –, après que Maxime se soit timidement offert d'aider les enfants à se préparer. Émilie avait accepté plus par surprise que par reconnaissance – après un coup d'œil méfiant à son mari qui avait discrètement approuvé –, mais savourait à présent sans regret un début de journée remarquablement calme.

« Ça va, Émilie ? Tu es tranquille ?

– Vas-y, pose ta question, idiot.

– Je te demande pardon ?

– Je connais par cœur mon policier de mari ! lui fit-elle remarquer un brin amusée. Pose ta question…

– Tu m'as eu. En fait, j'étais en train de réfléchir par rapport à l'amnésie de notre… "invité" et à ses circonstances…

– Oui, et ?

– Il y a des choses que je ne m'explique pas… »

En quelques mots, Stobbart lui fit part de ses doutes. Sa femme sirotait son thé en silence, l'écoutant avec attention. À la fin de l'exposé, elle hocha la tête :

« Il y a un peu plus d'un an, j'ai interrogé un neuropsychologue, spécialiste de l'amnésie. Je ne vais pas te faire un cours, mais il m'a expliqué qu'il existe en fait plusieurs types d'amnésie, suivant la mémoire qu'elle affecte. L'une d'elles est l'amnésie dite "antérograde", qui affecte la mémoire nouvelle : elle empêche la personne d'apprendre de nouvelles choses, de fixer de nouveaux souvenirs. La personne relira trente fois la première page d'un livre sans se souvenir du début, promènera dix fois son chien ou mangera trois fois d'affilée, parce qu'elle aura oublié qu'elle venait d'effectuer cette action…

– Comme la maladie d'Alzheimer ?

– Pas exactement. La maladie d'Alzheimer est une pathologie neurodégénérative, qui dégrade les facultés intellectuelles jusqu'à un état de démence. L'amnésie antérograde est due à une altération souvent accidentelle de l'hippocampe, la structure cérébrale impliquée dans le stockage des souvenirs. Cette structure peut ainsi temporairement souffrir d'une perturbation dans l'approvisionnement en sang, fragilisant la fixation de ses souvenirs. La cause peut en être un traumatisme crânien, une attaque cérébrale, un stress émotionnel important, etc. Et même si le patient est incapable de fixer les souvenirs récents, il peut aléatoirement garder la mémoire de ses souvenirs du passé – de manière plus ou moins complète –, qui, eux, sont en partie stockés dans l'hippocampe et le néocortex.

– Compris. *A priori*, ce ne serait pas le cas de Maxime…

– Il semblerait. À l'inverse, il existe aussi l'amnésie dite "rétrograde", qui affecte la mémoire acquise depuis longtemps, comme les souvenirs d'enfance. Mais celle-ci n'impacte pas forcément l'apprentissage de nouveaux éléments et la création de nouveaux souvenirs. Elle peut être causée par une encéphalite, des maladies dégénératives ou encore une fois par un stress émotionnel important.

– Dans la définition, ça collerait davantage avec notre ami… »

George resta pensif un instant. Un stress émotionnel important… Les vidéos de tortures devraient parfaitement faire l'affaire, songea-t-il un brin cynique.

« Effectivement, poursuivait Émilie. Comme tu peux le constater, les conséquences sont chaque fois différentes. Mais dans le cas de Cloud, Maxime pardon, son amnésie pourrait très bien être une autre amnésie, l'amnésie dite "psychogène" (Stobbart leva un sourcil interrogateur), c'est-à-dire une amnésie due à un choc psychologique violent, un traumatisme émotionnel si tu préfères : c'est une amnésie purement psychologique. La victime s'efforce d'oublier un souvenir désagréable, traumatisant. Tu y as déjà été confronté dans ton boulot par rapport à des victimes, je crois… (George approuva) Le problème de cette amnésie, et suivant la gravité du traumatisme, est qu'elle peut s'accompagner d'une altération de la mémoire rétrograde.

– Une perte de la mémoire de son passé…

– Exact.

– Dans le cas de Maxime, on aurait alors affaire à une amnésie "psychogène" ?

– Il semblerait, oui.

– Super. Il y a une réversion possible ?

– Il y a trop de cas différents pour te proposer une affirmation catégorique. Globalement, oui, dans un laps de temps complètement aléatoire de plusieurs heures à quelques semaines voire plusieurs mois. Ça dépend de la personne, de son environnement, des stimuli qu'elle subit, de son état de santé physique et psychique… Généralement, si la mémoire revient, c'est que le verrou psychologique a sauté ou qu'elle a pu être stimulée d'une manière ou d'une autre, un peu à la manière d'un électrochoc pour faire repartir le cœur, par exemple.

– Du genre ?

– Ça peut être des évènements ayant un rapport direct ou indirect avec son passé. Mais je pense qu'il y a autre chose aussi, dans le cas de Maxime en tout cas…

– Comment ça ?

– Si tu veux mon avis, Maxime présente tous les symptômes de manque : vertiges insomnies, fièvre, tremblements…

– Je l'ai remarqué aussi.

– Mais ça relève plus d'une intuition que de la certitude. Disons que ça ne m'étonnerait pas qu'il présente des antécédents toxicomanes...

– Je te comprends. Si tout va bien, je devrais avoir des résultats aujourd'hui. Merci pour toutes ces informations ma chérie. Tu pourras bientôt prendre ma place à ce rythme-là !

– Très peu pour moi.

– Sinon, impressionnante ta mémoire…

– Merci. Le médecin était mignon. Ça aide…

– Ne pas *oublier* de vérifier le casier judiciaire de cet individu… »

Son épouse éclata de rire. George se leva.

« Bon, je vais aller voir comment ça se passe avec les enfants. Ça rigole beaucoup là-bas… Au fait… (Stobbart s'arrêta sur le pas de la porte.) Tu ne serais pas indisposée en ce moment ? »

Émilie regarda son mari avec des yeux ronds.

« Je n'ai pas mes règles si c'est la question. Pourquoi ?

– J'ai retrouvé du sang dans les toilettes ce matin… »

Plongé dans ses pensées, le commandant poursuivait son chemin jusqu'à son bureau, saluant distraitement ses collègues sur son passage, remerciant d'un mot ou d'un sourire ceux qui lui prodiguaient des encouragements après sa blessure à la tête. Quand il poussa la porte de son bureau, il était inquiet. Sa femme se portait bien, ses enfants n'étaient pas malades. Il ne restait plus que Cloud… Non, Maxime ! Décidément, il avait du mal à s'y faire. Pourtant, ce matin, il avait trouvé le jeune homme pas aussi mal que ces derniers jours. Fatigué, certes, il avait des difficultés à récupérer, mais il n'avait pas non plus l'air maladif. Il n'avait pas eu le temps de lui en toucher un mot ce matin, toutefois, ce sera chose faite dès que possible.

Stobbart posa ses affaires sur sa chaise et feuilleta rapidement les courriers et autres documents qu'on lui avait gentiment laissés en pile sur son bureau. Il reposa la paperasse, désappointé : les résultats des analyses toxicologiques de Maxime n'étaient toujours pas arrivés. À moins que Nico ou Hal ne les ait gardés par-devers eux.

Le policier alluma son ordinateur et profita de la minute dont il avait besoin pour démarrer pour enlever son manteau. Dans le même temps, il commença à lire le dernier procès-verbal de l'enquête. Il avait été rédigé par Nico, sur ses propres notes, et racontait par le menu la découverte officielle de la clef USB et de son contenu. Il se força à lire les rapides descriptions concernant les fichiers, ne put qu'admirer le courage de sa jeune collègue pour son cran dans cette épreuve, et vit avec satisfaction qu'elle avait passé sous silence l'épisode qui s'était déroulé chez lui en présence de Cloud. Elle prenait des risques en faisant ça, et Stobbart ne put s'empêcher d'avoir des remords à l'exposer ainsi, alors qu'elle était promise à un bel avenir. Flirter avec la ligne jaune était dangereux ; la dépasser était passible de suspension, rétrogradation, ou pire, de révocation. Sans parler de la taule. Il se promit de lui en toucher un mot, dans son propre intérêt. Elle ne devait pas supporter les conséquences de ses décisions et de ses actes, à lui. George termina rapidement les quelques pages et les conclusions qu'il en tira n'étaient guère reluisantes.

S'il s'avérait réellement que le Sujet 47 et Cloud n'étaient qu'une seule et même personne – ce dont Stobbart avait du mal à douter depuis qu'il avait vu le corps torturé du jeune homme –, il devenait aussi victime. Mais victime de qui ? Pourquoi ? Le sadique qui avait fait ça méritait à peine le nom d'homme ! Il se rappelait la voix métallique qui avait résonné ce soir-là et frissonna. Cette affaire lui plaisait de moins en moins. Aux yeux de la justice, être victime n'enlevait rien au fait d'avoir assassiné deux personnes. Dans ce genre de cas, la seule façon d'éviter le procès était de plaider l'irresponsabilité pénale au titre de troubles mentaux. Ironiquement, le Syndrome Mantis était un facteur qui confortait ce point. S'il n'était pas possible de prouver la démence, il fallait envisager la responsabilité pénale et les circonstances atténuantes qui adouciraient la sentence. La torture en était une. Et le facteur toxicologique pouvait également apporter de nouveaux éléments de réponse, surtout si des drogues lui avaient été injectées contre son gré…

Trois coups discrets retentirent sur sa porte.

« Entrez ! »

Hal apparut dans l'encadrement de la porte, une liasse de papiers à la main. Stobbart détailla son jeune collègue d'un œil critique. Emmerich donnait l'impression de s'être levé il y a dix minutes et d'être passé dans l'essoreuse avant de venir au boulot : ses yeux étaient encore gonflés par le sommeil – ou le manque de sommeil – et injectés de sang ; les cernes lui faisaient deux poches noires au-dessus des pommettes ; et sa tête était hérissée d'épis. George se serait doucement moqué si le teint olivâtre de l'informaticien ne l'avait pas inquiété.

« Bonjour Hal… Tu te sens bien ?

– Bonjour, patron. J'ai une tête de mort-vivant à ce point-là ? »

George remarqua la voix enrayée. Hal tenta un sourire moqueur qui s'acheva sur une grimace.

« Je n'ai pas beaucoup dormi, avoua-t-il d'un ton las.

– Là, je te dirais que tu ne m'apprends rien. Entre et assieds-toi. C'est à propos de l'enquête, pas vrai ?

– Vous savez que c'est très énervant de ne rien pouvoir vous cacher ?

– C'est ce que n'arrête pas de répéter ma femme et pourtant elle reste. J'aimerais que tu en fasses autant.

– Qu'est-ce qui vous fait croire que je vais partir ?

– Rien encore maintenant. Par contre, je peux t'obliger à lever le pied pour que tu te reposes… (Stobbart marqua une pause avant de reprendre doucement.) Mais je ne suis pas sûr que ce soit le fond du problème. »

Hal se replia sur lui et courba la tête, vaincu. À la surprise de George, il fondit en larmes.

« J'en peux plus… Toutes ces images dans ma tête, ce sang, ces cris, cette souffrance, ça me rend fou ! »

D'un coup, les vannes s'étaient ouvertes et un flot de paroles s'en échappa.

« J'ai fait comme vous m'aviez demandé, analyser quelques vidéos qui se trouvaient sur la clef… Une, puis deux, puis trois… J'en… j'en ai regardé pas loin de la moitié… Et à chaque fois, il était vivant ! Vivant ! Le scalpel tranchait sa chair et il hurlait ! Je l'ai vu ouvrir son ventre ! Son ventre ! Pas d'anesthésie ! Rien ! J'en avais tellement mal au ventre que j'en ai gerbé… J'en ai gerbé… »

Hal sanglotait. Stobbart était pris au dépourvu. Sans un mot, il reprit son manteau qu'il avait rangé sur la patère et le déposa sur les épaules de son subordonné. Hal ignora complètement son intervention.

« J'en ai gerbé à n'en plus pouvoir vomir. Vous vous rendez compte ? Et le pire dans tout ça… *J'ai continué à regarder !* Je ne pouvais plus supporter ses cris, alors j'ai coupé le son… Mais j'ai continué à l'entendre hurler… Il était charcuté, il hurlait, je le regardais, je l'écoutais, et il hurlait, hurlait, hurlait… »

Hal sanglotait à présent.

« Quand je me suis couché, j'ai continué à le voir disséqué… Devant mes yeux… (Emmerich agita la main devant lui.) Il agitait son scalpel… et il me charcutait à son tour ! Il me découpait comme un steak ! Moi aussi, j'ai hurlé. J'ai hurlé tout ce que je pouvais, à m'en péter les cordes vocales… Et vous savez le pire, dans ce merdier ? »

George en éprouva une peine sincère. Il lui pressa doucement l'épaule.

« Dis-moi, fiston...

– Je n'ai pas pu m'arrêter ! Pourquoi ? Pourquoi j'ai pas pu m'arrêter ? Pourquoi j'ai continué à regarder toute cette merde ? Pourquoi j'ai pas pu m'arrêter ? Dites-moi !

– Fascination morbide. Certaines personnes peuvent éprouver du dégoût, manifester leur rejet simplement en détournant les yeux, ou bien vomissent leurs boyaux, voire font une syncope. C'est une façon de se protéger de la violence en s'en détournant inconsciemment. D'autres vont éprouver, sinon cette attirance, une fascination vis-à-vis du sang et de la mort. Cela réveille nos instincts de chasseurs : chasser ou être chassé. C'est aussi un instinct de survie : rester sur le qui-vive et fuir est aussi un moyen de défense. Dans ton cas, Hal, tu éprouves un conflit sur ce que tu ressens. Les influences culturelles, comme ton éducation, ne t'aident pas : ce que tu as vu, tu avais appris à le définir comme un mal, à le condamner et à le rejeter. Alors ton instinct de survie s'est réveillé et a cherché à chasser le mal, à sa manière, en te gardant éveillé pour te pousser à la fuite, ou bien en te transformant en chasseur, pour combattre et survivre. »

Hal étouffa un rire désabusé.

« Un instinct de survie ? Laissez-moi rire... J'ai toujours eu du mal à supporter la vue du sang...

– Parce que tu es quelqu'un de sensible, Hal, répondit doucement Stobbart. Ta réaction face aux sévices infligés à ce jeune homme montre que tu n'es pas indifférent à la violence. Et ça, c'est une très grande qualité, fiston : comprendre les autres, les réactions, les comportements est aussi un aspect essentiel de notre métier. C'est en comprenant les logiques de chacun que tu arriveras à faire avancer l'enquête. Mais certaines logiques sont plus difficiles à appréhender que d'autres. Chaque personne a une sensibilité différente...

– Je comprends... »

Hal se sentit rasséréné, un peu. Il eut même honte de son moment de faiblesse. N'était-il pas flic avant d'être informaticien ? Il aurait dû se montrer plus solide. Stobbart le regardait fixement.

« Tout le monde à ses petits passages à vide, Hal. Tu n'as pas de honte à avoir. Tu es humain avant d'être flic. Et dis-toi que les deux sont tout, sauf incompatibles. Tu as fait preuve de sensibilité, non de sensiblerie, et c'est ce qui fait aussi de toi un bon flic. Et c'est aussi comme ça que je conçois mon métier. »

L'informaticien hocha la tête. Un grand poids venait tout à coup de lui être ôté des épaules.

« Merci, patron, ça fait plaisir.

– Non, c'est normal. Allez, va te passer de l'eau sur la figure et prends ta matinée, tu en as besoin. »

Hal refusa.

« Non, ça ira. Je veux dire, juste de l'eau et du café. Ça suffira.

– Tu es sûr ?

– Oui.

– Comme tu voudras. On attend Nico et on fait le point dans une petite demi-heure. C'est bon pour toi ?

– Ouep.

– Super. À tout à l'heure. »

Manifestement soulagé, Hal quitta le bureau de son supérieur, non sans avoir failli oublier de lui donner la liasse de feuilles qu'il tenait à la main depuis le début.

« Pour vous : le rapport d'analyses toxicologiques de notre ami commun. Il vient d'arriver. »

Stobbart remercia son subordonné d'un signe de tête. Effectivement, cela faisait un moment qu'il l'attendait. Sitôt l'informaticien parti, George se plongea dans la lecture du rapport. Le policier n'aimait pas beaucoup ce genre de document. Généralement, celui-ci s'apparentait à une présentation générale du patient, de l'examen médical au moment du prélèvement – absent en ce qui concernait Maxime – et de l'identification des substances à proprement parler. Était ensuite annexée une suite de chiffres et de graphiques que tout flic trouvait indigeste, sinon aride quand ledit rapport n'était pas accompagné d'une note ou d'un résumé en bon français, reprenant les points principaux des analyses. Pour cette raison, Stobbart laissa rapidement de côté les tableaux, s'attardant sur les colonnes listant les produits trouvés dans le sang du patient et qui avaient trait aux stupéfiants.

Cela faisait maintenant plusieurs années qu'il voyait des chiffres divers et variés, et il avait appris à en déduire les grandes lignes. Cette fois-ci, il était perplexe. S'il connaissait quelques noms des différentes substances nommées et vaguement leurs effets, aucune explication n'accompagnait le tableau de données. George laissa tomber les dernières feuilles sur le bureau, dépité. Il eut un doute : il avait demandé à Fortesque de faire les analyses. Or, Daniel connaissait l'allergie de Stobbart aux chiffres et savait que le jargon chimique n'était pas non plus son fort, au point que le légiste avait pris l'habitude de lui faire ce résumé – en grommelant certes, mais il le faisait quand ils travaillaient encore tous les deux à Lyon. George prit son téléphone. On décrocha dès la première sonnerie.

« Professeur Fortesque. C'est qui ?

– Toujours aussi aimable à ce que je vois. C'est George ! Dis donc c'est la première fois que je t'entends répondre aussi vite au téléphone : tu ne me couverais pas la grippe par hasard ?

– Salut George ! Figure-toi que j'attendais ton appel ! riposta l'intéressé. Et je trouve même que tu es devenu mou du genou ! Il y a dix ans, jamais tu ne m'aurais laissé poireauter aussi longtemps devant le téléphone !

– Et il y a dix ans, je serais encore en train d'attendre ton rapport ! Bon, trêve de plaisanterie. J'ai ton papier sous les yeux et on ne peut pas vraiment dire que tes explications soient limpides…

– Oui, je sais. Si je ne t'ai pas fait le baratin habituel, c'est parce que je voulais que tu m'appelles.

– Pourquoi ça ?

– Parce que, pour être franc, je me suis frotté deux fois les yeux quand j'ai vu les résultats. J'ai même vérifié ton nom pour être sûr que c'était bien toi qui demandais les analyses. Sans ça, j'aurais cru à une mauvaise blague !

– À ce point-là ?

– Ouais, plutôt. À vrai dire, j'ai jamais vu ça. Ton macchabée avait une concentration de benzodiazépines qui ferait passer un feu d'artifice pour une étincelle de briquet. Dans le désordre : clobazam, loflazépate, diazépam, lorazépam, nordazépam, clotiazépam. Un sacré cocktail !

– C'est toujours limpide…

– Pour te faire une idée, toutes ces molécules ont une action psychotrope et font partie de la famille des benzodiazépines dont je te parlais à l'instant. Ce sont des anxiolytiques notamment utilisés comme tranquillisants. Elles possèdent des propriétés sédatives, anticonvulsivantes et amnésiantes. Tu retrouveras ces anxiolytiques spécialement dans le traitement contre l'anxiété – d'où son nom ! –, la tétanie, l'épilepsie, les crises d'angoisse et dans la préparation aux interventions chirurgicales. »

George était muet. Plus Daniel égrenait les propriétés de ces… trucs, plus l'image de Maxime étendu sur le billard s'imposait à lui. *Excepté que les opérations débutaient après la dissipation du tranquillisant.* Il en était presque certain, sinon ses bourreaux auraient été bien en peine pour le ligaturer sur la table d'opération…

« Allô ?

– Désolé Daniel, tu m'ouvres un horizon, tu ne t'imagines même pas !

– "J'ordonnais la lumière, et la lumière fut".

– Il ne faut pas exagérer non plus ! Ce sont des médicaments que tu trouves facilement ?

– Chez tout bon apothicaire. Tu m'expliques sur quel macchabée tu as trouvé toutes ces benzodiazépines ? Il a fait des études de chimie ?

– Je ne crois pas non. Attends, quand tu dis "macchabée", tu parles des échantillons de sang que je t'ai fait apporter hier ?

– Non, l'année dernière. À ton avis ? Pourquoi ?

– Parce que mon macchabée est toujours sur pied. Pas en très bon état, mais bien vivant… »

Silence évocateur dans le combiné. Avant que la voix de Daniel n'explose à nouveau dans le téléphone :

« Tu rigoles ! Mais ce type devrait être mort ! C'est une véritable pharmacie sur pattes !

– Je suis même très sérieux. Par contre, j'aurais besoin de quelques précisions…

– Je t'écoute, fit Fortesque d'une voix plus calme.

– Les concentrations sont fortes ?

– Très. On est plus proche des doses d'un cocaïnomane vétéran que d'un patient attendant gentiment son opération. Et si tu me dis que ton patient est vivant et que j'ai réussi à en retrouver dans son sang, c'est que sa dernière injection remonte à six ou sept jours au plus tard : ce sont des molécules qui sont très lentement métabolisées par le corps et qui induisent une dépendance, d'où sa posologie carabinée. Enfin, je suppose. Sauf si tu me dis qu'il a eu sa dose récemment.

– Pas à ma connaissance (Stobbart prenait fébrilement des notes).

– Et dans ce cas, fais aussi attention : le sevrage brutal des benzodiazépines peut entraîner pas mal d'effets secondaires : agitation, convulsions, somnolences, insomnies, hallucinations, confusion dans les idées, pour ne t'en citer que quelques-uns…

– Je vois bien, en effet, commenta George qui visualisait parfaitement les symptômes durant les crises de son invité.

– Vu ce que tu viens de me dire, tu me fais froid dans le dos. Parce qu'il y a autre chose dont je voulais te parler : le spectrographe de masse a identifié dans tes échantillons des traces de tétrodotoxine…

– J'ai déjà entendu parler de ça, fit le commandant en fronçant les sourcils. Il n'y a pas un rapport avec le *fugu* japonais ?

– Le poisson-globe oui. Tu peux ajouter le poulpe à anneaux bleus, des grenouilles, des étoiles de mer, et je t'en passe. Mais à ce niveau de l'analyse, je t'avoue que j'en ai eu des sueurs froides. J'ai même cru que la machine n'était pas nette. Je m'explique. La tétrodotoxine est une puissante neurotoxine qui provoque dans le meilleur des cas des nausées, des vertiges, une paralysie des membres inférieurs et des extrémités ; et dans le pire des cas, la mort par paralysie du système respiratoire. Pas d'antidote non plus, et elle est près de cent fois plus puissante que le cyanure. Ce poison a une particularité : si le seuil de la dose mortelle n'est pas atteint, l'individu peut être plongé dans un stade proche de la mort : diminution du rythme cardiaque et du rythme respiratoire, pas de contraction pupillaire. Tous les bons romans d'espionnage l'utilisent au moins une fois pour faire passer quelqu'un de vie à trépas et le ressusciter plus tard, et je ne te parle pas du folklore vaudou. Digression à part, l'organisme l'évacue de lui-même et la victime se remet toute seule sans aide médicale, après une paralysie de plusieurs heures à plusieurs jours. Ça, c'est valable quand la quantité de tétrodotoxine ne dépasse pas les vingt milligrammes pour un adulte. Le problème, c'est que ton individu présente des taux de concentration qui tueraient un troupeau d'éléphants… »

Stobbart entendit un bruit de chaise dans le téléphone. Fortesque paraissait secoué. Quand il parla à nouveau, sa voix avait baissé d'un ton :

« …Et s'il n'est pas mort avec ça, il y a deux hypothèses : l'antidote – qui n'existe pas à ma connaissance – ou l'autre, remise au goût du jour, la mithridatisation.

– Le roi grec Mithridate ? releva Stobbart, suspendu aux lèvres de son ami.

– Lui-même, Mithridate VI, roi du Pont, IIᵉ-Iᵉʳsiècle avant Jésus-Christ. Tu as de bons restes du collège, dis-moi, réussit à sourire Daniel derrière son combiné. Laisse-moi te replacer un peu les choses pour qu'il n'y ait pas d'ambiguïté : durant son adolescence, Mithiridate perdit son père, le roi Mithridate V, assassiné. Une guerre de succession s'ensuivit et de nombreux stratagèmes furent utilisés pour tenter d'éliminer le jeune roi. Dont les poisons. Craignant à raison pour sa vie, le jeune souverain décida de s'immuniser contre leurs effets. La légende raconte qu'il buvait des poisons en petites quantités pour se prémunir par ce moyen d'un assassinat. Plus tard, quand il perdit la guerre contre les Romains, il voulut mourir en buvant une coupe de poison. Qui ne lui fit aucun effet, et pour cause. Suivant l'une des versions, il finit par demander l'aide d'un de ses gardes du corps qui le tua par l'épée.

– Charmante fin. Mais je comprends où tu veux en venir : tu es en train de me dire que notre patient recevait des injections régulières de tétrodotoxine. Par contre, j'ai du mal à comprendre dans quel but…

– À mon sens, pour une raison très simple : une victime de la tétrodotoxine reste consciente pendant toute sa paralysie. Et si tu me dis que ton gars est encore vivant, j'ai peur que tu me dises que c'est le type dont tu m'as parlé et qui est sur ces fameuses vidéos…

– Dans le mille. »

Les deux hommes restèrent silencieux. Stobbart mettait en corrélation tout ce que venait de lui apprendre son ami avec ce qu'il avait appris de Maxime et des vidéos. Sans le savoir, Fortesque avait relié entre eux différents fragments qui apparaissaient de-ci de-là pour les rassembler dans une trame encore floue, mais néanmoins cohérente. Pour l'instant. Mais les nouveaux éléments que lui apportait le légiste lui brossaient un tableau toujours un peu plus noir, toujours un peu plus sordide au fur et à mesure que l'enquête avançait. Hal le savait encore mieux que lui. Ses pensées se tournèrent vers ce garçon sorti de nulle part. Plus il en apprenait sur le jeune homme, plus il se sentait révolté à cause de tout ce qu'on lui avait fait subir. Sa décision de l'amener chez lui était finalement une bonne décision. L'enjeu humain était trop élevé pour qu'il soit tout de suite mis en garde à vue, ou pire, interné. George s'en apercevait maintenant, et la relation de confiance qui s'instaurait peu à peu entre lui et Cloud portait ses fruits. Le jeune homme sevrait lentement son organisme de tous les produits qu'on lui avait injectés, en espérant que cela débriderait aussi sa mémoire, là ou un psychiatre aurait eu tôt fait de lui injecter un calmant et de sceller ses souvenirs.

Quant à Daniel, il réalisait la souffrance qu'avait endurée l'homme et le degré de perfection qu'on avait mis à lui faire subir mille tourments. Il comprenait à présent mieux l'usage des benzodiazépines : une fois la séance de torture terminée, la douleur était calmée. Puis le cycle recommençait.

« Je ne sais pas dans quelle affaire tu t'es fourré, George, mais fais *très* attention, reprit le légiste au bout d'un moment. À ce stade-là, je te le répète, je ne comprends même pas comment il peut être encore vivant. Ton type est plus chargé qu'une mule. Et si je ne t'ai pas écrit de note, c'est aussi parce que son cas est unique : je n'ai jamais vu pareilles associations et pareilles concentrations de molécules comme ça, et pourtant j'ai bossé pour les Stup'…

– Écoute, soupira Stobbart, j'essaie déjà de comprendre qui il est, d'où il vient et s'il a assassiné deux – sinon cinq – personnes, même si là-dessus, j'ai de moins en moins de doutes…

– OK. M'en veux pas, mais si je te dis tout ça, c'est que l'association des molécules et leur dosage ne peut être que l'œuvre d'un chimiste, et je te dirais même, d'un très bon. Si tu regardes aux pages deux et trois du rapport, je t'ai fait une liste de ce que j'ai pu trouver et identifier. C'est aussi une des raisons pour lesquelles j'ai mis autant de temps à faire tes analyses, surtout avec le peu de sang que j'avais…

– Mais je t'en ai donné cinq flacons !

– À peine suffisant. J'attire surtout ton attention sur l'usage de la tétrodotoxine, c'est un poison qui est plus courant dans la littérature que dans les éprouvettes…

– Compris chef. Je ferai des recherches de ce côté. »
Stobbart resta silencieux un moment.

« Georgie ? Tu es toujours là ? »
La voix railleuse de Fortesque ramena brusquement Stobbart sur terre.

« Oui, oui, désolé, je pensais à autre chose, par rapport à tout ce que tu m'as dit. Dis-moi, j'ai une petite question…

– Demande toujours.

– Tu as quelque chose de prévu en fin de matinée, début d'après-midi ? »

*

Nicole était en train de passer à son bureau quand elle avait croisé un Hal défraîchi. L'aspect cadavérique de son collègue l'avait inquiété. Le visage encore humide de l'informaticien, ses yeux encore rouges et gonflés, elle l'avait soupçonné d'avoir passé une nuit blanche, sinon très courte, en plus d'avoir… pleuré ? Cette conclusion l'avait surprise. Quand elle s'approcha de lui, il se raidit. Il ne put empêcher le tremblement de ses mains et renversa un peu de café sur son bureau.

« Ça va ? s'enquit la jeune femme.

– Oui, oui, très bien », répondit nerveusement Hal.
Collard n'insista pas : dans la psychologie masculine, un homme ne devait jamais admettre ses faiblesses devant une femme. Question de fierté. Gardant cette règle universelle en tête, Nico s'éclipsa rapidement, au grand soulagement d'Emmerich : il pensait avoir réussi à sauver les apparences, mais tout comme Stobbart, sa collègue n'avait pas son pareil pour mettre le doigt sur le problème. L'informaticien but une petite gorgée d'un café brûlant qu'il trouva bien réconfortant.

Nicole avait poursuivi son chemin, faisant mentalement le point sur l'affaire qui les occupait actuellement. Les images que George avait trouvées la hantaient encore. Elle aussi avait mal dormi. Un chaos d'hémoglobine et de hurlements avait jalonné ses cauchemars jusqu'au sursaut déclenché par l'alarme de son réveil. Être une femme lui offrait l'avantage d'avoir la main un plus lourde que d'habitude sur le maquillage, et elle ne s'en était pas privée. Hal n'avait pas cette chance. Un café noir grande taille avait achevé de la remettre d'aplomb et de lui éclaircir les idées.

La lieutenante entra dans le bureau de Stobbart au moment où il raccrochait. Le commandant lui adressa un sourire jovial malgré l'humeur maussade générale. C'était son grand secret. Il arrivait toujours à garder un moral d'acier, lorsque celui de ses troupes partait à vau-l'eau.

« Bonjour Nico ! Tes cauchemars ne t'ont pas trop mené la vie dure ? »
La jeune femme s'arrêta net et fronça les sourcils.

« Bonjour patron. Qu'est-ce qui vous fait dire ça ?

– Tu n'as pas l'habitude de te maquiller autant. Ce qui pose l'hypothèse d'un rendez-vous galant ou d'une nuit désastreuse. Il est un peu tôt pour le rendez-vous galant, reste la nuit. Et généralement, les dames ont une certaine tendance à se maquiller davantage quand il y a un manque de sommeil. Si on a encore un doute, il suffit de regarder la taille inhabituelle de ton café…

– OK pour cette fois, admit la jeune femme de mauvaise grâce. J'ai mal dormi et il y avait de quoi. Comment arrivez-vous à rester aussi frais ?

– J'ai eu un long week-end forcé. Après, il faut savoir faire la part des choses. Mais je ne dis pas que c'est facile. Pour le reste, nos deuxième et troisième de groupe ont leur arrêt prolongé d'une semaine. Ça, par contre, ça ne m'enchante pas. Je suis désolé de te l'annoncer dès ce matin, mais le reste de la semaine va être long.

– On était bien parti, on va continuer…

– Pas trop le choix, c'est vrai. Et pour ne rien te cacher, l'affaire Braska ne tombe surtout pas à pic… On attend Hal et on fait le point. »
Stobbart en profita pour commencer à trier ses courriels pendant que Nico prenait connaissance du rapport légal de toxicologie. Ses cours de biologie au lycée scientifique étaient encore frais – à peine quelques années – et elle put en saisir l'essentiel, sans les détails. Trop de charabia. Au fur et à mesure qu'elle lisait, elle n'en voyait en lui qu'une pâle description de ce qu'on avait fait subir à Cloud. De la tétrodotoxine… Elle plongea dans l'amertume. L'inhumanité l'affligeait profondément et elle avait beau vouloir se raccrocher à l'espoir qu'une humanité pouvait survivre dans la noirceur, elle en était de moins en moins certaine. L'apparition d'Emmerich sur le seuil du bureau la hissa hors de ses sombres tréfonds. L'informaticien paraissait toujours fatigué, mais un vent de fraîcheur avait détendu ses traits. « Lui aussi ne s'en sortirait pas indemne », songea tristement Nico.

Stobbart invita ses lieutenants à s'asseoir et commença sans tarder par leur apprendre la nouvelle identité de Cloud. Passé la surprise, ils se mirent au travail sans perdre une seconde.

Chapitre LIII

Mercredi, 9 h 10

Maxime était nu. Debout, devant le miroir en pied de la salle de bain, il contemplait son corps dévasté. Chaque membre, chaque centimètre de son corps était finement marqué de blanc, ou bien, par endroits, ourlé de rouge. Quand il s'était lavé la première fois au sous-sol de la salle d'arcade, il n'avait pas encore réellement pris conscience de ces marques qui le sillonnaient. À présent, à la lumière du néon, il voyait, sentait presque, les scalpels qui avaient tranché sa chair. Et pour la première fois, il réalisa la douleur qui ne cessait de sourdre dans chacun de ses os, dans chaque muscle, courant le long de ses veines et de ses articulations.

Il s'approcha de la glace, intrigué. À sa grande surprise, il constata que ses mains et ses pieds avaient été épargnés. Son visage aussi. Les cicatrices s'arrêtaient sur sa peau comme un costume, là où chemise et pantalon auraient dû tomber. Pourquoi, il l'ignorait. Il caressa sa poitrine. Là où il y aurait dû avoir deux tétons, il n'y avait plus que des bourrelets de chair. Maxime vacilla, aveuglé.

Sans crier gare, la douleur avait fusé sous son crâne. Le jeune homme serra les dents. Les crises qui l'avaient terrassé au début avaient cédé la place à ces éclairs, de plus en plus réguliers, de plus en plus violents aussi. Mais chaque fois, des liens de sa mémoire maintenus par la Brume se dénouaient et s'échappaient, ainsi que quelques souvenirs disparates qui lui éclataient au visage. La Brume avait beau redoubler d'efforts pour contenir ses réminiscences, celles-ci luttaient pour s'enfuir. Les chaînes de brouillard s'arc-boutaient sous la tension : la masse de souvenirs poussait toujours plus fort pour rejoindre l'esprit qui les appelait. Maxime tomba à genoux en se tenant la poitrine. Il sentit une nouvelle fois des rigoles de sueur se former et ruisseler tout le long de son corps. Précipitamment, la Brume relâcha un souvenir pour donner du jeu à la tension qui menaçait de briser ses propres liens et réassurer sa prise. Maxime eut l'impression qu'on lui perçait la tête avec un tison chauffé à blanc.

« Sujet 47. Opération 301. Ablation des papilles mammaires droite et gauche. »

Le bistouri trancha. Cloud étouffa. Le bistouri trancha encore. Cloud força l'air à passer dans ses poumons, suffoqua, avant d'être pris d'une violente quinte de toux qui lui brûla les bronches. Dans sa tête, le souvenir explosait.

Un visage masqué peinant à émerger de l'obscurité était penché sur lui, tandis qu'une lumière l'aveuglait. Il sentait l'acier froid de la table mordre sa peau sous son dos. Ses poignets et ses pieds étaient solidement entravés, tout comme ses genoux, ses coudes et sa taille. Une dernière sangle était plaquée sur ses épaules, fermement serrée, appuyant contre sa gorge. C'était elle qui l'étouffait et l'empêchait de se débattre, pendant que le découpage de ses seins se poursuivait. Lui, hurlait, encore et encore. Il sentait à présent le sang couler le long de ses côtes. Un sang épais qui se liquéfiait au fur et à mesure qu'il se mélangeait à sa sueur. Le scalpel continuait son œuvre lentement. Il coupait sans résistance la peau fine. Dans les limbes de sa conscience, une question se débattait à la surface de sa souffrance : pourquoi ? Pourquoi le visage masqué coupait-il lentement ? Pourquoi faisait-il durer la douleur ? Il n'obtint jamais la réponse. Il sentit le deuxième mamelon se détacher. Un goût de sang dans la bouche, Cloud s'évanouit sur le carrelage froid de la salle de bains.

Quand il revint à lui, il avait froid. Il tremblait. Maxime se leva rapidement sur des jambes incertaines et gagna la douche. Sa respiration était encore sifflante, douloureuse. Il avait la désagréable impression que quelque chose essayait de lui arracher les bronches de l'intérieur. L'eau chaude crépita sur son derme. Promptement, la chaleur l'envahit. Il sentit ses muscles se dénouer, échapper à l'engourdissement qui les avait gagnés sur le sol carrelé. Le garçon s'étira, lentement. Ses muscles crispés protestèrent. Il continua néanmoins, enroulant et déroulant ses bras en une succession de mouvement de plus en plus fluides. Il exécutait tous ces gestes souplement, mécaniquement, sans réfléchir, fruit d'une longue expérience. Son malaise s'estompait, son esprit s'apaisait.

Maxime sortit de la douche, fatigué et calmé. Il se regarda une nouvelle fois dans le miroir. Le souvenir nouvellement libéré brillait. Il s'était détaché de la Brume qui faisait pourtant encore bloc dans sa mémoire. Malgré cela, elle paraissait à peine fissurée, tellement solide. Elle ondulait, dédaigneuse et insaisissable comme un courant d'air, ou dure comme un roc quand il réussissait à l'effleurer du bout de l'esprit, le renvoyant à lui-même. Pourtant, il avait l'impression que son opacité n'était plus la même, que celle-ci s'était atténuée.

Toujours debout au milieu de la petite pièce, Maxime continuait de fixer le miroir sans le regarder. Il avait peur. Il était même terrifié. Mais il voulait des réponses. Alors pour la première fois, il fit face, face à la Brume. Il était conscient de sa faiblesse, mais l'envie de savoir était devenue plus forte que jamais, plus forte que ses peurs. Il voulait profiter de cet instant d'état de calme pour inverser les rôles.

*

Depuis le début, la Brume avait toujours choisi quand livrer ses batailles, arracher des souvenirs pendant ses moments de faiblesse ou surgir au moment où *Il* s'y attendait le moins pour se nourrir. Mais depuis peu, elle avait pris conscience que les choses changeaient et qu'elle s'affaiblissait : sa lutte devenait chaque jour plus ardue pour maintenir son influence. Cette faiblesse prenait racine dans les souvenirs mêmes qu'elle gardait et qui se débattaient toujours plus fort pour tenter de rejoindre celui qui les appelait. Mais les souvenirs étaient aussi sa meilleure arme : dernièrement, en délivrer un au moment opportun avait déchaîné une telle violence qu'elle aurait pu – aurait dû – briser cette volonté qui se dressait contre elle. Chaque fois, elle avait cru réussir et noyer cet esprit qui la défiait. Mais celui-ci continuait de résister. Inlassablement. Stupidement. Quand comprendrait-*Il* ? Quand comprendrait-*Il* qu'*elle faisait cela pour son bien ?* Délivrer la vérité à cet esprit torturé reviendrait à le tuer ! Sa volonté de le contrôler et de le briser était sa manière de le protéger, pour qu'il arrête de chercher les secrets qu'elle recelait.

Malheureusement, ce voile qu'elle avait scellé sur ces souvenirs s'étiolait pour une raison inconnue. Ceux que la Brume avait choisi de livrer à cette pauvre âme étaient les moins importants, aussi avait-elle cherché à maximiser leur impact sur *lui*, pour le déstabiliser et l'obliger à abandonner. Elle avait échoué et, là où elle n'avait pas compris, c'est qu'*elle avait même renforcé sa volonté de la briser, elle !* Devant ce constat, elle s'était repliée sur elle-même, tour à tour fuyante et menaçante. Mais jour après jour, ses forces continuaient de décliner. Surtout depuis qu'*Il* avait retrouvé un nom dans un de ces univers qu'*Il* chérissait tant autrefois. *Sa* force s'était décuplée, considérablement renforcée par ce nouveau pouvoir qu'*Il* avait acquis : *une identité.*

Moqueuse, elle avait cru pouvoir résister. Jusqu'à ce qu'elle comprenne que l'élément qui la rendait forte se dissipait lentement et disparaissait. Sans lui, elle pouvait continuer à *le* protéger, seulement s'*Il* ne tentait pas désespérément de lui échapper. Mais *Il* se sevrait. *Il* devenait plus fort. La Brume reflua et s'enfuit, laissant derrière elle un souvenir qui la couvrirait juste assez de temps pour préserver ses forces. Et patienter.

*

Le souvenir frappa Maxime de plein fouet. Il vacilla et tomba à genoux. Il se vit dans le miroir, exécutant à nouveau les étirements auxquels lui-même s'était astreint quelques minutes plus tôt. Tout comme lui, son reflet était nu. La pièce dans laquelle il se trouvait était tout aussi petite et blanche. Un bref instant, il crut que la Brume lui jouait un tour à sa manière : il ne voyait aucun souvenir là-dedans, juste une projection de ce qu'il venait lui-même de faire. Mais l'image se brouilla pour laisser son reflet apparaître en équilibre sur les mains, fléchissant lentement sur ses bras avant de remonter sans effort, puis de recommencer. Il se vit ensuite enchaîner une suite de mouvements acrobatiques, à peine gêné par l'exiguïté de la pièce. L'image se brouilla une nouvelle fois plus rapidement.

Du matériel électronique, que Maxime identifia comme de vieilles consoles de jeux, s'était matérialisé. À l'écran, deux personnages se battaient avec vigueur, attaquant et esquivant à une vitesse ahurissante. L'homme au bâton se trouvait en difficulté, débordé de toutes parts par la femme masquée, utilisant ses deux épées courtes avec dextérité. Sans crier gare, elle exécuta une série de mouvements qui interloquèrent Maxime : *ils étaient identiques à ceux que venait d'exécuter son double.* Non ! Pas son double : *lui* ! Les images se brouillèrent encore, plus vite.

De la faiblesse… Tellement de faiblesse… Il peinait même à ramper par terre. Il se vit vomir. Toujours ce mélange acide de bile et de sang. Toujours cette douleur qui lui tenaillait le ventre. Il étouffa, lutta pour respirer. Nouveau tourbillon d'images. Maxime éructa dans un bruit écœurant. Sa gorge se libéra et il aspira l'air à grandes goulées. Il avait mal à l'estomac, mais l'âcreté biliaire dans sa bouche avait disparu. La douleur fusa, plus précise, plus soutenue. Il baissa les yeux et découvrit son ventre ouvert. Au-dessus de lui, l'homme portant son masque de chirurgie le regardait derrière ses grosses lunettes carrées, indiscernable. Sa voix métallique articula : « Jamais-né. Tu es une erreur de programme. » Le chirurgien sortit un intestin du ventre de Maxime et le sectionna. Il hurla.

Maxime se réveilla en sursaut. Il sentit le sol froid sous son corps : il était allongé par terre. Il tourna la tête. La lumière qui tombait de la fenêtre lui fit mal aux yeux. Tressaillant, apeuré, il se releva sur un coude et son regard se posa sur la baignoire, puis le miroir. Tout lui revint brutalement en mémoire. La salle de bains des Stobbart. Le garçon se recroquevilla sur le sol malgré la froidure. Toutes ces réminiscences… Il voulait désespérément croire en un cauchemar, il voulait se réveiller. La douleur aiguë qui lui tenaillait le ventre et les cicatrices qui zébraient son corps lui crachèrent la vérité au visage. Pourquoi n'arrivait-il plus à oublier ? Brisé, Maxime pleura.

Chapitre LIV

Mercredi, 12 h 25

Au volant d'une voiture banalisée, Nicole circulait avec aisance dans la capitale. Il n'était pas loin de midi trente et le trafic était fluide. Elle profitait de cette légère accalmie dans l'agitation de sa matinée pour remonter le fil des évènements : les rebondissements de leur affaire s'enchaînaient à une vitesse incroyable, aussi prenait-elle le temps – quand elle le pouvait – de remonter leur fil logique. C'était pour elle une manière de faire le point, qui lui permettait de se remémorer l'imbrication des différentes étapes de l'investigation et de relever les détails qui avaient pu lui échapper, ou bien de faire le point sur les pistes qui lui restaient à explorer. Nico jeta un coup d'œil à côté d'elle. Sur le siège passager, Maxime était calme, regardant par la fenêtre le décor qui défilait. Elle ne voyait guère son visage dans le reflet de la vitre, mais il lui semblait deviner un mélange de peur et de fascination.

« Depuis combien de temps n'es-tu pas venu à Paris ? » lui avait-elle demandé sur le ton de la conversation.

La réponse avait un peu tardé, mais demeurait immuable.

« Je ne sais pas. »

La discussion avait rapidement tourné court. Chacun était retombé dans ses pensées. Depuis, Maxime ne cessait d'observer tout ce qui se passait à la fenêtre. Il ne posait pas de questions, mais tournait régulièrement la tête pour observer chaque nouvel élément du décor qui apparaissait au détour d'un carrefour, d'une rue. Il ne faisait aucune remarque, ne disait pas un mot. Au moins, il se tenait tranquille. Le garçon rassurait à peine la jeune femme. S'il se prenait à avoir une crise de folie, elle n'avait pas grande idée de ce qu'elle pourrait faire pour l'arrêter. S'il était là, c'était parce qu'il le voulait bien. Officiellement, la police ne l'avait jamais arrêté. Pire, c'était une véritable anguille quand il s'agissait de prendre la poudre d'escampette. Nico en savait quelque chose : elle n'oublierait pas de sitôt l'épisode à l'appartement de l'infirmière, voir Cloud se jeter par la fenêtre sans une once d'hésitation pour s'évaporer comme dans un rêve.

Nicole sentit son arme de service contre sa hanche. Elle la trouva bien dérisoire à côté de cette bombe à retardement qui siégeait tout près d'elle. Exploserait-elle ? Ou bien ne serait-elle qu'un pétard mouillé ? Stobbart leur avait brièvement rapporté sa conversation avec Fortesque. Hal et elle l'avaient écouté en silence, sans l'interrompre. Quand il avait eu fini, le silence s'était crispé. L'affaire empirait, les risques grandissaient. Tout comme l'incertitude sur l'action à mener. C'est dans ces moments-là qu'elle admirait son commandant : il ne s'énervait pas mais, au contraire, s'attelait tranquillement à démêler les fils invisibles d'un nœud gordien bien visible. À la différence du célèbre empereur, George ne le trancherait pas, préférant mettre à l'épreuve sa patience et son esprit pour éviter un dommage inutile.

Cependant, les choses changeaient et, en ça, la jeune femme découvrait une nouvelle facette de son supérieur. Un supérieur sous tension. Malgré un calme apparemment olympien et son repos forcé, Stobbart avait les traits tirés. Nicole n'en était pas sûre, mais elle avait l'impression que cette affaire lui tenait à cœur d'une manière beaucoup plus personnelle. Et certainement pas pour les raisons qu'il avait exposées d'un ton grave durant leur petite réunion plus tôt ce matin.

*

« En l'absence de nos deux collègues, je vais devoir faire quelque chose que j'aurais aimé éviter. Nous ne sommes pas assez nombreux et l'affaire Braska presse : le Procureur Godot et le Préfet Mantis aimeraient que l'enquête aboutisse au plus vite. Comme nous tous. Vous savez aussi bien que moi que ce genre de pression n'amène rien de bon, mais là, nous n'avons nous-mêmes pas le choix… »

Stobbart marqua une pause. Emmerich retint son souffle. Collard attendit patiemment.

« Hal, tu viendras voir le docteur Fortesque avec moi. Il a des informations à nous donner et nous aurons peut-être besoin de tes talents en informatique dans tout ce qui a trait au traitement de l'image. Nico, je souhaiterais que tu restes avec notre ami commun… »

La jeune femme se raidit imperceptiblement. Son chef dut s'en apercevoir malgré tout, puisqu'il ajouta :

« Ce n'est pas un ordre, Nicole. Si tu ne veux pas y aller toute seule, je ne t'y oblige pas. Pour être franc, ça m'ennuie de te demander ça… »

Elle comprit sans peine. Se retrouver seule avec un homme en cavale ne ferait pas très bonne publicité à la police s'ils étaient pris ensemble. Mais ce n'était pas la raison principale. Stobbart s'inquiétait surtout de sa sécurité. Hal était incapable de tenir tête à un adversaire, contrairement à elle. Mais que vaudrait-elle contre quelqu'un comme Maxime ? Il s'était sorti d'un accident d'une manière totalement imprévisible et mettait au tapis trois hommes à lui seul. Pas sûr qu'un gabarit d'un mètre cinquante-cinq et quarante-cinq kilos puisse faire quoi que ce soit. Pourtant, elle avait accepté.

Ils se rendirent tous les trois chez les Stobbart, vers onze heures trente. Le temps de régler les derniers détails et d'avaler l'incontournable jambon-beurre. Ils trouvèrent un Maxime les yeux rouges mais habillé. « Je viens de me réveiller », s'excusa-t-il. Il avait remis les vêtements dans lesquels il était arrivé – lavés pour l'occasion par Stobbart –, et tout ce qu'il y avait de plus passe-partout. Les policiers n'auraient pu rêver mieux. Ou pire s'ils devaient à nouveau se mettre à ses trousses. George prit le garçon à part un instant, inquiet.

« Comment te sens-tu ?

– Fatigué, mais bien, pourquoi ?

– J'ai retrouvé du sang dans les toilettes de la salle de bain ce matin.

– Oui, j'ai eu mal au ventre cette nuit, j'ai vomi…

– C'est la première fois que ça t'arrive ? demanda Stobbart en camouflant au mieux un ton alarmé.

– Non. Plutôt quand je suis stressé.

– Tu m'en diras tant. Ça va mieux maintenant ?

– Oui, j'ai mangé un peu.

– Tu as bien fait. Attends-moi dans l'entrée, je reviens. »

George fit rapidement le tour de l'appartement et retrouva son petit groupe à la porte d'entrée. Nicole le soupçonna d'avoir tout vérifié avant de partir. Et elle le connaissait à présent suffisamment pour savoir que tout était en ordre. Il ne souriait pas, mais marchait de façon plus détendue. Juste avant de se séparer, ils tinrent un bref conciliabule.

« Cloud, pardon, Maxime…

– Cloud me convient aussi très bien, sourit tranquillement l'intéressé.

– Bon, Cloud alors, on a pris le pli. Comme je vous l'ai dit ce matin, Cloud a retrouvé quelques souvenirs cette nuit, dont son nom : Maxime Belmont. Je voudrais qu'avec Nico vous restiez ici, dans mon bureau, pour retrouver une éventuelle trace de ton identité dans nos bases de données. Si on pouvait repêcher une adresse ou n'importe quoi qui nous permettrait de remonter à de la famille ou quelqu'un d'autre qui te connaîtrait, ça pourrait nous aider…

– Et le dessin que je vous ai fait ? Ça ne suffit pas ?

– Malheureusement non. C'est trop schématique…

– Quel dessin ? s'enquit Nico.

– Dans un de mes souvenirs, je vois quelque chose, mais… (Maxime s'arrêta.) C'est difficile à expliquer…

– On peut le voir ? intervint Hal. Patron ?

– Pourquoi pas, soupira George. Au point où on en est… Si ça vous évoque quelque chose, je suis preneur. Il est où ? Ah oui, mon bureau. Trente secondes. »

Stobbart s'éclipsa et revint presque aussitôt.

« Voilà. »

Nico vit un ensemble de triangles accolés les uns aux autres et… rien d'autre.

« Qu'est-ce que c'est censé représenté exactement ?

– D'après notre ami, un toit ou une terrasse. Quelque chose qu'on pourrait voir d'une fenêtre d'immeuble.

– Ça ne me dit rien…

– Mmm…

– Une suggestion, Hal ?

– Max, tu t'es inspiré d'une autre forme, n'est-ce pas ?

– Oui. Un dessin que j'ai vu chez Zack. Je l'ai vu sur le bouclier d'une espèce de lutin... »

Hal eut un grand sourire.

« Je vois que nous avons les mêmes références. Patron, il faut chercher du côté de Montreuil : ce dessin est en fait une représentation schématique vue du ciel d'un bâtiment de la CGT, la Fédération nationale des Mines et de l'Énergie.

– Je te demande pardon ?

– Avec un pote, on s'est amusé un temps à chercher les extra-terrestres en mosaïque d'Invader[8] dans la capitale. À l'époque, une rumeur courait qu'il y en avait un sur le toit de la CGT. En faisant d'abord des recherches en vue satellite, on s'était justement fait la réflexion que le toit ressemblait vraiment à un symbole très connu du jeu vidéo, la...

– D'accord, d'accord, coupa son commandant. Du coup, changement de plan et direction Montreuil. On va tenter notre chance là-bas, on n'a pas grand-chose à perdre. Nico et Cloud, vous partez à la mairie. Essayez de mettre la main sur son état civil...

– Mon état civil ? releva Cloud étonné.

– Nous connaissons ton nom, ton prénom et une partie de ta date de naissance – le sept septembre, précisa le policier à l'attention de sa lieutenante. Si on arrive à mettre la main dessus, on pourra peut-être remonter jusqu'à tes parents.

– Oui, mais rien ne dit que Cloud est né à Montreuil..., objecta Nico.

– C'est vrai. Si vous ne trouvez rien, demandez à voir les listes électorales et recherchez les adresses de tous les Belmont susceptibles de nous intéresser et en âge d'avoir des enfants d'une bonne vingtaine d'années. Hal, ton bâtiment de la CGT, il se trouve où ?

– Rue de Paris. 263 si ma mémoire est bonne.

– Super. Si l'état civil ne donne rien, voyez avec la mairie pour voir les listes du bureau de vote correspondant aux rues alentour. Avec un peu de chance, les parents y auront été inscrits comme électeurs.

– Et si ce n'est pas le cas ? demanda Maxime.

– Il faudra trouver autre chose. Pour l'instant, on essaie de trouver l'ombre d'un indice qui permettrait d'avoir quelques éclaircissements sur ton passé et notamment sur ce qui t'a amené à porter un pyjama d'hôpital et de te retrouver sur une scène de crime.

– J'ai tapé mon nom sur Internet, je n'ai rien trouvé.

– Taper un mot sur Internet ne suffit pas : nous devons chercher les informations là où elles sont susceptibles d'y être *précisément*. C'est tout le piment de notre travail. On y va ? »

---

[8] Artiste de rue réalisant des mosaïques s'inspirant du jeu Space Invaders.

Signe d'assentiment général.

« Bien. Maxime, n'oublie pas de garder ta capuche sur la tête. Et… Attends… »

George disparut à nouveau, dans la cuisine cette fois, et revint avec un régiment entier de bananes qu'il tendit au jeune homme.

« Tiens, prends ça, pour tes maux d'estomac : ça ne les soignera pas, mais ça aura au moins le mérite de les soulager et de faire baisser l'acidité des sucs gastriques. Dernière chose : si ça tourne mal, j'ai donné ordre à Nico de te neutraliser, peu importe les moyens employés, et peu importe à cause de qui ou de quoi. Compris ?

– Compris, George », répondit docilement le garçon.

Il jeta un regard craintif à la lieutenante, qui resta stoïque.

« Étant donné que tu n'as évidemment pas de carte d'identité, poursuivit Stobbart, tu auras le statut officieux de témoin dans l'affaire qui nous occupe. »

Maxime fronça les sourcils.

« Ça veut dire quoi "témoin officieux" ? »

George baissa d'un ton et ses trois interlocuteurs durent tendre l'oreille pour tout entendre :

« Ça veut dire que ce que nous faisons en ce moment est illégal. Aux yeux de la loi, tu es suspecté d'homicide, tu es en cavale et tu es aussi un des seuls à probablement savoir ce qui s'est passé. On doit suivre les pistes là où elles nous mènent et pour ça on a besoin de toi : on doit tous faire profil bas, sinon on est tous cuits. Voilà pourquoi. Nico… (Stobbart se tourna vers la jeune femme.), je compte sur toi pour recueillir toutes les impressions, souvenirs ou autres de notre ami présent et qui pourraient lui revenir entre-temps. »

Et ils en étaient restés là.

*

Dans la voiture, Nico glissa un nouveau regard en coin vers son compagnon de route. Elle le distinguait à peine sous sa capuche. Il ne disait rien, regardait au loin, naviguant entre les quartiers qui se dévoilaient kilomètre après kilomètre et ses pensées. Et chaque fois, la jeune femme se rappelait les cicatrices sur ce corps blanc et ses cauchemars. Et toujours, elle se demandait comment il avait fait pour y survivre et ne pas perdre la raison. Même si ce dernier point pouvait être soumis à discussion au gré des rapports qu'elle avait pu lire.

« Où sommes-nous, là ? »

La question la tira hors de ses pensées.

« Nous sommes à Paris, rue d'Avron. Quand nous aurons passé la place de la Porte de Montreuil et le Boulevard périphérique, nous serons à Montreuil. »

Maxime absorba l'information sans broncher, se contentant d'incliner doucement la tête. Une dizaine de minutes plus tard, ils arrivaient devant l'hôtel de ville. Celui-ci était composé d'un bâtiment principal, auquel deux ailes étaient accolées, en retrait. Deux grands étages surmontaient les trois travées en plein cintre, par lesquelles étaient accueillis les administrés. Au sommet, un beffroi, protégé par un toit en pavillon, dominait les passants.

Nicole se gara rapidement sur le parking de la mairie, tira franchement sur le frein à main et coupa le moteur. Elle ouvrit la portière et s'aperçut que Maxime était resté immobile. Elle sentit que quelque chose s'était bloqué.

« Maxime ? »

Pas de réponse.

« Cloud ? Ça ne va pas ?

– J'ai peur. »

La réponse était sans ambages. Nico referma la porte en regardant sa montre : ils avaient encore cinq minutes avant l'ouverture de la mairie.

« Peur de quoi ? demanda-t-elle doucement.

– Peur de ce qu'on va trouver ou ne pas trouver. Ces souvenirs que j'ai… J'en arrive à me demander si je ne les ai pas inventés, si je ne suis pas réellement fou. Ou s'ils sont vrais, si j'ai vraiment envie de me souvenir…

– Tu connaissais Ariel Braska, non ? »

La question abrupte désarçonna Cloud.

« Je crois, oui… Elle était gentille…

– Dans ce cas, fais-le pour elle. Et pour Zack. Je crois que lui aussi t'a aidé (Maxime hocha la tête). Si tu as des doutes quant à ce que tu crois ou quant aux souvenirs te concernant, raccroche-toi à eux : ils sont morts en te sauvant.

– Me sauver en les tuant ? releva Cloud en la regardant d'un air désabusé. Je suis peut-être fou, mais encore lucide. »

Nico se mordit intérieurement les lèvres : ça lui fendait le cœur de le manœuvrer de cette manière, mais pour l'heure, c'était le seul moyen qu'elle avait pour le faire avancer.

« Tu ne les as pas tués. Oui, tu étais sur place ; oui, il y a de fortes présomptions contre toi ; et non, il n'y a aucune preuve formelle contre toi. C'est ce qu'on appelle la présomption d'innocence : rien ne prouve que tu sois coupable. Alors à toi de montrer que tu es innocent. »

Le jeune homme resta un instant silencieux. La lieutenante attendit patiemment. Elle ne voulait pas le brusquer : le moment venu, elle devait l'avoir en pleine possession de ses moyens, sans pensée parasite qui risquerait de couler leur entreprise. Maxime redressa la tête, une nouvelle résolution dans les yeux.

« D'accord. Pour eux. Allons-y…

– À la bonne heure ! »

Quand ils se présentèrent à la mairie, treize heures quinze sonnaient. L'accueil venait d'ouvrir. La chance leur sourit : les lieux étaient déserts de tout administré. Les deux visiteurs s'avancèrent jusqu'à la réception et n'eurent guère à attendre plus d'une minute, le temps qu'arrivât un agent administratif équipé de l'indispensable café post-déjeuner. La dame les reçut avec le sourire et écouta attentivement leur requête, jetant un coup d'œil intrigué à la plaque de Nico, à Nico et à la dérogation qu'elle lui présentait. Dérogation demandée en catastrophe par le commissaire Blanc, qui s'était cependant fait prier avec insistance par Stobbart : ce document qui devait leur donner accès à l'état civil de Maxime aurait dû être signé par le Procureur Godot. George avait retourné les Batignolles et harcelé au téléphone bon nombre de ses contacts ayant un lien avec le magistrat, mais celui-ci était demeuré introuvable. En désespoir de cause, Stobbart s'était replié sur son supérieur direct qui n'avait guère apprécié d'être pressé. Il avait néanmoins capitulé devant la détermination farouche de son subordonné et ami, et avait appelé un substitut du procureur qui lui devait une faveur.

L'agent d'accueil avait ensuite tourné son attention vers Cloud, resté immobile derrière Nico. Elle détailla du regard ce jeune homme maigre, la capuche de son sweat tombant sur ses yeux et dissimulant partie de son visage.

« Et Monsieur ? s'enquit-elle un ton soupçonneux.

– Monsieur est avec moi », répondit tranquillement Nico.

La femme hocha la tête, décrocha son téléphone et composa un numéro à trois chiffres. La réponse ne se fit pas tarder.

« Oui, j'ai à l'accueil un officier de police pour l'état civil… Oui, elle a une dérogation. D'accord… »

L'agent d'accueil raccrocha :

« Je vais vous demander de patienter un instant, s'il vous plaît. Ma supérieure va arriver.

– Très bien. »

Presque tout de suite après, une petite femme replète, qui devait aborder la cinquantaine malgré ses cheveux d'un noir sans faute, se présenta à eux comme étant la responsable de l'état civil. D'une voix rauque où perçaient la lassitude et l'usage intensif de la cigarette, elle les enjoignit de la suivre jusqu'à son bureau. Celui-ci, de bonne taille, était occupé par une première armoire surchargée de dossiers et par une seconde, plus imposante encore et en métal, que Nico apparenta à un coffre-fort. Quelques meubles venaient compléter l'ensemble : une table de travail aussi chargé que la première armoire et une table vide, vers laquelle leur hôte les dirigea.

« Je vous en prie, asseyez-vous. »

Nico fit un discret signe de tête à Cloud qui la regardait. Avec hésitation, il ne prit place qu'au moment où Nicole elle-même s'assit. La responsable de service prit place devant son ordinateur et procéda aux formalités d'usage : nom, prénom, profession, objet de la recherche. Collard eut soudain la désagréable impression que les rôles s'étaient inversés. Elle présenta une nouvelle fois sa plaque d'officier et la dérogation, la femme nota consciencieusement les informations présentées. Une fois fini, elle leva le nez de son écran et regarda Cloud. Celui-ci se tenait immobile.

« Votre nom, s'il vous plaît. Et votre carte d'identité.

– Monsieur est avec moi pour les besoins de l'enquête et tient à garder l'anonymat pour un certain nombre de procédures.

– Ah ? (La responsable secoua la tête, perplexe.) Mais si Monsieur consulte également les registres, il va tout de même me falloir un nom…

– Vous avez déjà la dérogation émise par qui de droit, non ?

– Euh… oui.

– Parfait, enchaîna Nicole. Pouvons-nous alors voir les registres d'état civil – pour les naissances – qui ont été tenus entre dix-huit et trente ans auparavant, à la date du sept septembre, s'il vous plaît ? »

La femme écarquilla les yeux.

« Douze ans de registres ! Mais ça va vous prendre des heures ! Savez-vous que nous enregistrons les naissances non seulement de Montreuil, mais aussi de toute l'intercommunalité du Grand Paris - Grand Est ? Ce sont près de trois mille naissances par an !

– C'est bien pour cette raison que nous sommes arrivés tôt. Dans le pire des cas, nous reviendrons…

– Si vous y tenez…, capitula leur interlocutrice. Vous allez devoir vous rendre aux archives, en salle de lecture. Par contre, rien ne garantit que notre archiviste puisse accéder à votre demande : les consultations se font habituellement sur rendez-vous…

– Je tente ma chance.

– Dans ce cas. Suivez-moi, s'il vous plaît. »

Maxime et Nicole emboîtèrent le pas à la responsable et la suivirent dans un dédale de couloirs. Ils finirent par arriver devant une porte marquée « Archives ». Ils la dépassèrent et entrèrent dans une grande pièce déserte, mais aux rayonnages bien remplis. Le silence avait été érigé en maître mot, rappelé par nombre d'affichettes aux murs. Le maître des lieux, un homme maigre d'une quarantaine d'années, look sportif, imberbe et boucles d'oreilles, bien loin des clichés habituels du vieil érudit austère et barbu, se fit rapidement expliquer la situation et se montra sensible à la requête urgente de Nico. Comme il le signifia à la lieutenante avec un sourire : « Les archives sont l'Histoire et la Preuve ».

Le temps que l'archiviste inscrive Nicole dans le fichier des lecteurs et fasse l'aller et retour au magasin, les nouveaux venus purent consulter leur premier volume un quart d'heure plus tard, sitôt le règlement rappelé : « Consultation sur place ; pas d'annotations sur les documents ; pour la prise de notes, pas de crayon feutre, crayon à papier uniquement ; un document consultable à la fois ». Il leur proposa d'abord de consulter les tables décennales, qui consistaient en un répertoire des actes et noms dans le registre, mais Nico refusa : elle voulait voir chaque acte avec toutes ses indications. L'archiviste leur déposa enfin devant eux un épais livre à la couverture en bukram rouge. Devant l'air déconfit de la lieutenante, leur hôte prit un air désolé : « Nous n'avons pas encore numérisé les actes pour cette période… ». La recherche commença, fastidieuse.

Ils prirent comme base de recherche le mois de septembre et s'attelèrent à déchiffrer le long chapelet de naissances et de noms que contenait le pavé. Dès le début, à la demande de Maxime, ils se fixèrent comme règle de vérifier tous les prénoms identiques au sien. Le souvenir de s'appeler Belmont avait beau être clair dans son esprit, il refusait pourtant de se fier entièrement à sa mémoire fragmentée. Nico dut en convenir, malgré elle : la perspective de chercher une aiguille dans une meule de foin ne l'enchantait guère, mais elle n'avait pas d'autre option.

Une à une, lentement, les pages d'un premier registre, puis d'un deuxième, furent tournées. Les actes de naissance se suivaient et se ressemblaient, quelquefois entrecoupés d'un acte de reconnaissance, ou bien d'un jugement déclaratif lorsque les parents avaient tardé à déclarer une maternité.

À chaque naissance qu'ils rencontraient assortie du prénom Maxime, Nicole fixait Cloud. Le jeune homme se penchait en avant, comme pour mieux cerner les caractères dactylographiés qui devaient composer les lettres de son nom. Un loto sans les chiffres, avec tout autant d'enjeux, sinon plus. Au début, Nico avait même cru qu'il ne savait pas lire. Après tout, pourquoi pas. Résignée, elle s'était préparée à égrener un long chapelet de noms inconnus quand Cloud avait secoué la tête.

« Non. »

Un simple mot. Qu'il répéta une deuxième fois. Puis une troisième fois. Au quatrième nom, il se contenta de secouer la tête. Au dixième, il se reculait après avoir observé le patronyme durant quelques secondes. Quelques fois trois, quelques fois dix. Mais les noms continuaient de défiler avec monotonie.

À quinze heures passées, ils s'accordèrent cinq minutes de pause, juste le temps de se dégourdir les jambes et de faire quelques pas dehors en attendant que l'archiviste remporte les registres consultés et en ramène d'autres. Les volumes défilaient, le rebours chronologique aussi. Et toujours rien. Au fur et à mesure que les années avançaient – ou plutôt reculaient –, Nico sentait peu à peu la tension augmenter chez Maxime. Les muscles de ses bras et de ses épaules se tendaient toujours un peu plus à chaque naissance et s'affaissaient toujours un peu plus à chaque déconvenue. Elle-même sentait poindre un certain désarroi : sans les noms de ses parents sur un état civil complet, l'enquête ne progresserait pas. Si elle ne progressait pas, Cloud finirait interné à Sainte-Anne à court ou très court terme. Dans le meilleur des cas. Bizarrement, cette pensée ne la mettait pas en joie. Elle lui jeta un coup d'œil en coin. Son air concentré évoquait un chasseur à l'affût de sa proie, un air pourtant atténué par la douceur enfantine, naïve de ses traits. Et la recherche se poursuivait, lentement.

L'esprit de Maxime planait. Les noms se succédaient dans la morosité. Des suites de caractères qui finissaient par se brouiller devant ses yeux. Il luttait pour ne pas perdre pied, rester avec la lieutenante qui lui égrenait d'un ton monocorde les noms qu'elle trouvait. Il se força à fixer un point du registre et à se concentrer sur lui pour ne pas définitivement *sombrer*...

*

Sa tête toujours recouverte de bandages, le Patient arpentait le laboratoire d'un pas agité. Sous ses yeux, les horreurs s'étalaient les unes après les autres. Le carrelage noir et blanc était souillé du sang des deux cadavres qui gisaient sur des brancards. Un autre au tronc dépecé, écartelé au mur, était la représentation torturée de l'homme de Vitruve. Un tableau vert, sur lequel des notes à la craie blanche étaient griffonnées, séparait le cadavre d'une table de travail en inox, propre, où les récipients patientaient, alignés près de l'évier. Un second tableau jouxtait cet évier. En face de ce sinistre ensemble trônait le bureau du propriétaire des lieux. Des papiers étaient étalés, certains couverts d'une écriture manuscrite où perçait la nervosité, d'autres chargées d'inscriptions tapées à la machine. Mais le plus effrayant restait cette prison cylindrique rappelant la cage d'un oiseau, dans laquelle un corps décomposé n'attendait plus rien, sinon une dernière demeure qui tardait à venir. Le cœur au bord des lèvres, le Patient explora la place. Il ne trouva rien, mais son attention ne cessait d'être attirée par les tableaux d'ardoise annotés. Il se rapprocha, ne put éviter le contact visqueux du sang sous ses semelles et dut faire un immense effort pour obliger son estomac à rester en place.

Quand il commença à déchiffrer les notes, il se rendit rapidement à l'évidence : il manquait quelque chose. Il le sentait. Il se mit à chercher avec acharnement, mais se figea net. La voix métallique éclata brusquement à ses oreilles, le heurtant de sa frappe sonore : « Erreur de programme. Jamais-né. Erreur de programme. Jamais-né. Erreur de programme. Jamais-né. » Terrifié, le Patient s'enfuit à toutes jambes du laboratoire. Il n'avait pas trouvé ce qu'il était venu chercher, mais avait au moins une certitude...

*

« Ici ! »

Collard sursauta. Maxime avait violemment abattu sa main sur le registre, tremblant. Angoissé même, quand y repensa Nicole ultérieurement. Ignorant les regards courroucés des autres visiteurs que le bruit n'avait pas manqué d'attirer, Nico se pencha au-dessus de sa main.

« Ici ! répéta-t-il avec insistance.

– Baisse d'un ton ! »

Elle examina la page que Cloud désignait et regarda le garçon avec des yeux ronds :

« Ambre ? Mais c'est une fille !

– Non, pas ça. Là ! Le numéro de l'acte...

– Quoi ? Qu'est-ce qu'il y a ?

– *Il en manque un !* »

La lieutenante se pencha sur le gros livre. Effectivement, les pages numérotées présentaient une lacune des plus singulières pour un tel type de registre.

« Un peu de calme, s'il vous plaît, prévint l'archiviste en s'approchant, attiré par le bruit de leur découverte.

– Désolée, s'excusa Nicole. Mais mon jeune… collègue a rencontré un problème : un acte est manquant…

– Pardon ?!

– Voyez par vous-même. »

L'archiviste dut se rendre à l'évidence : outre le numéro manquant et en regardant attentivement entre les pages, il constata que l'acte avait été proprement découpé, ne laissant en rien douter de la supercherie. Il se redressa, alarmé, fit signe à son assistant de le remplacer et invita ses deux visiteurs à le suivre :

« Venez dans mon bureau. »

Le petit groupe se retrouva dans une petite pièce, rapidement rejointe par la responsable de l'état civil, laquelle fut d'emblée mise au courant de la situation. Elle pâlit, faillit tourner de l'œil.

« Et sur les tables décennales ? s'enquit-elle faiblement.

– J'ai vérifié avant que tu n'arrives : la page où on aurait dû le trouver a elle aussi été découpée.

– Le maire va être furieux…

– C'est peu de le dire.

– Reste à déterminer quand cela a pu se passer, fit observer Nico. Ce registre a-t-il déjà été restauré ?

– Non. Tous ceux que vous avez consultés ne sortent que très peu parce qu'ils ne sont pas encore consultables par le grand public. Les reliures ne sont pas abîmées par des manipulations successives puisque seul le service d'état civil y a accès pour les affaires courantes.

– Vous-même, tenez-vous un registre des consultations ?

– Bien sûr.

– Enfin une bonne nouvelle, soupira Nicole. Qui peut avoir accès à ces registres d'état civil ? (Collard sortit calepin et stylo en un éclair, fruit d'une longue habitude.)

– Le personnel d'état civil, moi-même…, énuméra l'archiviste. Les administrés directement concernés par l'acte… et les généalogistes sur dérogation du Procureur de la République, comme vous. C'est à peu près tout…

– Ça fait déjà du monde. Pourriez-vous nous communiquer toutes les personnes ayant eu accès à ce registre de près ou de loin ? Que ce soit le personnel ou les administrés.

– Sur combien de temps ?

– Depuis l'enregistrement de cet acte. »

L'archiviste secoua la tête.

« Désolé, mais ça ne va pas être possible. Je ne pourrai remonter que sur les sept ou huit dernières années : nous tenions un registre informatique que nous avons perdu en même temps que le serveur nous a lâchés.

– Bon, le mieux que vous pouvez alors, fit Nico déçue.

– D'accord, mais ça risque de prendre un peu de temps… Les anciens agents communaux aussi, je suppose ?

– Certainement. »

Nico soupira intérieurement. La tâche s'annonçait titanesque : il allait falloir tout vérifier, chaque identité, chaque antécédent, chaque alibi, un par un. En attendant, la perte de l'acte ne lui permettait toujours pas de répondre à la question qu'ils étaient venus chercher :

« Y a-t-il tout de même un moyen pour que je puisse trouver ailleurs un exemplaire de cet acte de naissance ? »

Chapitre LV

Mercredi, 13 h 45

Les hurlements retentirent encore, puis se turent une nouvelle fois. Le docteur Fortesque se tourna vers Hal, blanc comme un linge, et George, impassible. Le trio avait pris place dans le bureau du légiste à l'Institut médico-légal, à l'endroit même où Ariel Braska et le gérant de la salle d'arcade reposaient encore avant de trouver une tranquillité définitive. Stobbart et Emmerich étaient arrivés vers treize heures, accueillis par un Fortesque nerveux, qui avait perdu sa verve habituelle. Ils s'étaient aussitôt installés, Daniel et George laissant à Emmerich le soin de brancher l'ordinateur et de le connecter au grand écran du médecin à l'aide d'un câble HD pour partager au mieux les différentes caméras qui composaient les vidéos, et dont le nombre variait entre deux et quatre d'après l'informaticien.

Hal avait beau s'être préparé aux images qu'il allait lui-même projeter, elles lui firent un choc tout aussi profond que la première fois. Il avait peu mangé, avalé deux comprimés d'anti-vomitifs, mais il sentit son estomac faire des bonds erratiques quand les premières images défilèrent. Fortesque jeta un coup d'œil à Emmerich.

« Fils : coupe le son. On n'a pas besoin d'entendre ce concentré de détresse humaine, les images sont déjà suffisantes… »

Le lieutenant obtempéra avec un soulagement visible. Les vidéos arrivaient à le mettre au bord du malaise en un temps record, quand il ne se retrouvait pas à la place du jeune homme, nu, ligoté sur la table d'opérations de ses cauchemars.

Quant à George, il laissa son vieil ami prendre les rênes de leur petite réunion impromptue avec un soulagement à peine déguisé. Bien qu'il gardât une certaine constance et qu'il eût déjà vu bon nombre d'autopsies, le commandant parvenait difficilement à trouver le détachement nécessaire quand il voyait le gamin à l'écran et qu'il se rappelait Maxime chez lui, mangeant à sa table. Oui, Daniel Fortesque était le mieux placé pour mener la danse. Stobbart reporta son attention sur la vidéo. Écran noir : la vidéo était enfin finie. À ses côtés, Daniel poussa un long sifflement, à l'attention d'Emmerich.

« Fils, combien de temps a duré cette vidéo ? s'enquit le médecin.

– Un peu plus de trente minutes, répondit Hal après avoir vérifié l'horloge à l'écran.

– Si ce type n'était pas un salopard de première, je vous dirais que c'est un artiste.

– À ce point-là ? grimaça George.

– Oui, à ce point-là. La personne qui a exécuté cette... opération... est une virtuose. Fils, reviens en arrière. Les trois-quatre premières minutes, s'il te plaît. »

Hal s'exécuta et l'image se figea. La tête blanche de Cloud était reconnaissable entre mille, son dos nettement moins. Car il avait été littéralement dépouillé. À plat ventre sur une table en bois, nu, ses jambes et ses bras luisaient de sueur et tremblaient fébrilement, malgré l'arrêt sur image. Et son dos... Stobbart et Fortesque restèrent impassibles. L'informaticien contint difficilement la nausée qui voulait à tout prix passer ses lèvres. La peau avait été proprement découpée le long de la colonne vertébrale, là où elle était la plus fine. Des incisions avaient été pratiquées à la base de son cou, puis répétées à la taille, au niveau de la ceinture. La peau avait ensuite été écartée lentement de part et d'autre de l'épine dorsale, s'ouvrant comme un écrin sanglant sur les muscles découverts à vif. La peau avait été maintenue écartée, à l'aide d'aiguilles plantées dans le bois. Les muscles palpitaient, vivants. Hal n'y tint plus.

« Excusez-moi... »

Il revint quelques minutes plus tard, pâle comme un cadavre. Les mèches de cheveux à ses tempes étaient collées par la sueur qui continuait de couler le long de ses bras et de son dos, détrempant sa chemise. L'haleine encore acide qu'il exhalait malgré les rinçages successifs fit froncer le nez à George.

« Hal, si c'est trop difficile, ne te sens pas obligé de rester, le rassura doucement son supérieur.

– Désolé, patron, répondit Hal, penaud. C'est juste que...

– Ne t'inquiète pas, fils ! intervint Daniel. C'est une réaction tout à fait normale : si tu savais le nombre de personnes qui rendent leur déjeuner durant mes autopsies... !

– Ça ne vous dérange pas, vous ? demanda timidement l'informaticien en se rasseyant (Stobbart détourna pudiquement le nez et lui offrit un chewing-gum qu'Emmerich prit machinalement.)

– Bien sûr que ça me dérange toujours un peu, gloussa Fortesque. On ne s'y habitue jamais vraiment. Que ce soit un homme, une femme ou un enfant et malgré mon apparente désinvolture, j'y vois toujours un être humain et non pas uniquement de la viande froide. À la différence de ceci... (Le légiste désigna l'écran du pouce et s'assombrit.) Ça, ça me révolte. Il y en a qui torture par pur sadisme, mais là, il y a quelque chose de plus...

– C'est pour cette raison que je t'ai demandé de t'intéresser à ces vidéos, intervint tranquillement Stobbart. Tu n'as pas ton pareil pour faire parler les corps. Ou ses représentations.

– C'est très aimable à toi, Georgie ! Mais sur ce coup, je ne sais pas si je te serais d'une grande aide. Tout ce que je peux te dire (Daniel tapota l'écran), c'est que le type qui a fait ça est un pro. On peut revenir en arrière ?

– Hal ? »

L'informaticien ne se le fit pas dire deux fois. Le soulagement l'envahit quand il sentit sous ses mains la console familière. Ses doigts volèrent. L'image se brouilla momentanément. Plan rapproché sur le corps de Cloud encore indemne et traversé de nombreux et légers tressaillements qui trahissaient son agitation, sa terreur. Des mains gantées de latex apparurent. Un éclair d'acier surgit entre ses doigts. La lame étincelant du scalpel trancha, entreprit de tracer son sillon dans la peau blanche. Sans faillir, ignorant les tressautements de son "patient", le scalpel poursuivit sa route en ligne droite, guidée par une main sûre.

« Pause. »

L'image s'immobilisa aussitôt. Fortesque se pencha vers l'écran désignant du doigt la ligne rouge qui saignait à peine.

« Ce type est un pro, aucun doute là-dessus, et un bon, répéta le légiste.

– Tu peux développer ?

– Regardez bien la plaie : une ligne droite comme tout le monde en rêverait…

– Et alors ? Parle, Dan' ! Je ne suis pas médecin, grogna George.

– C'est du grand art, Stob'. Prends une feuille et essaie de tracer une ligne parfaitement droite pendant un tremblement de terre. C'est extrêmement difficile ! Le pauvre bougre qu'il découpe ne pense qu'à une chose : s'enfuir. Lui fait preuve d'un détachement et d'une assurance extraordinaires ! Même si le patient est sous tétrodotoxine – car c'est bien lui dont il s'agit, n'est-ce pas ? (Affirmation muette de Stobbart) –, note la précision avec laquelle il manie son instrument : la peau est très fine à cet endroit-là, plus épaisse côté table. Or, dans les deux cas, il fait attention à ne trancher que l'épiderme et le derme. En aucun cas, il ne touche aux muscles. Cela dénote de très bonnes connaissances du corps humain et d'une expérience indiscutable en chirurgie…

– Tu es en train de me dire qu'on doit chercher un chirurgien ?

– Chirurgien, médecin, médecin légiste, thanatopracteur… Tout ce qui a pu faire des études de médecine avec une spécialité en chirurgie. Mais ce n'est pas uniquement ça. Regardez sur les caméras une et trois…

– Un instant », murmura Hal.

Une rapide manipulation et sur l'écran basculèrent en gros plan les caméras demandées, tandis que la deuxième et la quatrième redevenaient de petites fenêtres. Le visage exsangue de Cloud s'effaça au grand mais discret soulagement de l'informaticien. Si Stobbart s'en aperçut, il ne fit aucune remarque. Quant à Fortesque, il désignait le plan rapproché sur le buste de la victime et un gros plan sur lequel la main gantée enfonçait des épingles pour fixer la peau nouvellement détachée. Sans s'en rendre compte, il continuait de tapoter l'écran, inconsciemment, entre effarement et fascination.

« …Ici et ici, la table en bois lisse, le scalpel, les épingles, le sol aussi… et la lumière, enfin, je veux dire le projecteur, tout ça, c'est du matériel professionnel… Hormis la table, j'utilise exactement les mêmes outils…

– Cela conforte les observations du Préfet Mantis, intervint Stobbart. Notre homme doit se trouver dans un endroit remarquablement isolé et bien aménagé : la victime est en train de hurler et il me semblerait bien difficile de… "travailler" tranquillement sans alerter tout le voisinage. La propreté des lieux est également intéressante à relever. La lumière des spots est crue, et si on revient au début de la vidéo, le carrelage, la table sont immaculés. La lumière ne fait ressortir absolument aucune saleté : pour les autres vidéos que nous avons analysées, elles se déroulent toutes dans le même endroit, et chaque fois, dans les mêmes conditions.

– Excepté la table, intervint Hal. Sur un grand nombre de vidéos, elle est en acier, précisa-t-il.

– Il prépare ses opérations, énonça lentement George. Nous avons affaire à un homme très méticuleux.

– Tout à fait, abonda le légiste. Cela correspondrait parfaitement à un portrait de chirurgien.

– Il y a peut-être un autre détail, risqua l'informaticien.

– Quoi donc ? demanda son commandant.

– Les caméras, en fait…

– Explique-nous, Hal.

– Ce sont des caméras haute-définition, montées sur trépied. La texture de l'image est très fine, la prise de son est excellente, sans compter le vocodeur. Tout ce matériel vaut lui aussi son pesant de pépites, et…

– C'est quoi un vocodeur ? coupa Fortesque, curieux.

– C'est un synthétiseur vocal. En l'occurrence, c'est la voix métallique que vous entendez au début.

– Intéressant, murmura Stobbart. Est-il possible de retrouver l'empreinte vocale originale à partir du fichier son ?

– Théoriquement, oui. Mais ça ne serait pas concluant : ce genre de fichier se modifie facilement, et on pourrait très bien se retrouver avec la voix du docteur Fortesque en guise de preuve.

– George, si on pouvait éviter ce genre d'alternative, ça me conviendrait tout aussi bien…

– Ne t'inquiète pas… Enfin seulement si on n'a vraiment personne à se mettre sous la main. En plus, chirurgien de talent et beau comme tu es, tu as le profil parfait ! Sois content qu'on s'intéresse à toi !

– Je suis très touché et flatté de ton attention, mais je préfère que tu la gardes fixée sur notre homme. Ou femme. Ne soyons pas sexistes…

– Soit. Revenons-en à nos peu reluisantes affaires. Si on reprend toutes les informations – aucune certitude malheureusement –, nous devons chercher une personne de sciences médicales, un metteur en scène et un chimiste, si je me souviens bien des données biologiques particulières que tu as extraites des échantillons de sang. Le tout à des niveaux de maîtrise remarquables. En court, nous poursuivons soit une bande de génies, soit un seul super-génie. Je ne sais pas lequel des deux est le plus inquiétant…

– Pour l'instant, je m'inquiéterais plutôt de la victime. Il n'y a pas besoin d'être psy pour comprendre qu'il y a traumatisme et j'ai bien peur que cela n'ait altéré son profil psychologique.

– Comment ça ?

– Il s'est fait torturer, George : il n'en se sera pas sorti indemne, tu peux me croire. Et je ne te parle pas de l'usage de la tétrodotoxine : son bourreau ne lui a laissé aucune chance d'échapper à son supplice. En paralysant les muscles sans mettre de frein à la douleur, tu renforces le sentiment d'impuissance de la victime. Quand je vous parlais de détresse, c'était exactement ça. Mais ce n'est pas tout : en le charcutant comme ça, tu le mets dans un tel état de faiblesse, qu'il pourrait éprouver un sentiment d'inutilité, se considérer honteusement, comme un objet usagé qu'il est bon de jeter. Mais s'il est libre, vous aurez un animal traqué, apeuré, qui refusera de capituler, même avec les plus belles promesses. Il pourra être imprévisible et vous mettre en danger sans qu'il en ait conscience… Et les psychotropes n'auront rien arrangé, tu peux me croire…

– Je m'en doute bien, grogna Stobbart. Mais comment veux-tu faire progresser l'enquête sans pouvoir lui parler face à face ? Crois-le ou pas, mais malgré tout ce qu'on lui a fait, ce gamin est stable. Craintif, mais stable. Comment a-t-il fait pour ne pas perdre la boule ? Je l'ignore. Mais il est possible que l'amnésie ait occulté bon nombre de ses souvenirs que nous voyons en ce moment et qu'elle soit, paradoxalement et pour l'instant, un facteur de stabilité. Pour l'heure, il s'attache à retrouver qui il est. Mais ensuite, je n'ai aucune certitude de ce qu'il fera s'il retrouve un jour la mémoire. Tout ce que je sais, c'est qu'il est là, qu'il y a quelque chose qui cloche, mais que ça ne vient pas forcément de lui… »

Le légiste garda le silence un moment, songeur. Hal n'avait pipé mot : c'était la première fois qu'il voyait son chef aussi passionné.

« Bon, très bien, capitula Daniel. C'est toi l'enquêteur après tout. Pour ma part, je t'ai donné toutes les informations que j'ai pu récolter. Par contre…

– J'en parlerai au commissaire Blanc, coupa tranquillement Stobbart.

– C'est ce que j'allais te suggérer. Et salue-le de ma part, ça fait un bail que je ne l'ai pas vu ! gloussa le médecin en retrouvant sa bonne humeur (Il se leva). Café ?

– Je n'y manquerais pas ! Et volontiers ! Hal ?

– Non merci, refusa poliment Emmerich. Je range le matériel et je rentre en vitesse aux Batignolles pour mettre tout ça au propre.

– Entendu, de toute façon, je ne vais pas traîner. À tout à l'heure ! »

Les deux hommes disparurent. L'informaticien rassembla câbles et consoles et les boucla dans les valises appropriées. Ses gestes étaient précis, précipités par moment, mais exécutés avec l'assurance de l'habitude. Hal ressentait toujours ce malaise qui ne l'avait pas quitté depuis son entrée à l'Institut médico-légal. C'était ce genre de lieu qu'il n'appréciait pas spécialement, entre odeur de désinfectant qui lui rappelait l'hôpital et celui tout aussi aseptisé et calme d'un crematorium. Ici, on prenait soin de la mort, et non pas de la vie, une idée à laquelle il avait du mal à s'habituer. Mais il s'y accoutumait malgré lui : la mort, c'était le calme absolu. Et il valait mieux ça que d'entendre à nouveau ces cris. Il frissonna. Quand il avait rejoint la Brigade criminelle, c'était avec l'idée d'élucider des crimes, d'arrêter des meurtriers, d'exploiter tous les indices et données que le ou les individus auraient laissés sur leur passage. Mais rien ne l'avait préparé à regarder *ça*. Il avait ressenti du soulagement quand il s'était confié à son chef. Mais à présent, son sac de bile noire menaçait de déborder derechef. Comment l'enquête finirait-elle ? Mal, il en était intimement persuadé. Emmerich se hâta de quitter les lieux.

*

La machine à café s'arrêta dans un dernier chuintement. Fortesque tendit le café fumant à Stobbart, qui le saisit délicatement entre deux doigts. Il y trempa prudemment les lèvres et approuva d'un claquement de langue.

« Je pense sincèrement que nous avons le meilleur café de tout le service public parisien, fit le légiste avec un clin d'œil.

– Je crois que tu aurais presque raison », répliqua son ami.

George se laissa un instant emporter par les puissants arômes du café. Un vrai délice.

« Tu crois que ton informaticien tiendra le coup ? reprit Daniel.

– Je pense que oui. Il est encore jeune et cette affaire sort de l'ordinaire à tous les points de vue. J'en connais des plus vieux qui ont le cœur moins bien accroché que lui.

– Ça, je suis bien placé pour le savoir. Et c'est pour cette raison que je m'inquiète pour toi, Stob'… »

Le policier eut un temps d'arrêt, puis regarda le légiste mi-figue mi-raisin.

« Si tu fais allusion à *l'affaire*, j'ai grandi depuis…

– Je ne l'ignore pas. Tout comme je n'ignore pas que cette affaire te secoue un peu plus que tu ne veux l'avouer.

– Daniel, tu exagères ! Je…

– On se connaît depuis qu'on est gamins, et on a beau avoir été séparés quelques années, tu n'as pas changé ! Tu y penses encore : j'ai vu ta tête dans cette salle d'arcade ! Ça te bouffe de l'intérieur !

– Ne crois pas que…

– Je ne crois pas, je sais ! s'exclama le toubib avant de baisser aussitôt la voix. Et rien que le fait de t'en parler, tu en as les mains qui tremblent ! Mais regarde-toi, bon sang ! »

George serra la mâchoire à s'en casser les couronnes. Il n'avait pas besoin de regarder ses mains pour savoir qu'elles tremblaient effectivement. Devant ses yeux, les images affluaient, attirées comme des aimants par la voix magnétique de Fortesque.

« Ta gueule ! » siffla Stobbart.

Trop tard : attisées par le vent des paroles, les braises déjà brûlantes de ses souvenirs se ravivèrent brutalement.

Une chambre obscure éclairée par la seule lumière de leurs cinq écrans plats. Vingt-cinq pouces de lumière tantôt saturés de couleurs, tantôt parcourus d'éclats blancs. L'air ambiant était devenu irrespirable, gardé brûlant dans cette nuit d'été torride que les heures nocturnes n'arrivaient pas à rafraîchir ; gardé brûlant par l'absence d'un climatiseur tombé en rade depuis longtemps ; gardé brûlant par des machines que des kits de refroidissement à eau peinaient à réfrigérer correctement. Et chauffé par cinq corps tendus dans un même effort…

Une lumière blanche l'aveugla subitement. Stobbart tituba. Les images continuèrent d'affluer.

Les cliquetis des souris et le crépitement des touches enfoncées sur le clavier résonnaient comme une mélodie entêtante que rien ne semblait pouvoir briser, sinon l'écran final. S'il y avait un écran final. Depuis combien d'heures étaient-ils dans cette pièce ? Il y avait déjà bien longtemps qu'ils avaient perdu le compte. Devant son ordinateur, le jeune George Stobbart essuya la sueur dégoulinante qui trempait son front, repoussant sur ses tempes les longues mèches collantes de ses cheveux. Un bourdonnement lui parvint dans son casque, la voix du tout aussi jeune Daniel Fortesque tendue par une extrême concentration :
« On y est presque les gars… »

L'écran de lumière se dissipa et George découvrit devant lui le visage inquiet de son ami.
« Ça va, bonhomme ? »
Stobbart hocha machinalement la tête, encore secoué par la violence du souvenir. Il voulut faire un pas pour remettre tranquillement de l'ordre dans ses idées avant de s'apercevoir qu'il était assis.
« J'ai eu un blanc, maugréa le policier.
– C'est le moins qu'on puisse dire, rétorqua Daniel. Tu as failli t'écrouler par terre ! Et après, tu oses me soutenir que tout va bien… Ça fait quarante ans que je te connais, à peine une semaine que je te revois et s'il y a bien une chose que je peux te dire, c'est que tu n'as pas changé d'un iota…
– Toi non plus, grimaça l'intéressé. Toujours aussi paterne…
– Pourquoi j'étais le Support à ton avis ? Bon, laisse-moi t'examiner un instant…
– Oublie. Support, c'était dans le jeu. Maintenant, j'ai juste besoin d'un remontant.
– Mes patients ont plus de couleurs que toi. Je vais voir pour te mettre en arrêt : tu es complètement vidé et ta blessure…
– Laisse ma blessure tranquille, tes sutures font déjà très bien leur travail.

Pour le repos, je ne suis pas contre, mais ce sera tranquillement et sans pape-rasse. Merci pour ton aide. »

Fortesque n'insista pas. Un Stobbart buté était ingérable et devenait une vraie mule. Le flic se leva, fit quelques pas prudents et se détendit légèrement. La machine allait mieux. Accompagné de son ami, il se saisit de ses dossiers, serra brièvement la main du légiste et s'en fut pour sortir de la maison des morts.

Le vent frais ne balaya pas les souvenirs qui s'étaient à nouveau soli-dement ancrés dans sa mémoire. Tout ce qu'il avait réussi à occulter durant tant d'années était revenu, pour le meilleur et pour le pire. Il ne lui restait qu'une seule chose à faire : résoudre l'enquête. Sa propre guérison ne tenait elle aussi qu'à ce seul remède.

À l'IML, Fortesque s'était rassis à son bureau. Il avait coupé le télé-phone, éteint les lumières. L'obscurité salvatrice ne le soulagea pas. Les sou-venirs de Stobbart étaient les siens. *Alors pourquoi ne se sentait-il pas torturé comme son ami d'enfance ?* Était-ce sa condition de clinicien ? Ce détachement de la mort qu'il avait dû apprendre dans son métier ? Daniel tendit une main vers son café. Elle ne rencontra que le vide. Il se renfonça dans son fauteuil, songeur. Quelque part dans l'Institut, son café l'attendait, bouillant comme ses souvenirs.

Chapitre LVI

Mercredi, 15 h 40

Direction le Tribunal de grande instance de Seine-Saint-Denis à Bobigny, 173 Avenue Paul Vaillant Couturier. Nicole et Maxime se dirigeaient sans tarder vers leur nouvelle destination, à vingt minutes de Montreuil. Dix avec la sirène hurlante.

La lieutenante passait en revue les options qu'il leur restait. D'après l'archiviste qu'ils venaient de quitter, un double du registre de l'état civil était, jusqu'en 2017, envoyé au greffe du tribunal de grande instance. Depuis cette date, le double exemplaire avait tout bonnement été supprimé lors d'une nouvelle réforme. Une catastrophe, aux dires de l'archiviste. Leur chance résidait dans le fait que lors de l'année de naissance de Maxime, un double exemplaire était encore rédigé et envoyé en ce haut lieu de magistrature. Or, la durée de conservation de ce document par les services du tribunal – soixante-quinze ans – n'était pas encore écoulée à l'heure actuelle : le registre qui les intéressait n'avait pas encore été confié aux Archives départementales et devait sûrement encore se trouver au tribunal de Bobigny. De toute façon, c'était leur unique piste pour retrouver une identité complète à Maxime "Max" "Cloud" Belmont.

Arrivés à bon port mais les oreilles sifflantes, Nico se dirigea droit vers un agent d'accueil. Elle ne connaissait pas les lieux, mais ce n'était pas la première fois qu'elle rentrait dans un tel endroit. Au fil des enquêtes qu'elle avait menées avec l'équipe, il lui était parfois arrivé de se rendre au tribunal pour y rencontrer un juge d'instruction. Badge et dérogation firent leur travail et, quelques minutes plus tard, une femme entre deux âges, dynamique, se présentait devant eux : « Le collègue de Montreuil m'a prévenu », leur précisa-t-elle. Elle jeta brièvement un regard intrigué au jeune homme qui accompagnait la policière, puis les enjoignit de la suivre. Mêmes couloirs, mêmes procédures pour la consultation, mais en guise de salle de lecture un bureau désert. L'archiviste s'éclipsa pour aller chercher le volume qui les intéressait tant. À cet instant, la lieutenante s'aperçut de la tension qui habitait Maxime : ses mains crispées, son air fermé sous la capuche lui rappelèrent le fugitif à l'affût des dangers.

« Tu vas bien ? »

Max se tourna vers elle, avec un sourire fatigué.

« Autant que possible. Ce jeu de piste n'en finit pas. Et cette migraine qui recommence…

– Les enquêtes sont souvent comme ça : un travail de fourmis et parfois beaucoup d'énergie déployée pour des résultats qui ne sont pas forcément à la hauteur de nos espérances…

– Comme cette enquête ?

– Celle-ci est…disons… particulière, fit Nico avec une grimace. Je n'ai pas beaucoup d'années à la Brigade criminelle, mais pour le peu que j'en ai appris, c'est que tu vois rarement de belles choses. Et les résultats ne sont pas toujours les conséquences logiques de ton investigation. Mais pour l'instant, nous avons une piste. Aussi mince soit-elle, nous devons tirer sur le fil de la pelote, sans la casser…

– Je comprends… Un travail difficile… »

Les jeunes gens s'interrompirent quand l'archiviste revint avec un volume identique à celui que Nico et Max avaient vu à Montreuil une heure auparavant. Sans perdre de temps, avec appréhension, la lieutenante l'ouvrit à la bonne page… et constata avec soulagement la présence de l'acte. Elle sourit à Maxime en commençant à le lire avidement :

« Ça y est : on l'a enfin trouvé ! »

Son sourire se figea soudainement.

« Qu'est-ce qu'il y a ? s'alarma Maxime.

– On s'est trompé… »

Nicole lui tendit l'ouvrage d'un air abattu.

« Maxime Villargent, lut le jeune homme.

– Chou blanc, on repart à zéro, grogna Nico dépitée. Désolé de vous avoir dérangée pour aussi peu, Madame, ajouta-t-elle en se tournant vers l'archiviste. Notre recherche ne tient pas vraiment ses promesses…

– Navrée que vous ne trouviez pas votre bonheur… Cela arrive de temps à autre. Si vous souhaitez d'autres informations, n'hésitez pas à revenir : je serais ravie de vous renseigner…

– Je vous remercie. Maxime ? »

Quand Nicole avait entrepris de lui lire le contenu du livre, quelque chose se déclencha en lui. Pas la Brume, pas un mécanisme physique d'auto-défense, mais un mécanisme psychique provoqué par… autre chose. Et cette autre chose le perturbait, le bloquait. Maxime s'était posé la question : pourquoi ce mécanisme ? La réponse fusa, immédiate : la logique n'était pas respectée. Et cet illogisme l'aspirait. Il tenta de résister, par crainte de la Brume. Il sonda l'obscurité de sa mémoire et ne la trouva nulle part. Il n'y avait pas de danger… L'illogisme l'entraîna plus en avant. Cloud lâcha prudemment prise et *plongea un peu plus profondément pour trouver la solution.*

*

Le Patient retrouva le laboratoire bien malgré lui. Toujours aussi macabre et repoussant, il n'avait cependant pas le choix. Sa Mémoire le ramenait là, une nouvelle fois. Parce que la solution devait *être là. Il tendit l'oreille. Le silence absolu. La voix qui l'avait terrifié avait disparu. Pour l'heure. Son regard tomba de nouveau sur les tableaux verts annotés. Il se sentait inexplicablement attiré vers eux. Il n'avait plus le choix : pour sortir d'ici, il devait résoudre l'énigme.*

Il parcourut rapidement les caractères blancs, tracés d'une main nerveuse. Les mots dansaient devant ses yeux. Il promena sa main, tentant des rapprochements, combinant les chiffres, les lettres et les mots. Sans résultat. Pourtant, la solution était là, à portée de main. Il le savait ! Il se figea soudainement. Et éclata de rire. Il avait compris ! Il avait trouvé la clef ! La clef du passé… De son passé. Et plus précisément, de sa venue au monde. Des noms et des mots qui se révélaient, résonnaient et vibraient en lui. Il les saisit pour les prendre avec lui. Son rire s'étouffa dans un râle de surprise : dès qu'il avait tendu la main vers elles, les inscriptions de ses souvenirs s'étaient désagrégées avant qu'il n'ait pu s'en emparer. Il tenta encore de les attraper, mais rien n'y fit. Elles se dérobaient à lui. Sauf quelques-unes, dans les marges. Mais ce fut seulement pour constater avec déception que ces marques de craie blanchâtres étaient effacées. Retirant sa main, le Patient s'en approcha jusqu'à presque les toucher pour déchiffrer au plus près ces signes qui avaient été rendus illisibles, pour les forcer à se révéler. Il ne vit rien. Par contre, une voix explosa brutalement dans le laboratoire, le faisant sursauter : son cauchemar s'était réveillé : « Erreur de programme. Jamais-né. Erreur de programme. Jamais-né. Erreur de programme. Jamais-né. »

La litanie métallique l'agressa violemment. Il contempla les tableaux avec désarroi. Il y était presque arrivé ! Il devait résister ! Encore un peu ! L'acte de naissance. Les marges. Le Patient sentit une présence derrière lui. Il se retourna et vit avec horreur que la Brume venait d'apparaître, rampant sur le sol, glissant vers lui ses tentacules d'obscurité. Il voulut prendre la fuite. Non ! L'acte de naissance. Les marges. La Brume l'entourait déjà, prête à l'absorber. Il revint aux tableaux qui le fixaient d'un air goguenard, passant de l'un à l'autre. L'acte de naissance. Les marges. Il y avait quelque chose, c'est sûr… La Brume grimpa le long de ses jambes paralysées. Paniqué, il la chassa avec ses mains, mais elle continua de progresser vers sa tête, immatérielle. L'acte de naissance. Les marges. L'acte de naissance. Les marges. Soudain, il comprit. Le Patient éclata d'un rire sauvage. Les bandelettes se décomposèrent lentement sur sa figure, puis plus rapidement. Max éclata d'un rire sauvage. La Brume reflua, vaincue par cette volonté nouvelle.

*

« Max ! Maxime ! Ça va ? »

Cloud ouvrit les yeux. Penché sur lui, il vit le visage inquiet de la lieutenante de police. Reprenant doucement ses esprits, il s'aperçut qu'il était allongé sur le sol tiède. Puis survint dans son champ de vision la tête anxieuse d'une femme qu'il ne connaissait pas. L'archiviste du tribunal.

« Ça va, je vais bien, grimaça le jeune homme en se redressant.

– Tu es sûr ? s'inquiéta Nicole.

– Oui. »

Maxime se laissa lourdement tomber sur sa chaise, le cerveau encore envahi par ces images de laboratoire nauséabond. Il n'avait pas souvenir d'avoir chuté. Il vérifia rapidement – mentalement comme il avait toujours eu l'habitude de faire – son état et ne constata rien de grave, même pas une douleur.

« C'est le bon acte de naissance. »

Nico le regarda avec surprise. Avant de secouer la tête :

« Non. Tu t'appelles Maxime Belmont. Pas Maxime Villargent.

– Je m'appelle Maxime Villargent, déclara le garçon avec un aplomb qu'il ne se connaissait pas. Je m'en souviens maintenant.

– Mais ce n'est pas possible.

– Si. »

Nicole rendit les armes.

« Bon, d'accord, admettons. C'est possible de revoir l'acte, s'il vous plaît ? s'enquit la lieutenante à l'archiviste.

– Bien sûr. Le registre est toujours là. Tenez.

– Merci. »

Collard s'en empara et eut tôt fait de retrouver la bonne page :

« Alors, voyons… Maxime Villargent. Tu serais donc bien né un sept septembre. D'accord, je veux bien te croire, par contre, il y a quelque chose que je ne comprends toujours pas…

– Quoi ?

– Pourquoi dis-tu t'appeler Belmont ? Ce n'est pas franchement la même chose que Villargent ! Se pourrait-il que ce soit le nom de ton père ?

– Aucune idée. Par contre, Villargent : c'est le nom de ma mère… »

Nico eut un sifflement de surprise : ça, c'était une nouvelle !

« Et pour l'instant, les seuls souvenirs que j'ai sont ceux de ma mère, ajouta Max pensivement.

– Vu comme ça, pourquoi pas. Effectivement, le patronyme de ta mère est bien celui-ci (Nico vérifia le prénom), Méryle Villargent. Et elle habitait bien à Montreuil, 28 rue Armand Carrel. C'est où ça ?

– À côté d'une tour de la CGT, intervint l'archiviste, la Fédération nationale des Mines et de l'Énergie. Mon beau-frère travaille là-bas, précisa-t-elle devant l'air étonné de Nicole.

– Merci ! s'exclama Nico, avant de baisser d'un ton : ça concorde avec ce que vous aviez dit, Hal et toi ! On est sur la bonne voie. Voyons ton père, maintenant… Aucune mention de lui par contre. Ce qui laisserait à penser que ton père s'est fait la malle… Mais dans ce cas, d'où te vient le nom de Belmont puisque c'est celui-là que tu nous as d'abord donné ? »

Arrêt sur image. Cloud la regarda fixement pendant un court moment.

« Je n'y ai jamais pensé », balbutia-t-il.

S'interdisant de montrer sa déception, la lieutenante se saisit du registre et se tourna vers l'archiviste.

« On fera avec pour le moment. Serait-il possible de faire une copie de cet acte, s'il vous plaît ?

– Certainement, Mademoiselle. Un instant, je vous prie. »

L'archiviste disparut, emportant avec elle le précieux volume. Le bruit caractéristique de la photocopieuse chuinta.

« On avance peut-être un peu, finalement, soupira Nicole en se rasseyant.

– Peut-être. Mais en fait, je crois qu'il y a un autre problème…

– Quoi encore ?

– Je crois qu'il manque quelque chose…

– Comment ça ?

– Les marges.

– Quoi les marges ?

– On les a effacées.

– Détrompez-vous, Monsieur. »

L'archiviste du tribunal revenait déjà, leur copie à la main, saisissant au vol les dernières paroles de Maxime.

« Il n'y a pas de mentions marginales dans nos registres. Si vous voulez les mentions, il vous faut consulter les registres conservés en mairie.

– Les marges ont été effacées », persista tranquillement le jeune homme. Nico apaisa d'un geste la femme sur le point de répliquer :

« Que veux-tu dire par là ?

– Je ne sais pas exactement. Mais il y a quelque chose qui manque… J'en suis certain. »

Cloud plongea son regard dans celui de la policière. Il voulait désespérément être cru, constata Nico. Il y avait autre chose aussi : la certitude. Une certitude ancrée au plus profond de lui. Que faire ? Qu'aurait fait Stobbart ? « Suis ton instinct, gamine ! » Reconnaissante, la lieutenante se tourna vers l'archiviste qui se tenait coite. Ce couple de policiers était pour le moins étrange…

« Qu'inscrit-on généralement dans les marges d'un acte de naissance ? s'enquit Nico.

– Toutes les mentions qui jalonnent la vie administrative d'une personne : mention de divorce, PACS, mariage, décès…

– C'est tout ?

– Non, vous avez aussi les mentions d'adoption, le changement de nationalité, changement de nom dans le cadre d'une francisation… En soit, ce n'est pas beaucoup, mais vu la tendance actuelle des divorces et remariages, les marges sont vite remplies… J'ai eu l'occasion d'en discuter avec un officier d'état civil sur mon précédent poste – en mairie justement –, il s'en arrachait les cheveux…

– Je comprends. Mais à quoi servirait de falsifier des mentions marginales à votre avis ? Quel serait l'intérêt dans ce cas-là, selon votre collègue ?

– Vous me posez une colle, là… Je ne sais pas exactement… Effacer la mention d'un divorce pour éviter de payer une pension, peut-être… Et encore ! Cela me paraît très difficile : la mairie et le tribunal ne sont que deux des endroits où on peut trouver trace de la mention. Les avocats et les notaires auront également eu vent de ce divorce à un moment ou un autre puisque ce sont eux qui sont amenés à rédiger les actes de liquidation des biens. Si on efface une mention, on peut toujours en retrouver trace ailleurs. À mon sens, votre hypothèse me paraît difficilement réalisable…

– J'essaie simplement de comprendre où je mets les pieds, rétorqua Nico d'un ton las. Où sont généralement conservés les registres d'état civil ?

– En mairie : dans le bureau de l'état civil pour les plus récents, dans des armoires ignifugées et sécurisées ; les autres, dans les magasins d'archives, précisa la femme d'un ton plus amène. Tous les accès sont normalement verrouillés et l'accès est limité au seul personnel autorisé. »

Collard engrangeait les informations. Maxime restait immobile devant le registre, comme hypnotisé. À en croire l'archiviste, il y avait de toute évidence un problème quelque part. Nico dégaina son téléphone portable et appela Stobbart. Pas de réponse, répondeur direct. Elle hésita. Une bonne partie de l'effectif était malade y compris chez les grands chefs, mais elle avait impérativement besoin de quelqu'un. Le commissaire principal Blanc. Sans hésiter, elle enclencha une touche d'appel et pria pour qu'il décroche. Au bout de la cinquième sonnerie, elle tomba sur le répondeur. Têtue, elle recommença. Le commissaire décrocha la deuxième sonnerie à peine terminée.

« Oui ? fit-il d'un ton sec.

– Lieutenante Collard, commissaire. Je n'ai pas pu joindre le commandant Stobbart…

– Faites vite, je suis en réunion. »

Nico lui résuma très brièvement ses avancées. Quand elle conclut, il y eut un blanc au téléphone.

« Terminez de faire la liste des personnes ayant eu accès aux registres, faites-vous communiquer le registre des consultations des archives à Montreuil et trouvez ceux qui se sont intéressés de près ou de loin à notre oiseau. Et tenez-moi au courant.

– Bien, commissaire.

– Collard ?

– Oui ?

– Bon boulot. »

Nico n'eut même pas le temps de remercier son supérieur : il avait déjà raccroché. Elle prit une grande inspiration : elle avait du pain sur la planche. Elle avait déjà demandé le registre des consultations à l'archiviste de Montreuil : une bonne chose de faite. Deuxième chose ensuite : convoquer la direction générale des services et celle des ressources humaines de Montreuil. Elle aurait certainement besoin d'avoir accès aux dossiers du personnel anciennement en poste. Après voir vu le maire, si possible. Puis commencer à éplucher tous les noms et casiers qu'on lui donnerait. Elle scruta Maxime, assis dans un coin, lisant et relisant les quelques lignes qui lui avaient officiellement donné naissance. Mais qu'est-ce qui avait bien pu lui arriver ?

Chapitre LVII

C'était pour bientôt. Oui, très bientôt. Malgré les contretemps, les problèmes techniques, les limites technologiques, les impératifs biologiques, le projet toucherait bientôt à sa fin. *Il* se permit un sourire. L'aboutissement d'une partie. Le dernier niveau. Non. *L'ultime niveau.* Mais pour parachever son œuvre, il *lui* manquait un élément central. Le sourire fit place à un rictus. *Il* ne perdait jamais. *Il* arrivait toujours à ses fins. Sans tricher. Froidement, *Il* reprit son jeu en main.

Chapitre LVIII

Mercredi, fin d'après-midi

« Comment ça, le Procureur n'est pas joignable ? Eh bien, continuez ! Je dois lui parler urgemment ! Et qu'il ait l'obligeance de me rappeler sur le portable. Merci ! »

Le Préfet de police Mantis coupa la communication. Il cachait à peine son énervement. Il était par moment des problèmes devant lesquels on ne pouvait rien faire. Et c'était l'impuissance à les résoudre qui engendrait un sentiment de frustration face à l'urgence et le rendait quelque peu irritable. Mantis reposa le téléphone sur son socle. Son trouble se dissipait déjà : il ne servait à rien de s'emporter plus longtemps. Il se tourna vers Jacques Blanc qui attendait patiemment, assis dans un fauteuil.

Le Préfet trouva au commissaire un air fatigué. Cerné, peau lisse et barbe rasée de près : Mantis soupçonnait l'usage de crème antirides. S'il était vrai que la pandémie de grippe l'avait épargné, ça n'était pas le cas du travail. La maladie avait littéralement vidé les services de toutes les administrations et même les procédures les plus simples prenaient un retard considérable.

« Bon, où en est-on dans l'affaire Braska ? »

Le commissaire Blanc regarda Mantis avec attention. Il cligna à peine des yeux lorsque les rayons du soleil balayèrent ses prunelles en suivant le Préfet qui se rasseyait à son bureau. Toute trace d'énervement avait disparu. Depuis que le Procureur Godot était absent, il ne se sentait pas tranquille. Il avait l'impression que l'appareil juridique s'enrayait jusqu'à se bloquer complètement. Il avait imaginé la grippe. La maladie était rassurante dans le sens où elle s'expliquait : la fatigue, le stress de ces derniers jours, autant de failles que savait intelligemment exploiter un virus. Mais c'était avant que l'ex-femme inquiète – ou intéressée – de Godot n'appelle. Il n'était pas à la maison et ne répondait pas sur son portable. Là, ça en devenait réellement préoccupant. Résultat des courses, c'était à lui, et lui seul, Jacques Blanc, de se trouver en première ligne, contre la grippe et le boulot.

Et les autres nouvelles qu'il avait reçues n'allaient pas en s'arrangeant. Hier matin, à la première heure, Stobbart lui avait lâché sa bombe : la présence du suspect chez lui, les prises de sang clandestines… Blanc se faisait l'impression d'être une cocotte-minute sur le point d'exploser. Jouer avec les règles, soit. Les outrepasser augurait nombre de problèmes pour lesquels le commissaire s'abstint de dresser la liste. Lui-même avait alors dû trouver une réponse à ce cas de conscience : garder ces nouvelles pour lui et soutenir un vieux copain tout en se plaçant dans une position délicate du point de vue légal ; ou bien les consigner dans un PV, avec le risque de perdre un de ses meilleurs chefs de groupe et de faire capoter l'enquête ? Blanc choisit une troisième option : n'avoir rien entendu, ne rien faire pour l'heure et attendre la fin du rendez-vous avec Mantis. Évidemment, la disparition du Procureur n'arrangeait pas les choses et ne l'aidait pas à trancher.

Quant à Mantis, il ne savait que penser. L'homme était sans aucun doute possible extrêmement brillant, capable d'anticiper les actions et réactions des gens avec beaucoup de justesse. Mais ses accointances avec le monde politique n'étaient pas faites pour rassurer Jacques : avait-il affaire à quelqu'un de sincèrement désintéressé, prêt à mettre les pieds dans le plat pour soulever les problèmes de gouvernance – rembarrer des ministres n'était pas donné à tout le monde –, ou n'était-ce qu'un nouvel arriviste aux dents longues, dont la préfecture n'était qu'un jalon sur le chemin de la Présidence ? Son cœur balançait entre les deux réponses, mais il était encore trop tôt pour apporter du crédit à l'une ou à l'autre. Cependant, le commissaire ne pouvait nier son implication en ces temps de disette d'effectif dans tous les grands dossiers de sa fonction. Même s'il suivait de très près l'enquête sur l'affaire de la salle d'arcade. Trop près selon Blanc : l'attention accordée à cette investigation risquait de lui faire perdre de vue les autres problèmes inhérents à son poste. Alors que lui répondre ? « Ce qu'il y a dans les PV ! » lui avait rétorqué George quand il s'en était ouvert à lui. Bien vu.

« Pas de nouvelles informations depuis que nous nous sommes vus hier. Même si l'hypothèse du crime crapuleux tend à être écartée pour l'infirmière, rien ne nous indique que les trois corps retrouvés à l'appartement d'Ariel Braska soient ses meurtriers. D'ailleurs, les concernant, pas d'identité, pas d'armes. Le docteur Fortesque a enfin pu nous communiquer ses rapports et il reste sur ses conclusions orales : les autopsies n'ont rien donné. Importantes blessures, mais aucune n'était fatale. On ignore de quoi ils sont morts. Rien non plus du côté des analyses toxicologiques. On continue les recherches, mais pour l'instant, néant complet.

– Et les vidéos ? Les avez-vous visionnées ? Qu'en avez-vous retiré ?

– Je ne les ai pas visionnées personnellement. C'est le commandant Stobbart qui s'en est chargé. Il a clairement identifié la victime comme étant le suspect numéro un retrouvé sur les lieux des homicides. Nous n'avons rien sur lui non plus. Nous avons écumé les hôpitaux et cliniques de la région, rien. Le signalement a été élargi à l'ensemble des établissements de France. Nous avons quelques réponses, mais rien de concluant, tout comme je ne m'attends pas à en avoir beaucoup d'autres d'ici la fin de la pandémie de grippe. Quant à l'auteur des vidéos, c'est le mystère complet. George le décrit comme une personne minutieuse avec un profil de chirurgien ou de quelqu'un ayant des connaissances en anatomie très poussées…

– Dans les extraits que nous avons visionnés hier, j'ai pu entendre l'auteur énoncer quelques mots. Avez-vous pu dégager des empreintes vocales ? Ou un quelconque élément qui puisse être exploitable d'une manière ou d'une autre ?

– Rien de plus, Monsieur le Préfet. »

Jacques Blanc résuma en quelques mots ce que lui avait appris Stobbart après sa visite à l'IML. Mantis ne répondit rien. Il regardait le commissaire, absorbant les données que celui-ci lui versait, analysant, triant, classant et éliminant tout ce qu'on lui présentait avec une efficacité remarquable.

« Je vous remercie, commissaire. Tenez-moi au courant dès que vous aurez du neuf.

– Bien évidemment. »

Jacques Blanc s'éclipsa. Quand il referma la porte derrière lui, il sentit s'accroître son malaise. Il avait volontairement passé sous silence un certain nombre de détails que lui avait confiés Stobbart : la mémoire que Maxime retrouvait peu à peu, son nom… Pourquoi ? Parce que c'était son vieux compagnon qu'il lui avait demandé ça ? Parce que cette histoire le secouait plus qu'il ne voulait l'admettre lui aussi ? Surtout depuis le moment où il avait vu le nom de Fortesque sur le rapport d'autopsie ? Depuis combien de temps n'avait-il pas vu le toubib ? À peu près autant de temps que Stobbart, du moins, aussi loin qu'il s'en souvenait. La fine équipe se retrouvait presque au complet. Presque.

Le commissaire reprit machinalement le chemin de l'ascenseur pour retourner à son bureau. Travailler avec Stobbart aura été plus facile. Les souvenirs communs avaient ressurgi ce beau matin quand on lui avait annoncé l'arrivée d'un nouveau chef de groupe aux états de service éblouissants. Et voilà de ça un bon paquet d'années auparavant, quand le 36 se trouvait au 36, la silhouette de George s'était dessinée dans la porte. Jacques l'aurait reconnue entre mille. Un véritable coup de massue. Des années qu'il ne l'avait pas vu, pas eu de nouvelles, et il s'était présenté là, comme ça, tout naturellement. Un retour de boomerang d'autant plus violent qu'il ne s'y était pas du tout attendu. Il n'y avait pas eu d'effusions, juste un malaise, une poignée de main gênée. Il avait fallu plusieurs mois pour que les deux hommes se réapprivoisent. Les liens distendus s'étaient renoués petit à petit. L'évocation du passé était restée tabou. Plus tard, Stobbart lui avait avoué avoir eu les mêmes tracas. Le deuil du passé restait toujours difficile pour ne pas dire impossible, mais au moins avaient-ils su se soutenir l'un l'autre. Un soutien qui était resté indéfectible et qui avait même permis à Jacques de rompre avec son psy, au grand dam de celui-ci. « Le passé est le poison pernicieux qui vous videra de votre substance. Quand vous vous en rendrez compte, il sera trop tard… » La déclaration avait laissé le commissaire de marbre. Une jolie phrase qu'il pouvait tout autant lui retourner : jamais son compte en banque ne s'était aussi bien porté depuis qu'il avait coupé les ponts avec le praticien. Ses pensées revinrent à Ariel Braska.

L'infirmière, son métier, le lieu où elle avait été tuée, Stobbart sur l'enquête, Fortesque sur l'autopsie… Et lui, sur les dents. Une affaire parmi tant d'autres, mais une pression de sa hiérarchie qui les surpassait toutes, malgré l'acharnement qu'il mettait à abattre le travail jusqu'à l'épuisement, jusqu'à dormir dans son bureau. Et malgré tous ses efforts, celui qu'on surnommait "Iceberg" dans son dos, dans les couloirs, celui qui gardait la tête froide, qui ne se laissait pas envahir par le stress et les émotions, Jacques sentait sa carapace se fissurer de plus en plus.

Ce que beaucoup de monde ignorait – exceptés George et Daniel – c'était qu'Iceberg était à l'intérieur un lac de lave bouillonnant qui cherchait à jaillir avec une violence inouïe. Cet état de retenue incessant avait alarmé son médecin : « Stress ! Hypertension ! Si vous voulez dépasser la vingtaine, mettez-vous au sport ! Ou bien votre cœur ne tiendra jamais le coup… » Prudent, Jacques avait obéi. Course, vélo, boxe : en quelques années de pratique assidue, le commissaire s'était forgé un nouveau cœur et une nouvelle santé. Le magma s'était apaisé. Mais la cinquantaine arrivée, son palpitant commençait à faire des siennes, ratant parfois un battement, qui le plongeait dans un nouvel état de stress. Le lac de magma se remettait à gronder, tandis qu'une sueur glacée l'envahissait. Comme maintenant. Et cela recommençait de plus belle depuis cette foutue affaire, et tout ce que cela lui rappelait. Iceberg se fissurait, se morcelait.

D'une main tremblante, le commissaire ouvrit un tiroir de son bureau et en retira un flacon, ainsi qu'une petite bouteille d'eau minérale. Il fit sauter le bouchon du premier et précipita une gélule jaunâtre dans sa paume, qu'il cassa en deux. « Seulement en cas d'urgence ». Les paroles de son médecin traitant résonnaient à ses oreilles. C'était un cas d'urgence. Il avala l'hypotenseur dès la première gorgée et s'assit. Il ne lui suffisait plus qu'à attendre et à essayer de se détendre, avant de se replonger dans le boulot. Facile à dire… Blanc saisit au hasard un des journaux qui encombraient un coin de son bureau et s'employa à le lire distraitement : « Bonne nouvelle : le taux d'homicide était en baisse à Paris ». Il fallait le lire pour le croire…

*

L'homme savait admirablement se contrôler. Mantis devait au moins lui reconnaître ça. Mais son œil exercé avait tout de suite décelé les signes infimes que lui adressait le corps de son interlocuteur : des doigts entrelacés pour les empêcher de trembler, le battement frénétique de l'artère temporale… Un stressé. La fatigue ne devait pas aider non plus.

Mantis laissa le commissaire parler, distillant questions précises et hochements de tête comme autant d'invitations à poursuivre. Quand il eut fini, le Préfet s'assit à son bureau et se tint immobile. Jacques Blanc lui cachait des choses. Il avait beau être surnommé Iceberg, la fatigue lui faisait baisser sa garde. Mantis n'insista pas. Abuser de sa position hiérarchique et de sa force pour amener les hommes à confesse n'était pas dans ses habitudes : les hommes parlaient très bien tout seuls, il suffisait d'être patient. Ce que le commissaire ne lui disait pas était suffisant : le dossier progressait. Pour l'instant, cette certitude lui convenait. Quand le moment viendrait, il saurait. Si la police arrêtait demain ou d'ici la fin de la semaine l'auteur de ces crimes, parfait. La question des dossiers était plus délicate.

Les vidéos que lui avaient dévoilées Stobbart et son équipe l'avaient glacé. Il avait dû déployer un intense effort de concentration pour garder son sang-froid. En temps normal, sang et hurlements ne lui faisaient ni chaud, ni froid. Combien de fois durant ses années d'universitaire, puis de professionnel de santé avait-il vu ses patients en proie à des cauchemars éveillés, hurlant dans leur chambre qu'on les libère des serpents qui aspiraient leur liquide vital ? Ou de ceux qui rentraient dans un établissement psychiatrique, les bras, les jambes, le torse couverts de plaies béantes faites au rasoir, au couteau, à la scie et qu'ils s'étaient eux-mêmes infligés ? Devant les vidéos, il y avait eu autre chose : l'angoisse. Une angoisse sur laquelle il avait dû assurer son emprise pour la dissimuler à ses subordonnées. Tuée dans l'œuf, Mantis avait rapidement cessé de se tourmenter et s'en était fait une raison. Pour mieux arrêter sa volonté sur l'arrestation prochaine du fugitif. Le seul qui pourrait innocenter "son" Institut. Cet Institut qu'il avait créé comme un rire à la face de ceux qui avaient méprisé ses recherches.

À l'origine, c'était la mort de son père qui avait été le déclencheur de ce qu'il appelait "son œuvre". Une œuvre qu'il avait conçue de toutes pièces, à partir de rien et qu'il avait lentement bâtie pour accueillir ses résidents. L'avancée spectaculaire de ses travaux et sa compréhension de l'humain l'avait ainsi amené à se créer une certaine réputation, d'abord dans le domaine scientifique par la publication d'articles novateurs, voire polémiques ; puis du grand public en soignant Jean-François Moreau, le fils de l'ancien Président de la République, considéré par les plus éminents représentants de la profession comme un cas irrécupérable de joueur malade. Le travail et son talent étaient venus à bout d'un problème qui n'était finalement que le reflet d'une société en plein mal-être. Le public ne s'y était pas trompé et les demandes avaient afflué jusqu'à consacrer l'Institut Mantis comme le centre hégémonique de la lutte contre le média vidéoludique. Mais le meurtre de cette infirmière, qu'Édison – il le savait – avait séduite, remettait en cause tout ce qu'il avait construit. Et cette idée lui était extrêmement désagréable. Déjà, cette affaire ternissait son blason, éclaboussait sa réputation immaculée. Son aura flamboyante brûlait ses détracteurs, mais ne consumait que lentement les soupçons de la Brigade criminelle.

Sa résolution prise d'une main d'acier, Mantis se leva et attrapa sa veste. Il avait encore fort à faire d'ici la fin de la journée, et l'affaire Braska n'était malheureusement pas le seul dossier qui retenait son attention comme Préfet de police. Comme pour confirmer ce fait, le téléphone sonna. D'un pas preste et léger, Mantis s'empara du combiné avant que ne retentisse la troisième sonnerie.

« Oui ?

– Commissaire Blanc, Monsieur le Préfet. Mauvaise nouvelle pour nous : le Procureur a été repêché dans le Canal Saint Martin il y a un peu moins de deux heures… »

Mantis étouffa un juron fort peu clinique. Il ne lui manquait plus que ça !

Chapitre LIX

Mercredi soir

Les heures se succédaient aux heures, alternances de sommeils et de crises éveillées, entrecoupées de phases calmes qui permettaient à Maxime de récupérer de ses cauchemars et de leurs terreurs. Quand il s'en souvenait à son réveil. La Brume, bien qu'affaiblie, restait solide. À peine pouvait-il contempler quelques souvenirs, bien insuffisants pour lever complètement le voile qui recouvrait son passé. Le garçon s'estimait déjà heureux d'avoir retrouvé un nom, quoique George eût du mal à l'appeler Max. Combien de fois avait-il essayé de forcer sa mémoire pour qu'elle lui livre ne serait-ce que quelques fragments d'identité ? Pas assez pour en trouver les clefs, mais suffisamment pour se réveiller avec des migraines à se taper la tête contre les murs. Gentiment, Émilie Stobbart avait tenté de le soulager en lui donnant du paracétamol. Inefficace. George émit l'idée de lui donner des anti-inflammatoires, proposition aussitôt retoquée par sa femme à cause de l'état de santé déjà précaire du jeune homme : trop d'effets secondaires et de risques possibles, sans compter la sensibilité de son estomac. Il ne lui restait plus qu'à essayer de dormir pour tenter de reconstituer ses maigres réserves énergétiques.

Bien malgré elle, Émilie s'était transformée en garde-malade, un rôle qui lui déplaisait profondément : être une femme indépendante et de décision, et devenir dépendante d'une personne dépendante, quoi de plus frustrant ? Dire qu'elle apportait son aide par bonté était un bien grand mot. Elle avait suffisamment de problèmes pour ne pas s'occuper de ceux des autres, ou au mieux, les soulager. En y réfléchissant, elle aidait Cloud – Max – pour deux raisons qu'elle trouvait tout à fait satisfaisantes à son sens. La première, elle avait beau avoir un cœur de pierre, avoir vu Maxime agonisant l'avait secouée. Sur le coup, elle n'avait pensé qu'à une chose : l'aider.

La seconde raison, elle considérait son mari comme un homme et un policier responsable. Aider son époux était la chose naturelle à faire, même si elle contestait vigoureusement le motif de cette aide et la décision de son mari à garder le jeune homme chez eux. Mais peu à peu, cette seconde raison se désagrégeait. Voir affiché à la télévision le portrait-robot du garçon, qui plus est activement recherché et considéré comme dangereux, l'avait forcée à revoir sa position. À ce moment précis, dans un accès d'humour noir, ça lui avait paru drôle : « Dangereux ? Alors qu'en ce moment, il a presque un pied dans la tombe ? » Elle en voulait à son mari d'avoir amené Maxime à la maison en présence des enfants. Qu'est-ce qu'elle leur dirait quand ils le verraient fiché et entendraient les accusations à son encontre, chez ses parents, ici ou ailleurs, à la télévision ou dans un journal ? Ils n'avaient pas fait le rapprochement la première fois. Qu'est-ce qui les empêcherait de le faire la fois suivante ?

Elle se frotta énergiquement les cheveux. La douche l'avait détendue, mais n'avait pas apaisé sa colère. Quand elle pensa à sa coiffure, elle redoubla d'énergie : tant pis pour ce que lui dirait sa coiffeuse ! Mais rentrer crevée du boulot et voir leur invité indésirable devant la télé, manette en main, lui avait échauffé les sangs. Elle n'avait rien dit sur le moment, mais avait bondi sur son mari quand lui-même était revenu au cocon familial.

« George Stobbart ! »

Instinctivement, le policier rentra la tête dans les épaules : l'usage du patronyme par son épouse était rarement du meilleur présage. Il accrocha rapidement son manteau à la patère et fit face à la fureur maritale qui s'était matérialisée devant lui. Impossible de s'y dérober.

« Oui, ma chérie ?

– Est-il utile de te demander jusqu'à quand comptes-tu héberger *ton* invité ? Ou bien dois-je t'envoyer un préavis d'une semaine pour avoir nos enfants à la maison ?

– N'exagère pas, s'il te plaît, tenta son mari d'un ton apaisant. Tu sais bien que…

– Non, je ne sais rien, trancha Émilie impitoyable. Depuis que Maxime est arrivé, il a pris la place de nos enfants et c'est toi qui l'y as poussé : d'abord Chris et sa chambre, puis Claire et Chris chez mes parents. La prochaine, ce sera moi ? Comment peux-tu faire passer cet inconnu avant ta propre famille ? Je sais que cette enquête ne te rappelle pas que des bons souvenirs, mais ça fait plus de trente ans, George ! Plus de trente ans que tu ressasses cette histoire ! Je vois bien comment tu regardes Cloud : tu te demandes encore comment est-ce que tu as pu laisser cela arriver et comment tu vas faire pour le sortir de sa situation et de son syndrome, *lui*. Mais, bon sang, quand est-ce que tu comprendras que ce n'était pas de ta faute ? Tu n'as rien à te reprocher, George, alors arrête de te faire du mal en essayant de résoudre des problèmes qui ne sont pas les tiens ! »

Stobbart ne pipa mot. Chaque parole de sa femme lui faisait réaliser à quel point il glissait un peu plus sur la pente friable menant vers le gouffre noir de son passé, entraînant avec lui sa famille qu'il chérissait pourtant par-dessus tout. Émilie dut s'en apercevoir, car elle poursuivit sur un ton plus conciliant, mais non moins aiguisé :

« Je vois les informations à la télé, George. Dans les journaux. Je vois que Maxime est activement recherché par tes collègues. Ne crois pas que c'est facile pour moi de faire semblant de rien quand mes propres collaborateurs me demandent, en croyant badiner, si mon mari a réussi à coincer un quintuple meurtrier, peu importe qu'il soit simple suspect ou pas. Tout ce que je sais, c'est que ce type est chez moi, vautré dans notre canapé en train de jouer à la console et que je n'ai qu'une peur, c'est de vendre la mèche et de nous mettre dans le pétrin. Est-ce que tu te rends seulement compte de ce que cela peut signifier ? Perdre notre boulot et se retrouver à la rue sans les enfants ? Est-ce que c'est ce que tu veux, George ? Est-ce que c'est ce que tu veux, *vraiment* ? » Émilie se tut. Cette tirade l'avait épuisée. Elle regrettait déjà d'avoir été aussi agressive, mais son agitation avait pris le dessus. Maintenant, elle était calme. Tout son mal-être avait jailli hors d'elle et elle se sentait mieux à présent. Elle regarda son mari. Il restait silencieux, digérant lentement le torrent de violence qui s'était déversé sur lui. Ses épaules s'étaient affaissées au fur et à mesure de son discours et un profond sentiment de tristesse s'était emparé de lui. Son épouse dut cependant se résoudre à terminer, d'un ton las, enfonçant avec douleur l'aiguillon implacable d'un dernier ultimatum :

« Si Cloud n'est pas parti à la fin de la semaine, quand les enfants seront en week-end, assure-toi de vous trouver un autre endroit pour dormir. » Stobbart cligna des yeux, sonné. Quinze ans de mariage heureux et voilà où ils en arrivaient... Par sa faute.

« À table, sinon le dîner va être froid. »
Son mari eut la délicatesse d'obéir sans discuter.

Ils dînèrent en silence. Émilie se sentait coupable, mais sa résolution était profondément ancrée en elle. Elle le faisait pour les enfants, elle le faisait pour son couple. Maxime était un élément étranger à tout ça. Il s'était imposé dans leur famille et il menaçait maintenant de la faire voler en éclats. D'ailleurs, elle était bien étonnée qu'il ne soit pas là à dîner avec eux. Tant mieux, parce que le silence que le jeune homme entretenait avec son air absent lui était devenu insupportable : elle avait l'impression de sentir peser sur elle son regard qui épiait chacun de ses faits et gestes. Il la regardait d'un air toujours surpris, comme si exécuter des gestes quotidiens était pour lui une découverte de tous les instants. Constater son absence ce soir était en quelque sorte un soulagement, bien qu'elle sache qu'il devait actuellement sûrement dormir dans la chambre de son fils. Comme d'habitude.

Durant toute la durée du dîner, Stobbart était resté prostré. Les derniers évènements à l'IML, le coup de fil manqué puis rattrapé de Collard pour lui faire part de son enquête, le coup de fil fatigué de Jacques pour lui apprendre la mort du Procureur Godot, et bien sûr, sa femme. Il avait l'impression d'être un clou sur lequel tout le monde s'amusait à taper de plus en plus fort... George avalait mécaniquement son repas. Toute sensation de goût avait déserté son palais. Dans sa tête, il repassait en boucle l'entrevue avec son épouse. Il ne pouvait qu'admettre qu'elle avait raison. Ses souvenirs et Maxime. Fortesque aussi avait raison. Le parallèle lui apparaissait à présent de manière flagrante. Alors pourquoi s'était-il meurtri jusqu'à maintenant ? Nier l'évidence n'avait fait qu'envenimer les choses, le savon que venait de lui passer sa femme en était une preuve encore brûlante. Ce dernier point avait été aussi le déclencheur d'une autre chose. Sans s'en rendre compte – ou au contraire, de façon très lucide –, elle avait évoqué le "syndrome" de Cloud.

Sur le coup, il n'y avait pas prêté attention, trop occupé à encaisser les coups successifs que lui portait son épouse. George releva la tête de son fromage blanc qu'il était en train d'avaler sans enthousiasme. À côté de lui, Émilie s'était déjà levée et s'apprêtait à le délaisser pour allez voir les informations dans le salon. Si Cloud n'était pas sur la console. Auquel cas il aurait encore droit à la soupe à la grimace pendant un bon moment. Il se risqua quand même :

« Émilie ?

– Oui ? »

Le ton était austère, sans émotion. Pas forcément de bon augure, mais pas exécrable non plus.

« Tout à l'heure, tu as parlé du "syndrome" (Stobbart mima les guillemets avec ses doigts) de Maxime. Qu'est-ce que tu entendais par là ? Tu parlais du Syndrome Mantis ?

– Oui. »

La réponse lapidaire ne découragea pas le flic acharné. Il serait toujours temps de faire amende honorable plus tard.

« Je pensais qu'il avait dépassé ce stade. Qu'est-ce qui t'amène à cette conclusion ? »

L'épouse regarda fixement son mari, cherchant dans ses yeux une trace de moquerie ou tout autre élément susceptible de déchaîner sa passion. Elle ne vit rien et opta pour une froide diplomatie.

« Pas une conclusion, corrigea-t-elle, des observations. Durant ces trois derniers jours, et déjà avant que les enfants n'aillent chez mes parents (Regard appuyé, mâtiné de reproche, Stobbart ne broncha pas), ton protégé a passé plus de temps prostré devant la télévision dans le salon à jouer et à les regarder jouer qu'à essayer de se soigner correctement. Et quand je dis prostration, ça veut dire aucune interaction avec les enfants. Même moi, j'avais l'impression de parler à un mur ! Il n'y avait qu'en éteignant l'écran qu'on arrivait à capter son attention. Et encore, il fallait lui laisser dix bonnes minutes pour émerger !

– Et qu'en disaient les enfants ? demanda le policier soudain inquiet, à mille lieues d'avoir même pu imaginer de soumettre sa progéniture à l'influence involontaire mais néfaste du jeune homme.

– Le pire est là ! Tes enfants le trouvaient génial ! C'était toujours Cloud par-ci, Cloud par-là ! D'après ce que j'ai pu comprendre de leur charabia vidéoludique, il connaît très bien l'antiquité que ton frère leur a offerte : Claire m'a dit qu'il réussissait du premier coup tout ce qu'il faisait et il leur a montré une bonne partie des secrets du jeu – un exploit, à l'écouter. L'autre chose qui me tracasse aussi : au début, les enfants lui prêtaient gentiment la manette pour qu'il puisse participer aussi. À la fin, ils n'arrivaient même plus à la lui reprendre. Quand je suis allé voir pour régler la situation, je peux t'assurer qu'il m'a fait froid dans le dos… !

– Comment ça ?

– Tu avais beau lui parler, il ne répondait rien. Tu claquais des doigts devant lui, il n'avait aucune réaction : juste un regard fixe, presque sans vie ! Il n'y avait que ses doigts qui bougeaient. C'était un robot. Je n'ai eu une réaction qu'en éteignant l'écran…

– Et qu'est-ce qu'il a dit ? Ou fait ? »

La voix de Stobbart s'était tendue. Pas un seul instant il n'avait soupçonné que l'état de Cloud aurait pu avoir des conséquences sur ses enfants. Enfin, si, au début. Mais plus il en apprenait sur le garçon, moins il arrivait à garder ses distances et un œil froid sur les évènements.

« Ensuite, rien. Il retournait dans sa chambre et n'en ressortait qu'au dîner.

– C'est tout ?

– Comment ça, "c'est tout" ? explosa Émilie. Il reste planté là, il n'a plus aucune notion de temps et de réalité ! Hier soir, quand je suis allé le chercher pour le dîner, je l'ai trouvé assis sur le lit, exactement à la même place et dans la même position que lorsque je l'ai quitté pour aller au boulot hier matin. La même ! Il n'avait pas bougé d'un iota ! Il a juste relevé la tête en me voyant pour me dire : « Vous êtes déjà revenue ? Vous veniez de partir… » Quand je lui ai dit de venir manger, il m'a simplement regardée et il m'a dit qu'il avait déjà mangé. Sauf que le déjeuner que j'avais préparé était encore intact dans le frigo. Voilà pourquoi, George, j'en viens à conclure qu'il n'est pas aberrant de penser que Cloud souffre réellement du Syndrome Mantis… »

Sa femme se tut et se laissa tomber sur la chaise qu'elle venait de quitter, épuisée nerveusement par une situation qu'elle trouvait à raison de plus en plus angoissante. Stobbart ne répondit rien. Parler avait le mérite de soulager Émilie : vider son sac lui ôtait un gros poids sur l'âme. Maintenant, qu'allait-il se passer ? Émilie espérait vraiment que sa "confession" créerait une onde de choc sur l'esprit de son mari pour le pousser à sortir Cloud de leur maison. Peut-être lui en voudrait-il d'agir de cette façon, mais elle pensait d'abord à sa famille. Elle regarda George. Il souffrait de cette situation, elle le savait. Mais le temps était venu pour lui d'exorciser ses démons…

…parce que le temps était venu pour lui d'exorciser ses démons. Durant tout l'exposé de sa femme, Stobbart s'était senti comme un sac de sable sous les coups furieux d'un boxeur en pleine hystérie. Et l'impression n'avait pas été plaisante. Pourtant, il ne pouvait que la comprendre et lui donner raison. Accueillir Cloud ici n'avait pas été son idée la plus brillante. Le garder chez eux non plus. George dut se résigner : poursuivre cette enquête en cavalier seul n'était plus possible. Quelles options lui restait-il ? Plus grand-chose. À vrai dire, seulement deux.

Soit il laissait Cloud à ses collègues, soit il le mettait à la porte. Dans le premier cas, George avait déjà eu du mal à instaurer une relation de confiance avec Maxime et, nul doute qu'une fois aux mains de la police, il se refermerait comme une huître. Quant aux psys, autant lui dérouler le tapis rouge pour aller directement chez Fortesque : ça n'était pas eux qui pourraient y faire grand-chose et, au moins, il serait tranquille dans un de ses tiroirs. Sauf à le placer dans un institut spécialisé et le neutraliser à grands coups de psychotropes.

Le second choix le plaçait dans la position exactement inverse : Cloud échapperait à tout contrôle et plus rien ni personne ne serait en mesure de l'arrêter. Mais au moins, il aurait la conscience un peu plus tranquille que de le laisser s'échouer dans les filets d'une institution psychiatrique. Pourtant, après avoir longuement pesé le pour et le contre, il opta pour la première solution : mieux valait avoir un peu de contrôle que pas du tout. Il s'arrangerait pour garder un œil sur lui et prolonger au maximum sa garde à vue afin de trouver une solution de détention qui vaille réellement la peine de le récupérer, tout en lui octroyant un délai supplémentaire pour retrouver un peu plus de mémoire. Cette conclusion lui laissa un goût amer. Mais il n'avait pas d'autre alternative : s'il ne le faisait pas pour son boulot, il fallait au moins qu'il le fasse pour sa famille. Il ne laisserait pas le Syndrome Mantis le détruire. Parce qu'il était venu le temps pour lui d'exorciser ses vieux démons…

Un hurlement de terreur figea brutalement le couple dans la cuisine. Pendant une demi-seconde, ils se regardèrent, tout aussi glacé l'un que l'autre. Puis les réflexes du flic reprirent le dessus et Stobbart se précipita hors de table : le cri déchirant qu'ils venaient d'entendre retentissait à nouveau, plus rauque et plus terrifiant encore. D'un coup, Émilie sentit toute trace de culpabilité s'envoler : elle ne voulait pas que ses enfants affrontent *ça*.

Car, *ça* recommençait.

Chapitre LX

Il plana, déployant ses ailes décharnées comme un gros insecte maladroit. Le ravin défila sous ses pieds griffus. Le sol s'approchait à toute vitesse, mais il avait l'habitude. Il atterrit lestement, ses ailes retombèrent dans son dos, tandis que la cape qui protégeait le bas de son visage reprenait sa place sur ses épaules. L'être aux yeux luminescents reprit sa course et s'arrêta presque aussitôt. Un autre précipice s'ouvrait devant lui, mais beaucoup plus large et profond que le précédent. Le franchir lui était devenu impossible. Le monde physique lui interdisait de poursuivre sa quête. Qu'à cela ne tienne, il passerait autrement.

Il se concentra, immobile. Ses yeux lumineux gagnèrent en intensité. Rapidement, l'air se brouilla autour de lui. L'atmosphère, puis tout le monde qui l'entourait prirent une teinte verdâtre. Le soleil disparut, mais cette étrange luminosité verte resta, intemporelle. Loin devant lui, au-delà du ravin, il distingua les formes éthérées des bêtes qui erraient en attendant de se jeter sur lui pour dévorer cette enveloppe spirituelle et torturée qui était la sienne.

Il se rapprocha du précipice, estimant la distance qui le séparait de l'autre bord. Inexplicablement, l'espace s'était étréci depuis qu'il avait changé de dimension. Ses ailes brisées et inertes eurent un soubresaut sous son haussement d'épaules dédaigneux. Sa mutilation ne l'empêcherait pas de passer. Il se redressa quand il aperçut une lueur au fond du ravin. Intrigué, l'être fantastique se pencha en avant. Il se sentait étrangement attiré par ce qu'il voyait. Ça n'était pas un de ces nombreux pièges qu'on lui tendait et qu'il évitait sans arrêt. Il avait appris à les détecter depuis longtemps. Non, c'était autre chose. Une idée folle lui traversa l'esprit : et s'il plongeait ? S'il se trompait, c'était la mort assurée. Si son intuition était juste, il trouverait... Il ne savait quoi. Il secoua la tête pour chasser le doute qui s'insinuait en lui.

Un saut et l'être sembla suspendu un bref instant au-dessus du vide. Ses ailes moribondes se déployèrent dans un frémissement et, planant dans cet étrange univers spectral, il chercha la lueur blanchâtre qui s'estompait brièvement, avant de reparaître avec une nouvelle clarté. L'humanoïde replia ses ailes et plongea longtemps vers celle qui l'appelait.

Il s'était attendu à voir quelque chose de surprenant, mais pas à entrer en collision avec une paroi invisible. La violence du choc lui coupa le souffle. S'il avait encore eu un menton, il se serait sans nul doute brisé la mâchoire. Un moment, il resta allongé là, se faisant l'effet d'une mouche géante aplatie sur une fenêtre en verre. Sans gémir, il se redressa, puis tâta de ses trois doigts griffus la surface qui le retenait. Ses appendices ne réussirent même pas à entailler la surface. Quand il regarda vers les étoiles, les hautes falaises le dominaient sans espoir de retour en arrière. Il essaya de revenir dans le monde physique. Peine perdue. À peine un léger bruissement dans l'atmosphère.

Une lumière affleura à la prunelle sensible de ses yeux. Il s'accroupit pour mieux observer et s'aperçut qu'elle émanait d'un large rectangle adossé à un mur. Ce ne fut qu'après qu'il discerna une forme vaguement humaine, recroquevillée. Il s'assit confortablement pour la contempler plus longuement et comprendre. Il n'en eut pas le temps. Un épais brouillard s'attaqua à lui. Il se redressa et fit face sans hésiter. Une épée flamboyante apparut dans sa main et il frappa sans attendre.

Cloud gémissait dans son sommeil. Des éclairs blancs cinglaient la Brume. Et chaque fois que la lumière blanche frappait, une nouvelle douleur éclatait, chaque fois plus violente que la précédente. La piqûre d'abeille devint celle d'un frelon, puis rapidement la morsure sauvage d'un félin. Cloud tressaillait, résistait. Car chaque fois qu'il souffrait d'une nouvelle foudre, la Brume se déchirait et laissait apparaître à travers ces plaies béantes des morceaux de vie. *Sa* vie.

Le contact glacé du métal sur son ventre et sa poitrine, l'avant-goût de cette table d'autopsie avant qu'il ne sente le froid de la lame le transpercer : « Exérèse externe de la scapula droite. » Le vrombissement étouffé de la scie électrique. Avant que la douleur n'éclate, flash. Une chambre. Ou une cellule. La douleur est toujours lancinante. Le bandage dans son dos est encore rouge de sang. Il tient une manette entre ses mains. L'histoire d'un vampire qui dévore les âmes. Lui aussi souffre. À lui aussi, on lui a enlevé ses ailes. Alors, il décide de souffrir avec lui. Pour le sauver. Ceux qui se dressent sur son passage sont balayés par la lame, leur âme aspirée pour le faire vivre. Avec les leurs, il guérit lui aussi la sienne dans cet endroit, qui…

Nouvelle souffrance, nouveau flash. Même endroit. Autre souvenir. La douleur est toujours cuisante. Mais ce mal est plus profond. Un mal à l'âme, que toutes celles qu'il avait aspirées n'ont pas guérie. Il est en équilibre sur les mains. Un équilibre parfait. Il travaille sur son corps meurtri avec une seule envie : partir. Ou s'envoler, même avec les ailes d'un mort. Depuis combien de temps dure tout ce cirque ? Aucune idée, même vague. Sûrement une éternité. Guère étonnant pour un mort-vivant. Puis les flashes s'enchaînent. La manette de jeux. Les cauchemars. Une nourriture bonne et en abondance servie par un automate. Les cauchemars. Son corps qu'il force à bouger en tout sens malgré ses blessures. Les cauchemars. Le scalpel. La douleur. Et les cauchemars. Toujours les cauchemars. Sa gorge le brûle. Ces images qui l'assomment et qui le tuent à petit feu. Crier ne suffit plus.

Ses coups sont de plus en plus violents. L'épée flamboie et brûle la Brume qui se replie sous ses assauts. Au loin, un cri résonne. La Brume disparaît. L'être fantastique a gagné. Mais sa gorge le brûle. Lui aussi veut extirper la douleur de sa gorge. Un cri rauque et puissant s'en échappa.

Un cri brûlant et râpeux s'en échappa. Cloud se réveilla en sursaut, perdu et effrayé. Le cri qui l'avait réveillé résonnait encore à ses oreilles. Jusqu'à ce qu'il comprenne qu'il provenait comme toujours de sa propre gorge sifflante. Il se tut, complètement hagard. Le silence retomba, glaçant.

*

Le cognac coula dans le verre, silencieusement. Émilie en but une gorgée, laissant la chaleur de l'alcool envahir sa gorge, puis s'étendre à son estomac. Elle en avait bien besoin. Ce cri de bête blessée lui écorchait encore les tympans. Elle frissonna. La dimension inhumaine de ce râle l'avait terrassée. Tout comme son mari. George s'était précipité dans la chambre de son fils pour trouver Maxime en nage, tremblant de tout son corps.

Ils s'étaient retrouvés tous les trois dans le salon et Émilie avait été frappée par l'aspect blême, cadavérique du jeune homme. George, quant à lui, sirotait son cognac d'un air absent, tandis que Maxime faisait visiblement de gros efforts pour garder un pied dans la réalité et arracher l'autre de ses cauchemars. Ses cauchemars… Émilie n'aurait même pas eu besoin de faire des études de psychologie pour comprendre qu'il avait vécu des évènements terribles. En rapport avec l'enquête ? La question méritait d'être posée. Surtout après la conversation de ce soir avec son mari. Elle se racla la gorge, autant pour rassembler ses idées que pour attirer l'attention. Stobbart releva la tête. Maxime ne broncha pas. Émilie commença à parler d'une voix qu'elle trouva elle-même étonnamment calme.

« Maxime, ce cauchemar, c'était quoi ? »

Silence de la part de l'intéressé. Elle insista, un peu plus fort.

« Ce n'était pas un cauchemar ordinaire, n'est-ce pas ? »

Cloud revint à lui. Un court instant s'écoula. Stobbart se tenait coi.

« Non, finit-il par répondre lentement. Ce sont… mes souvenirs… »

Une onde froide se propagea entre les omoplates d'Émilie.

« Des souvenirs ? » s'enquit-elle d'une voix qu'elle espérait neutre.

Le garçon hocha la tête.

« Oui, des souvenirs… Je ne sais pas de quand… Mais ils sont là, gravés dans ma chair… (Disant cela, Maxime tapotait doucement son dos.) Et ici… (Même geste, sur la tête cette fois.)

– Euh, Émilie, intervint Stobbart. Je ne crois pas qu'il soit utile de poursuivre plus loin cette conversation…

– Et pourquoi ça, George Stobbart ? réagit vivement son épouse. À cause de ta fichue enquête ? Maxime vit pour le moment sous notre toit, j'ai donc, je pense, le droit de savoir !

– Votre mari veut vous protéger. »

Maxime avait parlé calmement. Le couple fixa le jeune homme avec stupeur. La voix s'était brusquement raffermie. Chaque seconde qui passait voyait son regard devenir plus clair, sa conscience devenir plus nette. Sa voix tendue s'apaisait. Mais c'était surtout la finesse de la réflexion qui avait interloqué George et Émilie : le premier parce qu'il avait trouvé impensable que le garçon puisse se projeter avec autant d'empathie sur leur propre esprit ; la seconde parce qu'elle avait trouvé impensable que Cloud puisse avoir ne serait-ce qu'un semblant de pensée cohérente ne se rapportant pas à un jeu vidéo.

Le garçon sentait un changement s'opérer en lui. Ses sensations émoussées reprenaient une nouvelle acuité qu'il avait jusque-là oubliée. Il voyait d'un nouvel œil cette petite famille qui l'avait accueilli, ce flic qui avait pris des risques en le gardant chez lui, cette femme qui avait pris soin de lui avec douceur malgré sa mauvaise humeur et surtout les perturbations que lui-même avait apportées. Il reprenait conscience de son corps, de cette nouvelle peau, plus dure, qui recouvrait à présent ses extrémités écorchées lors de ses premières cavalcades. Mais conscience aussi des douleurs lancinantes de ce corps meurtri qui ne cessaient de l'assaillir. C'était là le revers de la médaille : après ses crises, l'effet des psychotropes s'estompait toujours plus et ravivait en lui toutes ces sensations, y compris les moins plaisantes. Il devait faire vite.

Maxime regarda ses interlocuteurs et vit qu'ils étaient en train de se disputer à son sujet sur les révélations que Stobbart devait ou non dire à sa femme. Il leva la main timidement.

« Je vous demande pardon, j'ai eu un moment d'absence… »
Les époux s'interrompirent. George se tourna vers lui avec inquiétude.

« Tu es sûr que ça va aller ?

– Oui, oui, ça va. C'est simplement que je ne suis plus habitué et que j'ai besoin d'un temps d'adaptation…

– Comment ça ?

– L'effet des drogues se dissipe et…

– Attends, attends, coupa Émilie. Tu es en train de nous dire que jusqu'à maintenant, tu étais drogué ?

– Au sens médical du terme, oui », approuva doucement le jeune homme.
Émilie se raidit : se serait-elle trompée ? Y avait-il une autre explication que le Syndrome Mantis au comportement erratique de Cloud ?

« Pourquoi ? »
Stobbart regarda Maxime avec un soupir de résignation. Après tout ce que sa femme avait fait, elle méritait bien quelques éclaircissements.

« Nous ne savons pas, avoua doucement son mari.

– Tu te fiches de moi ? Si c'est le secret d'enquête…

– Non, ma chérie, s'empressa de temporiser George, c'est plus compliqué que ça. Max souffre de troubles de la mémoire, mais c'est plus que cette amnésie psychogène dont tu m'as parlé ce matin. Et il semblerait que les psychotropes n'aient rien arrangé…

– Quel rapport avec l'amnésie ?

– Les benzodiazépines, pour être précis. Ce que nous appelons psychotropes est en fait un ensemble de drogues que tu trouves dans tout bon hôpital et, dans le cas de Maxime, dans son sang à des doses de cheval. Quelques-uns de ces effets secondaires peuvent entraîner une amnésie, des hallucinations, de la somnolence ou même provoquer des symptômes de sevrage comme les tremblements ou l'insomnie. Ce qui expliquerait un certain nombre de choses quant aux divers symptômes auxquels tu es sujet, ajouta George en se tournant vers le jeune homme. Pour en revenir à l'amnésie, je pense pour ma part que les psychotropes n'ont fait que la favoriser. En plus du reste.

– Comment ça ? demanda Maxime.

– L'amnésie psychogène, comprit Émilie. Ton amnésie est due à un traumatisme. Tu l'aurais provoquée à cause de ce stress important que tu as vécu… Et les psychotropes n'auraient fait que l'amplifier, comme le suppose George. Mais à présent que tu es en train de te sevrer de ces drogues, ces souvenirs pourraient te revenir…

– Je crois que je commence à comprendre… Sauf que ces souvenirs que j'essaie de retrouver… Je n'ai que des images de sang dans la tête… Et quand j'essaie de me rappeler autre chose, je suis dans une Brume qui m'étouffe…

– Quels souvenirs te reste-t-il dans tes périodes d'éveil ? s'enquit Émilie à voix basse. De ton environnement ? Des personnes que tu as vues ? Ce que tu faisais ? »

Maxime garda le silence. Le problème était bien là… Sa mémoire n'était que bribes incohérentes. Du moins, là où la Brume avait par mégarde laissé échapper quelque chose. Pour le reste…

« Je n'ai que des flashes. Pas de moments réellement marquants, juste des scènes et des sensations… Surtout depuis les vidéos.

– Les vidéos ? Quelles vidéos ? »

Stobbart intervint précipitamment.

« On a retrouvé des vidéos dans lesquelles Maxime apparaissait. On évitera d'en parler plus : je ne suis même pas censé évoquer le sujet. »

George regarda Cloud droit dans les yeux. La remarque lui était destinée, pour éviter à sa femme la description en bonne et due forme de tous les tourments insoutenables qu'on lui avait infligés. Le garçon eut un mouvement imperceptible de la tête : le message était bien passé.

« D'accord pour les vidéos, reprit Émilie qui avait parfaitement compris l'avertissement de son mari à Maxime. Mais ces scènes que tu évoques, étaient-ce des moments heureux ? De bons souvenirs ?

– Non, répondit lentement le jeune homme aux cheveux blancs. Seulement de la douleur et du sang. Une douleur toujours présente, que je n'avais pas moyen de faire passer…

– C'est pour cette raison que tu joues autant ?

– Oui. Jouer me permet de l'oublier.

– Mais pas seulement, n'est-ce pas ? »

Cloud hocha la tête :

« Pour me souvenir. Comprendre. »

Troublée par la réponse, Émilie révisa peu à peu son jugement sur le jeune homme. En fait, le jeu lui était devenu indispensable pour *survivre*.

« Les seuls moments où je n'avais pas mal, reprit Maxime, c'était quand j'étais dans ma tête. J'essayais de m'isoler profondément, mais c'était dur…

– Comment faisais-tu ? fit George en vidant son verre d'un trait.

– C'est difficile à expliquer. Après les… vidéos, on me donnait à manger et je sentais mon esprit s'envoler. Puis la douleur revenait. On me donnait encore à manger et je m'envolais à nouveau. »

À présent, Émilie blêmissait au fur et à mesure de ce qu'elle entendait. Stobbart ne pouvait qu'acquiescer : il n'était pas difficile de comprendre qu'en guise d'antidouleurs, on dissimulait de la drogue dans sa nourriture.

« Tu ne sortais pas dehors pour t'aider à vaincre cette douleur ? » hasarda-t-elle faiblement.

Max la regarda avec étonnement.

« Sortir ? Non, je n'ai aucun souvenir de ça. Autrefois, peut-être. On me laissait dans ma chambre…

– Qui ça "on" ? releva le policier.

– Je ne sais pas. Je ne me souviens pas d'avoir vu quelqu'un. Dans mes souvenirs et dans mes cauchemars, je suis aveugle et je ne peux pas bouger. Mais je sais que je ne suis pas seul dans la chambre… La douleur est toujours là…

– Mais tu ne pouvais vraiment pas sortir ? insista Émilie.

– Non, c'était toujours fermé. J'ai essayé plusieurs fois, mais impossible…

– Une cellule…, prononça Émilie d'une toute petite voix, bouleversée.

– Je pense qu'on peut la définir comme cela », approuva le jeune homme.

George serra les dents. Ils y étaient finalement arrivés. Pourquoi avait-il fallu qu'elle s'en mêle ? À présent, sa femme n'allait plus dormir de la nuit…

Le bon point était que des pièces de l'enquête se mettaient petit à petit en place : les meurtres, les vidéos, Cloud prisonnier et torturé… Des fils se tissaient entre les éléments pour former une toile aux ramifications encore indistinctes. Ce qui se tenait au centre – encore invisible – s'annonçait glaçant.

Stobbart reporta toute son attention sur la conversation. Puisqu'ils y étaient, autant aller jusqu'au bout… Émilie avait retrouvé toute sa maîtrise et posait une nouvelle question :

« Tu ne pouvais pas sortir. Tu parles d'une cellule. Savais-tu au moins pourquoi on te gardait là ? D'où venais-tu ? Comment es-tu arrivé là ? Il y a bien quelque chose, une raison ou autre qui a fait que tu t'es retrouvé…disons…là-bas ?

– J'ignore tout cela. C'est aussi pour cette raison que je dois partir. »

L'annonce fit à George l'effet d'un coup de massue sur l'occiput.

« Tu ne peux pas faire ça ! réagit aussitôt le policier. Si les flics te mettent la main dessus…

– Je n'ai plus rien à faire ici. Je dois partir, s'obstina à répéter le jeune homme. Je suis une charge pour votre famille et les réponses que je cherche ne sont pas ici.

– Pour une fois, je suis d'accord avec George, intervint Émilie. Tu es encore faible, sans compter ces crises qui peuvent survenir n'importe quand ! »

Si d'un côté, Émilie ne put s'empêcher de se réjouir que Maxime parte, elle éprouvait d'un autre côté une certaine culpabilité à le laisser s'en aller au vu de son état. La pointe aiguë du remords s'activait dans son esprit, l'empêchant de prétendre à la tranquillité du juste : les probabilités que Cloud ait développé le Syndrome Mantis diminuaient alors qu'augmentaient celles d'avoir affaire à un homme sain d'esprit dans un corps meurtri.

Max se leva et quitta la pièce sans ajouter un mot. La surprise et l'alcool avaient coupé les jambes du couple. Quelques secondes plus tard, la porte d'entrée se refermait doucement. George bondit enfin de son fauteuil pour se précipiter à la suite du garçon. Il ouvrit à son tour le battant à toute volée, mais ne put que constater la cage d'escalier vide. Le policier poussa un juron : Maxime s'était déjà évaporé. Après un court instant, Stobbart referma la porte de leur appartement, songeur. Il n'aurait plus besoin de se dissimuler à ses collègues : la chasse à l'homme était maintenant clairement ouverte, sans les effets spéciaux. Mais elle attendrait demain.

Chapitre LXI

« Je vous remercie. »

Hal reposa le téléphone sur son socle et se renversa dans son fauteuil avec une grimace déçue. Une heure plus tôt, il avait poussé un cri de victoire quand il avait réussi à établir un lien entre l'infirmière décédée et une autre jeune femme habitant en Espagne. En comparant les informations glanées dans tous les papiers personnels (physiques et virtuels) d'Ariel Braska, l'informaticien avait pu recouper des données avec une utilisatrice assidue des réseaux sociaux. Après moult vérifications, il était presque persuadé qu'il s'agissait de sa…

« …sœur ? s'étonna Collard.

– Grande sœur, en fait, rectifia machinalement Emmerich. Elle s'appelle Olivia Ofrenda et elle est patronne d'un bar en Espagne. Le "el Blue Casket", si tu veux tout savoir. Et…

– Ça sonne pas très espagnol…, fit remarquer la jeune femme.

– Nicole, trêve de commentaires ! la réprimanda gentiment Stobbart en faisant irruption dans le bureau. Hal, continue !

– Elle était mariée à un espagnol, et malgré le fait qu'elle soit divorcée, elle a gardé son nom d'épouse. Ce qui explique pourquoi j'ai eu du mal à la localiser. Elle habite en Espagne depuis environ six ans. Peu, voire pas de contact avec sa petite sœur. Apparemment, ce n'était pas l'entente cordiale. Lui apprendre la mort de sa frangine n'a pas eu l'air de la perturber beaucoup. Tout ce à quoi j'ai eu droit au téléphone, c'est : « Mais je suis en vacances, là ! Vous n'allez quand même pas me demander de venir ! »

– Charmant. Tu as quand même pu avoir des infos ? s'enquit Nico.

– Tout ce que je viens de vous dire : elle ne savait même pas que sa sœur travaillait à côté de Paris. J'ai quand même pris toutes ses coordonnées au cas où nous aurions quelques questions supplémentaires.

– Parfait. Autre chose ?

– Pour ce qui est de l'ordinateur d'Ariel Braska et de son historique, j'arrive à la fin mais rien de concluant pour le moment. Retour négatif pour les empreintes des trois gus qui vous ont tabassé à l'appart' : ils sont toujours inconnus au bataillon…

– Comme par hasard. À ton tour, Nico. C'est quoi cette histoire de page arrachée et de mentions marginales effacées ? C'était succinct au téléphone, hier…

– Parce que l'histoire commence à être franchement tordue… »

La jeune femme rapporta en quelques mots la réaction de Maxime à la vue des registres et les propos tenus par les archivistes successifs.

« …et d'après eux, une falsification est très difficile, voire impossible. Par contre, celui ou celle qui a fait en sorte de faire disparaître l'acte de Montreuil a semé une sacrée pagaille…

– Tu m'étonnes, grogna Stobbart. La responsabilité du maire et des services est engagée. Ça va faire un joli petit ramdam si on découvre qu'il y a eu des altérations dans les actes officiels. Et sur combien et depuis quand. Pour celui qui nous intéresse, tu as trouvé quelque chose ?

– Voyez par vous-même. »

La lieutenante tendit à ses collègues la copie de l'acte de naissance trouvé au tribunal. Stobbart fronça les sourcils.

« Maxime Villargent. Mais il nous a dit que c'était Maxime Belmont…

– Et il n'en a pas démordu.

– Elle ne s'arrange pas cette histoire… Voyons… OK. Étant donné qu'on est un peu réduit en termes de pistes, commence par voir du côté des TGI[9] d'Île-de-France ce qu'on peut trouver. Et démarre par celui de Bobigny tant qu'à faire…

– Pourquoi les TGI, patron ?

– L'officier d'état civil ne t'a pas dit ce qu'on pouvait trouver dans les mentions ?

– Si : mention de mariage, décès…

– C'est tout ? »

Le regard de Nico s'illumina.

« Changement de nationalité, changement de nom !

– Bingo ! Et qui s'occupe de ça ?

– Le TGI ! Compris, patron ! Je m'en occupe tout de suite ! Et pour le registre des consultations de l'archiviste ?

– Hal, tu t'en occuperas : dès que tu le réceptionnes, croise les noms avec notre base et regarde ce que tu peux en tirer. Point de départ : l'année de rédaction de l'acte jusqu'à nos jours. On doit savoir par qui et quand il a été consulté, pourquoi, et définir quand est-ce qu'il s'est fait escamoter dans le registre.

– Ça va faire du monde…

– Je sais. Le cas échéant et si on a besoin de précisions, on demandera si possible à consulter les dossiers du personnel communal ayant eu accès à cet acte de naissance. Je vais voir avec Jacques si quelqu'un peut te filer un coup de main.

– Super. Dernière question ?

---

[9] Tribunal de grande instance.

– Oui ?

– Comment vous savez tout ça ? Je veux dire, pour le TGI et les mentions…

– J'avais un tonton féru de généalogie qui m'a très bien formé. Avant qu'on se sépare, j'ai, pour ma part, de mauvaises nouvelles. (Stobbart baissa instinctivement la voix.) Notre homme s'est fait la malle ce matin. »
Silence stupéfait.

« Vous avez tout à fait le droit de me le reprocher, reprit Stobbart, et vous auriez raison…

– La question, ce serait plutôt : pourquoi vous l'avez laissé partir ? Venant de vous, vous deviez avoir une bonne raison…, observa Nicole.

– De mon point de vue, toujours, plaisanta son supérieur d'un ton pince-sans-rire. Du point de vue de la hiérarchie, ça n'aurait pas la valeur d'une cacahuète.

– Autrement dit, une intuition ? s'enquit Hal.

– On va dire ça, une intuition. Et je crois que c'est moi-même qui vous ai appris qu'il est bien de suivre son intuition, excepté quand elle contrevient à l'enquête. Tout le contraire de ce que je vous ai appris, je sais. Outre des considérations personnelles qui ont fait que je n'ai pas cherché à le retenir, notre homme est parti de son plein gré. Ce qui implique deux choses : la première, si cette conversation sort de cette pièce, vous ne serez plus que deux pour gérer l'enquête pendant que je me ferais cuisiner par les bœufs-carottes… »
George toisa gravement ses subordonnées et laissa peser ses paroles. Les épaules d'Emmerich se courbèrent, Nico releva fièrement la tête. Hal la regarda et se redressa à son tour. « Elle ira loin cette gamine, prédit Stobbart pour lui-même, elle sait fédérer ».

« Merci les gars. La seconde chose est une bonne chose : le fait que notre homme soit parti va nous laisser les coudées franches. Je ne vous cache pas que ça me soulage plutôt que de voir les collègues débarquer chez moi. On pourra continuer l'enquête sans être obligé de faire semblant de chercher, voire pire, de fausser l'enquête et de se retrouver tôt ou tard sur la touche. Des questions ?

– Non, répondirent ses lieutenants à l'unisson.

– Parfait. Maintenant, tout le monde est au courant de tout, il n'y a qu'à reprendre le boulot. Merci de votre confiance.

– Non, c'est normal, fit Nicole avec un clin d'œil.

– On se serre les coudes, renchérit l'informaticien.

– Alors, c'est parti, conclut leur commandant avec un sourire soulagé. Reprenez vos investigations, je dois m'absenter et aller voir Jacques pour le mettre au courant de la situation.

– Il va hurler, commenta Hal.

– Pas le choix : c'est aussi un moyen de nous couvrir. À tout à l'heure ! »
Les deux lieutenants replongèrent dans leurs ordinateurs avec une nouvelle énergie.

*

L'entretien de Stobbart avec Blanc ne se déroula pas sous les meilleurs auspices. Jacques était épuisé et de mauvaise humeur. La disparition du Procureur avait décuplé sa charge de travail. Les dossiers s'amoncelaient sur son bureau comme un rempart, bientôt prêts à l'emmurer vivant. Les substituts de Godot qui auraient dû prendre le relais étaient soit malades de grippe et d'épuisement, soit submergés par le boulot à ne dormir que deux heures par nuit. Les cernes que Jacques arborait indiquaient qu'il était à peu près entre ces deux états.

« En quoi puis-je t'aider ? demanda le commissaire d'un ton las. Fais vite, s'il te plaît, j'ai pas mal de problèmes à régler…

— Ce sera rapide, le rassura George, mais pas agréable. Notre suspect dans l'affaire Braska s'est échappé et…

— Échappé ou tu l'as laissé partir ?

— Un peu des deux en fait.

— Et qu'est-ce que tu attends pour le rattraper à présent ?

— Je voulais juste te prévenir, Jacques. Par contre, j'ai un mauvais pressentiment sur cette histoire…

— Ah non, pas de ça ! protesta son ami avec un air bougon. J'ai mon content de mauvaises nouvelles en ce moment !

— Comment ça ?

— Garde ça pour toi, mais on a repêché le Procureur Godot dans le Canal Saint Martin hier soir. »

Stobbart accusa le choc.

« Qu'est-ce qui s'est passé ?

— Aucune idée pour le moment. *A priori*, il se serait noyé. On en saura plus avec l'autopsie…

— Tu parles d'une nouvelle…

— J'en ai ma claque, crois-moi. Les substituts sont débordés pour ceux qui sont encore là. Et si ça continue à ce rythme, tu vas bientôt te retrouver capitaine du navire…

— Tu tiendras le choc, tu as toujours été le plus efficace : tu n'étais pas notre Artilleur pour rien.

— Les choses étaient moins difficiles dans le jeu, fit observer Jacques sans enthousiasme.

— Je sais bien. Sinon, tu t'ennuierais… Du coup, il n'est pas question de remplacer Godot pour le moment ?

— J'aurais bien aimé. Pourquoi ? Tu avais besoin de lui ?

— Oui, rapport à l'article 56 du code de procédure pénale…

— Une perquisition ! Ben voyons… ! Et à l'Institut Mantis, je suppose ?

— Je ne peux rien te cacher.

— Et je m'en passerais bien ! Je croyais que tu avais déjà pris toutes les affaires de l'infirmière…

— Exact, mais j'aimerais regarder d'un peu plus près les fichiers de l'Institut et de son directeur, Frédéric Édison.

« – Tu peux rêver, grogna Jacques. À moins d'avoir un motif en béton que ne pourraient même pas contredire le Préfet de police et le juge d'instruction, tu ne l'auras jamais !

– Et le conflit d'intérêts dans tout ça ?

– Tu sais comme moi que, ça, c'est la théorie. Dans la pratique, les trois quarts de la capitale sont cloîtrés au lit, à commencer par notre commissaire divisionnaire et notre cher Ministre de l'Intérieur. Pour ce qui est du Procureur, tu connais maintenant la situation aussi bien que moi.

– J'ai compris, soupira Stobbart désappointé. La prochaine fois, je me débrouillerai pour trouver le cadavre directement là-bas…

– Ça nous faciliterait les choses à tous les deux, je te l'accorde. C'est tout ce que tu voulais savoir ?

– Ce sera tout. J'attendrai le prochain proc'.

– Pareil, pas le choix.

– Oui. Et vu ton état, oublie pas de passer à la maison un de ces quatre, ça te ferait du bien. Et ça fait longtemps…

– Je ne te cache pas que ça me manque aussi. On verra ça quand on aura fini de remettre de l'ordre dans tout ce bazar.

– Ça marche. À plus tard.

– Plus'. »

Stobbart quitta le bureau démoralisé. Tout le monde était débordé et obtenir de l'aide ne serait ni plus ni moins qu'un marathon. Broyant des pensées peu réjouissantes, il retourna à son bureau et se remit au travail avec acharnement.

Un peu avant le déjeuner, le chef de groupe vit Nico débouler dans son bureau comme une furie, agitant au-dessus de sa tête une liasse de feuillets fraîchement imprimés.

« Patron ! Je viens d'avoir l'archiviste du TGI de Bobigny au téléphone ! Celle qu'on a vue hier pour l'acte de naissance de Max ! On a mis dans le mille !

– Je t'écoute.

– Ils ont carrément paumé le dossier !

– Tu rigoles ?

– J'aurais bien aimé. Ils ont bien trouvé une procédure au nom de Maxime Villargent. Mais ce n'est pas le meilleur : la procédure fait normalement l'objet d'un dossier numérique, à ceci près que l'archiviste n'en a retrouvé aucune trace informatique. Ça l'a étonnée. Elle a fait des recherches plus poussées avec un informaticien et ils ont décroché la timbale : ils se sont aperçus que le dossier de procédure concernant cet acte avait été effacé !

– C'est de pire en pire, maugréa Stobbart entre ses dents. Comment se sont-ils aperçus que les fichiers manquaient s'ils ne les trouvaient pas ?

– Le bon vieux dossier papier ! Ça aussi, ça a été une surprise, bonne cette fois-ci. L'archiviste a réussi à retrouver la trace d'un duplicata – non officiel – du dossier informatique au format papier…

– Oui, et ?

– L'archiviste connaît peu ou prou les juges de ces cinquante dernières années, puisqu'elle travaille beaucoup avec eux et les aide dans leur archivage. Elle m'a expliqué la procédure : quand une affaire tombe, le juge crée un dossier qui rassemble toutes les pièces nécessaires au jugement. Une fois le dossier clos, celui-ci est versé aux archives.

– Comme nous, remarqua Stobbart.

– Exact. Maintenant, ces dossiers sont largement dématérialisés, puisque tout se fait par informatique. Sauf une seule juge…

– Celle qui a instruit le dossier de Maxime, devina George.

– Oui ! Cette juge était une irréductible : elle n'avait pas confiance dans l'outil informatique et elle créait systématiquement un dossier papier à côté, qu'elle gardait par-devers elle.

– D'où le dossier non officiel ?

– Encore exact : il n'avait même pas vocation à être créé ! La juge est partie à la retraite et les archivistes du tribunal ont dû vider son bureau. Et apparemment, ça n'a pas été une partie de plaisir : la magistrate n'était pas un modèle d'organisation et ils ont été obligés d'inventorier quelques armoires pleines à craquer de dossiers…

– Ce qui sous-entend que notre dossier était dans ce fatras ?

– Encore exact ! La nana l'a retrouvé sur une intuition, dans l'inventaire du bureau, et l'a aussitôt retiré avant de m'appeler.

– Super, tu la remercieras de ma part. Celui ou celle qui voulait effacer les traces était très méticuleux. Mais ça ne devait pas être un archiviste sinon je ne pense pas qu'on aurait trouvé l'exemplaire du deuxième registre d'état civil, déduisit le commandant, avant de reprendre : et ce jugement alors ?

– Un jugement pour une adoption simple : Maxime Villargent a été adopté et est devenu Maxime Belmont l'année de ses onze ans. Vous aviez raison, répondit Nico en lui tendant les documents. Et le jugement a été effectivement reporté dans les mentions marginales du registre communal : j'ai retrouvé le courrier pour la mise à jour des mentions envoyé à la mairie de Montreuil.

– Voyons voir ça. »

Stobbart se plongea rapidement dans la lecture des feuillets. Il était bien question d'une adoption simple, avec remplacement du nom de famille de naissance. Maxime aussi avait eu raison : son changement de nom n'avait donc pas été qu'une lubie. George retrouva rapidement le nom de la mère de Maxime, Méryle Villargent et, comme l'avait dit Nico, aucun père n'était mentionné. Quant aux noms des adoptants, il était question d'un certain couple, Monsieur et Madame Belmont, forcément. Belmont. Le premier nom dont s'était souvenu Maxime. Étonnant.

« Hal est en train de vérifier les casiers et les adresses, précisa Nicole. Il serait intéressant de les interroger à propos de Maxime…

– Et plutôt deux fois qu'une ! Excepté que, maintenant, il est parti et qu'on va devoir se débrouiller tout seul. Une dernière chose : tu n'as pas trouvé une adresse de notaire par hasard ? Celui qui a rédigé l'acte d'adoption : je vois dans le dossier qu'il n'est pas question d'un avocat, mais d'un notaire.

– Si, j'ai vu qu'elle était notée quelque part. Pourquoi ?

– Passe-leur un petit coup de fil en disant que tu viendras vérifier l'acte cet après-midi. Juste un coup d'œil pour les besoins d'une enquête. Et précise-leur aussi que tu auras une dérogation du procureur. Celle que tu avais pour la mairie de Montreuil devrait faire l'affaire…

– Entendu. Vous ne vous attendez pas à trouver l'acte ?

– De moins en moins. Ce sera la preuve par trois : l'acte de naissance à l'état civil de la mairie arraché, le dossier informatique du TGI disparu, ne reste plus que l'acte notarié. Si notre chasseur de données a voulu tout effacer, je pense qu'il n'a négligé aucune piste. Ah, et demande aussi à vérifier les répertoires des notaires, ça nous fera une preuve supplémentaire. Ou pas.

– Ça marche ! Je m'occupe de ça.

– Patron ! Enfin ! »

Hal tomba à son tour sur Stobbart comme un ouragan.

« J'ai du neuf ! Le couple que vous m'avez demandé de retrouver – les Belmont – habite 109 rue Jean Jaurès à Levallois-Perret.

– Je demande à peine les infos et je les ai déjà, c'est magnifique ! s'amusa le policier. C'était rapide ! Tu as fait comment ?

– Excès de vitesse sur le périph' la semaine dernière. Et vu la liste, c'est un habitué : un peu plus d'une vingtaine en deux mois !

– Tu es bien sûr que c'est lui ?

– J'ai recoupé les infos avec ce que m'a donné Nico, tout colle ! Donc, à moins d'avoir un homonyme avec le nom et les trois prénoms identiques…

– Ça s'est déjà vu. Nico, je compte sur toi pour le notaire. Hal, tu m'accompagnes. On se voit ce soir pour faire le point. »

Chacun ramassa au vol ses affaires – arme de service et plaque – et l'instant d'après, le bureau était désert. Les locaux retombèrent dans le calme relatif des ventilations d'ordinateurs ronronnant et le refrain mélancolique des photocopieurs.

*

Levallois-Perret. Située au nord-ouest de Paris, coincée entre Neuilly-sur-Seine et Clichy, adossée à la Seine. Comme si on avait volontairement voulu lui couper la retraite. Hal se renfonça dans son fauteuil, tandis qu'il s'agrippait négligemment à la poignée au-dessus de la fenêtre. George conduisait de façon toujours aussi stobbartienne et, n'en déplaise à son chef, l'informaticien donnait tout à fait raison à Nicole en ce qui concernait la conduite chahutée de leur patron. Il profita d'un feu rouge pour inspirer un grand coup et plonger aussitôt en apnée dans ses pensées. Il avait besoin de faire un point pour oublier la route qui défilait trop vite sous ses yeux.

Hal avait continué à travailler sur les vidéos, cette fois moins par curiosité morbide que par conscience professionnelle. Il avait constaté avec effroi qu'il s'était finalement habitué aux cris et à la douleur de la victime. Le jeune homme s'était mis à ressentir un détachement qui lui avait fait froid dans le dos lorsqu'il en avait pris conscience. Il s'était dépêché de terminer les analyses, n'activant plus le son qu'au début et à la fin des vidéos pour écouter introductions et conclusions des "opérations". Il avait ainsi dressé la liste exorbitante des interventions dont Maxime avait été l'objet : certaines qu'il qualifierait presque de bénignes si elles ne s'étaient pas déroulées sans anesthésiant… Pour les autres opérations, Hal ne comprenait même pas comment le jeune homme avait pu survivre.

Pour le reste, il n'avait pas trouvé d'autres pistes à exploiter : toujours cette voix métallique et glacée, ce sang-froid durant les opérations qu'un robot n'aurait pas renié et, enfin, la maîtrise chirurgicale qui, à chaque fois, l'avait laissé pantois. Un moment, Hal était resté fasciné par la précision et la vitesse d'exécution dont son auteur avait fait preuve. Pire, l'espace d'un éclair, *il l'avait admiré* ! Emmerich s'était ressaisi quand il avait vu le visage de Maxime n'être qu'un masque de souffrance, crachant par le nez et par la bouche un sang rubis qui menaçait de l'étouffer à chaque instant. Le dégoût avait dominé. Un dégoût violent qui l'avait saisi à bras-le-corps, l'empêchant de respirer pendant une dizaine de secondes et qui lui avait semblé durer des heures. Après que la crise d'angoisse se soit apaisée, il avait repris son travail avec un détachement quasi clinique, remarquant à peine les cheveux de Maxime blanchir à mesure que les vidéos défilaient.

Hal n'avait pas voulu se faire dominer par ces images monstrueuses. Il lui avait paru réussir au prix d'une partie de son humanité. Il avait terminé ce travail avec un soulagement tangible. Même Nico avait constaté un changement chez lui ! Plus calme, plus détendu… Plus triste aussi. Quand la jeune femme lui avait suggéré cette recherche – pas forcément passionnante – sur la petite sœur de l'infirmière, il l'avait acceptée avec plaisir. Alors, cette promenade en voiture avec son chef – et même si son estomac lui disait le contraire – c'était une promenade de santé.

Stobbart tira brusquement sur le frein à main. La voiture décrivit une embardée contre le trottoir, tandis que le bruit rugueux du plastique contre la pierre résonnait dans l'habitacle : une fois n'était pas coutume, les enjoliveurs avaient perdu la bataille contre leur conducteur.

La rue Jean Jaurès était bordée de hauts immeubles. Les Belmont habitaient juste à côté de la médiathèque municipale Gustave Eiffel, dans un immeuble de grand standing, blanc, entrée simili marbre et interphone équipé de caméras. Juste devant eux était garée une voiture de sport dont le modèle échappait totalement aux policiers. Hal jeta un coup d'œil à travers la vitre légèrement teintée.

« Je ne connais rien au sport automobile, mais je suppose qu'un compteur coté à trois cent vingt kilomètres/heure doit aisément pouvoir dépasser les quatre-vingt-dix du périph' parisien ?

– En admettant que ce carrosse soit celui de notre homme, je suppose que oui. À moins que tu n'aies déjà relevé l'immatriculation dans le dossier et que ta question était purement rhétorique ?

– C'était pour voir si vous suiviez…

– Pire, je te devance. Allez, on y va. Et ne laisse passer aucun détail. »

L'informaticien hocha la tête et laissa à son commandant l'honneur de passer en premier. D'un naturel plus discret, Hal préférait autant rester en retrait et regarder davantage depuis les coulisses. George avait été et était toujours un formateur intraitable sur tout ce qu'un policier pouvait apprendre, non pas de l'homme ou la femme qu'il interrogeait mais de son environnement. En un clin d'œil, Emmerich devait lui aussi être capable de dire si le cadre dans lequel vivait la personne était absolument cohérent avec celle-ci. Et surtout, d'en relever les incohérences. Hal se prépara à la confrontation. Stobbart pressa la sonnette.

Pas de réponse. George appuya une deuxième fois plus longuement. Il fixa l'œillet de la caméra bien en face et attendit encore quelques secondes. Enfin, une voix s'éleva, une belle voix grave féminine que le son en haute définition rendait parfaitement :

« C'est pourquoi ?

– Commandant George Stobbart et mon collègue le lieutenant Hal Emmerich, Brigade criminelle. Nous voudrions poser quelques questions à Monsieur et Madame Belmont dans le cadre d'une enquête de police. Serait-il possible de les rencontrer ? »

Silence à l'interphone. D'expérience, Stobbart savait que cela faisait toujours un drôle d'effet d'avoir les forces de l'ordre à sa porte, et il y avait toujours un moment de flottement entre appréhension, hostilité et méfiance.

« Vos plaques, s'il vous plaît, demanda la voix sans se démonter.

– Bien sûr. »

Les policiers s'exécutèrent. La caméra acheva son examen.

« Quel est l'objet de votre enquête ?

– De même que vous, j'aime savoir à qui j'ai affaire : puis-je voir votre carte d'identité ? »

Nouveau silence, clairement hostile celui-là. La voix capitula de mauvaise grâce.

« Très bien. Entrez. Dernier étage. »

Le mécanisme se déverrouilla dans un déclic. Stobbart poussa la porte et les deux policiers entrèrent dans un grand hall, sol blanc du même acabit que l'entrée et boiseries aux murs. Visiblement, les résidents savaient convenablement entretenir l'immeuble. Ils prirent la direction de l'ascenseur, des lumières tamisées s'allumant sur leur passage. Ils n'eurent guère à attendre : l'ascenseur était déjà au rez-de-chaussée.

Trente secondes plus tard, ils débarquaient dans un couloir moquetté, éclairé par des lustres en verre. Quelques tableaux de peintres inconnus complétaient l'ensemble. En face d'eux, une porte qu'ils devinaient blindée. En fait, la seule porte. Hal poussa un très léger sifflement : les Belmont étaient propriétaires d'un appartement qui devait avoisiner les deux cents mètres carrés au bas mot. Le grand écart avec le sien d'à peine trente mètres carrés…

Stobbart pressa une nouvelle sonnette. Décidément, ces gens savaient se faire désirer. Un bruit de verrou, la porte s'ouvrit, et une femme blonde, environ la cinquantaine, grande – plus grande que George et Hal – se présenta sur le seuil. Si Emmerich eut le souffle coupé devant la beauté de leur hôtesse, son commandant la trouva tout de suite antipathique. Le visage était fin, le nez fin, les lèvres fines et les yeux d'un bleu limpide qui vous transperçaient. Un léger maquillage noir autour des prunelles renforçait le pouvoir hypnotique du regard. Et l'accueil glacé qui leur fut réservé.

« Je vous prierais de faire vite, je dois m'absenter cet après-midi avec mon mari, assena-t-elle aussitôt d'un ton sec.

– Nous ferons vite si toutes vos réponses nous satisfont, répliqua George impassible. Et sauf erreur de ma part, je ne crois pas avoir vu votre carte d'identité… »
Un éclair brilla dans les yeux bleus.

« Je n'ai pas d'ordre à recevoir de vous, grinça-t-elle. Estimez-vous déjà heureux que je puisse vous recevoir dans le peu de temps qui m'est imparti !

– Et estimez-vous heureuse de ma visite plutôt que d'une convocation pure et simple au commissariat, à laquelle l'article 61du code de procédure pénale vous obligerait à vous rendre et qui vous coûterait deux heures de votre temps minimum. Maintenant, votre carte d'identité, s'il vous plaît.

– Je reviens. »
La voix vibrante de colère, la femme s'éloigna d'un pas vif en direction d'un bureau lointain. Durant toute la conversation, l'informaticien s'était tenu coi. Il avait été quelque peu surpris par la violence de l'échange. C'était la première fois qu'il rencontrait un refus d'obtempérer aussi marqué. Et une condescendance aussi appuyée. La voix impatiente de son supérieur le fit redescendre sur terre :

« Hal ! Cesse de rêvasser et regarde autour de toi : on n'a pas beaucoup de temps !

– Oui, oui ! »
Joignant les yeux à la parole, le lieutenant s'activa à regarder autour de lui pendant que son commandant faisait de même. Du seuil, ils voyaient une entrée qui aurait été de bonne taille si elle n'avait pas été occupée par un vaisselier imposant, exhibant fièrement un ensemble complet de porcelaine de Sèvres ; et, non loin de lui, séparé par la porte menant à ce qui ressemblait à un salon, une antique bibliothèque fermée par une vitrine en verre. Derrière celle-ci, les étagères avaient été détournées de leur usage premier et débordaient de bibelots provenant d'Inde et de Chine, entre peignes et statuettes en ivoire ou pierre de jade, argenterie étincelante des timbales gravées trônant aux côtés d'anciennes montres à gousset en cuivre dont les propriétaires semblaient faire la collection. Tout en haut, les inévitables photos de famille te-

naient compagnie à une armée entière de soldats en plomb centenaires. Enfin, à droite et à gauche de la porte d'entrée, des patères, qui paraissaient être en bois aussi précieux que tout le reste, regardaient crânement les porte-parapluies au-dessous d'eux, dans lesquels étaient négligemment posés les derniers modèles de grands stylistes parisiens. Quant au salon, pour ce que put en voir Hal, il n'aurait même pas osé s'y promener, même en chaussettes propres.

Celle qui se présentait comme la propriétaire des lieux revint d'un pas rapide. Visiblement, elle mourrait d'envie de se débarrasser d'eux et n'admettait pas l'idée de se voir donner des ordres dans sa propre maison. Elle leur tendit sa carte sans douceur. Stobbart jeta un bref coup d'œil sur l'état civil qu'on lui présentait, sans rien remarquer d'anormal.

« Madame Belmont. Bien. Maintenant que les présentations sont faites, laissez-moi vous exposer un peu plus en avant les raisons de notre venue : connaissez-vous quelqu'un du nom d'Ariel Braska, infirmière de son état ?

– Jamais entendu parler.

– Vous en êtes sûre ?

– Catégorique.

– Prenez le temps de rassembler vos souvenirs, insista Stobbart.

– J'ai été on ne peut plus clair, Monsieur. Quel rapport avec nous ?

– Pour l'instant, aucun. Si ce n'est que cette personne a été retrouvée assassinée… »

À l'énonciation du crime, le visage de son interlocutrice s'allongea. Cela faisait toujours mauvais genre dans le voisinage de recevoir chez soi des policiers autrement que pour se plaindre. Sans se départir de son flegme, George continua de poser ses questions pendant que Hal observait attentivement les réactions de la femme. Le commandant désigna derrière elle un des cadres disposés sur l'étagère où un enfant souriant, en tenue de sport, brandissait sa médaille de premier.

« C'est votre fils, là, sur la photo ?

– Oui. Pourquoi cette question ?

– Quel âge a-t-il ?

– En quoi cela vous concerne-t-il ?

– Madame, fit le policier d'un ton ennuyé, vous vous dites pressée mais vous esquivez continuellement mes questions. Dois-je comprendre que votre empressement est feint ?

– Onze ans.

– Votre fils joue-t-il aux jeux vidéo ?

– Non. Il a interdiction de ça chez moi. Ces questions sont-elles réellement utiles à votre enquête ?

– Certainement, Madame, certainement, répondit George d'un ton suave. Mais rassurez-vous, cela sera la dernière. Avez-vous déjà vu ce jeune homme ? »

Rapide coup d'œil sur le téléphone du flic où s'affichait la mine sérieuse de

Cloud.

« Jamais.

– C'est pourtant votre fils : Maxime Belmont… »

Madame Belmont ne cilla même pas à l'évocation du nom.

« Vous l'avez adopté, reprit Stobbart, il y a un peu moins d'une quinzaine d'années.

– Je n'ai plus ce fils : il est décédé.

– Pourtant, c'est bien lui sur la photo. Vous ne le reconnaissez pas ? Qu'est-il devenu ?

– Je vous l'ai dit, il est décédé. Et j'ignore qui est cette personne sur cette photo. À présent, si vous avez fini, je veux que vous partiez : j'ai un emploi du temps chargé et j'ai été plus que généreuse avec vous.

– Et pour cela, nous vous en remercions grandement, Madame. Nous ne… »

Derrière eux, la porte de l'ascenseur s'ouvrit et un homme à la carrure de rugbyman en sortit à vive allure. Au point que Hal eut tout juste le temps de faire un pas de côté pour l'éviter. La mâchoire solide, une fossette au menton, le nez droit que surmontaient deux yeux gris foncé et des cheveux noirs grisonnants coupés en brosse, le nouveau venu dépassait allègrement le mètre quatre-vingt-dix. Si les yeux de sa femme étaient d'un bleu polaire, les siens étaient d'un noir flamboyant, cachant à peine les braises d'un caractère ardent. Il dégageait une sensation d'autorité incontestable, qui fit instinctivement replier l'informaticien sur lui-même, comme un enfant pris en faute par ses parents. George ne bougea pas d'un pouce et resta droit, bien qu'il ne put que constater qu'il serait obligé de regarder le nouvel arrivant par en dessous. Nouvel arrivant au demeurant fort désagréable. Décidément, ils avaient tiré le gros lot aujourd'hui, soupira mentalement le policier. Il ne fut pas détrompé : la voix du rugbyman claqua comme un coup de fouet.

« Qui êtes-vous et que faites-vous chez moi ? »

Pas de salutations, pas d'excuses. Ou l'art d'expédier les formalités au sens le plus littéral du terme.

« Monsieur Belmont, je présume… ? »

Sans attendre la réponse, Stobbart déclina à nouveau identités et qualités, badges à l'appui, et la raison de leur venue, photo de Cloud présentée bien haut, de sorte que le nouveau venu dut reculer d'un pas.

« Vous croyez un imposteur ? En plus de nous accuser de meurtre ? demanda Belmont d'un ton cinglant.

– Avant de pouvoir le faire, faudrait-il encore que je m'assure que vous soyez des suspects de premier ordre. Non, je ne fais que vérifier des éléments d'enquête. Dans ce cadre, je…

– Fichez le camp de ma maison tout de suite !

– Pas avant d'avoir vérifié…

– Vous n'allez rien vérifier du tout ! Vous n'avez déjà que trop abusé de mon temps ! Maintenant… »

L'homme leur montra la porte de l'ascenseur.

« …la sortie, c'est par là ! Et si j'avise de vous revoir dans les parages, considérez-vous comme chômeurs !

– Des menaces ? souleva Stobbart d'un ton glacé.

– Non, une mise en garde, Monsieur quel que soit votre nom. J'ai le bras long et des relations qui vous vaudront de vous retrouver à la circulation ou aux ordures ! Alors, déguerpissez !

– Les ordures, j'en croise tous les jours, grommela Stobbart entre ses dents.

– Je vous demande pardon ?

– Rien qui ne puisse vous intéresser, vous et vos relations. Hal, on s'en va. Et merci ! »

La porte leur claqua au nez. Ils sortirent de l'immeuble sans se retourner et marchèrent en direction de la voiture. Emmerich se tourna vers son supérieur.

« Vous croyez qu'il bluffait ?

– Lui ? (George haussa les épaules.) Malheureusement, je ne crois pas. Le problème avec ces gens-là, c'est qu'ils se croient au-dessus des lois et en un sens, ils ont raison : ils savent très bien s'entourer, recruter des gens compétents, arroser là où il faut, ils ont l'argent et les connaissances, et à moins d'un flag' – et encore ! – tu auras du mal à les coincer. Sinon, à part ça, as-tu remarqué quelque chose de valable qui justifierait ce pénible entretien ?

– Des personnes au train de vie élevé, avec comme vous le disiez les moyens qui vont avec et l'arrogance en prime. Pas de réaction quand vous avez montré la photo. Je dirais qu'ils ne le connaissent pas, mais ça reste juste une impression…

– À vrai dire, j'ai eu la même, grogna Stobbart la mine sombre. Et j'ai franchement pas besoin d'un cul-de-sac maintenant… Il doit exister un lien, sinon pourquoi les traces auraient-elles été effacées ?

– C'est toujours le nœud du problème. Mais c'est bizarre…

– Quoi donc ?

– J'ai cru apercevoir quelque chose, risqua Hal, gêné. Mais je n'en suis absolument pas certain… »

George tourna un regard intrigué vers son subordonné.

« Qu'est-ce que tu veux dire ?

– Sur les photos… Vous avez vu les photos ?

– Pas toutes, il me manquait un décimètre et mes lunettes.

– Il y avait quelque chose, mais je n'arrive pas à mettre la main dessus…

– Une personne ?

– Oui. Je ne suis pas physionomiste, mais des visages me paraissaient vaguement familiers… Et je pense en avoir reconnu un…

– Je ne suis pas bon aux devinettes.

– Sur l'une d'elles, on aurait dit le Professeur Édison… »

Stobbart siffla.

« Elle est pas mal celle-là. Creuse un peu plus sur les Belmont alors et ressors tout ce que tu peux. On ne sait jamais. Mais occupe-toi d'abord du registre de l'archiviste montreuillois.

– Entendu. »

Les policiers s'en furent, la mine grise. Encore une piste à l'eau. À peine croyait-il en sortir la tête, qu'on la leur enfonçait à nouveau sans ménagement. Pourvu qu'ils ne se noient pas…

Chapitre LXII

Jeudi, 17 h 30

« George… »

Stobbart sursauta violemment. Plongé dans ses pensées, le policier n'avait pas vu s'approcher la forme dissimulée sous le porche d'un vieil immeuble. Stobbart était à cent cinquante mètres de chez lui : il était parti tôt du Bastion avec un début de migraine et avait eu l'intention de continuer à travailler un peu à la maison pour préparer sa journée de demain. Mais il ne s'était pas attendu à trouver Cloud en arrivant chez lui. Du coin de l'œil, il vit la fine silhouette de Maxime se détacher du mur. Il portait toujours son vieux sweat à capuche qui cachait entièrement ses cheveux blancs. Le reste non plus n'avait pas changé, à peine plus sale qu'hier. Ses traits n'étaient pas trop tirés. Le garçon avait dû trouver un endroit calme où il pouvait se reposer tranquillement et en sécurité. En soi, c'était une bonne nouvelle.

« Reste où tu es, lui intima George. Personne ne doit te voir. Attends… Maintenant, on peut parler. Tout va bien pour toi ? Tu t'en sors ? »

Tout en s'adressant à lui, Stobbart s'était tranquillement adossé à l'entrée du porche, tournant le dos de trois quarts à Cloud. Il parlait en remuant les lèvres le moins possible, tout en faisant mine de se reposer un instant. Un passant voyait simplement un quidam faire une pause dans sa promenade. Le jeune homme était invisible, mais son murmure arrivait sans encombre jusqu'à l'oreille du policier :

« J'ai un endroit où dormir. Enfin, quand je dors… (Cloud eut un petit rire désabusé.) Vous aviez l'air pensif, vous avez appris quelque chose de neuf ?

– On progresse à petits pas. Gabriel et Marie Belmont, ça t'évoque quelque chose ? »

Un tintement résonna dans la tête de Cloud, mais aucune image ne surgit.

« Peut-être, fit le jeune homme hésitant. Mais je n'en suis pas sûr… Qui sont-ils ?

– On en reparlera plus tard. Si la moindre chose te revient, fais-m'en part tout de suite. D'accord ?

– Comme toujours, sourit faiblement son interlocuteur.

– Bien. Et le nom d'Édison ?

– Non.

– Mantis ?

« – Un masque à gaz ? proposa Max sans réfléchir.

– Et sérieusement ?

– Non. Qui est-ce ?

– Personne pour le moment. Bon, écoute maintenant : les recherches contre toi s'intensifient. Je ne pourrais pas tout le temps te couvrir…

– Je sais.

– Je ne te fais pas un dessin, mais le seul moyen pour toi de t'en sortir, c'est de retrouver la mémoire. Note tout ce que tu peux et si tu as une illumination, tu sais où me trouver. Tu as de quoi t'acheter à manger ?

– Non, mais je me débrouillerai.

– Tiens, j'ai cinquante euros, prends-les. »

Stobbart glissa discrètement dans son dos un billet légèrement déchiré, Cloud s'en saisit sans protester.

« Merci, George. J'ai une dernière question : pourquoi faites-vous tout ça pour moi ?

– J'ai mes propres démons à exorciser, figure-toi. Chacun ses cauchemars. File maintenant, on se revoit plus tard ! »

George attendit une réponse qui ne vint pas. Il se retourna. Le garçon avait disparu. Il haussa les épaules : il ne croyait pas se tromper en affirmant que le jeune homme lui réserverait bien quelques autres surprises… Le policier repartit d'un bon pas, tracassé et pressé de retrouver son épousée.

Max regarda Stobbart partir avec un léger pincement au cœur. Le policier lui plaisait. Et c'était la première fois depuis très longtemps qu'on se souciait réellement de lui. Il serra l'argent dans sa main. Qu'allait-il faire avec ? Il ne savait pas quoi, ni où acheter. Il n'avait qu'une vague idée de la somme que cela représentait. Il décida de la garder pour plus tard. Mais pour l'heure, que faire ? Où aller ? Il avait passé la dernière nuit dans le local poubelles de l'immeuble où habitait George. Mises à part les odeurs, l'endroit au moins était chaud. Mais il ne pouvait y rester au risque de se faire surprendre par quelqu'un. Ne lui restait plus que la rue.

Mais même dans la rue, il avait peur. Les voitures, les bus, les motos, les vélos et les piétons, tous lui faisaient peur, tout allait trop vite pour lui. Les dernières fois où il s'était aventuré esseulé dans la rue remontaient à de trop nombreuses années. Suivre maintenant un chemin seul lui demandait de gros efforts : il lui fallait un but pour fixer son attention, non, la détourner de cette peur. Que lui avait dit George déjà ? Il lui avait donné quatre noms. Gabriel et Marie Belmont. Ces noms ne lui signifiaient absolument rien. Et le troisième, quel était-il déjà ? Ah oui, Édison. Mais là encore, rien. Puis Mantis. La personne en elle-même ne lui évoquait rien. Mais le nom ? Cloud aurait juré l'avoir déjà entendu chez Stobbart lui-même. Oui ! Émilie, sa femme, en avait déjà parlé ! Peut-être avait-il finalement trouvé quelque chose à faire…

Stimulé par ce résultat, Cloud roula le billet de George et l'enfouit au fond de sa poche, puis rajusta sa capuche pour couvrir complètement ses cheveux blancs. Il avait sa petite idée quant à l'endroit où trouver les informations. Mais il lui fallait avant tout trouver un plan de Paris…

*

Le code n'avait pas été changé. Les deux personnes qui le composèrent à quelques minutes d'intervalle avaient exécuté la même partition. Max avait attendu un long moment, puis s'était décidé. La porte s'était ouverte comme par magie. Le hall et le couloir menant à la cour intérieure étaient déserts. Enfin, quasiment : Maxime avait rencontré une unique personne au début du couloir. Il était à ce moment-là trop épuisé pour chercher à se cacher. Il s'était contenté de marcher en traînant les pieds. Les deux individus s'étaient croisés sans mot dire, l'homme venant en face gardant obstinément les yeux fixés au sol. Depuis cette rencontre isolée, rien.

Dans ses souvenirs récents et depuis qu'il avait trouvé refuge dans la salle d'arcade, il avait l'impression que le calme qui s'était emparé des lieux s'était encore épaissi depuis la mort du gérant, puis celle de Zack. Les habitants de la résidence restaient cloîtrés chez eux, y compris la gardienne, car tous avaient peur que les grands sacs mortuaires de la police scientifique ne s'étendissent à eux. Pour l'heure, cette ambiance sépulcrale convenait parfaitement au jeune homme.

Comme une ombre, le jeune fugitif gagna la cour, passa silencieusement derrière la poubelle qui était devant la fenêtre et laissait entrevoir le sous-sol de la salle de jeux. Il eut un grognement de dépit. Il s'était attendu à voir l'entrée principale condamnée, mais pas celle de derrière : la rubalise de la police scientifique et une lourde plaque d'aggloméré lui barraient la route. Visiblement, et contre toute attente, la police ne s'était pas donné la peine de mettre la rubalise holographique, semblant considérer que la position de l'ouverture dans une cour privée était moins exposée à un cambriolage des lieux. Maxime ne se laissa pas abattre et entreprit de se défaire rapidement de ces obstacles : il arracha le ruban officiel et poussa un peu de côté la plaque pour s'aménager un passage. Plaque qui, heureusement, était simplement posée. Il fit jouer le loquet de la fenêtre brisée et se glissa agilement par l'ouverture pour se laisser tomber à pieds joints sur le béton de la salle obscure.

Max traversa directement le sous-sol en habitué des lieux pour s'engager dans les escaliers menant au rez-de-chaussée. Arrivé aux dernières marches, il ralentit, malgré lui. Depuis les meurtres et sa visite des lieux avec Stobbart pour retrouver son dossier, c'était la première fois qu'il retournait là-haut de manière tout à fait volontaire. Il appréhendait. Il sentit sa respiration s'accélérer et son cœur s'emballer. Il posa son pied sur l'ultime degré. Le malaise s'empara de lui doucement, lentement. Sûrement. Max respira à fond. L'étau se desserra un peu. Il continua d'avancer. Des flashes, indistincts, troublèrent sa vision : des cris qui s'étouffaient, des hommes sans visage. Un serpent inerte pendant au-dessus de visages morts. Le garçon fit inconsciemment un détour avant de se rendre compte que c'était à cet endroit même qu'Ariel avait rendu l'âme en se sacrifiant pour lui. *Pour lui.* Il avait vraiment du mal à appréhender cette notion par laquelle on donnât sa vie de manière désintéressée, pour que lui-même vive. Stobbart lui-même ne lui avait-il pas dit qu'il l'aidait parce que c'était aussi dans son intérêt personnel ? Il laissa un instant de côté cette question complexe. D'autres flashes l'aveuglèrent. Des râles. Un liquide chaud qui coulait sur sa main. Sur le sol, une large tache brunâtre s'étalait devant lui. Encore à ce moment, les souvenirs étaient flous, à peine perceptibles. Cloud se frotta le poignet. Ce qui s'était passé – il ne savait quoi exactement – était indéfinissable. Mais la sensation qui l'habitait le répugnait. Il pressa le pas pour s'éloigner rapidement de cet endroit dérangeant. Il arriva enfin à l'objet de sa convoitise.

L'ordinateur trônait sur le bureau d'accueil, éteint. Heureux hasard de l'enquête, comme à chaque fin de journée de travail, le propriétaire avait mis hors de tension son instrument de travail. De ce fait, la police l'avait trouvé complètement inactif et n'avait pas jugé nécessaire de l'emmener pour un examen plus approfondi. Ce qui, en l'occurrence, arrangeait parfaitement le garçon. Tâtonnant, il trouva rapidement le bouton de mise en marche et l'enclencha. Un ronronnement paresseux résonna progressivement dans l'atmosphère jusqu'à atteindre sa vitesse de croisière.

Une vive lumière éclaira subitement la pièce quand les couleurs claires du bureau s'affichèrent, montrant un hérisson bleu, chaussures rouges, adressant un signe complice à l'utilisateur. Tout autour de lui, un nuage hétéroclite de dossiers et raccourcis divers emplissait l'écran. Au-dessous, l'horloge marquait dix-neuf heures. Cloud regarda rapidement autour de lui. Les grandes vitrines de l'échoppe étaient toujours couvertes d'affiches et la lumière faiblissante du jour était encore suffisamment présente pour ne pas attirer l'attention sur un magasin théoriquement désert et encore sous scellés de la police. Rassuré, Maxime revint à l'écran et ouvrit le navigateur Internet.

Stobbart lui avait parlé d'un dénommé Mantis. Outre la question de savoir qui il était vraiment, il voulait comprendre pourquoi et comment Émilie Stobbart le connaissait. Il savait que la femme de George travaillait dans l'édition d'un magazine. Ce que lui avait dit le policier, en fait. Il devait néanmoins y avoir un vague rapport avec la psychologie : il ne comptait plus le nombre d'ouvrages qu'il avait remarqués un peu partout chez eux. Cloud tapa lentement les lettres sur le clavier. Il ignorait l'orthographe du nom et alla au plus simple : M-E-N-T-I-S-S-E. Le retour de la recherche n'afficha rien, mais lui proposa une alternative : "Mantis". Il valida la recherche proposée pour la relancer. Quelques milliers de résultats s'affichèrent en une fraction de seconde.

À première vue, ils avaient tous trait à un fameux psychiatre, de renommée mondiale : les références d'articles, de colloques et autres ouvrages montraient une activité foisonnante à travers le monde. Un site attira l'attention du jeune homme, classé dans les premiers résultats. Suivant le lien, il se retrouva sur une encyclopédie en ligne qui consacrait un vaste article au per-

sonnage. Max le parcourut rapidement et fit la connaissance d'un homme surdoué, qui avait développé une théorie sur le syndrome qui portait son nom,
encore souvent surnommé le "syndrome vidéoludique", une addiction sans
commune mesure aux mondes virtuels qui brouillait les frontières avec la réalité. Ce cheval de bataille lui avait valu de voir ses travaux couronnés de multiples récompenses et de percées dans la guérison de ces pathologies devenues
de véritables problèmes sociétaux. Il s'était attiré les foudres des industries
vidéoludiques, mais surtout des joueurs eux-mêmes. Pourtant, petit à petit,
la cause qu'il défendait avait progressé. Mantis lui-même en avait expliqué
les causes et remèdes dans un entretien qu'il avait accordé deux semaines auparavant à une revue scientifique française de psychologie.

À cet endroit de la lecture, Cloud s'aperçut que le texte était en sur-
brillance. Coup de chance : l'article était directement accessible sur le site de
la revue en question. Il suivit le lien et un nouvel onglet s'ouvrit. La page s'afficha aussitôt. Et la première chose qui sauta aux yeux du jeune homme – sous
le titre de l'article – fut le nom d'Émilie Stobbart.

*

*Entretien exceptionnel avec le Professeur Moebius Mantis. – Par Émilie Stobbart, ré-
dactrice en chef de la* Revue des Sciences psychologiques.

Émilie Stobbart : Professeur Mantis, nous ne vous présentons plus dans la
sphère scientifique de la psychologie et votre nom est désormais connu du
grand public, peut-être un peu moins vos travaux. Le sujet qui nous intéresse
plus particulièrement aujourd'hui est une question toujours d'actualité, brûlante, qui concerne votre combat contre l'addiction vidéoludique et les outils
que vous avez développés. Dans ce but, il y a plusieurs années, vous avez créé
l'Institut Mantis avec le succès que l'on connaît aujourd'hui, succès qui vous
était pourtant loin d'être promis. Qu'est-ce qui a changé aujourd'hui ? Quelles
évolutions avez-vous contribué à apporter pour changer une situation qui
touche toutes les tranches d'âge et milieux de la population ?

Professeur Mantis : L'essentiel de mes travaux a porté sur l'étude comportementale des joueurs diagnostiqués comme "toxicomanes" avec pour objet de
comprendre les mécanismes physiologiques et psychiques qui rendent "ad-
dicts". À plus long terme, ces résultats devaient me permettre d'élaborer et
d'aboutir à ce que j'appelle la "voie thérapeutique". Quand j'ai débuté dans
ce domaine, les mécanismes physiologiques avaient déjà été largement identifiés comme facteurs de dépendance, et plus particulièrement dans la sécrétion de certaines hormones et neurotransmetteurs. Toutes ces molécules
doivent être prises en compte dans leur complexité pour ne pas fausser le
diagnostic qui ne prendrait pas en compte une carence ou un excès de ces hormones et pour lesquelles un traitement médicamenteux peut être adapté. Ces
données prises en considération, rentrent alors en compte les paramètres psy-

chologiques.

Mes collègues ont beaucoup théorisé sur la sexualité freudienne, affirmant que le sexe est à la base de toutes les pulsions et les désirs, pour lesquels le média vidéoludique est un exutoire, un moyen de reconnaissance. Le jeu devient alors un instrument de pouvoir, qui, via un avatar – ce personnage virtuel que vous choisissez pour vous représenter dans le jeu – , apporte cette reconnaissance que le joueur n'a pas dans la vie réelle et à laquelle il aspire. Elle s'acquiert bien souvent par la violence : épée, massue, lance, des instruments à dimension phallique qui permettent de dominer l'autre. Plus trivialement, on pourrait résumer par : « Mes attributs sont plus gros que les tiens, donc tu me dois le respect ». Je crois peu en cette théorie, trop simpliste et réductrice, même si je dois admettre que certaines de ses composantes ne sont pas en inadéquation avec le travail que je défends.

Car ce syndrome est la somme complexe de ces processus chimiques et psychologiques à l'équilibre fragile. La recherche de reconnaissance dans une guilde, de la compétition avec les autres joueurs et plus généralement l'attente de la récompense provient d'un sentiment de frustration qui va pousser le joueur à prendre des risques. Des efforts intenses seront déployés pour dépasser cette frustration. Dans le cerveau, c'est la dopamine qui initiera ce cercle vicieux, poussant le joueur à prendre ces risques avec, à la clef, des récompenses au niveau hormonal ; et dans le jeu, des récompenses de puissance ou de valeur héroïque. Pour arriver à ce résultat, les joueurs accentueront leurs sessions de jeux pour terminer des quêtes toujours plus difficiles, les obligeant à toujours plus de concentration et les soumettant à toujours plus de stress : la noradrénaline et l'adrénaline seront là comme stimulants, pour les aider dans leur recherche de récompense et le dépassement de la frustration. Frustration qui sera malheureusement entretenue dans le jeu par le remplacement d'une quête par une autre quête et par une autre récompense, finissant la première pour avoir la seconde, jusqu'à ce que cela recommence, et ainsi de suite… Il en résulte un dérèglement physiologique du corps, la perturbation du sommeil, des besoins vitaux non satisfaits ou mal satisfaits, un décalage de grande ampleur sur l'organisme, avec pour conséquence une production plus importante de la sérotonine. Hormone qui, je le rappelle, est en particulier impliquée dans les changements d'états émotionnels et est responsable d'un certain nombre de troubles de l'humeur – notamment en cas de dépression ou d'anxiété –, voire de troubles mentaux lorsqu'elle est sécrétée en trop grande quantité. La boucle est bouclée.

E.S. : Pour rompre ce cercle vicieux, il suffirait donc de déplacer les centres d'intérêt des joueurs et de leur frustration ?

Pr M. : Si seulement ! Mais malheureusement, le problème est plus pernicieux. Enlever le jeu serait à coup sûr la meilleure solution. Mais ce serait sans compter l'industrie vidéoludique qui a des moyens économiques et politiques beaucoup plus développés que les miens. Et bien sûr, les communautés de joueurs eux-mêmes crieraient à la révolution ! En fait, le problème se situe précisément sur ce point : les joueurs. Et non le média vidéoludique. Un raisonnement qui m'a valu une volée de bois vert de la part de mes confrères lorsque j'ai commencé à développer cette théorie. Je m'explique.

J'affirme pour ma part que le média vidéoludique est avant tout l'outil de l'addiction, et non l'architecte. L'architecte de l'addiction, ce sont les joueurs. Et l'addiction se définirait alors comme étant l'interdépendance des joueurs vis-à-vis des autres joueurs dans l'exercice du média vidéoludique. Pour exemple, un média populaire que je ne citerai pas, et qui se caractérise par un univers virtuel dans lequel évoluent les joueurs au travers de leurs avatars, a un concept de jeu se basant sur un système de classes héroïques : voleur, mage, guerrier, etc., et qui ont des fonctions bien définies. Or, ce sont les fonctions de ces classes – favorisant ou les dégâts des armes, ou la protection des armures, ou la régénération de la santé par magie – qui vont faire que les joueurs sont obligés de compter les uns sur les autres pour venir à bout de leur exploration et de ses récompenses, exploration elle-même sans cesse renouvelée par les concepteurs, avec pour voie de conséquence, l'installation de ce fameux cercle vicieux. Le dialogue qu'ont entrepris mes confrères psychologues pour briser ce cercle n'était malheureusement pas suffisant, ni même adapté pour venir à bout de cette addiction : comment voulez-vous dialoguer avec une personne sujette aux troubles de la concentration, qui peine à aligner trois mots d'affilée si vous ne lui parlez pas par le biais de votre propre avatar ? Ou qui a des moments d'absence tels que vous vous demandez si ce n'est pas vous qui vous êtes égaré dans la mauvaise dimension ! N'ayant pas trouvé très productif de parler à un mur – encore que certains de mes collègues poursuivent toujours dans cette voie – je me suis attelé à travailler sur une autre voie qui m'a valu d'être conspué, mais dont vous voyez aujourd'hui les résultats : les joueurs passés par mon institut ont été guéris, avec un taux de rechute quasi nul.

E.S. : Et quelles sont les méthodes que vous avez développées pour aider les joueurs à décrocher ? Beaucoup évoquent des pratiques à contre-courant…

Pr M. : Effectivement. En prenant à contre-pied les méthodes que nous pourrions qualifier de conformistes et malheureusement sans réelle volonté de changement, qui restent sur des acquis dépassés sans essayer de remettre en question des fondements qui ne sont pas forcément bons ou adaptés à toutes les pathologies, il a fallu chercher d'autres méthodes. Dans le cas qui nous concerne, un joueur – quel que soit son âge, son sexe, "addict" comme je l'ai défini dans mes travaux – ne répondra pas à des sollicitations dites traditionnelles, celles-ci ne feront bien souvent qu'empirer les choses par un rejet en bloc du dialogue ou des rechutes en cascades qui auront rendu tous les efforts investis inutiles, stériles, voire sans retour possible du joueur dans la réalité qui est la nôtre. Cette réponse – MA réponse – je l'ai cherchée ailleurs, en m'attelant à me détacher des courants de pensée qui nous brident et nous forcent à penser selon des normes établies. Cette réponse était pourtant à portée de main et nous avions tous les outils nécessaires : un ordinateur, notre esprit et la principale observation suivante : le problème de communication avec le joueur à l'extérieur du média vidéoludique. Et le postulat suivant : puisque le psychologue échoue à entrer dans la tête du joueur, *rentrons dans le jeu pour entrer dans la tête du joueur.*

Concrètement, qu'est-ce que cela impliquait ? Cela impliquait de s'immerger dans leur univers, via le jeu bien sûr, mais aussi les forums de discussions et les réseaux sociaux, pour établir une communication d'abord basée sur le jeu lui-même, puis ensuite plus personnelle avec la finalité de comprendre les motivations du joueur et sa volonté de persister dans ce monde virtuel. Nombre de ces joueurs ne sont pas des adolescents, mais des adultes, des pères et mères de familles, des hommes et des femmes ayant eu une vie active qui ont eu à un moment ou à un autre des problèmes comme vous et moi pouvons en rencontrer tous les jours. Leur impossibilité à y faire face, ou aussi leur refus, a fait que ces personnes ont trouvé un refuge dans l'activité vidéoludique, comme d'autres les jeux de hasard en ligne ou l'alcool. Attention, je ne dis pas que l'une ou l'autre des addictions est moins grave, simplement que les problèmes dus à une addiction sont différents et, *ipso facto*, ont aussi une résolution différente. La méthode que je viens de vous exposer brièvement m'a demandé beaucoup de temps pour être mise au point, mais elle a fait ses preuves : c'est cette méthode qui est appliquée à l'Institut Mantis et qui est reprise dans de nombreux pays où le média vidéoludique a été érigé en institution – ou en suppôt du Diable, selon – à commencer par les États-Unis et la Corée.

E.S. : Justement, votre méthode a été critiquée à de nombreuses reprises par vos pairs, qui arguent qu'elle n'est qu'une manière de détourner l'attention des vrais problèmes. Créer des avatars, jouer, a été vu comme une façon puérile de soigner les symptômes, non les causes profondes du mal. Face aux résultats que vous avez obtenus, il semble que votre méthode soit la bonne. Vos patients ressortent sevrés, mais qu'en est-il sur le long terme ? Votre réussite se justifie-t-elle encore quinze ou vingt ans après ?

Pr M. : Pour être franc et pour répondre directement à votre question, je n'ai eu que très peu de cas de rechute en plus de vingt ans de métier, de l'ordre de quatre pour cent, quand ce chiffre représentait auparavant le taux de guérison. Il m'a été donné de voir des patients en plus grande difficulté que d'autres – difficultés physiques, émotionnelles... – avec une sensibilité plus grande à un risque de rechute, voire à des tentatives de suicide. Dans ces cas précis, nous avons toujours voulu éviter au maximum les traitements médicamenteux – anxiolytiques, antidépresseurs – pour nous concentrer sur les liens tissés en amont avec le patient. Car ce sont ces liens qui ont démontré toute leur importance, puisqu'ils m'ont permis de désamorcer les crises avant qu'elles ne surviennent. La proximité avec les patients reste primordiale et c'est ce travail qui continue d'être fait avec l'équipe actuelle de l'Institut, sous la houlette de mon successeur, le Professeur Édison, et avec les résultats que l'on connaît. Équipe qui, je dois préciser, est autant composée de scientifiques que d'anciens joueurs reconvertis. Voyez donc là nos résultats les plus prosaïques : pour les plus intéressés de mes anciens patients, j'ai mis en place un système de financement éducatif qui leur offre la possibilité d'avoir un travail au sein de l'Institut. Et qui d'autre connaît mieux les émotions, les sensations, les problèmes d'un joueur addict qu'un ancien joueur addict ? Je ne me suis pas contenté d'essayer de guérir et de laisser les patients livrés à eux-mêmes comme trop de mes "pairs" dites-vous ont tendance à le faire. Débarrasser un joueur de son addiction n'est faire que la moitié du chemin et mes "pairs" s'arrêtent souvent à ce stade. Je me suis employé à faire le travail jusqu'au bout, avec la réinsertion réussie de nos patients dans la société. Et c'est cette méthode que j'ai transmise à mon équipe, ce savoir-faire et ces exigences, qui font que celle-ci poursuit le travail avec les mêmes résultats…

E.S. : Vos travaux, votre parcours sont marqués par la recherche de l'excellence. Rappelons qu'il y a quelques mois, vous avez été nommé au poste de préfet de police de Paris. Est-ce cette recherche d'excellence qui vous a poussé à accepter cette responsabilité, tout en sachant que vous feriez l'objet de nouvelles critiques, puisque vous êtes quand même la première personne à occuper ce poste sans avoir auparavant occupé de fonctions dans la police ?

Pr M. : Certains pourraient effectivement voir de ma part un opportunisme tout à fait malvenu avec, comme seul but, l'envie de satisfaire des ambitions politiques que je ne cache pas. Mais comme vous venez très justement de le souligner, je suis effectivement en quête d'excellence pour deux principales raisons. La première est que je pense avoir accompli mon travail en tant que chercheur dans ce domaine passionnant de la psychologie. Le problème que j'ai posé est en grande partie résolu et je n'ai pour l'instant ni l'envie ni la volonté de poursuivre d'autres recherches dans des domaines qui ne m'intéressent pas spécialement en tant que chercheur, mais beaucoup en tant que curieux de la chose scientifique. Ensuite, vous avez qualifié ma méthode d'être "à contre-courant". J'ai décidé de poursuivre dans cette voie – et c'est la seconde raison – en acceptant le poste de préfet de police à Paris. Cette responsabilité est pour ma part la seconde partie de mon travail : en tant que chercheur, j'ai pu observer beaucoup d'incohérences dans le système judiciaire français et plus précisément dans le domaine psychiatrique. Nombre des patients que j'ai eus en sont ressortis brisés de l'accompagnement qui leur avait été imposé à grands coups de médicaments ou de traitements nocifs pour leur santé mentale et physique. C'est le moyen pour moi de mieux connaître les rouages psychologiques et administratifs de la machine judiciaire, afin d'en faire non pas une meule qui brise tout ce qu'on lui donne, mais un ascenseur qui doit permettre d'élever et de remettre dans le droit chemin ceux qui en dévient. De ce constat, j'aurais à cœur de présenter des réformes qui, j'en suis sûr, sauront aller dans le bon sens. J'espère ainsi pouvoir vous les présenter d'ici une à deux années, et faire du système français celui qui sera présenté, j'espère, comme le système humaniste mondial, le modèle de ce qui se fait de mieux au pays des droits de l'homme.

E.S. : Un projet philanthropique à la hauteur de l'immense travail que vous avez déjà fourni à la psychologie. [...]

*

La tête bourdonnante, Max ferma la page et éteignit l'ordinateur. L'horloge marquait dix-neuf heures quarante-cinq. Dehors, la nuit tombait lentement. Un martèlement sur ses tempes annonçait les prémices d'une migraine. Les propos tenus dans l'entretien lui restaient pour la plupart nébuleux. Il n'avait pas tout compris, loin de là. Ces gens parlaient d'un problème qui lui était étranger. Qu'avait-il cru ? Trouver une réponse au coin de la page ? Il était trop naïf. Pourtant, il y avait désespérément cherché une réponse...

Même sur l'homme, ce Mantis, Max ne comprenait pas. Pourquoi un homme comme lui se retrouverait-il mêlé au meurtre d'Ariel ? Il ne travaillait déjà plus pour l'Institut à la mort de l'infirmière ! Un moment, il avait cru s'être trompé sur le nom et la personne. Plusieurs fois, il avait modifié ses recherches, mais les résultats qui lui étaient retournés concernaient toujours les deux mêmes hommes : Mantis, le psychologue devenu préfet de police ; et Frédéric Édison, le successeur de Mantis à la tête de son Institut. Fatigué par ce début de migraine, il avait abandonné.

Maxime se leva et étira ses membres engourdis par une trop longue période d'inactivité, peinant à dissiper l'abattement qui s'était emparé de lui. Il regarda ses mains. Et prit subitement conscience de leur tressaillement. La lecture de l'article et l'espoir d'y trouver quelque chose l'avaient tendu plus qu'il ne l'aurait cru. Il n'avait trouvé pour toute réponse que cette nouvelle crise qui se préparait. La Brume qui se préparait. Elle avait rassemblé ses forces, profitant de sa tension, de ce qu'elle croyait être un nouveau moment d'inattention de sa part. Ses coups de boutoir se firent plus fort contre ses tempes.

Il retraversa rapidement la salle où stationnaient silencieusement les bornes d'arcade, évitant avec soin les deux places suintant la mort, pour se glisser avec soulagement dans la cage d'escalier qui menait au sous-sol. Une fois en bas, il se glissa dans les sanitaires et se choisit un endroit tranquille : tout contre un mur, dans cet espace aménagé entre la douche et les vestiaires. Le carrelage était froid, c'était petit, ça ne valait pas le lit de Chris, mais il s'y sentait en sécurité. La crise pouvait venir : il était prêt. Le jeune homme laissa la fatigue et les tremblements l'envahir malgré son appréhension, laissa la Brume le submerger. Juste avant de sombrer, les dernières paroles de Stobbart résonnèrent dans sa tête :

« Connais-tu Gabriel et Marie Belmont ? »

Pourquoi ces noms lui évoquaient-ils quelque chose ? Damnée mémoire ! La Brume déferla, noire et dure, violente. Max perdit connaissance.

Chapitre LXIII

D'un air morne, Jacques Blanc rangeait un à un les dossiers qui encombraient son bureau. La perspective d'un nouvel entretien avec le Préfet Mantis ne l'enchantait guère. Non pas que l'homme fut désagréable, quoique le commissaire le trouvât froid et distant, mais cela ne faisait jamais très bon genre d'impliquer une personne de la maison dans une histoire d'homicide, *a fortiori* quand il était question d'un supérieur. Pourtant, ce dernier n'avait fait aucune difficulté quand Jacques avait suggéré qu'ils se rencontrassent pour clarifier les choses, puisque c'était aussi dans l'intérêt du Préfet. Il s'agissait avant tout d'un entretien préliminaire, non officiel, qui devait permettre au commissaire d'éclaircir certaines zones d'ombres quant à l'agenda du Procureur Godot avant son décès. Mais pour être franc, Mantis était une patate bouillante qui lui brûlait déjà allègrement les doigts.

Jacques laissa échapper un grognement. Une liasse de papiers fort malvenue s'était échappée d'un volumineux dossier. Il jeta un coup d'œil à sa montre : vingt heures douze. Le Préfet Mantis était quelqu'un de ponctuel. Blanc ramassa en vitesse toutes les feuilles et les rangea en vrac à leur place. Tant pis pour l'ordre. Il terminait juste quand son téléphone sonna. Le poste de garde.

« Oui ?

– Monsieur le Préfet de police Mantis, commissaire.

– Faites-le entrer immédiatement. »

Blanc rangea précipitamment les derniers dossiers qui traînaient, rectifia sa cravate – les apparences comptaient –, vérifia sa montre – vingt heures quinze – et alla ouvrir la porte. La haute silhouette de Mantis se profilait déjà devant lui.

« Bonsoir, Monsieur le commissaire. »

Mantis observa son interlocuteur. La physionomie bonhomme du commissaire principal était trompeuse et cachait sous sa surface un esprit aiguisé sur lequel nombre d'autres brillants esprits s'étaient estropiés, policiers comme criminels. Mais d'autres signes ne mentaient pas, aisément décelés par l'œil averti du psychiatre : l'état de fatigue trahi par des cernes plus marqués encore qu'hier, la poigne de main rapide – trop rapide – un brin nerveuse ;

les froncements de sourcils et les contractions à peine visibles des muscles de la mâchoire qui dénotaient une tension retenue d'une main de fer.

Les deux hommes s'assirent, l'un en face de l'autre, faussement décontractés. Les politesses d'usage expédiées, Jacques attaqua sans plus attendre :

« Merci de vous être libéré aussi facilement. Avant de commencer, je tiens d'emblée à vous préciser que cet entretien concernant la mort du Procureur Godot se fait à titre officieux. L'autopsie n'a pas encore été pratiquée. Le docteur Fortesque est un très bon légiste, mais il enchaîne les examens de corps au point de devoir faire des priorités sur ses patients.

– Quand sera-t-elle faite ?

– Elle est prévue dans les heures qui viennent. Tout prend du temps, et notre légiste n'est pas homme à bâcler le travail. On tirera les conclusions à ce moment-là.

– Bien.

– On fait de notre mieux. Toutefois, en remontant l'emploi du temps du Procureur, il s'est avéré que vous étiez une des dernières personnes – sinon la dernière – à l'avoir vu vivant. Je sais que vous aviez rendez-vous dans un bar du côté du théâtre de l'Odéon : il l'avait noté dans son agenda. Ce qui a été fait et dit ne me regarde pas. Pour l'instant. (La voix de Blanc énonçait les faits, monocorde : la menace, si elle pesait, était intangible, subtile.) J'ai personnellement fait vérifier les caméras de surveillance : vous avez ensuite tous les deux pris le même taxi vers une heure du matin. Et le lendemain, notre Procureur était porté disparu. Encore une fois, Monsieur le Préfet, j'insiste bien sur le fait que je ne fais qu'énoncer des évènements. Je ne porte pas de jugement. Je n'attends de votre part que des précisions… »

Chasser le naturel et il revient au galop : le flic était revenu à la vitesse grand V. Jacques balaya ses scrupules : il faisait son boulot, un point c'est tout.

« Je ne puis que vous apporter mon aide, répondit Mantis affable. La mort de Monsieur Godot est un malheur qui nous marque tous profondément, et plus particulièrement en ces moments difficiles. En plus d'être de très proches collaborateurs, c'était aussi un travailleur acharné. Et c'était pour cette raison – le travail – que nous nous sommes effectivement retrouvés lundi soir pour discuter des affaires courantes, loin de l'agitation des Batignolles.

– Je comprends, approuva Blanc. (Combien de fois lui-même avait-il réglé ses différends dans un restaurant plutôt qu'un bureau ?)

– En outre, poursuivit le Préfet, Monsieur Godot était véritablement inquiet pour une de nos affaires en cours : l'affaire Braska pour être précis. Ce qui ne vous surprendra sûrement pas. Pour les raisons que vous savez, vous n'ignorez pas que cette affaire me touche de près. Et celle-ci n'a pas manqué d'être évoquée ce soir-là : le Procureur voulait s'assurer de mon soutien pour toute opération qui serait menée sur cette affaire, même si elle pouvait porter préjudice à l'Institut… Un soutien que je n'ai pas manqué de lui assurer. (Mantis marqua une courte pause.) Y compris pour une éventuelle perquisition.

– Il voulait perquisitionner votre établissement ? releva Jacques surpris.

– Tout à fait. Ce à quoi je lui ai répondu que je n'y voyais aucun inconvénient si cela devait aider à la manifestation de la vérité. Pour ma part, je dois vous avouer une chose : je reste persuadé que Monsieur Godot disposait d'une piste. Une piste que j'ignore malheureusement. Quand il a abordé le sujet, il est devenu fébrile. Quand je lui ai posé la question, il a eu un petit sourire stressé et il n'a pas voulu m'en dire plus pour m'éviter le conflit d'intérêts.

– S'il disposait de nouveaux éléments, pourquoi ne nous a-t-il rien dit ?

– Je ne sais pas. Il n'a rien évoqué de plus. Je suppose qu'il lui manquait une certitude : pour le peu que je l'ai côtoyé, il était homme à prendre ses précautions avant de prendre une décision ferme.

– C'est bien vrai pour le côté précautionneux. À votre avis, qu'est-ce qui a bien pu déclencher ce trouble ? »

Les mains de Blanc s'étaient croisées devant sa bouche, ne laissant apparaître que son regard fixé impassiblement sur son interlocuteur.

« C'est ici que le bât blesse, reprit le Préfet d'une voix tranquille. Je n'en sais rien. Il a dû mettre le doigt sur quelque chose qui m'échappe encore… Mais ça n'explique pas pourquoi on l'a retrouvé dans un canal…

– Oui, effectivement… Je sais qu'il restait souvent très tard au bureau… D'après vous, quand vous l'avez déposé en taxi, il rentrait directement chez lui ?

– En fait, c'est l'inverse : le taxi m'a d'abord déposé avant de raccompagner Monsieur Godot chez lui. Il habite près des Arts et Métiers, mais je sais qu'il aimait bien se promener le soir vers la place de la République. Il aimait bien l'ambiance. Cela le détendait et… »

Le rapprochement sauta brusquement aux yeux de l'ancien psychiatre. Mantis se redressa :

« …et la place de la République donne sur l'avenue Voltaire et la salle d'arcade. Se pourrait-il que le suspect soit retourné se réfugier sur la scène de crime…

– …où il se serait fait surprendre par le Procureur ? termina lentement Jacques. Plausible. Il est toujours introuvable : quel meilleur moyen de se cacher là où on s'y attendrait le moins ? Pour un fou, il serait rudement malin…

– Instinct de conservation : aller dans un endroit qu'il connaît est rassurant pour lui.

– N'empêche, ce truc est vieux comme le monde, grogna le commissaire en saisissant vivement son téléphone, mais ça marcherait encore. Allô ? Vous êtes l'OPJ[10] d'astreinte ? Oui, commissaire Blanc. Envoyez deux voitures, sans les sirènes, au cinq boulevard Voltaire dans le onzième. Demandez des renforts au commissariat du XIᵉ et de la BAC, et appréhendez le suspect qui s'y trouve peut-être encore pour meurtres. Attention, il est dangereux et proba-

---

[10] Officier de Police judiciaire.

blement armé… »

Le commissaire termina de donner les consignes puis raccrocha, agité.

« Nous serons fixés d'ici une petite vingtaine de minutes. Ne reste plus à espérer que l'oiseau soit encore dans le nid… »

Mantis se cala contre le dossier de sa chaise et croisa les mains sur ses genoux, songeur.

« Une question demeure…

– S'il n'y en avait qu'une seule…, soupira le commissaire.

– Comment le suspect connaissait-il le Procureur Godot ? Ils ne se sont jamais vus…

– J'ai ma petite idée, le contredit doucement Jacques. En l'absence de son substitut grippé, Monsieur Godot s'est chargé d'attribuer l'enquête et d'amorcer les procédures. C'est aussi lui qui a assumé les relations publiques en faisant plusieurs communiqués télévisés…

– Et son image s'est étalée un peu partout, je vois où vous voulez en venir : notre oiseau a pu le voir n'importe où. Décidément, cette grippe nous est bien dispendieuse…

– En effet. Par contre, d'après le PV, le suspect était complètement atone. C'est plutôt étonnant qu'il soit arrivé à se souvenir de quelque chose…

– Vous seriez étonné de ce que le subconscient peut enregistrer comme informations, peu importe votre état de conscience. S'il s'avère que le suspect se trouvait réellement sur les lieux de son crime, nous serons fixés d'ici quelques minutes…

– Café en attendant ?

– De préférence un thé vert si vous avez.

– Je ne vous promets rien. »

Jacques Blanc se sauva de son bureau avec soulagement. Obligé de jouer la comédie pour sauver la face ! Bien sûr que le suspect n'y était pas ! George ne perdait rien pour attendre… Il espérait surtout avoir été convaincant devant le psychiatre. La cuisine avait été un excellent prétexte qui lui éviterait de se regarder avec Mantis en chiens de faïence. Et de se faire coincer. George en prit une nouvelle fois pour son grade de commandant : les confidences de son ami sur l'hébergement incongru de Cloud l'avaient mis hors de lui et le plongeaient maintenant dans une belle panade. Quand il lui avait fait part de son départ ce matin, il en avait éprouvé un intense soulagement : il n'avait eu qu'une peur, passer les menottes au suspect et surtout à son ami. Et à toute l'équipe.

Maintenant qu'il avait envoyé une équipe soi-disant pour appréhender Maxime, il ne savait que faire. Jusqu'où ce mensonge allait-il l'emmener et combien de temps tiendrait-il ? Le Préfet n'était pas homme à se laisser facilement embobiner… Advienne que pourra ! Voilà où il en était rendu… Toutefois, il ne put empêcher un doute de le tarauder. Il reprit son téléphone. On répondit dès la première sonnerie.

« Jacques ! Que me vaut le plaisir ?

– Écoute-moi d'abord, George, coupa aussitôt son supérieur. Tu m'as dit qu'*Il* était parti hier soir, n'est-ce pas ?

– C'est exact. Pourquoi ? Qu'est-ce qui se passe ?

– Peux-tu me jurer qu'il n'a jamais quitté ton appartement ?

– Comment ça ? demanda Stobbart soudainement inquiet.

– Est-ce qu'il est déjà sorti prendre l'air, sorti t'acheter des clopes, sorti… tuer un proc' en pleine nuit… »

Un blanc très blanc accueillit Blanc.

« Non, je ne peux pas te le jurer. Je ne suis pas toujours à la maison, Émilie non plus.

– Et la nuit où Godot s'est retrouvé dans le canal ?

– La nuit, on dort. Surtout en ce moment : Maxime fait beaucoup de cauchemars et… Quoique, maintenant que tu me le dis, j'ai souvenir d'avoir entendu la cloche de sa chambre cette nuit-là…

– La cloche ? Quelle cloche ?

– La cloche qui nous sert d'alarme. Émilie a insisté pour…

– Quelle heure ?

– Je ne sais pas précisément, mais de mémoire, je crois que la nuit n'était pas très avancée…

– Une heure du mat' ?

– Possible. Même avant je te dirais. Je ne peux pas te le jurer…

– Merci George… Je te rappelle.

– Attends, dis-moi…

– Peux pas, j'ai un préfet dans l'bureau… »

Jacques coupa sans plus de cérémonie. Avec horreur, il voyait prendre forme juste sous ses yeux le pire scénario auquel il pouvait s'attendre : un meurtrier se réfugiant chez son meilleur ami, liquidant un magistrat – et pas n'importe lequel – puis se volatilisant dans la nature en attendant de trouver une autre proie à se mettre sous la dent. Elle ferait belle figure la Criminelle si cette histoire venait à s'ébruiter : roulée dans la farine par un jeune freluquet psychopathe ! C'était la mort assurée de l'équipe, la taule et l'exil. Rien que d'y penser, il en avait froid dans le dos… Le commissaire principal reprit son chemin d'un pas mal assuré.

La cantine, enfin. Lieu de passage obligé et incontournable si on voulait connaître tous les cancans de la brigade et des Batignolles en général. Bref, le lieu social par excellence. Ce soir, elle était quasiment déserte. Tant mieux, il n'était vraiment pas d'humeur à discuter. La cuisine était un vaste espace agrémenté de quelques tables, où on pouvait manger sur le pouce entre collègues. On trouvait tout ce qu'il fallait pour accompagner le policier dans ses enquêtes : café, café long, café serré, café très serré, thés, salades et sandwiches. Le commissaire se prépara rapidement un café long décaféiné – il voulait dormir ce soir – mais agrémenté d'un hypotenseur : il se sentait le palpitant en furie. Il fit couler un thé vert pour le Mantis, surveillant en même temps son portable du coin de l'œil, en quête de l'appel qui lui apprendrait la nonarrestation de ce Cloud-Maxime-Villargent-Belmont.

Ce faisant, jamais Blanc n'avait soupçonné une telle collection de thés-tisanes dans les placards de la cuisine. Un comble pour un flic.

Trois minutes plus tard, tout était prêt et Jacques retournait à son bureau à petits pas, tentant tant bien que mal de cacher son malaise qui menaçait de déborder. Une sonnerie retentit au beau milieu du couloir. Il sursauta, les deux gobelets brûlants à la main. Jonglant avec une dextérité inouïe entre contenants et téléphone, il décrocha prestement. Les gars n'avaient pas traîné.

« Commissaire Blanc, je vous écoute. »

Chapitre LXIV

La jeune fille se tordit de douleur sur le carrelage froid. Non, décidément, la Bastille n'était pas un lieu de villégiature paradisiaque. Pourtant, elle y était retournée. À terre, encore immobile, les créatures dégénérées vociféraient autour d'elle. Elle ne put s'empêcher de sourire devant l'ironie cruelle de sa situation : elle, la chasseuse de souvenirs la plus réputée de la ville, avait perdu la mémoire. *Une main déformée plus audacieuse que les autres la toucha sur la nuque, là où était l'implant. Ce contact l'électrisa. D'un mouvement fluide, elle se remit debout et leur fit face une nouvelle fois. Elle avait retrouvé son calme. Avec une nouvelle énergie, la chasseuse entreprit de se débarrasser méthodiquement de ses adversaires bondissants. Ils étaient coriaces mais pas invincibles. Dès qu'elle en eut l'occasion, elle s'enfuit à nouveau et s'engouffra dès qu'elle put dans une ouverture, semant ses poursuivants.*

Elle trouva rapidement un nouveau chemin, guère plus rassurant que le précédent. De part et d'autre des couloirs s'alignaient des cellules. À l'intérieur, ceux qui avaient autrefois été des hommes et des femmes se lamentaient, entre cris de rage et cris de douleurs. Leur physique déformé – un crâne luisant, une trogne dissymétrique, des bras descendants jusqu'aux genoux et des mains crochues aux phalanges anormalement longues – faisait d'eux des parodies d'êtres humains. Et à chaque console d'identification, un message s'affichait, variable, mais toujours menaçant : « Erreur », « Erreur de programme », « Programme erroné ».

La jeune fille passa encore une porte. Des éclats de voix retentirent. Sa mère ? Probable. Continuant de se terrer, elle se précipita silencieusement vers les voix, longeant les coursives jusqu'à un bureau non loin d'elle. Les voix s'interrompirent au moment où elle arrivait. Elle voulut voir sa mère, mais le bureau n'était occupé que par un homme d'âge mûr. Un médecin. Il venait de couper la communication. Elle enragea : elle avait été si proche ! La jeune femme se força au calme et reprit son observation. Cet homme, qui était-il ? Elle ne le connaissait pas. Ou ne s'en rappelait pas. D'emblée, elle ne l'aima pas. Dans le reflet du moniteur, l'éclat de ses yeux était dur, la mâchoire carrée lui faisait penser à un carnassier, prête à broyer. Mais il connaissait sa mère : peut-être qu'il pouvait lui être utile…

Elle s'approcha encore, à pas de loup. L'homme affairé ne la remarqua pas. Une simple paroi de verre les séparait à présent. Cela ne lui prendrait qu'une petite seconde. L'homme tapait fébrilement sur son ordinateur. C'était le moment ! Se relevant à demi, elle tendit son bras droit devant la fenêtre en verre épais, visant la nuque de sa cible et son implant. Elle activa le gant. Un flux se matérialisa devant elle et se fit aspirer par la main tendue. Le souvenir envahit sa mémoire. Ça y était ! Elle savait !

Le médecin secoua la tête. Sur quoi travaillait-il déjà ? Il haussa les épaules :
ça lui reviendrait plus tard. Il avait juste besoin d'un peu de repos…

*

Cloud cria. Un cri rauque qui lui déchirait la gorge, tandis que son crâne explosait. Il sentit un liquide tiède inonder ses lèvres et sa bouche. Dans un réflexe, il l'avala. Le goût métallique du sang lui souleva le cœur et il vomit aussitôt sang et bile amère, hoquetant, peinant à retrouver sa respiration entrecoupée de spasmes. La douleur lui martelait puissamment les tempes et lui perçait le ventre. Durant de longues minutes, le jeune homme resta immobile, tâchant en vain d'apaiser son mal. Il n'arrivait plus à réfléchir, à comprendre. Quelque chose s'était déclenché dans sa tête ; il sentait une différence, éclatante, qui lui faisait l'effet d'un projecteur en pleine nuit, mais dont la lumière lui brûlait la rétine, le réduisant à l'impuissance pour discerner quoi que ce soit.

La Brume l'avait attaqué avec une ardeur redoublée, essayant de passer sous sa garde, projetant vers lui ses tentacules d'ombre pour récupérer le souvenir perdu. Maxime s'était démené, avait pris des coups, rendu des coups avec une vigueur qu'il ne se connaissait pas. Toute son attention était fixée sur un point qu'il savait droit devant lui, guidé par la bribe du souvenir que lui avait légué Stobbart. Il avait lutté encore. Juste sur le point de succomber, *il avait vu. Et avait activé le gant. Il avait aspiré le souvenir.*

La Brume avait senti que quelque chose d'inhabituel se passait. Elle sentit une partie d'elle-même la quitter. Affolée, elle n'eut d'autre choix que de se replier. Elle ne pouvait se permettre de tout perdre et abandonna le champ de bataille.

Max resta prostré de longues minutes à lutter sur le carrelage souillé de vomissures. Seul le saignement de son nez s'arrêta. À la fin, n'y tenant plus, le garçon se leva. Les jambes flageolantes, il se traîna jusqu'au lavabo en se tenant aux murs pour ne pas s'écrouler. Il ouvrit avec peine le robinet d'eau froide et se rinça le visage sous le filet d'eau glacée. Le soulagement fut minime, mais au moins lui permit-il de se débarbouiller. Il se regarda dans le miroir qui le surplombait. Il avait un teint cadavérique. Des cernes noirs soulignaient l'aspect fiévreux de ses yeux brillants. Des mèches blanches, tirant sur un jaune pisseux, étaient collées en grosses mèches sur sa peau. Il regarda ses mains. Il tremblait comme une feuille. Mais d'un tremblement différent, qui n'était pas celui de la crise habituelle, le tremblement du manque, de la faiblesse. Non. Un autre tremblement avait pris le dessus. *La fébrilité.* Soudain, il comprit.

Les yeux qui scrutaient sa mémoire, habitués à l'obscurité qui les entouraient, s'accommodèrent enfin à la violente clarté qui émanait à présent d'elle. Un fragment monumental de Brume s'était effondré, laissant passer un raz-de-marée de lumière dont brillait de mille feux *ce* souvenir. L'espace d'un instant, Cloud resta pétrifié par l'intensité brûlante de la révélation. Sans qu'il comprît comment, il se retrouva dans la rue quelques minutes plus tard, à courir, sa migraine frappant la cadence à un rythme effréné. Au loin, le tocsin de Notre-Dame sonnait la première moitié écoulée de vingt heures.

Chapitre LXV

Jeudi, 20 h 37

Les voitures de police s'arrêtèrent devant la salle d'arcade quelques minutes après l'unique cloche de Notre-Dame. Les hommes qui en émergèrent eurent tôt fait d'investir les lieux, déployant rapidement leur filet avec maîtrise. Malgré tout, les policiers ne purent que constater la vacuité des locaux. Il ne leur restait plus qu'un coup de fil à passer.

*

Au Bastion, Jacques Blanc débula dans son bureau, téléphone à l'épaule et un gobelet dans chaque main. Les nouvelles qu'on lui avait communiquées à l'instant l'avaient abasourdi. Il avait fait répéter deux fois à l'OPJ ses informations : Maxime Villargent-Belmont venait de quitter la salle d'arcade. Il en aurait ri si les évènements n'avaient pas été aussi graves ! Un coup de poker qui avait vraiment failli être des plus grandioses…

Le Préfet Mantis n'avait pas bougé de son siège, lui aussi téléphone en main, les doigts virevoltants sur son clavier pour répondre à ses courriels qui nourrissaient inlassablement sa boîte. Le temps était précieux et chaque minute était savamment employée.

« Des nouvelles, il semblerait. Merci pour le thé.

– Oui, et pas des moindres, répondit Jacques en s'asseyant lourdement à son bureau. Notre oiseau était bien dans le nid et y était encore peut-être dix minutes avant que les collègues n'arrivent : ils ont retrouvé au sous-sol la place où il dormait encore tiède et humide de transpiration. Et il est mal en point : l'endroit pue le vomi frais apparemment.

– Comment est-il entré là-dedans ?

– Il est passé par-derrière, par la fenêtre qui donnait sur la cour et a forcé les scellés. »

Mantis eut un long silence : la marque de son étonnement la plus grande.

« On peut dire qu'il nous a bien eus, siffla-t-il entre ses dents. En plus d'être imprévisible, il est malin…

– En effet, on peut le dire, reconnut le commissaire. Une voiture banalisée surveillera la place et on le coincera à son retour. S'il revient. J'espère seulement que la mort de Godot était un accident, et non pas un meurtre.

– Vous pourriez être plus clair ?

– Trois meurtres et nous aurons sur les bras un "tueur en série". Et je ne compte pas les trois morts suspectes que nous avons eues à l'appartement de l'infirmière, impliquant également notre homme. Dans tous les cas, ça fait mauvais genre… Ajoutez à cela, comme vous l'avez dit, son caractère imprévisible et l'instabilité psychologique, ceux qui ne seront pas grippés seront paniqués. Si la presse ne s'est pas encore complètement emparée de l'affaire, c'est notamment grâce à votre petite conférence de mardi. Entre elle et la grippe, vous avez en partie désamorcé la crise qui couvait.

– Je vous remercie.

– Pas de quoi. Mais la grippe n'a pas non plus épargné nos hommes. Et si c'est la panique, on passera plus de temps – moi compris – à trier les appels des autres déséquilibrés qu'à faire correctement notre boulot. C'est pourquoi j'espère que la mort de Godot est un accident : ça nous éviterait un mort sur une liste déjà trop longue… Sinon, je viens de recevoir un message du docteur Fortesque…

– Vous avez les résultats de l'autopsie ?

– Succinctement, oui : mort par noyade. Pas de trace de lutte, par contre de l'alcool dans le sang. Cela n'a pas dû l'aider à remonter…

– Je me sens responsable : nous avons bu deux verres quand nous nous sommes rencontrés. Je ne pensais pas que les conséquences seraient aussi dramatiques…

– Ce n'est aucunement de votre faute, Monsieur le Préfet. Le destin a parfois un sens de l'humour assez particulier…

– C'est peu de le dire. Avant de me faire rattraper par ce grand Capricieux, il va être temps que je m'en aille : il me reste un rendez-vous à honorer place Beauvau et je ne suis guère en avance.

– Certainement. Transmettez mes meilleures salutations à Monsieur le Premier Ministre.

– Je n'y manquerai pas. »

Une poignée de main ferme, l'instant d'après, Jacques Blanc était seul. Il se sentait éreinté. Il était près de vingt-et-une heures. Encore quelques coups de fil à passer pour donner ses dernières instructions et il serait sorti d'ici une demi-heure. C'était plus que raisonnable et cette perspective le soulagea presque. Il s'attela à la tâche.

Quarante-cinq minutes plus tard, il mettait son manteau et éteignait les lumières de son bureau. Il vérifia une dernière fois qu'il n'avait rien oublié et ouvrit la porte. Il s'apprêtait à la refermer quand la sonnerie stridente de son téléphone retentit. Sa ligne directe. Jacques sentit ses épaules se voûter d'elles-mêmes. Un bref instant, il se mit à détester l'inventeur du bigophone, ancêtres compris. Puis la conscience professionnelle reprit le dessus et il se dirigea à pas lourds vers l'instrument du diable. Coup d'œil sur l'écran : un numéro avec un préfixe qui lui était inconnu s'affichait. Il décrocha avec un soupir.

« Commissaire Blanc, j'écoute.

– Bonjour… Euh bonsoir monsieur… commissaire. Madame Ofrenda à l'appareil. Je ne vous dérange pas ?

– Du tout, du tout, mentit Blanc qui mit un instant à resituer son interlocutrice. Que puis-je pour vous ?

– C'est ma sœur, commissaire… »

La petite voix se tendit, tremblante.

« Je viens de recevoir un colis de sa part… »

Chapitre LXVI

Nuit de jeudi à vendredi

Courir lui avait fait du bien. Il avait couru longtemps, évitant les grandes artères, empruntant les rues les moins fréquentées qu'il voyait, tournant au hasard, jusqu'à ce que ses jambes le brûlent, et même encore après. Puis il avait marché, un peu, avant de s'asseoir. Sa migraine s'était calmée : la sécrétion d'endorphine avait apaisé la douleur cuisante de son crâne. Maxime s'était senti planer, se détacher de son corps meurtri. Il avait accueilli cet état avec soulagement, un peu déstabilisant au début. Puis, il s'était relevé et était reparti. Ses pas l'avaient mené jusqu'aux abords de la place de la Nation, au centre de laquelle son immense jardin offrait un écrin de verdure et de tranquillité aux derniers amoureux de la soirée.

Max aurait été incapable de répéter le chemin qu'il avait pris pour arriver jusque-là. À ce stade de son errance, le garçon avait hésité : d'un côté, le métro était plein de caméras ; de l'autre, le souvenir qui s'était débloqué lui avait laissé entrevoir sa destination aisément atteignable avec le train souterrain. Pour autant, il n'était pas sûr que cette destination fut la bonne : le souvenir, bien que précis, présentait des contours flous qui l'empêchaient de s'assurer qu'il allait dans la bonne direction. Sa soif de comprendre avait été trop forte. Il s'était assuré que sa capuche recouvrait bien tous ses cheveux blancs et s'était engouffré dans la station avec une énergie nouvelle.

Et maintenant, depuis plus d'une heure, il attendait de l'autre côté de la rue, guettant l'immeuble. Des lumières avaient été allumées, d'autres éteintes. Le dernier étage était plongé dans l'obscurité. Une voiture était entrée dans le garage juste à côté d'une médiathèque, puis plus rien. Les gens étaient rares. La rue était calme. Tout était calme. Sauf lui. Depuis qu'il était arrivé, il traquait sans relâche tous les souvenirs qu'il avait en rapport avec cette rue et cet immeuble. Il voyait des images éparses, entendait des sons étouffés, le tout baignant dans un flou suffisamment prégnant pour l'empêcher de distinguer les détails, mais pas assez fort pour comprendre ce qu'il voyait. Une nappe de brouillard parfois entrecoupée d'espaces visibles. À côté de ces sensations indistinctes, il était encore surpris d'avoir facilement retrouvé cette place. Toujours cette entrée de marbre blanc, qui lui avait fait si forte impression la première fois. Et cette hauteur qui l'avait effrayé...

Mais pourquoi le souvenir de cet endroit l'avait-il autant marqué ? Il était plus jeune, c'était il y a longtemps. Il était accompagné de… De qui ? Il ne connaissait pas la femme qui l'accompagnait. Il se souvenait d'une chevelure blond platine et c'était tout. Pas de visage, pas de nom. Son pas était pressé, il trottinait à côté d'elle, sa main emprisonnée dans la sienne. Pourquoi n'était-ce pas sa mère ? Où était-elle ? Une réminiscence se présenta à lui, le frappant de plein fouet : des inconnus venus par amitié ou solidarité à un évènement, une musique triste et belle – « "Ave Maria" de Schubert », avait chuchoté quelqu'un –, un cercueil dans la nef d'une petite église. Sa mère était morte.

Un tremblement parcourut Max. Il réfréna brutalement la vague de tristesse qui l'envahissait. Il devait continuer à se souvenir. La blonde platine de la rue était déjà avec lui dans ce lieu de culte. Il avait regardé autour de lui. Il ne connaissait personne. À ce moment précis, une immense vague de solitude s'était emparée de lui. Et il s'aperçut avec horreur qu'elle ne l'avait pas quitté depuis. Le jeune homme continua de tirer sur le fil de ses souvenirs.

Il ne se souvenait même pas d'être allé au cimetière, près de la Seine. Marcher dans la rue avec la blonde peroxydée était le souvenir qui lui venait immédiatement après. Ils s'étaient arrêtés de marcher (ou de galoper pour lui) – il s'était senti très fatigué après cette véritable course – et avaient regardé *la* maison. Enfin, l'immeuble. À ses yeux d'enfant, il lui avait paru démesuré la première fois qu'il l'avait vu. Maxime comprit enfin pourquoi le souvenir l'avait autant marqué : *il s'était senti écrasé*. Il se dégageait une impression d'hostilité, de répulsion qui l'avait repoussé comme une violente déferlante. Ça l'avait tétanisé. La tristesse, l'épuisement, puis enfin cette chose trop grande avaient eu raison de ses nerfs de petit garçon. Il s'était mis à pleurer.

« Ah, ne pleure pas ! le rabroua la femme à côté de lui. Estime-toi heureux que ta mère soit morte : peu d'enfants ont la chance d'aller habiter dans une grande maison comme ça ! Et aussi vite ! »

Le petit Maxime n'avait rien dit. Ses sanglots avaient redoublé. Il voulait seulement rentrer chez lui, là où c'était petit, confortable, et rester avec sa mère. L'un et l'autre lui avaient été enlevés, sans qu'il comprenne pourquoi. Devant eux, la porte de l'immeuble était ouverte. La femme l'avait rudement poussé en avant. Il avait trébuché et serait tombé si son accompagnatrice n'avait pas tiré sur son bras pour le redresser. Il fut remis d'aplomb sans douceur. Ses doigts l'enserrèrent comme des serres.

« Fais un peu attention ! le rudoya encore la sorcière. L'enterrement de ta mère était mortel, alors essaie de ne pas me gâcher la fin de journée ! Tiens-toi tranquille ! »

Pour donner davantage de poids à ses dires, elle lui saisit vivement une petite mèche de cheveux bruns derrière l'oreille et tira dessus. Maxime frotta l'endroit lésé sous les cheveux blancs. Curieux comment la douleur restait présente des années après. Il se souvenait de cette douleur aiguë, qui lui avait fait monter encore un peu plus les larmes aux yeux. Ils avaient pris l'ascenseur et étaient arrivés au dernier étage. La femme avait sonné à l'unique porte du couloir, tenant Maxime par le col d'une main, rajustant sa jupe noire plissée de l'autre. Quelques secondes s'étaient écoulées avant qu'un pas étouffé, lointain ne retentisse de l'autre côté. La poigne sur son cou s'était durcie, ultime avertissement avant l'ultime moment. Le lourd battant s'était ouvert. Maxime avait gardé la tête baissée, laissant couler ses larmes sur son menton, puis tomber sur ses chaussures. Il avait à peine entendu le dialogue au-dessus de sa tête, mélange de fausse compassion et d'abject larmoiement.

« Monsieur… ! Je suis mademoiselle… assistante sociale… Ville de… téléphone…

– …de vous rencontrer…

– Pauvre garçon… chose terrible… enterrement…

– …accueillir… aider…

– Oui… toute remuée… j'en pleure encore… vous remercier…

– …n'est rien… nous impliquons… soulager... misère… »

La suite de mots décousue qui parvenait à ses oreilles ne faisait que le plonger dans un désarroi plus grand. Il n'avait pas demandé à ce qu'on s'occupe de lui. Il était grand, il pouvait se débrouiller tout seul. Mais sans qu'il comprenne comment, il s'était fait happer par un système qui, paraît-il, lui voulait du bien. C'est ce qu'on lui avait expliqué, qu'on allait lui trouver une nouvelle famille, rien que pour lui, qui l'accueillerait et lui ferait oublier sa mère.

On lui avait présenté la sorcière, la plus belle et la plus gentille, lui avait-on dit. Le "on" s'était trompé sur les deux points. Maxime l'avait trouvé affreuse et elle s'était révélée être un tyran, en plus d'une comédienne hors pair. Pendant une semaine, elle lui avait mené la vie dure, alternant les phases de femme éplorée en public et de teigne sadique en privé. La porte qui s'était à présent ouverte devant lui était la fin du tunnel pour lui, « une nouvelle vie heureuse pour ta sale tronche de gamin capricieux » lui avait encore craché la mégère méprisante. Mais là, devant le nouveau venu, elle lui avait parlé avec une voix mielleuse, faussement doucereuse :

« Allons Maxime, dis bonjour à ton père… »

Obéissant, il avait levé la tête. Mais les mots s'étaient bloqués sur ses lèvres : là où aurait dû se trouver un homme, il n'y avait qu'un flou.

Max émergea de ses souvenirs, le cœur palpitant. Il retrouvait la mémoire jusqu'à un certain point. Il aurait dû être content. Alors pourquoi se sentait-il effrayé ? Cette impression de terreur qu'il avait ressentie enfant lui revint en mémoire. Au dernier étage de cet immeuble gisait un fragment de son passé, endroit imprécis lui-même caché derrière un voile de cette Brume tenace. Quand cette dernière se replierait pour de bon en abandonnant derrière elle son souvenir, toute cette peur enfantine ressurgirait en même temps. Mais il sentait que cette peur était encore plus viscérale que cela. Maxime s'éloigna pour ne pas se laisser pétrifier par ses démons. Il devait en avoir le cœur net.

La nuit recouvrait toute la rue, percée à intervalles réguliers par la lumière blême des lampadaires. Le jeune homme n'avait pas prévu d'entrer à la faveur de l'obscurité, mais cela n'était pas plus mal. En face de lui, la porte du garage souterrain s'ouvrit à ce moment-là. Une voiture en surgit et s'éclipsa aussitôt dans la rue. Sans réfléchir, Max s'engouffra dans le garage juste avant qu'il ne se referme. Suivant les indications, il se dirigea vers l'ascenseur qu'il trouva sans peine. Sitôt appelé, ses portes s'ouvrirent et il fut propulsé en quelques secondes vers les hauteurs. Dernier étage. Dernière piste. Dernière chance.

Au fur et à mesure qu'il avançait, ses souvenirs se précisèrent. La Brume affaiblie lui laissait le champ libre, pour refluer vers une mémoire plus profonde, plus dangereuse, qu'elle protégeait avec acharnement. Ces nouveaux souvenirs inondaient lentement le jeune homme de leurs sensations, réveillant en lui ce passé longtemps enfoui. À présent, il marchait dans les pas du petit Max, d'abord timidement, comme lui, puis plus fermement, animé d'une nouvelle résolution.

Les portes se rouvrirent et le jeune homme sortit dans le couloir. Il arriva devant la porte, unique. Le couloir avait changé, des travaux de rafraîchissement avaient été faits, mais la porte était identique à ses souvenirs. Toujours aussi froide. Il jeta un coup d'œil sur la sonnette, où le nom des propriétaires brillait par son absence. Maxime tendit la main vers la poignée et la retira aussi vite, stoppé par un doute soudain. Et si ce qu'il venait chercher n'était plus ? Et si les personnes qui habitaient ici avaient déménagé depuis toutes ces années ? Ces pensées lui firent l'effet d'une douche froide. Il hésita. Cela valait-il la peine de continuer ? L'image de Stobbart lui montrant des photographies d'Ariel morte s'imposa à lui. La jeune femme lui apparaissait toujours confuse, imprécise, mais le policier lui avait expliqué plusieurs fois le rôle qu'elle avait joué pour lui sauver la vie. Max n'avait pas fait tout ce chemin, impliquant autant de vies et de sacrifices, pour renoncer maintenant. Continuer ne devait constituer que sa seule option.

Suivant toujours les réminiscences du petit Maxime, le jeune homme se rapprocha de la porte d'entrée. Le petit Max actionna la poignée, il fit de même. Le battant s'ouvrit, le petit garçon entra, Max suivit. Devant lui, une entrée meublée d'imposants mobiliers. Des photos s'alignaient, mélange de visages, les Belmont, un jeune garçon qu'il supposa être leur fils, d'autres hommes qu'il ne connaissait pas. Il s'arracha à ces images : d'autres réponses l'attendaient, ailleurs.

En face de lui, une porte ouverte sur un salon gigantesque. Il s'approcha du seuil. La réminiscence du petit Max se superposa brièvement à la vision de Cloud, puis disparut. Le séjour n'avait guère changé. Toujours ces meubles anciens qui donnaient un charme séculaire à l'ensemble ; des gravures de chasse ornaient les murs, sur lesquelles des chiens étaient figés, à l'arrêt sur le gibier. Sur la gauche, un petit couloir menait à ce que Maxime savait être une grande cuisine jouxtant une immense salle à manger. Le jeune homme délaissa le salon et prit la porte sur la droite dans l'entrée. Ses pas se faisaient plus sûrs au fur et à mesure qu'il avançait. Il ne prêtait pas attention aux bruits à l'étage, éclats faibles provenant d'une télévision vomissant un programme quelconque.

Les souvenirs se révélaient dans un ensemble parfait. Le léger voile qui les recouvrait encore se désagrégeait comme poussière à mesure qu'il progressait. Il délaissa un bureau sur sa droite et s'arrêta devant la porte au fond du couloir.

Dans ses souvenirs, des éclats de voix, la brûlure des gifles sur ses joues, puis le noir complet. Cloud ouvrit cette nouvelle porte, lentement, mais sans hésitation. Le noir complet. Un à un, il descendit les degrés qui menaient au premier étage de cet appartement en duplex. Tout le deuxième était réservé à la famille, le premier aux amis et… à lui. Enfin, juste une pièce, avec une petite fenêtre toujours obstruée. Les réminiscences du petit Max avaient disparu pour de bon. Seuls subsistaient ses cris d'enfant qui résonnaient sous le plafond de cette pièce vide. Une alternance de douleurs, de silences et de joies timides vite réprimées. Joies timides ? Quelles étaient-elles ? Comment… ? Maxime arriva au bas de l'escalier et ouvrit sans hésiter la dernière porte, à droite, dissimulée dans le décor de la tapisserie. Les souvenirs éclatèrent brutalement.

La pièce faisait une quinzaine de mètres carrés et avait longtemps servi de cagibi, lieu de prédilection pour stocker les conserves sur les étagères, les bouteilles sur les porte-bouteilles, mais aussi le chariot pour faire le ménage, ainsi que la litière du chat quand celui-ci vivait encore à ce moment-là. L'endroit avait été déserté au profit du vide et des araignées. Dans la fenêtre, une petite ventilation crasseuse se mettait en route toutes les deux heures avec un souffle d'asthmatique, pendant cinq minutes exactement, renouvelant l'air et le purifiant de toutes ses odeurs corporelles. Enfin, en partie.

Un vieux matelas encore confortable, jeté à même le sol, occupait un coin de la pièce. Dans un autre coin avaient été poussées les étagères poussiéreuses sur lesquelles on avait jeté son maigre paquetage : deux pantalons, deux chemises, un pull, quelques sous-vêtements. Deux couvertures, vieilles mais de bonne qualité, complétaient l'ensemble. À côté, des toilettes – elles aussi enfermées entre deux cloisons –, un petit lavabo délivrait un filet d'eau froide uniquement, installé à l'origine pour se laver les mains et rincer les verres de dégustation lors de rencontres œnologiques. À la fin, l'évier lui servait aussi à se laver les dents, décrasser ses vêtements et à faire quelques ablutions du mieux qu'il pouvait. C'était aussi dans ce lavabo qu'il lavait sa vaisselle. Enfin, son unique assiette. Il n'avait pas de couverts et mangeait avec les doigts. Et il s'était mis à la laver quand il s'était aperçu que les repas suivants lui étaient systématiquement resservis dans la même assiette, sans qu'on prenne la peine de la rincer : sa mère lui avait pourtant toujours dit que l'hygiène était très importante.

À intervalles irréguliers, un plateau lui était délivré par la chatière. Il y trouvait des reliefs de repas en quantité, souvent froids, quelques fois tièdes, rarement chauds. Les déjeuners étaient tout de même pour lui le moment le plus agréable de la journée. Il connaissait un peu la cuisinière. Une femme hargneuse qui, voyant ses maîtres malheureux, reportait la faute sur lui en ne cessant de lui répéter chaque jour : « Belmont ! Belmont ! Honore ce nom ! Belmont ! N'oublie pas : Belmont ! » pour l'inciter à se plier à cette nouvelle famille. Cependant, il devait au moins lui reconnaître une chose : durant tout le temps qu'il était resté, la nourriture avait été bonne. Et il avait presque toujours mangé à satiété. Presque.

Sa mère – la seule vraie – n'avait cessé de lui répéter l'importance de manger trois fois par jour, sainement et équilibré. Le problème était que la nourriture qui lui était donnée – variée, il est vrai – ne lui était que rarement distribuée plus de deux fois par jour. Souvent une fois, et quelquefois pas du tout. Surtout pendant les périodes de vacances quand ses parents adoptifs partaient dans leur maison de campagne. Il avait appris à gérer ce qu'on lui donnait et pris l'habitude d'en mettre régulièrement de côté pour les jours sans, s'apercevant que, malheureusement, ses réserves ne pouvaient excédées deux jours, ou bien la nourriture pourrissait. Il s'était rendu malade une fois, après avoir mangé de la viande avec un drôle de goût. S'en était suivie une période de diarrhées et de vomissements, qui avait rendu l'atmosphère de la cave irrespirable. Dans ses derniers souvenirs, lors de ses rares moments de réelle conscience durant ce laps de temps, des mains fermes l'avaient ausculté sans douceur. Il avait ressenti une douleur dans le bras avant de sombrer profondément. Quand il s'était réveillé, il avait aperçu la marque d'une seringue sur son avant-bras. Il s'était senti faible pendant plusieurs jours, mais s'était rétabli bon an mal an.

Pendant cette longue période d'enfermement, il avait perdu toute notion de temps, s'évertuant à jouer et à se perdre dans les mondes virtuels sur son ordinateur réapparu, et qui eux seuls lui permettaient d'oublier un peu sa tristesse. À peine saisissait-il la différence de saisons, lorsqu'il s'emmitouflait dans les deux vieilles couvertures rapiécées pour garder un peu de chaleur. Il sentait néanmoins le temps passer sur lui. Ses habits autrefois à sa taille rétrécissaient et se déchiraient aux entournures. Ses chemises et ses pulls qu'on lui avait autrefois donnés n'étaient plus que des nippes usées à la corde ; ses chaussures, encore un peu grandes quand il était arrivé en ces lieux, accusaient chacune un trou béant à l'extrémité des orteils. Il avait fini par les abandonner dans un coin pour se promener pieds nus sur le carrelage froid : ses chaussettes étaient depuis longtemps réduites à l'état de charpie et reconverties. L'une en gant de toilette ; l'autre en éponge, avant que cette dernière ne soit remisée avec les chaussures lorsque le garçon s'était aperçu qu'elle était devenue plus huileuse que les plats qu'il mangeait. Ensuite, il avait arrêté de porter ses pantalons déjà un peu étroits et devenus trop serrés, lui faisant mal aux jambes et lui coupant la circulation du sang. Quant à ses sous-vêtements, il y avait bien longtemps que tous les élastiques avaient craqué et que, plus d'une fois, il s'était retrouvé le slip sur les chevilles sans le vouloir. Il avait tout simplement décidé d'arrêter d'en porter. Et c'était nu comme un ver qu'il avait continué à vivre, emmitouflé dans une de ses couvertures. Une vie rythmée par…

Les réminiscences s'évanouirent brusquement, balayées par la lumière qui inondait maintenant la pièce. Max sentit un mouvement derrière lui, mais ne bougea pas. Le décor qui s'étalait sous ses yeux le figea de stupeur. Les porte-bouteilles avaient disparu. Toutes ses affaires pouilleuses avaient disparu. À la place, une salle de jeux, où s'empilaient les jouets, en nombre : jeux de construction, jeux de société, figurines articulées de superhéros, cartes en tous genres, Playmobil en quantité accompagnés de leurs accessoires, une batte de baseball sur le sol, et même la réplique miniature d'un kart bleu ciel flambant neuf, sur lequel trônait la peluche orange d'un marsupial au sourire déjanté. Au mur, un écran plat assorti d'enceintes. Sous la télé, des piles de DVD pour enfants attendaient d'être regardées. Bref, la caverne rêvée d'Ali-Baba pour un garçon qu'il n'était plus, trop tôt escamoté à son enfance. En cet instant précis, il voyait l'enfance d'un autre. Une enfance offerte par ces mêmes gens derrière lui.

« Tourne-toi mon salaud, que je vois ta trombine ! Et mets-moi tes mains bien en évidence… »
L'ordre menaçant avait grondé comme un roulement de tonnerre. Maxime se retourna lentement, les mains largement écartées. Il fit face à un homme de haute stature, un creux au niveau du menton, les cheveux noirs coupés en brosse semés de cheveux gris et la mâchoire carrée. Ce n'était pas le métal luisant du Beretta qui attira tout de suite l'attention du jeune homme, mais l'éclat froid de ses yeux noirs haineux. L'homme n'avait pas changé, à peine avait-il pris quelques rides et des tempes grisonnantes.

« Qui es-tu ? aboya-t-il. Comment es-tu entré ?
– Par la porte, murmura nonchalamment le jeune homme.
– Sornettes ! Elle est verrouillée sur nos empreintes digitales ! Je répète encore une fois ma question : qui es-tu et comment es-tu entré ? »
Maxime se sentait étrangement détendu. La menace devant lui n'avait presque aucune espèce d'importance. Il était trop secoué par le brutal changement de ce qui avait été autrefois "sa" pièce. Le fossé, qui séparait les deux existences, était tellement immense, avait provoqué un tel choc que la pièce actuelle lui semblait presque irréelle. Il en était même presque heureux : les souvenirs de cette époque déroulaient sous ses yeux un pan entier de son passé *et auquel cet homme appartenait*. Toutefois, un détail manquait, l'attirant vers une réalité qu'il avait pourtant cru laisser derrière lui. Un bruit de cavalcade retentit dans les escaliers.

Une femme apparut derrière son époux, un téléphone à la main, un mélange de rage et de détermination déformant un visage qu'elle avait plutôt joli. Les yeux bleus respiraient le meurtre. Sa grande silhouette, fine et musculeuse, était tout entière tendue vers la confrontation pure et dure, prête à frapper impitoyablement.

« Marie ! Reste derrière moi ! ordonna Gabriel Belmont sans quitter Maxime des yeux. Notre invité-surprise nous doit quelques réponses… Alors, comment es-tu entré, mon salaud ? Toute la maison était bouclée ! Et la poignée est à…

– …reconnaissance digitale, je sais, acheva doucement le jeune homme. Vous ne me reconnaissez pas ?

– Nous ne te connaissons même pas ! cracha l'épouse. J'appelle la police ! Ils lui feront cracher le morceau, tu peux me croire !

– Attends. Je veux régler le problème moi-même, grogna son mari avant de s'adresser à nouveau à l'intrus : réponds à ma question !

– Vous avez fait enregistrer mes empreintes le premier jour où je suis arrivé ici, fit Maxime en ôtant lentement la capuche de son sweat. Et cette pièce a été ma… "chambre" pendant près de deux ans... »

Un silence de mort s'installa. Le couple regarda le garçon avec une stupeur mêlée de crainte. Ils avaient reconnu le jeune homme maigre et émacié recherché par la police, mais, l'observant, distinguèrent les traits réguliers empruntés à sa mère.

« Maxime… »

Le murmure de Marie Belmont trancha le silence, plus froidement qu'une lame d'acier. *Le parasite était revenu.* Gabriel Belmont accusait encore le choc. *Le parasite était revenu.* Il assura la prise sur son arme. Marie avança d'un pas, vindicative :

« Qu'est-ce que tu es venu faire ici, sale morveux ? Nous voler ? Nous tuer ? Alors qu'on t'a donné le gîte et le couvert pendant toutes ses années ? Qu'on s'est saigné pour toi ? »

Maxime eut un rire triste.

« Le gîte et le couvert ? Saigné pour moi ? Pour le peu que je m'en souvienne, je ne valais pas plus qu'un cabot trouvé dans une décharge. Le fait est que je ne me souviens pas assez pour vous en vouloir, heureusement peut-être. Non. J'ai des questions…

– Tu te fiches de nous ? Tu rentres chez nous par effraction *pour poser des questions* ?! glapit la femme.

– Qui êtes-vous ? »

Surprise, l'épouse suspendit le numéro qu'elle avait commencé à composer. Elle observa Max un instant, méfiante :

« Le pire, c'est qu'il n'a pas l'air de plaisanter… Tu ne te souviens vraiment de rien ? »

Max secoua la tête. Marie éclata d'un rire cruel.

« En ce cas, je vais me faire un plaisir de te rafraîchir la mémoire, annonça-t-elle faussement joyeuse. J'ai été ta mère…

– Faux, contra aussitôt le jeune homme. Je sais qui est ma vraie mère !

– …adoptive, acheva la femme avec un rictus. T'avoir comme rejeton m'aurait finalement été vraiment pénible… Disons, qu'il y a quelques années, j'ai eu un moment de faiblesse…

– Qu'est-ce que vous faites dans ma salle de jeux ? »

La voix fluette et colérique interrompit Marie Belmont. Avec surprise, Max vit se faufiler derrière ses parents un jeune garçon d'une dizaine d'années, habillé d'un pyjama de soie rouge et chaussé de mocassins en cuir cousu main. Cheveux châtain clair, il arborait la mine boudeuse des enfants perpétuellement insatisfaits et la tranquille assurance que chaque mot qu'il prononçait était un ordre. « Une tête à claques, aurait dit Stobbart, rien à voir avec mes enfants ! » Max ne pouvait que lui donner raison. Physiquement, l'enfant tenait davantage du père dans les traits du visage, mais possédait les yeux de la mère. Un malaise s'empara de Maxime, sourd, d'abord lointain, puis de plus en plus puissant.

« Qui est-ce ? s'enquit-il faiblement.

– Notre fils ! »

Était-ce sa fierté de mère ? Ou bien sa joie triomphante avait-elle une autre origine, plus profonde ? Plus haineuse ?

« Pourquoi m'avoir adopté alors que vous aviez déjà un fils ? Pourquoi cette… rage ?

– Tu n'as donc toujours pas compris ? (Le ton de la femme suintait le mépris.) Ton adoption était une erreur, un moment de faiblesse. Je suis tombée enceinte *après* ton adoption ! À deux mois près… (Le rire méprisant s'étrangla.)

– En fait, on aurait dû te noyer à la naissance, grogna son mari. Tu ne nous as apporté que des problèmes…

– Comment ?

– Nous avons compris trop tard que tu n'étais qu'un parasite, poursuivit sa femme. Comme ta mère. Elle n'a toujours vécu qu'aux crochets des autres…

– Ce n'est pas vrai, protesta faiblement le jeune homme.

– Ah oui ? Elle ne travaillait pas ! D'où croyais-tu que venait l'argent ? » ricana Gabriel.

Le malaise de Maxime s'amplifiait. Sa mémoire défaillante se heurtait au voile épais de la Brume, qui renfermait jalousement ses souvenirs. Ce couple infernal lui jetait tour à tour à la figure des vérités qu'il ne comprenait pas, ou à peine. Il lui semblait qu'ils avaient connu sa mère bien avant qu'elle ne meure. Pourquoi ne s'en souvenait-il pas encore une fois ? Sa mémoire lui cachait-elle quelque chose, ou bien était-ce quelque chose qu'il ne savait tout simplement pas *avant* ?

« Je suis venu chercher des réponses…

– Tu ne trouveras rien ici, coupa brutalement l'homme.

– Tout est à moi ! Tu ne me voleras rien ! Vas-y ! Montre-lui, Papa ! »

La voix fluette du garçonnet résonna, plus haineuse encore, couvrant la voix grave de son père. L'esprit de Max était pris dans un tourbillon vertigineux dans lequel sa raison se noyait. Il se raccrocha désespérément à cette épave de lucidité pour survivre dans ce maelström. Un détail ne collait pas.

« Vous paraissiez connaître ma mère *avant* de m'adopter… Alors, *pourquoi m'avoir adopté ? Qui êtes-vous par rapport à elle ?*

– Tu es vraiment sourd, assena Gabriel sardonique. Nous sommes tes parents adoptifs, ceux qui t'ont accueilli et qui se sont rendu compte trop tard de leur erreur. J'ai changé d'avis. Je veux bien te faire grâce de quelques détails avant que tu disparaisses : une faveur parce que je suis magnanime… À la mort de ta mère, nous voulions profiter du choc de sa disparition pour nous modeler un descendant digne de ce nom.

– Il m'était difficile de concevoir. L'adoption nous paraissait être un palliatif acceptable. Nous avons fait accélérer les procédures, ce qui a été relativement facile : personne ne veut d'un gamin de onze ans, et ça fait une bouche de moins à nourrir pour l'État. Le problème, c'est que les gamins de ton âge sont déjà trop vieux et déjà trop imprégnés des schèmes de leurs parents précédents. Malgré le choc, au bout de deux mois, nous n'avions toujours pas réussi à te faire oublier cette traînée que tu appelais "mère"…

– Ouais ! Traînée ! (La voix du garçonnet perça, mortifiante.)

– Nous faisions tout pour te rééduquer convenablement, t'apprendre les bonnes manières… Nous te couvrions de cadeaux coûteux, mais tu les ignorais tous… La seule chose qui te faisait sortir de ton apathie, c'était ces foutus jeux vidéo !

– Quand nous avons appris que mon épouse était enceinte de Simon (sa mère caressa affectueusement la tête de son garçon qui lui fit un sourire éclatant), tu es devenu un poids dont nous ne pouvions plus nous débarrasser ! Il était trop tard, les papiers étaient signés, sans possibilité de faire marche arrière ! Nous avons essayé de faire annuler l'adoption, mais nous avons été déboutés ! Déboutés ! (Gabriel criait.) Une honte pour moi qui n'ai jamais perdu un procès ! Tout ça, à cause d'un gamin de onze ans ! Tout ça, par ta faute !

– En plus, nous avons dû continuer à te nourrir, grinça Marie.

– Parasite ! lança le petit Simon, venimeux.

– Puisque tu ne nous servais à rien, poursuivit la mère sans sourciller, nous t'avons remisé dans le cagibi avec tes maudits jeux. Si nous devions te garder, qu'au moins nous ne soyons pas obligés de supporter ta vue… !

– C'est vous qui m'avez vendu à ce tortionnaire ? »

La question de Maxime laissa le couple de marbre. Le jeune homme sentait l'extrémité de ses doigts trembler. Il avait atteint un niveau de tension qui l'obligeait à mobiliser toute sa volonté pour ne pas sombrer. La sueur l'inondait, le sang s'était retiré de son visage. Une crise se préparait. La Brume rampait vers lui…

« Nous ne t'avons pas vendu, répliqua Marie. Nous t'avons recyclé. Nous recyclons toujours nos déchets.

– Et peu importe à qui nous te donnions, ajouta son mari. L'essentiel était que tu disparaisses.

– Et vous avez jeté toutes mes affaires en même temps que moi… Toutes mes traces… »

Cloud désignait l'espace derrière lui, à présent occupé par la réplique miniature du kart bleu ciel flambant neuf. Gabriel Belmont haussa les épaules.

« Bien sûr. Et si tu veux tout savoir, une entreprise de nettoyage est venue *tout* effacer et désinfecter l'endroit. (Le mari appuya sur le mot avec un plaisir évident.) Satisfait ? »
Le jeune homme ne répondit rien, trop abattu par le fiel que ce couple déversait sur lui, trop occupé à résister à la Brume.

« Il est maintenant temps de mettre un terme à nos retrouvailles. Sans regret, je dois dire…
– Et j'espère que cette fois-ci, tu cesseras de nous hanter définitivement. C'est bon, chéri, les flics vont arriver.
– Bon débarras ! » éclata de rire le gamin.
Ses parents rirent de bon cœur avec lui. Ils savaient régler les problèmes, eux.

Profitant de la faiblesse de son hôte, la Brume lança une offensive dévastatrice. Le tremblement gagna entièrement Maxime, soudain et brutal. Il tituba, recula de quelques pas. Son pied heurta le kart et il s'effondra en arrière, sous les cris outrés de l'enfant. Pris par surprise, Max ne put résister. Il lâcha prise et sombra.

*

Les Belmont n'avaient qu'un mépris des plus suffisants pour cet ersatz de fils. La honte de ne pouvoir enfanter avait rongé Marie pendant presque vingt années de mariage. Sincèrement attaché, Gabriel était resté auprès d'elle, consolant du mieux qu'il pouvait son épouse désolée. La mort dans l'âme et après d'âpres discussions quand on leur proposa une opportunité, ils se décidèrent à adopter un fils qui ne serait et ne pourrait jamais être la réunion de leurs deux sangs. Ils choyèrent le nouveau petit arrivant, mais celui-ci n'était resté, pour lui comme pour eux, qu'un étranger. Ils se forcèrent à l'aimer comme leur propre fils, chaque jour davantage, ne cessant de lui répéter qu'il était un Belmont. Un Belmont ! Un nom prestigieux qui ferait pâlir d'envie nombre de petits garçons de son âge. Mais le petit Maxime demeura inconsolable. Les jours et les semaines passèrent et leur amour impatient, meurtri, se transforma en haine sincère quand ils comprirent que rien ne remplacerait cette mère morte et enterrée, pas même des parents de substitution bien vivants. Ils continuèrent pourtant d'essayer, mais plus ils étaient repoussés, plus leur rancœur grandissait. Et plus leur couple se délitait et les tensions s'exacerbaient.

Puis un coup de tonnerre vint ébranler ce petit monde, pour le meilleur et pour le pire. Un matin, Marie Belmont, rayonnante, annonça la nouvelle à son mari : elle était enceinte. Pour Maxime, ce fut un déchaînement. La rancœur et la colère accumulées durant ces deux mois et ces vingt années de frustration explosèrent et déferlèrent sur lui comme un raz-de-marée. Là où certains auraient eu recours à la force brute et procédé à un passage à tabac en règle, le couple, dès la naissance de leur fils, opta pour l'oubli pur et simple : Maxime n'était qu'une page de leur vie, pleine de ratures, qu'il leur fallait arracher, effacer. Il n'était pas un fils de leurs deux sangs, il avait mis leur couple en péril et, pire, *les avait repoussés*. Trop d'affront pour une seule et même petite personne. Sa seule maison serait le vieux cagibi inutilisé de la maison ; sa seule famille, ses jeux vidéo qu'il affectionnait tant. Faire table rase du passé. L'expression était tout indiquée.

Consigne fut tout de même donnée à leurs domestiques – la cuisinière qui haïssait le mioche ainsi qu'une femme de ménage sourde comme un pot et simple d'esprit – de nourrir avec les restes le chien qu'ils avaient recueilli dans le cagibi. La peur de la gent canine dispensa la femme de ménage de poser des questions et elle ne fit absolument pas le rapprochement avec la disparition du jeune garçon qui était arrivé dans la famille quelques mois plus tôt. La cuisinière se frotta les mains, heureuse d'être débarrassée de cette chose qui faisait autant de mal à sa maîtresse. Elle lui donnerait à manger parce qu'elle en avait reçu l'ordre, mais personne ne lui avait interdit de cracher dans la soupe, au sens le plus littéral du terme…

Avec la naissance de leur fils démarra pour les Belmont une nouvelle vie. L'amour pour leur progéniture crût proportionnellement à la haine qu'ils vouaient à leur échec. Malgré cette promesse d'oublier, la porte fermée à clef du cagibi leur rappelait toujours celui qui les avait éconduits. Très tôt s'était imposée à eux l'idée de s'en défaire. Peu importe les moyens. Le meurtre compris : noyade ou autre accident domestique présentait des possibilités innombrables et tout à fait satisfaisantes. Mais le plus dur n'était pas l'acte lui-même, mais l'après. Que faire du corps ? Une disparition clandestine était tout à fait envisageable, mais comment l'expliquer aux services sociaux si ceux-ci venaient à se manifester ? Ils avaient retiré le morveux de l'école pour officiellement poursuivre l'enseignement à la maison. Et en cas de contrôle, comment justifier de son absence ? Puis une de leurs très proches connaissances leur avait proposé une solution. Sans risque et tout à fait légale. Ils avaient accepté.

Mais à présent, plus de treize ans après, l'échec était réapparu. *Chez eux*. Au début, les Belmont ne l'avaient pas reconnu. Il avait grandi, vieilli. Et ces cheveux blancs… Une aberration de plus. Remarque, quoi de plus normal pour une aberration ? Leur fils aussi l'avait compris. En un clin d'œil. Lui était remarquable, plein de vie et d'intelligence. Ils en étaient très fiers. Tout le contraire de cette absurdité, si faible, qui s'était mis à tituber sans crier gare, en proie à un malaise…

Gabriel eut juste le temps de rattraper son fils furieux qui voulait corriger l'inconnu qui tombait sur son kart tout neuf.

« Ne bouge pas, Simon ! Et tu restes derrière moi, compris ? »
Son fils l'avait regardé d'un drôle d'air, mais avait obéi en maugréant. Sa femme avait soupiré :

« J'imagine que je dois aussi appeler une ambulance, après…

– Dommage qu'il fasse un malaise, ronchonna son mari. Le motif de légitime défense me plaisait bien… »

– Et moi donc, renchérit amèrement Marie. La police arrive d'ici combien de temps à ton avis ?

– Trois-quatre minutes s'ils n'ont rien d'autre à faire. Le commissariat est rue Rivay.

– Ah oui, c'est vrai.

– Papa ! Papa ! »

Leur fils les interrompit avec de grands cris surexcités.

« Qu'est-ce qu'il y a, Simon ?

– Ça y est ! Il se réveille ! exulta le garçon. Tu l'as, ton motif de légitime défense, Papa ! »

*

Max ouvrit les yeux. Son corps meurtri le faisait atrocement souffrir. La douleur se calma pourtant peu à peu. Les antalgiques faisaient leur effet. Il se redressa, vacillant. À mesure que les antidouleurs agissaient, son pas se faisait plus sûr, sa vue brouillée s'éclaircissait. Instinctivement, il chercha son arme des yeux. Elle avait disparu. Un mouvement attira son attention. Un peu plus loin devant lui se dressait un couple de malfrats. L'un des deux tenait un pistolet à la main, manifestement avec la ferme intention de s'en servir. Lui n'avait plus rien. Ça se passerait à mains nues, à l'ancienne. Quoiqu'il vît au sol un instrument qui lui convenait tout à fait. Une nouvelle fois, cette étrange sensation l'envahit. Max bondit en avant.

Sa perception du temps s'allongea, s'étira, se tendit vers une immobilité presque parfaite. Il sentait son corps bouger au ralenti, suspendu dans le temps. Simultanément, le pistolet de l'homme cracha ses balles, petits projectiles de métal surgissant comme des lutins infernaux, poursuivis par la longue langue de flammes qui jaillissait du canon. Même le bruit lui parvint étouffé, lointain. Irréel. Les balles passèrent près de lui, traçant leur ligne droite meurtrière. Un instant, il les regarda avec curiosité, les laissant filer dans l'air comme de minuscules comètes.

Mais leur espace et celui de Max recommencèrent à accélérer. D'abord lentement. Puis de plus en plus vite. Max sentit la pesanteur reprendre ses droits et se laissa tomber au sol, vers la batte. Il se réceptionna sur l'épaule, se servant de sa chute pour effectuer un rapide roulé-boulé et se remettre debout, la batte armée. Il se retrouva juste sur le côté, dans l'angle mort de son adversaire. L'homme eut à peine le temps de le suivre du regard. Sa peur était devenue étincelante.

*

Gabriel Belmont n'en revenait pas. Presque mort l'instant d'avant, Maxime s'était redressé d'un seul mouvement. Beaucoup plus tard, en y repensant et en reparlant avec sa femme, ni l'un ni l'autre n'avait pu saisir ce qui s'était passé durant cette très courte période, pas plus de deux ou trois secondes. Ils en étaient certains. Mais dans ce bref laps de temps, Maxime s'était mû comme un serpent, ondulant entre les balles et avait frappé avec la même hargne foudroyante. Gabriel avait eu du mal à le suivre des yeux. Marie était restée pétrifiée. Son mari réalisa tout à coup que, face à cette vitesse d'exécution, son arme était devenue totalement inutile, et même dangereuse avec sa famille autour de lui. Après une roulade d'esquive parfaitement maîtrisée, Maxime était arrivé sur son côté, la batte de son fils ramenée exprès des États-Unis dans ses mains, prête à l'emploi. Il avait pris peur. Puis son poignet avait explosé de douleur.

Le manche de la batte de baseball était ferme dans sa main. D'instinct, Cloud avait calculé son mouvement et roulé sur l'objet cylindrique. Il exécuta un swing parfait. L'extrémité arrondie de l'instrument en bois fracassa le poignet tenant l'arme. Sous le choc, l'arme s'envola, rebondit contre mur et retomba, inerte. Gabriel laissa échapper un cri enroué, qui s'étouffa dans un râle. Un revers de la batte l'avait cueilli à la mâchoire, fracturant dents, mandibule et maxillaire avec un bruit écœurant. L'homme s'écroula au sol. Marie Belmont poussa un hurlement de rage et se précipita sur Cloud. Elle tendit vers lui ses ongles longs et manucurés avec la ferme intention de lui déchirer la gorge. La batte frappa encore avec une précision et une vitesse diaboliques. La tempe éclata sous l'impact. Brusquement libéré, le sang jaillit, maculant les cheveux blonds et trempant le bois clair de l'instrument. La femme s'effondra comme une masse et ne bougea plus. Ne restait debout que le fils de ses parents adoptifs. Les cris de joie sauvage du début avaient cédé la place à une terreur pure. À l'entrejambe, le pyjama de soie rouge s'orna d'une auréole grandissante. Les yeux grands ouverts fixaient sans comprendre les corps de ses parents allongés et immobiles.

*

La Brume attaquait en force, mais n'arrivait plus à maintenir son emprise. Seulement quelques secondes cette fois-ci. L'esprit de Max revint aussitôt à la charge et elle dut battre en retraite. Les forces de la Brume s'amenuisaient et elle ignorait combien de temps elle allait pouvoir tenir les toutes dernières forteresses de ces souvenirs. Elle n'était plus nourrie et cette inanition se faisait cruellement sentir. Le siège qu'elle devait tenir contre son propre hôte était très dur. Elle devait économiser ses forces. Et espérer. Elle se replia une nouvelle fois.

*

Maxime s'éveilla debout. La crise était passée. Elles duraient de moins en moins longtemps, mais étaient toujours plus violentes. À terre gisaient les corps de ses parents adoptifs. Il sentit quelque chose dans sa main. Il baissa les yeux et aperçut la batte sanguinolente. Il la lâcha et elle tomba avec un bruit mat. Il n'avait plus peur. Il était trop épuisé pour ça. Se battre contre lui-même, se battre contre les autres, tout cela le laissait dans un état de faiblesse indescriptible. Puis il vit ce gamin insupportable. Son "frère d'adoption". L'ironie prêtait presque à sourire.

L'enfant avait voulu sa mort. Caprice de gamin pourri gâté. À présent, il goûtait la terreur. Celle de l'impuissance, de la solitude. Celle qui fait prendre conscience de n'être qu'un jouet dont s'amusaient les adultes. Tout ça, il l'avait connu. Max s'approcha d'un pas vacillant. Au loin, des sirènes de police retentirent.

« Ne t'inquiète pas… »

Les mots résonnèrent curieusement dans sa bouche ; lui-même les avait tellement entendus. Toujours à tort.

« Tes parents ne sont pas morts… »

Max marqua une pause, avant de faire un nouvel effort, le dernier :

« Je te souhaite plus de bonheur avec eux qu'ils ne m'en ont donné… »

Quelques secondes plus tard, le jeune homme disparaissait dans l'escalier, refaisant le chemin en sens inverse jusqu'au garage, et laissant derrière lui un morceau de son passé, de nouvelles questions sans réponse, et un petit garçon terrifié, image de son propre reflet au même âge. Le hurlement croissant des sirènes dans la nuit s'éteignit à l'arrivée de la police sur les lieux de sa dernière confrontation. Encore une. Mais bientôt viendrait la dernière, il le savait, il la sentait venir. Bientôt, il serait libéré. Bientôt. La nuit l'enveloppa dans son manteau protecteur. Il se volatilisa dans le dernier souffle de vent.

Chapitre LXVII

Vendredi 9 septembre

Une nouvelle semaine s'achevait bientôt, aussi éreintante que la dernière. Quand elle s'était regardée dans le miroir ce matin, Nicole avait cru défaillir. Même un cadavre sur la table du docteur Fortesque avait meilleure mine. Un teint pâle et des poches sous les yeux trahissaient un manque évident de sommeil. Elle avait beau boire du café, elle avait toujours l'impression de tituber de sommeil. La caféine ne lui faisait plus d'effet, constata-t-elle dépitée. Et boire du thé ne l'enchantait guère. La théine mettait trop de temps à être efficace et l'eau de Paris avait un goût infect de chlore. Au moins le café avait-il le mérite de le dissimuler… Elle opta pour ce dernier et remplit son thermos à ras bord. Tant pis pour ce que dirait Stobbart sur son café et son maquillage.

Elle sortit de chez elle, direction le métro, destination les Batignolles. Il faisait froid et beau ce matin, mais son estomac se serrait spasmodiquement à intervalles réguliers : elle avait un mauvais pressentiment. Toute l'équipe – ce qu'il en restait surtout – travaillait d'arrache-pied sur l'affaire Braska. Des zones d'ombre persistaient. Beaucoup de zones d'ombre. Et chaque fois qu'ils pensaient apporter une lumière, un autre élément ne faisait que renforcer cette obscurité latente. Et cette affaire Braska n'épargnait personne. George avait beau tirer l'équipe vers le haut, garder le sourire, ses épaules s'affaissaient chaque jour un peu plus. Nicole soupçonnait des raisons moins professionnelles, un intérêt plus poussé qui le forçait à s'investir toujours plus. Même chose pour Hal. L'informaticien avait perdu cette insouciance, cette jovialité parfois un peu pesante qui le caractérisait tant avant le début de l'enquête. En l'espace de quelques jours, il était devenu plus mesuré, plus sombre aussi. Les vidéos sanglantes de Maxime l'avaient profondément marqué.

Quant à elle… L'affaire éveillait en elle une rage sombre que Nico ne s'était pas crue avoir. La part d'obscurité qu'elle avait en elle grandissait, elle le sentait. Ce qui avait d'abord été un certain pessimisme à l'encontre des hommes et des femmes avec lesquels elle devait composer tous les jours pour résoudre des affaires frisait à présent dangereusement la misanthropie. Quand elle pensait à Maxime, elle avait l'impression qu'il s'était emparé d'elle et l'entraînait avec lui dans les noirs tréfonds de l'âme humaine, au point qu'elle en suffoquait pendant ses cauchemars, se réveillant en sursaut dans la pénombre de sa chambre, grelottante de sueur et de terreur. Si l'affaire se concluait, elle non plus n'en ressortirait pas indemne.

Ces sombres pensées amenèrent la jeune policière à rater son arrêt. Avec un grognement, elle descendit à l'arrêt suivant, Porte de Clichy, et, à la dernière minute, décida de finir le trajet à pied. Elle se rallongeait de dix bonnes minutes, mais marcher lui ferait le plus grand bien.

Elle passa le portique du Bastion vers sept heures trente, plus sereine. Non pas que l'air empuanti de Paris l'ait soulagée, mais l'exercice l'avait détendue. Comme à son habitude, elle monta directement à son bureau, saluant au passage les rares collègues qu'elle croisait, en même temps qu'elle finissait de vider son thermos à petites gorgées. Quand elle entra dans la pièce, Hal était déjà là. Leur commandant, lui, s'affairait avec une énergie qui n'augurait rien de bon. Ses gestes étaient précipités, tournant rapidement les pages du dossier étalé devant lui. Il leva les yeux vers elle et Nicole crut qu'il avait vieilli de dix ans depuis la veille.

« Oulà ! Ça va, patron ? Vous avez une mine de déterré !

– Trêve de commentaires, Collard, bougonna son chef de groupe. J'attends de voir ta tête quand tu apprendras ce qui s'est passé cette nuit…

– Mauvaises nouvelles ?

– Plutôt. Les Belmont ont été agressés chez eux, hier soir, à la batte de baseball par un fou furieux. Je te donne dans le mille de savoir qui ça peut être… » Nico était bouche bée.

« Vous pensez que… ? Ça ne peut pas être Maxime ! Comment…

– Si, c'est bien lui, coupa George. Les deux parents sont à l'hôpital, le père avec la mâchoire en compote et la mère avec une commotion cérébrale sévère. Ils s'en sortiront tous les deux, mais Max, lui, il va finir par prendre perpèt' à ce rythme… !

– Mais comment sait-on que c'est lui ? Vous venez de me dire qu'ils étaient tous les deux KO…

– Leur gamin, Nico, leur gamin… »

Stobbart se renversa contre le dossier de sa chaise. Une décennie supplémentaire vint s'ajouter à la première, ses épaules se voûtèrent encore.

« Le gamin a vu toute la scène, reprit le policier d'un ton las. T'en connais beaucoup des types d'une vingtaine d'années avec des cheveux blancs ? D'après lui, Max était venu les voler. Son père s'est défendu, « en toute légitime défense », n'a-t-il pas arrêté de dire aux collègues…

– Le père était armé ?

– C'est la question que je me suis posée. Et c'était effectivement le cas. Un pétard acheté légalement, avec permis de port d'armes. Les collègues ont retrouvé cinq impacts de balles dans le mur, mais pas de sang, du moins appartenant à notre homme. Quand ils ont demandé à l'enfant ce qui s'était passé, il a eu du mal à leur expliquer. Tout s'est apparemment passé très vite.

– Pour éviter cinq balles, c'est le moins qu'on puisse dire.

– Ce garçon est plus que surprenant, je te l'ai déjà dit. Tu n'as pas vu à l'appartement de l'infirmière…

– Non, mais je n'oublie pas la vidéosurveillance dans l'ambulance. L'enfant a dit autre chose ?

– Non. Il était en état de choc. Ça, c'était la première nouvelle. Mais j'ai encore mieux pour la deuxième, ou pire : je peux maintenant vous l'annoncer officiellement, le Procureur Godot est décédé. »

La nouvelle eut l'effet d'une violente déflagration. Hal et Nicole se regardèrent, incrédules.

« On l'a retrouvé noyé dans le canal Saint-Martin, poursuivit le commandant, et on ignore si l'on a affaire à un accident ou… à autre chose.

– Vous pensez qu'on l'a tué ? chuchota Hal d'un ton craintif.

– Je n'en sais rien. Le problème, c'est ce qu'a l'air de penser Jacques – le commissaire Blanc, pardon. Et pas par n'importe qui par-dessus le marché…

– Maxime ? devina Nico en baissant la voix.

– Exact. Encore lui. Et malheureusement je ne peux pas prouver le contraire…

– Il était chez vous pourtant, non ? hasarda Hal en fronçant les sourcils.

– Pas cette nuit-là. Du moins, je crois qu'il est sorti à ce moment-là. Seulement, je n'ai pas eu la confirmation de l'intéressé…

– Et vous pensez que… ?

– Je ne pense rien, Nico. Tant que je n'aurais pas eu LA preuve, peu importe le bord. Dernière chose et non des moindres : hier soir, juste avant de partir, notre commissaire préféré a eu un appel de la sœur d'Ariel Braska. Notre infirmière lui a envoyé le dossier de Maxime en Espagne, en assurance-vie je suppose. Enfin, quand je dis dossier… »

Stobbart désigna l'épaisse pile de papiers qui surmontait son bureau.

« Ça tient plus de l'amas de dossiers polycopiés, imprimés et livrés en vrac : parcours scolaire, dossier médical, résultats sportifs, livret de famille… Tout y est. Une biographie tout ce qu'il y a de plus exhaustive…

– Je peux jeter un œil ?

– Fais-toi plaisir. Tu me diras ce que tu en penses après. Je vais chercher un café. Je t'en ramène un autre ? Hal ?

– Non merci, ça ira. »

Nicole secoua la tête tout comme Hal, déjà plongés dans leur lecture, tandis que George s'éclipsait vers la cantine d'un pas fatigué. Les documents que la jeune femme compulsait étaient, comme l'avait dit Stobbart, des photocopies faites à la va-vite. Les reproductions étaient parfois mal cadrées, voire à demi reproduites : l'infirmière avait dû exécuter les copies en catimini, avec l'angoisse constante d'être découverte à tout moment. Mais tout ceci éclairait à présent le jeune homme sous un jour nouveau. Un jeune homme tout à fait… ordinaire. Il avait été un élève rêveur, qui aimait se divertir comme tous les enfants de son âge, mais aussi calme, réservé et attentif, à l'esprit vif mais doté d'un fort caractère : « Très bons résultats dans l'ensemble », « Maxime doit faire attention à être moins dissipé en cours de math et plus travailler », « Bons résultats dans l'ensemble ». Les mêmes commentaires se poursuivaient jusqu'en classe de sixième, soit jusqu'à ses onze ans, puis tout cessait.

Sportivement, Maxime avait également été un très bon élément, qui avait commencé la gymnastique très tôt et débuté une petite carrière sportive des plus prometteuses dans le tumbling, cette discipline qui consistait à exécuter sur tapis un enchaînement de figures acrobatiques à grande vitesse. Plusieurs titres de champions dans sa catégorie d'âge et même un alors qu'il avait été surclassé. Nicole ne connaissait rien au système de notes, mais les listes de résultats et les quelques photos parlaient d'elles-mêmes : toujours les meilleurs résultats et des sourires éclatants sur la plus haute marche du podium. Et le dossier médical… Eh bien, le garçon était en parfaite santé. Il avait eu la varicelle comme beaucoup d'enfants de son âge, ainsi que les oreillons. Mais hormis ces deux maladies infantiles, il avait toujours été en grande forme. La conclusion était sans appel : Maxime était un enfant comme les autres. À partir de ce constat, qu'est-ce qui avait provoqué un tel changement chez celui qu'elle avait connu quelques jours auparavant ? Nico releva la tête. Après vingt minutes, son chef revenait enfin, un café à la main.

« Alors, conclusions ? attaqua Stobbart d'emblée.

– Conclusion, une enfance tout ce qu'il y a de plus normal. Il a grandi seul avec une mère célibataire, pas de problèmes particuliers avec qui que ce soit ou quoi que ce soit. Tous les dossiers s'arrêtent sur l'année de ses onze ans, l'année de la mort de sa mère et de son adoption par les Belmont. À vrai dire, la seule chose sur laquelle je m'interroge vraiment, c'est sur la provenance de ces photocopies. Les documents originaux devraient être en possession de Maxime ou tout du moins de ses parents adoptifs, si tant est qu'il les ait encore eus à ce moment-là. Mais je vois mal les uns et les autres les garder par-devers eux : Maxime paraît avoir été totalement déconnecté de notre monde pendant un moment ; et les Belmont, pas sûr qu'ils se seraient embarrassés à garder cette paperasse d'un enfant "décédé" dont ils reniaient l'existence…

– Bien vu, opina George. À défaut, on a déjà des copies qui nous en ont appris plus en une heure qu'en une semaine sur notre larron…

– Pourquoi les avoir envoyées à sa sœur ? questionna Hal. Si elles n'avaient plus de contacts…

– Justement. Quel meilleur moyen de brouiller les pistes ? Personne ne se serait attendu à ce qu'elle les envoie à une inconnue, quitte à les récupérer plus tard pour les mettre en lieu sûr. Oui, Nico ?

– Il reste maintenant à savoir où sont les originaux, si c'est Ariel Braska qui a bien fait les photocopies, et si oui, où ? À l'Institut Mantis ?

– Ça nous ramène encore là-bas… Ces documents sont cruciaux pour une raison qui nous échappe… D'accord, ce sont des papiers sensibles, parce que médicaux, en lien avec la vie privée des personnes, mais à première vue d'œil, rien de bien précieux. Comme tu disais, Nico, un enfant comme les autres…

– Ça me rappelle des souvenirs, fit Hal rêveusement en feuilletant les dossiers de Maxime. Je me rappelle qu'à la fin de ma scolarité, l'école m'avait rendu tout mon dossier scolaire, de la maternelle au lycée. J'avais trouvé ça amusant de revoir toutes ces appréciations…

– Quel rapport avec l'enquête ? s'enquit impatiemment Nicole.

– Une raison toute simple, répondit Hal sans se troubler. Ma mère a voulu faire du ménage dans ma chambre le jour où je suis parti à la fac. Et elle a brûlé « tous ces vieux papiers qui ne servaient à rien ». Ça m'a mis dans une colère folle ! J'avais l'impression d'avoir perdu une partie de ma vie… »

Stobbart pointa un doigt sur son lieutenant.

« Bien joué, Hal ! On a cherché *à effacer son existence !* »

Emmerich eut un grand sourire, avant de reprendre d'un air interrogateur.

« Oui, mais pourquoi les avoir conservés dans ce cas, si on avait réellement cherché à effacer les traces ?

– Encore une question en suspens…, maugréa Collard.

– Et nous sommes là pour y répondre. Nico, tu contactes le juge d'instruction et les collègues de Levallois pour essayer de récupérer les informations concernant l'agression des Belmont. Précise les circonstances et s'il y a un problème, dis-leur de contacter le commissaire Blanc ! Dès que tu peux, tu me passes au crible tous les papelards qu'on nous a envoyés et tu te débrouilles pour contacter toutes les écoles, clubs de sport, médecins, entraîneurs, instituteurs que tu trouveras dedans, savoir s'ils n'ont pas gardé le souvenir ou un dossier d'un certain Maxime Villargent, l'année de ses onze ans, et pour comprendre pourquoi il a disparu des écrans radars.

– OK, patron !

– Hal ! Je crois que tu as reçu le registre de consultations de Montreuil ?

– Hier soir, oui, ainsi que les membres du personnel communal sur les vingt-cinq dernières années. Pour l'instant, j'ai commencé à bosser dessus en prenant pour point de départ l'année d'adoption.

– Parfait ! Continue là-dessus. Tes recherches sur les Belmont, quelles nouvelles ?

– Pas eu le temps de m'en occuper. Désolé…

– Je n'oublie pas qu'on est que trois, ne t'inquiète pas. Nico, quand tu auras fini, tu fileras un coup de main à Hal. Au fait, les notaires, ça a donné quoi ?

– Comme vous l'aviez prédit : pas d'acte d'adoption et une page de répertoire proprement déchirée. J'ai cru que le notaire allait tourner l'œil, ajouta la jeune femme en grommelant. Un peu plus et c'était limite de ma faute…

– On a notre preuve par trois, je te l'avais dit ! Ceux qui ont fait ça sont très méticuleux. Tu sais s'ils ont porté plainte pour un cambriolage plus ou moins récemment ?

– Aucune plainte pour quoi que ce soit.

– Nous voilà bien. Allez, au boulot ! On n'a pas de quoi s'ennuyer !

– Et vous, patron ? hasarda Emmerich

– Tu t'inquiètes pour moi ? Il faut que je couche tout ça sur PV. Tu veux prendre ma place ?

– Euh…sans façon…

– Alors, t'occupes ! Et si tu veux tout savoir, il faut aussi que je relise tous les PV depuis le début : il y a quelque chose qui me chiffonne, mais je n'arrive pas mettre le doigt dessus. Et je voudrais aussi comprendre la photo que tu as vue chez les Belmont et le lien que le directeur Édison peut avoir avec les "parents adoptifs".

– Si c'est lui. La photo était un peu loin…

– On verra. On fait un point à midi.

– À tout' ! »

La petite équipe se dispersa aussitôt, l'ardeur retrouvée grâce aux nouveaux éléments : il n'y avait rien de plus frustrant que de travailler sur une enquête qui stagnait, traînait jusqu'à ce qu'elle soit classée sans suite par un manque d'éléments d'investigation…

Stobbart ne revint que sur les coups de treize heures, avec la mine défaite des mauvais jours et l'air passablement énervé. Il tenait à la main un sandwich insipide acheté à la supérette du coin, tandis que ses lieutenants finissaient les pizzas commandées une demi-heure plus tôt. George se laissa tomber dans une chaise et entreprit de manger d'un air maussade.

L'informaticien avait laissé de côté la liste du personnel montreuillois pour prêter main-forte à Nicole et terminer au plus tôt cet ennuyeux travail de prospection téléphonique sur les établissements scolaires et médicaux qu'avait pu fréquenter le jeune Maxime. D'un accord tacite, ils décidèrent de laisser tomber un instant le téléphone et les appels tous azimuts pour plonger dans la rédaction silencieuse des derniers PV retraçant les ultimes avancées de l'enquête. Quand leur commandant termina son déjeuner frugal, ils n'avaient toujours pas bronché, s'employant à faire le moins de bruit de possible. Sans crier gare, Stobbart se leva de sa chaise :

« Bon, alors, ce point ? »

Nicole regarda Hal, qui lui adressa un discret hochement de tête.

« J'ai contacté la juge d'instruction, je l'ai mise au courant et ça ne lui a pas fait plaisir d'apprendre que notre suspect se baladait comme bon lui semblait dans Paris. Lorsque j'ai fait le rapprochement avec l'agression de Levallois, elle a immédiatement appelé les collègues. Ils ont confirmé les infos. Quand ils ont su qu'on était sur l'affaire, ils n'ont fait aucune difficulté pour nous transmettre les PV…

– Ouais, ils sont trop contents de nous refiler un bâton de dynamite allumé avant que ça leur pète à la figure… Continue.

– Et ils ont eu raison, puisqu'on est tombé sur un nouvel os. Le couple agressé, les Belmont, ce sont des proches de l'ancien Président de la République : Gabriel Belmont est le parrain de son fils, Jean-François Moreau. Le fils qui a été soigné par le Professeur Mantis », précisa Nico.

La nouvelle fit l'effet d'une petite bombe auprès de Stobbart. Le policier eut un petit rire nerveux et plongea la tête dans ses mains. Se frottant les yeux avec ses poings, il finit par pousser un énorme soupir.

« C'est pas vrai, c'est pas vrai, c'est pas vrai… »

À croire que toute l'enquête qu'ils s'évertuaient à conclure ne pouvait être menée que depuis un précipice avec un perpétuel risque d'éboulement sous lequel ils étaient menacés de tous y passer. Et encore. Stobbart ne comptait plus les nids-de-poule qui parsemaient le chemin et sur lesquels ils ne cessaient de trébucher.

« C'est tout ? demanda-t-il d'un ton recru, un peu rogue.

– Oui, fit Collard mal à l'aise. Je sais que c'est pas franchement le genre de nouvelles qui…

– C'est très bien, Nicole, coupa George. Hal ?

– Les résultats sont mitigés. Pour l'instant, rien du côté des archives de Montreuil : tous ceux qui ont consulté les actes sont des généalogistes ou le personnel communal.

– À part les archivistes, qui peut accéder aux archives ?

– Seulement eux et le service technique pour des raisons de sécurité. Il me reste encore quelques noms à vérifier… »

George étouffa un soupir de déception :

« Continue.

– Rien non plus du côté des pédiatres et des médecins que Maxime a consultés : soit ils sont partis à la retraite ou décédés, soit ils ont déménagé sans laisser d'adresse. On poursuit les recherches. Pour ce que sont les clubs sportifs, j'ai pu parler aux deux entraîneurs du club de gymnastique qu'a fréquenté Maxime. L'un ne le connaissait pas, il n'est arrivé qu'il y a deux ans. L'autre s'en souvenait très bien. D'après ses dires, un jeune garçon timide et gentil. Pas de problème en particulier et qui adorait sa mère. Il n'a même pas fini l'année scolaire. Et toujours d'après lui, ça a été une vraie perte pour le tumbling, parce qu'il était vraiment doué et qu'il ramassait médaille sur médaille…

– Mmm… Ça expliquerait toutes ses acrobaties de fou furieux… Et comment explique-t-il la disparition de son dossier sportif qu'Ariel Braska a retrouvé ?

– Il n'en savait rien. En fait, il n'était même pas étonné de son absence : le club les détruit lorsque les licenciés ne se sont pas réinscrits au bout de quelques années. Par manque de place. »

Stobbart était songeur. Sa mauvaise humeur laissait doucement place à la tranquillité de la déduction.

« Sait-il pourquoi Maxime avait quitté le club ?

– Non. Apparemment, il est parti sans un mot. D'après lui, même ses copains ne l'ont plus revu.

– On peut facilement supposer le décès de sa mère, l'adoption… Ça s'est quand même fait très vite. Trop vite… À propos d'adoption, il faudrait aussi contacter l'ASE[11], voire s'il y avait une assistante sociale dans l'histoire…

---

[11] Aide Sociale à l'Enfance : organisme d'action sociale pour la protection de l'enfance.

– Déjà fait, intervint sombrement Nico. Je me suis renseignée ce matin. Il y a bien eu quelqu'un, mais l'agent qui s'en occupait est décédé il y a trois ans d'une cirrhose. »

George haussa le sourcil.

« Charmant. Et le dossier ?

– Secret médical et pas moyen d'y accéder. J'ai quand même fait une demande avec la procuration que vous m'aviez donnée.

– Très bien. Tiens-moi au courant (Stobbart marqua une pause avant de reprendre en grognant). Bizarrement, tout le monde perd ses papiers quand il s'agit de retrouver quoi que ce soit en lien avec Maxime. Et du côté des écoles ?

– On était dessus quand vous êtes arrivé.

– Bien. Bien, bon boulot tout le monde. À mon tour, mais vous avez dû comprendre à ma tête que c'était pas folichon de mon côté...

– On est tout ouïe, encouragea Hal.

– Cette histoire de parents adoptifs qui lâchent leur môme au bout de quelques mois sous prétexte qu'il ne leur revient pas et qui se font tabasser en retour, ça ne me plaît pas du tout. D'une part, parce que c'est un gamin et pas un produit de consommation ; d'autre part, parce que je vois mal Max les attaquer pour rien. D'accord, je ne suis pas objectif, mais avoir un pistolet sous le nez n'a jamais apaisé les mœurs...

– Vous pensez que c'est eux qui l'ont menacé ? s'enquit Nicole.

– Je n'en sais rien, grimaça George. Je ne connais pas toutes les versions. Et à chaque fois que notre homme a couché quelqu'un sur le carreau, c'était en réponse à des représailles...

– Vous oubliez Zacharie Juste, souligna la jeune femme.

– Non, l'autopsie a conclu au suicide, même si je trouve ces conclusions discutables, et même si sa dépouille ne portait pas de traces de coups. Par contre, je peux vous rappeler l'agression des deux infirmiers qu'on a retrouvés dans un conteneur à l'Institut Mantis. Cette agression n'était pas gratuite, mais avait un but bien défini. Et (Stobbart baissa la voix), n'oubliez pas que j'ai eu la meilleure occasion de l'observer plusieurs jours. Vous aussi...

– C'est vrai, concéda l'informaticien. En espérant qu'il ne jouait pas la comédie...

– C'est toujours un risque, admit le commandant. Nous ne pouvons être sûrs de rien. Excepté sur le fait que ça va être le parcours du combattant pour décrocher une perquisition à l'Institut Mantis auprès du Juge des libertés, ajouta-t-il d'un ton lugubre. Le Préfet est injoignable et je viens d'apprendre que le juge vient d'être mis en arrêt-maladie.

– Et le commissaire Blanc ? demanda Nicole.

– Déjà demandé. Le connaissant, il pourrait se débrouiller pour avoir une autorisation de la part d'un autre juge, mais cela reviendrait à se mettre en porte à faux avec le Préfet. Non, il faut que la perquisition vienne absolument de Mantis.

– Alors, on fait quoi en attendant ? fit Emmerich dubitatif.

– On continue ! rétorqua son supérieur. Je veux comprendre pourquoi on a voulu effacer l'existence du gamin ! Est-ce de sa volonté propre ? On n'en sait rien, parce qu'il est amnésique ! Alors, cherchons pour lui. Dans le cas contraire, pourquoi a-t-on voulu le faire disparaître de la circulation ? On interrogera les Belmont dès qu'ils seront en état de parler !

– Mais l'un a la mâchoire en compote et l'autre est dans les vapes…, bégaya Hal.

– Et alors ? Il doit bien savoir écrire ! Et une commotion n'est pas un coma ! Ils sont en état de faiblesse, c'est le moment d'en profiter !

– C'est limite de l'abus de faiblesse, risqua Nico.

– Parce qu'adopter un orphelin pour le reléguer aux oubliettes, ce n'est pas de l'abus de faiblesse, peut-être ? s'emporta George. Il faut que vous compreniez bien que la majeure partie des pistes nous ramène à l'Institut Mantis depuis le début : l'infirmière, les parents adoptifs qui connaissent le directeur de l'Institut, et bien sûr Maxime ! Sans peut-être compter les trois macchabées qui m'ont ouvert le crâne et que personne ne connaît ! »

Stobbart se tut. Hal et Nico se tinrent cois. L'explosion subite de leur chef d'habitude si calme leur faisait un drôle d'effet. D'un côté, ils ne pouvaient qu'approuver. Même si chaque réponse apportée soulevait toujours davantage de questions qu'elles n'en résolvaient. Mais pour Nico, les liens étaient trop ténus. Tout ce que George avait dit était vrai, mais ne restaient que des présomptions, des soupçons aux fondements très incertains.

A contrario, la présence de Cloud à l'appartement des Belmont, que Stobbart avait visité la veille, posait d'autres questions, plus problématiques : comment s'était-il retrouvé là-bas ? Avait-il retrouvé la mémoire ? Pourquoi avoir refait le portrait de ses parents adoptifs ? Vengeance ? Défense ? Désespoir ? Nico comprenait la frustration de son chef mais, froidement, refusait de se laisser embarquer dans une colère stérile. Pourtant, à l'idée de retourner sur les listes téléphoniques, l'abattement s'empara d'elle.

Hal s'éclaircit la voix :

« On va y arriver, patron. »

La voix inhabituellement grave et tranquille de l'informaticien fit relever la tête de Stobbart. Nicole écarquilla les yeux, soudainement amusée. Hal qui remontait le moral du chef. Une première !

« Vous avez votre instinct, on vous croit. Mais nous n'avons pour le moment que des suppositions. Et comme vous venez de le dire, oui, nous avons toujours plus d'éléments qui ne font que poser des interrogations supplémentaires. Mais nous les avons ! Et ils se recouperont bien un jour ! À ce moment-là, on sera bon et on n'aura plus qu'à laisser dérouler l'enquête… »

Le petit discours d'Emmerich surprit tout le monde, y compris son auteur. À vrai dire, il avait tout autant redonné du courage aux autres qu'à lui-même. George s'était toujours appliqué à lui faire remonter la pente, encore plus au début de cette sinistre histoire. Maintenant, c'était son tour. Quand il eût terminé, Nico avait hoché la tête et sur les lèvres de Stobbart s'était spontanément dessiné un sourire.

« Bien parlé, Hal ! rit doucement le commandant. Vous avez raison tous les deux : on arrivera bien à avoir le fin mot de cette histoire. Et avec des preuves en béton ! »
L'ambiance se détendit d'un coup.

« Vous en étiez où, du coup ?

– On allait s'attaquer à la piste scolaire et passer des coups de fil aux écoles…, répondit la jeune femme.

– OK. Passez-moi des numéros : on va se partager le boulot. »

La fin de l'après-midi passa comme un éclair. Durant sa dernière année de scolarité officielle, Maxime avait été collégien dans un des plus gros établissements publics de Montreuil. Les policiers s'attachèrent à surmonter les barrières administratives et humaines qui se dressèrent devant eux, développant des trésors de patience pour persuader le secrétariat de leur passer l'un le proviseur, l'autre le rectorat de Créteil pour tenter d'obtenir des informations sur Maxime, sinon la liste des professeurs ayant exercé à la même période, et si possible, leurs numéros de téléphone.

Pour le garçon, ils ne purent obtenir aucune information : c'était simple, il n'existait tout simplement pas. Au grand dam de Stobbart qui remuait ciel et terre pour comprendre cette aberration. On lui communiqua le numéro de l'archiviste du rectorat – encore un – qui se montra catégorique : aucun fichier à ce nom n'existait. Il rechercha tout de même à la demande de George dans les fichiers informatiques. Rien dans les dossiers de rentrée scolaire, le garçon semblait n'avoir jamais été inscrit dans ce collège ; pas de dossier médico-scolaire non plus, aucun soin ni vaccin ne paraissait avoir été prodigué. Même le dossier scolaire qui retraçait tout le parcours scolaire d'un élève était inexistant. Lorsque l'archiviste lui expliqua d'un ton las qu'il faisait fausse route, George vit rouge et lui prouva le contraire en lui envoyant un échantillon du dossier de Maxime. L'archiviste ne sut que répondre, avant d'évoquer timidement la soustraction frauduleuse. Une nouvelle fois, le commandant restait sur l'observation suivante : celui ou celle qui avait effacé les traces avait été très méticuleux. Inutile de préciser que cela n'arrangeait en rien les affaires du policier et de l'archiviste de Créteil. Ce dernier accepta avec empressement d'apporter son aide aux policiers en leur envoyant dès que possible la liste du personnel ayant eu accès aux archives du rectorat. « À la bonne heure ! » s'exclama George en raccrochant brutalement, se retenant d'invectiver son interlocuteur.

Pour ce qui concernait les numéros du personnel enseignant qu'il fallait ensuite appeler, c'était parfois là que le bât blessait le plus : des professeurs étaient partis à la retraite, avaient déménagé et avaient par conséquent changé d'académie, voire de pays. Les policiers se tournaient alors vers les collègues de ces professeurs, tablant sur les liens établis entre enseignants pendant ces années communes pour espérer obtenir un précieux sésame.

Quand arriva l'heure du bilan, leur butin s'avéra bien maigre. Peu avaient répondu, voire pas du tout. Ils avaient laissé des messages sur des répondeurs aux voix impersonnelles, et quand des professeurs leur avaient répondu par chance, ils n'avaient eu aucun souvenir d'un collégien appelé Maxime Villargent, ou si fragile que les personnes n'étaient plus sûres de rien. Les derniers numéros étaient obsolètes.

En désespoir de cause, ils se mirent à vérifier les casiers judiciaires du personnel communal de Montreuil. Ils éliminèrent d'emblée tous ceux qui n'avaient pas accès aux archives, ne gardant que les agents des services techniques et les archivistes, les seuls pouvant avoir accès aux magasins. Hormis quelques rappels à la loi, quelques infractions à gauche et à droite, ils firent là aussi chou blanc. Désespérant.

George s'étira, les membres engourdis à être resté trop longtemps assis. Dix-neuf heures sonnaient.

« Ça vous dit d'aller boire un pot ? C'est moi qui offre la tournée…

– Elle n'en sera que meilleure, sourit Nicole épuisée.

– Un whisky bien tassé pour nous et une eau minérale pour le chef ! » claironna Hal à un serveur imaginaire.

Le trio éclata de rire.

« Ça marche pour le pot, mais pas pour l'eau, sauf si je te mets au biberon, gamin ! menaça George. Je préviens ma femme et j'arrive… »

Chacun s'empressa de sortir, un sourire fatigué sur les lèvres. Oui, ils avaient bien besoin d'un remontant…

Chapitre LXVIII

Vendredi

Il avait faim. Il avait froid. La nuit passée dehors l'avait exténué. Maxime se coucha dans le conteneur renversé. Retour au local poubelles des Stobbart. Il se réchauffait déjà. La puanteur des lieux n'avait pas diminué, mais l'endroit lui parut des plus accueillants. Les révélations de la veille l'avaient totalement accablé. Max frissonna. Il se sentait tellement faible depuis sa dernière crise et le périple de cette nuit… Tous ces évènements l'avaient vidé de ses forces…

Quand il s'était enfui de l'appartement des Belmont au son des sirènes, il s'était arrêté une dernière fois, sous un porche. Au loin, Maxime avait vu les policiers, un homme et une femme, descendre de leur véhicule et sonner à l'immeuble. La porte s'était ouverte, déverrouillée là-haut par le *vrai* fils des Belmont. Et les policiers étaient entrés. À cet instant précis, une violente douleur au ventre l'avait plié en deux. Il s'était mis à tousser, d'une toux rauque et râpeuse, avec l'impression qu'on lui frottait les bronches avec un grossier papier de verre. Pourtant, pas une seconde il n'abandonna l'entrée des yeux. Quelque chose s'était éveillé en lui, un souvenir presque identique. Il força sa mémoire…

*

La Brume sursauta sous ce coup de boutoir inattendu. Trop faible pour une nouvelle lutte, elle lâcha précipitamment cette réminiscence et s'enfuit. Elle avait besoin de se renforcer ailleurs…

*

Lui qui ouvrait la porte de leur petit appartement à Montreuil, accueillant craintivement ces grandes personnes à l'uniforme sombre. Des policiers.

« Ta maman est morte. »

Les mots s'étaient imprimés dans sa tête au fer rouge, mais il n'avait pas réalisé. Il comprit seulement trois jours plus tard, devant son cercueil. Puis, aussitôt après, il y avait eu cette horrible femme, qui n'avait cessé de le houspiller et de le gronder. Elle l'avait emmené à cette même maison pour lui présenter ses nouveaux parents. Non, il ne voulait pas de nouveaux parents, juste sa mère à lui. Pourquoi était-elle partie, pourquoi était-elle morte ? En guise de réponse, elle lui avait tiré les petits cheveux du cou. Et il avait dû entrer dans cette maison.

Quand le souvenir eût fini de dérouler son maigre fil, le jeune homme était parti, titubant comme un homme ivre. Vidé de toute énergie, mais empli d'une tristesse qui, depuis toutes ces années, n'avait cessé de le tourmenter. Il avait couru longuement, malgré son pas chancelant, au hasard. Avant qu'un désir de refuge ne se fasse ressentir. Il avait mis le cap sur la basilique du Sacré-Cœur, qui brillait devant lui par intermittence entre les immeubles. Maxime avait cessé de courir depuis longtemps quand il passa non loin d'elle : ses muscles beaucoup trop sollicités avaient continué de le brûler, lentement. À cet instant, il n'avait aspiré qu'à une chose : retrouver son refuge et dormir sur le sol, aussi inconfortable soit-il. Il poursuivit son chemin. Lorsque celui-ci devenait hésitant, il consultait un des plans éparpillés dans la capitale. Plus proche, le tocsin de la cathédrale millénaire avait encore sonné deux fois avant qu'il n'arrive tout près de la salle d'arcade. Les rues de Paris étaient désertes, à peine troublées par une voiture ou un bus assurant la liaison de nuit.

Remontant l'avenue de la République, Maxime avait accéléré le pas du mieux qu'il avait pu à la pensée de retrouver "son" sous-sol. La lumière des lampadaires jetait dans la rue un halo rangé, surnaturel. Max se déplaçait comme une ombre, longeant les murs, non pas dans un souci de passer inaperçu, mais pour s'appuyer contre eux et, souvent, soulager ses pieds meurtris. Un claquement de portière avait retenti dans l'air nocturne, devant lui.

Avec cette force de l'habitude qui en était devenue un réflexe, le jeune homme s'était tout de suite coulé dans le renfoncement mal éclairé d'un porche. Un pas pressé avait résonné sur le trottoir désert. Maxime s'était légèrement penché vers l'extérieur. Contre un arbre, un homme vidait sa vessie avec un soulagement évident. Il avait terminé et regagné aussitôt la voiture. Lorsqu'il avait ouvert la portière, Max avait vaguement distingué une autre voix. L'homme qui avait uriné avait répondu avant de refermer la portière dans un petit claquement. Le silence de la nuit était revenu. Le jeune homme avait attendu deux minutes, puis était ressorti de sa cachette, les poings serrés au fond de ses poches. Son refuge était surveillé.

Il avait regagné la place de la République d'un pas faussement détendu, les pensées se bousculant dans sa tête. Pourquoi deux hommes resteraient-ils à attendre dans une voiture ? Attendaient-ils quelqu'un ? *Lui* ? Le pas assuré du type qui ne paraissait pas sous l'emprise de l'alcool, les regards furtifs qu'il avait jetés tout autour de lui, cet empressement à retourner dans la voiture… Il ne faisait pas froid, ils n'avaient même pas de radio et le plafonnier ne s'était même pas allumé… Retour un peu morne pour des fêtards… Max avait secoué la tête. Rien ne permettait de dire que les deux hommes étaient des policiers comme Stobbart, mais l'impression était là. Et il n'avait aucunement l'intention de la vérifier. Ni de savoir *qui* leur avait demandé de faire le pied de grue devant la salle de jeux.

Arrivé sur l'immense place dominée par la statue de Marianne, Cloud avait regardé autour de lui. Il s'était senti perdu au milieu de cet espace gigantesque à peine troublé par quelques voitures ou une bagarre de poivrots. La fatigue et l'amertume lui coupaient les jambes. Il s'était assis à même le sol froid, sur une des marches d'un bâtiment qui bordait la place. Où pouvait-il aller maintenant ? Le seul endroit dans lequel il se sentait en sécurité lui était maintenant inaccessible. Il frissonna. Le froid avait commencé à le gagner. Il avait repensé à cette "famille", ces pseudo-parents qui avaient voulu se l'approprier. Le terme de "foyer" avait une consonance étrange associé à ce couple odieux : sinistre, peur, froid. À mille lieues de celui, chaleureux, accueillant, qu'il avait connu avec sa mère ou vu avec celui de George. George ! La réponse qu'il cherchait avait éclaté devant ses yeux. Voilà l'endroit où il pouvait se rendre ! Et en même temps lui faire part de ses recherches. Max s'était remis sur ses pieds avec une nouvelle énergie. La route était longue, mais la perspective de trouver un abri le réconfortait déjà. Le jeune homme s'était remis en route.

Quand il était arrivé à destination, jamais les poubelles ne lui avaient paru aussi accueillantes. Il avait silencieusement ouvert un conteneur – le jaune avec les déchets recyclables, l'odeur était moins forte –, l'avait camouflé derrière une rangée d'autres avant de se hisser dedans. Le plastique était tiède, il s'était pelotonné dedans. Notre-Dame-de-Paris avait sonné encore deux fois depuis son départ de la République. Cinq heures. Paris s'éveillait, lui s'endormait.

Chapitre LXIX

Vendredi, 18 h 50

Depuis que Maxime était parti, les journées étaient devenues plus calmes pour Émilie. Le prochain numéro de la *Revue des Sciences psychologiques* avançait de manière très satisfaisante et le dernier numéro – celui comportant l'entretien avec le Professeur Mantis – s'était très bien vendu, y compris hors abonnement. De quoi être satisfaite. Et les chefs aussi. À présent, c'était vendredi et la semaine s'achevait dans un calme relatif. L'absence des enfants y était pour beaucoup, mais la période de stress et de tension que traversait George lui permettait difficilement de se détendre. Pourtant, elle aussi avait bien besoin de calme.

En moins de deux semaines, elle avait vu son mari s'assombrir à un point qu'elle ne lui connaissait pas. L'irruption de Cloud dans leur vie y était pour beaucoup et le jeune homme avait, sans le vouloir, réveillé des souvenirs chez son mari qu'Émilie aurait préféré laisser enfouis. Son époux s'était lancé à fond dans son enquête, autant pour la résoudre que pour conjurer ses démons. Elle redoutait de voir ce qui allait en sortir et n'espérait qu'une chose : que tout se finisse au plus vite. Elle ne souhaitait pas la perte de Max, mais celui-ci était un frein, non, un facteur de régression pour George. Il remuait trop de choses en lui. Elle se força à penser à ses enfants.

Aussi turbulents soient-ils, elle avait hâte de les retrouver. Elle avait préféré attendre le week-end pour les récupérer chez ses parents pour ne pas casser leur rythme d'école. Elle s'attendait à les récupérer en grande forme, très certainement choyés par leurs grands-parents comme eux seuls savaient le faire. Émilie jeta un coup d'œil à l'horloge de la cuisine. Il était presque dix-neuf heures. Cela faisait déjà une heure qu'elle était rentrée chez eux et elle était en train de réfléchir à une idée simple de recette aussi équilibrée que gustative, quand son téléphone sonna. La mélodie entraînante d'un air de salsa espagnole emplit l'air de son rythme effréné. Chaque fois qu'elle retentissait, Émilie en avait des frissons : cela restait *la* musique de leur rencontre, à George et elle. C'était un souvenir un peu fleur bleue, mais qu'elle chérissait toujours avec le même enthousiasme de jeune fille, ce qui avait le don de provoquer le rire moqueur mais tendre de son époux.

« Oui, mon chéri ? »

Trois minutes plus tard, elle raccrochait avec une légère déception. Son mari allait boire un verre avec les collègues. « Rapide », lui avait-il assuré. Émilie fit contre mauvaise fortune bon cœur : il penserait peut-être à autre chose que son enquête pendant qu'elle en profiterait pour cuisiner. Il y avait longtemps qu'elle n'avait pas pris le temps de faire quelque chose de plus élaboré qu'un plat de pâtes, beurre, gruyère. Elle commença à fourrager dans son réfrigérateur lorsque trois coups sèchement frappés à la porte d'entrée retentirent. Elle se releva. La voisine, certainement. Elle regarda par l'œilleton et soupira. La chevelure blanche était reconnaissable entre mille. Sa bonne humeur fondit comme neige au soleil. Sa soudaine disparition l'avait prise au dépourvu et elle s'en était voulu de l'avoir poussé dehors. Il avait fallu toute la force de persuasion de son mari pour lui faire admettre que Maxime était parti de son plein gré et non à cause d'elle. Mais maintenant qu'il se retrouvait de l'autre côté de la porte, ses scrupules l'abandonnaient. Pourquoi revenait-il ? Il n'y avait qu'une façon de le savoir...

« Bonjour, Madame. »

Le jeune homme paraissait fatigué, mais reposé. Toutefois, pas suffisamment assez pour résorber les poches noires sous les yeux. Et l'odeur ! Émilie retroussa le nez : à croire qu'il avait passé ces derniers temps avec les éboueurs. Quant à son ton, il était faible, embarrassé. Elle s'était attendue à tout, sauf à cet accueil timide. Elle le salua un peu plus gentiment que ce qu'elle avait prévu :

« Bonjour Cloud, pardon, Maxime. Comment vas-tu ? Entre !

– Non merci, répondit le garçon en esquissant un sourire. Je ne veux pas vous déranger trop longtemps. George est là ?

– Il n'est pas encore rentré. Il est parti boire un verre avec ses collègues. Veux-tu l'attendre ici et manger quelque chose ? Tu n'as pas l'air dans ton assiette...

– La nuit dernière a été agitée... Où puis-je le trouver s'il vous plaît ? »

Émilie était inquiète. Au fur et à mesure qu'ils parlaient, l'épouse de Stobbart relevait du coin de l'œil d'autres détails qui ne finissaient plus de l'alarmer : les ombres un peu plus prononcées sur un visage devenant émacié et creusé par les tensions et les privations, des os saillants sous sa peau diaphane, mais aussi cette lueur inquiétante au fond des yeux. Ces derniers brillaient. De fatigue ? De folie ? Un mélange des deux ? Au-delà des tortures qu'il avait subies, au-delà de cette fragilité tant physique que psychologique, Émilie fut paradoxalement surprise de la force qu'il dégageait. Une puissance brute qu'elle n'avait absolument pas soupçonnée jusqu'à maintenant. Et à présent qu'elle s'en rendait compte, elle trouvait moins surprenant qu'il se soit échappé des menottes de la police. George ne lui avait rien dit, mais Émilie était sûre que sous son calme apparent, il avait été blessé dans son orgueil de flic de voir ce jeune homme imprévisible lui glisser entre les doigts comme le filet d'eau d'un torrent.

« Tu les trouveras certainement à côté du Square des Batignolles, au bar « *Le Diable pourrait pleurer* », pas loin du métro Brochant ou de la station Pont-

Cardinet. Il va souvent là-bas, comme beaucoup de ses *collègues*. (Émilie appuya sur le dernier mot, Maxime ne réagit pas.) Je sais que je ne suis pas censée te le dire… »

Émilie hésita, partagée dans la confiance qu'elle voulait – pouvait – accorder au garçon :

« …Mais fais attention à mon mari : il est fragile. Il prend ton histoire très à cœur et j'ai peur pour lui…

– Je sais, fit simplement Maxime. Je l'aiderai. Comme vous m'avez aidé. Je dois y aller… »

Juste avant qu'il ne disparaisse dans l'escalier, Émilie lui fourra un ticket de métro et une mini-carte dans une main et un paquet de sandwiches industriels dans l'autre main. Le jeune homme la remercia, lui demanda l'heure, parut surpris de la réponse et se sauva, plantant là Émilie sur le pas de la porte. Elle était scotchée.

En l'espace de trois minutes, Maxime était passé du statut de faible fugitif abandonné de tous à celui de fugitif salvateur. Depuis qu'il avait quitté la maison, il avait déjà changé, mûri davantage. Elle se mit à craindre pour lui. Malgré les moments de tensions qu'il avait générés, elle n'avait jamais voulu sa perte. Elle avait toujours cherché à protéger sa famille, un travail de tous les jours, de tous les instants depuis qu'elle avait rencontré son époux. Avec l'irruption du jeune homme dans leur vie, le passé de George avait ressurgi, avec les angoisses qui allaient avec, les insomnies et les crises de larmes qu'elle avait connues à leurs débuts. Elle s'était accrochée et avait soutenu sans failles son mari. Quand elle avait eu les deux enfants, le changement avait été spectaculaire. George s'était métamorphosé. Sa noirceur s'était peu à peu effacée, purifiée par l'innocence des enfants. Elle l'avait crue disparue, mais elle s'était trompée.

Cette noirceur avait toujours été là, une infime tâche, n'attendant que le bon moment pour ressurgir, décuplée. C'est ce qui était arrivé avec le meurtre de cette infirmière d'abord, puis Cloud. Cloud. Maxime. Peu importe le nom qu'il portait, Émilie avait tout de suite senti le danger qu'il représentait, le miroir du passé que George s'efforçait d'oublier. Et ses pires craintes s'étaient confirmées : George avait replongé, littéralement aspiré par la noirceur du jeune homme. Qu'elle n'avait pas été son horreur quand elle avait vu Cloud assis chez elle, dans son salon ! La noirceur s'était installée chez elle ! Elle avait voulu le chasser, sans résultat. Quand il était parti, Émilie savait qu'il était trop tard, qu'il avait réveillé la part d'obscurité de son mari et que celle-ci continuerait de rôder tout autour de lui. Peut-être jusqu'à ce qu'elle la contamine elle-même… Mais depuis que Maxime l'avait laissée, ironiquement, elle était persuadée qu'il était le seul à pouvoir les sauver. Lutter contre la folie par la folie. Quelle folie.

Émilie regagna sa cuisine et voulut se remettre à préparer ce bon dîner qu'elle avait envie de faire, mais le cœur n'y était plus. La noirceur l'avait *déjà* contaminée.

Chapitre LXX

Vendredi soir, 19 h 55

Il n'était pas loin de vingt heures quand Stobbart sortit du bar, un brin détendu. Était-ce l'effet d'avoir retrouvé une ambiance musicale, les verres qui s'entrechoquaient, le décolleté de la serveuse, ou l'alcool modéré de sa bière ? Pour sa part, tout ça justifiait amplement le nom du bar. Ça et leur cocktail au piment rouge qui vous faisait pleurer sitôt avalé. Quoi qu'il en soit, il avait retrouvé une certaine légèreté d'âme qui lui faisait du bien. Il n'oubliait pas les soucis, mais ceux-ci s'étaient temporairement allégés. Il en allait de même pour Hal et Nico. Ses deux jeunes lieutenants avaient apprécié cette pause bien méritée et l'étau du travail s'était suffisamment desserré pour les laisser respirer un peu. Rien ne valait plus qu'un petit apéritif pour resserrer les liens d'une équipe.

Ils se mêlèrent à la cohue qui sortait du petit parc des Batignolles pour rejoindre leurs pénates ou chercher un restaurant où se réchauffer. Les trois policiers gagnèrent la gare de Pont-Cardinet pour prendre le train qui les ramènerait vers la gare Saint-Lazare. Les quais de la station étaient balayés par une bise glacée, mais où l'agitation et la cacophonie se modéraient. Le crépuscule tombait déjà, jetant un voile noir sur la ville, mais contré par la lueur orangée des lampadaires. Le calme était un trésor, qui se faisait de plus en plus rare dans une ville comme Paris. Aussi chacun savourait cette relative tranquillité qui les entourait à cette heure, le trafic de trains et de personnes s'essoufflant. Ils marchèrent un peu sur le quai.

« Sacrée enquête, sacrée journée, sacrés collègues ! lança Hal en forme, légèrement gris. C'est bien, je vous ai raccompagné, mais en fait, je viens de percuter que je dois prendre le métro à Brochant…

– Gros malin ! Mais en fait… je crois que vais t'accompagner, gloussa Nicole. Patron ?

– La prochaine fois que tu m'appelles "patron", je te colle à la circulation, la réprimanda Stobbart joyeusement.

– D'accord patron ! taquina aussitôt l'informaticien.

– …pour ma part, je vais rester là.

– Pourquoi on a suivi, alors ? s'esclaffa Nicole.

– Parce que c'est notre patron, pardi ! Le seul et l'unique ! Et… »

Un râle les interrompit. Tout de suite après, une toux sifflante retentit. Les trois policiers tournèrent la tête vers l'origine du bruit. Un peu plus loin sous l'abri, derrière un pilier, la toux persista plus aiguë encore. Des éclats de voix s'élevèrent de cet endroit mal éclairé. Les policiers attendirent un peu. La toux continua, les insultes fusèrent. Un cri de douleur perça.

« Je vais jeter un coup d'œil. »

L'œil sombre, Stobbart se dirigea vers la dispute. Une bagarre entre clochards, il avait vraiment besoin de ça pour conclure sa journée, et au moment où le train entrait en gare. Mais un coup de couteau était vite donné, un bituricide vite arrivé…

« On vous suit. »

Tout comme son supérieur, Nicole n'était guère emballée de commencer sa soirée sous un pont puant la pisse et de la finir au commissariat pour non-assistance à personne en danger. Hal, le moins téméraire des trois, hocha la tête, peut-être plus déterminé que d'habitude grâce aux deux bières qu'il venait de boire. Les voyageurs s'égayèrent, la rame automatique repartit à petite allure.

Arrivés à l'autre bout du quai, une épouvantable odeur d'urine les saisit à la gorge. Par réflexe, ils se couvrirent aussitôt le nez et la bouche pour tenter d'occulter tout cet amas nauséabond de fragrances que dominaient une forte odeur de saleté et des effluves de transpiration rance. Au sol, parmi divers cartons et autres paquetages, des corps remuaient mollement, au milieu des bouteilles qu'on devinait rebondir sur le sol avec un bruit maigrelet, vides. George s'approcha. Ses yeux s'accoutumèrent rapidement à l'obscurité.

Les formes étaient devenues des hommes, qui se débattaient gauchement en hurlant des insanités sans queue ni tête, avec une cohérence que seul un alcoolique pouvait comprendre. Une odeur alcoolisée, subreptice, se planta dans ses narines. Le policier s'arrêta. Stobbart comprit trop tard le piège.

« Fuyez ! »

Sous le regard incrédule de Nicole et Hal, leur chef tourna les talons, les empoignant au passage. Hal dérapa, manqua de tomber et se rattrapa in extremis à Nico, qui tomba à son tour. Hal reprit pied, mais vit la jeune femme chuter en avant. Ses longes années d'entraînement en aïkido avaient conditionné son corps à réaliser des mouvements devenus réflexes. Au lieu de se rattraper maladroitement comme l'informaticien, elle se laissa glisser au sol et exécuta une chute avant parfaitement maîtrisée, se relevant dans un mouvement fluide pour reprendre sa course sans ralentir.

Stobbart les avait déjà précédés d'une bonne longueur. Il jeta un rapide coup d'œil en arrière pour s'assurer que son équipe le suivait bien. Il eut un moment d'horreur quand il vit la chute de la jeune femme, se rassura aussitôt en la voyant rouler au sol et fixa Hal. L'informaticien lui retourna un regard paniqué quand il se figea en voyant ce qui arrivait derrière son commandant.

Ce dernier fit volte-face en un éclair en levant les bras pour se protéger. La douleur explosa. Ses cordes vocales se tordirent pour produire un horrible hurlement qui roula sous la couverture des quais. Hagard, son champ de vision obstrué par des éclairs rouges, Stobbart eut juste le temps d'esquiver le retour de la barre à mine qui frôla sa tête. Il frappa. Rien ne se passa. Bêtement, il regarda son bras pendre le long de son corps, inerte. La barre de fer se prépara une nouvelle fois à la charge, visant encore la tête.

Son cerveau réceptionna l'information, la traita et envoya un bref signal au cerveau reptilien. La décharge fut telle, que George bondit en avant et saisit directement son adversaire à la gorge. Son agresseur était un homme de petit gabarit mais costaud, entre deux âges, cheveux coupés courts et deux yeux vides d'expression. Mais certainement pas de sensation. La main du policier se referma comme un étau sur sa trachée : les yeux de l'homme s'agrandirent sous la surprise. Emporté par son élan, son adversaire termina son mouvement et la barre rebondit sur le sol avec une gerbe d'étincelles. Seulement mû par l'instinct de survie, Stobbart profita de cette impulsion pour l'attirer en avant. George pivota sur lui-même, sans lâcher son agresseur, et le précipita contre le pilier le plus proche. Sa tête rebondit contre le métal avec un bruit mat, laissant une trace pourpre sur la peinture noire. Son agresseur avait lâché son arme et s'agrippait à présent désespérément à la poigne qui lui enserrait la gorge. La peur flottait maintenant dans ses yeux, tandis qu'il luttait, la respiration sifflante.

Le policier encaissait les coups de poing de plus en plus désordonnés de son adversaire, soutenu par l'adrénaline qui lui noyait le cerveau. Il avait vaguement conscience que d'autres silhouettes, à la bordure de son champ de vision, se précipitaient sur lui. Un coup assené au travers des épaules lui fit plier l'échine. Il sentit à peine la douleur, mais son sentiment de danger s'accrut violemment. Il lâcha finalement l'homme qui glissa sur le sol et fit volteface. Ce n'était plus un ou deux adversaires qui lui faisaient face, mais pas moins de quatre. Sans compter les trois autres que se coltinaient Nico et Hal. Quatre contre un. Décidément, ils avaient peur de lui. George pensa à Émilie et aux enfants. Le moment était totalement incongru, mais il pensait à eux. C'était tout. Ces quatre nouveaux assaillants s'avancèrent rapidement vers lui. Il serra les poings, enfin, le seul qui lui restait. L'adrénaline refluait. Il se sentit défaillir. Finalement, quatre contre un, ça commençait à faire beaucoup.

Quand son chef leur avait crié de fuir, Nico avait été interloquée. Après sa chute causée par la maladresse de son collègue, elle comprit mieux : les pseudo-clochards s'étaient levés avec vivacité, sortant de leur cachette des barres d'acier ou de bois solide de différentes longueurs. Ils se précipitèrent à leur poursuite. Elle entreprit de courir vers son commandant pour resserrer les rangs, et pour éviter tout autant de se retrouver coincée au bord du quai. Ne pas rester dans un espace confiné. Elle porta la main à son arme. Vide. C'est vrai, ils étaient tous partis légers. La poisse. Stobbart hurla. Avec horreur, la jeune femme s'aperçut que le bras de son chef pendait à son côté, brisé.

Hal avait tout à fait compris l'injonction de son commandant. Il avait pris les jambes à son cou, non sans avoir failli tomber avec la grâce d'un sac de pommes de terre. Il n'était pas un héros, il ne s'en était jamais vanté. Combattre n'était pas dans son rayon. Pas comme Nico. Ou comme Stobbart. La violence de son supérieur lui avait fait froid dans le dos. Non, la seule chose qu'il pouvait faire, c'était de donner l'alerte, chercher de l'aide, ameuter le plus de gens possible, et ne pas se laisser enfermer sur les quais.

Les agresseurs étaient maintenant au nombre de huit : les trois sans-abris et les cinq autres clochards qui avaient surgi les policiers ne savaient d'où. Tous armés de leur barre de fer ou de bois. Excepté celui que Stobbart avait momentanément mis hors d'état de nuire : il se relevait déjà. Un des hommes, de haute taille, à la carrure de boxeur, se précipita sur Nico, le bras armé de sa barre. La jeune femme anticipa le mouvement avec une facilité déconcertante. Elle esquiva sur l'extérieur, s'empara du poignet de son agresseur au moment où il l'abattait vers elle, frappa sèchement au foie et, avant qu'il ne pût réarmer son bras, s'effaça sur le côté et exécuta un magnifique *kote gaeshi* – une torsion du poignet – qui brisa net l'articulation. Un hurlement de douleur vrilla les tympans de la jeune femme. Pas le temps ni l'envie de s'apitoyer : deux autres hommes se précipitaient vers elle. Elle esquiva les attaques, tournoyant avec la grâce d'une danseuse. Une barre de fer lui défonça les côtes.

Pour le peu qu'en avait saisi Hal, Nicole était un vrai serpent. Lui sautait comme un cabri, évitant une, puis deux attaques avec la grâce d'une chèvre arthritique. Il avait quitté les quais, courant comme un dératé pour rejoindre la gare en surface à la manière d'un running-back maladroit évitant tous les placages. Il pensait avoir réussi quand une poigne de fer s'abattit sur son épaule et le tira brutalement en arrière. L'informaticien dut pivoter pour ne pas perdre l'équilibre et chuter, pour se retrouver nez à nez avec une armoire à glace. Son regard tomba aussitôt sur le long gourdin en bois qu'il tenait à la main, déjà brandie pour lui assener le coup de grâce. Hal vit sa dernière heure arrivée et ferma les yeux avec résignation pour ne pas voir l'arme s'abattre sur son crâne. La violence du choc le fit tomber au sol.

« *Watashi wa Anatato Yatta !* »

*

Le jeune combattant récupéra le jo de son adversaire qui avait roulé sur le sol. Son ennemi se releva, furieux. Il n'avait pas apprécié de se faire mettre à terre par ce blanc-bec. Ses larges doigts se refermèrent en deux poings immenses, propres à assommer un yack. L'affront allait se payer de la plus magistrale des façons. Il bondit vers l'effronté.

Ce dernier l'attendait de pied ferme. Son adversaire était redoutable, mais lui se sentait calme, apaisé. Ses mains tenaient fermement, mais souplement son bâton de combat. Lorsque son assaillant se rua sur lui comme un taureau furieux, il ne trembla pas. Le calme avait déserté son opposant, sa garde était grande ouverte. Il ne lui restait plus qu'à frapper. Son bâton heurta puissamment l'estomac. À sa grande surprise, son jo ne s'enfonça pas dans les chairs comme il s'y était attendu. La barrière des muscles était si serrée que son bâton rebondit. Son adversaire grimaça de douleur et fit un pas, tendant la main pour le saisir. Mettant à profit le rebond, le bâton frappa encore, mais au sternum, à peine visible, puis au menton. L'homme vacilla, sonné.

Dans un dernier sursaut, le géant tenta une frappe vicieuse à l'entrejambe. Il ne rencontra que le vide. Le combattant avait esquivé sur le côté. Profitant de l'élan, il planta son bâton dans le sol et s'éleva au-dessus de lui, à la verticale, les pieds vers le ciel. Sans effort, il se hissa à la force des bras avec une facilité déconcertante et resta en suspens un bref instant, en équilibre sur un seul bras. Puis il bascula. D'appui, son bâton redevint arme. Il s'abattit sur son adversaire de toute sa hauteur. L'homme s'écroula à terre, la colonne brisée. Le jeune homme ne s'était pas fait toucher une seule fois.

« Aku ! Tachisare ! »

*

Nico n'en croyait pas ses yeux. Elle ne l'avait vu arriver que tardivement, trop occupée à virevolter pour échapper à ses propres agresseurs : elle fatiguait, elle avait du mal à respirer et elle l'avait payé d'un nouveau coup qui lui avait fendu la lèvre : ils revenaient sans cesse, y comprit celui avec le poignet cassé et les deux ou trois autres qu'elle avait amochés au passage – côtes, nez, dents cassées, mais pas encore assez pour les arrêter.

Le voile rouge qui obstruait la vue de Stobbart s'était éclairci. Sa blessure à la tête s'était rouverte. Un sang poisseux s'était mis à couler, lui plaquant sa chemise sur le dos. À toujours quatre contre un, il n'était décidément pas à la hauteur. Ils l'avaient battu comme un sac de plâtre. À présent, il n'y avait pas un seul endroit sur tout le corps où il n'avait pas mal. Pourtant, malgré la douleur, son esprit était fixé ailleurs. Son regard s'était porté plus précisément sur sa gauche, un peu plus loin. Là où évoluait Maxime. Il avait sauvé Hal d'une mort certaine, s'abattant inopinément sur son adversaire avec une hargne que George avait déjà vue. La même qu'à l'appartement de l'infirmière, le jour où le jeune homme lui avait sauvé la vie. Il sentit un frisson lui parcourir ce qu'il lui restait d'omoplates.

Max n'était pas dans son état normal. L'intensité de son regard avait quelque chose de fiévreux, de fou. Les paroles de Fortesque lui revinrent en mémoire : « Sevrage brutal… hallucinations… ». C'était pire que ce qu'il craignait. Et ce n'était pas le type au sol avec des vertèbres en miettes qui aurait dit le contraire…

Nicole en vit trente-six chandelles. Un des hommes avait profité de son bref moment d'inattention pour lui porter un nouveau coup dans les côtes. Cette fois, elle sentit la barre heurter l'os avec violence, tandis que le craquement résonnait à ses oreilles comme un tremblement de terre. L'onde sismique de la douleur se propagea à toute vitesse le long de son flanc gauche, avant d'éclater dans son crâne. Elle serra les dents à s'en briser la mâchoire. Elle esquiva une nouvelle attaque, puis encore une, frappa la gorge découverte d'un des types qui recula. Ce seul mouvement attisa la douleur qui atteignait la limite du supportable. Qu'est-ce qui lui avait pris de regarder du côté de Cloud ? Sa venue – providentielle pour Hal – l'avait complètement prise au dépourvu. Elle avait baissé sa garde et elle en payait le prix. Elle ne tiendrait plus longtemps…

Hal était sidéré, égaré. La violence du combat qui s'était déroulé juste sous yeux l'avait laissé pantois autant qu'elle l'avait choqué. La passe d'armes n'avait duré que quelques secondes, mais avec une puissance rare à laquelle il n'avait jamais eu affaire. Emmerich avait un goût de bile dans la bouche. La puanteur qui émanait des hommes n'arrangeait pas les choses. L'informaticien vit Cloud se précipiter vers les types qui entouraient Stobbart. Ce gars-là était hors-norme. Il comprenait mieux la surprise qu'avait dû éprouver George chez l'infirmière, lors de leur première rencontre. Il aperçut tout à coup Nicole entourée de trois adversaires. Emmerich se trouva stupide, inutile. Qu'est-ce qu'il devait faire ? Y aller ? Il allait se faire démolir ! Appeler la police ? Il eut un sourire amer : ils étaient les flics ! La terreur lui nouait les tripes à en vomir. Nico tituba, frappée au flanc. Hal sentit presque la barre à mine lui casser les côtes : la vision du choc l'électrisa. Il oublia tout ce qu'il y avait autour. Il se précipita vers eux en hurlant, agitant les bras comme un fou. Pas sûr que l'épouvantail fasse fuir les corbeaux.

*

Le Guerrier ramassa prestement un des morceaux du bâton brisé qui traînait par terre et se faufila sans bruit derrière le garde. Il devait faire vite, discrètement, ou tous les autres lui tomberaient sur le râble sans plus attendre. La sentinelle se retourna. Raté. Il allait falloir faire plus vite que prévu. Le Guerrier se précipita sur son adversaire avant que celui-ci n'ait eu le temps de complètement réagir. L'homme n'eut même pas le temps d'armer son bras pour frapper. Tout ce qu'il lui fallait pour un désarmement en finesse. Le Guerrier bloqua le bras qui tenait l'épée et poursuivit sa course. Il bondit sur son adversaire : son pied s'appuya sans vergogne sur le genou qu'avait avancé l'homme et, tenant toujours le bras armé, se propulsa dans les airs, s'envolant par-dessus son adversaire. Il retomba derrière lui et se cambra en arrière. Emportée par l'élan, sa victime s'écroula contre lui, le souffle coupé par son propre bras pressé d'une poigne de fer contre sa gorge. Il se débattit, mais le Guerrier tint bon. Quelques borborygmes s'échappèrent de sa bouche suffocante, mais pas assez forts pour alerter ses compagnons. Au moment où il allait succomber, il sentit l'étau se desserrer et aspira goulûment l'air que ses poumons réclamaient. Il sentit à peine

son adversaire lui arracher son arme des mains. Un coup de pied dans le dos le pro-
pulsa en avant et il ne maintint son équilibre qu'à grand prix. Derrière lui, les lames
brandies se croisèrent au-dessous de sa tête. L'homme se décomposa en sable et rejoi-
gnit la poussière.

Le Guerrier était satisfait : il avait réussi son élimination. Malheureusement,
il avait été aussi vu par tous les compères de celui qui n'était plus maintenant qu'un
tas de sable inerte. Le Guerrier soupira : c'était raté pour la discrétion. Il soupesa sa
nouvelle arme. Elle lui serait utile et ferait la paire avec l'autre. Il regarda ses ennemis.
Ils étaient trois. Ah non, cinq : deux autres rejoignaient leurs camarades en boitillant.
Les choses ne se gâtaient pas. Elles devenaient intéressantes. Ses ennemis se précipi-
tèrent sur lui. Son sang entra en ébullition. C'était parti !

*

Le petit groupe d'agresseurs s'était rassemblé et s'était jeté sur Cloud,
ensemble, offrant un répit inattendu à leurs précédentes victimes. Nico redoutait le massacre : le garçon était seul contre cinq hommes quasiment en
pleines possessions de leurs moyens. George aussi redoutait le massacre : les
agresseurs n'étaient *que* cinq. Comme si la charpie à l'appartement n'avait pas
suffi… Mais s'il devait être franc, le policier était sacrément content de voir le
gamin. Restait à voir s'il s'en sortirait *vraiment*. Le flic avala péniblement sa
salive. Vu les molosses, ce n'était pas gagné…

Cloud esquiva une fois, deux fois, se recula sous le pont. Puis ses
armes entrèrent dans la danse. Il mettait à profit l'espace restreint pour distribuer sans interruption et à une vitesse inouïe des volées de coups rapides et
puissants, alternant avec des esquives qui le rendaient insaisissable. Déjà deux
hommes grimaçaient : l'un, un bras certainement fracturé, l'autre une jambe
sérieusement amochée. Le ballet continuait, sans répit.

Un instant, les policiers eurent peur : le jeune homme avait disparu
et des grognements excités poussés par ses adversaires laissèrent craindre le
pire. Malgré sa côte brisée, Nicole se précipita à son secours : il n'était pas
question qu'il se fasse démembrer sous leurs yeux.

« Nico ! »

La jeune femme s'arrêta net. Elle croisa le regard de son supérieur,
impérieux : « Ne bouge pas ! » Collard hésita. Stobbart secoua vivement la
tête avant de s'évanouir. Cela voulait tout dire : « Laisse ! » Sous les yeux éber-
lués de Nicole, Cloud surgit de la meute… par le plafond. Prenant appui sur
le mur, le jeune homme avait enchaîné trois pas verticaux sur la paroi et, du
mur, s'était propulsé *vers ses adversaires*. Bras tendus, il exécuta une série de
vrilles descendante qui faucha tous ses agresseurs. *Tous.* Pas un ne se releva.
Cloud se redressa lentement et se tint immobile au milieu des corps. À ce moment précis, Nico réalisa ce que George avait voulu dire à l'appartement. Le
garçon était terrifiant.

L'échauffourée n'avait pas duré plus de trois minutes. Maxime se tenait debout, seul, solide comme un roc, une barre à mine dans une main et son bâton brisé dans l'autre main, dressés devant lui comme deux sabres. Il était figé, apathique. Nico se redressa péniblement, complètement hébétée par ce qui venait de se passer.

La jeune femme respirait à petites goulées. Chaque inspiration déclenchait un torrent de douleur sur son côté gauche : au moins une de ses côtes était brisée, et très certainement deux ou trois autres fêlées. Elle inspecta brièvement ce qui lui restait d'intact et se satisfit d'un bilan plutôt correct au vu de la volée de bois vert qu'elle avait pris : quelques très belles ecchymoses, sa lèvre fendue qui avait atteint une taille jamais imaginée, mais pas de crachat de sang. Le poumon n'était pas touché, ce qui était déjà en soi un sacré lot de consolation. Elle claudiqua vers Hal qui, lui, s'était fait salement amocher. Sa jambe formait un angle tout sauf naturel au niveau du genou, et son nez n'était plus qu'une masse sanguinolente. Nico lui tâta fébrilement le pouls. Au bout de ses doigts, une pulsation lui répondit. La jeune femme eut un soupir de soulagement. Il était vivant. Elle dut pourtant se résigner à le laisser pour se diriger vers Stobbart. Adossé à un pilier, celui-ci ne bougeait plus. Nicole se traîna vers lui avec angoisse. Au moment où elle lui touchait l'épaule, son chef tressaillit violemment et brandit instinctivement son poing. Nico sursauta, déclenchant une intense vague de douleur qui la plia en deux et sauva son visage d'un joli coquart.

« Patron ! Calmez-vous ! C'est Nicole, c'est fini ! »

Collard croassa plus qu'elle ne parla. Elle était à deux doigts de s'évanouir. Le regard fou de son chef se fixa sur elle et mit un instant à retrouver toute sa lucidité.

« Bon sang de bordel, Nico ! On s'en est sorti ?

– Oui, si on ne regarde pas trop l'état…

– Hal ?

– Dans les vapes. Minute, faut que j'appelle les collègues : on va avoir besoin de renfort… »

Deux minutes plus tard, Nico raccrochait.

« C'est bon, ils arrivent. Vous pouvez vous lever ?

– À peu près. Bon sang… J'ai la tête en vrac…

– Maxime nous a sauvé la vie…

– Il est où ?

– Juste là. (Nico le désigna d'un mouvement de tête, Stobbart tourna la sienne avec une grimace.) Ça fait un moment qu'il ne bouge plus. J'ai jamais vu ça…

– Vu quoi ?

– Cette manière de se battre… Ça va mieux ? »

Stobbart parvint à se relever au prix d'un immense effort, aidé par la jeune femme et le pilier dans son dos. Vacillant sur ses jambes, il fit un pas, assurant son équilibre avant de se stabiliser précairement. Un bruit métallique retentit. Les deux policiers tournèrent la tête dans un même geste. Maxime venait de se réveiller.

Une fois encore, la Brume s'était emparée de lui. Cette fois-ci, il n'y avait pas eu de signes avant-coureurs. Juste un choc, là, quand il était descendu du train. Tout au bout du quai, il avait vu les trois policiers aux prises avec un groupe d'hommes, à ce qui ressemblait à des miséreux et d'autres… habillés en noir. Puis le trou noir. Quand il y repensait, il avait vaguement ressenti une sauvage décharge d'adrénaline. Max creusa encore. Il se souvenait d'être resté tétanisé. Et quand il s'était réveillé, c'était au milieu de ces corps. Mais juste *avant* ? La tétanie.

Un bref instant, il s'était senti démuni. *Démuni.* Le déclic se fit dans son esprit. C'était *la* faiblesse ! Celle qui l'avait pris au dépourvu, cette faille que la Brume avait exploitée sans coup férir. Depuis quelque temps, elle profitait de la moindre de ses faiblesses pour tenter de s'emparer de lui. Il se rendait à présent compte de combien il avait été tenu emprisonné dans ses griffes durant tout ce temps. Maintenant qu'il devenait plus fort, elle se repliait au fond de lui en guettant le moindre de ses écarts, tout en maintenant le voile sur cette partie de sa mémoire à laquelle, malgré tous ses efforts, elle lui refusait toujours l'accès. Pour quelle raison, il l'ignorait. Mais il travaillait d'arrache-pied à sa destruction.

En attendant, il était là, debout, entouré de ces corps, vivants ou morts, il n'en savait rien. Il se sentait perdu, dépassé par une réalité qui avait pris une longueur d'avance pendant qu'il luttait pour revenir à la surface de son esprit. Sans qu'il le veuille, sans qu'il ne le sache non plus, il s'était retrouvé protagoniste d'une scène, qui, paradoxalement, lui était étrangère, héros perdu errant dans sa propre histoire. Ses mains pesaient très lourd à ses bras affaiblis. Il desserra les doigts pour les étirer. Il se sentit tout à coup plus léger, en même temps que retentissait un tintement métallique. Il baissa le regard vers le sol. Deux barres gisaient à ses pieds, ensanglantées. Maxime établit péniblement un lien entre elles et les corps. Que s'était-il passé ? Qu'avait-il fait ? Un gémissement interrompit ses pensées.

« Attendez, je vais vous aider… »
Nico et George sursautèrent. Hal ne dit rien, toujours trop sonné pour répondre.
« Vous n'avez pas l'air d'aller bien, s'étonna Max, regardant tour à tour les policiers blessés.
– Tu m'étonnes, grogna Stobbart. Vu la rossée qu'on vient de se prendre, t'attends pas à nous voir frétiller comme des gardons…
– Qu'est-ce qui s'est passé ? »
Les deux flics le regardèrent avec stupeur. L'impression inquiète du jeune homme les convainquit qu'il ne plaisantait pas. Sans un mot, Stobbart s'agenouilla, ou plutôt se laissa tomber, à la tête de l'informaticien et lui maintint fermement le crâne. L'empêcher de bouger. Ne pas aggraver les traumatismes.

Il lui fallait tenir de cette manière jusqu'à l'arrivée des secours.

« Tu ne te souviens de rien ? murmura Nico, estomaquée.

– Non… Je me souviens juste que vous étiez attaqué par… (Maxime désigna les corps au sol) eux.

– Tu les as déjà vus ? » questionna Stobbart, ses réflexes de flic revenant au galop.

Le jeune homme les examina sans bouger d'un pouce, se contentant de les balayer du regard, un par un, avant de se décider :

« Non, ils ne me disent rien…

– Tu n'as pas l'air rassuré…

– Ils me font… peur, concéda-t-il, un peu à contrecœur.

– Peur ? C'est plutôt eux qui auraient dû s'inquiéter, marmonna Nico. Mais explique-nous : tu ne les connais pas, mais tu as peur d'eux. Pourquoi ? »

Cloud hésita.

« Je ne sais pas exactement… Quand je les ai vus, ça m'a pétrifié. Après, c'est le trou noir. Mais maintenant…

– Continue, l'encouragea George. Continue…

– Maintenant, j'ai l'impression que c'est un cauchemar que j'ai déjà fait, avoua le garçon un peu embarrassé. Une impression de déjà-vu, mais différente…

– Te souviens-tu de la nuit où nous t'avons trouvé avec l'infirmière ? s'enquit doucement Nico.

– Non. »

La réponse était nette, tranchée.

« Je ne me souviens de rien. Pourquoi ?

– Il est possible qu'inconsciemment tu aies enregistré des évènements malgré tes "absences". Cette impression de déjà-vu dont tu nous parles pourrait en être une émanation. Nous cherchons plusieurs hommes – au moins deux –, qui seraient les meurtriers de l'infirmière qui t'a sauvé et du gérant de la salle d'arcade : nous n'avons pas retrouvé tes empreintes sur le câble qui a servi à la strangulation.

– Mais sur le couteau, oui.

– C'est vrai. Mais toi-même tu ne te rappelles plus ce qui s'est passé. Tu es toujours suspect, certes, mais il y a toujours présomption d'innocence. Or, tu nous dis qu'il te semble avoir *déjà vu* ces hommes. Il y a peut-être une analogie à creuser ici. »

Max resta dubitatif. L'explication lui paraissait complexe et guère probante. Il préféra garder le silence.

« Nico, arrête d'embrouiller notre homme, intervint Stobbart. On verra plus tard pour les conclusions. En tout cas, on te doit une fière chandelle. Sans ton intervention, je ne sais pas ce que nous serions devenus. Par contre, comment nous as-tu retrouvés ? Ne me dis pas que tu passais là par hasard…

– En fait, je vous cherchais. Je suis passé chez vous et votre épouse m'a dit où vous trouver. Je vous ai aperçu en descendant du train… »

Collard eut un petit rire et aussitôt une grimace de douleur.

« Merde, mes côtes… Ça, c'est la meilleure. Sais-tu que tous les flics de Paris sont à ta recherche ?

– Oui. J'en ai vu deux en planque devant chez moi. Mais ce n'est…

– Devant chez toi ?

– Oui. La salle d'arcade si vous préférez. »

Sifflement admiratif de Nico.

« Bien joué. Où as-tu passé la nuit alors ?

– Dans le local poubelle de votre immeuble (Maxime s'était tourné vers Stobbart). C'était le seul endroit où je connaissais le code d'entrée », ajouta-t-il avec un ton d'excuse.

Stobbart eut un sourire fatigué.

« Amnésique, mais avec de la ressource. Si je comprends bien, je dois remercier ma femme, et toi aussi. Décidément, ça devient une habitude de nous sortir du pétrin. Si tu es arrivé jusqu'ici, tu dois pouvoir retourner chez moi, je me trompe ?

– Non.

– Alors, file : j'entends les premières sirènes et le train arrive. Et dis à Émilie que je rentrerai un peu tard ce soir, le temps qu'on nous remette sur pied. »

Max hésita. Il désigna les hommes disséminés à côté d'eux.

« Et eux ?

– Ne t'inquiète pas, on a suffisamment de paires de menottes. File, je te dis ! »

Le train entra en gare. Le jeune homme eut juste le temps de changer de quai et sauta dans un wagon, juste avant que les portes ne se renferment. Les sirènes continuaient d'enfler dans l'air, en même temps que les badauds arrivant pour prendre le prochain train s'attroupaient, commentant sans s'approcher. Nico soupira :

« Une explication officielle, patron ?

– Juste la vérité. Nous sommes dans un endroit fréquenté, il y aura certainement des témoins, des vidéos amateurs, sans compter toutes les caméras du secteur…

– Un bon point pour notre ami. On reconsidérera peut-être les charges pesant contre lui…

– Après ce qui vient de se passer, ça m'étonnerait. On va sûrement nous retirer l'affaire : on sera mis en congé forcé et un autre groupe prendra la relève.

– Le commissaire Blanc laisserait faire ça ?

– Jacques n'aura pas le choix. Vu notre état, il sera même obligé…

– Vous n'avez pas l'intention d'en rester là…

– Après tout ce grabuge ? C'était un piège, Nico ! Un foutu traquenard ! Pourquoi ? Par qui ? C'est une affaire qui va beaucoup trop loin…

– C'est l'eau de Cologne qui vous a dit que c'était un piège ?

– Ah, tu as remarqué toi aussi ? »

– Un peu tardivement, j'avoue. C'est venu après. D'un point de vue olfactif, ça faisait tache dans le décor…

– Bien vu. Ça y est, les collègues débarquent. Pas trop tôt, je commençais à avoir des crampes dans les jambes. Tiens le coup, bonhomme, ajouta-t-il à l'attention de Hal, les secours arrivent… »

À ces mots, les paupières papillonnèrent, les lèvres tuméfiées bougèrent, émirent un croassement.

« Calme-toi, Hal, intima Stobbart. Ça va aller…

– J'ai été si mauvais, patron ?

– Mais non, Hal ! Tu as été parfait… Tais-toi maintenant. Garde tes forces !

– Et Nico, elle s'en est sortie ?

– Je vais bien, Hal, grâce à toi. Tu m'as sauvé la vie. »

L'informaticien émit un borborygme que ses coéquipiers apparentèrent à un rire.

« Je n'ai pas été si inutile, alors…

– Idiot ! Personne n'est inutile, le tança gentiment Nicole. On est une équipe !

– Une équipe… »

Hal sourit. Et expira.

Chapitre LXXI

Nuit de vendredi à samedi

Il n'était pas loin de trois heures du matin. Pourtant, le commissaire Blanc était encore au Bastion, à son bureau. La fatigue le terrassait, mais il était toujours là. Ses mains, à plat sur la table, tremblaient sans discontinuer, incontrôlables. Neuf corps. Neuf cadavres en moins de huit minutes, dont celui d'un flic. Quand George l'avait appelé pour lui apprendre la nouvelle, il n'avait pas réagi. Il était resté calme, avait distribué les ordres calmement : alerter les légistes, les collègues de l'Identité judiciaire, les pompes funèbres, la famille de Hal... La procédure dramatiquement habituelle. Puis, il avait rejoint ses hommes, là, tout près de chez eux. Qu'aurait-il pu faire d'autre ? La police avait perdu un des siens, il devait être là.

Hal Emmerich n'était pas la personne que le commissaire connaissait le mieux. L'informaticien était timide, un peu maladroit aussi, mais il n'avait pas son pareil pour faire parler les ordinateurs. Il était arrivé le dernier dans le groupe de Stobbart, il y avait à peine plus d'un an. Et d'après Stobbart, il n'en aurait changé pour rien au monde. Et si George disait ça, c'est qu'il devait être sacrément bon. L'homme et ses compétences étaient une grosse perte pour le service, et la police en général.

Quand il s'était rendu sur place, sur les quais de la station Pont-Cardinet, les lieux avaient déjà été circonscrits et la police scientifique était déjà à l'œuvre. Les flashes crépitaient, témoins fugaces de ce qui avait été une hécatombe. Neuf corps. Jusqu'ici, Jacques avait toujours eu du mal à l'imaginer. Habituellement – encore ce malheureux adverbe –, les scènes de meurtres tournaient environ à un ou deux corps, plus rarement trois, quatre ou cinq. Alors neuf. Ça n'était plus une scène de crime, c'était un champ de bataille en plein Paris.

Jacques avait à peine reconnu son ami. Stobbart s'était fait admirablement molester et la couleur pâle de sa peau faisait figure d'exception au milieu des taches violacées. Sa jeune collègue, la lieutenante Collard s'en sortait un peu mieux, du moins pour ce qui était du faciès. Sur un brancard, son côté bleu était inspecté par un médecin. Non, Blanc craignait pour leur santé mentale, à cause du choc qu'ils avaient reçu avec la mort de l'informaticien. Nicole était hagarde, totalement étrangère à ce qui se passait autour d'elle. Jacques s'était tout de suite dirigé vers elle, sur un signe muet de son ami qui se faisait soigner.

À présent, assis à son bureau, le commissaire ne se souvenait même plus de ce qu'il lui avait dit. Sûrement des mots faciles, réconfortants, il ne savait plus. La jeune femme avait éclaté en sanglots dans ses bras. Puis George s'était approché – avait claudiqué – et avait pris le relais. Des mots puissants, chuchotés tout bas, qui l'avaient momentanément apaisée, grandement aidés par une piqûre de calmant. George l'avait rapidement mis au courant de ce qui s'était passé. Lorsqu'il énonça la mort d'Emmerich, il resta de marbre. Jacques l'admirait pour ça. Son ami gardait ses distances, il restait fort, il flancherait plus tard. Chez lui, non, plutôt tout seul dans sa voiture pour ne pas faire subir ça à sa femme et aux enfants. Il en parlerait à Émilie plus tard, quand il serait calmé lui aussi.

Puis un substitut du procureur dépêché en urgence et remplaçant Godot au pied levé était arrivé. Une femme nerveuse posant ses questions d'un ton cassant. Le commissaire avait laissé ses subordonnés, enjoignant aux ambulanciers de les emmener au plus vite à l'hôpital le plus proche. Comme par hasard, il avait fallu que Blanc tombe sur une caractérielle. La substitut n'était visiblement pas contente d'être là. Elle s'en prit à Jacques, qui ne broncha pas, jusqu'à ce qu'il lui annonce le décès de Hal. Le décès d'un policier. Cela eut le mérite de la calmer sur-le-champ. Elle fit son boulot, puis repartit, lui laissant le soin de diriger les opérations. Le ballet des voitures de pompes funèbres débuta quelques deux heures plus tard, emmenant un à un les corps dans des housses noires, direction l'IML. Les autopsies devraient commencer dès demain, au plus tard le surlendemain. Fortesque allait piquer une crise au retour de son jour de repos. Jacques avait haussé les épaules. La tâche la moins agréable lui revenait : alerter la famille de l'informaticien. Il avait regardé sa montre. Bientôt une heure trente du matin. Il les appellerait demain à la première heure. Autant leur laisser une dernière nuit de calme, les suivantes ne leur seraient pas d'un grand repos.

Après ça seulement, il était rentré chez lui. Enfin, au Bastion. Rentrer chez lui, pour quoi faire ? Il vivait seul. Sa femme était partie depuis longtemps déjà, tout comme son garçon. Il n'avait aucune nouvelle de la première, un peu du deuxième. Leurs relations n'étaient pas au beau fixe, mais n'étaient pas exécrables non plus. Pourquoi pensait-il à lui d'ailleurs ? L'explication lui apparut, claire : Hal et lui avaient à peu près le même âge. Était-ce pour cela qu'il se sentait morose ? Il était éreinté, mais n'avait pas envie de dormir. Son estomac criait famine, mais il n'avait pas faim. Puis les tremblements avaient commencé. Il était dans un état de nervosité psychique extrême, qui se répercutait sur son corps. Ce n'était pas bon pour son cœur. Qu'y pouvait-il ? Un comprimé avec un verre d'eau. Mais un comprimé qui n'empêchait nullement son esprit de bondir dans tous les sens. L'enquête, Hal, l'Institut, le Préfet, l'enquête, l'infirmière, Stobbart, le suspect, l'enquête, son fils. Toutes ses pensées s'enchaînaient sans queue ni tête. Il n'avait aucune prise sur elles. Jacques se leva. Fit le tour de son bureau, une fois, deux fois. Se rassit. Ses mains tremblaient continuellement. Il serrait, desserrait les poings pour atténuer le tremblement en attendant que le médicament fasse effet, sans succès. Rien à faire, tout se mélangeait. Il se força à repenser au visage tuméfié de George. Lorsque Jacques lui avait annoncé l'hécatombe, ses lèvres fendues et sanguinolentes avaient remué. Son ami lui avait murmuré quelque chose d'inintelligible. Jacques se concentra. Stobbart avait recommencé : « Impossible ». Ça lui revenait à présent : il y avait un os.

La tempête de ses pensées se focalisa sur une seule d'entre elles : huit cadavres. George lui avait rapidement relaté comme il pouvait les évènements dans la cohue qui les entourait. Nico et lui s'en était apparemment sortis seulement grâce à l'intervention de ce Cloud – Maxime – qui avait lui-même mis hors d'état de nuire bon nombre des agresseurs, *sans les tuer*. Jacques n'avait aucune raison de douter de son ami. Pourquoi, dans ce cas, la morgue allait-elle se retrouver en surpopulation ? Personne d'autre n'était intervenu, avait insisté Stobbart. Lui et Nicole avaient assisté à la démonstration de force de Maxime : rien ne permettait d'affirmer qu'il avait sciemment tué ses adversaires. George avait tout de suite établi un lien avec les hommes qui l'avaient agressé à l'appartement de l'infirmière. Trois autres corps toujours non identifiés. Même *modus operandi* : pas un mot de prononcé, la même démonstration d'une volonté de fer, presque surnaturelle, et une mort qui ressemblait fortement à une exécution. Même Fortesque avait conclu à des autopsies blanches : pas de cause définie et certaine de la mort. Le calvaire du légiste. Il avait seulement annoncé la possibilité – sans preuve – d'arrêts cardiaques. Pourquoi pas. Si le légiste lui en annonçait huit pour les gus de ce soir, ça tournerait carrément à l'usine. Jacques se promit d'appeler Daniel à la première heure pour lui demander des recherches plus poussées de ce côté-là, voir si des similitudes s'en dégageaient. Puis, ses pensées se tournèrent vers Maxime.

Dans tout cet imbroglio, le jeune homme était le seul lien. Partout où il passait, c'était un désastre. Il semait les cadavres comme d'autres semaient du blé. D'après Stobbart, le gamin était totalement perdu. Mais l'amnésie n'expliquait pas tout. Pourquoi et qui en avait après lui ? Un lien ténu semblait le raccrocher à tous ces macchabées. Mais lequel ? Puisqu'à chaque fois, *leur rencontre paraissait fortuite*. L'infirmière s'était fait liquider, lui s'en était tiré on ne savait comment. À l'appartement d'Ariel, il était arrivé après le déclenchement des hostilités, et Stobbart avait été incapable d'expliquer la raison qui avait poussé le jeune homme à venir jusque-là plutôt, avant de prendre la poudre d'escampette. Et les Belmont avaient échappé au massacre de peu.

Le commissaire principal poussa un soupir. George avait toujours eu le nez fin, y compris quand c'était au détriment de sa hiérarchie. Cacher le fugitif chez lui avait été sacrément culotté, surtout connaissant Émilie. Mais Jacques savait combien pesait le passé. Il fallait bien que la balance se rééquilibre un jour ou l'autre. Il en savait quelque chose. Il s'ébroua. Il devait arrêter de penser au passé, ça ne lui amenait rien de bon. À présent, il n'avait qu'une envie : rentrer chez lui et se mettre au lit. Ce qu'il ferait dès son dernier courriel rédigé. C'était le Préfet Mantis et la juge d'instruction qui seraient contents : des morts, pas d'interpellation et un fugitif toujours dans la nature. Il y avait plus idyllique comme tableau. Même si l'Institut n'était pas directement impliqué dans les derniers évènements, les risques que l'établissement soit éclaboussé par un scandale augmentaient proportionnellement avec le nombre de cadavres. Il ne pourrait pas étouffer l'affaire bien longtemps vis-à-vis de la presse, surtout avec ce qui venait de se passer cette nuit. Que dirait Mantis lorsqu'il lirait ses conclusions sur l'affaire qui les occupait ? « Le fugitif connu sous le sobriquet de Cloud n'apparaît plus comme une entrave à l'enquête pour les raisons suivantes : [...], mais doit au contraire être placé sous protection comme témoin. L'agression dont a été victime mon équipe me laisse à penser que nos évaluations le concernant pourraient être erronées, et que l'enquête sur laquelle nous travaillons actuellement nous fait supposer qu'il serait tout autant une victime que nos agents, mais pour une raison que nous ignorons encore. Cette embuscade a fait une victime, le lieutenant Hal Emmerich, et complique encore davantage des investigations déjà difficiles [...]. »

Nul doute que les magistrats sauraient apprécier le message à leur réveil. Qu'importe, le commissaire Blanc était à présent trop fatigué pour y mettre plus de formes. Il éteignit son poste et sortit – enfin – de son bureau. Heureusement qu'il n'habitait qu'à deux pas. L'inconvénient, c'était qu'il pouvait aussi retourner très vite à son office. Et cela, il le souhaitait le plus tard possible...

Chapitre LXXII

Nuit de vendredi à samedi

Stobbart ramena sa jeune collègue de l'hôpital, ou plus exactement, elle le supplia de ne pas la laisser là. Nicole ne tenait absolument pas à rester en observation dans ce mouroir, comme elle l'appelait. Stobbart se débrouilla pour trouver une ambulance qui les raccompagna aux Batignolles, avant de reprendre son véhicule, direction son cocon. Le trajet en voiture se déroula en silence, chacun plongé dans ses pensées. Nico conduisait lentement. Sa côte la faisait souffrir, mais à part soutenir l'os et mettre une pommade pour aider à résorber l'hématome, les médecins ne pouvaient rien faire.

George avait l'impression qu'un camion lui était passé dessus. Il avait mal partout et distinguait à peine le pare-brise à travers ses paupières boursouflées. Son coude, pris dans un plâtre qui s'étendait de l'avant-bras jusqu'à la moitié du bras, lui pesait sur l'estomac et n'empêchait nullement la douleur de circuler. Pourtant la souffrance physique était secondaire. Ils avaient perdu un collègue ce soir. Et ça, Stobbart se le reprochait amèrement et vertement. Comment cela avait-il pu se passer ? Comment, lui, avait-il pu laisser cela se produire ? Le policier avait beau se dire qu'ils étaient tombés dans un traquenard, que l'irréparable s'était produit sous ses propres yeux sans qu'il puisse faire quoi que ce soit, la pointe aiguisée de la culpabilité le transperçait de part en part, faisant voler en éclats les derniers petits morceaux de la promesse qu'il s'était faite plus de trente ans auparavant : ne laisser personne mourir sans réagir. Les gens mourraient, c'était une évidence, mais ils ne devaient pas mourir de cette façon, si jeunes. Une nouvelle fois, il avait failli et reluquait amèrement sa défaite.

Le silence allait très bien à la lieutenante. Rouler à vitesse réduite aussi. Une manière de vouloir ralentir le temps, de ne pas le laisser filer trop vite. Peine perdue. Nico se repassait sans relâche les images dans sa tête : elle, esquivant sans cesse les attaques, comme une danseuse tourbillonnante ; Hal, se précipitant sur le groupe qui l'entourait. L'intention avait été louable, mais totalement idiote. L'informaticien avait entraîné un des hommes dans son élan et l'avait fait tomber par terre. Son action eut le mérite de détourner fugitivement leur attention et de soulager la pression sur elle. Au détriment d'Emmerich. Les coups avaient plu en force. Maxime était intervenu, mais finalement… Finalement… ça n'avait pas suffi… Nicole réprima un sanglot. Non ! Elle ne voulait pas craquer maintenant, pas ici… Elle sentit la main réconfortante de Stobbart sur son épaule. Nicole arrêta la voiture un peu sèchement au beau milieu de la route et éclata en sanglots. Sans un mot, George l'attira doucement contre lui. La jeune femme sentait son corps parcouru de tressaillements incontrôlables. Toute la tension accumulée s'échappait brutalement.

Quand elle était rentrée dans la police, Nico concevait parfaitement la mort d'un policier, mais davantage comme un paramètre aléatoire plutôt qu'une réalité. Et c'était cette réalité qui lui avait sauté au visage : cette mort qu'elle côtoyait tous les jours dans le cadre de son travail l'avait rattrapée et dépassée en frappant on ne peut plus près d'elle. Hal. L'informaticien avait débuté environ un an après elle. Elle l'avait trouvé sympathique, mais sans plus ; par moment, son humour lourdingue l'avait rendu insupportable, et encore plus quand il prenait son air de chien battu. Mais il avait toujours été là dans les moments durs, quand il avait fallu veiller tard ou soutenir l'équipe dans les moments de doute.

Les souvenirs affluèrent comme une violente marée, la heurtant de plein fouet, tourbillonnant autour d'elle, essayant de la noyer. Elle s'accrocha comme elle put au seul rocher qui l'empêchait de sombrer : Stobbart. Enfin, les flots s'apaisèrent et Nico put reprendre le contrôle. Gênée, elle s'écarta de son chef et chercha maladroitement un paquet de mouchoirs dans la boîte à gants, avant de saisir celui que lui tendait George.

« Ça va aller ? » lui demanda-t-il avec douceur.
Nico hocha faiblement la tête.

« Il va bien falloir. Désolée de…

– Stop ! Pas de "désolée" de quoi que ce soit, Nicole. On est tous dans le même bateau. On craque tous à un moment ou à un autre, et c'est ce qui fait que nous sommes humains. J'ai déjà craqué avant toi et ça arrivera sûrement après. Alors, prends le temps de te calmer, je ne suis pas pressé. D'accord ?

– D'accord », marmonna la lieutenante.
La jeune femme se sentit rassérénée. Elle rangea son mouchoir détrempé dans sa poche et remit la voiture en route, lentement.

Sitôt arrivé chez lui, George s'effondra dans un fauteuil. En face, Nico fit de même. La pendule du salon affichait deux heures passées. Dans un dernier effort, Stobbart se leva et servit deux verres d'alcool. Il en fourra un d'autorité dans la main de la jeune femme. Celle-ci n'eut même pas la force de protester.

Juste avant de rentrer, le policier avait brièvement cherché Maxime des yeux, mais le jeune homme ne s'était pas manifesté. À présent, Stobbart n'était pas loin de se laisser aller si son état d'excitation ne l'avait pas tenu aussi bien éveillé. Sans compter la douleur. Lui aussi ne cessait de repasser dans sa tête ce déferlement de violence, les coups qui s'abattaient en nombre, les visages anonymes de ses agresseurs et, plus encore, leurs yeux. Des yeux vides, dénués d'émotion où régnait un froid aride et terrifiant. Il avait eu peur, très peur. Il avait pensé à Émilie, à ses enfants… S'était bêtement demandé comment il avait fait pour en arriver là…

« George ! »

Les deux policiers sursautèrent. Émilie se tenait sur le pas de la porte, en chemise de nuit, serrant contre elle les pans de sa robe de chambre. Incongrûment, Stobbart trouva sa femme magnifique. Plus terre-à-terre, Émilie se précipita sur son époux, affolée, et entreprit de l'examiner sous toutes les coutures. Nico se fit toute petite dans son fauteuil.

« Mais qu'est-ce qui t'est arrivé ?! Tu t'es fait rouler dessus par un rouleau compresseur ou quoi ? Pourquoi tu ne m'as pas appelé ?

– Émilie, écoute, je…

– Non, toi, tu m'écoutes ! D'abord ton crâne, ensuite ça ! Ce sera quoi la prochaine fois ? Tu veux que je finisse veuve, c'est ça que tu veux ?!

– Émilie, je…

– Non ! Il n'y a pas d'Émilie qui tienne ! Tu as pensé aux enfants ? George Stobbart, tu n'es qu'un imbécile… ! »

Tout en l'invectivant, Émilie frappait son mari avec l'énergie du désespoir. Stobbart essuyait la grêle de coups sans broncher. Enfin, le moins possible : sa femme avait beau être menue, des types s'étaient chargés de lui avant elle, y compris là où elle cognait. Que pouvait-il dire ? Il comprenait sa réaction. Il la serra contre lui et elle se blottit contre lui en sanglotant.

Ses nerfs avaient lâché, la tension avait été trop forte. L'émotion l'avait submergée. Émilie essuya ses larmes et se sépara de George à regret pour aller chercher à son tour un mouchoir. En voyant ses messages laconiques tout au long de la soirée, elle s'était doutée de quelque chose. Habituellement, il lui passait au moins un coup de fil pour la prévenir qu'une affaire allait le retenir un bon moment, y compris quand il devait retourner en urgence au bureau après un apéro… Pas ce soir. Un doute irrépressible l'avait lentement envahie, mais les messages avaient continué à affluer. Elle avait relativisé son inquiétude : au moins, il était vivant et en forme. Elle s'était couchée en attendant, jusqu'à ce qu'elle entende du bruit, puis la voix de son mari. Le voir avait été un choc.

Les ecchymoses le défiguraient, un œil violacé s'était posé sur elle, injecté de sang. Quand il s'était levé, ça avait été avec précaution. Ses bras et ses jambes se mouvaient douloureusement. Les pansements fixés par les médecins cachaient une joue déchirée et des coupures sur ses mains ; de fines bandelettes adhésives achevaient de refermer ses plaies au front et aux arcades sourcilières. George avait beau être défiguré, quand elle se serra contre lui, elle retrouva la même odeur, ce parfum qui l'accompagnait depuis quinze ans maintenant. Émilie s'était séparée de lui, seulement parce qu'il y avait une invitée. Elle prit le temps de sécher ses larmes avant de se retourner vers Nico.

Elle aussi avait souffert, même si son visage était moins marqué que celui de son mari.

« On vous a cassé une côte à vous ? s'enquit-elle, fatiguée.

– Effectivement. Vous avez l'œil, sourit faiblement la policière.

– Vous vous êtes levée très droite. Cela aurait pu être un mal de dos, mais vous gardez votre bras éloigné du corps. D'où… »

La sonnerie à la porte d'entrée interrompit Émilie. Elle jeta aussitôt un regard en biais vers son époux, avec un air las.

« Qui attends-tu à cette heure-là ?

– Notre sauveur, je pense… », répondit le policier en claudiquant jusqu'au couloir.

Il disparut. Un bruit de porte qui s'ouvre puis se referme parvint aux deux femmes.

« Votre sauveur… ?

– Sans lui, nous ne serions pas ici. Ni votre mari ni moi », dit simplement Nicole.

Émilie se tut. Quand Maxime franchit le seuil, elle fut à peine étonnée. Elle répondit au salut un peu gauche du jeune homme, à peine reconnaissante. Elle lui en voulait d'avoir mêlé George à tout ça, bien qu'au final il ne faisait que son travail.

« Merci de m'avoir ramené mon époux, Maxime…

– Non, merci à vous de m'accueillir une nouvelle fois. »

La voix nette et claire, quoique timide, la prit par surprise. Elle l'observa attentivement. Ses gestes s'étaient affermis. Il était moins voûté aussi, plus droit. Et son regard… Quelque chose de nouveau brillait dans ses yeux.

Chacun s'assit et Émilie en profita pour se verser à son tour une rasade d'alcool fort. Max refusa. Un silence gêné s'installa. Comme d'habitude, la femme de George prit les choses en main.

« Bon ! Qu'est-ce qui s'est passé ce soir ? »

Nicole regarda Stobbart, qui hocha la tête. Elle entama un récit détaillé, mais s'interrompit, en larmes, quand il lui fallut évoquer Hal. George prit le relais et conclut rapidement. Maxime resta silencieux tout du long.

Lorsque Stobbart l'avait forcé à quitter les quais et reprendre le train, Max était aussitôt retourné se réfugier dans les cartons déjà éprouvés du local poubelles. Harassé, il s'était endormi, mais n'avait pu empêcher les cauchemars de l'assaillir, susurrés – il en était sûr – par la Brume. Hal, les os brisés, sanglant, gisant dans ses fluides corporels, le suppliait de l'aider. Son visage coupé et déchiré se tordait en une grimace grotesque, tandis qu'un de ses doigts fracturés pointait sur Cloud. Une voix caverneuse s'échappait de ses lèvres, tour à tour implorante, puis accusatrice :

« Aide-moi… Sauve-moi ! Tu m'as laissé mourir ! Tu n'es qu'une erreur de programme !… »

Maxime s'était réveillé en sursaut, glacé par le ton accusateur. Il avait essayé.

Il s'était lentement repris, mais la peur était encore restée présente. Et elle l'était encore, alors qu'il était assis dans ce salon à écouter la fin du récit.

« Voilà, tu as à peu près toute l'histoire », termina George.

Émilie resta silencieuse. Que pouvait-elle dire ? Depuis une semaine, les problèmes s'enchaînaient à un rythme effréné. Se mettre en colère, hurler, jurer, ne servirait en rien à les résoudre. Son mari ne lâcherait pas l'affaire tout comme l'affaire ne le lâcherait pas non plus. Elle connaissait son époux, c'était un vrai pitbull : il resterait accroché à son os, peu importe où celui-ci l'emmènerait. Et ce n'était pas en lui mettant des bâtons dans les roues qu'elle l'aiderait à résoudre son enquête et à lâcher son os. Elle pivota vers Max.

« George m'a dit que tu avais retrouvé tes parents et que ça n'avait pas été très concluant. Mais cela t'a-t-il redonné quelques souvenirs ? »

Maxime hocha la tête.

« Oui. Mais cela reste incomplet. Je ne me souviens plus de ce qui s'est passé entre le moment où j'ai quitté cette maison quand j'étais petit et le moment où vous (Cloud se tourna vers les policiers) m'avez trouvé dans cette salle d'arcade.

– Nous, nous avons du neuf, intervint Nico. Nous avons retrouvé un dossier qui avait été envoyé à la sœur d'Ariel Braska : toutes tes notes, ton dossier médical et sportif datant de la période où tu étais scolarisé à l'école à Montreuil quand tu avais onze ans et avant. Après, tu as disparu sans laisser de trace et impossible de te retrouver…

– Nous avons interrogé les services de l'Éducation nationale qui assurent le suivi de la scolarité, les Agences régionales de santé pour savoir si tu avais eu des problèmes sociaux et familiaux, mais tu avais tout bonnement disparu des écrans radars, relata Stobbart d'un ton maussade.

– Tu veux dire que Maxime n'a pas été inscrit ailleurs à l'école ? s'enquit Émilie.

– Rien. Quand on a interrogé tes parents adoptifs, ils ne savaient rien. Pour eux, tu étais mort. À croire qu'ils t'ont tout simplement rayé de leur vie…

– Ce n'est pas une hypothèse, c'est un fait. Ils me l'ont avoué à demi-mot, murmura sombrement Cloud. Pour eux, je n'étais qu'un parasite…

– C'est ce qu'ils t'ont dit ? » demanda Émilie d'une voix sourde.

Maxime hocha la tête une nouvelle fois. Le silence retomba un bref instant, pensif. La femme de George se tourna vers les policiers.

« Et au Fichier des personnes recherchées ? Vous n'avez pas trouvé Maxime ?

– Rien, répondit Nico, puisque ses parents adoptifs ne l'ont jamais déclaré comme tel. Si cela avait été le cas, une enquête aurait été déclenchée, et vu l'accueil qu'ils nous ont fait, c'était visiblement la dernière chose qu'ils auraient voulue.

– Effectivement, mais il y a quelque chose qui cloche… Max, nous n'avons pas eu le temps de l'évoquer, mais cette visite-surprise à tes parents adoptifs, commença George.

– Euh, oui…, fit le jeune homme gêné.

– Cela impliquait que tu avais au moins retrouvé ce souvenir-là. Par conséquent, tu es d'accord avec moi sur le fait qu'ils habitaient toujours la même maison depuis que tu l'avais quittée. Vrai ?

– Vrai.

– Et tu as reconnu les lieux sans souci ?

– Mis à part quelques changements, oui. Le cagibi dans lequel je vivais avait été transformé en salle de jeux, mais j'ai bien reconnu l'endroit. Pourquoi ?

– Parce que je suis un triple idiot, voilà pourquoi. Tu n'allais plus à l'école, mais tu n'avais pas déménagé non plus, parce que tes parents adoptifs habitaient toujours dans la maison où ils t'ont séquestré. Toi-même, tu nous le confirmes…

– D'accord, ils l'ont retiré de l'école, intervint Nicole. Dans ce cas, pourquoi ? Qu'ont-ils fait de toi *après* ?

– Je l'ignore toujours, avoua Max, morne. Mes souvenirs s'arrêtent au cagibi. Je ne sais même pas quand je l'ai quitté. Les vidéos et mes cauchemars me font dire que j'ai sans doute dû aller dans un hôpital…

– Pas un hôpital, un institut psychiatrique. »

La soudaine intervention d'Émilie les prit tous de court. Puis, Stobbart poussa un long sifflement d'admiration.

« C'est exact… Bien vu, ma chérie… »

Nico et Maxime se regardèrent sans comprendre.

« Je crois que j'ai raté quelque chose, patron…

– Les soins psychiatriques sans consentement, ou l'hospitalisation d'office ! Je laisse la parole à l'experte, répondit George avec un clin d'œil à sa femme.

– Tu exagères, sourit faiblement Émilie avant de se lancer. Dans la législation française, il existe des procédures régies par le code de santé publique – les articles 3212 et 3213 de mémoire – permettant de prendre en charge une personne sans son consentement pour procéder à des soins. Il existe deux procédures distinctes : les soins psychiatriques à la demande d'un tiers ou en cas de péril imminent ; et les soins psychiatriques sur décision du représentant de l'État. Pour la première procédure, il est nécessaire de réunir deux conditions : la présence de troubles mentaux rendant impossible le consentement de la personne, ainsi que d'un état mental imposant des soins immédiats, une crise de démence par exemple. L'état de la personne doit être attesté par des certificats médicaux et ses proches doivent demander sa prise en charge au directeur de l'établissement psychiatrique dont le patient dépend. En cas de non-demande par un proche et en cas de péril imminent pour sa santé, le directeur peut toutefois se prononcer pour sa prise en charge rapide, afin d'éviter une détérioration de son état de santé. Et ce type de mesure vise exclusivement la personne dont l'état mental ne lui permet pas de consentir elle-même aux soins. Vous me suivez jusque-là ? »

Des hochements de tête silencieux lui répondirent : c'était exactement cette procédure dont Cloud avait fait l'objet à l'IPPP quand il avait été découvert le premier jour des meurtres. Émilie reprit avec passion :

« Pour la seconde procédure, et comme je vous l'ai dit tout à l'heure, les soins psychiatriques peuvent être décidés par un représentant de l'État, généralement le préfet ou celui disposant d'une compétence propre en la matière. Le préfet peut faire admettre en soins et sans consentement – toujours sur certificat médical – une personne dont l'existence de troubles mentaux nécessite des soins et compromet la sûreté des personnes ou porte atteinte, de façon grave, à l'ordre public. Cette procédure consiste donc à assurer la protection des tiers et de l'ordre public.

– Je ne comprends pas très bien la différence entre les deux, bredouilla Maxime un peu perdu. Ni quel est le rapport avec moi…

– Un instant, j'y arrive. La différence entre les deux procédures, en clair : la première doit assurer la protection et le soin de la personne envers elle-même ; la seconde, envers les tiers. C'est plus clair ?

– Oui.

– Bien. Maintenant, quel rapport avec toi ? D'après mon époux, tu n'étais vraisemblablement pas porté disparu – pas d'inscription au Fichier des personnes recherchées –, mais toi-même, tu dis que tes parents adoptifs se sont débarrassés de toi sans scrupule. Un enfant d'une dizaine d'années ne disparaît pas facilement sans que quelqu'un ne se mette tôt ou tard à poser des questions : les amis, l'école, le club de sport, etc. Et si on commence à se poser des questions, il est absolument impératif de fournir des réponses convaincantes, faute de quoi, c'est l'enquête et les services sociaux. Pour éviter cela, quel meilleur moyen qu'un alibi officiel ?

– Vous voulez dire que mes parents adoptifs m'auraient fait hospitaliser d'office ? Pour se débarrasser de moi légalement ?

– Ça tient la route dans les grandes lignes, observa Nico. Il faut maintenant le prouver. Reste à trouver les certificats médicaux et, pour cela, on doit trouver le toubib qui les a faits dans le cas de la première procédure. Dans le second cas, on doit partir à la recherche d'un arrêté préfectoral en ce sens…

– Oui, d'accord, mais pour quel motif ? insista Maxime. Vous dites que les soins psychiatriques sans consentement s'appuient sur des certificats médicaux. Pour quel motif m'aurait-on interné ? Je n'étais pas malade !

– Maxime, appela doucement Émilie. À la mort de ta mère, toi-même, tu nous as dit t'être réfugié dans le mutisme…

– Oui : ma mère a longtemps été mon seul point de repère. Mais ça, les Belmont n'ont jamais voulu le comprendre…

– Et quelle forme a pris ton mutisme ?

– Je me suis réfugié dans… »

Le jeune homme s'interrompit. L'évidence le frappa comme un coup de fouet, cinglant et brutal. Machinalement, il fit jouer ses pouces sur les joysticks d'une manette imaginaire et acheva sa phrase, atone :

« …les jeux vidéo. Les jeux vidéo ont été ce motif de soins sans consentement.

– Peux-tu être un peu plus clair ? demanda gentiment Nicole. C'est très important que l'on puisse bien tout comprendre… »

Max l'entendit à peine. Pour la première fois depuis sa guerre contre la Brume, il lui porta une estocade d'envergure : des pans entiers de brouillard noirâtre s'effondrèrent, libérant sa mémoire qui jaillissait comme un cours d'eau vive. La Brume hurla silencieusement, tentant de resserrer autour d'elle ses lambeaux de matière qui se désagrégeaient. Elle se replia sous les coups de boutoir qu'il lui assenait avec une force et une puissance redoublées. Encore une fois, elle dut reculer, s'enfonçant dans les profondeurs de la mémoire, s'échappant *in extremis* de la poigne de Cloud. Malgré tout, elle devait continuer à *protéger* ce qui ne devait être dévoilé, coûte que coûte.

« Maxime ?

– Oui. »

Le jeune homme plongea son regard dans les yeux de la jeune femme. Nicole frissonna et manqua de trébucher dans un abîme de tristesse et de douleur. Seule une petite flamme dansait, légère, au-dessus de tout ça. La folie ? Peut-être. Elle aurait préféré y voir un espoir, si celui-ci n'avait pas déjà déserté le garçon depuis longtemps déjà. Les lèvres de Maxime bougèrent et elle dut s'ébrouer mentalement pour revenir dans la pièce avec les autres.

« J'ai noyé mon chagrin dans les jeux vidéo. Les compagnons virtuels qu'on me donnait à l'écran ont été les seuls à pouvoir me rendre heureux, ou plutôt les seuls qui pouvaient me faire oublier la cruauté de ce monde. Les souvenirs qui me reviennent de cette partie de mon enfance sont comme une succession de jours de pluie : tristes, sans fin, indignes d'être gardés en mémoire. La seule chose qui comptait était un endroit où je pouvais jouer de tout mon saoul sans me préoccuper du reste du monde. On m'apportait à manger, je mangeai. J'avais une vague idée de qui s'occupait de moi mais peu importait. Je savais où j'étais mais je m'en moquais. J'ai essayé de garder des habitudes saines d'hygiène juste pour le souvenir de ma mère : elle ne supportait que je me comporte comme un cochon (Max sourit avec amertume). En un sens, elle continuait de veiller sur moi. Quant à ce qui se passait autour de moi, tout m'était égal. Maman n'était pas là, alors je voulais simplement qu'on me laisse tranquille. La seule chose qui n'a pas changé – le fil rouge d'une certaine manière – c'était ma manette et mon clavier. Les deux périphériques et la souris m'avaient été vendus par un gosse de riche avec qui j'avais sympathisé à l'époque… (Maxime eut un rire amer.) Du bon matériel qui ne m'a jamais fait défaut. Jusque-là, je n'avais jamais fait le lien…

– Quel lien ? (La voix de Nico était devenue un murmure. Max étouffa un nouveau rire, de tristesse cette fois.)

– Quel lien ? répéta-t-il. Le lien qui fait table rase du passé. Tout mon matériel, mes jeux, mon ordinateur… Tout est resté avec moi. Quand je suis descendu dans le cagibi des Belmont la nuit dernière, tout avait été transformé. Naïvement, la première réaction que j'ai eue a été de chercher les seuls biens qui m'avaient offert un peu de réconfort. Je n'ai rien retrouvé. Je m'aperçois qu'en fait, je n'ai cessé de les garder avec moi. Et maintenant (Maxime regarda Émilie), vous me parlez de soins psychiatriques sans consentement. Vous dire à quelle période aurait eu lieu cet internement, j'en suis bien incapable : je n'en ai strictement aucune idée. À dire vrai, je me souviens à peine d'avoir changé de maison après les Belmont, mais je comprends mieux le rapport. Et dans ce cas, la question est : pourquoi n'a-t-on pas cherché à me sevrer, à me sortir de là ?

– Je l'ignore, fit Émilie désolée. Peut-être que la réponse demeure encore dans ton amnésie…

– C'est vrai… (Max eut un sourire sans joie). Je n'ai plus qu'à attendre son bon vouloir…

– Ouais, alors, en attendant que ça te revienne, je propose qu'on aille se coucher, bougonna Stobbart en se levant. Il est trois heures passées, et demain, j'aimerais être à peu près en état pour tirer quelques ficelles et comprendre d'où viennent les certif' et cet arrêté, si arrêté il y a eu. Allez, hop ! Au lit ! Max, tu sais où se trouve la chambre de Chris. Nico, tu sais où est celle de Claire.

– Mais…, essaya de protester la jeune femme.

– Sans discuter. Tu tombes de sommeil et tu ne vas pas reprendre le boulot dans cet état. Ni le reprendre tout court, d'ailleurs. Au lit et bonne nuit ! »
Le groupe se dispersa sans plus de protestation, trop soulagé d'aller se glisser dans les bras de Morphée. Pourtant, juste avant de s'endormir, Émilie se tourna une dernière fois vers son mari :

« Et maintenant, qu'est-ce qu'il va se passer ?

– Aucune idée, répondit George déjà à moitié endormi. Aucune idée… Trop de choses… Trop de démons…

– Démons ? »
Stobbart dormait déjà d'un sommeil de plomb. Émilie s'endormit à son tour, d'un sommeil tourmenté par ses propres démons.

Chapitre LXXIII

La partie n'était pas finie… Cela non… Les huit unités qu'*Il* avait perdues étaient facilement remplaçables. *Il* avait même déjà entrepris de construire celles qui les remplaceraient. *Il* sourit. La gestion de crise était une affaire de doigté et de sang-froid. *Il* aimait particulièrement cet aspect-là de la difficulté : *Son* intelligence était mise à l'épreuve et la solution qu'*Il* devrait mettre en œuvre pour résoudre la crise n'était jamais sans conséquence sur le reste du jeu. Analyser, assimiler, agir : trois grandes qualités qu'*Il* se flattait d'avoir poussées à de très hauts degrés. Les prochains niveaux s'avéraient palpitants. Mais il *Lui* fallait d'abord percer cette équation. *Il* s'y replongea avec délice.

Chapitre LXXIV

Samedi 10 septembre

Mantis ne put retenir son irritation. Il pinça les lèvres et fronça les sourcils. Il bouillait intérieurement. À cinq heures du matin, il était déjà debout et au travail. Il avait besoin de peu de sommeil et il lui fallait au moins ça pour affronter les questions stupides des journalistes qu'un impertinent avait pris soin d'appeler sans son autorisation. Un flic mort plus ses huit agresseurs. Neuf décès en l'espace de dix minutes ! Sans un coup de feu, au vu et au su de tout le monde. Il n'aurait pas pu rêver mieux comme publicité ! Quand on l'avait appelé pour lui communiquer la nouvelle, il était déjà à son bureau, boulevard du Palais. La substitut de feu le Procureur Godot avait fait le déplacement et Mantis n'avait pas jugé utile de se rendre sur place. Il avait eu le commissaire Blanc au téléphone, qui lui avait brossé un tableau rapide de la situation. Le Préfet avait eu quelques mots réconfortants, mais l'état de fatigue et de tension du policier n'avait pas permis de prolonger davantage la discussion. Et à présent, ses doigts tambourinaient sur la table, courant nerveusement le long du bois sur un rythme rapide. Il ne comprenait pas. *Pourquoi ce Cloud les avait-il sauvés ?*

Mantis reprit mentalement toutes les données qu'il possédait. Puis, implacablement, les élimina une par une. À la fin, il dut se rendre à l'évidence : Cloud et Stobbart se connaissaient. C'était la seule explication. Ce qui impliquait que des éléments d'enquête lui avaient probablement été passés sous silence. Il allait devoir s'expliquer avec le commissaire Blanc : le fugitif était ardemment recherché par toutes les polices de Paris, et rien ne devait entraver sa bonne arrestation. Il en allait de la sécurité de tous.

Toutefois, le Préfet était curieux de savoir quels arguments Jacques Blanc allait lui opposer : le garçon agissait seul, en loup solitaire, et ses réactions s'étaient jusqu'à maintenant caractérisées par leur violence. Partout où il passait, il ne laissait derrière lui que le chaos ou les cadavres, quand ça n'était pas les deux. Qu'est-ce qui justifiait le fait que le commissaire ou ses hommes lui cachent des éléments ? Il était quand même question de l'implication de son propre établissement et il ne permettrait pas qu'un scandale vienne éclabousser sa réputation sans que lui ait auparavant fait toutes les démarches pour prouver son innocence ou sa culpabilité...

Chapitre LXXV

Samedi

Stobbart se réveilla peu avant sept heures. À côté de lui, Émilie dormait encore. Malgré sa courte nuit, George se sentait frais et dispos. Du moins autant qu'on pouvait l'être après un passage à tabac comme celui d'hier soir. Ses paupières s'étaient un peu dégonflées et une vision plus claire que la veille lui avait permis de distinguer les chiffres de son réveil. Il ignora les protestations de son corps endolori et quitta le lit conjugal. Ses premiers pas furent raides, mais peu à peu, ses muscles s'échauffèrent et se détendirent.

« La mécanique se fait vieille », songea le commandant. Il n'y avait pas de fatalisme dans cet instant, juste une observation. La roue du temps tournait simplement sans discontinuer. C'était dans ces moments-là où il se demandait pourquoi il faisait tout ça, à gérer la bêtise de ses concitoyens… C'était aussi dans ces moments-là qu'il avait envie de tout plaquer, laisser derrière lui le sang et le sordide, pour ne penser à rien d'autre, seulement à sa famille et, égoïstement, à lui-même. Mais il suffisait qu'il arrive au bureau et retrouve la frénésie de son boulot pour replonger dans cette noirceur. Et d'être content d'être là. C'était peut-être ça le pire. Être content. Il ne pouvait le nier, il aimait son travail. En contrepartie, celui-ci le consumait, l'entraînant toujours un peu plus loin au fond du gouffre. Et avec cette dernière affaire, il n'était même plus sûr de garder suffisamment d'innocence pour s'en tirer. En tout cas, pas sans l'aide de sa femme et de ses enfants. Stobbart se promit de se pencher sur son plan de carrière après cette affaire. Peu importait l'issue.

Le café était prêt. George porta le liquide bouillant à ses lèvres et laissa la douce morsure de la chaleur se répandre le long de son œsophage.

« Toujours matinal, patron ? »

Le commandant se retourna. Nicole se tenait sur le seuil de la cuisine, habillée à la hâte, ses jolis yeux en amande fatigués et la mine défaite. Même ses chaussures, toujours vernies avec soin, paraissaient ternes. Elle respirait doucement pour ne pas heurter sa côte brisée et touchait par moment sa lèvre tuméfiée pour s'assurer de son état.

« J'aime le calme, répondit son supérieur en souriant. Et appelle-moi George, on n'est pas au boulot. Comment te sens-tu ? Tu n'as pas l'air d'avoir bien dormi…

– Pas vraiment, non : ma côte ne m'a pas beaucoup aidée…

– Je veux bien croire. Café ?

– Volontiers.

– Fort comme tu l'aimes », fit Stobbart avec un clin d'œil.

Nico sourit, reconnaissante.

Les deux flics passèrent un moment en silence, à savourer leur breuvage. Ce fut la lieutenante qui rompit la première la quiétude matinale.

« Je ne la sens pas bien cette histoire, soupira la jeune femme.

– Moi non plus, avoua George, la mine grave. Je ne sais pas ce qui se trame derrière tout ça, mais apparemment, on marche un peu trop sur les platesbandes de quelqu'un. Si ça ne t'ennuie pas, j'aimerais que tu te trouves un endroit où aller, pour un moment, pendant que les choses se tassent…

– Et abandonner l'affaire ? Certainement pas. Ces types nous ont tendu une embuscade, patron…

– George.

– …George : ils savaient où nous étions, et il se trouvait peut-être même que nous étions suivis depuis le début. Maintenant qu'ils ont tué Hal, je ne peux plus reculer… ! »

Stobbart ne put s'empêcher d'avoir un rire amusé, malgré les douleurs qui lui secouaient les flancs.

« Hé bien ! On en oublierait presque que tu as une côte cassée et que tu as passé une sale nuit ! »

Nico éclata de rire, aussitôt suivi d'une grimace de douleur.

« C'était pas gentil de me faire rire, *patron*…

– Effrontée. Et désolé, s'excusa George en reprenant son sérieux. Je te redépose chez toi tout à l'heure, c'est arrêt de travail obligatoire.

– On verra. Et vous ? Vous faites quoi ?

– Je reste là. Jacques m'a interdit de me pointer au bureau.

– Mais je parie que vous allez quand même continuer à travailler sur l'affaire…

– Bien sûr.

– Alors je reste.

– Non. Tu as besoin de repos. »

La discussion qui suivit fut aussi vive qu'elle pouvait l'être en parlant à voix basse pour ne pas réveiller les autres. Contre toute attente, ce fut Nico qui remporta le duel, allant jusqu'à menacer son supérieur d'en révéler partie à sa femme. Stobbart dut rendre les armes, non sans se plaindre.

« C'est un coup bas, ça !

– Certainement, mais vous ne vous débarrasserez pas de moi comme ça ! »

Une demi-heure plus tard, ils se mettaient au travail, après qu'ils eurent accueilli Émilie et Maxime. Émilie appela son travail pour poser sa journée et veiller sur son mari, puis trouva un terrain d'entente inattendu avec Max quand il apprit la nature de son travail. Ils s'engagèrent dans une conversation animée, que le garçon trouva fort distrayante. Après s'être inquiété que sa femme ne manquât de rien, les deux policiers s'éclipsèrent.

George ramena une autre chaise dans son bureau et ils s'installèrent chacun à un bout de la table. Si Jacques avait effectivement expressément interdit à ses subordonnées d'approcher des Batignolles, les deux policiers pouvaient tout à fait accéder à leurs dossiers via les ordinateurs. Un vice de forme, en quelque sorte.

À huit heures quarante-cinq, le commandant se saisit du téléphone et composa un numéro de mémoire, sans un mot. Une sonnerie. Deux sonneries. Et s'*il* ne répondait pas ? Les contacts, sans s'être totalement interrompus, avaient toujours été rares. On décrocha.

« Préfecture de l'Aisne, bureau de la Sécurité intérieure, j'écoute. »

Une voix grave, un peu rauque, reconnaissable entre mille. Bingo !

« Salut Vinc', c'est George. »

Silence au bout du fil. Vincent Valentine. Le beau ténébreux du groupe, ex-flic qui avait donné sa démission pour bosser dans le panier de crabes de la préfecture où il poursuivait tranquillement son bonhomme de chemin dans la sécurité publique, s'occupant des relations de la préfecture avec les services de police et de gendarmerie. Un ami, toujours proche, mais toujours loin aussi.

« George Stobbart. Ça fait un moment, dis-moi…

– Ouais.

– Besoin d'un tuyau ? »

Direct. Comme toujours. Pas de tergiversation.

« Précisément. Avant ça, ça va toi ?

– On fait aller. C'est donc toi qui es sur l'affaire de l'infirmière ?

– Tu es courant ?

– Tu enfiles les meurtres comme des perles sur un collier. Je ne fais peut-être plus partie de la maison, mais j'ai gardé des contacts.

– Ah ! Daniel t'a appelé ? »

Vincent eut un petit rire.

« Toujours aussi vif à ce que je vois. Oui, je vois toujours notre Support. Et le moins que l'on puisse dire, c'est qu'il n'est pas prêt de se retrouver au chômage…

– Figure-toi que je me serais bien passé de lui donner tout ce boulot, grommela Stobbart.

– J'en suis certain. En quoi puis-je t'aider ?

– Tu pourrais me retrouver un arrêté préfectoral, s'il te plaît ?

– Illégalement, je suppose…

– Pourquoi dis-tu ça ? riposta George piqué au vif.

– Prends-moi pour un con, George. Tous les arrêtés préfectoraux sont en libre communication. Tu sais te servir d'un clavier et tu as suffisamment de jugeote pour savoir comment faire fonctionner le site de la préfecture. À moins que ce que tu recherches touche au secret médical ou à une enquête, auquel cas tu ne peux y accéder sans dérogation du Procureur de la République retrouvé mort il y a trois jours. Je me trompe ?

– Tu aurais franchement dû rester flic, Vincent. Pour ta gouverne, j'ai déjà une proc' pour de l'état civil, mais elle ne passerait pas à la préfecture. T'as gagné. Tu peux me rendre ce service quand même ?

– Passe-moi les infos. »

Deux minutes plus tard, Stobbart raccrochait, soulagé. En face de lui, Collard le regardait, intriguée.

« C'était un ancien collègue ?

– Oui. Il devrait nous avoir ça dans l'heure qui suit. Ça avance de ton côté ?

– Autant que je peux : j'ai l'impression que les PV se reproduisent plus vite que des lapins… »

George éclata de rire. Nico gloussa malgré elle et sa côte. Les deux heures suivantes furent plus détendues, malgré un labeur acharné.

De temps à autre, Émilie entrait, vérifiant que tout se passait bien, puis s'effaçait comme une ombre. Elle avait toujours redouté que le travail de son mari prenne le pas sur leur vie de famille et s'était assurée que cela n'arriva pas une seule fois. Pourtant, en ce moment même, elle ne parvenait pas à se décider si elle devait lui en vouloir ou l'encourager. Cette enquête l'accaparait tout entier et c'était aussi la première fois qu'elle le voyait préoccupé à ce point. Cette affaire n'était pas comme les autres. Elle avait conscience que ces derniers évènements, ainsi que Maxime, le renvoyaient à son propre passé. À présent, elle le voyait au pied du mur et fermement décidé à tourner la page. Sans elle. Elle souffrait silencieusement de ne pouvoir partager cette douleur avec lui, mais elle respectait ce choix. Pour une raison qu'elle ignorait, seul Maxime semblait être en mesure de pouvoir l'aider. Une nouvelle fois, Émilie referma doucement la porte derrière elle. Pourvu que tout finisse vite. Le pêne joua au moment où retentissait le téléphone de son mari, qui s'empressa de répondre.

« Stobbart, à l'appareil.

– Vincent. J'ai tes infos.

– Super ! Encore merci pour ton…

– Doucement, gamin. Je t'envoie les quelques feuilles par mail.

– Quelques feuilles ? Mais c'était juste un arrêté que je voulais !

– T'occupe ! Je pense que ça t'intéressera. Par contre, sois extrêmement prudent : tu joues avec le feu assis dans une mare d'essence… »

Le ton grave de son ami refroidit aussitôt Stobbart. Nico releva discrètement la tête.

« Tu es en train de me dire que ça tape haut ?

– J'en suis pas certain, mais c'est très possible. Je peux te poser une dernière question ?

– Depuis quand tu te gênes ? »

Son ami éluda la question.

« Ton affaire… J'ai entendu pas mal de choses sur le type qui est recherché, et le Syndrome Mantis, notamment… »

Il fit une pause. George ne dit rien.

« …Mais toi, tu le fais pour le passé, pas vrai ? »

Stobbart eut un rire amer.

« Vincent, quand apprendras-tu à te mêler de tes affaires ?

– Fais attention à toi, George. C'est tout.

– T'es une vraie Valentine pour moi.

– T'as *vraiment* pas changé, Stob'. »

La communication coupa. George resta songeur. Vincent ne changeait pas, toujours fidèle à lui-même. Il appuyait toujours là où ça faisait mal, mais, malgré son manque de diplomatie, avait le mérite de poser les choses.

« Tout va bien, patron ? »

La voix de Nicole le tira de sa rêverie.

« Oui, oui. Vincent – mon contact – vient de m'envoyer les documents. Je te fais suivre le courriel.

– OK. »

Stobbart eut juste le temps de faire la manipulation quand son téléphone sonna à nouveau. Nicole eut un regard interrogateur.

« Vas-y, Nico ! Continue sans moi ! Je te revois après ça ! »

La jeune femme sourit. « Je te revois après ça. » C'était exactement comme au bureau, à la différence qu'elle se trouvait chez son commandant. Pour un peu, elle l'aurait presque vu partir à l'étage voir le commissaire Blanc !

Le dernier courriel de Stobbart s'afficha enfin. Elle double-cliqua sur une des pièces jointes et se plongea dans la lecture des scans. Elle en resta bouche bée.

Quand George retourna dans le bureau une demi-heure plus tard, il retrouva sa jeune collaboratrice surexcitée, malgré sa côte en miettes. Elle se précipita sur lui pour agiter des feuilles sous son nez.

« Patron ! J'ai de sacrées nouvelles !

– Doucement, Nicole : je ne suis pas au meilleur de ma forme. Alors si tu pouvais éviter de me faire tomber…

– Désolée. Mais vous devriez voir ça… »

La jeune femme lui tendit deux documents fraîchement imprimés. Stobbart s'en saisit et les examina avec attention. Le premier était un arrêté pris par le maire de… George ouvrit grand les yeux.

« Regardez-moi ça… Frédéric Édison… Il était maire d'Essises ?

– Il l'est encore, rectifia Nico. C'est son quatrième mandat. Par contre, je ne comprends pas : comment un maire peut-il prendre un arrêté pour des soins sans consentements ?

– Parce qu'il en a l'autorité ! »

Les policiers se tournèrent d'un seul homme vers Émilie, sur le pas de la porte restée ouverte. Derrière elle, Maxime regardait le bureau avec curiosité : c'était la première fois qu'il voyait cette pièce en plein jour…

« Je passais et j'ai entendu votre question…

– Au contraire, au contraire ! Tu peux être plus explicite, ma chérie, s'il te plaît ?

– C'est bien parce que c'est toi… En fait, je ne l'avais pas vraiment précisé la dernière fois qu'on en a parlé, mais des soins psychiatriques peuvent être ordonnés sur décision du maire en cas de danger imminent pour la sûreté des personnes et dans le cas de troubles mentaux manifestes. Et le préfet de région à quarante-huit heures pour confirmer la décision. Avant ça, l'arrêté a dû être rédigé sur la preuve d'un certificat médical.

– Oui, ici ! (Nico brandit la seconde feuille.) Un médecin du coin. Je me suis déjà renseigné, il est décédé il y a un peu moins de quinze ans.

– Soit à peine un an après que Maxime se soit fait interner. Comme par hasard, grommela Stobbart.

– Le certificat fait état de « grande agitation, violence sur autrui due à une agressivité exacerbée et une perte de connexion à la réalité », survola la jeune femme.

– Là, on serait dans le cas d'un péril imminent, analysa Émilie. Par contre, je ne dois peut-être pas vous demander ça, mais où avez-vous obtenu ces documents ? Ils relèvent du secret médical… »

Silence gêné des deux flics. Le ton réprobateur de sa femme incita George à faire profil bas :

« À la préfecture de…

– …l'Aisne », acheva Collard.

Les deux époux froncèrent les sourcils.

« L'Aisne ? Comment ça l'Aisne ?

– L'arrêté a été pris à Essises, dans l'Aisne, et transmis à la préfecture compétente, à Laon, répondit Nicole. C'est ce qu'a expliqué Monsieur Valentine dans son courriel.

– Cela voudrait dire que Maxime se serait trouvé à Essises à ce moment-là. Ou dans ses environs. Mais comment ? interrogea Émilie.

– Parce que mes parents adoptifs avaient une maison là-bas. »

Tous les regards se braquèrent sur Max. Émilie s'écarta un peu pour le laisser entrer dans le bureau. Mais le garçon resta immobile.

« Maintenant que vous en parlez, ça me revient vaguement. C'était leur maison de campagne. J'y suis allé plusieurs fois, à intervalles irréguliers. Soi-disant pour me changer les idées. C'était une très grande maison et je m'y sentais perdu. Peu de souvenirs réjouissants, comme les autres…

– Un collègue a trouvé un arrêté municipal te concernant avec une injonction de soins psychologiques, confia George. Te souviens-tu d'un changement marquant à cette période ? Quelque chose qui t'aurait… comment dire…

– Je comprends la question. Oui et non. En fait, ce sont des choses que je me suis efforcé d'oublier, mais qui me reviennent dans ce bloc de souvenirs… (Cloud sourit faiblement.) J'en reviens presque à regretter mon amnésie. Pour vous dire… »

Il fit une pause. Aucun n'osa parler, de peur d'interrompre le fil fragile de ses pensées.

« La perte de ma mère a été terrible. Elle était, je vous l'ai déjà dit, mon seul repère. C'est ce que n'ont jamais compris ces… "parents". Ils m'ont offert le matériel sans l'affectif. Lors de mon emménagement chez eux, j'avais récupéré mes affaires, habits, ordinateur et jeux compris. Avant, je jouais par plaisir. À partir de ce moment, ça n'a été que pour oublier. »

Le jeune homme s'arrêta de nouveau. Tous ces souvenirs de son enfance ressurgissaient. Ils se défaisaient toujours plus facilement de la Brume quand Cloud tendait les mains vers eux. Celle-ci se battait pour ne pas se laisser dissoudre, mais elle éprouvait toujours plus de difficultés à se maintenir, n'ayant d'autre choix que de décrocher, abandonnant derrière elle des souvenirs qu'elle ne pouvait garder avec elle, pour se replier sur ses derniers bastions. Maxime reprit :

« Les Belmont se rendaient régulièrement dans leur maison de campagne. Lorsque j'y suis allé les premières fois, j'ai trouvé ça trop grand et il n'y avait pas grand-chose à faire. Pour tout vous dire, j'avais peur de cet endroit. C'était lugubre. Il y avait des bruits bizarres qui me rendaient malade d'angoisse.

– Des craquements ? Des hiboux ? C'est souvent le lot de ces vieilles demeures, sourit Émilie.

– C'est vrai, fit Cloud en la regardant. Mais les cris de douleurs qui venaient des sous-sols ? »

La petite assemblée accusa le coup.

« Je dormais au rez-de-chaussée ; les autres, à l'étage, poursuivit le jeune homme. Je n'en dormais plus. Ces cris venaient me hanter pendant mon sommeil, je ne faisais que cauchemar sur cauchemar. Et quand je posais la question aux adultes, ils me répondaient en souriant qu'ils n'entendaient rien, que c'était mon imagination qui me jouait des tours. J'ai refusé de les croire, je savais ce que j'avais entendu. Jusqu'à ce que j'en ai la confirmation indirecte…

– Comment ça ? s'enquit Nico.

– Les Belmont avaient un chien, Whisky. Un vrai froussard qui avait peur du noir. Parce que les adultes ne me croyaient pas, je me suis mis à l'observer. Les animaux ne mentent pas, c'est ce que j'avais appris à l'école. Et je me suis aperçu que lui aussi les entendait. Whisky relevait la tête et gémissait. Pas très fort, parce qu'il avait interdiction d'aboyer. Au bout de deux jours, j'en avais la certitude : les adultes mentaient. Je leur ai dit d'observer le chien. Ils m'ont ri au nez. Le lendemain, Whisky avait disparu. Quand j'ai demandé pourquoi, ils m'ont dit qu'il avait eu un accident et qu'il était mort. Ma seule preuve s'envolait. Maintenant, j'ai plutôt la certitude qu'ils l'ont tué. Et les cris ont continué. Pour y échapper, j'ai joué. Encore plus. C'était le seul moyen que j'avais en ma possession pour ne pas entendre. »

Maxime fit une nouvelle pause. Quand il reprit, son regard s'était perdu dans le gouffre de ses souvenirs.

« Un jour – je ne sais plus quand ni pourquoi –, ils m'ont forcé à quitter le cagibi où je jouais. La cuisinière m'a donné une douche, m'a habillé. Non sans me pincer et me tirer les cheveux pour que je me dépêche. Elle me disait que j'avais de la chance d'avoir des parents comme les miens. Que j'aurais dû être heureux avec eux au lieu de les faire souffrir. Je ne comprenais rien. Pourquoi est-ce qu'ils m'arrachaient de ma place ? Je voulais juste rester et jouer. Ils m'ont donné quelque chose à manger et je me suis réveillé dans cet endroit. J'ai tout de suite reconnu cette affreuse maison. Les cris qui avaient cessé de me hanter quand je l'avais quittée me revinrent aussitôt en mémoire. Les cauchemars recommencèrent, et quitter l'ordinateur une seule seconde éveillait en moi la peur viscérale de les entendre m'appeler et me poursuivre. Mais quand je voulus retrouver mon ordinateur dans la chambre qui m'avait été déléguée, ce fut pour m'apercevoir qu'aucune de mes affaires n'étaient là. Le choc fut terrible. J'ai paniqué. Je suis resté tétanisé. Mais la peur des cris fut plus grande. Je me suis cloîtré dans ma chambre je ne sais combien de temps, caché dans l'armoire. Quand mes "parents" sont venus me chercher pour prendre un nouveau repas, j'ai refusé de sortir. Ils m'ont menacé, puni, battu, rien n'y a fait : je suis resté dans mon refuge. Comment leur expliquer que cette peur abjecte me paralysait, alors qu'ils n'avaient cessé de me rire au nez en me disant que je n'étais qu'une mauviette et un petit garçon peureux ? Ils se sont toujours moqués… En fin de compte, ils m'ont sorti de ce placard par la force. Je me suis débattu, j'ai crié, j'ai mordu et griffé, j'ai pris des claques et des coups que je ne sentais pas. Puis sans comprendre, j'ai retrouvé mon ordinateur dans le salon. Les mains qui me tenaillaient m'ont lâché et je me suis précipité pour lancer un jeu, n'importe lequel, pourvu que je n'entendisse plus ces cris effroyables… »

Le petit bureau replongea dans le silence. Émilie, George et Nicole étaient glacés. Mettre en doute les dires de Maxime ? Cela leur était difficile : le jeune homme était littéralement pris par son récit. Tout son corps trahissait une peur encore à fleur de peau, sa voix tremblait par moment tandis que ses mains se tordaient convulsivement. Aucun ne parlait. Tous attendaient la suite du récit, dans un mélange d'effarement et de curiosité morbide.

« J'ai joué. Joué encore. Au moment où les cris commençaient juste à s'estomper dans ma tête, l'ordinateur s'est brusquement coupé. J'ai immédiatement compris qu'une main scélérate avait arraché la prise. Je suis devenu comme enragé. Je me suis précipité sur le fautif : à l'entrée du salon, celui qu'on m'avait présenté comme un père me regardait avec un sourire dont je me souviens encore sans peine. Quelque chose entre la joie et la cruauté. Sans réfléchir, je me suis jeté sur lui. Je l'ai mordu à la main, celle qui tenait encore le câble débranché. J'ai senti le goût du sang dans ma bouche, mais j'ai appuyé encore. Il a hurlé de douleur et m'a battu comme un sac de sable. Je n'en avais que faire : il avait été méchant avec moi, j'avais décidé d'être pire. Ça n'a pas duré longtemps. J'ai senti une piqûre dans le cou, puis plus rien. Après ça, juste le vague souvenir d'un endroit tout blanc… »

Maxime se tut. L'espace d'un instant, le petit groupe ne dit rien. Nico se décida à parler la première, hésitante.

« Et ensuite ? »

Le jeune homme la regarda avec étonnement. Il secoua la tête, ses cheveux blancs volèrent. Il se rétracta avec une légère grimace de douleur.

« Ensuite ? Rien. Je ne me souviens plus. Mais ça reviendra. Je sais que les souvenirs sont là, mais ils s'enfuient quand j'essaie de les attraper...

– Ne t'inquiète pas, le rassura George. Laisse faire. En fait, nous avons déjà une date.

– Comment ça ?

– Nico ?

– On nous a transmis un certain nombre de documents te concernant qui attestent que tu as été effectivement interné dans un établissement psychiatrique. Nous connaissions déjà les raisons, mais ce qui nous manquait, c'était ton point de vue. Et on peut maintenant dire que cela en change la perspective...

– Pourquoi ? Ce ne sont que des souvenirs d'enfant...

– Oui, mais des souvenirs, qui laissent à penser que tu as été manipulé, intervint Stobbart. Et si tel est le cas, nous devons en connaître la raison profonde. Les vidéos dans lesquelles tu apparais sont aussi à mettre en corrélation.

– Il est fort probable que l'on se soit servi de tes peurs d'enfant pour provoquer la réaction voulue dans un but voulu..., dit Émilie.

– Je comprends, mais cela m'apparaît encore très nébuleux...

– Pour nous aussi, le rassura Nico. Mais on s'en approche... »

La sonnerie musicale du téléphone les interrompit. Stobbart s'en empara et décrocha après avoir vérifié le nom qui s'affichait sur l'écran.

« Le commissaire Blanc, articula-t-il silencieusement à l'attention de Nicole et Max. Salut Jacques ! Déjà à pied d'œuvre ?

– Comme tu peux le constater, maugréa son ami. Désolé de t'appeler aussi tôt ce matin, mais le Préfet Mantis m'a appelé au saut du lit pour me passer un savon. Ça met de bonne humeur pour la journée...

– Je veux bien compatir. Qu'est-ce qu'il voulait ?

– Il se demandait pourquoi Cloud était intervenu pour sauver votre peau hier soir. Il est persuadé que vous vous connaissez... »

George se tendit. Avec un petit sourire crispé à son auditoire, il s'éclipsa dans le salon.

« Difficile de répondre quelque chose à ça, poursuivait Jacques. Comment expliquer la folie d'un fou ? Je ne suis pas psychologue, ni non plus dans la tête de notre homme.

– Et il a avalé ça ?

– Aucune idée. Très sincèrement, j'en doute. Par contre, je pense qu'il reviendra vers toi tôt ou tard...

– Merci du tuyau. De toute façon, je comptais lui rendre une visite à son Institut. J'ai moi-même des questions en suspens, à propos de notre homme comme tu dis.

– Comment ça ?

– J'ai reçu plusieurs documents qui nous laissent à penser, à Nico et moi, que notre soi-disant fou l'est tout autant que toi et moi. À la différence de nous, lui a besoin qu'on le prouve...

– Je comprends, Stob'. Tu as téléphoné à Valentine, c'est ça ?

– Je vois que tu es au courant.

– Non, je te connais. Et on retrouve toujours les mêmes, ajouta Jacques avec un petit rire crispé. J'ignorais juste que tu avais gardé contact avec lui...

– Un petit peu, de temps à autre. À vrai dire, c'est surtout Daniel qui le voit encore. Tu connais Vincent : « plus discret que le silence, plus efficace que la mort ». »

Jacques éclata de rire.

« Ça fait longtemps que je n'avais pas entendu notre devise ! Mais quand comptes-tu aller à l'Institut ? Vu ton état...

– J'irai demain matin sur le temps des visites, coupa George. Il y a des réponses à chercher et je ne veux pas tarder à les trouver avant qu'elles ne disparaissent !

– Mantis est à Paris. Donc tu vas voir Édison ?

– Exact. J'aimerais avoir quelques explications avec le directeur... *A priori*, il serait pour quelque chose dans l'internement de notre homme... »

George brossa un rapide tableau de ce qu'il avait appris.

« Sois prudent : on est en terrain miné, là. Et pour le fugitif, tu comptes faire quoi ?

– Je ne sais pas encore. Le gamin a beau aller mieux, il reste encore instable. Même si je trouve qu'il s'en sort remarquablement bien après tout ce qu'il a subi...

– Mouais. Je suppose que c'est inutile de te demander où il est ?

– Tu supposes bien.

– Fais attention, George, répéta le commissaire en soupirant. Je ne peux pas t'empêcher d'aller à l'Institut, tu es trop buté pour ça. Mais j'ai beau être ton ami, je suis aussi ton chef : si je n'ai pas un coup de fil de toi lundi, je fais débarquer le RAID[12] chez toi.

– Émilie sera contente...

– J'en suis sûr. Bon, tu m'excuseras, mais je dois aller à l'autopsie de Hal et prendre les dispositions pour son enterrement.

– Merci pour tout, Jacques. Tiens-moi au courant.

– Toi surtout.

– Pas de problème... »

Stobbart raccrocha. Quel menteur ! Les problèmes, il allait justement au-devant...

---

[12] Recherche, Assistance, Intervention, Dissuasion : unité d'élite de la Police Nationale.

Chapitre LXXVI

Dimanche 11 septembre, matin

Sur la route, le temps était maussade. La température avait chuté et le vent balayait l'autoroute à grand renfort de bourrasques. Stobbart croisait de rares voitures et en doublait encore moins. Pas de doute, la grippe atteignait son paroxysme et l'automne approchait déjà à grands pas. Mais ça l'arrangeait : le portrait qu'on lui avait refait ne lui avait pas encore permis de récupérer toute sa vision périphérique. Sans compter son bras cassé : une chance que sa voiture fut automatique… Une courte sonnerie retentit. George jeta un coup d'œil – gonflé – sur l'écran de l'ordinateur de bord et eut un sourire quand il vit le nom affiché. Il activa la communication et la voix familière emplit l'habitacle :

« Salut George ! Je te dérange ?

– Salut Daniel ! Toujours vivant ?

– Plus que mes clients en tout cas. Comment vas-tu, toi ? J'ai appris qu'il t'était arrivé des bricoles…

– Aussi bien qu'après un passage sous le rouleau compresseur.

– Fais attention, j'ai pas envie de te retrouver sur ma table. Et mes condoléances pour ton coéquipier…

– Merci. Prends-en soin, s'il te plaît…

– Promis. »

Stobbart se tut. Imaginer que Hal était sur la table de Fortesque déclencha chez lui un désagréable frisson entre les omoplates. Lui aussi avait failli se retrouver parmi les "clients" de son ami. Mais qu'aurait pensé le légiste s'il lui avait fallu autopsier un ami d'enfance ? Il y avait de quoi être amer…

« Allô ?

– Oui, oui, je suis toujours là.

– Te laisse pas abattre, vieux, et ne pense surtout pas au pire : je suis là pour m'en occuper. »

Curieux de voir comment les paroles de son ami entraient étrangement en résonnance avec ses propres pensées.

« Par contre, reprit Fortesque, je dois aussi m'occuper des autres patients que tu m'as envoyés. Et si un rouleau compresseur ne t'était pas passé dessus avant, crois-moi bien que je m'en serais occupé !

– Ta sollicitude me touche, Dan', rétorqua Stobbart amusé. Et crois-moi que je me serais volontiers passé des deux !

– Va dire ça à mes assistants ! Je les use deux fois plus vite que la moyenne ! Enfin, quoi qu'il en soit, je t'appelais pour te soumettre un curieux détail…

– Je t'écoute.

– Autant te dire tout de suite que je n'ai eu le temps d'autopsier que cinq clients, je n'ai que deux mains et je ne parlerais pas de notre collègue. Par contre, je serais curieux de savoir comment s'est déroulée votre embuscade. Pour la raison suivante : j'ai fait des observations préliminaires et je n'ai pas vu un type dont la mort est nette. Y compris celui qui a la colonne vertébrale en pièces détachées : au pire, il aurait terminé tétraplégique, mais certainement pas chez moi.

– Continue.

– Ce qui me chagrine, c'est qu'ils ont tous les stigmates d'une bagarre portés à l'aide d'un objet contondant : hématomes divers ; phalanges marquées, abîmées, voire brisées ; quelques membres cassés, etc., etc. La routine, je te dirais. Le problème dans tout ça, c'est qu'aucune de ces blessures n'est mortelle. Et sur les cinq que j'ai autopsiés, quatre sont morts d'un arrêt cardiaque et le dernier d'une hémorragie cérébrale. Et dans ce dernier cas, j'ignore pourquoi.

– Je ne sais pas, réfléchit Stobbart. Ils se sont quand même pris une sacrée tannée… Hal…

– Notre collègue est décédé à cause de blessures autrement plus graves, coupa Fortesque. À vue de nez, il doit avoir un poumon perforé et un trauma crânien, entre autres. Non, les types que tu m'as envoyés présentent surtout des blessures externes, sur les membres inférieurs et postérieurs, le tronc, mais pas de dégâts internes suffisamment importants pour causer la mort. Qu'un type fasse un arrêt cardiaque, pourquoi pas, personne n'est à l'abri d'une faiblesse du palpitant, surtout en cas de stress élevé. Deux arrêts cardiaques en même temps, c'est toujours possible, la faute à pas de chance. À quatre en même temps, on se croirait aux soldes…

– Qu'est-ce que tu proposes alors ?

– Que ces types ne sont pas morts de mort naturelle, mais qu'ils ont été assassinés. »

Stobbart resta silencieux, digérant l'information. Avant de reprendre lentement :

« Il va falloir que tu m'expliques comment…

– C'est là que ça cloche. J'ai envoyé des échantillons de sang au labo pour les analyses toxicologiques en urgence. Je n'ai eu des retours que pour les deux premiers, mais il n'y a rien !

– Comment ça, rien ? Ils ne sont pas morts sur commande tout de même !

– Bingo ! Le problème se trouve précisément là. Sur tous ceux que j'ai examinés pour le moment, j'en ai trouvé deux qui avait une espèce de puce implantée dans les tissus palmaires, au-dessus de l'éminence thénar.

– Le téléphone a du mal à capter, là…

– Les tissus de la main, entre le pouce et l'index, si tu préfères.

– Ça capte beaucoup mieux, tout de suite !

– Je les ai découvertes par hasard, poursuivit Daniel sans se troubler, en faisant l'examen externe d'un des types : il avait un petit hématome sous une cicatrice à peine visible. J'ai senti les puces à la palpation, mais c'était extrêmement léger. Un vrai coup de chance ! J'ai vérifié les radios, les puces n'apparaissent même pas dessus. Pour te donner une idée, ça a la taille d'un demi-grain de riz ; fait, je dirais, dans une espèce de polymère. Malheureusement, ça n'est pas une preuve, juste une supposition. Ces gens avec la puce dans la main, c'est aussi une technique à la mode, popularisée par les Américains : au lieu de te trimballer avec ton trousseau de clefs, tu ouvres ta porte avec ta main en la passant devant un capteur.

– Quel rapport avec les meurtres ?

– J'y arrive. Quatre arrêts cardiaques au même moment, c'est suspect. Pour cette raison, je pense qu'ils ont été provoqués à distance…

– …à l'aide de cette fameuse puce…

– …et par injection d'un produit "X", tu as tout compris. Mais revenons à nos moutons. Le hic, comme je t'ai dit, c'est que les analyses n'ont rien donné. Et les produits qui provoquent des arrêts cardiaques sont légion dans la pharmacopée. Mais après réflexion, je pencherais pour une solution de type adrénaline. Injection en sous-cutanée… »

Dans sa voiture, Stobbart fronça les sourcils.

« De l'adrénaline ? C'est pas un truc qui servirait plutôt à réveiller tes patients, ça ?

– Exact. Sauf que ce truc, comme tu dis, peut être mortel avec seulement cinq milligrammes. Huit milligrammes, c'est la mort assurée. Et qui peut précisément provoquer un arrêt cardiaque à trop forte dose. Ou une hémorragie cérébrale…

– Nom de D…

– Comme tu dis. En outre, c'est une molécule que le métabolisme dégrade très vite, en deux-trois minutes environ, largement suffisant quand tu sais que le corps humain continue à avoir une activité métabolique plusieurs heures, voire jours après la mort. Ce qui expliquerait que les analyses toxicologiques n'aient rien donné.

– Ça ne va pas nous faciliter la tâche... L'adrénaline pourrait être stockée dans ces puces ?

– Je n'en sais rien, avoua Fortesque, je n'en suis qu'au stade des suppositions : je suis légiste, pas ingénieur informaticien. Le problème, c'est que ces deux petites puces ou capsules étaient cachées à un endroit du corps où les chairs sont molles, ce qui les rend difficilement détectables, et qui cachent très bien des cicatrices relativement anciennes et ridiculement petites. J'ai vérifié les deux autres corps autopsiés et je n'ai rien trouvé.

– Ça n'augure rien de bon…

– Je ne te le fais pas dire… Le problème, c'est que les deux puces que j'ai prélevées sont déjà différentes par la taille : j'ai l'impression qu'elles ont été plus ou moins adaptées au gabarit du porteur. Et rien n'indique que je les trouverais au même endroit, ni qu'il y en ait qu'une seule : cacher huit milligrammes d'adrénaline dans la main, c'est beaucoup trop ! Surtout si ces types étaient partis chercher la castagne : si la puce-capsule éclate sous le choc, c'est la mort assurée. Mais il faudra spécialement s'attacher à analyser la puce-capsule beaucoup plus précisément, parce que j'ignore comment ils ont pu réussir un truc pareil. Par contre, ça dénote que celui qui les a installées a de sérieuses connaissances dans le domaine de la miniaturisation…

– Je compte sur toi pour trouver les autres !

– T'es marrant, toi ! À l'échelle du corps humain, tu peux planquer ce genre de fourbi à peu près n'importe où !

– Tu as bien des assistants, non ?

– T'inquiète pas, Stob' ! J'en ai mis un sur le coup, mais ça va quand même prendre du temps : il doit vérifier des kilomètres d'intestins et des cicatrices types coupures de papier ! Le genre de bricoles que tout le monde se fait ! Je peux déjà t'assurer qu'il a des ampoules aux doigts à force de manier le bistouri et les ciseaux !

– Tu le remercieras de ma part !

– Tu nous paieras ta bouteille, surtout ! Ça te suffira pour le moment ?

– Je m'en contenterais.

– C'est pas la gratitude qui t'étouffe ! s'offusqua faussement Daniel.

– Tu as fait un travail fantastique, comme d'habitude ! s'esclaffa Stobbart.

– Je te transmets mes notes préliminaires dès que j'ai un moment. Ça te va ?

– Parfait. Dan' ?

– Quoi ?

– Oublie pas de te reposer.

– Quand le boulot sera fini, oui.

– Tu auras toujours du boulot. Alors, va dormir quelques heures : tu rebosses depuis une semaine et tu es déjà surmené.

– Je ne peux pas, George, répondit Fortesque soudain très grave. Tu sais pourquoi.

– Ça te travaille, toi aussi ?

– Tu ne peux pas savoir à quel point. J'ai eu Vincent au téléphone. Paraît que tu l'as appelé…

– Oui. Besoin d'infos…

– Il suit ton affaire de beaucoup plus près qu'il ne veut l'admettre. Lui aussi n'attend qu'une chose : faire sauter tous ces pseudo-instituts de soins. Et là, tu es le seul à pouvoir le faire…

– Avant de faire sauter quoi que ce soit, je dois m'assurer qu'il y a bien quelque chose à faire sauter… Je ne vais pas dynamiter un hôpital…

– Je sais, George. Fais attention à toi.

– J'essaie de faire attention, crois-moi. Mais j'ai peur du dénouement…

« – On a tous peur. De nous tous, c'est toi qui en as le plus bavé, mais c'est aussi toi qui t'en es le mieux sorti. Tu sais pourquoi je suis devenu légiste, Stob' ?

– Non, tu ne m'as jamais dit…

– Parce que tu ne peux pas sauver les morts, Stob'. C'est ma lâcheté. Cette infirmière, Ariel, et ce Zack quelque chose…

– Oui ?

– Ils sont morts pour avoir apporté leur aide. Tu te rends compte de ce que cela signifie ?

– Malheureusement, que trop bien, répondit George, tout à coup mal à l'aise. Mais on ne peut pas réparer le passé.

– Exact. Mais on peut éviter les mêmes erreurs. Je sais que c'est culotté ce que je te demande, mais aide ce gamin et arrête le salaud qui l'a torturé.

– Tu le crois innocent ?

– Depuis les vidéos, oui. On l'a brisé, alors essaie de le rafistoler pour nous. Fais ce que nous n'avons pas pu faire…

– Je ne peux pas avoir les mêmes certitudes, mais je vais faire de mon mieux, acquiesça le policier troublé.

– Merci, vieux frère. Tu sais où me joindre si tu as besoin.

– Attends ! Avant de partir, j'aurais un dernier service à te demander…

– Je t'écoute. »

Vingt minutes plus tard, il passait le portail de l'Institut Mantis sous un ciel menaçant.

Chapitre LXXVII

Dimanche matin

Se présenter à l'improviste avait l'avantage de prendre par surprise la personne que l'on souhaitait interroger. C'était un moyen de déstabilisation efficace qui fissurait l'armure psychologique dont se paraient habituellement les suspects lors de leur interrogatoire. L'inconvénient de cette méthode, c'est qu'elle ne marchait pas sur tout le monde. Particulièrement dans un institut spécialisé dans le traitement des troubles psychologiques et dont le directeur était lui-même un représentant réputé de la discipline. Et qui connaissait le remède : ça faisait bientôt une heure que George poireautait dans le hall de l'Institut Mantis, à l'heure des visites, pour voir le Professeur Édison. Celui-ci profitait de sa position pour retourner la situation à son avantage : l'immensité des locaux contribuait à l'écrasement du visiteur, et l'impossibilité de joindre le directeur visait à instaurer une nervosité et une attente, desquelles Édison délivrerait son hôte anxieux avec une bienveillance calculée, ou bien accueillerait son invité passablement énervé avec un calme étudié.

Stobbart se mit surtout à profiter de ce laps de temps pour récolter toutes les informations qu'il jugeait utiles pour approfondir ses connaissances de l'Institut. L'absence de perquisition n'avait guère contribué à éclairer sa lanterne sur un certain nombre de points et il n'escomptait pas obtenir toutes les précisions en moins d'une heure. Cependant, sa précédente visite n'avait pas été oubliée et, quelques minutes seulement après son arrivée, l'hôtesse d'accueil le gratifiait d'un sourire timide – horrifié devant son faciès abîmé – avant de lui demander le devenir de l'enquête :

« Savez-vous qui a tué Ariel, alors ?

– Non, mais nous nous rapprochons petit à petit. Dites-moi… »

Avec la main qui lui restait, le policier sortit maladroitement de son portefeuille une photographie récente de Cloud.

« Regardez attentivement cette photographie, s'il vous plaît. Avez-vous déjà eu cet homme parmi vos patients ? Il aurait été interné ici même il y a quelques années… »

La jeune femme scruta la photo, puis fit un signe de dénégation.

« Pas à ma connaissance. Attendez : mes deux collègues que vous avez vues la dernière fois arrivent… »

Effectivement, l'infirmier et la psychologue que Stobbart avait interrogés lors de sa dernière visite venaient d'entrer dans le hall. Leur amie leur fit signe de venir. Les professionnels de santé reconnurent George – après un léger temps d'arrêt – et se dirigèrent sans hésiter vers les deux interlocuteurs pour le saluer.

« Bonjour Madame, Monsieur, je demandais justement à votre amie si vous aviez déjà vu cette personne dans vos services… »

Nouveau coup d'œil appuyé à la photo.

« On dirait le type des infos, commenta l'infirmière.

– C'est exact, confirma le policier.

– Jamais vu ici.

– Ni moi », renchérit la psychologue.

Stobbart cacha sa déception.

« Je vous remercie. Tout ça n'arrange pas mes affaires et… »

George fut interrompu par le téléphone de la réception, puis des visiteurs arrivèrent. Ses interlocuteurs prirent congé pour s'occuper des nouveaux venus, tandis que le policier retournait à sa contemplation du plafond.

Stobbart avait fini d'écumer tous les magazines qui meublaient la salle d'attente et piquait légèrement du nez quand il fut de nouveau réveillé par le téléphone. L'hôtesse d'accueil s'empressa de décrocher.

« Institut Mantis, bonjour. »

George s'apprêtait à retourner à son activité, lorsque la réceptionniste l'interrompit dans son action avec vivacité.

« Monsieur Stobbart !

– Oui ?

– Le Professeur Édison vous attend dans son bureau. Vous prenez l'ascenseur jusqu'au deuxième étage, la porte de droite.

– Merci ! »

Ignorant l'ascenseur, le policier s'engagea dans l'escalier monumental. Cela lui donnerait un peu plus de temps pour se réveiller et se préparer à l'entretien qui allait suivre : cette prochaine étape de l'enquête s'avérait des plus délicates. Comme toutes les autres personnes liées de près ou de loin à l'investigation, le Professeur Édison avait été convoqué au Bastion dès le début pour prendre sa déposition. De mémoire, il avait fait part sans détour de sa liaison avec Ariel Braska et avait été tout à fait transparent de ce côté-là. Il avait expliqué le fonctionnement de l'Institut et, tout comme Mantis, leur avait assuré de toute sa coopération si besoin était. Bien peu de choses, au final.

En fait, George avait l'impression qu'il lui manquait un détail. Si seulement son procédurier avait été là ! Il avait une mémoire colossale et lui demander une précision ou un détail revenait souvent à gagner une ou deux heures de recherches fastidieuses dans une pile de paperasse. Mais non, maintenant, il ne restait plus que lui et sa lieutenante pour abattre une somme de travail qui ne cessait de s'accroître. Surtout depuis que Hal… Stobbart chassa bien vite ces pensées noires pour se concentrer sur sa rencontre avec le directeur de l'établissement.

Un entretien qui s'annonçait plus ardu que prévu : une déposition officielle quasiment vide, et des rumeurs apparemment fondées sur l'internement de Cloud en ces lieux, mais qui ne restaient que des rumeurs sans le support officiel et rassurant des papiers. Le palier du deuxième étage apparut. Fin d'une réflexion superficielle et inaboutie. George s'engageait à présent sur le terrain glissant d'une partie cruciale, sans en maîtriser toutes les données et les difficultés. Et il détestait jouer comme ça.

Une silhouette athlétique se dessina dans l'encadrement d'une porte. Un costume sombre, certainement fait sur mesure chez un grand couturier de Paris. Un parfum flotta jusqu'au commandant, comme il arrivait sur la dernière marche : l'indémodable eau de Cologne exhalait sa puissante fragrance comme un bouclier olfactif.

Un sourire plaqué sur les lèvres, Stobbart s'avança vers le directeur accueillant. Il se sentit toisé, dévisagé, scanné dans les moindres détails. « Un qui ne sera pas déçu du voyage à voir ma trogne… », songea le commandant grinçant. Il serra la main tendue. La poignée était ferme et franche. Un bref instant, il sentit le poignet du directeur pivoter vers l'intérieur, pour recouvrir la main de George et prendre l'ascendant sur son interlocuteur. Le flic bloqua aussitôt son articulation, sans se départir de son sourire. Tout comme Édison qui, affable, lui souhaita la bienvenue. Il réussit même le tour de force de rendre son regard amical. Stobbart ne s'y trompa pas : passé la porte du bureau, le conflit s'embraserait aussi sûrement que couvaient les braises de l'hostilité.

« Asseyez-vous, je vous en prie… »

George remercia son hôte, mais prit son temps, regardant autour de lui. Le bureau du directeur était spacieux, très spacieux. Le plafond, très haut, renforçait cette impression d'immensité. L'ameublement était peu chargé, mais de qualité, et stratégiquement disposé : le bureau massif, certainement en chêne, trônait à l'autre bout de la pièce et faisait face à la porte. Le visiteur devait faire une bonne dizaine de pas pour y arriver, passer devant une table de style napoléonien, encombré de dossiers, puis devant une énorme et magnifique bibliothèque sculptée, accueillant aussi bien des livres que divers bibelots, dont un crâne grimaçant et des cadres photos. Sur l'un d'eux, posé bien en évidence, Stobbart distingua un visage familier. Il reconnut sans peine le fondateur de l'Institut, le Professeur Mantis avec le Professeur Édison, les deux hommes encadrant l'ancien Président français, celui dont Mantis avait soigné le fils, Jean-François Moreau. Ce dernier aussi était présent sur un autre cadre, faisant face à l'objectif, assis sur une chaise, dans une position décontractée. « Faussement décontractée », rectifia mentalement George. Le sourire donnait l'impression d'être forcé, artificiellement dessiné sur les lèvres à l'occasion de la photographie. Stobbart passa rapidement les autres clichés, où Mantis et Édison se succédaient devant le photographe à divers moments de leur carrière, ou en compagnie de célébrités.

Bref, tout dans le bureau était étudié pour intimider le visiteur face à ces hommes du monde et le renvoyer à sa simple condition de quidam venu leur demander une faveur. Le savoir-faire du psychologue et la détresse du visiteur faisaient le reste… Le premier rassurait le second et exerçait rapidement son influence sur lui, se plaçant comme sauveur désintéressé, l'unique personne capable de l'aider. Stobbart s'assit, à présent détendu : son instinct de compétiteur revenait. Il n'était pas un visiteur comme les autres et il connaissait bon nombre de ficelles quant au domaine de la manipulation. Il n'était pas médecin comme le directeur, mais il était flic : lui aussi soignait les gens. À sa façon. Les deux hommes jouaient à armes égales. Et aucun des deux ne voulait perdre. Que la partie commence…

Après avoir souscrit aux politesses d'usage, le Professeur Édison se carra confortablement dans son fauteuil, les bras reposant sur les accoudoirs et les doigts croisés sur la poitrine. Stobbart s'installa à l'identique. Ni l'un ni l'autre ne serait l'interrogé, tous deux étaient inquisiteurs.

« Je vous écoute », lança nonchalamment Édison avec le ton assuré du Professeur s'adressant au patient.
Stobbart resta de marbre. Une vingtaine d'années d'interrogatoires en tous genres l'avait blindé contre les provocations et autres petites phrases assassines.

« Quelles relations entreteniez-vous avec l'infirmière Ariel Braska ? demanda-t-il abruptement.

– Nous avons eu une aventure il y a quelques mois de ça, répondit le directeur sans sourciller. Rien de plus. Mais je crois l'avoir déjà évoqué dans ma déposition… »
La réflexion tomba à l'eau :
« Suite à votre rupture, avez-vous remarqué des changements chez votre employée : sautes d'humeur, tristesse… ?

– Aucun. Je travaille beaucoup et il ne m'était pas possible de suivre plus longtemps cette relation.

– En d'autres termes, c'est vous qui avez rompu ?

– Vous n'y allez pas par quatre chemins, mais c'est cela. D'où mon emploi du terme "aventure".

– Mais cette rupture n'était pas réciproque. Vous en êtes à l'initiative, pourtant mal vécue par Mademoiselle Braska. Certaines de ses collègues m'ont fait part de son désarroi – bien visible –, mais vous, son supérieur hiérarchique et psychiatre de renom, vous n'avez rien vu. Vous me surprenez…

– Mademoiselle Braska souhaitait davantage de cette relation. Nous ne nous sommes pas compris sur ce point, d'où la rupture. À la suite de cette malencontreuse expérience, j'ai mis un terme à notre… "collaboration", et je l'ai replacée sur un autre poste. De ce fait, nous ne nous voyions plus beaucoup, voire même plus du tout certaines semaines. Ce qui peut expliquer ce soi-disant manquement de ma part vis-à-vis de Mademoiselle Braska et l'omission de cette précision vis-à-vis de vos services.

– Des manquements bienvenus, remarqua Stobbart avec douceur. L'amnésie du témoin est un ressort éculé, qui ne vous rendra pas service, Professeur. Surtout quand c'est à moi que revient la tâche de rendre la mémoire...

– Me menaceriez-vous, commandant Stobbart ?

– Je clarifie seulement les choses... Au cas où votre mémoire flancherait de nouveau.

– Ma mémoire fonctionne très bien, je vous remercie.

– Vérifions ça. Continuez sur Mademoiselle Braska, brièvement s'il vous plaît... »

George ne quittait pas Fred Édison des yeux. Le psychiatre était très calme et faisait preuve d'une remarquable maîtrise de soi. Les questions s'enchaînaient et, au fur et à mesure de l'entretien, le policier arrivait peu à peu à décrypter le profil de son interlocuteur : très intelligent, ses connaissances et son intuition lui permettaient de saisir l'essentiel des personnalités qui se présentaient devant lui ; sûr de lui et sûr de son savoir sur lequel il s'appuyait, mais qui faisait aussi par là son principal défaut : sous le sourire affable de la sociabilité brûlait la flamme de la vanité. Stobbart l'avait rapidement senti lorsqu'il avait remis en cause sa mémoire. C'était l'avantage d'être d'âge mûr, petit et bedonnant, on était moins pris au sérieux. En plus, il était flic : il avait toute la panoplie de l'oligophrène. L'avantage – ou l'inconvénient, selon – de la réputation de la police et de ses représentants sur le terrain.

Édison était quelque peu énervé. L'air de rien, ce petit flicaillon l'avait malmené beaucoup plus qu'il ne voulait l'admettre. L'autre petite dinde était morte et, à présent, il en subissait les conséquences. Il devait se calmer et retenir sa nature bouillonnante. Il planta son regard dans celui du policier et, sans changer de position, se permit même un petit sourire détendu avec un soupçon d'affliction :

« Je ne sais que ce qu'un employeur peut savoir, tout comme un amant occasionnel : au final, peu de choses. Des études en province, une sœur quelque part en Espagne si je ne m'abuse, et des parents décédés. Elle habite sur Paris, et pour le reste, je pense que ses collègues vous aideraient davantage que moi.

– Nous verrons plus tard. Vous semblait-elle fragile psychologiquement ?

– Vous touchez au secret médical, il me sera très difficile de répondre...

– Je demande l'avis de l'employeur et de l'amant, pas du médecin. »

Le directeur prit son temps pour répondre. Cette réponse cassante sonnait comme un avertissement. Ce policier s'avérait être un adversaire redoutable. En outre, aucune pensée, aucune émotion ne venait parasiter son regard et les muscles tuméfiés de son visage. Autant essayer de lire dans une tombe. Ça lui plaisait. Il aimait jouer et il ne perdait jamais.

« Du point de vue de l'employeur, je dirais que non. Même si je n'ai pas participé directement à son recrutement, j'ai d'abord vu une personne capable, consciencieuse, recommandée par ses pairs. Une des raisons pour lesquelles elle a été embauchée d'ailleurs.

– "une des raisons". L'autre raison de son embauche était son physique ?

attaqua Stobbart sans pitié.

– Comme je vous l'ai dit, j'ai beau être directeur, je ne suis pas décisionnaire à tous les niveaux, rétorqua calmement Édison. Je délègue des personnes pour cela. Donc non, le critère physique n'est nullement déterminant dans le choix de mes collaborateurs et *collaboratrices*. Et d'un point de vue éthique, je trouve cette manière d'agir extrêmement dérangeante.

– Et de vous envoyer en l'air avec l'une de vos employées, où est le côté éthique ?

– Cela concerne ma vie privée, non professionnelle. Je fais très bien la part des deux si c'est ce que vos propos insinuent…

– Fort bien. Mais était-ce le cas de Mademoiselle Braska ?

– Je l'ignore. Après notre rupture…

– "Notre" ? "Ma" ne serait-il pas plus approprié ?

– Non, "notre". Cela s'est fait de façon bilatérale, d'un commun accord.

– D'un accord très protocolaire, dirons-nous. Mais vous ne répondez pas à ma question.

– Parce qu'elle ne me paraissait pas affectée, puisqu'il me semble vous avoir déjà dit que nous ne travaillions plus ensemble.

– Sur votre initiative, oui. Et que pouvez-vous me dire à propos de Monsieur et Madame Belmont et de leur fils ? »

Stobbart avait posé la question négligemment. Depuis le début de l'entretien, le Professeur Édison s'était montré disert. Son arrogance avait naturellement percé quand il avait évoqué sa relation privée avec Ariel. Le remettre en cause dans cette relation avait eu pour but de le froisser, de lui faire baisser sa garde. Le policier en fut pour ses frais. Édison leva un sourcil, surpris.

« Monsieur et Madame Gabriel Belmont ? Quel rapport avec Mademoiselle Braska ?

– Aucun pour le moment. Si vous pouviez juste éclairer ma lanterne…

– Madame Belmont est ma sœur ; son mari, mon beau-frère. Rien de plus. »

George accusa le choc. S'il s'y était attendu ! La recherche que n'avait pas eue le temps de faire Hal… Cela expliquait la présence du directeur sur les photos de famille qu'avait vues l'informaticien ! Le commandant redoubla d'attention.

« Quant à leur fils, poursuivait Édison, Simon, il y a bien longtemps que je ne l'ai pas vu. Mais à présent, il doit être âgé d'une dizaine d'années.

– Je me suis mal fait comprendre. Pas ce fils. L'autre.

– L'autre ? Ma sœur n'a eu qu'un fils. »

Le directeur regardait Stobbart sans comprendre.

« Oui, l'autre, insista patiemment George. Celui adopté, le petit Maxime.

– Je ne vois pas de qui vous voulez parler. »

Le ton s'était fait plus froid. *Bingo, on y était !* Stobbart sut qu'il avait touché un point sensible.

« Je crois que vous savez très bien de qui je veux parler. Vous êtes maire de la petite ville d'Essises, à côté, pour un quatrième mandat consécutif, ce qui vous fera vingt-quatre années de mairie à la fin de celui-ci. Or, au cours de votre deuxième mandat, vous avez pris un arrêté pour des soins psychiatriques sans consentement concernant ce petit Maxime Belmont. Le certificat médical émanait à l'époque du médecin du coin, décédé peu après. Comme par hasard. »

Le directeur ne broncha pas.

« Je vous repose donc ma question (George baissa d'un ton, sa voix grave roula au milieu des hématomes de son visage, presque menaçante) : qu'est-il advenu du petit Maxime cette année-là ? »

Édison encaissait vérité sur vérité, sans un mot. Néanmoins, il répondit d'un ton dégagé, nullement affecté par l'expression patibulaire du policier :

« Effectivement, maintenant que vous le dites, je me rappelle quelque peu de cet enfant. Pardonnez ma mémoire, mais c'est un patient qui remonte à loin… De ce que je m'en rappelle, c'était un enfant très perturbé… Quant à ce qui lui est arrivé, je ne peux pas en parler, car tout est couvert par le secret médical.

– Au diable votre secret médical, grogna Stobbart. Si je n'ai qu'un soupçon à propos de ce qui est arrivé à ce gamin, je me débrouille pour ouvrir une enquête préliminaire avec la presse et tous les inconvénients qui vont avec. Et pour l'instant, vous êtes plutôt mal parti…

– Vous avez beau être officier de police judiciaire, je ne fais l'objet d'aucune convocation ou injonction officielle de la part de la police, répliqua sèchement le directeur. Je n'ai que faire de vos menaces et vous rappelle également que vous êtes là, dans ce bureau, seulement pour vous prouver ma bonne volonté à vouloir éclaircir une bien triste affaire, sans rapport avec ce que vous me demandez maintenant. Si une enquête doit être déclenchée, soyez sûr que les bonnes personnes en seront aussi informées. »

George réprima une réponse. Il se contenta de fixer son interlocuteur, attendant qu'il termine son petit discours d'autorité. Édison était mûr, il poursuivrait de lui-même…

« Pour vous prouver ma bonne foi, reprit le Professeur (Stobbart retint un sourire), je vous dirai tout de même ceci : le garçon est décédé. »

Le policier accusa le coup.

« Dans quelles circonstances ? ne put-il s'empêcher de demander.

– Ça, je peux vous le dire : lors d'une crise de démence, il a cru pouvoir arrêter une voiture à mains nues. Il est mort sur le coup. »

Le directeur se tut, retenant à son tour un petit sourire. Il avait enfin réussi à clouer le bec du flic. Pendant un court instant, ce dernier ne dit rien. Les questions se bousculaient dans sa tête. Quelque chose n'allait pas, clochait avec le reste de la trame. Il y avait un menteur quelque part… Max ? Le mensonge par omission était tout à fait envisageable, surtout de la part d'un amnésique. Enfin, si la perte de mémoire pouvait s'apparenter à une omission volontaire. Si le môme était mort, *alors qui était Cloud ?* Non. Impossible. Stobbart se tança vertement : le garçon était *la* preuve. Ses parents adoptifs eux-mêmes l'avaient confirmé sous le coup de la surprise. CQFD. Alors il ne restait plus qu'une alternative…

« Vous mentez. »

Stobbart avait lentement articulé ces deux derniers mots, sans quitter le directeur des yeux. Dans l'atmosphère, l'ambiance était devenue glaciale.

« Maxime n'est pas mort. Ses parents adoptifs, les Belmont, votre sœur, l'ont formellement reconnu. Je n'ai pas encore tous les éléments, mais je pense qu'Ariel Braska avait découvert ici même des pratiques pas très règlementaires. La torture, par exemple…

– Je ne permettrais pas de telles allégations, riposta Édison en haussant la voix. Vous êtes ici à l'Institut Mantis, un établissement des plus respectables ! Les accusations que vous portez à notre encontre sont très graves et je ne vous permettrais pas de continuer ! D'ailleurs, je… »

Le Professeur interrompit sa salve d'invectives. Une petite lumière discrète s'était allumée sur le poste de son téléphone. Stobbart s'en aperçut quelques secondes après. Édison acheva brutalement sa phrase.

« …d'ailleurs, je crois qu'il est temps pour vous de prendre congé !

– Je le crois aussi », répondit suavement le commandant.

Une fois le flic parti, Édison s'assit à son bureau et se massa les tempes avec délicatesse. La partie avait été rude, mais il s'en était bien sorti. Le réconfort de la victoire faisait toujours du bien. Mais il lui restait tellement à faire…

Dès qu'il fut sorti du bureau, Stobbart se dirigea en hâte vers le parking, agité. Il était intimement persuadé que le directeur ne lui disait pas tout. Son instinct de flic le trompait rarement. Il n'espérait qu'une chose : que Maxime ait terminé. Arrivé au sous-sol pour reprendre sa voiture, l'obscurité le cueillit sans crier gare.

Chapitre LXXVIII

Dimanche matin

« Es-tu vraiment sûr de vouloir le faire ? »

Les mots de Stobbart résonnaient encore à l'oreille de Maxime. Oui, il était sûr. Il demeurait encore trop de questions sans réponse. En outre, il ne pourrait pas fuir éternellement. Il ne tenait le coup que grâce au policier et à sa femme. Manger, dormir en sécurité avaient été les questions qui avaient surtout importé durant sa cavale, en même temps qu'il reprenait conscience du monde qui l'entourait.

Il avait compté les jours depuis le meurtre d'Ariel : onze journées s'étaient écoulées. Il avait partagé ce temps-là entre sommeil, introspection et enquête. Enquête autant pour retrouver la mémoire que pour élucider le meurtre de l'infirmière. Même si cette dernière gardait une silhouette des plus floues. Pourquoi ne parvenait-il pas à se souvenir ? Il avait forcé sa mémoire, rien ne sortait à part la migraine et les moqueries de la Brume. Il se demandait encore pourquoi Ariel l'avait sauvé. De qui ? Aucune idée. De quoi ? Les vidéos de son corps charcuté lui en donnaient une légère idée. Restait la question du pourquoi. Max avait beau y réfléchir, il ne voyait pas de réelle bonne raison de le faire. Par gentillesse ? Prendre autant de risques pour lui par gentillesse n'avait guère de sens. Aider, oui ; mourir ainsi, c'était du sacrifice. Une notion qu'il avait bien du mal à comprendre, alors que lui-même s'accrochait à sa carcasse pour la seule et unique raison qu'il voulait comprendre. Sauver Stobbart et les autres n'avait pas été un acte désintéressé : il avait besoin d'eux pour découvrir la vérité, il en prenait maintenant conscience. Maxime s'était senti coupable, égoïste. Les autres faisaient leur boulot pour lui. Mais lui, que faisait-il pour eux ? À part les plonger dans les ennuis, la réponse lui échappait. Encore une.

Max se retourna dans le coffre de la voiture. George avait installé une couverture pour que ce soit plus confortable, mais c'était plus l'étroitesse du lieu qui l'indisposait à présent. Comble de l'ironie, c'était pourtant lui qui avait insisté pour monter là-dedans dès le début du voyage, et non pas sur le dernier parking d'autoroute. Après tout, ça en devenait une habitude… Mais il avait d'abord eu besoin de réfléchir, seul avec lui-même. L'espace étroit du coffre lui avait parfaitement convenu pour cela, du moins au début, surtout depuis que la plage arrière avait été remplacée par les bons soins de Stobbart, lui offrant un cocon presque hermétique. Il essaya de trouver une position plus confortable et replongea dans sa réflexion.

Quand il avait soumis son projet de retour à l'Institut Mantis, le policier s'était aussitôt alarmé. Pour quelles raisons ? Il n'en savait trop rien. Son intention tenait plus de l'intime conviction que du rationnel. Les vidéos volées par Ariel avaient dû se trouver là-bas, alors pourquoi ne pas essayer de trouver autre chose ? Et une fois entré, comment savoir où chercher ? George doutait que des vidéos du type que celles où Maxime tenait la vedette soient sagement entreposées dans les archives de l'Institut. Pirater le serveur ? Ni l'un ni l'autre n'avait les connaissances pour hacker le système. Alors, où orienter les recherches ? Là où le public n'avait pas accès. Stobbart avait soupiré. Comme approche empirique, on ne pouvait rêver mieux. Si ça n'avait tenu qu'au policier, il n'aurait même pas osé penser à un plan pareil. Ça, Maxime le savait.

Mais lui-même n'avait pas le choix. Il restait toujours un fugitif extrêmement dangereux, encore plus depuis sa petite démonstration sur les quais de cette gare. Tous les flics étaient à ses trousses et rester avec le policier lui faisait courir trop de risques. Tous ceux qui en avaient pris pour lui étaient restés sur le carreau : Ariel, Zack, Hal. Max avait fini par s'attacher au policier bourru et à sa famille. Il se devait de briser ce cercle de mort. C'était une raison plus que valable pour aller se jeter dans la gueule du loup.

En un sens, le jeune homme se sentit rassuré par sa décision. Pourtant, il se sentait aussi terrifié. Il respira à fond pour tenter d'apaiser son cœur qui s'emballait. Il chercha désespérément une image réconfortante qui le calmerait. Ne trouva rien. Le bruit du moteur, des pneus accrochant le bitume l'entourèrent. La tension monta, la panique s'empara de lui. Penser à sa mission. Se calmer. L'écrin de sons se referma un peu plus sur lui. Sa mission. Sa mission. Pour Stobbart. Respirer. Le bruit le noya. Il perdait le contrôle. Et la Brume… La Brume revenait. Elle s'empara de lui. *Il se glissa sous un carton.*

Chapitre LXXIX

Le Serpent se coula hors de sa cachette. Il resta immobile un long moment, guettant les différents bruits et vibrations qui lui parvenaient. Ils s'éteignirent lentement, les uns après les autres. Rassuré, il se mit à progresser, parfois lentement, parfois avec vivacité, couvrant les courtes distances qui séparaient deux abris en un éclair.

Le souterrain dans lequel il se trouvait était immense. Les piliers de béton gris s'alignaient les uns derrière les autres. Des voitures militaires étaient garées, immobiles, comme autant de monstres métalliques. Le Serpent continuait de se mouvoir avec sa nonchalance habituelle, se faufilant entre les obstacles avec une grâce toute reptilienne. Par moment, il levait les yeux vers le ciel, fixant l'œil immobile et mécanique d'une caméra qui lui bloquait le passage. Après un calcul aussi rapide que tranquille de l'angle de vision, il prenait un chemin détourné ou profitait de l'angle mort pour passer outre et poursuivre son chemin.

Quand il arriva à l'ascenseur, il n'avait vu aucun garde jusqu'à présent. Il hésita. Tout était trop calme. Il pressentait quelque chose. Une menace restait tapie dans l'ombre. Le Renard ? Ou ce type au masque à gaz ? Il était troublé et il n'aimait pas ça. Il appuya sur le bouton d'appel de l'ascenseur.

*

Le garde se débattit encore un peu, tentant mollement de desserrer la poigne de fer qui lui broyait le cou. Quelques secondes plus tard, il glissait à terre, inconscient. Nul n'était besoin de tuer. Le Serpent lui subtilisa son passe magnétique et s'évanouit dans l'obscurité du couloir.

L'intrus ne connaissait aucunement les lieux. Il se contenta d'étudier brièvement le plan d'évacuation incendie, avant de se diriger vers les bureaux administratifs. Un endroit interdit au public. Les immenses pièces avaient été partagées en bureaux impersonnels, créant un labyrinthe de cloisons opaques surmontées d'un simple verre. Il longea les petits carrés, prêtant toujours attention au moindre bruit. Encore une porte. Il touchait au but. Il passa la carte magnétique dans l'interstice réservé à cet effet. Le déclic à peine perceptible du mécanisme se déverrouilla. Il poussa le lourd battant blindé. Le Serpent s'arrêta sur le seuil. Hésita. C'était la première fois qu'il s'aventurait dans cette pièce. Une pièce relativement grande, au milieu de laquelle trônait un lourd et imposant bureau. Quatre chaises étaient sagement alignées en face, en arc de cercle. Sur les murs, des tableaux, portraits d'illustres inconnus ; et le long de ces murs, des vitrines abritant des bibelots, sitôt vus, sitôt oubliés. Il n'était pas là pour ça.

La pièce vacilla. *Le Serpent porta la main à sa tête.* « *Pas maintenant !* » *Des flashes l'aveuglèrent, ses jambes vacillèrent. Il manqua de tomber et se rattrapa de justesse à une chaise. Sous ses pieds, les tapis persans semblèrent ondoyer sous son poids et devenir des sables mouvants. Devant ses yeux, des images se succédaient, incohérentes, brûlantes :* un scalpel qui lui tranchait la peau, un viscère sanglant qui rampait hors de son ventre, une chevelure brune qui blanchissait à vue d'œil dans le miroir. *Il devait pourtant se ressaisir, faire ce pour quoi il était venu, prendre ce qu'il devait prendre.*

« *C'est ton dossier que tu cherches ?* »

Le Serpent se retourna. Cloud se retourna. *L'homme coiffé d'un masque à gaz le toisait d'un air qu'il devinait goguenard.* L'homme toisait Cloud avec un sourire goguenard. *Ses mains faisaient tourbillonner l'image d'un dossier médical, sur lequel une étiquette était imprimée à son nom.* Ses doigts faisaient tourbillonner une minuscule clef USB, apparaissant et disparaissant comme par magie entre ses phalanges. *Son visage lui était inconnu.* Son visage lui était inconnu. *Le Serpent s'évanouit.* Cloud perdit connaissance.

Chapitre LXXX

Dimanche

Frédéric Édison ne retenait plus ce petit sourire carnassier. Il était content. Mieux, il exultait. La partie n'avait pas été facile, mais il avait gagné. Il regarda le flic avec assurance. L'adversaire avait été coriace, mais il n'avait simplement pas été de taille. Sur le sol, Stobbart commençait à remuer en poussant de petits gémissements de douleur. Ses gars avaient proprement fait le travail, si l'on exceptait le sang qui poissait encore le carrelage : il leur avait été difficile d'imaginer le policier avec des sutures derrière la tête, et le coup porté avait de nouveau déchiré les chairs. Édison haussa les épaules : ça n'était pas les médecins qui manquaient s'il fallait panser. Et puis, qu'était-ce deux ou trois sutures ? Excepté son bras, le flic avait bien résisté à l'assaut, à la station Pont-Cardinet. Le Professeur sentit une vague de colère l'envahir. Un sacré fiasco ! Mais qui avait quand même pu permettre de découvrir avec surprise que…

« Où suis-je ? »

La voix engourdie de Stobbart interrompit le cours de ses pensées. Le policier se remettait douloureusement, maladroitement sur son séant, tâtant avec précaution l'arrière de son crâne abîmé. La sensation de l'os mis à nu sous ses doigts le dissuada de continuer plus longtemps. Le directeur le vit regarder l'espace devant lui et se retourner, quand il s'aperçut des murs qui l'entouraient. Lorsqu'il remarqua le médecin en train de l'observer tranquillement, une lueur d'incrédulité passa dans ses yeux, aussitôt remplacée par la rage :

« Toi, je vais te… »

Stobbart suspendit sa phrase pour pousser sur ses jambes, luttant avec effort contre les vertiges qui l'envahissaient, avant de se précipiter sur le médecin qui l'avait berné, sa main valide tendue devant lui pour venir l'étrangler. Édison n'esquissa pas le moindre geste. George se fracassa le nez contre la paroi invisible. Il s'écroula sur le sol blanc, laissant une traînée rougeâtre sur la vitre.

« Plexiglas renforcé. Un perforateur ne l'entamerait pas.

– Allez vous faire foutre… »

Les mots jaillirent en même temps que des postillons de sang.

« Allons ! Ne soyez pas grossier. Nous sommes des êtres civilisés, vous et moi…

– Ne me comparez pas à vous ! Nous n'avons rien en commun ! cracha le flic avec une respiration sifflante.

– Détrompez-vous. Nous avons une chose en commun…

– Je serais curieux d'entendre ça, ricana Stobbart.

– Mais il s'agit de Maxime, voyons. »

George ne pouvait dissimuler son dégoût. Et ça n'était pas seulement à cause du sang qu'il avait dans la bouche sous l'effet de son nez éclaté. Les vertiges et les nausées se dissipaient à peine. Le choc à la tête l'avait rudement secoué, sans compter le fait de se retrouver entre quatre murs : pour un flic, c'était plutôt inhabituel. Non, son envie de vomir venait maintenant de cette blouse blanche, d'un de ceux pour qui le serment d'Hippocrate n'avait pas plus de significations ni de valeur que du papier toilette…

« Maxime est un humain, grogna George en articulant péniblement. Comme moi. Certainement pas comme vous.

– C'est l'idée que vous vous faites, commandant. Ce cobaye n'a rien d'humain. C'est tout au plus un homoncule, un ersatz d'humain. Un objet de peu de valeur, si vous préférez…

– Un cobaye ? »

George n'en croyait pas ses oreilles.

« Voyez-vous, poursuivit le directeur, pour en revenir au succédané (Stobbart supposa qu'il était toujours question de Cloud), j'ai été très surpris de le voir intervenir sur les quais de cette gare pour essayer de vous sauver la mise. Même si mes pions ont échoué à vous envoyer *ad patres*, sa petite intervention n'a pas manqué de me surprendre. Et bien sûr, de poser de nouvelles questions…

– Vous me voyez navré de ne pas partager votre enthousiasme…

– Peu importe. Je ne doute pas de votre intérêt quant à la suite de mes observations…

– Que voulez-vous dire ? »

George sentait grandir son inquiétude. Édison ne répondit pas tout de suite. Le Professeur jouait avec ses nerfs de façon fort irritante, et il le savait.

« Ce simple fait d'intervenir pour vous sauver dénotait une volonté de protéger. Vous êtes d'accord avec moi, n'est-ce pas ? Nous en avons déjà eu un exemple avec cette pauvre Ariel, pour des motivations différentes, évidemment. Et c'est ce qui nous intéresse : les motivations. Les raisons profondes qui ont poussé l'homoncule Maxime à agir ainsi. Ariel a décidé de porter secours à notre cobaye parce qu'elle ne supportait pas de le voir souffrir. La raison qui l'a d'ailleurs poussée à devenir infirmière. Sauver le monde… une bien belle utopie. Mais lui ? (Édison marqua une pause théâtrale.) Quelle était cette raison profonde qui l'a poussé à sauver un malheureux groupe de poulets promis à l'abattoir ?

– Je suppose qu'en vertu de votre immense expérience philanthropique, vous avez déjà une réponse…, répliqua George sans relever l'insulte.

– Un sarcasme ! Intéressant… Serait-ce votre capacité à lire entre les lignes qui vous aurait poussé à être enquêteur ? Mmm… ? Je digresse, autant pour moi ! Pour répondre à la question qui nous préoccupe, il m'a simplement fallu procéder par élimination. Vous étiez trois sur les quais : l'informaticien, la Japonaise et vous-même. J'ai rapidement éliminé l'informaticien. Son profil ne correspondait pas, incompatible par rapport aux attentes qu'aurait pu avoir l'homoncule d'un personnage fort sur lequel s'appuyer. Manque d'assurance, trop timide, difficultés dans les relations sociales, bien que je dusse avouer que sa tentative à secourir la femelle eût été remarquable, quoiqu'inutile.

– Il s'appelait Hal et elle s'appelle Nicole, médicastre !

– Allons, allons, vous valez mieux que les insultes. Le sarcasme est tellement plus fin… Mais bon, vous êtes en colère, je veux bien le comprendre. Reprenons : ne restait plus que vous et elle. Pour être franc, j'ai un court instant hésité entre les deux. Pour la femelle, fallait-il y voir l'attraction ennuyeuse entre deux animaux ? C'était tout à fait envisageable. Mais, voyez-vous, chose amusante, à notre époque où nous construisons l'individu sur le futur et l'individualité – la preuve en est avec toutes les vidéos amateurs qu'on peut trouver sur votre petite rixe et l'absence d'aide apportée –, j'ai trouvé la réponse dans votre passé et la notion d'amitié… »

Stobbart avait la gorge sèche. La démonstration d'Édison arrivait à un point qui ne lui plaisait pas du tout. Les questions s'accumulaient dangereusement dans son esprit. Mais une dominait toutes les autres : *comment connaissait-il son passé ?*

« Vous ne connaissez rien de moi, gronda George.

– Peut-être, peut-être… Je vous laisse le soin d'apprécier la saveur acide du doute. L'essentiel étant que j'ai pu m'assurer d'une chose : l'homoncule venait pour *vous*. En homme perspicace et sarcastique, vous vous demanderez sûrement comment j'ai pu arriver à cette conclusion. À vrai dire, rien de bien sorcier. Je pense même que vous avez déjà deviné à quels procédés je fais allusion, puisque vous devez être très familier avec ceux-ci… »

L'horreur se peignit sur les traits du policier quand il comprit l'insinuation. Nico avait vu juste sur ce point :

« Vous m'avez fait suivre…

– Savez-vous que c'est un réel plaisir de discuter avec un homme qui conserve toutes ses facultés intellectuelles malgré les traumatismes passés et présents dont il a pu faire l'objet ? Exact ! Ou plus exactement, nous avons surveillé votre appartement rue Olivier de Serres. Nous avions des doutes à votre sujet depuis un moment déjà. Rassurez-vous, je ne ferais pas de commentaires déplacés sur votre épouse et vos deux enfants, Claire et Christophe. Mais revenons au sujet qui nous intéresse. Je vous disais que ce qui s'est passé à la station Pont-Cardinet – ou qui se serait sûrement moins bien passé pour vous à la station Brochant – a été riche d'enseignements. Je ne sais si c'est le temps que le sujet a passé avec vous, s'il a développé une certaine empathie pour votre personne et votre famille – l'inverse me paraissant évident – ou bien s'il y a eu négligence dans cette expérience de longue haleine, mais sa sortie inopinée et son vagabondage malheureux ont pourtant été le catalyseur d'une nouvelle expérience au moins tout aussi passionnante que la première... »

Plus les minutes passaient, plus Stobbart avait l'impression de se réveiller en plein cauchemar. Il avait cru révolu le temps des médecins fous, des expérimentations chimiques réservées aux aliénés du XIXᵉ siècle. Mais non, il nageait en plein dedans. Pire, il s'attendait à faire partie de ce folklore de dégénérescence, voyant déjà un clinicien lui écarter les côtes pour vérifier ses humeurs et arracher de son corps ses organes encore palpitants. La tête lui tournait, lui lançait. Et son bras, et son crâne... Toute la douleur contenue dans son corps s'embrasait. Ses jambes se dérobèrent et, sans qu'il l'eût demandé, George se retrouva assis sur le carrelage froid de sa cellule. Il aurait voulu arrêter d'écouter Édison qui déblatérait, se boucher les oreilles, mais sa seule main refusait de bouger tandis que ce discours insidieux continuait de couler dans ses tympans.

« ...Avez-vous noté cette extrême violence dans ses attaques ? Cette brutalité ? Réduire un groupe de huit pions à l'état de légumes était tout bonnement incroyable ! Cela m'a donné matière à réflexion, vraiment. Au fait, je ne vous l'avais pas précisé, mais depuis le temps que vous côtoyez notre cobaye, vous avez compris, j'espère, qu'il a été pensionnaire de cet établissement durant un temps certain...

– C'est vous qui l'avez torturé ?

– Ah ! Vous avez donc retrouvé ce qui nous a été sournoisement dérobé ! Une affaire pour le moins ennuyeuse... Qu'importe ! Tout rentrera bientôt dans l'ordre. Et pour l'heure, je ne répondrai pas à votre question, nous sommes déjà en train de discuter d'une autre affaire. Où en étais-je ? Ah oui ! Je parlais ici de violence à l'état brut avec, comme principale source, le facteur vidéoludique. Vous avez été confronté à ce facteur durant votre enfance et votre adolescence, puisque vous avez été joueur amateur, plutôt doué en fait. Et à mon humble avis, vous auriez pu être un sujet tout à fait prometteur, si la mort de...

– ASSEZ ! »

George tremblait de tout son corps. Il refusait d'en entendre davantage. Édison lui jeta un regard faussement mécontent, de cruauté amusée, comme un enfant qui s'amusait à briser une à une les pattes d'un chien pour voir s'il arriverait encore à courir.

« Intéressant. Ce traumatisme est donc toujours présent. On pourrait faire des expériences divertissantes sur votre cas, Monsieur Stobbart. Nous aurons l'occasion d'en reparler. Mais j'ai encore digressé, un de mes petits défauts. Cette violence, disais-je, est tout à fait fascinante chez le cobaye et semble être une manifestation extrême de l'influence de ce facteur vidéoludique. Quelque chose d'inégalé, d'encore jamais vu à ce stade-là ! »

Dans les bribes qu'il comprenait encore entre deux éblouissements, George était interloqué, sidéré par ce qu'il entendait. La bêtise n'avait pas de limites.

À présent, il n'était pas sûr que la folie en ait également.

« Vous êtes complètement frappé… », murmura-t-il.

Édison haussa les épaules.

« Je ne m'attendais pas à ce que vous compreniez sur-le-champ. Vous n'avez pas encore eu ce cheminement intellectuel qui a été le mien et qui vous permettrait de comprendre mon point de vue. Vous aurez le temps d'y réfléchir, croyez-moi. J'oubliais ! Votre compagnon de route ne va pas tarder à vous rejoindre : vous aurez le temps d'en discuter ensemble. En attendant, allez prendre une douche : un médecin n'aime pas travailler sur de la viande sale. Si vous choisissez d'ignorer ma requête, ce sera fait avec beaucoup moins de douceur. Et vu l'état de votre crâne… »

Le Professeur laissa planer la menace, avant de faire un petit salut de la main.

« À bon entendeur ! »

Le directeur s'éclipsa, guilleret. Stobbart glissa lentement de tout son long sur le carrelage blanc, abattu, ses pensées tourbillonnant dans un abîme de désespérance. Ainsi, Max s'était lui aussi fait prendre… Leur plan avait lamentablement échoué. Et c'était bien Édison qui était derrière le meurtre d'Ariel Braska, et indirectement de Hal. Bien maigre consolation. Tous ces efforts pour se retrouver dans cette cage… Le jeu n'en avait pas vraiment valu la chandelle… Qu'allait-il se passer à présent ? Le policier avait une intuition des plus sinistres…

Chapitre LXXXI

Dimanche

La caméra fixait de son œil neutre la forme qui se débattait sur le lit. La haute définition permettait de distinguer la souffrance et l'effroi sur les muscles crispés de son visage ; et les gouttelettes de sueur trempant ses cheveux blancs et s'évadant le long de ses tempes, longeant son nez jusqu'à ses lèvres. Les micros enregistraient le moindre de ses gémissements de frayeur, captant la note aiguë de la terreur et le grondement rauque de la colère, pourtant enfouis sous les vagues perçantes des cris de douleur. Mais Cloud luttait. Maxime luttait. Peu importe le nom qu'il revêtait en ce moment, il luttait pour reprendre ce qui lui appartenait de droit : la mémoire. Et la Brume se battait de plus belle.

« Max ! Max ! »

Les cris lointains, et pourtant tout proches, percèrent le voile de son inconscience. Devant cette lumière inattendue, la Brume recula. Sans ouvrir les yeux, Maxime extirpa lentement son esprit de sa gangue d'obscurité. Son corps redevint pesant sur le lit. Il se sentait tout engourdi. Une odeur d'antiseptique, familière, parvint à ses narines. Quand il réalisa où il était, une nouvelle angoisse le tétanisa.

« Maxime ! Tu m'entends, mon garçon ? »

La voix aussi lui était familière. Une bonne voix. L'image d'un policier entre deux âges s'imposa à lui. George. Il était vivant. Pas sûr que cette nouvelle lui mette du baume au cœur. Pas dans cet enfer. Stobbart appela encore, la voix pressante :

« Maxime, tu m'entends ?

– Oui… »

Le jeune homme entendit une voix croasser et présuma que c'était la sienne. Sa gorge aride retenait les sons que ses cordes vocales guère mieux loties que son corps tentaient de faire passer. Il entrouvrit les yeux et, aussitôt, des poignards de lumière blanche plongèrent dans sa rétine. Il détourna la tête en grognant et attendit un moment avant de recommencer. Plus lentement cette fois. Lorsqu'il ouvrit les yeux, ce qu'il vit le fit trembler.

Stobbart était inquiet. Environ une heure plus tôt, deux hommes avaient amené Maxime sur une civière. Sans un mot, ils l'avaient déposé dans la cellule adjacente et étaient repartis silencieusement, comme deux fantômes. Le policier avait tenté d'ouvrir un dialogue mais n'avait obtenu en retour qu'un regard vide. George avait rapidement abandonné pour concentrer toute son attention sur le jeune homme. Les minutes s'étaient égrenées lentement, mettant le commandant au supplice de l'incertitude. Par moment, il entendait des gémissements à fendre l'âme, ou bien des pleurs, d'une tristesse lugubre. Au moins, le garçon était vivant. Il s'adossa à la paroi qui les séparait et attendit.

Quand, enfin, les gémissements cessèrent, Stobbart avait les nerfs à fleur de peau. La craie sur le tableau noir de son enfance n'aurait pas fait meilleur effet. Il lui était réellement difficile d'entendre cette souffrance sans penser aux vidéos et aux sévices que Max avait subis. Il appela encore :

« Maxime ? »

À son grand soulagement, il répondit enfin :

« Oui, je suis là… »

Oui, il était là. Dans *sa* cellule. Étrange de voir comment la notion de temps pouvait être flexible : il avait retrouvé un lieu qu'il croyait avoir quitté depuis des semaines, voire des mois, mais non, cela faisait à peine une dizaine de jours qu'on l'en avait fait s'évader. Et quand il revenait, rien n'avait changé. Son ordinateur, sa seule richesse, était toujours là, l'attendant bien sagement. Il essaya de remonter le fil de ses souvenirs. *Ses souvenirs.* Sa respiration se bloqua.

« George ! »

Sa voix résonna curieusement à ses oreilles, plus affermie.

« Oui, oui ! Dis-moi ! Reste tranquille, je suis là !

– La Brume, George ! Elle a disparu !

– La Brume ? répéta le policier sans comprendre.

– Je me souviens, George ! La nuit où Ariel m'a fait sortir… Ce que je fais ici…

– OK, OK. Calme-toi. Comment te sens-tu à présent ? Je t'ai quand même vu revenir sur un brancard…

– Un peu faible, mais ça va. Je n'ai pas trouvé mon dossier. Quelqu'un m'attendait dans le bureau. On… on s'est fait piéger…

– Crois-moi que j'avais bien remarqué, repartit ironiquement Stobbart en jetant un coup d'œil sur les quatre parois qui l'entouraient. Je me suis fait assommer dans le parking et je me suis réveillé ici. Et toi ?

– J'ai atteint un bureau interdit au public. Quelqu'un était déjà là, mais je ne sais pas qui. Et… je me suis évanoui…

– Tu as fait un malaise ?

– Oui, mais c'était assez contradictoire. En y repensant, j'avais l'impression que mon esprit luttait pour se souvenir, mais qu'il refusait que je me souvienne…

– Curieux…, commenta juste le policier d'un ton sceptique.

– Oui et non. Le fait d'expliquer peut paraître… bizarre. Mais ça n'était pas la première fois que je le vivais. Comment vous expliquer…

– Explique simplement, avec tes mots… »

Cloud opina du chef. Oui, expliquer simplement. Il prit une grande inspiration et se lança.

« Vous avez dû remarquer que je retrouvais la mémoire de façon progressive. Mais pour la retrouver, je dois lutter. Je me bats contre un brouillard dans ma tête, qui enserre une partie de mes souvenirs. Ils sont scellés. J'ai beau essayer de forcer ce barrage, je me fais rejeter. Mais pour des raisons que j'ignore, la Brume s'affaiblit… »

*

La Brume avait failli mourir. Elle s'était repliée loin, très loin, dans les tréfonds de Sa mémoire, analysant ce qui lui était arrivé…

Profitant d'un nouveau moment de faiblesse, elle avait une nouvelle fois lancé l'assaut. Mais quelque chose d'inhabituel s'était produit : elle s'était heurtée à un mur. Un mur de pensées si solide et lisse qu'elle n'avait eu nulle part pour s'élancer et s'agripper, aux fins de recouvrir ce qui lui revenait de droit. Elle était pourtant certaine que son hôte était dans un état second, le même qu'elle avait suscité autrefois quand il avait dû jouer sa survie. Leur survie. Mais là, cet état s'était créé sans elle. Elle-même sentait ses limbes se dissiper. Les rôles s'inversaient dramatiquement. Il n'avait donc toujours pas compris ? Elle cachait sa mémoire pour qu'il puisse survivre. S'il découvrait la vérité, le choc le tuerait.

Soudainement, les défenses de son hôte s'étaient abaissées. Elle avait sauté sur l'occasion. Avant de réaliser son erreur. La volonté de survie irradiait. La volonté de savoir, aussi. Inconsciemment, Il l'avait prise au piège. Elle s'était débattue, violemment, avec la force du désespoir. Sa résistance l'avait surpris. Elle en avait tiré avantage, au prix d'un compromis douloureux : elle abandonna derrière elle une partie d'elle-même. Elle se cacha derrière ses propres limbes qui, peu à peu, prenaient la lumière irisée du souvenir retrouvé. Elle disparut.

*

« C'est à ce moment-là, quand j'ai perdu connaissance, que des choses se sont remises en place, poursuivit Cloud. Comme si j'étais dans le Labyrinthe à remonter le fil d'Ariane.

– Quel a été l'élément déclencheur ? s'enquit George.

– Le coffre, répondit le jeune homme après un instant d'hésitation.

– Mmm… Tu peux être plus précis ?

– Le coffre de la voiture. Cette nuit-là, quand Ariel m'a fait sortir de ce… (Maxime frissonna) cet endroit, elle m'avait caché dans le coffre de sa voiture. Avec vous, j'ai remonté mes souvenirs quand ils s'enfuyaient avec elle… »

Le garçon se tut. Stobbart le relança doucement.

« Jusqu'où es-tu remonté ?

– À dire vrai, mes souvenirs ne m'ont jamais vraiment quitté. Mes cauchemars se chargeaient de les réveiller pour moi. Je n'ai pas de souvenir précis de mon arrivée ici, juste des bribes. Quand mes parents adoptifs m'ont… accueilli ? recueilli ? acheté ? – choisissez le terme qui vous convient le mieux – ils ont voulu faire de moi leur jouet, leur objet. Ils ont voulu couper tout mon passé, effacer ma mère pour me façonner à ce qu'ils voulaient que je sois. J'ai grandi sans père, ma mère m'a ensuite été enlevée, et on a voulu me pétrir à une image qui n'était pas la mienne. Quelques mois plus tard, ma mère adoptive est tombée enceinte. C'est à partir de ce moment qu'ils ont changé. Ils se lassaient de ce jouet cassé pour accueillir le nouveau, le leur. Un beau jour, après la naissance de l'enfant, ils m'ont amené ici et je n'en suis pas sorti avant la semaine dernière… »

Nouvelle pause. Cette fois-ci, Stobbart n'intervint pas et laissa les secondes s'étirer. Aujourd'hui, ils avaient le temps.

« Ce que j'ai fait pendant des années, je peux vous les résumer en quelques mots : jouer, manger, dormir. Ma vie dans cet endroit s'est résumée à cette cellule. Au début, je me suis ennuyé. Je n'avais rien à faire : pas de livres, pas de TV, pas de jeux, absolument rien. C'était à devenir fou (Max gloussa devant l'ironie, avant de reprendre son sérieux.) Alors, je me suis remis à faire du sport, tous les jours. Vous saviez que j'étais gymnaste, au début ? Je me débrouillais bien…

– On a vu ton palmarès, sourit George de l'autre côté de la cloison. Et puis, on s'en est douté, vu les cabrioles que tu nous as faites…

– Ah bon ? pouffa tristement le jeune homme. Je ne m'en souviens pas...

– Tu peux me croire… Et ensuite ?

– Ensuite, les jours se succédaient les uns aux autres. Au même rythme. Ici, les lampes s'allument et s'éteignent à la même heure pour vous signaler le lever et le coucher. Les repas arrivent par cette ouverture, dans cette cloison, à la même heure. Si vous ne remettez pas le plateau, vous n'avez rien au repas suivant. Si la cellule est trop sale, pas de repas. Pareil pour l'hygiène, le sport… Tous les voyants lumineux que vous voyez un peu partout vous disent quoi faire, quelles tâches accomplir. Enfin, quand vous comprenez le signal. J'ai passé un certain nombre de jours sans manger… »

Regardant autour de lui, Stobbart vit effectivement de petites ampoules intégrées dans le mur, protégées par d'épaisses coques en Plexiglas, du même acabit que la vitre. Il comprenait peu à peu la mesure de l'enfermement qu'avait subi le garçon de l'autre côté de la paroi. Terrifiant… Et la suite ne fut guère mieux…

« …Puis un jour, mon ordinateur est réapparu. Au bout de combien de temps, je l'ignore. Il ne m'a fallu que deux secondes pour m'apercevoir que c'était "mon" ordinateur, celui que j'avais chez ma mère et chez mes… "parents". Je me suis remis à jouer sans perdre une seconde. J'ai beaucoup joué. Je connais tous mes jeux sur le bout des doigts, chaque mouvement de chaque personnage dans chaque jeu. Pour m'occuper, je cherchais à les imiter. En fait, je n'ai quasiment fait que ça durant ces dernières années…

– "Quasiment" ?

– Oui, quasiment. *On* m'a rapidement fait comprendre qu'il y avait de nouvelles règles.

– Qui ça, "on" ?

– Aucune idée. Les ordres venaient avec les lumières dont je vous parlais. Ces règles, encore là, j'ai dû les deviner. Je ne sais pas si vous avez pu remarquer en arrivant ici, mais ma cellule est équipée de caméras, qui filment tout ce que je fais. C'est à ce moment que je me suis aperçu que cette pièce était bardée de capteurs, en plus des voyants et des caméras : ils mesurent l'atmosphère de la pièce, la pression artérielle, le nombre de kilocalories brûlées, le volume d'air expiré, le taux de sucre dans les urines, même l'analyse de sang périodique. Pour la douche, l'eau coule deux fois deux minutes, avec une pause de deux minutes pour se laver. C'est ainsi que j'ai remarqué que je devais faire de l'exercice tous les matins avant de pouvoir jouer. Pareil pour manger : je devais finir mon plateau.

– Comment as-tu compris pour ces autres capteurs ?

– En testant. Par déduction. Après mes exercices, le taux d'humidité augmente avec la transpiration. Si on écoute bien, un ventilateur se met en route peu de temps après. Pareil avec la douche. La quantité de calories du repas se compense avec le volume d'exercices faits et leur difficulté. Exercices simples, repas simple ; exercices complexes, repas plus riches. La qualité du repas se modifie également en fonction des prises de sang que je suis obligé de faire à intervalles réguliers : une trappe dans une des cloisons renferme une seringue et le matériel médical approprié. Tout est automatique. Il n'y a rien à penser, à réfléchir. J'exécute. Sans penser.

– Dans le cas contraire, que se passait-il ?

– Dans le cas contraire, des punitions. J'ai essayé de refuser ce système : pas de nourriture ; des électrochocs obligatoires si je voulais manger ; le noir tout le temps, désorientation complète, des bruits horribles qui me rappelaient la maison de campagne des Belmont ; ou, au contraire, la lumière toujours allumée, au point de ne jamais pouvoir dormir, toujours avec des bruits, Whisky qui hurlait à la mort… Quand j'ai pu jouer, on coupait mon ordinateur. Il n'y a pas plus frustrant que de voir l'écran s'éteindre en plein combat de boss…

– Je veux bien croire… »

George était glacé. Un lointain souvenir de psychologie lors de ses années estudiantines remonta à la surface. *Le conditionnement opérant.* Théorisé par Edward Lee Thorndike et développé par Burrhus Frederic Skinner au début du XXe siècle, le conditionnement opérant se définissait comme étant l'apprentissage d'un comportement, régi et modifié par les conséquences du comportement du sujet. En d'autres termes, ce conditionnement façonnait le comportement du cobaye par la récompense et la punition. Au sujet de deviner les intentions toujours plus complexes de son tourmenteur s'il voulait manger, se reposer et ne pas subir son ire malveillante. Mais là, ça allait au-delà du conditionnement opérant. Pire, on les pilotait à distance. *On jouait avec eux*. On jouait à les faire vivre comme bon leur semblait. Les paroles de Fortesque lui revinrent en mémoire : « Il y en a qui torturent par pur sadisme, mais là, il y a quelque chose de plus… ». Le légiste avait mis dans le mille, une fois de plus.

« Toi, comment te sentais-tu à cette période ? réussit à demander Stobbart.

– Bien, en fait. Aussi curieux que cela puisse paraître, j'avais trouvé une certaine stabilité grâce aux jeux. Ça a changé, mais très longtemps après. Après mes changements physiologiques. Après que j'ai remarqué que je grandissais, que je devenais plus fort… »

Avec un petit temps de retard, Stobbart comprit que Maxime parlait de sa puberté. Le policier fut pris de vertiges. Tant d'années à rester enfermé… Qui pouvait infliger ça à un garçonnet pendant plus de la moitié de sa vie ? George avait peine à imaginer ce qu'il ferait subir à l'homme qui oserait s'en prendre à ses propres enfants et leur ferait endurer ne serait-ce que le centième de ce qu'avait connu Max. Ça le rendait fou. Quel monstre – il ne pouvait plus se résoudre à parler d'homme – était-ce pour tourmenter ainsi ce garçon ? *A contrario*, plus Maxime avançait dans son récit, plus le policier mesurait l'ampleur de sa souffrance quand lui-même, de son côté, assemblait toutes les pièces qu'il avait en sa possession.

« …J'ai commencé à m'endormir sans raison. Même en milieu de partie. J'avais des rêves bizarres, je ne comprenais pas, je ne cherchais pas non plus à comprendre, je voulais simplement continuer à jouer pour être tranquille et oublier cet endroit. Les temps de sommeil se sont raccourcis jusqu'à durer environ vingt-cinq ou trente minutes. Je m'en suis aperçu en regardant par hasard l'horloge intégrée d'un de mes jeux. C'est arrivé plusieurs fois. Et c'est là que j'ai commencé à me poser des questions. J'avais beau résister, rien n'y faisait, je m'endormais. Les rêves bizarres continuaient eux aussi. Jusqu'à ce que je me retrouve sur la table d'opération. »

Finalement, retrouver la mémoire n'avait pas forcément eu que du bon. Les souvenirs rejaillissaient plus fort, plus vivants. Ils l'embrasaient de leurs flammes vives et brûlantes, recréant les sensations originelles avec une précision aussi impitoyable que cruelle. La voix de Maxime reprit, tremblant brièvement, avant de redevenir stable, mais atone :

« À chaque fois, c'était pareil. Je m'endormais sans prévenir. Et je me réveillais ligoté sur cette grande table en métal, froide et dure. J'attendais parfois longtemps. Quelques fois même, je me rendormais, en me disant que, quand je me réveillerai, ce serait la fin du cauchemar. Que je me retrouverai dans ma chambre à Montreuil, avec ma mère. Ça ne se passait jamais. Par contre, *Lui* venait toujours. Je n'ai jamais su qui c'était : toujours en blouse, avec le masque de chirurgien, les cheveux couverts, ce regard aussi…

– Tu parles du chirurgien sur les vidéos ?

– Oui. *Lui. Lui*, qui était là pour s'amuser. L'attente faisait partie du divertissement. *Il* m'observait. Il attendait que je le supplie, que je le prie de me laisser partir (La voix de Maxime enfla, l'émotion lui prit la gorge). C'est ce que j'ai fait, à chaque fois, mais *ses* yeux se contentaient de rire. *Il* attendait que la crise d'angoisse passe, une fois, deux fois, puis il arrivait tranquillement, sans crier gare, pour me saigner comme un cochon. *Il* me lançait toujours ce même défi : survivre, en m'annonçant et en m'expliquant ce qu'il allait faire. Son défi à *lui*, c'était de m'ouvrir et de me prendre quelque chose sans me laisser claquer. Inutile de vous dire que jusqu'à maintenant, on toujours gagné tous les deux… Elle n'est pas belle l'ironie ? *On a toujours gagné.* »

Max s'octroya un répit. Les larmes lui brouillaient les yeux. Stobbart ne disait plus rien. Il avait du mal à mettre les mots sur l'horreur. En fait, il n'y arrivait simplement pas.

« Après les opérations, c'étaient les périodes de convalescence, plus ou moins longues selon les "opérations". Je restais alité la plupart du temps. En plus de guérir, les drogues qu'on me donnait pour m'endormir mettaient du temps à s'éliminer. J'avais toujours du mal à bouger. Dans mes vagues souvenirs de ces périodes, je n'ai presque jamais vu quelqu'un venir changer mes pansements. Seulement des flashes de mains qui me retournaient pour soigner des endroits que je ne pouvais moi-même pas atteindre. Jamais les mêmes mains. Je ne savais même pas d'où elles venaient, qui elles étaient. Dès que je réussissais à reparler, à me relever, je devais refaire mes pansements moi-même. Tout le matériel arrivait de la même manière que les plateaux-repas, avec parfois une note explicative qui se détruisait d'elle-même au bout de quelques heures. Du papier biodégradable. Puis la rééducation que les lumières m'obligeaient à pratiquer. Je faisais de la gymnastique, celle que j'avais apprise en club, ou les mouvements que j'apprenais des jeux. C'était une autre façon de me divertir. Pour le reste, je me remettais à jouer dès que je pouvais, essentiellement pour deux raisons : ça m'empêchait de penser à la douleur et ça m'empêchait de dormir. Mes cauchemars étaient trop puissants, et chaque nuit je redoutais de m'endormir et de me réveiller sur la table de ce boucher. M'enfermer très profondément dans ces univers était le seul moyen que j'avais trouvé pour ne pas perdre la boule. Les autres drogues que l'on m'administrait en amont des opérations m'aidaient aussi beaucoup à m'évader. Je suis sûr que votre épouse trouverait cela paradoxal, ajouta Maxime avec un petit rire. Jouer pour se sauver. Je me trompe ?

– Je ne pense pas, approuva George avec un sourire amer. On en rediscutera avec elle… »

Mais j'espère surtout pouvoir seulement la revoir pour lui soumettre le problème…, songea Stobbart pour lui-même.

« Je ne sais pas combien d'opérations j'ai subies, reprit Maxime d'une voix morne. Je me suis toujours refusé à les compter. Mais ça a duré très longtemps. Jusqu'à cette nuit où quelque chose a changé…

– Ariel Braska ?

– Oui. Enfin, je suppose. Je me souviens à peine d'elle. Par contre, elle, pour une raison que j'ignore, semblait bien me connaître…

– Rien de plus normal…

– …elle a eu accès à ton dossier. »

Chacun du côté de leur mur, Maxime et George sursautèrent. Édison venait de faire son apparition, plus silencieux qu'un loup.

« Je vois que vous ne m'attendiez pas de sitôt, sourit le Professeur. Mais apparemment, j'arrive juste à temps pour éclaircir votre lanterne à propos de cette chère petite.

– Les murs ont surtout des oreilles, n'est-ce pas ? accusa le policier d'un ton rogue.

– Bien évidemment, s'amusa le médecin. Ce fut des plus distrayants…

– George, qui est-ce ? interrompit Cloud.

– Le directeur Édison, celui qui te retient ici et qui a fait tuer Ariel.

– Il est vrai, 47, que je n'ai jamais pris le temps de me présenter. Après tout, tu n'en avais strictement aucune utilité… Pour ma part, je te connais bien. *Très bien*. Et oui, l'infirmière a clandestinement eu accès à ton dossier, un incident malheureux… Et apparemment, elle n'est pas la seule…, ajouta Édison en regardant Stobbart avec ennui.

– Vous vous êtes cru plus malin, mais ça a raté. Parce qu'elle en avait fait des copies qu'elle avait envoyées dans un lieu sûr. Au cas où il lui arriverait quelque chose.

– Ça, je l'ignorais, gronda Édison. Où sont-elles ?

– Bonne question. »

Édison eut un petit rire.

« Vous êtes bravache. Bien. Nous verrons plus tard, tout n'est qu'affaire de temps. Mais à mon tour de prendre part au récit. Je sais que vous m'écouterez puisque vous ne pouvez vous empêcher d'éprouver de la curiosité pour la vérité… »

Les lèvres d'Édison s'étirèrent en un rictus. Il vivait une soirée de rêve. Leurs deux visiteurs s'étaient jetés dans la gueule du loup – la sienne – et il n'avait eu qu'à les cueillir comme des agneaux égarés. Depuis cette affaire de l'embuscade qui ne s'était pas déroulée comme prévu, les évènements s'étaient accélérés. Une fois que la connexion entre le flic et Maxime avait été établie, anticiper leurs futurs mouvements et placer ses pions n'avait été qu'un jeu d'enfants. Et les voir s'adonner à des confidences l'avait plongé dans un sentiment d'extase. L'un et l'autre se découvraient, lui donnaient des éléments de psychisme qui lui ouvriraient d'autres portes, et que lui-même mettrait à profit pour les diriger dans sa propre partie. Les deux hommes avaient offert un cadeau à Édison dont il leur était extrêmement reconnaissant. Aussi pouvait-il se laisser aller à quelques largesses…

« Avant tout, reprit le directeur, laisse-moi te demander la raison qui te fait dire qu'elle semblait te connaître… »

Maxime fixait froidement le médecin. L'homme jouait et il s'en délectait. Là où pour lui-même le jeu était un moyen de survie ; pour l'autre, c'était un plaisir immonde. Il ne répondrait certainement… Un bruit sec et discret vint interrompre la pensée du garçon. De l'autre côté de la cloison, George, toujours adossé au mur et imperturbable malgré son bras cassé douloureux, avait donné sa consigne. Lui avait besoin de connaître la vérité. Maxime aussi, mais pas en faisant plaisir à ce type. Il obéit à contrecœur.

« Dans mes rares moments d'éveil, je l'entendais m'appeler par mon prénom, Maxime. Sa manière de me soigner aussi. Sans rien lui dire, elle savait toujours où j'avais mal. Je crois qu'elle se doutait de la présence des caméras, mais elle venait quand même.

– Tu ne lui as rien dit ? demanda Stobbart.

– J'étais trop abruti par les drogues pour parler. Et c'est ce que je vous disais tout à l'heure, je ne me préoccupais pas non plus de ce qui m'entourait…

– Tu es un spécimen à part, Sujet 47. Pour un ersatz, tes déductions sont remarquables. Si tu savais combien j'aurais aimé observer ton esprit de l'intérieur, le voir s'élever à des niveaux de conscience encore supérieurs à l'hypnose ou à la méditation pour comprendre comment tu survivais, voir comment tu t'en sortirais face au "Miroir noir" ! Si tu accepterais ton insignifiance ou si elle te tuerait. Le pouvoir de l'esprit ! Malheureusement, ce n'est pas encore mon heure…

– Le "Miroir noir" ? »

George était incrédule. Il pensait que la folie du directeur avait atteint son point culminant, mais, finalement, il était encore loin de la vérité…

« Un concept que je me targue d'avoir développé, mais qui pour vous resterait…obscur (Édison se gaussa tout seul de sa plaisanterie). Le "Miroir noir" résume parfaitement à lui seul cette vérité cachée, inatteignable, ou que l'on ne peut atteindre et comprendre si on ne la regarde pas en face avec toute la part de noirceur qu'elle comprend.

– Et en d'autres termes ? s'enquit Stobbart d'un ton las.

– Vous n'êtes guère enclin à savourer toute la subtilité de ce concept en ce moment, soupira Édison, incompris. Tant pis ! Ariel. Ah Ariel ! Si vous aviez pu sentir la douceur de sa peau… Cette jeune femme, voyez-vous, avait un besoin désespéré de se faire aimer. Ce que je lui ai offert. Entre nous, au début, je ne lui trouvais pas grand-chose de remarquable. Une jeune femme assez quelconque, pas d'attache particulière, en rupture familiale, mais tout de même une étincelle. Une étincelle qui s'est révélée assez tardivement je dois dire. Notamment grâce au Sujet 47. Le problème de ces femmes en perdition, c'est qu'elles deviennent vite encombrantes, jalouses et possessives tellement elles sont dépendantes affectivement. Elles ne font pas face à leur "Miroir noir", refusent de voir une vérité détestable. A contrario, ce qui a été intéressant avec Mademoiselle Braska, c'est qu'elle a, malgré son état de détresse, accepté ce que je lui présentais comme une rupture. Sans broncher. Rien. Néant. Pourtant, cet état d'acceptation ne l'a pas fait sombrer comme je m'y attendais. Première bonne surprise. Cela démontrait de sa part une certaine force de caractère qui lui maintenait la tête hors de l'eau. Elle est revenue au travail le lendemain la tête haute, laissant de côté ses soucis personnels, là où d'autres auraient sombré sans attendre dans la dépression, ou bien déclenché un scandale. Ce qui, entre parenthèses, arrive très rarement : nous avons un service de sécurité très performant. J'avoue que c'est à ce moment-là qu'elle a piqué ma curiosité… »

Édison laissa un bref instant s'écouler, que ses paroles imprègnent bien les pensées de ses deux interlocuteurs malgré eux. Maxime ne disait rien, prostré. Stobbart se retenait de faire éclater sa colère et se forçait au calme, avec difficulté.

« Comme les sujets intéressants sont malheureusement rares, j'ai voulu profiter de ce cas présent pour mettre au point une petite expérience. Et c'est là que le Sujet 47 entre en jeu. Après avoir fait miroiter à Mademoiselle Braska une possible réconciliation, je lui ai lancé un appât. Dire qu'elle l'a gobé serait un euphémisme, ça a été un moment que j'aurais pu qualifier de magique si je n'avais été si cartésien. Je m'explique. Voyez-vous, le point faible d'une femme abandonnée – passé la méfiance – est le réconfort. Oui, le réconfort sur ce bon vieux matelas, qui a l'avantage d'instaurer une sphère d'intimité comme nul autre pareil. Et j'avais pu remarquer que cette femme y était très réceptive, pour les raisons que j'ai pu évoquer tout à l'heure. Cette sphère d'intimité permet ainsi d'instaurer une relation de confiance, dans la continuité et en rapport direct avec l'intensité de l'acte charnel. Autrement dit, c'est le mécanisme qui nous amène à faire des confidences sur l'oreiller.

– Si vous pouviez nous épargner le baratin psy et aller directement aux faits, maugréa Stobbart. Ça en devient fatigant…

– J'y arrive, officier. Mais ne soyez pas si pressé : vous avez tout votre temps. Pour être succinct, il m'a fallu quelques nuits pour lui apprendre l'existence d'un patient atteint d'une forme extrême du Syndrome Mantis. Une rareté. Comme je m'y attendais, elle n'a absolument pas partagé mon enthousiasme scientifique. Son regard était éloquent. J'ai argué que le patient était difficile et qu'il nécessitait le suivi pointu d'une infirmière formée à la prise en charge psychiatrique des patients. En réalité, j'avais surtout besoin d'elle suite à la dernière opération sur le cobaye. Celle-ci avait naturellement été un succès, mais le Sujet 47 avait besoin de soins qu'il ne lui était pas possible de se prodiguer par lui-même.

– Maxime ? interrogea George, blême.

– Je m'en souviens vaguement, confirma le jeune homme d'une voix blanche. Il m'avait charcuté la colonne vertébrale. Les sutures n'avaient pas tenu…

– Effectivement. Une très belle manœuvre ! s'enthousiasma Édison. Aplanir les processus épineux des vertèbres thoraciques au rabot était particulièrement périlleux, avec un risque non négligeable de rupture de la moelle épinière si l'os cassait mal. Un spectacle magnifique !

624

– Vous n'êtes qu'un pervers psychopathe ! » hurla Stobbart en bondissant sur pied.

Le policier se mit à marteler de sa main valide la paroi du Plexiglas, tandis que le Professeur Édison riait et soupirait en même temps.

« Si vous pouviez seulement comprendre, mon cher policier, la beauté du geste ! Vous ne seriez pas aussi obtus…

– Allez au diable… »

Exténué, George retomba, tremblant, dos à la vitre. Il avait envie de crier, de pleurer, de dépecer vivant ce prétendu médecin arrogant, mais il était impuissant. Impuissant. Le sentiment de frustration qu'il éprouvait en était terrible. Et tout ce qu'avait enduré Maxime durant toutes ces années… Une infirmière courageuse l'avait sorti de cet enfer. Un imbécile de flic l'y avait remis. Avec sa propre tête en prime. *George Stobbart, t'es le dernier crétin sur terre…*

« Ça y est, ça va mieux ? Bien ! Ne vous inquiétez pas, c'est une réaction typique, commune, pour répondre au sentiment de déception et de défaite qui vous habite devant la vérité. Le fameux "Miroir noir". Je profite de cette accalmie pour continuer. Où en étais-je ? Ah oui ! Notre petite infirmière avait en fin de compte accepté de se rendre au chevet du Sujet 47. Sur cet aspect-là, je dirais qu'il y avait presque autant une part de curiosité morbide, que la peur de la perte. Perte de ma modeste personne, s'entend. Elle s'est très bien acquittée de son travail. À un détail près…

– Ah ! Le grain de sable dans la machine…, ironisa le policier.

– Pire ! Cette garce : elle m'a trompé ! »

Édison avait hurlé de manière si inattendue que Maxime sursauta et se recroquevilla sur lui-même. La rage du directeur retomba aussi vite qu'elle était montée. Toutefois, sa voix garda un ton plus froid, plus menaçant.

« Pendant qu'elle se prélassait dans ma couche, elle en a profité pour me duper… Comprenez-vous ce que cela signifie pour moi ? Comprenez-vous ce que cela signifie de voir un être inférieur se moquer impunément de ma personne ?

– La chair a toujours été ton point faible, Frédéric. »

Stobbart et Édison se retournèrent d'un bloc. Max se replia davantage sur lui-même, terrorisé. Le directeur esquissa un sourire penaud. Stobbart sentit le sang se glacer dans ses veines. Moebius Mantis venait tranquillement d'entrer dans la pièce.

Chapitre LXXXII

Ce bonus était inespéré. Dangereux, mais inespéré. *Il* avançait ses pions un par un, lentement, mais sûrement. *Ses* stratégies fonctionnaient à merveille. *Il* s'en sortait avec les honneurs, comme toujours. *Son* classement était irréprochable. *Ses* adversaires s'extasiaient. *Lui* haussait les épaules avec dédain. Jouer était une science. Les autres n'étaient qu'amateurs, à peine éclairés par son propre rayonnement, solaire.

Aujourd'hui, le plus important était que *ses* pions avaient retrouvé leur place. Même s'*Il* devait avouer qu'un peu d'inattendu n'avait pas été pour *lui* déplaire. L'inattendu avait cela d'appréciable qu'il bousculait les habitudes solidement ancrées. Il mettait à l'épreuve les certitudes et éprouvait les capacités à réagir. L'infirmière avait été un évènement inattendu. Son élimination n'avait été qu'un paramètre de plus à ajuster. *Il* appréciait tout particulièrement les pions instables. C'étaient eux qui *le* poussaient à créer, à *se* surpasser. Les manipuler requérait une précision sans nul autre pareil pour les faire avancer sur *son* échiquier. C'était un art. *Son* art. Et *Il* allait continuer à l'exercer encore longtemps…

Chapitre LXXXIII

Dimanche

Mantis observait les trois hommes dans ces lieux qu'il avait créés. Restaurer le manoir avec l'argent de son père avait été simple. Aménager ce sous-sol dissimulé l'avait été tout autant. Quant à Édison, il avait été et restait l'un de ses plus fervents élèves. Aveuglé par l'aura de Mantis, il suivait son mentor comme son ombre. Mantis avait pris soin de le ménager pour s'assurer son soutien indéfectible. Le succès de son Institut avait contribué à asseoir une notoriété qui avait également rayonné sur le village mitoyen d'Essises. Il avait gagné la confiance du maire et de la population, tout en s'assurant qu'Édison s'y taillât la part du lion : les élections municipales, plus de vingt ans auparavant maintenant, avaient récompensé sa patience quand son bras droit s'était retrouvé à la tête de la mairie. Sous couvert d'importants travaux d'agrandissements, aménager son laboratoire clandestin n'avait été qu'un jeu d'enfants. Édison avait protégé les travaux des petites entorses au permis de construire, et Mantis avait accordé une prime exceptionnelle aux entreprises locales qui avaient travaillé pour lui. Devant la générosité de leur employeur, les entrepreneurs n'avaient pas refusé ces petits aménagements et avaient même répandu la bonne parole parmi la population, ce qui avait permis à Édison de remporter les élections suivantes. Et ainsi de suite…

Lorsque Mantis avait été nommé au poste de préfet de police, Édison lui avait succédé au poste de directeur de l'Institut. C'était un garçon intelligent et orgueilleux, doué d'un bon relationnel et de qualités de gestionnaire. Il avait su garder la tête sur les épaules vis-à-vis de ses nouvelles fonctions, et tout le temps et les efforts que Mantis avait passés à le façonner avaient payé. Car avant de devenir l'homme qu'il était à présent, Édison avait été cet étudiant brillant, introverti et mal dans sa peau, moqué par la gent féminine à cause de sa maladresse et de sa timidité maladive. Mantis l'avait relevé et lui avait donné cette assurance qui lui faisait jusqu'alors défaut. Ainsi, le Professeur l'avait attaché à lui et Édison l'avait suivi, aveuglé de reconnaissance. Son attirance pour le sexe opposé et les relations temporaires n'étaient que la manifestation évidente de sa soif de vengeance à l'égard des femmes qui n'avaient eu de cesse de le rejeter. Mantis s'était servi de ce penchant pour le recrutement et l'emploi de ses agents, dont Ariel Braska. Fragile psychologiquement, l'infirmière s'était comportée comme il l'avait prévu. Jusqu'à un certain point. *Le pion instable.*

Mantis se tourna vers Stobbart.

« Vous avez l'air surpris de me voir, commandant. Votre réaction n'est guère étonnante. Quoique j'avoue tout de même avoir été désappointé par votre perspicacité qui m'avait pourtant l'air un peu plus aiguisée que celles de vos confrères.

– Navré de vous avoir déçu, rétorqua George d'un ton aigre.

– Il y a longtemps que j'ai passé ce stade de la déception. Auquel cas, je serais en déception perpétuelle depuis que je suis né. Peu ou prou, bien évidemment. Mais je crois être arrivé à un point particulièrement sensible de ton récit, Frédéric. Veux-tu que je prenne la suite ?

– Bien sûr, Professeur. »

Le ton d'abjecte adoration révulsa Stobbart. Les deux hommes qui se tenaient devant lui se gargarisaient d'une supériorité qui le rendait malade. Ils utilisaient les personnes comme des pièces interchangeables pour arriver à leurs fins, peu importe les conséquences. Ariel. Hal. Lui-même. Il se sentait humilié, souillé. Et peut-être bien…

« Et Zack ? Zacharie Juste ? C'est vous qui l'avez tué aussi ? demanda le policier d'une voix neutre.

– Chaque chose en son temps, commandant, énonça calmement Mantis. Comme le soulignait le Professeur Édison, Mademoiselle Braska nous a effectivement dupés. Cette personne avait beau être chétive et instable psychologiquement, elle a agi avec un remarquable sang-froid. À dire vrai, nous la soupçonnions déjà depuis un moment de préparer quelque chose, vol ou extorsion d'informations, dans le but de nous nuire. Son action et sa prise de décision ont eu lieu très exactement après sa quatrième visite de soin au Sujet 47, soit environ six mois avant sa fuite de l'Institut. Une planification remarquable qui témoigne de sa très forte volonté de faire sortir le Sujet 47 de son habitat. Pour quelles raisons ? Vraisemblablement, un ensemble de facteurs alliant la déception amoureuse, une envie de vengeance vis-à-vis de cette déception et certainement l'expression d'un très fort instinct maternel qui l'aurait aidé à dépasser la notion de danger auquel elle s'exposait. Je ne pense pas qu'elle ait vu Maxime comme la substitution à son enfant tant espéré, mais bien plus comme la forme extrême du sentiment de protection maternelle, exacerbé par l'absence et surtout la volonté d'être mère.

– Comment savez-vous qu'elle a planifié l'évasion six mois avant ? questionna Stobbart sceptique.

– Très simplement. Les vidéos, d'une part. Je suis confiant dans le fait que vous avez dû remarquer la présence de caméras de votre chambre. Elles sont aussi équipées de micros haute-définition. Mademoiselle Braska a été prudente, mais pas suffisamment quant à l'utilisation de certains termes qu'elle employait, inconsciemment, comme "à bientôt", "je reviendrai", "Nous y sommes presque". Seconde chose, la corrélation de ses dires avec son action. Vous êtes malencontreusement entré en possession de quelque chose qui m'appartient. Une clef USB, pour être précis, et dont votre informaticien et vous-même avez déjà inopportunément visualisé le contenu…

– Vous êtes un fieffé salaud, assena froidement George.

– Abstenez-vous de ces commentaires stériles, commandant. Ils ne vous font pas honneur, martela Mantis d'un ton polaire. Et ne jugez pas une action isolée quand le projet global et sa pensée vous échappent.

– J'ai vu les vidéos, elles m'ont suffi. Vous ne valez pas mieux qu'un docteur Mengele sous amphétamines…

– Image intéressante, mais dénuée de fondement comparatif : le sujet et le but de nos recherches n'ont strictement rien à voir. Par contre, elle est l'expression d'une colère que vous croyez juste, malgré le manque certain de vos informations sur mes motivations. Et que vous ne pouvez comprendre.

– Il en vaudrait mieux ainsi pour ma propre santé, ironisa le policier.

– L'humour est un très bon moyen de défense, approuva Mantis. J'ai donc toute votre attention pour la suite de mon récit ?

– Je vous en prie, l'invita Stobbart faussement poli.

– Vous êtes bien aimable. À la suite d'une de ces vidéos que vous avez visionnée, l'une d'elles empêchait la fuite immédiate du Sujet 47. Mademoiselle Braska a préféré attendre la fin de sa convalescence pour optimiser ses chances d'évasion. Nous nous étions préparés à ça. Pour les besoins de notre plan, le Professeur Édison avait renoué une relation – très discrète – avec elle pour pouvoir la surveiller au plus près, en faisant en sorte qu'elle le croit au-dessus de tout soupçon. Et pour mieux décider le moment approprié de son éviction.

– Comment ça ? (George avait peur de comprendre.)

– Il est toujours ennuyeux d'avoir recours au meurtre. Ça l'est beaucoup moins si le sujet a recours au suicide. Mademoiselle Braska avait déjà des tendances dépressives. La fin brutale et définitive de sa liaison avec le Professeur Édison – ainsi que son licenciement – auraient constitué un choc émotionnel suffisamment fort pour encourager son passage à l'acte. Malheureusement, elle a agi plus tôt que ce à quoi nous nous étions attendus. Elle devait se douter de quelque chose et nous a pris au dépourvu ce fameux soir : avant chaque partie, le Sujet 47 reçoit une potion destinée à le détendre, à base de benzodiazépines…

– Vous avez oublié la tétrodotoxine…

– Vous êtes au courant, bien. Le docteur Fortesque est vraiment un légiste hors pair. L'action paralysante de la tétrodotoxine doit effectivement permettre au Sujet 47 de vivre pleinement l'instant sans qu'il puisse se mettre en danger par un soubresaut ou un tremblement intempestif, même si je dois humblement avouer que ma main reste plus sûre que celle du neurochirurgien le plus réputé.

– D'un bourreau vous voulez dire.

– Vous êtes blessant. Mais il faut que vous ayez à l'esprit que l'affection extrême du Sujet 47 par le Syndrome portant mon nom rend par moment la posologie délicate des benzodiazépines, selon le produit utilisé et les réactions inégales pouvant en résulter après leur absorption. En l'occurrence, ce qui devait le plonger en léthargie pour aborder sereinement une partie ô combien délicate, n'a fait que le rendre apathique et sujet à des actes de violence. Oui, c'est exact, la posologie n'avait pas été assez forte. C'est ce changement d'état et ce contretemps d'organisation qui a dû précipiter l'action de Mademoiselle Braska. Ce que nous ignorions à ce moment-là, c'était qu'elle se trouvait en possession de ce périphérique dont elle n'aurait jamais dû connaître l'existence. Nous pouvons supposer qu'elle a commencé à se douter de ce qu'il en était en découvrant l'anatomie du Sujet 47 et que sa curiosité morbide l'a poussée à fouiller le contenu du coffre du Professeur Édison.

– Dont vous lui aviez également donné la combinaison pour qu'elle se sente en confiance ? supposa Stobbart sarcastique.

– Exactement, approuva le Préfet imperturbable. Le sentiment de confiance à l'encontre du Professeur Édison devait être renforcé de manière puissante afin que, le moment venu, la réaction de rupture n'en soit que plus brutale. » George adressa à Ariel Braska une flopée muette de félicitations en guise d'oraison funèbre.

« Autrement dit, vous vous êtes fait rouler dans la farine..., gloussa le policier.

– Pas nécessairement, commandant. Nous parlions de Mademoiselle Braska comme d'un élément instable. Ce paramètre était à prendre compte et elle a nous bien donné preuve de cette instabilité. C'est ce qui en faisait aussi un élément intéressant. Même si je sais que le Professeur Édison n'est pas de cet avis... »

Stobbart jeta un coup d'œil au directeur. Ce dernier avait jusqu'ici écouté Mantis religieusement. Il pouvait lire dans son regard une admiration sans faille. Le maître et le disciple. Édison sourit presque timidement à Mantis. Le flic eut envie de vomir.

« Le problème de l'élément instable, c'est qu'il ne peut justement pas être prévu dans la totalité de ses actions, répondit le directeur. À mon sens, celui-ci doit être éliminé ou limité à sa plus simple expression, en supprimant toutes ses interactions pour en assurer justement sa stabilité. Comme pour le Sujet 47.

– Bien répondu et finement observé, fit Mantis. Il est vrai que le Syndrome Mantis est, comme vous avez pu le constater, commandant, un haut facteur d'instabilité. Mais l'élimination de l'élément instable doit se faire de manière paisible pour éviter que l'instabilité ne s'accroisse. À quelques exceptions près, bien sûr, comme ce fut le cas pour Mademoiselle Braska, mais vous en connaissez le dénouement.

– Malheureusement oui, mais pas dans les détails. Et comme vous venez de le souligner, on ne peut pas dire que la douceur ait fait partie des talents déployés par vos sbires...

– Certains esprits n'ont d'utilité que pour une unique tâche. Il faut reconnaître ici que Mademoiselle Braska a très bien su exploiter leurs limites. Pour les détails, Frédéric pourra éclairer votre lanterne. »

Soudainement intimidé de se voir mettre ainsi en avant par son mentor, le directeur esquissa un pas en avant. George comprit avec un temps de retard.

« Vous étiez là… », murmura-t-il éberlué.

Édison retrouva aussitôt son sourire de loup quand il porta son regard sur le policier.

« Les pions ont toujours besoin d'une main pour les déplacer, déclara-t-il pompeusement. Et comme le Professeur nous en a justement fait part, l'élimination de l'élément instable ne fut pas aussi paisible qu'elle aurait dû l'être. Concernant cette affaire, il n'a pas été difficile de retrouver Ariel : toutes les communications entrantes et sortantes dans l'Institut sont enregistrées. Il était facile de savoir où elle se rendait… »

George se rappela un rapport que lui avait transmis Hal : « C'est le dernier, et le seul numéro appelé douze fois, entre onze heures cinquante-quatre et minuit trente-deux ». L'infirmière avait dû appeler Zacharie au moment où elle quittait l'Institut sans se douter qu'elle se trouvait encore dans les rets téléphoniques de l'Institut. Le filet s'était finalement refermé sur elle à Paris.

« Et vous, argua George en se tournant vers Mantis, vous vous êtes contenté de rester dans votre bureau pour identifier les numéros, via notre propre système d'information… C'est de cette manière que vos chiens-chiens… (Stobbart désigna Édison du menton, qui ne broncha pas sous la pique) …ont pu retrouver Zacharie Juste…

– Votre réputation de Limier est quelque peu usurpée, commenta simplement Mantis. Je pensais que cette déduction vous aurait été moins pénible que ça.

– Facile quand on a toutes les cartes en main.

– C'est à ça qu'on reconnaît un grand maître », intervint Édison dédaigneux.

Stobbart ravala le trait cinglant qui lui était venu aux lèvres. Il n'était pas franchement en position de force pour le moment et il avait encore besoin d'éclaircissements :

« Pour en revenir à Ariel, reprit George plus amène, vous l'avez retrouvée dans la salle d'arcade et commencé votre nettoyage, peu importe les dommages collatéraux…

– Le gérant était un paramètre négligeable, crut bon de préciser le directeur. En accord avec le Professeur, il a été considéré comme nécessaire de l'éliminer. Ce dont s'est chargé sans problème un de nos pions. Quant à l'infirmière, elle avait cru pouvoir se cacher. Elle a perdu quelques minutes avec le gérant qui voulait la chasser, mais des minutes qui nous furent agréables pour intervenir à point nommé… »

George imagina aisément la suite : Gabriel Chevalier sur le point d'appeler les flics, un des paillassons de l'Institut attrape le couteau qui traîne sur le comptoir et l'égorge par derrière. À côté, Cloud sous psychotropes ne comprend nullement ce qui se trame sous ses yeux et reste planté là, à recevoir sur lui ce que les carotides du gérant s'évertuaient à pomper à l'extérieur. Ariel avait dû réagir très vite, peut-être donner un coup dans les parties de ce premier assaillant pour s'en défaire. Celui-ci lâche le couteau sous la douleur…

« …et je suppose que vous êtes intervenu à ce moment-là, mais qu'elle ne s'est pas laissée faire… »

Disant cela, Stobbart regarda le directeur. La fureur déformait ses traits.

« Cette maudite garce m'a frappé, siffla Édison. À un endroit qui aurait dû rester son meilleur souvenir ! »

George retint un éclat de rire. Décidément, la jeune femme avait eu de la ressource ! Nouvel éloge posthume à son intention. Pourquoi se priver de frapper le seul endroit que redoutait le plus un homme ? Elle avait déjà éprouvé la technique avec le précédent, alors autant continuer. Ce qui expliquait la suite des évènements, racontés d'une voix véhémente par le directeur blessé dans sa fierté d'alpha-mâle.

Après avoir couché brièvement les deux hommes, elle entraîne Cloud dans la salle attenante avant que les deux derniers larbins n'aient eu le temps de réagir, pris par l'angoisse que leur patron soit blessé. Cloud, pour une raison connue de lui seul, perdu dans son monde et peut-être attiré par le tintement métallique de la lame, a ramassé le couteau tombé à ses pieds. Paniquée, Ariel l'entraîne vers l'arrière. Quelque chose lui fait mal dans la poche serrée de son jean. Elle cherche, sent sous ses doigts la clef USB. Elle avait oublié. La cacher, vite. Une borne, à côté d'elle. Un espace juste assez large pour l'envoyer dessous, hors de la vue de ses ennemis. Puis, elle cherche une issue : il faut protéger le garçon. Une porte métallique menant à une cave est ouverte. Elle y précipite Cloud sans plus réfléchir et ferme le battant à double tour. L'affiche retombe sur la porte, la dissimulant. Parfait pour retarder ses poursuivants. L'infirmière se débarrasse de la clef de la porte par la fenêtre ouverte. Et fait face. Gagner du temps. Elle a peur, très peur. Survivre. Si possible.

« Je l'ai retrouvée dans la deuxième salle. Elle pleurait. J'ai interdit aux trois autres de s'approcher d'elle. Elle m'avait humilié, comme toutes les autres avant elle (Édison, à présent, crachait sa haine). Alors, j'ai décidé de lui faire un cadeau. Le plus beau qui soit : mourir de mes mains. »

Tu parlais d'une faveur ! George ne voyait plus un homme, mais un petit garçon capricieux à qui l'on avait enlevé son bonbon. Devant ses yeux, porté par la rage du directeur, le film de la mort d'Ariel se poursuivait : elle essaye de se débattre, de fuir. Édison lui porte un coup. Sa lèvre éclate. L'infirmière est sonnée. Elle n'a pas – plus – le temps de réagir : déjà, le serpent s'est enroulé autour de sa gorge et l'étouffe. Édison tire sur le câble comme un forcené. Il récupère le pouvoir, il lave son honneur. Tout est fini en deux dizaines de secondes. Mais il continue, tellement prendre une vie le fait se sentir vivant, puissant. Devant lui, ses hommes de main le regardent sans réagir, sans bouger. Sans comprendre. Édison se redresse. Ça y est, sa pulsion est passée. Un claquement de doigts à l'attention de ses trois robots : chercher le Sujet 47. Sa colère éclate une nouvelle fois : impossible d'ouvrir la porte derrière laquelle est caché leur cobaye. Pas assez de temps pour la forcer. Des bruits, dehors. Obéir aux ordres. Partir. Être invisible.

« C'est donc seulement après que vous vous êtes aperçu de la disparition de la clef USB… »

Stobbart sourit. Juste pour les faire enrager. En réalité, il était glacé. La violence dont avait fait preuve Édison lui donnait la nausée. Dire qu'Ariel avait été courageuse tenait de l'euphémisme : "héroïsme" était beaucoup plus proche de la vérité. Il se força à parler d'un ton dégagé, mais ne put émettre qu'une suite de sons tremblotants :

« C'est ce qui vous a amené à fouiller son appartement. C'était le dossier de Maxime, cette fameuse clef, que vos hommes cherchaient… »

Tous les éléments s'emboîtaient de manière parfaitement huilée.

« Effectivement, confirma Mantis parfaitement calme. Les pions n'ont pu mener leur quête à bien et, suite à votre intrusion, ont été éliminés comme il se doit par le Professeur Édison. »

George regarda à nouveau le directeur, estomaqué.

« Vous…

– Oui. Encore moi. Vous voir caché sous ce matelas fut très divertissant. Vous ne sembliez pas vous attendre à ce que je me trouve à trois mètres de vous…

– Pourquoi nous avoir laissés en vie, dans ce cas ? articula péniblement le policier.

– Vos collègues étaient certainement sur le point d'intervenir. Et voir le Sujet 47 sortir de votre voiture a été – outre une surprise – un paramètre à ne pas négliger. Le récupérer vivant dans l'état de fébrilité où il se trouvait rendait la tâche par trop délicate. Le Professeur a préféré prendre le risque de vous épargner. Pour mieux reprendre la main après… », conclut Edison amusé.

Incrédule, Stobbart se tourna vers Mantis, qui le regardait, un sourire tranquille sur les lèvres.

« Je croyais avoir entendu deux hommes à ce moment-là. Ce qui voudrait dire que…

– Oui, je dirigeais le Professeur Édison par radio. Depuis le début des opérations.

– Vous donniez des ordres d'élimination… en direct. »

George était abasourdi. D'un côté, Mantis suppléait à l'enquête ; de l'autre, il ordonnait froidement l'exécution des témoins. Sans trace…

« Vous dites les avoir tués. Pourtant, les autopsies n'ont rien donné…

– Vous seriez presque surprenant de perspicacité, commandant…, gloussa le directeur.

– Merci, fit George d'un ton qu'il espéra sec.

– …davantage que votre légiste en tout cas : huit milligrammes d'adrénaline répartis dans quelques ampoules dispersées dans le corps, avec commande radio à distance. Invisible, imparable et mortel. Une élimination paisible.

– Et il en est fier, marmonna pour lui-même le policier écœuré. Néanmoins, sachez pour votre gouverne que le docteur Fortesque avait déjà tout à fait avancé l'hypothèse de l'adrénaline comme cause probable de décès pour vos… pions. Par contre (Stobbart se tourna vers Mantis en tentant de masquer son aversion), depuis le début, vous parlez d'"élimination paisible". Je serais curieux d'entendre votre définition…

– Mais très certainement. Vous avez vous-même pu… »

Un toussotement discret, mais poli interrompit le Préfet de police.

« Oui, Frédéric ?

– Est-il vraiment nécessaire d'en venir aux exemples, sans se cantonner seulement à la définition ? demanda Édison, visiblement mal à l'aise d'aborder un sujet apparemment sensible et surtout préjudiciable.

– Ta prudence t'honore, Frédéric. Mais le commandant Stobbart mérite bien qu'on l'éclaire après nous avoir ramené le Sujet 47.

– Certes, mais il est aussi l'illustration même de ce que peut être l'élément instable vis-à-vis de nous, insista son confrère.

– Vous avez raison, directeur. Tout comme je peux être l'élément instable vis-à-vis d'eux. De la rencontre entre ceux-ci ne résulte pas obligatoirement une amplification réciproque de leur instabilité, mais peut au contraire s'annuler par l'élimination paisible de l'un, voire des deux éléments instables… » Stobbart sentit un frisson désagréable lui courir entre les omoplates : le ton froid des praticiens lui donnait la sensation pénible d'être considéré comme la donnée variable d'une équation. Et la déplaisante impression que son avenir était déjà tout tracé.

« Je comprends. »

L'approbation du directeur tenait davantage de la formalité que de la réelle conviction. L'ascendant de Mantis sur Édison était glaçant.

« Je suppose que pour illustrer cette définition, c'est à ce moment précis que vous allez cette fois me parler de Zacharie Juste, relança le policier.

– Certainement.

– Avant ça, comment l'avez-vous retrouvé ?

– Retrouver Monsieur Juste et le Sujet 47 fut chose aisée : le chien, naturellement.

– Comment ça ? »

Stobbart comprenait mal comment la chienne pouvait être à l'origine de… Une nouvelle lumière s'alluma dans sa tête malmenée. Mantis s'en aperçut et un mince sourire étira ses lèvres.

« Mettons ce retard sur le compte de vos altérations physiques et mentales. Vous avez raison : nous savions que Mademoiselle Braska cherchait à joindre Monsieur Juste et il n'était pas erroné de penser que le Sujet 47 avait également pu être conditionné pour le rejoindre à son tour en cas de problème.

– Vous avez donc fait surveiller l'entrée…

– Bien sûr. La technique dite du sous-marin n'est pas l'apanage de la police. »

Stobbart ne releva pas l'ironie.

« Pourtant, vous n'avez pas vu Maxime revenir. Sinon je ne l'aurais jamais revu…

– Je dois dire ici que le Sujet 47 nous a pris de vitesse : il ne figurait sur aucune des photos prises par les hommes que nous avions disposés alentour. Seul Monsieur Juste est apparu une fois en train de promener son animal.

– *Et c'est lorsque vous ne l'avez plus revu sortir son chien le jour qui a suivi que vous en avez déduit la présence de Maxime chez lui.*

– Naturellement. »

Naturellement. George n'était pas sûr que Maxime saisisse tout le cynisme de la situation : Zacharie s'était condamné à mourir, *parce qu'il n'avait pas sorti son chien.* Pour s'occuper de lui. Une seule journée avait suffi à confirmer sa présence chez lui. Le raisonnement avait beau comporter une part de probabilité quant à la présence de Max chez Zack, l'intelligence de Mantis était terrifiante.

« Concernant Monsieur Juste – et si ma mémoire est bonne – l'autopsie avait conclu à l'overdose, continuait le Préfet.

– Oui, confirma mécaniquement le policier.

– Du moins si l'on tient compte des observations du docteur Fortesque. Et vous avez raison de le croire. Le Professeur Édison a programmé une scène des plus convaincantes. Sans vouloir amoindrir ton succès, Frédéric, vous vous doutez bien, commandant, que reproduire le schéma d'une overdose pour un professionnel de son envergure reste d'une facilité déconcertante. Y compris l'administration de la dernière piqûre. Nous avons ainsi obtenu ce que j'appelle l'"élimination paisible" d'un élément instable : lorsque celui-ci disparaît ou s'incorpore dans une masse stable, il élimine *de facto* le facteur d'instabilité. Il est vrai que dans ce cas, l'élimination a été facilitée par le passé médical de l'élément. Le seul point négatif émane une nouvelle fois du Sujet 47, qui a réussi à s'échapper de façon fort dommageable par un échafaudage très malencontreusement placé.

– Vous êtes complètement givré… »

Maxime aussi avait eu de la ressource… Mais cette qualité ne soulageait en rien l'angoisse de Stobbart qui montait par vagues successives, toujours plus fortes. Il ne savait plus qui, de Mantis le manipulateur, ou d'Édison le tueur, était le pire. Et ils s'appelaient médecins… Heureusement qu'il était assis… Mantis continuait sur le ton de la conversation, poursuivant son exposé magistral sur le ton posé du professeur devant ses étudiants :

« Une seconde élimination paisible a été plus délicate à mettre en place, parce que l'élément alternait entre les états stables et instables, induits par la versatilité des influences auxquelles il était confronté.

– Godot. »

Le nom du procureur avait éclaté dans la tête de Stobbart. Il était le seul à avoir disparu de manière tragique dans un accident. Si l'on décryptait le jargon pseudo-médical de Mantis, il était celui qui cherchait à arrêter Cloud – élément stable du point de vue de Mantis –, mais aussi celui qui…

« …voulait perquisitionner l'Institut, à cause de ses soupçons dont il avait dû vous faire part…

– Excellent, approuva Mantis. Et qui, par conséquent, se plaçait ainsi comme élément non désiré et hautement instable, nécessitant de fait une élimination paisible. Vous ne dépayseriez pas dans l'Institut, commandant Stobbart. Comme professeur, s'entend. »

C'est à peine si George entendit la dernière phrase du Préfet. Ses frissons d'effroi s'étaient transformés en crispations incontrôlables. Depuis le début, il s'était fait balader par ce pseudo-clinicien. Lui, Jacques Blanc, Fortesque, toute son équipe. Hal l'avait payé de sa vie, sans oublier Cloud. Cloud ou Maxime, le rat de laboratoire de Mantis qu'il avait chassé et dont il s'était sans cesse méfié à tort. Le Procureur avait compris la nécessité de fouiller l'Institut, mais Mantis avait été plus rapide… Bien joué Stobbart ! Le roi des bleus ! C'est à peine s'il réussit à parler avec les tremblements. Il articula péniblement en bégayant :

« Co… Comment ?

– Rien de plus simple, se mit à expliquer Mantis d'un ton ennuyé. Cela faisait déjà un moment que je surveillais ses activités. C'était un homme seul, divorcé, qui s'était réfugié dans le travail. Un travail qu'il faisait bien, mais qui, néanmoins, le minait. Je lui ai offert le moyen de s'en sortir, qu'il a saisi avec empressement pour sortir du marasme de sa vie dans laquelle il s'enlisait. M'étant ainsi attaché sa loyauté, il était logique qu'il me demandât tôt ou tard – et suivant les avancées de l'enquête – mon soutien pour la perquisition de mon propre établissement. Ce qu'il n'a pas manqué de faire. La suite ne fut que le résultat d'une planification de l'élimination paisible de cet élément instable : nous sommes rentrés tous deux en taxi. Taxi qui l'a ensuite ramené chez lui et à sa demande près de la place de la République. Monsieur Godot m'avait confié qu'il faisait toujours sa petite promenade d'une trentaine de minutes sur les bords du canal Saint-Martin, quels que soient l'heure et le temps. Malgré l'animation, l'eau a le don de l'apaiser. Vous avez interrogé le taxi qui nous a ramenés. Vous savez, en conséquence, que j'étais rentré chez moi, près de la gare d'Austerlitz, soit environ dix minutes plus tôt étant donné le peu de circulation. J'ai simplement repris un taxi en sens inverse pour une durée de parcours à peu près équivalent. Cela m'a laissé dix minutes pour le trouver, sans aucune difficulté puisqu'il se promène toujours au même endroit. L'avantage des berges parisiennes, c'est qu'elles sont toujours très animées, particulièrement lors des soirées estudiantines, du lundi au jeudi soir. Il ne m'a fallu que quelques minutes pour retrouver Monsieur Godot en train d'uriner dans le canal. L'alcool qu'il avait bu et une poussée adéquate ont été deux paramètres suffisants, qui, conjugués au poids de ses vêtements et à la froidure de l'eau, ont eu l'effet désiré. Inutile de préciser que je ne me suis pas attardé sur les lieux. À très court terme, l'élimination paisible de cet élément instable a permis d'éviter la perquisition de cet Institut. Même si je dois déplorer la découverte précoce de son corps, qui aurait dû m'assurer quelques jours supplémentaires… »

Stobbart écoutait à peine. Il s'en voulait tellement. Mentalement, il s'excusa auprès de Maxime de ne pas l'avoir cru, de l'avoir accusé à tort d'une mort qu'il n'avait pas commise. Depuis le début de cet entretien, il avait l'impression de n'avoir été qu'un pantin dont on avait tiré les fils avec un plaisir évident…

« …puisqu'à court terme, poursuivait Mantis, les installations dans lesquelles vous vous trouvez présentement seront déménagées et détruites. Lorsque l'expérience aura pris fin, dans peu de temps.

– Le nouveau procureur et le juge d'instruction n'hésiteront pas à perquisitionner l'Insti…, tenta vaguement George.

– C'est une évidence, coupa Mantis impassible, mais la nomination d'un nouveau procureur n'interviendra que dans une semaine ou deux, si bien sûr la grippe l'épargne, dans le cas contraire du juge. »

Stobbart ne pouvait qu'admettre les dires de Mantis. Les rouages de l'administration n'avaient plus de secrets pour lui. Le policier se sentait profondément abattu, fatigué, mais son orgueil le poussa à tenter une dernière passe d'armes :

« Ma collègue a ordre d'alerter les autres brigades si je ne suis pas de retour demain. Dans vingt-quatre heures, vous serez placé en garde à vue et l'Institut sera placé sous scellés. Vous avez perdu Mantis. »

Pour la première fois depuis qu'il le connaissait, George vit Mantis esquisser un léger rire.

« J'admire votre persévérance, commandant Stobbart. Malheureusement, pour que cette perspective peu envisageable se produise, il faudrait que les preuves soient réunies et rattachées directement à l'Institut. Si des soupçons pèsent bien sur mon établissement, une perquisition saura paradoxalement les dissiper. Mais seul le Juge des libertés et de la détention pourra explicitement l'autoriser. *S'il a connaissance de ce besoin.* Vous ici, j'ai peur qu'il vous soit difficile d'exécuter cette promesse difficile. »

Mantis regarda sa montre.

« Je m'excuse, mais je dois à présent partir : j'ai pris plus de temps que prévu pour cette intéressante conversation, mais un rendez-vous important requiert ma présence impérative. Ah ! j'oubliais : si votre collègue à quelque velléité de venir, prévenez-la que votre épouse Émilie et vos deux enfants, Christophe et Claire, pourraient se trouver dans une situation difficile dans les heures à venir. Vous m'avez démontré votre perspicacité, tâchez de la préserver… »

George entendit à peine les dernières paroles de Mantis, il s'était précipité contre la porte vitrée en hurlant et en la martelant de toutes ses forces de son bras valide. Sa famille était ce qu'il avait de plus sacré. Ses menaces poursuivirent les deux hommes jusqu'à la porte, puis encore après, bien après que ceux-ci eussent cessé d'entendre le moindre cri. Effondré par les menaces à peine voilées de celui qu'il considérait encore comme un supérieur quelques heures auparavant, Stobbart glissa lentement au sol, épuisé, oscillant entre colère découragée et accablement, larmes de tristesse et larmes d'impuissance.

Non loin de lui, Cloud osait, petit à petit, reprendre une respiration presque normale. Durant toute la conversation, il n'avait cessé de trembler, taraudé par la peur de voir celui que George appelait le Professeur Mantis rentrer dans sa cellule et s'emparer de lui.

La Brume en avait profité pour ressurgir, sentant les défenses de son adversaire se baisser. Elle s'était malgré tout heurtée au mur solide de sa volonté. Elle avait lancé ses piques pour le tester. À sa grande joie, le mur avait commencé à se fissurer. Elle avait redoublé d'ardeur, mais le mur avait tenu bon. Puis, tout à coup, il s'était renforcé et elle s'était retirée de justesse avant d'être happée par cette volonté.

Maintenant que le méchant homme était parti, Max se détendit légèrement, repoussant avec une nouvelle ardeur la Brume qui l'avait attaqué. Celle-ci disparut sans demander son reste. Vainqueur, Maxime s'autorisa à déplier ses membres tétanisés. Il se sentait lui aussi épuisé, vidé de toute énergie par cette unique discussion à laquelle il n'avait pourtant même pas participé. Il n'avait pas eu besoin d'y prendre part pour constater avec désarroi que sa liberté était finie pour de bon. Il se traîna sur sa couchette pour s'y pelotonner et s'endormit pour rejoindre ses cauchemars.

Chapitre LXXXIV

Dimanche

« Max ! »

La voix lointaine perça difficilement le brouillard de ses pensées, enfouies sous le voile du sommeil. Seuls lui parvenaient avec une acuité redoutable la douleur, le sang et les outils qui le tranchaient dans le vif. Toujours les mêmes tourments…

« Max ! Cloud ! »

La voix s'était faufilée plus près de lui, plus claire. À son approche, les cauchemars pâlirent, se firent moins pressants. Max tendit l'oreille. On lui donnait un moyen de s'échapper.

« Réveille-toi, mon garçon ! »

Maxime s'éveilla. La lumière crue lui brûla les yeux et, durant quelques secondes, il se sentit désorienté.

« Où est-ce que je suis ? »

Le jeune homme reconnut à peine sa voix enrouée, produit de sa gorge asséchée et douloureuse.

« Tu es en enfer mon garçon, répondit la voix un brin mordant.

– George ?

– Lui-même. Tu criais dans ton sommeil. C'était vraiment effrayant…

– Désolé.

– Ne le sois pas. Ne le sois surtout pas », répéta Stobbart plus bas.

Maxime étira ses membres douloureux, se leva et se mit à exécuter mécaniquement une série d'étirements pour détendre ses muscles crispés. Il était sorti à peine dix jours auparavant et déjà il reprenait tous ses réflexes de captivité. Il jeta un coup d'œil à l'ordinateur qui trônait dans un coin. *Presque* tous ses réflexes.

« J'ai dormi longtemps ? »

Allongé sur sa couche, Stobbart essayait lui aussi de se détendre tant bien que mal : son bras et sa tête le faisaient souffrir et les paroles de Mantis revenaient le hanter avec une force accrue dès qu'il fermait les yeux.

« Deux heures je dirais. On m'a pris ma montre. »

Le silence retomba, à peine troublé par les respirations profondes de Cloud et saccadées de George. Au bout de quelques minutes, le policier brisa à nouveau le silence.

« Maxime ?

– Oui ?

– Il y a une dernière chose sur laquelle je m'interrogeais. Le Préfet Mantis, enfin, le Professeur Mantis…

– Oui ? (Cloud se raidit imperceptiblement.)

– Tu ne semblais pas le connaître, alors que lui paraissait très bien te connaître. Tu ne l'avais jamais vu auparavant ? »

Le jeune homme hésita un long moment avant de répondre. La réponse avait du mal à lui apparaître.

« Je ne sais pas… »

Stobbart se sentit déçu. *Pourquoi* ces vidéos ? À présent qu'il se trouvait dans la pièce où celles-ci s'étaient déroulées, la question le taraudait. Quand ce n'était pas le devenir de sa famille. Quel but sinon le plaisir de faire souffrir ? La voix réservée de Cloud le tira de sa réflexion :

« Je ne connais pas son visage, pourtant je l'ai déjà vu quelque part… Comme l'autre.

– Édison ?

– Oui.

– Comment ça ?

– Je ne sais pas. C'est juste une impression. Quelque chose de confus…

– Ne force pas le souvenir, cela te reviendra plus tard… Autre question : Mantis a mentionné plusieurs fois le syndrome qui porte son nom quand il t'a évoqué. Pourquoi ?

– Je ne sais pas. Je me suis renseigné à la salle de jeux sur ce qu'il en était de ce fameux syndrome. D'après lui, il est persuadé que j'en suis atteint. Je crois que j'ai compris ce que c'était. Pour ma part, le fait qu'il l'applique à moi, je ne comprends pas. Oui, je jouais énormément. Comme je vous l'ai déjà raconté et comme vous le voyez maintenant, me projeter dans le jeu était le seul moyen que j'avais pour m'échapper. Lui vous dira que j'avais des prédispositions, comme en témoigne mon surnom. Il me le répétait très souvent. Oui, j'ai été passionné. Mais c'est cette passion qui m'a aidé à survivre. Celui que vous appelez Mantis n'y voyait qu'une aggravation de mon cas. À force de l'entendre pendant des années, on finit par y croire. Quand Ariel m'a fait échapper d'ici, j'ai mis énormément de temps à comprendre que les actions que je voyais et que j'entreprenais parfois se situaient dans le monde réel. Les drogues qu'on m'administrait me maintenaient dans un état de rêve éveillé. Ou de conscience altérée, je crois que c'est comme ça qu'ils disaient…

– Tu veux dire que si je t'avais mis un pistolet entre les mains, tu aurais pu tirer sur des personnes ?

– Peut-être. Peut-être pas. Avant tout ça, je vous aurais assuré que non. Le jeu vidéo est justement un jeu et je sais distinguer le réel du virtuel. Après tout ce qu'il m'a fait, je ne suis plus sûr de rien (Maxime hésita). Je pense qu'il y a aussi une question de comportement. Dans un jeu, l'utilisation d'une arme repose théoriquement sur la nécessité de se défendre d'un comportement agressif de la part de l'intelligence artificielle. Dans la réalité, les interactions sont beaucoup plus complexes que cela et une arme n'est nullement nécessaire à la résolution d'un problème. C'est plus subtil. J'ai pu m'en rendre compte en vous observant, en parlant, en me rappelant ce que m'avait enseigné ma mère…

– As-tu déjà ressenti ce comportement agressif dont tu parles ?

– Oui.

– Quand cela ?

– Sous le pont, quand vous et votre équipe vous êtes fait attaquer. »

Stobbart resta silencieux. *L'agressivité était un paramètre variable.* En tant que policier, il était bien placé pour le savoir. Les émotions, les substances licites ou illicites, les objets létaux ou non létaux, les influences de l'entourage, les situations ordinaires ou extraordinaires, tous ces éléments contribuaient à faire varier ce paramètre d'un indice à l'autre. Avec Maxime, c'était différent. Il devenait un instrument que Mantis se plaisait à manipuler à sa guise. Les lavages de cerveau avaient encore la cote, on dirait.

« Et maintenant, tu joues pour remonter la pente, c'est ça ?

– Oui.

– Drôle de méthode.

– Un alcoolique boit pour se sevrer, non ?

– Touché. Mais est-ce que ça marche ?

– Que répondrait un alcoolique ?

– « On s'accroche. »

– C'est un peu pareil. À la différence que je n'ai pas d'addiction, malgré ce qu'a l'air de croire celui que vous appelez le Professeur Mantis. À part aux médicaments, peut-être.

– Toujours l'adage du fou qui dit qu'il n'est pas fou… On tourne en rond. Tu crois qu'on est enregistré ?

– Oui. Mais être enregistré ne changera rien, peu importe ce que moi-même je dis et je pense...

– Comment remontes-tu la pente alors ?

– Vous êtes policier. Comment menez-vous une enquête ?

– En cherchant des indices.

– Alors c'est un peu la même chose. Je me tourne vers des jeux pour sonder ma mémoire et y trouver les indices qui me serviront à me retrouver. Le seul inconvénient, c'est que le processus est long et je ne le maîtrise pas. Et c'est encore plus long si l'environnement n'est pas favorable.

– Tu parles de cette cellule ?

– Bien vu.

– Je peux te poser une dernière question ?

– J'ai tout mon temps, répondit Maxime avec un sourire désabusé.

– Ils t'ont drogué en t'amenant ici ?

– Non. Enfin, pas directement. En fait, c'est quelque chose que je n'ai compris que très récemment. Avec le peu de recul que j'ai maintenant, à vous écouter aussi, j'ai pris conscience de mes… "absences". Je sais que j'ai été drogué. Ce qu'ils m'ont injecté, je l'ignore. Mais lors d'intenses moments de stress, je perds mes moyens et cette "Brume" – dont je vous ai déjà parlé – me saisit. » La voix de Max se fit plus basse, encore empreinte de cette peur récente.

« Avant, elle m'absorbait, me contrôlait, moi et ma mémoire. Elle me disait quoi faire et je lui obéissais, rien d'autre. Puis son emprise s'est desserrée et j'ai pu me battre contre elle, reprendre mes pensées et depuis peu, mes souvenirs.

– Je comprends. En fait, il est possible que l'adrénaline démultiplie les effets hallucinogènes de ces drogues. Comme ton organisme se purge, les effets diminuent mais ne disparaissent pas encore pour autant.

– J'avoue que mes connaissances en pharmaceutique ne sont pas aussi poussées…

– Un ami m'a mis à bonne école, crois-moi. » Le souvenir de Fortesque ranima en Stobbart une pointe d'amertume, qui s'étendit encore quand se dessina le visage de sa femme et de ses enfants. La menace de Mantis transforma cette amertume en colère sourde, puis bouillonnante. Maxime dut sentir le changement chez lui quand il s'enquit d'une voix inquiète :

« Qu'est-ce qui ne va pas ?

– Les soucis habituels », marmonna le policier. Le silence retomba.

Une nouvelle heure s'écoula. Max contemplait son ordinateur d'un œil neuf. La discussion avec Stobbart lui avait permis d'entrevoir tous les évènements depuis sa fuite avec un nouveau recul. Ceux-ci s'enchaînaient avec une nouvelle fluidité qui changeait radicalement du rythme saccadé de ses souvenirs auquel il s'était habitué. Pourtant, il sentait toujours cette peur latente au fond de son estomac, cet ulcère qui menaçait à nouveau de tout emporter et de le tordre sur le sol. Cette peur était restée présente tout du long. Et pas seulement chez lui. Max s'en rendait compte à présent.

« George, pourquoi avez-vous peur ?

– Pardon ? » La question soudaine désarçonna Stobbart.

« J'ai connu des lieux et des gens plus rassurants…

– Non, pas cette peur-là. L'autre, insista Max. Quand nous discutions avec votre épouse et Nicole, il y avait autre chose. Je me souviens d'un regard que vous a lancé votre femme quand vous me parliez de l'influence vidéoludique sur mon comportement. Un regard (Maxime chercha le mot) inquiet. Vous, vous sembliez plus fermé. Davantage comme une protection…

– Tu es sous psychotropes, là ? grinça Stobbart.

– Non, je ne le sens pas, répondit sérieusement le jeune homme. Votre peur est différente de la mienne : j'ai peur de ces hommes et de cet endroit parce que je sais ce qui m'attend. Vous, c'est… autre chose…

– Tu ne crois pas que le moment pour une psychanalyse est plutôt mal choisi ? maugréa le policier.

– On est pourtant dans un institut psychiatrique, non ? rit doucement Cloud.

– Pas faux », admit George en souriant malgré lui.

Il se tut un instant.

« Oui, j'ai peur, avoua-t-il finalement. Peur de mes vieux démons. Peur, comme le drogué de replonger, tout simplement. Si cet Institut avait existé trois ou quatre décennies plus tôt, tu peux être certain que j'en aurais fait partie… »

Stobbart laissa échapper un sourire sans joie.

« Tu apprécies l'ironie ? Quand j'en avais le plus besoin, il n'y avait rien. Ou pas grand-chose. Maintenant que je veux tout sauf ça, je m'y retrouve plongé jusqu'au cou.

– À moins que l'ironie soit de se retrouver seul avec un accro qui s'ignore…

– Possible. La différence, c'est que tu as survécu seul. J'en aurais été incapable. Et malgré le fait que j'ai toujours été entouré… »

Max fronça les sourcils.

« Comment ça ?

– À l'époque où ça se passait, j'étais un peu plus jeune que toi. Nous étions cinq. »

Le regard de George se perdit dans le lointain.

« "La véritable réincarnation de la déesse". C'était notre équipe. Un nom poétique qui en a pourtant fait trembler plus d'un. Nous étions une équipe des plus craintes sur un MOBA[13] célèbre qui n'existe plus aujourd'hui : *Justice Fields*. Le principe sur le papier était très simple : prendre la base ennemie sur une carte identique pour les deux équipes, grâce à des héros contrôlés par des joueurs et des petites unités contrôlées par l'ordinateur. Toute la difficulté résidait dans les stratégies à mettre en place, les réflexes et la synergie de groupe. Quand on a commencé, on était cinq mômes. De fil en aiguille, on a grimpé les échelons. Ça a duré quelques années. Durant celles-ci, on ne s'est jamais réellement quitté, on habitait tous dans le même quartier, on allait à la même école primaire, puis le même collège, jusqu'au lycée. Même encore maintenant, je n'ai pas connu d'amitié plus forte. Bien sûr, on a traversé des crises, des petites ruptures, des coups de gueule, mais on avait toujours tout surmonté ensemble. Quand nous jouions, nous étions unis. Et quand nous étions unis, nous jouions.

À notre apogée, nous étions l'une des meilleures équipes d'Europe, favorite pour les championnats du monde. La pression était énorme, mais nous la partagions à cinq. L'un de nous lançait une blague – Daniel souvent – et la tension s'évaporait dans un éclat de rire. C'était toujours comme ça. Cette passion nous prenait tout notre temps, entre cours de stratégie, entraînements

---

[13] *Multiplayers Online Battle Arena* : arène de bataille multijoueurs en ligne.

intensifs et sport pour conserver une bonne condition physique et évacuer les tensions. Juste avant d'aborder les grandes compétitions, nous avions coutume de suivre des stages de préparation. Et le dernier fut particulièrement éprouvant. Nous devions nous séparer après pour une semaine de repos.

À trois heures du matin, nous étions encore en train de jouer devant nos ordinateurs. On avait du mal à garder les yeux ouverts, mais on s'accrochait. On affrontait équipe sur équipe dans un petit championnat amical et on gagnait tout ! Absolument tout. La symbiose avait atteint un point tel que nos actions se complétaient naturellement, tous nos mouvements tendaient à la perfection. Nous étions dans une espèce d'euphorie qui nous rendait invincibles… »

Stobbart se tut. Depuis combien de temps refoulait-il ces souvenirs brûlants ? Ou plutôt, depuis combien ne s'était-il pas laissé envahir par leur brûlure ? Même à Émilie, il ne lui en avait jamais vraiment parlé. Elle savait ce qui s'était passé, mais pas de cette manière-là. Depuis presque le début, Maxime avait éveillé en lui ce qu'il s'était appliqué à enfouir pendant si longtemps. Le jeune homme le renvoyait à sa propre image de souffrance. À la différence que Max était plus fort, plus fort qu'il ne l'avait jamais été. Seuls son âge et son épouse lui avaient donné cette force et cette assurance dont il cachait les défauts dans le jeu. Sa cuirasse s'était considérablement renforcée, mais devant le garçon, elle se lézardait complètement. À présent, il se trouvait à nu.

« Je me souviens toujours de cette petite pièce, ce bureau, qui nous servait de refuge. C'était un peu le reflet de notre intimité, la sphère que personne d'autre que nous ne pouvait franchir. Il y faisait très chaud. Nos ordinateurs tournaient à plein régime et notre concentration nous rendait brûlants, quasiment fiévreux. Chaque fin de partie entraînait le début d'une autre. Jusqu'à ce que nous nous décidâmes pour la toute, toute dernière, contre l'avis de notre Vagabond.

– Votre... Vagabond ?

– Le Vagabond parcourait la carte pour venir en renfort sur les différentes lignes de combat. Jacques, l'Artilleur, apportait les dégâts physiques. Daniel, le Support, nous apportait son aide, en tant que soigneur le plus souvent. Vincent, le Tank, nous protégeait en encaissant les attaques, engageant le combat dès que cela tournait au combat de groupe. Quant à moi, j'apportais les dégâts magiques, comme Mage. Tous différents et complémentaires. La synergie était très importante pour coordonner nos actions d'attaque et de défense. On a quand même réussi à la convaincre pour notre dernier baroud… »

Max ne disait rien. Le policier se dévoilait avec pudeur, laissant le poison du souvenir s'écouler hors de la plaie béante de sa mémoire. Sa voix grondait par moment profondément, roulant comme le tonnerre de l'orage, retenant des sanglots qui ne cessaient d'enfler.

« L'équipe en face était très douée. Très vite, elle remporta les deux premières manches, sans que nous n'eussions pu faire grand-chose. Alors, tous les cinq, on s'est regardé. Il n'y a pas eu besoin de mots. On s'est senti électrisé, on était les meilleurs, on allait gagner. On a remporté la troisième manche avec un peu de difficulté, mais ça nous a suffi pour nous donner un nouveau coup de fouet. *On était imbattable.*

La quatrième manche n'a été qu'une formalité. Nous avions atteint un niveau de jeu sans précédent. Tous ceux qui nous regardaient sur la plateforme de visionnage étaient devenus fous. Deux manches partout. Jusqu'à ce qu'un commentaire posté par un internaute nous saute aux yeux. Je ne sais pas comment il l'avait su, *mais nous étions en fait en train d'affronter l'équipe tenante du titre mondial !* On avait les yeux rivés sur nos écrans. On avait peine à y croire. La tension que nous éprouvions est montée de deux crans. Il était près de six heures du matin, on n'avait pas dormi depuis vingt-quatre heures et on affrontait en ce moment même la meilleure équipe actuelle. Un rêve de gamins qu'on touchait du bout des doigts… »

La voix de George enfla encore. Il ne voyait plus rien. Les larmes lui brouillaient les yeux.

« La dernière manche a été la plus âpre. Nous nous battions pour accomplir notre rêve, eux se battaient pour ne pas perdre le leur. Ça a été la partie la plus intense que nous n'ayons jamais jouée. On a donné le meilleur de nous-mêmes. Toutes les stratégies que nous menions habituellement n'avaient plus lieu d'être. Nous agissions comme un. On savait par avance où chacun était placé ; les enchaînements, les objectifs de l'adversaire n'avaient plus de secrets pour nous, nous savions ce qu'ils faisaient, où ils étaient. Mais leur expérience jouait en leur faveur. Ils anticipaient, contre-attaquaient sans relâche. Aucune des deux équipes ne lâchait rien.

La partie a duré plus d'une heure, contre habituellement une trentaine de minutes. Mais ils ont fait une erreur. Une seule. Un objectif abordé trop tôt, qui leur a valu de perdre de précieux segments de santé. On s'est aussitôt engouffré dans la brèche, on a remporté l'ultime combat de groupe, on pliait l'objectif que l'équipe adverse avait perdu et moins de trente secondes plus tard, la partie était terminée. Un soulagement et une délivrance en même temps. On était fou. Tout le monde était fou. La petite équipe du quartier avait battu l'équipe des meilleurs mondiaux. On criait, on sautait partout, on se congratulait de cette éclatante victoire. Puis tout à coup, on s'est aperçu que quelque chose n'allait pas. »

La respiration de Stobbart se fit plus hachée.

« On n'était que quatre à se féliciter, l'Artilleur, le Support, le Tank et moi-même. On a eu un mauvais pressentiment. On a tout laissé tomber et on s'est précipité vers notre Vagabond. Chacun avait son propre espace aménagé, son cocon personnel. C'est pour cette raison qu'on ne l'a pas vu tout de suite. Mais quand on est arrivé, elle était morte…

– "Elle" ? »

Maxime eut du mal à cacher sa surprise. George continua à parler d'une voix fluide, prenant à peine conscience de l'interruption. La barrière qui retenait ses larmes s'était brisée, les laissant s'échapper en flots continus. Finalement, ça faisait du bien…

« Oui, "elle". Catherine "Kath" Larcher. La vraie raison du nom de l'équipe. Son rôle de Vagabond lui allait comme un gant. Elle était redoutable sur le terrain : elle devinait les stratégies de nos adversaires avec une facilité déconcertante. À croire qu'elle les espionnait… Dans la réalité, c'était une fille grande, forte, avec son caractère… Notre sœur. Enfin, surtout pour Stéph', Vinc' et Jacques. J'en étais fou amoureux, Max. Je ne l'ai jamais dit qu'à Émilie. Mon épouse est la femme de ma vie, mais elle, c'était autre chose. Les trois gars me chambraient. « Vas-y ! », « Essaie ! ». Mais j'étais trop timide. Pourtant, juste avant la dernière manche de cette partie, je m'étais promis de lui dire. On l'avait jouée comme si nos vies en avaient dépendu. Cela devait être un couronnement, ça a été une torture. Elle était là, sur son clavier. *Morte*. La réalité de ce mot venait de nous frapper de plein fouet. Daniel, le futur médecin, a essayé de la ranimer, en pure perte. Vincent et Jacques ont appelé les secours, les parents ; je suis resté paralysé. »

Stobbart s'essuya les yeux d'un revers d'un manche, avant de reprendre :

« Ce n'est qu'après qu'on a appris qu'elle avait une malformation cardiaque, non détectée jusque-là. La fatigue et le stress n'ont rien arrangé. Elle aurait pu mourir dans dix jours comme dans cinquante ans. Après sa mort, on a tout arrêté. Ou presque. J'ai fait une sévère dépression pendant deux ans, j'ai joué jour et nuit pour éviter de penser à elle. Fortesque, Blanc et Valentine s'en sont mieux sortis, ils étaient plus forts que moi. Mais ils ne m'ont jamais lâché, chacun à leur façon. Daniel et Jacques passaient me voir presque tous les jours. Quelques fois – souvent même –, on ne s'adressait pas un mot. Je ne pouvais pas franchement dire que ça me soulageait ou que ça empirait. Ils étaient là. Vincent, le taciturne, passait me voir à l'anniversaire de Kath, et au mien, et lors de la période de son décès. Il ne parlait pas ou très peu, mais il était là.

Puis un jour, j'ai piqué une crise. Je me suis retrouvé je ne sais comment sur le pont Henri IV, debout sur la rampe, à regarder la Seine. Quelqu'un m'a tiré en arrière. C'était Vinc' qui me suivait depuis le début. Il m'a passé un savon comme jamais j'en ai eu. Même pas par mes parents. C'est lui qui m'a fait comprendre que je pouvais faire autre chose que de me jeter d'un pont. On était une équipe, et on restait une équipe. Kath avait beau être partie, l'équipe restait aussi, d'une autre façon. Là, j'ai compris que lui aussi souffrait. Égoïstement, je m'étais arrogé le monopole de la souffrance et complu dedans. Je vis que toute l'équipe souffrait. Ça a été l'électrochoc. Plus tard, quand Daniel m'a vu avec mes deux coquarts, il ne m'a pas posé de questions. Il savait déjà.

C'est à partir de cet instant que je me suis mis à travailler d'arrache-pied. J'avais pris deux ans de retard dans ma vie : l'école, les amis, la vie tout simplement. J'ai plaqué tous les jeux vidéo pour devenir flic. Rien ne me prédisposait à ce métier. Quand je me demande pourquoi, c'est finalement le seul moyen que j'ai trouvé pour toujours réfléchir à autre chose, ne jamais penser à elle pour ne pas me morfondre. J'ai retrouvé Jacques pas longtemps après, on a fait l'école ensemble. Lui aussi avait bifurqué un peu par hasard chez les poulets. Puis Daniel et Vincent. On a reformé brièvement une équipe. Dans un autre domaine. Depuis, nos chemins se sont séparés, mais on s'est toujours retrouvé. Ils ont chacun poursuivi leur carrière, et j'ai essayé de les aider du mieux que je pouvais dès que je le pouvais. Puis tu es arrivé. Cloud. Max… » George ne pleurait plus. Il se sentait soulagé, apaisé. Sa voix se raffermit.

« Je me suis méfié de toi dès le début. Je t'ai haï. Jusqu'à ce que je comprenne que tu me renvoyais ma propre image. Jouer pour oublier. Je réalise à quel point j'étais pathétique. J'étais terrifié de revoir tous ces souvenirs me revenir en pleine face. Je fuyais, mais toi, tu as choisi de combattre, seul…

– Je n'étais pas seul, corrigea doucement le jeune homme. Ariel était là. *Vous* étiez là.

– Et tu as vu où ça t'a mené ? Pas franchement le club de vacances au soleil, répliqua Stobbart d'un ton plus léger.

– En effet, sourit Maxime. Mais vous m'avez aidé à remonter la pente. Vous m'avez empêché de plonger quand j'étais sur le point de sombrer.

– La prochaine fois, je t'enverrai Valentine, il fera bien mieux l'affaire…

– Si je pouvais éviter "la prochaine fois"…

– Je plaisante. Je me serais même bien passé de cette première fois », murmura le policier pour lui-même.

Le silence s'installa dans les lieux, à peine troublé par la respiration des deux hommes. L'air conditionné d'une lointaine et discrète aération se mit en route, leur amenant un courant d'air tiède sur le visage. Lentement, Maxime se laissa étreindre par le sommeil. Après un long moment de réflexion, George appela de nouveau son compagnon.

« Max ? »

Personne ne lui répondit. George tendit l'oreille. Bien qu'étouffé par la paroi qui les séparait, le bruit d'une profonde respiration lui parvint. Soudain, le commandant se sentit lui aussi épuisé. Il regarda machinalement sa montre pour s'apercevoir que son poignet était toujours vierge. Qu'importe, il devait bien être au milieu de la nuit. Le policier s'allongea sur la couche dure et chercha le sommeil. Il pensa à Émilie et aux enfants. Que deviendraient-ils s'il ne revenait pas ? La réponse se noya dans les ténèbres.

Chapitre LXXXV

Stobbart avait perdu la notion du temps en quelques heures seulement. Les lampes blafardes ne faiblissaient pas, fixant sur lui leur œil vide et aseptisé. La nuit s'était-elle écoulée ? Était-il midi ? George n'en avait strictement aucune idée. Seul repère : son estomac qui criait famine. Mais il n'avait pas non plus déjeuné avant de venir à l'Institut. Et il avait beau appeler Maxime, aucune réponse ne lui parvenait. Son silence l'inquiétait et il y avait peu de chances que les choses aillent en s'améliorant.

Très vite, il s'ennuya ferme. Il n'avait absolument rien à faire dans cette fichue cellule. Tout juste était-il rendu à compter les carreaux de faïence composant le carrelage. Il préféra mettre à profit cette solitude forcée pour se remémorer l'enquête, comprendre comment Mantis avait pu glisser entre les mailles du filet. C'était à peine un lot de consolation : oui, les liens convergeaient vers l'Institut, mais non, aucun ne reliait personnellement Mantis aux investigations, tous ses liens de hiérarchie ayant été rompus dès la nomination d'Édison à sa succession. Même les pratiques entraperçues sur les vidéos ne mettaient pas en cause le Préfet : la voix métallique restait non identifiable et aucun visage n'apparaissait sur l'écran. En fait, toutes les pistes avaient lentement convergé vers Édison. Encore avait-il fallu faire le lien et le prouver... De toute sa réflexion sur cette sinistre affaire, Stobbart put seulement conclure que Maxime était une des victimes malheureuses dont la vie avait été réduite à néant. Comme Hal, Zack et Ariel. Et combien d'autres avec eux ? Mantis n'avait cessé d'appeler Maxime "Sujet 47". Qui était les quarante-six autres ? Les questions s'enchaînèrent une nouvelle fois les unes à la suite des autres, sans frein. Au bout de trente minutes d'intenses réflexions, il s'arrêta, le front broyé par la migraine. Il ne put que s'allonger pour tenter d'apaiser sa douleur.

George s'éveilla en sursaut – une demi-heure, trois heures plus tard ? –, pétrifié. Un cri déchirant l'avait tiré de son sommeil sans rêves. Il se leva précipitamment et se colla contre la paroi en Plexiglas qui fermait l'entrée de sa cellule. Ce qu'il vit le glaça d'horreur. Allongé sur une table d'opération, il reconnut la tête blanche de Maxime. Penché au-dessus de lui, un homme revêtu des atours de chirurgien finissait d'entailler la peau – à vif – à l'aide de ce que Stobbart devina être un bistouri.

L'homme reposa son instrument, s'empara d'un autre outil, que le policier ne put que comparer à un instrument de torture, et l'inséra dans le flanc de sa victime. Puis, lentement, il fit tourner la manivelle qui surmontait l'appareil. Aussitôt, Max s'étrangla de douleur, en même temps qu'un trou béant s'ouvrait peu à peu entre ses côtes. Le jeune homme, sanglé tout le long du corps, était incapable du moindre mouvement. Seuls ses mains et ses pieds complètement crispés cherchaient à stopper la souffrance dans une ultime tentative. Pas de poison paralysant. C'est alors que George aperçut avec horreur les caméras.

Un peu en retrait, de chaque côté de la table d'opération et sous le feu des projecteurs, quatre monstres noirs ne perdaient aucune miette de l'immonde spectacle. Personne ne s'occupait du cadrage, tout était déjà paramétré. Tout était déjà *mis en scène*. Soudain, Maxime tourna la tête vers le policier. Leurs regards se croisèrent. Les yeux du garçon n'étaient qu'un abîme de souffrance. Tout son être était tendu vers lui, implorant et suppliant d'une voix muette : « Aide-moi ! Sauve-moi ! » George aurait voulu répondre, crier, mais la cavité sanglante sur son torse blanc le fascinait, l'aspirait. Tout à coup, il prit conscience que le tortionnaire regardait dans sa direction, ses yeux cachés derrière d'épaisses lunettes en verre et le bas du visage recouvert d'un masque. Il *le* regardait. Le masque se tendit. Stobbart n'en était pas sûr, mais il était persuadé qu'il souriait. Sans cesser de le scruter, les mains gantées continuaient d'actionner l'écarteur. À ce moment précis, le policier comprit que tout avait été calculé *pour qu'il regarde*. Il ouvrit la bouche pour parler, injurier, maudire, hurler, mais aucun son ne sortit. Il ne pouvait que rester scotché à la vitre et fixer le spectacle sordide qui se déroulait devant lui.

Tout à coup, dans un soubresaut, Cloud orienta sa tête vers le "chirurgien" et vomit dans un râle de douleur. Un mélange de bile et de sang inonda la blouse autrefois immaculée. En même temps, la douleur dut être telle lorsque la ceinture abdominale et ses côtes écartelées obéirent au réflexe physiologique de régurgitation que le jeune homme s'évanouit. Sans se départir de son calme, l'homme veilla simplement à lui tourner la tête sur le côté. Puis, il se tourna vers un angle du bloc opératoire – quoique Stobbart abhorra appeler ainsi cette chambre de torture – et fit un signe de la main, pour ordonner de couper le son. À cet instant, le policier comprit qu'ils étaient non pas trois personnes, mais *quatre*.

Ce quatrième homme sortit d'un angle mort dont George n'avait même pas soupçonné l'existence et s'avança vers les caméras qu'il éteignit avec l'assurance de l'habitude. Ignorant superbement le policier, il entreprit d'enlever l'écarteur des côtes de Maxime, tandis que le chirurgien disparaissait sans un mot, lentement, mais avec une satisfaction évidente dans ses mouvements. Quelle satisfaction avait-il retirée de cette "opération" incomplète, George n'en avait aucune idée. Stobbart pouvait seulement être content que tout soit terminé. Pour le moment. Le nouvel arrivant recousit rapidement et habilement la plaie du garçon. Le corps du jeune homme tressautait par instant. George avait presque oublié que les sutures aussi se faisaient à vif et que la douleur devait se rappeler à lui comme une piqûre de guêpe à chaque fois que l'aiguille pénétrait la chair.

Lorsqu'il eut fini, le second chirurgien entreprit de défaire une à une les courroies qui entravaient Maxime. Il procédait avec la même assurance que précédemment, la même arrogance venimeuse lorsqu'il remit le garçon sur son séant, sans douceur. Maxime avait repris connaissance et dodelinait de la tête, encore sous le choc de ce qui venait de lui être infligé. Il n'accordait aucune attention à ce qui se passait autour de lui. Brusquement, George le vit dangereusement tituber et, avant que l'homme ne s'en aperçoive, tomba. Dans sa chute, il entraîna la tablette sur laquelle étaient posés divers flacons et s'effondra par terre dans un bruit de ferraille retentissant. S'il avait cru en sa chance, Stobbart en aurait remercié le ciel que Maxime ne tombe que sur des flacons, et non sur les instruments de chirurgie ensanglantés de l'autre côté du billard.

Sans prononcer un mot mais vraisemblablement furieux, l'homme releva le garçon sans douceur et le traîna jusqu'à sa cellule. Max poussait de petits couinements de douleur, protégeant tant bien que mal son côté blessé. Il fut précipité sans ménagement dans sa place. La porte se referma, puis s'ouvrit une seconde fois quand le pseudo-médecin lui envoya ce qui parut être au policier un paquet de compresses. Le jeune homme aurait le droit de se panser tout seul. Une demi-heure plus tard, leur geôlier était parti, après avoir nettoyé avec des gestes aussi précis qu'empressés les dégâts causés involontairement par leur victime.

« J'espère que vous avez apprécié le spectacle qui vous était spécialement offert. »

La voix métallique fit sursauter le policier. Il regarda autour de lui et ne vit rien qui ressembla à un micro. Seule la caméra continuait de le fixer de son œil indiscret.

« C'est vous, Édison ? Ou Mantis peut-être ?

– Les noms n'ont pas d'importance, gloussa la voix. Pas ici. Mais j'ai pu lire votre fascination. Votre excitation aussi...

– Vous êtes abject ! cracha George.

– Allons, allons, commandant Stobbart ! Trêve de mauvaise foi ! L'appel du sang a réveillé en vous un instinct primaire, animal. Vous aimez jouer avec vos proies. Vous êtes un prédateur. Jouer n'est-il pas un moyen d'exercer votre pouvoir ? Et d'exorciser sa propre douleur ? Vous connaissez bien cette problématique, me semble-t-il...

– Cela ne vous regarde pas, rétorqua le policier glacial. Par contre, votre avenir, je le vois très bien : derrière les barreaux d'un institut psychiatrique avec la perpèt' incompressible !

– Je vous amènerai de nouveau à aimer jouer. Jouer d'une autre manière. Non pour oublier, mais pour vivre. Vous verrez, les choses seront beaucoup plus faciles... *Et vous aimerez ça...* »

Le micro fut coupé net. La discussion était terminée. George transpirait par tous les pores de la peau. Il sentit ses jambes trembler et dut s'asseoir pour ne pas tomber. Alors voilà ce qu'endurait Maxime depuis des années… Ça forçait presque le respect si tant est qu'il lui restât un trait d'humour. Il devait se ressaisir s'il ne voulait pas lui aussi succomber à son tour.

« Max ? »

Aucune réponse. George appela plus fort. Rien. Il n'insista pas. Dire que le garçon avait eu une journée difficile relevait de l'euphémisme. Autant se concentrer sur soi-même en attendant, comme un grand. À plus de cinquante balais, ça devait bien être dans ses cordes tout de même ! Stobbart respira un grand coup, ignorant son occiput douloureux et la douleur lancinante de son bras cassé avec un souverain mépris.

La première confirmation qu'il avait eue en discutant avec cette "voix", c'était que toutes leurs conversations étaient bien écoutées. Les inquiétudes de Max étaient fondées. Mais ce qui signifiait aussi que toute sa conversation avec le garçon avait été espionnée. Le policier aurait dû se sentir indigné d'avoir livré sans le vouloir le récit intime de son passé, et peut-être même donné des clefs de pression sur lui ou sa famille. Mais il n'en était rien. Mieux, il se sentait soulagé de ne plus porter ce fardeau. Étrangement, cette confession avait été plus salvatrice que les thérapies inutiles qu'on lui avait fait suivre. Peut-être parce que Maxime l'avait compris mieux que quiconque, parce qu'il venait lui aussi de ce côté obscur que Mantis avait défini comme étant un syndrome, une maladie. C'était une première chose.

La deuxième chose était cette "opération" à laquelle il avait été forcé d'assister. Il avait beau examiner la scène sous toutes les coutures, il n'arrivait à discerner aucun détail qui aurait pu le mettre sur la voie d'une identité concernant cet ersatz de chirurgien. Il avait soupçonné Édison : l'Institut, le profil universitaire, toutes les pistes se recoupant vers lui. Le mobile par contre, ne lui apparaissait pas encore clairement. Puis Mantis était apparu. Il était tombé des nues. Des évidences lui avaient ensuite sauté aux yeux : tout ce qui s'appliquait à Édison s'appliquait *aussi* à Mantis. De nouvelles zones d'ombre lui étaient apparues. Pourquoi ? Dans quel but ? Seulement par sadisme ? C'était trop simple pour des hommes de la trempe d'Édison et Mantis. Stobbart sentait une raison, mais elle lui glissait entre les doigts comme une anguille. La seule personne susceptible de lui répondre était dans une cellule à côté de lui, et guère en état de l'aider.

« George ? »

L'appelé bondit sur ses pieds. Enfin, c'était l'image qu'il voulait donner.

« Max ! Ça va, mon garçon ?

– J'en ai marre, George… déclara le jeune homme d'un ton atone.

– Je peux comprendre, je…

– Non, vous ne pouvez pas comprendre ! »

La voix de Maxime se brisa.

« Ça recommence… Toute cette douleur… J'ai beau me perdre dans ma tête, elle revient encore et encore… J'ai aimé être dehors… (Maxime renifla, luttant pour ne pas craquer.) Et des gens sont morts… Pourquoi moi, George ? Pourquoi moi ? Pourquoi est-ce que maman est morte ? Pourquoi est-ce que je me suis retrouvé dans cet horrible endroit ? »

Ses nerfs lâchaient. Que pouvait répondre Stobbart à ça ? Il entendait à présent un petit garçon égaré dans un monde d'adultes. Son cœur se serra. Imaginer cette vie pour ses propres enfants le révulsait à un point difficilement imaginable. Alors quoi répondre ?! Le flic joua la franchise.

« Je ne peux rien te promettre, Maxime… Je ne suis pas en meilleure position que toi pour répondre. Je peux juste te dire que je ferais tout ce qui est en mon pouvoir pour nous sortir de là. Mais pour cela, tu vas devoir m'aider… »

George entendit le jeune homme renifler. Il ne pleurait pas, il l'écoutait. Il avait son attention.

« Pour commencer, tu n'es pas seul, je suis là. Et j'ai aussi des amis à l'extérieur d'ici, qui savent où nous sommes. »

Mantis, te voilà prévenu, songea le policier à l'attention des micros. Mais le plus dur était à venir : demander des détails à Max sans que ni l'un, ni l'autre ne se trahisse devant les mouchards qui enregistraient chaque virgule de leurs conversations.

« Maintenant, fais très attention à ce que tu dis, et dis-moi… (Stobbart marqua une pause dramatique.) …à qui appartient cette voix métallique ?

– Vous m'avez déjà demandé, je ne sais pas. »

George n'avait pas escompté de réponse positive, mais la voix de Maxime s'était affermie. C'était bon signe.

« Est-ce que la voix te parle quand elle t'opère ?

– Parfois.

– Que te dit-elle ?

– Ce qu'elle va me faire… »

Sans qu'il le vît, George devina que le garçon frissonnait de terreur.

« Est-ce qu'elle te dit autre chose ? »

Maxime réfléchit un instant.

« Qu'elle joue.

– Elle joue ?

– Oui. Ou plus exactement, elle dit qu'elle va "reprendre sa partie". »

Stobbart dressa l'oreille. *La partie.* Il avait déjà entendu ça récemment. Soudain, une vérité l'aveugla : Mantis ! Le Préfet de police avait évoqué une "partie" quand il était venu leur parler. Édison regardait, Mantis exécutait, il en avait maintenant la certitude. Répondre à cette question ouvrit la porte à une multitude d'autres et que George eut bien du mal à refermer pour se concentrer sur le moment présent.

« C'est très bien, Maxime, ça m'aide beaucoup ! Que dit-elle encore ?

– Je… Je ne sais plus… Après la douleur m'envahit tout entier, et j'essaie de partir dans ma tête…

– C'est déjà très bien, le rassura le policier.

– George ? »

La voix de Maxime était redevenue celle du jeune homme que Stobbart connaissait. Il avait retrouvé toute sa maîtrise.

« Oui ?

– Je ne tiendrai pas longtemps, vous savez…

– Oh oui, je sais…

– Voyager dans ma tête est le seul moyen que j'ai pour m'échapper, vous saviez aussi ?

– Oui.

– Mais quand je m'échappe, je ne sais pas combien de temps ça dure, ni où je vais. Je laisse la Brume me prendre, c'est moins douloureux. Mais j'aurais besoin de vous pour le prochain voyage. Et je veillerai sur vous. D'accord ?

– D'accord.

– J'ai besoin de dormir, maintenant. Mal. Mais sommeil aussi…

– Repose-toi bien, Maxime. »

Stobbart était quelque peu désarçonné par la fin de la conversation. Le contre-choc de l'opération était terrible. Soudain, George eut peur pour Maxime. Et plus égoïstement, pour lui. Partir signifiait-il mourir ? Serait-ce son prochain *voyage* ? Le policier frissonna. Les prochaines heures – et jours s'ils avaient de la chance – n'auguraient rien de bon. Il s'étendit sur sa couche et fit la seule chose qu'il pouvait faire : attendre.

Chapitre LXXXVI

Les sutures tiendraient bon, mais il avait quand même serré fort le bandage. Puis Max s'était allongé, l'esprit flottant. Caché au creux d'une de ses mains, son trésor invisible le réconfortait encore plus que les paroles de Stobbart. L'"opération" avait été extrêmement douloureuse. Étonnant de voir comment cette semaine passée à l'extérieur – cette vie, presque – était désormais si lointaine, et que la douleur l'avait péniblement ramené au présent, à sa *vraie* vie.

Pour le punir de sa fuite, son tortionnaire n'avait pas traîné à le remettre sur la table. Il ne lui avait rien donné non plus pour soulager un peu sa souffrance. Mais cette opération n'avait pas non plus été la même que d'habitude. *Elle avait juste servi à montrer à George.* La vraie douleur. La vraie souffrance. Il n'avait eu aucun moyen de s'échapper, même dans sa tête : ça avait été trop court.

Et son évasion avait eu un revers, un effet qu'il n'avait pas prévu, il s'en rendait compte maintenant : son organisme avait quasiment purgé toutes les drogues, son esprit s'était réveillé, aiguisé, et s'enfuir comme il en avait eu l'habitude de le faire s'était révélé très dur. Cette fois-là, il avait enduré la douleur de plein fouet.

Après l'opération, quand George lui avait parlé, il avait craqué. Il était redevenu l'enfant terrorisé des premières années, lorsqu'il s'était retrouvé seul. Il n'y avait eu que son trésor pour le rassurer. Le policier n'en savait rien et personne ne devait le savoir. Pour l'instant. Et pour l'instant, il devait aussi dormir. Lutter contre le sommeil lui était facile. Lutter pour l'obtenir avait toujours été une gageure. Parce que sombrer dans le sommeil signifiait se mettre à la merci de tous. Y compris de ses cauchemars.

*

« *Max !* »
La voix de femme retentissait encore désespérément. Max retrouvait son univers d'obscurité et de pluie sanglante. Mais en ce moment précis, il y avait quelque chose de différent. L'artère rouge sur laquelle il marchait palpitait toujours, mais un peu plus vite, rejoignant le bruit sourd et régulier de son propre cœur. Le berceau dans lequel il reposait apparut. Au-dessus de lui, il vit un homme, le visage recouvert de bandelettes verdâtres, moisies. Il le fixait de ses yeux rougeoyants de haine. Et toujours ce cri : « Max ! »

Tout à coup, Cloud comprit le caractère paradoxal de sa situation : il observait au loin la scène du berceau en même temps qu'il était dans le berceau ! Il s'arrêta un instant avec curiosité. C'était la première fois que cela lui arrivait. Il prit de la hauteur pour aller survoler la scène. Au-dessus du berceau, l'homme aux bandelettes ne le quittait pas des yeux. Cloud sentit quelque chose d'anormal et s'empressa d'accélérer son vol. Il s'immobilisa brusquement. La Brume apparut soudainement autour du berceau, s'épaississant de seconde en seconde.

Dans le berceau, sa vision s'obscurcissait. Seuls les yeux rougeoyants transperçaient cette Brume. La haine du visage bandé continuait de le poursuivre au-delà des obstacles. Il la sentait brûler de plus en plus fort. Il devait trouver un moyen de se dégager de ça, vite !

La Brume était maintenant si épaisse qu'elle recouvrait à présent intégralement la scène au berceau. Qu'était donc cette Brume ? Elle n'avait cessé de le poursuivre depuis le début. Il s'était battu contre elle. Puis elle s'était affaiblie à mesure qu'il était devenu plus fort ; et chaque fois, elle s'était retirée plus loin dans son esprit, emportant avec elle les pans restants de sa mémoire. La Brume frémit. Aussitôt, Cloud sut qu'il avait mis le doigt sur un point-clef. Il pensa encore : mémoire, souvenir. La Brume se durcit. Le jeune homme comprit qu'elle avait peur – qu'Il avait peur, la Brume finalement n'était qu'une partie de lui-même –, mais qu'elle protègerait ce dernier souvenir.

Il tenta un passage en force, mais il ne fit que rebondir sur la carapace mouvante de la Brume. Elle avait perdu des forces, pourtant elle restait considérablement puissante. Après plusieurs tentatives, il en fut pour ses frais. La Brume ne bougeait pas d'un pouce. Cloud s'arrêta. Il devait y avoir une solution.

*

Dans son sommeil, Max gémissait. Il transpirait abondamment, d'une sueur fiévreuse et collante. Sur sa plaie, les sutures s'étaient mises à saigner, marquant lentement le bandage d'une auréole rougeâtre.

*

Au-dessus du berceau, l'homme au visage couvert de bandelettes se rapprocha. Ou plutôt ses yeux se rapprochèrent. Par réflexe, Cloud se recula. Il s'aperçut avec stupeur que le berceau était immense et qu'il n'était absolument pas un nourrisson. Cloud s'enfuit à toutes jambes pour se mettre à l'abri de la menace. Et tandis qu'il jetait un regard par-dessus son épaule pour voir la distance qui les séparait, il vit qu'il ne bougeait pas d'un pouce. Il dut se résoudre à faire face.

D'un côté, il ne pouvait pénétrer la scène, de l'autre, il ne pouvait fuir. Que faire ? Réfléchir ! La réponse le frappa comme une évidence. Il savait déjà que la Brume recouvrait une partie de sa mémoire, que lui-même avait jeté ce voile pour ne pas se souvenir. Comment déchirer ce voile ?

*

La Brume faiblissait. Elle avait été créée pour protéger. À présent qu'arrivait *le moment de la révélation, elle n'était pas sûre que cela se révélât une bonne chose. Oui, elle disparaîtrait, mais elle n'avait pas vocation à survivre. Pourquoi résistait-elle alors ?* Son hôte n'était pas prêt. *La violence du souvenir qu'elle couvait pouvait le tuer ou le perdre définitivement. Pourtant, son hôte s'obstinait. Ses deux pensées, à l'extérieur et à l'intérieur d'elle, se rejoignaient. Un lien se créait et se renforçait. La jonction s'opérait. Celui qu'elle protégeait depuis tant d'années réclamait son dû. Elle ne pouvait plus s'opposer à sa volonté. Elle céda.*

À cet instant précis, la Brume s'évanouit. Définitivement.

*

La Brume s'évanouit. Définitivement. Cloud avait finalement réussi à se joindre de part et d'autre du voile et s'était enfin réuni ! Pour le meilleur et pour le pire. À présent entier, il activa les derniers souvenirs. Les plus précieux. Tout autour de lui, l'artère battit plus forte à ses tympans et la pluie de sang cessa. L'homme au visage de bandelettes se retourna vers lui. Il poussa un rugissement de fureur quand il sentit une des bandelettes se faire plus lâche sur son visage. Il se détourna vivement, heurtant violemment le berceau qui chuta. Le passé de Cloud frappa Max de plein fouet, déversant sur lui un tourbillon d'images pêle-mêle.

Il revit sa mère, son visage beau mais triste. Elle avait les yeux rougis d'avoir pleuré. Elle pleurait souvent ces derniers temps. Maxime ne comprenait pas pourquoi. Le monde des adultes était encore trop étrange à ses yeux d'enfant. Même à quatre ans. Pourtant, il était grand. Il devait veiller sur elle. Il se précipita sur elle et la prit dans ses bras. Sa mère sourit. Elle était tellement belle…

Sa première médaille de gym l'avait laissé sur un petit nuage. Enchaîner des figures à toute vitesse l'avait beaucoup amusé. Il avait beau être concentré pour les exécuter, son esprit s'envolait comme son corps et ses mouvements s'exécutaient avec une grâce aérienne qui avait laissé pantois le jury. Sa mère, dans le public, l'avait applaudi. Le soir, ils avaient mangé la plus grande pizza qu'il eût jamais vue.

Quand il avait vu la boîte la première fois, cela ne lui avait pas fait grand effet. Elle était toute blanche, avec un logo simple, bizarre. C'était un vieux jeu que sa mère lui avait acheté pour jouer sur l'ordinateur. Elle lui avait dit qu'il était très bien. Il l'avait crue, même s'il était resté sceptique devant les polygones cubiques qui s'agitaient à l'écran. Moins d'une heure plus tard, Cloud était devenu son nouveau héros.

Ça avait été le jour le plus étrange de sa vie. Et le plus douloureux aussi. Sa mère était partie. Autour de lui, pendant qu'on descendait sa maman dans la terre, quelques adultes marmonnaient à voix basse à propos de ce qu'on allait faire de lui. À partir de ce moment-là, toute sa vie avait été plus triste, plus morne. Tout était devenu insipide. Max connaissait désormais la saveur amère du deuil.

Le berceau continuait de déverser ses souvenirs virevoltants. Cloud se reconstruisait. Soudain, un petit garçon rampa en dehors du berceau. Il grandissait au fur et à mesure qu'il s'extirpait du petit lit, cheveux châtain foncé et regard espiègle. Cloud le reconnut tout de suite : Maxime. Max. Lui-même. Maxime se reconstruisait pour se rapprocher de lui. Cloud sourit. Oui, c'était mieux ainsi. Il ne serait plus une coquille vide.

Quelque chose se glaça en lui brutalement. L'homme au visage recouvert de bandelettes avait observé la scène, impuissant. Mais plus Maxime grandissait, plus sa haine grandissait aussi. Ses yeux rougeoyants devinrent étincelants. Les bandelettes ne tenaient presque plus. Sans crier gare, elles tombèrent.

Cloud resta figé d'une stupeur horrifiée. Le Professeur Mantis venait d'apparaître. Au même instant, un souvenir s'échappa et vola vers le jeune homme. Le visage un peu flou du Professeur apparut fugitivement sur une photo chez ses parents adoptifs, les Belmont. Le souvenir se brisa. Mantis avait poussé un hurlement de rage quand il s'était aperçu qu'il était découvert. Armé d'un scalpel, il se jeta sur Maxime. Cloud voulut lui porter secours, mais s'aperçut à son tour qu'il était Maxime.

Logique, puisqu'ils n'étaient qu'un, songea-t-il au moment où la pointe du couteau pénétrait son thorax. La douleur explosa.

Chapitre LXXXVII

C'était comme si on lui avait versé du plomb fondu directement dans l'estomac. La douleur éclata avec une violence inouïe, lui ravageant les entrailles. Maxime se convulsa dans tous les sens pour tenter de la chasser, peine perdue. Sa bouche s'ouvrit sur un cri de douleur, mais qui fut aussitôt noyé par une vague de bile et de sang. Il n'eut que le temps de se renverser sur le côté pour ne pas mourir noyé dans ses propres vomissures. Les spasmes s'enchaînèrent douloureusement, avec une intensité croissante. Son côté meurtri ne lui laissait aucun répit non plus, les sutures tirant sur sa peau comme si elles avaient eu la ferme intention de déchirer la fine membrane.

Par moment, ses jambes battaient l'air désespérément quand un énième jet de bile brûlante montait le long de son œsophage et envahissait sa bouche, coupant net toute tentative de respiration, jusqu'à ce qu'un espace, une accalmie se crée et lui permette d'aspirer une nouvelle goulée d'air, assez mince pour ne pas mourir, trop brève pour espérer vivre un peu plus longtemps. Dans ce monde de tourments, Max n'entendait même pas George l'appeler avec véhémence.

Les toux térébrantes du jeune homme avaient réveillé le policier en sursaut. Il s'était collé contre la cloison en tâchant de comprendre d'abord où il était, avant que la mémoire ne lui revienne d'un coup. Le bruit d'un liquide qu'on renverse et les bruits de suffocation finirent de le dégriser. Il eut beau appeler, aucune réponse ne lui parvint, sauf ces bruits écœurants d'éructation. Puis ce silence inquiétant.

« Max ! Réponds-moi ! Cloud ! »
Le silence se prolongea. Non, c'était trop bête ! Pas comme ça ! Pas avec tout ce qu'il avait traversé !

« Maxime ! Ça suffit ! Réponds-moi, bon sang ! beugla le policier en cognant contre la paroi de son bras valide.

– C'est bon… »
La voix faible lui parvint comme un murmure, étouffée par la cloison carrelée. George éprouva un intense soulagement.

« OK, Max. qu'est-ce qui t'arrive ? On t'aurait dit à l'agonie.

– La crise est passée. C'est terminé…

– Plutôt violente ta crise. C'était pire qu'à la maison… », commenta Stobbart pas rassuré pour deux sous.

Max ne répondit pas. Oui, la crise avait été violente. Non, il ne voulait pas inquiéter George davantage. Mais cela faisait longtemps qu'il n'avait pas connu un épisode aussi éprouvant. L'angoisse de se retrouver à nouveau dans ces lieux y était pour quelque chose. Le jeune homme se retourna sur sa couche, grimaçant quand il sentit tous ses muscles abdominaux protester. La compresse sur son côté était rougie par la plaie sanglante. Il referait plus tard les bandages. Sa couche aussi était souillée, mais il était dans un état de délabrement physique tel, qu'il se sentait incapable de se lever et d'enlever ses draps. Il rabattit la couverture sur sa peau moite et frissonnante, et tenta de se détendre. Et glissa dans une torpeur léthargique. Juste avant de sombrer, il entendit la voix de George planer vers lui.

« Accroche-toi, mon garçon, c'est bientôt fini ! »

Oh oui, ce sera bientôt fini…

*

Les heures s'égrenèrent une à une, interminables. Stobbart tournait comme un lion en cage. Il se sentait – il était – proprement impuissant et il en découlait un sentiment de frustration qui l'irritait profondément. Il s'était mis à réfléchir sur les différents scénarii pour sortir d'ici, avant de les jeter méthodiquement un par un dans la corbeille de son esprit : il n'avait pas d'explosifs, pas de super-pouvoirs, il n'était pas magicien, il n'y avait pas de gardien à soudoyer ou à menacer ; il était prisonnier, un point c'est tout.

George avait alors tourné ses pensées vers sa femme et ses enfants. C'était le seul rayon de soleil qui traversait les épais nuages de son présent. Quand cela ne le démoralisait pas, bien sûr. Alors, il pensait à Nico, la jeune lieutenante prometteuse de son équipe. Elle avait beaucoup mûri depuis son arrivée au Bastion. C'était une bonne flic. Elle manquait encore un peu d'assurance, mais elle irait loin. Peut-être deviendrait-elle un jour préfète de police. Cette ironie amusait beaucoup Stobbart : ce serait une sacrée revanche sur Mantis.

Par moment, le policier relevait la tête, interrompu dans ses pensées par un bruit survenu de l'autre côté de la cloison. Stobbart se tendait, tout de suite inquiété par ce qui pouvait se passer dans la pièce à côté. Puis, tout redevenait normal, le silence reprenant ses droits, seulement troublé par les gargouillis intempestifs de son propre estomac. Cela devait maintenant faire plus de vingt-quatre heures qu'il n'avait pas mangé. Et cela n'était pas bon signe. Si la détention avait dû se prolonger, des repas leur auraient été probablement servis pour les maintenir dans une condition physique à peu près correcte. Du moins, c'était ce qui s'était passé avec Max.

Malheureusement, George avait plutôt le pressentiment qu'on retrouverait son cadavre quelque part en région parisienne dans sa voiture calcinée. Quant à Maxime… Stobbart trembla involontairement : ce que Mantis lui réservait lui laissait une désagréable sensation épidermique proche de la nausée. Aussi le policier préférait-il changer rapidement de sujet pour passer à quelque chose de moins déprimant. Un vrai défi au vu de sa situation et des évènements de cette dernière semaine.

Et les heures continuaient de s'égrener, lentes, immuables.

*

« George ? »

Son prénom résonna dans son esprit engourdi, flottant dans une torpeur, assez forte pour l'arracher à l'ennui et aux pensées morbides qui l'envahissaient régulièrement, mais trop légère pour l'emporter dans un sommeil réparateur. Il mit quelques secondes à comprendre que c'était Max qui l'appelait, d'une voix faible, mais distincte.

« Oui, oui, je suis là ! Tu te sens comment ?

– Un peu mieux maintenant. »

Maxime marqua une courte pause.

« J'ai rêvé de Mantis, George.

– Rêvé ? Tu es sûr que ce n'était pas plutôt un cauchemar ? »

Dans sa cellule, Max grimaça un sourire.

« Peut-être bien. Mais hier, c'était la première fois que je voyais cet homme. Enfin, c'est ce que je croyais. J'avais une légère impression de déjà-vu… »

Stobbart se redressa sur sa couche. Le policier reprenait du métier.

« Intéressant, continue…

– En fait, je crois m'en souvenir, sans certitude. C'était chez les Belmont. Vous y êtes déjà allé ?

– Oui, avant ton passage. Tu n'y avais pas laissé qu'un bon souvenir…

– La réciproque est vraie.

– Tu m'étonnes. Pas trop déçu des retrouvailles avec Mantis ?

– Pour être franc, je n'ai aucun souvenir de l'avoir rencontré. Je l'ai juste vu sur une des étagères à l'entrée.

– Des photos ?

– C'est ça.

– Étonnant. Même s'il n'était pas très physionomiste, Hal était certain d'avoir plutôt reconnu Édison…

– C'est possible, je ne le connais pas suffisamment. Cette photo avec Mantis m'a toujours marqué parce qu'elle était en noir et blanc. C'était la première fois que j'en voyais une comme ça. Je la pensais juste très vieille. Plus tard, j'ai juste appris que c'était une autre façon de voir le monde…

– Quel rapport avec les Belmont ? »

Max eut un rire grinçant qui s'acheva dans une quinte de toux.

« C'est le plus drôle : je ne sais pas. Je n'ai jamais vu Mantis avant hier.

– Édison nous a dit que Madame Belmont était sa sœur. Lui était déjà un étudiant de Mantis à l'époque. Mantis était peut-être un ami de la famille Belmont ?

– Je l'ignore. Je n'étais pas spécialement sociable avec les nouveaux venus. Donc oui, c'est possible. »

Le silence retomba entre les deux hommes, chacun à ses propres réflexions. Stobbart tentait d'assembler les liens qui unissaient les Belmont, Édison et Mantis autour de leur seul point commun : Maxime. Ils se précisaient petit à petit, mais le schéma d'ensemble restait encore flou. Sur le rôle de l'homme que Stobbart appelait Mantis, Max ne voulait savoir qu'une chose : pourquoi l'avait-il choisi comme victime ? Il frissonna. Si cela recommençait, Max partirait. Définitivement.

« George ?

– Oui ? répondit aussitôt le flic.

– Ils arrivent. »

Le policier se raidit. Il n'avait pourtant rien entendu.

« Quoiqu'il se passe, je serai avec vous lors de mon prochain voyage. Si je ne reviens pas, merci pour tout.

– Quoi ? Qu'est-ce que tu veux dire ? Tu comptes faire quoi ? »

Stobbart sentit la panique le gagner. Les adieux de Max sonnaient comme une oraison funèbre. Mais le jeune homme ne répondait plus. George s'assit sur sa couche en plein désarroi. Une porte s'ouvrit. Un bruit de pas résonna, proche. L'image d'Émilie et de ses enfants dansait devant ses yeux. Il ne mourrait pas seul.

Chapitre LXXXVIII

Il se pencha sur ses moniteurs. Sur l'un d'entre eux, celui qu'*Il* connaissait encore comme allié quelques jours plus tôt était assis sur sa couche, immobile. Il regardait dans le vague, l'air perdu. *Lui* savait ce qu'il adviendrait : la mort était un élément déterminant pour tous, et ce personnage était simplement en train de contempler le futur évident auquel il serait confronté dans les prochaines heures.

Sur un autre écran, l'Autre gisait sur ses draps, probablement inconscient ou faisant semblant de l'être. *Il* eut un sourire mauvais : cela ne durerait pas. *Il* lui préparait un final de toute beauté, une apothéose qui consacrerait son évidente supériorité aux yeux de tous. Il était temps de mettre un terme à cette existence aberrante. *Il* ne l'avait que trop tolérée jusqu'à présent. Son évasion lui avait offert un défi sans pareil, une brusque montée d'adrénaline comme *Il* n'en avait pas connu depuis longtemps. *Il* était sorti de son cocon de sécurité qu'*Il* s'était tissé durant toutes ces années. *Il* avait dû prendre des risques. Mais c'était à ça qu'on reconnaissait les grands joueurs. Au final, *Il* avait gagné. Comme toujours. S'*Il* avait apprécié cette passe d'armes – contrairement à son ex-allié –, *Il* n'avait absolument pas apprécié que ce défi soit à l'initiative de ces pions de deuxième zone. Aussi était-il temps de mettre un terme à ce défi-là. Un autre l'attendait, plus intéressant, plus difficile aussi.

Il pressa un bouton. À son signal, deux unités surgirent de part et d'autre du moniteur et ouvrirent la porte derrière laquelle se trouvait l'officier de police. Ils savaient ce qu'ils avaient à faire. Ils l'empoignèrent et le soulevèrent comme une plume. L'officier n'opposa aucune résistance. Il fut transporté vers *sa salle de jeux*, où il fut étendu sur la table et sanglé. Autour, les caméras furent allumées. Les réglages avaient déjà été faits par ses soins, *Il* n'avait plus qu'à exercer son art. Après s'être assuré une dernière fois que tout était en ordre, *Il* rejoignit sa salle.

« *Vous perdrez.* »
Son attention fut attirée par l'homme. Celui-ci était sorti de sa torpeur et *L'*avait apostrophé. En temps normal, *Il* l'aurait ignoré : *Il* ne discutait jamais avec la piétaille du jeu. Sauf dans un cas précis.

« Je ne perds jamais, officier.
– *Tout le monde perd un jour ou l'autre, Mantis. Tout le monde.*
– Chaque action que je décide est réfléchie. Chaque situation est pesée,

analysée. Chaque paramètre est pris en compte. Tous les résultats et leurs conséquences sont envisagés. Voilà pourquoi je ne perds pas et pourquoi je n'ai jamais perdu.

– *Pourtant, vous n'avez pas réussi à empêcher une infirmière de planifier une évasion réussie.*

– Il existe effectivement des *"désastres"*, qui sont par nature imprévus. Composer avec eux fait partie du jeu. La mort de votre amie d'enfance en a fait partie et vous n'avez guère su vous en sortir. Un évènement aussi futile que celui-ci n'aurait dû en rien vous arrêter, et au contraire vous pousser au niveau suivant. Vous êtes un homme médiocre, officier.

– *Comment osez-vous…, s'insurgea l'homme d'une voix faible.*

– J'ose parce que c'est ce que vous êtes ! trancha-t-*Il* brutalement. Vous aviez un potentiel et vous y avez renoncé, ce qui a fait de vous cet homme médiocre. Cette famille que vous avez fondée est une autre preuve de votre faiblesse : en créant des ersatz de votre chair, vous n'avez que davantage sombré dans cet abîme de déficience dans lequel finalement vous vous complaisez. Si je le supprimais…

– *Touchez un cheveu de ma famille et je vous détruis ! tonna l'homme.*

– Hum… de la combativité. Vous introduisez un paramètre tout à fait intéressant. Peut-être que je pourrais faire quelque chose avec vous. Vous avez des prédispositions qui plus est. Vous feriez une unité de valeur. Nous verrons comment l'intégrer dans notre schéma. Nous allons commencer… »

*

George se sentait faible. Les sangles, trop serrées, lui coupaient la circulation du sang. Son bras cassé, étendu à côté de lui, l'élançait affreusement. Il reconnaissait maintenant le décor qu'il avait vu dans les vidéos de Cloud. L'angle de vue. Plus tard, ce serait son corps que Jacques et Daniel verraient sur les vidéos…

L'angoisse tordit son ventre dénudé. La conversation qu'il venait d'avoir avec Mantis lui était apparue complètement surréaliste. L'homme lui avait paru complètement déconnecté de la réalité, considérant les choses avec une froideur absolue, détaché de toute émotion.

Le Préfet lui avait jeté ses échecs à la figure, anéantissant en quelques phrases des années de reconstruction laborieuse. Il s'était senti inutile, misérable, dépouillé de toute valeur. Jusqu'à ce qu'il mentionne *sa* famille. Une flamme qu'il avait crue éteinte au fond de lui s'était brusquement ravivée en une tornade de violence incandescente. Mais à présent, le brasier s'était calmé. Et l'attente durait.

Le Professeur Édison avait rejoint son mentor quelques minutes plus tard, en tenue de chirurgien. Sans un mot, ni une attention, il avait procédé à une dernière vérification des caméras et des micros qui quadrillaient la pièce. Mantis, lui aussi en tenue de boucher, vérifiait un à un ses "outils de travail".

Les deux gorilles décérébrés qui l'avaient amené et sanglé avaient disparu. Stobbart ne les avait jamais vus auparavant. Tout indiquait qu'ils appartenaient à la même espèce que ses agresseurs à l'appartement d'Ariel et à la gare de Pont-Cardinet, où Hal avait trouvé la mort. Ils reparurent environ quinze minutes plus tard, visiblement embêtés. Ils s'adressaient non pas à Mantis, mais directement à Édison. L'échange se fit à voix basse, rapide. George en saisit quelques mots : apparemment, le problème venait de Maxime. Édison les renvoya d'un geste sec. Les deux s'exécutèrent sans discuter et revinrent peu après avec le jeune homme allongé sur une civière.

Max était inanimé. Sa poitrine se soulevait à peine, par intermittence prolongée. Édison vérifia les signes vitaux, prit le pouls et la tension, avant de hausser les épaules. Tout était normal, il était simplement anesthésié. Le policier avait au moins la maigre consolation de le savoir vivant. Ce qui ne le rassurait pas, c'était que sa perte de connaissance n'avait pas l'air naturel. Les mots qu'il avait prononcés juste avant que Mantis n'arrive lui revinrent en mémoire : « Je serai avec vous lors de mon prochain voyage. » George espérait juste qu'il ne parlait pas du *dernier* grand voyage.

Le brancard sur lequel reposait le garçon fut amené à côté d'une seconde table d'opération, préparée spécialement pour l'occasion, près de là même où était étendu Stobbart. Au moment où les deux "infirmiers" empoignaient Max par les membres pour effectuer le transfert, une sonnerie joliment modulée vibra dans l'air. La salle s'immobilisa, excepté Mantis qui continuait à examiner les scalpels et ciseaux avec une attention quasi hypnotique. À la deuxième sonnerie, Édison se précipita vers l'interphone et l'activa. Une voix claire et féminine emplit l'air d'un son cristallin. Stobbart soupira presque de soulagement : finalement, le monde extérieur n'était pas si loin.

« Professeur Édison ? Un visiteur désire vous voir de toute urgence.

– J'avais demandé à ce qu'on ne me dérange sous aucun prétexte, assena sèchement le directeur.

– Oui, hésita la voix, mais à l'exception de la police m'avez-vous dit. Et j'ai précisément le lieutenant de police Nicole Collard à l'accueil. »

Édison soupira.

« Très bien, je m'en charge. Faites-la patienter, j'arrive. »

Après avoir jeté un coup d'œil à Mantis pour recueillir une muette approbation qui ne vint pas, le directeur s'éclipsa, enlevant rapidement les gants et la blouse verts dont il venait de se vêtir. Les deux malabars reprirent leur travail et déposèrent doucement Maxime sur la table de chirurgie.

George était paralysé par la peur : mais qu'est-ce que Nico foutait ici ? Il ne lui avait jamais ordonné de venir ! Simplement de prévenir Blanc ! Il capta un mouvement du coin de l'œil. Sans un bruit, Mantis se rapprochait lentement d'eux, poussant devant lui la table roulante sur laquelle reposaient tous ses instruments. Si son jeune compagnon avait gagné un maigre sursis, ça n'était pas son cas.

Le Préfet s'arrêta avec une lenteur calculée. Au-dessus du masque, le policier put voir la lueur implacable de la folie froide briller avec une détermination aussi aiguisée que la lame dont il s'était emparé. Mantis ne cessait de le regarder avec une excitation mêlée à un plaisir révulsant. Retarder le moment. Bien malgré lui, George s'accrochait à cet infime espoir : Nico était arrivée. Elle allait le sauver. Gagner du temps…

« Ainsi, je suis le sujet 48, c'est ça ? » tenta vaillamment Stobbart.
Derrière son masque, Mantis sourit.

« Non. Vous n'êtes qu'un bonus : il n'y aura pas de sujet 48.

– Alors qui sont les quarante-six premiers pauvres types que vous avez écorchés avant Maxime ? Hein ?

– Qui vous parle d'hommes ? releva Mantis amusé. C'était des porcs. Je ne suis pas un meurtrier, vous savez…

– Maxime n'est donc qu'un porc ?! hurla George. Quelle différence avec ce que vous nous faites subir ? »
Le scalpel se rapprocha. Le policier se tortilla sur la table.

« Écorcher un porc – Sujet 47 compris – n'est pas un meurtre au sens où vous l'entendez. C'est une des raisons pour laquelle pratiquer sur ces sujets ne pose pas de problèmes juridiques : contrairement à un humain, on ne cherche pas un porc qui disparaît. C'est aussi le cas du Sujet 47 : personne ne le cherchait. »
Le scalpel se posa sur le ventre de Stobbart. Le policier retint sa respiration.

« C'est quoi l'autre raison ? demanda-t-il d'une voix étranglée.

– La plus simple qui soit : l'anatomie porcine est très proche de la vôtre. »
L'instant d'après, le scalpel entamait sans hésiter la chair blanche et molle du ventre. George en resta figé, fasciné d'horreur. Et la douleur explosa, ravageant son cerveau sous une lame de feu. Stobbart se mit à gigoter dans tous les sens du mieux qu'il put malgré les sangles, criant et vociférant pour échapper à la morsure de l'acier. Les deux hommes de main demeurèrent interdits.

Mantis s'arrêta, semblant légèrement contrarié par tant de simagrées. Puis, de petites rides se creusèrent au coin de ses yeux. L'enfoiré souriait ! Stobbart hurla, de rage cette fois.

« Vous deux, tenez-le fermement aux épaules. »
L'ordre claqua comme un coup de fouet. Les deux sbires obéirent aussitôt et abandonnèrent leur tâche précédente pour se consacrer à leur nouvelle besogne.

Mantis se remit implacablement au travail.

Chapitre LXXXIX

Lundi 12 septembre, soir

Lundi soir. Un *putain* de lundi soir, alors qu'elle devrait être chez elle, dans son lit, à reposer sa carcasse. Nico ne se retenait plus pour faire des écarts de langage. Son père n'était pas là pour réprimander sa "petite" fille et il aurait été certainement horrifié de sa mine défaite, yeux cernés, lèvre enflée, cheveux à peine coiffés, et débraillée. Sans oublier sa côte cassée. Sitôt leur retour d'hôpital le lendemain, le commissaire Blanc les avait appelés, George et elle, pour les mettre au vert avec un seul mot d'ordre : repos et interdiction de continuer l'enquête depuis leur lit de convalescence.

Se retrouver dans un état pareil... Et dire que cela faisait seulement deux ans. Elle avait déjà l'impression d'y avoir passé sa vie. Dingue comme ce métier pouvait vous faire vieillir plus vite. Dingue aussi de se retrouver pour ce même boulot en route pour un institut psychiatrique à fin de tenter d'y récupérer son chef disparu depuis deux jours. Pourquoi l'avait-il laissée hors du coup ? Pour la protéger lui aurait certainement répondu Stobbart. Pour protéger sa jeune carrière d'une enquête qui pouvait lui coûter son poste : pas facile de s'attaquer au monument national qu'était l'Institut Mantis sans perdre quelques plumes. George avait bien compris ça. Pourtant, Nicole s'y rendait en roulant à tombeau ouvert.

En repensant à la manière dont elle se retrouvait sur la route à cette heure-ci, elle s'envoyait à la tête des noms d'oiseaux dans un langage fleuri. L'idiote ! Pourquoi n'avait-elle pas fait le rapprochement plus tôt ? Passant outre les ordres de son commissaire, elle avait continué à travailler toute la journée de dimanche et d'aujourd'hui. De chez elle. S'il s'en apercevait, elle avait déjà une réponse toute prête, pour ce qu'elle valait : elle lui dirait qu'elle s'ennuyait. Il ne serait pas dupe, mais au moins, aurait-elle eu le temps de continuer... Et dire que cela avait valu le coup restait un euphémisme...

Elle avait poursuivi la tâche de Hal avant qu'il... Nicole serra les dents et s'efforça de ne pas y penser. Le registre des consultations transmis par l'archiviste de Montreuil n'avait rien donné : seulement des généalogistes, des employés de la mairie, quelques recherches étudiantes. Par contre, la liste du personnel communal avait livré une information pour le moins inattendue : pendant un an, la municipalité avait accueilli Jean-François Moreau durant un stage en alternance en informatique. Le fils de l'ancien Président de la République.

Sans surprise, le casier judiciaire du jeune homme était vierge. Mais son passé en établissement psychiatrique, *à l'Institut Mantis,* avait persuadé la lieutenante d'appeler aujourd'hui le service des ressources humaines, puis le directeur informatique de Montreuil pour reconstituer le parcours de ce jeune homme timide. La surprise s'était transformée en pressentiment, à mesure qu'elle accumulait et recoupait les informations. Jean-François "Jeff" Moreau avait été quelqu'un de très apprécié, dont la disparition subite avait affecté et surpris ses collègues d'une année. Un garçon efficace, avait-on dit à Nicole, très compétent, mais très renfermé aussi. À la fin de son année d'étude, il s'était davantage ouvert jusqu'à ce qu'il annonce son départ pour Créteil pour continuer sa formation. À cette période, et d'après le responsable informatique, il s'en était fallu de peu qu'il plongeât en dépression, précisant qu'avant ça, qu'il paraissait heureux et que la mairie était même prête à l'embaucher. Un nouveau mystère à expliquer sur lequel Nico ne s'était pas attardée, pour une autre raison. Créteil. Le nom de la ville avait clairement résonné dans sa tête. Quand Nicole avait demandé où les études de "Jeff" s'étaient précisément poursuivies, la réponse qu'elle redoutait était tombée : *à l'académie* de Créteil.

La lieutenante s'était empressée d'appeler l'archiviste avec lequel George s'était quelque peu énervé. Quand il avait décroché, il était sur le point d'envoyer au Bastion la liste finale qu'il avait réussi à dresser du personnel ayant eu accès aux archives. Non, Jean-François Moreau n'était pas sur cette liste, mais oui, il avait bien travaillé au service informatique du rectorat, où lui, archiviste, avait eu l'occasion de le rencontrer plusieurs fois à l'occasion de réunions. Un garçon, triste et renfermé au premier abord, mais très intelligent, qui lui avait suggéré une solution d'archivage électronique personnalisée des plus novatrices et qu'il utilisait encore actuellement. Le rectorat avait décidé de le garder, mais lui avait préféré parfaire son expérience ailleurs. Un tribunal de grande instance, peut-être Bobigny, mais le quinquagénaire n'en était pas sûr. Cela avait été un véritable choc pour lui et ses collègues quand ils avaient appris son suicide quelques mois plus tard. Une déception amoureuse, paraissait-il. Nico avait coupé court et raccroché en remerciant l'archiviste une dernière fois. Trop d'éléments s'étaient bousculés dans sa tête et une hypothèse folle avait peu à peu émergé de ce nouveau fatras de données.

Elle s'était empressée d'appeler George. Était tombée sur le répondeur. Déçue, elle avait raccroché sans plus tarder. À peine avait-elle eu le temps de reposer le téléphone qu'un message était arrivé sur sa messagerie électronique. Coup d'œil. Elle était en copie d'un courriel destiné à George, de la part de Daniel Fortesque. Intriguée, elle l'avait ouvert sans plus attendre. Il s'agissait en fait de notes concernant les autopsies de leurs agresseurs, des tueurs de Hal. Ce qu'elle avait lu lui avait fait froid dans le dos :

« George, voici comme promis mes observations préliminaires concernant les salopards qui vous ont attaqués à Pont-Cardinet. Je te confirme bien l'existence de puces-capsules retrouvées dans le corps de cinq d'entre eux. Les trois autres sont en attente. Comme tu peux t'en douter, le travail est long et fastidieux. Le sagouin qui a imaginé le procédé est bougrement malin. Un des types avait une protubérance au niveau des bourses. En ouvrant le scrotum, j'y ai trouvé une tumeur bénigne, et une troisième puce. Pareille que les autres, pas plus grosse qu'un demi-grain de riz. Leur fonctionnement sera à voir avec les collègues de la Scientifique, ça n'est pas vraiment dans mon rayon. Par contre, elle ne m'a absolument pas plu : elle était couplée à une espèce de réservoir en silicone très fin mais très solide, souple, un peu comme un préservatif, qui, je pense, contenait le liquide avant injection. Et c'est diabolique : si à la palpation tu pouvais éventuellement détecter une grosseur, c'est invisible après que le liquide ait été injecté. Moralité de l'histoire : mort certaine, autopsie blanche et Daniel dans les choux. Je te tiens au courant de ce que je trouve. Sois prudent surtout. Amitiés. Dan'.

Post-Scriptum : pour la solution injectée, je reste sur de l'adrénaline. »

Nicole s'était renversée sur son siège. Elle n'était pas au courant de ces puces mortelles, mais le peu qu'elle en avait appris ne lui plaisait pas du tout. Que faire ? Elle avait repris son téléphone. À sa surprise, ce fut Émilie qui avait répondu sur le portable professionnel de son mari.

« Bonjour Nicole. Non, George est sorti avec Maxime samedi matin. Ils sont partis pour le week-end.

– Savez-vous où ils sont allés ?

– Non. Et à vrai dire, je commence à m'inquiéter. Habituellement, George téléphone toujours pour donner des nouvelles et parler aux enfants.

– Mais vous n'avez absolument aucune idée de l'endroit où ils auraient pu aller ?

– Du tout. George a simplement évoqué une thérapie. Vous commencez *vraiment* à m'inquiéter…

– Non, surtout pas ! s'était empressée de la rassurer Nicole. J'avais simplement besoin d'un éclaircissement sur une procédure à suivre. Il n'y avait pas d'urgence...

– Bon, d'accord. Je lui transmettrai votre message dès qu'il rentrera.

– Merci !

– Nicole ?

– Oui ?

– Veillez sur lui, s'il vous plaît. Il parlait d'une thérapie pour Max, mais je sais qu'elle compte tout autant pour lui. »

Émilie raccrocha, laissant Nico perplexe. Elle s'inquiétait beaucoup plus pour son mari qu'elle ne voulait l'admettre. Cela avait mis la jeune femme mal à l'aise. Mais qu'aurait-elle pu lui dire d'autre ? Rien, si ce n'était pour qu'elle se fasse davantage de sang d'encre.

Collard avait fortement soupçonné les deux hommes de s'être rendus à l'Institut pour tirer les choses au clair, à leur manière. Et au fur et à mesure que les minutes avaient défilé, ses soupçons s'étaient renforcés. Enfin, elle n'avait plus tenu. Elle avait sauté dans sa voiture et mis le cap sur Essises. À cet instant, cela faisait pratiquement quarante-huit heures que le commandant n'avait pas donné de nouvelles. Maxime non plus. Elle était presque certaine que les deux étaient ensemble. Les mots d'Émilie flottèrent brièvement dans sa tête. Une thérapie. Une thérapie de quoi ? Contre le Syndrome Mantis ? Depuis le début, tout tournait autour de ce truc. Si elle était plutôt sceptique par rapport à la définition de la maladie, l'Institut de soins créé par le Professeur Mantis avait déjà fait ses preuves. Enfin, si l'on écoutait tous les psys du pays et leurs patients (malgré eux ?).

Mais qu'en était-il du Professeur Édison ? Se pouvait-il qu'il se servît de l'Institut comme couverture pour assouvir ses propres pulsions de sadisme ? Au nez et à la barbe de Mantis ? Tout concordait : sa photo chez les Belmont, l'arrêté envoyant Maxime à l'Institut, et pour terminer, Jean-François Moreau. Là aussi, il avait été aux côtés de Mantis. Avait-il manipulé le fils du Président juste pour effacer les traces de Maxime et faire de lui sa marionnette ? L'hypothèse était malheureusement crédible. Était-ce pour la démontrer que Maxime et George étaient partis en "thérapie" ? Elle devait absolument vérifier. Si Stobbart revenait ou appelait entre-temps, elle aviserait. *Si* il revenait.

Trois quarts d'heure plus tard, elle passait le portail de l'Institut sous un ciel menaçant.

*

Il n'était pas loin de vingt heures lorsqu'elle pénétra en trombe dans le grand hall de l'Institut. Sans s'attarder sur les moulures et les magnifiques peintures accrochées aux murs, elle se dirigea quasiment au pas de course vers le comptoir de l'accueil, derrière lequel la toisait une employée, visiblement ennuyée par sa visite tardive.

« Les visites sont terminées, fit-elle d'un air pincé.

– Les visites terminent à vingt heures, il est dix-neuf heures cinquante, la rembarra Nico en lui montrant la pancarte des horaires encadrés. Monsieur Édison, s'il vous plaît. Pour la lieutenante Collard.

– Vous aviez rendez-vous ? » demanda la réceptionniste en dévisageant la jeune femme de la tête aux pieds, fronçant le nez avec une grimace de désapprobation devant sa lèvre abîmée.

Visiblement, elle n'avait pas l'habitude d'être contrariée. À moins que son teint nacré d'Asiatique ne la rende jalouse…

« Non. Par contre, vous pouvez annoncer la Brigade criminelle de Paris », lui fit savoir Nico en abattant sa plaque sur le comptoir.

Le bruit fit sursauter l'hôtesse. Elle jeta un coup d'œil curieux à la carte, et craintif à la ronde. Elle ne voulait pas d'esclandre, surtout à dix minutes de partir. Elle vérifia tout de même ses instructions et prit son téléphone avec une mauvaise grâce évidente. Autour de Nico, les familles désertaient doucement les lieux, laissant derrière elles des patients en proie au désarroi ou à la tranquillité. On décrocha à la deuxième sonnerie. Collard revint instantanément à l'accueil :

« Professeur Édison ? Un visiteur désire vous voir de toute urgence. »
Nicole apprécia. "Un visiteur". Ou il n'y avait pas de femmes chez les flics, ou elle était un homme qui s'ignorait. Elle fit les gros yeux à son interlocutrice et tapota son insigne avec insistance. À l'autre bout du fil, on répondit sèchement.

« Oui, oui, bien sûr, hésita la femme maintenant prise entre le marteau et l'enclume. Mais à l'exception de la police m'avez-vous dit. Et j'ai précisément le lieutenant de police Nicole Collard à l'accueil. »
Nico la fusilla du regard. Et dire que la pimbêche avait reçu des instructions… Pour un peu, elle s'arrangerait presque pour partir le plus tard possible… Son interlocutrice raccrocha.

« Vous pouvez patienter dans la salle d'attente juste en face, invita l'hôtesse faussement prévenante.

– Avec plaisir », ironisa Nico, glaciale.
"Pimbêche" fit mine de s'absorber passionnément dans la lecture de son écran. Pourvu que la fliquette ne la balance pas au grand patron ! Et dire que ça ne faisait qu'un mois qu'elle était là… La "fliquette" haussa les épaules : ça lui servirait de leçon. Le "grand patron" arriva dix minutes plus tard.

C'était la première fois que Nicole le voyait. Bel homme, il devait faire sensation auprès de la gent féminine. La jeune femme le trouva aussitôt antipathique. Il s'avança vers elle d'un pas assuré, vêtu d'un complet sombre valant certainement plusieurs fois son salaire mensuel. Quand Édison la vit, son sourire plaqué sur les lèvres s'élargit brièvement. Une lueur à peine perceptible brilla fugacement dans ses yeux. Nico la reconnut tout de suite. Elle l'avait déjà vue dans un parking, dans les yeux d'un autre homme. Un prédateur. La jeune femme se força à se détendre. Elle était dans un établissement réputé, éclairé… seule. Elle s'aperçut que les dernières familles avaient quitté les lieux pour rentrer chez elles. Trop tard pour reculer. Édison s'arrêta devant elle, main tendue.

« Bonsoir, lieutenant. Désolé de vous avoir fait attendre… »
Collard serra fermement la main présentée, de la façon la plus neutre possible, professionnelle.

« Bonsoir, Professeur. Merci de me recevoir et désolée de vous déranger tardivement…

– Ce n'est rien. Nous ne choisissons pas toujours nos horaires, sourit le directeur enjôleur. Si vous voulez bien me suivre dans mon bureau, nous y serons plus à l'aise… »
Une sonnette d'alarme retentit dans la tête de Nico. *Bureau*. Espace clos. Danger.

« Je vous remercie, mais je ne serai pas longue. Je viens à propos de l'officier Stobbart. Voilà deux jours qu'il n'est pas rentré chez lui et son épouse s'inquiète. Serait-il venu vous voir durant ces dernières quarante-huit heures ?

– Non, vous m'étonnez, répondit le Professeur apparemment sincère. Je ne l'ai pas revu depuis la semaine dernière, quand il est venu nous voir à l'Institut pour cette triste affaire…

– N'a-t-il pas cherché à vous joindre ? Quelque chose qui puisse vous assurer définitivement que le commandant avait l'intention de se rendre ici ? insista doucement la jeune femme.

– Non, vraiment. Avez-vous envisagé l'éventualité d'un accident ?

– Oui, et nous n'en avons pas eu écho. Peut-être que… »

Nicole était déconcertée. Elle avait beau se méfier du directeur, il était très convaincant. Pourtant, elle était presque certaine qu'ils étaient là, George et Maxime. Pressentiment féminin… Retourner l'Institut aurait été la meilleure solution, mais sans perquisition, cela s'avèrerait difficile à mettre en œuvre. La mort dans l'âme, elle dut se résoudre à abandonner. Momentanément.

« Je me suis visiblement trompée. Je vous présente mes excuses pour le dérangement.

– Ne vous excusez pas, lieutenant. Je suis toujours heureux d'aider la police quand je le puis. Accepteriez-vous de dîner avec moi ce soir, histoire que vous n'ayez pas fait le déplacement pour rien ? »

Les yeux du médecin brillaient de convoitise. Collard se raidit.

« Non merci, répondit-elle précipitamment. Je devrais déjà être en route.

– J'espère que ce ne sera que partie remise, alors ! Concernant le commandant Stobbart, je ne manquerais pas de vous appeler si j'ai du neuf. »

Nicole marmonna un remerciement et, après une hésitation, serra une seconde fois la main tendue. Le contact de la paume tiède la révulsa. Elle voulut retirer sa main et remarqua avec une surprise effrayée qu'elle dût insister pour la reprendre. Les doigts du directeur l'abandonnèrent à regret. Nico tourna les talons et fila sans demander son reste.

Fred Édison regarda partir cette délicieuse jeune femme avec un sourire carnassier. Elle lui cèderait bientôt… Après qu'elle eût disparu derrière les portes du hall, le directeur se décida à regagner sa place dans le sous-sol. Il avait un autre flic sur le feu. Il revint vers l'accueil d'un pas pressé et s'arrêta net. La réceptionniste la regardait avec la même surprise que lui. L'alarme à incendie s'était brusquement mise à hurler son cri strident.

Chapitre XC

Lundi, 20 h 00

Stobbart avait la gorge qui brûlait à force de crier. La douleur était ininterrompue et arrosait généreusement son cerveau à grands coups de rasades dévorantes. Son ventre n'était qu'une plaie. Il sentait Mantis, concentré, le découper avec précision, lentement. Entre deux éclairs de souffrance, il voyait le calvaire de Max sur les vidéos, son agonie et son avenir proche, à lui. Un avenir qu'il finirait plus tôt que prévu sur la table de Daniel, à côté de Hal. Il adressa des excuses muettes à son ami d'enfance : il n'avait pas été assez prudent...

Les deux sbires de Mantis lui broyaient les épaules et observaient, fascinés, les mains du Maître dans son propre sang. George était épuisé. Et voir ces deux têtes au regard vide au-dessus de lui ne faisait aucun doute sur l'état dans lequel il allait finir. Malgré cela, il se battait pour survivre, il se battait contre la souffrance. Un sursaut de fierté le maintenait éveillé, l'empêchait de sombrer : Max avait vécu cent fois pire, il avait survécu, alors pourquoi pas lui ? Stobbart avait beau se raccrocher à cette idée avec l'énergie du désespoir, il sentait ses forces décliner en même temps que le bistouri creusait toujours davantage la chair flasque de son ventre.

Soudain, une ombre passa au-dessus de lui, fugitive. La pression sur ses épaules se relâcha sans crier gare. George sentit aussitôt un liquide gicler sur ses lèvres. Il en avala malgré lui et eut immédiatement un haut-le-cœur. Du sang. Le policier entendit un bruit de casseroles, de la ferraille qui tombe par terre. Malgré la douleur, Stobbart se pencha légèrement dans la direction d'où provenait le sang. Cloud se tenait debout, un scalpel ensanglanté à la main avec, gisant à ses pieds, l'homme de main, un trou dans la gorge.

*

Trop occupé à sa tâche, Mantis n'avait vu Cloud qu'au dernier moment. Un mouvement à la périphérie de son champ de vision avait attiré son attention. Il avait aussitôt fait un pas de côté. Le médecin vit le jeune homme s'élever dans les airs, les jambes repliées au-dessous de lui, à la manière du rapace qui fond sur sa proie. Un éclair brilla dans sa main. Mantis eut juste le temps d'apercevoir un de ses propres outils de chirurgie dans son poing, avant de le voir survoler la table sur laquelle reposait Stobbart et s'abattre comme un aigle, renversant dans sa chute et dans un fracas assourdissant le chariot où reposaient ses produits désinfectants.

Froidement, Mantis reposa son propre scalpel sur la table d'opération et tourna les talons, marchant à grands pas vers l'ascenseur. Ce faisant, il se débarrassa méthodiquement de ses gants, de son masque et de sa blouse souillés avec une économie de mouvements qui trahissait une longue habitude. Quand les portes de l'ascenseur se refermèrent derrière lui, Mantis vit Cloud jeter un éclair de lumière sur son deuxième pantin, qui s'écrasa contre le mur, la poitrine transpercée. Sa tête percuta le boîtier d'alarme qui explosa sous le choc. La sirène se mit immédiatement à hurler dans tout le bâtiment. Un rictus de haine déforma la bouche du Préfet de police : cette aberration s'était-elle donc fixé pour but de le tourmenter ? Qu'elle essaie ! *Il* ne perdait jamais ! Mantis dégaina son téléphone. Ce soir, il *l'*effacerait et tout rentrerait dans l'ordre.

Chapitre XCI

Max se sentait euphorique, dans une forme éblouissante. Et terriblement lucide. Mantis s'était échappé parce qu'il avait dû protéger George. Mais l'homme ne s'enfuirait pas. Il rechercherait la confrontation, tout comme lui. Il s'approcha du policier qui haletait, le ventre ouvert du sternum au pubis. Après un rapide examen, il comprit que Mantis avait pratiqué sur le commandant une des premières opérations qu'il avait exécutées sur lui : ouverture de la paroi abdominale jusqu'aux organes internes, sans affecter les muscles, et avec pour objectif d'atteindre les intestins sans provoquer d'hémorragie. Opération d'une banalité consternante pour un chirurgien chevronné. Quand le patient était anesthésié. Sur un patient qui "bénéficiait" de tous ses esprits, l'opération s'avérait nettement plus périlleuse. Les soubresauts de douleur pouvaient faire commettre au médecin une erreur létale à tout moment si celui-ci venait à trancher une artère.

À la différence de Max, George avait un embonpoint prononcé et Mantis avait tout juste eu assez de temps pour atteindre la couche supérieure des muscles abdominaux externes, les grands droits de l'abdomen, sans avoir eu l'occasion – heureusement pour George – de s'aventurer plus loin. La blessure était très douloureuse, mais non mortelle. Avec détachement, Maxime défit une à une les sangles qui retenaient le policier.

« Qu'est-ce qui s'est passé ? demanda Stobbart hébété.

– Vous êtes libre, maintenant, répondit mécaniquement le jeune homme. Partez !

– Mais toi, qu'est-ce que tu vas faire ? »

Max ne répondit rien. Quand il eut achevé de délivrer George, il se planta devant lui :

« Je dois partir. *Il* ne doit pas s'échapper. »

Son regard se perdit dans le lointain.

« Attends ! »

Cloud tourna les talons et se volatilisa dans des escaliers que George n'avait jusqu'ici jamais vus.

Cloud se sentait merveilleusement bien. Il se sentait libéré de toute entrave, de toute peur. La Brume disparue, il avait toute latitude pour se mouvoir dans son esprit. Comme ses adversaires l'avaient appris à leurs dépens. Sa nouvelle lucidité lui permit d'apprécier l'ironie de la situation : c'était à Mantis qu'il devait son nouvel état.

Il avait dérobé la fiole de drogue quelques heures auparavant. Il n'avait eu aucun mal à simuler sa chute vu son état, renverser les flacons par terre et en cacher un dans le creux de sa main. Puisqu'une vraie crise l'avait saisi au même moment. Il avait réussi à la dissimuler dans sa couverture, à l'abri des caméras. Il avait rapidement lu l'étiquette. Elle ne lui avait fourni aucune indication, tout au plus la certitude que cette fiole serait d'une manière ou d'une autre sa porte de sortie. Il espérait un poison ou un puissant anesthésiant qui l'endormirait définitivement. Il l'avalerait et il verrait. Juste avant le retour des "médecins", il l'avait bue sous sa couverture.

Il ne s'était rien passé. Les geôliers l'avaient emmené pour son dernier voyage. Il n'avait absolument pas simulé son état à ce moment-là. Les crises successives l'avaient déjà grandement affaibli. Il ne souhaitait qu'une chose : s'étendre et s'endormir pour de bon. Alors, comme toutes les autres fois avant, il avait entrepris de sortir de son corps. Il n'avait pas senti les hommes le traîner jusqu'à la civière, ni sa tête heurter sans douceur le fin matelas. Il se détachait lentement, voguant vers un monde familier où tous ses amis vidéoludiques lui tiendraient compagnie une nouvelle fois.

Mais, inexplicablement, ce monde se refusait à lui. Il voulait désespérément s'échapper. Toutefois, quelque chose le retenait. Il l'identifia sans mal : la peur. La peur le figeait. Tous ses souvenirs de souffrance le clouaient sur place. Ses puissantes attaches l'entravaient. Son corps s'était même au contraire réveillé. Une énergie bouillonnante avait commencé à lui brûler les veines. Les chaînes de la peur avaient cédé avec une facilité déconcertante. Son esprit s'était clarifié et son ascension s'était accélérée, laissant derrière lui les douleurs de son ventre et de son flanc.

Max avait observé ce phénomène contradictoire avec intérêt. Cette sensation ne lui était pas inconnue. Familière même, mais dans un contexte moins plaisant : une lumière aveuglante, des hommes masqués qui s'activaient au-dessus de lui, et toujours cette douleur plus aiguë, plus précise, plus *consciente*. D'où cela lui venait-il ? Il se souvenait de ses propres cris, de ses évanouissements à répétition quand la douleur devenait trop insupportable, puis de cette sensation de brûlure dans les veines, et, après, son incapacité à échapper à la douleur qui lui grillait littéralement le cerveau. C'était la même chose ! En un éclair, il s'était rappelé la trace de piqûre qu'il portait chaque fois au creux du bras ou sur le poignet. La seule d'ailleurs : puisqu'il était "opéré" à vif, il n'y avait nulle autre marque de seringue. L'évidence l'avait frappé de plein fouet : c'était *cette* drogue qu'il avait absorbée. Tu parles d'un anesthésiant ! Plutôt un cocktail explosif de ces benzodia-machin mélangé à sa propre adrénaline ! *L'Aigle l'avait rejoint.*

En quelques instants, tout était terminé. Les deux hommes qui maintenaient Stobbart étaient mis hors d'état de nuire avec une simplicité surprenante. Après avoir détaché George, il s'était remis en route. Il avait des comptes à régler.

Maxime se rendit rapidement compte que, si la drogue ingérée lui donnait effectivement un puissant coup de fouet, elle n'occultait nullement sa détresse physique. Après avoir grimpé une volée de marches, il sentit ses jambes flageoler et il dut s'arrêter pour calmer le tremblement de ses membres. La tension qui l'habitait n'y était pas non plus étrangère. Son flanc aussi le tiraillait. Il avait changé le bandage, mais déjà sa blessure s'était rouverte et le sang recommençait à suinter.

Max se remit en route, plus doucement cette fois. *L'Aigle, qui veillait sur lui, nerveux, s'éclipsa.* Un autre, plus calme, lui succéda. *La froideur du Sujet 47 l'envahit.*

Il émergea de l'escalier. Personne ne fit attention à lui. La sirène braillait, tout le monde était sens dessus dessous, le désordre régnait en maître. Le code-barres tatoué sur sa nuque le rendait aisément identifiable, pourtant personne ne regardait vers lui. Il ne connaissait absolument pas les lieux, mais il ne cessait d'avancer d'un pas assuré, son regard balayant l'espace devant lui pour repérer les obstacles. Une pancarte lui indiqua ce qu'il cherchait. Il trouva la porte idoine et disparut. Nul ne l'avait vu.

Chapitre XCII

Lundi, 20 h 05

À peine était-elle sortie qu'une alarme retentit. Nicole se figea. Elle hésita une demi-seconde : elle avait son arme de service mais elle était seule. Néanmoins, c'était aussi son unique chance de retrouver Maxime et Stobbart en vie, sans attendre une hypothétique autorisation de perquisition. Elle se précipita à l'intérieur du manoir.

Sitôt passées les portes, Nico eut l'impression de voir une ruche s'éveiller : personnel et patients sortaient de toutes parts, certains hospitalisés déjà en pyjama ; d'autres sortant de la douche, habillés à la hâte et encore trempés. Le personnel aisément reconnaissable à sa blouse blanche tentait de canaliser tant bien que mal ce soudain afflux massif de personnes, en criant à qui mieux mieux pour couvrir le vacarme de l'alarme. Personne ne faisait attention à elle. Elle chercha des yeux le directeur qu'elle venait de quitter, mais celui-ci avait déjà disparu. Nicole se dirigea derechef sur sa droite, passa devant l'accueil, frôlant les murs pour ne pas se faire écraser par une majorité d'hommes – de l'ado boutonneux à l'adulte grisonnant –, tous bien plus grands qu'elle. Trente mètres plus loin, elle arriva devant la porte qu'elle cherchait, gardée par une pancarte "PRIVE". Elle actionna la poignée, avant de se rendre compte que celle-ci était fermée magnétiquement. Elle jura. Ne lui restait plus qu'à trouver une carte pour entrer. Elle regarda autour d'elle celui ou celle susceptible d'avoir le précieux sésame. Une main s'abattit sur son épaule gauche.

Sans réfléchir, Nico se déroba et passa sous le bras de son adversaire, saisissant en même temps fermement de sa main droite la main de son agresseur au niveau de son auriculaire. Elle se redressa, en même temps qu'elle tirait sa main droite vers le bas. La tension exercée sur le poignet arracha un cri à l'homme qui dut se baisser pour échapper à la douleur. Il voulut se redresser en pliant le coude, mais Collard avait déjà mécaniquement anticipé le mouvement : sa main gauche s'abattit sur le cubitus, tandis qu'elle faisait un pas en avant. Immobilisé et entraîné par la jeune femme, l'homme perdit l'équilibre et plongea en avant. Il n'eut que le temps de tourner la tête pour ne pas s'éclater le nez contre le parquet. Le choc lui coupa le souffle, mais pas suffisamment pour lui permettre de hurler :

« Mais ça va pas la tête ?!

– Qu'est-ce qui vous prend d'attaquer les gens par derrière ? riposta Nico.

– Vous étiez dans le passage ! beugla l'homme. Lâchez-moi, bon sang ! »

Nico s'exécuta. Sa victime se releva comme un ressort.

« Non mais vous êtes pas bien ! Vous ne voyez pas que c'est le bordel en ce moment ? Débarrassez le plancher avec les autres demeurés ou je vous fais coffrer !

– Ça me va, on gagnera du temps, répliqua la jeune femme sarcastique en lui mettant son insigne sous le nez.

– Ravalez votre insigne, ma p'tite dame, on n'est pas à Paris ! Je suis le responsable de la sécurité ici, vous êtes dans ma juridiction ici ! Alors, fichez le camp !

– Soit ! On est sous votre juridiction : dans ce cas, prenez la responsabilité d'arrêter le meurtrier avant qu'il ne s'échappe… »

Les derniers mots firent mouche. Le chef perdit de sa superbe.

« Un meurtrier ? Vous vous moquez de qui, ici ? tenta l'homme bravache.

– Pourquoi je viendrais exprès de Paris à votre avis ? Cueillir des marguerites ? cria Nico pour couvrir le raffut. J'ai assez à faire là-bas pour ne pas me coltiner votre cambrousse ! On peut y aller maintenant ?

– Remontrez-moi votre insigne. Que je sois sûr. »

Elle lui aurait même encadré s'il l'avait voulu si, au moins, elle avait pu accéder à cette salle. Elle s'exécuta en bouillonnant.

« OK, c'est bon. André Léonard », se présenta rapidement l'homme.

Le chef de la sécurité – genre mou et imbu de son autorité – actionna le magnétisme et s'effaça pour la laisser entrer dans le saint des saints : une grande pièce sombre, qui sentait le café et la chaleur électrique, seulement éclairée par la lumière pâle des moniteurs, eux-mêmes disposés sur quatre rangées en hauteur et une dizaine en longueur. Naturellement tout en couleur et en haute définition. Trois autres employés s'activaient dans la pièce, tâchant de comprendre pourquoi l'alarme s'était déclenchée. Léonard s'attabla nerveusement devant un clavier, prêt à lancer les recherches.

« OK. On cherche qui exactement ? »

Nicole s'aperçut avec surprise qu'elle entendait distinctement son interlocuteur, et non plus l'alarme qui lui perçait les tympans quelques secondes auparavant. La salle était totalement insonorisée. Un vrai blockhaus. Elle commença à parcourir les moniteurs un par un.

« Deux personnes pour être exacte. Mon supérieur, l'officier Stobbart, environ un mètre soixante-quinze, dégarni, un peu de ventre. Cheveux noirs pour ce qu'il en reste et yeux bleus.

– Pas évident, on n'en a pas mal des comme ça… Si vous avez une photo, on pourrait lancer la reconnaissance faciale…

– Pas de photos. Par contre, pour l'autre, vous devriez l'avoir dans vos fichiers…

– L'autre ?

– Vous le connaissez : le Professeur Édison. »

Le crépitement sur le clavier cessa instantanément. André Léonard releva la tête, décontenancé, éberlué.

« Le patron ? Mais… Mais…

– Quoi encore ?

– Pourquoi lui ? Qu'est-ce qu'il a fait ?

– Il y avait marqué quoi sur ma plaque ? explosa Nico. Brigade criminelle ! Ça répond à votre question ? Alors, trouvez-le !

– Mais s'il va en taule, je vais perdre mon job !

– Vous voulez le rejoindre pour obstruction à l'enquête ?

– Euh… non…

– Alors, TROUVEZ-LE ! »

Le crépitement des touches reprit, affolé. Collard était sur les nerfs. Se justifier, toujours se justifier, elle n'en pouvait plus. Elle scruta les moniteurs un à un. La lieutenante reconnut rapidement l'accueil, avant de se perdre tout aussi vite dans les enfilades de couloirs et pièces qui composaient l'Institut. Le programme de reconnaissance faciale fut activé. Aussitôt, des figures géométriques se superposèrent successivement sur les visages à l'écran pour en déterminer l'identité. Des patients se pressaient et s'agglutinaient pour rejoindre le grand hall. Le calme s'installait peu à peu sur les autres téléviseurs. C'était la bonne nouvelle : il serait plus facile de retrouver celui qui manquerait à l'appel. Dans le cas contraire, le logiciel ferait le reste du boulot.

Un mouvement sur un écran attira soudainement l'attention de la lieutenante. Nico se rapprocha. C'était un homme, qui marchait d'un pas alerte. Il était vêtu d'une blouse blanche, et tout portait à croire que ce médecin vérifiait les lieux avant d'évacuer. La silhouette parut familière à la jeune femme.

« Un grossissement sur cet écran-là, s'il vous plaît. »

Un des techniciens obéit aussitôt. Nico sursauta quand elle vit une chevelure reconnaissable entre toutes : Maxime ! Elle se retourna aussitôt vers le chef de la sécurité :

« Cette caméra, elle donne où ? »

André Léonard identifia l'endroit au premier coup d'œil :

« Ça, c'est dans les bâtiments derrière le manoir.

– On y accède comment ?

– Par la porte au fond du hall. Sinon, vous prenez à droite en sortant, vous suivez le couloir, puis…

– Vous n'avez pas un plan, plutôt ? coupa Nicole.

– Euh… si, un instant… »

Tout le temps que le responsable de la sécurité mit à trouver un plan détaillé des lieux, Nico resta les yeux rivés sur l'écran, agitée. Maxime progressait relativement vite, mais son chemin était chaotique. Pas tant que cela, en fait : il esquivait les gardes qui sillonnaient le bâtiment à la recherche des derniers pensionnaires esseulés. Max quitta le champ de la caméra. Nicole le chercha désespérément des yeux et le retrouva sur le moniteur au-dessous. Léonard arriva au même moment, penaud, pour lui tendre un papier jauni.

« C'est tout ce que j'ai pu trouver…

– Ça fera l'affaire, merci. Vers où se dirige mon… euh… collègue ?

– Vers les bureaux. D'ailleurs, je me demande bien comment il a fait pour se retrouver là-bas, tout est fermé à cette heure. (Le responsable se pencha un peu sur le moniteur, intrigué) Dites, l'a les cheveux blancs votre collègue. Et en blouse ? Il ressemble pas trop à ce que vous m'avez décrit…

– Il a des problèmes capillaires, rétorqua sèchement Nico. Et la blouse, parce qu'il est hypocondriaque : ça le rassure. Je vais le rejoindre, vous avez un passe à me prêter ?

– Non : je ne suis pas autorisé à… »

La jeune femme le foudroya du regard. Le chef de la sécurité se recroquevilla sur lui-même, avant de lui en tendre un à contrecœur, emprunté à l'un de ses subordonnés.

« Je vais rester là, mais je vous suivrai avec les caméras…

– Parfait. (Nico lui tendit une carte professionnelle.) Appelez mes collègues et une ambulance, on va avoir besoin d'eux. Pour le reste, je me débrouille. Et si le Professeur Édison arrive, je ne suis jamais venu ici. »

André Léonard n'eut d'autre choix que d'approuver : en trois enjambées, la jeune femme avait rejoint la porte et disparu. Il se tourna vers ses collègues avec un air pincé :

« Sacré caractère, hein ? »

Ils approuvèrent en silence, préférant replonger dans leur travail en se mordant les joues pour ne pas sourire devant la déconfiture de leur chef : le voir se faire moucher, de cette façon, et par une dame, valait son pesant de cacahuètes. Léonard ne fut pas dupe : ils se moquaient de lui, le grand responsable de la sécurité, le bras droit de Monsieur Édison !

« Coupez-moi cette alarme avant qu'on ne devienne tous sourds ! » aboyat-il de mauvaise humeur.

Que dirait sa rombière s'il perdait son poste ? Il s'apprêtait à rejoindre son bureau en s'apitoyant sur son sort peu enviable quand le téléphone retentit. Un nom s'afficha à l'écran. Le Professeur Édison. Il décrocha nerveusement.

« André Léonard. Professeur Édison ?

– Léonard, je veux que vous identifiiez un patient.

– Je vous écoute.

– C'est un homme, qui répond au nom de George. Il a fait une chute dans les escaliers Est, lors de l'évacuation. Et je crois qu'il s'est perdu…

– Je n'ai rien sur les écrans, marmonna le responsable après un moment.

– Il a peut-être chuté dans un angle mort, avec la cohue, c'est possible.

– Mmm…

– Qu'est-ce qu'il y a, André ? Vous êtes plus disert d'habitude.

– C'est que… »

André hésita. Désobéir à la fliquette ? Il n'en avait pas vraiment envie, mais en même temps, il avait du mal à lui faire confiance. À cause de la police, il avait fait de la taule une fois… Tout ça parce qu'il avait bu un verre au bar et qu'il avait failli percuter leur voiture… Mais le Professeur Édison lui avait donné un travail malgré son casier judiciaire… La rancœur l'emporta.

« Professeur, il y a un officier de police qui est venu, Nicole Collard qu'elle a dit qu'elle s'appelait…

– Et ?

– Elle vous a accusé de meurtre…

– Et elle est à la recherche de son supérieur, le commandant Stobbart ? »

Léonard resta estomaqué. C'était presque mot pour mot les paroles de la femme.

« C'est également ce qu'elle a dit, confessa-t-il avec un ton respectueux, obséquieux.

– Ne vous en faites pas pour elle : elle fait partie de mes nouveaux patients et elle ne s'est encore malheureusement pas tout à fait adaptée à son nouvel environnement. George Stobbart est en fait son compagnon de jeu.

– Elle avait quand même une carte de flic sur elle, hasarda Léonard.

– C'est une très bonne imitation que nous lui avons laissée pour ne pas la perturber davantage. Quelle direction a-t-elle prise ?

– Les bâtiments collectifs derrière le manoir. Elle rejoint son collègue – son compagnon, pardon, un type aux cheveux blancs – que nous avons aussi repéré là-bas.

– Pas de problème. Gardez-les à la caméra. Je les y rejoins pour les mettre en lieu sûr dans mon bureau en attendant que le calme revienne. Tenez-moi au courant de leur progression par téléphone quand vous aurez du neuf.

– Entendu.

– Merci André. Bon travail.

– Merci, Professeur, se rengorgea Léonard. Je fais de mon mieux, vous pouvez compter sur moi ! »

Le chef de la sécurité raccrocha. Il était pétri d'admiration devant son chef : « C'est vraiment un grand homme ! ». Lui seul le comprenait. Il se mit à scruter consciencieusement les moindres faits et gestes du couple séparé.

Édison raccrocha.

« Quel crétin… »

Il s'était retenu de pousser un juron lorsque Léonard avait mentionné un homme "aux cheveux blancs". Ses subalternes n'avaient guère plus de jugeote qu'une huître. Encore heureux qu'ils comprennent la flatterie et le peu qu'on attendait d'eux. Le directeur ne connaissait qu'un homme correspondant à cette description : le Sujet 47. Et celui-ci tentait une nouvelle fois de leur échapper. Mais il devait d'abord s'occuper de cette charmante lieutenante. Un appât parfait pour l'homoncule…

Son oreillette en place, le Professeur prit la direction des bâtiments collectifs au pas de course. Il y serait avant la fliquette.

Chapitre XCIII

Les désastres s'enchaînaient les uns après les autres. Les alarmes retentissaient, chaque fois plus fortes, ajoutant au désordre ambiant. Mais *Lui* les maîtrisait un par un, calmement, comme *Il* avait toujours fait. *Il* composait élégamment avec les éléments, déjouant, contournant les difficultés avec habileté. Mieux, avec art. Car c'était vrai, *Il* avait élevé cette science de la gestion et du contrôle au domaine de l'art, évaluant avec minutie chaque possibilité qui s'offrait à *Lui*, cernant toutes les variantes, toutes les inconnues, réduisant presque à néant le risque zéro. Voilà comment *Il* avait vécu : *Il* gérait, prévoyait, optimisait, concluait avec la maestria d'un chef d'orchestre l'ensemble de son Œuvre. Puis le piston d'un hautbois se brisait, déclenchant un tremblement de terre. Chaque désastre contribuait à rompre l'harmonie qu'*Il* avait créée au profit d'une cacophonie grandissante. Tous ses pions se désolidarisaient, paniquaient, et *Lui* devait reprendre l'ensemble de son schéma pour les réassembler, les réaffecter aux tâches qui l'aideraient à poursuivre son dessin : une gestion sans faille. *Une maîtrise parfaite.*

Chapitre XCIV

Le Professeur Mantis remontait d'un pas rapide mais calme un des couloirs qui menait à son bureau personnel. Depuis qu'il vivait sur Paris, il ne venait plus que rarement en ces lieux. Son ancien bureau dans le manoir avait été repris par Édison. La pièce, immense et lumineuse, sobrement décorée, gardait le prestige des siècles passés et restait l'endroit privilégié pour recevoir les rendez-vous de patients.

Quand Édison avait pris la relève comme directeur au sein de l'Institut, Mantis avait gardé un bureau, aménagé derrière le manoir, dans les bâtiments collectifs, non loin des chambres occupées par les patients et quelques bureaux administratifs. Cette pièce lui offrait un accès presque direct à la salle qu'il venait de quitter.

Mais au lieu de continuer tout droit pour aller à son bureau, Mantis bifurqua juste avant pour entrer dans une salle d'examen où tout l'attirail médical était réuni pour examiner les patients en cours de traitement. Il se dirigea sans hésiter vers une armoire qui trônait contre un mur. Il parcourut rapidement le contenu, trouva ce qu'il était venu chercher, déverrouilla la porte avec son propre passe magnétique qui ne le quittait jamais et ressortit, après avoir – au préalable – pris deux seringues dans le meuble juste au-dessous. Avec des gestes précis fruit de sa longue expérience, il décacheta une des seringues et l'emplit d'un liquide incolore jusqu'à la moitié. Il appuya sur le piston pour en ôter l'air. Satisfait, il remit la protection sur l'aiguille et fourra le tout délicatement dans sa poche, avant de quitter les lieux.

Lorsqu'il ressortit de la salle de consultation, seules les lumières des lampes de secours brillaient d'une lueur ténue. Tout était plongé dans une demi-pénombre. Les lieux étaient à présent déserts. Tous les patients avaient été évacués. Mantis prit enfin le chemin de son bureau, quand il s'arrêta. Il avait entendu un bruit de pas. Il dressa l'oreille, attentif. On venait dans sa direction.

Le Professeur demeura aux aguets. Le bruit de pas s'était encore rapproché. Un pas léger, hésitant. Un patient ? Mantis en doutait : ils recevaient tous des consignes très strictes dans ces cas bien précis. Non, le pas ne connaissait pas les lieux et se dirigeait en cherchant son chemin. Il était maintenant tout proche, juste devant lui, derrière l'angle du mur. Mantis se rapprocha, armant son poing. Quand le pas arriva à sa hauteur, le Préfet feignit la collision, sa main bloquant aussitôt celle du nouveau venu qui s'élevait déjà vers son visage en un geste d'auto-défense. L'individu était petit. Une femme. Elle s'écarta vivement de lui, avant de pousser un cri de soulagement :

« Préfet Mantis ! »

Le bien-nommé identifia aussitôt son interlocutrice : la lieutenante Collard !

« On peut dire que vous savez ménager vos effets, sourit-il en feignant l'amusement.

– À qui le dites-vous ! Vous m'avez flanqué une peur bleue !

– Désolé, j'étais dans mes pensées et cette alarme m'a surpris. Que faites-vous ici ?

– Le commandant Stobbart est ici ! Je l'ai vu sur les caméras du poste de garde, mais il est blessé ! mentit la jeune femme.

– Stobbart ? Mais que fait-il ici ?

– Il enquêtait toujours sur le meurtre d'Ariel Braska. Malheureusement, le Professeur Édison est impliqué dans sa mort…

– Édison ? Ce n'est pas possible, voyons ! Je le connais depuis des années !

– Je comprends votre surprise, mais tout porte à croire que le directeur s'est servi de votre Institut comme couverture pour des activités beaucoup moins recommandables que les vôtres… Vous avez vu les vidéos…

– Quelle horreur ! s'exclama Mantis, outré. Sous mon propre toit ? Attendez, venez dans mon bureau : vous allez m'éclairer. J'ai aussi accès aux caméras du site. Ce sera plus facile pour retrouver votre supérieur… »

Deux couloirs plus loin, et après avoir traversé un petit sas qui faisait aussi office de salle d'attente, Mantis ouvrit la porte d'une pièce de bonne taille. Un bureau y trônait, encadré d'une bibliothèque dans laquelle siégeaient les indétrônables de la psychologie : Ribot, Freud, Lacan, Fechner.

Mantis contourna le bureau, ouvrit un tiroir et en retira une télécommande. Il retourna auprès de la jeune femme et appuya sur un bouton. La bibliothèque se replia sur elle-même pour découvrir un écran monumental. Nicole s'avoua impressionnée : le trompe-l'œil était d'un réalisme redoutable. Mantis enfonça un autre bouton et l'écran scintilla. Nico resta muette d'horreur.

Chapitre XCV

Lundi, 20 h 22

Le sang gouttait lentement, tombant derrière lui à intervalles réguliers, laissant sur le sol une trace discrète. Stobbart s'appuyait sur le mur avec son bras plâtré pour ne pas basculer. À la différence de Cloud, il n'avait aucune idée de l'endroit où il se trouvait, ni même où il allait. L'ascenseur l'avait amené à l'unique étage qu'il desservait. À partir de là, il devait se débrouiller.

Il s'était fixé comme unique but de mettre la main sur un téléphone. Il devait appeler Nico, l'avertir de tout ce foutoir. Et s'il devait y rester, que son sacrifice ne soit pas vain. S'il arrivait à tenir le coup jusque-là. Sa main valide serra son abdomen. La douleur était vive. Et cette sensation de s'être fait ouvrir comme un poisson lui restait intolérable. Il sentait encore la lame tranchante du couteau aiguisé pénétrer sa peau, lui causant une souffrance insupportable. Et dire qu'il n'avait subi que les prémices… Son estomac se contracta dans un violent spasme de révulsion. Qualifier cette envie de vomir pour cracher cette impression de dégoût indélébile était encore en dessous de la vérité. Tout comme le souvenir de cette opération de boucher qui resterait gravé dans sa mémoire pour le restant de ses jours…

Quand Cloud était intervenu pour mettre fin à son calvaire, il n'y avait pas cru. Tout juste avait-il vu un éclair blanc passer au-dessus de lui et fondre sur un des hommes qui le maintenait comme un aigle sur sa proie. Quelques secondes plus tard, l'alarme sonnait le glas de son supplice et sans comprendre comment, il se retrouvait libre. Il avait regardé autour de lui, pris au dépourvu, avec une vague conscience que Cloud lui avait parlé avant de disparaître. Mantis s'était évaporé. Il ne restait plus que des cadavres et lui-même, le cadavre en sursis. Il avait examiné sa main encore valide, fait bouger ses doigts. Tout répondait. Restait son ventre.

Celui-ci le brûlait d'une douleur lancinante, intense. Avec précaution, il se mit à palper l'ouverture que Mantis avait pratiquée. Quand ses doigts touchèrent les bords de l'entaille, George en eut un haut-le-cœur : après l'humidité poisseuse du sang, il avait senti la trop grande largeur du creux qui séparait son ventre en deux, touchant par inadvertance les tissus mous et graisseux composant la couche bedonnante et superficielle de sa ceinture abdominale. Cela le révulsa, mais il se força à continuer. Il devait absolument estimer les dégâts avant de bouger. Ses doigts longèrent la plaie jusqu'au nombril et il s'aperçut avec horreur qu'elle le traversait de part en part jusqu'au pubis. Stobbart laissa retomber sa main, désemparé. Jamais il ne pourrait se mouvoir d'ici sans déverser ses entrailles sur le carrelage. Il devait pourtant sortir de là d'une manière ou d'une autre pour aider Maxime.

Son regard se posa sur le chariot métallique à côté de lui. Dans sa précipitation, Mantis l'avait repoussé pour avoir le champ libre et s'enfuir. Sur la tablette supérieure, il ne vit que les outils de chirurgien qui avaient servi à le charcuter, encore souillés de son propre sang. Rien qui ne puisse l'intéresser. Il releva légèrement la tête pour voir ce qu'il y avait sur la tablette inférieure. Son cœur bondit dans sa poitrine. Outre des gants de rechange, des pansements, des compresses, se trouvait un rouleau de sparadrap neuf, prêt à l'emploi. Il tendit la main et grogna. Il ne faisait que le toucher du bout des doigts. Tenant fermement son ventre, Stobbart se pencha un peu plus. Il sentit ses intestins protester, tenter de bouger pour rompre la barrière de muscles et sortir à l'air libre. Il serra plus fortement encore, se penchant davantage. Il en vit trente-six chandelles, se sentit sur le point de s'évanouir quand ses doigts agrippèrent enfin l'objet convoité. George se renversa aussitôt sur la table d'opération.

Son éblouissement se dissipa rapidement. Le policier reprit prestement ses esprits et entreprit de vider méthodiquement le rouleau de ruban adhésif : il se mit à coller une à une de larges bandes de sparadrap sur son torse, serrant fortement ensemble les deux parties de son abdomen pour créer une jointure artificielle qui lui permettrait de maintenir sa graisse et ses organes en place. Pas de temps à perdre pour mettre des compresses. Surtout avec son bras cassé : la tâche n'était déjà pas aisée, et George devait se résoudre à progresser lentement, l'obligeant à ronger son frein quand chaque seconde comptait pour prévenir Nico du traquenard que Mantis et Édison ne manqueraient pas de lui tendre.

Dix minutes plus tard, le policier s'asseyait précautionneusement sur le bord de la table. Il sentit ses viscères pousser contre le sparadrap. Dans un réflexe, Stobbart contracta ses muscles pour les retenir. Le mouvement lui arracha aussitôt un cri rauque et il crut défaillir de nouveau. Il serra convulsivement son abdomen en attendant que la douleur se dissipe, ou du moins, qu'elle s'atténue. Étreignant toujours son ventre, il posa ses pieds l'un après l'autre et réussit même à faire quelques pas avant que les vertiges ne le ressaisissent. Il s'appuya *in extremis* au mur pour ne pas sombrer. George lança après Mantis ses pires imprécations : non seulement content de l'avoir roulé dans la farine lui et son équipe, il l'avait charcuté sans scrupule.

« Je te le ferai payer, boucher du diable ! »

La promesse jaillit entre ses dents serrées et lui insuffla une force nouvelle.

Juste après avoir péniblement enfilé le pantalon d'hôpital qu'Édison avait accroché à une patère, George désertait les lieux par le même ascenseur que le Préfet, avec, pour seule énergie, la promesse qu'il venait de se faire.

Chapitre XCVI

Lundi, 20 h 23

« Dirigez-vous vers la sortie. Ceci n'est pas un exercice. »
Le médecin passa devant lui sans lui prêter attention. Comme d'habitude. Mais les jeunes étaient souvent comme ça maintenant, hautains et prétentieux, le vigile l'avait remarqué. Sans compter leurs coupes de cheveux saugrenues. Blanc. Quelle idée. On les avait bien assez tôt pour ne pas se les teindre de cette couleur. Il haussa les épaules. Il s'en fichait, il n'était pas payé pour être aimable avec les médecins. Sauf avec le chef, bien évidemment. Il regarda sa montre. L'alarme sonnait déjà depuis un peu plus d'un quart d'heure et le son strident lui tapait sur les nerfs. Et hormis quelques retardataires, l'évacuation était, dans l'ensemble, terminée. Il avait fini sa ronde dans le gymnase et les chambres des patients au rez-de-chaussée, vérifié que personne ne traînait dans les couloirs et regagnait rapidement le poste de surveillance. Son talkie grésilla.

« Attention ! Ici le Professeur Édison. Alerte à la sécurité : un patient, environ vingt-cinq ans, erre dans les couloirs des bâtiments collectifs et des dortoirs. Signe particulier : il a les cheveux blancs. Il doit être considéré comme armé et extrêmement dangereux. Attention, je répète… »

L'agent de sécurité ne prit même pas le temps d'écouter le message jusqu'au bout. Il partit au pas de course. Des cheveux blancs, merde ! Le soi-disant médecin ! Au bout du couloir, il avait tourné à gauche. Il n'avait pas pu aller bien loin. Le vigile tourna en négociant le virage serré et n'en crut pas ses yeux. Ni encore vingt-quatre heures après sur son lit d'hôpital.

L'alerte contre Elle n'avait pas encore été donnée. Tant mieux, car il ne restait que peu de temps. Elle passa devant le garde qui la regarda avec insistance. Elle l'ignora. Au bout du couloir, elle tourna à gauche. Par où devait-elle aller ? Des murs blancs, toujours des murs blancs. Cette volonté de vivre dans un monde immaculé, de sacrifier sa liberté pour soi-disant plus de sécurité, lui donnait la nausée. Derrière elle, dans le lointain, le micro du garde grésilla. Puis un pas précipité. Elle était repérée.

Elle avança encore de quelques pas et se retourna. Tout était question de bon chronomètre. Elle attendit. Les pas se rapprochèrent. Quinze mètres. Les pas se rapprochèrent encore. Dix mètres. Cinq mètres. La jeune femme se mit à courir, vers le garde. Deux mètres. Elle sauta de côté et se mit à courir sur le mur blanc. Un pas, deux pas. Le garde débloula en face d'elle. Elle n'eut que le temps de voir la surprise dans son regard : au troisième pas, il prit son pied à la volée, en pleine face, et s'écroula assommé. Marcher sur les murs réservait toujours son petit effet. La jeune femme se remit à courir – sur le sol cette fois – et disparut.

*

Dans le petit monde de la sécurité, tous étaient en effervescence. Ils suivaient la progression de l'intrus avec fébrilité, crachant des ordres dans les talkies tout en se faisant eux-mêmes abreuver de fustigations par le Professeur Édison. Le fugitif apparaissait et disparaissait des caméras avec l'aisance d'un caméléon. Il évitait les gardes ou s'en débarrassait avec une facilité déconcertante. Mais André Léonard ne s'avouait pas vaincu. Et surtout pas par un dingue. L'alarme avait été enfin coupée, mais il avait donné l'ordre que tout le monde reste dehors pour le moment. Il avait déclenché la grogne chez les infirmières et les médecins : les températures avaient fraîchi et le froid gagnait les patients. Mais il s'en moquait. La sécurité avant tout. Son talkie résonna pour la énième fois.

« Vous en êtes où, là ? »

Le directeur Édison. Son supérieur commençait sérieusement à lui taper sur le système.

« Le suspect semble pour le moment se diriger vers les bureaux. J'ai lancé tous les hommes à sa recherche. Ça n'est qu'une petite question de temps…

– Et moi, j'en ai pas, rétorqua sèchement Édison. Débrouillez-vous pour le coincer, MAINTENANT ! Et où se trouve maintenant la pseudo-lieutenante de police ?

– J'ai vu Monsieur Mantis l'emmener vers son bureau, répondit Léonard d'une petite voix.

– Et qu'attendiez-vous pour me le dire ? tonna le directeur.

– Euh… Je… Attendez ! »

Léonard écarquilla les yeux. Un homme, un bras plâtré et à moitié nu, était apparu sur un écran. Il progressait avec une difficulté évidente, laissant derrière lui des traces de… sang ?

« Quoi encore ? Qu'est-ce qu'il y a ? Parlez bon sang !

– Il y a un homme blessé à la caméra… »

Silence dans le talkie. Le Professeur devait encaisser la tuile.

« Bâtiment collectif, poursuivit André, au troisième. Il est…

– Je m'en occupe. Vous, concentrez-vous sur l'autre patient et tenez-moi au courant de sa progression. Vers où se dirige l'homme blessé ?

– Les bureaux de la comptabilité. Vous êtes sûr que… »

Un grésillement lui répondit. La communication avait été coupée sans plus de cérémonie. Il n'y avait plus qu'à obéir.

« À tous les agents de sécurité : convergez tous vers les bureaux des ressources humaines au premier étage. Formez des équipes de deux et ratissezmoi le secteur. Attention, le suspect doit toujours être considéré comme dangereux. Usage des matraques autorisé. »

Le médecin entra dans la petite pièce. Son crâne rasé reflétait la pâle lueur du néon. L'agent de sécurité se retourna, l'examinant avec attention. Il se caressa le menton d'un air méfiant. Le médecin l'ignora et s'avança vers l'escalier qui le mènerait au deuxième étage.

« Un instant, s'il vous plaît ! »

Le toubib s'arrêta.

« Oui ? demanda-t-il d'une voix froide.

— Personne n'est autorisé à entrer dans les bâtiments. Je vous demande de rejoindre le point de rassemblement à l'extérieur de l'établissement.

— Un de mes patients s'est égaré dans les environs, il me semblait plus judicieux de le ramener avec moi.

— J'ai fouillé tous les bureaux et je n'ai vu personne. D'ailleurs, je n'ai pas souvenir de vous avoir déjà vu, Docteur… ?

— 47.

— Je vous demande pardon ?

— Docteur 47. Vous m'avez demandé mon nom…

— Je ne connais aucun médecin de ce nom-là. Votre badge, s'il vous plaît. On va vérifier ça… »

L'agent de sécurité tendit une main gauche soupçonneuse. Le docteur 47 s'avança d'un pas. Le garde porta immédiatement la main droite à sa matraque.

« Restez où vous êtes. Tendez seulement votre main. »

Le médecin haussa les épaules et lui tendit tranquillement l'objet désiré. Le garde s'en saisit et y jeta un bref coup d'œil. La photo était celle d'une jolie jeune femme. L'homme lança aussitôt sa matraque en direction du visage de 47. Le tueur bloqua du bras gauche et porta un coup de pied derrière le genou. La jambe du garde fléchit et 47 profita de cette position pour saisir de sa main droite la main armée et y exercer une violente torsion. Le garde poussa un cri de douleur, mais n'eut pas le temps de s'appesantir sur son poignet : son adversaire avait déjà repassé sa main gauche à l'extérieur du bras paralysé et lui appuyait sur l'articulation du coude, l'obligeant à abaisser la tête vers le sol.

Le garde vit avec terreur la jambe de 47 monter vers lui pour lui aplatir le nez et, par réflexe, ferma les yeux en attendant l'impact. Il sentit un simple frôlement devant son front. « Il m'a raté ! » s'exclama silencieusement l'homme, osant à peine croire en sa chance. Avec raison. La jambe redescendit et s'abattit derrière sa tête. Sans comprendre ce qu'il lui arrivait, et entraîné par cette surprenante impulsion, le garde exécuta une vrille pour retomber lourdement sur le dos. La tension sur son poignet avait disparu et il en éprouva un intense soulagement. Par contre, voir la tête du pseudo-médecin juste au-dessus de lui ne le réjouit absolument pas.

47 frappa l'homme entre les deux yeux, qui s'évanouit. Le tueur se releva et tendit l'oreille. Tout était silencieux. La scène n'avait pas duré plus de quatre secondes. Il saisit le garde inanimé par le col et le traîna derrière le bureau pour le dissimuler :

tout le monde était à sa recherche, il n'avait pas besoin qu'on localise plus précisément son passage. Il avait besoin d'encore un peu de temps. 47 s'évanouit dans l'obscurité, vers le niveau supérieur.

*

« Il est au deuxième ! Il est au deuxième ! Mais bougez-vous, bon Dieu ! Les bureaux ! Plus vite ! »

André Léonard hurlait ses ordres dans le talkie. Il voyait ses hommes se faire maîtriser un à un par ce faux médecin, et encore, quand il les voyait sur les caméras. Pour les autres, les talkies restaient muets. Soudain, une ombre apparut sur un de ses écrans. Le chef de la sécurité se tendit. La silhouette familière du Professeur Édison progressait à pas pressés. Au troisième étage, le directeur suivait les traces du patient blessé. Celui-ci semblait avoir disparu pour l'instant. Léonard continua de scruter ses moniteurs. Rien pour le moment.

Il passait frénétiquement d'une caméra à l'autre, guettant le moindre mouvement suspect. Quand il vit quelque chose d'anormal. Là où son écran était désert quelques secondes plus tôt, un homme gisait à terre, une blouse blanche et chiffonnée traînant à ses côtés. Léonard crut que son cœur ratait un battement. L'enfoiré continuait sa progression avec autant d'aplomb que s'il s'était agi d'une promenade de santé. Ses gars n'étaient pas des flics du GIGN[14], mais ils ne s'en laissaient pas non plus compter !

Le chef de la sécurité bascula sur les caméras qui couvraient l'open-space, un espace composé de bureaux et de plantes vertes. L'homme pesta. Question angles morts, on ne faisait pas mieux. Une nouvelle silhouette apparut et s'évapora aussitôt. André Léonard manipula ses caméras pour découvrir un nouvel angle de vue. Deux de ses hommes apparurent, matraque au poing, progressant lentement de part et d'autre de la colonne de bureaux. L'équipe trois. Il saisit son talkie.

« Équipe trois ! Attention, vous n'êtes pas seuls ! Il y a quelqu'un !

– On sait ! répliqua sèchement le garde à voix basse, tendue par le stress. Les équipes une et quatre sont déjà sur le carreau. Tu l'as vu où ?

– *Derrière toi* », chuchota une voix.

Les trois yeux verts progressaient rapidement et silencieusement. Ceux-ci brillaient dans l'obscurité. Malgré cela, ses proies voyaient tout au plus un éclat vert avant d'être happées brutalement et de s'effondrer dans les ténèbres de l'inconscience. Le Pêcheur continua d'avancer patiemment, échappant à l'œil vigilant des caméras, pour se faufiler entre les espaces de travail du deuxième étage. Il n'était plus très loin. Mais entre lui et son objectif restait encore un garde. Un homme affolé par la disparition de son acolyte quelques secondes auparavant.

Le garde s'avançait lentement, aux aguets. La matraque dans sa main trem-

---

[14] Groupe d'Intervention de la Gendarmerie Nationale : unité d'élite de la Gendarmerie.

blait. La petite torche qu'il tenait dans son autre main balayait nerveusement l'espace devant lui, braquant brusquement le mince faisceau lumineux dans les recoins sombres, susceptibles de cacher le prédateur.

Ce dernier le suivait à la trace, plus silencieux qu'une ombre. Les caméras ne lui facilitaient pas la tâche et son esprit ne cessait de calculer les angles morts qui le rendaient invisible. Ici. Le garde venait de dépasser un bureau dont un des côtés le garderait dissimulé à l'œil électronique. Les trois yeux verts saisirent un crayon et le lancèrent droit devant lui. Il heurta bruyamment une boîte de trombones qui se répandirent sur le sol. Le garde sursauta et fit volte-face.

« Qui va là ?! Sortez ! »

La lumière tremblotante de sa lampe démentait le ton ferme de sa voix. Il arma sa matraque, prêt à frapper.

« Sortez tout de suite et il ne vous sera fait aucun mal ! »

Le coup de semonce tomba à plat. L'homme avança craintivement, serrant fébrilement son arme. Il prit une soudaine inspiration et chargea en direction du bruit dans un beuglement. Le coup porté à la gorge lui coupa littéralement le sifflet. Trois yeux verts se matérialisèrent devant lui, une main déjà accrochée à son cou avant qu'il n'ait pu faire un pas en arrière pour se protéger. Tête baissée, dans un réflexe désespéré, le garde leva le bras et frappa avec sa matraque. Une autre main lui crocheta au même instant l'intérieur du coude et, à sa grande surprise, au lieu de le bloquer, le força à continuer son mouvement.

D'un mouvement fluide, le Pêcheur fit exécuter une vrille à son adversaire en même temps qu'il reprenait position derrière son abri. Sans comprendre ce qu'il lui arrivait, le garde se retrouva à terre, sur le dos, le bras avec la matraque toujours paralysé. Il sentit une jambe se glisser sous sa nuque et comprit avec horreur que son agresseur avait bloqué sa tête dans l'étau de sa jambe. Il se débattit, mais le bras qui lui aurait permis de frapper l'homme était à présent fermement immobilisé. Il chercha désespérément une goulée d'air qui ne vint pas et s'évanouit.

Le Pêcheur relâcha sa victime. Il dormirait un bon moment. Il se redressa à demi, à l'affût du moindre bruit. Personne. Il était temps de poursuivre son objectif. Il sortit des bureaux et se dirigea vers le sud du bâtiment. Le coup de feu claqua. Cloud se figea sur place.

Chapitre XCVII

Lundi, 20 h 17

Nico était sous le choc. Sur l'immense écran, elle vit George hurler tandis qu'un médecin lui ouvrait le ventre avec délicatesse. La violence de l'image lui percuta la rétine et provoqua en elle un court-circuit : elle resta scotchée devant les images, incapable de bouger d'un pouce. Son regard était littéralement magnétisé par la chair blanche et flasque de son chef nu, étendu sur la table d'opération. Ce n'était pas de la curiosité morbide. Au contraire. La vue du sang réveilla en elle la terreur primaire de la mort qui la pétrifia plus sûrement que le regard de la Gorgone. Tout son esprit lui hurlait : « Bouge ! Mais bouge ! Reste pas plantée là ! » Quand le médecin écarta les parois graisseuses de Stobbart pour découvrir les muscles de la ceinture abdominale, elle détourna la tête et vomit sans manière. *Mais qu'est-ce que c'était que ce bordel ?!* Les spasmes de son estomac à peine calmés, elle releva la tête pour regarder Mantis derrière son bureau. La pièce était vide.

Collard tourna la tête, sans prendre la peine d'essuyer le liquide gastrique qui coulait encore de son menton. Sa main vola vers son arme accrochée à sa ceinture. Elle sentit un mouvement derrière elle et se retourna au moment où elle empoignait la crosse froide de son revolver. Trop tard. La piqûre d'une seringue à la base de son cou la fit sursauter. Elle pivota sur elle-même, son bras balayant l'espace derrière elle. Elle heurta le bras dur de Mantis qui encaissa le choc avec un grognement. Il fit un pas en arrière, la seringue toujours à la main. À l'extrémité, un liquide incolore perlait encore à l'aiguille.

« Qu'est-ce que vous m'avez fait ? hurla la jeune femme en braquant son arme sur le médecin. Y avait quoi dans cette seringue ?!

– Rien de bien méchant, un léger calmant, répliqua froidement le praticien.

– Un calmant ? Pourquoi un calmant ? Et c'est quoi ces images ? »
Nico tremblait. Son arme se faisait plus lourde dans sa main. Des vertiges lui faisaient tourner la tête. Tout comme les questions. Cette vidéo… Son chef était-il mort ? Et ce boucher à l'écran… Édison ? …Mantis ? Étonnamment, elle n'avait plus de doute sur la réponse… Plus maintenant.

Elle essaya tant bien que mal de garder le Préfet dans sa ligne de mire, mais le pistolet était trop lourd. Son bras retomba le long de son corps. Ses jambes tremblèrent si fort qu'elle tomba à genoux. Mantis, à trois pas d'elle, la regardait sans bouger d'un pouce. Dans sa vision brouillée, elle le vit s'avancer vers elle avec vivacité – ou bien était-ce elle qui était trop lente ? – et s'emparer délicatement de son arme, sans la toucher. Comment pouvait-il lui faire ça ? *Leur faire ça ?*

« Pourquoi ? ânonna-t-elle. On vous faisait tous confiance…

– Sachez, officier, que la confiance est un paramètre tout à fait ajustable dans toute gestion. Quant à la question de savoir pourquoi, il n'y a pas de réponse que vous pourriez comprendre. Vous n'êtes qu'un élément mineur et aléatoire d'un jeu que vous êtes bien incapable de comprendre.

– Vous êtes cinglé…

– La folie ! Un concept intéressant si l'on est du bon côté du miroir. Croyez-vous être du bon côté ? Certainement. Mais l'êtes-vous ? Les images que vous avez vues – fraîchement enregistrées – laisseraient à penser que la folie est, chez moi, un paramètre exagéré. Pourtant, en connaissez-vous le but ? De vous-même, je dirais que vous n'êtes pas folle, mais que vous n'avez tout simplement pas la maturité nécessaire pour comprendre le cheminement intellectuel que j'ai suivi et faire de moi un joueur hors pair. »

Nicole ne comprenait plus rien. La grandiloquence de Mantis la perdait complètement. Son calmant y était pour beaucoup. Elle avait la sensation d'avoir un corps en coton et le cerveau en compote. Pourtant, elle devait réfléchir. Elle devait s'y forcer pour ne pas succomber totalement à la drogue qu'il lui avait injectée. Elle parla, mais avec l'impression que sa voix sortait d'outre-tombe :

« Quel est le rapport avec l'infirmière ? Avec Maxime ? Pourquoi vouloir le tuer ?

– Il ne vous appartient pas de le savoir, officier, asséna le Préfet, péremptoire. Si je vous garde dans un état de délabrement relatif, c'est parce que vous avez au moins le mérite de m'être d'une quelconque utilité. Vous êtes une unité sacrificielle, pas une pièce maîtresse. Tenez-le-vous pour dit. »

Collard sombra dans une demi-torpeur. La drogue absorbait goulûment ses forces comme un vampire. *Une unité sacrificielle.* Dans le brouillard de son esprit, l'expression flottait au-dessus du reste. Un bouclier humain, un otage… Voilà ce qu'elle était pour lui. Les perspectives ne s'annonçaient guère réjouissantes. Ses pensées vagabondèrent sur Maxime, puis Stobbart. Où étaient-ils ? Comment tout cela s'achèverait-il ? Avec elle ? Sans elle ? Elle en aurait tremblé de peur si elle n'avait pas été anesthésiée.

Le temps s'étira. Nico se força à veiller. Malgré cela, elle n'aurait pas pu jurer d'être restée tout le temps éveillée. Elle s'obligea à relever la tête. Une lumière étincela. Nico mit un temps à comprendre ce que c'était. Le téléviseur. Le souvenir cuisant de son chef ouvert en deux lui fit presque abandonner l'idée de la regarder. À sa grande surprise, l'expérience chirurgicale avait laissé la place à une mosaïque de caméras. Un regain d'intérêt la tira brièvement de léthargie.

Les caméras affichaient tous les lieux de l'Institut, les écrans se brouillaient successivement pour découvrir d'autres places du manoir. Un grand nombre de caméras avaient un point commun : elles filmaient des lieux vides. Ou bien, elle était trop fatiguée pour discerner quoi que ce soit. Elle ne l'excluait pas. Nicole battit des paupières pour accélérer son réveil, mais ne put que constater son impuissance. Le sommeil forcé reprenait ses droits. Une réaction au milieu de l'écran chassa l'indélicat. Mais ses yeux embués ne virent qu'un mouvement indistinct, rien de précis.

« Vous perdez… », grogna péniblement Nico.

Mantis braqua sur elle son regard d'airain.

« Je ne perds jamais. Savez-vous pourquoi ? Parce que, dans aucun de mes paramètres, (Mantis martela ses mots de la voix et du poing sur la table) n'existe – le – facteur – de – la –… »

La détonation leur parvint distinctement.

« …FATALITÉ ! »

Chapitre XCVIII

Lundi, 20 h 28

Stobbart ahanait à chaque pas. Il était en nage. Sa main valide serrait toujours convulsivement son ventre. Pour l'instant, les rubans adhésifs tenaient bon, mais pour combien de temps encore ? Une auréole rouge s'étendait petit à petit le long de l'incision. George n'avait qu'une peur : que la sueur et le sang poisseux décollent les bandes adhésives et qu'il voit son abdomen répandre par terre son contenu. Pour éviter cela, il fallait trouver des soins. Et pour trouver des soins, il fallait trouver quelqu'un ou un téléphone. Et c'était bien ici que le bât blessait : tous les lieux étaient déserts et chaque téléphone qu'il rencontrait n'émettait qu'une tonalité ininterrompue, aussi inutile que décourageante. Quelque chose comme « *foutuuuuuuuu…* ».

Le policier s'arrêta. Ses haltes devenaient de plus en plus fréquentes. Le sol l'appelait de toutes ses forces. George ne rêvait que de se laisser glisser à terre pour se reposer. Mais s'il cédait à la tentation, il était tout aussi certain de ne pas se relever. Il devait rester debout. Il devait remettre la main sur Max et fuir cet asile de fous. Mais par où aller ? Il avait la désagréable sensation de tourner en rond. Et où retrouver le jeune homme ? Il était devenu complètement imprévisible. Stobbart se tança mentalement : au lieu de s'apitoyer, il devait bouger et sortir d'ici ! Ça n'était pas en prenant racine qu'il résoudrait le problème. Stobbart souleva une jambe pesante et fit un premier pas.

George tendit l'oreille. Il avait cru entendre un bruit non loin de lui. Où était-ce son imagination ? Le sang qui battait à ses tempes brouillait ses perceptions. Il continua d'avancer et, au détour d'un couloir, tomba sur un corps inanimé. Un garde de l'établissement comme l'indiquait sa tenue. Malgré la douleur, Stobbart tomba à genoux plutôt qu'il ne s'accroupit et vérifia le pouls. L'homme vivait encore. Qu'est-ce qui s'était passé ? Il n'y avait pas de trace de lutte, le travail avait été fait proprement. Max ? Probable. Qui d'autre aurait fait ça ? Il n'y avait que lui dans les parages capable de mettre hors d'état de nuire et aussi soigneusement un type qui faisait le double de son poids.

Le policier se releva en s'agrippant tant bien que mal au mur. Le corps lui indiquait qu'il était sur la bonne voie. Il reprit son chemin. Toutes les lumières de l'open-space se coupèrent brusquement. Les lieux plongèrent dans la pénombre. George s'arrêta quelques secondes. Un silence angoissant planait. Les rangées vides de bureaux impersonnels rendaient l'endroit inquiétant ; la menace, indistincte. Stobbart avait l'impression de se retrouver dans un lieu hanté, duquel surgirait tôt ou tard une goule de son enfance. *Seul dans l'obscurité*. Ça ferait un bon titre de cinéma. Il secoua la tête. Il divaguait, là. La perte de sang lui faisait perdre ses esprits. Il reprit sa progression, néanmoins plus lentement, plus prudemment. Plus malaisée aussi. Un ruban adhésif se détachait. Un vertige saisit Stobbart et il tomba à genoux une deuxième fois. L'extincteur brisa l'écran d'ordinateur devant lui. Édison poussa un juron.

*

Sur les indications de son responsable de la sécurité, le directeur de l'Institut avait retrouvé le policier sans aucun problème. Contrairement à lui et à sa jeune collègue, il connaissait les lieux sur le bout des doigts. La problématique qui s'était réellement posée à lui avait été de savoir comment éliminer le flic. La solution s'était imposée d'elle-même quand Édison avait vu l'extincteur au mur. Dans la cohue, un patient présentant de lourdes séquelles psychologiques avait écrasé la tête de l'argousin à coups d'extincteur avant de le vider de ses organes. Le directeur avait souri. Ça, c'était finement trouvé. Pour ce qui était du bouc émissaire, il était déjà tout désigné : un certain garçon aux cheveux blancs ferait très bien l'affaire. Et si ça tournait mal, le flic avait de toute façon eu la gentillesse de se délester de son arme avant son… "opération". Mais avant tout cela, il y avait une chose à faire…

« Poste de sécurité, appela Édison, à voix basse. Vous m'entendez ?

– Très bien, répondit aussitôt Léonard. Que puis-je pour vous, Monsieur ?

– Il y a un début d'incendie au troisième étage des bâtiments administratifs. Coupez tous les circuits électriques du secteur, caméras comprises.

– Un incendie ? Mais je ne vois rien, Monsieur ! Tous les détecteurs sont…

– Faites ce que je vous dis au lieu de réfléchir !

– B…Bien, Monsieur le directeur. Je… »

Édison coupa sans plus de cérémonie. Toujours à discuter. Insupportable. Moins de deux minutes plus tard, tout s'éteignait. Un rictus étira les lèvres du directeur. Il ne lui restait plus qu'à agir. L'excitation le gagnait. Il sentit le poids de l'extincteur dans sa main. Un sentiment de puissance s'empara de lui, comme à la salle d'arcade. Tenir la vie d'un homme dans le creux de sa main était si enivrant… Il était un Dieu. Il retrouva Stobbart à la dernière position indiquée par Léonard, dans les bureaux de l'open-space. Il s'était visiblement perdu. Tant mieux : un homme désorienté perdrait le peu de moyens qu'il lui restait face à une attaque soudaine.

Le flic était de dos. Le directeur s'approcha de lui à pas de loup. L'homme était mal en point et avançait voûté. Avec un sentiment d'intense jouissance, Édison brandit l'extincteur au-dessus de sa tête et l'abattit de toutes ses forces sur le crâne du policier. À sa grande surprise, il ne rencontra que le vide et son arme improvisée finit sa course dans un écran d'ordinateur.

Stobbart sursauta violemment. Dans un réflexe, il lança sa jambe en arrière, lui arrachant un cri de douleur quand il sentit la blessure de son ventre s'étirer. Il heurta quelque chose et l'homme derrière lui s'écroula, la jambe fauchée. George jeta un coup d'œil en arrière. Dehors, un rai de lumière s'échappa fugitivement des nuages, accrochant une chevelure blonde. L'identité de son adversaire ne lui fit aucun doute : Édison. Stobbart sentit une colère glacée l'inonder. Malgré son état moribond, il s'arrangerait pour que ce fumier ne repartît pas dans le meilleur état. La vengeance était professionnellement très discutable. Mais la profession n'exigeait pas de lui qu'on l'ouvrît comme un cochon. Il se releva difficilement sur ses jambes tremblotantes. Le directeur s'était déjà remis sur pied.

« Tu vas crever, flicaillon ! » siffla le médecin.

George ne répondit rien, trop occupé à essayer de maintenir son équilibre et garder son ventre fermé. Son bras cassé ne lui facilitait pas la tâche. Édison le regardait, goguenard.

« Pathétique… Adieu, officier. »

Le directeur tendit son bras. Un nouveau rayon de lune éclaira son poing et le reflet métallique d'une arme brilla. Le bras valide de Stobbart se détendit au même moment, envoyant à la figure du directeur le premier objet qui lui était tombé sous la main. L'agrafeuse métallique heurta le directeur à la mâchoire. Sous le choc, le bras qui tenait le pistolet dévia et George précipita ses dernières forces sur son adversaire. L'épaule du policier percuta le directeur au sternum, lui coupant le souffle, en même temps que la puissance du choc le propulsait contre la paroi. Stobbart et Édison glissèrent au sol. Le flic agrippa aussitôt la main qui tenait l'arme et la maintint à terre.

Édison sentit le policier s'affaler sur lui et le frappa dans les côtes. Stobbart cria. Le poing du Professeur quitta son côté et frappa encore, cherchant à atteindre la blessure récente. Cette fois, George anticipa l'attaque et le poing s'écrasa contre son coude replié, sur son plâtre. Il tressauta sous le choc, mais ne ressentit rien, tandis que le Professeur grimaçait. Mais aucun des deux ne lâchait l'arme. Stobbart devait faire vite, il ne tiendrait pas longtemps. Déjà, il sentait un sparadrap se décoller, du sang s'échapper. Tenter le tout pour le tout. Il bougea son bras plâtré qui protégeait tant bien que mal son flanc et, s'écartant légèrement, profita de l'espace libéré entre leurs deux corps pour basculer de tout son poids sur le côté.

Les deux hommes roulèrent et Édison se retrouva à califourchon sur le policier. Le directeur eut un sourire de victoire. Sans s'en préoccuper, Stobbart continua sa manœuvre : leurs deux bras tendus luttant pour l'arme encore, il fléchit son bras valide. Édison suivit le mouvement gardant toujours l'arme dans sa ligne de mire. George frappa aussitôt de son bras plâtré au creux du coude de son adversaire. Le bras se plia derechef et Stobbart profita de l'élan engendré pour lui faire décrire un arc de cercle au-dessus de sa propre tête et ramener le revolver sur le directeur. Édison se retrouva nez à nez avec la gueule du canon. Le pouce de Stobbart trouva le pontet…

« Tu n'es rien face à moi ! » hurla Édison fou de rage.

…avant de glisser derrière la sécurité, sur l'index du praticien.

« Fais face à ton "Miroir noir", crevure…

– Je vais te décou… »

George enfonça le doigt d'Édison sur la détente. Le coup de feu claqua comme le tonnerre.

« …FATALITÉ ! »

Chapitre XCIX

Lundi, 20 h 31

Cloud sursauta. La voix grave avait éclaté dans les haut-parleurs, tout de suite après le coup de feu. La résonnance entre ces bruits était particulièrement sinistre. Le jeune homme se précipita vers l'origine de la déflagration, à l'étage, guère loin de lui. Il traversa les bureaux comme un fantôme, courant sans bruit, plus silencieux qu'un souffle 'air. Une silhouette se matérialisa dans la pénombre, avachie par terre. Son torse bandé laissait apparaître une large bande verticale de pourpre presque noire. L'homme respirait avec difficulté, comprimant son ventre douloureux. À côté de lui, un autre homme couché sur le sol ne bougeait pas d'un pouce. Cloud s'arrêta devant eux, silencieux. L'homme assis leva les yeux vers lui et parut surpris de le voir.

« Max ! Où étais-tu passé ? »

Max. Le prénom résonna comme un gong dans sa tête.

« Maxime ! Ça va ? »

Le gong résonna plus fort, attirant vers lui la petite clarté d'une conscience. Soudain, il reconnut l'homme devant lui.

« George… »

Pas de cris, pas de larmes, juste la prise de sa conscience. Une conscience qui descendit lentement, mais pas entièrement. S'il redescendait trop, il perdrait pied sans la force de cette drogue artificielle et s'effondrerait comme une poupée de chiffons. À présent, il distinguait George et son cœur se serra. Le policier était dans un sale état. Il s'accroupit devant lui, comme dans un rêve. Son côté protesta, mais il n'en tint pas compte. Maxime examina les bandes collantes qui retenaient les bords de son ventre, testant délicatement leur adhésion. Elles tiendraient bon encore un moment, mais pas éternellement. Et Stobbart tiendrait encore moins longtemps.

« Moche, pas vrai ?

– La blessure n'est pas mortelle, mais vous perdez beaucoup de sang. C'est ce qui vous tuera…

– Merci de me remonter le moral, maugréa George. Qu'est-ce qui t'arrive ? Tu es complètement dans les vapes !

– Une drogue. La seule façon de m'évader…

– D'ici ou de ta tête ? s'enquit le policier avec une moue réprobatrice.

– Les deux. C'est qui, lui ? demanda Max en désignant le corps au visage méconnaissable.

– Ce cher directeur. Cette enflure voulait me descendre avec ma propre arme de service !

– Il a eu mal ?

– Sais pas. Moi, j'ai mal. Lui, je m'en fous… »

George en avait assez. La douleur, l'épuisement lui tapaient sur les nerfs. Les questions surréalistes de Max aussi. Il n'avait qu'une envie : dégager de là le plus vite possible. Mais il ne pourrait pas y arriver seul. Il regarda vers le jeune homme. Ce dernier examinait brièvement le cadavre. La balle était entrée par un côté du front et avait ravagé l'arrière de la tête. Le mur derrière n'était qu'un agglomérat sordide d'os, de sang et de matière grise. La vue de ce repoussant spectacle ne sembla pourtant pas incommoder le garçon. Celui-ci se releva simplement, secouant la tête.

« Ce n'est pas lui.

– Pas lui ? Pas lui, quoi ?

– Ce n'est pas lui, s'entêta Cloud. Pas lui qui m'opérait.

– Comment le sais-tu ?

– Ses yeux. Ce ne sont pas les mêmes… »

Max se tut et se dirigea vers le policier. D'autorité, il saisit George sous les deux bras et le remit sur pied avec une force surprenante. Stobbart vacilla et s'appuya contre un bureau pour ne pas chuter à nouveau.

« Tu pourrais prévenir… »

Le jeune homme l'ignora.

« On doit se dépêcher. Il n'est pas loin…

– Qui ça ?

– Mantis.

– Oh merde ! Vas-y doucement, tu veux ? L'autre m'a presque coupé en deux. »

Cloud ne répondit pas. Il relâchait lentement prise sur sa conscience. Se détacher de ce monde. Pénétrer dans le monde de son esprit, loin de cette terre matérielle, où rien, ni personne ne pourrait l'atteindre. Pour l'instant. Mais il devait faire vite : la potion absorbée ne lui durerait pas. Et une fois son effet terminé, il ne donnerait pas cher de sa peau. Il affermit sa prise autour de l'homme blessé et, juste avant de glisser dans son univers, chuchota doucement :

« Mantis… le syndrome… Il n'y a pas de théorie… »

Il fit une pause. Finir vite, avant de lâcher prise :

« *L'Institut… Son monde… SA folie…* »

*

George avançait entre deux univers. D'un côté, la douleur bien réelle l'ancrait définitivement dans cet ici-bas. De l'autre côté, les quelques paroles de Max avaient fait voler en éclats le personnage marmoréen qu'avait été Moebius Mantis. S'il avait déjà conclu au caractère psychopathique du Préfet de police lors de son "opération", Stobbart découvrait une perspective plus sombre encore que ce qu'il n'aurait jamais pu imaginer : *Mantis jouait avec eux*. Plus exactement, *ils étaient Son jeu*. TOUS. Son Institut. La Préfecture de police. Le Pays. Une carte de jeu gigantesque soumise à la folie d'un seul homme.

George vacilla. Eux n'avaient guère plus de valeur qu'une vulgaire pièce sur cette carte. Se dire que chacun et chacune pouvaient être sacrifiés à tout moment comme un médiocre pion d'échec le mettait dans une rage froide. D'une part, le Bastion, tous les hommes de la préfecture de police, les huiles insupportables du gouvernement, manipulés dans un seul but : devenir le maître suprême du jeu. D'une autre part, des vies dépensées comme menu fretin, menue monnaie, poussière : Ariel Braska, sacrifiée. Zacharie Juste, sacrifié. Hal, sacrifié. Tous ses propres hommes de main, sacrifiés eux aussi. Sacrifiés pour une raison inexplicable, dans un jeu d'échecs meurtrier et inconnu, calculé pour qu'ils perdent : retrouver Maxime. Pourquoi ?

Pourquoi Max ? L'infirmière avait-elle délivré Max comme preuve des agissements de son patron, comme il le supposait au début ? Les vidéos auraient suffi, alors pourquoi s'encombrer et mourir pour lui ? Il manquait un élément. Et le pire était que Stobbart était presque certain qu'Ariel l'aurait délivré comme pour n'importe qui, *mais sans savoir réellement qui il était*.

George avançait toujours d'un pas de somnambule. Penser que le véritable coupable était à portée de main pendant qu'ils menaient l'enquête. *Qu'il leur donnait des ordres…* ! Stobbart se tança vertement. Ils étaient tombés dans le panneau de la plus magistrale des façons ! « Le commandant Stobbart, l'un des plus fins limiers de la Brigade », l'avait présenté Jacques Blanc. Belle leçon d'humilité ! Mantis s'était bien foutu de lui et Hal l'avait payé au prix fort. Il n'allait pas en rester là.

Le policier raffermit sa prise sur l'épaule de Max. Il tiendrait bon que coûte que coûte. Il arriverait jusqu'à Mantis pour lui faire ravaler ses belles paroles et ses dents, récupérer Collard, quitte à y laisser ses viscères sur le carrelage. George cramponna un peu plus les doigts gourds de son bras cassé sur son ventre. Ça faisait vraiment un mal de chien ! S'il voulait tenir sa promesse, il allait falloir que leur équipe de bras cassé(s) se presse un peu plus…

Maxime et George s'arrêtèrent. Le policier regarda autour de lui. Ils avaient laissé derrière eux les bureaux et se tenaient à présent devant une porte vitrée, derrière laquelle se prolongeait un sas sur environ huit mètres et finissait sur une seconde porte en bois massif. Apparemment, ils étaient presque arrivés. Le commandant désigna la porte du menton :

« C'est ici ? »

Cloud hocha la tête. Stobbart avança d'un pas.

« *Attends !* »

Le Serpent s'accroupit et sortit un paquet de Lucky Strike de sa poche. Rien de tel qu'une cigarette pour se détendre dans ce genre de situation. Il fit jouer la molette sur le silex de son briquet. La flamme jaillit du premier coup, éclairant ses traits fatigués mais décidés. Le Serpent aspira une bouffée avec reconnaissance. Puis il expira dou-

cement une volute de fumée devant lui.

Stobbart était stupéfait. L'espace de quelques secondes, Cloud s'était transformé. Il avait sorti comme par magie un briquet de sa poche et avait allumé une coupure de cinquante euros, roulé comme une cigarette. George n'en crut pas ses yeux : c'était le même billet qu'il lui avait donné quelques jours auparavant ! Il avait reconnu l'angle déchiré du billet. Cloud avait aspiré et recraché la fumée avec l'habitude du fumeur expérimenté, dévoilant brièvement – troisième choc pour Stobbart – la lueur fugitive du rayon infrarouge.

« Mais qu'est-ce que c'est que ça ?

– *L'alarme a activé le système de défense du bureau.*

– Qu'est-ce qu'on fait alors ?

– *On y va. Les rayons ne sont là que pour dissuader et donner l'alerte dans le bureau.*

– Pas de piège ?

– *Pas de piège. On n'est pas non plus dans un jeu vidéo…* »

George s'abstint de tout commentaire : la remarque lui paraissait aussi étrange que surréaliste dans le contexte actuel. Cloud reprit son poste de pilier auprès de Stobbart et tous deux se remirent à avancer. Un pas. Deux pas. Ils entrèrent dans le sas. Cloud restait impassible. Stobbart sentit son cœur accélérer. Et si Max s'était trompé ? Ils franchirent les infrarouges, sous l'œil inquisiteur des caméras. Le policier s'attendit à une volée de flèches ou à des piques s'écrasant sur eux, mais rien ne bougea. Il ne put s'empêcher de hâter le pas. Cloud le suivit sans protester.

« Il sait que nous sommes là ? chuchota George.

– Bien sûr. »

La voix de Mantis retentit dans les haut-parleurs, sardonique. Le commandant sursauta violemment, crispant involontairement son bras sur son ventre. La douleur ne se fit pas attendre et des feux follets en pagaille envahirent son champ de vision.

« Entrez. »

Toujours soutenu par Cloud, George passa le seuil en claudiquant, pâle comme un linge. Il tituba. Sous le choc de la surprise, cette fois.

Chapitre C

Ils étaient là, à sa merci. Réunis dans le lieu qu'*Il* avait choisi, à l'heure qu'*Il* avait décidée. Chaque action avait été mûrement réfléchie, chaque conséquence soigneusement étudiée et le résultat qu'*Il* orchestrait en ce moment brillait par sa réussite. Même s'*Il* avait dû sacrifier une pièce maîtresse pour ça, les résultats en avaient valu la peine.

Les trois pions qu'*Il* avait devant lui partageaient des connexions qu'*Il* s'était amusé et s'amusait encore à exploiter avec maestria : la femme était liée à son supérieur qu'elle était venue retrouver ; le flic était lié au Sujet 47 par le souvenir de son propre passé ; et le Sujet 47 était lui-même lié à son concepteur. Ce dernier point était une aberration algorithmique. Une erreur de programme qu'*Il* allait effacer pour de bon.

Chapitre CI

Nico combattait vainement la torpeur qui s'était emparée d'elle. Son corps était devenu une gangue de coton dans laquelle son esprit se débattait désespérément. Mais elle faiblissait. Ses vertiges se faisaient de plus en plus violents, un monde assourdi tanguait autour d'elle et cette ivresse artificielle l'amenait hors d'une réalité qu'elle ne voulait nullement quitter. Qui pouvait seulement dire qu'elle se réveillerait ?

Quelque chose entra dans son champ de vision émoussé par la drogue. La chose se rapprocha. Elle mit un moment à comprendre que c'était un homme, non, deux hommes. Son cœur bondit dans sa poitrine quand elle les reconnut : George et Maxime ! Cette apparition déclencha une montée d'adrénaline. Son champ de vision s'éclaircit un peu et ses yeux s'écarquillèrent d'horreur. Son chef, vêtu d'un simple pantalon d'hôpital, avait un teint cadavérique et son ventre semblait avoir été fendu en deux. Seul Maxime paraissait en bonne santé. Nico se força à bouger. Ses membres murent faiblement. Elle prit une profonde inspiration et se concentra.

Stobbart crut un instant que son cœur avait raté un battement quand il découvrit Nicole, agenouillée dans le bureau, dodelinant de la tête, dans un état visiblement proche de l'inconscience. Tout juste leva-t-elle la tête à leur arrivée. Mis à part ça, elle semblait en bonne santé. En tout cas, pas plus mal que la dernière fois.

« Amène-moi près d'elle », souffla le policier à Maxime.
Le jeune homme s'exécuta sans répondre. Il ne quittait pas Mantis des yeux. Quelque chose se passait. George éprouva sa poigne se resserrer autour de son épaule et le reste de son corps se tendre comme un arc. Stobbart se laissa tomber près de Nico et s'empressa de saisir sa main pour lui prendre le pouls au poignet. Un battement lent mais régulier résonna sous ses doigts. Au moins une bonne nouvelle. Avec étonnement, il sentit quelque chose effleurer légèrement son propre poignet. Il regarda intensément Collard et découvrit une étincelle de conscience. ÇA, c'était une très bonne nouvelle : il pouvait compter sur elle. Restait la grande inconnue. Max. Il reporta son regard sur le jeune homme. Pouvaient-ils compter sur lui ?

Cloud redescendait lentement de son univers, à contrecœur. Là où il devait aller, il avait besoin de toutes ses facultés. Depuis qu'il était entré dans le bureau, les questions tourbillonnaient dans sa tête. Qui était vraiment cet homme qui le toisait à son bureau ? Max était certain de l'avoir déjà vu avant. Et paradoxalement, ça n'avait jamais été sur la table d'opération. *C'était encore avant.* Alors quand ? Pourquoi ? Comment avait-il fini sur son billard ? Pourquoi lui avait-il infligé tout ça ? C'était pour comprendre qu'il abandonnait les sphères confortables de ses univers. Pour comprendre qu'il redevenait faible, qu'il sentait ses membres s'alourdir et la douleur embraser sourdement son corps, son ventre, cet espace sanglant entre ses côtes. Maxime arrêta sa descente. Il ne pouvait prendre le risque de s'écrouler à ce moment crucial. Il devait se forcer à garder ce périlleux équilibre. La clarté de son esprit et l'adrénaline que lui procurait sa peur seraient ses deux seules armes.

« Comment es-tu arrivé jusqu'ici ? »
La question claqua comme un coup de fouet, déchirant l'âme de Max.
« Je suis déjà venu ici.
– Exact, Sujet 47. Exact. Sais-tu pour quelle raison ? »
Un souvenir lointain remonta en clapotant à la surface de sa mémoire.
« Les Belmont, répondit Cloud dans un souffle. Leur maison de campagne…
– Correct, Sujet 47. Deux fois. Pour que tu y sois effacé de notre existence à tous.
– Non… Non… Vous mentez…
– Pourquoi mentirais-je ? Tu es inutile, Sujet 47. Tu es une charge pour la société. Tu n'aurais jamais dû naître ! »
Jamais dû naître. Les trois mots résonnèrent en Max comme un tremblement de terre. Le visage de bandelettes au-dessus du berceau de ses cauchemars lui avait craché les mêmes insanités. Et si c'était vrai ? Et si sa naissance n'était en fait qu'une vaste supercherie ? L'accident malencontreux d'un tube à essai ?
« Max ! Max ! »
Cette voix… Cloud dressa l'oreille. La voix lointaine avait changé : ce n'était plus une femme, mais un homme qui l'appelait. Une voix qu'il connaissait. George ! Max regarda le policier. Son ventre menaçait à tout moment de s'ouvrir, pourtant il l'appelait.
« George ?
– Ne l'écoute pas, gamin ! Écoute seulement tes souvenirs !
– La ferme, officier. Votre tour viendra. Je n'en ai pas encore terminé avec vous…
– Et je n'en ai pas fini avec toi, pourriture ! À quoi tu joues ? À la roulette russe ?
– Qu'en savez-vous du jeu, officier ? répliqua Mantis, cinglant. Du VRAI jeu ?! Le jeu de la survie ? Celui où vous ne disposez que d'une unique chance ? La seule et unique chance de vaincre et de survivre ? Car oui, j'ai sur-

vécu ! Qui d'autre peut s'en targuer ?!

– Vous êtes seul et vous êtes peut-être un survivant. Mais un survivant de quoi ? Vous voulez être un joueur reconnu ? Encore faut-il que votre jeu le soit… ! »

George se tut, essoufflé. Un mince sourire étira les lèvres de Mantis.

« La parade et la contre-attaque étaient brillantes, officier. Je savais que vous étiez un joueur de valeur.

– J'ai un peu d'expérience dans le domaine…

– Paraît-il. Si tant est que votre jeu primaire en soit un… Je vous parle de "vrai" jeu, celui dans lequel un ennemi donné pour plus fort vous bat, essaie de démontrer votre faiblesse à la face du monde. Un ennemi avec pour seules caractéristiques la jalousie et les bases d'une intelligence primitive, incapable de comprendre le monde autrement qu'en mathématiques.

– Je ne comprends…

– Votre père. »

Mantis se tourna vers Nicole, suffisant.

« C'est cela, femelle. La lucidité serait-elle une de vos caractéristiques ? Étonnant et guère courant… »

Femelle. Nico fulmina malgré sa somnolence et se promit de lui arracher les yeux à la première occasion. En attendant, ils devaient le faire parler, faire traîner pour… Pour faire quoi ? Aucune réponse ne lui vint dans l'éponge qui lui servait actuellement de cerveau.

« Mais pressons. Celui que vous appelez "père" – mon Créateur serait plus juste malgré tout le dégoût que j'ai de le reconnaître – était un soi-disant mathématicien qui se plaisait à apposer des formules à tout et à tous. Il croyait ingénument que les mathématiques seraient dans le futur *la* source qui régirait les "hommes". (Mantis cracha le mot avec mépris.) Il appelait sa discipline "la mathématique philanthropique". Le concept consistait en fait à appliquer un algorithme à une personne pour déclencher de manière prévisible, logique et programmée son action. Une programmation somme toute basique, depuis bien longtemps exploitée par les moteurs de recherche et autres réseaux sociaux, comme l'achat suggéré. Et le premier Homme sur lequel il a testé son concept, c'était moi-même. »

Malheureusement pour lui, son soi-disant concept révolutionnaire fut un échec et une réussite. L'échec, essentiellement pour deux raisons. C'était d'une part un homme faible, d'une intelligence relative qui ne connaissait aucunement les subtilités de la Gestion, l'art de maîtriser le programme des autres programmes. D'autre part, et de loin son erreur la plus stratégique, c'était de m'avoir choisi comme vulgaire cobaye. Toutefois, j'en suis tout autant la cause de la réussite. »

Mantis marqua une pause, avant de reprendre avec une rage froide :

« *Parce que son concept, je l'ai appliqué et maîtrisé sur lui.* Son erreur n'a été que de prendre en compte les mathématiques et de les appliquer directement sur vous, les programmes, de manière brute et fondée sur des schémas ba-

siques de mathématiques. Et non pas sur la Gestion : autrement dit, une maîtrise axée sur le développement d'équations chimiques et psychologiques de
vos paramètres, applicables à l'ensemble de tous les programmes : vous et
vos semblables. J'ai approfondi mes connaissances, gagné de l'expérience, développé mon propre schéma de Gestion. Affronter et vaincre mon Créateur a
été mon premier succès : je l'ai forcé à reconnaître ma supériorité et à se pendre devant moi. Ce fut ma première consécration. Et la première victoire d'une
longue série *jamais interrompue…*

– Si, une fois. »

Mantis toisa l'insolente qui avait parlé.

« Personne, femelle, personne.

– Si. Ariel Braska. »

En deux enjambées, Mantis fut près de Nicole et la gifla à toute volée d'un revers de la main. La jeune femme s'étala sur le sol avec un bruit sourd et ne
bougea plus.

« Ses paramètres avaient été faussés, précisa-t-il en reprenant instantanément son calme. Un désordre affectif l'a totalement déréglée et l'ajustement
n'a été fait que trop tard, entraînant de fait une réaction prévisible de désespoir.

– Ce qui pose la question suivante : pourquoi moi ? Pourquoi m'a-t-elle
délivré alors qu'elle savait qu'elle risquait sa vie ?

– Silence, Sujet 47. Ton tour viendra plus tôt que tu ne le crois.

– Pourquoi moi et pas un autre ? répéta Maxime plus fort.

– J'ai dit : SILENCE, 47 ! Tu n'es qu'une erreur de programme ! Tu n'as
aucun droit ici ! AUCUN !

– Vous n'avez de droits sur personne, croassa Nico à peine audible entre
ses lèvres tuméfiées.

– Silence, femelle. Je n'ai supporté que trop longtemps sa misérable existence.

– Supporté ? Vous vous êtes imposé sa détention, rétorqua Nicole un peu
plus fort.

– Non, ce n'est pas ce qu'il a voulu dire… »

George releva la tête pour regarder Mantis.

« *C'est son fils.* »

*

Max chancela.

« Non… Non, ce n'est pas possible… »

Nicole regardait son commandant, ébahie, dissipant un bref instant la léthargie qui l'emprisonnait.

« Le fils de… ? Mais… Mais…

– Ça n'est pas une affirmation, juste une supposition, coupa George. Pour
lui, Maxime est plus qu'un… "patient". Quand il parle de ses autres patients,
c'est avec dédain ou mépris. Quand il parle de Max, il n'y a que de la haine.

Sur le coup, je n'y ai pas fait totalement attention… »

George respira un grand coup, luttant contre la douleur qui l'envahissait tout entier. Nicole écoutait avidement, son esprit lacérant la prison de brouillard qui la retenait. La gifle de Mantis l'avait sonnée mais aussi réveillée. Petit à petit, la drogue lâchait du terrain, mais pas encore suffisamment pour espérer se lever et renverser la situation. Là où la drogue faiblissait, son esprit s'engouffrait dans la brèche et travaillait à comprendre l'ahurissante vérité que son commandant s'employait à extraire de ce labyrinthe de mensonges et de non-dits.

« Il y avait autre chose, aussi. *Erreur de programme.* Vous répétez cette phrase… comme un regret…

– Pas un regret. Une bévue. Un fourvoiement. Une méprise.

– Et pourquoi vouloir à tout prix retrouver un type déjà à demi-mort, amnésique et impossible à identifier ? Pourquoi s'échiner à vouloir le garder en vie ? Pourquoi se donner tant de mal alors qu'une balle aurait suffi à régler le problème ? Il y avait forcément une raison pour le haïr à ce point. Et quelle meilleure raison que le déni ?

– Votre clairvoyance est surprenante pour un dilettante…, commenta Mantis ironique.

– Vous confirmez donc ma supposition, grimaça George.

– …Mais le déni reste un concept qui m'est étranger. Cela aurait impliqué mon refus de reconnaître une réalité traumatisante. Or, j'ai accepté l'homoncule dans toute sa faiblesse et son inutilité. J'ai accepté et maîtrisé une variable indésirable.

– Non, vous ne l'avez jamais accepté ! rétorqua George, avant de poursuivre plus doucement dans un hoquet de souffrance. Surtout, Maxime m'a donné le dernier élément qu'il me manquait… Ce Syndrome Mantis que vous vous plaisez à répéter. C'est la clef…

– Comment ça ? grogna Nico suspendue aux lèvres de son chef malgré la douleur.

– Ça n'était pas la clef pour comprendre Max. *C'était la clef pour comprendre votre propre Syndrome Mantis*, Mantis. Car toutes ses vidéos, enchaîna Stobbart, c'était vos parties de divertissement filmées comme le ferait n'importe quel autre joueur : *Max était VOTRE JEU !* Au sens le plus littéral du terme !... »

Nicole et Maxime étaient figés dans l'horreur. Mantis regardait stoïquement le policier, attendant que cesse son déluge de paroles.

« …Ce jeu que vous gardiez pour votre plaisir personnel, pour vous prouver à vous-même que vous gardiez la main sur ce Contrôle qui vous est si cher ! »

George se tut, épuisé. Ses propres conclusions lui faisaient froid dans le dos.

« Je n'ai rien à prouver, officier. Le Contrôle ne se joue pas. Il se vit. C'est la différence entre vous et moi, la différence entre un joueur médiocre et un joueur d'excellence.

– Et c'était pour votre Contrôle que vous vous êtes employé à effacer toutes les traces physiques et numériques de Maxime ? intervint Nicole. Pour votre Contrôle que vous avez réduit Jeff Moreau au rang de pion ?

– Le fils du Président ?! »

George regardait à son tour sa lieutenante avec stupeur.

« Je n'ai fait le rapprochement qu'aujourd'hui, précisa-t-elle. Il a fait partie du personnel de Montreuil, du rectorat de Créteil et – surprise ! – du tribunal de Bobigny. Chaque fois au service informatique. Un des seuls services ayant accès à tous les programmes et les ordinateurs du personnel. En outre, il a été suivi dans cet établissement. Par Mantis. Et je parie sur les conseils du Professeur Édison, puisque le mari de sa sœur était son parrain… »

Le Préfet applaudit, faussement impressionné.

« Monsieur Moreau n'était qu'un pion. Un pion très utile, dont personne ne se méfiait. Votre déduction aurait peut-être mérité un regain d'intérêt de ma part. Malheureusement, votre programmation est par déjà trop erronée pour être rectifiée sans dommages… Quoiqu'une petite rectification doive être apportée ici : le Professeur Édison ne m'a nullement conseillé. *Je l'ai convaincu* de me présenter Gabriel Belmont. Qui a lui-même été très facile à convaincre puisque son filleul lui était très cher. En fait, un fils par procuration. Sa femme étant incapable d'enfanter, il reportait sur ce Jean-François tout son désir de paternité. Un désir qu'il a été encore plus facile de canaliser après l'effacement de son filleul, aux fins de lui faire adopter le Sujet 47 et de garder le contrôle sur cette erreur de programme…

– Mais l'acte notarié d'adoption ? se força Nico. Qui l'a effacé ?

– Le Professeur Édison, voyons. Point ne lui était difficile de séduire la personne idoine qui s'occupait des formalités pour la signature et la taxation des actes. Surtout quand celle-ci souffrait d'un défaut de programmation affectif.

– Charmant d'altruisme », grogna Stobbart.

Au fil de ses paroles, Nicole et George se prenaient à rêver d'attacher Mantis sur sa propre table d'opération pour s'exercer à la chirurgie qui n'avait rien de plastique.

« Jeff n'avait rien fait de mal… »

La voix rauque gronda, roula dans la gorge de Maxime, rompant le silence qu'il avait gardé jusqu'à présent. Les policiers se tournèrent vers lui, surpris. Le garçon serrait et desserrait les poings, partagé entre la colère et la peur que lui inspirait la tranquille autorité de Mantis.

« Tu le connaissais ? s'enquit Nico la voix encore pâteuse. Mais il est mort il y a plus de dix ans !

– Je ne l'ai jamais rencontré. Par contre, je connais très bien sa cellule… »

Les flics restèrent estomaqués. Mantis ne bougeait pas d'un pouce.

« Il n'a jamais souffert d'addiction au média vidéoludique comme vous l'affirmiez, poursuivit Max. Pour être exact, il n'appréciait guère sa famille, encore moins le train de vie présidentiel. Un père autoritaire et une mère souvent absente. Il voulait simplement qu'on le laisse tranquille, qu'on le laisse en dehors de tout ça…

718

– Comment sais-tu tout ça ? » grogna George.

Le fils du Président, Jean-François, ne lui avait jamais paru d'une santé de fer. Il commençait à mieux comprendre pourquoi…

« Les deux premiers jours, quand je suis arrivé dans sa cellule, il y avait encore son ordinateur, un Amstrad CPC 664, sur lequel il y avait des jeux de courses, notamment un en Ferrari qui s'appelait *Semons-les !*. Le jeu était dur mais amusant… Quand j'ai réussi à le terminer, un texte a commencé à défiler. Au début, je n'y ai pas prêté attention : ce sont souvent des listes de noms que je trouve sans intérêt. Jusqu'à ce que m'aperçoive qu'au lieu de noms, il y avait un texte. Un long texte écrit par quelqu'un qui se présentait comme "Jeff Moreau, fils de Président malgré lui"… »

Maxime se replongeait dans ses souvenirs. Du coin de l'œil, George vit Mantis, derrière son bureau, se pincer les lèvres. Visiblement, ce que le jeune homme racontait ne lui plaisait pas. Mais le praticien ne disait rien, ne l'interrompait pas, engrangeant les informations, sondant un à un les nouveaux paramètres qui se déroulaient devant lui et analysant leurs effets. Nul doute que la mise au point interviendrait en temps voulu…

« Quand j'ai eu fini de le lire, poursuivait Maxime, j'ai compris que je n'avais pas été le premier à être enfermé ici.

– Et tu as découvert quelqu'un qui te ressemblait…

– Oui, George. Il jouait parce qu'il en avait envie, parce que les jeux vidéo aux univers persistants et les jeux de courses étaient sa passion, et qu'il était malheureux dans la société qu'on lui imposait. Lui rêvait juste d'aller à l'école comme les autres garçons de son âge, anonymement, et de devenir informaticien. Son père n'était pas de cet avis et l'avait promis à un avenir de banquier ou de haut fonctionnaire. Le jeu, c'était son moyen de s'évader. »

Max s'interrompit.

« C'est tout ? demanda Stobbart.

– À peu près, oui. Le lendemain, l'ordinateur avait disparu. Et jusqu'à aujourd'hui, je n'avais encore jamais entendu le nom de Jeff prononcé. Je ne sais même pas ce qu'il est devenu…

– Il a retrouvé l'air libre, soi-disant soigné. Il s'est suicidé quelques années après.

– J'espère qu'il aura eu moins mal qu'ici…, murmura Maxime en regardant Mantis avec rage.

– La douleur est un élément subjectif, Sujet 47. Quelque chose que tu ne peux pas comprendre.

– Comment Jean-François a-t-il caché son texte ? intervint précipitamment Nico.

– Il a dû le cacher dans le code du jeu, supposa son supérieur. S'il aimait vraiment l'informatique, ça a dû être facile pour lui. Par ailleurs, il était relativement facile de coder sur ces vieilles machines… Mais ça ne répond toujours pas à une autre question, essentielle : pourquoi faites-vous payer votre fils ?

– Je ne fais rien payer, officier. Je prends ce qui m'appartient.

– C'est un être humain, doué de sensibilité, pas une chose ou votre objet ! Que vous aurait dit sa mère…

– Sa mère n'était qu'une illusion fallacieuse, qui a réussi à me piéger de la plus lamentable des façons ! Elle n'a fait que profiter de notre relation pour l'enfanter et me mettre dans l'embarras.

– Ah, premier échec ? ne put s'empêcher Stobbart en grimaçant un sourire.

– Premier désastre. Première épreuve. Elle a refusé d'avorter quand je lui en ai donné l'ordre. Elle m'a désobéi ! Elle aurait pu faire une brillante carrière de médecin, mais elle a préféré tout rejeter pour s'occuper de cet homoncule. Un pathétisme affligeant. Choisir la misère et la maternité alors qu'elle aurait pu avoir le Contrôle. La Maîtrise de la Gestion ! »

Mantis toisa ces trois hères devant lui. Des loques humaines. Une femelle flic, un autre flic déparamétré et au bord de la fin de programme, et lui. Ce *fils*. Le mot lui écorchait la langue et lui saignait l'esprit. Le choix de la paternité aurait dû lui appartenir. C'est pourquoi il allait maintenant remédier à ce non-choix.

*

Max encaissait les vérités et les insultes les unes après les autres. Le réel le disputait à l'irréel. Sans drogue, il se serait effondré. Sans drogue, il aurait succombé à l'appel du meurtre et tué, tué, tué. Vider sa haine et sa colère contre celui qui l'avait *vendu* à des parents adoptifs, contre celui qui détenait ses propres gènes. Mais la drogue le retenait dans sa propre dimension, l'empêchant de céder à ses pulsions meurtrières. Parce qu'il devait savoir une dernière chose.

« Maman. Vous l'avez tuée ? demanda calmement Max.

– J'ai récupéré le contrôle qu'elle m'avait ôté, nuance. Et crois bien que je vais complètement le récupérer. Et étonnamment, grâce à toi : je vais réinitialiser tous les paramètres, y compris adjacents…

– Fumier ! éructa George.

– Dès maintenant. »

Mantis brandit le Colt Pacificateur qu'il avait gardé caché jusque-là et tira.

Nicole bondit en avant. Poussant de toutes ses forces sur ses jambes, elle s'aperçut que son corps encore engourdi par le poison de Mantis ne répondait pas tout à fait à ses ordres. Elle chuta juste devant Stobbart. Juste à temps. La douleur explosa dans son épaule.

« Nico ! »

La voix du policier lui parvint indistinctement. La jeune femme s'écroula sur le sol. George rampa vers elle, à défaut de pouvoir se précipiter.

La détonation agit sur Max comme un électrochoc. Il bondit à son tour sur Mantis. Sans hésiter, ce dernier dirigea son arme contre son propre fils et fit feu à nouveau. Max sentit la balle siffler à son oreille et s'écraser sur le mur derrière lui. Une bouffée de rage l'envahit. Il avait toujours rêvé d'un père et celui-ci se révélait un meurtrier qui avait tué sa mère. En plus d'un tortionnaire. Il porta son attaque avec une extraordinaire lucidité. Pour une fois, il combattrait par lui-même, sans prendre un substitut imaginaire. *Il était dans la Réalité*. Son pied percuta le poignet de Mantis. Le praticien lâcha son arme avec un cri de douleur. Il riposta et décocha un coup de poing, cueillant Max à la mâchoire. Sous le choc, le garçon alla heurter le bureau.

Une lutte d'une rare sauvagerie s'ensuivit entre les deux hommes. Contre toute attente, Mantis s'avéra un formidable adversaire, aussi habile à utiliser ses poings qu'un bistouri. Il encaissait et rendait coup pour coup avec une rage redoublée, galvanisé par une seule raison : asseoir son Contrôle sur la Gestion. Plus faible, Max esquivait davantage et virevoltait autour de son ennemi avec une ardeur haineuse, avec une seule pensée : se venger, venger sa mère et ses nouveaux amis.

« Nico ! Tu m'entends ? Réponds-moi ! »
Stobbart observait avec inquiétude le visage de la jeune femme, blanc comme un linge, et avec horreur la blessure à son épaule : la balle avait pulvérisé la clavicule et était ressortie au-dessus de l'omoplate, frôlant le visage de George, déviée, et lui sauvant la vie par la même occasion. Le bras gauche de Nicole reposait, inerte, tandis que le sang inondait ses vêtements. La blessure saignait abondamment et Stobbart ne put que se résoudre à appuyer fortement dessus pour tenter d'enrayer l'hémorragie. Nico hurla, un gémissement de douleur déchirant qui manqua d'arracher un sanglot au policier vieillissant. La perte de Hal était trop fraîche pour qu'il puisse se résoudre à la perdre, elle.

« Courage, ma grande, murmura-t-il. On va se tirer d'ici…

– Mais ça fait mal, bordel ! »
Le juron arracha à George un soupir de soulagement. Au moins lui restait-il encore un peu de vaillance…

« Pourquoi est-ce que t'as fait ça, Nico ? Pourquoi t'as pas laissé ma vieille carcasse ?

– Parce que cet enfoiré allait te flinguer ! T'as d'autres questions comme ça ?!

– Depuis quand tu me tutoies, maintenant ? Allez, hop ! On dégage ! »
Le policier arracha prestement un morceau du chemisier que portait Nico et roula le tissu en boule avant de le comprimer sur la blessure. Non sans arracher un nouveau gémissement à la jeune femme. Stobbart mit un genou à terre, le bras de Nicole autour de son cou. Il l'aida à s'asseoir doucement. Il n'avait qu'une peur : qu'elle s'évanouisse et qu'il se retrouve avec un poids mort, sans mauvais jeu de mots. Remarque, avec ses propres blessures, lui-même ne valait pas mieux.

« OK. On va y aller doucement. Prête ? Un, deux, trois… »

George et Nicole poussèrent en même temps sur leurs jambes du mieux qu'ils purent et manquèrent de s'écrouler. Des vertiges les saisirent et le mur vint les accueillir contre lui avec bienveillance. Ah, elle était belle la police française ! Ils se mirent vaillamment en route à petits pas.

Stobbart coula un regard en direction de Maxime. Le jeune homme continuait de tourbillonner autour de Mantis en portant des coups dès qu'il le pouvait. Face à lui, la haute stature de Mantis le surplombait et ressemblait à un géant invincible. Il se protégeait efficacement et ripostait avec tout autant de rage que cet enfant qu'on lui avait imposé.

George et Nicole avaient presque atteint la porte quand Mantis les remarqua enfin. Il eut une grimace de surprise qui le déconcentra un bref instant. Max en profita aussitôt pour enchaîner une série de coups à une vitesse foudroyante. Le corps du Préfet de police se soulevait sous les impacts et le praticien ne parvint à se protéger le visage qu'à grand-peine. Max termina sa série de frappes dans un rugissement et un ultime horion qui envoya Mantis en travers de son bureau.

Moebius Mantis resta immobile sur le sol. Il avait beau savoir que la douleur n'était que le résultat de l'excitation des nocicepteurs constituant ses terminaisons nerveuses et délivrant un message électrique au thalamus, il avait mal. Le Contrôle lui échappait. Et *ça*, il ne pouvait l'admettre. Tout comme les deux flicaillons qui prenaient la poudre d'escampette. Il avait tenté d'effacer ces paramètres à son avantage, mais le temps lui avait manqué pour faire un travail de qualité. Il lui fallait recommencer. Et pour recommencer, il lui fallait *effacer*. Détruire pour mieux reconstruire. Mantis se redressa. Les poings serrés, Max s'avançait vers lui.

« Tu n'es qu'une erreur de programme, Sujet 47. »

Le Préfet découvrit rapidement sous son bureau un compartiment secret et y inséra son index. Il pressa tout au bout le bouton qui y était dissimulé et maintint un instant la pression. À l'intérieur, le mécanisme d'identification se mit en route : son empreinte fut scannée, puis une aiguille sortit de son orifice pour percer la peau.

« Une lamentable erreur que je vais effacer… », répéta le Professeur.

Une goutte de sang perla, aussitôt analysée par le scanner. *Identité confirmée.*

« …dès à présent. »

L'écran géant sur le mur s'illumina. Sur les lèvres de Mantis se dessina un rictus de joie furieuse.

« JE NE PERDS JAMAIS ! »

Collard et Stobbart, sur le pas de la porte, se retournèrent et pâlirent un peu plus quand ils réalisèrent. Max regarda l'écran, impassible :

AUTODESTRUCTION ENCLENCHÉE. *RESET* DANS 4' — 3'59 — 3'58…

Chapitre CII

Lundi, 20 h 57

Dire que George et Nicole se précipitèrent à toute allure vers la sortie tendrait à évoquer qu'un cul-de-jatte savait courir. Les deux policiers avançaient péniblement, le visage ravagé par la douleur et congestionné par l'effort, mais fermement décidés à faire tout leur possible pour s'en tirer à peu près vivants. Nico était plus blanche qu'un linceul et son commandant ne valait guère mieux.

Quand ils arrivèrent devant une sortie de secours qui prenait la forme d'escaliers, George toisa la porte qui en gardait l'accès avant de s'en détourner promptement. Nico trouva encore la force d'ébaucher un sourire :

« Vous osez prendre l'ascenseur en dépit de l'alarme ?

– Je préfère tenter ma chance par l'ascenseur plutôt que de rouler dans les escaliers et de me rompre le coup. Surtout dans l'état où nous sommes…

– C'est ce que j'aime chez vous, patron : votre pragmatisme, gloussa la jeune femme. Oh merde ! Ça fait mal… »

Elle vacilla, aussitôt fermement maintenue par Stobbart. Celui-ci jeta un coup d'œil inquiet à la blessure de sa subordonnée. La compresse hâtivement posée tenait à peu près, mais elle avait perdu beaucoup de sang. Le flic jura entre ses dents. Il allait leur falloir accélérer le mouvement. Et combien de temps leur restait-il avant l'explosion ? Et où était passé Max ? Un signal sonore interrompit ses pensées et les portes de l'ascenseur s'ouvrirent. Trente secondes plus tard, ils déboulaient dans le premier hall qui donnait dehors, dans la nuit tombante, et ouvrait la route vers le manoir. Ils étaient presque tirés d'affaire. Presque. Dans peut-être moins d'une minute et s'ils ne se dépêchaient pas, il n'y aurait plus qu'un tas de gravats à cet endroit.

Soudain, Stobbart vit une intense lumière blanche envahir son champ de vision. La douleur éclata dans son crâne. Un à un, les bandages de fortune qui fermaient son abdomen avaient cédé, lentement décollés par la sueur et le sang. Le policier crut que ses intérieurs se vidaient. Il lâcha Nico et serra convulsivement son ventre de ses mains. Mourir comme ça, c'était trop bête… George bascula en avant.

Nico sentit l'étreinte de son chef se relâcher. Instinctivement, elle se raidit sur ses jambes pour tenir debout et lutter contre les vertiges qui l'envahissaient. Elle agrippa son commandant sans forces, par réflexe, et se sentit à son tour tomber en avant. Elle n'en pouvait plus. Elle lâcha prise. À présent, elle n'avait plus qu'un souhait : simplement s'allonger et dormir.

« Hep là ! On reste debout ! »

Deux bras puissants les redressèrent. Nicole releva péniblement la tête et distingua un visage connu qui les regardait avec anxiété. Non, ce n'était pas possible…

« Commissaire Blanc ?

– Lui-même. Mais dans quel état êtes-vous ?! Allongez-vous doucement, j'appelle les secours…

– Non ! »

La première surprise passée, Stobbart réagit faiblement.

« On doit sortir… Tout va sauter… »

Blanc regarda son ami, interloqué.

« Mais qu'est-ce que tu racontes… ?

– Une bombe, commissaire. On ne doit pas traîner ici, grogna Nico.

– OK, OK, on sort. Ma voiture est garée dehors, juste devant. Vous pouvez encore marcher ? »

Jacques se plaça entre les deux blessés, mettant un bras de chaque blessé autour de son cou pour les soutenir tant bien que mal. Ils gagnèrent la sortie à petits pas pressés et passèrent la première porte du manoir avec soulagement et, au bout d'un couloir interminable, arrivèrent enfin dans le grand hall.

« Il n'y a personne d'autre à l'intérieur ? s'enquit le commissaire.

– Si, marmonna George. Max… »

La première bombe explosa.

Chapitre CIII

3'49 — 3'48…

Dès que les policiers eurent disparu du bureau, Maxime se précipita sur Mantis. Ce dernier s'était relevé et ne bougeait pas, le regardant venir, un sourire sardonique plaqué sur les lèvres.

« N'as-tu pas compris, échec ? Tu ne peux pas gagner… »

Max frappa. Mantis esquiva. Emporté par son élan, le poing du jeune homme s'écrasa contre le meuble, lui arrachant un cri de douleur et de colère. Le Préfet ne lui laissa pas le temps de réagir et, l'agrippant par les cheveux, le cogna violemment contre le bois. Cloud en vit trente-six chandelles. Il sentit sa tête à nouveau précipitée en avant et eut tout juste le temps de mettre son bras droit pour amortir le choc. Il se releva et lança son coude gauche en arrière, au hasard. Il percuta faiblement Mantis à la tempe, mais suffisamment pour lui faire lâcher prise. Il recula de deux ou trois pas et resta un moment désorienté, attendant malgré lui que son éblouissement se dissipe. Il resta sur ses gardes, se mouvant rapidement, prêt à faire face à une attaque pouvant venir de n'importe où. Mais rien ne vint. Quand il recouvra la vue, il était seul dans la pièce. Devant lui, l'écran déclinait implacablement les secondes.

2'56 — 2'55 — 2'54…

Il n'avait plus de temps à perdre. Tant pis pour l'homme, il s'échapperait d'ici et le retrouverait plus tard. Max bondit sur la porte et actionna la poignée. Fermée. Il l'actionna de nouveau, plus fort. Rien à faire.

2'31 — 2'30 — 2'29…

La voix de Mantis lui parvint, lointaine, étouffée :

« L'erreur sera bientôt réinitialisée, comme cela aurait dû être fait depuis longtemps. Et j'aurais repris le Contrôle. »

Pas d'échappatoire. Max sentit une vague d'adrénaline le submerger. Son esprit s'éleva et rattrapa au vol les derniers effets de la drogue. Il se sentit plus léger. La porte était fermée, soit. Mais il devait exister une commande intérieure.

Le jeune homme se retourna vers le bureau de Mantis. Il s'y précipita et, après quelques secondes, remarqua un écran qui renvoyait l'image d'une petite caméra filmant à la porte d'entrée. Max activa le pavé tactile. L'écran scintilla, révélant la commande qu'il cherchait : « Activer l'ouverture de la porte ». Il valida l'entrée. Nouveau scintillement, un clavier transparent se substitua à l'image, réclamant un mot de passe. Et plus que… 1'46… pour le trouver.

1'45 — 1'44…

Une personne lambda aurait choisi une date de naissance, la sienne ou celle d'un proche. Un chiffre dont il se sentirait familier.

1'35…

Mais Mantis était différent. Il était à contre-courant. Trouver autre chose… Trouver…

1'30 — 1'29…

…l'objet de sa haine…

1'26…

47. La porte s'ouvrit.

Chapitre CIV

Mantis remontait rapidement les couloirs. Détruire cet endroit était l'aboutissement de sa stratégie, une stratégie mûrement réfléchie durant des années, où chaque paramètre avait été ajusté avec soin. Il avait joué avec prudence, comme toujours. Le Préfet fronça les sourcils. Toujours ? Non, il devait avouer qu'un épisode avait failli mettre à mal ce plan. Un épisode qu'il regrettait encore amèrement d'ailleurs. Il n'avait pas perdu, mais il n'avait pas gagné non plus. Le nul était la seule sortie honorable qu'il s'autorisait si cela pouvait lui permettre de mieux gagner par la suite. Mais là, ça avait été autre chose. Une déception. Et quand il y repensait, une colère brûlante l'envahissait.

*

Il considérait le sexe comme une faiblesse, une chose sans intérêt, et ne connaissait pas la passion des femelles, au contraire d'Édison. Pourtant, un soir, il avait succombé à la tentation d'une femme à l'esprit aiguisé. Sa froideur et ses mots coupants l'avaient impressionné, lui, Moebius Mantis. Il s'était même pris à rêver. À rêver d'un égal, un de ceux qui vous reste fidèle, et vous apporte le sentiment de grandeur et de toute-puissance avec lequel il pouvait partager ses desseins, son Projet.

Il avait analysé les paramètres de cette femme, des paramètres si complexes, si difficiles à régler qu'il avait éprouvé une joie intense à relever ce défi et à le mener à bien. Peu à peu, il avait déjoué les mécanismes et les pièges de cet esprit brillant. Là où d'autres ne voyaient qu'une psychologie féminine redoutable, Mantis voyait la richesse d'un programme aux nombreuses nuances, que seule une main experte pouvait *contrôler* et *gérer*. Il s'était attelé ardemment à cette tâche. Puis un soir, elle avait cédé. Ils s'étaient retrouvés nus et, dans la froidure d'un hiver, avaient enlacé leurs corps dans une étreinte ardente. Durant ce court instant, Mantis avait découvert avec une passion toute scientifique la sensation d'un corps tiède allongé contre le sien, le parfum léger qui s'échappait suavement de cette autre peau, *et la sensation d'être programmé par son propre corps*. Il avait détesté ça.

Son esprit avait beau commander, son corps refusait d'obéir, échappant complètement à son emprise et à la discipline de fer qu'il lui imposait chaque jour et chaque heure qui passait. Des années après, et encore à l'évocation de ce souvenir, Mantis éprouvait une rage glacée *d'avoir perdu le contrôle*.

Non seulement il avait détesté ça, mais il payait en plus cet échec. Celui-là même qui le regardait quelques instants plus tôt, complètement sonné. Il n'en avait jamais voulu. Il avait assisté à la naissance. Malgré lui. Elle l'avait obligé. Une autre perte de contrôle ! Elle avait menacé de se tuer s'il refusait. Pourquoi avait-il cédé ? *Parce qu'il avait refusé qu'elle prenne le Contrôle sur lui.* Il lui avait concédé une partie nulle. Une intolérable position de faiblesse. Ne plus être maître de soi, de sa volonté, par la faute de cette femelle. Une incongruité quand il y pensait maintenant.

Mantis avait assisté à la boucherie qu'ils appelaient naissance : un mélange de cris et de sang qui l'avaient laissé de marbre. Quand l'enfant avait été enfin expulsé, il n'avait éprouvé qu'un violent dégoût, une réaction de rejet si brutale qu'il en était resté tétanisé. Lorsque la mère lui avait présenté cette chose informe puant la mort, il s'était détourné sans un mot et était sorti de la salle sous le regard médusé de la sage-femme.

Depuis ce moment-là, la colère ne l'avait jamais quitté. Il n'avait jamais reconnu cet enfant qui lui avait été imposé. Il s'était senti volé, spolié de ce Contrôle qui lui était si cher. Quand il avait voulu le reprendre, la génitrice lui avait fait barrage. Elle s'était d'abord obstinée à lui présenter cet homoncule croyant naïvement pouvoir lui faire changer d'avis, puis s'était battue contre lui quand il avait voulu en obtenir la garde exclusive. Il avait échoué la seconde fois. Mais plutôt que de renoncer, il avait patienté. *Il ne perdait jamais.*

Deux décennies auparavant, il avait rencontré Frédéric "Fred" Édison, un étudiant brillant, pétri d'admiration à l'encontre de Mantis. Plus âgé que lui de quelques années, Mantis l'avait repéré durant l'un des stages obligatoires que tout étudiant en médecine se devait d'effectuer en psychiatrie. Édison se lia d'amitié avec Mantis qui vit dans le jeune homme le potentiel d'un allié, une arme affûtée qu'il pourrait manier à sa guise, et dont il entreprit de régler consciencieusement ses paramètres :

« Monsieur Édison ?

– M… Monsieur… Pardon, Professeur…

– J'ai appris que vous étiez intéressé pour travailler à mon Institut.

– Je… euh… Ce serait un honneur…

– J'ai eu écho de vos travaux. Ce ne sont que des prémices, mais ils sont prometteurs…

– M… Merci, Professeur. Vous me fl…flattez…

– Je sais reconnaître le travail quand il est méritoire. Continuez de travailler et nous pourrons peut-être reparler de votre avenir ensemble si vous le souhaitez.

– C'est vraiment trop d'honneur !

– J'ai besoin de collaborateurs fiables et je sais les reconnaître quand je les vois. Sinon, j'ai ouï dire que la politique vous intéressait. Vous serait-il agréable d'exercer un mandat municipal ? »

Pendant près de huit ans, Mantis s'était occupé de ses propres affaires. Du moins en apparence. Son esprit n'avait jamais quitté la femelle et l'homoncule. Elle avait déménagé plusieurs fois, mais il l'avait toujours suivie à la trace. Elle parvint à décrocher son diplôme de chirurgien tout en s'occupant de l'enfant et obtint un poste dans un des hôpitaux de Paris. Pendant les trois années qu'elle exerça, Mantis resta tapi dans l'ombre, guettant le moment de prendre le Contrôle.

De son côté, Édison avait passé tous ses examens avec succès et arrivait au terme de ses études. Le mandat municipal qu'avait aidé à lui obtenir Mantis lui prenait tout son temps, mais la perspective de travailler à l'Institut lui donnait des ailes et lui faisait abattre un travail formidable. À tel point qu'il fut réélu triomphalement à la municipalité d'Essises. Il ignorait pourquoi Mantis avait voulu qu'il continue à ce poste politique, mais il avait appris à ne pas poser de questions. Son Professeur le lui avait bien rendu en le suivant pas à pas dans son succès.

Puis l'homoncule entra dans sa onzième année. À cette époque, Mantis continuait de côtoyer occasionnellement la sœur de Frédéric, ainsi que son mari. Mantis n'avait aucune affection pour les Belmont, se contentant de garder un lien distant, acceptant très épisodiquement des invitations pour entretenir l'admiration que Marie Belmont avait pour ce psychiatre qui avait mondialement réussi, et qu'il était toujours bon d'avoir dans les dîners mondains. Lui-même les invitait de temps à autre à l'Institut, dans une aile réservée aux invités, jusqu'à ce que les cris des porcs sur lesquels il s'exerçait, dissuadent les Belmont de revenir. Il n'avait guère été difficile de les persuader que ces cris de douleurs provenaient des pauvres âmes tourmentées par le Syndrome Mantis. Son aura n'en avait été que rehaussée : travailler dans ces conditions devait être si terrible ! La seule raison pour laquelle il restait de fait dans le cercle familial d'Édison était Gabriel Belmont. Ce dernier était devenu un homme très influent, qui, outre les relations qu'il entretenait avec l'ancien Président de la République, travaillait dans un ministère et pour qui le seul regret était son absence d'enfant. Lorsque Mantis, par l'intermédiaire d'Édison, lui suggéra d'adopter, Marie Belmont se mit à pleurer et Gabriel refusa tout net. Au bout de quelques mois, ils se laissèrent convaincre quand Frédéric se porta garant de l'enfant qu'il leur offrirait. Mantis *gérait* à la perfection et reprenait le Contrôle.

Il avait avancé son premier pion un jour d'été radieux. Une chaleur insoutenable terrassait la France depuis quelques semaines et étaient survenues les incontournables épidémies de gastro-entérite et d'angines, qui croissaient à la faveur des fortes températures. Mantis avait donné à Édison une paire de gants chirurgicaux dans un sachet de plastique transparent.
« Pourquoi des gants ?

– Vous serez bien en stage de chirurgie avec le docteur Villargent la semaine prochaine ?

– Oui, Professeur.

– Savez-vous qui elle est vraiment ?

– Non, Professeur.

– Elle est un obstacle à votre carrière. Elle me hait parce que j'ai refusé de lui céder. Elle connaît votre volonté de travailler avec moi et fera en sorte que vous échouiez par pure vengeance. »

Édison pâlit.

« Mais comment ? Les vœux sont anonymes, comment peut-elle… ?

– L'erreur médicale n'est pas anonyme. »

L'interne réfléchit un instant et finit par demander :

« Que me conseillez-vous ?

– Donnez-lui ceci le jour de votre stage, lorsque vous l'assisterez au bloc opératoire. La récompense sera à la hauteur du risque. »

Édison s'était saisi sans un mot du sachet transparent dans lequel la paire de gants en silicone reposait et le rangea dans sa poche avec précaution.

Deux semaines plus tard, le docteur Méryle Villargent mourrait, seule, chez elle, d'une gastro-entérite foudroyante. Quand Édison rencontra Mantis peu après, il hésitait entre peur et soulagement. Il ne posa qu'une question :

« Comment ?

– Ricine. En poudre dans les gants. Avec la transpiration, elle se mélange à la sueur et est absorbée par les pores de la peau.

– Mais tout le monde parle d'une gastro…

– Ce sont effectivement quelques-uns des symptômes possibles de la ricine : nausées, vomissements, crampes abdominales et diarrhées. Une gastro-entérite. »

L'année suivante, Frédéric Édison était promu sous-directeur de l'Institut Mantis. Sa loyauté était devenue sans failles. Mantis avait le Contrôle.

Les funérailles à peine terminées du docteur Villargent, les Belmont accueillaient l'homoncule chez eux. Mantis conservait toujours le Contrôle, avec une maestria grandiose. Quand la sœur d'Édison était tombée enceinte, Mantis avait sauté sur l'occasion : toutes les pièces étaient déjà en place pour reprendre l'homoncule au sein de l'Institut. Le succédané lui facilita même la tâche à rejoindre son établissement plus vite que prévu grâce à la perte inconsolable de sa génitrice et de son engouement pour le média vidéoludique. Il avait *La* Maîtrise de la situation.

La touche finale avait été le suicide de son ancien patient, Jean-François Moreau. Mantis l'avait chargé d'effacer toutes les traces physiques et numériques de l'homoncule, et de lui en rapporter toutes les preuves. L'homoncule était issu d'une erreur de programmation qu'il convenait de rectifier sur tous les tableaux. Ce dont s'était chargé son patient avec succès, terrifié par ce médecin qui l'avait poussé à jouer jusqu'à presque en mourir, sans dormir ni manger. Mantis l'avait méthodiquement paramétré, savamment orchestré sa mission. Il devait toutefois avouer qu'il avait été surpris, tout à l'heure, lorsque le Sujet 47 lui avait appris l'existence de ce texte programmé et caché dans le jeu de son patient. Surpris et amusé : l'instabilité revêtait par moment de drôles de formes. Qui n'avait en rien nui au bon déroulement de sa propre programmation : après le bon accomplissement de sa mission, Mantis avait entrepris d'effacer les données du programme Moreau. La version officielle était la déception amoureuse : normal pour un jeune homme faible, introverti et peu sûr de lui. Mantis haussa les épaules. Imbéciles. En réalité, le praticien l'avait ainsi paramétré : une fois les traces de l'homoncule effacées, il était devenu un pion inutile. Sacrifiable, bon à jeter. Mantis lui avait ordonné sa propre suppression, le menaçant de révéler tous ses agissements de pirate informatique à la presse. Son père, ancien Président des Français, aurait été furieux. Accablé par la honte, le pion Moreau s'était exécuté. Aussi simple que ça. À son enterrement, Gabriel Belmont et l'ancien Président avaient même félicité Mantis du travail qu'il avait accompli dans le traitement de son Syndrome. Ils avaient simplement regretté que la vie sentimentale de Jean-François ait été plus meurtrière que le jeu. Mantis avait approuvé, mais pour une autre raison : la chaîne d'actions qu'il avait paramétrées avait été un succès. *Tout était sous contrôle.* Une *Gestion* de toute beauté.

*

Mais à présent, son Contrôle était à nouveau menacé. Mais il allait rétablir l'Ordre. Patiemment, pendant des années, Mantis avait piégé les fondations de son établissement, seul. Même Édison n'était pas au courant. Non seulement, la Destruction avait été planifiée, mais elle devait l'élever. Là où d'autres verraient la notion de sacrifice, Mantis voyait l'aboutissement d'un long calcul destiné à étendre son Contrôle. La destruction de l'Institut aurait des retombées médiatiques dans tout le pays et le Préfet serait là pour en recueillir les fruits, diriger le Président selon sa Volonté, accroissant par la même occasion sa Gestion des paramètres sur une carte plus grande. Sa plus belle Stratégie.

Un bruit interrompit ses pensées. Un bruit de pas légers. Au loin, Cloud venait de disparaître derrière un angle.

Une première explosion retentit.

Chapitre CV

Nicole, Jacques et George se figèrent. L'explosion fit trembler les fondations. Le trio se hâta de traverser le hall du manoir, arriva aux portes d'entrée. Éperdue, Nicole jeta un regard derrière elle. Tout ça pour ça. Et celui qui les avait sauvés était resté en arrière… Soudain, une porte claqua, *à l'intérieur* du manoir.

« Attendez !

– Pas le temps ! hurla le commissaire. Il faut qu'on sorte et qu'on s'éloigne d'ici !

– Attends, Jacques ! C'est Max ! »

George pointa du doigt la tête blanche qui avait pénétré dans le vaste espace intérieur. Une nouvelle explosion retentit, puis une autre, devant et derrière eux. Emmenés sans ménagement par le commissaire, les policiers n'eurent que le temps de passer les portes pour se jeter dehors, et clopiner sur le perron pour rejoindre la foule de patients qui reculait, effrayée, vers les arbres du parc.

Le manoir fut parcouru d'un tremblement, le sol du hall se désagrégea comme un château de sable, suivant à la trace les pas du jeune homme. Avec horreur, Nicole vit la façade et les colonnes s'effriter. Un bloc se détacha et chuta. Cloud s'arrêta au même moment, et le bloc s'écrasa à ses pieds. Juste avant de descendre les marches, entraînés par leur supérieur, Nico et George restèrent bouche bée devant la scène surréaliste qui se jouait devant eux. Stoppé malgré lui dans son élan, Jacques Blanc se retourna à son tour de mauvaise grâce et tomba des nues.

Chapitre CVI

La musique entêtante continuait de résonner, s'accélérant en même temps que les blocs tombaient de plus en plus vite :

La, mi-fa, sol-la-sol, fa-mi, ré, ré-fa, la, sol-fa, mi, fa, sol, la, ré, ré

Le nez en l'air, Il fixait dans le ciel les monolithes qui s'abattaient tout autour de lui. Pourtant, Il avançait sans crainte au rythme de la musique, dodelinant la tête en cadence. Les blocs tombaient maintenant à une allure presque insoutenable, mais cela lui était égal. Il avait presque fini…

Chapitre CVII

Lundi, 21 h 00

Les trois flics étaient estomaqués. Le commissaire entraîna mécaniquement ses deux subordonnés loin du bâtiment qui s'effondrait. L'impudence avec laquelle le garçon s'était tiré d'affaire relevait du surnaturel. Ils repassaient tous trois la scène dans leur esprit en croyant avoir rêvé, mais le manoir qui s'écroulait derrière eux les ramenait immanquablement à la réalité : Max venait juste de réchapper d'un éboulement, en anticipant les morceaux de plafond qui s'abattaient au-dessus de lui.

Lorsque George vit les yeux anormalement ouverts du jeune homme, il comprit : la drogue de Mantis lui avait sauvé la vie, la sienne, mais aussi les leurs. Jacques Blanc s'avança vers lui. Désormais, l'enquête était pour ainsi dire close, le suspect principal lavé de tous soupçons :

« Ça va, mon garçon ? »

Max ne répondit rien. Une nouvelle explosion retentit. Le manoir fut parcouru d'un énième tremblement, tandis qu'une deuxième détonation résonnait encore, puis une troisième. Cela ne semblait jamais vouloir s'arrêter. Les murs se lézardèrent, les fenêtres volèrent en éclat et les vieilles poutres se fendirent dans un long gémissement. Et dans l'accalmie du vacarme, le bruit d'une chute sur la terre meuble. *Une chute.*

Tous se retournèrent et virent avec horreur Mantis courir vers eux. Sans un cri, silencieusement. Juste la lumière froide de la folie qui brûlait dans ses yeux. Jacques lâcha Nicole et George qui s'effondrèrent sur le côté et dégaina son revolver. Il n'eut même pas le temps de le mettre en joue : Mantis était déjà sur lui. Le Préfet bloqua le bras armé et abattit son scalpel sur la main du commissaire. Ce dernier laissa tomber son arme avec un cri de douleur, noyé dans le fracas du manoir qui s'écroulait. La main de Mantis s'abattit encore, avec précision, à l'intérieur du coude, tranchant sans pitié veines et tendons. Jacques hurlait sans discontinuer, de rage et de douleur, et frappa à son tour le Professeur au visage de sa main valide. Sous le choc, le Préfet tituba. À la seconde frappe, il fléchit sur ses genoux pour esquiver et en profita pour porter son coup à l'intérieur de l'aisselle. Le bistouri se fraya un chemin à travers les chairs, mordant sans relâche tout ce qui se présentait à lui.

Jacques bondit en arrière pour s'arracher à l'étreinte de ce fou furieux. Stobbart et Collard, à terre, ne pouvaient qu'assister à ce spectacle désolant :

ils avaient laissé leurs dernières forces dans la fuite. George tenta vainement de se relever, mais retomba misérablement. Ils avaient atteint leurs limites.

Mantis se jeta sur le commissaire principal pour terminer d'ajuster les nouveaux paramètres qu'il venait d'édicter. Haletant, Jacques vit sa dernière heure arrivée et ferma les yeux, épuisé. Rien ne vint. Il ouvrit un œil à demi et sursauta : le scalpel du Préfet était à un petit centimètre de son œil, le bras qui le tenait stoppé par la poigne de fer de Cloud. Avec un rugissement, le garçon rejeta son géniteur en arrière, lui arrachant en même temps le scalpel poisseux de sang. Mantis recula de deux pas et rétablit son équilibre avec un sourire mauvais. Cloud le toisa d'un regard dur.

Redescendre de ses univers avait été difficile. Quand il avait réalisé qu'il se trouvait dehors, avec le manoir qui s'écroulait derrière lui, il avait d'abord éprouvé une joie sauvage. Sa prison s'effondrait, il était LIBRE ! Puis, il avait vu devant lui des corps par terre, et cette scène de lutte opposant deux hommes. Dans la lumière mouvante du soir, il avait aperçu l'éclat fugitif d'une lame, et au bout de cette lame, Mantis. Il avait senti la décharge d'adrénaline l'électriser et, l'instant d'après, il faisait face à celui qu'il l'avait renié. Il reconnut à peine sa voix dure, chargée d'une colère vibrante :

« Durant toutes ces années, je n'ai été qu'un jouet… »
Il essuya le sang du scalpel sur son pantalon.

« J'ai été manipulé, utilisé, torturé… J'ai tout accepté parce que cela m'importait moins que ma mère… »
La lame de chirurgie brilla dans un rayon de lune, propre.

« Vous avez tout fait pour entretenir mon deuil ; une pseudo-famille d'adoption croyant que l'argent pouvait tout acheter ; puis une cellule croyant qu'elle me rendrait fou… »
La lame tournoya dans sa main. *Et se mit à grandir.*

« …Mais encore fallait-il avant tout briser le souvenir de ma mère pour que je perde totalement la raison… Et apprendre que vous l'avez tué… »
Il tenait fermement l'épée dans sa main, une lame large, presque aussi grande que lui.
« Ça… »
Le moment était venu d'en finir une bonne fois pour toutes.
« …ça me rend fou… »
ENTAILLES MULTIPLES !

Chapitre CVIII

Lundi, 21 h 01

La déferlante de violence s'abattit sur Mantis. Cloud maniait son arme avec une dextérité éblouissante. Le scalpel volait de toutes parts sur le Préfet. Stobbart, Blanc et Collard ne voyaient qu'un ballet de lames qui tournoyaient, jetaient des éclairs fulgurants dans les dernières lueurs du jour. Mantis était cloué sur place, incapable de faire un mouvement. Il essaya de bouger un bras pour riposter, mais s'aperçut avec surprise qu'il était totalement immobilisé, sans comprendre que Cloud avait sectionné tous ses tendons. Puis, il remarqua avec étonnement des taches rouges s'étaler sur sa chemise. Il sourit. De toute façon, l'homoncule ne pouvait rien contre lui. Il était le meilleur. Il l'avait toujours été.

Un sentiment d'inquiétude s'immisça pourtant en lui : il ressentit un choc et une douleur à la poitrine commença à poindre. Il baissa les yeux à l'endroit d'une supposée blessure et vit le manche argenté de la lame à moitié enfoncé dans son torse. Un deuxième choc. Le poing du succédané avait à nouveau frappé. Le scalpel disparut totalement dans ses chairs.

Puis soudain, il ne vit que le ciel. Le goût du sang envahit sa bouche. Un goût qu'il exécrait. Il voulut cracher, mais s'en trouva incapable. Il aspira une goulée d'air, mais ne fit qu'avaler un peu plus de ce liquide détestable. Il étouffait. Un vent de panique le submergea. Que se passait-il ? Pourquoi est-ce que tout devenait noir ?

« Tu as perdu. »

Les mots tant redoutés claquèrent comme un coup de fouet cinglant sur son esprit. Il refusa tout net cette conclusion : il ne pouvait perdre. Il avait toujours été le meilleur. C'était incompréhensible. Pourquoi ?

Le météore perça lentement le ciel. Il descendit doucement, dans une lumière brûlante. Mantis avait réglé tous les paramètres, rien ne pouvait arriver à son univers. Mais le météore continuait de tomber. Devant Mantis horrifié, il s'écrasa sur sa Ville, sur son Monde. Il tenta de réagir, rien n'y fit. Il avait perdu tout Contrôle : l'écran était déjà devenu noir. Celui-ci scintilla une dernière fois et apparurent dessus les deux mots les plus redoutés de son existence : GAME OVER.

L'écran s'éteignit définitivement.

Chapitre CIX

Les personnages arrivèrent l'un après l'autre, passant brièvement devant la dépouille qui gisait à leurs pieds.

Ce fut une jeune fille portant un gant unique à la main droite qui s'avança la première. Elle agita un doigt en direction du cadavre, en signe de dénégation :
« Un ami a dit un jour : "la mémoire d'un seul homme est une forteresse, plus complexe que la plus vaste des cités". J'en ai retrouvé la clef. »
Après un dernier clin d'œil à Cloud, elle s'envola dans une lumière électrique.

Le Serpent arriva lentement, allumant sa cigarette d'un geste apaisé. Il tira une bouffée, n'accordant à son ennemi qu'un bref coup d'œil :
« J'avais fait de ma survie le but unique de ma vie. »
L'homme tapota l'épaule du garçon et s'évanouit dans la fumée de sa cigarette.

Une guerrière le suivit aussitôt après et agita une dernière fois son qhatar à trois lames devant le démon terrassé.
« Ton règne de souffrance est terminé. »
Elle tourna les talons avec mépris. Arrivée devant Cloud, elle s'inclina légèrement, le saluant, avant de disparaître dans le portail qui s'était ouvert à quelques pas d'elle.

Un homme venu d'Orient, reconnaissable à son grand cimeterre, succéda à la guerrière. Il toisa le corps. Il ne remonterait certainement pas le Temps pour changer les choses ni ne verserait une larme de compassion :
« Tu devrais être honoré de mourir par ma lame. »
Sans un mot, il serra le bras de Cloud, à la manière des guerriers, puis se mit à courir pour rattraper le Temps qui s'enfuyait.

Un nuage de chauve-souris apparut brusquement. Il se réunit et donna naissance à un personnage à la peau blême qui atterrit légèrement sur le sol. Son épée étrangement ondulée s'agitait curieusement dans sa main griffue. Il la brandit avec vindicte.
« Vae Victis ! », cracha le vampire à la chevelure blanche.
Il s'envola aussitôt après, dans un bruissement d'ailes. Cloud sentit le goût délicieux du sang sur sa langue : le vampire lui avait offert sa force.

Le flic désabusé marchait d'un pas traînant, épuisé. À ses bras fatigués, des armes de poing aux canons encore brûlants. À présent que tout était terminé, la lassitude le gagnait. À ses pieds, son cauchemar terrassé :

« Les fantômes qui me hantaient me quittaient. »

Il repartit du même pas pesant, posant sur Cloud son regard fatigué. Ils se comprenaient, point besoin d'en dire plus. Le flic disparut dans la nuit tombante et le hurlement des sirènes.

Tout était fini. Enfin. À leur tour, ils pouvaient se reposer.

GAME OVER

Chapitre CX

Le manoir et les bâtiments annexes s'effondrèrent simultanément dans un fracas assourdissant. Un nuage de poussière s'éleva dans les airs, inondant les abords immédiats des bâtisses. Maxime s'avança en claudiquant vers les policiers, et sans un mot, fit passer le bras valide de Nicole autour de son cou et s'éloigna avec elle. Jacques et George ne tardèrent pas à les suivre en se soutenant mutuellement, boitant avec une nouvelle énergie. Le vent qui se leva opportunément à ce moment-là entreprit de chasser le voile qui recouvrait les lieux.

Max marchait silencieusement, ignorant la douleur de son flanc rougi. La blessure s'était rouverte, mais cela lui était égal. Tout était fini.

À ses côtés, Nico avançait mollement, s'appuyant sans vergogne sur l'épaule du jeune homme. La douleur de sa propre épaule s'était atténuée et l'hémorragie avait quasiment cessé. Tout comme ses deux collègues, elle avait assisté médusée à la fin de l'ancien préfet de police. Un fou. Elle, Stobbart et Blanc avaient été commandés par un fou et un meurtrier. La réalité de leur situation lui fit froid dans le dos. Et tout s'était achevé par la main d'un autre fou, ou plutôt, d'un survivant. Il avait gardé sa raison jusqu'à un certain point. Mais qu'allait-il se passer *après* ? Qu'allait-il advenir de Max ? Autant de questions qui se posaient et sur lesquelles il faudrait se pencher dans les jours à venir. Elle aurait voulu commencer à y réfléchir tout de suite, mais, pour le moment, elle voulait juste regagner son appartement et se réfugier dans la chaleur de sa couette…

Derrière eux, Jacques et George restaient silencieux. Chaque pas était une souffrance pour Stobbart, mais il avançait, poussé par le désir de revoir sa femme et ses enfants, soulagé que cette histoire de dingues se termine enfin. Ce fut pourtant lui qui rompit le silence :

« Comment t'as déboulé ici ?

– Vinc'. Apparemment, tu avais demandé à Daniel de l'appeler…

– Ouep. Dan' avait besoin de souffler. Et Vinc', vu son boulot, pouvait tirer certaines ficelles si on avait besoin : Essises dépend de la préfecture de l'Aisne.

– Ce qui veut dire que le préfet en personne va sûrement rappliquer par ici… Et pour répondre plus précisément à ta question, dès que j'ai eu le coup de fil de Vincent, j'ai sauté dans ma voiture. Le temps que j'arrive ici, il y avait déjà un beau boxon… Pour ça, je ne te félicite pas…

– Je sais, mais il fallait que je le fasse. J'en avais besoin…

– C'est pour ça que tu as demandé à Daniel d'appeler Vincent aussi tard ?

– J'avais un suspect dans le coffre et un gros manque de preuves. Et un besoin viscéral de mener la thérapie jusqu'au bout.

– Les vieux démons ont la vie dure.

– Toujours. Mais tu sais quoi ?

– Suis pas en état de jouer aux devinettes…

– Je crois que je les ai exorcisés, mes vieux démons. Grâce au gamin.

– Il t'en a fallu du temps…

– Je sais, je sais… Mais ça restera quand même une bonne nouvelle pour les autres. »

Jacques approuva. Oui, une bonne nouvelle pour eux tous. Les deux hommes se turent. La poussière leur irritait encore les yeux et les bronches, mais le rideau s'était dissipé. Une pluie fine s'était mise à tomber. Au loin, ils pouvaient distinguer les gyrophares des pompiers et des collègues qui étaient déjà arrivés. Les gendarmes faisaient leur boulot, sécurisaient la zone et maintenaient à distance les ex-pensionnaires du manoir dans une masse agglutinée. Une vraie scène de film américain. Mais au lieu du ravissement de la fin, de la lassitude. Beaucoup de lassitude. George soupira. Il ne l'aurait pas volée sa clope de la victoire. Ni ses vacances, d'ailleurs.

Chapitre CXI

Mardi 13 septembre

« Lundi soir, notre bonne ville d'Essises a été le théâtre de terribles évènements. Connue pour abriter l'Institut du Professeur Mantis, spécialiste des troubles psychologiques liés aux médias vidéoludiques, notre commune a perdu un de ses joyaux. Le prestigieux établissement a été totalement détruit dans la soirée, pour des raisons qui demeurent encore inconnues. Quant au nombre de victimes, il semblerait qu'une catastrophe bien plus grande ait été évitée de justesse par l'évacuation précoce du personnel et des patients peu de temps avant la destruction des bâtiments. Une enquête a été ouverte et nous devrions bientôt être en mesure d'en connaître les premiers éléments. »

La voix d'Essises, édition spéciale

*

Mercredi 14 septembre

« Les révélations continuent de s'enchaîner sur ce qui est devenu l'"affaire Mantis". Des témoignages accablent l'ancien préfet de police de la ville de Paris et dépeignent un homme cruel, qui, sous couvert d'une honorable activité, aurait mené de sordides expériences sur les patients, utilisant leur supposé mal – le fameux « Syndrome Mantis » – pour des actions beaucoup moins recommandables. Les premières dépositions feraient état de tortures psychologiques, lavages de cerveau et usages de drogue pour commettre des (ex)actions sur la seule volonté de deux hommes, le Professeur Mantis et son second, le directeur de l'établissement, le Professeur Édison.

Cette enquête aura coûté la vie à une infirmière de l'établissement, Ariel Braska ; un policier, Hal Emmerich ; blessé gravement trois policiers dans l'exercice de leurs fonctions, le commissaire Blanc, le commandant Stobbart et la lieutenante Collard ; et tué plusieurs patients utilisés comme hommes de main lors de raids commandés par Mantis. La principale victime du Professeur Mantis serait toutefois un jeune homme dénommé Maxime Villargent et principal suspect de ces derniers jours dans le meurtre de l'infirmière Braska. Celui-ci a été admis dans un hôpital parisien avec les policiers où il doit subir une batterie d'examens physiques et psychologiques.

Nous attendons de plus amples informations dans une affaire qui s'annonce effroyablement sinistre. »

Vivre notre France, édition spéciale

*

Mercredi 14 septembre

« La liste des victimes ne cesse de s'allonger. Quatre corps ont été retirés des décombres du manoir Mantis : il s'agirait du personnel de sécurité qui n'aurait pas pu sortir à temps au moment de l'explosion. Plus terrible encore, deux personnes décédées et pour lesquelles des enquêtes avaient été ouvertes seraient également des victimes indirectes de la machinerie Mantis. Il s'agirait de Zacharie "Zack" Juste, jeune homme paumé et ami de l'infirmière décédée Ariel Braska, qui serait également venu en aide à Maxime Villargent, principal suspect et principale victime de cette affaire hors normes ; ainsi que le Procureur de la République, Monsieur Godot, dont le seul tort aura été d'accomplir son devoir et de tomber sur le machiavélique Professeur Mantis. La Brigade criminelle de Paris cite comme principale source de l'enquête la lieutenante Nicole Collard et le commandant George Stobbart qui n'ont échappé que de justesse aux griffes du Préfet de police et à qui Mantis aurait confié certains de ses agissements. Les circonstances dans lesquelles se sont déroulées ces confidences restent toutefois un mystère, la police ayant gardé le silence sur ces éléments jusqu'à la totale résolution de l'enquête. »

Journal télévisé, édition spéciale

*

Jeudi 15 septembre

« Notre communauté scientifique est en émoi depuis quelques jours suite aux évènements qui se sont déroulés à l'Institut Mantis. Passé le premier choc des révélations concernant notre ancien confrère, la communauté des chercheurs et professionnels de la psychologie condamne avec la plus grande fermeté les actes de Monsieur Mantis et Monsieur Édison, et prend ses distances avec tous les propos et travaux qui ont pu être faits et tenus par ces deux hommes.

La nouvelle plonge également dans une situation délicate tous les étudiants et professeurs travaillant sur la théorie du Syndrome Mantis, remettant en cause des années de labeur acharné, travail qui, finalement, ne reposerait que sur les bases tronquées d'un postulat, qui ne devrait par-là même n'évoquer que la folie. […] »

Tribune dans la *Revue des Sciences psychologiques*, édition spéciale

ÉPILOGUE

Quelques jours plus tard

« Alors, comment te sens-tu ?

– Fatigué. Fatigué, mais mieux. »

Maxime s'assit pesamment sur le siège que lui désignait Stobbart. Cinq jours s'étaient écoulés depuis les évènements du manoir. George était sorti de l'hôpital. Nicole et Jacques étaient encore immobilisés là-bas. Le commissaire devait théoriquement sortir demain : Mantis avait sectionné plusieurs tendons et plusieurs opérations avaient été nécessaires pour qu'il puisse retrouver l'usage entier de son bras et de sa main. Heureusement que le psychiatre n'avait utilisé qu'un scalpel : la petite taille de la lame avait sauvé son ami d'une mort certaine.

Mais George était surtout inquiet pour Nico : l'état de son épaule était tel, que pas moins de trois médecins avaient dû se relayer pendant son opération. Il espérait vraiment que la jeune femme reste travailler avec eux, mais pas sûr qu'elle puisse un jour récupérer l'usage total de son épaule. Jacques, lui, était déjà en train de pousser pour qu'elle reçoive la Légion d'honneur. Comme si une médaille et un bout de ruban la guériraient du traumatisme… Quant à son propre cas, il avait laissé tomber. « Trop têtu comme un âne, tu ferais pâle figure », lui avait asséné son ami. Et cela lui convenait parfaitement.

George regarda le jeune homme. Ils se retrouvaient maintenant chez les Stobbart. Max était venu en invité cette fois, et non plus en fugitif. Émilie avait retrouvé le sourire. Lorsque Maxime était arrivé sur le seuil, encadré par deux infirmiers, son épouse l'avait serré dans ses bras et éclaté en sanglots. Maxime avait regardé Stobbart par-dessus l'épaule d'Émilie, gêné. Lui avait fait un clin d'œil. Le garçon ne comprenait visiblement pas qu'il avait sauvé un mari et un père. Sa naïveté était touchante.

« Bon, et maintenant ?

– Quoi, "maintenant" ?

– Quels sont tes projets après toute cette histoire ?

– Je ne sais pas. (Le regard de Maxime se fit lointain.) À vrai dire, je n'ai jamais pris le temps d'y réfléchir…

– Tu assisteras au procès des Belmont ?

– Non. Je n'ai plus rien à faire avec eux. Le titre de parents est même usurpé : je ne les ai jamais considérés comme tels.

– Certes. Mais c'est à ce titre qu'ils répondront de leur complicité avec Mantis et des mauvais traitements qu'ils t'ont infligés…

– Ils vont aller en prison ?

– Probablement. Je ne connais pas les peines pour ce genre de choses.

– Et leur fils ?

– Il sera placé en famille d'accueil, à moins qu'il n'ait de la famille qui veuille bien l'accueillir.

– Je l'espère pour lui. Je sais ce que c'est de grandir sans parents. Ou avec les mauvais…

– Je peux te poser une question ? demanda doucement Émilie.

– Oui ?

– Le Syndrome Mantis… Depuis la mort du… Professeur, toute la profession remet en cause son travail sur ce syndrome. Qu'en penses-tu ? »

Max prit le temps de réfléchir avant de répondre.

« À mon sens, ce syndrome n'a toujours été que le reflet de sa propre folie. Mantis a matérialisé dans la réalité son propre Jeu pour atteindre le but qu'il s'était fixé. Sa volonté de tout maîtriser vient de là. "Régler les paramètres". Nous n'étions pour lui que des entités programmables. Le syndrome qu'il a théorisé n'était qu'une excuse, mais aussi un outil pour mieux manipuler les autres. Tout cela, je l'ai compris petit à petit. Tous ces jeux auxquels je jouais… Ce n'était pas seulement une façon d'oublier ma condition, mais aussi un moyen de réfléchir, de comprendre les rudiments de la psychologie grâce à mes héros que je dirigeais. Le sobriquet dont je m'étais affublé – Cloud – en était le meilleur exemple. Alors si moi, j'étais capable de m'identifier intensément à un jeu ou à un personnage au point de le devenir lors de mon amnésie, pourquoi pas un autre ? Le problème, c'est que je ne l'ai compris que très tardivement, lorsque Mantis a évoqué ses "désastres". Dans son jeu, ceux-ci sont en fait des épreuves supplémentaires pour le joueur, destinées à le tester.

Pour ma part, ce sont les drogues qui m'ont obligé à m'identifier avec un tel personnage, pour survivre. Néanmoins, j'ai toujours eu une part de conscience qui me pressait et me disait que je n'étais pas à ma place. Personnellement, je pense que Mantis s'est lui aussi immergé pour fuir quelque chose, une réalité, un souvenir qu'il ne pouvait pas supporter. George avait évoqué là-bas un déni de sa part. Je pense qu'il a raison. Peut-être est-ce pour cette raison que Mantis s'est laissé envahir par cette immersion, puis dépasser. Non sans en avoir une certaine conscience : ce syndrome qu'il a décrit existait bien, mais seulement parce qu'il a voulu qu'il existe, et parce qu'il décrivait son propre mal. »

Émilie hocha la tête, pensive. Et professionnelle : un entretien pour la *Revue psychologique* pouvait tout à fait être envisageable : le garçon manifestait un sens de l'analyse bien loin de ce qu'elle avait connu de lui…

« Sacrée réponse, sourit George. Tu vas en faire apprendre à plus d'un psy ! Mais sais-tu quoi ? Grâce à toi, je ne fais plus de cauchemars ! »

Devant l'air interrogateur de Max, le policier précisa :

« Dans ces ignobles cellules, tu m'as aidé à trouver la paix avec moi-même. J'en ai parlé avec Émilie (il sourit à sa femme), et je t'avoue que c'est un vrai soulagement. Dire qu'au début… D'ailleurs, ça me fait penser : après que tu te sois échappé de l'appartement de Zack, pourquoi es-tu venu me trouver ici, chez moi ?

– Vous étiez… lumineux. La seule personne en qui je sentais que je pouvais avoir confiance. C'est un sentiment que je n'explique pas… Et puis (Max lui fit un clin d'œil), vous étiez la seule personne que je connaissais ! »
George sourit.

« La prochaine fois, préviens-moi s'il te plaît ! Maintenant qu'on va mieux tous les trois, on a quand même besoin de se détendre… (George désigna la télé du menton avec un sourire amusé) On fait une partie ? »

Easter Eggs

Qu'est-ce que c'est ?

Littéralement « Œuf de Pâques », c'est en fait le nom qui a été donné aux facéties des programmeurs, qui s'amusaient à ajouter des petites astuces inutiles mais amusantes dans leurs programmes (souvent la liste de l'équipe de programmation, parfois les photos de toute l'équipe). Ces astuces ne sont pas des bugs : elles sont volontairement ajoutées par les programmeurs pour dérider leur travail parfois fastidieux... Les *easter eggs* se déclenchent en saisissant par exemple une suite de touches, ou en cliquant à des endroits insolites...

Dans le jeu vidéo, les *easter eggs* peuvent revêtir diverses formes (objet, personnage, symbole...) et sont en fait des clins d'œil de la part des développeurs aux joueurs, souvent cachés dans les univers vidéoludiques. Il n'a strictement aucune influence sur le jeu et n'a que pour unique fonction le divertissement.

Pourquoi en parler ?

Parce que *Syndrome Mantis* en est truffé ! L'occasion était trop belle et la tentation trop forte ! Écrire cette histoire sur le jeu vidéo sans faire quelques clins d'œil aurait été comme Super Mario sans sa casquette rouge ou jouer avec Sonic au ralenti : quelque chose aurait manqué...

Certaines allusions sont plus appuyées que d'autres, et d'autres encore sont totalement cachées. Si vous vous sentez l'âme d'un héros prêt à partir en quête, vous trouverez ci-dessous quelques indices qui pourront vous aider...

Préparer son équipement (dont un papier et un stylo)...

- Certaines références ne sont pas des *easter eggs* à proprement parler et sont présentes pour illustrer le propos du livre. Elles sont tout à fait explicites : *Té-*

tris au chapitre XLVIII et *Final Fantasy VII* au chapitre LI. Elles ne sont donc pas à prendre en compte dans votre chasse !

- Tous les noms des personnages sans exception sont des *easter eggs* ! Mais attention, les nom-prénom d'un personnage peuvent faire référence à deux jeux distincts (exemple : Albéric Monnier (l'auteur) => Albéric, un jeu ; Monnier, un autre jeu). Pour vous aider, les personnages du roman partagent souvent une similitude avec le personnage du jeu (caractère, métier, rôle...)).

- Les passages en italique sont également des *easter eggs* : Maxime est en plein délire et fait revivre un certain nombre de héros !

- Certaines allusions sont très visibles, d'autres un peu moins : des mots-clefs dans l'environnement direct de la référence pourront vous mettre sur la piste...

- Traduisez les noms français en anglais et vice-versa ! Cela vaut aussi pour les noms de personnages !

- Si un jeu fait ou a fait l'objet d'une série, la référence porte dans la mesure du possible sur le premier jeu de la série. Mais comme dans toute bonne règle, il y a des exceptions (peu nombreuses, rassurez-vous !)...

- Peut-être le point le plus important : plusieurs références peuvent être faites à un même jeu. À cela une raison bien précise : éviter "l'effet catalogue", en multipliant les références inutilement au détriment de la cohérence de l'histoire et des personnages.

- Enfin, dernier point aussi important que le précédent : tous les *easter eggs* sont issus de jeux vidéo qui ne sont pas issus de licences déjà existantes. Oubliez les jeux inspirés de comics, films, romans, etc. S'il s'avérait qu'une de ces références aille à l'encontre de cet ultime point, *mea culpa*, le diable se cache dans les détails ! (Mais ça ne changera rien au reste !)

La liste des 118 travaux de Kratos[15] :

Derniers indices :
- 64 références pour les jeux : souvent des clins d'œil à des passages précis d'un jeu, une action précise d'un personnage dans un jeu.
- 30 références pour les personnages : même les chiens comptent !

---

[15] Vous avez ici bien sûr une exception, mais l'occasion était trop belle !

- 6 références pour les dates : des jeux sortis à une date bien précise, cherchez les mots-clefs !
- 4 références pour les lieux : oui, l'action se déroule en grande majorité à Paris, mais quelques adresses et descriptions n'ont pas été choisies par hasard…
- 14 références pour les p'tits trucs : tout et n'importe quoi, le plus infime détail caché ou très bien caché !

Bonne chance !

(PS : Si vous séchez, retrouvez la solution sur : www.alberic-monnier.fr !)

REMERCIEMENTS

(et autres petites précisions…)

Cette histoire est l'aboutissement d'un travail d'environ trois ans, entrepris au saut du lit et poursuivi dès que possible dans le train, métro, voiture, avion… Peu importe le lieu pourvu que j'eusse mon bloc et mon stylo…

Cette histoire est aussi le fruit d'un certain nombre de choix. Vous vous demanderez peut-être pourquoi j'ai voulu rester dans un flou chronologique (les dates précisées le sont seulement à titre de clin d'œil) et que l'histoire s'ancre davantage dans une réalité alternative, d'anticipation, plutôt que dans un contexte purement contemporain : la Cité judiciaire aux Batignolles n'était pas encore terminée d'être construite au moment de l'écriture de ces quelques lignes et la Crim' n'avait pas encore déménagé au Bastion ; la tour Montparnasse n'est pas encore rénovée tout comme la place d'Italie et la place de la Nation. Et bien sûr les taxis-bulle sur la Seine ne sont encore en 2017 qu'un projet, mais un projet bien avancé. Autant de petits éléments comme la rubalise holographique et la poignée de porte à reconnaissance digitale qui apportent quelques petites touches d'anticipation, sans pour tant dénaturer les repères du lecteur (du moins, je l'espère !). Une raison relativement simple à cela : j'ai bien du mal à croire à une addiction aux jeux vidéo, et je voulais que cette histoire ne reste pas figée aux seuls XXe-XXIe siècles. Je ne suis pas psy, ni n'ai fait des études de psychologie, et je donne uniquement un avis en tant que joueur, joueur rêveur, joueur qui aime qu'on lui raconte des histoires, tout comme le font au même titre les films et les romans. Autant d'occasions pour s'évader et s'amuser dans des aventures fantastiques… ! Aussi, merci aux développeurs, scénaristes, compositeurs, éditeurs, joueurs et toutes les personnes qui ont participé ou participent encore à nous émerveiller !

Plus particulièrement, un grand merci au Studio qui permit de faire vivre George Stobbart et Nicole Collard, et de leur aimable autorisation pour l'utilisation de leurs noms.

Concernant l'enquête de Stobbart et de son équipe, j'ai essayé de suivre au plus près les procédures de la Crim', à plusieurs détails près : je ne suis pas non plus policier, par conséquent je n'utilise pas le jargon propre à ce métier. L'organisation d'un groupe d'enquête à la Brigade criminelle correspond à celui décrit, mais je suis aussi conscient d'avoir fait quelques entorses à leur organisation (oui, la grippe était un honteux prétexte, mais tellement pratique : moins de personnages à gérer, m'attarder un peu plus sur chacun d'eux… et me dédouaner d'une réalité du travail dans laquelle je ne suis pas expert !). Aux (vrais) policiers qui liront cette histoire, chapeau bas pour votre travail !

Aux fans de Final Fantasy VII, j'ai volontairement amputé un grand nombre de détails dans le résumé que j'ai fait en annexe. Une page et demie, c'est injuste et ça ne rend certainement pas compte de la richesse de l'univers, de la complexité de l'histoire et des personnages : mille excuses ! Je voulais avant tout donner quelques clefs pour permettre à ceux qui ne connaîtraient pas cette histoire d'établir un parallèle avec le personnage principal. Merci Peyo pour m'avoir fait découvrir cette histoire, il y a déjà une décennie de cela !

Enfin, mes dernières lignes et mes derniers mots vont à mes premiers lecteurs, Aurélie, Jérémy, Julien : merci pour vos remarques (toujours pertinentes) et votre patience (à toute épreuve) !

Et bien sûr, merci à mes proches qui m'ont supporté (peu importe le sens du mot) depuis tout ce temps : Ambra et ma famille.

Bref, j'espère que cette histoire vous aura autant divertie que je me suis amusé à l'écrire ;) !

Le 15 octobre 2017

Post-Épilogue

Fortesque s'avança vers Stobbart. En l'espace d'une semaine, son vieux compagnon policier avait considérablement vieilli.

« Tu es sûr, George ?

– Donne. »

À contrecœur, le légiste lui tendit les pages fraîchement imprimées.

« Mets-toi dans mon bureau, tu y seras tranquille. Et si tu as besoin, appelle, je ne suis pas loin…

– Pourquoi, Daniel ? Pourquoi lui ? Il était venu déjeuner à la maison avant-hier et il était en pleine forme…

– Aucune idée, vieux. C'est moche, je sais… J'ai tenu à la faire. Si tu veux vraiment lire le rapport, je peux quand même te dire que c'est un miracle qu'il ait tenu aussi longtemps… »

George fondit en larmes dans les bras de son ami.

*

La tombe était fleurie. Prouver la filiation avait relevé de la gageure, mais George y était arrivé. Il reposait à présent près de sa mère. Le visage tristement souriant du garçon lui revint en mémoire :

« Je n'ai jamais vu la tombe de ma mère... »

George relut une dernière fois la l'épitaphe sur la stèle :

« Ci-gît Maxime Villargent. Ses amis le connurent sous le nom de Cloud. Comme lui, un héros. »

Tous deux étaient maintenant réunis. Stobbart tourna les talons et descendit l'allée du cimetière. Sa femme et ses enfants l'attendaient.

Table des Matières

www.ingramcontent.com/pod-product-compliance
Lightning Source LLC
Chambersburg PA
CBHW070533030726
47505CB00001B/21